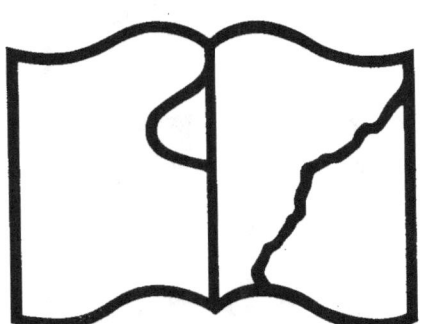

Texte détérioré -- reliure défectueuse

NF Z 43-120-11

Contraste insuffisant

NF Z 43-120-14

Reliure serrée

LES
TREIZE FEMMES DE GASPARD DE BESSE

IMPRIMERIE D. BARDIN ET Cie, A SAINT-GERMAIN.

LES
TREIZE FEMMES

DE

GASPARD DE BESSE

ROMAN INÉDIT

PAR

PAUL BOSQ ET THÉODORE HENRY

PARIS

LIBRAIRIE NATIONALE

(DÉNOC ET Cⁱᵉ, Éditeurs)

15, RUE DU CROISSANT, 15

LES TREIZE FEMMES DE

GASPARD DE BESSE

PAR

Paul BOSQ & THÉODORE-HENRY

ILLUSTRATIONS A. MANTELET

PARIS — LIBRAIRIE NATIONALE
(DÉNOC ET Cie, Éditeurs)
15, RUE DU CROISSANT, 15

LES
TREIZE FEMMES DE GASPARD DE BESSE

ROMAN INÉDIT

PAR

PAUL BOSQ ET THÉODORE HENRY

CHAPITRE PREMIER.

L'auberge du Cheval-Rouge.

Sur la route qui traverse les belles plaines du Beausset et conduit à Toulon, un jeune cavalier semble fendre l'air, tant est rapide l'allure de son cheval ; mais il la trouve encore trop lente à son gré, car il enfonce ses éperons dans les flancs de la noble bête qui bondit en avant et dévore l'espace.

Bientôt, les gorges d'Ollioules apparaissent avec leurs montagnes nues et dépouillées, leurs pics dentelés, leurs rochers suspendus et prêts à glisser sur leur base.

Ces gorges, où les voyageurs ne s'aventuraient à cette époque qu'en tremblant, étaient le théâtre ordinaire des exploits des bandits ; car ce défilé étroit, horriblement escarpé sur les bords, se prêtait merveilleusement aux embuscades.

La crainte des brigands n'arrêta pas le cavalier ; il ne montra ni surprise ni effroi au moment de s'engager entre ces rocs menaçants, aux teintes sombres, qu'on pourrait prendre pour les piliers d'une des portes de l'enfer.

Bientôt, au tournant du chemin, apparut une auberge assez bien tenue où, au dire de l'enseigne, on logeait à pied et à cheval.

L'auberge du Cheval Rouge était bien achalandée, car c'était la seule que l'on rencontrât dans ces lieux déserts, et il eût fallu faire plusieurs longues lieues pour trouver un autre gîte. Les rouliers, les voyageurs surpris par la nuit s'y arrêtaient, assurés d'y trouver un gîte assez confortable et un bon repas.

Mais ce n'était pas seulement à ces avantages, cependant fort appréciables, que l'hôtellerie, vers 1770, devait toute sa clientèle ; Toinette, la fille de l'aubergiste attirait ou retenait plus d'un voyageur.

Cette jolie enfant les entourait de tant de prévenances, leur montrait un si charmant minois qu'ils oubliaient volontiers en la regardant que le rôti était un peu trop cuit et le vin un peu trop jeune. Grâce à ses agaceries, l'auberge n'était pas souvent vide et les fourneaux éteints. Les broches chargées de volailles tournaient presque sans cesse devant un beau feu clair.

En apercevant l'enseigne de fer qui se balançait au vent et qui représentait un animal fantastique ayant la prétention de figurer un cheval, le cavalier arrêta net sa monture, et mit pied à terre.

C'était un tout jeune homme portant un justaucorps d'une coupe élégante et une épée à coquille d'acier ; ses bottes poudreuses renfermaient les plus jolis pieds du monde et dessinaient une jambe faite à ravir.

Lorsqu'il eut mis pied à terre, il se laissa d'abord tomber sur un banc, mais il ne tarda pas à se remettre, demanda une chambre et recommanda qu'on eût le plus grand soin de sa monture.

Pendant qu'on s'occupait à le satisfaire, Toinette vint lui offrir ses services et examiner de près ce nouvel hôte.

— Parbleu ! ma belle enfant, lui dit le voyageur, il me semble que vous avez ici nombreuse compagnie. Il sort de l'intérieur un bruit de paroles et de chansons à réveiller un sourd.

— Ce sont Messieurs les soldats du régiment de Lyonnais qui font tout ce tapage ; ils se sont arrêtés un instant pour laisser souffler les chevaux et se désaltérer.

— Et que viennent-ils faire ici ?

— Tenez, regardez de ce côté, Voyez-vous cette épaisse et solide voiture ?... Elle est si lourde qu'il faut pour la traîner les vigoureux chevaux qui sont en ce moment à l'écurie.

— Je la vois à merveille ; mais pourquoi donc a-t-on placé auprès ces deux soldats l'arme au bras qui ne la quittent point de vue ?

— C'est qu'elle renferme plus d'un million de livres.

— Peste ! c'est une belle somme.

— Fort belle, en effet, et monsieur le receveur qui va la remettre à M. de Latour, intendant de Provence, tient à la conserver. C'est pour cela qu'il a demandé cette nombreuse escorte, car il craint quelque coup de main de la bande de Gaspard de Besse.

— Sa présence est-elle signalée dans les environs ?

— Il y a quelque temps qu'on n'en a entendu parler ; mais elle est tantôt en un endroit, tantôt en un autre, bien fin qui pourrait dire où elle se trouve à cette heure. Si elle avait connaissance d'un aussi beau butin, elle ne manquerait pas de fondre dessus, et ce ne seraient point ces quelques soldats qui l'empêcheraient de s'en emparer.

— Mais c'est donc le diable que ce Gaspard de Besse ?

— Parlez plus bas et craignez de l'offenser.

Le voyageur tressaillit, et, baissant la voix, dit à Toinette :

— Serait-il ici ?

— Ici ! Que la Bonne-Mère nous en préserve ! Non, il n'est pas ici, et, s'il y était, comment le saurions-nous ?

Elle s'empressait de les servir, quand le sergent Belamour, que le vin rendait tendre
et entreprenant, la saisit à la taille. (Page 7.)

— Mais, j'ai cru comprendre d'après vos paroles ...

— Qu'il était dangereux d'offenser Gaspard de Besse, même lorsqu'il n'est pas
là. Le mendiant qui passe sur la route peut être un de ses espions. Le colporteur
qui avale un verre de vin, sa balle sur le dos, le cavalier qui boit le coup de l'étrier,
le moine qui quête, peuvent appartenir à sa bande ; c'est ainsi qu'il est si bien
informé de tout ce qui se dit et se fait.

— Peste ! ma belle enfant, vous me faites frissonner, et j'aurai bien garde de
mal parler d'un aussi puissant personnage.

— Vous ferez bien, car il est roi dans ces contrées. A la tête de sa petite armée, il tient sous sa domination les bois de l'Estérel, de la Sambuque, de Cuges, de la Barben et des Taillades.

— Et on l'y laisse en paix?

— On a essayé cent fois de le prendre; on lui a tendu des embuscades, on a lancé à ses trousses toute la maréchaussée de Provence, mais il est imprenable. Il a bientôt fait de mettre sur les dents ceux qui le poursuivent. Un jour, il arrête une diligence à l'Estérel. Le lendemain on apprend qu'il a détroussé des voyageurs à trente lieues de là, à la Barben ou aux Taillades.

— Savez-vous que c'est fort intéressant ce que vous me racontez-là? Mais, dites-moi, n'a-t-il pas à craindre quelque trahison?

— On voit bien que vous n'êtes jamais venu par ici, et que vous habitez quelque ville... Dans les villes, il est détesté, redouté, et sa tête est mise à prix; mais, dans nos campagnes, où les malheureux font à sa générosité des appels qui ont toujours été entendus, il n'en est point de même. Nos paysans lui sont à ce point dévoués qu'ils se feraient tuer plutôt que d'indiquer sa retraite, s'ils la connaissaient, et que, bien qu'il ait la périlleuse habitude d'aller jouer presque toutes les nuits dans les chambrées et les cabarets des villages, jamais il n'a été trahi par eux.

— Les voyageurs n'ont pas les mêmes raisons que vos paysans de l'aimer, car, loin d'en recevoir des marques de libéralité, ils sont obligés de lui payer rançon, et, comme je suis un voyageur, il m'est assez difficile de l'admirer.

— Je souhaite, mon beau monsieur, dit Toinette en souriant, que vous ne tombiez jamais entre ses mains; mais, si ce malheur vous arrivait, votre bourse aurait seule à en souffrir. J'ai vu quelques gentilshommes et quelques dames qui venaient de laisser entre ses mains leur argent et leurs bijoux; les uns et les autres s'accordaient à rendre hommage à son exquise courtoisie.

— C'est qu'ils avaient le caractère bien fait; mais que racontaient ces gens si enchantés d'être dépouillés?

— Ils disaient que lorsqu'un gentilhomme de la Cour fait arrêter le carrosse d'une grande dame pour la saluer, il ne fait pas preuve d'une plus exquise politesse que lorsque Gaspard de Besse arrête une diligence. Entouré de ses hommes qui tiennent les voyageurs en respect, il les aborde le chapeau à la main et s'excuse avec une grâce charmante d'être obligé de retarder leur voyage, de leur faire des emprunts forcés.

Laissant à ceux qui l'accompagnent le soin de visiter les valises et de retourner les poches, il s'efforce de rassurer les dames et de calmer leur frayeur. Il leur donne la main, les porte dans ses bras si elles sont défaillantes, et ne souffre pas qu'on leur adresse la moindre insulte.

— C'est vraiment admirable et, si le receveur a affaire à lui, il pourra se consoler de la perte de son million en pensant qu'il lui a été enlevé avec les formes les plus courtoises. Mais ma chambre doit être prête et vous pardonnerez à un voyageur fatigué par une longue course d'aller prendre quelque repos.

Toinette l'accompagna, bien qu'il s'en défendît, et lui offrit ses services; mais il la congédia et la remercia, sans remarquer les œillades expressives qu'elle lui décochait.

Elle fut, du reste, rappelée dans la grande salle par les cris des soldats qui redemandaient du vin.

Elle s'empressait de les servir, quand le sergent Belamour, que le vin rendait tendre et entreprenant, la saisit à la taille et voulut l'embrasser.

Malheureusement pour lui, malgré son nom, le sergent n'avait point une figure qui pût séduire la belle. La moustache hérissée, le nez rouge, les yeux clignotants, il avait l'air d'un homme qui sait mieux courtiser une bouteille qu'une jolie fille comme Toinette. Aussi, celle-ci, quoiqu'elle ne fût point d'une vertu farouche, le repoussa avec force.

— Laissez-moi donc, lui dit-elle : voulez-vous me laisser ?

Comme l'entreprenant sergent faisait mine de continuer, elle alla se réfugier derrière un gros lourdaud qui sommeillait, à demi appuyé sur une table.

— N'as-tu pas honte, Cadet, lui dit-elle, de me voir poursuivre ainsi sans rien faire pour me défendre ? Tu n'es donc pas jaloux ?

— Moi ! répondit Cadet en bâillant à se décrocher la mâchoire ; non, je ne suis pas jaloux, j'ai sommeil !

— Et tu prétends être un homme ? et tu dis que tu veux m'épouser ?

— Allons, dit Belamour en retroussant sa moustache d'un air conquérant, le Cadet a raison ; à quoi lui servirait-il de vouloir m'empêcher de rendre hommage à la beauté, sinon à se faire donner quelque bon coup d'épée. Sa philosophie me plaît. Allons, camarade, réveille-toi un peu et viens boire un verre de vin avec nous.

— Ah ! pour cela, de grand cœur.

— Fi ! s'écria Toinette, fainéant, poltron et buveur ; le beau mari en vérité !

— Laisse-la dire, tu n'en es pas moins un beau garçon et solidement bâti.

— Je le sais bien, murmura Toinette, il est superbe !

Sans prendre garde à cette exclamation, le sergent poursuivit, en s'adressant à Cadet :

— N'as-tu pas de goût pour l'état militaire ?

— Cela dépend : travaille-t-on beaucoup ?

— On n'a rien à faire, qu'à servir le roi.

— Et le roi, est-il exigeant ?

— Non, certes, c'est un bon enfant que nous ne voyons jamais.

— Alors, cela me va assez.

— Prends garde, Cadet, s'écria Toinette, effrayée du tour que prenait la conversation, prends bien garde !

Mais Belamour, entraînant vers une table Cadet évidemment séduit par la perspective de n'avoir plus rien à faire, lui disait d'un ton engageant :

— Ne l'écoute donc pas, et viens arranger cette affaire.

— Ah ! les gredins ! ils seraient capables de me prendre mon amoureux !

La jeune fille s'apprêtait à arracher Cadet des serres du sergent, lorsqu'elle sentit une main qui s'appuyait sur son épaule. Elle poussa un petit cri de frayeur en se trouvant face à face avec un cavalier qu'elle n'avait pas vu entrer et dont elle ne distingua pas tout d'abord les traits que cachaient les larges ailes d'un feutre rabattu sur le front.

— N'aie point peur, lui dit le nouveau venu, c'est moi !

— Vous, monsieur de Galtières, répondit Toinette qui le reconnut à sa voix.

— Plus bas, j'ai un renseignement à te demander, et désire ne pas être vu : suis-moi dans la chambre voisine où nous ne serons pas dérangés.

— Je n'ai rien à vous refuser ; mais ce pauvre Cadet...

— Laisse là cet imbécile, il ne mérite pas qu'une aussi jolie fille s'occupe de lui et tu le retrouveras toujours.

Lorsqu'il eut pénétré dans la chambre, M. de Galtières ferma soigneusement la porte, jeta son chapeau sur la table et défit son manteau.

Il apparut alors, vêtu d'un élégant costume de cavalier.

C'était un beau jeune homme : teint brun, bouche vermeille, nez aquilin, épaules fines, taille élancée, jambes à la chevalière.

La trop sensible Toinette ne put s'empêcher de remarquer qu'il était charmant et de penser qu'un semblable galant serait mieux son fait que ce nigaud de Cadet. Mais M. de Galtières n'était point en humeur de marivauder et, bien que la jeune fille fût ravissante, avec ses yeux brillants et ses joues rosées, il ne profita pas de l'occasion pour prendre un baiser qu'elle n'avait cependant nulle envie de lui refuser.

— N'est-il pas arrivé, lui dit-il, presque en même temps que ces soldats, deux femmes : l'une jeune et jolie, l'autre...

— Oui, elles étaient dans une carriole conduite par un vieux paysan.

— C'est cela même. Où sont-elles en ce moment ?

— Dans l'appartement à côté ; elles n'ont pas voulu rester ici à cause des soldats.

— Elles sont venues pourtant avec eux.

— Elles s'en iront aussi avec eux pour profiter de leur escorte jusqu'à Aix.

— Ah !

— Dame ! les routes ne sont pas sûres par le temps qui court.

— Toinette, il faut que je parle à la plus jeune de ces femmes.

— Rien n'est plus facile, monsieur, je vais vous conduire vers elle.

— Non, je vais revenir... Sais-tu combien durera la halte des soldats ?

— Dans une demi-heure, ils seront partis, il faut l'espérer.

— Je serai de retour avant leur départ ; mais ne dis à personne que tu m'as vu.

— Personne ne le saura, à moins que Cadet...

— Cadet ne m'a pas aperçu ; il était trop occupé avec le sergent pour avoir fait attention à moi. Au revoir, Toinette !

— Au revoir, monsieur.

Pendant que la jeune fille s'entretenait ainsi avec M. de Galtières, Cadet courait grand risque d'échanger sa liberté contre un uniforme. Ce gaillard solide avait séduit le sergent qui pensait que ce serait une excellente recrue et que quelques bons coups de baguette auraient bientôt raison de son indolence. Toutefois, il n'avait garde de lui présenter sous cet aspect sa nouvelle profession.

— C'est, lui disait-il, en remplissant son verre pour achever de l'étourdir, un noble métier que le nôtre ! Aimer, chanter, rire et boire...

— Et dormir tout à son aise, ajouta Cadet enthousiasmé, tandis qu'ici il faut travailler sans relâche.

Les épées se croisèrent. (Page 16.)

— Porter un galant costume et une épée, morbleu !

— Cela vaut mieux que des sabots de valet d'écurie ; mais, à propos d'écurie, vous n'avez pas de chevaux à soigner au moins ?

— Pour qui nous prends-tu ? Soigner des chevaux ! C'est bon pour des cavaliers comme Royal-Dragons ou Lorraine-Dragons ; nous sommes de nobles fantassins, nous autres.

— Oui, mais, j'y pense, vous faites de longues étapes à pied.

— Ce sont des cas exceptionnels, lorsque nous changeons de garnison ou que nous sommes chargés d'escorter un convoi. Aujourd'hui, par exemple, nous venons de Manosque où l'on faisait des difficultés pour payer le droit de piquet ; le receveur que nous accompagnons, a, dans sa caisse, plus d'un million de livres qu'il porte à M. de Latour, intendant de Provence.

Ces derniers mots firent dresser l'oreille à deux hommes qui buvaient dans un coin de la salle.

Le plus âgé des deux, qui répondait au nom à la fois harmonieux et champêtre de Coquelicot, était un homme de quarante à quarante-cinq ans, de haute taille, à la moustache épaisse qui se retroussait fièrement sous un nez en bec d'aigle ; ses yeux francs et hardis dénotaient la franchise, la résolution et le courage. Il était vêtu d'un pourpoint de drap sombre, d'une culotte courte de velours fauve à côtes et ses jambes s'enfonçaient dans de hautes bottes garnies de formidables éperons. Il avait posé à côté de lui, sur la table et à portée de sa main, une formidable rapière dont la lourde poignée d'acier était nette comme un miroir.

Son compagnon avait une tournure moins belliqueuse. C'était un homme de trente-cinq ans environ, maigre et de petite taille, au visage long et pâle, aux cheveux rouges.

Il n'avait pas de barbe, et sa figure, flétrie avant l'âge, ses yeux inquiets et mobiles, au regard fuyant, portaient tout à la fois les empreintes de la débauche, de l'hypocrisie et d'une lâche férocité. Un long couteau à manche de corne était passé dans sa ceinture et ses mains caressaient les crosses de deux pistolets enfouis dans ses poches.

Il répondait au nom de Bavard, un sobriquet que lui avait valu sa loquacité excessive.

— Un million de livres ! as-tu entendu, Bavard ?

— Oui, Coquelicot, ce sera une excellente affaire.

— Je le crois bien.

— Excellente, mais dangereuse, malheureusement.

— Bah ! Il n'est pas de roses sans épines.

— C'est possible, mais ce sont de dures épines, cette fois ; c'est même une des expéditions les plus dangereuses que nous ayons tentées depuis longtemps. Enlever un trésor défendu par des gaillards comme ceux-là... Peste ! Il faudra en découdre.

— Eh bien ! tant mieux on en découdra. Mais, tais-toi ; voilà le sergent qui nous regarde, et il ne faut pas éveiller ses soupçons. Allons, la fille, à boire !

Quelques mots prononcés un peu trop haut par Bavard venaient, en effet, d'attirer l'attention de Belamour sur les deux buveurs.

— Sur ma parole, s'écria-t-il, j'ai vu des gens qui avaient mauvaise mine, mais jamais comme ceux-là.

— A qui en a-t-il ? murmura Bavard.

— Patience, petit ! lui répondit Coquelicot qui n'était point fort patient lui-même de sa nature ; patience ! Nous ferons baisser le ton à ce beau soldat.

— Par ma foi ! continua Belamour en les toisant d'un air de mépris, ce sont de véritables gibiers de potence, et encore, j'ai vu pendre des coquins qui avaient meilleure tournure.

Cette saillie du sergent mit en belle humeur les soldats qui éclatèrent de rire.

— C'est décidément à nous qu'il en veut, Coquelicot.

— Tais-toi, Bavard, et laisse-moi faire.

— Je me demande, ajouta Belamour que ce succès excitait encore, s'il doit être permis à des individus de cette espèce de boire dans la même salle que des soldats du Roi !

Pendant cette dernière tirade, Coquelicot s'était levé, avait accroché sa rapière à sa ceinture. Le feutre posé de travers, la main sur la poignée de son épée, il alla se planter en face de Belamour, et lui dit, en le regardant fixement :

— Si on leur refusait cette permission, ils la prendraient, entendez-vous ?

— C'est ce que nous verrons, coquin, et tu vas déguerpir sur l'heure.

— Éloignons-nous, souffla Bavard à l'oreille de son ami, car nous allons nous attirer une mauvaise affaire.

— Y penses-tu, poltron ! Je suis prêt à sortir, monsieur le sergent, mais j'ai l'honneur de vous prévenir que quand je m'en vais de quelque endroit, j'ai l'habitude qu'on m'accompagne.

— Soit ! quoique je ne sache guère si tu es digne de cette faveur ; mais je ne veux pas qu'un coquin comme toi puisse aller se vanter d'avoir fait reculer un sergent du régiment de Lyonnais. Ton compagnon peut choisir n'importe quel soldat ici présent.

— Un instant, s'écria Cadet, je ne suis pas encore engagé.

Bavard ne semblait pas plus désireux que lui de jouer un rôle actif dans cette affaire et il donna à entendre qu'il ne tenait pas à l'honneur de croiser l'épée avec un des soldats de Lyonnais.

— Allons, sortons ! dit Coquelicot que toutes ces lenteurs impatientaient.

— Sortons ! répéta Belamour.

— Voilà, monsieur Cadet, lui dit Toinette, lorsque tous les soldats eurent quitté l'auberge, une des prérogatives de cette belle profession que vous vouliez embrasser. Si tu avais porté l'uniforme, il eût bien fallu aller te faire embrocher par ce sacripant à figure sinistre dans le cas où il eût eu la fantaisie de te désigner. Et ces occasions ne doivent pas manquer, car chaque fois que les soldats viennent ici, ils cherchent querelle à quelqu'un.

— Tu as raison, ma petite Toinette, c'est un métier qui ne peut me convenir. Comme il y va ce Belamour !... « Choisissez n'importe quel soldat ici présent... » Décidément, je ne m'engage pas ; je veux d'un métier dans lequel on mange bien, on boit bien, on dort bien, mais je ne veux pas d'un métier où l'on est exposé à chaque instant à tirer l'épée. Merci bien, monsieur le sergent, de votre uniforme, il vous fait courir de trop grands dangers. Allons voir ce que font les autres, mais de loin, de très loin.

Comme il allait sortir, la porte lui fut barrée par un groupe de gentilshommes enveloppés dans de grands manteaux que relevait la pointe de leur épée.

A un mouvement que fit celui qui marchait à leur tête et qui paraissait être leur chef, Cadet aperçut deux pistolets passés à sa ceinture et recula avec effroi.

— Que voulez-vous, messieurs ? balbutia-t-il.

— Ah ! çà, maître drôle, tu ne me reconnais pas ? As-tu fait au moins ce dont nous étions convenus ?

— Ah ! monsieur le marquis d'Arène !

— Puisque tu me reconnais, c'est bien ; mais il est inutile de crier mon nom aux murs de cette auberge. Réponds-moi : as-tu trouvé le moyen de retarder le départ des voyageuses ?

— J'ai cassé le brancard de leur carriole, et, comme on ne s'apercevra de l'accident qu'au moment où on attellera pour le départ, je vous jure bien que les soldats s'en iront sans elles.

— C'est parfait ! Souviens-toi que tu m'as promis d'être discret ; observe religieusement ta parole et garde le silence sur tout ceci si tu ne veux pas que je te coupe la langue et les oreilles. Quant à moi, je tiens ma promesse ; tiens, attrape.

Et, en disant ces mots, il lui jeta une bourse qu'il saisit à la volée.

— De l'or !

— Laisse-nous.

— De l'or ! de quoi vivre longtemps sans rien faire !

— Allons, partiras-tu ?

— Je pars, monsieur le marquis, je pars et je suis bien votre serviteur ; quand vous aurez encore quelque commission de ce genre, pensez à moi.

Lorsque Cadet se fut éloigné, le marquis d'Arène, après s'être assuré que personne n'était à portée de sa voix, se rapprocha de ses amis, de Malvalat, d'Antibes et d'Herbois.

Le marquis d'Arène était de taille moyenne, vigoureux et bien proportionné ; il avait les traits réguliers, le visage pâle et un peu bronzé, les yeux bruns avec des sourcils noirs ; mais ce qui frappait le plus dans sa figure, c'était l'étrange lueur de ses yeux. Lorsqu'on avait une fois subi l'influence de son regard, il était impossible de l'oublier.

De Malvalat fut le premier qui rompit le silence :

— Eh ! bien, d'Arène, nous diras-tu ce que tu attends de nous ?

— En effet, répondit-il, je ne vous ai pas encore expliqué pourquoi je vous ai fait quitter précipitamment les beautés de la ville d'Aix pour venir m'attendre sur cette route.

— Dans de galants costumes comme ceux-ci ; nous devons avoir l'air de brigands et l'on va croire que nous faisons partie de la bande de Gaspard de Besse.

— Tant mieux, c'est ce qu'il faut.

— Comment, s'écria d'Herbois, il faut qu'on nous prenne pour des bandits ?

— Je vous expliquerai cela tout à l'heure et vous conviendrez avec moi qu'il vaut mieux qu'on ne se doute pas en vous voyant que vous appartenez à l'élite de la noblesse de Provence.

— L'aventure que tu nous as promise, lui demanda d'Antibes, nous dédommagera-t-elle au moins du sacrifice imposé à notre amour-propre et à notre élégance ?

— Je n'ose vous l'assurer ; mais ne vous ai-je pas dit qu'il n'était question que de m'aider ?

— De t'aider ?

— Oui, dans un enlèvement.

— Ah !

— Et il s'agit, demanda Malvalat, de quelque belle demoiselle, de quelque noble dame qu'il faut arracher à un frère impitoyable, à un tuteur jaloux, à un époux barbare?

— Il ne s'agit, messieurs, que d'une petite bourgeoise. Oh! ne faites pas dédaigneusement la moue, car c'est la plus belle, la plus charmante personne qu'on puisse rêver! Tu la connais, Malvalat, car tu l'as admirée comme moi, à Aix, et toi-même, d'Antibes, tu es allé plusieurs fois, pour lui faire ta cour, acheter des bijoux dans le magasin de son mari!

— Tu veux donc enlever la belle Pauline, la femme du sieur Roux, le plus habile et le plus riche orfèvre de la Provence?

— Tais-toi, elle pourrait nous entendre prononcer son nom, car elle n'est pas loin d'ici.

— Vraiment! Mais comment se fait-il...?

— Laissez-moi vous demander d'abord si je puis entièrement compter sur vous, si vous êtes toujours fidèles au pacte que nous avons conclu, et dont le but est de satisfaire tous nos caprices, de protéger mutuellement nos plaisirs et nos amours?

— La belle demande! N'as-tu pas notre parole?

— Sachez alors que cette admiration que tu as éprouvée un instant, Malvalat, que ce désir de posséder la belle Pauline que tu as eu pendant huit jours, d'Antibes, tout cela n'est rien à côté de la violente passion qu'elle m'a inspirée.

— Une passion!

— Cela vous étonne de ma part, n'est-ce pas? Eh! bien, cela m'étonne encore plus moi-même. Il faut pourtant que je donne un nom à ce sentiment qui s'est emparé de moi, et qui est tel que je suis décidé à ne reculer devant rien!

— Comme tu y vas! Et nous qui te croyions épris de ta charmante cousine?

— Ma cousine Adrienne sera ma femme, mais Pauline sera ma maîtresse, je le jure.

— Quels sont tes projets? Qu'as-tu décidé?

— J'avais formé un plan dont la première partie n'a pas réussi, et j'ai compté sur vous pour que le dénouement fût favorable.

— Voyons, explique-nous cela.

— Le jour où je résolus que la femme de l'orfèvre serait à moi, je commençai le siège, mais je vous assure que jamais beauté ne fût plus et mieux gardée. Ce n'est que très rarement que Pauline descend dans la boutique, et elle ne sort jamais qu'accompagnée d'une servante qui est incorruptible.

— Bah! cela doit dépendre de la somme.

— Je lui ai offert dix fois plus qu'elle ne pouvait raisonnablement espérer, et j'aurais entretenu à ce prix les bons offices de toutes les servantes de la ville d'Aix; mais elle a repoussé mes offres et m'a déclaré tout net qu'elle avertirait son maître de mes desseins, si j'y persistais. Je passais des nuits entières dans la ruelle habitée par mon infante, sans pouvoir lui parler, ni seulement lui glisser un billet doux. Je réfléchis alors que, si je parvenais à la délivrer de la surveillance qui l'entourait, j'aurais plus de chances de la voir et de lui déclarer mon amour. Je pris des renseignements et je sus qu'elle avait encore un vieil oncle à Manosque. Il y a huit jours, Siffroi, mon coureur, bien dressé et endoctriné par moi, se présenta, déguisé en paysan au mari et lui annonça tout effaré que le bonhomme était au plus mal et qu'il désirait voir sa nièce avant de mourir. Grand émoi dans la maison. L'orfèvre, qui ne pouvait accompagner sa femme, ne voulait pas la laisser partir seule ; mais elle le supplia tellement de satisfaire au vœu du mourant, qu'il fut ébranlé ; la pensée qu'il s'agissait d'un héritage acheva ce que les prières de sa femme avaient si bien commencé, et il se résigna à la voir s'éloigner avec Madeloun.

— Madeloun !

— C'est le nom de la servante. Je me promettais merveille en voyant le résultat de ma ruse : c'est bien le diable, me disais-je, si je ne parviens pas à parler à Pauline pendant la route, et à obtenir un rendez-vous d'elle à l'arrivée. Je comptais sans la hâte avec laquelle s'effectua le voyage ; l'inquiétude dévorait d'ailleurs le cœur de mon idole qui ne daigna pas descendre une seule fois de la carriole qui la portait. Il me fut donc impossible de lui parler et d'essayer de l'émouvoir. A Manosque ce fut bien pis encore ; on se demanda dans quel but on était venu dire que le vieillard était à l'article de la mort, alors qu'il se portait à merveille. Convaincue qu'un danger la menaçait, elle ne sortit pas une seule fois de la maison de son oncle, et je restai sans la voir jusqu'au moment où j'appris qu'elle allait profiter du convoi de la gabelle et de son escorte pour rentrer à Aix.

— Tu n'as vraiment pas de chance, mon pauvre marquis ; un coup si bien combiné.

— Je t'assure que lorsque j'appris cette nouvelle, mon désappointement fut vif ; mais je ne me tins pas pour battu et, convaincu que la partie pouvait encore être gagnée, je vous écrivis pour vous donner rendez-vous ici et réclamer votre concours.

— Y penses-tu ? Tu veux attaquer le convoi ?

— Ce n'est point mon projet. J'ai eu soin de prendre mes précautions pour que la belle Pauline ne pût quitter le Cheval-Rouge en même temps que les soldats. Sachant que l'on devait faire une halte ici, j'ai pris les devants, j'ai gagné le valet d'écurie, et vous venez d'entendre de sa bouche le récit de ses hauts faits. Un brancard cassé fera partir la carriole une demi-heure après le convoi, et nous l'empêcherons bien de le rejoindre. A cent pas environ de cette auberge, la route serpente entre de grands rochers ; c'est un endroit admirable pour dresser une embuscade. A nous quatre, nous aurons facilement raison de ce vieux paysan et de ces deux femmes.

— Nous en aurons même trop facilement raison, répondit d'Antibes ; s'il s'agissait de livrer bataille, de conquérir la belle à la pointe de nos épées, à la bonne heure ! Ce serait là métier de gentilhomme, mais fondre sur deux femmes et un vieillard !... Les bandits de Gaspard de Besse eux-mêmes, dont nous parlions tout à l'heure, ne voudraient pas d'une aussi vilaine besogne.

— Si elle te répugne, tu es libre de te retirer, nous nous passerons de toi.

— Je n'en doute pas ; mais que feras-tu de la femme de l'orfèvre lorsqu'elle sera en ton pouvoir ?

— Tu sais bien que j'ai non loin d'ici un vieux pavillon de chasse admirablement aménagé pour recevoir un pareil gibier. Situé loin de toute habitation, entouré de hautes murailles, il est à la fois à l'abri des regards indiscrets et d'un coup de main, car on pourrait au besoin y soutenir un siège. L'extérieur en est triste et sombre, mais il ne faut point juger de l'intérieur sur cette apparence : c'est un nid charmant et capitonné mollement qui a déjà abrité plus d'une douce Colombe. Tout est prêt pour recevoir mon infante, il ne dépendra que d'elle d'y passer quelques semaines charmantes.

— Quelques semaines ?

— Est-ce trop ou trop peu ?

— Trop, dit Malvalat, s'il s'agit d'un simple caprice ; trop peu si, comme tu le disais tout à l'heure, tu aimes avec passion.

— Je ne te savais point un appétit amoureux aussi robuste. Il me semble que quelques semaines passées en tête à tête doivent finir par avoir raison de la passion la plus robuste. Et puis, il faut penser aussi à ce pauvre Roux et ne point prolonger indéfiniment son veuvage.

— Donc, au bout de quelques semaines, tu comptes renvoyer à son époux la charmante Pauline ?

— C'est cela même. Il ne s'agit plus maintenant que de savoir si j'ai eu raison de compter sur vous et si vous êtes résolus à pousser jusqu'au bout cette aventure.

— Mais cela n'est pas douteux, répondit d'Herbois.

— Il n'y a donc que d'Antibes qui hésite.

— Il n'hésite que fort peu, répliqua celui-ci. Puisque je suis venu jusqu'ici, ce n'est point pour t'abandonner.

— A la bonne heure, je te retrouve. Et maintenant que tout est convenu, allons tendre le piège où se prendra ce bel oiseau.

<hr />

CHAPITRE II

Le combat des hommes masqués

 BELAMOUR et Coquelicot n'eurent pas à aller bien loin pour trouver un terrain à leur convenance ; à une vingtaine de pas de l'auberge, ils trouvèrent un emplacement admirable et qu'on eût pu croire arrangé à dessein pour ces sortes de rencontre.

— Depuis qu'il était sorti de l'auberge, le sergent, un peu dégrisé, commençait à se repentir d'avoir accepté le défi de cet aventurier, non qu'il eût peur, il avait vu trop souvent la mort en face pour la redouter, mais il se demandait ce que deviendrait le trésor confié à sa garde, si, lui mort, les soldats sans direction, sans chef, étaient attaqués par des bandits.

Comme il était trop tard pour reculer, Belamour se promit d'être prudent, de ne point se laisser emporter par la colère. Maître de lui même, il se croyait assuré d'avoir bon marché de son adversaire.

Des pensées moins sombres hantaient l'esprit de Coquelicot. Il allait sur le terrain, avec le même sang-froid que s'il se fût agi d'un assaut en salle d'armes.

— Cet endroit vous convient-il, monsieur le sergent, dit-il d'un ton de superbe indifférence lorsqu'on fut arrivé tout proche d'un bouquet de pins. Le sol est uni, sans caillou qui puisse faire glisser le pied, et vous aurez tout l'espace nécessaire pour rompre, s'il vous en prend la fantaisie.

Ces dernières paroles qui mettaient en doute son courage, firent bondir Belamour de colère.

— N'allons pas plus loin, dit-il, et tu vas voir, coquin, qu'un soldat du roi ne rompt jamais.

— La réponse serait parfaite sans ce mot de coquin qui la dépare. Sachez, mon maître, que j'ai déjà vu plus d'un soldat fanfaron et insolent reculer devant mon épée et que les bravades ne m'émeuvent pas plus que les injures.

— Allons, assez causé et en garde, je suis pressé!

— Je le suis aussi, mais le charme de votre conversation est tel qu'il ne m'en coûte rien de remettre à plus tard mes affaires. Puisque vous êtes pressé, en garde!

Les épées se croisèrent. Pendant quelques secondes, Belamour et Coquelicot se tâtèrent sans se livrer, chacun d'eux cherchant à se rendre compte de la force et du jeu de son adversaire. Belamour ne tarda pas à reconnaître qu'il avait affaire à forte partie.

Après avoir évité un coup droit que lui avait porté Coquelicot et qui avait failli l'atteindre en pleine poitrine, il lui dit en lui envoyant un coup de pointe qui n'arriva pas à destination:

— Vous tirez bien, mon garçon.

— Mais, passablement; vous verrez tout à l'heure que ceci n'est qu'un jeu d'enfants.

Le sergent, attaqua encore et essaya plusieurs bottes qu'il croyait irrésistibles mais qui vinrent toutes se briser contre la flamberge de l'aventurier, qui se contentait de parer sans riposter.

— On dirait vraiment que tu me ménages; attends un peu, tiens, à toi!

— Ce coup ne vaut rien, mon maître, je vais vous en montrer un meilleur. J'ai le regret d'ajouter que vous l'apprendrez à vos dépens, car il tue infailliblement son homme.

Belamour ne répondit pas; il fondit sur son adversaire qui releva son épée par une parade de prime.

— Là, là, dit Coquelicot, ne vous emportez donc point; vous êtes déjà tout en nage et, si vous y allez de ce train, vous serez essoufflé avant dix minutes.

A moi! à moi! cria Pauline à demi défaillante. (Page 22.)

Le sergent laissa pour toute réponse échapper un formidable juron; mais il sentit la justesse de cet avis et, bien qu'il lui fût donné en manière de raillerie et de bravade, il en profita.

Aux attaques brutales, aux grands coups d'épée, succédèrent des passes brillantes, des ripostes imprévues qui arrachèrent des applaudissements aux témoins de ce duel. Les soldats, hostiles d'abord à l'aventurier, ne purent lui refuser une sorte d'admiration pour son jeu si correct et si savant.

Entre deux parades, Coquelicot dit à son adversaire :

— Vous avez sans doute connu le brigadier Cabannes, car je crois que vous avez le même jeu.

— C'était mon maître.

— Je m'en doutais. Vous avez hérité de ses qualités et de ses défauts, car le pauvre diable, qui avait mauvaise tête, s'est fait tuer.

— Vous voulez dire qu'il a été assassiné dans un tripot; c'était aussi mon ami et si je connaissais son meurtrier...

— Vous le tenez présentement à la pointe de votre épée; mais je l'ai tué dans un loyal combat et j'ai le regret de vous prévenir que vous mourrez du même coup qui l'a transpercé, c'est peut-être le seul qu'il ne vous ait pas appris à parer.

Cet avertissement, qui eût dû produire un redoublement de prudence et d'adresse chez le soudard, lui arracha au contraire une espèce de rugissement et le fit se précipiter avec acharnement contre son adversaire.

Au même instant, une tierce chassa son épée, il trébucha et se trouva découvert entièrement. Coquelicot se précipita sur lui et lui porta la pointe de son épée sur la poitrine; il s'arrêta une seconde peut-être, l'œil rouge et fixé sur celui du sergent dont la lame, ramenée habilement, touchait presque la sienne. Il tendit le bras avec effort, un cri étouffé s'échappa de sa poitrine, et la pointe de sa rapière, pénétrant dans le flanc de Belamour, parut un moment de l'autre côté.

Le sergent poussa un sourd rugissement, étendit les bras, lâcha son épée, glissa sur la lame et tomba raide mort.

Les soldats s'élancèrent pour le soulever, mais ils ne relevèrent qu'un cadavre.

Sans même jeter un regard sur son adversaire, Coquelicot essuya tranquillement son épée, la remit au fourreau et se dirigea vers le cabaret où il retrouva Bavard, qui s'était tenu prudemment à l'écart et avait suivi de loin, en compagnie de Cadet, les péripéties du duel.

— A boire! commanda Coquelicot d'une voix tonnante qui fit tressaillir Cadet.

— Voilà, voilà, monsieur, et du meilleur! Peste! ajouta-t-il à voix basse, il ne faut pas mécontenter ce terrible homme.

— C'est bien, et maintenant va voir à l'écurie si j'y suis!

— Je m'empresse d'y aller, quoiqu'il me semble bien inutile de me déranger pour cela.

— Et si tu ne m'y trouves pas, il sera inutile de venir me le dire; tu n'entreras ici que lorsque je t'appellerai.

— Il sera fait selon votre désir, répondit obséquieusement Cadet, en s'empressant d'obéir.

Bavard, depuis la mort du sergent, avait repris toute son assurance.

— En voilà toujours un de moins, dit-il. Ah! Coquelicot, je t'ai admiré.

— Parce que j'ai châtié un insolent.

— Tu as fait ce que je voulais faire.

— Si j'avais suivi tes conseils, j'aurais battu en retraite avec toi.

— C'est que tout le monde n'est pas de ta force.

— Il est vrai que je manie assez proprement une épée; je ne me connais qu'un maître.

— Et ce maître?

— Le voici, répondit Coquelicot en montrant M. de Galtières qui entrait dans la grande salle de l'auberge.

Celui-ci, après s'être assuré qu'ils étaient bien seuls, s'approcha des deux buveurs et leur dit à demi-voix :

— Vous êtes venu, c'est bon ! Les soldats vont partir; on attelle les chevaux à la voiture du receveur et dans quelques instants il n'y aura plus personne ici. Prenez donc les devants, rassemblez vos camarades et dans deux heures attaquez l'escorte.

— Ne vaudrait-il pas mieux l'attaquer plus tôt?

— Non, c'est impossible; cela dérangerait tous mes plans. C'est toi, Coquelicot, qui commandera l'expédition.

— Et toi?

— Moi, il faut que je reste ici où de graves intérêts exigent ma présence.

— C'est bien, tes ordres seront suivis à la lettre. Allons, Bavard, en route !

Lorsque Coquelicot et Bavard se furent éloignés, M. de Galtières appela Toinette.

— Tiens, dit-elle, vous êtes seul ; que sont devenus ces deux hommes qui étaient là?

— Je n'ai vu personne et ils ont dû probablement partir avant mon arrivée, mais non sans payer ce qu'ils devaient, car je vois quelques pièces de monnaie sur la table. As-tu prévenu la plus jeune et la plus jolie des voyageuses que j'avais à lui parler?

— Oui, mais elle a fait quelque difficulté pour vous recevoir; elle m'a demandé votre nom et elle a désiré savoir quel était le but de votre visite?

— Va lui dire que j'ai à lui faire une communication de la plus grande gravité, qui se rattache à son voyage à Manosque et à l'accident qui la retient ici.

— Comment, vous savez ?

— Que le brancard de sa voiture est brisé, oui. Je viens de l'apprendre en traversant la cour où j'ai vu qu'on le réparait.

— Et vous croyez que cela suffira pour la décider à vous recevoir?

— Je l'espère du moins; mais le temps presse, va m'annoncer.

— J'y cours, monsieur.

Quelques instants après, Toinette revint et lui dit que Pauline Roux l'attendait.

Dans une chambre simplement, mais proprement meublée, la femme de l'orfèvre et sa servante Madeloun attendaient le moment du départ, en donnant de visibles signes d'impatience. En apercevant M. de Galtières, Pauline tressaillit et montra une vive émotion.

— Je n'avais pas osé espérer, lui dit-il en s'inclinant, que vous me reconnaîtriez et que vous n'auriez pas perdu le souvenir des quelques instants, hélas ! si rapides, que j'ai eu le bonheur de passer auprès de vous.

— Comment, vous connaissez ce beau cavalier? s'écria Madeloun surprise, et devenue subitement méfiante en flairant un galant.

— J'ai eu l'honneur de danser avec madame, au bal du marquis Pons de Varades.

— Mais, demanda Pauline, comment vous trouvez-vous ici? Qui a pu vous informer de ma présence?

— C'est le hasard seul qui a tout fait, hasard que je bénis, car il me permet de vous revoir et de vous sauver peut-être d'un danger.

— Expliquez-vous plus clairement, monsieur, je vous en prie, car vous me faites grand'peur.

— Je m'étais rendu à Manosque où m'appelaient quelques affaires et j'étais à la veille de m'en retourner, lorsque, passant un soir dans une ruelle obscure, j'entendis prononcer votre nom d'un ton de colère et de menace. Je me mis à écouter en me dissimulant dans l'encoignure d'une porte, et il me fut facile de comprendre, à quelques mots que je pus saisir, qu'on complotait de vous enlever à votre retour. Jusqu'ici, tout s'est passé comme vos ennemis l'avaient prévu ou plutôt combiné : l'accident qui vous oblige à vous arrêter ici plus longtemps que vous ne le pensiez et à laisser partir devant vous le convoi qui faisait votre sauvegarde sur ces routes peu sûres, n'a rien d'imprévu.

— On vient de nous faire espérer, monsieur, que notre brancard serait bientôt réparé et que nous pourrions, en nous hâtant un peu, rejoindre les soldats dans une heure.

— Seigneur Dieu ! fit la servante. Il faut espérer qu'avant ce temps-là, nous ne rencontrerons pas ce damné de Gaspard de Besse !

— Vous n'avez rien à craindre de lui, Misé Madeloun, lui répondit en souriant M. de Galtières. Seules, dans votre carriole conduite par un vieux paysan, qu'avez-vous à redouter d'un homme qui ne s'attaque qu'aux forts et protège les faibles ? Vous étiez plus exposées en faisant la route avec le convoi qu'en voyageant seules, car Gaspard de Besse peut être tenté de s'emparer de l'argent de M. des Galois de La Tour. Je vous conseille de renoncer à votre projet de rejoindre le convoi.

— Ce serait cependant le plus sage, répondit Pauline.

— Je persiste à penser le contraire ; mais cela importe peu, car vous ne devez pas retrouver votre escorte.

— Qu'entendez-vous par là ?

— Que celui qui a su vous séparer d'elle s'emparera de vous avant que vous ayez pu retrouver la protection qu'il a réussi à vous ravir. Il vous croit seule et sans défense, il n'hésitera pas à exécuter ses criminels projets.

— Je suis, en effet, sans défenseur, et mon seul espoir est de rejoindre les soldats avant que ces mystérieux ennemis dont vous me parlez aient pu arriver ici.

— Ils y étaient, il n'y a qu'un instant et sont repartis ; ils doivent s'être embusqués quelque part près de la route. Si je ne craignais pour votre vie qui pourrait courir des dangers dans un combat, je ne vous conseillerais pas de rester ici jusqu'à demain matin. Je suis venu pour vous défendre et je ne suis pas homme à vous signaler le péril sans être résolu à le partager avec vous s'il m'est difficile de l'éloigner complètement de votre tête.

— Ah ! le brave jeune homme ! s'écria Madeloun enthousiasmée, il est aussi courageux qu'il est beau ! Il me semble qu'avec lui je n'aurai plus peur.

— Vous me conseillez donc de passer la nuit ici ?

— Ce sera de la prudence.

— Mais que pensera mon maître ? demanda Madeloun. Il nous attend et ne pourra s'expliquer notre retard.

— En effet, mon mari serait inquiet et qui sait ce qu'il pourrait croire?

— Vous lui direz qu'il était nécessaire de vous arrêter à l'auberge du Cheval-Rouge, que votre vie, votre honneur étaient en péril si vous continuiez la route.

— Ma vie! mon honneur! mais ces hommes dont vous parlez sont donc des bandits?

— Ce sont des gentilshommes, ou plutôt nobles par le hasard de la naissance, ils déshonorent des noms jusqu'ici respectés.

— Vous les connaissez donc?

— Je connais du moins celui qui dirige cette expédition.

— Son nom, monsieur, par grâce!

— Vous voulez le savoir, c'est le marquis d'Arène.

— Lui!

— Je vois que vous le connaissez aussi et savez de quoi il est capable.

— Jésus miséricordieux! s'écria Madeloun, c'est ce seigneur qui venait si souvent dans notre boutique et qui voulait m'obliger à vous remettre une lettre!

— J'ai foi en vos paroles, dit Pauline, et suis prête à suivre vos conseils. Tout, en effet, confirme vos paroles: cet accident qui retarde notre voyage et nous enlève la protection d'une nombreuse escorte, ce faux avis qui m'a fait partir pour Manosque et qui m'a été donné par un messager que nul ne connaît. Mais êtes-vous certain qu'en passant la nuit ici, nous serons à l'abri de tout danger et qu'en partant demain nous arriverons à Aix sans être inquiétées?

— Vous avez raison et la crainte que j'éprouve de vous voir exposée à un danger immédiat m'empêche de prévoir que vous pouvez avoir à redouter de plus grands périls. Je ne sais que trop de quoi le marquis d'Arène est capable; décidé à se venger de vos refus et à assouvir sa détestable passion, il ne reculera devant aucun crime. S'il apprend que vous n'êtes plus seule, il appellera à son aide d'autres complices. Il ne me sera alors plus possible que de mourir pour vous, sans espoir de vous sauver à moins que...

— A moins, dites-vous?

— J'ai quelques amis dans les environs et l'idée m'est venue de demander le secours de leurs épées; mais il faudrait vous laisser seule pendant plusieurs heures et qui sait si, à mon retour, vous ne seriez pas dans les griffes de ce bandit.

— Que décidez-vous?

— J'hésite encore... Peut-être la témérité serait-elle la véritable prudence; vos ennemis sont peu nombreux, je ne les crains pas, et je vous ouvrirai un passage l'épée à la main.

— Je me confie à vous et accepte aussi loyalement que vous me l'offrez votre protection.

— Dieu fasse que vous n'ayiez pas besoin d'éprouver toute l'étendue de mon dévouement et que ma présence empêche ces lâches de poursuivre leurs odieux projets.

— La carriole est réparée et le cheval est attelé, dit Toinette en entr'ouvrant la porte.

— Allons, madame, partons et à la grâce de Dieu!

La carriole avançait lentement sur la route coupée de fondrières et M. de Galtières avait toutes les peines du monde à modérer son cheval qui voulait à chaque instant s'élancer en avant.

Tout en s'entretenant avec les voyageuses, il explorait attentivement les deux côtés de la route, cherchant le moindre indice qui pût lui indiquer dans quel endroit d'Arène et ses amis s'étaient embusqués pour fondre sur leur proie.

Soudain, il entendit le hennissement d'un cheval à une faible distance sur sa droite.

Restant immobile, comme pour mieux écouter, il laissa la carriole s'éloigner de quelques pas : prenant dans ses fontes un masque noir, il l'appliqua sur son visage, mit l'épée à la main et arma un pistolet.

A peine avait-il achevé ces préparatifs, que quatre hommes, le visage barbouillé de suie, comme des bandits, se précipitèrent, au tournant de la route, sur la carriole et arrêtèrent le cheval par la bride.

— A moi ! à moi ! cria Pauline à demi défaillante.

— Il est inutile de crier, ma toute belle, lui dit celui qui paraissait commander l'expédition, nul ne vous entendra et vous nous obligerez à mettre un bâillon sur cette bouche mignonne.

Comme si ces mots eussent évoqué un spectre, le cavalier, dont le visage était caché sous le masque, arriva ventre à terre, l'épée à la main. Du poitrail de son cheval, il heurta un des agresseurs si violemment qu'il l'envoya rouler sur la route, asséna un coup terrible du pommeau de son épée sur l'homme qui tenait le cheval par la bride et, avec le pistolet, il fit sauter la cervelle à d'Herbois.

Emporté par l'élan même de son attaque, il dépassa la carriole. Lorsqu'il revint sur ses pas, le marquis d'Arène, resté seul debout, avait eu le temps de se remettre de la surprise de cette brusque attaque et l'ajustait soigneusement.

Lorsque M. de Galtières ne fut plus qu'à quelques pas, il pressa la détente, mais le cheval fit un écart au moment même où le coup partait et ce mouvement sauva la vie au cavalier.

— A ton tour, d'Arène ! s'écria-t-il en fondant sur lui l'épée haute.

Le marquis tira, un peu au hasard, son second coup de pistolet et n'attendit pas le choc. Il bondit derrière les rochers et escalada les flancs escarpés de la montagne inaccessibles au sabot d'un cheval.

M. de Galtières fut donc obligé de renoncer à le poursuivre. S'approchant de la carriole, il s'efforça de faire revenir à elle Pauline évanouie et de rassurer Madeloun qui poussait des cris déchirants.

CHAPITRE III.

La bague du chevalier de Valebrègues.

'AUBERGE du Cheval-Rouge, naguère si animée et si bruyante, est maintenant déserte; tous les voyageurs sont partis, à l'exception de ce jeune cavalier que Toinette trouve si charmant et qui n'a pas encore quitté sa chambre.

La belle enfant met un peu d'ordre dans la grande salle, enlève les gobelets et essuie les tables; elle va se retirer, lorsqu'elle aperçoit, dans un coin, Cadet paresseusement allongé sur un banc.

— Ah! c'est vraiment trop fort! s'écrie-t-elle, le paresseux me laisse faire tout son ouvrage et ne daigne même pas venir m'aider.

— C'est que, vois-tu, Toinette, je suis en train de réfléchir à ce que je vais faire.

— Ce que tu vas faire? Mais tu continueras à panser les chevaux, nettoyer l'auberge et servir les voyageurs.

— Tu n'y es pas, et je vais t'apprendre du nouveau : je quitte le Cheval-Rouge.

— Malheureux! Est-ce que tu te serais enrôlé?

— Je m'en serais bien gardé.

— Tu as trouvé une autre condition?

— Mieux que cela; tiens, regarde. Et il lui montra la bourse que venait de lui donner le marquis d'Arène.

— Tu as trouvé une bourse?

— Trouvé? Non, je n'ai pas trouvé, j'ai gagné cet or et il va me permettre d'annoncer, quand il sera de retour d'Aix, à maître Bérard, mon patron et ton père, que j'en ai assez du métier de valet d'auberge.

— Que feras-tu?

— Je vivrai de mes rentes.

— Avec ces quelques pièces d'or?

— Ou plutôt j'entrerai au service d'un grand seigneur qui se montrera aussi généreux que le gentilhomme de qui vient cette bourse.

— Ingrat, tu nous quittes? dit Toinette en essuyant une larme.

— Il le faut bien, car... Mais qui vient ici?

— Ah! c'est notre joli voyageur! répondit Toinette.

— Vous voilà, ma belle enfant, dit celui-ci ; je viens de faire un tour à la cuisine et ces belles volailles dorées, ces casseroles qui chantent sur le feu m'ont mis en bel appétit. Vous allez donc me faire préparer un bon dîner et me le porter dans ma chambre.

— J'y cours, monsieur, et j'aurai moi-même le plaisir de vous servir votre dîner.

A la cuisine, les domestiques étaient enchantés de la bonne mine et des généreux procédés de ce voyageur qui avait distribué largement des pourboires afin d'être bien servi.

Toinette arriva au moment où ce concert d'éloges allait *crescendo* et, après l'avoir écouté en silence, dit à son tour que, s'il fallait en juger par les apparences, il devait être un amant malheureux. Elle était allée plusieurs fois écouter à sa porte, pendant qu'il était enfermé dans sa chambre, pour s'assurer s'il n'avait besoin de rien et elle lui avait entendu pousser des soupirs qui l'avaient attendrie.

Cette communication de Toinette fut accueillie par de grands éclats de rire et on ne se fit pas faute de la plaisanter sur sa grande bonté d'âme.

— C'est dommage, dit une des servantes, que vous ne soyez pas aimée de ce jeune cavalier, car je crois que vous ne le laisseriez pas soupirer longtemps.

— Ma foi, je voudrais bien que celui qui sera mon mari lui ressemblât.

— N'avez-vous pas de honte de parler ainsi, s'écria la vieille cuisinière, et une jeune fille de votre âge devrait-elle avoir de pareilles pensées ? Votre père est trop indulgent et vous laisse trop de liberté.

— Mon père sait qu'il peut avoir confiance en moi et que je suis une honnête fille.

— Une honnête fille ne tiendrait pas de pareils propos. J'avais dix ans de plus que vous, que je ne savais même pas qu'il y eût des hommes au monde.

— Vous ne faisiez pas attention à eux parce qu'ils ne faisaient pas attention à vous... Pour moi, c'est le contraire ; ils se montrent tous aimables et je préfère ceux qui sont les mieux tournés.

Cette réponse provoqua de nouveaux éclats de rire et celle qui se l'était attirée sortit en grommelant.

Après avoir goûté rapidement et de fort bon appétit aux plats que Toinette plaçait devant lui, le voyageur parut enfin remarquer la beauté de la jeune fille et l'attention toute particulière dont elle l'honorait.

— Viens çà, ma mignonne, lui dit-il, tu es vraiment charmante !

Et, prenant du bout des doigts son petit menton où s'épanouissait une ravissante fossette, il déposa deux baisers sur ses joues qui s'empourprèrent.

Elle était vraiment adorable ainsi, rougissante et émue ; il serra sa petite main et elle lui rendit doucement son étreinte, en murmurant d'une voix faible comme un soupir :

— Ah ! monsieur, de grâce, laissez-moi.

Le jeune homme sourit et parut s'amuser de son embarras, plus qu'il ne semblait prendre de plaisir à ce tête-à-tête, vraiment délicieux cependant.

Toinette était devenue toute rouge et baissait les yeux pour dissimuler son embarras ; elle trouvait que le voyageur allait un peu trop vite et qu'il eût pu

La fenêtre était ouverte et elle vint s'y accouder un instant. (Page 26.)

pousser moins vivement les choses; mais il se montrait si aimable qu'elle n'osait dédaigner ses galantes entreprises.

Le jeune homme ne sembla pas toutefois disposé à profiter de ses avantages.

— Il faut, ma belle enfant, lui dit-il, que tu me rendes un service; aussitôt que M. de Galtières sera ici, tu lui montreras cette bague, en lui disant que la personne de qui tu la tiens a un impérieux besoin de le voir immédiatement.

En disant ces mots, il lui remit une bague sur laquelle étaient des dessins étranges qui devaient avoir sans doute un sens mystérieux.

Toinette demeura toute surprise et fixa sur son interlocuteur des yeux étonnés.

Évidemment, après un début si tendre, elle s'attendait à autre chose. Néanmoins, elle promit de faire fidèlement sa commission.

— C'est bien, ma charmante, et voici pour ta peine.

Attirant vers lui la tête blonde de la jeune fille, il déposa sur ses lèvres un baiser qui la fit tressaillir. Il glissa en même temps dans sa main une bourse pleine d'or.

— Au revoir, ma mignonne !

— Au revoir, monsieur, répondit-elle en soupirant.

Puis, lorsqu'elle se fut éloignée, elle ajouta, avec un nouveau soupir :

— Ah ! c'est vraiment dommage !

Toinette fut tirée de sa rêverie par un grand bruit qui s'éleva dans la cour ; elle arriva juste assez à temps pour voir M. de Galtières qui ramenait Pauline Roux à demi défaillante tandis que deux hommes avaient grand'peine à transporter la grosse Madeloun dans la chambre que les voyageuses venaient de quitter peu d'instants auparavant.

Pauline ne tarda pas à revenir à elle, mais la vieille servante avait éprouvé une trop grande émotion pour pouvoir s'en remettre aussi vite. Elle avait la fièvre, le délire et il fallut la mettre au lit.

Force fut donc à Pauline de renoncer à continuer immédiatement sa route. Le cheval fut dételé, la carriole remisée et Cadet invité, moyennant un bon pourboire, à aller jusqu'à Aix porter une lettre que la jeune femme envoyait à son mari pour le prévenir qu'elle était obligée de rester à l'auberge du Cheval-Rouge.

Ce ne fut pas sans peine que Cadet consentit à entreprendre ce voyage ; sa paresse s'accommodait mal d'une longue traite à cheval et il se mettait à trembler à la pensée qu'il pourrait tomber à son tour dans une embuscade et y laisser, sinon la vie, tout au moins son argent.

Le récit que venait de faire le paysan qui conduisait la carriole, de l'attaque des hommes masqués, le glaçait de terreur et, au moment de monter en selle, il hésitait encore à partir. Mais la cupidité et le désir d'augmenter encore sa fortune, l'emportèrent sur la paresse et la peur ; il se hissa sur son cheval et piqua résolument des deux, en homme qui a enfin pris son parti.

Toinette était si profondément troublée par les événements qu'elle venait d'apprendre, par le départ de Cadet et la crainte qu'il ne pût arriver sain et sauf au terme de son voyage, qu'elle oublia de remettre immédiatement à M. de Galtières la bague qui lui avait été confiée par le voyageur.

Madeloun avait fini par s'assoupir. Bien que la fièvre fut encore très forte, le délire avait cessé et elle reposait.

Pauline, la voyant plus calme, passa dans la chambre voisine.

La fenêtre était ouverte, et elle vint s'y accouder un instant avant de se jeter tout habillée sur son lit pour essayer de sommeiller et de réparer un peu ses forces.

Une lueur indistincte survivait encore au coucher du soleil et l'air pur de la montagne lui arrivait tout imprégné des parfums du soir.

On était alors au commencement de l'automne. La nature, ayant de recevoir les rudes et froides atteintes de l'hiver, semblait vouloir se livrer aux caresses d'un second printemps.

Pauline s'accouda à la fenêtre. Tandis que son esprit s'abandonnait à une rêverie mélancolique, ses yeux erraient machinalement sur les rocs menaçants et les arbres rabougris, agités par la brise.

La tête appuyée sur sa main, elle rêvait et les souvenirs du passé surgissaient tumultueusement dans son esprit. Elle songeait à ces jours si rapidement envolés, à ces espérances et à ces rêves d'amour, auxquels les traits et le nom de M. de Galtières étaient si étroitement mêlés. Elle revoyait par la pensée ces brillants salons du marquis Pons de Varades où il lui était apparu pour la première fois, ces grandes allées remplies d'ombre où il l'attendait le soir et où ils se promenaient la main dans la main ; il lui semblait entendre encore le son pénétrant de sa voix et son cœur battait plus vite lorsqu'elle se rappelait les mots d'amour si brûlants, si passionnés, qui enivraient son âme.

Ces rêves n'avaient duré que peu de semaines et s'étaient envolés le jour où elle avait entendu le devoir commander en maître et où elle s'était résignée à épouser l'orfèvre Roux.

Elle ne s'était pas laissé éblouir par la fortune qui lui était offerte. Si elle eût été maîtresse de son choix, elle eût préféré même la misère avec M. de Galtières. Si elle avait sacrifié cet amour, c'était sous la dure pression de la nécessité, pour assurer à son père une vieillesse heureuse et tranquille. Ce sacrifice une fois fait, elle s'était efforcée d'oublier le passé et de se rattacher à la situation qu'elle avait acceptée.

Peut-être ne s'était-elle pas rendu compte au premier abord de la place que l'amour de M. de Galtières avait prise dans son âme, peut-être avait-elle cédé instinctivement à cet invincible besoin d'aimer qui ne s'éteint qu'avec la vie? Plus tard, elle avait cru trouver dans l'union à laquelle elle s'était résignée, un refuge contre ses souvenirs et l'appui d'une affection qui l'aiderait à refouler ses rêves de jeune fille et à s'habituer à une existence nouvelle.

Mais elle n'était pas heureuse. Avait-elle trop préjugé de ses forces ou l'orfèvre Roux était-il coupable de maladresse à son égard? Elle n'avait jamais pu vaincre la répulsion mêlée de crainte qu'il lui avait inspirée dès le premier jour.

Ce n'est pas qu'il eût rien à se reprocher à son égard, mais cette âme timide et blessée aurait eu besoin d'être entourée d'une sympathie discrète.

Nul doute qu'un mari qui eût compris l'état de son cœur et qui se fût attaché à la conquérir, ne fût parvenu à force de soins à effacer de sa pensée le souvenir de M. de Galtières.

Soit que l'orfèvre Roux ne l'eût pas senti, soit qu'il fût incapable des ménagements et de la patience attentive qui eussent été nécessaires, il fit, dès le premier jour, tout ce qu'il fallait pour heurter sans le vouloir les sentiments secrets de Pauline et creuser entre elle et lui, un abîme infranchissable.

C'était une nature ardente et concentrée à la fois que celle de l'orfèvre Roux ; un caractère froid en apparence, mais peu susceptible de mesure et qui montra peu de tact dans ses premiers rapports avec une jeune femme dont le cœur aurait eu besoin d'être guéri et dont il fallait en quelque sorte surprendre l'affection.

Tout au contraire, il se conduisit, dès les premiers jours de son mariage, comme un époux impatient et passionné qui ne s'attend à aucun obstacle et croit pouvoir emporter d'assaut une place ouverte ou à demi rendue.

Ces élans d'une passion qu'elle ne partageait à aucun degré, cet amour violent, désordonné et un peu brutal étaient faits pour effaroucher et effrayer Pauline, pour refouler l'affection plus calme qu'elle était toute disposée à donner à son mari, mais qui aurait eu besoin de naître et de se développer par la confiance.

L'orfèvre parut fort étonné de trouver dans Pauline une épouse obéissante, sans doute, mais dont le cœur était obstinément fermé et qui répondait à ses protestations passionnées par une froideur invincible ou par des larmes.

Beaucoup d'hommes, après avoir commis la faute de mal débuter en ménage, cèdent au dépit que leur cause leur peu de succès. A un moment où bien des fautes pourraient encore se réparer, leur amour-propre froissé les empêche de changer d'allures et de tenter de nouveau par des moyens directs la conquête d'un cœur qui ne s'est point livré sans résistance. Roux fut de ceux-là.

Peut-être la passion dont il parlait avant son mariage était-elle moins profonde qu'il ne l'avait dit ou qu'il ne l'avait cru; peut-être n'aimait-il point assez Pauline pour assouplir son caractère aux ménagements qu'il eût fallu prendre vis-à-vis d'elle?

C'était un homme fait pour la domination et qui ne savait guère que parler en maître. Il ne comprit pas cette nature faible et aimante, mais réservée et défiante; il se buta et, dédaignant d'entrer en lutte avec de sottes visions de jeune fille, il ne fit rien pour la ramener à lui et pour vaincre l'espèce d'effroi qu'il lui inspirait.

Des situations de cette nature amènent insensiblement ou par un éclat subit une rupture irrémédiable. Celle qui se produisit entre Pauline et son mari n'eut rien de brusque et ne donna lieu à aucune querelle.

Le cœur de la jeune femme était resté fermé pour son époux; celui-ci cessa au bout de quelque temps de faire montre d'une passion si mal reçue, mais il ne cessa pas de l'aimer pour cela et à son amour se vint joindre une jalousie sombre et ardente.

L'intimité n'existait pas entre eux; il n'y avait jamais eu une heure d'abandon pendant laquelle leurs pensées se fussent échangées et leurs âmes se fussent confondues.

Froidement respectueux envers sa femme, mais la surveillant et la faisant surveiller exactement, l'orfèvre reprit ses occupations journalières; toujours présent dans son atelier ou sa boutique, à moins qu'il ne fût appelé au dehors par une foire ou par quelque affaire importante, il se conduisait extérieurement comme le meilleur et le plus aimé des époux. Si Pauline avait songé à se plaindre, elle n'aurait eu rien à lui reprocher. Il lui parlait peu de ses affaires, mais elle n'avait pas témoigné le désir d'y être initiée; il ne l'accablait plus des témoignages de son amour, mais c'était elle-même qui avait tout fait pour éteindre cette passion.

Cependant, le caractère des femmes est insondable et, maintenant que cet abandon moral qu'elle avait souhaité était un fait accompli, elle en voulait presque à son mari de ne l'avoir pas mieux comprise, de s'être arrêté au premier obstacle, de n'avoir pas insisté plus habilement, en un mot de n'avoir pas su triompher.

S'il se fût montré plus empressé auprès d'elle, s'il lui eût prouvé par plus de persévérance et par plus de douceur la sincérité de son amour, elle se disait que peut-être se fût-elle laissée aller à l'aimer.

Elle avait entrevu, dans ses rêves de jeune fille, le mariage comme une intimité de sentiments qui confond deux existences en une seule. Elle s'était vue au bras d'un homme qui eût deviné les trésors de son cœur et dont elle eût partagé les soucis, les chagrins et les plaisirs. Tous ces rêves étaient bien loin maintenant. Ils s'étaient envolés avec son premier amour et, bien qu'il y eût peut-être quelque injustice à s'en prendre à son mari, Pauline ne pouvait s'empêcher de sentir instinctivement qu'il était coupable vis-à-vis d'elle, de ne pas les avoir fait revivre.

Et pourtant, à tout prendre, c'était un mari modèle pour une femme qui ne l'aimait pas; il n'avait retranché de leur existence que le charme de l'affection et de la confiance mutuelle. Mais cette existence froide et décolorée ne pouvait suffire à la nature aimante de Pauline. C'était une âme douce et communicative qui avait besoin de tendresse. Dans cette atmosphère glaciale, au milieu de cette solitude du cœur, elle ne se sentait pas vivre et, comme ces plantes de serre chaude transportées au sein d'un climat rigoureux, elle s'étiolait, perdait sa fraîcheur et sa gaieté.

Ce soir-là, elle demeurait accoudée à la fenêtre de l'auberge, songeant avec mélancolie aux jours d'autrefois et laissant ses pensées l'entraîner bien loin de la réalité à laquelle elle était rivée sans retour.

Si elle eût épousé M. de Galtières, combien sa destinée eût été changée! Mais une fatalité inexorable l'avait entraînée et maintenant elle était liée pour la vie à un homme qu'elle n'avait jamais aimé, qu'elle n'aimerait jamais.

Elle avait cru avoir réussi à dompter la puissance de ce sentiment ardent qu'elle avait éprouvé autrefois pour M. de Galtières; elle croyait avoir puisé dans le sentiment de son devoir, dans son honnêteté, assez de force pour ne plus songer à lui, et il avait suffi cependant à celui-ci de se montrer pour rallumer cet incendie qu'elle croyait éteint et qui, de nouveau et plus violemment, embrasait son cœur.

Lorsque, dans cette auberge, elle avait entendu prononcer son nom, lorsqu'elle avait aperçu l'homme qui avait passé dans sa vie d'une façon si rapide, quoique son souvenir eût tant de fois rempli sa solitude, elle avait cru qu'elle allait défaillir et il lui avait fallu une puissance de volonté qu'elle ne se soupçonnait pas pour dissimuler son trouble aux yeux trop clairvoyants de Madeloun.

Cette vieille servante était dévouée corps et âme à son mari dont elle avait été la nourrice et qu'elle avait vu grandir; elle avait été placée par lui auprès de sa jeune femme, moins pour la servir que pour la surveiller, tenir les galants à distance, lui rendre compte de ses moindres mots et de ses moindres gestes.

Lorsque M. de Galtières était venu dire à Pauline à quels dangers elle était exposée, lorsqu'il s'était offert si généreusement pour la défendre, les accents de sa voix l'avaient fait doucement tressaillir.

Un moment même, elle avait oublié ces périls et l'endroit où ils se trouvaient, pour se revoir dans le grand jardin où il venait passer de longues heures auprès d'elle et lui parler de son amour. Maintenant, un abîme les séparait et ils se retrouvaient par hasard dans une auberge, comme deux étrangers destinés à se rencontrer une heure et à se quitter pour ne plus se revoir.

À cette pensée, elle ne put retenir ses larmes et ses lèvres laissèrent échapper dans un sanglot le nom de celui qu'elle aimait encore.

Une main brûlante saisit la sienne, une bouche ardente murmura à son oreille :

— Pauline ! Ma chère Pauline, me voici !

En reconnaissant M. de Galtières, il lui sembla que ses forces allaient lui manquer et elle eut besoin de s'appuyer contre le mur pour ne pas chanceler. Cependant, par un effort puissant sur elle-même, elle parvint à vaincre son émotion, elle se laissa tomber plutôt qu'elle ne s'assit sur une chaise, en cachant entre ses mains son visage inondé de larmes.

— Vous ! Vous ici ! Ah ! je vous aurais cru plus généreux !

— Pauline !

— Ne m'appelez plus ainsi, je suis la femme d'un autre et la jeune fille que vous avez connue n'existe plus.

— Vous avez pu l'oublier ce passé ?

— Nous ne devons plus en parler. Et à vous-même, ne vous a-t-il pas laissé tristesse et amertume ? Ah ! dites-moi cependant que vous n'éprouvez plus pour la jeune fille que vous aimiez alors, ni colère, ni haine. Elle a cruellement souffert... Avez-vous compris qu'elle obéissait à une force supérieure à sa tendresse ? Si vous l'avez compris, si vous ne m'en voulez pas, vous me permettrez de vivre avec un esprit plus calme et avec une souffrance de moins.

— Ah ! vous l'avouez, vous n'avez pas tout oublié !

— Non, je n'ai rien oublié, ni le passé, ni le présent, et je pense à vous comme à un ami qui s'est éloigné. L'affection d'une sœur ne saurait m'être interdite pour une personne chère qui me rappelle le temps qui n'est plus.

— Ne me parlez pas de cette amitié que je repousse. Si vous avez gardé dans un coin de votre cœur quelque souvenir d'hier, ne le profanez pas en cherchant vainement à l'échanger contre un sentiment impossible. Ah ! tenez, j'ai cru parfois vous haïr. Eh bien, il me semble que la haine était moins cruelle et qu'elle ne cherchait point à arracher de mon cœur l'image de notre amour pour renier le passé et y substituer une amitié menteuse à laquelle vous ne croyez pas vous-même.

— S'il en est ainsi, pourquoi me revoir ? Vous savez que je ne suis plus libre et vous ne me méprisez pas assez pour penser que, quoi qu'il arrive, je ne tiendrai pas la parole que j'ai donnée à mon mari.

— Lui avez-vous aussi donné votre cœur ?

Pauline pâlit ; un frémissement agita tout son corps et ce fut à peine si elle eut la force de balbutier d'une voix éteinte :

— Vous savez bien que mon cœur était pris !

De Galtières se jeta à ses genoux et, saisissant sa main qu'il baisa avec transport, s'écria :

— Ah ! vous voyez bien que vous m'aimez encore !

Mais Pauline se dégagea de cette étreinte et reprit avec fermeté :

— Relevez-vous, monsieur de Galtières, et écoutez-moi. Vous m'avez brisé le cœur quand vous me reprochiez d'avoir oublié le passé et je n'ai pas eu la force de dissimuler. A l'heure qu'il est, je ne m'en repens pas et lorsque nous serons loin l'un de l'autre, vous, rendu à votre vie de jeune homme et moi, à mes devoirs, j'éprouverai plus de douceurs à penser que vous ne m'aviez point oubliée et que votre cœur était resté le même. Mais il faut que nous nous séparions et que vous ne tentiez jamais de renouveler un sentiment de faiblesse analogue à celui-ci. Je ne veux point avoir à rougir devant mon époux. Il est une chose dont je me souviendrai toujours, c'est que, en acceptant son nom, j'ai juré de le respecter et je tiendrai mon serment.

— Ah! je le vois bien, vous ne m'aimez pas! vous ne m'avez jamais aimé. Si vous m'aimiez comme je vous aime, que vous importerait votre mari et ces serments qu'on vous a arrachés! Que vous importerait le monde entier! Ah! tenez, Pauline, je sens que cette heure est décisive! Laissons là ce qui n'est qu'un mauvais rêve; nos cœurs sont les mêmes qu'autrefois, nous nous aimons et le bonheur est devant nous! Venez, fuyons loin du monde qui tente en vain de nous séparer! Appuyés l'un sur l'autre, nous chercherons une retraite où nous puissions être l'un à l'autre et où il me soit permis de vous consacrer ma vie tout entière!

Pauline eut une sorte d'éblouissement; tout son sang afflua à son cerveau. La passion de Galtières l'entraînait malgré elle.

— Oui, partons! dit-elle d'une voix égarée. Nous irons si loin que personne ne songera à me demander compte...

Mais soudain elle s'arrêta et retomba sur sa chaise en se tordant les bras.

— Et mon père! s'écria-t-elle.

— M. le docteur Grandier?

La jeune femme se releva et, fixant sur M. de Galtières ses beaux yeux humides encore de larmes :

— Vous n'avez donc rien compris? Vous avez donc cru qu'un moment de faiblesse avait suffi pour me résoudre à me donner à un autre qu'à vous et que les sollicitations de ceux qui m'entouraient avaient triomphé de mon amour! Pensiez-vous donc que mon cœur avait subitement séché en ce jour fatal? Il n'en a pas été ainsi. J'avais mon père, un vieillard qui se désolait au milieu de la gêne de notre intérieur et qui, après avoir tout sacrifié pour moi, avait besoin de repos et d'aisance pour ses derniers jours. Voilà mon sacrifice, puisque vous ne l'avez point deviné, voilà le lien qui, aujourd'hui encore, me rattache à mes devoirs et me défend de vous écouter.

Après un long silence, elle ajouta d'une voix plus basse :

— Et puis, il vaut mieux cela pour vous et pour moi. Voyez-vous, j'avais trop présumé de mes forces; vous auriez pu abuser d'un instant d'égarement, mais je sens que je ne me serais point pardonné de déchoir à vos yeux. Quittons-nous donc puisque nous ne pouvons plus être heureux. C'était notre destinée de souffrir l'un par l'autre et l'un pour l'autre; il faut la subir puisque telle est la volonté de Dieu. Nous penserons souvent à cette journée que la Providence ne nous devait pas et dont le souvenir adoucira nos regrets. Mais, avant de nous séparer, peut-être pour toujours, parlez-moi de vous, dites-moi si ces dangers qui vous menaçaient autrefois se sont enfin éloignés?

— Eh! qu'importe maintenant ce qui m'attend! Loin de vous, sans vous, je no puis plus être heureux ; je ne porte partout qu'un esprit hanté par les regrets et un cœur qui vous appartient tout entier.

— Ah ! fit-elle en rougissant, il avait été convenu que vous ne me parleriez plus de cela.

— Et de quoi pourrais-je vous parler lorsque je suis auprès de vous, lorsque je vous vois, lorsque cet amour qui remplit toute mon existence devient plus irrésistible qu'autrefois ? Vous êtes toute ma vie, toutes mes pensées vous appartiennent, et vous voulez que je vous parle comme je pourrais le faire à n'importe quelle femme que je rencontrerais par hasard !

— C'est qu'il faut que je sois pour vous comme sont toutes les femmes, si vous voulez me revoir encore.

— Ne soyez pas aussi cruelle et ne ruinez par mes espérances. Si je n'avais plus l'espoir d'être aimé de vous, Pauline, si je croyais que votre cœur m'est fermé pour jamais, je ne survivrais pas une heure à la perte de ces espérances qui seules me soutiennent et me font vivre.

— Il faut donc que ce soit moi qui aie la force de caractère qui vous manque, que je vous donne l'exemple du sacrifice et du courage. Ces souffrances que vous ressentez, est-ce que je ne les éprouve pas plus cruellement encore que vous ? Et cependant ai-je jamais laissé échapper une plainte ? Vous ne voudrez pas augmenter encore ces tortures de chaque jour, de chaque heure, en me privant du seul bonheur qui me reste, la certitude d'avoir en vous un ami dévoué, fidèle, dont le cœur sera l'écho du mien et qui allégera le fardeau de mes peines en en supportant la moitié.

— Demandez-moi ma vie, Pauline, exigez de moi tout, excepté cela. Aimez-moi comme je vous aime et vous ne trahirez pas vos serments ; vous n'avez donné que votre main et vous avez gardé votre cœur : c'est votre cœur seul que je veux posséder.

— Et n'est-il pas tout à vous, votre souvenir ne le remplit-il pas tout entier ? Vous êtes cruellement injuste et vous me torturez sans pitié.

— Pardonnez-moi, Pauline, je souffre trop et la douleur me rend injuste.

— Soyez donc plus fort contre la douleur et, si vous m'aimez, prouvez-le moi en m'obéissant. Je pourrai alors vous revoir sans rougir et sans trembler et je n'aurai pas à me défendre contre un amour que sa pureté ne rendra pas criminel.

Avant que M. de Galtières eût pu répondre, Toinette, après avoir heurté légèrement à la porte, entra et lui remit la bague du voyageur, en lui disant que celui-ci demandait à l'entretenir immédiatement d'une affaire de la plus grande importance.

M. de Galtières eut à peine jeté un coup d'œil sur la bague qu'il pâlit.

Pauline s'en aperçut et lui demanda d'une voix tremblante si quelque danger le menaçait.

— Je l'ignore encore, lui répondit-il, mais cela importe peu. Loin de vous, il n'est plus de bonheur pour moi et la vie est un fardeau qui me pèse.

— Vous voulez donc me briser le cœur et me rendre plus malheureuse encore ! Vous êtes ma seule affection et la pensée de vous savoir malheureux, menacé, achèverait d'empoisonner une existence déjà si misérable.

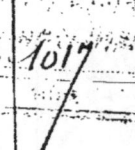

— Il parait que vous ne vous attendiez pas à me voir apparaitre sous un
costume de cavalier. (Page 34.)

— Je vous le répète, je ne sais encore ce que ce voyageur peut me vouloir;
mais, si vous me le permettez, je reviendrai vous dire ce qu'il m'aura appris.

— Je vous en supplie; venez ici demain matin avant l'arrivée de mon mari,
avant votre départ et...

Elle fut interrompue par la voix de Madeloun qui l'appelait.

Posant un doigt sur ses lèvres pour lui recommander le silence, Pauline invita
M. de Galtières à se retirer.

Elle trouva la vieille servante plus calme; le délire avait complètement disparu.

Toinette s'était empressée d'aller dire au voyageur que M. de Galtières l'attendait avec impatience et le priait de venir lui parler sans retard. Elle le conduisit

jusqu'à la chambre qu'occupait celui-ci et, avant de frapper à la porte, demanda au jeune cavalier :

— Qui dois-je annoncer ?

Cette question parut causer un léger embarras au visiteur ; mais il se remit bien vite et répondit :

— Annoncez le chevalier de Valbrègues.

M. de Galtières s'était levé pour recevoir le chevalier.

Celui-ci, après avoir refermé la porte et s'être assuré que la servante s'éloignait réellement au lieu de rester aux écoutes, s'avança vers M. de Galtières et, se campant devant lui :

— Eh bien, seigneur Gaspard de Besse, ne sauriez-vous reconnaître vos amis ?

— Par la mort Dieu ! Vous ici ? Vous, Marie ! Mais comment ?

— Il paraît que vous ne vous attendiez pas à me voir apparaître sous un costume de cavalier et sous le nom de Valbrègues.

— Mais, pourquoi ce voyage ?

— Vous allez le savoir.

— Ce déguisement...

— Était très commode pour voyager, puisque je tenais à ne pas être reconnue et qu'il me fallait venir seule. Quant au but de mon voyage, il est très facile à expliquer. Je viens vous sauver.

— Vous, Marie !

— Oui, moi ; moi qui ai bravé, je puis le dire, quelques dangers et fait pas mal de lieues ventre à terre pour rendre service à un méchant qui ne pense même plus à moi et ne s'inquiète pas de savoir si ce qui n'a été chez lui qu'un caprice d'une heure n'a pas laissé dans un autre cœur un ineffaçable souvenir.

— Mais, Marie...

— Laissons cela ; je ne suis venue ici ni pour me plaindre, ni pour mendier votre amour. Il s'agit de vous et non de moi. Qu'importe ce que j'éprouve, qu'importe si je souffre, pourvu que je puisse vous arracher au terrible danger qui vous menace ! J'étais hier soir assise dans mon boudoir, rêvant à vous, ingrat, lorsque tout à coup j'entendis dans la pièce voisine la voix du marquis d'Arène. Il prononçait votre nom et, voulant savoir de quoi il s'agissait, je feignis de dormir. Le marquis et un individu à face patibulaire qui l'accompagnait furent dupes de ma feinte et continuèrent leur conversation d'une voix assez haute pour que je n'en perdisse pas un seul mot. Ce que j'entendis me glaça de terreur et me fit éprouver aussi un autre sentiment non moins cruel dont il est inutile que je vous entretienne, car il vous importe peu que je sois ou non jalouse.

M. de Galtières ou plutôt Gaspard de Besse fut ému par le profond accent de tristesse de ces dernières paroles. Attirant vers lui Marie, il essaya de calmer son exaltation.

— Laissez-moi, murmurait-elle, laissez-moi souffrir puisque vous ne m'aimez pas, puisque vous ne ressentez rien de ce sentiment qui m'envahit, de cette passion qui me dévore. Ne suis-je pas heureuse, après tout, si le bonheur nous vient moins de l'amour que nous inspirons que de celui que nous éprouvons nous-mêmes.

— Mais je t'aime, ma belle enfant, je t'aime et depuis cette nuit d'ivresse qui n'eut, hélas ! point de lendemain, ton image a toujours été présente à mes yeux et gravée dans mon cœur.

— Dis-tu vrai ? répondit-elle en souriant à demi à travers ses larmes.

Pour toute réponse, il l'attira vers lui et but dans un long baiser les larmes qui perlaient à l'extrémité de ses cils soyeux.

Au contact de ces lèvres brûlantes, un frisson secoua tout le corps de Marie.

Pour lui, il ne pouvait s'empêcher d'admirer les lignes de sa taille souple et nerveuse, lorsqu'elle se penchait avec des ondulations de couleuvre, ses beaux yeux où brillait un feu sombre, tout cet ensemble de beauté resplendissante.

L'ivresse lui montait au cerveau et lui envahissait le cœur.

Leurs mains s'étreignirent doucement, leurs yeux se rencontrèrent. Marie se pencha vers son amant, un flot de sang empourpra son visage et, d'un geste nerveux, elle jeta ses deux bras autour de son cou.

— Je ne sais, murmura-t-elle d'une voix à peine distincte, si c'est par amour ou par pitié que tu me prodigues tes caresses, mais une puissance plus forte que ta volonté te pousse vers moi, ce serait en vain que tu voudrais lutter. Ne cherche pas à repousser cet amour, car je t'aime plus que la vie. Ordonne et je t'obéirai, je te sacrifierai tout sans regret ; je t'aime de toutes les forces de mon âme.

En prononçant ces mots, elle attira vers elle le visage de Gaspard et leurs lèvres se rencontrèrent.

Il poussa un cri étouffé et serra le corps souple qui s'abandonnait à ses étreintes brûlantes.

L'amour que Marie ressentait pour lui, il l'éprouvait maintenant pour elle ; il trouvait dans cette passion une volupté trop puissante pour songer à ne pas la laisser s'emparer de lui.

Marie, elle aussi, oubliait dans ces premiers transports le but de son voyage, ses craintes et jusqu'à sa jalousie.

Les heures s'écoulèrent rapides dans cette ivresse. S'isolant dans leur amour, ils oubliaient tout ce qui n'était pas cet amour lui-même.

Les premières clartés du jour vinrent brusquement les tirer de leurs longs rêves et les rappeler à la réalité.

Marie fut la première à s'arracher à cette ivresse.

— Le temps vole, lui dit-elle, et nous oublions les périls qui te menacent, qui nous menacent, devrais-je dire, car le coup qui te frapperait ne m'atteindrait pas moins sûrement. Laisse-moi donc reprendre mon récit et achever ce que j'avais à te dire.

Le marquis d'Arène disait à l'homme qui l'accompagnait qu'il ferait sa fortune s'il réussissait à s'emparer de toi et à te livrer à la justice, qu'il avait su se procurer quelques renseignements sur ton genre de vie, tes habitudes, ayant appris que tu te cachais parfois sous un nom supposé dans cette auberge du *Cheval-Rouge*, et qu'il avait tout lieu de croire que tu ne tarderais pas à y venir.

Il ajouta que tu aimais une jeune fille de Besse, une Clarisse, je crois, et qu'il comptait sur cet amour pour t'attirer sûrement dans un piège si on ne parvenait pas à s'emparer de toi. Je crus même comprendre qu'il avait enlevé cette jeune fille, dont il était lui-même épris, qu'il saurait bien l'obliger à se donner à lui et qu'il s'en servirait ensuite pour t'attirer dans quelque guet-apens.

— Ah ! l'infâme ! rugit Gaspard de Besse, que n'ai-je pu l'écraser tantôt lorsque je le tenais à la pointe de mon épée. Il a enlevé Clarisse !

— Hélas ! comme tu l'aimes ! s'écria Marie en sanglotant.

— Et si ce n'était pas de l'amour ? Cette jeune fille a été la compagne de mon enfance, elle m'a consolé dans les heures les plus sombres de ma vie et je la chéris comme une sœur.

— Que je voudrais pouvoir te croire ! Mais puis-je me tromper ? Je t'aime trop pour ne pas deviner la passion qui gronde dans ton sein. Enfin, n'y songeons pas... Je suis venue pour te sauver et résignée même à ton indifférence, même à l'aveu de ton amour pour une autre. J'ai cependant bien souffert, car c'est un mal terrible que la jalousie.

« Je voulus d'abord te laisser tomber dans les mains de tes ennemis ; puis tout sentiment de colère et de vengeance s'évanouit. J'eus peur pour toi, et je vis que j'étais à toi plus que je ne pensais. Je me dis que tu ne me devais, en somme, qu'un peu de reconnaissance ; que ton caractère, tes malheurs m'avaient entraînée, trop peut-être, vers toi, et que la passion qui me poussait irrésistiblement dans tes bras ne t'obligeait pas à me payer de retour. J'aurais voulu pouvoir découvrir la retraite de cette Clarisse, te conduire vers elle, t'aider à la délivrer, assurer votre bonheur et mourir ensuite. C'était de la folie, sans doute, mais c'était aussi de l'amour et cette folie du cœur doit exciter au moins autant la pitié qu'une démence de l'esprit. »

Gaspard de Besse ne répondit rien ; il attira vers lui la belle enfant qu'il couvrit d'ardents baisers.

— Hélas ! dit-elle, comme la reconnaissance ressemble parfois à un autre sentiment ! Laissons cela ; il importe avant tout de pourvoir à votre sûreté ; que comptez-vous faire ?

— Il me serait facile de réunir immédiatement mes hommes qui ne sont pas loin d'ici, d'attendre de pied ferme les coupe-jarrets du marquis d'Arène et de les faire eux-mêmes prisonniers au moment où ils croiraient être sûrs de s'emparer de moi ; mais cela ne pourrait se faire sans révéler qui je suis, sans qu'on découvrît qui se cache sous ce nom de M. de Galtières, et je tiens à ce qu'on l'ignore. Je quitterai donc cette auberge dans quelques heures et, si tu le veux, nous ferons route ensemble.

— Il me serait doux, répondit Marie, de passer quelques instants de plus auprès de toi ; mais la prudence me le défend, car il importe, non seulement qu'on ne nous voie pas ensemble, mais encore qu'on ignore que j'ai pu te prévenir. Ce n'est point que je craigne pour ma sûreté, car je suis prête à donner ma vie pour toi et cette mort me serait douce ; mais je puis te rendre encore des services, je puis peut-être t'aider à retrouver cette Clarisse que tu aimes plus que tu ne l'avoues et, pour cela, il faut qu'on ne puisse avoir aucun soupçon de nos relations.

— Il sera fait selon tes volontés, ma belle enfant; mais, avant peu, je te reverrai et saurai bien te prouver que je suis l'amant le plus dévoué et le plus tendre.

Ils échangèrent un dernier baiser et, quelques instants après, le chevalier de Valbrègues s'éloignait rapidement de l'auberge, sans répondre aux douces œillades que continuait à lui décocher la trop sensible Toinon.

CHAPITRE IV

Le million de M. des Galois de La Tour

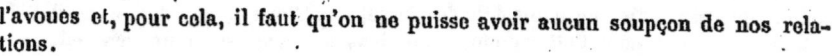

A jolie servante suivait du regard le cavalier qui s'éloignait et elle le regardait avec tant d'attention qu'elle ne vit pas s'approcher six individus de mine fort peu rassurante qui entraient dans la cour de l'auberge.

Elle poussa un grand cri en se sentant saisir à la taille par deux larges mains, tandis qu'une épaisse moustache lui effleurait la joue. Elle se retourna et reconnut le redoutable adversaire du sergent Belamour.

— A bas les pattes, lui dit-elle en cherchant à échapper à son étreinte, et allez frotter ailleurs vos moustaches.

— Pas avant de vous avoir embrassée, la belle !

— Voyez le joli museau, répondit Toinette en continuant à se débattre; laissez-moi, vous dis-je !

Et, comme Coquelicot ne lâchait pas prise, elle lui donna de sa main mignonne un vigoureux soufflet.

— Bien tapé! s'écria-t-il en riant; mais soufflet de femme vaut un baiser, et je me paye.

En disant ces mots, il embrassa la jeune fille sur les deux joues.

— Voilà qui est fait, dit-il, et il eût mieux valu commencer par là sans tant de façons; maintenant, à boire, car ces gentilshommes ont une soif formidable.

Les gentilshommes en question n'étaient autres que Bavard et quelques sacripants de mine fort douteuse.

Toinette fit une moue dédaigneuse en voyant la belle société qui lui arrivait, mais, habituée à voir des figures qui ne valaient pas beaucoup mieux que celles-ci, elle s'empressa d'aller chercher des verres et des bouteilles.

Son absence ne dura que quelques minutes, pendant lesquelles Coquelicot en profita pour disparaître.

Il se dirigea sans hésiter vers la chambre qu'occupait M. de Galtières, — nous conserverons encore à Gaspard de Besse ce nom d'emprunt, — et frappa à la porte trois coups espacés. Au troisième, elle s'ouvrit et lui livra passage.

En apercevant Coquelicot, M. de Galtières ne put retenir une exclamation de joie ; il alla à lui et lui prenant la main :

— Enfin ! c'est donc toi et sain et sauf, n'est-ce pas ?

— Ma foi, oui, sans une égratignure.

— Et l'expédition ?

— Elle a admirablement réussi ; deux hommes seulement ont été blessés de notre côté, car il n'y a pas eu, en réalité, de combat à livrer. Le million de l'intendant de Provence ne nous a pas coûté bien cher à conquérir et, à cette heure, il est en sûreté. M. des Galois de la Tour aura fort à faire s'il veut rentrer dans ses fonds.

— Comment cela s'est-il passé ?

— Le plus simplement du monde. Après avoir rejoint mes hommes, je me suis éloigné en leur compagnie de l'endroit où devait d'abord être dressée l'embuscade, car tu m'avais donné l'ordre de retarder l'attaque, et je suis allé m'installer en un autre endroit.

« Du point où nous étions placés, on dominait un des tournants de la route, de telle sorte que nous devions voir les soldats aussitôt qu'ils se présenteraient, tandis qu'ils devaient forcément arriver jusque sous le feu de nos carabines, avant que rien ne pût leur donner l'éveil. Cachés derrière les rochers, gardant une complète immobilité, nous prêtions l'oreille aux moindres bruits. Mais soit que l'escorte se fût arrêtée un peu, soit que sa marche fût plus lente que nous ne l'avions supposé, près de trois heures s'écoulèrent sans rien voir. L'impatience commençait à gagner nos hommes, lorsque le bruit d'une voiture leur fit dresser l'oreille ; bientôt, on put distinguer aussi le bruit que fait une troupe de soldats en marche et nous ne tardâmes pas à entendre leurs voix. Ils riaient et chantaient pour abréger l'étape, ne se doutant pas que la durée allait en être singulièrement diminuée. Leur insouciance, leur sécurité devaient nous rendre la victoire facile.

« Sur un signe que je leur fis, mes hommes prirent silencieusement position derrière une petite muraille de rochers, sorte de forteresse naturelle qui dominait encore mieux le chemin.

« Les carabines étaient appuyées sur de grosses pierres et les canons disparaissaient dans les broussailles qui les cachaient. L'œil sur le point de mire et le doigt sur la détente, nos camarades attendaient, prêts à faire feu, le signal de l'attaque.

— « Visez bien, leur dis-je, et arrangez-vous pour qu'aucune balle ne soit perdue.

« Les soldats n'étaient plus qu'à dix pas de nous, lorsqu'au commandement de : Feu ! une grêle de balles vint s'abattre sur eux.

« Quand la fumée se fut dissipée, nous vîmes que dix cadavres étaient couchés sur la route ; une dizaine d'hommes, dont plusieurs blessés et assez grièvement, s'étaient portés autour de la voiture dont les chevaux avaient été tués. Ne sachant au juste d'où venaient les coups de fusil, ne pouvant nous apercevoir, cachés comme nous l'étions derrière les rochers, les soldats ripostèrent au hasard et ceux de nos hommes qui furent blessés, l'ont été par des éclats de pierre.

« Pendant ce temps, nous nous étions empressés de recharger nos armes et une seconde décharge, dont l'effet fut terrible, enveloppa les survivants de l'escorte d'un ouragan de mitraille qui les broya. Nous étions maîtres du champ de bataille et nul ne nous disputa notre butin.

« Après avoir fait atteler à la voiture du receveur quelques-uns de nos chevaux, relever et panser les blessés qui furent placés sur des brancards, nous nous éloignâmes rapidement du lieu du combat... Pendant que le gros de notre troupe allait mettre le trésor en sûreté, je suis venu ici avec quelques-uns de mes camarades, pour te faire mon rapport et prendre tes ordres. »

— Je dois te féliciter d'abord pour la façon dont tu as conduit cette expédition et pris toutes les mesures pour nous assurer la possession du million de l'intendant. Je compte quitter dans quelques instants cette auberge et, comme il importe qu'on ne nous voie pas partir ensemble, tu vas prendre tes hommes et te porter à cent pas d'ici, derrière un gros bouquet de pins qui domine la route ; c'est là que j'irai vous rejoindre et vous donner mes instructions. Maintenant, laisse-moi et emmène tes camarades.

A peine Coquelicot et ses bandits se furent-ils éloignés, que M. de Galtières sortit de sa chambre et fit demander à Pauline si elle pouvait le recevoir.

Il fut introduit aussitôt auprès d'elle, mais, cette fois, Madeloun était auprès de sa maîtresse et sous les yeux vigilants de cet argus femelle, il lui fallait surveiller ses moindres gestes, ne pas risquer un seul mot qui pût éveiller ses soupçons.

Après avoir salué les deux femmes, M. de Galtières s'informa de leur santé, et leur demanda quels étaient leurs projets.

— J'attends, lui répondit Pauline, mon mari qui ne peut tarder d'arriver et j'espère que, sous sa sauvegarde, j'arriverai sans encombre à Aix. Vous avez trop vigoureusement malmené hier le marquis d'Arène et ses complices pour qu'ils puissent être tentés de revenir, s'exposer à de si rudes coups.

— Je suis convaincu, madame, que vous n'avez plus aucun danger à redouter et je puis vous affirmer que la route que vous allez parcourir est absolument libre. Mon seul regret est de ne pouvoir vous escorter jusqu'au bout de votre voyage ; mais la nécessité le commande et il faut que je m'éloigne sur l'heure.

— Ah ! mon bon monsieur, s'écria Madeloun, comme mon maître regrettera de ne pouvoir vous remercier, lorsqu'il connaîtra le grand service que vous venez de nous rendre.

— Tout autre vous l'eût rendu à ma place et je suis heureux d'avoir eu le bonheur de vous obliger.

— Tout autre... tout autre..., cela est facile à dire ; mais tout autre n'eût pas montré autant de courage.

— Madeloun a raison, monsieur. Je vous dois plus que la vie, et ne cesserai chaque jour de demander à Dieu dans mes prières de vous protéger et de vous donner tout le bonheur dont vous êtes digne.

— Je serai déjà trop payé, madame, si vous daignez vous souvenir parfois de moi ; mais hélas ! il n'est plus de bonheur pour moi et quant aux périls...

Il s'interrompit, voyant que la jeune femme pâlissait.

— Oh ! dit Madeloun, je ne crois pas que M. de Galtières s'inquiète beaucoup des dangers qu'il peut courir et je suis bien sûre que Dieu protègera toujours un aussi brave gentilhomme.

— Je vous assure, misé Madeloun, répondit-il en riant, que je ferai de mon mieux, pour que ceux qui s'attaqueront à moi s'en repentent ; aucun péril immédiat ne me menace !

Puis, s'inclinant sur la main que lui tendait Pauline, il y déposa un ardent baiser, salua les deux femmes et se retira, tout triste de n'avoir pu entretenir de nouveau Pauline sans témoin et d'être obligé de se séparer d'elle comme il l'eût fait d'une étrangère.

CHAPITRE V

La Jeunesse de Gaspard de Besse

OUR l'intelligence de ce qui précède et la clarté du récit qui va suivre, il nous faut revenir en arrière et écrire l'histoire du passé.

A deux lieues de Brignoles, sur les bords d'un lac, qu'alimente l'Issole, se dresse le village de Besse, avec ses larges rues et ses deux belles places où jaillissent des fontaines ombragées de magnifiques platanes ; une onde fraîche coule sous cette ombre noire, et les jeunes filles sveltes, qui s'y rendent pour y puiser de l'eau, donnent au tableau quelque chose d'antique.

Au fond du paysage, s'élève un amphithéâtre de montagnes découpées à jour et de collines que partout des flots de verdure semblent vouloir envahir. Ici, c'est un coteau que la vigne enlace de ses mille festons et qui se courbe sous ses voluptueuses étreintes ; c'est une pente flexible qui descend d'un roc isolé et qui marie sa rudesse et ses teintes jaunâtres, à l'aspect riant de la prairie étendue à ses pieds.

Là, un mont se dresse, dont les pierres disposées en assises irrégulières dessinent

Et suspendit ce bijou admirablement ciselé au cou de Gaspard. (Page 48.)

leurs masses grisâtres, sur le bleu rideau de l'atmosphère ; c'est une montagne couverte de pins.

On ne saurait rendre le charme qu'on éprouve lorsque, assis vers le soir sur une de ces petites collines boisées de pins, on abaisse son regard, après avoir parcouru cet immense panorama, sur le village qui dort au fond de la vallée, sur la tour de la vieille église et sur les blanches maisons.

Une grande plaine, arrosée par mille ruisseaux qui vont se jeter dans l'Issole, entoure le village et réjouit l'œil par sa fertilité. Les fermes qui surgissent au milieu des jaunes moissons et des gras pâturages offrent l'image de la richesse et du bonheur.

Une de ces fermes appartenait à un riche cultivateur du nom de Bouis.

C'était un homme dont la probité rigide était honorée de tous, mais que son caractère énergique et violent faisait redouter par les mauvais gars du pays.

Sa femme, douce et frêle créature, avait pour lui un attachement profond qui ressemblait beaucoup plus à l'affection respectueuse d'une fille pour son père qu'à l'amour d'une femme pour son mari. La sévérité de son caractère lui en imposait, et avait en quelque sorte pétrifié dans son cœur des sentiments plus tendres. Aussi ce cœur débordant d'amour avait-il reporté le plus ardent et le plus pur de ses affections, sur son fils Gaspard ; elle était fière de sa beauté, de sa force, de son courage, et elle l'aimait avec une sorte de passion.

Non loin de la demeure de Bouis, se dressait une belle ferme qui appartenait à un riche cultivateur du nom de Servan.

Celui-ci avait un fils, nommé Nicolas, qui formait avec Gaspard le contraste le plus complet. Malingre, la figure trouée par la petite vérole, les cheveux d'un rouge ardent, le regard faux et fuyant, il était aussi lâche que laid, et aussi haineux que lâche.

Entre les deux fermes, sur la lisière d'un petit bois, une pauvre chaumière délabrée se cachait à demi sous les verts rameaux des arbres, comme pour voiler son dénuement.

Mais, si la maison est pauvre, on devine aisément que ses habitants aiment l'ordre et la propreté, car la petite cour est soigneusement balayée, et les carreaux des fenêtres sont clairs comme le cristal. Si on jette un regard dans l'intérieur, on voit une pièce de moyenne grandeur, à plafond bas posé sur des poutres noircies, qui sert tout à la fois de cuisine et de salle à manger. Le coin près de la fenêtre est occupé par une table en bois blanc et quelques chaises grossières ; la cheminée se trouve en face avec son large foyer dont le manteau est enfumé et la plaque à fleur de terre ; un buffet découvert, enfoncé dans une niche appelée *escudelier*, contient la vaisselle de terre et d'étain qui brille lorsqu'un rayon de soleil la frappe. A des étagères sont appendus quelques instruments de culture. Dans le mur, au-dessus du buffet, une niche renferme une image de la Vierge entourée d'une guirlande de laurier ; une petite lampe est suspendue devant elle, et une corniche en bois soutient deux chandeliers, quelques fleurs et le blé de Sainte-Barbe. On a achevé la décoration avec quelques poignées d'épis de blé, des rameaux chargés de cocons et quelques brins d'immortelles.

Tout contre la fenêtre, une femme très âgée et presque privée de la vue file au rouet.

Non loin d'elle, une jeune fille est assise sur un escabeau ; elle a à peine dix-huit ans. Elle porte le costume ordinaire aux filles de Provence : la robe de demi-drap couleur de la laine brute, et le manteau d'indienne avec le large capuce. Les manches gracieusement retroussées laissent voir un bras blanc et potelé.

Sur son front, débordent les boucles de ses luxuriants cheveux ; ses grands yeux bleus se cachent à demi sous de longs cils soyeux ; le nez est mignon, les lèvres fraîches et délicates. Son regard se repose avec amour sur sa vieille mère qu'elle entoure des soins les plus dévoués et les plus tendres.

Cette jeune fille s'appelle Clarisse. Bien qu'elle soit pauvre, les fils des deux plus riches fermiers du pays, Gaspard et Nicolas, lui font une cour assidue.

C'est au premier qu'elle a donné toute son affection, à Gaspard qui fut le compagnon de ses jeunes années, et un ami qu'elle avait longtemps aimé comme un frère. Car cette liaison qui s'était changée en un amour profond, datait de loin.

A l'époque, où Gaspard parla pour la première fois à Clarisse, c'était un charmant démon de neuf ans, joyeux, hardi, grimpant au sommet des arbres les plus élevés pour y ravir un nid, toujours au premier rang dans les batailles avec les enfants des autres villages, ardent au jeu, ne reculant devant aucun obstacle et ne craignant personne au monde si ce n'est son père.

Un peu avant d'arriver au hameau, l'Issole se partage en deux branches encaissées entre des montagnes qui forment un vaste sillon et au fond duquel l'onde se brise en mille cascades. Un bois touffu sert d'enceinte à ce lieu solitaire et de grands arbres agitent leurs panaches de verdure à la cime des rochers qu'ils garantissent des rayons du soleil. A leurs pieds, rampent de gracieux arbrisseaux ; la primevère, le géranium, la violette, de blanches liliacées parfument l'atmosphère. La végétation est magnifique : le gazon, les fleurs et le feuillage s'y déploient avec un luxe extraordinaire sous le ciel bleu et calme qui se déroule comme une tente d'azur.

Autour des rochers serpente un des bras de l'Issole qui coule dans le bas, se heurte contre les pierres recouvertes de mousse ; les eaux, vaincues dans la lutte, se brisent contre le roc, et répandent dans l'air la plus agréable fraîcheur.

Un calme enchanteur règne dans ces taillis où les rossignols, les fauvettes et les rouges-gorges viennent chercher un abri contre les rayons du soleil.

Gaspard s'y rendait presque chaque jour pour dresser des pièges aux oiseaux, ou tendre ses lignes dans la rivière. Il se tenait immobile, suivant d'un œil attentif le bouchon qui flottait sur l'eau, lorsqu'un léger bruit attira son attention. Il aperçut Clarisse qui sautillait sur l'herbe et cueillait les petites fleurs. Il l'appela et, en deux bonds, elle fut auprès de lui.

A dater de ce jour, Gaspard dédaigna les jeux bruyants des grossiers enfants du village, laissa les nids tranquilles, évita les querelles et vint passer de longues heures, auprès de sa petite amie, dans la retraite mystérieuse, où il était assuré de la toujours trouver.

Cette amitié des deux enfants devint de l'amour, avec le temps, et, si leurs entrevues devinrent moins fréquentes, elles n'en furent que plus douces.

Gaspard avait un rival autrement redoutable que Nicolas.

Le marquis d'Arène, dont le château dominait le village, n'avait pu voir sans s'en éprendre les charmes de Clarisse. Après l'avoir fait épier par un de ses valets, il comprit aisément que le seul obstacle sérieux était l'amour des deux jeunes gens. Quant à Nicolas, il ne lui fit pas l'honneur de le redouter, et, une fois Clarisse privée de l'appui de son amant, il comptait sur la misère pour la livrer à ses désirs. Il résolut donc d'éloigner Gaspard.

Dans ses longues promenades à cheval, il s'arrangea de façon à passer toujours près de la ferme de Bouis ; il s'y arrêtait pour s'y reposer ou y boire un verre de lait.

Le fermier, très fier de ces visites, ne manquait jamais d'accourir au devant du marquis. Celui-ci provoqua sa familiarité, puis donna des conseils regardés comme autant d'oracles et enfin parla du prochain établissement de Gaspard, pour lequel il simula un vif intérêt. Ce fut alors qu'il insinua que sa liaison avec une fille pauvre pourrait avoir des suites fâcheuses, mais le fermier lui répondit en riant :

— Bah! il faut bien que jeunesse se passe; j'en ai fait bien d'autres, et puis, si le garçon cause quelque dommage à la petite, j'ai de quoi l'indemniser.

Mais d'Arène revint si souvent et si adroitement sur ce sujet, que Bouis commença à s'inquiéter de l'amour de son fils pour Clarisse. Il l'éloigna le plus souvent qu'il put, l'envoya aux marchés des villes voisines ou le garda auprès de lui à la ferme.

Les heures que Gaspard ne consacrait pas à Clarisse, il les passait auprès du père Anselme, un moine du couvent voisin, qui était le frère de son père, ou auprès de Coquelicot, un ancien soldat.

Ce mot d'ancien ne doit point porter à croire que Coquelicot soit un invalide; il a, pour une raison ou pour une autre, quitté le service et s'est retiré à Besse où il vit seul, dans une petite cabane qu'il s'est construite sur la lisière du bois. Il braconne sur les terres du marquis d'Arène dont les gens n'ont jamais pu le surprendre, ni à l'affût, ni lorsqu'il va relever ses collets; il est à supposer, du reste, qu'ils apportent une certaine prudence dans la surveillance qu'ils exercent sur lui, car il passe pour un excellent tireur, et il n'est pas homme à éprouver beaucoup plus d'émotion en tirant sur un garde que sur un lièvre.

Coquelicot, qui ne recherche guère la société des autres habitants de Besse, s'est pourtant pris d'une grande amitié pour Gaspard; il est vrai que celui-ci lui a rendu un grand service, en l'informant que les gardes du marquis d'Arène avaient comploté de le faire tomber dans un piège, de façon à le surprendre en flagrant délit et à l'empêcher de résister en fondant tous ensemble sur lui. Il avait entendu un de ces gardes, dire quelques mots de ce projet à son père, et la générosité naturelle de son cœur l'avait porté à sauver Coquelicot de ce danger. Celui-ci ne s'était pas montré ingrat, et il avait pour son jeune sauveur un dévouement sans bornes.

Pour lui montrer sa reconnaissance, il avait voulu lui apprendre tout ce qu'il savait lui-même : l'escrime et le tir; peu de maîtres d'armes tiraient aussi bien que lui, et nul n'avait le coup d'œil plus sûr, ne pouvait mieux envoyer sa balle au but qu'il voulait atteindre.

Gaspard apportait, dans tous les exercices du corps qui nécessitaient de la vigueur et de l'adresse, une ardente passion; aussi ne manquait-il pas de venir s'escrimer chaque jour, avec son ami Coquelicot, soit dans sa cabane, soit le soir, sous les grands arbres, à la clarté de la lune. Souple, agile, ayant des muscles d'acier et un poignet de fer, il devint bientôt un excellent tireur et put faire assaut avec son maître. Bien que celui-ci fût un spadassin redoutable, il fut obligé de reconnaître que son élève, grâce à ses dispositions naturelles, était devenu aussi habile que lui et ne devait pas tarder à le surpasser.

Avec sa carabine, le jeune homme abattait d'une balle un lièvre lancé à toute vitesse, et, au pistolet, faisait mouche à tout coup.

Gaspard apportait moins d'ardeur dans ses études, mais il y faisait preuve d'une rare intelligence, et son professeur, le père Anselme, était émerveillé de la rapidité de ses progrès quand il voulait s'y mettre.

Le bon moine avait dû interrompre depuis plusieurs jours ses leçons, se sentant trop fatigué pour appliquer son esprit à l'enseignement, et son jeune élève s'apprêtait à aller lui faire une visite, lorsque le portier du couvent lui remit une lettre de son oncle par laquelle il l'invitait à venir le voir immédiatement.

Gaspard s'empressa de suivre le frère qui l'introduisit dans la cellule du père Anselme. Celui-ci était couché, et son visage décharné, ses yeux presque éteints montraient que la source de la vie allait être bientôt tarie en lui.

Dès qu'il aperçut son neveu, il l'invita du geste à s'approcher de son lit et lui dit d'une voix faible qui ressemblait à un souffle :

— Je souffre peu, mon enfant, mais je sens que chaque jour mes forces déclinent ; je puis mourir d'un instant à l'autre et ne veux pas tarder plus longtemps à remplir mon devoir envers toi. J'ai un grave secret à te confier et qui t'intéresse au plus haut degré ; mais il faut que tu jures de ne le révéler à personne et surtout il importe que ton père et ta mère continuent à croire que tu l'ignores, car ils t'aiment tant que, s'ils venaient à savoir que tu connais le mystère de ta naissance, ils en éprouveraient un violent chagrin, redoutant que ton affection pour eux ne devienne moins vive.

— Je vous jure, mon bon oncle, de garder le silence sur ce que vous allez m'apprendre et je puis vous affirmer que, quel que soit ce secret, mon affection pour mes parents n'en sera jamais diminuée.

— J'en suis certain, mon enfant, car je connais l'élévation de ton esprit et la bonté de ton cœur.

« J'étais déjà dans ce couvent depuis plusieurs années, lorsqu'un matin on vint me dire que notre supérieur me priait de me rendre immédiatement auprès de lui. Je m'y rendis en toute hâte et, en entrant dans sa cellule, je fus surpris de voir auprès de son lit une corbeille d'osier renfermant un enfant. Cet enfant, c'était toi, qu'on avait trouvé quelques instants auparavant devant la porte du couvent.

« Dans le panier était une lettre adressée à l'abbé ; elle disait qu'un malheureux père obligé, dans un danger pressant, de se séparer de son enfant, le remettait entre ses mains ; que la naissance de ce petit être infortuné n'avait rien de criminel, et que la fatalité seule était cause d'un abandon qui ne durerait peut-être pas toujours.

« L'auteur de cette lettre insistait tout particulièrement sur le point que voici : Aussitôt parvenu à l'adolescence, cet enfant devrait porter constamment sur son sein le bijou qu'on trouverait dans les plis du linge qui l'enveloppait ; il faudrait qu'on veillât à ce qu'il ne contractât aucun mariage, sans bien connaître la famille de celle qu'il devrait épouser, car il avait une sœur... »

Interrompant son récit, le père Anselme tira de sa poche une petite boîte renfermant un camée d'une beauté remarquable, monté sur or, et suspendit ce bijou admirablement ciselé au cou de Gaspard. Il allait continuer quand le héros de ce récit lui dit :

— Il y a quelques mois, j'étais resté seul à la ferme, lorsqu'un pèlerin se présenta et demanda du pain et de l'eau. Je lui servis des rafraîchissements et ce que nous avions de meilleur, mais ce fut à peine s'il trempa ses lèvres dans son verre et toucha aux mets que j'avais placés devant lui. Il me regardait avec une attention extraordinaire et une persistance telle que j'en fus frappé ; je voulus, de mon côté essayer de voir ses traits, mais je ne pus rien distinguer, sinon des yeux ardents, sous l'ombre du vaste capuchon qui recouvrait sa tête. Après m'avoir posé quelques questions, sur mes parents, sur la vie que je menais, il se leva en me disant qu'il allait partir immédiatement, ayant encore une assez longue route à parcourir. La nuit commençant à venir et la brise du soir étant plus fraîche, il me demanda si je n'avais pas froid, ayant ainsi le cou exposé à l'air vif du soir.

— Pas le moins du monde, lui répondis-je. S'étant approché de moi, il ferma le col de ma chemise en me disant que cela valait mieux. Je ne fis pas, à ce moment, une bien grande attention à tous ces petits détails, mais, en écoutant votre récit, je viens de me souvenir de cet incident. Je pense que le pèlerin n'est venu à la ferme que pour me voir, et n'a pris soin de fermer le col de ma chemise que pour s'assurer si je portais ou non le bijou que vous venez de suspendre à mon cou.

— Tout cela est fort possible, mon enfant, comme il est également possible que ce pèlerin n'eût besoin que d'un peu de repos et que son action fût toute naturelle. Mais je reprends mon récit :

« L'abbé fut d'avis que, quelle que fût votre naissance, l'abandon de vos parents lui créait l'obligation de devenir votre protecteur. Nous étions toutefois fort embarrassés l'un et l'autre, car nous ne savions trop ce qu'il fallait faire d'un si petit enfant. Pendant que nous hésitions, un cri plaintif sortit du berceau et il nous fut facile de comprendre que la chose la plus urgente était de vous trouver une nourrice.

« Or ma belle-sœur avait mis au monde quelques jours auparavant un enfant qui était mort vingt-quatre heures avant que vous fussiez exposé devant notre couvent. Je me rendis en toute hâte auprès de mon frère, lui racontai ce qui venait de se passer et notre embarras; je le suppliai de vous recevoir comme un enfant d'adoption envoyé par Dieu, pour remplacer le petit ange qui venait de s'envoler.

« Mon frère résista et sa femme refusa d'abord de rien entendre ; elle pleurait son fils et ne voulait pas qu'un autre vînt prendre sa place restée vide, ils me déclarèrent que le fils d'un étranger ne pourrait jamais remplacer l'enfant qu'ils avaient perdu.

« Je leur fis remarquer que, pour ne pas leur devoir la naissance, vous n'en auriez pas moins pour eux la tendresse d'un fils, que vous ne connaîtriez jamais vos parents et que, par conséquent, vous les aimeriez comme s'ils étaient votre père et votre mère ; que leur douleur même devrait les porter à se montrer charitables envers un petit être abandonné, qui serait certainement malheureux s'il grandissait privé de toute affection et auprès de gens qui ne se chargeraient de lui que par intérêt. L'affection que vous leur témoigneriez les amènerait certainement à vous aimer, de telle sorte qu'en faisant une bonne action, ils assureraient certainement le bonheur de leurs vieux jours.

« Ce raisonnement les ébranla, sans les convaincre, et j'allais désespérer de pouvoir vaincre leur répugnance à introduire chez eux un étranger, lorsque Dieu m'inspira la pensée d'aller vous chercher et de vous apporter à la ferme.

« En voyant ce petit enfant qui lui souriait, ma belle-sœur se mit à pleurer et fut attendrie ; son cœur de mère s'émut profondément, elle vous prit, vous embrassa et, voyant que vous souffriez de la faim, vous donna le sein. Vous aviez obtenu ce que toutes mes prières n'avaient pu leur arracher et vous fûtes bien véritablement leur fils d'adoption.

« Comme nous ignorions votre nom et ne savions même pas si vous aviez été baptisé, on vous donna devant Dieu le nom de Gaspard, qu'avait déjà porté l'enfant de mon frère.

« Vous savez avec quelle tendre sollicitude vous avez été élevé, et vous ne sauriez douter que vous avez pris dans le cœur de vos parents d'adoption toute la place qu'y occupait leur propre fils.

« Il me reste peu de chose à vous dire que vous ne sachiez déjà. Le seul point important pour vous est que mes recherches et celles faites par notre défunt abbé, pour obtenir quelques éclaircissements sur le mystère qui environne votre naissance, n'ont été couronnées d'aucun succès... »

Le père Anselmo avait trop présumé de ses forces en entreprenant ce long récit ; ce fut à peine s'il put le terminer, et, après avoir prononcé ces paroles, il eut une défaillance.

Gaspard, qui le crut mort, poussa de grands cris et appela du secours. On accourut en toute hâte, et un cordial rendit au bon père ses esprits : mais il fallut le laisser reposer, et le médecin lui ordonna de garder le plus rigoureux silence.

Gaspard dut donc s'éloigner du couvent sans avoir obtenu de son oncle de nouveaux renseignements.

Quelques jours après cet entretien, Bouis appela son fils et lui dit :

— Voilà que tu as maintenant âge d'homme, il faut voir du pays et t'habituer aux affaires. Je me fais vieux, et tu seras un jour le chef de la maison. J'ai une somme assez forte à toucher à Marseille ; les voyages me fatiguent, tu iras à ma place. C'est là une preuve de confiance que je te donne, j'espère que tu t'en montreras digne.

Après avoir remercié son père, Gaspard alla le soir même prévenir Clarisse de son départ, et, le lendemain, il se mit en route.

Il n'était venu que deux fois à Marseille et toujours en compagnie de son père qui, ses affaires terminées, rentrait dans son auberge pour y attendre le départ de la diligence. Or, comme la voiture qui devait le ramener à Besse ne partait que le lendemain, il résolut de visiter la ville.

La poche pleine de louis et de doubles louis, il allait par les rues, regardant passer les belles dames, et tout grisé par ce mouvement, par ce luxe qu'il ne soupçonnait même pas.

Ce qui excitait à un si haut degré l'admiration du jeune homme nous semblerait aujourd'hui bien triste, bien maussade et même bien peu attrayant. Les rues étaient étroites, sombres et malpropres, on y voyait çà et là des ponts allant d'une maison à l'autre ; les saillies des auvents, des arcades produisaient l'effet le plus disgracieux, interceptaient l'air et la lumière.

En temps de pluie, il était dangereux de circuler à travers ces ruelles pour peu qu'on aimât la propreté, car, comme l'a rapporté Dassoucy, les feutres, sans respect de Castor ni de Pollux, y recevaient alors de vilains outrages.

Les excursions n'étaient pas moins dangereuses à la nuit tombante, même par un temps superbe et le plus splendide clair de lune. L'infortuné poète Lebrun n'en fit que trop l'expérience : « On est, dit-il, si prodigue dans cette ville, qu'on jette tout par les fenêtres. Vous entendez une voix qui vous crie : « *Passarès,* » et si le malheureux étranger s'imagine que c'est une invitation de regarder aux fenêtres, on vous le coiffe de ce que vous savez. »

La ville de Marseille, malgré ces inconvénients, n'en passait pas moins pour fort agréable.

Au surplus, le temps était fort beau ce jour-là et Gaspard pouvait lorgner tout à son aise les belles dames sans avoir rien à redouter pour son feutre.

Après avoir parcouru les principales rues de la ville, le jeune Bouis arriva sur le *Cours,* qui était alors à la mode.

Les promeneurs étaient nombreux et il régnait une grande animation. Les gentilshommes ayant au bras de nobles dames montraient les dernières modes de Paris ; on se rencontrait le sourire et les mots galants au lèvres ; on se saluait, on s'abordait et des groupes se formaient sous les grands ormes.

Ici, l'abbé babillard caquetait les nouvelles du jour ; là, le chevalier colportait les épisodes égrillards des ruelles ; quelques gentilshommes campagnards contaient leurs prouesses à la chasse, tandis que, formant des groupes à part, les bons bourgeois, les négociants parlaient de marchandises et d'arrivages.

Gaspard circulait au milieu de ces groupes brillants sans pouvoir rassasier ses yeux éblouis par le miroitement des riches étoffes, charmés par la vue de toutes ces beautés qui défilaient devant lui. Tout à coup, il s'entendit appeler à haute voix et il fut entouré d'une brillante compagnie.

— Holà ! maître Bouis, que faites-vous donc si loin des jupes de votre respectable mère ?

Gaspard, tout étonné, se retourna et reconnut le marquis d'Arène. Avec lui se trouvaient de Malvalat, d'Antibes, d'Herbois, de Beausset, de Candole, de la Reynarde, de Sipières, d'Aiglun, de Valbelles, tout le groupe des *roués* d'Aix et de Marseille, la terreur des bons maris et les favoris des dames.

Après qu'il leur eut expliqué le motif de son voyage :

— Parbleu ! s'écria d'Arène, il ne sera pas dit qu'un si gentil garçon sera venu à Marseille sans avoir connu les plaisirs de cette noble ville ! Que vous en semble ?...

— Nous sommes entièrement de ton avis, repartit de Candole, ce serait manquer à toutes les règles du savoir-vivre que de le laisser partir sans le déniaiser un peu.

— Alors en route pour l'hôtel de la Croix-de-Malte ! s'écria gaiement d'Arène.

Le marquis avait deviné toute la fougue de la nature de Bouis dont les passions devaient s'allumer à la moindre étincelle. Aussi, averti de son voyage à Marseille, s'était-il mis à sa recherche, décidé à réveiller par la débauche le feu qui couvait dans ce jeune cœur.

Cette hôtellerie de la Croix-de-Malte était alors fort renommée. Gaspard la prit tout d'abord pour le palais de quelque riche seigneur, tant il la trouva magnifique.

Le portail dont les pilastres de marbre soutenaient un beau balcon de fer lui sembla la chose la plus merveilleuse du monde. Lorsqu'il gravit le vaste escalier

Il se vit bientôt entouré par les plus belles de ces filles. (Page 53.)

encombré d'arbustes et de fleurs, il se crut le jouet d'un songe ; il n'avait jamais rien rêvé de si beau et n'avait jamais eu la moindre idée d'un tel luxe.

La bonne chère répondait à cette magnificence, les vins généreux coulèrent à flots et, afin que rien ne manquât à leurs plaisirs, on y joignit l'harmonie des meilleurs violons de la ville. Aussi, lorsqu'on apporta le dessert, les têtes étaient-elles échauffées, les convives étaient-ils parfaitement ivres.

— Il ne serait pas séant, dit Candole après avoir savouré un verre d'excellent vin d'Anjou, de finir brusquement une soirée qui commence si bien et de rentrer chez nous comme de bons bourgeois.

— Morbleu ! s'écria de Sipières, qui était de beaucoup le plus gris de la compagnie, si quelqu'un osait me proposer de terminer aussi vertueusement cet excellent repas, il lui en coûterait cher !

— Et à qui en as-tu donc?

— A tout le monde et à personne; je ne veux pas aller me coucher.

Cette conclusion fut accueillie par de formidables éclats de rire.

— Sipières a raison, dit d'Aiglun, et je vous propose d'aller finir la nuit chez la Rébier. Nous y trouverons, comme à l'ordinaire, d'excellents vins, de charmantes filles point trop vertueuses et, par surcroît, une occasion unique de remplir nos escarcelles.

— Vraiment! s'écria de Beausset, qui était joueur comme les dés.

— Le jeune d'Agoût vient y faire ses premières armes.

— Cet enfant se dissipe, répondit de Sipières.

— Il veut demander au jeu un accroissement de sa fortune.

— Vraiment! L'envie lui en passera.

— C'est probable; mais, en attendant, méditez le dicton : « Aux innocents, les mains pleines. »

— Proverbe menteur, répondit de Beausset, et, dans tous les cas, j'en veux courir la chance.

— Soit, dit d'Arène, allons demander à la Rébier une joyeuse hospitalité de quelques heures.

On arriva bientôt à la rue Pavé-d'Amour, ainsi nommée parce que les femmes galantes en étaient les uniques habitantes. C'était là que demeurait la Rébier, une des plus belles filles de Marseille, qui s'était fait une grande réputation parmi les libertins de la Provence.

Autour d'elle gravitaient, satellites de cet astre, des jeunes filles et des femmes d'une grande beauté, dont les faveurs étaient recherchées par les plus riches débauchés de la ville et qui se réunissaient tantôt chez l'une d'elles, tantôt chez l'autre pour y donner à jouer. Les plus en vogue étaient Madon, Anne Fautrier, dite *Sauterelle*, la veuve Guy, encore jeune et fort appétissante ; les trois sœurs Marie, Gabrielle et Anne Pons, la Giraud et les nommées Gaillard, Catherine, la *Lurque*, Asquier, Catin et Espérance.

La Rébier était la reine de toutes ces prêtresses de Vénus; mais ses faveurs n'étaient pas sans quelque danger, du moins Claude Brueys l'affirme dans ces vers :

> Pregaren Diou, nouestre bon païre,
> Que par sa grâci vueille faire
> Tous preservar de maou sur maou,
> De mourduduro de chivaou,
> De caussigaduro de niero
> Et deys favours de la Rebiero.

Ce qui veut dire en français :

> Nous prierons Dieu, notre bon père,
> Que par sa grâce il veuille faire
> Que vous soyez préservé de mal sur mal,

Des morsures des chevaux,
Des piqûres des puces
Et des faveurs de la Rébier.

A cette époque, du reste, la prostitution et la débauche s'étalaient au grand jour à Marseille, bien que les échevins fussent armés d'un pouvoir discrétionnaire contre les femmes dont la débauche avait une notoriété scandaleuse et que les créatures qui faisaient profession de corrompre la jeunesse fussent mises dans la maison du Refuge où les maris avaient aussi le droit de faire enfermer leurs femmes coupables.

Mais les maris ne se montraient pas impitoyables et les magistrats n'étaient pas fort sévères, de telle sorte qu'un grand nombre de femmes et de jeunes filles trafiquaient ouvertement de leurs charmes.

Celles qu'on élevait dans les maisons d'asile ne montraient ni beaucoup plus de vertu, ni beaucoup plus de retenue, et il fallait observer de très près les pensionnaires des hospices toujours disposées à échanger des signes d'intelligences avec les jeunes gens. On ne réussit pas à empêcher une fille de onze ans de se faire enlever sous un déguisement et avec le consentement de sa tante. Toute la famille de la Charité sortait le jour de la fête de Saint-Lazare pour assister à la procession ; à la dernière sortie, quatre filles s'étaient enfuies avec un garçon boucher.

Des entremetteuses exerçaient, jusque dans l'Hôtel-Dieu, leur infâme industrie.

Les désordres du cynisme allèrent si loin que les échevins publièrent une ordonnance portant que toutes les femmes de mauvaise vie qui seraient trouvées dans les baraques des forçats auraient le nez et les oreilles coupés par le bourreau.

Mal en prenait souvent aux époux récalcitrants qui voulaient venger leur honneur outragé.

Quelques jours avant l'arrivée de Gaspard à Marseille, le lieutenant de l'amirauté, Antoine de Valbelles, passait dans la rue Pavé-d'Amour, accompagné de Villevieille, de Montolieu, de Gréasque et de Vias, lorsqu'il entendit un grand bruit dans le voisinage.

Il courut avec ses amis vers l'endroit d'où partait ce tumulte et vit bientôt que le quartier était ému d'un meurtre qu'un jeune gentilhomme venait de commettre sur la personne d'un mari qui avait voulu le poignarder pour l'avoir trouvé en tête à tête avec femme.

De Valbelles arriva au moment même où le peuple, indigné, jetait à bas la porte d'un galetas où le meurtrier s'était réfugié.

Le lieutenant de l'amirauté imposa silence à la multitude et, au lieu de livrer le jeune homme à la justice, l'emmena chez lui et le fit sortir de Marseille sous un déguisement.

On était, en général, fort indulgent pour tous ces désordres, et on riait volontiers aux dépens des victimes que l'on désignait sous le nom dont Molière n'a pas hésité à se servir.

L'indulgence allait si loin qu'un grave jurisconsulte provençal, Louis d'Aix, avançait que la femme qui n'a qu'un amant ne peut être notée d'infamie, par cette raison que la fureur de l'amour a des charmes puissants, et que ni la prudence, ni le savoir ne servent de rien où la force commande.

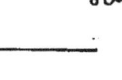

Bien que le clergé de Marseille fût irréprochable, quelques-uns de ses membres cependant menaient une vie fort peu exemplaire. C'est ainsi, par exemple, que les mœurs les plus licencieuses régnaient dans le couvent des Augustins, et que le père Joli, docteur en théologie et supérieur de ce couvent, était l'amant de la femme du maître charpentier Antoine Chabert.

Il l'emmena avec lui à Manosque où il prêchait le Carême, puis à Avignon, et ensuite à Paris. Chabert finit par le poursuivre criminellement, et le faire condamner aux galères perpétuelles.

L'affaire fit grand bruit, comme on pense, et donna lieu à un poète de composer le sonnet suivant :

LA FEMME DE CHABERT A SES JUGES

Avec un très humble salut,
Je vous fais cette remontrance :
Que si, hors de l'Église, il n'est point de salut,
Le mien doit être en assurance.

Elle a toujours été mon but ;
J'ai recherché son alliance,
Et dans le Droit Canon il n'est point de statut
Qui me condamne à la potence.

Mais quand même j'aurais failli,
C'est pour un homme si *joli*,
Que j'attends de cette entreprise :

Et vos louanges et vos dons,
Puisque l'on gagne ses pardons,
Quand on se soumet à l'Église !

On nous pardonnera cette digression un peu longue, mais nécessaire, pour bien montrer l'état moral de Marseille à cette époque.

CHAPITRE VI.

Une première faute

E marquis d'Arène et ses compagnons s'arrêtèrent devant une maison vieille et délabrée, dont l'extérieur n'avait rien d'engageant ; mais, si le dehors en était sombre et repoussant, l'intérieur resplendissait de riches ornements, de dorures et de lumières.

A peine en avait-on franchi le seuil, que des parfums, qui brûlaient dans de riches cassettes, venaient flatter l'odorat, tandis qu'un torrent de lumière éblouissait les yeux.

D'épaisses tentures, qui pendaient devant les ouvertures des fenêtres et des portes, empêchaient qu'aucun bruit ne se fît entendre au dehors.

La Rébier n'était pas seulement ce qu'on appelle de nos jours, une femme galante, elle donnait à jouer, et c'était en tenant une sorte de tripot élégant, qu'elle avait surtout fait fortune.

On menait joyeuse vie chez elle, car, pour faire tout à fait tourner la tête aux malheureux qui s'y risquaient, le vin mêlait son ivresse, et les courtisanes leurs rires les plus fous, les plus ardentes caresses, aux entraînements du jeu.

Lorsque Gaspard pénétra dans cette maison, où toute la jeune noblesse provençale se donnait alors rendez-vous, les salons étaient déjà pleins de monde.

A la clarté [des candélabres d'argent, scintillaient les riches habits des gentilshommes ; les vins capiteux coulaient à flots, les mets recherchés fumaient sur les tables ; des poignées d'or brillaient d'un éclat fauve sur les tapis-verts, les dés roulaient, les cartes étaient retournées, et les blasphèmes des perdants s'unissaient aux cris joyeux des favorisés de la fortune.

Des jeunes filles, démons de tous les pays, se pressaient autour des joueurs heureux et prenaient leur part de la curée. C'étaient de belles Provençales dont les chevelures d'ébène faisaient ressortir le blanc mat des épaules ; des Italiennes aux doux sourires, aux prunelles pleines d'ardentes rêveries ; des Suissesses au teint rosé, aux cheveux en tresse d'or. Elles allaient de groupe en groupe, de table en table, versant du vin dans les verres, et troublant par leurs chaudes caresses les cerveaux déjà exaltés.

Tout cela acheva de faire perdre la tête à Gaspard.

D'une beauté peu commune, il se vit bientôt entouré par les plus belles de ces filles ; on lui versa à boire, on lui décochant les œillades les plus incendiaires, et le vin et l'amour eurent bientôt fait disparaître le peu de raison qui lui restait.

Les cadets de Gardanne, de Fos, d'Anteron et quelques autres gentilshommes campagnards étaient assis autour d'une table, et en train de prendre une première leçon ; de Malvalat, qui tenait les cartes, riait comme un fou des vives émotions qui se produisaient chez ces joueurs novices.

— Allons, messieurs, au jeu, dit-il, et toi, la Sauterelle, verse-nous à boire !

L'or roula sur la table, et une jeune femme fit couler le vin dans les verres.

— Je tiendrai les cartes après vous, Malvalat, lui dit d'Aiglun.

— De grand cœur, car je vois que votre proverbe se réalise ce soir, d'une façon effrayante pour ma bourse ; les élèves donnent une leçon au maître, et je vais en être pour mes quinze cents louis.

Pendant ce temps, de nouveaux joueurs arrivaient encore et des tables se dressaient de tous les côtés. Bientôt les salons furent remplis de monde, et le concert des rires, des jurons auxquels se mêlaient le tintement de l'or et le bruit des verres, prit une intensité étourdissante.

Tout à coup, de Malvalat jeta les cartes sur la table, en s'écriant :

— En voilà assez, messieurs ; à un autre soir ma revanche. Je suis vaincu et passe la main à un plus heureux.

D'Aiglun ramassa les cartes et prit la place de Malvalat.

L'élégant tripot de la Rébier se composait de plusieurs petits salons richement décorés, disposés autour d'une pièce centrale, avec laquelle ils communiquaient par de larges ouvertures ; on pouvait ainsi parcourir ces diverses pièces, pour trouver les tables où l'on jouait le jeu que l'on préférait, car il y avait là plus de vingt manières différentes de perdre ou tout au moins de risquer son argent.

D'Arène et ses amis se tenaient dans l'appartement situé au centre de ces diverses pièces.

Ce salon était éclairé par un grand nombre de bougies.

Des draperies, relevées avec goût, ondulaient au-dessus des sofas ; l'or resplendissait sur les lambris ; les murs étaient décorés de tableaux des meilleurs maîtres, et des vases de porcelaine offraient un heureux assemblage de fleurs, dont le parfum délicieux enivrait.

Tout ce luxe, ces parfums, les vins capiteux, plongeaient Gaspard dans une ivresse qui berçait doucement ses esprits. A demi couché sur un moelleux sofa, il suivait, d'un œil alangui, ces belles filles que lutinaient les joueurs et se croyait par moment dans un songe.

Il sentit alors combien la vie qu'il avait menée jusque-là était misérable ; il entrevit une existence nouvelle, brillante et folle. Lui aussi, se dit-il, pourrait avoir ces jouissances sans bornes, et, comme fasciné par les tas d'or qu'il voyait remuer, il voulut gagner de quoi satisfaire ses passions.

Il plongea la main dans sa poche, et en retira une partie de l'or qu'il venait de toucher pour son père ; mais la pensée qu'il pourrait perdre, et qu'il n'oserait plus reparaître à la ferme, le dégrisa à demi.

Il voulut partir, fuir ses tentations ; il se releva, et se dirigea vers la porte qu'il allait atteindre, lorsqu'une femme divinement belle lui barra le passage.

Une robe de soie blanche descendait en longs plis jusqu'à ses pieds et dessinait la beauté de ses formes ; une ceinture d'émeraudes entourait sa taille ; des bracelets étincelaient sur ses bras ; un peigne de diamants relevait les tresses de ses noirs cheveux.

Elle prit par la main Gaspard fasciné par tant de beauté et d'éclat, le conduisit vers le sofa qu'il venait de quitter, et y prit place à côté de lui.

Le jeune homme contemplait, dans une muette admiration, les trésors que laissait apercevoir ou deviner le corsage habilement échancré.

Elle avait une de ces beautés plantureuses qui s'imposent tout de suite et qu'on ne discute pas. Sa longue chevelure crêpée flottait sur ses épaules, comme les plis d'une draperie de velours noir sur une statue de marbre ; des traits réguliers, des yeux splendides, une bouche aux lèvres de corail et aux dents de perles, une carnation ardente, des courbes voluptueuses dans la taille, voilà ce qu'on remarquait du premier coup d'œil, et ce qu'on ne se donnait pas la peine d'analyser.

Les yeux n'étaient pas francs, le sourire grimaçait, les lèvres se pinçaient, et il y avait dans ce beau visage quelque chose de dur et de froid ; mais cette beauté était si resplendissante, qu'elle éblouissait au point d'empêcher de voir ces imperceptibles imperfections.

Ils étaient si près l'un de l'autre, que leurs joues s'effleuraient et s'empourpraient à ce contact voluptueux.

Ils causaient à demi-voix, doucement caressés par les chaudes senteurs des gerbes de fleurs qui s'épanouissaient dans les vases, sourds au tapage qui éclatait autour d'eux.

Les yeux de Gaspard brillaient en se fixant sur ceux de la jeune femme, en caressant ces trésors à peine voilés.

L'atmosphère chargée de parfums pénétrants troublait son cerveau, si bien que, surmontant toute timidité, il attira à lui la belle fille et déposa sur ses lèvres, un baiser qu'elle lui rendit, en se laissant aller dans ses bras, comme défaillante.

— Ingrat, murmura-t-elle doucement, tu voulais partir sans même me parler ; tu n'avais donc pas deviné l'amour qui me poussait vers toi, et il a fallu te ramener presque de force. Ne suis-je donc ni assez jeune, ni assez belle, pour te plaire, et quelque autre femme règne-t-elle en maîtresse dans ce cœur que je voudrais posséder tout entier ?

Gaspard la pressa plus tendrement dans ses bras et la couvrit de caresses.

— Non, lui dit-il, je n'aurais pas osé rêver un tel bonheur ; je t'aime, ma charmante, et suis tout à toi.

— Bien vrai ?

— Je le jure par tes beaux yeux.

— Et tu m'aimeras toujours, et tu ne me quitteras pas lorsque ton caprice sera satisfait, me laissant dans l'âme une passion inassouvie ?

— Non, je veux être à toi pour toujours, t'obéir comme ton esclave, et ne vivre que pour t'aimer.

— Alors, scellons d'un nouveau baiser ce serment solennel, et buvons à nos longues amours.

Sur un signe qu'elle fit, on apporta une bouteille de vin d'Espagne ; elle remplit une coupe et la tendant à Gaspard, après en avoir effleuré les bords :

— Bois, dit-elle, et que nos lèvres se plongent dans cet ardent nectar, qui recèle les feux du soleil de mon pays.

L'ivresse du vin lui monta au cerveau, tandis que l'ivresse de l'amour lui étreignait le cœur.

— Viens maintenant, dit-elle en l'attirant doucement vers la table où d'Aiglun tenait les cartes, viens, je veux que tu sois riche et que mon amour te porte bonheur. Cet or sera à toi, avec un peu d'audace ; ne crains rien, je sens que la fortune te sera propice.

Gaspard ne résista point ; il poussa une poignée de louis, devant lui et, comme la plupart de ceux qui touchent pour la première fois aux cartes, il gagna.

Devant lui, l'or s'entassait ; il remuait à poignée les louis qu'il faisait retomber en cascade et, sans avoir bien conscience de ce qu'il faisait, il hasarda avec un bonheur aussi rare que constant, des sommes très fortes.

— Encore, encore, murmurait à son oreille le ravissant lutin ; pousse ces poignées de louis, il nous faut de l'or, beaucoup d'or pour être heureux !

Lorsqu'elle vit que la fièvre du jeu le dominait entièrement, elle s'éloigna, et, faisant du doigt un signe au marquis d'Arène, elle lui montra Gaspard.

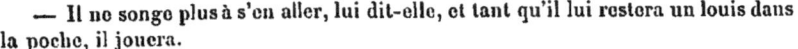

— Il ne songe plus à s'en aller, lui dit-elle, et tant qu'il lui restera un louis dans la poche, il jouera.

— C'est bien, répondit d'Arène, je suis content de toi. Voici, ajouta-t-il, en lui remettant une bourse pleine d'or, ce que je t'ai promis ; mais n'oublie pas nos conventions, il ne doit sortir d'ici qu'après avoir tout perdu.

— Compte sur moi, ce jeune pigeon laissera ici jusqu'à sa dernière plume.

D'Aiglun jeta à son tour les cartes sur la table, et se leva comme l'avait fait Malvalat ; il avait vidé sa bourse et perdait plus de mille louis.

Ce fut d'Agoût qui prit sa place et, à partir de ce moment, la chance tourna.

Le proverbe devait recevoir une éclatante confirmation. Cet innocent eut les mains pleines de belles cartes ; par un de ces bonheurs, comme le hasard en enfante parfois, il gagna sans relâche.

Gaspard, en quelques coups, fut décavé.

Alors on le vit, comme s'il eût perdu tout à fait la raison, vider coup sur coup toutes les bouteilles qu'il trouva sous sa main, et finir par tomber ivre-mort, sur les coussins d'un sofa.

Lorsque, le lendemain, il se réveilla, il était grand jour.

Tout étonné de se trouver dans ce salon magnifique, il rappela à lui ses souvenirs, et l'horrible réalité lui apparut. Il avait joué et perdu tout l'argent que son père avait confié à son honneur.

Une sueur froide couvrit son visage et, l'œil égaré, chancelant comme un homme ivre, il s'élança au dehors de cette maison maudite, en poussant un cri de rage.

Mais où aller? Oserait-il se présenter devant son père? Non, il eût préféré mourir que de lui avouer sa faute.

Après avoir couru à travers toute la ville, sans avoir conscience de ce qu'il faisait, il réfléchit enfin que, sans argent, sans amis, — il ne pouvait, ni n'osait donner ce nom au marquis d'Arène, — il lui fallait se procurer immédiatement quelques ressources.

Gaspard avait sur lui une lourde chaîne d'or qui lui avait été donnée par sa mère ; il s'adressa à la première personne qu'il rencontra, et lui demanda l'adresse d'un bijoutier.

Il pénétra dans une boutique sombre et étroite, où se tenait un vieux juif, qui faisait l'usure et le commerce de bijoux. Celui-ci vit bien vite à qui il avait affaire et, après avoir pesé la chaîne que le jeune homme lui tendit, il lui donna en échange quelques louis qui représentaient à peine le quart de la valeur du bijou. Gaspard accepta avec empressement cette somme, car, avec cet or, il espérait pouvoir regagner ce qu'il avait perdu la veille. Aussi se dirigea-t-il immédiatement vers l'hôtel de la Croix-de-Malte, où il espérait retrouver ses compagnons de la veille.

Son espérance ne fut pas déçue. A peine s'était-il assis devant un excellent repas qu'il venait de commander, qu'il vit entrer le marquis d'Arène suivi de ses amis.

— Je vous croyais déjà loin de Marseille, maître Gaspard, s'écria-t-il. Mais, j'y songe, vous avez dû faire cette nuit des pertes sérieuses?

Le jeune homme comprit qu'il était perdu s'il avouait la vérité et, persuadé que

Pâle, l'œil fixe, agité par un tremblement nerveux, il traversait les salons comme possédé par le génie du mal.(Page 63.)

ses compagnons étaient trop ivres pour avoir bien pu se rendre compte de sa perte, il répondit :

— Vous vous trompez; j'ai laissé une partie de mon bénéfice, voilà tout !

— Tant mieux, morbleu! J'avais craint un moment que l'argent du père Bouis n'eût passé dans les poches de quelque joueur.

— Il n'en est rien, fort heureusement, et je compte retourner ce soir chez cette belle dame Rébier pour y risquer encore quelques louis.

— Vous n'en ferez rien; je ne veux pas que vous alliez une seconde fois dans cet enfer, et je me reproche même de vous y avoir conduit hier. Puisque vous ne devez quitter Marseille que demain, nous vous emmenons au bal que donne le

marquis Pons de Varades. Vous y verrez meilleure société qu'à la rue Pavé-
d'Amour, et pourrez y contempler de près nos plus belles dames.

— Chez le marquis de Varades ? s'écria Gaspard.

— De Beausset, tu feras passer ce bel adolescent pour quelque tien petit
cousin qui arrive de ses terres.

— Palsambleu ! J'y consens de grand cœur ; le jeune Bouis est joli garçon, et
quelqu'une de ces dames ne peut manquer de s'en coiffer. Nous en ferons après de
belles gorges chaudes lorsqu'elle découvrira la vérité.

— Mais ne crains-tu pas, fit remarquer de la Reynarde, que Pons de Varades
ne trouve cette aventure beaucoup moins plaisante ?

— Il aurait mauvaise grâce à s'en formaliser, car un bal masqué autorise bien
des choses. Nous ne faisons en somme qu'entrer dans ses vues en déguisant le
jeune Bouis en gentilhomme.

— Je suis du même avis, ajouta d'Arène ; il ne nous reste plus qu'à aller faire
notre toilette, et je me charge de fournir à mon jeune protégé tout ce dont il aura
besoin.

CHAPITRE VII

Le Bal.

ON se ferait difficilement une idée de ce qu'étaient à cette époque les hôtels
de la noblesse provençale. Le moindre petit rentier s'accommoderait malai-
sément aujourd'hui de ces demeures où vivaient les familles les plus
illustres, les plus riches d'alors, et où tout conspirait contre l'agrément et l'aisance.

L'air et la lumière n'y circulaient pas en liberté ; d'affreux escaliers tournants
conduisaient aux étages supérieurs ; quant aux portes, nos aïeux ne comprenaient
pas qu'elles fussent plus hautes qu'eux-mêmes, et quelquefois, comme l'atteste une
lettre de Mme de Sévigné, elles étaient si basses qu'il fallait, pour passer, baisser la
tête.

Les maisons les plus opulentes ne renfermaient qu'un petit nombre de chambres,
et plus d'un haut personnage n'avait à son lit que des rideaux de toile bleue.

Une réaction commençait cependant à s'opérer contre cette simplicité beaucoup trop grande ; on appréciait mieux les commodités d'une habitation mieux aménagée et le confort d'un ameublement plus moderne.

Le marquis Pons de Varades, qui avait vécu pendant plusieurs années à la cour, s'était mis à la tête de cette croisade de la jeune noblesse contre les vieilles coutumes. Il avait pris à Versailles des habitudes d'opulence et de bien-être qu'il savait mettre en scène avec une aisance naturelle, une délicatesse et un tact exquis.

Il venait de se faire bâtir, à l'entrée de la rue Font-Juzieuve, un hôtel magnifique où toutes les conditions de luxe et de confort se trouvaient réunies : riche ameublement, tapisseries magnifiques, créations les plus diverses du luxe et des beaux-arts.

C'était pour inaugurer cette demeure princière où il voulait tenir un état brillant, qu'il donnait ce jour-là une fête splendide à laquelle il convia, non seulement toute la noblesse, mais encore, par exception, les principaux bourgeois et négociants de la ville. Cette dérogation aux usages avait paru une excuse suffisante pour introduire Gaspard Bouis dans cette belle réunion.

Afin que le bal eût plus d'éclat, le marquis Pons de Varades décida que les invités devraient y venir masqués, mais que les dames seules pourraient garder le masque pendant toute la nuit.

Les salons furent envahis de bonne heure ; l'éclat des lustres faisait scintiller les diamants répandus à profusion sur les riches étoffes des robes, sur les pourpoints de soie et de velours. L'hôtel semblait être devenu un Olympe, tant on y rencontrait de nymphes, de dryades et de déesses, car, selon le goût du temps, c'était à la mythologie que les dames avaient emprunté leurs déguisements.

Nous ne décrirons point les entrées du ballet ; nous dirons seulement qu'il donna un aperçu des merveilles que relate la fable. On vit marcher des rochers ; on vit le ciel, le soleil et tous les astres paraître dans une salle et des chariots aller par l'air grâce à des trucs ingénieux ; on entendit les musiques les plus enivrantes. Les invités eussent pu facilement croire qu'Armide venait renouveler ses enchantements.

Ce spectacle provoqua des murmures d'admiration et, lorsqu'il fut terminé, la noble assistance ne put retenir de bruyants témoignages du plaisir que venaient de lui causer ces merveilles.

Mais, aussitôt, dans les salles voisines, de nombreux orchestres firent entendre des airs de danse, et les jeunes femmes entraînèrent leurs cavaliers vers ces divertissements nouveaux.

Ce fut à ce moment qu'une déesse sembla vouloir, par sa seule présence, éclipser l'éclat de cette fête. En vérité, si elle fût descendue plus tôt de l'Olympe, elle eût fort bien pu détourner du ballet l'attention de la noble compagnie.

Grande, brune, d'une taille fine et souple qui ondulait voluptueusement lorsqu'elle marchait, elle s'avançait majestueuse au milieu d'une double haie d'admirateurs qui s'inclinaient devant cette reine de beauté. Ses cheveux noirs encadraient de leurs flots d'ébène sa figure d'un blanc mat ; ses grands yeux noirs et ardents étincelaient sous d'épais sourcils ; ses mains et ses pieds étaient mignons comme ceux d'un enfant ; ses épaules blanches avaient la fermeté du marbre ; ses seins, d'une forme divine, soulevaient leur enveloppe de gaze dans laquelle ils se moulaient. Un sourire angélique paraissait animer ses lèvres vermeilles et le feu qui jaillissait de ses longues paupières donnait à sa physionomie une expression de noblesse qui s'harmonisait avec son port majestueux.

Était-ce Junon ou bien Vénus? C'était une déesse moins illustre, mais non moins adorée des anciens. A voir sa robe verdoyante, les guirlandes dont les molles ondulations se jouaient autour de son sein, la couronne de violettes et de primevères qui ceignait sa tête, on devinait cette protectrice des bocages, cette Flore qui venait effacer d'un sourire les traces des frimas.

Gaspard fut vivement frappé de sa beauté; quelques mots qu'il saisit au passage lui apprirent que cette gracieuse enfant s'appelait Pauline, qu'elle était la fille du docteur Grandier.

Pauline fut immédiatement entourée d'une cour d'admirateurs, et il lui fallut promettre à chacun d'eux de l'accepter pour cavalier. Elle ne manqua pas une seule danse, et la fatigue seule l'obligea à refuser de nouvelles invitations.

Assise dans un coin du vaste salon, elle se reposait, lorsque, en levant les yeux sur une glace placée en face d'elle, elle aperçut un homme qui dardait sur elle ses regards avec une fixité persistante.

C'était une contemplation qui ressemblait presque à de l'espionnage.

Comme la glace lui renvoyait l'image de ce curieux ou de cet admirateur, elle put l'examiner de son côté à loisir.

C'était un homme d'assez belle taille, jeune encore, aux traits accentués, aux épaules carrées et solides, sur lesquelles tombait avec abondance sa chevelure bouclée châtain-clair. Il était sans doute insouciant de la mode qui emprisonnait les cheveux dans une queue, après les avoir cachés sous une perruque. Sur sa figure se voyait l'empreinte d'une volonté despotique et son regard avait quelque chose de singulièrement dur.

Ce regard fit éprouver à la jeune fille une sorte de serrement de cœur. Elle ne put s'empêcher de subir une influence dont elle ne se rendait pas bien compte. Tremblante et émue, elle détourna la tête; il lui semblait éprouver la même sensation que l'oiseau que fascine un serpent.

Mais, en dépit d'elle-même, son attention se reporta bientôt vers la glace; elle y rencontra l'œil tenace et perçant qui étincelait dans le cristal.

Un indéfinissable malaise assombrit son visage; puis, attirée par une inexplicable fascination, elle revint se blesser à ce regard qui la poursuivait.

Tout à coup, en relevant la tête, elle aperçut devant elle le même homme et elle entendit la voix de son père qui lui disait:

— Mon enfant, je te présente maître Roux, l'habile orfèvre d'Aix dont tu as pu, plus d'une fois, admirer les chefs-d'œuvre.

L'orfèvre s'assit à côté d'elle.

La conversation fut d'abord banale et languissante; elle ne tarda pas à s'animer, car il n'était pas dépourvu d'esprit: mais, bien que son regard, ce terrible regard qui avait fait tressaillir Pauline se fût voilé, elle n'en éprouvait pas moins le désir de s'y soustraire.

Aussi, lorsque Gaspard s'avança vers elle pour lui demander la faveur d'être son cavalier, elle accepta avec empressement la main qu'il lui offrait.

Elle lui sut d'abord gré de l'avoir délivrée de ce tête-à-tête qui lui pesait, mais, en considérant mieux son libérateur, elle s'aperçut qu'il était beau garçon.

En dansant, ils causèrent. Il ne tarda pas à se convaincre que la jeune fille avait pour le moins autant d'esprit que de beauté. Comme s'il eût été sous l'influence d'un charme, il oublia le bal, la foule qui les entourait, il ne vit plus que sa déesse, n'écouta plus que sa voix, s'enivra de sa beauté.

Il ne produisit pas sur elle une impression moins douce ni moins vive ; ce n'était pas le premier cavalier dont elle eût reçu les hommages, mais c'était le premier dont les compliments eussent fait battre son cœur.

Après s'être mêlés aux danses, ils se retirèrent dans un petit salon absolument désert en ce moment.

Pendant que Pauline prenait un peu de repos, son cavalier assis à côté d'elle, lui parla de son amour en des termes si ardents et si entraînants qu'elle n'osa pas l'interrompre. Ils étaient tout près l'un de l'autre et leurs haleines se confondaient.

La jeune fille laissa, dans son trouble, échapper son éventail ; Gaspard se baissa pour le ramasser, leurs mains se rencontrèrent et échangèrent une ardente étreinte.

Alors, se laissant tomber à ses genoux :

— Comment pourrai-je, murmura-t-il, exprimer tout ce qui se passe en mon âme ? Je suis si heureux qu'il me semble que je vais mourir de bonheur. Je ne pouvais vivre sans vous et je suis venu à ce bal pour vous le dire ; mais, si je vous offense, prononcez un seul mot. Je vous adore trop pour ne pas subir votre arrêt, qui sera un arrêt de mort si vous me repoussez.

Elle soupira et ne répondit pas.

— Décidez de mon sort ; dois-je vivre pour vous aimer ou expier par ma mort une passion insensée ?

— O par pitié, laissez-moi !

Il saisit encore ses mains qu'il couvrit de baisers.

— Laissez-moi, répétait-elle tremblante ; je n'ai été que trop imprudente et même coupable en vous écoutant.

— Ne regrettez point ces doux instants ; je désire consacrer ma vie à vous adorer, ne me repoussez pas.

Il voulut l'attirer vers lui pour lui arracher un baiser, mais elle le repoussa.

A ce moment, les danses cessaient pour quelques instants, et le petit salon fut soudainement envahi par une foule brillante de jeunes gentilshommes et de dames richement costumées. Pauline en profita pour s'éloigner de Gaspard.

Il s'élança à sa poursuite, et il allait l'atteindre lorsque le marquis d'Arène se plaça entre lui et celle qu'il cherchait à reprendre.

— Eh bien, maître Bouis, lui dit-il, en passant son bras sous celui du jeune homme ; il me semble que vous préférez cette fête à celle de la nuit dernière et que les beautés qui se pressent dans les salons de Pons de Varades vous empêchent de regretter la Rébier et ses amies ? Du reste, je préfère vous voir ici, car les écus de votre père y sont moins exposés.

Ces dernières paroles, qui le rappelaient à la terrible réalité, firent tressaillir Gaspard.

Dans son enivrement auprès de Pauline, il avait oublié les angoisses qui le tourmentaient depuis le matin. Elle avait été comme un bon ange qui avait cicatrisé les blessures de son cœur et endormi les reproches de sa conscience. Mais ses terreurs renaissaient loin d'elle, et l'on eût dit que le marquis avait évoqué en lui le génie du mal.

Une voix de l'enfer murmurait à son oreille : « Vois les bijoux sans nombre qui scintillent sous les feux des lustres, vois ces diamants, vois ces riches parures ; une faible partie de ces trésors suffirait pour réparer les pertes du jeu. »

Obsédé par cette pensée, le jeune homme fixa ses regards étincelants de convoitise sur les belles dames qui passaient auprès de lui, resplendissantes de pierreries. Il voulut chasser de son esprit cette suggestion maudite, mais la voix mystérieuse murmurait toujours à son oreille ses paroles tentatrices.

Pâle, l'œil fixe, agité par un tremblement nerveux, il traversait les salons comme possédé par le génie du mal.

La pensée du vol l'obsédait, le désir de s'emparer de ces riches bijoux le dominait comme une idée fixe ; il crut qu'il allait devenir fou.

Pour se soustraire à cette obsession, il voulut se replonger dans le tourbillon de la danse et offrit sa main à une charmante jeune fille qui l'accepta comme cavalier. Mais la voix parlait plus fort et plus impérieusement que jamais et, sans même regarder sa danseuse, bien qu'elle fût d'une rare beauté, il tenait les yeux fixés sur son papillon.

A cette époque la mode était aux papillons, c'étaient des miniatures larges et carrées, entourées de diamants, que les élégantes suspendaient à leur cou au bout d'une chaîne d'or.

Gaspard remarqua que le papillon de sa danseuse était mal assujetti ; l'idée de s'en emparer traversa son esprit, il la repoussa, mais elle revint plus tenace. Et la voix lui criait : « Vole ce bijou, et tu pourras alors tout rembourser à ton père ; nul ne te soupçonnera, car on te prend pour un riche gentilhomme.

Alors, doucement, insensiblement, il tira à lui la chaîne, fit jouer le fermoir et, profitant d'un moment où ils étaient pressés de toutes parts par les danseurs, il enleva le riche papillon et le fit glisser sous son pourpoint.

Il jeta alors un rapide coup d'œil autour de lui pour voir s'il n'avait pas été aperçu ; nul ne le regardait, si ce n'était, il le crut du moins, le marquis d'Arène.

L'orchestre cessait ses accords, et ce fut à peine si, dans son trouble, il eut la force de reconduire sa danseuse.

Il se crut perdu ; mais, au moment même où il allait s'enfuir du bal, le comte vint à lui et le complimenta sur la façon irréprochable dont il remplissait son personnage.

— Nul ici ne soupçonnerait, lui dit-il, que vous n'êtes pas le jeune parent de Beausset, et personne ne voudrait croire que vous êtes un campagnard ayant toujours vécu loin du monde.

Bouis s'inclina et balbutia quelques paroles de remerciement ; mais le comte était déjà loin et faisait la cour à une de ses belles amies.

A ce moment, un rideau poussé par un candélabre s'embrasa, communiqua le feu à d'autres draperies et causa une panique qui mit brusquement fin à la fête.

Emporté par le courant qui se précipitait vers l'escalier, Gaspard se trouva au milieu de jeunes femmes tremblantes, qui se serraient contre lui pour qu'il les protégeât contre ce remous humain qui menaçait de les briser contre les murailles ou de les ensevelir sous ce torrent qui ne trouvait pas une issue assez large pour se précipiter au dehors.

La voix infernale se fit-elle de nouveau entendre ? Le démon du vol s'empara-t-il une fois encore de son esprit ?

Toujours est-il que lorsque, quelques jours plus tard, Gaspard revint chez son père, il apportait la somme qu'il avait reçue à Marseille.

CHAPITRE VIII

Maudit !

Epuis son retour à Besse, Gaspard éprouvait d'horribles angoisses en pensant qu'un seul mot pouvait le perdre à jamais. Il songeait nuit et jour à son crime et en éprouvait de vifs remords.

Un changement considérable s'était opéré en lui : son visage ravagé, son teint marqué de plaques livides, ses paupières rougies trahissaient de dures insomnies ; des rides profondes sillonnaient son front ; son œil morne accusait une écrasante lassitude.

Sur ces entrefaites, vint à la ferme un domestique portant la livrée du marquis d'Arène. Il le vit tirer une lettre de sa poche, la remettre à son père et, après avoir avalé d'un seul trait un grand verre de vin, tourner bride vers le château. Un instant s'écoula qui lui sembla un siècle.

Tout à coup, il entendit un cri terrible, cri de douleur, de honte, de rage, puis les sanglots de sa mère.

Au bout d'un instant, pâle, les cheveux en désordre, l'œil hagard, son père sortit de la ferme en courant comme un fou.

Voici ce qui s'était passé :

Dans une lettre très affectueuse pour le père Bouis, le marquis d'Arène lui racontait ses bontés pour son fils et la façon indigne dont celui-ci les avait reconnues, en profitant de son patronage pour voler, mais il évitait la moindre allusion à la nuit passée chez la Rébier.

Pour le père Bouis, si rigoureusement intègre, si fier de sa réputation de probité, ce fut comme un coup de foudre.

Quant à la mère, elle pleurait. Abîmée dans sa douleur, elle ne trouvait pas la force de s'indigner; elle ne pensait qu'à cette jeune existence, qui lui était si chère et qui était maintenant flétrie et perdue. Elle se rappelait les douces émotions que lui avaient causées les premiers pas de son enfant d'adoption, les terribles angoisses qui l'avaient tourmentée lorsqu'elle l'avait disputé à la mort pendant une longue maladie et la joie profonde qu'elle avait ressentie lorsqu'elle l'eut arraché à la mort.

Et son cœur tressaillait d'effroi à la pensée qu'il eût mieux valu qu'il lui fût ravi. Elle se reprochait de s'être montrée trop fière de son fils, de sa beauté, de sa force, de son courage et elle se disait que Dieu avait voulu sans doute humilier son orgueil. Elle se raidissait contre le désespoir, car elle voulait encore vivre pour son Gaspard, pour essayer de le sauver et de l'arracher au mal.

Lorsqu'elle releva la tête, elle l'aperçut à travers ses larmes prosterné devant elle. Il était venu, comme il avait coutume de le faire étant enfant, chercher dans ses bras protection et consolation, se reposer sur ce cœur qui avait toujours battu si tendrement pour lui.

Il pleure, il tord ses mains dans un accès de désespoir et murmure des mots inintelligibles entrecoupés par les sanglots. Elle écarte ses doigts serrés, sèche ses larmes sous ses baisers et le presse contre sa poitrine en murmurant des paroles consolatrices.

Sous ces douces caresses, il sent son cœur se briser, ses lèvres murmurent des paroles de repentir.

— Il faut expier sa faute, lui dit la sainte femme, il faut racheter par une vie désormais sans tache une défaillance coupable, une heure de criminelle folie.

— Oh! ma mère, avez-vous donc oublié ce que vous me disiez autrefois? Non, les hommes ne pardonnent pas, les hommes se souviennent du crime. Je suis déshonoré pour toujours, perdu pour toujours!

— Si les hommes n'oublient pas, mon fils, il y a Dieu qui pardonne, il y a ta mère qui n'a jamais cessé de t'aimer... Ne feras-tu rien pour elle?

Avant qu'il eût pu répondre, la porte s'ouvrit brusquement et le père Bouis entra.

En apercevant Gaspard, il poussa un rugissement de colère et s'élança sur lui, en s'écriant :

— Ah! te voilà, voleur!

Gaspard recula.

Alors la main du vieillard s'abattit sur son épaule.

— A genoux! à genoux!

Le jeune homme eut peur.

Menaçant, furieux, le père bondit sur son fils, mais celui-ci, arrêtant le bras levé, lui dit d'une voix suppliante :

— Père, ne frappez pas.

Alors le vieillard arracha un fusil accroché à la muraille et le coucha en joue;

J'étais tombée à genoux, le suppliant de m'oublier. (Page 67.)

mais la mère se précipita avec la rapidité de l'éclair, releva le canon et la balle alla se loger au plafond.

Gaspard n'avait pas reculé d'une semelle et avait attendu le coup fatal sans rien faire pour l'éviter.

— Père, lui dit-il, vous venez de rompre le dernier lien qui m'attachait encore à vous ; à dater d'aujourd'hui, vous n'avez plus de fils.

Et, en prononçant ces mots, il sortit de la ferme.

Debout sur le seuil, le geste menaçant, le père s'écria :

— Je te chasse de cette maison où tu as apporté le déshonneur... Toi qui as souillé mon nom, sois maudit !

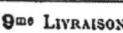

Comme un fauve qui, poursuivi par le chien, blessé par les balles des chasseurs qu'il ne peut apercevoir, fond droit devant lui, brisant tout ce qui s'oppose à sa fuite et ne s'arrête que pour tomber, Gaspard, frappé par la malédiction paternelle, se précipita à travers la plaine jusqu'à la forêt voisine pour s'y soustraire aux regards et continua sa course rapide en laissant aux ronces, aux arbustes qui le fouettaient de leurs rameaux flexibles et le déchiraient avec leurs épines, des lambeaux de ses vêtements et de sa chair.

Il ne voyait plus, il ne pensait plus ; un nuage obscurcissait sa vue, la folie étreignait son cerveau.

Il n'avait qu'une pensée : fuir, fuir toujours loin de ces lieux où la malédiction de son père s'était appesantie sur lui ! Mais ses forces le trahirent ainsi que sa volonté ; il trébucha et tomba lourdement, évanoui sur le sol.

Lorsqu'il revint à lui, il faisait nuit. Il se releva et voulut reprendre sa course, mais ses jambes tremblaient et ne pouvaient le supporter. Il retomba la face contre terre, et dans un accès de désespoir, presque de folie furieuse, il se roula sur le sol, arrachant de ses mains crispées des poignées d'herbe, mordant la terre et poussant d'horribles imprécations.

Une main se posa sur son épaule, une voix aimée murmura à son oreille de douces paroles. Il n'y avait plus qu'une personne qui pût, sans irriter en lui toutes les mauvaises passions, voir couler ses larmes de honte et de rage, et elle était venue, guidée par cette mystérieuse sympathie qui a le don de la seconde vue.

Il n'attendait pas Clarisse. — Il n'eût pas osé affronter sa présence. — Elle était là néanmoins, dans ce lieu désert où elle ne devait pas espérer de le trouver.

Peut-être ne savait-elle pas se rendre compte à elle-même de toutes les paroles affectueuses et consolatrices qui coulaient de ses lèvres. Elles ramenèrent un peu d'espoir dans le cœur du fils maudit qui leva enfin les yeux sur elle.

Dans le regard de la jeune fille il lut la pitié et l'amour ; des larmes jaillirent de ses yeux et, au lieu de malédictions qu'il proférait, ses lèvres murmurèrent une bénédiction.

A genoux devant celle qu'il aimait, il lui raconta son crime sans chercher à en atténuer la gravité ; il lui avoua tout et implorant, non son pardon, mais sa pitié, il lui dit d'une voix suppliante :

— Repousseras-tu aussi celui que son père a proscrit ?

Étreignant sa main qu'elle tenait dans les siennes et fixant sur lui un regard où se peignait son amour, elle lui répondit :

— O mon bien-aimé ! comment pourrais-je te repousser, puisque je t'aime davantage encore depuis que tu n'as plus ni amis, ni famille ! C'est moi, moi seule, hélas ! qui suis la cause de ta perte, c'est pour nous séparer à jamais que le marquis d'Arène, comme un mauvais ange, t'a conduit par la main jusqu'au bord du précipice et t'y a poussé !

— Écoute, ajouta-t-elle, il faut que tu saches tout. Je m'étais tue pour ne pas attirer sur ta tête le malheur que j'y voyais suspendu, mais l'heure est venue où tu dois connaître l'infamie d'un homme qui appartient cependant à une noble race. Le marquis d'Arène me poursuit depuis longtemps de son odieux amour. Malgré

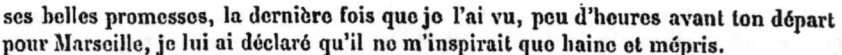

ses belles promesses, la dernière fois que je l'ai vu, peu d'heures avant ton départ pour Marseille, je lui ai déclaré qu'il ne m'inspirait que haine et mépris.

« — Oh ! s'écriait-il d'une voix que la fureur faisait trembler, vous aimez Gaspard Bouis et c'est à cause de lui que vous me repoussez.

« — Oui, je l'aime, lui répondis-je sans hésiter. Sa colère ne connut plus de bornes, il éclata en malédictions et en menaces.

« — Retenez bien ceci, me dit-il en me quittant, je vous séparerai de lui par tous les moyens qui sont en mon pouvoir ; je ne reculerai devant rien pour l'éloigner d'ici et, si vous êtes assez imprudente pour l'instruire de mes projets, si vous lui faites connaître le nom de son rival, je jure Dieu que je le poignarderai sous vos yeux.

« J'étais tombée à ses genoux, le suppliant de m'oublier, de ne plus songer à une pauvre fille indigne d'attirer son attention, et de vous épargner.

« — Non, fit-il, je me vengerai de vos dédains et souvenez-vous de mon serment si vous voulez conserver la vie de votre amant.

« En disant ces mots, il disparut et je ne l'ai plus revu. »

— Oh ! pourquoi m'avoir caché cela !

— Hélas ! je redoutais son caractère ardent et emporté, je redoutais sa vengeance, j'ai voulu, par mon silence, conjurer ta perte.

— Je jure Dieu, s'écria Gaspard, que cet homme payera de sa vie tout le mal qu'il m'a fait et que tous ceux qui ont été mêlés au complot qu'il a ourdi contre moi seront frappés sans pitié. Que le ciel m'écrase si je ne tiens pas ce serment !

— Je t'en supplie, implora Clarisse, renonce à ce funeste dessein ; oublie ce que je t'ai dit, fuis loin de cet homme, évite sa présence et ne cours pas de nouveaux périls.

— Eh ! quoi ! il m'aurait déshonoré, il aurait brisé le cœur de ma mère, rompu les liens si doux qui nous unissaient et il jouirait en paix de son triomphe ? Non, justice sera faite et, me fallût-il porter ensuite ma tête sur l'échafaud, il payera de sa vie toutes les tortures qu'il nous inflige.

— Pitié, Gaspard !

— Non, point de pitié ; désormais, je ne veux plus vivre que pour ma vengeance. Je viens d'être jugé et condamné sans pitié par mon père ; à mon tour, je juge et je condamne le marquis d'Arène.

— Nous serons deux pour exécuter la sentence, s'écria Coquelicot qui s'était approché sans bruit et avait tout entendu, si tu succombes je te remplacerai. Ta famille te repousse, je t'adopte, où tu iras j'irai et, si tu n'as plus de père, tu seras mon fils. Allons, viens, les femmes pleurent, mais les hommes se vengent !

CHAPITRE IX

La Vie d'aventures

ASPARD vint à Marseille, presque sans ressources.

Forcé de se cacher, car son vol avait été dénoncé par le marquis Pons de Varades, il était réduit à vivre dans d'ignobles bouges et d'horribles tripots. Il y avait rencontré des fils de famille ruinés que leurs créanciers traquaient, des soudards chassés de l'armée pour leurs méfaits, des gens de sac et de corde prêts à tout entreprendre et à tout risquer.

Dans cette compagnie, il avait distingué deux jeunes gens dont l'âme n'était pas encore entièrement gangrénée et dont le courage était à toute épreuve ; on les appelait de Valors et de Cabannes.

Quant à lui il avait abandonné le nom de son père adoptif et se faisait appeler Gaspard tout court. Comme il portait l'habit d'un cavalier, il ne quittait jamais l'épée, car, la maréchaussée étant à sa recherche, il pouvait avoir à défendre sa liberté à toute heure du jour ou de la nuit. Il accolait maintenant à son nom la qualification de capitaine.

Bon tireur, très brave, le capitaine Gaspard était redouté de tous les hôtes des tavernes de la ville qui savaient qu'il ne faisait pas bon de se frotter à lui ; mais il en était aimé aussi, car il avait tiré des griffes des archers plus d'un membre de l'estimable confrérie des coupeurs de bourses.

C'était en vain que Gaspard avait attendu la venue du marquis d'Arène à Marseille ; celui-ci, rappelé à Versailles pour une affaire importante, y prolongeait sa présence et on ne pouvait prévoir l'époque de son retour.

Comment Bouis avait-il subvenu à ses besoins pendant toute cette longue année? Où avait-il trouvé les ressources nécessaires pour faire face aux nécessités de la vie?

Il s'était chaque jour enfoncé un peu plus bas dans l'enfer du vice, il avait descendu nécessairement tous les échelons qui conduisent au fond de cet abîme que le marquis d'Arène avait creusé sous ses pas. Mais, à chaque nouveau crime, sa haine contre celui qui l'avait perdu s'était accrue et il lui avait ouvert un terrible compte dont il ne signerait l'acquit qu'avec son sang.

Le fidèle Coquelicot ne l'avait pas abandonné; il s'était fait aussi son pourvoyeur. Gaspard ne tirait pas une seule fois l'épée qu'il ne fût son second.

Revenant à ses habitudes de maraude du régiment, Coquelicot avait une dextérité sans pareille pour dévaliser les poulaillers, pénétrer dans les caves et même soustraire quelque rôti de choix à l'étalage d'un traiteur. Grâce à ses expéditions et à ses talents de cuisinier, leur table était toujours fort passablement servie et on y faisait parfois bonne chère.

Nous avons dit que Gaspard avait distingué, parmi les habitués des tripots et des tavernes, deux jeunes gens : de Valors et de Cabannes, qui valaient un peu mieux que les autres membres de cette redoutable société ; c'était avec eux qu'il s'était le plus intimement lié.

De Cabannes avait une de ces natures sans grande énergie qui acceptent l'impulsion de ceux qui savent prendre quelque influence sur elles et qui reçoivent leur empreinte comme la cire molle celle d'un cachet.

Elevé avec de Valors, il l'avait suivi partout, l'imitant avec une scrupuleuse fidélité, sans jamais se demander s'il ne serait pas préférable pour lui de copier un autre modèle. A cette école, il était devenu débauché, joueur, et, après avoir perdu dans les tripots son petit patrimoine, vivait maintenant de son habileté à faire sauter la coupe.

Il était de ceux qui gagnent presque toujours et dont on dit qu'ils ont le diable dans leur manche. Très brave aussi et joli garçon, il tournait aussi facilement les têtes des femmes que les cartes qui le faisaient gagner.

De Valors était le fils d'un petit gentilhomme des bords de la Durance qui avait passé sa vie à boire, à jouer et à courtiser les belles. A ce métier, il avait dissipé le petit héritage de ses pères et était mort juste assez à temps pour ne pas être expulsé par les créanciers de sa gentilhommerie.

Son fils, élevé à une aussi bonne école, avait hérité des goûts de son père, avec la fortune en moins, et avait vécu d'expédients jusqu'au moment où un oncle avait pris le sage parti de mourir en lui laissant une fortune assez rondelette. Elle lui avait permis de mener grand train, mais, comme les piles d'or diminuaient en raison même du nombre de ses plaisirs, il se retrouva un beau matin tout aussi dépourvu d'argent qu'il l'était naguère, avec un chiffre respectable de créanciers en plus.

Bretteur et joueur, tels étaient les signes distinctifs de son caractère ; il était de plus, nous venons de le voir, un parfait viveur, mais, s'il aimait passionnément le plaisir, s'il ne pouvait passer outre lorsqu'il entendait pétiller les vins mousseux, éclater les rires agaçants des vertus faciles ou tinter l'or sur les tapis verts, il lui était devenu bien difficile de satisfaire toutes ces passions, car les usuriers jusqu'aux plus naïfs, — si toutefois il y en a eu de naïfs, — lui avaient fermé leurs bourses. Il lui avait donc fallu se procurer de l'argent, coûte que coûte, et il ne se montrait pas toujours fort difficile sur le choix des expédients.

Comme Cabannes, son habileté au jeu, — ce qu'on appelait alors « prendre ses avantages « et ce que nous qualifierions aujourd'hui de tricheries, — lui fournissait le plus net de ses ressources.

Les deux amis fréquentaient surtout un tripot de la rue de Sion où se réunissait une compagnie aussi nombreuse que mêlée. Il y avait là de jeunes gentilshommes riches et de bonne famille qui venaient chercher les émotions du jeu, et des aventuriers qui exploitaient leur passion et profitaient sans scrupules de leur inexpérience.

Gaspard et Coquelicot s'y rendaient de leur côté fort régulièrement. Nous devons encore signaler parmi les habitués de ce tripot un personnage qui jouera un rôle dans notre récit et qui s'appelait Georges de Salviade.

C'était un véritable gentilhomme que, comme bien d'autres, le jeu avait perdu.

Orphelin de bonne heure, il s'était trouvé en possession d'une grande fortune qui lui eût permis de mener un train des plus honorables et de faire figure à la Cour, mais les cartes en avaient décidé autrement.

On le vit pendant plusieurs années exposer chaque jour des sommes considérables, vendre une à une ses terres et en venir enfin à se défaire de ses équipages et de ses bijoux.

Une nuit, après avoir fait argent de tout ce qui lui restait, il gagna plusieurs milliers d'écus; mais, comme si ce retour de fortune l'eût grisé, il engagea follement cet argent pour essayer de rattraper en quelques heures tout ce qu'il avait perdu. La chance tourna et la banque de pharaon lui prit jusqu'à son dernier écu.

Jamais peut-être, on n'avait fait aussi gros jeu que cette nuit-là; le comte de Bersedac, qui avait perdu quelques centaines de louis, sortit vers minuit du tripot pour aller prendre de l'argent chez lui.

Comme il ne voulait pas réveiller ses domestiques, il entra à petit bruit dans son hôtel de la Grande-Rue. En traversant sa chambre à coucher, il vit de la lumière dans un cabinet attenant. Il ne douta pas qu'un voleur ne s'y fût introduit, mit l'épée à la main et s'avança en criant:

— Qui va là?

Averti par ce cri, le voleur éteignit sa bougie et chercha à s'enfuir en rejoignant l'escalier; mais il fut atteint par un coup d'épée que Bersedac lui donna malgré l'obscurité, ce qui ne l'empêcha pas de trouver la porte de la rue et de s'évader.

De Bersedac sortit aussitôt après et, au lieu de poursuivre son voleur, retourna au tripot où il raconta son aventure.

Le lendemain, on trouva, sur un banc du Cours, Salviade blessé d'un coup d'épée et ayant perdu beaucoup de sang. On put facilement se rendre compte du chemin qu'il avait suivi pour aller jusque-là, car il avait laissé partout où il avait passé une trace sanglante et cette trace aboutissait à l'hôtel de Bersedac où on la retrouvait jusque dans l'escalier.

Celui-ci, le jugeant assez puni, refusa de poursuivre cette affaire: mais Salviade fut déshonoré et aucun de ses anciens amis ne voulut plus le reconnaître.

Une fois sur cette pente fatale, il roula jusqu'au fond de l'abîme et, de chute en chute, en arriva à mettre au service de ceux qui le payaient son épée et son poignard.

Gaspard s'était rendu au tripot de la rue de Sion qui, on le voit, était un lieu dangereux pour tout le monde, surtout pour les gens qui n'avaient pas assez d'expérience pour se garer des coups ourdis par les habiles gens qui le fréquentaient; mais, à cet égard, il n'avait rien à craindre.

Il venait de réaliser un assez beau bénéfice au détriment d'un adolescent qui faisait ses premières armes. Satisfait de ce résultat, il serra son or dans sa poche, bien décidé à ne pas en exposer une parcelle, et se fit servir une bouteille de xérès.

Étendu sur les coussins d'un sopha, il savourait à petits coups le généreux nectar, lorsqu'il fut soudainement troublé dans cette agréable occupation par des clameurs et des jurons terribles.

Les honorables habitués du tripot venaient de s'apercevoir que le banquier du pharaon retournait les cartes d'une façon peu loyale.

Les perdants s'étaient aussitôt précipités sur les enjeux que le banquier, aidé de ses acolytes, défendait énergiquement. Les poignards et les épées avaient été tirés et s'entre-choquaient au milieu des cris et des provocations.

Le combat ne tarda pas à devenir général et le sang à couler.

Le vin et la colère aveuglaient les combattants qui se ruaient les uns sur les autres avec une rage indescriptible. On se battait à droite et à gauche ; les injures et les défis se croisaient de toutes parts.

Tout devenait une arme : les flacons, les verres, les tabourets volaient d'un bout à l'autre de la salle, brisant les candélabres, éteignant les bougies.

Gaspard, abrité derrière un coussin du sopha, dont il s'était fait un bouclier, était le seul qui ne prît pas part à la bataille ; mais il était écrit que chacun devait avoir son rôle à jouer dans cette bagarre.

De Cabannes, qui ferraillait à quelques pas de lui, reçut sur la tête un énorme tabouret qui arrivait en tournant de l'autre bout de la salle. Étourdi par le coup, il trébucha et son adversaire, exalté par la lutte et l'ivresse, se précipita sur lui, l'épée haute.

Gaspard le vit et lança son coussin à la tête de son assaillant dont l'épée dévia et frappa dans le vide.

Furieux, celui-ci tourna alors sa colère contre ce nouvel adversaire. Gaspard dégaina et le reçut de telle façon qu'il l'obligea à battre en retraite.

Le tumulte était arrivé à son comble. La pluie des projectiles prit une telle intensité que les lutteurs tombèrent brisés et toutes les lumières s'éteignirent.

La mêlée était terrible, car, en frappant au hasard dans les ténèbres, les combattants lardaient à coups d'épée amis et ennemis.

Tout à coup, chacun s'arrêta et le silence se fit. On avait frappé à la porte extérieure et une voix retentissante avait fait entendre en dehors ces mots :

— Ouvrez, au nom du Roi !

— C'est le brigadier Bras-de-Fer, dit quelqu'un.

On entendit peu après tomber la porte et le pas cadencé des soldats retentit dans le couloir.

— Au nom du Roi, cria la même voix, que personne ne sorte !

Les habitués du tripot ne paraissaient pas fort désireux de faire plus intime connaissance avec le brigadier Bras-de-Fer. Bien qu'ils fussent assez en nombre pour tenir tête à lui et à ses hommes, ils préférèrent prendre leur volée par les fenêtres.

Gaspard avait fait comme les autres et, après s'être élancé hors du tripot, s'était jeté dans une rue déserte et avait gagné le large.

Après quelques détours précipités faits à travers des ruelles, il se trouva dans la Grande-Rue.

Quatre heures sonnaient aux horloges, la ville était encore silencieuse et déserte.

Il ralentit le pas et se mit à errer à l'aventure, apaisant ses sens agités dans le calme et la fraîcheur du matin.

Les premières lueurs du jour ne tardèrent pas à empourprer le ciel. Le brouillard qui flottait se dissipa, laissant les rayons du soleil descendre dans les rues qu'ils illuminaient de leur jaune clarté.

Pendant ce temps, le guet, après avoir relevé les blessés, s'était emparé de Valors qui, étourdi autant par le choc du tabouret qui l'avait frappé à la tête que par les vapeurs bachiques, gisait étendu sur le parquet.

Remis sur ses pieds, il fut entraîné encore ivre et chancelant pour être conduit à la prison où l'on enfermait les tapageurs nocturnes.

Dans la rue, la fraîcheur du matin lui rendit la raison. Il culbuta les deux soldats qui le soutenaient et gagna le large.

— Emparez-vous de lui ! cria le brigadier à ses hommes.

Sans s'arrêter, de Valors tira son épée et, bien que ses jambes le servissent mal, il continua sa course.

Il ne tarda pas à être rejoint. Le premier qui porta la main sur lui paya cher sa tentative ; il reçut, à travers les côtes, un coup d'épée qui l'envoya rouler dans le ruisseau.

Bras-de-Fer, devenu furieux en voyant tomber un de ses hommes, n'en pressa que plus ardemment la poursuite.

Au détour d'une rue, un soldat saisit le fugitif par son manteau, mais un second coup d'épée le mit hors de combat.

Cependant, la lutte était trop inégale pour que de Valors, de plus en plus serré de près ne fût infailliblement pris.

Tournant brusquement à droite, il s'élança dans une ruelle étroite où il pensait éviter d'être enveloppé et, par conséquent, pouvoir livrer combat avec moins de désavantage. A peine eût-il fait quelques pas, il alla donner contre un individu qui venait en sens inverse.

— La peste du maladroit ! s'écria celui-ci en recevant la bousculade.

— Au diable ! s'écria le fugitif qui faillit perdre l'équilibre.

— De Valors !

— Gaspard !

— Où diantre allez-vous de ce train ?

— Vous ne tarderez pas à le savoir. Voici les coquins qui accourent...

— Et pourquoi ?...

— Ils veulent m'arrêter ; sus donc à cette canaille ! Nous sommes deux qui en valons vingt, leur affaire est bonne !...

Gaspard tira aussi son épée.

Les soldats n'étaient plus qu'à quelques pas, mais, en voyant le renfort que le fugitif venait de trouver, ils hésitèrent.

— En avant ! cria le brigadier.

— En avant donc ! répondirent les deux amis en s'élançant au devant des assaillants sur lesquels ils tombèrent comme un ouragan.

Elle poussa un cri convulsif. (Page 78.)

Dès le premier choc, de Valors coucha un homme par terre, tandis que Bras-de-Fer, qui s'était attaqué à Gaspard, reçut une blessure qui lui fit lâcher son épée. Le guet recula et battit en retraite.

Emporté par l'ardeur de la lutte, de Valors s'était élancé sur les soldats lorsque, tout en se sauvant, le brigadier fit volte-face, sortit un pistolet de sa ceinture et fit feu sur lui. Il poussa un cri et chancela, la balle lui avait labouré le flanc gauche.

Gaspard se précipita vers lui et le reçut dans ses bras.

— Ce n'est rien, lui dit le blessé, c'est une égratignure qui sera promptement guérie. Donnez-moi votre bras, je vous prie, et accompagnez-moi jusqu'à mon logis qui est tout proche d'ici.

Bien que la blessure qu'il avait reçue ne fût pas très grave, de Valors fut cependant obligé de garder le lit pendant plusieurs jours et Gaspard ne manqua pas de venir lui faire de nombreuses et longues visites.

Un jour, assis auprès du convalescent, il remarqua qu'il était rêveur, parlait peu et répondait tout de travers comme un homme qui pense à autre chose qu'à ce qu'on lui dit.

— Je crois, mon cher de Valors, que vous êtes préoccupé. S'il s'agit de quelque affaire que je puisse mener à bien, usez de moi sans hésitation et, si ma présence vous empêche de réfléchir à quelque combinaison, dites-le moi franchement.

— Le sujet de mes réflexions vous intéresse au moins autant que moi... J'étais en train de me dire que la vie que nous menons ne peut manquer de mal finir.

— Je le crois aussi, mais comment la changer? J'avais pensé à m'engager dans un régiment et à servir le roi. Mon esprit trop indépendant, la violence de mon caractère me rendraient la discipline insupportable.

— Cet expédient ne vaudrait rien, vous êtes fait pour commander et non pour obéir.

— Pour commander?

— Oui, et, si vous le voulez, je me mettrai le premier sous vos ordres.

— Expliquez-vous !

— C'est ce que je vais faire et vous serez toujours libre de repousser mon projet s'il ne vous agrée point, cependant je vous demande de ne point le faire sans y avoir mûrement réfléchi.

— Dites, je vous écoute.

— Tout d'abord, je dois établir que, si nous continuons à végéter de la sorte, ou nous finirons par être égorgés dans quelque tripot, ce qui serait la moindre des choses, ou nous tomberons dans les mains de la maréchaussée, ce qui serait pire encore. D'autre part, nous pouvons arriver à vivre d'expédients, mais cette existence est précaire et ne nous permet que rarement de satisfaire nos passions. Elle nous oblige aussi à nous priver des plaisirs qui sont les plus désirables.

— Je suis parfaitement d'accord avec vous sur tous ces points ; je vois le mal, mais avez-vous le remède ?

— Je crois l'avoir trouvé, répondit de Valors. Je suis assez en fonds en ce moment et, si je ne me trompe, vous devez avoir gagné une somme assez forte dans ces dernières semaines. Ce que j'ai, je suis prêt à le partager avec vous, à vous en donner la plus grosse partie pour vous permettre de jouer le rôle que je vous destine.

« Votre affaire du bal de Pons-Varades est aujourd'hui oubliée. On ne songe plus à vous, on ne vous connaît pas ou fort peu et il vous sera facile de faire perdre complètement votre piste en vous incarnant dans un nouveau personnage.

« J'ai perdu, il y a longtemps de cela, un jeune parent qui s'appelait le vicomte de Galtières. Sa famille s'est éteinte avec lui et, comme il n'y a personne au monde qui ait intérêt à savoir s'il y a ou non encore un Galtières sur la terre, rien ne vous sera plus facile que de prendre son nom, de mener un train assez honnête sans être trop brillant pour le moment, car nos ressources actuelles s'y opposent, et de vous mêler avec discrétion à la société honnête.

« Étant de petite noblesse, vous pourrez avoir un pied dans les salons et l'autre dans les maisons de finance ; vous éviterez d'attirer trop l'attention sur vous et vous devrez vous attacher surtout à vous gagner les femmes, ce qui, avec votre figure et votre tournure, ne vous sera pas très difficile. »

— Mais pourquoi jouer ce personnage ?

— Vous allez le savoir. Toutefois le capitaine Gaspard ne devra pas mourir par le fait de la résurrection de M. de Galtières. Il faudra, au contraire, continuer à fréquenter vos anciens compagnons et vous attacher à asseoir plus solidement encore l'influence que vous exercez sur eux, à les amener à vous considérer en quelque sorte comme leur chef.

« De mon côté, je travaillerai à reconnaître quels sont, parmi ces hommes, ceux dont le courage est le plus solide, l'énergie indomptable, ceux sur la fidélité desquels on pourra compter absolument.

« Lorsque leur nombre sera suffisant pour former une petite troupe déterminée, résolue à tout entreprendre, je vous appellerai à leur tête. Vous serez notre chef et sous vos ordres nous régnerons sur la Provence.

« Les relations que vous aurez réussi à vous créer sous le nom de M. de Galtières nous permettront de savoir à quelles caisses il faudra frapper pour y trouver de l'or, de connaître les projets que l'on pourra former contre nous ; ces plans, ce sera le capitaine Gaspard qui les exécutera à la tête de ses soldats. »

— Vous me proposez, en d'autres termes, de prendre le commandement d'une troupe de bandits ?

— Fi ! fi ! les vilains mots ! vous ne serez pas un chef de brigands, et moi-même je refuserais, si cela était, de servir sous vos ordres, mais une sorte de Grand Juge, l'exécuteur des hautes œuvres de la Providence. Punir les criminels qui s'abritent derrière leur puissance, faire rendre gorge à ceux qui pressurent le peuple, dépouiller les avares d'un argent qui ne profite à personne, être terrible aux forts et miséricordieux aux faibles, n'est-ce point remplacer la justice de Dieu ?

— Vous avez, répondit Gaspard en souriant, de terribles arguments et je ne sais qui pourrait rester honnête en vous écoutant.

— Qu'entendez-vous par honnête ? Connaissez-vous rien de plus honnête que le rôle que je vous destine ?

— Le fût-il moins encore, comment le refuser ? Me reste-t-il un autre choix ?

— Si fait, morbleu ! Vous avez encore un travail dur et pénible qui vous donnera un morceau de pain. Vous n'êtes pas homme à endosser la livrée du laquais ?... Il faudra donc vous résigner à la misère de l'ouvrier ou du petit commis de finance, à moins que, continuant l'existence d'aujourd'hui, vous ne lui préfériez une place sur le banc de quelque galère où vous ramerez pour le service du roi. Rien ne vous empêche de choisir entre tous ces délicieux moyens d'existence.

— Vous avez raison et je suivrai vos conseils.

— A la bonne heure et, avant peu, nous serons riches et puissants.

— Oui, si nous ne sommes pas pris.

— Qu'importe ! un bon coup de poignard pourra nous délivrer de la roue et de la corde.

— Soit ! En avant et marchons à la fortune ou à la mort !

CHAPITRE X

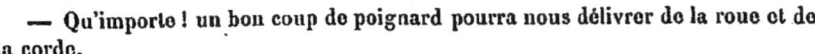

Les amours de M. de Galtières

E plan de Valors avait été mis immédiatement à exécution.

M. de Galtières, qui était censé arrivé de sa province, réussit à se créer des relations dans les meilleures familles de la noblesse et à s'introduire chez les plus riches négociants.

Les amis du marquis d'Arène qui l'avaient à peine entrevu ne se souvenaient plus de lui depuis longtemps et seul son ennemi eût pu le démasquer, mais il était absent et Gaspard était bien résolu à le tuer le jour même où il arriverait à Marseille.

S'étant présenté comme un gentilhomme qui n'avait qu'une fortune assez médiocre, il ne gardait auprès de lui que Coquelicot qui passait pour son domestique et il s'était installé dans un petit pavillon situé aux portes de la ville, ce qui lui permettait de sortir et de rentrer à toute heure sans qu'on pût l'épier.

Ce pavillon donnait sur un beau jardin planté de grands arbres, au fond duquel se dressait une autre petite maison habitée par un médecin qui vivait avec sa fille, une vieille servante et ne recevait jamais personne. Tous les trois étaient absents en ce moment et ne devaient revenir que dans un mois.

Ce jour-là, M. de Galtières était sorti de chez lui pour aller se montrer un moment sur le Cours où se réunissait la belle société. Pendant qu'il allait d'un groupe à l'autre, échangeant des saluts avec les hommes et baisant les mains aux dames, il ne remarqua pas deux femmes qui suivaient cependant avec attention tous ses mouvements.

La plus jeune insistait auprès de la plus âgée pour qu'elle fît une démarche qui lui répugnait évidemment et, sur son refus, elle frappait du pied avec colère et lui parlait avec animation.

— Madame, disait la duègne d'un ton suppliant, vous avez déjà fait une folie en venant ici ; ne la rendez pas plus dangereuse. Rentrons avant que l'on ait pu vous reconnaître.

— Je te dis que je veux le voir ; je suis ici pour cela et, si tu refuses de lui porter mon billet, je le lui remettrai moi-même.

— Doux Jésus ! êtes-vous complètement folle ?

— Folle ou non, je ferai ce que j'ai dit.

La duègne poussa un profond soupir et, se sentant vaincue :

— C'est bien, dit-elle, je ferai ce que vous voudrez.

A ce moment, M. de Galtières traversait le Cours et allait s'éloigner.

A peine avait-il fait quelques pas qu'une femme, enveloppée d'un long voile qui lui cachait la figure, s'approcha de lui et, d'une voix tremblante, lui dit :

— Je suis heureuse d'avoir pu vous rencontrer pour vous remettre ce message qui vous rendra le plus heureux des hommes.

— Et de qui es-tu la messagère ?

— C'est là un secret que je ne dois pas vous révéler, mais qu'il vous suffise de savoir que celle qui m'envoie est jeune et belle.

— Où demeure-t-elle et où la verrai-je ?

— Vous la verrez, c'est là l'essentiel. Où ? c'est ce qu'elle décidera elle-même.

— Et si je décline une invitation aussi mystérieuse ?

— Ce n'est cependant point une aventure capable de faire reculer un jeune et beau cavalier.

— Mais enfin, si je recule, à moins de savoir dans quel lieu je suis attendu ?

— Alors tant pis pour vous, trop prudent gentilhomme.

— Et si je me décide à tenter l'aventure ?

— Dans ce cas, prenez connaissance de ce billet qui vous en apprendra peut-être plus long que je ne puis le faire.

En disant ces mots, elle lui tendit un billet satiné tout parfumé dont il se saisit avec empressement.

Il parcourut rapidement la lettre et vit qu'on lui donnait un rendez-vous pour le lendemain au coucher du soleil auprès d'un bois de pins situé sur la route d'Aubagne.

— C'est bien, dit-il, j'irai.

La duègne s'inclina sans rien répondre et se perdit au milieu de la foule.

Cachée derrière un arbre, sa compagne avait écouté cet entretien sans en perdre une seule parole. En entendant les derniers mots, elle ne put retenir un cri de joie.

Le lendemain, un peu avant l'heure indiquée, M. de Galtières se trouva au lieu du rendez-vous. A peine avait-il fait quelques pas sous les arbres qu'il vit s'avancer vers lui la vieille femme qui lui avait remis la veille la lettre de l'inconnue.

Elle lui prit la main et l'entraîna au milieu du fourré où stationnait une berline.

— Je pense, lui dit-elle, que votre présence signifie que vous êtes prêt à vous rendre là où je veux vous conduire ?

— Je n'ai pas d'autre désir.

— Montez alors, dit-elle en ouvrant la portière.

Dès qu'il eut pris place sur les coussins, la berline partit à fond de train.

Les mantelets étaient relevés ; il voulut les baisser, mais sa compagne s'y opposa.

— La dame qui vous a écrit s'expose aux plus grands dangers en vous recevant et la moindre indiscrétion la perdrait. Bien qu'elle sache pouvoir compter sur votre parole et se fie complètement à votre loyauté, elle a voulu que vous ne reconnussiez pas la route que vous suivrez pour vous rendre auprès d'elle.

Le jeune homme n'insista pas ; il était du reste trop tard pour reculer si cette aventure l'exposait à quelque danger, et il était résolu à aller jusqu'au bout.

Les chevaux allaient un train d'enfer. En moins d'une heure, ils atteignirent la grille d'un château, traversèrent un parc et s'arrêtèrent couverts d'écume devant un perron de marbre.

Après avoir franchi rapidement les degrés de l'escalier, de Galtières se trouva dans un boudoir ravissamment décoré.

Bientôt la porte s'ouvrit, et une femme divinement belle, bien qu'elle n'eût plus l'éclat de la jeunesse, vint vers lui :

— Je ne sais, lui dit-elle, comment vous remercier d'être venu apporter quelque consolation à une pauvre prisonnière.

— Une prisonnière, dit-il, en portant les yeux tout autour des riches appartements.

— Qu'importe la beauté d'une prison ! La captivité n'en est pas moins cruelle, mais ne parlons pas de moi, ne perdons pas en vaines plaintes ces instants si doux, si désirés qui ne reviendront peut-être jamais.

En disant ces mots, elle pencha la tête sur de Galtières comme si elle eût cherché à cacher dans son sein la rougeur de son visage ; mais, tout à coup, ses yeux s'arrêtèrent sur le camée qu'il portait à son cou depuis le jour où le père Anselme le lui avait remis.

Elle le regarda pendant quelques instants avec un étonnement inexprimable ; ses lèvres tremblèrent, elle poussa un cri convulsif et tomba évanouie.

Au bruit, la duègne accourut et lui fit respirer des sels qui ne tardèrent pas à lui rendre ses sens ; elle regarda alors autour d'elle avec égarement et, lorsque ses yeux vinrent à tomber sur le jeune homme, elle s'écria :

— Éloignez-le d'ici... Ah !... je meurs...

Et elle retomba sur le sopha.

— Pour l'amour de Dieu, monsieur, dit la duègne, suivez-moi.

Elle le conduisit dans une petite pièce voisine et le pria d'attendre son retour.

Quelques instants se passèrent au bout desquels la duègne reparut, portant un plateau chargé de confitures. Il y avait aussi un flacon de vin d'Espagne.

— Elle va mieux, lui dit-elle, elle veut vous revoir et vous fera appeler dès qu'elle se sentira mieux. Restez ici et faites en attendant une légère collation.

De Galtières, qui était profondément ému, remplit son verre et le vida d'un trait. Presque aussitôt, il sentit une lourdeur contre laquelle il essaya en vain de lutter.

— Ah ! qu'est-ce que cela ! dit-il.

Ses yeux s'appesantirent, ses paupières se fermèrent malgré lui.

Il fit des efforts surhumains pour résister à l'invincible sommeil qui s'emparait de lui, mais le breuvage qu'il avait absorbé avait des effets plus puissants que sa volonté.

— Je suis perdu, livré ! fit Gaspard avec angoisse.

Il se laissa tomber sur un sopha et s'endormit profondément.

Lorsqu'il se réveilla, il se trouva étendu dans le bois de pins où la duègne était venue le chercher quelques heures auparavant.

Des pensées confuses se heurtaient dans son cerveau et il crut avoir fait un songe ; mais, sa main se portant comme machinalement sur son camée, il vit qu'on lui avait passé au cou durant son sommeil une chaîne d'or à laquelle pendait quelque chose d'assez lourd enveloppé dans du papier. Il rompit le cachet et découvrit une miniature reproduisant les traits de la mystérieuse inconnue. Ce portrait, dont la ressemblance était frappante, était entouré d'un cercle de gros diamants.

Sur le papier, les mots suivants avaient été tracés par une main tremblante :

— « La personne auprès de laquelle vous avez été introduit a reconnu en vous un être, hélas ! trop cher et qui lui est uni par les liens les plus sacrés. Vous ne la reverrez plus et tous les efforts que vous feriez pour découvrir sa retraite seraient superflus. Portez toujours ce portrait sur vous en souvenir d'elle et pensez quelquefois, en le regardant, à la plus malheureuse des femmes. »

Après avoir lu ces lignes, il examina le portrait et il lui sembla reconnaître dans le visage de celle qu'il représentait quelques traits de sa propre figure. Pris d'une vive émotion, il fit un rapprochement entre les termes de cette lettre et l'émotion qu'avait éprouvée l'inconnue à la vue du bijou qu'il portait à son cou. Une pensée terrible envahit son esprit :

— Si cette femme était sa mère !

Ses tempes battaient, son cerveau bouillait. Il crut qu'il allait devenir fou.

Mais, grâce à sa nature énergique, il réussit à dompter le trouble qui s'était emparé de lui et il résolut de percer à jour ce mystère.

Quelques semaines s'écoulèrent cependant en projets avortés, en entreprises inutiles, et il ne put découvrir ce que son cœur était si empressé de connaître.

Sur ces entrefaites, les hôtes du pavillon voisin de celui qu'habitait Gaspard étaient revenus, et, un jour qu'il était à sa fenêtre, il aperçut dans le jardin la jeune fille du médecin. Lorsqu'elle fut près de lui, il poussa un cri de surprise en reconnaissant Pauline.

Celle-ci releva la tête et reconnut aussitôt le jeune homme qui avait fait une si profonde impression sur son cœur au bal de Pons-Varades.

Une touffe de roses s'épanouit sur ses joues, puis, confuse d'avoir montré son émotion, elle s'éloigna pour se dérober à la vue du jeune homme et s'enfonça sous une charmille.

Pouvant voir sans être vue, elle se mit alors à regarder plus attentivement son nouveau voisin.

Pauline avait lu et lisait encore beaucoup de romans. Elle les dévorait avec une ardeur extrême, s'identifiant avec l'héroïne, aimant avec elle, se réjouissant de son bonheur, et s'attendrissant de ses revers. Elle s'était créé ainsi une sorte d'existence en dehors de la vie réelle

Le jeune cavalier qu'elle apercevait chaque jour à sa fenêtre ressemblait assez bien au héros de l'un de ses livres. Elle vit qu'il avait l'air triste comme un homme que poursuit la destinée, et elle s'intéressa à lui à un tel point qu'il finit par occuper une large place dans ses pensées.

Quant à Gaspard, il se sentait attiré par la jeune fille, et comme fasciné par ses beaux yeux voilés à demi par de longs cils.

Lorsque, pour les nécessités de sa double existence, il retournait dans les repaires où il rencontrait ses anciens compagnons, l'image souriante et pure de Pauline l'accompagnait et lui faisait repousser avec dégoût les maîtresses d'une heure.

Gaspard n'avait pas tardé à se lier avec le docteur Grandier. Il lui avait à diverses reprises rendu de petits services et avait fini, grâce au charme de ses manières, à la vivacité de son esprit, par le séduire, si bien qu'un jour le médecin invita son jeune ami à venir dîner chez lui.

Pauline, après avoir donné tous ses soins aux préparatifs du repas, s'occupa de sa toilette.

Elle était jolie, fort jolie, et on le lui avait dit, mais elle le savait déjà. N'avait-elle pas cette science infuse que possèdent les jeunes filles et qui, en fait de qualités physiques, les font s'apprécier à une bien plus juste valeur que l'homme réputé le plus connaisseur ne pourrait le faire ?

Certes elle ne doutait ni de sa beauté, ni de l'effet qu'elle produirait ; mais, en ce moment, elle n'en était pas moins agitée, inquiète. Était-ce pure coquetterie ?

C'est une question que nous ne nous chargerons pas de résoudre, car, si bien habile est celui qui peut lire dans le cœur d'une femme, plus habile encore est qui peut deviner ce qui se passe dans le cœur d'une jeune fille qui s'ignore et qui s'ouvre à l'amour comme le bouton de rose s'épanouit aux rayons de soleil.

Enfin la toilette fut achevée, et Pauline descendit au salon juste assez à temps pour recevoir son invité.

La jeune fille fit les honneurs de son modeste intérieur avec une grâce qui impressionna vivement Gaspard, car elle contrastait étrangement avec les mœurs bruyantes et faciles des femmes qu'il avait connues jusqu'à ce jour.

Habitué à fréquenter un monde où la vertu et la pruderie n'étaient guère de mise, il fut séduit par cette belle enfant qui lui semblait descendre du ciel.

Pauline, de son côté, ne pouvait s'empêcher d'accorder une attention peut-être un peu trop grande à M. de Galtières. Il s'était présenté à elle en véritable héros de roman au bal du marquis de Pons-Varades, et, depuis cette nuit, son image s'était présentée souvent à ses yeux, mais, bien qu'elle fût exposée à aimer profondément par son imagination ardente, elle avait été trop sévèrement et trop saintement élevée par sa mère pour vouloir donner son cœur à un homme qui ne serait pas son mari.

De Galtières acheva de faire la conquête du docteur Grandier qui ne le laissa se retirer qu'avec regret, assez tard dans la soirée, en l'invitant à venir le voir quelquefois.

Gaspard profita de cette permission et multiplia ses visites.

Bien souvent, le vieux médecin s'enfonçait dans la lecture de ses auteurs favoris, et les deux jeunes gens se promenaient seuls dans le jardin.

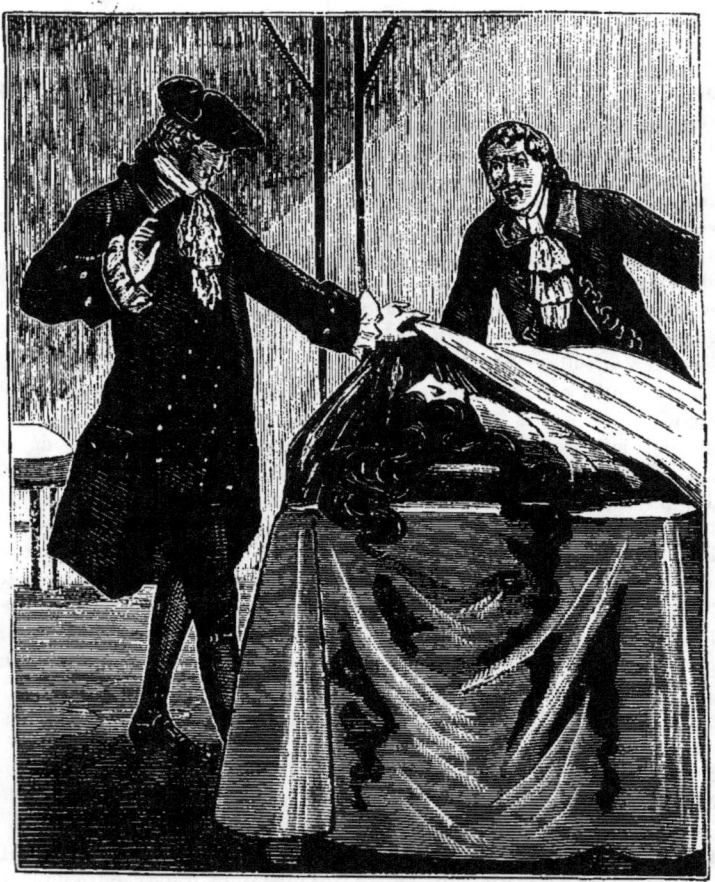

Le docteur souleva le voile qui cachait la figure de la morte. (Page 81.)

Un soir, appuyée sur son bras, elle marchait lentement dans une allée bordée de rosiers en fleurs.

Il la conduisit sous un berceau formé par deux chèvrefeuilles qui entrelaçaient leurs rameaux flexibles. Assis l'un près de l'autre, la main dans la main, ils s'enivraient de leur amour.

D'une voix émue et tremblante, il lui dit combien il l'adorait, qu'elle était son seul bonheur, sa vie, et que le jour où elle cesserait de l'aimer, il cesserait de vivre.

Et elle le contemplait en silence, l'écoutait avec recueillement et lui répondait par ces mots vagues qui ont une si mystérieuse éloquence...

Et les heures s'écoulaient dans cette extase qui tenait du rêve et les emportait au ciel!

Pauline, bien jeune encore, éprouvait pour la première fois ces douces sensations.

Oh! la belle et la charmante chose qu'un cœur virginal s'épanouissant comme une fleur qui laisse échapper son parfum lorsque le premier soleil de printemps vient la caresser de ses vivifiants rayons!

Ce cœur, qui s'ignore encore, est comme enivré par les doux rêves, les suaves ardeurs, les ineffables sensations qu'apporte avec lui un premier amour.

Plongés dans leur douce ivresse, ils se taisaient et il régnait un silence dans lequel on eût entendu le battement de leurs cœurs.

Tout à coup ils entendirent le pas de M. Grandier qui s'approchait du berceau.

— Pauline, murmura M. de Galtières, il faut que je vous parle ce soir même, sans témoins.

— Je vous attendrai dans ma chambre, répondit-elle, car ailleurs on pourrait nous surprendre.

Et elle ajouta en le regardant bien en face :

— Je me fie à vous parce que je vous sais honnête homme, et suis assurée que vous ne trahirez pas la confiance que je mets en vous.

Lorsque Gaspard se rendit au rendez-vous que la jeune fille lui avait donné, la passion inondait son sein, son cœur battait avec violence.

Il venait pour la saisir dans ses bras, l'arracher à son père. et l'emmener dans quelque retraite ignorée de tous, où elle fût toute à lui, mais, une fois sur le seuil de la chambre virginale, quand il vit Pauline agenouillée sur son prie Dieu, il demeura immobile, silencieux, et se découvrit respectueusement comme il le faisait autrefois en entrant dans la petite église.

Il demeurait là le regard fixe, sombre, car une voix jusqu'alors inconnue parlait en lui. Il pensa à sa mère adoptive, aux jours où, encore innocent, il écoutait ses saintes leçons, et il eut horreur de lui-même en se disant qu'il avait voulu flétrir cette fleur d'innocence.

Il eut l'idée de se retirer avant de lui avoir parlé, et de s'enfuir pour ne pas céder à sa passion, mais un léger bruit fit retourner la jeune fille. Frappée de l'altération de son visage, elle courut à lui en s'écriant :

— Qu'avez-vous donc?

— Je ne sais... je souffre... Peut-être ai-je tort de vous laisser voir ce que j'éprouve, mais je suis abattu par je ne sais quel sombre pressentiment.

— Qu'avez-vous à redouter?

— Tout. Persécuté par de puissants ennemis qui sont bien en cour, j'ai dû me cacher pendant plusieurs mois pour échapper à une lettre de cachet qu'ils ont arrachée au roi par surprise. Sans une aussi impérieuse nécessité, je n'eusse pas laissé écouler un tel espace de temps pour chercher à vous revoir, car, depuis le bal où j'ai eu le bonheur de vous connaître, votre image est restée présente à ma mémoire. On m'avait assuré que le roi, mieux éclairé maintenant, avait reconnu l'injustice des persécutions dont j'étais l'objet, et qu'il me couvrirait de sa protection. Cette assurance m'a déterminé à me montrer, mais, malheureusement, rien n'est venu la

confirmer. Je crains que de nouveaux dangers ne m'obligent à partir et à vous quitter... Ce serait la mort pour moi.

— Je ne redoute ni le péril, ni la misère. Votre infortune et les persécutions qui s'acharnent après vous ne peuvent rien sur mon cœur. Où vous irez, j'irai, et nous resterons unis dans la bonne comme dans la mauvaise fortune.

— Et s'il fallait tout abandonner, jusqu'à votre père ?

La jeune fille pâlit et se sentit défaillir.

— Mon pauvre vieux père ! murmura-t-elle d'une voix tremblante.

— Oui, votre père ; et, pour cette existence misérable, vous quitteriez ce foyer si paisible et si heureux : vous enchaîneriez votre vie à celle d'un homme proscrit, poursuivi, condamné ?

— Si mon devoir est pénible, il ne m'en sera que plus cher. La femme d'un proscrit n'a plus ni famille, ni patrie.

— Réfléchissez bien à tous les dangers que vous courrez, à tous les malheurs qui vous menaceront.

— Votre demeure sera la mienne, nous serons exposés aux mêmes dangers.

Cet amour si sublime émut profondément M. de Galtières. De grosses larmes roulèrent sur son visage, et, mettant un genou en terre, il baisa respectueusement la main de la jeune fille.

— Vous êtes noble et sainte, mon adorée, et je vous admire, mais je ne veux point que vous preniez, sans y réfléchir, un engagement qui, en faisant mon bonheur, pourrait vous rendre pour toujours misérable.

— Ma décision est prise et prise irrévocablement.

— Quand vous reverrai-je, Pauline, pour apprendre de votre bouche mon arrêt de mort ou la confirmation de mon bonheur ?

— A demain, lui dit-elle avec une indéfinissable expression de tendresse.

Ce lendemain ne devait pas venir.

———

CHAPITRE XI

Le capitaine Gaspard

GASPARD, en sortant de chez lui dès l'aube, rencontra le docteur Grandier qui lui souhaita amicalement le bonjour.

— Il me semble, mon jeune ami, que vous vous promenez ce matin de bien bonne heure.

— Mais vous-même, docteur...

— Oh ! moi, je suis fort occupé en ce moment par mes malades et je n'ai que peu d'instants de libres pour me livrer à mes études. J'ai précisément aujourd'hui un sujet de premier choix.

— Je pense que par sujet vous entendez un cadavre ?

— C'est fort sagement pensé, et ce cadavre est celui d'une des plus belles femmes de cette ville. De longtemps on ne verra de courtisane aussi parfaite.

— Vraiment, et quelle est cette beauté, dont je n'ai même pas appris la mort ?

— C'est que, depuis quelques années, elle vivait fort retirée. On avait cessé de la voir et j'avais cru, pendant longtemps, qu'elle avait quitté ce pays.

Il paraît qu'elle ne quittait presque plus une maison de campagne fort belle d'ailleurs, soit qu'elle y fût retenue par quelque amant jaloux, soit qu'elle voulût vivre dans la paix et dans l'oubli de son existence passée, mais, si vous étiez moins jeune, vous auriez connu, au moins de réputation et de vue, celle qui a fait tourner tant de cervelles et battre tant de cœurs.

— Mais si elle était si riche, si elle n'était point entièrement délaissée, comment se fait-il que ses restes soient abandonnés au scalpel ?

— C'est qu'il n'y a point de corps qu'on ne puisse avoir, en y mettant le prix, bien entendu. Or, cette femme est morte d'une maladie étrange et nous nous réunissons aujourd'hui, quelques-uns de mes confrères et moi, pour étudier les traces de ce mal que nous n'avons pu guérir, mais je vois que je suis en avance et, si vous avez quelques instants à perdre, vous pouvez m'accompagner jusqu'à la salle d'anatomie où vous verrez le sujet.

Gaspard fit un signe d'acquiescement et, au bout de quelques instants, ils arrivèrent au but de leur course.

C'était une salle assez spacieuse et assez aérée. Au milieu se dressait une table sur laquelle était étendu un drap blanc qui dessinait les formes du cadavre qu'il recouvrait.

Le docteur souleva le côté du voile qui cachait la figure de la morte.

Gaspard s'avança pour regarder ses traits, mais il recula soudain, horriblement pâle, et poussa un cri de souffrance et de terreur.

Ce fut une émotion qui le bouleversa de la tête au pied, qui lui imprima une telle secousse qu'il crut qu'il allait tomber.

Il resta debout cependant, mais ses yeux se voilèrent et son cœur battit à tout rompre.

— Elle ! fit-il. Elle !... Ce fut tout ce qu'il put dire.

Dans cette femme qu'il avait entendu accuser de débauche et dont les restes allaient servir à une lugubre expérience, il venait de reconnaître l'inconnue qu'il croyait sa mère.

Sa douleur rendit sa raison chancelante. Mettant la main devant ses yeux, comme s'il eût craint d'être poursuivi par le spectacle effrayant qu'il avait devant lui, il s'élança comme un fou hors de la salle.

Pendant combien d'heures erra-t-il à travers les rues de la ville sans savoir où il allait, ni ce qu'il faisait ? Où alla-t-il ? Comment se trouva-t-il enfin assis dans un cabaret devant une bouteille de vin, qu'il vidait fiévreusement, c'est ce qu'il eût été impossible de dire.

Ce fut là que de Valors et Coquelicot le rencontrèrent, mais ils durent lui adresser la parole à diverses reprises avant d'en obtenir une réponse, et encore ne fit-il que murmurer quelques mots inintelligibles, quelques lambeaux de phrase sans suite.

Coquelicot, effrayé, le suppliait en vain de lui dire quelle violente émotion le troublait ainsi.

— Laissez-moi faire, dit de Valors, je sais quelque chose qui lui rendra son énergie.

Et se penchant à l'oreille de Gaspard, il lui dit à voix basse :

— Debout, l'heure de la vengeance a sonné, le marquis d'Arène vient d'arriver à Marseille, et dans quelques instants, tu le tiendras au bout de ton épée.

— Ah ! dit le jeune homme en étreignant avec force la main de son ami, fasse Dieu que je me venge et je mourrai content !

— Alors, suis-nous.

Une heure du matin venait de sonner lorsque le marquis d'Arène, qui sortait de chez la Rébier, s'engagea dans une des longues et étroites traverses qui aboutissent à la Grande-Rue de Marseille.

Il avait fait quelques pas à peine lorsque trois hommes lui barrèrent le chemin. Il était brave et, sans s'émouvoir, il porta la main à son épée en disant :

— Que voulez-vous, messieurs?

— Tu vas le savoir.

S'approchant du réverbère dont la clarté se répandait sur un faible espace de la ruelle, Gaspard souleva son large feutre.

— Me reconnais-tu ?

— Gaspard !

Puis après un silence, le marquis lui dit :

— Que me voulez-vous? Est-ce ma bourse?

— Je veux ta vie.

— C'est donc un assassinat?

— Non, c'est un duel.

— Un duel de trois contre un.

— Un duel à mort, un duel loyal, ces messieurs seront nos témoins.

D'Arène ne répondit rien et tira son épée.

Gaspard dégaina aussitôt, et les témoins s'éloignèrent de quelques pas pour laisser le champ libre aux adversaires qui venaient de tomber en garde.

Les lames se rencontrèrent avec un frémissement strident. Un feu sombre animait les yeux des deux combattants.

Ce fut d'abord une suite de feintes et de parades échangées sans impatience, sans emportement, les épées se cherchaient, se croisaient, se paraient tour à tour. Chacun d'eux tâtait son ennemi.

Soudain, une feinte heureuse du marquis sembla devoir terminer le combat, mais, pendant qu'il tardait à poursuivre son avantage, Gaspard eut le temps de se couvrir.

On eût pu croire qu'ils se ménageaient, car, un instant après, Gaspard aurait eu à son tour le temps de mettre un pouce de fer dans la poitrine de son adversaire, mais Coquelicot ne s'y trompa pas. Il comprit qu'à chacun des avantages négligés successivement par les deux combattants, leur arme parée à demi aurait fait seulement une légère blessure. Tous deux ne voulaient frapper qu'un coup qui fût mortel.

Soudain Gaspard chassa, par un coup sec vigoureux, l'épée de son adversaire qui se trouva entièrement découvert ; il se fendit à fond, tendit le bras avec force, et la pointe de son épée, pénétrant dans la poitrine du marquis, parut entre les deux épaules. Celui-ci poussa un cri étouffé. Son corps s'affaissa, glissa sur la lame, et tomba lourdement.

Les témoins de ce combat s'élancèrent aussitôt et découvrirent la blessure d'où le sang s'échappait à flots.

Coquelicot tourna le bras autour du corps, le souleva un peu, et posa la main sur le cœur.

— Il est mort, dit-il au bout d'un instant.

— Pas encore, répondit de Valors, mais c'est une terrible blessure.

Le vainqueur demeurait à quelques pas, muet, immobile, les yeux étrangement ouverts et fixés sur la lame fumante qui tremblait à son bras.

La lueur du réverbère donnait en plein sur la figure pâle du marquis, dont les lèvres blanches, entr'ouvertes, frémissaient au passage de l'air appelé avec effort par les poumons.

Les souffrances qu'il endurait devaient être horribles et Gaspard n'en put soutenir la vue. Secouant la tête en arrière avec horreur, il s'éloigna en chancelant et fut obligé de s'appuyer contre le mur pour ne pas tomber.

— Alerte ! cria Coquelicot, voici le guet !

De Valors, prenant Gaspard par le bras, l'entraîna vers le port. Coquelicot les suivit et ils disparurent dans une des rues parallèles au quai.

Un instant après, les soldats du guet s'arrêtaient devant le corps du marquis d'Arène qui respirait encore. Ils le transportèrent dans un hôtel et ce fut par lui qu'on connut le nom de son meurtrier.

Aussitôt le signalement de Gaspard de Besse fut envoyé aux gens de la maréchaussée et le crieur public annonça dans tous les carrefours de la ville que sa tête était mise à prix.

Ordre fut également donné de se saisir de Valors et de Coquelicot, ses complices. Tous trois étaient obligés de se cacher et n'osaient sortir de leurs retraites que la nuit et avec des précautions infinies.

Une semaine s'était écoulée sans que les archers qui les cherchaient dans les tripots et les cabarets eussent pu les découvrir.

Au moment où l'horloge de l'Hôtel de Ville achevait de frapper les douze coups de minuit, un homme, enveloppé d'un manteau, le feutre rabattu sur les yeux, s'arrêta devant un cabaret de misérable apparence, en franchit le seuil, et se trouva dans une réunion d'honorables personnages, dont il eût été très certainement fâcheux de rencontrer le plus honnête dans quelque rue déserte.

De Valors, car c'était lui qui se risquait ainsi hors de sa retraite pour venir conférer avec quelques hommes déterminés auxquels il avait donné rendez-vous, fit un signe au maître et seigneur de ce tandis, s'engagea dans un sombre couloir qui donnait accès dans une salle où ne pénétraient que quelques habitués privilégiés de la taverne.

C'était là que se réunissaient d'ordinaire certains personnages à qui la maréchaussée accordait une attention toute particulière. Ils formaient un groupe pour lequel les autres hôtes du cabaret professaient une haute estime, car il avait conquis des droits sérieux à leur respect par la rigueur de ses poings.

Ces estimables individus étaient du reste fort peu sociables pour les gens qu'ils ne connaissaient pas et auxquels ils étaient naturellement portés à prêter des motifs peu louables de curiosité.

Excellents compagnons, au demeurant, car on ne se souvenait pas de les avoir vus refuser leur concours soit pour forcer une serrure récalcitrante, soit pour violer quelque bahut trop pudibond ; quelques-uns même poussaient le dévouement envers leurs amis à un tel degré qu'ils ne faisaient pas attention s'il leur coûterait la potence ou les galères.

Ce soir-là, les hôtes de la taverne étaient tristes et, pour étourdir leur douleur, ils se livraient à une consommation effroyable de liquide. Ils n'avaient que trop de motifs d'être attristés, car les soldats et la maréchaussée, alléchés par l'appât d'une forte récompense promise par le marquis d'Arène à celui ou à ceux qui s'empareraient de Gaspard, apportaient dans leurs recherches une ardeur fort gênante pour de braves gens qui n'avaient aucun motif de désirer la fréquentation des archers.

Il était arrivé ceci que, si les chasseurs n'avaient pu encore capturer le gibier qu'ils poursuivaient, ils avaient, pour s'entretenir la main sans doute et se maintenir en haleine, opéré de nombreuses captures,

Le jour même, deux de ces prisonniers, qui avaient commis quelques crimes qu'ils croyaient oubliés, et pour lesquels on ne les recherchait plus depuis longtemps, avaient été pendus haut et court.

Tous les membres de la digne assemblée étaient encore sous l'influence pénible de la mort violente de leurs deux excellents compagnons dont les mérites devaient être bien grands, à en juger par les regrets qu'ils laissaient derrière eux.

L'entrée de Valors tira de leur torpeur ces très honorables chevaliers du grand chemin et vint les distraire de leur douleur, mais, à son air sombre, il ne leur fut pas difficile de deviner qu'il était porteur de mauvaises nouvelles.

Après avoir vidé d'un seul trait un verre qu'on lui offrit, de Valors annonça à ses auditeurs que les dangers auxquels ils étaient exposés s'accroissaient d'heure en heure.

— On vient, dit-il, de placer les archers sous les ordres d'un homme, dont le courage, l'habileté et la ténacité nous seront funestes.

C'est le brigadier Bras-de-Fer qui s'est chargé de nous découvrir, et vous n'ignorez pas que c'est un terrible adversaire. Ce brigadier, que Satan maudisse, est sur nos traces ; c'est lui qui a causé la mort de nos deux amis. Il nous poursuit maintenant, et il s'agit, non seulement de lui échapper, mais de prévenir ses tentatives, de nous en débarrasser pour toujours, de venger ceux de nos compagnons qu'il a envoyés aux galères et à la potence.

Voulez-vous me seconder ?

Une explosion de murmures accueillit le nom du brigadier et un cri d'adhésion enthousiaste répondit à la proposition de Valors.

— Je puis donc compter sur vous malgré les périls qui vous attendent, malgré l'habileté de ce maudit Bras-de-Fer?

— Nous vous suivrons, fallût-il livrer bataille à une légion de diables, répondirent d'une voix unanime les bandits.

— Qu'ils viennent, ces archers maudits, ajouta un homme taillé en hercule, et nous les exterminerons jusqu'au dernier !

Électrisés par cette fière déclaration, les bandits poussèrent un rugissement de colère et brandirent leurs armes avec d'horribles imprécations.

Celui d'entre eux qui venait de pousser ce cri de guerre était un homme de haute taille et d'épaisse encolure ; un cou court et enfoncé supportait sa tête qui était énorme. Il était vêtu d'une casaque en peau de buffle, d'une culotte de velours jaune à côtes, et de grandes guêtres de forte toile blanche lui montaient jusqu'au milieu des jambes.

L'ensemble de ce costume composait avec une figure bestiale, de gros yeux ronds et des pommettes fortement enluminées, un type sinistre.

— Oui, continua-t-il, si vous n'êtes pas des lâches, rien n'est perdu. Il nous faut abandonner cette ville, où nous sommes exposés à toutes les surprises et à toutes les embûches, nous établir dans les forêts de la Provence, et y former une armée redoutable. Dans nos retraites, nous pourrons braver les soldats, fondre sur les châteaux et sur les fermes pour les mettre à sac. Nous régnerons sur les grandes routes, et ceux qui osent maintenant s'attaquer à nous, trembleront à notre seul aspect.

L'assistance approuva cette proposition par un sourd grognement de satisfaction.

— Bien parlé, Bavard, reprit de Valors, et nous saurions d'autant moins hésiter à adopter ce parti, qu'il ne nous reste plus d'autre choix. Pour moi, ma décision est prise. A ceux qui nous cherchent et nous traquent comme des bêtes fauves, je déclare une guerre sans pitié ni merci... Nous sommes hors la loi, eh bien nous ferons une loi à nous et malheur à ceux qui ne la respecteront pas ! Marchons à la fortune, brisons tout ce qui nous résistera et gagnons les armes à la main cette liberté qu'on veut nous ravir !

— Vive Valors ! s'écrièrent les bandits ; marche et nous te suivrons tous !

— Un instant, camarades, il nous faut un chef et le seul homme qui soit capable de nous conduire, c'est celui-ci.

En ce moment, Gaspard pénétrait dans la salle, en compagnie du fidèle Coquelicot.

La bande hurlante l'entoura en poussant de formidables acclamations.

— Que voulez-vous de moi? demanda Bouis.

— Que tu te mettes à notre tête, que tu deviennes notre chef.

— A la bonne heure ! Maudit et assassin, me voici chef de bandits ! Je n'ai plus de famille, je n'ai plus d'amour, je suis traqué comme une bête fauve, soit ! Je prouverai que rien d'humain ne bat plus dans ma poitrine, que je ne reconnais plus d'autre loi que le courage et la force, le poing qui écrase, la main qui tord

A ce moment, la sentinelle annonça qu'un gros moine, lisant son bréviaire, s'avançait au pas de sa monture. (Page 91.)

et étrangle, le poignard qui tue sans pitié. Oui, ce sont là les seules puissances devant lesquelles l'homme doit s'incliner. Foulons les lois aux pieds et régnons en maîtres ! Unissons nos haines et nos convoitises, dépouillons les avares des trésors qu'ils ont acquis en torturant les malheureux, punissons les criminels qui savent s'abriter sous l'égide de cette loi si dure pour nous. N'est-ce point là une noble entreprise et ne serai-je pas, en même temps que votre capitaine, le grand justicier qui frappera les coupables réservés à la seule justice de Dieu ?

Un cri retentissant de : Vive le capitaine ! répondit à cette déclaration dont Coquelicot fut peut-être le seul à comprendre la poignante ironie.

— Et maintenant, dit Bouis, approchez-vous tous et jurez-moi de m'obéir jusqu'à la mort.

Les bandits l'entourèrent et, tenant à la main leurs épées nues, jurèrent avec d'effroyables serments fidélité et obéissance.

— Et moi, je jure d'être votre fidèle et dévoué capitaine. Ma vie est entre vos mains, qu'elle soit le gage de ma fidélité !

— Amis, dit Coquelicot, Gaspard Bouis est mort, vive Gaspard de Besse !

CHAPITRE XII

Une Expédition

 AR une soirée d'octobre, un habitant du village de Cuges était devant sa porte en attendant l'heure du souper. En face de lui se trouvait le cabaret de maître Tisté, un gaillard qui avait eu plus d'une fois maille à partir avec la justice, et qui recevait des compagnons passablement suspects. Il était alors sept heures du soir.

Notre homme fut tiré de ses réflexions par un bruit de pas. Il vit déboucher par la grande route et se diriger vers le cabaret trois mendiants à l'aspect sinistre, solides, bien membrés, tenant à la main d'énormes bâtons, gens à exiger plutôt qu'à demander l'aumône. En passant, ils le regardèrent de travers et entrèrent dans le cabaret.

Quelques minutes s'écoulèrent et le villageois aperçut, suivant le même chemin que les mendiants, un colporteur taillé en hercule, ayant attachée sur le dos une marmotte énormément bourrée. Celui-ci s'arrêta devant notre curieux en grommelant quelques paroles de menaces.

Le villageois, qui n'était pas des plus courageux, se leva, rentra chez lui et referma sa porte ; mais, étant allé se poster derrière sa fenêtre entre-bâillée, il put constater que le défilé continuait et, en moins d'une heure, il vit entrer dans l'auberge une trentaine d'hommes à faces patibulaires, les uns à pied, les autres à cheval. Craignant d'être surpris dans son espionnage, il referma doucement sa fenêtre, poussa les verrous de sa porte, chargea son fusil à tout événement et dit à sa femme qui apportait la soupe :

— Je crois que la bande de Gaspard de Besse fera des siennes cette nuit.

Le pays était alors mal gardé, les routes solitaires, les montagnes et les grands bois offraient aux bandits des asiles sûrs. Ils avaient en outre un peu partout des affiliés qui, comme Tisté, les recevaient la nuit et recélaient dans leurs cachettes les produits de leurs vols.

Gaspard de Besse, à la tête de sa petite armée, était le véritable maître des grandes routes et des campagnes.

Chaque jour, on racontait dans les veillées des chaumières et dans les salons des villes quelque nouvel exploit; son nom était dans toutes les bouches. Les uns le maudissaient, appelant sur sa tête la vengeance divine et les coups de la justice humaine, les autres prônaient son humanité, la bonté avec laquelle il venait au secours des faibles et des malheureux. Craint dans les villes, il était adoré dans les campagnes.

A ce moment, il n'était bruit que de son dernier exploit, marqué, il est vrai, au coin de la plus vive originalité et dont l'évêque de Fréjus, qui en avait été la victime, était le seul à ne pas rire.

L'évêché de Fréjus était renommé tant pour sa cave que pour la splendeur de sa table. Monseigneur, qui était un gourmet, attachait peut-être à cette réputation plus d'importance que ne l'eût comporté son caractère sacerdotal.

Ayant à traiter son archevêque et quelques hauts dignitaires, il avait donné à sa cuisinière l'ordre de se surpasser.

Mais, pendant qu'on achevait au palais épiscopal les apprêts d'un festin destiné à rester célèbre dans les fastes culinaires de la Provence, Gaspard de Besse et quelques-uns des siens serrés de près par la maréchaussée, séparés du gros de leur troupe, avaient dû chercher un asile dans une masure où les vivres n'étaient ni délicats ni abondants.

La faim, qui fait sortir le loup du bois, les poussait malgré le danger de leur situation à faire une sortie pour se ravitailler. Le paysan qui leur donnait asile revenait de Fréjus où il avait entendu parler du festin qui se préparait à l'évêché, et son récit leur avait fait venir l'eau à la bouche.

L'idée de manger cet excellent dîner leur vint à tous : il ne restait qu'à trouver le moyen de satisfaire cette envie.

A ce moment, la sentinelle annonça qu'un gros moine, lisant son bréviaire, s'avançait au pas de sa monture dans le petit sentier qui passait devant leur maison.

— Il me faut sa robe et son cheval, dit Gaspard, mais qu'il ne lui soit fait aucun mal !

Coquelicot répondit qu'il s'en chargeait. Il sortit de la maison, alla s'embusquer derrière les broussailles et, lorsque le moine arriva devant lui, il se montra. Le cheval, bien que paisible, fit un écart qui faillit faire vider les arçons à son inexpérimenté cavalier.

— Dieu vous bénisse, mon bon père ; vous avez là un cheval fougueux et qui ne vous vaut rien !

— C'est ce qui te trompe, mon garçon, répondit le bon père qui, ne s'attendant guère à rencontrer des aventures sur sa route, était bien loin de s'occuper des projets de Coquelicot.

— Je sais ce que je dis ; c'est un beau cheval, mais trop vif pour vous. Il finira, s'il ne vous tue, par vous casser quelque membre, ce qui serait grand dommage. Vos amis, et je sens que je vous aime déjà de tout mon cœur, ne sauraient vous laisser courir de si grands dangers.

Le moine, comprenant à qui il avait affaire, donna un coup de cravache à sa monture ; mais le cheval, retenu par Coquelicot qui avait retenu la bride, se cabra et désarçonna son cavalier.

— Je vous l'avais bien dit et si vous aviez suivi mon conseil vous n'auriez pas couru le risque de vous casser les os. Mais j'espère, ajouta-t-il en l'aidant à se relever, que vous n'avez pas eu de mal.

— Retire-toi, brigand.

— Vous ne vous êtes rien cassé ?

— *Vade retro !*

— Pas la moindre foulure.

— Je t'excommunie si tu portes la main sur moi.

— Je dois vous faire remarquer que je n'ai porté la main que sur votre cheval ; mais, puisque vos membres sont intacts et que vous n'avez aucun mal, j'espère que vous allez devenir raisonnable, que cette petite leçon vous suffira et que vous renoncerez à monter ce dangereux animal. Je connais justement un aimable garçon, excellent cavalier, qui se chargera volontiers de le dresser et vous le rendra lorsqu'il sera devenu doux comme un mouton.

— Je te ferai pendre et ton compagnon aussi par-dessus le marché.

— Point de colère, l'Église le défend. Il ne s'agit que de vous rendre service et, d'autre part, de conclure une affaire avantageuse en échangeant votre robe, qui n'est du reste pas très neuve, contre le pourpoint de cet ami dont je vous ai parlé. Je suis convaincu, du reste, que vous ne refuserez plus de lui rendre ce léger service, quand vous saurez son nom.

— Son nom est celui d'un coquin.

— Montrez-vous plus respectueux, si vous ne voulez pas qu'il vous en cuise, envers Gaspard de Besse.

En entendant ce nom redouté, le moine se laissa tomber à genoux, croyant sa dernière heure venue.

— Vous n'avez rien à craindre, dans quelques heures votre monture et votre robe vous seront rendues et nous nous séparerons après un bon repas.

Le moine n'opposa aucune résistance et ne fit entendre aucune nouvelle protestation.

Quelques instants après, Gaspard de Besse avait revêtu le froc du moine et la métamorphose était si complète qu'il aurait été impossible de le reconnaître sous ce déguisement.

— Que Coquelicot, dit-il, prenne avec lui quatre hommes munis de paniers, où ils enfermeront le dîner, tandis que cinq autres feront une descente dans la cave de l'évêché. Je me charge d'éloigner les domestiques. Et maintenant en route !

Arrivés dans la ville, nos gens se séparèrent.

Coquelicot et ses hommes s'engagèrent dans une allée aboutissant à une petite porte qui donnait dans la cuisine même de l'évêché.

Quant à Gaspard il entra dans la cour et, après avoir donné son cheval à garder, appela la cuisinière.

— Holà ! Rosine, venez ici que je vous parle.

Celle-ci sortit et fut un peu surprise de se trouver en face d'un homme qu'elle ne connaissait pas et qui savait si bien son nom. Mais elle avait un grand respect pour les moines et, dès qu'elle aperçut le froc, elle fit révérences sur révérences.

Gaspard lui dit qu'il avait été envoyé en avant par Monseigneur pour la prévenir que l'heure du repas serait un peu retardée et l'engager à veiller à ce que rien n'eût à souffrir du retard.

Comme bien des cordons bleus, elle régnait despotiquement sur ses fourneaux et ne pouvait supporter qu'on se permît de lui donner des conseils. Elle répondit donc un peu aigrement que Monseigneur savait fort bien qu'il n'y avait rien à craindre avec elle. Ce n'était point, Dieu merci, la première fois qu'elle avait un grand dîner à servir et jamais on n'avait eu aucun reproche à lui adresser.

Alors, d'un ton grave et sérieux, Gaspard de Besse commença un vrai sermon sur le vilain péché d'orgueil et, comme il élevait la voix, les marmitons et les servantes quittèrent leurs fourneaux pour venir l'écouter, bouche béante.

Il joua son rôle de façon à rendre jaloux le comédien le plus habile ; il est vrai qu'il avait affaire à de bonnes gens ignorantes à qui son costume en imposait déjà beaucoup.

Son éloquence ne semblait pas devoir se tarir de sitôt lorsqu'un coup de sifflet lui apprit que l'expédition était terminée. Là-dessus, il brusqua sa péroraison et se retira d'un air plein de dignité.

Une demi-heure plus tard, la bande était de retour dans sa retraite et faisait honneur aux mets qui étaient excellents et cuits à point. Le bon moine, remis en belle humeur par la restitution de son cheval et de son froc, donnait un rude assaut aux vivres, sans trop se soucier de savoir par quel miracle la table était si magnifiquement servie.

Les vins étaient généreux et on leur fit honneur. Le moine soutenait dignement le verre en main l'honneur de sa robe et paraissait enchanté de son aventure.

— Allons, lui dit Coquelicot, proposez-nous la santé d'une dame.

— D'une dame ? Je le veux bien ; je bois à la perfection des perfections, à Rosine, l'incomparable cuisinière de Mgr l'évêque de Fréjus.

Un éclat de rire formidable accueillit cette santé et le moine, bien qu'il ne pût en comprendre la cause, se mit à rire plus bruyamment que les autres.

Pendant ce temps, une scène d'un tout autre genre se passait à l'évêché.

Lorsqu'au moment de se mettre à table, Mgr de Fréjus apprit le coup qui le frappait, il se crut déshonoré, chancela et tomba suffoqué dans son fauteuil.

Il fallut le saigner pour prévenir l'apoplexie et la noble assemblée dut se contenter d'un repas modeste qui lui fut servi par l'aubergiste du bourg.

L'archevêque ne pardonna jamais à son hôte ce mauvais repas. Un jeune abbé de sa suite mit l'aventure en couplets et l'évêque eut les mortifications de les entendre un jour qu'il se rendait chez son supérieur.

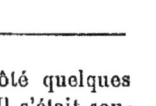

Lorsqu'on eut bien mangé et bien bu, Gaspard fit mettre de côté quelques bouteilles du meilleur vin en défendant à ses hommes d'y toucher. Il s'était souvenu que le vieux curé de son village buvait d'ordinaire de l'eau pure à ses repas et, peu de jours après, il fit glisser dans sa cave habitée par les souris une partie des excellents vins volés à l'évêché de Fréjus.

Mais revenons au cabaret de Tisté.

Depuis longtemps, tous les hommes qui devaient prendre part à l'expédition projetée étaient arrivés. Des sentinelles avaient été posées au dehors par Coquelicot pour rendre impossible toute surprise et l'on buvait joyeusement à l'heureux succès du coup de main qu'on allait faire.

Le dernier coup de onze heures venait de sonner lorsque la porte s'ouvrit et livra passage à un cavalier qui laissa tomber le manteau dont il était enveloppé et souleva son feutre.

C'était Gaspard de Besse.

Aussitôt tout bruit cessa, les conversations s'arrêtèrent, on jeta les cartes, on repoussa les verres et chacun attendit des ordres.

Après avoir vidé d'un trait un verre de vin que lui présentait Coquelicot et écouté les rapports de quelques-uns de ses hommes qui venaient de battre la campagne, le capitaine Gaspard expliqua en peu de mots le but de l'expédition et le plan qu'il avait adopté pour assurer sa réussite.

— A une heure d'ici, leur dit-il, se trouve le château du comte de Vède. C'est un seigneur riche, avare, qui traite ses malheureux tenanciers avec la plus révoltante rigueur. Hier encore, il a fait jeter sur la grande route un fermier père de plusieurs enfants et qui, ayant dépensé dans une longue maladie le peu d'argent qu'il possédait, s'était trouvé dans l'impossibilité absolue de le payer. Tous ces infortunés seraient morts de faim si je n'avais été informé assez à temps de leur malheur pour pouvoir leur faire tenir quelque argent et parer au plus pressé.

« Il faut que cette sangsue rende gorge, il faut que ce misérable soit puni et le châtiment le plus terrible que nous puissions lui infliger sera de lui enlever cet or qu'il aime tant et qui a déjà coûté des larmes à de pauvres gens. Nous ferons ainsi œuvre de justice.

« Mais, pour que notre expédition réussisse, il faudra user de précautions et employer la ruse. Le comte a de nombreux domestiques, la porte de son château est solide et les murailles en sont élevées. Si nous voulions enlever la place de vive force, nous risquerions de perdre trop de monde, sans compter que le bruit de la bataille pourrait lui amener du secours. Aussi ai-je fait entrer chez lui comme domestique un des nôtres, Bavard, qui, après m'avoir fourni les renseignements nécessaires pour nous guider à travers les corridors du château, nous en ouvrira la porte. Il ne s'agit donc que d'en approcher en silence, de façon à ne pas donner l'éveil. Et maintenant, en route ! »

A travers la nuit sombre, à travers les champs déserts, la troupe des bandits s'avance sans bruit, comme une armée de spectres.

Arrivés près du château, les hommes se couchent à terre, rampent sur le sol et arrivent jusqu'à la porte sans que leur présence puisse être soupçonnée.

Bavard est à son poste ; la porte roule sur ses gonds huilés soigneusement et tout le monde dort encore dans le château lorsque Gaspard de Besse en est déjà le maître.

A voix basse, il donne ses derniers ordres et indique à chacun ce qu'il doit faire. En quelques secondes, les portes des domestiques sont ouvertes.

Surpris dans leur sommeil, ils sont bâillonnés et liés avec des cordes avant d'avoir pu faire un geste, ni pousser un seul cri.

Il ne restait plus qu'à s'emparer d'une jeune servante ; mais celle-ci, qui ne dormait pas, avait entendu quelque bruit et, tremblante, se tenait assise sur son lit, l'oreille tendue, écoutant les pas légers qui se rapprochaient.

Lorsque sa porte s'ouvre, elle pousse un cri de terreur et, croyant qu'on va la tuer, elle s'accroche à son lit en appelant du secours.

Ses cris réveillent le comte ; il bondit hors de sa couche et va sauter vers ses armes lorsque sa porte vole en éclats. Des hommes, l'épée nue à la main, se précipitent sur lui, le terrassent et le menacent de mort s'il tente la moindre résistance.

Hors d'état de se défendre, il déclare se rendre et on le conduit demi-nu au salon que Gaspard de Besse a fait brillamment illuminer.

Assis dans son fauteuil, devant une table sur laquelle Bavard avait dressé un excellent souper, le capitaine achevait un perdreau cuit à point et sablait du champagne en compagnie de Valors et de Coquelicot ; tous trois avaient le visage couvert d'un masque.

— Comment, drôles, s'écria-t-il en apercevant le comte, vous avez osé ainsi traiter un homme de condition ? Vite, qu'on apporte les habits de M. le comte et qu'on l'aide à s'en vêtir.

Lorsque celui-ci eut achevé de s'habiller, Gaspard ordonna à ses hommes de se retirer dans la pièce voisine pour y attendre ses ordres et veiller sur les domestiques. Puis, montrant du doigt un fauteuil au comte, et lui présentant un verre :

— Veuillez, lui dit-il, vous asseoir et me faire l'honneur de goûter à ce vin de champagne qui est vraiment excellent.

— Trêve d'insolences et de railleries ! Je suis en votre pouvoir et, comme je ne pense pas que vous osiez m'assassiner, dites-moi ce que vous exigez pour ma rançon.

— Je ne dois pas vous dissimuler que votre existence peut courir quelque danger ; mes camarades sont, il est vrai, d'excellents hommes, mais un peu vifs et ils deviennent violents, endiablés, lorsqu'on les contrarie. Pour éviter tout danger de mort, il vous suffira de faire preuve de bonne volonté et me remettre les clefs de vos coffres.

— Les voici. Mais, à vos discours, à votre costume, je crois comprendre que vous n'êtes pas ce que vous semblez être...

— Un capitaine de brigands n'est-ce pas ?

— Je n'avais pas osé me servir de termes qui pourraient vous blesser, mais telle était bien ma pensée. Je pense donc qu'au lieu de me trouver en face d'un bandit, j'ai affaire en ce moment, à un malheureux gentilhomme poussé par le jeu et la débauche à faire un infâme métier et dans ce cas...

— Dans ce cas, vous m'offrez de tromper la confiance de ces braves gens en acceptant une somme plus ou moins importante qui sera remise à moi seul. En échange, je devrai leur dire que vos coffres sont vides et qu'ils n'ont plus qu'à battre en retraite. N'est-ce point là ce que vous voulez me proposer?

— C'est bien cela en effet.

— Vous mériteriez que la petite proposition que vous venez de formuler fut rapportée à ceux qui sont dans la salle voisine et ce ne serait plus votre or qui serait en danger, mais bien aussi votre vie. Vous me croyez gentilhomme et vous osez me faire une pareille proposition? Oui, corbleu! je suis gentilhomme, mais de grande route et on m'appelle Gaspard de Besse!

Ce nom redouté produisit son effet accoutumé et de Vède, tout tremblant, n'a-jouta plus un seul mot.

— Holà! vous autres! cria Gaspard aux hommes qui étaient postés dans le salon voisin, monsieur le comte va vous confier les clefs de ses coffres où sont enfermés son or et ses bijoux. Suivez Bavard, il vous conduira droit aux nids où reposent ces riches trésors.

Une demi-heure à peine suffit aux bandits pour enlever leur riche butin qu'ils vinrent déposer aux pieds de Gaspard.

— Est-ce bien tout? demanda-t-il à Bavard.

— C'est tout, sauf...

— C'est bien, je sais. Pendant que tu feras charger ceci sur nos chevaux, monsieur le comte voudra bien me suivre et me faire l'honneur de sa chambre qu'on dit particulièrement curieuse à visiter. Eclaire-nous, Coquelicot, et vous, mon-sieur de Vède, veuillez me montrer le chemin.

Le comte avait fait jusque-là assez bonne contenance; à ce moment, son assurance l'abandonna et il devint horriblement pâle.

Toutefois, il n'osa pas décliner l'invitation qui lui était faite; c'était un ordre, en somme, et le redoutable capitaine eût bien su le forcer à obéir.

Arrivé dans la chambre, Gaspard de Besse marcha droit à une boiserie placée à la tête du lit, puis, se tournant vers Vède, il lui dit avec une politesse railleuse :

— Je crois, monsieur de Vède, que vous ne connaissez pas tous vos trésors; je veux vous faire une surprise. Daignez appuyer le doigt sur cette tête de femme si finement sculptée et vous aurez un spectacle qui vous ravira d'aise.

Si le comte était enchanté, il n'y paraissait guère. Il poussa un sourd gémisse-ment et se laissa tomber lourdement sur un fauteuil.

— Allons, il faudra que je vous rende service jusqu'au bout.

En disant ces mots, le capitaine toucha la tête sculptée et le panneau s'ouvrit, laissant à découvert de riches bijoux dont les diamants scintillaient à la flamme des bougies.

Bavard et ses compagnons, qui revenaient à ce moment, poussèrent un cri d'admiration.

Gaspard de Besse fit tirer les bijoux de leur cachette et ils allèrent rejoindre les autres richesses du château.

— Capitaine, dit Bavard, nous n'avons pas assez de chevaux pour emporter notre butin.

— Les écuries de monsieur le comte sont-elles vides?

— Loin de là, elles renferment de fort belles bêtes.

Elle voit sauter légèrement au milieu de la chambre un beau jeune homme vêtu d'un élégant costume de cavalier. (Page 104.)

— Eh ! bien, qu'attendez-vous pour vous en servir, le maître de céans ne vous a-t-il pas déjà autorisé à disposer de tout ce qui se trouvait ici ?

— C'est vrai, capitaine.

— Sans compter que vous lui rendrez un signalé service ; les chevaux partis, il n'aura ni la tentation de vous poursuivre, ce qui pourrait lui coûter cher, ni la possibilité d'envoyer chercher du renfort. Prenez donc les chevaux, prenez-les dans l'intérêt même de notre hôte.

Lorsque tout fut prêt pour le départ, Gaspard de Besse s'avança vers le comte et lui dit :

— Vous avez jusqu'ici fait un mauvais usage de vos richesses ; vous avez été sans pitié pour de pauvres gens ; que ceci vous serve de leçon et ne m'obligez plus à revenir. Vous perdez une fortune immense, mais, si vous cherchez à la rattraper par de nouvelles exactions, cette fois mon œuvre de justice sera complète. Avant de mourir, vous verriez disparaître votre château dans les flammes. Méditez ce conseil et souvenez-vous que je n'ai jamais menacé en vain !

CHAPITRE XIII

Marie

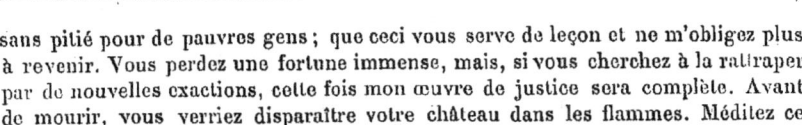L y avait nombreuse compagnie dans la salle basse de l'auberge des *Deux-Pommes*, située sur le Cours. Elle était le rendez-vous des riches fermiers et des marchands que leurs affaires appelaient à Marseille et y retenaient pendant quelques jours.

De temps à autre, selon l'habitude de cette époque, un chanteur montait sur une table pour régaler l'assemblée d'un air à boire ou d'une chanson gaillarde et, dès qu'il se taisait, le bruit des conversations reprenait de plus belle.

L'animation était grande dans cette salle basse et enfumée, car on venait d'apprendre le dernier exploit de la bande de Gaspard de Besse, le sac du château de Vède, et chacun tenait à broder sur ce thème sa petite variation.

Presque constamment sur les routes et par conséquent exposés sans cesse à quelque attaque des bandits, les hôtes des *Deux-Pommes* se préoccupaient assez naturellement, d'une façon toute particulière, des faits et gestes du hardi capitaine. Chacun avait à raconter quelque anecdote recueillie dans ses voyages et ceux qui n'en savaient point en inventaient pour ne pas paraître moins bien renseignés que leurs voisins.

Seul, assis à une table, où il vidait à petits coups une bouteille de vieux vin, un homme de tournure épaisse, quelque marchand de la banlieue sans doute, vêtu d'un gilet très ample de couleur jaune et d'un pourpoint de drap brun, ne prenait point part à la conversation, mais prêtait une certaine attention aux propos des buveurs.

Soudain, des chevaux s'arrêtèrent devant la porte de l'auberge et, en un clin d'œil, un brigadier et deux soldats de la maréchaussée eurent mis pied à terre. Ils entrèrent dans la salle en faisant résonner leurs éperons et celui qui les conduisait demanda à la servante une bouteille de vin.

Ils venaient boire le coup de l'étrier avant de rejoindre leurs camarades, qui les attendaient à la porte d'Aix, et se disposaient à prendre part à une expédition dirigée contre Gaspard de Besse que son nouvel exploit faisait rechercher plus activement. Aux sommes promises par le marquis d'Arène à ceux qui s'empareraient du redoutable capitaine, venait maintenant s'ajouter une nouvelle prime offerte par le comte de Vède.

Tout en vidant son verre, le brigadier écoutait les conversations qui, un instant interrompues par l'arrivée des soldats, se poursuivaient à haute voix.

— Je vois, dit Bras-de-Fer, que vous parlez tous de Gaspard de Besse.

— Et de qui pourrait-on parler? Son nom n'est-il pas dans toutes les bouches et ses exploits...

— Inspirent la crainte et l'horreur aux honnêtes gens, aux paisibles voyageurs, dit l'homme au gilet jaune qui était demeuré jusque-là silencieux.

— Voilà qui est bien parlé ! s'écria le brigadier.

— Je parle dans tous les cas comme un homme qui doit traverser le pays désolé par cet infâme brigand et qui craint pour sa bourse.

— Rassurez-vous, foi de Bras-de-Fer ! le coquin sera bientôt mis à la raison et, si je ne le ramène pas enchaîné, je consens à perdre mon grade.

— Que Dieu vous aide ! Voudriez-vous vider avec moi une bouteille à la réussite de votre expédition ?

— De grand cœur et, comme une politesse en vaut une autre, je vous propose de faire route avec nous ; de cette façon, vous n'aurez rien à craindre.

— J'accepte avec empressement, car la compagnie d'un brave est désirable lorsqu'on traverse ces contrées peuplées de bandits.

Les buveurs, s'étant rapprochés de la table où buvait Bras-de-Fer, contemplaient avec admiration cet homme qui annonçait avec une superbe assurance qu'il allait s'emparer de Gaspard de Besse.

Toutefois, il se rencontra parmi eux un sceptique peu convaincu que ce brillant succès fût aussi certain que l'affirmait le brigadier.

— Savez-vous, lui dit-il, que vous avez affaire à un rusé compère ; bien des fois déjà on a cru le prendre, on a annoncé qu'il était réduit aux abois, mais il a toujours glissé entre les doigts de la maréchaussée.

Bras-de-Fer le regarda de travers et lui répondit d'un ton de mauvaise humeur:

— Il n'a eu jusqu'ici affaire qu'à des maladroits !

— Vous pensez donc être plus habile et plus heureux?

— J'en suis sûr, répliqua Bras-de-Fer.

Un murmure flatteur courut dans la salle.

— C'est plaisir de vous entendre, dit l'homme au gilet jaune, et, pour ma part, je ne doute pas du succès de votre expédition. Conduite par un si courageux et si habile militaire, elle ne peut manquer de réussir.

Le brigadier reçut sans broncher cet éloge, en homme qui a la conscience de ce qu'il vaut.

— Je vous propose donc de vider une seconde bouteille en l'honneur de vos succès futurs.

— Soit, mais ce sera la dernière et, si vous voulez profiter de notre compagnie, il faudra vous préparer au départ.

— Je vais à l'instant même boucler ma valise et suis à vous. Veuillez m'attendre ici en achevant cette bouteille.

Au bout d'un quart d'heure, la porte s'ouvrit et notre homme rentra ; mais une telle métamorphose s'était opérée en sa personne qu'on ne le reconnut point tout d'abord.

Au lieu du lourd et épais marchand, c'était un jeune cavalier, bien découplé et mis avec recherche. Les cheveux roux du boutiquier avaient fait place à une perruque noire et la voix seule n'avait point changé. Quant au visage, on pouvait supposer qu'il ne devait point être absolument semblable à la rouge et idiote figure qu'on voyait auparavant, mais il était impossible de l'apercevoir car il disparaissait tout entier sous les vastes ailes de son feutre.

— Monsieur Bras-de-Fer, dit-il debout sur le seuil, je ne puis profiter de votre si gracieuse compagnie, mais, tout en vous exprimant mes regrets, je sais trop ce que je vous dois pour prendre congé de vous sans vous dire mon nom. Apprenez donc que vous venez d'avoir l'honneur de trinquer avec Gaspard de Besse.

— Malédiction ! s'écria Bras-de-Fer, le coquin nous échappe ! A moi, camarades !

Les trois soldats se précipitèrent hors de la salle et sautèrent en selle.

Gaspard n'avait pas fui. Campé au milieu du Cours sous un réverbère, il les regardait les bras croisés, souriant et semblant les attendre.

— Chargez, il est à nous !

A cet ordre donné d'une voix tonnante, les soldats éperonnèrent leurs chevaux qui bondirent en avant ; mais cette charge de cavalerie ne fut funeste qu'aux cavaliers eux-mêmes. Les sangles ayant été coupées, les selles tournèrent, entraînant les trois soldats qui roulèrent lourdement sur le sol.

— Adieu, intrépide Bras-de-Fer ! cria une voix railleuse.

— Feu ! feu !

Les chiens s'abattirent sur les bassinets, mais les coups ne partirent pas.

— Bien visé, mais remettez des pierres à vos carabines si vous voulez qu'elles vous servent, car j'ai eu la précaution d'enlever celles qui y étaient.

Comme il disait ces mots, le guet déboucha sur le Cours.

Bras-de-Fer tira son épée en s'écriant :

— A moi, voici Gaspard de Besse !

Ce dernier, pris entre deux groupes d'ennemis, s'élança de toute la vitesse de ses jambes et enfila une rue obscure. Les soldats se précipitèrent sur ses pas, mais, au bout d'une demi-heure, ils revinrent l'oreille basse ; leur proie venait de leur échapper.

— Ah ! s'écria le brigadier, je me vengerai ! Malheur à toi, Gaspard de Besse !

Qu'était devenu celui-ci ? Comment avait-il pu disparaître aussi brusquement aux yeux des limiers lancés à ses trousses ?

— Nous allons avoir l'explication de ce mystère.

Dans une maison de la rue de la Guirlande, tout le monde repose et on ne voit plus briller de lumière qu'à une fenêtre du premier étage. Là se trouve une chambre coquettement décorée, toute parfumée et capitonnée ; c'est un nid ravissant fait pour l'amour.

Et c'est en effet une prêtresse de l'amour qui l'occupe, une beauté admirée entre toutes, dont les succès, le luxe, les prodigalités, font l'objet de la curiosité publique et des entretiens de tout ce qui tient de près ou de loin à cette vie élégante et légère mise à la mode par la Régence.

Elle s'appelait Marie Asquier et ce ne fut point seulement par sa beauté qu'elle fut célèbre à Marseille et à Aix ; quelques-unes de ses aventures firent scandale et restèrent longtemps présentes à toutes les mémoires.

On parla beaucoup de ce jeune vicomte de Saint-Giniez qui allait s'allier à une des plus nobles familles d'Aix, lorsqu'il rencontra Marie Asquier à un souper offert par un de ses amis.

Subitement entraîné par une de ces passions irrésistibles et fatales qui bouleversent une existence et confondent la raison, il rompit, malgré elle, un mariage qui faisait l'espoir de deux maisons, la poursuivit pendant de longs mois de ses ardentes recherches sans pouvoir devenir son amant et, rentrant un soir désespéré, fut asssez fou pour mettre fin à ses jours en se tirant un coup de pistolet dans le cœur.

Marie Asquier se fit beaucoup d'honneur dans ces circonstances tragiques en déchirant le testament par lequel il lui léguait une fortune considérable.

On ne la loua pas moins d'avoir repoussé un amour qu'elle n'avait rien fait pour inspirer et qui devait plonger dans le deuil une jéune fille sur le point d'être conduite à l'autel.

Bref, tout le monde fut d'accord pour reconnaître qu'elle n'avait rien à se reprocher dans ce douloureux événement et qu'elle avait montré une dignité et une délicatesse assurément peu communes dans le monde auquel elle appartenait.

Elle fut moins généreuse dans une autre circonstance.

A quelque temps de là, à une représentation de gala donnée au théâtre en l'honneur d'un prince étranger de passage à Marseille, la jeune et jolie comtesse de Saint-Lambert n'avait pu voir, sans une vive indignation, ses adorateurs la négliger pour aller offrir leurs hommages à Marie Asquier. Se trouvant auprès d'elle à la sortie, elle céda à la tentation de lui infliger un de ces affronts dont le moindre inconvénient était de l'exposer à une discussion scandaleuse, indigne de son rang et de son nom. Elle proféra une injure qui caractérisait la situation irrégulière de Marie.

Celle-ci dévora l'outrage en silence, mais en jurant de se venger.

Quelques jours plus tard, elle trouvait le moyen de se faire présenter le comte de Saint-Lambert et d'exercer sur lui, dès leur première rencontre, cette étrange puissance de séduction à laquelle personne n'avait résisté.

Leur liaison fut d'abord assez secrète pour que la femme trompée ne s'aperçût qu'à la froideur croissante de son mari et à ses absences de plus en plus prolongées, du danger qui menaçait un bonheur conjugal jusque-là sans nuage. Puis, au bout de quelques mois, la comtesse reçut par l'entremise d'une main inconnue les preuves irrécusables de la trahison dont elle était victime et de la vengeance qu'elle avait imprudemment attirée sur sa tête.

Il s'en suivit un éclat qui fit un bruit énorme et qui eut pour conséquence de faire perdre toute retenue au comte de Saint-Lambert et de l'enfoncer d'une façon irrévocable dans une vie de désordre.

La liaison avec Marie s'afficha au grand jour ; leurs folles dépenses, les fêtes éblouissantes qu'ils donnèrent firent pendant un an l'objet de toutes les conversations.

La santé du comte de Saint-Lambert dépérissait subitement ; son intelligence, qui n'avait jamais été de premier ordre, s'épaississait sous l'influence d'une passion désordonnée et de l'ivresse des plaisirs. Il s'était mis à jouer avec l'excès qu'il apportait en toutes choses.

Un jour on apprit qu'il était complètement ruiné et qu'il n'avait pu payer quelques dettes d'honneur. Il courut sur son compte d'assez vilaines histoires et il dut quitter la France à la suite de certaines difficultés.

Ces deux aventures d'un caractère si différent avaient porté au plus haut point la renommée de Marie Asquier.

On se demandait quel était le mystérieux pouvoir de fascination qui s'exerçait autour d'elle, sans qu'elle fît rien, en apparence, pour provoquer les passions irrésistibles et subites qu'un seul regard faisait naître et qu'elle acceptait avec une nonchalance presque dédaigneuse.

Personne n'eût songé à l'accuser de vulgaire coquetterie, car, à l'exception du jour où elle avait voulu se venger, on ne l'avait jamais vue rechercher les hommages, ni tenter le siège d'un cœur ou d'une fortune.

Au moment où elle apparaît dans notre récit, c'est une femme de vingt-cinq ans, qui en paraît vingt-deux à peine. La première jeunesse n'a disparu chez elle que pour donner à sa beauté un caractère plus ferme et plus complet.

D'une taille à peine au-dessus de la moyenne, elle se présente avec un véritable port de reine. Son peignoir laisse apercevoir d'admirables épaules ; le bras est bien découpé, la main fine et nerveuse.

Ses cheveux, dont on vient de faire tomber la poudre, sont roulés en bandeaux d'un noir de jais qui encadrent son visage de reflets bleuâtres.

Ses yeux aussi noirs que sa chevelure sont voilés, le plus souvent par une expression d'indifférence ou d'ennui ; mais, quand elle s'anime ou qu'une sensation ignorée traverse son esprit, on y voit passer un éclair qui transforme son visage et anime la statue.

La bouche divine ,dont un imperceptible duvet estompe le contour, laisse apercevoir un double écrin de dents fines comme des perles qui se détachent sur les lèvres un peu épaisses et d'un rouge de sang.

Pour un observateur attentif, toute sa personne trahit la passion et dénote une force de volonté extraordinaire ; mais c'est une passion qui semble dédaigner de s'abaisser à tout ce qui l'entoure et une volonté inoccupée qui se dissimule sous la placidité habituelle du regard, comme cela doit avoir lieu pour ces souverains de l'extrême Orient qui n'ont pas même besoin d'un geste pour faire plier le monde au gré de leurs désirs.

Insensible aux atteintes de l'amour, elle est en même temps une amie fidèle et d'un commerce sûr. Jamais ses compagnes n'ont eu à se plaindre d'un mauvais procédé ou d'une trahison. Elle s'est plus d'une fois réduite à la gêne pour rendre service ou venir en aide à une amie dans le besoin.

On peut affirmer que, si la nature l'eût fait naître dans une condition privilégiée et si elle n'eût point été jetée au sortir de l'enfance dans le monde où elle vécut en le dominant de toute sa hauteur, il y eût eu en elle l'étoffe d'une femme supérieure, capable de tous les dévouements et de toutes les audaces, mais la destinée en avait décidé autrement et en avait fait l'héroïne d'un monde douteux, qu'elle traversait sans même songer à ses éclaboussures et où elle jouait le rôle d'une grande païenne à laquelle il manquait la notion de la vertu féminine.

Les poètes qui lui adressaient leurs madrigaux la comparaient avec raison à une déesse.

Il y avait en elle en effet quelque chose de ces déesses de l'Olympe qui étaient faites pour être adorées et qui se laissaient faire, sans condescendre à abaisser leurs regards sur les mortels qui déposaient leurs offrandes à leurs pieds.

Marie Asquier est une déesse qui n'a pas de préjugés pour laisser pénétrer dans son sanctuaire et qui ne se sent point atteinte dans sa supériorité, parce qu'elle remplit sa mission. Peut-être en serait-il tout autrement et croirait-elle déchoir le jour où, contre toute atteinte, elle viendrait à succomber à une passion qui la ferait descendre au même rang que tout le monde fait pour l'admirer et pour l'aimer sans lui demander de retour.

Au moment où nous pénétrons chez cette belle et redoutable personne, elle est à sa toilette.

Bien qu'il ne s'agisse que de s'habiller pour la nuit, elle donne à sa toilette une importance toute spéciale, comme une femme qui sait qu'elle accomplit un devoir envers elle-même en rehaussant sa beauté des ornements propres à la faire paraître dans tout son éclat.

La femme de chambre s'empresse autour d'elle et s'efforce de mettre la dernière main à cette œuvre si délicate, pendant que Marie, assise dans un fauteuil en face de la glace, semble plongée dans une rêverie qui la rend étrangère à ce qui se passe autour d'elle.

Enfin la toilette est achevée et la femme de chambre, après avoir longuement examiné sa maîtresse, croit nécessaire de la rappeler à la réalité en lui adressant la parole.

— Voilà qui est parfait, dit-elle, madame est charmante.

— Charmante, répéta Marie en jetant nonchalamment un regard sur la glace, je suis sûre que je suis laide à faire peur.

Au fond, elle sait bien qu'il n'en est rien, mais c'est une règle invariable. Toutes les fois qu'on dit à une femme qu'elle est jolie, elle répond : « Je suis laide à faire peur », ne serait-ce que pour provoquer une contradiction flatteuse. Si supérieure qu'elle fût, Marie n'était pas différente sur ce point de la plupart des jolies femmes.

Elle se lève et elle congédie ses cameristes après qu'elles ont placé sur un guéridon un perdreau, quelques fruits et une bouteille de champagne pour le cas où il prendrait fantaisie à leur maîtresse de souper avant de s'endormir. Comme il n'y a qu'un couvert, on peut en conclure qu'elle n'attend personne.

Étendue sur les coussins moelleux d'un sofa, elle suit à la clarté de bougies roses et parfumées, un des plus égrillards romans de Crébillon le fils; mais sa pensée n'est pas attachée au livre que ses yeux parcourent machinalement.

Peu à peu, elle le laisse glisser sur le tapis, se renverse en arrière et semble sommeiller à demi.

Elle est soudain tirée de son assoupissement par le bruit de la fenêtre qui cède sous une pression extérieure, grince et s'ouvre.

Marie va pousser un cri et se précipiter sur le cordon de la sonnette pour appeler du secours, lorsqu'au lieu d'un affreux bandit, elle voit sauter légèrement au milieu de la chambre un beau jeune homme vêtu d'un élégant costume de cavalier.

Est-ce un voleur, ou n'est-ce pas plutôt un amoureux trop entreprenant?

Pendant qu'elle hésite, l'inconnu la rassure du geste, pose son doigt sur sa bouche pour lui recommander le silence et, avant qu'elle soit revenue de sa surprise et de son émotion, pousse la fenêtre, fait retomber les épais rideaux, donne un tour de clef à la porte et écoute attentivement les bruits qui viennent de la rue.

On entend des pas précipités qui s'éloignent, reviennent, se croisent. Comme des chiens en défaut, les soldats du guet cherchent évidemment à retrouver une piste; des voix s'appellent et se répondent; puis le silence se fait, la troupe s'est éloignée.

Marie a entendu, elle aussi, tous ces bruits, mais aucun cri n'a trahi la présence du fugitif.

L'inconnu s'approche d'elle et, s'inclinant avec toute la grâce d'un courtisan :

— Il faut que vous me pardonniez, madame, ce que ma façon d'agir a d'irrégulier et de blessant pour vous ; mais on me traque, la rue est cernée... Si je n'avais pu pénétrer ici, j'étais perdu. Ma liberté et ma vie sont entre vos mains, ou plutôt non, ma vie seule est en jeu, car, si vous appelez, je me décharge ce pistolet dans la poitrine.

Elle poussa un cri étouffé et, d'une main tremblante, détourna l'arme que l'inconnu dirigeait contre lui-même.

— Je ne vous trahirai pas, monsieur, et ne vous livrerai point, qui que vous soyez.

— Je n'attendais pas moins de votre générosité et de la noblesse de votre cœur; en vous voyant, lorsque je suis entré un peu brusquement dans votre chambre, j'ai béni le heureux hasard qui m'avait conduit auprès de vous.

— Vous me connaissez donc ?

— Beaucoup et depuis longtemps.

— C'est étrange, je ne me souviens pas de vous avoir rencontré.

— Vous n'avez point daigné prendre garde au plus obscur de vos adorateurs ; mais je vous connais bien et même mieux que la plupart de ceux qui vous voient chaque jour. J'ai su plus apprécier que ces vulgaires admirateurs de vos charmes tout ce que votre esprit a d'élevé et tout ce que votre âme renferme de noblesse.

— Vous me connaissez tant que cela, monsieur ?

Il attira vers lui ce corps souple et palpitant. (Page 107.)

— Oui, madame; combien de fois ne vous ai-je pas surprise, alors que vous ne vous saviez pas regardée, perdue dans ces longues rêveries qui vous absorbent si complètement que vous deveniez comme étrangère à tout ce qui se passe autour de vous. Chaque fois j'ai pu lire dans vos beaux yeux le secret de votre cœur aussi facilement que dans un livre.

— Ah ! fit-elle en riant et en tapant dans ses mains, vous vous mêlez donc de faire le devin et vous allez me dire la bonne aventure.

— Je ne devine rien, j'observe, voilà tout !

— Eh bien, qu'avez-vous découvert ?

— Que votre cœur était vide et que ce vide vous faisait horreur; que vous aviez

vainement cherché autour de vous, sans le découvrir, un être qui fût digne de
votre amour. Vous n'avez jamais aimé et vous vous en vantez, mais, sous ce
masque d'impassibilité, il y a une énergie de caractère et une puissance de volonté
que je suis peut-être seul à soupçonner. Le marbre ne s'est pas encore animé, mais
il y a sous ce marbre des passions qui bouillonneront le jour où une étincelle
l'aura touché.

Pendant qu'il parlait ainsi, Marie avait pâli comme si elle eût éprouvé une
souffrance semblable à celle du blessé dont le médecin sonde la plaie ; mais le
nuage qui avait obscurci un instant sa figure ne fit que passer et elle répondit en
souriant :

— Ma foi, bien que nous ne portions de masque ni l'un ni l'autre, vous m'intri-
guez beaucoup plus que je ne l'ai jamais été dans aucun bal ; mais, après le bal, on
soupe et, pour nous conformer à la règle, nous terminerons cette intrigue en goû-
tant à ce perdreau et en faisant mousser ce champagne.

— Vous me comblez et je ne sais comment vous exprimer ma gratitude.

— Je me tiens pour largement récompensée du petit service que j'ai pu vous
rendre, un peu involontairement, du reste, par la confiance que vous venez de me
témoigner. De tout ce que vous m'avez dit, il y a, à coup sûr, une chose qui est
vraie, c'est que vous avez eu raison de compter sur moi pour vous sauver.

— Ma confiance est telle que je ne puis vous en donner une marque plus
grande qu'en vous disant mon nom ; c'est un secret qui vaut son pesant d'or et,
comme il pourrait tenter bien des cupidités, je ne le divulgue guère. Je m'appelle
Gaspard de Besse !

Marie tressaillit ; mais ce nom redouté éveillait en elle plus de curiosité que de
crainte, plus de tendre intérêt que d'horreur. Elle décocha furtivement à l'aventurier un regard expressif qui signifiait bien clairement qu'un aussi charmant cavalier
inspirait tout autre sentiment que la terreur.

Animée par une pointe de champagne qui colorait ses joues d'une teinte rosée,
à demi grisée par la singularité de cette aventure avec un homme dont le nom seul
faisait trembler les plus braves, toute surprise de trouver dans ce chef de brigands
les manières les plus exquises d'un gentilhomme, Marie se laissa aller au
charme piquant de cette situation.

— Savez-vous, dit-elle, que, pendant que nous causons ici bien tranquillement,
à l'abri des yeux et des oreilles des indiscrets, il y a toute une petite armée qui se
met en route pour se saisir de vous, dans je ne sais quel cabaret de l'Estérel ?

— Vous avez donc été informée de cette terrible expédition ?

— Depuis quelques heures à peine. J'ai passé la soirée en compagnie de plusieurs personnes parmi lesquelles se trouvait M. l'intendant de Provence qui ne
vous veut pas grand bien.

— Il est payé pour cela.

— Je le sais. On a beaucoup parlé de vous et on en a dit horriblement de mal.

— Le croyez-vous ?

— Ma foi, non ; vous n'êtes point un diable aussi noir qu'on le prétend et, la
première fois que je verrai M. l'intendant, je lui dirai ce que je pense de ses sottes
histoires.

— C'est donc lui qui a envoyé en expédition tous ces pauvres diables qui vont courir les grands chemins pour n'arriver au gîte que lorsqu'il n'y aura plus personne.

— On vous aurait prévenu de ce projet qu'on tenait cependant secret.

— Je connais depuis trois jours les détails de cette expédition ; ma police est mieux faite que celle du roi lui-même.

— Vous êtes un être mystérieux et étrange ; on raconte de vous cent traits épouvantables et cent autres qui, au contraire, feraient de vous le chevaleresque défenseur des opprimés, le bienfaiteur le plus généreux des pauvres.

— Tout ce qu'on a pu vous raconter a été certainement exagéré dans l'un ou l'autre sens. Je ne suis ni un barbare, ni un saint ; il y a de la place entre les deux. Je me suis fait le vengeur des faibles et des persécutés et je puise dans les coffres de ceux qui pressurent le peuple les sommes qui me sont nécessaires pour secourir les misères si nombreuses autour de moi. Je ne m'attaque qu'aux forts et je ne frappe que les méchants ; je ne suis point seulement le chef d'hommes déterminés chassés par la société hors de son sein, je me suis investi des pouvoirs illimités de justicier. J'examine les crimes des puissants et, lorsque mon arrêt est prononcé, je l'exécute.

— Mais c'est un grand et noble rôle que le vôtre !

— Non, madame ; il peut absoudre à mes yeux certains de mes actes, mais, aux yeux de tous, que suis-je ? Un chef de bande, un capitaine de brigands qu'on peut traquer sans merci et trahir sans hésitation ; les malheureux seuls m'aiment un peu et il me semble que les larmes de joie qu'ils laissent couler devant moi lorsque je viens à leur aide, effacent un peu les souillures de mes fautes.

— Ne vous abaissez point ainsi ; vous prétendez me connaître... Comment pouvez-vous penser que je vous juge aussi rigoureusement et aussi injustement ? J'aime la fierté et la force, lorsqu'elles s'allient à la bonté et à la grandeur d'âme ; si j'étais votre juge, je vous absoudrais.

— En vérité ? dit Gaspard surpris et doucement ému.

— Pourquoi mentirais-je ?

— Cet instant rachète bien des heures sombres et cruelles, le bonheur que vous me donnez efface bien des tourments et des angoisses.

En disant ces mots, il se laissa tomber à ses genoux et saisit sa main.

Une douce pression répondit à la sienne et, en relevant les yeux, il vit que des larmes inondaient le beau visage, si impassible d'ordinaire, de Marie.

Il attira vers lui ce corps souple et palpitant, l'étreignit fiévreusement et sa bouche se posa brûlante sur une bouche adorable qui lui rendit un long baiser.

Elle s'abandonna à ses étreintes passionnées, répondant à ses caresses par des caresses plus ardentes encore. La passion secouait et tordait la jeune femme, tandis que son âme semblait s'être réfugiée sur ses lèvres frémissantes. ●

— Ah ! s'écria-t-elle dans un spasme, tu as animé le marbre, tu as réveillé cette passion qui sommeillait en moi et qui maintenant me dévore !

CHAPITRE XIV

L'orfèvre Roux.

E docteur Grandier était un homme d'un grand mérite, très savant et fort estimé.

S'il eût été moins bon, moins charitable, il eût pu amasser une petite fortune ; mais, comme il avait passé la plus grande partie de sa vie à soigner gratuitement les pauvres gens et à les secourir de ses aumônes, il se trouvait en fin de compte n'avoir d'autres ressources que celles que lui procurait au jour le jour l'exercice de la médecine.

Quelques quinze ans auparavant, n'écoutant que son cœur, et sans se préoccuper des nouvelles charges qu'il s'imposait, il avait recueilli chez lui une petite orpheline, sa nièce Suzanne. Fille d'un capitaine au long cours, elle avait passé ses premières années à Toulon, où elle était née.

Un jour, son père partit pour un long voyage et ne revint jamais. Son navire, supposait-on, avait été assailli par une tempête et avait sombré. Cette supposition devait être, car on ne revit ni le capitaine, ni l'équipage, ni le vaisseau. L'Océan ne rendit aucune épave et engloutit, avec ses victimes, le secret de leur agonie.

La veuve du marin languit quelque temps encore ; mais, minée par la douleur, épuisée par les privations et la misère, elle s'éteignit, laissant sa fille sans ressources et sans appui.

Grandier, bien que peu riche lui-même, alla la chercher à Toulon, la ramena à Marseille et ne tarda pas à l'aimer tout autant que sa fille Pauline.

Suzanne venait d'épouser, depuis un an, un négociant aisé, André Fersac.

Ce fut Suzanne que l'orfèvre Roux chargea de plaider sa cause auprès du docteur Grandier et de sa fille dont il était ardemment épris.

Depuis le bal du marquis de Pons de Varades, Pauline avait rencontré Roux à toutes les réunions organisées par sa cousine et n'avait pas tardé à s'apercevoir qu'il lui faisait assidûment sa cour.

— Tu sais qu'il est fort riche, lui dit un jour Suzanne, et je le crois fort amoureux de toi.

— Je le regrette, car tu n'ignores pas que j'en aime un autre.

— Bah ! un enfantillage ! Tu ne vas pas prendre cela au sérieux, j'espère.

— Mais si, je ne me marierai jamais qu'avec M. de Galtières !

Suzanne sourit en entendant cette déclaration faite d'un ton ferme et répondit :

— Serment de jeune fille, on sait ce que cela dure.

Et, en disant ces mots, elle s'éloigna, laissant sa cousine à ses réflexions.

Pauline pleurait presque. Si Roux fût venu lui parler à ce moment, elle l'eût reçu de façon à mettre fin pour jamais à ses assiduités ; comme s'il eût pressenti l'orage, il se tint à distance. Elle l'aperçut cependant qui causait avec son père.

Lorsqu'ils se retirèrent, Pauline demanda au docteur Grandier :

— Que te disait donc M. Roux qui s'est entretenu si longuement avec toi ce soir ?

— Il me parlait de toi et j'ai facilement compris, à l'ardeur qu'il mettait à faire ton éloge, que tu lui plaisais beaucoup : c'est un homme habile, riche, considéré, et il me serait difficile de te trouver pour toi un meilleur époux.

La jeune fille poussa un soupir et ne répondit rien. Évidemment il y avait une conspiration contre son repos.

— Eh ! bien, soit, dit-elle à demi-voix, nous verrons...

L'orfèvre n'eut pas beaucoup de peine à faire la conquête du vieux médecin et, lorsqu'il fit sa demande en mariage, il se vit agréé par lui du premier coup.

Restait maintenant à conquérir Pauline.

Aux premières ouvertures que lui fit son père, elle devint toute pâle, fondit en larmes et finit par le supplier de ne plus lui parler de cette union.

Troublé, ému, il le lui promit, mais Suzanne le gronda bien fort et lui déclara qu'il n'avait pas le droit de briser ainsi l'avenir de sa fille.

Il devait avoir du bon sens pour elle et comprendre qu'une amourette avec un jeune gentilhomme peu fortuné, qu'on connaissait peu et qui n'était, à tout prendre, qu'une espèce d'aventurier, ne saurait la mener au bonheur.

— Tenez, dit-elle, venez déjeuner chez nous dimanche avec Pauline et laissez-moi faire, je me charge de tout.

A table, l'orfèvre fut placé à côté de Pauline et ne cessa de l'entretenir pendant tout le temps du repas. La jeune fille lui témoigna la plus grande froideur, mais sans oser cependant lui faire trop mauvais visage.

Le déjeuner terminé, on alla faire un tour dans le jardin.

L'orfèvre offrit son bras à Suzanne et Pauline marcha à côté de son père. Celui-ci ralentit le pas à dessein et, lorsqu'il se trouva seul avec sa fille, lui dit d'un ton ferme et avec une grande gravité qui contrastait singulièrement avec sa bonhomie habituelle :

— M. Roux m'a demandé votre main et je la lui ai accordée, je vous recommande donc, si vous avez quelque tendresse et quelque respect pour moi, de le recevoir de bonne grâce lorsqu'il viendra tout à l'heure vous faire sa cour. Vous me désobligeriez infiniment en lui faisant un mauvais accueil.

Puis, comme s'il eût craint de ne pouvoir plus longtemps faire preuve de fermeté, il s'éloigna aussitôt sans attendre une réponse.

Pauline s'était laissée tomber sur un banc, tant l'émotion que venait de lui causer cet ordre de son père avait été grande. Son regard, à demi voilé par les larmes, exprimait une vive affliction. Au soulèvement trop accentué de sa robe, on pouvait compter les rapides battements de son cœur.

Un rayon de soleil, tamisé par les feuilles en traversant les rameaux, baignait son front de lueurs molles et tièdes. Vue ainsi, éclairée par ce demi-jour, elle était vraiment ravissante.

Elle fut soudain tirée de ses réflexions par un bruit de pas ; elle releva la tête et aperçut devant elle l'orfèvre Roux qui la saluait.

— Mademoiselle, dit-il en s'avançant, je suis sans doute bien coupable à vos yeux de vous avoir imposé l'ennui de ma conversation pendant tout le repas. Je crains bien d'aggraver mes torts en venant vous troubler dans cette retraite ; aussi ne vois-je qu'un moyen de me disculper ; c'est de vous avouer mon amour. Oui, je n'ai pu résister au bonheur de m'entretenir avec vous et de jouir pendant quelques instants de votre présence. C'est dans cette seule excuse que je place mes espérances, heureux si vous daignez l'accepter.

— Monsieur, je ne sais point feindre. Je ne vous cacherai pas que mon cœur ne saurait apprécier, comme ils devraient l'être, tous vos mérites, car il n'est plus libre de ses sentiments. Votre recherche m'honore infiniment ; mais, si elle devait se prolonger ; elle m'offenserait...

— Vous me permettrez cependant de ne pas me tenir pour battu dès la première escarmouche ; le bonheur que j'avais entrevu auprès de vous n'est pas de ceux qu'on abandonne tout de suite... Je sens que je ne saurais le faire sans y laisser une part de ma vie. Ne me défendez pas, ajouta l'orfèvre, d'une voix émue, de tenter encore... Qui sait si mon respect et la sincérité de ma passion ne finiront point par vous toucher, par vous convaincre, et, si je n'ai point l'espoir que cette passion soit partagée, du moins par vous déterminer à l'accueillir comme un hommage qui vous est dû et à vous laisser aimer par le plus dévoué et le plus passionné de vos serviteurs ? Au surplus, que risquez-vous ? continua-t-il. Ce suprême effort est le moins que je doive à la façon dont monsieur votre père a reçu ma demande et encouragé mes vœux.

— En vérité, monsieur, ce grand amour et le respect dont vous me parlez devraient aller avec un peu plus de discrétion et de délicatesse ; et la première marque que je vous en demande est de ne pas violenter des sentiments dont votre obstination m'a contrainte à vous faire l'aveu, en persistant à m'imposer des assiduités que je désavoue, qui me déplaisent, qui donnent lieu autour de moi à une conspiration que je sens, qui trouble mon repos et qui me rend profondément malheureuse.

Pauline, vaincue par une émotion douloureuse, éclata en sanglots entrecoupés et cacha son visage entre ses mains.

— Vous êtes cruelle pour moi, reprit M. Roux, cruelle et injuste, car en demandant d'abord l'agrément de votre père, avant de solliciter respectueusement le vôtre, je croyais avoir fait preuve de discrétion et de délicatesse. Mais, quelque pénibles que soient les reproches que vous venez de m'adresser, je vous pardonne, parce que vous ne connaissez ni la force ni la violence de cet amour qui devrait, dites-vous, me déterminer à vous obéir et à renoncer à vous. Ah ! mademoiselle ! vous cherchez en vain à me désoler et vous vous trompez vous-même quand vous me dites que votre cœur n'est pas libre... Il l'est sans aucun doute ; vous avez peut-être cru aimer, vous avez accueilli le premier regard qui s'est arrêté sur votre beauté, la première émotion qui a fait battre votre cœur et vous vous êtes dit que vous aimiez et que votre vie appartenait à l'homme mille·fois heureux qui avait su le premier parler à votre imagination et bercer un instant votre pensée. Mais vous n'aimez pas ! Si vous aimiez réellement, vous connaîtriez mieux la puissance de cette passion qui s'attache à nous et qui fixe, malgré nous, notre destinée... Vous ne me demanderiez pas de renoncer à vous ; vous comprendriez que cela ne m'est pas possible... Vous sentiriez, malgré vous, quelque indulgence pour cet égarement qui s'empare de tout notre être et qui nous pousse à braver tous les obstacles, à lutter contre toutes les impossibilités pour obtenir, malgré tout le monde et, s'il le faut, malgré lui-même, le cœur dont la conquête est devenue le but de notre existence.

L'orfèvre Roux s'était animé en parlant ; sa physionomie s'était éclairée de cette lueur un peu sauvage qui avait causé à Pauline, lors de leur première entrevue, une impression mêlée d'angoisse invincible. Il semblait que personne, après avoir subi la flamme étrange de ses yeux, ne dût l'oublier, et que cet homme fût capable de briser impitoyablement les existences qui se dresseraient en face de lui pour faire obstacle à sa volonté où à sa passion.

Cependant Pauline, en dépit de sa timidité naturelle et de son émotion, allait sans doute lui répondre par un nouveau refus, lorsque leur tête-à-tête fut interrompu fort à propos par Mme Fersac, qui s'était aperçue des larmes de la jeune fille et qui, dans l'intérêt même de l'avenir, croyait utile de couper court pour ce jour-là à une conversation mal engagée ou destinée à se terminer par des paroles irrévocables.

En rentrant chez elle avec son père, Pauline ne prononça pas une parole ; mais elle vit facilement qu'il était chagrin. Le vieux médecin avait considéré ce mariage comme une bonne fortune inespérée, il devait arracher sa fille à la pauvreté, lui assurer une existence heureuse ; il n'avait pas songé un seul instant qu'il pût rencontrer d'obstacle et, depuis de longues semaines, il avait échafaudé tous ses rêves en vue d'une union qui réalisait des espérances qu'il n'eût même pas osé concevoir avant la demande de M. Roux.

Celui-ci continua à venir assidûment chez le docteur et chez M. Fersac et ne parla plus de son amour. Mais Pauline était enlacée dans ces mille liens que crée autour d'une volonté même énergique une situation plus puissante qu'elle, aidée de la complicité raisonnée et, il faut bien le dire, assez raisonnable de toute une famille.

Un jour, un livre de comptes oublié par mégarde l'obligea de constater que la situation de son père était fort obérée, qu'il s'était lourdement endetté pour l'éducation de Suzanne et de Pauline et que, sans la générosité de M. Fersac, il lui eût été impossible récemment de satisfaire ses créanciers. Le lendemain, le docteur parla de son âge et de ses craintes pour l'avenir.

A quelque temps de là, M. Grandier eut à payer une dette d'environ quinze cents livres. Il fallut qu'une indiscrétion de domestiques mît Suzanne au courant de ses ennuis, car, pour rien au monde, il ne se fût décidé à solliciter du mari de sa nièce, qui ne lui devait rien et qui avait déjà tant fait pour lui, la somme dont il avait besoin.

Fersac paya une fois de plus avec la générosité et la bonne grâce délicate qu'il mettait dans ces sortes d'affaires. N'était-ce pas le moins, pensait-il, qu'il indemnisât M. Grandier des dépenses que lui avait occasionnées Suzanne et n'était-il point suffisamment récompensé par la possession d'un semblable trésor?

Mais, bien que M. Fersac fût dans l'aisance, sa fortune n'était point considérable et, d'ailleurs, l'amour-propre du vieux médecin souffrait de vivre ainsi à ses dépens.

Un soir qu'il causait avec Suzanne, Pauline, qui était dans la pièce à côté, put entendre leur conversation.

Suzanne s'efforçait de consoler son oncle, de lui faire prendre confiance dans l'avenir :

— Si Pauline voulait être raisonnable et épouser l'orfèvre Roux, elle assurerait, tout en faisant son propre bonheur, une vieillesse tranquille au docteur, car M. Roux s'était engagé depuis longtemps à servir à son beau-père une pension qui suffirait largement à ses besoins.

Pauline pleura toute la nuit, mais se sentit vaincue.

Elle n'avait pas voulu sacrifier son amour à la fortune ; elle sentit qu'elle avait le devoir de s'immoler à son vieux père. Le mariage fut décidé et elle se trouva d'accord avec son fiancé pour en hâter les apprêts.

Quelques jours après, Gaspard de Besse rentra à Marseille dont il avait été tenu éloigné par les hasards de sa vie aventureuse et surtout par la nécessité de se soustraire à des poursuites très activement dirigées contre lui. Il revint juste assez à temps pour apprendre la nouvelle du prochain mariage de celle qu'il aimait.

S'il se fût montré huit jours plus tôt, bien des choses eussent été changées, mais il crut Pauline infidèle à leur amour. Il la rencontra dans la rue, un jour qu'elle était sortie avec Suzanne et l'orfèvre Roux, et se borna à lui adresser un salut froid et contraint.

Pauline, en l'apercevant, devint d'une pâleur livide et crut qu'elle allait défaillir ; mais il était bien tard pour se repentir et, d'ailleurs, M. de Galtières ne fit aucune démarche.

Après avoir tant souffert pour lui, comment n'eût-elle pas été froissée de cet abandon sans lutte, de cet oubli dédaigneux sans une visite ou un mot d'adieu?

Ce n'étaient point là ces égarements, cette obstination de l'amour, tels que son fiancé les avait dépeints, tels qu'elle en eût compris les ardeurs. Elle en vint à penser que M. de Galtières ne l'aimait plus, ne l'avait guère aimée et elle se rattacha moins tristement à son sacrifice.

Son futur mari était amoureux, encore jeune et pouvait passer pour beau. Pourquoi n'aurait-il pas dit vrai? Elle ne l'aimerait peut-être point comme il l'eût souhaité, mais pourquoi ne finirait-elle pas par éprouver quelque douceur à se laisser aimer et à s'appuyer sur un époux digne d'elle et capable de l'aider à traverser les épreuves de la vie?

Pendant les semaines qui précédèrent le mariage, Suzanne et Pauline se virent tous les jours et causèrent longuement l'une avec l'autre. Pauline pleura encore plus d'une fois, mais se montra plus résolue, moins inquiète de l'avenir.

Le mariage eut lieu et fut suivi d'un dîner et d'un bal dans la demeure des nouveaux époux, à Aix, où le docteur Grandier vint s'installer chez son gendre.

Ils se ruèrent sur elle. (Page 118.)

CHAPITRE XV

Clarisse enlevée

ASPARD se sentait parfois pris d'une irrésistible envie de revoir le village où il était né, ceux qui l'avaient élevé comme leur propre fils et surtout Clarisse, cette compagne si tendrement chère de ses jeunes années.

En compagnie de Coquelicot, il se dirigeait alors vers Besse en suivant des sentiers connus d'eux seuls et il restait caché de longues heures sur la lisière du bois, épiant de loin tous ces êtres chers à son cœur, mais sans oser se montrer à eux.

Un soir, au moment où le soleil allait disparaître à l'horizon, il accomplissait, suivi de son fidèle compagnon, ce pieux pèlerinage, lorqu'il aperçut au pied d'un arbre une vieille femme qui sanglotait. Il se sentit profondément ému et, s'approchant d'elle, il lui dit :

— Qu'avez-vous, ma brave femme ?

Elle releva la tête et dirigea du côté d'où venait la voix des yeux éteints et sans regard.

Il put à peine étouffer un cri de surprise en reconnaissant la mère de Clarisse.

— Hélas ! mon gentilhomme, un affreux malheur vient de fondre sur moi ; il me faut à mon âge, à la veille de descendre au tombeau, abandonner la maison où j'ai vécu.

En ce moment même, les huissiers y sont occupés à tout saisir, et je viens de frapper à toutes les portes sans pouvoir obtenir aucun secours. Je cache ici mon désespoir, car je n'ose pas aller retrouver ma pauvre fille dans la maison qui fut la nôtre. J'attends que ces hommes maudits en soient sortis.

Gaspard essuya une larme et, donnant sa bourse à la vieille aveugle :

— Tenez, lui dit-il, vous ne serez pas chassée de chez vous, il y a là dedans de quoi payer vos créanciers, si vos dettes n'excèdent pas cinq cents livres.

La pauvre femme, brisée par l'excès de la joie, fut prise d'un tremblement nerveux. Elle tomba à genoux en tendant vers le ciel ses mains décharnées.

— Soyez béni, vous qui nous sauvez la vie, qui nous rendez cette maison où je suis née et où ma fille a grandi ! Tous les jours, nous prierons le Ciel pour qu'il vous protège et vous garde.

Pendant qu'elle s'éloignait aussi vite que le lui permettait la faiblesse de ses jambes, Gaspard et Coquelicot attachèrent leurs chevaux au milieu d'un épais taillis, et attendirent que la nuit fût venue pour se risquer hors du bois.

Un quart d'heure s'était à peine écoulé lorsqu'ils virent deux personnages d'assez piètre mine, vêtus de noir, dont les habits râpés laissaient voir la corde.

Après avoir fait quelques pas dans le bois, ils s'assirent au pied d'un chêne, à quelques pas du buisson derrière lequel se cachaient Gaspard de Besse et Coquelicot.

— Comment diable, demanda l'un d'eux à son compagnon, la vieille sorcière a-t-elle pu se procurer cet argent ?

— Je l'ignore et ne m'en préoccupe guère ; elle a payé et c'est là l'essentiel.

— Tu crois cela ? Pour moi, je suis sûr que le marquis d'Arène donnerait de grand cœur le triple de cette somme pour que cette vieille chouette n'eût plus d'abri ; il comptait sur ce dernier coup pour briser la résistance de Clarisse qui, paraît-il, fait la vertueuse.

— Ma foi, tant pis pour le marquis ! Il n'avait qu'à mieux prendre ses mesures. Tu as la somme, c'est tout ce qu'il peut exiger.

— Elle est là dans cette poche.

— Ainsi donc tout va bien, une dernière caresse à cette gourde, et en route !

Joignant le geste à la parole, il porta à ses lèvres une large gourde et resta pendant quelques minutes les yeux levés vers le ciel, tandis que le nectar chatouillait agréablement son gosier.

Un léger bruit qu'il entendit derrière lui mit fin à cette douce occupation, et lui fit tourner la tête; il aperçut Gaspard de Besse et Coquelicot qui sortaient du taillis.

— Vous avez là, dit Gaspard, une poche qui chante un air bien agréable.

— Et une gourde, ajouta Coquelicot en s'en emparant qui me paraît contenir une bien exquise liqueur.

Les deux huissiers étaient devenus livides.

— Pendant que mon ami se désaltère, voudriez-vous être assez aimable pour réjouir encore une fois mes oreilles de ce joyeux tintement de l'or?

— Halte-là! dit Coquelicot, point de bêtises. Si l'ouïe est satisfaite, il convient que la vue le soit également, et ces messieurs sont trop aimables pour nous refuser ce complément de satisfaction.

En disant ces mots, il tira prestement la bourse hors de la poche du recors, et l'agita joyeusement devant ses yeux.

— Peste! la chanson est jolie; et cette bourse renferme...

— Deux cents écus, répondit l'huissier atterré.

— Deux cents écus! Admirez, mon cher camarade, la bonté de la Providence qui fait si bien les choses pour vous! N'est-ce point précisément cette somme dont vous me témoigniez il n'y a qu'un instant avoir un si pressant besoin?

— En effet, répondit Gaspard avec le plus grand sang-froid.

— Voyez la chance! Vous vous désespériez, vous ne saviez à quelle porte frapper, et voilà que le hasard conduit jusqu'à vous les deux hommes les plus obligeants du monde et qui me semblent tout disposés à vous prêter cet argent sans intérêt pour tout le temps que vous jugerez convenable.

— Mais! mon gentilhomme...

— Mais, le diable! dit Coquelicot en empoignant l'huissier au collet. Feriez-vous par hasard l'injure au marquis d'Arène de le supposer capable de refuser sa bourse à un galant homme dans le besoin?

Les huissiers comprirent que leur conversation avait été entendue, et, tombant à genoux :

— Laissez-nous la vie, supplièrent-ils.

— Que voulez-vous que j'en fasse? La bourse nous suffit; allons, marauds, qu'on détale!

Les huissiers ne se firent pas répéter cet ordre, et disparurent dans le bois.

Lorsque la nuit fut venue, Gaspard se dirigea seul vers la chaumière de Clarisse et vint regarder par la fenêtre ce qui se passait dans l'intérieur.

La mère racontait à sa fille son heureuse rencontre. Il prit dans sa poche la bourse qu'il venait d'arracher aux huissiers, et la lança sur la table.

Clarisse se leva vivement et courut à la porte; à peine en avait-elle franchi le seuil qu'une main saisit la sienne, et une bouche murmura ces mots à son oreille:

— Clarisse, il faut que je te voie, que je te parle sans témoin!

— Gaspard!

— Silence ! un seul mot peut me perdre... Je vais t'attendre sur les bords de l'Issole ; il faut absolument que j'aie un entretien avec toi, songe que mes instants sont comptés... Viendras-tu ?

— J'irai.

Lorsqu'elle rentra, elle dit à sa mère qu'elle n'avait vu personne, que ses recherches avaient été vaines et que leur bienfaiteur avait disparu. Puis, au bout d'un instant, elle ajouta :

— Mère, il est l'heure d'aller prendre du repos, vous êtes brisée par les émotions de cette journée, et il ne faut pas veiller plus longtemps.

La vieille aveugle se leva et, appuyée sur le bras de sa fille, gagna sa chambre.

Lorsque sa mère fut endormie, Clarisse descendit sur la pointe des pieds, tira doucement la porte derrière elle, et se dirigea vers l'endroit où Gaspard l'attendait.

En l'apercevant, celui-ci fit quelques pas au-devant d'elle, mais il était pâle d'émotion, ses jambes se dérobaient sous lui, et il ne put prononcer une parole.

Ce fut Clarisse qui engagea la conversation :

— Vous êtes ici le bienvenu, Gaspard ; mon cœur ne vous a pas oublié, et je suis heureuse de vous revoir.

— Vous êtes bonne, Clarisse, aussi bonne que belle. Je n'ai jamais douté de votre cœur, et le mien vous appartient tout entier. Toutefois, j'aurais craint que ma présence vous fût pénible, et je me serais éloigné après vous avoir vue de loin, sans vous révéler ma présence, sans vous parler, si le désespoir de votre mère ne m'avait appris que vous pourriez avoir besoin de mes services. Je viens vous les offrir.

— J'avais deviné que vous étiez notre sauveur, et il m'est doux d'être votre obligée, mais...

Elle hésita à poursuivre.

Gaspard comprit avec un serrement de cœur inexprimable qu'elle répugnait à accepter pour protecteur un homme dont le nom était synonyme de bandit.

Elle ne repoussait pas ses premiers bienfaits, qui sauvaient sa mère, mais elle n'en voulait pas accepter d'autres qui n'étaient point indispensables.

Tout son passé lui revint à la mémoire en ce moment. La douleur, le regret, la fierté blessée, et surtout son amour ardent pour Clarisse, bouleversaient son âme, et il avait peine à contenir l'orage qui grondait dans son sein.

— Clarisse, dit-il d'une voix sourde, il eût mieux valu refuser de me revoir ; je serais parti désespéré et si, à la première rencontre quelque soldat m'eût fait la grâce de me donner un coup de pistolet dans la tête, je serais mort en pensant à vous.

Son regard enflammé, sa voix vibrante firent tressaillir la jeune fille qui porta son mouchoir à ses yeux et éclata en sanglots.

Lui saisissant la main qu'il serra contre son cœur :

— Clarisse, vous ne haïssez donc pas celui qui vous aime plus que la vie, celui qui a conservé votre image dans son cœur, et qui mourra le jour où vous le repousserez ?

— Vous haïr ! Gaspard, mon Gaspard bien-aimé ! s'écria la jeune fille, en se jetant dans les bras de son amant.

Appuyant son visage sur l'épaule du jeune homme, elle donna un libre cours à ses larmes.

Gaspard la couvrait d'ardentes caresses et la serrait sur son sein.

Lorsqu'elle fut plus calme, il la fit asseoir à côté de lui sur le tronc d'un arbre déraciné.

— Va, lui dit-elle, j'ai bien souffert depuis ton départ; les uns disaient que tu avais mérité la roue, et les autres qu'on t'avait envoyé aux galères. Ton père avait défendu qu'on prononçât ton nom devant lui, ta mère pleurait et priait.

— Pauvre mère !

— Sainte femme dont le cœur ne bat que pour toi et qui vient me voir pour parler de ce fils bien-aimé, de ce Gaspard, que seules nous chérissons encore.

— Ma douce Clarisse !

— Puis ma mère devint aveugle ; ma douleur fut immense, mais de nouveaux malheurs allaient fondre sur nous. Seule, sans protecteur, je me vis bientôt en butte aux poursuites du marquis d'Arène qui voulut acheter mon amour.

— L'infâme ! nous aurons un compte terrible à régler, et chacune de tes larmes lui coûtera une goutte de sang. Pourquoi ne l'ai-je pas achevé quand je le tenais au bout de mon épée ?

— Il paraît qu'il a failli mourir en effet. On a eu beaucoup de peine à le sauver. C'est pendant sa convalescence qu'on l'a transporté ici, les médecins lui ayant ordonné le séjour de la campagne. Ses domestiques dirent partout que tu avais tenté d'assassiner leur maître et lui-même confirma cette accusation.

— C'est un odieux mensonge ! J'ai frappé mon ennemi dans un combat loyal, fer contre fer, poitrine contre poitrine.

— Ah ! je savais bien que mon Gaspard n'était pas un assassin ! La misère vint, le marquis fut impitoyable; il exigea le payement immédiat de notre fermage et de tout l'arriéré. J'allai me jeter à ses pieds, le supplier. Ce fut en vain, il se montra inflexible et me proposa un marché infâme que je repoussai avec indignation. Alors il fit saisir nos meubles et, sans toi, ma pauvre mère serait ce soir sans asile, et mendierait son pain.

Des sanglots interrompirent le récit de la jeune fille.

— Pauvre cher ange, dit Gaspard, tu as bien souffert. Console-toi, tes souffrances sont terminées ; ne crains rien de tes ennemis, je saurai te défendre ! Mais il faut nous séparer. Je dois être loin d'ici avant l'aube. Dans huit jours, je t'attendrai à la même place.

Puis, après avoir donné un dernier baiser à la jeune fille, il la reconduisit jusqu'à la porte de sa chaumière.

Clarisse se rendit à la chambre de sa mère.

Celle-ci en entendant marcher demanda :

— Est-ce toi, mon enfant?

— C'est moi ; je n'ai pas voulu aller dormir sans vous faire un aveu. Lorsque je vous ai dit ce soir que je n'avais pas vu notre bienfaiteur, je ne vous ai pas dit la vérité. Je l'ai vu, et je lui ai parlé; pardonnez-moi ce mensonge.

— Sais-tu son nom?

— Oui, ma mère, c'est Gaspard !

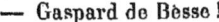

— Gaspard de Besse !

— Gaspard Bouis, ma mère.

L'aveugle leva vers le ciel ses mains tremblantes en murmurant une prière.

— Que Dieu le protège et lui pardonne ! Il est généreux, puisqu'il est venu au secours de la misère et son âme est noble, car j'ai senti couler une larme brûlante sur sa main lorsqu'il m'a donné sa bourse.

— C'est un bandit et un suppôt de l'enfer ! s'écria d'une voix menaçante un homme enveloppé dans un manteau qui s'était glissé dans la chambre.

Cette voix qui fit tressaillir l'aveugle fit pousser à la jeune fille un cri d'épouvante et elle se réfugia instinctivement dans les bras de sa mère comme si elle eût pu la défendre.

— Qui êtes-vous, vous qui pénétrez ici comme un voleur ?

— Qui je suis ? vous allez le savoir.

Et, écartant son manteau, soulevant son feutre, il se plaça en pleine lumière.

— Le marquis d'Arène ! murmura Clarisse défaillante.

— Oui, c'est moi, moi que votre amant a voulu assassiner, et qui suis arrivé trop tard pour m'emparer de lui et le punir, mais je le tiendrai en mon pouvoir par ce qu'il a de plus cher, vous serez mon otage et me servirez à l'attirer entre mes mains.

— Pitié ! pitié ! murmura la jeune fille.

— Le temps de la pitié est passé. Vous essayerez en vain de recommencer cette comédie qui n'a que trop duré, vous ne me ferez plus croire à votre vertu : la vertu de la maîtresse d'un bandit !

— Vous êtes donc aussi lâche que cruel.

— Vous pouvez m'insulter à votre aise, vous ne parviendrez pas à m'émouvoir. Il faut me suivre de gré ou de force.

L'aveugle s'était redressée et serrait sa fille entre ses bras :

— Viens me l'arracher, monstre !

— Allons, il faut en finir ! A moi, vous autres !

Quatre hommes armés se précipitèrent dans la chambre ; le comte leur désigna Clarisse et ils se ruèrent sur elle.

— A moi ! Au secours ! Au secours, Gaspard ! A moi !

Elle s'accrochait à sa mère et faisait un suprême effort pour s'arracher aux mains de ces hommes, mais ils eurent raison de sa résistance. La séparant brutalement de sa mère, ils lui jetèrent sur la tête un manteau épais qui assourdit ses cris et l'emportèrent évanouie.

L'aveugle, comme une lionne blessée à qui on enlève ses petits, avait bondi sur un des ravisseurs, s'était accrochée à lui avec l'énergie du désespoir et lui labourait le bras de ses ongles en poussant de grands cris.

— La peste soit de la vieille sorcière ! s'écria-t-il, elle va nous attirer avec ses cris tout le village sur les bras.

— Coupe-lui le cou pour l'empêcher de jaser, s'écria son compagnon.

— Paix ! brute ! dit d'un ton menaçant le marquis d'Arène, voulez-vous verser le sang sans nécessité ? Jetez-la sur son lit et en selle !

En disant ces mots, il se précipita hors de la maison.

L'aveugle ne lâchait pas prise et continuait à appeler sa fille à grands cris.

— Veux-tu te taire, affreuse chouette! Tiens !

En disant ces mots, il la frappa à la tête de la crosse de son pistolet.

La vieille lâcha prise et tomba comme une masse sur le parquet.

En quittant Clarisse, Gaspard de Besse s'était dirigé vers le bois, où l'attendait Coquelicot. Ils remirent promptement la bride aux chevaux et serrèrent les sangles. Ils sautaient en selle, lorsqu'un cri déchirant retentit dans la nuit et les fit tressaillir.

— On appelle au secours, dit Gaspard, n'est-ce point la voix de Clarisse?

— J'ai entendu un cri, répondit Coquelicot; mais est-ce bien un cri d'alarme?

— Sortons du bois, nous entendrons mieux. Tenons-nous prêts à tout événement.

L'oreille tendue, penchés sur le cou de leurs montures, ils écoutaient. Pendant quelques secondes, ils n'entendirent rien ; mais, soudain, un nouveau cri retentit, suivi d'autres appels désespérés.

— Cette fois, dit Gaspard, il n'y a pas à s'y tromper. En avant !

Coquelicot retint son cheval par la bride.

— N'allons pas, lui dit-il, donner tête baissée dans quelque piège. Je vais partir en éclaireur et sonder le terrain.

Comme il disait ces mots, ils entendirent crier de nouveau au secours! mais cette fois par une voix plus faible.

— Laisse-moi si tu veux, dit Gaspard à Coquelicot, mais je ne tarderai pas davantage à aller secourir une victime.

Et, rendant la main à son cheval, il piqua des deux.

A ce moment, le bruit sourd d'une voiture qui s'éloignait se fit entendre à quelque distance.

Gaspard s'était dirigé vers la chaumière de Clarisse, voulant s'assurer d'abord que ce n'était point elle qui avait besoin de son bras.

En arrivant devant la porte du jardin, il vit qu'elle était ouverte et il distingua des traces récentes de pas.

Au cri qu'il poussa, Coquelicot bondit jusqu'à lui, et, pénétrant dans le jardin, y retrouva les mêmes traces qui aboutissaient à la porte de la chaumière. La terre semblait avoir été piétinée comme si on fût demeuré pendant quelques instants à la même place.

Gaspard fut saisi d'un tremblement qui agita tout son corps. Il chancela et n'eut que la force de murmurer un nom :

— Clarisse !

Un faible soupir venant de l'intérieur lui répondit. Coquelicot se précipita dans la chaumière et, à la lueur d'une chandelle qui achevait de brûler, il aperçut le corps inanimé de la vieille aveugle. Il la souleva dans ses bras et la porta sur son lit.

Elle poussa un second soupir et essaya de se relever.

— Ne craignez rien, lui dit Coquelicot, ce sont des amis.

Mais la pauvre femme ne répondit rien ; sa tête, ébranlée par la violence du coup qu'elle avait reçu, vacillait sur ses épaules et ses idées tourbillonnaient, confuses dans son cerveau.

— Clarisse ! Où est Clarisse ? s'écria Gaspard.

En entendant ce nom chéri et cette voix qu'elle reconnut, l'aveugle se redressa brusquement.

— Gaspard, murmura-t-elle.

— Oui, c'est moi, me voici.

— Pourquoi es-tu là ? Que veux-tu ?

— Clarisse ! Dites-moi où est Clarisse !

Le corps de la pauvre femme fut agité par un tremblement convulsif ; la mémoire lui revint et, poussant un grand cri :

— A moi ! Gaspard ! Sauve-la !... Le marquis d'Arène... il l'arrache de mes bras... ma fille... ah !

Et, se raidissant, elle retomba sur l'oreiller comme une masse inerte.

Coquelicot posa la main sur son cœur, il ne battait plus. Dieu avait eu pitié de la pauvre mère.

Il essuya une larme et, se retournant vers Gaspard :

— Nous n'avons plus rien à faire ici, mon enfant ; sus aux ravisseurs et, fussent-ils cent, nous leur ferons payer cher leur infamie !

En moins d'une seconde, ils furent en selle... Comment retrouver le comte et ses complices ? Ils purent bien suivre la voiture à la piste pendant quelques centaines de pas, mais il leur fut impossible de découvrir sur la grande route des traces assez distinctes leur indiquant quelle direction avaient prise les ravisseurs.

Le désespoir de Gaspard, lorsqu'il eut reconnu l'impossibilité de se mettre immédiatement à la poursuite du marquis d'Arène et de délivrer Clarisse, fut terrible.

Il effraya Coquelicot, mais la violence même de ce transport en abrégea la durée. Par un effort de volonté presque surhumain, il redevint maître de lui-même et, après avoir examiné une dernière fois les traces laissées par les ravisseurs, il prit son parti et se lança résolument en avant.

CHAPITRE XVI

Un plan de campagne

Dans une de ces petites rues sombres et fétides qui avoisinent le port de Marseille est une maison de sinistre apparence.

Au premier et unique étage, dans une chambre noire et enfumée, un homme attend avec une impatience bien visible une personne qui tarde évidemment

Bientôt la porte du bouge s'ouvrit et Coquelicot parut sur le seuil. (Page 128.)

à venir. Il arpente d'un pas fiévreux le taudis où rien n'entrave sa marche, car il n'y a pour tout meuble qu'une méchante paillasse jetée dans un coin et recouverte d'un lambeau de couverture.

Sur les murailles nues, on ne voit briller que deux longues épées et un poignard, mais ces armes sont fort belles, les lames en sont bien effilées et les gardes en sont luisantes et nettes comme un miroir.

L'hôte de ce bouge semble prendre de ses armes un soin tout particulier et qui contraste irrégulièrement avec l'état de malpropreté de son logis.

Tout à coup, un pas pesant fait craquer l'escalier vermoulu et l'on entend le bruit que fait une rapière battant les murs.

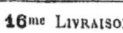

— Enfin ! s'écria l'homme qui était à bout de patience et avait déjà, à diverses reprises, fait mine de s'approcher de la porte pour s'en aller.

L'individu, si impatiemment attendu, pénétra dans la chambre. Sa mine délabrée cadrait assez bien avec l'aspect misérable que présentait le logis.

Il était vêtu d'un pourpoint qui avait dû être élégant, mais qui maintenant avait perdu sous de nombreuses averses sa couleur primitive et tombait presque en loques ; il portait de fortes bottes et était coiffé d'un feutre troué auquel pendait tristement une plume éraillée.

Il paraissait avoir une trentaine d'années et sa taille mince et élancée dénotait la vigueur et l'agilité. Son visage, flétri par les débauches et l'ivrognerie, avait dû être beau, mais l'ensemble de ses traits avait quelque chose de sinistre ; sa physionomie exprimait une hardiesse incontestable et une grande énergie.

— Voici plus d'une heure que je vous attends et vous ne m'auriez plus trouvé ici, si vous aviez tardé encore de quelques minutes à venir.

— Je conviens que mon logis n'est pas des plus agréables et qu'il manque un peu de confortable, ce qui n'a pas dû peu contribuer à vous faire trouver le temps long, mais, si je suis en retard, c'est que j'ai été retenu ailleurs pour mes affaires.

— Vos affaires ! dit l'autre d'un ton de mépris.

— Oui, mes affaires ; croyez-vous par hasard que je vais les sacrifier aux vôtres, et que vous en userez avec moi comme avec un valet ?

— Croyez-moi, Salviade ; il faudra le prendre avec moi sur un autre ton si vous voulez que je vous emploie.

— D'abord, je dois vous faire remarquer que je m'appelle le vicomte Georges de Salviade et qu'étant d'aussi bonne maison que vous, monsieur le marquis d'Arène, je ne supporterai pas des familiarités que je tolère seulement de la part de mes intimes. Ensuite, vous voudrez bien faire attention que vous avez encore plus besoin de moi que je n'ai besoin de vous et que, si le secours de votre bourse peut m'être utile, celui de mon bras et de ma tête vous est indispensable. Ceci posé, nous pouvons causer de choses sérieuses.

Le marquis d'Arène, jugeant sans doute inutile de prolonger une discussion de cette nature, se contenta de hausser les épaules.

— Venons au fait ! dit-il.

— J'y arrive. Vous voulez, n'est-ce pas, vous débarrasser, soit en le livrant à la justice, soit par tout autre moyen, d'un homme que vous détestez, en qui vous avez trouvé un rival heureux en amour et un adversaire dangereux, l'épée à la main. Voyant que la maréchaussée ne parvenait pas à s'en emparer et que vous n'étiez pas plus heureux que la maréchaussée dans vos rencontres avec ce démon, vous avez pensé que j'étais l'homme le plus capable de le mettre en votre pouvoir ou de lui fournir, sous n'importe quel prétexte et même sans aucun prétexte, un joli coup d'épée.

— Abrégeons.

— Ceci est indispensable pour bien préciser les bases de notre accord et le but que nous poursuivons. J'ai donc accepté de vous venir en aide, moyennant, bien entendu, un légitime salaire pour moi et pour les hommes qu'il me faudra sans doute employer. Comme je vous l'ai promis, j'ai actuellement à ma solde six coquins superbes, batailleurs enragés, hardis comme des diables, qui ne reculeront devant rien pourvu qu'on les paye bien, mais, comme la force ne suffit pas toujours, j'ai pris, en outre, à mes gages un homme d'une rare finesse, un ancien agent du lieutenant de police dont celui-ci a été contraint de se séparer à la suite de quelques peccadilles et qui me paraît très propre à faire tomber votre ennemi dans quelque piège dont il ne pourra pas se tirer. Ce sera, dans tous les cas, un excellent limier qui nous rabattra le gibier et nous le fera prendre.

— Tout ceci est fort bien, mais ce ne sont là que des promesses.

— Vous saurez qu'avec moi les promesses valent des actes ; si je vous promets la tête de votre ennemi, c'est que je suis assuré de pouvoir vous la livrer.

— Et cet excellent limier s'appelle ?

— Renardot. Il est tout près d'ici et meurt d'envie d'avoir l'honneur de vous être présenté.

— J'y consens volontiers.

Salviade ouvrit la fenêtre et siffla d'une façon particulière. Un second coup de sifflet, venant de la rue, répondit à cet appel.

— Notre homme va venir, dit Salviade.

Au bout de quelques secondes, la porte s'entr'ouvrit et livra passage à un personnage fluet qui glissait plutôt qu'il ne marchait, s'avançait sans bruit, les yeux en éveil et le nez au vent comme un chien qui cherche à sentir les émanations du gibier. Il s'inclina respectueusement devant le marquis et attendit qu'il lui adressât la parole.

— Voilà l'homme, dit Salviade.

— On m'a fait de vous un grand éloge, maître Renardot, et, s'il est mérité, si les promesses formulées en votre nom se réalisent, je vous promets une récompense qui surpassera vos espérances.

— Je ferai de mon mieux pour satisfaire monsieur le marquis, répondit modestement Renardot, et j'espère que nos espérances ne seront pas déçues. Avec le précieux concours de M. le vicomte de Salviade, je crois pouvoir répondre du succès.

— Et vos projets, quels sont-ils ?

— Nous en avons de plus d'une sorte, répondit Salviade. Nous comptons, en premier lieu, beaucoup sur Clarisse pour attirer Gaspard de Besse dans quelque guet-apens et je vous demande l'autorisation de disposer à mon gré de cette fille comme d'un appât pour faire tomber son amant dans nos filets. Elle résistera et s'efforcera de sauver celui qu'elle aime; il importe donc que vous ne fassiez pas obstacle aux mesures que nous devrons prendre, quelles qu'elles soient.

— Faites d'elle ce que vous voudrez : je la hais maintenant autant que je l'ai aimée autrefois.

— Ceci se trouve à merveille. Si nous ne réussissons pas de ce côté, il nous faudra alors combiner un autre plan et arriver, par d'autres moyens, soit à attirer Gaspard de Besse dans quelque rendez-vous où nous le surprendrons, soit à découvrir sa retraite à Marseille ou à Aix.

Renardot, qui jusque-là avait écouté en silence, se bornant à donner des signes muets d'approbation, interrompit Salviade.

— Notre découverte d'hier me fait espérer que nous ne tarderons pas à connaître dans quels lieux et sous quels noms se cache Gaspard de Besse. Nous tenons une piste qui, à mon avis, doit nous conduire sûrement jusqu'à lui.

— Que voulez-vous dire ?

— Il y a quelques jours, répondit Salviade, je m'étais rendu en compagnie de Renardot dans un petit cabaret dont le maître est de mes amis et où l'on trouve, avec du bon vin et de jolies filles, quelques manières honnêtes de passer le temps soit avec des cartes, soit.....

— Au fait, morbleu ! je ne suis pas venu ici pour entendre le récit de vos fredaines.

— Un peu de patience, que diable ! J'étais donc, depuis quelques heures, en train de jouer et de boire, lorsqu'on heurta à la porte. Le cabaretier ouvrit avec empressement. Je vis entrer un individu qui prenait grand soin de cacher sa figure et qui se dirigea vers une salle particulière dont la porte fut soigneusement fermée. Renardot sentit son attention éveillée par les allures suspectes de ce personnage et me fit part de son envie de l'examiner de plus près. Comme ce n'est pas inutilement que j'ai fréquenté pendant plusieurs années cette taverne, j'en connais tous les coins mieux que le propriétaire lui-même. Je répondis à mon compagnon qu'il lui serait très facile de satisfaire sa curiosité, et que j'allais lui en fournir les moyens. Je me levai donc au bout d'un instant en déclarant que j'avais perdu tout mon argent, ce qui était vrai, et, lorsque je fus sûr de n'être pas remarqué, je m'engageai, en faisant signe à Renardot de me suivre, dans un couloir sombre aboutissant à une chambre étroite, séparée de la pièce dans laquelle se trouvait notre homme par une mince cloison en planches ; dans cette cloison un indiscret avait pratiqué quelques trous ingénieusement disposés qui nous permirent de voir et d'entendre ce qui se faisait et se disait dans la salle voisine. Nous aperçûmes notre individu qui causait et buvait en compagnie de cinq ou six drôles à faces patibulaires.

Leur conversation nous porta à croire qu'ils appartenaient à la bande de Gaspard de Besse, et je n'eus plus aucun doute à cet égard lorsque, dans l'homme que nous venions de voir pénétrer dans le cabaret, je reconnus un certain Coquelicot qui, autrefois, ne quittait pas Gaspard plus que son ombre.

— Ah !

— Tiens, mon récit semble vous intéresser maintenant.

— Continuez.

— Coquelicot ayant disparu des bouges et des tripots qu'il fréquentait en même temps que son inséparable ami, j'en conclus que nous pourrions nous en servir afin de savoir où se cache Gaspard de Besse.

— Ce Coquelicot est un coquin que je connais ; il tuait autrefois mon gibier, mais jamais mes gardes ne pouvaient le surprendre. Il est très brave, très dévoué à son ami et vous n'obtiendrez de lui aucun renseignement, en admettant qu'il se laisse prendre.

— Monsieur le marquis, dit Renardot de sa voix la plus douce, n'ayez aucune crainte à cet égard, dès que Coquelicot sera en notre pouvoir, il parlera. Je connais certains petits moyens qui ont raison des résistances les plus énergiques, des

volontés les plus indomptables et délient les langues les plus silencieuses. Il nous suffira de transporter cet homme dans quelque endroit où ses cris de douleur ne puissent être entendus et je lui ferai dire tout ce que nous avons intérêt à savoir.

— Vous n'avez donc pas pu vous emparer de lui?

— Non, monsieur le marquis, le drôle nous a échappé.

— Comment a-t-il pu tromper deux hommes si habiles? demanda le marquis d'un ton railleur.

— Si vous nous croyez trop maladroits pour vous servir de nous, répondit Salviade, adressez-vous à d'autres.

— Doucement, doucement, monsieur le vicomte, ne vous emportez pas et achevez plutôt votre récit.

— Monsieur le marquis pourra se convaincre que notre habileté n'a pas été en défaut.

— Nous ne pouvions, continua Salviade, songer à livrer bataille à ces bandits qui étaient tous bien armés et qui avaient probablement quelques amis non loin de là. Notre seule chance était donc que Coquelicot sortît seul et que nous pussions nous emparer de lui par surprise, car il s'agissait non de le tuer, mais de le faire prisonnier. Lorsque nous vîmes qu'il se préparait à quitter ses compagnons, nous allâmes nous poster à la porte du cabaret; mais ce fut en vain que nous l'attendîmes. Il était sorti par une issue secrète que les affiliés de la bande de Gaspard de Besse devaient seuls connaître.

— Si bien que vous ne savez où retrouver ce Coquelicot à moins qu'il ne lui plaise de revenir se montrer dans le même cabaret.

— Nous sommes plus avancés que cela, monsieur le marquis, répondit Renardot; j'ai vu notre homme et, en ce moment, il a auprès de lui un de nos agents qui nous le livrera pieds et poings liés.

— Quand cela?

— Chaque chose vient en son temps, et, si monsieur le marquis veut me permettre de compléter le récit qu'il vient d'entendre, il pourra se convaincre que nos espérances n'ont rien de chimérique.

— Parlez donc.

CHAPITRE XVII

La chasse à l'homme

Renardot commença son rapport en ces termes :

— Depuis le jour où j'ai aperçu Coquelicot, j'ai visité avec le soin le plus minutieux et avec la plus grande patience les divers tripots, bouges et cabarets où je pouvais espérer le rencontrer ; mais mes investigations étaient restées sans résultat. Cent fois j'avais cru le reconnaître et m'étais élancé sur les traces de ceux que je prenais pour lui ; mais chaque fois je n'avais pas tardé à me convaincre de mon erreur.

Tout autre aurait renoncé à une poursuite aussi difficile ; mais la difficulté même de cette entreprise excitait mon ardeur. Je fus enfin récompensé de ma persévérance, et, avant-hier, au moment où je traversais la place de Lencho, je vis passer devant moi celui-là même que je cherchais depuis si longtemps. Il est vrai qu'il s'était déguisé de son mieux ; mais, malgré sa perruque rousse et un emplâtre qui recouvrait son œil gauche, je le reconnus sans hésiter.

Ralentissant le pas et me dissimulant de mon mieux, je le suivis à distance.

Coquelicot ne paraissait pas se rendre à un endroit déterminé ou, s'il y allait, c'était par le chemin des écoliers. Les mains dans ses poches, le nez au vent, l'œil aux aguets, il flânait, s'arrêtant avec une préférence marquée devant chaque boutique de rôtisseur ou de pâtissier. Il restait là, plongé dans la contemplation des poulets et des chapons passant tout dorés, fumants et parfumés, de la broche à l'étalage ; ses yeux se fixaient aussi avec convoitise sur les pâtés ventrus, sur les bouteilles couvertes de poussière, sur les friandises mignardes et alléchantes. Devant ce spectacle gastronomique son nez reniflait, aspirant les émanations de la cuisson. Évidemment, c'était une manière à lui de se mettre en appétit.

Mais, tout en bâillant aux corneilles comme un homme dont la seule occupation est de passer son temps le plus agréablement et le plus économiquement possible, il jetait à chaque instant des regards rapides autour de lui pour examiner s'il n'était pas suivi ou s'il n'apercevait pas certaines personnes. Pendant ses stations devant les magasins, il échangeait rapidement quelques paroles avec des individus qui passaient à côté de lui sans s'arrêter et sans avoir l'air de le connaître ; il adressait des signes mystérieux à d'assez étranges personnages.

Après avoir fait une nouvelle station devant un magasin, en explorant avec soin les rues avoisinantes, Coquelicot se mit à marcher très vite. Il n'avait pas fait cinquante pas qu'il se croisa avec un bon bourgeois à la mine indifférente et placide dont toute l'attention semblait se concentrer sur ses souliers bien cirés qu'il s'efforçait de préserver des éclaboussures. Sans même regarder Coquelicot, il lui dit en passant quelques mots que je ne pus entendre; au même instant, il fit un bond sur le côté pour éviter d'être couvert de boue par un cheval qui piaffait superbement.

Un peu plus loin, il rencontra une femme effleurant le pavé de la pointe de ses mignons souliers et qui lui jeta, à voix basse et sans le regarder, ces mots : « On vous attend. » Il ne répondit rien et continua son chemin comme si ces paroles ne s'adressaient pas à lui.

Il prit la Grande-Rue et ne s'arrêta qu'à l'angle du Cours, où il entra dans une auberge.

J'allai me poster de l'autre côté du Cours et y restai.

Vers huit heures et demie, Coquelicot parut sur la porte, lança un rapide coup d'œil autour de lui et, n'apercevant rien qui fût de nature à l'inquiéter, se dirigea vers l'église des Accoules, s'engagea dans une étroite ruelle bordée de maisons sordides, et, arrivé devant un cabaret de triste apparence, en poussa la porte.

Presque aussitôt, un bruit tumultueux de cris, de rires, de chansons sembla s'élever de dessous terre. Les mèches fumeuses de trois quinquets éclairaient si faiblement cette sombre pièce que la voûte restait dans l'ombre et qu'il était assez difficile de distinguer les visages des buveurs. Comme si cette espèce de cave n'était pas assez obscure par elle-même, les habitués de l'endroit faisaient sortir de leurs pipes d'énormes nuages de fumée.

Au lieu de traverser la salle commune, je pris un petit escalier conduisant directement au premier étage.

Arrivé devant une porte basse et étroite, je la poussai et je pénétrai dans une chambre où se trouvaient pour tous meubles une table boiteuse et quelques chaises.

Je tirai le cordon d'une sonnette, en laissant entre chaque coup un certain intervalle, ce qui signifiait d'après les habitudes de l'endroit, que la personne qui appelait, désirait n'être vue que du cabaretier; celui-ci arriva aussitôt et me demanda ce qu'il fallait me servir.

Sans répondre un seul mot, je refermai la porte et poussai le verrou.

Le cabaretier ne parut pas surpris outre mesure de ces mystérieuses façons : mais, par précaution sans doute, il porta la main sous sa veste et tira à demi un long couteau.

— Imbécile, lui dis-je, tu ne me reconnais donc pas?

— Quoi c'est vous !

— Eh ! bien, oui, c'est moi.

— Excusez-moi, mais sous ce déguisement...

— Allons, assez causé, réponds à mes questions. Un homme vient d'entrer là-bas : le connais-tu?

— En aucune façon, il vient ici pour la première fois.

— Cela est-il bien vrai? Ne cherches-tu pas à ménager un client généreux?

— Je vous le jure.

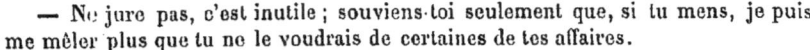

— Ne jure pas, c'est inutile ; souviens-toi seulement que, si tu mens, je puis me mêler plus que tu ne le voudrais de certaines de tes affaires.

— Je vous ai dit la vérité.

— C'est bien, alors ; laisse-moi, et, si j'ai besoin de toi, je t'appellerai.

Lorsqu'il fut sorti, je fermai solidement la porte ; puis, enlevant un des carreaux du plancher, je découvris un judas qui me permettait de voir et d'entendre ce qui se passait et se disait dans la salle du bas.

Au bout de quelques instants, j'aperçus un homme qui s'approchait de la table où se trouvait Coquelicot ; il s'assit devant lui en lui tournant le dos, mais, au mouvement de ses lèvres, je pus me convaincre que les deux individus qui n'avaient pourtant pas l'air de se connaître, échangeaient rapidement et à voix basse quelques paroles.

Cet entretien ne dura qu'un instant, et, à peine fut-il terminé, que Coquelicot s'approcha du comptoir pour payer sa consommation.

Replaçant en toute hâte le carreau que j'avais enlevé, je descendis précipitamment les degrés de l'escalier, fis quelques pas en courant dans la ruelle et me blottis dans un coin sombre.

J'eus bientôt fait d'accoutumer mes yeux à l'obscurité et j'aperçus au bout de quelques minutes les gros rats qui se disputaient les immondices du ruisseau. Le silence était profond ; on n'entendait que la sonnerie des horloges et les éclats de voix qui s'élevaient dans la direction du cabaret.

Bientôt la porte du bouge s'ouvrit et Coquelicot parut sur le seuil.

Je me tapis de mon mieux dans l'angle de la masure et il passa devant moi sans m'apercevoir.

Je m'élançai aussitôt sur ses traces et le suivis de fort près ; car la nuit était sombre et les ténèbres ne permettaient pas de voir à plus de quinze pas devant soi.

Mon homme se dirigeait vers la place Vivaux. Au milieu de la place, une personne semblait l'attendre avec impatience ; il alla droit à elle et lui adressa la parole.

Rampant à demi sur le pavé, me dissimulant de mon mieux le long des maisons, je m'approchai le plus possible des deux interlocuteurs, je fus néanmoins obligé de m'en tenir à une certaine distance, car l'espace qui me séparait d'eux était éclairé par un réverbère. Il me fut donc impossible de savoir quelque chose de leur conversation. J'entendis seulement ces mots que l'inconnu dit à Coquelicot en se séparant de lui :

— Après demain, à huit heures du soir, au cabaret du Lion-d'Or. Ne l'oublie pas !

Sur ces mots, les deux interlocuteurs qui s'étaient sensiblement rapprochés de moi se séparèrent et se dirigèrent dans une direction opposée.

Désirant par-dessus tout connaître la demeure de Coquelicot, je me mis à le suivre de nouveau, mais cette fois en prenant les plus grandes précautions pour ne pas être vu, car Coquelicot retournait à chaque instant la tête et s'arrêtait parfois brusquement en sondant attentivement du regard les ténèbres. Je fus donc obligé de lui laisser prendre une certaine avance.

Soit que mon homme se fût aperçu qu'il était épié, soit pour tout autre motif,

Son chapeau tombe et de longs cheveux se répandent sur ses épaules. (Page 135.)

il accéléra le pas, traversa diverses rues en faisant de nombreux crochets et, arrivé près de l'église Saint-Martin, partit comme une flèche. Je m'élançai à sa poursuite et le vis s'engager dans la rue Radeau.

J'inspectai du regard chacune des maisons et parcourus les ruelles avoisinantes qui, comme la rue Radeau, aboutissent au quai du port, sans rien découvrir qui fût de nature à m'expliquer la brusque disparition de celui que je poursuivais.

J'eus un moment l'idée de me retirer, mais je suis tenace et me dis qu'il serait peut-être encore possible de retrouver la piste que je venais de perdre.

Il était encore d'assez bonne heure pour que Coquelicot, après avoir cru me

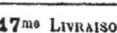

dérouter, sortît de nouveau, soit pour se rendre à quelque rendez-vous, soit pour aller retrouver quelque joyeuse compagnie.

Pensant qu'un aussi rusé compère ne devait pas s'être réfugié dans une maison n'ayant qu'une seule issue, je compris la nécessité de m'adjoindre d'autres personnes pour surveiller les abords des rues adjacentes. D'un autre coté, il était imprudent de trop s'éloigner car, pendant mon absence, celui dont j'épiais la sortie aurait tout le temps de quitter sa retraite et de disparaître.

Fort heureusement, je me souvins qu'il y avait non loin de là un cabaret que fréquentaient deux de mes hommes, le Furet et Boit-sans-soif. En deux bonds j'arrivai devant la taverne et frappai à la porte trois petits coups que je fis suivre d'un sifflement aigu ; c'était le signal qu'employaient les habitués de l'endroit pour se faire reconnaître. On m'ouvrit aussitôt et j'eus la satisfaction d'apercevoir la figure rubiconde de Boit-sans-soif, qui s'épanouissait au milieu de bouteilles vides, et, en face de lui, le visage blême de Furet qui, étant toujours amoureux et amoureux malheureux, cherchait dans le vin l'oubli de quelque passion non partagée.

Sur un signe que je leur fis, tous deux sortirent et me suivirent jusqu'à la rue Radeau, sans mot dire. Je leur expliquai en peu de mots la situation et leur donnai mes ordres.

Boit-sans-soif dissimula de son mieux sous une porte obscure sa vaste corpulence et fut chargé d'épier la sortie de Coquelicot d'une des maisons voisines : je demeurai sur le quai du port et le Furet alla s'embusquer à l'autre extrémité de la rue, de façon à pouvoir surveiller en même temps les ruelles voisines.

Les heures s'écoulèrent sans qu'aucun de nous aperçût rien de nouveau.

Soudain, Boit-sans-soif vit sortir d'une maison un homme enveloppé d'un grand manteau, ayant un chapeau à larges bords enfoncé sur les yeux.

Il marcha derrière cet homme qui ne détourna pas la tête et poursuivit son chemin sans paraître se préoccuper de savoir s'il était suivi ou non, mais, au moment où il allait l'atteindre, Boit-sans-soif vit se détacher de la muraille un solide gaillard qui bondit sur lui et le saisit à la gorge avant qu'il eût eu le temps de se mettre sur la défensive ni de pousser un cri. Au même instant on lui asséna sur la tête, par derrière, un formidable coup de poing qui le fit tomber à terre sans connaissance. Il demeura ainsi, gisant sans mouvement sur le sol, pendant un espace de temps qu'il croit avoir été d'un quart d'heure environ.

Lorsqu'il revint à lui, la rue était déserte.

Coquelicot avait réussi à nous échapper ; mais, aujourd'hui même, j'attache à lui un espion qui nous rendra compte, heure par heure, de ses actes, de ses projets, nous le livrera et peut-être même nous livrera avec lui Gaspard de Besse.

Il nous faut agir avec la plus grande circonspection, car, s'il venait à soupçonner le rôle que cette personne remplit auprès de lui, non seulement tous mes plans seraient déjoués, mais encore un nouveau crime serait certainement commis.

— Votre agent, dit le marquis d'Arène, est certainement sur ses gardes et saura se défendre.

— Vous comprendrez aisément, monsieur le marquis, qu'il m'eût été à peu près impossible de faire surveiller Coquelicot par un homme à moi: non seulement il m'eût été difficile de trouver un agent qui voulût courir de tels risques, mais encore c'eût été l'envoyer à une mort certaine. Ce qu'un homme ne pouvait tenter, il était possible à une femme de le faire. C'est donc une femme qui surveille Coquelicot et nous le livrera certainement.

— Une femme !

— Ou plutôt un démon ; je vous avouerai que parfois j'ai peur de cet être que j'emploie, qui n'a qu'une seule passion, celle de l'or, et qui, pour s'en procurer, a commis autrefois le plus horrible des crimes, un parricide.

— Ne craignez-vous pas que sa cupidité ne pousse cette créature à vous trahir dans le cas où elle trouverait plus d'avantages à s'allier à celui qu'elle doit vous livrer ?

— Je ne pense pas, mais, en tout cas, il y a toujours dans une entreprise de ce genre quelques risques à courir. Ce qui me rassure, c'est qu'elle n'ignore pas que, si elle me trahissait, il me suffirait d'un mot pour la perdre.

« Condamnée à une réclusion perpétuelle, elle parvint à s'évader et ne put être prise de nouveau. J'avais été chargé, au moment du crime, de procéder à son arrestation et ses traits étaient demeurés trop profondément gravés dans ma mémoire pour que je ne la reconnusse pas, même plusieurs années après.

« Le hasard m'a remis tout récemment en présence de cette femme.

« Lorsque je l'avais vue pour la première fois, elle était jeune, opulente, vivait au milieu de tous les raffinements du luxe, néanmoins je la reconnus immédiatement sous ses haillons, au milieu de voleurs et de filles dégradées. Je la suivis jusqu'à son taudis et là, je lui dis qui j'étais. Elle devint livide, poussa une sorte de rugissement et chercha une arme pour me frapper.

« Je fus effrayé en voyant cette tigresse prête à fondre sur moi ; mais j'étais sur mes gardes, et, braquant sur elle mon pistolet, je lui déclarai que, si elle faisait un geste, si elle appelait au secours, je faisais feu.

« Avec une promptitude qui me surprit, elle dompta sa colère, et, se laissant tomber à mes genoux, se mit à pleurer. Elle essaya de m'attendrir, comme elle tenta ensuite de me séduire. Je mis fin à cette comédie, en lui déclarant que je n'entendais pas la faire arrêter et que j'étais même disposé à payer assez largement les services que j'attendais d'elle.

« A ces mots, ses yeux brillèrent de convoitise ; elle me demanda ce qu'il fallait faire et quel serait son salaire. Elle connaissait Coquelicot et m'avoua qu'elle aurait d'autant moins de répugnance à me le livrer que, je ne sais trop pour quel motif, elle le haïssait. Mais elle fit ressortir, en les exagérant même, les dangers qu'elle allait courir et voulut d'abord m'imposer des conditions telles que je lui répondis qu'elles équivalaient à un refus et qu'elles m'obligeraient à la livrer à la justice. Enfin, nous tombâmes d'accord sur la somme qu'elle exigeait pour mener à bien cette entreprise.

— J'approuve toutes ces mesures, dit le marquis d'Arène à Salviade et à Renardot, et, si vous réussissez promptement, vous recevrez une récompense qui dépassera toutes vos espérances.

CHAPITRE XVIII

Les amours de Coquelicot.

E quai du port de Marseille est désert, car la demie de onze heures vient de sonner ; la nuit est sombre et l'orage gronde dans le lointain.

Un personnage, enveloppé dans un vaste manteau, s'engage sur le quai où seules les fenêtres d'un cabaret demeurent ouvertes et projettent dans les ténèbres quelque clarté.

Sur le seuil de la porte du cabaret, deux hommes causent. L'un a une de ces insignifiantes figures de bon bourgeois qui semblent avoir été tirées à des milliers d'exemplaires dans le même moule ; l'autre est grand, vigoureux et bien découplé.

Tout en causant, ce dernier parcourt attentivement du regard l'étendue du quai et, lorsque celui qui vient de s'y engager passe devant lui, il le regarde attentivement.

Le promeneur fait sur sa poitrine un signe mystérieux, et, sans changer d'allure, poursuit sa marche.

L'homme laisse tomber la conversation, puis, remarquant soudain qu'il est temps de rentrer chez lui, prend congé de son interlocuteur.

Il se dirige dans une direction opposée à celle qu'a prise le promeneur ; mais, lorsqu'il s'est assez éloigné pour que celui qu'il quitte ne puisse plus l'apercevoir, tourne brusquement à gauche, gagne une rue parallèle au quai et revient brusquement sur ses pas. Ensuite, faisant un crochet, il arrive sur le quai assez à temps pour croiser le promeneur qui venait de lui adresser les signes mystérieux qui avaient fixé son attention.

Après avoir échangé avec lui un rapide regard, il s'approche et lui dit à voix basse :

— Si vous êtes celui que je cherche, montrez-moi le signe convenu.

Le promeneur tire de sa poche une petite médaille d'argent sur laquelle un dessin bizarre a été tracé avec la pointe d'un couteau.

— C'est bien, suivez-moi ; je marcherai devant vous à une certaine distance, car il vaut mieux, je crois, qu'on ne nous voie pas ensemble.

— C'est aussi mon avis.

Les deux individus parcourent plusieurs rues, en faisant un grand nombre de détours comme pour faire perdre leurs traces, si on les avait épiés. Ils arrivent enfin derrière l'église Saint-Martin et, s'arrêtant devant un cabaret de misérable apparence, en franchissent le seuil.

L'individu qui sert de guide à son compagnon fait un signe au maître de la taverne et, s'engageant dans un sombre couloir, se dirige vers une salle où ne pénètrent que quelques habitués privilégiés.

La porte de la salle s'ouvre et livre passage aux deux nouveaux venus.

En apercevant l'individu qui s'est fait conduire à la taverne, Coquelicot jette sur la table les cartes crasseuses qu'il tient en main, se lève et l'attire dans le coin le plus obscur de cette espèce de cave.

Cet homme paraît avoir pris les plus grandes précautions pour ne pas être reconnu. Une perruque rousse recouvre ses cheveux et une barbe soigneusement appliquée doit changer entièrement sa physionomie. Comme si ces modifications apportées à l'aspect ordinaire de son individu ne lui paraissaient pas suffisantes, il a encore mis sur son œil gauche un large bandeau noir qui recouvre la moitié de sa figure.

— Eh bien? dit Coquelicot à voix basse, dès qu'ils eurent pris place devant la table la plus éloignée de celles qu'occupaient ses compagnons.

— J'apporte l'argent.

— Toute la somme convenue, n'est-ce pas?

— Toute, non, vous êtes trop raisonnable pour exiger cela.

— Raisonnable ou non, maître juif, receleur du diable, j'entends ne pas vous faire crédit plus longtemps. Il me faut de l'argent pour mes hommes, car je n'ai plus un rouge liard.

— Je vous apporte de l'argent, je vous le répète.

— Parbleu, il ferait beau voir que vous fussiez venu ici les poches vides. Nous avons à régler un ancien compte qui s'élève à un chiffre assez important. Or, dans ma situation, il serait souverainement imprudent de retarder ce petit règlement. Sans doute, vous ne me livrerez pas aux soldats de la maréchaussée, car vous savez que je ne vous épargnerais guère; mais, enfin, un coup de pistolet ou la pointe d'un poignard pourrait fort bien apurer nos comptes et, dans ce cas, les soldats du Roi ne s'inquiéteraient guère de savoir qui a fait le coup. D'autre part, il se peut que, d'un moment à l'autre, l'air de cette ville devienne excessivement malsain pour moi et qu'il me faille en changer; une fois loin d'ici, le moment serait mal choisi pour formuler mes réclamations. Ainsi donc, puisque les bons comptes font les bons amis, et que nous avons besoin de nous donner les preuves d'un mutuel dévouement, il serait bon de régler nos affaires.

L'œil du receleur brilla de colère et sa main se crispa, mais il eut bientôt fait de dompter cette irritation et ce fut d'une voix légèrement railleuse qu'il répondit :

— Le moment est, en vérité, bien choisi pour exiger de moi une aussi forte somme, ne savez-vous donc pas ou plutôt avez-vous oublié quelle est, actuellement, ma situation et contre quelles difficultés j'ai à lutter?

— Fadaises que tout cela!

— Par Abraham, ignorez-vous qu'on nous traque de toutes parts; on croit voir partout des objets volés et l'or en lingot lui-même devient d'une défaite difficile. Quant aux diamants et aux bijoux, il ne faut plus songer à les vendre, car vos dernières expéditions ont fait tant de bruit que l'éveil est donné partout, qu'on examine cent fois une pierre ou un bracelet avant de l'acheter, et qu'au plus léger soupçon on nous arrête? Si cela continue, les affaires deviendront impossibles, gémit l'enfant d'Israël, et je suis déjà plus qu'aux trois quarts ruiné.

— Allons, allons, si l'on pénétrait dans certaine cave de la rue Radeau, je gage que l'on y trouverait encore de quoi payer ce qui m'est dû.

Le juif devient blême et ses mains sont agitées d'un tremblement convulsif.

— Oh! s'écrie-t-il, peut-on torturer ainsi un honnête homme qui s'expose aux plus grands dangers pour vous rendre service?

— Et pour gagner cinq cents pour cent sur les marchandises et les bijoux que nous lui livrons.

— Je ne gagne rien, presque rien, mon digne gentilhomme, je vous le jure.

— En voilà assez ; je vous ai fait connaître mes volontés, je veux que vous vous y conformiez.

— Ne pourriez-vous vous contenter de ce que je vous apporte et me donner un délai, un tout petit délai pour le reste ?

— Je ne t'accorderai pas une heure de répit, vieille sangsue. Si tu ne t'acquittes pas sur l'heure, je te retiens prisonnier ici, pendant que mes hommes iront explorer cette fameuse cave de la rue Radeau et je te préviens que tout ce qu'ils trouveront sera considéré comme étant de bonne prise.

Cette menace et le ton ferme avec lequel elle est faite triomphent des dernières hésitations du receleur. Il tire de ses profondes poches cinq sacs remplis de louis et de doubles louis qu'il pose sur la table, non sans pousser à diverses reprises de déchirants soupirs.

Pendant que Coquelicot s'assure que le juif lui remet bien la somme qu'il lui doit, un homme est allé, sur son ordre, inspecter les abords du cabaret et revient annoncer qu'il n'y a rien de suspect.

— Allons, le compte y est et tu vois que la route est libre. Puisque tu es enfin raisonnable, nous penserons à toi à notre prochaine expédition.

Le receleur se lève, et, après avoir jeté sur les sacs un dernier regard chargé d'une indicible expression de regret, gagne rapidement la porte.

Coquelicot fait alors un signe et tous les hôtes de la taverne viennent se ranger autour de lui.

Éventrant avec son poignard les sacs du receleur, il fait ruisseler les pièces d'or sur la table au milieu d'un murmure d'admiration et de convoitise.

Profitant de ce que l'attention de tous est fixée sur le brillant monceau d'or qui les fascine, un tout jeune homme, à la figure belle et distinguée, aux vêtements de drap fin et d'une coupe élégante, se glisse dans la salle et va se réfugier dans le coin le plus obscur.

A tout autre moment, l'apparition d'une personne appartenant à une classe supérieure à celle des habitués du cabaret aurait été remarquée et l'on n'aurait pas manqué de lui faire sentir que sa société n'offrait aucun charme aux hôtes de cette salle, mais on ne fit aucune attention à l'étranger.

Sur un signe de Coquelicot, comme par enchantement, tout le monde se tut.

— Tout cet or est à nous, et le capitaine, renonçant à la part qui lui revient, désire que nous le partagions. Il veut ainsi vous récompenser du courage et de l'habileté que vous venez de témoigner dans nos dernières expéditions.

Un cri d'enthousiasme répond à ces paroles.

— Vous ne tarderez pas à recevoir de plus fortes sommes si certains projets que le capitaine étudie en ce moment sont mis à exécution.

Un cri formidable de : Vive le capitaine ! Vive Coquelicot ! ébranle les voûtes de la cave.

Toutes les mains se tendent vers le lieutenant de Gaspard de Besse et chacun de ses compagnons lui jure qu'il peut compter en tout et partout sur lui. Puis, comme les bouteilles sont vides, l'honorable assistance exprime son regret de ne pouvoir donner à Coquelicot une nouvelle preuve de son dévouement en buvant à la santé du capitaine et à celle de son lieutenant.

Ce regret est trop légitime pour que celui-ci ne le partage point et, sur son ordre, on couvre les tables d'énormes flacons.

Le vin aidant, l'admiration des bandits pour Coquelicot ne connaît bientôt plus de bornes.

Mais toute cette joie, toute cette ivresse tombent subitement à ce cri poussé par l'un des buveurs :

— Un espion !

— A mort ! à mort l'espion ! où est-il ? hurlent les bandits qui se dressent menaçants et dont les visages contractés par la fureur sont horribles à voir.

Alors, celui qui, le premier, a donné l'éveil montre du doigt le jeune homme qui se tient caché dans un des angles de la salle.

Tous poussent un rugissement de colère en voyant cet adolescent délicat, gracieux, distingué et élégant qui a osé se risquer dans cette redoutable tanière.

La meute hurlante et furieuse se rue sur lui ; deux bandits le saisissent brusquement et le traînent devant Coquelicot.

Le jeune homme se débat avec une vigueur qu'on n'eût pas soupçonnée dans un corps si frêle ; son chapeau tombe et de longs cheveux se répandent sur ses épaules.

Il se trouve alors éclairé en plein par la lueur d'une lampe et la fermeté de son regard, la beauté de son visage font taire les cris qui étaient proférés.

— Oserez-vous faire violence à une femme ?

— Je tordrais le cou à ma propre mère, dit le Bavard, si je la soupçonnais de vouloir nous trahir !

En prononçant ces mots, il s'avança vers la jeune femme en faisant un geste de menace.

Coquelicot s'interpose et, écartant les deux hommes dont les mains rudes meurtrissent les bras de l'inconnue dans leur puissant étau, il l'amène au milieu du cercle formé par ses compagnons.

C'est une grande et robuste créature dont l'ensemble offre l'aspect de la force. Des yeux noirs, des dents blanches, voilà ce qui frappe d'abord Coquelicot, mais il entrevoit, dans cette noire prunelle, dont aucun reflet n'adoucit la couleur, des éclairs de férocité. Les narines de ce nez fin et délié s'ouvrent comme celles d'une hyène qui flaire le sang ; les cheveux, d'un blond tirant sur le roux, encadrent de leurs flots d'or ce visage dont l'expression dominante est la violence et la ruse.

— Que veux-tu ? Qui es-tu ?

— Ce que je suis ? Une femme qui a passé par tous les degrés de l'opulence et de la misère, qui ne se soucie pas de ce qu'elle a été, ni de ce qu'elle deviendra. Comme vous, je méprise les lois et le monde. Ce que j'aime seulement, c'est le courage, le poing qui écrase, la main qui tord et étrangle ; ce sont les seules puissances que je reconnaisse et dont ma beauté veut être le prix.

L'assistance approuve cette fière déclaration par un sourd grognement de satisfaction.

— Ce que je veux, c'est me venger du marquis d'Arène qui m'a séduite et abandonnée en se riant de mes larmes de rage ; c'est me venger aussi de ce Bras-de-Fer maudit qui vient d'envoyer à l'échafaud un homme que j'aimais. J'ai juré leur mort à tous deux. Veux-tu que nous associions nos haines et que nous poursuivions ensemble notre commune vengeance ? Vois, je suis jeune, je suis belle, je t'aimerai si tu me promets la mort de ces deux hommes !

Coquelicot, fasciné par cette femme et sous l'influence des vapeurs du vin, ne répond pas tout de suite.

Il est comme engourdi par un charme étrange.

Ses compagnons croient qu'il hésite et, par un revirement soudain, sentent leur admiration pour l'inconnue faire de nouveau place à la défiance.

Quelques couteaux sortent des poches. Des cordes se déroulent dans les mains des hôtes de la taverne et une muette altercation semble se mimer entre les amateurs respectifs de ces deux genres d'instruments professionnels.

Mais la femme regarde Coquelicot et celui-ci se sent peu à peu subjugué.

Semblable au lion qui se débat, se révolte et finit enfin par venir ramper aux pieds du dompteur, il obéit à cette influence magnétique.

Pour la première fois, un amour étrange pénètre dans son cœur bronzé.

Se précipitant vers l'inconnue, il la saisit avec force dans ses bras, en poussant un rugissement de triomphe !

CHAPITRE XIX

Dalila punie.

 L est encore nuit et nous sommes encore sur les quais de Marseille.

Le mistral, ce fléau de la Provence, souffle avec force, faisant vaciller la flamme des réverbères.

Cependant, malgré le froid et les rafales du vent, un homme roulé dans son manteau arpente à grands pas la partie du quai qui longe l'Hôtel de Ville.

Au bout de quelques instants, une silhouette de femme se dessina vaguement

Arrivé près du lit, il distingua un corps humain qui y était étendu. (Page 144.)

au coin d'une rue; elle regarda avec circonspection autour d'elle avant de s'avancer.

L'homme fit quelques pas à sa rencontre, en sifflant un air bizarre; elle tressaillit et, comme si elle n'eût attendu que ce signal, s'avança résolument.

— Est-ce vous, Renardot ?

— Ne craignez rien, c'est moi.

— Je n'ai pu venir plus tôt; je crois qu'il se défie de moi et me surveille, mais aujourd'hui il a été obligé de se rendre à un rendez-vous où il n'a pu m'emmener, et, comme il ne rentrera pas avant une heure, je suis venue en toute hâte.

— Quand pourrez-vous nous le livrer ?

— Ce soir même. Venez et apportez la somme convenue, mais armez-vous bien et soyez en nombre, car il se défendra.

— C'est justement ce qu'il faut éviter, non dans notre intérêt, mais dans le vôtre. En outre, il faut que nous le prenions vivant.

— Que faire alors ?

Renardot tira de sa poche un flacon et, le remettant à la femme, lui dit :

— Arrangez-vous pour verser quelques gouttes du contenu de cette fiole sur un linge que vous lui ferez respirer ; il tombera dans un sommeil léthargique. Vous agiterez alors votre mouchoir par la fenêtre ; je monterai avec mes hommes et m'emparerai de lui sans lutte.

— Et vous me donnerez l'argent ?

— Je vous le remettrai aussitôt.

— Soit ! Dans une heure !

— Dans une heure, nous serons à notre poste. Souvenez-vous bien de mes recommandations.

— Ne craignez rien ; vous pouvez regarder la chose comme faite.

En disant ces mots, la femme se dirigea vers la rue par laquelle elle était venue et disparut aux regards de Renardot, qui s'éloigna de son côté.

A peine avaient-ils abandonné la place que deux hommes sortirent avec précaution d'une maison voisine.

L'un d'eux, menaçant du poing la femme qui venait de s'éloigner, jura avec un blasphème horrible de tirer vengeance de sa trahison.

L'autre se planta en face de son compagnon et lui dit en ricanant :

— Par la morbleu ! mon bon Coquelicot, voilà une donzelle qui t'aime furieusement ; elle veut mettre tes vieux jours à l'abri du besoin en te réservant une place sur les galères du Roi.

— Tais-toi.

— Non, laisse-moi rire ; l'idée de te voir livrer tout endormi à cet estimable M. Renardot me paraît d'un comique achevé. Il me semble te voir pieds et poings liés te réveiller dans quelque solide prison. Quelle drôle de tête tu ferais !

— Tais-toi, te dis-je, gronda Coquelicot en serrant les poings, ou gare à toi !

— C'est précisément ce que tu me disais lorsque je t'engageais à te méfier de cette péronnelle ; tu aurais mieux fait alors de me laisser parler et d'écouter mes avis. Mais que comptes-tu faire ?

— Me venger !

— De qui ? De la femme ou de l'homme ?

— Je veux le tuer, lui. Quant à elle, je sens que je n'aurais pas le courage de la frapper.

— Pauvre ami ! Tu l'aimes donc encore ?

— Oui, je l'aime.

En disant ces mots, Coquelicot baissa la tête et deux grosses larmes coulèrent le long de ses joues.

Bavard haussa dédaigneusement les épaules et murmura :

— Allons, il faut agir pour lui ; cette coquine l'a ensorcelé. Il la laisserait nous livrer tous à la justice... Elle sait trop de choses... Il faut qu'elle disparaisse !

Puis, haussant la voix, il ajouta :

— Allons, camarade, écoute-moi, cette fois...

— Je ne veux pas que tu la tues !

— A vrai dire, sa mort ne serait pas des plus regrettables ; mais, puisque tu veux qu'elle vive, elle vivra.

— N'essaye pas de me tromper.

— Elle ne courra d'autre risque que de dormir un peu longtemps. Nous lui administrerons une drogue semblable à celle qu'elle voulait te faire avaler et, pendant son sommeil, nous ferons le signal convenu. Ce sera le même piège, mais un autre gibier y sera pris.

— Agis à ta guise, pourvu que tu me promettes de ne pas lui faire de mal.

— La pauvre poulette en sera quitte à bon marché. Ce serait vraiment dommage de faire mourir une aussi belle fille. Mais ne tardons pas davantage.

Les deux compagnons ne rentrèrent pas immédiatement dans la maison où la femme attendait Coquelicot. Ils firent un long détour et Bavard s'arrêta quelques instants dans une boutique sombre où il se fit remettre un flacon qu'il glissa dans la poche de son habit.

— Maintenant, dit-il, va retrouver tabelle ; je vais réunir, moi, quelques-uns de nos amis pour la fête que nous donnerons à ce bon M. Renardot. Tu ne tarderas pas à me revoir.

Lorsque Coquelicot arriva chez lui, la nouvelle Dalila prodigua ses caresses au vieux Samson.

— Comme tu es resté longtemps absent, lui dit-elle ; il me semble que voilà un siècle que je ne t'ai vu !

— J'ai été retenu par ces affaires que tu sais et je n'ai pu revenir plus tôt. Allons, à table, je meurs de faim.

— Tu sais qu'il n'y a pas grand'chose pour souper.

— Je ne suis pas difficile ; donne-moi les restes du dîner et une bouteille de vin.

Elle mit sur la table une bouteille et un plat écorné qui ne contenait qu'un petit morceau de viande.

— C'est peu, dit-il, et j'ai une fringale de tous les diables. Va donc au cabaret acheter un peu de viande froide.

— Mais...

— Oh ! mille tonnerres ! Pas de mais, ni de si ; dépêche-toi !

Elle s'empressa d'obéir, craignant, si elle refusait, qu'il ne prît le parti d'aller souper hors de chez lui.

A peine eut-elle fermé la porte que Bavard, qui était aux écoutes, se glissa dans la chambre.

— Tout est prêt, dit-il ; nos camarades sont réunis et Mᵉ Renardot trouvera à qui parler.

Prenant ensuite la bouteille, il y versa le contenu du flacon qu'il avait apporté.

— Voilà, dit-il, avec un méchant sourire, qui procurera à la belle un profond sommeil.

— Et tu me jures que ce n'est pas du poison?

— Je te le jure; c'est un narcotique puissant, mais inoffensif. Dès qu'elle aura bu, tu sortiras immédiatement et me laisseras la place libre.

— Que veux-tu donc faire?

— Ce que tu serais incapable de faire toi-même dans l'état où tu es en ce momoment : coucher la belle enfant sur ce lit, éteindre la bougie et donner le signal. En la voyant s'endormir, tu perdrais la tête et ce coquin de Renardot finirait par nous échapper.

— Tu as raison ; la trahison de cette femme m'a porté un coup...

— Tu vois donc que tu dois me laisser faire. C'est bien convenu, dès qu'elle aura bu, tu fileras.

— C'est convenu !

— J'entends le bruit de ses pas dans l'escalier, il ne faut pas qu'elle me trouve ici. Allons, du sang-froid et ne pense qu'à ta vengeance !

A peine se fut-il retiré que la femme entra, portant un plat qu'elle posa devant Coquelicot.

— Veux-tu manger? lui dit-il.

— Nou, je n'ai pas faim, je ne me sens pas à mon aise.

— C'est comme moi; j'ai des douleurs de tête qui me font voir trente-six chandelles. Lorsque j'aurai soupé, tu me mettras un linge mouillé sur la tête, il n'y a que cela qui me fasse du bien.

La femme tressaillit. Le moyen qu'elle cherchait pour faire respirer à Coquelicot le linge imbibé de la liqueur que Renardot lui avait remise, c'était l'homme qu'elle allait livrer qui le lui fournissait.

— Si tu ne manges pas, lui dit-il, tu boiras, au moins, un verre de vin; je n'aime pas à boire seul.

En disant ces mots, il remplit deux verres et en tendit un à la femme qui, pour raffermir son courage, en vida plus de la moitié d'un seul trait.

— Pouah! fit-elle en repoussant le verre sur la table, le mauvais goût qu'a ce vin.

Elle regarda Coquelicot et vit que son œil fixé sur elle avait une expression étrange.

Elle se mit à trembler.

— S'il savait tout et qu'il m'eût empoisonné, se dit-elle.

Un frisson parcourut ses veines; puis, tout à coup, il lui sembla qu'un grand feu s'allumait dans sa poitrine.

Malgré la douleur qu'elle éprouvait et qui était terrible, elle remarqua que son amant n'avait même pas trempé les lèvres dans son verre.

L'idée qu'elle allait mourir se présenta à son esprit. Elle claqua des dents, un nuage obscurcit sa vue et elle tomba défaillante sur une chaise.

Coquelicot se précipita vers elle, mais la main de Bavard étreignit son bras.

— Allons, lui dit-il, pas d'enfantillage; souviens-toi de ta promesse ! Elle dort, va rejoindre nos hommes et laisse-moi faire !

En disant ces mots, il poussa Coquelicot vers la porte qu'il ferma à clef pour l'empêcher de rentrer.

Après avoir prêté l'oreille et s'être assuré qu'il s'éloignait, il revint vers la femme.

Celle-ci reprenait ses sens et jetait autour d'elle un regard empreint de terreur.

En apercevant Bavard qui souriait méchamment, elle s'écria :

— Vous, ici ! Vous ! Où est Coquelicot ?

— Il vient de sortir.

— Que je souffre ! murmura-t-elle ; ça me brûle là.

Et elle étreignit avec force sa poitrine.

— Que s'est-il donc passé ? Ah ! je me souviens, ce vin !

— Tu trouves ce vin mauvais ? Il est toujours aussi bon que le contenu du flacon que tu as là dans ta poche.

Elle se leva en poussant un cri ; mais Bavard, bondissant sur elle et appliquant sa large main sur sa bouche, la poussa sur le lit où il la maintint avec force.

— Tu as voulu endormir Coquelicot pour le livrer ; je t'ai procuré, moi, un sommeil plus long et qui te livrera au diable, à qui sont destinés les mouchards et les traîtres !

La femme se débattait dans les convulsions de l'agonie.

Sa face se tuméfiait, ses yeux sortaient presque de leur orbite et ses lèvres devenaient noires.

Bavard s'était reculé de quelques pas et la regardait mourir.

Un dernier spasme tordit son corps, un cri étouffé sortit de sa poitrine ; elle était morte.

Le bandit approcha la bougie de sa figure, colla son oreille sur son cœur et, après s'être assuré qu'elle avait rendu le dernier soupir, murmura :

— Elle savait trop de choses, il eût été dangereux de la laisser vivre. Tant pis pour cet imbécile de Coquelicot ! Pourquoi va-t-il s'aviser de devenir amoureux ! Maintenant, aux autres ; nous les écraserons tous d'un seul coup.

Éteignant la bougie, il s'approcha de la fenêtre et aperçut dans les ténèbres des formes vagues.

Entr'ouvrant à peine le volet, il agita un mouchoir et vit des hommes qui s'avançaient vers la porte.

— C'est à merveille, ricana-t-il, ils donnent en étourneaux dans le piège ; allons chercher les autres invités et la fête ne tardera pas à commencer !

Bavard descendit rapidement l'escalier, ouvrit la porte de la cour qu'il referma soigneusement derrière lui.

Ayant allumé une chandelle, il traversa la cour et, après avoir soulevé une trappe, il entra dans une galerie où les murs laissaient échapper goutte à goutte une eau glacée qui provenaient des infiltrations.

Arrivé près d'un poteau, il tira un petit verrou qui le fixait au sol et, poussant le poteau, ouvrit une porte très étroite, mais épaisse, pratiquée dans la muraille.

Il se trouva dans une ruelle obscure où de sombres silhouettes s'agitaient confusément et sans bruit.

A peine eut-il fait quelques pas que Coquelicot se montra.

— Eh bien ? murmura-t-il.

— Tout marche à merveille ; elle dort et ces messieurs nous attendent. Ne les faisons pas languir !

Sur un signe de Coquelicot, les quatre hommes qui étaient dans la ruelle suivirent les deux compagnons et s'engagèrent à leur suite dans le passage souterrain que Bavard venait de parcourir.

CHAPITRE XX

Renard pris au piège

E N quittant la femme qui devait lui livrer le lieutenant de Gaspard de Besse, Renardot s'était rendu dans le petit cabaret où nous l'avons vu épier Coquelicot.

Il monta au premier étage, mais, cette fois, la petite salle était occupée par six hommes attablés devant d'énormes flacons.

Parmi ces buveurs, il en était deux que Renardot distinguait plus particulièrement. Il les associait à ses expéditions les plus dangereuses et qui nécessitaient le plus d'habileté.

L'un, qu'on connaissait généralement sous le nom de le Furet, était un homme de trente-cinq à trente-six ans, aux traits fortement marqués, plein de hardiesse et de résolution. Quoiqu'à le voir on fût tenté de le croire presque débile, il avait un poignet de fer.

L'autre était un homme à face olivâtre, aux moustaches noires, relevées en croc autour d'un nez fortement enluminé, coiffé d'un feutre avachi, vêtu d'un pourpoint rapiécé et chaussé de bottes éculées.

Ce personnage à l'aspect famélique était devenu l'amusement de ses camarades par son amour immodéré de la bouteille et du sexe faible. Toujours épris de quelque Phryné de carrefour, poursuivant de son amour les beautés douteuses qui errent à la nuit tombante dans des rues suspectes, il leur sacrifiait la plus grande partie de l'argent qu'il parvenait à gagner d'une façon ou d'une autre, n'étant pas fort scrupuleux sur les moyens de faire fortune.

Était-il malheureux en amour ? Il buvait pour s'étourdir.

S'agissait-il de faire la conquête de quelque créature plus ou moins farouche? Il buvait encore pour se donner du cœur et délier sa langue.

Il répondait d'ordinaire au nom de Boit-sans-soif qui lui avait été donné par ses camarades.

A côté de lui, se tenait un gaillard qui formait avec cet étrange Don Juan le plus complet contraste.

Son ventre arrondi témoignait d'une grande affection pour le vin et pour la bonne chère ; un regard vif et moqueur soulignait les plaisanteries, souvent d'un goût douteux, dont il se montrait prodigue, surtout envers l'infortuné amant des Dulcinées de rencontre.

Jovial, tel était le nom de ce personnage qui aimait à railler, ce qui ne prouvait peut-être pas qu'il supportât volontiers les plaisanteries quand elles s'adressaient à lui.

Ce sont ordinairement les individus qui tournent les autres en ridicule qui montrent souvent le plus mauvais caractère quand on blesse leur amour-propre.

Au moment où Renardot ouvrait la porte, Jovial était en train de faire rire l'assistance aux éclats par le récit de la dernière mésaventure de Boit-sans-soif.

Seul, ce dernier conservait sa mine funèbre et paraissait ne goûter que fort médiocrement les quolibets à son endroit, dont la narration de son collègue était agrémentée.

L'arrivée de Renardot coupa court à ce récit et l'on attendit en silence ses instructions et ses ordres.

— Nous avons encore une demi-heure à passer ici, dit-il, faites apporter d'autres flacons. Nous causerons en buvant ; c'est moi qui régale.

Le vin fut apporté, les verres furent remplis. Lorsqu'il se fut assuré que le cabaretier s'était éloigné, Renardot invita ses estafiers à se rapprocher de lui et leur dit d'une voix si basse qu'elle ne put parvenir jusqu'à la porte :

— C'est pour cette nuit ; dans une heure on nous livrera Coquelicot.

Ces hommes, bien qu'ils fussent de déterminés coquins, ne purent dissimuler un léger mouvement de crainte, car ils savaient à qui ils avaient affaire.

— Nous sommes prêts, répondit cependant le Furet au nom de ses camarades, et, si les bandits sont sur leurs gardes, ils trouveront à qui parler.

— C'est bien. Au surplus, je crois que nous n'aurons pas de bien grands dangers à redouter. Une femme que je quitte à l'instant m'a promis de me livrer Coquelicot pendant son sommeil et d'écarter tous ceux qui pourraient venir le rejoindre.

En apprenant qu'une femme assisterait à leur entreprise, le tendre Boit-sans-soif ne put retenir un soupir qui provoqua chez son trop caustique voisin Jovial, l'homme au gros ventre, un fou rire tel qu'il avala de travers le contenu de son verre et faillit étouffer.

On but au succès de l'entreprise et, lorsque les flacons furent vides, Renardot donna le signal du départ.

La petite troupe arriva rapidement devant la maison de Coquelicot.

Renardot fit arrêter ses hommes à une certaine distance et chargea trois d'entre eux, parmi lesquels Jovial, de surveiller la façade de derrière.

Une demi-heure s'écoula dans l'attente. Enfin Renardot vit le volet d'une fenêtre s'entr'ouvrir et une main agiter, à diverses reprises, un mouchoir.

Ils s'avancèrent sans bruit jusqu'à la porte et attendirent qu'on vînt leur ouvrir, mais la porte demeura fermée et aucun bruit ne se fit entendre à l'intérieur.

Renardot fit lentement le tour de la maison ; elle semblait déserte. Cependant il avait vu le signal et ses hommes lui affirmèrent que personne n'était sorti.

Il revint vers la porte et dit au Furet :

— Il faut en finir, camarade. Coûte que coûte, je pénétrerai dans cette maison, je saurai ce qui s'y passe et si cette femme nous a trahis...

— Prenez garde, vous jouez une partie dangereuse.

— Je le sais, mais il faut absolument aller au fond de tout ceci.

— Faites donc, puisque vous le voulez. Toutefois, à la moindre apparence de danger, à la moindre chose suspecte que vous apercevrez, faites feu de vos pistolets ou appelez à l'aide. Il n'est portes ni murailles qui puissent nous empêcher d'arriver jusqu'à vous.

— Cela suffit, je compte sur vous tous.

Renardot s'aidant de quelques pierres qui faisaient saillie, se hissa jusqu'à la fenêtre par laquelle le signal avait été donné. Il ouvrit le volet qui n'était que poussé, pesa sur la fenêtre avec son bras, la sentit céder et s'ouvrir sans bruit.

A l'extérieur, il lui était impossible de distinguer dans l'obscurité le moindre objet. Il eût pu être attaqué et mortellement frappé avant même de distinguer son adversaire.

Aussi, au lieu de s'aventurer au milieu de l'appartement, s'appuya-t-il contre la muraille. Il défit son manteau qu'il roula autour de son bras pour s'en faire un bouclier et le tint serré contre sa poitrine ; de sa main droite il prit un pistolet armé, prêt à faire feu.

Le dos appuyé contre le mur, cherchant à sonder de l'œil les ténèbres, il fit ainsi lentement le tour de l'appartement.

Arrivé près du lit, il distingua un corps humain qui y était étendu ; il écouta et n'entendit même pas le bruit d'une respiration. Il toucha alors le corps et sa main rencontra des membres glacés, tordus par les convulsions d'une agonie terrible.

Seul avec ce cadavre, dans cette chambre où se tenait peut-être un assassin prêt à fondre sur lui, Renardot eut peur. Il sentit une sueur glacée couvrir ses tempes et, se précipitant vers la fenêtre, appela ses hommes.

La porte céda bientôt sous leurs efforts et la maison fut envahie ; mais, dans les ténèbres, ils n'avançaient qu'à tâtons, guidés par la voix de Renardot.

Craignant de tomber dans quelque embuscade, de se trouver en face d'invisibles ennemis, ils tenaient leurs armes à la main, se serrant les uns contre les autres pour ne pas être dispersés par une première attaque, si elle venait à se produire, et ne pas être exposés à s'entre-tuer dans l'obscurité.

Ils formaient ainsi un groupe compact, dont Renardot était le centre et qui se détachait sur l'ouverture de la fenêtre par laquelle venait une faible clarté.

Renardot commençait à se rendre compte des dangers auxquels il venait d'exposer ses hommes.

Plus maître de lui, il fût sorti de l'appartement par cette même fenêtre qui lui

Il s'élançait vers l'escalier, lorsqu'une main le saisit par la jambe. (Page 148.)

avait permis d'y pénétrer et eût pu, soit entrer de nouveau dans la maison avec des lanternes et la fouiller dans tous ses recoins, soit la cerner et s'emparer de ceux qui voudraient en sortir, dans le cas où Coquelicot ne s'en fût échappé avant son arrivée.

En cédant à un premier mouvement de terreur, il était peut-être tombé avec ses auxiliaires dans un piège où des ennemis invisibles pouvaient les tuer à coups de mousquet, sans défense possible.

Et, en réalité, ces ennemis, dont il devinait la présence, les guettaient dans l'ombre, prêts à fondre sur leur proie, à la déchirer et à la broyer.

Coquelicot devait donner le signal de l'attaque et, s'il tardait à commencer le feu, c'était parce qu'il voulait s'assurer que tous ses ennemis étaient réunis, afin de les écraser d'un seul coup.

Soudain, la lune, jusque-là cachée par de noirs nuages, apparut un instant et laissa tomber un rayon sur le groupe formé par Renardot et ses hommes qui apparurent en grande lumière.

— Feu ! commanda Coquelicot d'une voix tonnante.

Six coups de pistolet zébrèrent les ténèbres de rouges lueurs.

Cinq hommes tombèrent, mais la sixième balle ne fit pas de victime. Ce fut uniquement parce que Bavard avait fait feu sur le cadavre de la femme.

— Ma foi, murmura-t-il, voilà une balle bien placée. Elle empêchera Coquelicot de s'apercevoir qu'au lieu d'un narcotique, je lui avais fait boire du poison.

Renardot et le Furet ripostèrent en déchargeant aussi leurs pistolets à deux coups, mais ces quatre coups mal ajustés ne firent qu'une victime.

— En avant ! commanda Coquelicot.

Ils fondirent sur les deux hommes.

Renardot reçut un terrible coup de rapière qu'il ne put parer qu'à demi et qui, après avoir brisé comme verre la lame de son épée, lui laboura le flanc.

Bavard avait lâché, presque à bout portant, son second coup sur le Furet qui s'abattit lourdement sur le cadavre d'un de ses camarades et demeura étendu sans mouvement.

Coquelicot s'était rué sur Renardot qu'il tenait à la gorge et allait l'achever lorsque Bavard retint son bras.

Renardot bondit vers la fenêtre ouverte, mais, avant qu'il eût pu se précipiter au dehors, il fut saisi par deux bandits qui le terrassèrent et lui attachèrent solidement les pieds et les mains.

Coquelicot s'était retourné furieux contre Bavard et, si celui-ci n'eût eu la prudence de faire un saut en arrière, il eût vraisemblablement reçu un terrible coup d'épée.

— Ah ! c'est toi, gronda Coquelicot, qui veux m'empêcher de me venger !

— Je t'empêche de faire une folie et tu t'empresses d'en commettre une autre en te jetant sur moi comme une bête féroce.

— Il me faut la vie de ce misérable !

— Et qui songe à te la disputer ? Ne peux-tu attendre ?

— Non, je veux le tuer à l'instant, je veux le sentir se tordre sous ma main, je veux le torturer à ma guise et lui faire éprouver de terribles souffrances en expiation des miennes.

— Cet homme t'appartient, mais il ne faut pas qu'il meure avant d'avoir parlé !

— Eh ! qu'avons-nous besoin de ses aveux : ne l'as-tu pas entendu, comme moi, dévoiler ses projets ?

— Sans doute ; mais l'or qu'il promettait n'était pas à lui ; mais s'il cherchait à s'emparer de toi, c'était pour perdre le capitaine et nous tous. Il faut que nous sachions de qui il est l'instrument et quels sont les projets qu'il sert. Nous l'emmènerons par le passage secret et nous viendrons ensuite faire disparaître ces cadavres. Le capitaine interrogera le prisonnier et puis te le livrera.

— Pourquoi retarder ma vengeance ? Ne pouvons-nous l'obliger ici même à parler ?

— Ce serait imprudent, car nous ignorons s'il n'attend pas quelque secours. Il importe que Gaspard de Besse le voie !

— Soit, mais faisons vite.

Deux hommes chargèrent Renardot sur leurs épaules après l'avoir bâillonné, et la petite troupe se mit en marche.

On avait à peine fait quelques pas, qu'on vit des flammes illuminer les fenêtres ; la bourre d'un pistolet, tombée sur un tas de chiffons et de hardes, y avait mis le feu. Pendant quelques instants l'incendie avait couvé, mais, en ouvrant la porte, les bandits avaient déterminé un courant d'air et la flamme avait jailli.

Dans cette masure délabrée tout était aliment pour l'incendie et il ne fallait pas songer à l'éteindre.

— Vite, en retraite ! s'écria Bavard. Le feu se chargera de faire disparaître les cadavres.

A ce moment, un craquement horrible se fit entendre, et les flammes s'élancèrent de tous les côtés, mordant les murs et crevant le plafond.

Coquelicot poussa un cri terrible et, avant qu'on eût pu le retenir, se précipita au milieu de l'incendie.

Il venait d'apercevoir sur le lit le corps de la femme qu'il croyait encore endormie.

D'un bond, il fut près d'elle, la saisit dans ses bras, la souleva et reparut chargé du corps inerte.

Mais l'horrible vérité lui apparut tout à coup.

— Morte ! morte ! et son assassin vit encore !

En disant ces mots, il se précipita, le poignard levé, sur Renardot, et il l'eût certainement tué si la violence même de sa fureur n'eût paralysé son bras.

Avant qu'il eût atteint son ennemi, il poussa un grand cri, tournoya et s'abattit sur le sol comme une masse inerte.

Après s'être assuré qu'il n'était pas mort, mais seulement évanoui, Bavard ordonna à ses compagnons de l'emporter.

— C'est un bon camarade, mais pas de cervelle pour un rouge liard.

Puis, relevant le cadavre, il le lança au milieu des flammes :

— Voilà une coquine, dit-il en ricanant, dont la mort n'arrange pas les affaires de cet excellent M. Renardot.

A peine Bavard eut-il quitté sa place pour rejoindre ses compagnons, qu'un des individus qui gisaient sur le plancher releva avec précaution la tête et, ayant constaté la disparition des bandits, sauta sur ses pieds avec une incomparable agilité.

Ce ressuscité n'était autre que Boit-sans-soif. Bien qu'il n'eût aucune blessure, il s'était laissé tomber par terre à la première décharge et avait fait le mort, rôle qu'il avait rempli avec un remarquable talent.

Il s'était applaudi de sa ruse en voyant qu'on ne cherchait pas à s'assurer si parmi tous ces corps il ne s'en trouvait pas quelqu'un qui n'eût pas rendu le dernier soupir, mais, lorsqu'il vit s'élever les flammes, placé entre le danger d'être brûlé vif, et celui non moins grand de recevoir un coup de poignard, sa situation était devenue terrible, car la fiction menaçait de devenir une réalité.

Heureusement, les ennemis s'étaient retirés juste à temps pour lui permettre de se sauver. Il s'élançait vers l'escalier, lorsqu'une main le saisit par la jambe et l'arrêta net ; il trébucha et poussa un cri de terreur.

Le Furet, qui n'était que blessé, mais qui ne pouvait se tirer seul d'affaire, avait ainsi appréhendé son compagnon trop pressé de se sauver lui-même pour s'assurer si tous ses camarades étaient bien réellement morts.

Lorsqu'il se fut convaincu que cette main n'était ni celle d'un des bandits, ni celle d'un revenant, Boit-sans-soif éprouva un grand soulagement qui se traduisit par un soupir sonore et plein à rendre jaloux un soufflet de forge.

— A moi, lui dit le Furet à demi-voix, tu ne vas pas me laisser rôtir ici !

— Non, non, mon bon camarade, répondit Boit-sans-soif, partagé entre la joie de retrouver vivant son ami de cœur et la crainte de se perdre lui-même en essayant de le sauver.

Mais cette lutte entre ses bons et ses mauvais sentiments fut courte, et ce furent les bons qui l'emportèrent.

Saisissant le Furet à bras le corps, il le chargea sur ses épaules et s'élança dans l'escalier dont les marches de bois commençaient à flamber.

Il descendit rapidement et éprouva une vive satisfaction en se retrouvant sain et sauf en plein air.

Il était temps, car, au même instant, la charpente de la masure craquait et s'enfonçait avec un horrible fracas.

<hr />

CHAPITRE XXI

La boutique de l'orfèvre Roux

'ORFÈVRE Roux était riche, mais la fortune qu'il possédait ne lui suffisait pas, bien qu'il fût loin de dépenser ses revenus, ni même la moitié de ce qu'il gagnait chaque année.

Entasser les écus sur les écus était chez lui une passion profonde, dont la violence s'accroissait d'année en année.

Roux était un avare, mais non point tout à fait dans le sens qu'on attache d'ordinaire à ce mot.

Pour un bourgeois il menait un assez grand train. Sa table, sans être fastueuse, était bien servie, ses vêtements étaient toujours propres, d'un drap fin et d'une bonne coupe, et il n'eût point souffert que Pauline fut moins bien attifée que les femmes des autres riches marchands de la ville d'Aix.

On a même vu que son amour de l'or le cédait parfois à d'autres passions, et qu'il avait fait preuve de désintéressement en épousant une jeune fille pauvre qui lui plaisait. Il avait bien calculé, il est vrai, que la présence dans sa boutique d'une jolie femme gracieuse, avenante, augmenterait le nombre de ses clients et accroîtrait le chiffre de ses affaires, mais il eût pu, en somme, trouver les mêmes qualités chez la fille de quelque marchand, avec une riche dot en sus.

Malheureusement pour lui, il n'avait pas prévu qu'il serait jaloux et que le plaisir de voir les acheteurs affluer dans son magasin serait moins grand que la crainte de se voir ravir le cœur de sa femme.

Les jeunes gentilshommes venaient en grand nombre et très fréquemment chez l'orfèvre depuis son mariage, et les galants sur le retour n'étaient pas moins empressés.

Comme marchand, il y trouvait son compte, mais, comme mari, il maudissait tous ces faiseurs de madrigaux et les eût volontiers envoyés au diable.

Donc, à mesure que ses coffres se remplissaient, il devenait plus sombre, plus soupçonneux. Il épiait les moindres démarches de sa femme, espionnait ses conversations et était fort disposé à mal interpréter les actes ou les propos les plus innocents.

Pauline en était réduite à peser toutes ses paroles et à se contraindre ; elle avait perdu sa gaieté et se sentait envahie par un sombre ennui.

Il y avait aussi d'autres causes qui contribuaient à l'attrister ; elle avait remarqué, à diverses reprises, que son mari recevait certains clients qui ne lui achetaient ni bijoux, ni pièces d'argenterie ; il les faisait entrer dans un cabinet où lui seul pénétrait, et restait, pendant de longues heures, en conférence avec eux.

A certaines allusions assez méchantes, lancées en sa présence par les femmes d'autres marchands, elle avait cru comprendre que Roux prêtait de l'argent à gros intérêts, et que l'usure lui rapportait plus encore que son commerce.

Elle voulut s'en ouvrir à lui, avoir une explication ; mais, dès les premiers mots, il s'emporta et lui ordonna durement de se taire.

Son âme droite et honnête en fut douloureusement blessée et elle ne pardonna jamais à celui auquel elle avait associé sa vie, une action qui lui paraissait infamante. Elle ne renouvela plus cependant ses reproches et rien dans sa conduite ne laissa deviner cette sourde irritation.

Si elle n'avait pas épousé Roux par amour, elle lui avait juré fidélité, et elle tenait son serment. Pauline avait aimé un autre homme, elle l'aimait encore ; mais elle était résolue à enfouir cet amour au plus profond de son cœur, dût-elle en mourir.

C'était donc en vain que les gentilshommes les plus élégants, les vainqueurs de ruelles, les irrésistibles devant lesquels capitulaient toutes les beautés, venaient faire devant elle l'étalage de leurs grâces, et murmurer à son oreille les déclarations les plus ardentes.

Dans les premiers jours de son mariage, cet empressement l'amusait et la faisait rire ; mais, depuis que son mari en avait pris ombrage, et se montrait irrité contre ces galantins, leurs fades compliments ne lui causaient plus que de l'ennui, et elle y coupait court dès les premiers mots.

Parmi ceux que ses rigueurs ne réussissaient pas à rebuter, et dont ses refus attisaient en quelque sorte la passion, le marquis d'Arène figurait au premier rang.

Habitué aux succès faciles, volant de victoire en victoire et ayant un renom de roué dont il se montrait fier, il n'avait pas cru que cette petite bourgeoise pût lui résister. Ne réussissant pas à s'en faire aimer, il avait résolu de s'en rendre maître par la force, et il s'en était fallu de bien peu qu'il n'y réussît. Un défenseur mystérieux, inconnu, avait surgi dans les gorges d'Ollioules, au moment même où il se croyait assuré du succès et lui avait ravi sa proie.

Pauline était la seconde femme qui lui eut résisté. Il faisait expier durement à Clarisse son refus de céder à sa passion et le crime d'avoir aimé un autre homme, crime d'autant plus grand à ses yeux, que ce rival préféré était un ennemi qu'il cherchait à écraser.

Toujours résolu à recourir à la violence lorsque la séduction ne lui livrait pas la femme qui lui plaisait, il n'avait pas songé un seul instant à traiter Pauline autrement que Clarisse. Elle refusait de l'aimer ; il entendait la contraindre par la menace à se donner à lui et, si elle refusait encore, assouvir sa passion de n'importe quelle manière, à l'aide d'un crime même.

Son amour pour Clarisse avait fait place à la haine. En la torturant, il torturait son ennemi et se vengeait ainsi de Gaspard de Besse. Il n'en voulait pas moins maintenant à l'homme qui avait protégé Pauline, qui lui avait infligé une humiliante défaite ainsi qu'à ses amis.

Il rêvait de se venger en châtiant ce personnage qu'il ne connaissait pas et en châtiant aussi Pauline.

Pour se réhabiliter aux yeux des témoins de son insuccès, il estimait qu'il lui fallait, non seulement faire sa maîtresse de la femme de l'orfèvre Roux, mais la déshonorer publiquement, briser son existence et la flétrir.

Comme on le voit, il n'y eut jamais roué plus infâme, gentilhomme plus indigne de ce nom.

D'Arène, lorsqu'il avait tenté d'enlever Pauline, était soigneusement déguisé, ainsi qu'on sait. Il s'imaginait qu'elle n'avait pu deviner qui voulait l'enlever et qu'il pouvait continuer à lui faire sa cour.

Il était revenu à la boutique de l'orfèvre et sa seule présence avait causé à Pauline une émotion profonde; mais elle avait été assez courageuse pour dissimuler, et le marquis d'Arène avait pu continuer à croire qu'elle n'avait aucun soupçon du rôle qu'il avait joué dans la tentative dont elle avait failli être la victime.

Pauline restait cependant beaucoup moins dans le magasin, derrière son comptoir, et se tenait plus fréquemment, soit dans l'arrière-boutique transformée en boudoir, soit dans sa chambre.

Son mari avait été loin de s'en plaindre. Il se consolait assez facilement de la diminution de ses recettes, en voyant les mines allongées des galants qui ne retrouvaient plus leur idole à sa place accoutumée.

Roux, au moment où commence ce chapitre, s'apprête à sortir pour se rendre chez un de ses clients, un jeune marquis qui dévore à belles dents son héritage et qui, se trouvant fort gêné par suite de ses pertes au jeu, lui a demandé de lui prêter une forte somme, en offrant de payer de gros intérêts.

Avant de quitter sa boutique, il adresse ses dernières recommandations à son domestique, un drôle que nos lecteurs connaissent pour l'avoir déjà vu à l'auberge du *Cheval-Rouge*; nous voulons parler de Cadet, de ce fainéant de Cadet qui dormait tout le long de la journée et ne savait même pas tenir ses yeux assez ouverts pour voir les agaceries de Toinette.

Debout sur le seuil, l'orfèvre Roux lui répète pour la troisième fois :

— Surtout, ne t'éloigne pas pendant mon absence, ne perds de vue ni la boutique, ni le coffre-fort.

— Soyez tranquille, répond Cadet que toutes ces recommandations impatientent, et qui meurt d'envie d'aller reprendre un somme si désagréablement interrompu.

— Et si quelque jeune gentilhomme, si quelque bel officier, comme il en vient tant, me demandait, tu lui dirais de repasser, et tu ne lui permettrais pas de m'attendre ici.

— Je vous le promets.

— Encore une recommandation. Je ne resterai pas longtemps dehors, il n'en faudra pas moins me raconter tout ce qui se sera passé.

— Mon rapport sera fidèle.

— Sers-moi bien, et j'augmenterai tes gages à Pâques...

— Ou à la Trinité, murmura Cadet entre les dents.

— Qu'as-tu dit?

— J'ai dit que je vous servirais avec fidélité, monsieur.

— C'est bien, et surtout n'oublie aucune de mes recommandations.

— Je n'aurai garde.

Après s'être assuré que son maître s'était éloigné et ne reviendrait pas pour lui donner de nouveaux ordres, Cadet se laissa tomber sur une banquette et s'y installa le plus commodément qu'il put.

— Ah! ça, mais non, dit-il, il m'agace celui-là avec ses recommandations. Décidément, j'ai eu tort de quitter le *Cheval-Rouge* où cette bonne Toinette faisait toute ma besogne. Il me semblait que les pièces d'or que m'avait données ce gentilhomme ne finiraient jamais... Elles ont fini hélas! car tout a un terme ici-bas, et je me suis trouvé à Aix, sans place, ayant la faculté, il est vrai, de dormir tout à mon aise à la belle étoile, mais obligé de me serrer le ventre à l'heure du dîner. J'avais d'abord l'espérance d'apercevoir le gentilhomme qui m'avait si largement payé, et de me faire prendre par lui à son service; il m'a fallu renoncer à cette planche de salut. J'ai bien rencontré le gentilhomme, mais il a refusé de me reconnaître, et

comme j'insistais, il m'a traité de maraud!... Maraud? Ma foi, oui, c'est bien
maraud qu'il a dit. J'étais sur le point de mourir de faim quand j'ai appris que cet
orfèvre avait besoin d'un garçon pour tout faire. Je me suis présenté et me voici !
Ce qui est singulier, par exemple, c'est qu'au lieu d'entrer chez celui qui voulait
enlever la jolie voyageuse du Cheval-Rouge, je suis entré chez la jolie voyageuse
elle-même, ou plutôt chez son mari ; j'avais compté servir le tyran, et me voilà chez
la victime. Et ma foi, je ne jugerais pas que le tyran ait renoncé à toute entreprise
sur la victime, car je le vois rôder sans cesse. Il faudra que je surveille tout ceci,
car il pourrait y avoir là une nouvelle mine de pièces d'or, soit que le tyran achète
de nouveau mes services, soit que je vende le résultat de mes observations à la
victime ou à son mari.

Cadet avait l'habitude de faire ses réflexions à haute voix, sans doute pour se
tenir éveillé, et il aurait sans doute continué son intéressant monologue s'il n'eût
été interrompu par la voix perçante de Madeloun qui l'appelait.

Il n'eut garde de répondre, prévoyant qu'on voulait le charger de quelque
besogne, et la voix de la vieille servante cria plus fort.

— Cadet ! Cadet ! où êtes-vous ?

— Bon ! murmura-t-il, voici la vieille. Que me veut-elle encore, celle-là ?

— Ah ! c'est vous, Cadet, dit-elle en entrant dans la boutique, pourquoi ne
répondez-vous pas, je me suis enrouée en vous appelant ?

— Je n'ai pas entendu.

— Notre maître est-il sorti ?

— Apparemment, puisqu'il n'est plus dans la maison.

— Vous n'êtes pas de bonne humeur aujourd'hui.

— Je suis fatigué, voilà tout.

— Vous n'avez cependant pas fait grand'chose.

— J'aurais fait beaucoup si j'avais fait tout ce que j'avais à faire. Et puis, me
lever à cinq heures à cette époque-ci, deux heures avant le jour, cela vous tue un
homme.

— Je me lève tous les matins à quatre heures, moi, pour aller à la première
messe.

— Oui, mais vous êtes vieille, vous, et moi...

— Vous êtes un malhonnête ! s'écria Madeloun qui ne voulut pas en entendre
davantage et sortit furieuse de la boutique.

L'indignation de Madeloun mit Cadet en belle humeur.

— Attrape ! s'écria-t-il en pouffant de rire, cela t'apprendra à me faire les yeux
doux et à croire que ton défunt mari pourrait bien trouver en moi un remplaçant.
Je veux bien lui permettre de faire les trois quarts de la besogne, me laisser
soigner, dorloter, mais elle doit s'arrêter là. Dans tous les cas, j'ai réussi à la mettre
en fuite et, comme personne ne vient, il serait peut-être bon de faire un petit
somme, pour réparer mes forces, en attendant le retour de mon maître.

Mais il était dit que ce pauvre Cadet serait ce jour-là sans cesse dérangé et ne
pourrait goûter aucun repos.

Il venait de s'étendre encore sur la banquette, lorsqu'il sentit une main se poser
lourdement sur son épaule, tandis qu'on le saluait de ces mots :

Une main écarta la lourde portière qui séparait le magasin du boudoir de Pauline.
(Page 159.)

— Bonjour, jeune homme.

— Hein! Qu'est-ce? Vous m'avez fait peur.

— Avons-nous l'aspect bien terrible?

— Je ne vous ai pas entendu entrer... Mais je vous reconnais, vous êtes celui qui à l'auberge du *Cheval-Rouge*... Ce pauvre sergent Belamour... Quel coup d'épée!

— Précisément... autant à votre service, si cela peut vous faire plaisir.

— Non certes, répondit Cadet effrayé, je préfère vivre le plus longtemps possible, ne serait-ce que pour avoir la satisfaction de dormir. Malheureusement on ne le peut guère chez mon maître et je veux le quitter.

— Et vous aurez bien raison, répliqua Coquelicot, il ne faut point compromettre votre chère santé.

Pendant cette conversation, Bavard s'était glissé sur le seuil de l'arrière-boutique et lorgnait amoureusement du coin de l'œil un énorme coffre-fort.

— Que fait donc votre camarade ? demanda Cadet à qui les allures de Bavard causaient une certaine inquiétude.

— Ce qu'il fait ? Rien, il regarde, il observe, c'est un chercheur. Allons, Bavard, viens ici, monsieur désire te voir, sans doute pour faire ample connaissance avec toi.

— Très honoré ! dit Bavard ; mais, en s'inclinant, il avait murmuré à l'oreille de Coquelicot : « as-tu le ciseau ? »

— Qu'y a-t-il pour votre service ? demanda Cadet, que voulez-vous ?

— Je vais vous dire, je vais vous expliquer cela, répondit Coquelicot qui, tout en prononçant ces paroles, s'était placé entre Cadet et Bavard, tendant à celui-ci le ciseau qu'il réclamait. Figurez-vous que mon camarade et moi...

Remarquant que Cadet suivait d'un œil inquiet les mouvements de Bavard qui se rapprochait de l'arrière-boutique, il s'interrompit pour dire en souriant avec bonhomie :

— Où va-t-il ce gredin de Bavard ? Il ne peut pas rester en place, il remue toujours ; mais, après tout, il ne fait pas grand mal, ne nous occupons pas de lui. Figurez-vous donc que nous passions, Bavard et votre serviteur, dans cette rue, lorsque nous eûmes le plaisir de vous apercevoir. Voilà un jeune homme, dit l'un de nous, qui a l'air intelligent. Est-ce Bavard qui s'exprima ainsi ou bien est-ce moi ? Je crois que c'est moi, à moins que ce ne soit Bavard, qui a la manie de parler, et qui ne dit que des sottises.

— Pourquoi ne reste-t-il pas ici ?

— Je vous l'ai dit, il ne peut pas rester un instant en place ; il ne saurait être quelque part sans examiner, fureter. Il se promène dans votre boutique, et cependant il n'y a rien de curieux, tous les objets de prix y sont renfermés ; ce n'est pas un de ces magasins d'orfèvrerie où les bijoux se trouvent dans la devanture ou les vitrines, et, quand on en demande, votre patron les tire du coffre-fort dont il porte toujours la clef sur lui.

— C'est vrai !

— Vous n'avez donc rien à craindre, alors même que la haute probité de mon ami ne serait pas aussi grandement connue.

— Au fait ! Mais me direz-vous ce que vous désirez ?

— C'est juste. Bavard me fit donc observer que vous aviez l'air intelligent, spirituel, aimable et il ajouta que vous deviez être un joyeux compagnon. « Il y a une manière bien simple de t'en assurer, lui dis-je, c'est de l'inviter à venir prendre un verre de vin au cabaret. »

— Ah ! c'est pour m'inviter à trinquer avec vous...

— Vous avez compris...

— Oui, que vous vous moquiez de moi.

— Nullement.

— Je refuse.

— Alors, c'est une insulte, répliqua Coquelicot en tirant son épée, et je vais vous tuer.

— Grâce ! implora Cadet en tombant à genoux. Je suis obligé de ne pas quitter la boutique avant le retour de mon maître. Qui garderait le magasin, en mon absence ?

— Bavard, si vous voulez, répondit Coquelicot en remettant l'épée au fourreau.

— Quoi ! celui-ci qui furette toujours ! Je préfère ne laisser personne.

— Allons, venez ; nous vous trouverons peut-être, en causant, une meilleure condition.

— S'il s'agit de chercher une place, cela me va ; mais votre camarade ne restera pas ici.

— Soyez tranquille !

— Où donc est-il ? Bien sûr, il aura fini par entrer dans l'arrière-boutique. Je vais le chercher.

— Ne prenez pas cette peine. Allons, Bavard, viens ici !

Bavard apparut aussitôt, la contenance assez embarrassée, et dissimulant un paquet sous son manteau.

— Ah ! te voilà, enfin, maître curieux, c'est vraiment heureux. Cet excellent jeune homme nous fait l'honneur d'accepter notre invitation.

— Oui, répondit Cadet à qui les allures de Bavard paraissaient de plus en plus suspectes, je veux bien avoir l'honneur, mais...

— Allons, mon beau jeune homme, passez devant.

— Après vous.

— Je n'en ferai rien, répliqua Coquelicot, et pour couper court aux hésitations de Cadet, il le poussa dans la rue.

— Le coup est fait, dit Bavard à voix basse, j'ai là un coffret qui paraît bien garni...

— Très bien, mon cher...

— On pourrait voir si je n'ai rien oublié...

— Tu reviendras...

— Qu'y a-t-il ? demanda Cadet.

— Rien, rien du tout.

— Il m'avait semblé...

— Eh bien, vous vous trompiez, voilà tout. Allons en route !

A peine le trio venait-il de s'éloigner que Pauline entra dans le magasin et fut fort étonnée de n'y trouver personne.

— Madeloun ! appela-t-elle, venez donc ici.

— Qu'y a-t-il, madame ?

— Comment se fait-il que personne ne garde la boutique ?

— Comment, personne ? mais il y a Cadet... Au fait, où est-il donc ? Il a donc osé s'éloigner alors que monsieur lui a ordonné de ne pas bouger d'ici, et de ne laisser personne attendre son retour.

— Mon mari est donc sorti ?

— Oui, et ce n'a pas été sans faire auparavant des recommandations à Cadet. Il est si jaloux ! ajouta la servante que Pauline avait gagnée à sa cause.

— Tu crois? dit Pauline en souriant tristement.

— Et s'il n'était pas jaloux, est-ce qu'il vous condamnerait à l'existence que vous menez? Ne sortir presque jamais, ne pas quitter cette maison, est-ce une existence pour une jeune femme comme vous? Je me demande encore comment il a pu se résigner à nous laisser aller à Manosque, et j'imagine qu'il ne devait pas dormir pendant votre absence.

— N'avait-il pas raison d'avoir un peu d'inquiétude?

— C'est vrai, car sans ce courageux cavalier nous étions perdues. Aussi, ai-je été bien heureuse dimanche, quand il est venu vous saluer au moment où vous traversiez le cloître de Saint-Sauveur, en sortant de la messe. C'est qu'il est aussi beau qu'il est brave, et on a du plaisir à le regarder : ah! celui-là a bien l'air d'un honnête homme. Et puis, il n'est pas comme tous ces freluquets qui ont la manie de vous débiter des fadaises ; il est respectueux. Il tremblait presque lorsqu'il s'est approché de vous.

— Dis-moi, Madeloun, ne l'as-tu pas revu depuis dimanche?

— Non, mais j'espère avoir quelques renseignements sur son compte.

— Et comment cela?

— Vous avez dû remarquer qu'il a versé le contenu de sa bourse dans la main de ce pauvre ouvrier qui a été estropié l'an dernier par la chute d'un bloc de rocher et auquel vous vous intéressez.

— Oui, et j'ai été heureuse de cet acte de générosité dont nul n'est plus digne que cet infortuné qui a quatre jeunes enfants à nourrir et qui ne peut plus que mendier.

— Il serait bientôt riche si tout le monde était aussi généreux que ce brave monsieur...

— Tout le monde ne peut l'être sans doute... Mais cela ne m'apprend pas...

— Par quel moyen j'espère obtenir mes renseignements ; patience, je vais vous le dire. J'ai cru remarquer que ce malheureux reconnaissait notre sauveur et qu'il éprouvait à sa vue une émotion qu'il avait de la peine à dissimuler. J'ai en vain cherché à lui parler ce matin, il n'était pas encore à sa place habituelle, mais il doit y être en ce moment et, dans un instant, j'irai le voir.

— Cela t'intéresse bien fort de savoir quel est ce jeune homme?

— Quel est notre sauveur? mais certainement. C'est d'ailleurs votre faute si nous l'ignorons encore. Vous auriez pu lui demander son nom dimanche lorsqu'il est venu vous saluer. Au lieu de cela, vous sembliez embarrassée, vous l'avez à peine remercié...

— Mais, Madeloun, je ne pouvais cependant pas...

— Vous auriez toujours pu dire à votre mari le grand danger que nous avions couru... Vous m'avez, au contraire, défendu de lui en parler. Il a cru que nous avions échappé uniquement aux bandits de Gaspard de Besse en quittant le convoi, tandis qu'il y avait près du *Cheval-Rouge* des gens en embuscade qui en voulaient à votre personne et à votre honneur. Ce marquis, par exemple...

— Tais-toi.

— Oh! si nous ne savons pas comment s'appelle celui qui nous a défendues au péril de sa vie, nous savons du moins quel est celui qui était à la tête des ravisseurs. M. d'Arène eût voulu ajouter votre nom à la liste de ceux de ses nombreuses victimes, et je ne crois pas qu'il y ait renoncé, car...

— Madeloun !

— C'est que vraiment je ne comprends pas votre conduite. Il n'est permis à personne, pas même aux gentilshommes, d'employer la violence au coin des grandes routes et, si votre mari eût demandé à la justice le châtiment des coupables, il eût aussi exprimé sa reconnaissance à notre sauveur. Qu'est-ce que celui-ci doit penser?

— C'est que tu ignores que notre libérateur m'a supplié de ne dire à personne comment nous avions été sauvées.

— C'est trop de modestie de sa part et, si je ne connaissais votre cœur comme je le connais, je dirais que vous êtes une ingrate. Mais je perds là mon temps à bavarder au lieu d'aller aux renseignements.

— Ingrate, moi ! murmura Pauline lorsque Madeloun se fut retirée. Ingrate ! quand mon âme tout entière est pleine de celui qui a exposé si courageusement sa vie pour nous sauver. Je le vois encore, fondant l'épée haute sur ces lâches qui n'ont pu soutenir son attaque. Sa voix était vibrante, son œil étincelait... Qu'il était beau ainsi ! Dimanche, quand je l'ai revu, j'ai éprouvé une sensation étrange, il m'a semblé que la vie était suspendue en moi ; je le regardais et les paroles s'arrêtaient sur mes lèvres. Quel était le sentiment qui me paralysait ainsi? Qu'est-ce qui m'empêchait de lui parler? Hélas ! je ne le devine que trop. Ah ! Galtières, vous, vous savez bien que je ne suis pas une ingrate ! Mais quand le reverrai-je ?

Comme si ces dernières paroles eussent évoqué l'image de M. de Galtières, Pauline, en relevant la tête, l'aperçut debout devant elle.

Elle se redressa à demi, tremblante et agitée.

— Ah! monsieur, c'est vous !

— Pauline !

— Vous !

— Vous me pardonnerez de vous attrister de ma présence ; mais je suis venu pour vous rapporter ce coffret rempli de diamants qu'un voleur a dérobé en l'absence de votre mari.

— Ce coffret?

— Oui, le hasard a voulu que j'apprisse le vol qui venait de s'accomplir... J'ai pu arracher sa proie à un bandit...

— C'est donc toujours vous que Dieu envoie lorsque j'ai besoin d'un défenseur?

— Je n'ambitionne rien tant que de vous être utile. Mon plus grand désir est d'occuper une place dans vos souvenirs, puisque je n'en ai plus dans votre cœur.

— Vous savez bien que vous n'êtes pas un indifférent pour moi...

— Laissez-moi vous parler alors comme je vous parlais autrefois.

— C'est impossible ! Il ne peut jamais plus être question du passé entre nous... Oubliez!...

— Et comment voulez-vous que j'oublie les seuls instants heureux de ma triste existence ?

— J'ai prononcé des serments. J'ai maintenant des devoirs... Si vous m'aimez encore, moi je ne le peux plus... ou du moins, il m'est défendu d'avoir une affection du même genre... Je ne dois plus même laisser parler d'un amour qui maintenant serait un crime si je le partageais. Mais vous, les dangers que vous redoutiez ne vous menacent-ils plus, et pouvez-vous sans péril vous montrer dans les rues de cette ville ?

— Le danger existe toujours pour moi, mais je n'y dois point songer lorsque j'ai à vous préserver d'un péril plus grand encore que celui qui me menace.

— D'un péril ?

— Vous croyez peut-être que cet infâme marquis d'Arène a renoncé à ses projets ; vous vous trompez. Les obstacles n'ont fait qu'irriter un désir qui est devenu chez lui une véritable passion ; il vous menacera jusqu'au moment...

— Ah ! grand Dieu !

— Mais ne craignez rien ; vous n'aurez bientôt plus rien à craindre.

— Et c'est à vous que je le devrais ?

— Ne savez-vous donc pas que je vous appartiens tout entier, et que quiconque menace votre bonheur est mon ennemi ?

— Mon bonheur !

— Êtes-vous malheureuse ?

— Non, je ne dois pas me plaindre.

— Votre mari...

— Ne parlons pas de lui. Si je souffre d'ailleurs, ne l'ai-je pas mérité en consentant de prendre pour époux un homme que je n'aimais pas, à qui je ne pouvais donner un cœur qui appartenait... à un autre ?

— Pauline, ma Pauline chérie !

— Chut ! dit-elle en souriant tristement, avez-vous oublié nos conventions ? La Pauline que vous avez connue n'existe plus ; il n'y a plus aujourd'hui que la femme de l'orfèvre Roux, et celle ci n'a pu vous accorder que son amitié.

— Ah ! encore cet odieux mensonge ! mais vous n'y croyez pas vous-même, mais vous savez bien que mon cœur a battu trop près du vôtre pour pouvoir se contenter de l'aumône que vous voulez lui faire...

Il disait vrai, et Pauline le sentait bien.

Elle affectait de lui parler de cette amitié qui, selon elle, devait remplacer une passion sans espoir, mais bien des choses, dans son attitude, dans son regard, démentaient ce calme dont elle faisait montre, cette sorte d'indifférence qu'elle voulait imposer à M. de Galtières.

Elle n'avait pu, en réalité, revoir celui qu'elle chérissait encore, sans comprendre que dans son cœur survivait un sentiment qu'elle n'avait jamais dompté.

Elle demeurait comme fascinée par son regard, elle sentait comme une douce flamme qui se répandait dans tout son être et la faisait tressaillir.

Quant à lui, il oubliait qu'elle était la femme d'un autre, pour ne plus songer qu'à la Pauline d'autrefois.

Le passé surgissait devant lui avec ses joies, ses rêveries, ses jouissances ineffables.

Ces inexprimables émotions calmaient les angoisses de son âme, comme un baume rafraîchissant endort pour un instant les douleurs que cause une blessure.

Son cœur battait plus doucement, et il éprouvait un plaisir indicible à l'écouter.

La voix de la jeune femme réveillait en lui tout ce qu'il y avait de bon et d'aimant.

— Oh ! Pauline, Pauline, comme je vous adore !

— Ne me parlez pas ainsi, dit-elle d'une voix mourante, ne me rendez pas plus pénible encore l'accomplissement de mon devoir ; vous me torturez cruellement.

En disant ces mots, elle chancela et s'affaissa sur un fauteuil.

Il s'agenouilla devant elle, s'empara de sa main qu'il pressa tendrement et, attirant vers lui sa bien-aimée, déposa sur ses lèvres un baiser ardent...

Elle voulut en vain essayer de s'arracher à cette étreinte, mais une ivresse inconnue lui étreignit le cœur, et elle n'eut ni la force, ni le courage de le repousser.

— Pauline, me voici à vos pieds ; je ne pouvais vivre sans vous, et je suis venu vous le dire. Si je vous offense, prononcez un seul mot. Je vous aime assez pour en mourir.

Elle ne répondit pas, mais, au soulèvement plus accentué de son corsage, on pouvait compter les rapides battements de son cœur.

Il serra plus tendrement la petite main qu'il avait gardée dans les siennes, et Pauline lui rendit en rougissant son étreinte.

— J'attends mon arrêt.

— Je voudrais m'en aller... Grâce !

— Vous voulez me fuir !

— O par pitié ! laissez-moi !

Mais, lui, l'attirant contre sa poitrine dans une ardente étreinte, posa de nouveau ses lèvres brûlantes sur sa bouche.

Le vertige la prit et, toute palpitante, cédant à un sentiment indéfinissable, contre lequel elle n'essayait même plus de lutter, elle se pencha sur Galtières, et murmura d'une voix à peine distincte :

— Oui, je t'aime !

A peine eut-elle laissé échapper cet aveu que, honteuse et tremblante, elle cacha sa figure dans ses mains.

Puis, se redressant et fixant sur lui ses beaux yeux :

— Vous avez obtenu, lui dit-elle, l'aveu de mon amour ; mais il faut maintenant que vous sachiez ce que j'attends de vous. Jurez-moi sur l'honneur que vous ne me ferez jamais repentir d'avoir mis en vous toutes mes espérances, tout mon bonheur, toute ma tendresse.

De Galtières contemplait Pauline, dont le teint animé par ces inexprimables émotions rehaussait encore la beauté.

Se précipitant à ses pieds et saisissant sa main qu'il couvrit de baisers.

— Je jure, lui dit-il, que vous êtes mon idole, que vous êtes ma vie ! Je serai votre esclave et vous obéirai aveuglément !

Une main écarta la lourde portière qui séparait le magasin du boudoir de Pauline, et la figure pâle, menaçante de l'orfèvre Roux, les regarda avec des yeux rendus étincelants par la fureur et l'ardeur de la haine.

Pauline et Galtières n'avaient rien vu.

CHAPITRE XXII

Renardot l'échappe belle

'AUBERGE du *Grand-Cerf* qui se trouve aux portes de la ville d'Aix ne se recommande ni par le luxe de son installation, ni par la délicatesse de sa cuisine ; il est vrai que sa clientèle n'est point fort exigeante, qu'elle se contente d'une couverture jetée sur le sol en guise de lit et de mets qu'un Spartiate eût peut-être dédaignés.

En revanche, le vin y est bon et les estimables coureurs de grandes routes, qui ne se soucient que médiocrement d'entrer en relations avec la justice, y peuvent dormir sur les deux oreilles.

Le maître du logis, qui a, dans sa jeunesse, passé plus d'une nuit au clair de lune, embusqué dans des carrefours où il attendait que sa bonne chance conduisît à portée de son arquebuse quelque voyageur à la bourse bien garnie, a conservé une aversion profonde pour les soldats de la maréchaussée et en général pour tous ceux qui s'arrogent le droit de défendre la société contre les entreprises des estimables gentilshommes de grand chemin. Il est même doué d'un flair tout particulier pour les reconnaître sous les déguisements les plus divers et les plus ingénieux.

Avec sa protection on peut se reposer en toute sécurité et si, par impossible, sa vigilance se trouve en défaut, il tient en réserve d'admirables cachettes grâce auxquelles le plus fin limier du lieutenant de police est incapable de découvrir le gibier qu'il poursuit.

Coquelicot et Bavard connaissaient ces remarquables qualités de l'hôtelier du *Grand-Cerf*, et, comme ils les appréciaient à leur juste valeur, c'était chez lui qu'ils étaient venus se loger.

Assis devant une table boiteuse, ils lampaient à grands traits le vin que leur hôte leur servait dans de grandes cruches et Coquelicot témoignait du plaisir qu'il trouvait dans cet exercice en faisant claquer sa langue d'un air de satisfaction après chaque rasade.

Sa douleur s'était en quelque sorte évanouie, car il n'était point homme à pleurer indéfiniment une belle qui, après tout, avait voulu le vendre.

Le premier accès avait été terrible ; mais, par cela même, avait peu duré. Bavard lui avait prodigué ses consolations les plus éloquentes et avait réussi à ramener la paix dans son cœur.

Tous portaient un masque noir qui cachait leurs traits. (Page 164).

C'était un admirable orateur que Bavard, et, s'il avait d'habitude le défaut de trop parler, du moins parlait-il bien?

En somme, Coquelicot reprenait peu à peu son ancienne gaieté et sa tranquillité d'esprit; il savait que sa vengeance ne pouvait lui échapper, que Renardot ne tarderait pas à expier ce qu'on appelait ses crimes et cela lui suffisait.

Il lui restait bien encore quelques regrets, mais il les noyait dans le vin avec une philosophie superbe.

Bavard, par extraordinaire, était triste et morne. Il buvait sans rien dire, ce qui indiquait chez lui un état anormal, car il avait le vin loquace et ne discourait jamais tant que lorsqu'il était gris.

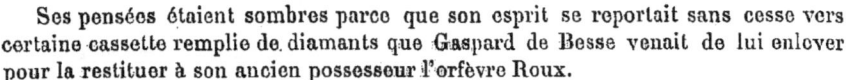

Ses pensées étaient sombres parce que son esprit se reportait sans cesse vers certaine cassette remplie de diamants que Gaspard de Besse venait de lui enlever pour la restituer à son ancien possesseur l'orfèvre Roux.

Le capitaine avait vraiment eu besoin d'intervenir ! Une affaire qui marchait si bien, il avait fallu qu'il vînt la faire échouer et enlever à ceux qui avaient su conquérir cette fortune le fruit de leurs travaux et de leurs peines !

— C'est vraiment à n'y rien comprendre, s'écria tout à coup Bavard, en déchargeant sur la table un vigoureux coup de poing qui ébranla les cruchons.

— A qui en as-tu ? demanda Coquelicot.

— A qui j'en ai ? Mais au capitaine...

— Ah ! je comprends, tu regrettes ton coffret ?

— N'était-ce pas un coup superbe que d'avoir su conquérir sans danger et par notre seule habileté une aussi forte somme ?

— C'est vrai et, comme une partie de l'honneur m'en revenait et que nous devions partager les profits de cette expédition, ma colère pourrait être aussi grande que la tienne. Il n'en est rien cependant et tu vois que j'ai déjà oublié tout ceci.

— J'admire ton indifférence, mais sans la partager.

— Tu as tort, car le capitaine est le maître absolu et nous n'avons qu'à lui obéir.

— Parbleu ! Je te reconnais bien là ! Pour toi, tout ce que fait Gaspard de Besse est bien fait et je parie que tu te ferais sauter la cervelle, s'il t'ordonnait de te tuer.

— Tu pourrais parier à coup sûr ; il sait que ma vie est à lui.

— La vie, passe encore, mais le coffret de diamants, non ; s'il lui prend encore de semblables fantaisies, je....

— Prends garde, Bavard, trop bavarder nuit.

— Je suis bien bon de perdre mon temps à me plaindre avec toi ; tu approuves toujours ce que fait Gaspard de Besse.

— Et n'ai-je pas raison ? Que serions-nous sans lui ? Nos expéditions, c'est lui qui les combine et les dirige ; les attaques de la maréchaussée, il les déjoue ou les repousse avec une habileté et une vigueur dont nos ennemis n'ont pas à se féliciter. S'il nous quittait, adieu la richesse, adieu notre force ; nous serions bientôt pris et pendus.

— Je ne dis pas non, mais ne pourrait-il nous laisser jouir en paix de nos petits profits ?

— Il le fait d'ordinaire, et il devait avoir aujourd'hui quelque motif grave, que nous ignorons, de nous obliger à restituer à l'orfèvre ses diamants. Il nous revaudra cela à la première occasion et le plus sage pour toi est de faire à mauvaise fortune bon visage. Pas un mot de plus sur ce sujet, car voici le capitaine.

Gaspard de Besse entrait, en effet, dans la salle de l'auberge où il savait devoir trouver les deux compagnons.

Il avait perdu tout souvenir de l'affaire de la cassette et son esprit n'était rempli que de Pauline.

— Ah ! vous voilà, mes maîtres, dit-il gaiement, en apercevant Coquelicot et Bavard, vous avez quelque communication importante à me faire, à ce qu'il paraît.

— Nous sommes venus à Aix pour cela, répondit Coquelicot.

— Et aussi pour certaine autre petite affaire, ajouta en riant le capitaine à qui,

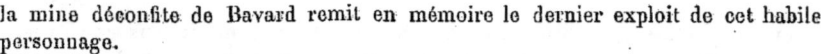

la mine déconfite de Bavard remit en mémoire le dernier exploit de cet habile personnage.

— Oh ! murmura Bavard, ne parlons pas de ceci, car le dénouement en a été trop triste.

— Allons, reprends ta belle humeur ; tu seras, comme il est juste, indemnisé de cette perte et, puisque je t'ai empêché de profiter de ta bonne aubaine, c'est moi qui le ferai.

— S'il en est ainsi, répondit Bavard dont la figure devint subitement moins sombre, tout sera pour le mieux.

— Mais je mets une condition à notre traité : c'est que la boutique de l'orfèvre Roux deviendra désormais sacrée pour vous et que vous ne tenterez plus, ni vous, ni aucun de vos camarades, d'y renouveler des exploits de ce genre. Quant à l'orfèvre lui-même et à sa femme... quiconque tentera quoi que ce soit contre eux, aura à m'en rendre un compte terrible.

— C'est convenu, capitaine.

— Ceci réglé, vous pouvez parler.

Ce fut Coquelicot qui prit la parole et fit le récit des événements que nos lecteurs connaissent déjà.

Il raconta comment la jeune femme vint s'offrir à lui, son amour pour elle, sa trahison et la mort terrible qui avait suivi.

— Pauvre Coquelicot, dit Gaspard, tu as dû cruellement souffrir ; mais elle était indigne de toi et il faudrait la punir si elle ne l'avait pas été...

— Tu oublies que ma vengeance n'est pas complète, Renardot vit encore.

— Justice sera faite ; mais il faut que je le voie d'abord et que je l'interroge, Bavard a eu raison de t'empêcher de le tuer, car, si j'ai deviné d'où vient le coup, il n'en est pas moins nécessaire que j'obtienne de lui, sur nos ennemis, et sur leurs projets, des renseignements qui nous serviront, sans doute, à les perdre. Puisque rien ne nous retient plus ici, va faire seller nos chevaux et nous partirons dans un instant.

Pendant qu'on s'occupait ainsi de lui à l'auberge du *Grand-Cerf*, Renardot, solidement enchaîné était emprisonné dans une espèce de cave sombre et humide dont les murs laissaient filtrer une eau glacée qui coulait lentement et comme goutte à goutte jusque sur le sol recouvert d'une épaisse couche de boue.

Étendu sur une botte de paille à demi pourrie, tremblant de froid, le cœur en proie au désespoir et l'esprit dans une agitation voisine de la folie, il restait comme plongé dans un état de stupeur.

Il ne paraissait exister que par l'excès de la douleur à laquelle il était livré.

En le conduisant dans cet enfer, Bavard lui avait demandé ironiquement :

— Eh ! bien, que pensez-vous de cette chambre à coucher ? Je vous assure qu'on y est très bien pour dormir, car le soleil ne vient jamais vous réveiller. Dans les grandes chaleurs de l'été, c'est un lieu de délices ; mais, malheureusement pour vous, il y fait un peu frais en ce moment.

Et, comme Renardot avait poussé un cri de terreur en se voyant comme enseveli vivant, le facétieux Bavard avait ajouté :

— Allons, ne faites point tant le délicat ; vous n'avez guère que quelques jours à passer ici et peut-être regretterez-vous d'en sortir pour aller dans un endroit où vous serez plus mal encore. Cette solitude sera excellente pour vous, elle vous permettra de mieux réfléchir sur l'avantage que vous trouverez à obéir docilement à notre chef et à répondre, sans trop vous faire prier, aux questions qu'il vous posera.

— Ah ! pour l'amour de Dieu, ayez pitié de moi.

— Vous êtes un ingrat : je vous ai tiré des mains de Coquelicot, je vous ai procuré une retraite absolument sûre et vous n'êtes pas content ?

— Tuez-moi plutôt que de me torturer ainsi.

— Cela viendra peut-être et peut-être aussi serez-vous véritablement torturé si vous refusez de parler ; mais, pour le moment, tâchez de vivre le moins mal possible et surtout de mieux reconnaître mes bontés.

— Ah ! ajouta Bavard en levant les bras vers le ciel d'un air de désespoir, que l'ingratitude est donc un vilain vice !

Et, en prononçant ces mots, il se retira d'un air plein de dignité en laissant le malheureux Renardot dans d'horribles ténèbres, dont l'horreur était encore augmentée par les terreurs qui l'assaillaient.

Il lui semblait qu'il était enfoui depuis un siècle dans ce hideux sépulcre, car il avait perdu toute notion du temps, lorsque la porte de son cachot s'ouvrit.

Une vive lueur en vint frapper les parois et blesser ses yeux habitués à l'obscurité.

Avant qu'il pût rien distinguer, il entendit une voix qui lui criait :

— Allons, debout, il faut nous suivre et comparaître devant le capitaine.

Renardot obéit et escorté de six hommes armés, dont deux portaient des torches, il sortit de son cachot.

Le trajet ne fut pas long. Au bout d'une centaine de pas, ses gardes s'arrêtèrent, poussèrent une porte massive et l'introduisirent dans une pièce assez vaste, mais sans fenêtres et où des torches accrochées aux murailles répandaient une clarté rougeâtre qui avait quelque chose de sinistre.

La salle était déjà occupée par des individus armés ; tous portaient un masque noir qui cachaient leurs traits.

L'un d'eux, qui paraissait être leur chef, était assis à l'écart et sur un siège un peu plus élevé.

Ce fut devant lui qu'on le conduisit.

— Tu t'appelles Renardot et tu t'es rendu coupable d'un attentat contre un de nos compagnons.

L'accusé ne répondit pas.

— Quel était ton but ? Quels étaient tes complices ou tes chefs ?

— De quel droit m'interrogez-vous ?

— Tu n'es pas ici pour interroger, mais pour répondre.

— Et si je refuse ?

Le juge fit un signe et une lourde draperie qui masquait un des coins de la salle s'écarta.

Elle laissa voir des instruments de torture habilement disposés pour frapper de terreur l'esprit de l'accusé.

Un homme masqué, de grande stature, les manches de son habit retroussées jusqu'aux coudes, se tenait debout, prêt à exercer son terrible ministère, tandis qu'un autre bandit attisait le feu d'une forge où il faisait rougir des barres de fer et des tenailles.

Ce terrifiant spectacle s'était offert si promptement à sa vue, cette menace muette était si épouvantable, que Renardot ne fut pas maître de ses sensations. Il pâlit, un frisson secoua ses membres ; mais il dompta, avec une étonnante vigueur, cette défaillance et il affecta de hausser les épaules d'un air de dédain, en faisant quelques pas devant les instruments de torture comme pour les examiner avec curiosité.

— Si tu refuses de parler, voilà qui déliera ta langue.

— Crois-tu donc que je n'avais pas prévu la torture et que j'avais pensé que vous reculeriez devant un crime ? Je suis prêt à tout ; tu pourras briser mon corps, mais non ma volonté.

— Nous verrons bien.

— Essaye.

— Si ces instruments ne suffisent pas, nous avons d'autres moyens qui seront sans doute plus efficaces ; mais ne nous oblige pas à y recourir.

— J'ai voulu seulement te montrer que je n'étais pas aussi lâche que tu parais le croire ; mais, comme je suis tombé entre les mains des brigands, ce serait folie à moi de les mettre au défi de me prouver leur férocité. Parle et je verrai si je dois te répondre.

— Tu prends le parti le plus sage, et, comme il me répugne de t'infliger d'inutiles souffrances, je t'engage à ne pas tenter de me tromper. — Quel était ton but en voulant t'emparer de l'un de nous ?

— L'obliger à nous faire connaître ta retraite et à nous fournir les moyens de te faire prisonnier.

Des cris de fureur accueillirent cette réponse et, sans la présence du capitaine qui commanda le silence, Renardot eût été égorgé à l'instant même.

— Quels étaient tes complices ?

— Des agents subalternes qu'il est inutile de désigner et un homme que tu dois bien connaître, Gaspard de Besse, car c'est ton ennemi le plus implacable : le marquis d'Arène.

— C'est bien et tes réponses ne font que confirmer mes soupçons. Inutile de te demander, n'est-ce pas, quel sort vous réserviez à Coquelicot et à moi ?

— Coquelicot eût pu racheter sa vie en te livrant, mais, toi, tu aurais reçu la juste punition de tes forfaits.

— Comme tu vas recevoir le châtiment des tiens.

— J'ai été assez maladroit pour me laisser battre, je suis prêt à subir la peine que les bandits infligent aux vaincus. Cependant, peut-être me sera-t-il possible de racheter ma vie et ma liberté en te faisant un aveu que les tortures ne sauraient m'arracher.

— J'en doute, car notre loi, à nous, est formelle ; nous pouvons faire grâce à l'ennemi qui tombe en notre pouvoir dans un combat loyal, mais nous punissons toujours de mort les traîtres et les espions.

— Quoi! même si je t'indiquais l'endroit où est retenue Clarisse et si je te fournissais ainsi les moyens de la délivrer?

Gaspard pâlit et hésita; mais, domptant son émotion, il répondit d'une voix ferme :

— Même dans ce cas, notre loi te serait appliquée.

— Et si ses jours étaient comptés et si, en refusant d'obtenir de moi ces renseignements que je veux te rendre, tu perdais la chance inespérée d'arriver assez à temps auprès d'elle pour la sauver?

Le capitaine hésitait encore et un silence de mort planait sur l'assemblée.

Coquelicot, quittant sa place, fit quelques pas au milieu de la salle et dit :

— Cet homme a voulu me livrer, cet homme a tué la malheureuse fille dont il avait fait sa complice, cet homme m'appartient. Si tu le juges bon, je renonce à mes droits sur lui et lui accorde la vie. Il faut avant tout sauver Clarisse !

— Qu'il soit fait selon ta volonté, répondit Gaspard de Besse qui ne put cacher son émotion : et toi, parle.

— Volontiers, mais il est toujours convenu que vous me donnez la vie sauve et la liberté?

— Tu as ma promesse.

— Alors sache que Clarisse est enfermée dans un château du marquis d'Arène qui se trouve non loin des gorges d'Ollioules. C'est un endroit où il ne se rend que rarement et lorsque cette sombre cage renferme quelque joli oiseau dont la captivité est plus ou moins volontaire. C'est une sorte de forteresse, mais faiblement défendue par le vieil intendant Laurent et quelques hommes.

— Je connais Laurent et je le sais incapable de s'être fait le complice d'une aussi odieuse séquestration.

— Il ignore, en effet, la captivité de Clarisse ou plutôt la cause de cette captivité. Le marquis d'Arène a placé la jeune fille sous la garde d'une mégère, d'une vieille coquine, capable de tous les crimes. Il a fait croire à son intendant que Clarisse était la nièce de cette femme, que son séjour momentané au château avait pour but de dissimuler le dénouement d'une amoureuse faute. Laurent n'en a pas demandé davantage et, comme il vit fort retiré dans la partie du château qu'il habite, il n'a même jamais vu Clarisse.

— Et tu affirmes que les jours de cette infortunée sont en danger?

— C'est la vérité. L'amour qu'avait le marquis pour elle s'est changé en haine. Depuis que, même prisonnière, elle a repoussé ses avances avec un mépris qui l'a exaspéré. Elle ne vivrait plus, si sa vie n'était nécessaire à la réalisation de certains projets.

— Et ces projets, les connais-tu?

— Ils ne sont point difficiles à deviner. On veut se servir d'elle pour l'attirer dans un piège, comme le chasseur se sert de l'oiseau captif pour faire tomber les autres oiseaux dans ses filets.

— Et si elle refuse?

— Tous les moyens seront bons pour vaincre sa résistance, dût-elle expirer dans les tortures ; mais elle mourra, plus sûrement encore, le jour où on n'aura plus besoin d'elle. Hâtez-vous d'aller la délivrer si vous ne voulez arriver trop tard.

— Nous arriverons et, si tes renseignements sont exacts, la liberté te sera rendue.

— J'ai tenu mes engagements, tenez les vôtres, en me laissant libre de quitter immédiatement cette prison.

— Pour aller prévenir immédiatement le marquis d'Arène et faire échouer notre coup de main, n'est-ce pas ?

— Je vous donne ma parole de ne rien révéler au marquis si vous me laissez libre et de favoriser, autant que cela me sera possible, l'enlèvement de Clarisse dont la détention devient maintenant sans objet.

— Ta parole est, sans doute, une précieuse garantie, mais il est plus prudent de te garder à vue jusqu'au retour de notre expédition.

La cause de Renardot semblait perdue, lorsqu'il trouva, contre toute attente, un puissant avocat dans Coquelicot.

— Ce coquin-là, dit-il, en désignant Renardot, a tenu sa parole, et ce serait nous déshonorer que de nous montrer moins empressés à exécuter notre promesse ; il pourrait croire, en outre, que nous avons peur de lui. Je suis donc d'avis de le laisser partir après qu'il aura fait le serment de ne rien révéler de ce qui vient de se passer ici.

— Je le jure de grand cœur.

— Allons, répliqua Gaspard de Besse, qu'il soit libre, car, aujourd'hui, je n'ai rien à refuser à Coquelicot, mais cet excès de générosité pourrait bien être une imprudence.

— Es-tu devenu fou ? murmura Bavard à l'oreille de son camarade.

— Ne crains rien, on a promis à ce gueux de lui laisser la vie et de ne pas le retenir prisonnier ; mais je n'ai pas juré de l'épargner ensuite et, avant une heure, un bon coup d'épée le rendra à tout jamais muet.

— Il eût mieux valu le garder ici pendant quelques jours et exécuter ensuite ton projet qui me paraît excellent ; enfin ce qui est fait est fait.

— La liberté va t'être rendue, dit le capitaine à Renardot, mais n'oublie pas que, si je te rencontre encore une fois sur ma route, rien ne pourra cette fois me déterminer à t'épargner.

— Je ferai de mon mieux pour ne pas vous réduire à cette pénible extrémité, soyez-en certain.

— On va te couvrir les yeux d'un bandeau et deux hommes te conduiront assez loin d'ici pour que tu ne puisses pas découvrir notre retraite ; ne cherche pas à la connaître et n'oublie pas tes serments.

On mit un épais bandeau sur les yeux de Renardot et deux hommes, le saisissant chacun par un bras, l'entraînèrent hors de la salle.

Une bouffée d'air frais qui vint le frapper au visage, lui apprit qu'il était enfin sorti de la retraite des brigands.

— Pas un mot, pas un cri, lui dit son voisin de droite, dans lequel il crut reconnaître Bavard, ou je te tue comme un chien !

Renardot n'eut garde de désobéir.

Les deux guides l'entraînèrent rapidement, mais, aux détours qu'ils faisaient, il comprit qu'on le faisait passer dans d'étroites ruelles qui s'enchevêtraient, afin de lui rendre impossible toute tentative pour reconnaître la maison d'où il sortait.

Lorsqu'on l'eut ainsi promené pendant un assez long espace de temps, sans qu'il se fût vraisemblablement beaucoup éloigné de son point de départ, ses deux gardes allongèrent le pas, ne prenant, cette fois, aucune précaution.

Après l'avoir fait marcher avec une extrême vitesse, ils s'arrêtèrent tout à coup, et celui dont il avait déjà entendu la voix lui dit :

— N'oublie pas les ordres du capitaine et souviens-toi de tes serments; ta vie dépend de ton obéissance.

Ayant dit ces mots, il le poussa rudement en avant et prit sa course suivi de son compagnon.

Renardot tomba la face contre terre, mais il n'eut garde de bouger aussi longtemps qu'il entendit le bruit de leurs pas.

Lorsqu'il se fut assuré qu'ils s'étaient éloignés, il défit son bandeau et se releva.

Il était dans un terrain vague, non loin de la porte d'Aix, dans un endroit absolument désert et où il eût été facile de le tuer sans que nul pût entendre ses cris ou se fût soucié d'aller le secourir.

— Allons, dit-il, je vois que Gaspard de Besse tient sa parole et que je n'ai rien à redouter de lui pour le moment. Je lui ai donné un renseignement qu'il eût payé cher. Il m'a accordé la liberté, à laquelle je tiens beaucoup, et la vie, qui est plus précieuse encore; de ce côté nous sommes quittes. Mais j'ai enduré dans mon cachot des souffrances trop cruelles pour que je puisse les oublier et nous avons de ce chef un compte à régler.

— · —

CHAPITRE XXIII

Comment Bavard perdit, puis retrouva une épée

RENARDOT, trouvant sans doute que l'endroit désert où il se trouvait était peu favorable à l'élaboration d'un plan de revanche, prit le parti de s'en éloigner immédiatement et de regagner son domicile où il pouvait retrouver un bon lit dont il avait le plus grand besoin pour le moment.

Tout en marchant vite, il regardait attentivement autour de lui pour s'assurer qu'il n'était pas suivi, mais il arriva à bon port sans avoir rien aperçu de suspect.

— Si tu me trahis d'ailleurs, je te plonge cela entre les deux épaules. (Page 176).

Il fallait que ses yeux l'eussent mal servi, ou que les hommes attachés à sa poursuite fussent bien habiles, car, depuis le moment où il s'était cru seul et complètement débarrassé de ses deux gardes du corps qui n'étaient autres que Coquelicot et le Bavard, ceux-ci ne l'avaient pas perdu de vue une seule minute.

Rasant les maisons, rampant sur le sol, ou se collant aux murs lorsque Renardot se retournait, ils le suivaient d'assez près pour pouvoir bondir sur lui s'il faisait mine de se sauver.

Mais il n'y songeait guère et se croyait en sûreté. Il avait même fini par négliger une surveillance qu'il croyait sans objet.

Ce fut derrière lui, dans l'ombre, sans bruit, que les deux compagnons se glissèrent dans l'escalier de la maison. Au moment où il allait refermer la porte de sa chambre, une main robuste la retint ouverte, tandis qu'il sentit sur son cou la pointe d'un poignard.

— Pas un mot, murmura une voix à son oreille ; n'appelle pas si tu tiens à la vie.

La porte se referma et il entendit de nouveau la voix de Bavard qui disait à son compagnon :

— Empêche-le de bouger pendant que je bats le briquet. Au moindre geste, tue-le pour éviter qu'il ne te porte quelque mauvais coup.

Renardot, épouvanté, n'osait remuer.

Enfin, Bavard, après des tentatives nombreuses et infructueuses, réussit à allumer la chandelle.

— Ce n'est vraiment pas malheureux, s'écria-t-il, nous allons pouvoir contempler la figure de monsieur et admirer son palais.

Le palais était une chambre carrée, assez grande, avec un lit dans un coin, un bahut et une lourde table de chêne près de l'unique fenêtre.

— Que me voulez-vous ? demanda Renardot.

— Moins que rien, répondit Coquelicot, tout simplement t'enfoncer dans le corps quelques pouces de mon épée.

— Votre capitaine m'a promis la vie sauve.

— Et tu pourrais ajouter que c'est à moi que tu dois d'avoir été mis en liberté.

— Eh bien ?

— Il me semble qu'on ne t'a pas coupé le cou comme tu l'aurais mérité et que tu n'es plus en prison.

— Et vous venez m'assassiner ?

— Assassiner ! fi ! le vilain mot !

— Mon ami Coquelicot, ajouta Bavard, n'assassine personne ; il se bat en duel, mais il tue toujours son adversaire, voilà tout...

— Vous savez bien que je n'ai point d'épée.

— Qu'à cela ne tienne, Bavard te prêtera la sienne.

— Ah ! mais non..,

— De cette façon, tu seras certain que tu n'auras affaire qu'à moi et que mon camarade ne pourra pas te prendre à revers.

— Et si je refuse de me battre ?

— Alors, tant pis pour toi ; je te saisirai délicatement par le cou et t'étranglerai ; mais je ne vois pas bien ce que tu y gagneras.

— Et, si je vous tue, vos compagnons qui entourent, sans doute, la maison, viendront vous venger.

— Je suis seul ici avec Bavard, et, si tu me tues, ce que je ne crois pas, tout sera dit. Je défends à mon ami de me venger.

— Noble cœur ! soupira Bavard, qui n'avait qu'un goût médiocre pour les combats singuliers où il devait être acteur.

— Allons, donne ton épée et finissons.

Renardot semblait avoir pris son parti et il tomba en garde comme un homme décidé à vendre sa vie le plus chèrement possible.

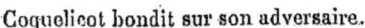
Coquelicot bondit sur son adversaire.

Les épées se heurtent, les étincelles jaillissent, les lames s'enroulent comme deux serpents.

Des coups terribles sont portés avec furie.

Renardot, sans se laisser effrayer par ces attaques furibondes, se rapproche de la fenêtre.

Alors, tandis qu'il pare les coups de son ennemi, de sa main gauche, il s'assure si la lourde table de chêne est derrière lui.

Profitant d'un moment où l'épée de Coquelicot dévie de la ligne droite, il lui envoie un coup droit en se fendant à fond. La botte est évitée, mais Coquelicot a rompu d'un pas.

Bondissant par-dessus la table, Renardot la saisit à deux mains, et, avec une vigueur qu'on ne se fût pas attendu à trouver dans ce corps d'apparence frêle, il la lança dans les jambes de Coquelicot.

Celui-ci perd l'équilibre, chancelle et va tomber.

Si son adversaire se fût précipité sur lui à ce moment, il eût pu le tuer et le péril fut si grand que Bavard, oubliant qu'il n'avait pas d'arme, s'élança au secours de son ami.

Mais le vainqueur ne songeait pas à frapper, ouvrant la fenêtre, il sauta et disparut aux regards de ses ennemis.

— Pour sûr, s'écria Bavard, il a dû se rompre les os.

Mais, s'étant approché de la fenêtre, il vit que Renardot était retombé sur le toit d'un petit pavillon et, de là, s'était laissé glisser sur le sol en s'aidant d'un tuyau de plomb qui pendait à l'un des coins de la gouttière.

— Le coquin emporte mon épée, s'écria tristement Bavard.

— Eh bien, je vais la lui reprendre.

Et, en disant ces mots, Coquelicot sauta à son tour sur le toit et dégringola dans la rue, sourd aux exhortations de son camarade qui le suppliait de ne pas se jeter dans quelque nouveau péril.

Resté seul, Bavard ne se sentit pas fort rassuré, car il n'avait plus d'armes. Renardot pouvait revenir pour se barricader chez lui et le tuer avec l'épée qu'il venait de lui prêter.

Cette perspective n'avait rien qui le séduisît et il s'empressa de sortir à son tour, mais par l'escalier.

Il avait à peine fait une centaine de pas dans la rue, qu'il vit venir à lui Coquelicot, la tête basse.

— Pécaïro, je vois que la chasse n'a pas été bonne et que le gibier ne s'est pas laissé reprendre.

— Il faut que cet homme soit un démon ; il avait à peine vingt pas d'avance....

— C'est sans doute fort heureux pour toi, car il savait où trouver des amis et, cette fois, tu ne lui aurais pas échappé facilement.

— Ah ! si jamais je le retrouve, je jure...

— Ne jure pas, mon bon Coquelicot, c'est inutile ; mais qu'il eût mieux valu le garder sous les verrous et lui régler gentiment son petit compte!

— Tais toi !

— Tu veux que je me taise parce que j'ai raison et parce que tu as fait une sottise.

— Les reproches ne sont pas de saison.

— Tu prêchais cependant fort bien le jour où le capitaine me reprit le coffret de l'orfèvre et tu me conseillais, avec beaucoup d'éloquence, la résignation. Laisse-moi, à mon tour, te donner les mêmes conseils.

— Que la peste t'étouffe, maudit Bavard !

— C'est un souhait charitable ; mais tu ferais mieux de souhaiter que le diable me rendît mon épée, car ce coquin de Renardot s'en va chargé de nos dépouilles et me voici hors d'état de me défendre.

— Ah ! si ce n'était que ton épée....

— Parbleu ! tu en ferais bon marché, je le sais bien ; mais elle me manque à moi. Et puis nos camarades vont rire à mes dépens s'ils me voient revenir sans ma rapière.

— Qu'à cela ne tienne, tu vas en avoir une autre.

— Une autre ?

— Oui, et plus belle que celle que tu viens de perdre.

— Et où la prendras-tu ?

— Que dirais-tu de l'épée que porte ce particulier ?

Le particulier en question était un grand diable de soldat de la maréchaussée qui venait au-devant d'eux.

— Ma foi, elle m'irait très bien.

— La veux-tu ?

— Je ne dis pas non... Mais son maître sera-t-il d'humeur à me la céder ?

— Il le faudra bien ; du reste j'ai besoin de me refaire la main, car je baisse évidemment. J'aurais dû tuer, dix fois plutôt qu'une, le Renardot. Tiens, voilà notre homme, laisse-moi faire.

Le soldat n'était plus qu'à quelques pas ; Coquelicot alla se planter en face de lui et lui barra le chemin.

Cet homme était brave. Sans s'émouvoir, il porta la main à la garde de son épée en disant :

— Que voulez-vous ?

— Avoir d'abord l'honneur de vous saluer et, ensuite, vous présenter, de la part de mon ami, que voici, une petite requête que je suis chargé par lui d'appuyer.

— Trêve de plaisanteries.

— Je ne plaisante que rarement et, dans ce moment, je n'ai nulle envie de rire.

— Ça, c'est vrai, appuya Bavard.

— Voyons, vous expliquerez-vous, enfin ? Je vous avertis que je ne suis pas fort patient.

— La patience n'est pas, non plus, mon péché mignon.

— Si c'est à ma bourse que vous en voulez ?...

— A votre bourse ! à la bourse d'un soldat de la maréchaussée ! Dis donc, Bavard, avais-tu entendu dire que ces messieurs fussent si riches ?

— Je l'ignorais, en effet, répondit gravement Bavard.

— Allez au diable ! s'écria le soldat impatienté.

— Pas avant de vous avoir dit ce que nous désirions de vous.

— Dites vite.

— Mon digne ami que voici a, par une suite d'aventures qui vous intéresseraient médiocrement, perdu son épée : une épée superbe, une lame de Tolède qui lui venait d'un de ses oncles qui, de son vivant, était grand d'Espagne.

— Et que m'importe ?

— Fort peu, en effet ; mais mon ami, qui est homme d'épée, ne peut rester ainsi dépourvu du signe distinctif de son rang. Ce ne serait plus un homme d'épée, vous l'avouerez, s'il ne portait au côté que ce fourreau qui pend piteusement, flasque et vide.

— Alors, qu'il en achète une autre.

— Voilà précisément la difficulté. Non que mon ami manque d'argent, mais il est fort pressé en ce moment et n'a pas le temps de se rendre chez un armurier, si bien qu'il a pensé que vous ne refuseriez pas de lui donner, en souvenir de notre rencontre, cette superbe rapière qui pend à votre baudrier.

— Et si je refuse ?

— Alors j'aurai le regret de vous tuer d'abord et de m'en emparer ensuite.

Sans rien répondre, le soldat tira son épée.

Coquelicot dégaina aussitôt et tomba en garde.

Le duel fut bien vite terminé.

Coquelicot traversa d'un coup d'épée l'épaule de son adversaire et, d'un vigoureux coup de revers, fit voler à dix pas son arme dont Bavard s'empara aussitôt.

— Vous voyez bien que vous auriez mieux fait de vous exécuter en galant homme ; mais j'espère que cette petite leçon ne sera pas perdue et vous en évitera, pour l'avenir, une plus complète. Allons, Bavard, remercie toujours monsieur, bien que son cadeau ne soit pas absolument volontaire.

Saluant cérémonieusement le pauvre diable, à qui la douleur, causée par sa blessure, causait de vives souffrances, ils s'éloignèrent fiers comme Artaban, le héros légendaire de la Calprenède.

CHAPITRE XXIV

Clarisse prisonnière

ORSQUE la voiture qui emportait Clarisse, si cruellement arrachée des bras de sa mère, se fut éloignée et roula sur la grande route, un des hommes qui se trouvaient aux côtés de la jeune fille et qui paraissait commander aux autres, s'apercevant qu'elle étouffait sous son bâillon, le défit et lui permit de respirer plus librement.

En même temps qu'il défaisait le mouchoir, il lui montrait un couteau en lui jurant que, si elle poussait un cri, et si l'on venait à son secours, il la tuerait sans hésiter.

Clarisse essaya de fléchir ces hommes par ses supplications et par ses larmes. Ils lui répondirent par des éclats de rire et de cyniques railleries.

— Voilà, dit leur chef, une petite gueuse vraiment bien à plaindre ! Elle a eu le bonheur de plaire à un gentilhomme riche et généreux qui en fera une grande dame, et remplacera ses mauvais vêtements par de belles robes et de brillantes parures. Au lieu de travailler pour vivre, elle n'aura plus qu'à donner ses ordres pour être servie comme une princesse, et elle se lamente, pleure comme une Madeleine. Allons, allons, la fille, il est inutile de chercher à nous apitoyer sur ton sort !

— Si vous n'avez pas pitié de moi, laissez-vous, au moins, toucher par votre propre intérêt ; rendez-moi la liberté et je vous jure que vous en serez richement récompensés.

— Voyez-vous ça ? Nous avions cru enlever une petite paysanne, il se trouve que nous avons affaire à une princesse. Et, dites-moi, la belle, où prendrez-vous tout cet argent ?

— Je n'ai rien...

— Nous nous en doutions bien un peu.

— Je n'ai rien qui m'appartienne, mais je puis vous faire payer plus chèrement que vous ne sauriez l'espérer. En outre, celui qui vous récompenserait au delà de vos souhaits est assez puissant pour tirer de vous une vengeance terrible si vous n'avez pas pitié de moi.

— Et peut-on connaître le nom de ce grand seigneur, avant de traiter avec vous ?

— Ce n'est point un grand seigneur. Mon protecteur s'appelle Gaspard de Besse.

— Allons, la paix ! Tous les coquins, tous les vagabonds, tous ceux qui croient avoir à se plaindre de quelque injustice, ont pris le parti d'invoquer le nom de Gaspard de Besse. On dirait, vraiment, que le roi l'a institué grand justicier de la Provence. Mais, si vous vous imaginez nous faire peur en nous menaçant de sa colère, vous vous trompez fort. Gaspard de Besse a autre chose à faire que de rechercher les filles qu'on enlève...

— Je vous jure...

— La paix, dis-je, vos promesses sont aussi inutiles que vos larmes, car nous sommes largement payés. Vos menaces ne nous touchent pas davantage. Elles ne nous empêcheront pas de tenir les engagements que nous avons pris. Si vous persistez à nous étourdir ainsi, vous nous obligerez à vous bâillonner de nouveau, et, cette fois, vous pourrez étouffer tout à votre aise. Nous ne vous délivrerons plus.

Comprenant qu'elle n'avait plus rien à espérer, et que toute tentative de sa part, pour échapper à ces hommes, ne servirait qu'à les rendre plus cruels et plus implacables, Clarisse garda le silence, prenant la résolution d'attendre pour agir, qu'une occasion se présentât. Elle était prête à risquer sa vie pour échapper à ses ravisseurs et sauver son honneur.

Elle se disait que, si on avait voulu se débarrasser d'elle, on l'eût pu facilement sur cette route déserte où ses cris ne pouvaient être entendus.

Il faudrait bien que le marquis d'Arène se montrât devant elle. Alors elle essayerait de recouvrer sa liberté, soit par la ruse, soit par tout autre moyen.

N'avait-elle pas, de plus, un défenseur qui ne manquerait pas de faire tous ses efforts pour découvrir sa retraite ?

Gaspard de Besse ne resterait certainement pas inactif, et peut-être parviendrait jusqu'à elle.

Le principal était de gagner du temps et de lui permettre de prendre les mesures nécessaires pour accourir à son secours.

La voiture roula encore pendant plusieurs heures, sans qu'il fût possible à Clarisse de se rendre compte du chemin qu'elle suivait.

Le soleil finit par se montrer. Ses rayons brillèrent avec des lueurs roses, puis dorées. Elle put voir alors que la route sur laquelle roulait la chaise de poste serpentait entre des collines capricieusement dentelées.

Dans d'autres temps, la beauté du paysage qui se déployait parfois devant elle, la variété des sites, la chute précipitée de mille sources jaillissantes, les murmures du feuillage, le réveil des oiseaux eussent rempli son âme d'un délicieux ravissement ; mais c'était en vain que la nature s'offrait dans toute sa splendeur à ses regards ; rien ne pouvait triompher de ses sombres pensées.

Les hommes qui l'escortaient lui étaient absolument inconnus. Ils ne cessaient d'exciter les chevaux qui ne ralentirent pas un instant leur allure.

Bientôt l'on pénétra dans une vallée encaissée, au fond de laquelle on apercevait des tourelles crénelées. Ici le paysage changea d'aspect.

L'horreur était le caractère distinctif du tableau qui se déroulait sous les yeux.

Des rochers sourcilleux, dont les longues fentes laissaient échapper çà et là quelques traces d'une végétation sauvage, s'étendaient sur la droite et la gauche comme un rempart insurmontable.

Au delà du château, l'horizon présentait un amphithéâtre formé par des bois de pins et de chênes épais et sombres qui coupaient les sommets des montagnes.

La voiture s'arrêta, le chef de l'expédition ordonna à Clarisse de mettre pied à terre.

Deux hommes, tenant chacun la jeune fille par un bras, la conduisirent à une petite clairière.

Là, une vieille femme, dont les traits avaient quelque chose de masculin, les attendait.

Dès qu'elle aperçut Clarisse, elle s'écria :

— Ah ! ah ! voici le gentil oiseau que je vais mettre en cage.

— C'est lui, répondit un des hommes, et j'espère qu'il sera sage et docile.

— Je le souhaite de tout mon cœur, car il serait pénible d'employer la rigueur.

— Il le faudrait cependant, aussi mieux vaut il prévenir tout de suite mademoiselle de ce qui l'attend si elle cherche à s'évader.

Se tournant vers Clarisse, le chef des ravisseurs ajouta :

— Écoute, petite mijaurée, et, si tu tiens à la vie, tâche de bien exécuter mes ordres. Tu vas suivre madame gentiment, tu marcheras à côté d'elle dans le chemin qui s'ouvre devant toi et qui conduit au château. Mes hommes et moi, nous vous suivrons sous bois, de chaque côté du sentier. Au moindre cri que tu pousseras, à la première tentative que tu feras pour fuir, nous t'enverrons une balle dans la tête. C'est compris, n'est-ce pas ?

— Je suis sûre que la jeune demoiselle sera docile comme un agneau, et qu'elle fera ce que je lui dirai. Elle est trop contente de retrouver sa bonne tante.

— Ma tante, vous ! fit Clarisse avec stupéfaction.

— Oui, mon enfant, dit la vieille d'un ton doucereux, je suis ta tante. Si on t'interroge, tu répondras que tu es ma nièce et que tu es bien contente de venir avec moi.

— Mais je ne vous connais pas...

— Nous ferons connaissance.

La mégère changea subitement de ton. Elle prit un air cruel :

— Si tu me trahis d'ailleurs, je te plonge cela entre les deux épaules.

En disant ces mots, elle tira de dessous son tablier un large couteau bien affilé qu'elle tenait tout ouvert.

— Comme ça, conclut philosophiquement le chef de l'expédition, elle est prévenue et, s'il lui arrive malheur, elle n'aura qu'à s'en prendre à elle-même.

— Allons, viens par ici, ma chère nièce, et suis-moi.

Clarisse obéit.

En s'approchant, elle remarqua que la muraille qui entourait le château était renversée de distance en distance, et que déjà ses débris se cachaient sous l'herbe.

Les balustrades disjointes pendaient sur leurs pivots, et la grille de l'avenue semblait prête à se détacher de ses gonds.

Les deux femmes atteignirent, sans avoir rencontré personne, une petite porte que la vieille ouvrit et qui leur permit de pénétrer dans cette sombre demeure.

La mégère invita Clarisse à lui donner la main et la guida, à travers de nombreux couloirs, jusqu'à un appartement assez bien meublé.

— Voici, lui dit-elle, le séjour qui vous a été assigné. Vous resterez ici jusqu'à ce que celui qui est maintenant votre maître en ordonne autrement.

— Que me veut-on ? Pourquoi m'a-t-on si cruellement arrachée des bras de ma pauvre mère ?

— Ma foi, avec une figure aussi jolie que la vôtre, une tournure aussi gracieuse, le motif de cet enlèvement n'est point malin à deviner. Mon beau trésor, on veut vous posséder...

— Je n'ai donc été conduite ici que pour être sacrifiée à la passion d'un misérable ?

— Calmez-vous, c'est à croire vraiment que vous êtes folle. On ne veut vous faire aucun mal ! Si vous continuez à être gentille et douce, demain, vous verrez le maître de château, et je vous engage à ne pas trop faire la méchante avec lui, afin qu'il continue à bien vous traiter. Mais vous devez avoir besoin de repos, voici votre lit qui est excellent. J'y ai vu coucher plus d'une grande dame, mais le marquis ne trouve rien de trop bon pour vous. Là, continua-t-elle en ouvrant la porte d'un

Clarisse chancela, poussa un cri et s'affaissa sur le parquet. (Page 84.)

cabinet assez vaste, vous trouverez des gravures, des livres qui vous aideront à passer le temps. Désirez-vous quelque chose de plus?...

— La liberté!...

— Il y a bien des personnes qui envieraient votre captivité.

— Elle n'en est pas moins terrible pour moi.

— On dit cela dans les premiers moments, puis on change d'avis. Tenez, sur cette table, votre déjeuner est servi et je vous engage à y faire honneur pendant que je m'en vais prendre mon repas à l'office.

Dès qu'elle fut seule, Clarisse s'approcha des fenêtres pour examiner les abords du château et pour tâcher de savoir dans quelle partie de la demeure elle était enfermée.

Au pied de la muraille, elle aperçut un petit jardin enclos de tous côtés. Au-dessus des murs, de sombres cyprès balançaient leurs têtes coupant l'horizon, borné d'ailleurs par une montagne taillée à pic.

L'âme brisée, elle s'assit sur un fauteuil, en proie à une vive inquiétude.

Une pensée l'obsédait : Combien grands devaient être les tourments de sa vieille mère ! Combien terrible serait le désespoir de Gaspard !

Parviendrait-il à la découvrir dans cette prison, et comment pourrait-elle l'aider dans ses recherches ?

Elle passa la journée en proie à ces tristes pensées sans presque voir la vieille qui se borna à constater le soir qu'elle n'avait rien mangé.

— Ah ! vous n'êtes pas raisonnable.

Elle ne répondit rien.

— Enfin, l'appétit vous viendra !...

La mégère renouvela les mets et se retira.

Quand la nuit vint, Clarisse défaillante se borna à prendre un morceau de pain et à boire un verre d'eau.

Elle retomba ensuite dans son état d'abattement profond, cherchant des larmes et n'en trouvant pas.

Un moment elle accusa la Providence, mais elle ne tarda pas à se rappeler les principes religieux que lui avait donnés sa mère, et elle se montra plus résignée.

— Que Dieu ait pitié de moi ! s'écria-t-elle.

Elle tomba à genoux et pria avec ferveur.

Un profond silence régnait dans le château, et le premier bruit qu'elle entendit fut celui d'une horloge qui sonna minuit. Le temps se traînait lentement et le sommeil fuyait ses paupières.

Une fièvre brûlante faisait frissonner tout son corps.

Pour rappeler ses forces, elle aurait pu goûter le vin qu'on avait laissé dans son appartement, mais elle craignait qu'on y eût mêlé quelque drogue.

Malgré ses efforts pour rester éveillée, la fatigue finit par triompher de sa volonté et elle tomba dans un assoupissement.

Soudain, elle fut réveillée par un cri qui parut venir d'un appartement peu éloigné du sien.

Elle entendit aussitôt une porte s'ouvrir et une voix, qu'elle reconnut être celle du marquis d'Arène, cria avec terreur :

— 'A moi, Laurent, au secours !

Quelques instants après, une autre voix demanda :

— Qu'y a-t-il ? Que se passe-t il ?

— Misérable ! Comment as-tu pu avoir tant d'audace !

— Que veut dire monseigneur ?

— Le laisser sortir de ma prison et venir me trouver la nuit ! Ah ! il a bien fait de s'enfuir, car je l'aurais tué !

— Monseigneur, vous vous trompez ; c'est une erreur de votre imagination et vous n'avez vu personne. Croyez-moi, rentrez dans votre appartement où je vous tiendrai compagnie. Mais, par grâce, prenez garde qu'on ne vous entende !

La porte se referma, et elle n'entendit plus rien.

Clarisse ne se rendormit pas. Elle resta en proie à de nouvelles terreurs jusqu'au moment où les premières clartés de l'aurore pénétrèrent dans sa chambre.

Bientôt le château devint plus bruyant. Elle distingua divers bruits de pas et, peu après, la vieille femme entra dans son appartement, portant de nouveaux plats qu'elle déposa sur un guéridon.

— Peut-être, mademoiselle, avez-vous l'habitude de ne pas déjeuner seule. Si cela vous est agréable, je vous tiendrai compagnie. Je dois vous dire que je me nomme Joséphine, et vous, comment vous appelle-t-on ?...

— Clarisse.

— J'avais oublié votre nom et cependant je l'ai entendu prononcer plus d'une fois.

En disant ces mots, elle s'assit devant la table et se mit à manger avec appétit.

— Vous êtes toujours ennuyée, je le vois, dit-elle entre deux bouchées. Je désirerais que votre entrevue avec le marquis eût eu lieu, car je suis persuadée que vous seriez beaucoup plus gaie si vous étiez bien convaincue de ses sentiments à votre égard.

Clarisse eut un sourire rempli d'amertume.

La duègne se versa une rasade.

— Comment avez-vous trouvé ce vin ?...

— Vous voyez bien que je n'y ai pas goûté.

— C'est juste. Vous avez eu tort, car il est excellent. A quoi pensez-vous donc ?... Craignez-vous qu'il ne soit empoisonné. Je n'ai pas la même frayeur, moi !... Mais, que vois-je ? Le lit n'est pas défait et vous ne vous êtes pas couchée de la nuit. Je m'étonne que vous ne soyez pas malade. Allons, allons, prenez quelque chose, un biscuit avec de la confiture...

Clarisse y consentit.

— J'espère que nous passerons ensemble une grande partie du temps, si vous devez rester dans ce château. Je suis la seule femme qui puisse vous tenir compagnie.

— Je désire sortir d'ici.

— Quelle folie ! Vous allez bientôt voir le marquis, et je ne doute pas que tout ne s'arrange à merveille ; je serai la première à vous féliciter.

Après avoir fait une révérence, Joséphine se retira.

Une demi-heure après, elle revint lui annoncer la visite du marquis d'Arène.

— Ma chère Clarisse, lui dit-il en souriant et en se laissant aller nonchalamment dans un fauteuil, je suis sans doute bien coupable à vos yeux et je ne vois qu'un moyen de me disculper, c'est d'invoquer mon ardent amour pour vous. Je n'ai pu résister au bonheur de vous avoir auprès de moi pour vous convaincre de la violence de ma passion, c'est là mon excuse et j'espère que vous l'agréerez.

— Votre amour ne saurait être sincère, car le premier sentiment qu'inspire le véritable amour est la délicatesse.

— Dites plutôt, ma charmante enfant, que le véritable amour est ce désordre, cet égarement qui nous pousse à des actions que nous n'oserions pas entreprendre et dont l'exécution devrait nous faire trembler, si notre imagination était plus calme et notre raison moins troublée.

— Ce sentiment est celui d'un insensé et il doit être réprimé....

— Par cette main, s'écria le marquis en saisissant celle de la prisonnière et en la portant à ses lèvres.

— Cette main est encore libre, dit Clarisse avec fermeté, et elle m'appartient ainsi que mon cœur.

— Vous refusez donc de croire à mon amour ?

— J'aurais pu y croire, si vous aviez agi en homme d'honneur ; mais lorsque vous jouez le rôle d'un lâche ravisseur, lorsque vous avez recours à la violence, je ne puis m'empêcher de croire que vous mentez et que ce que vous appelez de l'amour n'est autre chose qu'une aveugle fureur.

— J'avoue la gravité de mes torts, mais ne soyez pas inexorable. L'impétuosité de ma passion en est la seule excuse et vous me rendrez le plus heureux des hommes, en assurant votre propre bonheur, si vous consentez à guérir la blessure faite par vos beaux yeux.

— Jamais ! Jamais ! Entendez-vous bien, plutôt mourir !

— Je vois, dit d'Arène en se levant, que vous êtes encore sous l'empire d'une irritation que je croyais moins vive ; il faut renoncer à vous convaincre en ce moment, mais vous réfléchirez et vous comprendrez que ce serait folie à vous de me repousser.... En attendant considérez-vous comme la maîtresse de tout ce qui vous entoure et surtout de celui qui, dans ce moment, vous quitte avec un si vif regret.

Après le départ du marquis, quelques heures s'écoulèrent sans que nul ne vînt troubler les réflexions de Clarisse.

Quand Joséphine se montra, elle lui adressa de nombreuses questions relativement à son entrevue avec d'Arène.

Elle lui demanda si elle avait suivi ses conseils, si son maître lui plaisait, si elle l'avait bien reçu et n'avait pas été trop cruelle pour lui.

Clarisse se tut.

Joséphine, interprétant son silence dans un sens négatif, entreprit par un interminable discours de la décider à se montrer moins farouche. Mais, ennuyée de ne pas obtenir de réponse, elle se retira en souhaitant d'un ton maussade une bonne nuit à la jeune fille.

Le lendemain, lorsque la vieille femme se présenta devant Clarisse, elle tenait à la main une élégante cassette qu'elle plaça devant elle en levant le couvercle et en étalant à sa vue un écrin de la plus grande richesse.

— Voyez, lui dit-elle, le présent que Monseigneur me charge de vous offrir. N'est-il pas splendide ? Eh ! bien, quelle réponse dois-je lui porter ?

— Il est probable qu'il ne tardera pas à venir, je lui donnerai moi-même ma réponse.

— Bien, bien, c'est comme il vous plaira. Il m'a, en effet, chargée de vous dire qu'il serait ici dans un instant et je crois déjà l'entendre...

Le pas du marquis résonna dans la galerie et la vieille femme se retira en toute hâte.

Au même instant, d'Arène parut.

Après quelques compliments qu'il prononça en entrant dans l'appartement, il ajouta :

— Il est inutile, je pense, que je vous répète le motif qui m'amène ici ; j'espère ne pas m'être abusé en pensant que vous voudriez bien m'accueillir favorablement.

— Reprenez cette cassette, répondit Clarisse en la lui présentant, il m'est impossible d'accepter ce qu'elle renferme. C'est assez vous dire que ma détermination est la même que lors de notre dernière entrevue.

Le marquis, malgré sa colère, s'efforça de conserver son sang-froid et lui répondit avec ironie :

— Avez-vous bien songé à cette liberté que vous réclamez, en avez-vous prévu les conséquences ? Supposons que je vous laisse sortir d'ici, que pensera-t-on ? De quel œil verra-t-on une jeune fille, belle comme vous l'êtes, quitter mon château après y être restée plusieurs jours en tête à tête avec moi ?

— Peu m'importe un blâme que je sais ne pas mériter !

— La violence de ma passion s'est accrue encore par la résistance que j'ai rencontrée...

Sa voix devint plus forte et plus animée :

— Prenez garde ! Ne me poussez pas à bout. J'en fais ici le serment, il n'est ni Dieu ni démon qui puisse vous ravir à moi. Souvenez-vous bien de mes paroles ; vous m'appartenez et c'est à vous de décider si vous voulez vivre en maîtresse heureuse et riche, ou en esclave misérable et méprisée.

— Je sais que je dois tout craindre de votre lâcheté, mais, si celui qui me vengera était ici, vous seriez moins insolent et moins fier.

Il la saisit par le bras :

— Que veux-tu dire ?

— Je veux dire que je vous hais, que je vous méprise et que j'aime Gaspard de Besse ; c'est ma vie, mon amour et mon Dieu ! S'il était présent, vous trembleriez comme vous avez tremblé lorsqu'il vous a tenu au bout de son épée, car vous n'êtes brave que contre les femmes faibles et désarmées.

Les yeux d'Arène lancèrent des éclairs et la colère agita son corps de mouvements convulsifs :

— Ah ! tu me braves, tu me jettes à la face et ta haine pour moi et ton amour pour ce bandit. Tu me dictes ma vengeance. Tu aimes Gaspard de Besse, je t'obligerai à me fournir les moyens de le perdre. C'est toi, toi, entends-tu bien, qui me serviras à le faire tomber entre les mains de la maréchaussée ; c'est avec ton aide que je ferai trancher sa tête par le bourreau !

Il lui lança un regard terrible et sortit.

Clarisse, dont la colère soutenait seule les forces dans cette lutte contre son persécuteur, se sentit défaillir dès qu'elle ne fut plus en proie à la fièvre que lui donnaient le danger immédiat et l'indignation.

Elle se laissa tomber dans un fauteuil et éclata en sanglots.

Où était Gaspard ?

Viendrait-il à son secours ?

La crainte égarait sa raison. Elle appelait son bien-aimé à haute voix.

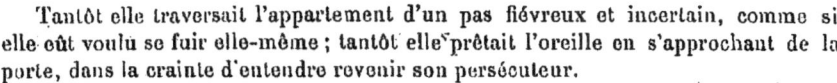

Tantôt elle traversait l'appartement d'un pas fiévreux et incertain, comme si elle eût voulu se fuir elle-même ; tantôt elle prêtait l'oreille en s'approchant de la porte, dans la crainte d'entendre revenir son persécuteur.

Joséphine reparut environ deux heures après.

Son visage montrait son indignation.

Elle se jeta dans un fauteuil et regarda la jeune fille d'un air dur :

— Êtes-vous folle ? Maltraiter le marquis après toutes les marques d'estime, d'affection et de bonté qu'il vous a données ! Refuser ses présents, le repousser même !...

— Je le méprise, je le hais...

— Vous avez mille fois tort...

— Quand m'en irai-je d'ici ?...

— Ah ! par exemple, je l'ignore... Il est plus facile d'entrer dans ce château que d'en sortir. Je ne puis que vous donner encore le conseil d'accueillir favorablement le marquis et de céder à son amour de peur qu'il ne vous arrive quelque chose de pire.

— Oh ! de grâce, ayez pitié de moi ! Par pitié, venez à mon secours !

— C'est vous seule qui pouvez éviter les malheurs qui vous menacent en vous montrant plus raisonnable. J'ai décidé le marquis à vous permettre de revenir sur votre décision. Je dois lui porter votre réponse et je vous engage une fois encore à ne pas lui résister.

— J'aimerais mieux mourir !

— Alors, petite vipère, ne t'en prends qu'à toi-même de ce qui t'arrivera.

Quelques jours s'écoulèrent sans que d'Arène reparût ni que rien indiquât qu'il songeait à exécuter ses mystérieuses menaces.

Un matin, Joséphine se rendit auprès de Clarisse et lui annonça qu'elle allait recevoir la visite d'un envoyé du marquis.

— Surtout, ajouta-t-elle, prenez bien garde de le mécontenter par quelque acte de désobéissance ; il a moins de patience et de bonté que mon maître. Il n'est pas homme à se laisser braver et il entend qu'on lui obéisse. Vous êtes absolument en son pouvoir et vous disparaîtriez que personne ne s'inquiéterait de savoir ce que vous seriez devenue. Parmi vos amis, si vous en avez, aucun ne connaît votre retraite et je dois vous dire encore, dans votre intérêt, que ceux qui ont été amenés ici n'en sont jamais sortis vivants lorsqu'ils ont refusé de se conformer aux ordres qu'ils ont reçus. Vous voilà donc prévenue ; à vous de voir si vous préférez obéir ou prononcer votre arrêt.

— Le misérable dont vous me parlez peut me faire assassiner, il ne m'obligera jamais à accepter le déshonneur. Dites-lui que je n'obéis pas par crainte et que je n'ai pas peur de la mort.

— A merveille ! Mais la mort n'est pas toujours aussi douce que vous semblez le croire ; on pourrait bien ne pas vous tuer d'un coup de poignard et préférer briser votre résistance en vous enterrant vivante dans les cachots souterrains du château. Il y a là des prisons qui ont eu raison de personnes plus robustes et plus vaillantes que vous. Ne faites donc pas tant la fière, car il est possible qu'avant peu vous vous montriez plus traitable et vous vous traîniez aux genoux de ceux que vous

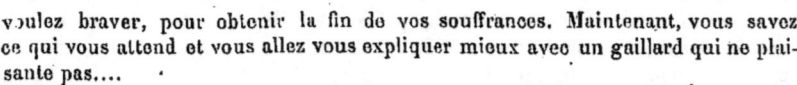
voulez braver, pour obtenir la fin de vos souffrances. Maintenant, vous savez ce qui vous attend et vous allez vous expliquer mieux avec un gaillard qui ne plaisante pas....

Quelques instants s'écoulèrent au bout desquels la porte de l'appartement livra passage à Salviade, ce bravo aux gages du marquis d'Arène.

— Laisse-nous, dit-il à Joséphine, j'ai à m'entretenir avec cette belle enfant. La vieille femme obéit.

— Que voulez-vous de moi? demanda Clarisse.

— Vous allez le savoir à l'instant si vous m'accordez quelques minutes d'attention et si vous ne m'interrompez pas.

— Il faudra bien que je subisse vos discours comme je subis votre présence, puisque je suis prisonnière ; mais si jamais...

— Si jamais vous recouvrez votre liberté, vous tâcherez de me faire assassiner par votre amant. N'est-ce pas là ce que vous voulez dire?...

Clarisse ne répondit pas.

— Peu m'importe, car vous ne serez jamais libre. Dans les propositions que je vais vous faire, il s'agit uniquement pour vous de choisir entre une captivité perpétuelle, mais aussi douce que possible, et une mort qui sera horrible. Ceci posé, laissez-moi vous expliquer ce que j'exige de vous.

— Parlez.

— Vous allez écrire à Gaspard de Besse pour lui annoncer que vous avez pu vous évader et lui donner rendez-vous dans un endroit que je vous indiquerai. A cette condition, vous vivrez ici dans une demi-liberté et sans rien avoir à craindre pour votre vie. Si vous refusez, vous périrez après de lentes tortures qui prolongeront votre effroyable agonie.

— Vous me proposez de vous livrer l'homme que j'aime, de vous fournir le moyen de l'attirer dans un piège et vous me dites : en échange de sa vie, je vous accorde la vôtre. C'est vraiment trop de générosité.

— Trêve de railleries et finissons. Voici de l'encre et du papier, écrivez.

— Et si je refuse?

— Vous savez quel est le sort qui vous attend.

— Ainsi, vous avez pu croire que je serais assez misérable, assez lâche pour prêter la main à vos odieux complots. Vous vous êtes imaginé que vous m'inspireriez assez de terreur pour m'amener à me faire votre complice !

— Écrivez.

— Non, je n'écrirai pas. Vous pouvez m'assassiner comme vous l'entendrez, mais jamais, jamais, entendez-vous, vous ne m'obligerez à vous obéir !

— Eh! bien, tu mourras ; mais je veux que tu saches que ta résistance ne sauvera pas ton amant.

Salviade se précipita sur Clarisse, la terrassa et essaya de lui arracher un anneau qu'elle portait au doigt et que Gaspard lui avait donné autrefois.

La jeune fille se raidit contre cette étreinte, repoussa le bandit par un effort vigoureux et parvint à se relever.

Au même instant elle se sentit saisir le bras par derrière et elle entendit Joséphine s'écrier en ricanant :

— J'ai bien fait de monter la garde à la porte ; la voilà prise maintenant et il faudra bien qu'elle cède.

Clarisse essaya de repousser cette femme, mais, poussant une imprécation terrible, la saisit à la gorge.

Pendant la lutte, les cheveux de Clarisse se dénouèrent et tombèrent épars sur ses épaules.

Salviade saisit la chevelure de sa victime dont il parvint alors à se rendre maître ; puis, contenant celle-ci d'une main, de l'autre il leva son poignard, mais il retint son bras prêt à frapper et remit l'arme à sa ceinture.

— Non, dit-il, cette mort serait trop douce.

Tordant le poignet de Clarisse, il arracha l'anneau de son doigt.

— Avec ceci, lui dit-il, nous ferons croire à Gaspard de Besse que nous venons de ta part et nous pourrons le faire tomber dans le piège que nous lui tendrons. Il n'aura aucune pitié à attendre de nous et nous livrerons au bourreau l'ennemi que nous tiendrons en notre pouvoir.

— Misérable !

— Ah ! tu peux m'insulter à ton aise. J'ai le moyen de me venger de toi et la punition de ta résistance sera trop terrible pour que je ne méprise pas tes injures. Je ne te reverrai que pour t'annoncer la mort de ton amant.

Puis se tournant vers la vieille femme, il lui dit en lui montrant Clarisse :

— Je te la livre ; torture-la à ton aise, fais-lui subir tous les supplices que tu sauras inventer ; je m'en rapporte à toi pour que la vengeance du marquis d'Arène soit complète !

— Ne craignez rien, vous serez servi à souhait. Je la déteste parce qu'elle est jeune, parce qu'elle est belle, parce qu'elle a le bonheur d'être aimée. Je veux qu'elle devienne plus laide que moi, qu'elle soit flétrie avant l'âge, qu'elle en arrive à envier même ma pénible existence. Je vous remercie de me l'avoir livrée ; vous verrez bientôt que personne mieux que moi ne pouvait servir vos desseins.

Salviade lui-même fut presque effrayée de la haine violente qui éclatait dans ces paroles ; il y avait dans cette mégère quelque chose qui le terrifiait presque.

Pendant ce temps, Clarisse réussit à se débarrasser de l'étreinte de la vieille femme et se précipita vers la porte demeurée ouverte.

Joséphine devint livide, poussa une sorte de rugissement et, s'emparant d'un pistolet que Salviade portait à la ceinture, elle se précipita sur Clarisse comme un tigre sur sa proie.

Elle la retint par les vêtements et, levant son pistolet, elle lui asséna sur le crâne un coup violent.

Aveuglée par le sang, étourdie par le choc, Clarisse chancela, poussa un cri et s'affaissa sur le parquet.

Avec Gaspard lui-même, elle avait couru à travers champs. (Page 191.)

CHAPITRE XXV

Un secours inespéré.

Lorsque Clarisse revint à elle, elle se trouva enfermée seule avec l'horrible mégère à qui Salviade l'avait livrée.

Celle-ci lui ordonna, d'une voix impérieuse, de se lever et de la suivre, en la prévenant qu'elle châtierait sévèrement toute tentative de résistance.

Après avoir traversé plusieurs corridors en forme de voûte, descendu un escalier, Joséphine s'arrêta devant une porte, l'ouvrit et fit entrer la prisonnière dans un cachot sombre et humide.

— Voilà désormais votre demeure et vous aurez plus d'une fois l'occasion de regretter le riche appartement dont votre entêtement et votre ingratitude viennent de vous faire chasser.

Clarisse se laissa tomber sur un escabeau et eut de la peine à retenir ses larmes.

Sa résignation, son courage exaspérèrent la mégère, qui s'attendait sans doute à quelque explosion de douleur, à des supplications, à des pleurs.

Elle la saisit par ses cheveux épars, la fit tomber par terre, et la frappa rudement. La bouche écumante, le front baigné de sueur, essoufflée, elle s'acharnait sur sa victime. Elle l'injuriait bassement, grondant parfois comme une bête féroce qui déchire une proie palpitante. La misérable femme s'ingéniait à imaginer de nouveaux supplices.

Huit jours s'écoulèrent ainsi pour Clarisse dans d'horribles tourments sans cesse renouvelés.

Le neuvième jour, la mégère crut que la jeune fille allait mourir car, les yeux fixes, le corps raide, elle gisait comme inanimée sur son grabat.

La semaine de lente agonie morale, pendant laquelle elle avait dû subir les tourments physiques les plus atroces que la cruauté de la vieille pût inventer, avait brisé les forces de Clarisse.

Ses cheveux épars retombaient sur son visage et cachaient à demi ses joues creusées par les larmes, bleuies par les coups.

Ses yeux rouges et gonflés s'entouraient d'un cercle violet ; ses jambes ne pouvaient plus la porter. Il était évident que la vie était prête à s'en aller.

Joséphine se prit donc à craindre que la mort ne lui arrachât sa victime et ne mît fin aux supplices qu'elle lui réservait encore.

Elle se retira et rentra, au bout de quelques instants, accompagnée d'un homme encore jeune dont les traits avaient un air d'honnêteté qui formait un étrange contraste avec la physionomie bestialement cruelle de celle qui l'amenait.

— Prenez cette femme dans vos bras, lui dit-elle, et portez-la dans l'appartement que je vous ai indiqué ; vous lui servirez ensuite à manger et il faut que dans quelques jours elle ait retrouvé ses forces.

Lorsqu'elle revint à elle, Clarisse se trouva étendue sur un lit. Une lampe brûlait au fond de la chambre.

— Où suis-je ? s'écria-t-elle en se levant.

— Vous êtes en sûreté, lui répondit-on, soyez sans crainte, on veille sur vous.

Après avoir prononcé ces mots, la personne qui la veillait se glissa dans l'ombre et sortit.

Elle se jeta à bas de son lit pour examiner l'appartement dans lequel elle se trouvait ; elle n'avait aucun souvenir de l'avoir jamais vu.

Il était meublé très simplement, mais très proprement. Le jour ne devait y parvenir que par une fenêtre élevée.

Elle prêta l'oreille ; le silence régnait de tous côtés.

Il lui était impossible de deviner où elle était, mais elle pensait bien qu'elle n'avait pas quitté le château.

Elle pâlit et son sang se glaça dans ses veines en pensant aux nouvelles tortures qui l'attendaient sans doute.

Cependant elle se reprenait à espérer en se rappelant les paroles qu'elle venait d'entendre et qui avaient été prononcées par une voix mâle et forte.

La faible et mobile lueur de la lampe qui l'éclairait ne lui avait pas permis de voir la figure de celui qui lui avait promis son appui, mais elle devinait vaguement un homme qui ne voulait pas s'associer à une lâcheté.

Au bout d'une heure, la lampe pâlit et mourut.

Les premières lueurs de l'aube naissante entraient d'ailleurs dans l'appartement.

Dans un état d'esprit que l'inquiétude rendait insupportable, elle continua d'observer le progrès du jour ; mais, lorsqu'il eut atteint tout son éclat, elle n'entendit aucun bruit qui annonçât le voisinage de son protecteur et ne put savoir dans quelle partie du château elle était renfermée.

La porte s'ouvrit enfin et elle vit entrer un personnage à l'air paisible, aux allures presque bourgeoises, qui lui demanda comment elle se portait.

Elle reconnut aussitôt à sa voix celui qui lui avait parlé le matin, lorsqu'elle avait repris connaissance.

Comme elle était pour le moins aussi épuisée par le manque de nourriture que par suite des mauvais traitements que son bourreau lui avait fait endurer, il l'engagea à prendre quelques cuillerées d'un excellent bouillon qu'il plaça devant elle.

Pendant tout le temps que dura le repas, il dit peu de choses à la prisonnière et, lorsqu'elle eut déclaré qu'elle n'accepterait pas autre chose, il se retira en la saluant respectueusement.

Quelques jours s'écoulèrent ainsi, sans que Clarisse revît l'horrible mégère.

L'homme qui la servait venait d'emporter les plats lorsque, contre son habitude, il rentra dans la chambre comme pour y chercher un objet oublié.

Clarisse, qui suivait attentivement tous ses mouvements, remarqua qu'il glissait sous un flambeau un petit carré de papier.

Dès qu'il fut sorti, elle s'en empara vivement, le déplia et lut ce qui suit :

« Vous avez un ami qui veille sur vous ; que cette idée soutienne votre courage. Il vous sauvera, peut-être en courant un grand danger, aussi tenez-vous toujours prête à seconder ses efforts. Ne cessez jamais d'observer la plus grande circonspection ; ne vous étonnez de rien et, quoi qu'il arrive, pensez qu'on n'agit que dans votre intérêt. »

Dans un transport de joie et de reconnaissance, elle pressa le papier contre son cœur.

Le lendemain, le même homme, après avoir mis le couvert, lui dit d'un ton brusque et qui contrastait singulièrement avec son attitude des jours précédents :

— L'intendant Laurent vient d'en apprendre de belles sur votre compte ; vous avez trouvé le moyen, malgré la rigoureuse surveillance qu'on exerce sur vous, d'entretenir des intrigues avec une personne du dehors, sans doute par l'entremise coupable d'un des domestiques de ce château et vous êtes même la cause qu'on a soupçonné ma fidélité. Prenez garde qu'un cachot ne vous mette hors d'état de continuer une pareille entreprise et soyez, dans tous les cas, bien convaincue qu'une tentative d'évasion n'aboutirait qu'à votre mort et à celle de vos complices.

Ces paroles plongèrent Clarisse dans un profond abattement; elle comprit que, si cet homme avait parlé ainsi, c'était sans doute parce qu'il se savait épié et soupçonné.

On avait donc découvert les tentatives concertées par ses amis inconnus pour l'arracher de sa prison? Et ceux-ci en étaient-ils réduits à assurer leur propre sécurité en affectant vis-à-vis d'elle la rudesse et la brutalité?

Les espérances qu'elle avait conçues s'évanouirent et elle se sentit sans courage et sans force. Toutefois, malgré la violence de son désespoir qui la rendait presque absolument indifférente à ce qui se passait autour d'elle, elle crut remarquer que, en enlevant les restes du repas auquel elle avait à peine touché, son gardien lui faisait un signe d'intelligence, comme pour l'inviter à avoir confiance et à ne pas se dérober.

La nuit vint. Lorsque tous les bruits se furent successivement éteints dans le château, la jeune fille entendit ouvrir doucement la porte et aperçut son mystérieux protecteur qui l'invita à le suivre.

Elle s'empressa d'obéir; mais, à son grand étonnement, il la fit passer par le même chemin qu'elle avait déjà suivi avec Joséphine, lorsque celle-ci l'entraînait dans l'horrible cachot où elle avait tant souffert.

Combien fut grande sa terreur lorsqu'elle s'aperçut que son guide la faisait entrer en effet dans un cachot à peu près semblable à celui où elle avait passé de si terribles heures.

C'était une salle carrée, de grandeur moyenne, dont les murs humides étaient recouverts d'une mousse verdâtre sauf aux endroits où la pierre était dissimulée par des panneaux d'une couleur sombre. Le mobilier consistait en un tabouret, un grabat et une petite table sur laquelle était posée une chandelle.

— Quand vous reverrai-je? demanda-t-elle.

Il lui répondit brusquement et sans la regarder :

— Je vous apporterai demain matin du pain et du lait.

Il sortit en fermant la porte derrière lui.

Tremblante de froid, accablée par la douleur d'autant plus grande que son espérance avait été plus vive, la malheureuse jeune fille se laissa tomber sur le tabouret et y demeura plongée dans une douloureuse torpeur.

Combien de temps resta-t-elle dans cet état? C'est ce qu'elle n'eût pu dire tant son anéantissement avait été profond. Mais elle en fut soudain tirée en entendant son nom prononcé à voix basse.

Elle se tourna vivement du côté d'où partait la voix et elle vit la tête et le bras de son geôlier qui sortaient d'un trou pratiqué dans le mur.

Il lui fit signe d'approcher et, lorsqu'elle fut près de lui, il prit sa main et la fit passer par l'ouverture.

— Le panneau à ressort, dit-il, n'est connu que de moi; posez votre doigt sur le bouton et appuyez.

Elle obéit et elle vit le panneau glisser le long de la muraille. Elle se trouva dans un petit appartement où brillait un bon feu près duquel était placée une table bien servie.

— Si vous ne vous en êtes pas encore aperçue, lui dit-il, vous verrez que je suis votre ami. Dans cet angle obscur, vous trouverez du bois pour entretenir le feu et voici un bon lit où vous pourrez vous reposer.

— Comment vous remercier et m'acquitter envers vous?

— Nous parlerons de cela plus tard, mais ne perdons pas de temps inutilement, car il va falloir que je vous quitte. Si on venait à avoir besoin de moi et qu'on ne me trouvât pas à mon poste, je ne saurais quel prétexte donner à mon absence. Personne ne viendra vous troubler ici, car on ignore que vous êtes enfermée dans ce cachot dont j'ai l'unique clé ; mais, comme il faut tout prévoir et qu'il est possible que votre disparition amène des perquisitions dans tous les coins et recoins de ce château, si par hasard vous entendiez quelqu'un approcher ou bien une clé tourner dans la serrure, quittez tout de suite l'appartement où vous pouvez pénétrer et fermez le panneau derrière vous.

— Mais n'avez-vous pas dit qu'on ignore ma présence dans le cachot?

— C'est la vérité.

— Comment alors expliquer...

— C'est juste, vous direz que vous avez tenté de vous enfuir, que, ne trouvant aucune issue, vous êtes venue de ce côté ; des bruits de pas se sont fait entendre, vous avez poussé la porte, elle s'est fermée et vous n'avez plus pu sortir. Vous ajouterez que les provisions emportées par vous avant de sortir de votre chambre vous ont permis de ne pas mourir de faim.

— Pourquoi ce mystère?

— Parce que Joséphine, qui était absente, vient de revenir et qu'il ne faut pas qu'elle vous retrouve. Elle croira à votre évasion, poussera de grands cris et ameutera tout le monde. On fera des battues dans le bois, dans les environs puis, après quelques jours de recherches, lorsqu'on ne pensera plus à vous, nous chercherons le moyen de vous faire sortir d'ici sans trop de danger.

— Ah! comment reconnaître tant de bontés?

— En me laissant partir, car, si mon absence trop prolongée était remarquée, cela pourrait avoir pour moi de fâcheuses conséquences. Bonne nuit, mademoiselle, que le Ciel vous protège!

Il prit une petite lanterne et s'en alla par un panneau pratiqué dans le mur et semblable à celui par lequel il avait fait entrer Clarisse dans l'appartement.

La jeune fille s'assit auprès du feu dont la douce chaleur l'assoupit insensiblement.

Le lendemain son protecteur lui apporta quelques provisions et se retira de la même manière, sans lui adresser la parole.

Il revint assez tard dans la soirée, mais cette fois il n'était plus seul. L'homme qui l'accompagnait était âgé, avec une physionomie sévère, mais cette sévérité était tempérée par un air d'honnêteté qui inspirait la confiance.

— Laisse-nous, dit-il à son compagnon qui se retira aussitôt.

Lorsqu'ils furent seuls, il s'assit en face de Clarisse et lui dit:

— Je m'appelle Laurent, je suis l'intendant du marquis d'Arène et, bien qu'il me laisse sur cette partie de ses domaines une autorité à peu près absolue, j'ai ignoré jusqu'à ces derniers jours votre présence dans ce château et les mauvais traitements auxquels vous avez été exposée. Le peu que j'ai appris de votre histoire et ce que j'en ai pu deviner m'engagent à vous arracher des mains d'une furie qu'il m'est malheureusement interdit de chasser d'ici. Ne pouvant vous soustraire ouvertement à sa puissance, j'ai dû agir par ruse et j'espère que le moment est proche où vous recouvrerez votre liberté.

— Oh! que de reconnaissance!

— Vous ne m'en devez aucune, car j'accomplis un devoir. Mais le temps presse et il faut agir au lieu de parler. Faites bien attention au seul avertissement que je vais vous donner et conformez-vous scrupuleusement à mes instructions, car, de votre exactitude à les observer, dépend le succès du plan que j'ai arrêté.

— Je vous écoute.

— Je ne reviendrai vraisemblablement plus ici; mais, lorsque vous reverrez Pierre, — c'est le nom de l'homme qui vous sert — ne manquez pas d'exécuter tout ce qu'il vous dira ou vous indiquera par signes, car il ne pourra peut-être pas vous parler, les paroles étant souvent dangereuses dans de semblables situations. Il viendra demain soir et j'espère qu'il pourra vous faire sortir de ce château.

— Ah! mon sauveur, comment vous témoigner ma gratitude?

— En priant souvent pour moi, car je suis un vieux pécheur dont les mauvaises actions sont malheureusement plus nombreuses que les bonnes... Adieu, ma pauvre enfant, que Dieu vous protège!

Les heures s'écoulaient bien lentement pour Clarisse; la nuit lui parut interminable et la journée plus longue encore. Enfin, l'heure de la fuite arriva; la porte de son cachot s'ouvrit et livra passage à Pierre.

Il déposa sur la table un paquet de hardes et, s'approchant de la prisonnière, lui dit à voix basse.

— Dépêchez-vous de revêtir ces vêtements; je serai de retour dans un quart d'heure.

La jeune fille, restée seule, ouvrit le paquet et y trouva un vêtement d'homme.

Elle revêtit en toute hâte ce costume et, lorsque Pierre revint, elle était prête à le suivre.

— Prenez mon bras et ne prononcez pas une parole, il y va de notre salut.

Ils suivirent en silence et, sans rencontrer personne, une longue file de corridors faiblement éclairés par des lampes fumeuses suspendues de distance en distance.

Ils parvinrent ainsi jusqu'à la porte que Pierre ouvrit assez difficilement et ils se trouvèrent en pleine campagne.

La nuit était sombre; c'était à peine si quelques étoiles scintillaient çà et là, dans les espaces que les nuages ne cachaient pas encore.

L'air était chargé de vapeurs humides.

Clarisse tremblait.

— Prenez courage, lui dit son guide, le terme de vos souffrances approche, mais, comme les arbres sous lesquels nous passons pourraient cacher quelque espion, je vous prie de garder le silence pendant quelque temps encore.

Après un quart d'heure de marche, ils atteignirent un bosquet où deux chevaux tout harnachés étaient attachés aux branches d'un chêne.

— En selle, dit Pierre, et ventre à terre!

Heureusement Clarisse, dans son enfance, avait souvent monté à cheval. Avec Gaspard Bouis lui-même, elle avait couru à travers champs, franchissant les fossés et les haies su des animaux à peine domptés à la crinière desquels elle se cramponnait. C'était une intrépide amazone que cette fille de la Provence.

Les chevaux bondirent et s'élancèrent au triple galop.

Mais les souffrances horribles qu'elle avait endurées, avait affaibli Clarisse plus qu'elle ne l'avait pensé et, malgré son courage, elle ne tarda pas à s'apercevoir qu'elle avait trop présumé de ses forces.

Son compagnon s'aperçut qu'elle chancelait et qu'elle ne pouvait presque plus diriger sa monture.

— Encore un effort, lui dit-il; nous allons bientôt pouvoir prendre quelques instants de repos.

Comme il disait ces mots, elle aperçut une lumière qui brillait devant eux.

Au bout de cinq minutes, ils atteignirent la maison d'où partait la clarté qui les avait guidés.

Pierre frappa à la porte.

Une femme d'un extérieur assez décent vint leur ouvrir, les invita à entrer et plaça des sièges devant le feu en les engageant à s'asseoir.

Clarisse vit qu'elle était dans la salle commune d'une auberge; elle se laissa tomber sur une chaise et approcha de la flamme ses jambes raidies par la fatigue et par le froid.

— Il me sera impossible, dit-elle à Pierre, de poursuivre cette nuit notre course; mes forces me trahissent et je me sens si faible que quelques heures de repos me sont absolument indispensables.

— Ce retard peut compromettre le succès de votre évasion, mais, comme on vous croit déjà partie du château depuis plusieurs jours, les recherches sont déjà moins actives et il n'y aura peut-être pas un trop grand danger à ce que vous couchiez ici.

Pierre ordonna de préparer deux chambres contiguës et de leur monter à souper dans un de ces appartements.

Ils venaient de terminer leur repas, lorsqu'on heurta à la porte de l'auberge. Une voix d'homme se fit entendre, puis quelqu'un entra.

Les deux fugitifs appliquèrent l'oreille contre les planches mal jointes du parquet pour essayer de saisir quelques-unes des paroles qu'échangeaient le voyageur et l'hôtesse; mais ils ne purent percevoir qu'une sorte de murmure confus.

— A tout hasard, dit Pierre à sa compagne, barricadons solidement la porte avec nos meubles, éteignez la lumière qui pourrait trahir notre présence et prenez ce pistolet qui est chargé. Si on nous attaque, nous nous défendrons jusqu'à la dernière extrémité.

Cependant, rien ne dénotait que la personne qui venait d'arriver fût à leur poursuite. Aucun bruit ne venait du dehors.

Bientôt après, ils entendirent les marches de l'escalier craquer sous un pas pesant et la porte de la chambre voisine s'ouvrit en grinçant.

A travers la cloison, un mince filet de lumière filtra soudain. Par une fente

Clarisse s'approcha pour voir quel était le voyageur qui venait d'arriver. Mais, à peine eut-elle appuyé l'œil contre cette fente, qu'elle recula vivement en faisant un geste d'épouvante.

— Nous sommes perdus, murmura-t-elle à l'oreille de Pierre, le marquis d'Arène est ici.

— Le marquis d'Arène !

— Regardez plutôt.

— C'est bien lui, en effet. Laurent ne l'attendait pas avant une quinzaine de jours.

— Que vient-il faire dans cette auberge ?

— Je l'ignore. Sa présence constitue un terrible danger pour nous, mais ce péril doit être aussi surmonté, car il ignore très certainement encore votre évasion et ne peut savoir que vous êtes près de lui. Laissons-le donc s'endormir. Pendant son sommeil, il nous sera facile de sortir de cette auberge et de poursuivre notre route. Cette courte halte vous aura permis de réparer un peu vos forces et nos chevaux, qui se reposent, franchiront sans doute rapidement l'espace qui nous sépare encore de la ville d'Aix.

— Dussiez-vous m'attacher à ma selle, je partirai d'ici dès que vous croirez le moment venu. Agissez donc comme vous l'entendrez et ne vous préoccupez pas de moi.

A ce moment on frappa encore à la porte de l'auberge et le nouvel arrivant, introduit comme d'Arène, ne tarda pas à gravir l'escalier et à entrer dans la chambre qu'occupait le marquis.

Clarisse, qui se tenait toujours contre la cloison, l'œil à la fente, faillit laisser échapper un cri de terreur en reconnaissant Salviade dans cet homme.

Celui-ci, après avoir refermé la porte, s'approcha du marquis d'Arène et lui dit :

— Vous m'avez fait demander, me voici.

— J'ai besoin de savoir de vous de quelle façon mes ordres ont été exécutés en ce qui concerne Clarisse ?

— Elle est confiée à la garde d'une femme dont je puis répondre comme de moi-même ; elle suivra sans hésiter mes instructions, même si on lui ordonne de tuer sa prisonnière. Celle-ci, du reste, à la suite des tortures qu'elle a subies, se trouve dans un tel état de prostration qu'elle ne pourrait s'évader, alors qu'on lui ouvrirait les portes de sa prison.

— C'est fort bien, et Gaspard de Besse ?

— Vous savez que je compte lui faire tenir la bague que j'ai arrachée à Clarisse et lui donner un rendez-vous de la part de celle-ci.

— Eh ! bien ?

— Je ne puis rien faire sans Renardot, c'est lui qui s'est chargé de nous livrer Coquelicot et d'obtenir de lui qu'il nous révélât la retraite de son complice. Malheureusement, Renardot a disparu et, comme les hommes qu'il emploie sont à sa solde et reçoivent directement ses ordres, je n'ai pu mettre la main sur aucun d'eux, ne sachant où les trouver.

— Peut-être a-t-il échoué dans son entreprise et se trouve-t-il lui-même au pouvoir de celui dont il comptait s'emparer.

Il grimpa rapidement. (Page 200.)

— C'est possible, mais j'en doute, Renardot est trop habile pour se laisser prendre à un piège qu'il a tendu.

— Cependant son absence...

— Est ou paraît inexplicable, c'est vrai ; mais peut-être ne tarderons-nous pas à être renseignés sur son sort.

— Quand comptez vous le revoir?

— Peut-être sera-t-il ici dans quelques instants. Avant de quitter Marseille, je lui ai fait tenir un billet lui indiquant qu'il nous trouverait ici. Tenez, j'entends ouvrir la porte de l'hôtellerie, peut-être est-ce lui.

C'était Renardot, en effet, mais combien il avait perdu de son assurance! Ce n'était plus cet homme qui naguère répondait si hardiment du succès et affirmait qu'avant peu de jours il amènerait Gaspard de Besse prisonnier aux pieds du marquis d'Arène ; il suffisait de le regarder, pour comprendre qu'il avait été vaincu et qu'il n'osait pas beaucoup espérer une revanche.

Salviade, qui avait craint un instant qu'il ne l'éclipsât par un rapide et éclatant succès et qui ne l'avait pas vu sans une secrète envie prendre en main la direction de l'entreprise, ne put s'empêcher de le railler :

— Eh ! quoi, vous voyagez ainsi sans escorte et amenez à vous tout seul votre redoutable prisonnier ? Mes compliments, Renardot, je vous savais assez habile homme pour vous emparer de Coquelicot, mais je ne vous aurais jamais cru capable de nous le conduire en croupe et de vous risquer à traverser le bois seul en compagnie de ce terrible coquin.

— Vous raillez, Salviade, mais peut-être seriez-vous moins arrogant si vous aviez vu d'aussi près que moi ces hommes que nous combattons, si vous aviez été en leur pouvoir ?...

— Comment, cette ruse si bien ourdie a tourné contre vous, maître Renardot, et vous êtes allé donner tête baissée dans ce piège où Coquelicot devait se prendre ?

— Il est plus facile de railler que d'agir... Puisque je suis si maladroit, que ne tentiez-vous l'aventure à ma place ?

— Je n'avais garde de vouloir vous en ravir la gloire.

— Ou plutôt vous en redoutiez les périls.

— Qu'est-ce à dire, maître sot ? Il vous est loisible d'être maladroit, mais je vous défends de faire par surcroît l'insolent, si vous tenez à vos oreilles.

Renardot fit un pas en avant en portant la main à son poignard.

— La paix ! dit d'Arène. N'allez-vous pas vous battre comme deux chiens qui se disputent un os ? Renardot a été malheureux, mais, sans doute, il nous expliquera que son insuccès ne saurait lui être reproché.

— C'est la vérité, car mes mesures étaient bien prises et, si le diable ne s'en était mêlé, nous aurions d'autres résultats...

— Voilà ce que c'est de ne pas compter avec le diable, répondit Salviade ; sans lui, la partie était gagnée ; sans lui, elle est perdue. Je vous conseille de vous mettre bien avec messire Satanas, car...

— Allons, interrompit le marquis, trêve de railleries et vous, Renardot, contez-nous votre aventure.

Le récit en fut long et presque exact. Le maître fourbe se garda bien toutefois d'avouer qu'il n'avait acheté sa liberté qu'en indiquant à Gaspard de Besse la retraite de Clarisse ; il prétendit s'être évadé, après avoir avoir croisé le fer avec Coquelicot.

— De telle sorte, dit Salviade en manière de conclusion, que Gaspard de Besse est sur ses gardes et que votre maladresse a détruit toutes mes combinaisons.

— Et peut-on connaître le projet que vous avez si savamment conçu ?

— Ce serait peu de chose pour un homme aussi adroit que vous, mais, pour un esprit aussi médiocre que le mien, peut-être ce plan n'était-il point trop mal combiné.

— Voyons toujours !

— Nous étions tombés d'accord sur ce point qu'il fallait attirer Gaspard de Besse dans un piège en enlevant d'abord sa maîtresse et ensuite en lui faisant croire qu'elle avait réussi à corrompre un de ses gardiens et qu'elle l'avait chargé de lui faire connaître l'endroit où on la retenait prisonnière.

— Très bien.

— De votre côté vous vous étiez chargé de faire Coquelicot prisonnier et de l'obliger à dire dans quelle retraite se cachait Gaspard de Besse.

— Parfaitement exact.

— Malheureusement, au lieu de prendre Coquelicot, vous avez eu la malechance de tomber en son pouvoir.

— Et votre projet dont la réussite était infaillible consistait à faire remettre à votre ennemi une lettre que vous aviez réussi à arracher à Clarisse ?

— Non, mais la bague de cette jeune fille devait servir de caution à la personne que nous comptions envoyer vers lui.

— Cette personne ne fût pas revenue vivante.

— Vraiment ?

— Ma foi, oui, monsieur de Salviade. Quand on enlève une jeune fille, on ne se laisse pas suivre à la piste, et, quand on a si grand intérêt à la retenir prisonnière, on ne l'enferme pas dans un vieux château que trente hommes résolus peuvent prendre d'assaut. Or, Gaspard de Besse est bien servi ; ses espions sont habiles, il sait où est Clarisse, et, à cette heure, la jeune fille doit être libre ou le château est à la veille d'être attaqué.

— Que dis-tu ? s'écria d'Arène.

— La vérité. Lorsque Gaspard de Besse m'a interrogé, il ne m'a pas laissé ignorer qu'il avait deviné vos projets, qu'il savait où se trouvait sa maîtresse et qu'il la délivrerait avant peu. Le hardi capitaine aura pris Salviade à son propre piège, tout comme Coquelicot m'a fait tomber dans celui que je lui avais tendu.

— Si ces nouvelles sont exactes, dit d'Arène, elles sont beaucoup trop graves pour que nous perdions ici notre temps en paroles inutiles.

— Je suis en état de vous en affirmer la complète exactitude.

— Au surplus, nous ne pouvons tarder à être fixés ; le château où Clarisse est enfermée n'est pas éloigné d'ici, il faut nous y rendre sans plus tarder. Si la prisonnière s'y trouve encore, nous la conduirons dans quelque autre endroit d'où il ne sera point aussi facile de l'enlever, et si Gaspard de Besse tente de prendre le château de vive force, nous nous mettrons à la tête de nos serviteurs. Les murailles sont encore assez solides pour nous permettre de soutenir un siège.

— C'est le parti le plus sage, mais je suis convaincu que maître Renardot a exagéré le danger ; ses récentes mésaventures lui troublent la cervelle.

— Allons, en voilà assez, suivez-moi !

Lorsque le marquis d'Arène et ses deux complices se furent éloignés, lorsqu'on n'entendit plus retentir le bruit des sabots de leurs chevaux et que tout le monde se fut endormi dans l'auberge, Pierre enleva les meubles qu'il avait entassés devant la porte de la chambre et fit signe à Clarisse de le suivre.

Ils descendirent silencieusement dans la salle de l'hôtellerie, ouvrirent une fenêtre, sautèrent dans la cour et gagnèrent l'écurie.

En un clin d'œil, les chevaux furent sellés et les fugitifs s'éloignèrent sans donner l'éveil. Dès qu'ils eurent atteint la route, ils poussèrent vivement leurs montures qui s'éloignèrent ventre à terre, dans une direction opposée à celle que le marquis d'Arène, Salviade et Renardot venaient de prendre.

Pierre et Clarisse s'engagèrent dans une étroite vallée où la route, se rétrécissant, serpentait au milieu de sombres taillis.

Tout à coup, les chevaux se cabrèrent violemment devant une masse noire qui barrait la route et refusèrent d'avancer. Des hommes bondirent à leur tête et les saisirent par la bride.

— Nous sommes perdus, murmura Pierre, nous voici tombés aux mains de bandits.

Il voulut vendre chèrement sa vie et chercha ses pistolets dans les fontes.

— Rendez-vous ! s'écria une voix que Clarisse crut reconnaître. Il ne vous sera fait aucun mal ; mais, à la moindre tentative de résistance, nous ferons feu.

Au même instant des torches furent allumées et le défilé s'illumina.

A leur lueur rougeâtre, la jeune fille distingua les traits du bandit qui commandait l'embuscade.

— Coquelicot ! s'écria-t-elle en sautant à terre et en se précipitant vers lui.

— Clarisse ! Vous ici, mon enfant, et nous qui partions en guerre pour aller vous délivrer.

— Vous seriez arrivés trop tard, sans le brave homme qui m'accompagne.

— Par la morbleu ! s'écria Coquelicot en tendant la main à Pierre, voilà un service que nous n'oublierons pas. Vous avez fait là une bonne action dont vous serez royalement récompensé.

Pierre serra la main qu'on lui tendait, mais le pauvre garçon était complètement ahuri et ne savait s'il rêvait. Cette jeune fille connaissait ce chef de brigands, et celui-ci, au lieu de le dévaliser ou de lui faire pis encore, lui promettait de l'enrichir.

Avant qu'il eût pu mettre un peu d'ordre dans ses idées, son cheval fut entraîné dans un sentier qui conduisait à une clairière où des hommes en armes étaient étendus autour d'un grand feu.

Au bruit que fit la petite troupe, l'un de ces hommes releva la tête. La clarté du foyer donnant en plein sur le visage de la jeune fille, il la reconnut aussitôt.

— Clarisse ! s'écria-t-il, Clarisse, toi, ici !

D'un bond, il fut près d'elle et, la saisissant entre ses bras robustes, il la pressa ardemment sur son cœur.

— Oui, c'est moi, Gaspard, qui, fuyant mes cruels persécuteurs, ai eu le bonheur de rencontrer Coquelicot.

— Ma foi, dit celui-ci, c'est de la chance, car, sans Bavard qui a eu l'idée de dresser cette embuscade, vous auriez pu passer outre et ne pas nous rencontrer.

— Et voilà, répliqua Bavard, comment la vertu est toujours récompensée ; si, au lieu de chercher à tirer quelque profit de notre séjour auprès de la grande route, j'avais suivi ton conseil et étais allé dormir, nous n'aurions pas fait la rencontre de mademoiselle.

— Mais comment se fait-il, demanda Gaspard à Clarisse, que je te retrouve en ces lieux et sous ce costume ? Ce coquin de Renardot m'avait donc trompé !...

— Je dois la liberté à celui qui m'accompagne, répondit-elle, en désignant

Pierre, et à une autre personne qui n'a pu abandonner le château, mais dont le dévouement n'a pas été moins généreux. Ils ont été émus de mes souffrances, et leurs cœurs honnêtes ont été révoltés par les tortures que des monstres me faisaient subir.

— Je n'oublierai ni leur dévouement, ni les crimes de tes bourreaux. La récompense de tes sauveurs sera aussi grande que sera terrible la punition des lâches qui n'ont pas craint de torturer une femme. Mais, pour que je sache bien qui il faut récompenser et qui il faut punir, raconte-moi tout ce qui s'est passé depuis le moment où le marquis d'Arène t'a fait enlever par les coquins qui sont à ses gages. Cependant, si ce récit devait te fatiguer...

— Non, Gaspard, la joie que j'éprouve en me trouvant auprès de toi me rend vaillante. Elle a dissipé mon accablement. Il me semble que je me réveille et que je viens d'être la proie d'un horrible cauchemar. Je suis si heureuse, que je veux prolonger ces premières heures de bonheur en m'entretenant avec toi.

La jeune fille raconta alors rapidement comment elle avait été arrachée des bras de sa mère, les odieuses propositions du marquis d'Arène, les menaces de Salviade, la cruauté de la mégère, et les mauvais traitements que celle-ci avait infligés à la prisonnière.

Cette partie du récit de Clarisse fut bien souvent interrompue par les cris d'indignation des bandits. Ces hommes féroces eux-mêmes étaient révoltés de tant de scélératesse, et le bon Coquelicot ne songeait pas à essuyer de grosses larmes qui roulaient le long de ses joues et allaient se perdre dans son épaisse moustache.

— Par les tripes du diable ! murmura Bavard, si jamais je tiens cette satanée Joséphine, elle passera quelques instants agréables.

Quant à Gaspard de Besse, il écoutait en silence. Affreusement pâle, il serrait fiévreusement la main de Clarisse et semblait vouloir graver profondément dans sa mémoire les moindres détails de cette terrible captivité.

Lorsque la jeune fille raconta comment elle avait trouvé de généreux défenseurs dans Laurent et dans Pierre, combien celui-ci s'était montré dévoué et courageux, il alla vers lui et, lui tendant la main :

— C'est Gaspard de Besse qui te prouvera sa gratitude, mais il restera toujours ton obligé.

Le soleil se levait, et, de différents côtés, les sentinelles se repliaient sur le campement qui allait être levé.

Le capitaine fit un signe. Deux hommes allèrent chercher dans un fourré une lourde caisse qu'ils apportèrent et vinrent déposer aux pieds de leur chef.

Celui-ci en tira des sacs remplis de pièces d'or qu'il fit placer dans une valise.

— Voilà, dit-il à Pierre, de quoi t'acheter une terre et y vivre en honnête homme. Si cette somme ne te suffit pas, dis-le franchement, tout l'or que renferme ce coffre sera à toi.

— En aidant cette jeune fille à s'enfuir, je n'ai point songé à me faire payer le service que je lui rendais, et, à vrai dire, je la croyais trop pauvre pour attendre autre chose que la satisfaction d'avoir fait mon devoir. Votre générosité est trop grande...

— Je te l'ai déjà dit, je ne me considère point quitte envers toi ; ton action est de celles qu'on ne peut récompenser dignement avec de l'argent, et tu verras avant peu que, si je sais me venger, je sais aussi me souvenir des services qu'on me rend. Mais nous allons nous éloigner et il faut nous séparer.

Pierre serra la main que lui tendait le capitaine et, après avoir pris congé de Clarisse, rendit la main à son cheval qui partit au galop.

— Et toi, ma bien-aimée, qu'as-tu décidé ?

— Je veux revoir ma mère et aller avec elle me cacher dans quelque retraite où le marquis d'Arène ne pourra nous découvrir.

— Ta mère... murmura tristement Gaspard de Besse.

La jeune fille devina l'horrible vérité.

Elle éclata en sanglots.

— Ma mère !... ma pauvre mère !... je ne la reverrai donc plus.

— Elle est morte entre mes bras, et ses dernières paroles m'ont appris le nom de l'infâme ravisseur.

Les yeux de Clarisse regardèrent autour d'elle avec égarement. Elle semblait avoir perdu la raison et elle demeurait sans forces et sans voix.

Elle saisit la main de son amant ne sachant presque ce qu'elle faisait, et resta silencieuse, le regard fixe, abîmée dans sa douleur.

Soudain, les larmes jaillirent de nouveau et, cachant sa tête dans le sein de son bien-aimé, elle dit d'une voix entrecoupée par les sanglots :

— Nous partirons ensemble ; je n'ai plus que toi au monde, et je suis à toi seulement.

Faisant un effort puissant pour calmer la tempête que l'amour excitait dans son propre cœur, Gaspard lui répondit :

— Réfléchis, Clarisse, avant de lier ta vie à celle d'un aventurier et d'un proscrit !

— Ta vie sera la mienne, je partagerai tes dangers, je vivrai de ton existence.

— Tu es à moi, en effet ! s'écria Gaspard.

Et, tenant son amante entre ses bras, il s'élança en selle.

En apercevant la jeune fille, les bandits poussèrent un cri de triomphe et la saluèrent de leurs acclamations.

Le capitaine donna le signal du départ, la troupe s'ébranla et disparut dans un tourbillon de poussière.

CHAPITRE XXVI

La Bastide de Montredon.

ux portes de Marseille, presque au pied de la petite colline de Montredon, sur une place sablonneuse, gracieusement arrondie et ceinte de montagnes couvertes de pins, la mer reçoit le limpide ruisseau de l'Huveaune qui affecte à son embouchure des manières de fleuve.

Son onde, grossie parfois, s'élance en écumant sur le sable ; parfois aussi de légères embarcations peuvent s'aventurer sous l'épais rideau de feuillage dont se couvrent ses vertes eaux.

A l'époque où se passent les événements que nous racontons, le lit de l'Huveaune était plus profond qu'il ne l'est aujourd'hui, surtout à l'endroit où s'élevait l'élégante bastide de Marie.

Le mot *bastide* « enfant de la Provence, » désigne une maison de campagne placée dans quelque agréable site. Il est des bastides très humbles. Il en est d'autres fort luxueuses. De ce nombre était évidemment celle où la belle courtisane habitait pendant l'été et que l'on pourrait appeler aisément une villa.

Les usines, les minoteries, et les nombreux jardins qui couvrent maintenant les bords de l'Huveaune, n'existaient pas encore et ne détournaient pas de son sein les milliers de filets d'eau qui tendent à épuiser ce fleuve minuscule.

Rien n'était joli et pittoresque comme la végétation qui l'accompagnait, et dont la luxuriante richesse contrastait vivement avec l'aridité et les chaudes teintes du paysage qu'il parcourait.

Près de Marseille, son onde coulait mystérieusement sous l'ombre des ormes, des oseraies, et à travers les roseaux, les plantes aquatiques de toute espèce.

Ces plantes par leur nombre rendaient, en certains endroits, son lit peu guéable, car elles présentaient de sérieux dangers à quiconque voulait le traverser. Plus d'un imprudent avait trouvé la mort dans la rivière si paisible d'aspect. Les jambes du malheureux, enlacées par les herbes cachées sous l'eau, avaient trébuché, son corps avait perdu l'équilibre et la victime avait disparu...

C'était le soir.

La bastide qu'habitait Marie, éclairée par les rayons de la lune, dessinait sa masse blanche sur l'obscurité de l'atmosphère et les ombres des balustres, découpées à jour, projetées sur le marbre du perron, ressemblaient à un dessin fantastique.

Les collines boisées de Mazargues et de Montredon se déroulaient au fond, et l'astre de la nuit, dans sa course silencieuse, versait aussi sur leurs pentes ses rayons argentés.

Des prairies, des jardins entouraient la coquette bastide, et quelques cygnes glissaient en balançant leurs têtes, sur les eaux claires d'un bassin.

Un vaste berceau de frênes cachait l'Huveaune, dont on apercevait cependant la nappe sombre à travers des échappées de vues, et, de temps, en temps une barque qui passait descendant ou remontant, s'illuminait soudain d'un rayon, puis se replongeait dans l'ombre.

Des chants s'élevaient de l'esquif, et ce plaintif nocturne, dit par des voix dont le choc des rames semblait marquer le mouvement, s'harmonisait si bien avec le murmure de l'eau courante, les bruits des vagues sur le rivage, les soupirs des pins et des frênes, qu'on eût cru entendre un céleste concert.

Sur la rive opposée, un cavalier arrivait au galop. Lorsqu'il fut presque en face de la bastide, il mit pied à terre, attacha la bride de son cheval à un arbre, et disparut bientôt parmi les hautes et épaisses touffes de roseaux qui couvraient les bords de l'Huveaune.

De sa cachette, il examina attentivement les fenêtres, éclairées pour la plupart à l'intérieur, et attendit patiemment que les lumières s'éteignissent.

Lorsque la dernière eut disparu, il détacha une barque que retenait un anneau de fer, et se dirigea vers la bastide dont un des murs plongeait dans le fleuve.

Il défit une échelle de soie roulée autour de sa ceinture et l'attacha à un petit cordon qui descendait de la fenêtre, le long du mur. L'échelle fut aussitôt enlevée et son extrémité fixée au balcon.

Il grimpa rapidement, enjamba la balustrade et s'élança dans la chambre.

A la lueur d'un flambeau, il aperçut Marie qui bondit au-devant de lui.

— Enfin ! C'est toi, mon Gaspard bien-aimé !

Leurs mains s'étreignirent, leurs lèvres se cherchèrent dans un long baiser.

Gaspard de Besse ne tarda pas à remarquer que Marie était agitée, inquiète et un peu nerveuse.

— Qu'avez-vous ? lui demanda-t-il affectueusement.

— Mais, je n'ai rien...

— Il me semble, au contraire, que vous êtes sous l'empire de quelque sombre pensée que vous essayez vainement de chasser et qui vous obsède malgré tous vos efforts.

— Eh bien ! oui ; pourquoi ne l'avouerais-je pas ?

— Et ces ennuis, ma charmante, ne sont-ils pas de ceux que je puisse dissiper ?

— A vrai dire, les préoccupations qui m'assiègent proviennent plus des craintes que j'éprouve pour vous que de celles que je ressens pour moi.

— Des craintes ?

— Oui, des craintes, et je n'ai que trop sujet d'avoir peur.

— Peur de qui ou de quoi ?

— Du marquis d'Arène.

— Ah ! encore cet homme !

— Merci, pour tes violettes, mon ami, tu sais que je les aime beaucoup. (Page 206.)

— Encore et toujours lui !

— Il faut donc que je le trouve sans cesse sur mon chemin, comme une menace pour tous ceux qui me sont chers !

— Et comme une menace pour vous-même, ne l'oubliez pas !

— Oh ! en ce qui me concerne, je le redoute peu, et mon seul désir est de me retrouver encore une fois en face de lui, l'épée à la main. Nous avons un terrible compte à régler.

— Je ne doute pas de votre courage ; mais le marquis est un de ces hommes qui frappent leurs ennemis par derrière ou les font assassiner par des bandits à leurs gages.

— Je ne crains pas plus ses spadassins que lui-même.

— Soit! N'oubliez pas toutefois que vous êtes hors la loi, que votre tête est mise à prix et qu'il peut attirer sur vous les forces dont dispose le gouverneur de Provence.

— Vous voyez tout en noir, ma chérie ; permettez-moi d'être moins effrayé que vous.... Mais vous ne m'avez pas dit ce qui avait éveillé ces craintes dans votre cœur.

— Le marquis d'Arène est venu aujourd'hui ici et, si vous étiez arrivé quelques instants plus tôt, vous auriez pu le rencontrer.

— Si j'avais eu ce bonheur, toutes vos inquiétudes seraient dissipées.

— Depuis que je vous aime, ma porte est fermée pour le marquis. C'est en vain qu'il me poursuit de ses déclarations. Je ne l'ai jamais aimé et maintenant je le hais, car je sais qu'il est votre ennemi. C'est par surprise qu'il a pu pénétrer jusqu'à moi, en profitant de ce que, dans cette bastide, il est plus facile qu'à Marseille de forcer la consigne et de se glisser jusque dans mon salon. En l'apercevant, je n'ai pas dissimulé un mouvement d'impatience qui n'a pu lui échapper, et je lui ai demandé assez brusquement ce qu'il désirait de moi.

« Comprenant sans doute qu'il commettrait une maladresse en me parlant de nouveau de son amour, il a feint de ne venir chercher que des nouvelles de ma santé, et m'a parlé comme aurait pu le faire un ami qui ne songe nullement à se transformer en amant.

« La conversation s'étant engagée sur ce ton, il m'était, vous en conviendrez, assez difficile de le mettre à la porte, et sa visite se serait terminée le mieux du monde, s'il ne s'était avisé, je ne sais trop à quel propos, de s'exprimer sur votre compte en des termes que je ne pus tolérer.

« La colère m'a fait perdre tout sang-froid, et j'ai commis l'imprudence de lui répondre avec une vivacité bien propre à lui dévoiler mon affection pour vous. »

— Si ce n'est que cela qui vous épouvante, ma chère Marie, permettez-moi de vous dire que vous pouvez hardiment vous rassurer. Il est infiniment probable que le marquis d'Arène aura cru que vous aviez vos nerfs et que vous lui cherchiez, sans motif, une mauvaise querelle.

— Il eût pu peut-être le croire s'il eût été moins exactement renseigné, et si tout n'avait pas été calculé avec soin pour me pousser à me trahir. A peine, en effet, mon indignation m'avait-elle arraché mon imprudente réponse, que le marquis se leva et, fixant sur moi son regard que la colère faisait étinceler : « A merveille, me dit-il, on ne m'avait pas trompé en m'affirmant que vous étiez la maîtresse de ce bandit. Prenez garde, mademoiselle, vous jouez là un jeu dangereux, et vous oubliez trop qu'il y a des prisons où l'on enferme les filles de votre espèce ! »

— Le misérable !

— Il me fallut une puissance de volonté dont je ne me croyais pas capable pour ne point me précipiter sur lui et le frapper. Et peut-être cela eût-il mieux valu, car je répondis à cette insulte par des paroles qui pourraient bien être notre arrêt de mort à tous deux.

« Vous oubliez, lui dis-je, que des filles comme moi peuvent se venger parfois des lâches qui les insultent et que j'ai de quoi vous perdre. Vous avez sans doute perdu la mémoire de précieux aveux qu'une terreur plus forte que votre volonté vous arrachait à de certains moments, lorsque vous vous imaginiez être poursuivi par ce spectre qui vous reprochait de lui avoir volé son titre et sa fortune. Pensez-vous que les juges n'accueilleraient pas des révélations qui vous obligeraient à mettre au jour quelques pages de votre propre histoire et à vous justifier de crimes que vous n'avez pu taire ? »

« Le marquis d'Arène, en entendant ces menaces, était devenu horriblement pâle, et il me lança un regard qui me fit trembler. Je craignis qu'il ne voulût me fermer la bouche avec son poignard et j'appelai mes gens. Ils accoururent aussitôt et je leur dis de reconduire le marquis.

« En voyant apparaître mes laquais, celui-ci était redevenu promptement maître de lui-même, et rien, dans son attitude, ne trahit sa colère. Il me salua et, en se retirant, me dit d'une voix calme : « Je vous remercie de tous vos renseignements, madame, vous recevrez prochainement de mes nouvelles. »

« Cette menace me fit trembler et pour vous et pour moi ; l'énergie factice que me donnait mon irritation tomba subitement et je m'évanouis. »

— Ne craignez rien, Marie, ne suis-je pas là pour vous défendre ? A partir de ce jour, des hommes dévoués veilleront sans cesse sur vous et, à la moindre apparence de danger, vous les verrez apparaître à vos côtés. Mais à quels crimes faisiez-vous allusion, et quels sont ces aveux que la terreur et le remords arrachent parfois à d'Arène ?

— Je dois vous avouer que ma menace, qui a produit sur lui un si terrible effet, était lancée un peu au hasard, et qu'il me serait assez difficile de formuler contre lui une accusation assez nette, assez formelle pour le perdre.

— Son trouble démontre qu'il y a bien dans son passé une page terrible qu'il voudrait pouvoir déchirer...

— Certainement, mais je ne sais rien de bien précis.

— Ces hallucinations dont vous avez été témoin...

— Se réduisent à peu de chose. Toutefois, comme il ignore ce qu'il a dit lorsqu'il était dans cet état, il a pu croire m'avoir révélé un secret redoutable. A certains moments, fort rares, du reste, le marquis est en proie à des accès qui lui enlèvent la possession de lui-même. Je l'ai vu deux fois en proie à ces obsessions qui lui arrachent des cris de terreur, des prières, et, en même temps, des menaces. Il s'imagine que devant lui se dresse un spectre qui veut lui réclamer son titre de marquis, lui arracher sa fortune ; c'est, du moins, ce que j'ai pu comprendre, car il répond à un interlocuteur invisible, et les mots qu'il prononce n'ont presque jamais un sens complet.

— Je ne puis deviner par quoi ces visions sont évoquées, quoique je connaisse depuis ma jeunesse le marquis d'Arène.

— Sur ce point, je suis mieux instruite que vous. Votre ignorance s'explique, au surplus, par ce fait que les crimes dont le souvenir poursuit le marquis ont dû certainement être commis dans le vieux manoir de la famille d'Arène. C'est là qu'habitent sa mère et sa cousine. Quant à lui, il est resté plusieurs années sans s'y rendre et, maintenant encore, il n'y fait que de courts séjours à d'assez longs intervalles. Lorsqu'il visite ses terres, il habite l'agréable demeure qu'il possède dans les environs de Besse ou se rend dans un pavillon de chasse, qui a été autrefois une petite place forte et qu'il a transformé, dit-on, en une sorte de *petite maison*. C'est là qu'il conduit les belles qui ne peuvent se donner à lui qu'en se cachant, et les pauvres filles dont il se rend maître par le rapt et la violence.

— Avez-vous donc appris les détails de ce drame dont le château d'Arène devait garder le secret?

— Il m'eût été difficile de le connaître, car ses complices, s'il en a, doivent être largement payés pour se taire, à moins qu'ils n'aient été rendus muets pour toujours. Et puis il doit les garder auprès de lui ou les obliger à rester auprès de sa mère.

— Auprès de la marquise?

— Cela vous surprend? C'est, m'a-t-on dit, une terrible femme, d'une rare énergie et bien capable d'avoir joué un rôle dans cette tragédie.

— Mais enfin, que savez-vous?

— En interrogeant adroitement, en recueillant un peu partout et de toutes les bouches des renseignements assez confus et assez vagues, mais qui se complétaient les uns les autres, j'ai fini par apprendre que le marquis d'Arène, qui serait l'oncle de notre ennemi, avait disparu assez mystérieusement après avoir tué sa femme de sa propre main. Il paraît que, dans le temps, on parla beaucoup à Aix, à Marseille et même à Versailles, du terrible drame dont le château d'Arène avait été le témoin. Bien des gens, et notamment tous ceux qui ont connu intimement le chef de la famille, refusaient alors de croire qu'il eût pu tuer une femme qu'il adorait; sa disparition mystérieuse vint encore accroître le soupçon. Le frère cadet hérita cependant sans opposition du titre et fut nommé tuteur de sa nièce. Très bien en cour, ayant des amis puissants et influents, il réussit à lever tous les doutes, à prouver la culpabilité de son frère, à faire croire qu'il s'était soustrait par la fuite au terrible châtiment qui le menaçait, et qu'il avait dû se donner la mort puisqu'il n'avait plus reparu.

— En admettant que le malheureux marquis ait été la victime d'un terrible complot, le coupable serait alors, non pas l'homme qui porte maintenant le nom de marquis d'Arène, mais le père de celui-ci...

— C'est vrai : mais cet héritage sanglant lui pèse ; il doit connaître tous les détails de ce drame, et il redoute qu'on ne découvre un secret qui le déshonorerait et le ruinerait. Et puis, pour dire toute ma pensée, il y a dans cette ténébreuse affaire quelque mystère que nous ne soupçonnons même pas et qui doit se rattacher à la disparition du marquis après son prétendu meurtre ; son cadavre n'a jamais été retrouvé et, qui sait, peut-être pourrait-il venir demander justice et vengeance !

— Ce sont là des suppositions qui ne sont pas sans vraisemblance. Vous avez commencé à jeter une faible lueur sur ces ténèbres, je veux y faire le jour.

— Y pensez-vous? Ce serait folie !

— Non, c'est au château d'Arène que doit se trouver l'explication de ce sombre drame, j'irai l'y chercher.

— Vous voulez donc vous perdre !

— Ne craignez rien ; je serai prudent, car c'est là ma vengeance, une vengeance complète et terrible. Tuer mon ennemi d'un coup d'épée, ce serait peu ; mais, lui enlever son titre, le déshonorer, le voir mourir désespéré, c'est là ce qu'il me faut, c'est là le châtiment que je veux lui infliger !

CHAPITRE XXVII

Le château d'Arène.

C'EST sur un des sommets les plus escarpés des Alpines qu'a été construit le château des marquis d'Arène.

Tout autour, s'étendent de grands bois, se dressent des pics élancés qui se détachent sur l'azur du ciel ; plus loin, des gouffres profonds reçoivent les eaux limpides qui se font jour à travers les roches écroulées et forment des cascades dont les dispositions variées animent des paysages admirables. Une majestueuse horreur est le caractère distinctif de cette contrée.

Le château domine un paysage à la fois grandiose et terrible ; ses tourelles élèvent leurs têtes crénelées au-dessus de massifs d'arbres centenaires.

C'est là que vivent, dans une solitude que des visites assez rares ne viennent troubler qu'à de longs intervalles, la marquise douairière et sa nièce Adrienne.

Les domestiques sont assez nombreux et le château, s'il était attaqué comme il le fut si souvent autrefois, pourrait encore soutenir un siège, car ses serviteurs, nés sur les terres qui appartiennent à la famille d'Arène, attachés tout jeunes à son service, lui sont dévoués et verseraient leur sang pour elle.

Ce n'est point qu'ils aiment la marquise, ni son fils ; mais ils adorent la jeune demoiselle et ils se feraient tuer jusqu'au dernier pour elle.

Un cavalier, après avoir gravi au petit trot de son cheval le sentier escarpé conduisant au château, venait d'arriver devant le pont-levis, qui était baissé, lorsqu'il aperçut un jeune garçon portant la livrée du marquis et ayant à la main un superbe bouquet.

— Holà ! lui cria-t-il, viens donc tenir la bride de mon cheval, et dis-moi s'il est possible de visiter le château !

Ainsi apostrophé, le jeune garçon se retourna ; mais, en apercevant le cavalier, il ne put retenir un cri de surprise.

— Qu'as-tu donc, mon ami ?...

— Rien... rien... monsieur.

— En ce cas, tu peux répondre à ma question.

— Certainement, il est facile de visiter le château, et je vais vous conduire auprès du vieux Dominique qui se mettra à votre disposition.

Dominique, en effet, se montra enchanté de servir de guide au cavalier.

— Vous excuserez ma curiosité, lui dit celui-ci, je suis un étranger que depuis deux ou trois mois seulement des affaires font venir de temps en temps dans ce pays. J'ai vu, plusieurs fois, en passant, cette demeure seigneuriale, et il m'a pris envie de la mieux connaître...

— Je suis tout entier aux ordres de monsieur...

— De Galtières, ajouta le visiteur.

— Eh bien ! monsieur de Galtières, veuillez me suivre. Et toi, Simon, dit-il au jeune garçon, va porter ces fleurs à mademoiselle, car c'est certainement pour elle que tu viens de les cueillir.

— Oui, monsieur Dominique, vous savez qu'elle les aime tant !

— Allons, dépêche-toi !

— J'y cours.

Mais Simon semblait ne pouvoir détacher ses yeux de M. de Galtières, et il le suivit du regard pendant que celui-ci s'éloignait.

— C'est singulier, murmurait-il, il me semble que ce n'est pas la première fois que je vois ce gentilhomme... Ne faisons pas attendre mademoiselle.

Adrienne d'Arène, la pupille de la marquise et l'héritière de la fortune dont celle-ci n'avait que l'administration pendant sa minorité, reçut, avec la grâce charmante qu'elle apportait en toute chose, le bouquet que lui remit Simon.

— Merci pour tes violettes, mon ami, tu sais que je les aime beaucoup.

— Ce n'est pas tout, mademoiselle, j'ai autre chose à vous remettre, mais je n'ose...

— Qu'est-ce donc ?

— Une lettre.

— Une lettre ?

— Oh ! pardon, j'ai rencontré M. René, et il avait l'air si malheureux ! C'est non loin d'ici, sur la route, que...

— Il n'est donc pas à Aix ! mais donne-moi cette lettre.

— La voici, mademoiselle... Vous ne m'en voulez pas ?

— Que peut-il lui être arrivé ? se demandait Adrienne en ouvrant fiévreusement la lettre. Allons, rien, grâce à Dieu, mais l'inquiétude, le chagrin de ne plus me voir... Pauvre ami !

Puis, sans se préoccuper de Simon qui pouvait l'entendre, elle relut à demi-voix la lettre.

« Le bruit court de plus en plus à Aix que vous devez épouser votre cousin d'Arène ; je sais que votre tutrice veut que ce mariage se fasse, mais je sais aussi que vous ne consentirez jamais à cette union... Néanmoins, j'ai peur !... »

— Oh ! il a bien tort !... « Je vous aime, Adrienne, comme personne n'a jamais aimé, et je crois en vous comme je crois en Dieu ! »

— Cher René!... Et il veut me voir?... Hélas! c'est bien difficile. Dis-moi, Simon, M. René t'a-t-il dit à quelle heure tu le rencontrerais?

— Oui, ce soir.

— Te chargeras-tu de lui remettre une réponse?

— Certainement, je crois que vous le rendriez très heureux.

— Avant de quitter le château pour aller au rendez-vous que M. René t'a donné, viens me trouver.

— Je n'y manquerai pas.

— Mais, j'oublie de te payer tes fleurs, tiens, prends cette bourse.

— Oh! merci, mademoiselle, je suis trop content que vous ayez bien voulu les accepter.

— Tu as dû cependant te donner bien du mal pour les chercher dans la colline.

— Ne m'enlevez pas ma satisfaction, ma bonne demoiselle. J'ai tant de respectueuse affection pour vous qui avez soigné ma vieille mère, qui l'avez consolée sur son lit de mort!

— Tu es reconnaissant, mais...

— Je n'oublierai jamais ce que vous avez fait. Vous me demanderiez ma vie, que je vous la donnerais sans hésiter, comme je la donnerais à un autre qui...

— Ah!

— Oui, mademoiselle, il est une autre personne à laquelle mon cœur a voué un culte.

— Et cette personne?

— Je n'ose pas vous la faire connaître.

— Raconte-moi...

— Il y a de cela plusieurs années, j'avais dix ans à peine, mais il me semble que c'était hier; mon père venait d'être enterré dans le cimetière du village et sa mort nous avait laissés sans ressource. Faute par nous de payer le loyer que nous devions, on allait nous chasser de notre chaumière. Ma mère se désolait et se demandait ce que nous ferions sans asile, quand soudain un homme entra et nous dit: « Je connais votre situation et je ne veux pas que vous soyez ce soir sans asile et réduits à mendier votre pain. » En disant ces mots, il jeta aux pieds de ma mère un sac plein d'argent.

— En vérité!

— Oui, il y avait là amplement de quoi payer ce que nous devions, nous étions sauvés!

— Et vous n'avez jamais su quel était cet homme?

— Pénétrée de reconnaissance, ma mère demanda à l'inconnu son nom, pour qu'elle pût, dans ses prières, demander à Dieu de lui accorder prospérité et bonheur... « Oui, dit-il, j'ai besoin que l'on prie pour moi... mon nom est un nom maudit... Je m'appelle Gaspard de Besse. »

— Gaspard de Besse!

— J'étais bien sûr de l'effet que ce nom produirait sur vous. Pour beaucoup de personnes, Gaspard de Besse n'est qu'un bandit que la potence réclame; pour ma mère et pour moi, ce fut un cœur généreux à qui nous dûmes le salut. Jusqu'à son dernier soupir, ma mère l'a béni, comme elle vous a bénie, vous, et moi je me souviendrai toujours...

— Tu as raison, Simon ; quand on accepte un bienfait, il ne faut pas s'imaginer que l'indignité de la personne à laquelle on le doit vous dégage de la reconnaissance. D'ailleurs, ce n'est pas la première bonne action de ce genre que j'entends attribuer à Gaspard de Besse. Si quelque chose peut lui faire pardonner ses terribles exploits, c'est de ne poursuivre que les grands et les forts, tandis qu'il épargne les petits et les faibles.

— Oh ! mademoiselle, il vaut certainement mieux que ceux qu'il attaque d'habitude, que celui que les paysans représentent sous la forme d'un chat qu'ils pendent aux branches d'arbres, que M. l'intendant...

— Tais-toi, Simon ; va à l'office pendant que j'écrirai la lettre que tu remettras à M. René.

Mais une voix sonore répondit à Adrienne tandis qu'un brillant officier s'inclinait devant elle.

— Il est inutile de m'écrire aujourd'hui, Adrienne, car je suis là.

— René !

— Oui, moi, dit-il en l'embrassant.

— Mon René !

— Je n'ai pu m'éloigner sans vous voir, ma bien-aimée. Je croyais d'abord qu'il me suffirait d'apercevoir les tourelles du château que vous habitez. J'ai ensuite désiré vous faire savoir que j'étais près de vous, et je me suis enfin décidé à tout braver pour me trouver en votre présence.

— Le marquis d'Arène n'est pas ici.

— Ce n'est pas de lui que j'ai peur, mais des persécutions dont vous pourriez être l'objet de la part de sa mère.

— Elle a défendu qu'on vous laissât entrer dans le château... Comment avez-vous fait ?

— J'ai escaladé la muraille du jardin, et tout le monde ignore que je suis ici.

— Prenez garde, mon ami, ma tante a donné l'ordre de tirer sur vous dans le cas où vous pénétreriez ici malgré sa volonté.

— Elle me prend donc pour une bête fauve, la chère dame ! Elle n'ignore cependant pas les projets formés par votre père et le mien, peu après votre naissance.

— Elle les connaît, et sait bien qu'ils avaient résolu de mettre fin à la haine héréditaire des Mauléon et des d'Arène par l'union de leurs enfants. Ce projet, mon pauvre père n'en faisait pas mystère, et tous nos vieux serviteurs se souviennent de lui en avoir entendu parler bien souvent.

— Mon père m'en a, lui aussi, entretenu bien des fois, et son plus vif désir eût été de faire exécuter les volontés de celui qui était devenu son meilleur ami, après avoir été son ennemi. Mais, hélas ! il est allé le rejoindre dans la tombe et vous n'avez plus d'autre défenseur que moi.

— Et c'est précisément au nom de cette ancienne haine que ma tante vous interdit l'entrée de ce château, comme si la réconciliation intervenue entre le dernier Mauléon et le dernier d'Arène n'était pas effacée !...

— Me prenez-vous pour une esclave, pour oser me battre ? (Page 216.)

— D'autant plus que cette haine n'a plus raison d'être ; ce qui avait surtout rendu ennemis les catholiques d'Arène et les protestants Mauléon étaient des prétentions égales, une puissance à peu près semblable ; de là était née une rivalité qui entraînait des querelles et des combats incessants. La révocation de l'édit de Nantes a définitivement ruiné les Mauléon ; il ne reste de toute leur splendeur qu'un manoir en ruines qui s'écroulerait sur leur dernier descendant si celui-ci n'avait pas vendu au roi de France son épée pour une lieutenance.

— Oui, dans le régiment de Lyonnais, celui où mon cousin, le marquis d'Arène est, par grâce spéciale, capitaine depuis quelques jours seulement.

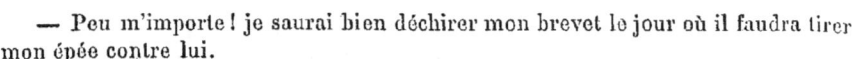

— Peu m'importe ! je saurai bien déchirer mon brevet le jour où il faudra tirer mon épée contre lui.

— Je ne veux pas, René, je vous le défends.

— Vous avez donc pour moi un peu de l'ardent amour que j'éprouve pour vous ?

— En doutez-vous ?

— Oh ! s'écria-t-il, en tombant à ses pieds, je voudrais toute ma vie être à vos genoux.

— Relevez-vous, René. Nous ne sommes pas en sûreté, ici... Venez passer auprès de moi, dans le jardin, les moments que vous pourrez me consacrer. Ma tante viendra d'un moment à l'autre dans ce salon et je crains... Justement, j'entends marcher et ce doit être elle, venez, venez vite !

Pendant ce temps, M. de Galtières avait, en compagnie de Dominique, parcouru presque entièrement le château.

— Décidément, dit-il à son guide, cette demeure seigneuriale vaut la peine d'être visitée, avec ses tourelles, ses salles d'armes, ses remparts qui rappellent un autre âge ; elle a dû subir bien des assauts à l'époque de la Ligue et des guerres de religions ?

— Et de terribles encore !... Il y avait non loin d'ici la forteresse d'un baron huguenot constamment en guerre avec les d'Arène qui ont toujours été fidèles au roi et bons catholiques.

— Vous paraissez bien connaître l'histoire de cette famille.

— Ce n'est pas étonnant, monsieur, je suis né sur ses terres et j'étais tout jeune encore lorsque M. le marquis, le grand-père du marquis actuel et de Mlle Adrienne me prit à son service.

— M. le marquis d'Arène vient-il souvent ici ?

— Rarement, mais nous l'attendons aujourd'hui.

— Ah !

— C'est Mme la marquise, sa mère, qui est maîtresse au château, en attendant la majorité de Mlle Adrienne, seule héritière.

— Le fils aîné de votre premier maître n'a donc pas eu un fils ?

— Non, monsieur, quoique... Je ne puis en dire plus. Il y a des choses que les serviteurs peuvent entendre et ne doivent répéter.

— Je comprends votre discrétion ; mais, après avoir visité ce château, j'éprouve le désir de me renseigner sur les derniers représentants de cette grande famille. On m'a dit surtout beaucoup de bien...

— De Mlle Adrienne, n'est-ce pas ? Oh ! c'est un ange de bonté ! Elle est connue dans tous les environs et il n'est pas une chaumière où son nom ne soit béni. Quant à Mme la marquise, les paysans la voient fort peu ; elle ne sort que très rarement du château, si ce n'est pour se rendre à Aix. Mais, je bavarde, je bavarde et oublie que précisément il faut que j'aille prendre les ordres de Mme la marquise. Pendant mon absence vous pourrez examiner les portraits de tous les ancêtres du marquis d'Arène qui tapissent cette galerie.

— Volontiers.

— Entrez donc ici, je viendrai vous y retrouver.

— Allez à vos affaires... Je vais examiner les loyales figures des anciens seigneurs de ce château.

M. de Galtières parcourut, en effet, la galerie d'un bout à l'autre, et, comme Dominique ne revenait pas, il entra dans le petit salon qu'Adrienne venait de quitter.

Il y était depuis quelques instants seulement, lorsqu'il entendit un bruit de pas. Pensant que c'était Dominique qui venait le rejoindre, il voulut aller vers lui, mais il se trompait, car il aperçut dans la galerie la marquise d'Arène en compagnie de l'orfèvre Roux.

Le salon n'avait pas d'autre issue que la porte par laquelle il était entré et vers laquelle ces deux personnages se dirigeaient. Il se glissa derrière un paravent qui devait lui permettre d'entendre sans se montrer.

Il était temps, la marquise et l'orfèvre franchissaient le seuil du salon.

— C'est bien à vous, disait la marquise, de m'avoir évité la peine de me rendre à Aix pour nous occuper de notre affaire.

— Il n'y a pas à me remercier, madame, c'est en ne vous voyant pas venir que j'ai pris naturellement la route de votre château, malgré le danger qu'il peut y avoir...

— C'est vrai, les routes ne sont pas absolument sûres. Il y a peu de temps, on a arrêté un convoi qui portait un million de livres à M. l'Intendant de Provence et, malgré les soldats de l'escorte, les bandits de Gaspard de Besse se sont emparés de cette somme.

— Je connais cette affaire. Ma femme revenait de Manosque ce jour-là, et elle n'a dû qu'au hasard de ne pas faire la route avec le convoi...

— C'est très heureux.

— Mais, madame la marquise, je dois vous rappeler que mon voyage a un but que vous connaissez. Je suis venu pour régler avec vous certaine affaire et toucher la somme que vous deviez me faire remettre à Aix ces jours derniers.

— Je suis bien fâchée, dans ce cas, que vous ayez entrepris ce voyage, car il faudra que vous retourniez les mains vides.

— Comment ?

— Je ne suis pas en mesure de vous compter la somme que vous venez chercher.

— En vérité ?

— C'est un retard et rien de plus. Vous savez, au surplus, que vous n'avez rien à craindre, puisque vous avez entre les mains des bijoux dont la valeur est pour le moins égale au montant de ma dette. Il y a, en outre, le château et les terres qui...

— Le château, les terres, interrompit brusquement Roux, ne vous appartiennent pas. Mlle d'Arène, votre nièce, est seule riche ici, et vous serez obligée de lui rendre des comptes.

— N'est-elle pas la fiancée de mon fils ?

— Elle le hait.

— Qui vous a appris ?

— Je suis descendu à l'auberge du village. Dame ! je ne savais pas si l'on me ferait bon accueil au château.

— Et c'est là qu'on vous a raconté ?

— Ce que disent tous vos serviteurs. Oh ! rassurez-vous, j'ai interrogé discrètement, avec beaucoup de prudence. Mais enfin, rien n'est moins sûr que le
mariage de Mlle Adrienne avec M. le marquis. De plus, il est certaine histoire,
mais elle est si étrange...

— De quoi s'agit-il ? demanda ironiquement la marquise.

— D'un enfant perdu et d'une femme morte.

— Ah !

Cette exclamation avait été arrachée à la marquise par une émotion profonde
qu'elle ne put pas dompter immédiatement, car elle avait été surprise par cette
réponse à laquelle elle ne s'attendait pas.

L'orfèvre feignit de ne pas remarquer son trouble et continua froidement :

— Je ne m'y suis pas arrêté. Quant aux bijoux, sais-je même s'ils sont à vous
et si on ne me reprochera pas de les avoir acceptés en gage sans m'être assuré de...

— Vous allez trop loin, maître Roux, répliqua avec hauteur la marquise.

— C'est que je veux être payé. Vous m'avez promis de me rembourser prompt-
tement le capital, et, en attendant de m'en servir les intérêts. Or, je n'ai encore
touché ni intérêts, ni capital.

— Ne craignez rien, vous dis-je, vous serez payé et largement indemnisé de
ces retards ; j'ai seulement besoin de quelques jours de répit.

— Je vous en donne quinze.

— Cela sera suffisant ; mais je ne vous croyais pas un prêteur sur gages aussi
impitoyable.

— Je ne suis pas prêteur sur gages, mais orfèvre.

— Enfin, vous cumulez. Il faudra que j'engage mon fils à aller faire chez vous
ses achats.

— Oh ! ne prenez pas ce soin, madame, monsieur le marquis ne m'a déjà
rendu que trop de visites.

— Que voulez-vous dire ?

— Il a passé plusieurs fois de longues heures dans ma boutique, sous prétexte
de choisir quelques pièces d'orfèvrerie ; après avoir tout vu, tout bouleversé, il a
fini par donner sa préférence à un bijou qu'il m'a fait mettre de côté, mais qu'il n'a
jamais pris, bien qu'il soit revenu plusieurs fois depuis.

— Vraiment ?

— C'est ainsi, madame ; et lorsqu'il n'entre pas chez moi, je l'aperçois qui rôde
pendant de longues heures devant ma boutique, je ne sais pour quel motif.

— C'est que vous n'êtes pas fort perspicace.

— Comment cela ?

— Votre femme est fort jolie, maître Roux, et les jolies femmes attirent les
galants.

— Ma femme est honnête, répliqua brusquement l'orfèvre, et n'a que faire des
madrigaux de M. le marquis.

— Là, là, ne vous emportez donc pas ainsi ; personne ne suspecte la vertu de
Mme Roux, mais vous n'ignorez pas que c'est là un attrait de plus pour les amoureux.

— Si jamais...

— Silence, voici M. le marquis.

— Bonjour, madame ; mais vous semblez surprise de me voir, dit d'Arène en entrant.

— J'avoue que je ne vous attendais pas sitôt.

— J'ai avancé mon arrivée de quelques heures. Tiens, maître Roux, votre vue me rappelle certain bijou de cent louis que j'ai choisi l'autre jour chez vous ; j'enverrai mon domestique le prendre.

— Dans ce cas, n'oubliez pas de lui remettre les cent louis.

— Dieu me pardonne ! je crois qu'il me soupçonne de ne le point vouloir payer.

— En aucune façon ; mais, si le domestique n'avait pas l'argent, je ne livrerais pas le bijou.

— Tu serais trop honoré...

— Non, monsieur le marquis, non.

Puis, se penchant à l'oreille de la marquise, Roux ajouta à voix basse :

— Dans quinze jours, madame, je vous attendrai, ne l'oubliez pas, car il me serait impossible de vous accorder vingt-quatre heures de plus.

Après quoi il se retira, en saluant respectueusement la marquise et son fils.

— Par ma foi, ma mère, je n'avais jamais remarqué ici cette vilaine figure que je vois d'habitude à côté du visage plus gracieux de sa femme.

— C'est la première fois qu'il vient ici, mais j'ai bien peur que ce ne soit pas la dernière.

— Pourquoi donc ?

— C'est un créancier.

— Un créancier !

— Cela vous étonne ? Vous me demandez sans cesse de l'argent ; il a bien fallu m'en procurer. Vous n'ignorez pas que nous ne sommes pas riches, que cette fortune dont vous avez pris l'habitude de disposer appartient à votre cousine. Autrefois, les revenus de toutes ces terres vous suffisaient : aujourd'hui, il vous faut des sommes encore plus fortes, et vous n'ignorez pas que nous ne pouvons ni vendre, ni donner en garantie à des usuriers...

— La désagréable chose d'avoir un nom et pas de fortune pour le porter dignement.

— Vous n'avez pas eu jusqu'ici beaucoup à vous plaindre.

— Vous vous trompez, madame. Ce qu'il me faudrait à moi, ce seraient des richesses immenses dont je pourrais librement disposer pour satisfaire tous mes caprices, toutes mes volontés ; ce seraient des trésors dans lesquels je puiserais à pleines mains. Je suis ambitieux, affamé de plaisirs ; or, pour être tout puissant, il ne faut que de l'or. Je comprends les peuples qui avaient fait un dieu de ce métal.

— Ces besoins insatiables m'effrayent ; mais vous me ressemblez bien, mon fils. Je me vois revivre en vous, car vous êtes, comme je l'étais jadis, prêt à tout entreprendre pour satisfaire votre ambition.

— Oui, je suis comme vous, ma mère, qui, de simple esclave d'un planteur de l'Ile-de-France, êtes parvenue à être la marquise d'Arène. Mais il y a des moments où je me demande pourquoi vous avez préféré épouser un gentilhomme plutôt qu'un riche financier.

— Riche ! vous voulez être riche ! Eh bien, je vous donnerai cette fortune que vous enviez ; fallût-il commettre encore un crime !

— Prenez garde, ma mère.

— Nous sommes seuls. Au surplus, il nous suffira sans aucun doute de le vouloir pour devenir possesseurs de cette fortune immense dont la garde nous a été confiée. En épousant Adrienne, vous aurez le château et les terres, comme vous avez déjà le titre des marquis d'Arène.

— Ma cousine ne m'aime pas.

— Que vous importe ?

— Oh ! il m'importe fort peu ; mais Adrienne ne se contente pas de n'éprouver aucune sympathie pour moi, elle me hait bel et bien.

— Que vous importe encore ?

— Vous savez qu'elle en aime un autre et qu'elle résistera.

— Je vaincrai sa résistance et, quant à ce Mauléon maudit, il disparaîtra s'il le faut.

— Vous êtes bien forte, ma mère, et je préfère être votre fils que votre ennemi.

— Vous avez raison ; tous ceux qui me faisaient obstacle ont disparu. Il leur en a coûté l'honneur et la vie.

— Oui !... la femme de mon oncle.

— Et votre oncle lui-même. Oh ! à ce moment la pauvre esclave, devenue par un caprice l'épouse du cadet d'Arène était bien peu de chose ; votre père n'osait pas avouer son mariage, il était venu ici pour solliciter quelque secours, et son amour pour sa belle-sœur, amour qu'il croyait éteint, s'était rallumé avec plus de violence. Mais je veillais...

« Bien qu'il m'eût ordonné de rester cachée à Aix, je m'étais glissée ici sous un humble costume, et ce fut moi qui sus vouloir pour lui et lui faire briser les obstacles qui vous séparaient de cette fortune que vous convoitez à votre tour. Quelques jours après, on apprit que le marquis avait tué sa femme, et que lui-même avait disparu pour se soustraire au glaive de la justice. »

— Vous aviez écarté tous les obstacles moins un seul.

— Vous voulez parler d'Adrienne : mais c'eût été tout perdre que de chercher à la faire disparaître, et sans ce Laurent maudit...

— Oui, je sais ; Laurent vous menaça de vous dénoncer si vous portiez la main sur la fille de son maître.

— Ah ! que ne suis-je un homme ! Ce Laurent aurait été puni de sa trahison, et tout danger aurait disparu avec lui et avec celui dont la garde lui est confiée.

— Quoi ! vous voudriez...

— N'y a-t-il point là un danger toujours menaçant ?

— Mais Laurent ne peut nous trahir sans courir lui-même des dangers, et s'il rendait la liberté à celui...

— Je sais tout cela, mais je sais aussi qu'il n'est point de prison plus sûre que la tombe et que les morts seuls sont muets.

— Ah ! ma mère, j'ai parfois peur de vous.

— Et moi j'hésite parfois aussi à te reconnaître pour mon fils.

— Non, ma mère, non jamais je n'oserai me souiller du sang de ce malheureux à qui...

— Silence, il est des secrets que les murs ne doivent point entendre.

— Et ce n'est point là le seul danger qui nous menace. Vous savez bien que le cadavre de la marquise n'a jamais été retrouvé, et que toutes mes recherches n'ont pas été plus heureuses que les vôtres. Une seule fois j'ai cru...

— Oui, et un crime inutile a été commis, car vous avez été abusé par une étrange ressemblance.

— Oh ! mon père m'a légué un terrible héritage, un héritage de sang, que je ne puis conserver qu'en commettant de nouveaux crimes.

— Et s'il en fallait un encore pour t'assurer la possession de cet héritage tout entier, pour réunir au titre que vous portez la fortune qui en a été séparée ?

— Ma mère !

— Vous tremblez, vous ! vous qui me disiez à l'instant même qu'il vous fallait toutes ces richesses pour devenir puissant, pour assouvir toutes les passions qui bouillonnent en vous.

— Par pitié, ma mère, ne me demandez pas...

— Je ne vous demande rien, je suis assez forte pour agir seule, et je vous aime assez pour vous rendre heureux malgré vous.

— Et n'avez-vous jamais vu dans vos nuits d'insomnie, se dresser devant vous les spectres de vos victimes ?

— Jamais, mon fils !

— Ah ! vous êtes heureuse ; c'est moi qu'ils poursuivent, qu'ils menacent.

— Folies que tout cela !

— Et ce fils, ce fils disparu, n'y pensez-vous jamais non plus ?

— Oui, et c'est là ma principale crainte, car je n'ai jamais pu parvenir à savoir ce qu'il était devenu.

— Peut-être a-t-il été recueilli par quelque paysan ?

— Si cela était, croyez-vous que je ne l'eusse pas appris ? J'avais des hommes sûrs et dévoués qui me servaient fidèlement.

— Et si un jour cet héritier se dressait devant vous pour vous demander compte du sang versé, pour réclamer ce nom et cette fortune qui lui appartiennent ?

— Nous le traiterions d'imposteur, car il lui serait impossible de nous apporter des preuves. Mais pourquoi évoquer ce passé ? Pourquoi surtout nous préoccuper de craintes chimériques qui s'évanouiront le jour où vous serez le mari d'Adrienne.

— Mais vous ne pouvez, ma mère, la contraindre à m'épouser ?

— Il faudra qu'elle obéisse !

— Et si elle refuse ?

— Si elle refuse, je ne verrai plus alors en elle qu'un obstacle, que je briserai comme j'ai brisé les autres. Mais il faut en finir, et aujourd'hui même elle connaîtra ma volonté.

— La voici, ma mère.

— Le moment d'agir est venu, laisse-nous...

La jeune fille s'avançait lentement, sans apercevoir la marquise ni son fils. Elle était toute à René de Mauléon qui venait de la quitter, et murmurait tristement :

— Quand le reverrai-je maintenant ? Il m'a dit qu'il m'aimait plus que jamais... Et moi aussi comme je l'aime !

— Mademoiselle, dit le marquis en s'inclinant devant elle, daignerez-vous laisser tomber votre regard sur votre plus respectueux adorateur ?

— C'est vous, monsieur ! s'écria la jeune fille brusquement arrachée à sa rêverie.

— Préféreriez-vous que ce fût un autre ?

— Peut-être, monsieur.

— Vous êtes cruelle, Adrienne ; mais, puisque vous me chassez, permettez-moi de confier à un avocat plus habile le soin de plaider ma cause auprès de vous.

En disant ces mots, il s'inclina de nouveau devant la jeune fille et se retira.

Celle-ci avait fait quelques pas vers la porte, lorsque la marquise la rappela.

— Restez, mademoiselle, je veux vous demander la cause du dédain que vous venez, maintenant encore, de manifester à l'égard de mon fils.

— J'ai été franche avec M. le marquis ; la présence d'autres personnes me serait certainement plus agréable que la sienne.

— C'est cependant votre fiancé, l'époux qui vous est destiné.

— Mon fiancé n'est pas monsieur le marquis.

— Vous vous trompez.

— Non, madame, car s'il est une chose que je connaisse bien, c'est l'état de mon cœur.

— Vous vous abusez, pauvre enfant ; voyons, qui croyez-vous aimer ?

— Vous le savez bien ; c'est l'ami d'enfance que vous avez exilé de cette demeure, c'est le chevalier de Mauléon, c'est René !

— Un simple lieutenant au régiment de Lyonnais où mon fils est capitaine.

— René est pour moi plus qu'un prince, c'est mon seigneur et mon maître.

— Je plains votre poétique exaltation ; vous êtes bien jeune, et il faut que nous tous qui avons mission de veiller sur vous, sachions faire votre bonheur. Dans un mois, vous épouserez le marquis ; je réunirai le conseil de famille, et il saura bien vous imposer une union qui empêchera la gloire de notre maison de périr, et les biens de passer sous un autre nom.

— Si c'est ma fortune qu'il vous faut, prenez-la !

— Vous ne pouvez pas en disposer.

— Oui, mais je peux disposer de ma personne ; je peux, même au pied de l'autel, refuser mon consentement et ne pas vouloir devenir la femme d'un homme que je hais... Plutôt le couvent, plutôt la mort, que ce mariage !

— Malheur à vous ! s'écria la marquise qui, se laissant emporter par sa colère, se précipita vers la jeune fille le bras levé.

— Me prenez-vous pour une esclave, pour oser me battre ? Vous avez, en vérité, madame, rapporté de votre séjour dans les colonies des habitudes qu'on ne tolère pas en France !

— Mademoiselle !

Un coup de feu retentit. (Page 224.)

— Vous oubliez que je ne suis ni n'ai jamais été à vous, et qu'une fille noble ne se laisse point frapper.

— Ah! vous me bravez! vous m'insultez! Craignez...

— Je ne crains rien, madame, et n'ai pas peur de vous.

— La noble enfant! s'écria M. de Galtières en sortant de sa cachette lorsque les deux femmes se furent éloignées. Celle-là est bien l'héritière des d'Arène! Oh! je saurai la protéger.

— Ah! vous voilà, monsieur, s'écria Dominique en l'apercevant; je vous demande pardon de vous avoir laissé seul pendant si longtemps. Nous allons, si cela vous plaît, continuer notre promenade dans le château...

— Je vous remercie de votre complaisance ; mais j'ai encore une longue route à faire et les chemins sont si peu sûrs, qu'il faut que je parte à l'instant pour pouvoir arriver avant la nuit au terme de mon voyage.

— Vous avez du reste visité presque toute la maison, et il ne vous reste à voir que peu de chose. Allons, Simon, va chercher le cheval de monsieur et amène-le devant la porte.

M. de Galtières glissa dans la main de Dominique une bourse dont la pesanteur agréa fort à celui-ci, qui s'inclina respectueusement devant ce généreux visiteur et le reconduisit avec force courbettes.

Simon se tenait devant la poterne et maintenait difficilement le cheval qui piaffait et semblait impatient de reprendre sa course.

Il tint l'étrier à M. de Galtières et le suivit du regard jusqu'à ce qu'il eut disparu au tournant de la route.

— J'ai bien reconnu cet homme, murmura-t-il, c'est notre sauveur, c'est Gaspard de Besse !

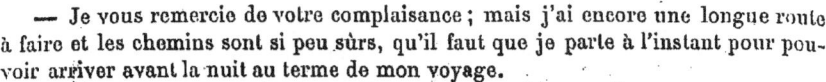

CHAPITRE XXVIII

La petite maison du marquis.

Si, comme nous l'avons vu, Marie redoutait les suites de sa violente rupture avec le marquis d'Arène, celui-ci, paraît-il, était fort désireux de son côté, de conclure un traité de paix avec sa belle ennemie.

Depuis quelques jours, en effet, il se livrait à d'actives démarches dans le but de rentrer en grâce.

A diverses reprises, il était venu frapper à la porte de Marie pour solliciter une explication et un raccommodement. Il est vrai qu'il avait trouvé cette porte constamment fermée et qu'on lui avait invariablement répondu que madame était sortie.

Après un certain nombre d'épreuves tentées à différentes heures de la journée ou de la soirée, d'Arène n'avait pu s'y méprendre : il était consigné.

Mais il n'y avait pas là un obstacle qui fût de nature à l'arrêter ni à l'empêcher d'arriver à ses fins. Tout au contraire, cette marque indéniable du ressentiment de

Marie et de sa résolution de rompre tout commerce avec lui, ne pouvait que faire sentir davantage au marquis la nécessité d'arriver à un prompt raccommodement.

Depuis le jour où il s'était laissé entraîner à la scène de violence qu'il regrettait, d'Arène n'avait pas été un instant tranquille.

Il était dans l'état d'attente vague et incertaine de l'homme qui pressent un danger, mais qui ignore encore comment le coup qu'il devra parer lui sera porté.

Il connaissait trop bien Marie pour espérer qu'elle ne se vengerait pas ; mais plus sa vengeance tardait, plus il avait sujet de redouter qu'elle fût éclatante et complète.

Au fond, il ne pouvait pas se dissimuler qu'il était entre ses mains et qu'elle le tenait par son passé.

La question la plus importante était de savoir jusqu'à quel point elle était informée de ces sombres événements qu'il croyait ignorés de tous, et dont il avait lui-même, dans des heures d'égarement et d'hallucination, révélé les mystères.

Qu'avait-il dit ? C'était là ce qui le tourmentait.

N'avait-il prononcé que des paroles qui avaient pu faire naître les soupçons, ou bien avait-il raconté ces drames terribles dont la révélation pouvait le perdre ?

Et en admettant même qu'il n'eût rien dit qui pût permettre à son ennemie d'articuler une accusation précise, n'y avait-il pas un assez grand danger dans ce seul fait qu'elle pouvait faire de redoutables allusions à ce passé qu'il lui importait tant de ne pas évoquer ?

Il savait combien est chose délicate de repousser certaines imputations que leur absence de précision même rend plus perfides ; et puis il fallait à tout prix étouffer cette voix qui pouvait réveiller les morts dans leurs tombes et faire surgir ce vengeur qu'il avait entrevu si souvent dans les visions qui troublaient ses nuits.

Lorsque, par tous les moyens, même les plus criminels, on est arrivé au faîte, lorsqu'on a conquis un grand nom et qu'on est à la veille de s'emparer d'une immense fortune, il importe de faire taire les accusations, même les plus vagues.

Sans doute, il était trop bien en cour pour que, sur la simple dénonciation de Marie, surtout si cette dénonciation n'était pas appuyée sur des preuves et des faits indiscutables, la justice ouvrît une enquête sur des faits antérieurs à sa naissance ; mais de semblables accusations pouvaient trouver une certaine créance dans ce monde brillant où il vivait et où il comptait, il le savait bien, tant d'ennemis. Et puis cela ne suffirait-il pas pour attirer l'attention sur Adrienne, pour lui conquérir des sympathies qui la soutiendraient dans la lutte qu'elle voulait entreprendre contre la marquise ? Là encore était un danger qu'il fallait prévoir et conjurer.

Comment un homme de son genre s'était-il laissé entraîner à un emportement si dangereux vis-à-vis d'une personne dont il avait à redouter la colère ?

C'est ce qui serait difficile à expliquer si les natures les plus fortement trempées n'avaient leurs heures de défaillance.

Quoi qu'il en fût, le mal était fait et il s'agissait de le réparer ou tout au moins d'en prévenir les conséquences.

Il n'y avait pour cela que deux procédés à employer : se réconcilier avec Marie ou commencer la lutte avec la résolution d'aller au besoin jusqu'au crime pour se débarrasser de la présence d'un témoin aussi dangereux.

Il faut croire que le marquis s'était arrêté au premier de ces deux moyens, puisque, après avoir fait de nombreuses démarches pour être reçu par Marie, il se décida à lui écrire la lettre suivante :

« Madame,

« Je sens trop bien que mes visites sont importunes et que mes torts sont assez graves pour ne me donner aucun droit à votre indulgence. Aussi garderais-je vis-à-vis de vous la réserve que semble me commander votre désir de ne point me voir, si je pouvais me décider à accepter la pensée de vous laisser pour dernier souvenir le juste ressentiment d'une discussion indigne de vous et de moi.

« Un étranger ou un indifférent devrait subir votre dédain en silence, comme la conséquence naturelle de ses torts ; mais pouvons-nous agir, nous, comme des étrangers ou des indifférents ? Non, Marie, trop de liens nous rattachent au passé !

« En d'autres circonstances, peut-être devrais-je me résigner à votre haine. Je l'accepterais si j'avais le sentiment moins vif de l'avoir méritée.

« Mais la faute que j'ai commise vis-à-vis de vous et qui m'enlève toute excuse à mes propres yeux, est de celles dont un galant homme ne veut pas rester coupable sans avoir essayé de les atténuer en les reconnaissant avec franchise.

« Je ne chercherai donc point à me justifier. Je ne veux que vous dire que je ne pardonne point à moi-même un accès de violence qui vous a justement offensée.

« Mais vous qui avez le droit de me bannir de votre présence sans me laisser le droit de murmurer, ne songerez-vous point qu'en trouvant auprès de vous un accueil aussi glacial, aussi hostile, j'ai pu être entraîné par la violence de mes sentiments à perdre la conscience de moi-même ?

« Si les souvenirs qui nous lient l'un à l'autre avaient été moins vivaces et avaient agi moins énergiquement sur notre esprit, je n'aurais point oublié les égards qui vous sont dus. Mon excuse est dans l'état où votre présence m'avait jeté et dans ces souvenirs que je n'ai pas été assez maître de moi pour refouler au moment où vous me parliez comme à un inconnu et presque comme à un ennemi.

« Voilà ce que j'aurais voulu vous dire si vous aviez consenti à me recevoir et si vous aviez permis que votre ancien ami se présentât en personne pour solliciter votre pardon et faire appel à vos sentiments d'autrefois.

« Mais votre porte m'est fermée ; je ne veux pas vous importuner davantage en me présentant chez vous, et je n'ose espérer que vous vous laissiez toucher par l'aveu de mes torts.

« Si pourtant il en était autrement, si votre indulgence dépassait mon attente, et si vous vous souveniez que nous avons passé à ma petite maison des faubourgs d'Aix des heures qui ne s'oublient pas, j'y resterai la journée de demain.

« Décidez si je dois renoncer à vous revoir et à être pardonné, ou si votre générosité ne vous conseillera pas en faveur d'un ancien ami qui ne souhaite que de pouvoir se dire le plus respectueux de vos serviteurs.

                                        « Marquis D'ARÈNE. »

Ce ton de soumission plus ou moins sincère, cet appel au passé étonnèrent profondément Marie.

Elle en conclut qu'il fallait que le marquis eût bien peur d'elle, car elle n'était pas femme à se laisser tromper par son repentir, ni par ses allusions à une passion qui n'avait jamais été bien vive.

— Je rappellerai à madame, lui dit la soubrette, que l'homme qui a apporté la lettre attend la réponse.

— C'est bien, faites-le entrer !

Marie s'était subitement décidée à accepter le rendez-vous que d'Arène lui proposait.

Elle voulait juger par elle-même de la crainte qu'elle lui inspirait, et lire dans ses regards si ses offres de réconciliation étaient véritables ou s'il ne s'agissait pas du premier acte d'une lutte dans laquelle le marquis s'efforcerait de triompher par la ruse.

S'il en était autrement, elle lui ferait sentir que, malgré sa force et son habileté, il était en son pouvoir.

Tout en formant ce projet, elle laissait courir rapidement la plume sur le papier.

Lorsqu'elle eut achevé sa lettre, elle leva machinalement les yeux sur l'homme qui était venu de la part du marquis, et elle ne put s'empêcher de tressaillir.

C'était un laquais sans livrée, ce qu'on appelait un grison, et rien dans son attitude ne dénotait qu'il fût autre chose que ce qu'il paraissait être. Mais il semblait à la jeune femme que sa figure ne lui était pas inconnue, qu'elle l'avait vue autrefois, sans pouvoir se rappeler où, ni dans quelles circonstances.

— Êtes-vous attaché à la maison de monsieur le marquis d'Arène ?

— Oui, madame, et c'est moi qu'il daigne honorer de sa confiance pour les missions qui nécessitent de la discrétion et quelque délicatesse.

— Cela suffit ; tenez, voici la réponse que vous attendez.

Après son départ, Marie demeura pendant quelques instants rêveuse ; elle rassemblait ses souvenirs et se demandait dans quelles circonstances de sa vie elle avait vu autrefois cet homme dont les traits se dessinaient vaguement dans sa mémoire.

— Après tout, se dit-elle, cela importe peu ; je demanderai au marquis de me renseigner à ce sujet.

Le lendemain, Marie fit atteler quatre vigoureux chevaux à sa chaise de poste, et, quelques instants après, la voiture brûlait le pavé de la route qui conduit de Marseille à Aix.

La chaise de poste s'arrêta enfin devant une petite maison isolée, située à une lieue environ des premières maisons de la ville d'Aix, dont le jardin se cachait derrière des murs élevés qui abritaient les hôtes contre tous regards indiscrets.

Le marquis attendait Marie sur le seuil du jardin et lui offrit la main pour l'aider à descendre de voiture.

Comme le cocher demandait à sa maîtresse à quelle heure il devait revenir, d'Arène la pria de vouloir bien lui permettre de la ramener dans sa berline ; mais elle refusa assez sèchement et ordonna à ses gens d'être là vers huit heures. Puis elle entra dans la maison, suivie du marquis, et s'étendit dans un fauteuil.

— Vous avez souhaité de me voir, lui dit-elle ; je me suis rendue à votre appel. Quels que soient nos sentiments mutuels, une franche explication ne peut qu'être utile à nous éclairer l'un et l'autre sur nos résolutions à venir. Nous en parlerons quand il vous plaira.

— Nous en causerons à table, répondit en souriant le marquis, et, puisque vous avez bien voulu me permettre d'être votre hôte, nous ne laisserons pas, si vous voulez m'en croire, refroidir le dîner qui vient d'être servi.

La table était dressée dans un petit salon du rez-de-chaussée dont les fenêtres étaient presque envahies par les arbustes et les plantes grimpantes qui formaient comme un impénétrable rideau de verdure.

Les mets étaient exquis, les vins généreux, et, pendant toute la durée du repas, d'Arène déploya les côtés brillants de son esprit. Il s'efforça tour à tour de charmer Marie ou de reprendre l'ascendant qu'il croyait avoir sur elle.

Il se montra discrètement ému en parlant du passé, et s'accusa de n'avoir pas su estimer à leur valeur les éminentes qualités de la belle jeune femme.

Celle-ci écoutait attentivement les paroles du marquis ; non qu'elle en fût touchée, mais comme si elle eût assisté dans sa loge à un monologue débité par un excellent artiste.

Elle ne put s'empêcher de reconnaître le talent de cet acteur qui composait et jouait tout à la fois son rôle.

Mais que méditait-il ?

Pourquoi avait-il voulu la voir ?

Le marquis sourit, et, voyant sa curiosité éveillée, lui dit :

— Vous savez que je n'ai guère pour habitude de m'excuser d'une faute lorsque, par hasard, j'en commets, ni de reculer devant ses conséquences ; mais avec vous il n'en saurait être de même. Je ne vous parlerai pas des amours d'autrefois, je sais que vous n'y pensez guère ; mais j'émettrai le vœu que nous ne soyons pas ennemis, car l'un des deux perdrait l'autre et...

— Vous avez peur de succomber, interrompit Marie.

Un éclair brilla dans l'œil du marquis, qui fixa sur elle un étrange regard.

— Vous me connaissez assez, lui répondit-il, pour savoir que je n'ai peur de rien, ni de personne.

— Vraiment !

— Je vous parle en toute sincérité et vous auriez tort de railler ; mais, au point où je suis parvenu, on a assez d'affaires sérieuses à mener et à regarder en face pour n'avoir aucun besoin de se jeter dans une affaire inutile et qui ne saurait nous mener à rien ni l'un ni l'autre. J'ai eu tort l'autre jour de ne pas le comprendre, et je n'hésite pas à vous faire l'aveu de ma faute, en sollicitant de vous la conclusion d'un traité de paix et d'amitié. J'ai fait assez, je pense, en m'accusant spontanément pour vous prouver la sincérité de mes intentions, et je ne crois pas m'humilier en ajoutant : nous avons mieux à faire que d'épuiser nos forces l'un contre l'autre. Je vous ai offensée, j'ai fait une sottise dont je vous adresse toutes mes excuses.

— C'est à merveille, monsieur le marquis.

— Vous savez bien que si nous faisons la guerre, je la mènerai jusqu'au bout ; mais pourquoi faire la guerre ?

Marie s'était renversée à demi sur sa chaise et, les bras croisés sur sa poitrine, elle fixait sur d'Arène un regard qui s'animait par degrés et devenait étincelant.

— Ainsi, vous vous êtes dit que vous étiez trop occupé pour courir le risque d'une lutte avec une femme comme moi. Vous vous êtes dit, après m'avoir bravée et menacée jusque chez moi, que vous vous étiez trompé et que vos projets d'avenir pourraient en subir quelques atteintes. Soyez donc tout à fait sincère, et avouez que vous avez eu peur, que vous avez cru qu'avec des promesses, peut-être aussi avec de l'argent, vous pourriez acheter mon pardon et vous mettre à l'abri de mon ressentiment.

— Vous repoussez la main que je vous tends ?

— Pardon, mon cher marquis, ne déplaçons pas les responsabilités. Nous avions rompu et nous étions devenus l'un pour l'autre deux étrangers. Vous l'avez oublié et vous êtes venu la menace à la bouche, me braver et m'insulter. Aujourd'hui, vous vous en repentez et vous voulez réparer vos torts à mon égard, soit ! Votre fortune est dans mes mains et, d'un mot, je puis la faire écrouler ! Vous ne l'ignorez pas et vous avez commis la faute de me le rappeler. Je ferai ce que je pourrai pour l'oublier ; mais, croyez-moi, ne vous trouvez jamais sur mon chemin ni sur celui de ceux que j'aime.

— Et parmi ceux que vous aimez, dois-je compter le bandit Gaspard de Besse ?

— Celui-là ou un autre peu m'importe ! Mais ne touchez jamais à l'homme que j'aime, car une menace de mort pèserait sur vous.

Le marquis se dressa, le geste menaçant, le regard étincelant de colère.

Était-ce le nom de Gaspard de Besse qui excitait en lui un accès de haine furieuse, ou bien les menaces de Marie qui provoquaient son ressentiment ?

— Ah ! malheur sur vous, s'écria-t-il la figure contractée et la bouche écumante ; vous avez repoussé ma main, vous voulez me perdre ! Eh bien, j'accepte la guerre et je frappe le premier coup !

Comme il prononçait ces mots d'une voix retentissante, un grand bruit se fit entendre dans la pièce voisine.

La porte du salon s'ouvrit avec fracas et livra passage à quatre hommes masqués et armés.

Celui qui paraissait être leur chef se précipita sur la jeune femme et, lui mettant sa main sur la bouche pour l'empêcher de crier, il s'efforça de la renverser.

Elle se dégagea par un brusque mouvement, et porta à la tête de l'agresseur un coup du couteau qu'elle tenait à la main.

La lame flexible et arrondie ne fit qu'une légère blessure, mais elle coupa les cordons du masque qui tomba.

En apercevant les traits de cet homme, elle s'écria :

— C'est vous qui m'avez porté la lettre ! Ah ! bandit, je vous reconnaîtrai maintenant.

— Meurs donc ! rugit le bandit en se précipitant sur elle, le poignard levé.

— A moi ! au secours !

Cet appel désespéré fut entendu.

Des hommes bondirent par la fenêtre demeurée ouverte.

Le marquis s'élança vers la table et renversa le candélabre.

Au même instant, Marie se sentit entraînée vers la fenêtre par deux bras vigoureux, tandis qu'une voix murmurait à son oreille :

— Ne craignez rien, nous sommes vos défenseurs !

Les hommes qui venaient ainsi de sauver presque miraculeusement la jeune femme étaient supérieurs en nombre aux assassins ; mais, dans l'obscurité, ils ne savaient où diriger leurs coups et, craignant d'être frappés par derrière, ils s'appuyaient aux murs, cherchant à distinguer leurs adversaires dans l'ombre. Ils paraissaient ne vouloir commencer le combat qu'après avoir mis Marie en sûreté.

Ils ne tardèrent pas à voir les estafiers d'Arène qui se rapprochaient de la porte en se cachant derrière les meubles et sans faire de bruit.

— Coupez-leur la retraite, commanda une voix dont le timbre fit tressaillir la jeune femme.

Plusieurs hommes firent en même temps quelques pas en avant et entamèrent la lutte.

Profitant du trouble causé par cette brusque attaque, l'inconnu qui couvrait Marie de son corps la souleva dans ses bras pour lui faire franchir la fenêtre et la déposer dans le jardin.

La silhouette de la jeune femme se dessina un instant dans le vide de la fenêtre. Un coup de feu retentit. Marie poussa un cri et s'affaissa dans les bras de l'homme qui la soutenait.

— A moi ! cria celui-ci, elle est morte !

Les hommes qui gardaient la porte se rapprochèrent involontairement de la victime.

Au même instant, les quatre coupe-jarrets, les blessés et ceux qui ne l'étaient pas, se ruèrent comme une trombe vers la porte et la franchirent dans un rapide élan.

Une sentinelle laissée dans le jardin fut renversée d'un coup de poignard, et les estafiers sauvés par l'impétuosité de leur attaque, purent s'enfuir sans qu'il fût possible de les rejoindre.

Pendant que ces misérables échappaient à ceux qui les poursuivaient, les hommes qui étaient apparus si brusquement et dont l'intervention n'avait pas pu soustraire Marie aux coups des assassins, s'empressaient de lui porter secours.

La jeune femme vivait encore.

Les bougies furent promptement rallumées et, à leur clarté, on put distinguer le désordre qui régnait dans l'appartement.

La table avait été renversée, on avait déplacé les meubles pour s'en faire un rempart, et de larges plaques de sang montraient que plusieurs des estafiers avaient été blessés.

Des assaillants avaient également été atteints, mais peu gravement.

Le marquis d'Arène avait disparu.

Gaspard de Besse, car c'était lui qui s'était élancé le premier au secours de

Le chien était mort huit minutes après la piqûre. (Page 231.)

Marie et l'avait arrachée aux meurtriers, souleva la blessée dans ses bras et la porta sur un lit.

Elle était évanouie.

Après avoir posé sur la plaie son mouchoir imbibé d'eau pour arrêter l'hémorragie, il se tourna vers Coquelicot et lui dit :

— La voiture du marquis, attelée de deux chevaux, attend dans la cour où les coquins ont été obligés de la laisser. Monte sur le siège et va au triple galop jusqu'à Aix, d'où tu ramèneras un médecin.

Coquelicot s'empressa d'obéir, sauta sur le siège et lança les chevaux à fond de train.

Une demi-heure s'écoula qui parut un siècle à Gaspard de Besse ; puis il entendit de nouveau le roulement de la voiture qui vint s'arrêter dans le jardin. Un pas pesant retentit dans l'escalier, la porte de la chambre s'ouvrit et le docteur Grandier entra.

En apercevant celui qu'il connaissait sous le nom de M. de Galtières, debout près d'une femme qu'il crut morte, le médecin ne put retenir un geste de surprise.

— Approchez-vous vite, monsieur, lui dit Gaspard, et voyez si vous pouvez rappeler à la vie cette femme que nous n'avons pu sauver.

Le docteur écarta les lambeaux du corsage, enleva le mouchoir, et aperçut sur le côté droit la blessure qu'il sonda.

Il fut assez heureux pour extraire du premier coup la balle qui avait glissé sur les côtes et n'avait lésé aucun organe essentiel.

La blessure n'était donc pas grave, et il était permis d'espérer que Marie guérirait rapidement.

Pendant que le docteur opérait un premier pansement, on vint prévenir Gaspard de Besse que Bavard l'attendait dans le salon du rez-de-chaussée et demandait à lui parler.

Il descendit aussitôt et trouva Bavard en compagnie d'hommes qui s'étaient mis avec lui aux trousses du marquis d'Arène et de ses coupe-jarrets.

— Eh bien, leur demanda-t-il, qu'avez-vous découvert ?

— Rien de bien important, répondit Bavard, mais voici... En suivant les traces sanglantes laissées par les coquins que nous avons blessés, nous sommes parvenus jusqu'à un petit bouquet de pins. Au milieu de ce bois était un taillis épais dans lequel on ne pouvait pénétrer qu'en rampant. Des taches rouges qui maculaient le sol, et les branches basses des arbustes, montraient que ceux que nous poursuivions avaient dû s'y réfugier. Comme à tout prendre, ils pouvaient y être encore et nous assaillir, j'ordonnai à mes hommes d'armer leurs pistolets et nous pénétrâmes dans le taillis lentement, en nous gardant contre une surprise possible.

« Nous arrivâmes ainsi jusqu'au milieu du fourré, et nous aperçûmes deux individus étendus le visage contre terre.

« Braquant sur eux nos pistolets, nous nous approchâmes lentement, mais quelle fut notre surprise ! Leurs membres étaient déjà raidis par la mort.

« En soulevant les cadavres, nous ne pûmes retenir un cri d'horreur ; les visages avaient été affreusement mutilés et hachés à coups de couteaux.

« Les blessures reçues par ces hommes pendant le combat n'étaient pas assez graves pour causer leur mort, mais chacun d'eux avait été frappé depuis d'un coup de couteau qui avait traversé le cœur.

« Il est évident que, par un élan désespéré, ces blessés avaient pu gagner le bois sans s'arrêter ; là, perdant leur sang, ils n'avaient pu aller plus loin et on avait dû les traîner jusque dans le taillis. Leurs forces les avaient trahis et ils avaient refusé d'aller plus loin.

« Il fallait donc ou les abandonner, ou bien rester avec eux.

« Rester, c'était se livrer ; les laisser, c'était fournir un moyen certain d'arriver à la découverte de tous leurs complices.

« L'homme qui commandait l'expédition, c'est-à-dire Renardot, n'a pas hésité, pour se sauver, à achever les blessés et les défigurer ensuite. »

— C'est bien, je te remercie de ta diligence et de ton zèle; mais maintenant laisse-moi et recommande qu'on fasse bonne garde autour de la maison.

Au moment où Bavard se retirait, le docteur entrait dans le salon.

— Dans quel état est la blessée? lui demanda Gaspard de Besse.

— La blessure est heureusement moins grave que je ne l'avais craint tout d'abord. La jeune femme repose et, comme j'ai réussi à extraire la balle et à arrêter l'hémorragie, je puis affirmer qu'à moins d'accident impossible à prévoir, elle est absolument hors de danger.

— Vous la sauverez, j'en suis assuré, et vous serez largement indemnisé du dérangement que je vous ai causé...

— Ceci importe peu, mais...

— Mais vous voudriez bien savoir à qui vous donnez vos soins et voir un peu clair dans ce qui se passe ici.

— Mon devoir est de donner mes soins à ceux qui souffrent sans chercher à les connaître. Comptez sur ma discrétion, même si la justice invoque mon témoignage...

— La justice ne s'occupera pas de cette affaire. Le meurtrier est un trop grand seigneur et la victime trop au-dessous de lui pour qu'on songe à punir le coupable. Mais je vous dois des explications, et il importe que vous sachiez tout afin de continuer vos soins à cette malheureuse femme sans lui faire courir de nouveaux dangers en trahissant involontairement sa retraite.

— Parlez ou taisez-vous, à votre choix... Aussi longtemps que la blessée aura besoin de mes soins, ils ne lui feront pas défaut. Si cependant vous croyez devoir m'instruire de ce qui s'est passé, vous pouvez le faire sans crainte, car un médecin doit garder un secret aussi bien qu'un confesseur.

— Je connais votre loyauté et n'ignore pas que je puis me fier à vous, vous saurez tout.

« La femme à laquelle vous venez de donner vos soins a été, pour son malheur, aimée d'un riche et puissant seigneur, le marquis d'Arène. »

— Le marquis d'Arène!

— Elle n'a pas partagé cet amour et a chassé de chez elle cet homme qui, ne réussissant pas à lui faire partager sa passion, l'avait insultée; mais, en le chassant, elle a eu l'imprudence de proférer certaines menaces qui causèrent, paraît-il, de vives craintes au marquis. Celui-ci voulut faire la paix avec elle et acheter son silence; il lui donna rendez-vous dans cette maison et, n'ayant pu lui arracher la promesse de se taire, il a essayé de l'assassiner. Fort heureusement nous passions à ce moment-là sur la route; des cris déchirants parvinrent jusqu'à nous, et nous avons été assez heureux pour empêcher le marquis d'Arène d'achever sa victime.

Comme on le voit, Gaspard de Besse n'avait dit au docteur qu'une partie de la vérité.

C'était ainsi qu'il mettait sur le compte d'un hasard heureux son intervention et celle de ses hommes au moment même où Marie allait périr sous le poignard de Renardot.

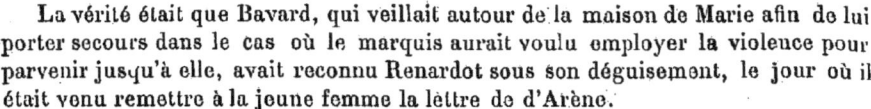

La vérité était que Bavard, qui veillait autour de la maison de Marie afin de lui porter secours dans le cas où le marquis aurait voulu employer la violence pour parvenir jusqu'à elle, avait reconnu Renardot sous son déguisement, le jour où il était venu remettre à la jeune femme la lettre de d'Arène.

Il l'avait suivi et l'avait vu rentrer dans l'hôtel du marquis pour lui remettre la réponse de Marie.

Il avait ensuite interrogé adroitement les domestiques de celle-ci, et avait appris de la soubrette que sa maîtresse avait promis au marquis d'Arène de se rendre le lendemain dans la petite maison qu'il possédait aux portes d'Aix.

Une étroite surveillance avait été aussitôt établie autour du lieu du rendez-vous ; on avait vu arriver, dès le matin, Renardot accompagné de trois hommes, et comme on avait de bonnes raisons de croire qu'ils ourdissaient quelque mauvais dessein, Gaspard de Besse avait été immédiatement prévenu. On sait le reste.

Reprenant sa conversation avec le docteur Grandier, Gaspard lui dit:

— Vous comprenez maintenant que notre blessée ne peut demeurer plus longtemps dans cette maison sans y être exposée à de nouveaux dangers. Pensez-vous qu'on puisse la transporter immédiatement à Aix, dans la voiture qui vient de vous conduire ici ?

— On le peut sans aucun doute ; je resterai auprès d'elle pendant tout le trajet, et je crois pouvoir affirmer qu'elle n'éprouvera qu'un léger redoublement de fièvre.

— Il me reste maintenant un dernier service à vous demander.

— Parlez.

— Lorsque j'ai dû quitter brusquement Marseille c'était, vous le savez, pour échapper à des ennemis puissants. Je cours aujourd'hui le même danger... Je serais perdu si la retraite où je me cache à Aix venait à être connue. Or, c'est précisément dans cet asile que l'on va transporter cette femme qui ne pourrait, sans danger, je pense, être immédiatement ramenée à Marseille.

— Ce serait, en effet, vouloir la tuer sûrement.

— Je n'ignore pas que je puis me fier à vous, et qu'en vous confiant le secret de ma retraite il sera bien gardé ; mais il faut que nul ne soupçonne dans quelle maison de la ville d'Aix vous vous rendrez chaque jour, il faut que nul ne sache quelle est la malade à qui vous donnez vos soins.

— Votre secret sera bien gardé et, autant qu'il dépendra de moi, aucun détail de cette affaire ne sera connu.

— Je vous remercie. Quittons donc à l'instant cette maison.

Les deux hommes montèrent au premier étage et pénétrèrent dans la chambre où était Marie.

Celle-ci venait de reprendre ses sens ; sa blessure la faisait beaucoup souffrir, mais elle se déclara prête à partir et affirma qu'elle se sentait assez forte pour supporter le trajet.

Gaspard de Besse et Coquelicot la soulevèrent dans leurs bras, la portèrent jusqu'à la voiture et l'étendirent doucement sur les coussins.

Coquelicot prit les guides, Gaspard de Besse monta à côté de lui sur le siège et la voiture, qu'escortaient Bavard et ses hommes, se dirigea lentement vers Aix.

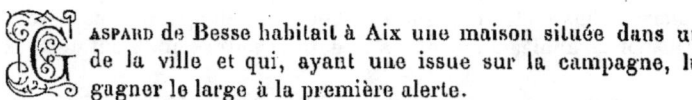

CHAPITRE XXIX

Le poison indien.

Gaspard de Besse habitait à Aix une maison située dans un des faubourgs de la ville et qui, ayant une issue sur la campagne, lui permettait de gagner le large à la première alerte.

Il vivait là, d'ordinaire, en compagnie de Coquelicot ; mais, depuis l'arrivée de Marie, il lui avait fallu lui procurer une femme de chambre et un domestique. Le domestique avait été amené par Bavard et n'était autre que ce pauvre Cadet, que l'orfèvre Roux avait chassé pour s'être laissé entraîner au cabaret, au lieu de garder son magasin.

Quant à la soubrette, elle était accorte et gentille, intelligente et adroite. Elle n'est pas non plus une inconnue pour nous, car c'est la charmante Toinette de l'auberge du Cheval rouge.

Pour lui faire abandonner pour quelques jours la maison de son père, les pressantes prières de Gaspard de Besse avaient suffi. Quant à l'hôtelier, il avait été encore plus difficile de vaincre son opposition.

Sans sa fille, il ne pourrait jamais, disait-il, faire marcher son auberge et, avec son joli minois, s'envoleraient toutes les pratiques que sa gentillesse attirait et retenait. La vue d'une bourse pleine avait ébranlé sa résistance ; la promesse d'une seconde non moins bien garnie qui lui serait remise le jour même du retour de Toinette, acheva de le rendre traitable.

Le docteur Grandier venait visiter chaque jour sa malade et se montrait on ne peut plus satisfait des progrès rapides que faisait la guérison.

Un soir, cependant, il la trouva un peu plus fatiguée ; elle avait trop parlé et avait essayé de se lever.

Elle était en proie à un accès de fièvre et souffrait davantage de sa blessure non encore cicatrisée.

Le docteur écrivit une ordonnance et chargea Cadet de la porter chez l'apothicaire.

Une heure environ s'était écoulée et le domestique n'était pas revenu.

Enfin, Toinette apporta le flacon qu'on venait de lui remettre et, comme la malade se plaignait un peu, le docteur versa une partie du contenu de la bouteille dans de l'eau et remit à la soubrette l'éponge imbibée, en la priant de laver la bles-sure.

Celle-ci venait à peine de poser l'éponge sur le bras de Marie, quand tout à coup le docteur, qui tenait encore à la main la fiole à moitié vide, tressaillit brus-quement, et d'un bond se précipita sur elle en criant :

— Arrêtez !

Mais il n'était plus temps, l'éponge avait touché le bras.

— Malheureuse ! s'écria le docteur, ce flacon ne contient pas ce que j'avais ordonné ; il doit y avoir là-dessous un nouveau crime !

Avec une rare présence d'esprit, il pressa fortement le bras de la malade au-dessus de la plaie, fit un bandage serré avec son mouchoir pendant qu'on allait chercher du linge et, à l'aide de ce linge, arrangea un second bandage au-dessus du premier.

Tout cela n'avait pas duré plus d'une demi-minute.

Ces ligatures terminées, il s'essuya le front couvert d'une sueur froide et se laissa tomber sur un fauteuil en disant :

— Si mes pressentiments ne me trompent pas, Dieu veuille qu'il soit encore temps !

— Qu'est-ce donc ? demanda Marie, qui avait conservé tout son sang-froid et faisait de vains efforts pour se rendre compte de la scène rapide qui venait de se passer autour d'elle.

— Rien, dit le médecin, du moins je l'espère ; mais ne faites pas un mou-vement et surtout ne laissez pas desserrer le bandage que je viens de faire à votre bras ; il y va peut-être de votre vie.

— Allons, docteur, expliquez-vous franchement, vous savez que je suis coura-geuse. Vous venez de parler de crime et vous vous êtes précipité vers moi pour empêcher qu'on ne me touchât. Qu'y a-t-il, que redoutez-vous ?

— Eh bien ! il y a, reprit Grandier après un instant d'hésitation, que j'ai envoyé chercher chez l'apothicaire un lénitif pour le mêler à l'eau qui sert à laver votre blessure et, en examinant la fiole, j'ai reconnu que le liquide qu'elle contient n'est pas celui que j'avais demandé !

— Quelque erreur sans doute.

— Je ne crois pas aux erreurs de ce genre, dit Gaspard de Besse qui venait d'entrer, surtout dans la situation où nous sommes et en face des ennemis qui nous menacent. Je partage l'avis du docteur Grandier ; il y a là une tentative d'em-poisonnement.

— Peut-être, dit Grandier, en serons-nous quittes pour la peur si vos coquins ont cru qu'il s'agissait d'un remède à vous faire boire. Mais ils sont assez forts pour avoir songé à autre chose. Comment vous sentez-vous ?

— Comme à l'ordinaire ; il me semble seulement que j'éprouve une légère fatigue.

Le médecin pâlit affreusement ; puis, surmontant son émotion, il prit dans une petite boîte déposée sur la table un certain nombre de réactifs dont il s'efforça d'ex-périmenter les effets sur le liquide suspect.

Au bout de quelques instants, il fit un geste de désespoir.

— Rien ! dit-il, rien ! Les brigands auront eu recours à l'un de ces poisons végétaux qui ne laissent pas de traces. Pourtant, il faut que je sache sur l'heure à quel poison j'ai à faire.

Une idée soudaine lui traversa le cerveau.

Il venait de remarquer à quelques pas de la cheminée un charmant petit chien ; il se précipita sur sa trousse, en tira une aiguille, la plongea dans la fiole dont le contenu lui causait de si vives appréhensions et piqua l'animal si légèrement qu'il poussa à peine un faible cri.

Le chien ne semblait guère s'apercevoir de sa blessure, car il se mit à courir et à sauter auprès du lit comme s'il ne lui était rien arrivé d'extraordinaire ; mais, au bout de trois minutes, Grandier qui l'observait avec anxiété, vit que l'animal se couchait sur le ventre sans paraître souffrir.

Bientôt le chien posa sa tête par terre, entre ses deux jambes de devant, comme s'il eût été plus fatigué et eût voulu s'endormir. Cependant ses yeux restaient toujours tranquilles, en même temps que son corps s'affaissait sur lui-même par l'effet d'une paralysie progressive. Bientôt les yeux devinrent ternes, les mouvements respiratoires cessèrent. Le chien était mort huit minutes après la piqûre.

Grandier poussa un cri.

— Qu'est-ce donc encore ? demanda Marie.

Mais le médecin avait repris son sang-froid et se livrait, en regardant sa montre, à un calcul dont les résultats lui parurent sans doute satisfaisants, car il répondit aussitôt :

— Il y a qu'à l'heure qu'il est, grâce au bandage que j'ai pu appliquer au moment même, vous êtes sauvée. Mais vous l'aurez échappé belle !

— En vérité, je ne vous comprends pas.

— Cela n'est que malheureusement trop facile à comprendre. J'avais besoin de savoir à la minute même si vous étiez empoisonnée ou si vous aviez subi le contact d'une drogue inoffensive ; quelques secondes de plus et il eût peut-être été trop tard ! Eh bien, j'ai fait à ce chien une petite piqûre pour introduire dans son sang une partie de la drogue que ces misérables destinaient à être appliquée sur votre blessure. Vous voyez que l'effet a été foudroyant.

Marie eut un mouvement d'effroi.

— Ne remuez pas, pour l'amour du ciel, le péril est assez grave, et Dieu sait ce qui arriverait si votre bandage se desserrait avant l'heure.

— Mais, dit Marie, expliquez-moi...

— Dans un instant je vais m'être assuré de la nature du poison et si, comme je l'espère, le danger est conjuré, je serai prêt à vous donner toutes les explications que vous souhaitez.

Grandier prit dans sa boîte de médicaments un petit flacon et, après avoir versé dans un verre une partie du liquide empoisonné, il y ajouta quelques gouttes d'éther.

Aussitôt le liquide devint trouble et il se produisit lentement à la surface un précipité assez semblable à celui qui a lieu dans un verre de toilette à demi plein d'une eau avec laquelle on se lave les dents et qui contient un peu de poudre en suspension.

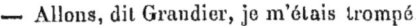

— Allons, dit Grandier, je m'étais trompé.

— Que voulez-vous dire? demanda Marie.

— On a essayé de vous tuer avec un poison indien dont les tribus sauvages se servent pour empoisonner les flèches. Ceux qui ont employé ce poison pouvaient se croire assurés de réussir, car je ne pense pas que beaucoup de médecins français connaissent la nature et les propriétés de ce terrible toxique.

— En vérité !

— Je me suis heureusement, dans ma jeunesse, beaucoup occupé de poisons à l'occasion d'un crime que la justice soupçonnait, mais dont elle ne pouvait arriver à se procurer les preuves. Un de mes amis, à qui j'avais fait part des recherches dont j'étais chargé, avait été emmené en Amérique par un riche seigneur qui se l'était attaché. Il avait fait des études sur les poisons si variés et si terribles du nouveau monde, et en avait mis de côté divers échantillons. Grâce à son concours, je pus faire la lumière et me livrer ensuite à de curieuses expériences. Parmi ces poisons, se trouvait celui que l'on vient d'employer contre vous et dont le caractère distinctif est d'être parfaitement inoffensif quand on l'avale, de ne produire ses foudroyants effets que quand il est appliqué sur une blessure et qu'il vient ainsi se mêler au sang. C'est grâce à cela que les Indiens, après avoir tué les animaux à la chasse avec leurs flèches empoisonnées, peuvent les manger sans le moindre inconvénient. Oh ! ces brigands avaient bien préparé leur coup et, une minute de plus, Dieu sait ce qu'il fût advenu !

— Tout cela est fort inquiétant.

— Ne craignez rien, madame, à l'heure qu'il est le mal est conjuré, car, si le poison avait pu produire son effet, vous ne seriez déjà plus. Le bandage que je vous ai appliqué sur-le-champ a empêché le sang de remonter par les veines et de parvenir au cœur. Ce n'est qu'après être passé du cœur dans les artères par le mouvement de la circulation du sang, que le curare produit des effets analogues à ceux que produirait la morsure d'un serpent à sonnettes.

— Mais alors, à moins que vous ne me coupiez le bras, le jour où vous ôterez le bandage qui arrête l'effet du poison, l'empoisonnement se fera.

— Rassurez-vous. Maintenant que nous connaissons l'origine du mal, je suis toujours sûr d'en venir à bout.

« Le curare est un poison singulier qui ne détruit pas l'organisme, et n'y produit pas des effets sans remède. Il se borne à déterminer l'engourdissement de l'élément nerveux et produit la mort en amenant une paralysie qui empêche l'air de pénétrer jusqu'aux poumons et détermine l'asphyxie. Si donc vous étiez empoisonnée, le moyen de vous sauver serait de vous faire respirer artificiellement à l'aide d'une opération désagréable, sans doute, mais sans danger.

« L'expérience en a été faite par mon ami et par moi sur un cheval auquel nous avions inoculé du curare.

« Au bout de dix minutes, on eût cru que le cheval était mort; mais, à l'aide d'une incision, on lui gonfla régulièrement les poumons pendant deux heures avec un soufflet. La vie suspendue revint.

« Le cheval leva la tête et regarda autour de lui. On continua l'opération pen-

Marie entr'ouvrit le rideau du lit. (Page 238.)

dant deux heures encore et l'animal fut sauvé. Il put se lever, marcher sans douleur et, après un peu de fatigue, il se rétablit tout à fait.

« Mais nous n'avons même pas besoin de vous appliquer ce traitement qui
nécessiterait l'incision de la trachée artère.

« Le curare produit des effets très différents selon la dose à laquelle il est
employé. A très faible dose, il est presque inoffensif et, peu à peu, l'élimination
qui se produit naturellement dans le corps humain le fait disparaître du sang. Il
suffira donc de délier votre bandage pendant un court instant pour laisser pénétrer
une partie du poison. Nous le replacerons ensuite et, quand l'élimination aura

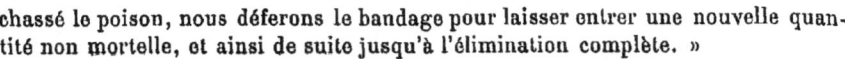

chassé le poison, nous déferons le bandage pour laisser entrer une nouvelle quantité non mortelle, et ainsi de suite jusqu'à l'élimination complète. »

— Combien faudra-t-il de temps pour cela ?

— Six à huit heures, mais peut-être même pourrons-nous nous en dispenser. Il est probable, en effet, que votre bandage n'est pas assez serré pour arrêter d'une façon absolue le passage du sang empoisonné et qu'il s'échappe goutte à goutte d'une façon imperceptible, de manière à produire, beaucoup plus régulièrement qu'un opérateur ne le ferait lui-même, l'effet d'absorption et d'élimination successives qui rend le poison insuffisant. Dans tous les cas, je suis prêt à tout événement et, je le répète, il n'y a rien à craindre. Mais il est indispensable de savoir comment ce poison est arrivé jusqu'ici.

— Je vais m'en informer, dit Gaspard de Besse.

Il appela Toinette à laquelle il avait recommandé d'attendre dans la pièce voisine.

Elle vint en courant et demanda ce qu'on voulait.

— Faites monter Cadet qui a apporté ce flacon.

— Mais.... il n'est pas là.

— Allez le chercher immédiatement et qu'il vienne sur l'heure !

— Je ne sais si...

— Voyons, interrompit Gaspard avec impatience, que signifie tout ceci ? Où est allé Cadet ? Pourquoi s'est-il éloigné ainsi ? Vous devez savoir où il se trouve, allez le chercher tout de suite.

— Eh bien, je vous dirai la vérité ; Cadet n'est pas en état de monter ici.

— Que lui est-il donc arrivé ?

— Rien de bien fâcheux ; seulement, il est un peu...

Toinette termina sa phrase par un geste qui signifiait clairement que Cadet était gris.

— Le malheureux se sera laissé enivrer ! N'importe ! Ivre ou non, il faut que je le voie et l'interroge. Ne peut-il se soutenir et faut-il que je descende pour lui parler ?

— Oh ! il n'est pas aussi pris de vin que vous paraissez le croire ; mais, comme il a bu deux ou trois verres de trop, il n'ose pas se présenter.

— Dites-lui alors que je veux absolument le voir et qu'il faut qu'il vienne.

— C'est bien, je vais lui dire de monter.

Quelques minutes après, on entendit un pas chancelant dans le couloir, puis la porte s'ouvrit et Cadet, qui n'était pas fort solide sur ses jambes, dont les yeux étaient à demi fermés par l'ivresse, s'appuya contre le mur en bégayant qu'il s'était empressé d'obéir aux ordres de son maître.

— D'où venez-vous et comment vous êtes-vous mis dans un pareil état ?

— Vous m'excuserez, j'en suis sûr ; j'ai rencontré un garçon que je ne connaissais pas, mais qui me connaissait très bien, car il m'a dit que nous étions du même village. Il m'a parlé de ma famille et de mes amis de là-bas, à telle enseigne qu'il m'a dit que ma tante Victorine était...

— Passons, votre tante nous intéresse fort peu.

— Ah ! ma tante... Alors, passons comme vous dites. Il m'a offert une bouteille de vin, puis une autre, puis plusieurs autres, si bien que quand je l'ai quitté, ma tête n'était pas bien solide.

— Et vous ne connaissiez pas cet homme ?

— Non, ma foi, mais puisque lui me connaissait...

— Vous ne l'aviez jamais vu ?

— Pour ça non, jamais ; mais il m'avait l'air d'un bon garçon tout rond et je n'ai pas pu refuser l'offre qu'il me faisait avec tant de politesse de trinquer avec lui.

— Même lorsque vous saviez que votre maîtresse était souffrante et qu'elle attendait avec impatience le médicament que vous étiez allé chercher ?

— Oh ! j'avais déjà le flacon lorsque je l'ai rencontré ce bon garçon, et je ne suis pas resté plus de dix minutes avec lui.

— Vous avez été absent pendant une heure, voilà la vérité.

— Une heure ! ah ! le gredin ! Il m'a affirmé que nous n'étions pas restés plus d'un quart d'heure ensemble.

— Vous sortiez donc de chez l'apothicaire lorsque vous avez rencontré cet homme ?

— Oui, et même il était devant la porte comme s'il m'eût attendu. Il m'a dit qu'il m'avait vu entrer dans la boutique et qu'il m'avait reconnu.

— Comment est-il fait votre ami ?

— Mais... comme tout le monde.

— Vous n'avez rien remarqué de particulier en lui ? Vous pourriez le reconnaître si vous le rencontriez, je suppose.

— Certainement que je le reconnaîtrais.

— A-t-il touché à la fiole que vous rapportiez ?

— Attendez-donc ; je crois que oui.

— Comment, vous croyez ?

— J'avais mis le petit flacon à côté de moi sur la table ; il l'a pris un instant et m'a demandé ce que c'était. Je lui ai répondu que c'était un remède pour madame. Il m'a alors bien recommandé de ne pas l'oublier, et il s'est levé en m'invitant à ne pas tarder davantage à rentrer.

— Cela suffit ; vous pouvez vous retirer et aller vous coucher, ce dont vous avez besoin.

— J'espère que vous ne m'en voudrez pas ; je ne croyais pas être resté si longtemps dehors, et vous m'excuserez d'avoir trinqué avec un homme de mon pays.

— C'est bien, je vous parlerai demain, mais, pour le moment, je vous ordonne d'aller dans votre chambre.

Lorsque Cadet se fut retiré, Grandier dit à Gaspard de Besse :

— Je ne puis m'absenter un seul instant, car, d'un moment à l'autre, il peut survenir une complication par suite de l'empoisonnement ; mais il importe cependant de savoir de l'apothicaire comment et à qui il a pu délivrer un poison aussi foudroyant.

— Je vais l'interroger moi-même.

L'apothicaire allait fermer sa boutique lorsque Gaspard de Besse se présenta.

— N'est-on pas venu, demanda-t-il, vous demander un remède de la part du docteur Grandier, il y a de cela une heure et quart environ ?

— Un domestique est, en effet, venu à ce moment de la part de ce médecin.

— Vous êtes parfaitement certain que cet homme n'a pu se tromper et prendre une bouteille pour une autre ?

— J'en suis absolument certain.

— Lui avez-vous remis le flacon en mains propres, ou l'avez-vous placé devant lui à côté d'autres fioles ?

— Je lui ai remis la bouteille au moment où il allait sortir, et je suis convaincu qu'il n'a pu se tromper.

— Est-ce bien le flacon que voici ?

L'apothicaire le prit, l'examina attentivement et répondit :

— Non, ce n'est certainement point là le flacon que je lui ai remis.

— Pourriez-vous me dire maintenant ce que contient cette bouteille ?

L'apothicaire l'examina de nouveau attentivement en la plaçant entre son œil et la lampe.

— Ceci, dit-il, n'est jamais sorti de ma boutique et j'ignore quelle est cette drogue.

— C'est tout ce que je voulais savoir et je vous remercie.

Profitant du trouble dans lequel était plongé son interlocuteur, Gaspard de Besse se retira avant qu'il lui eût adressé d'autres questions.

Lorsqu'il revint, il trouva Marie en proie à une sorte de fièvre causée par son impatience de connaître enfin tous les détails du drame qui venait de se jouer autour d'elle et dont elle avait failli être la victime.

Il lui raconta alors son entretien avec l'apothicaire, et lui dit qu'il était impossible de douter que ce poison n'eût été substitué par un complice du marquis d'Arène au remède rapporté par Cadet qu'on avait grisé pour rendre plus facile cet échange de flacons.

— Demain, il faudra renvoyer ce domestique, dit Marie.

— Demain, dit Gaspard de Besse avec une froide résolution, il faut que vous soyez morte !

En lui entendant prononcer cet arrêt d'un ton ferme, d'une voix calme, Marie et le docteur Grandier ne purent retenir un cri d'étonnement et d'effroi.

Pendant une seconde, ils crurent que Gaspard de Besse était devenu fou.

— Lorsque je dis qu'il faut que demain vous soyez morte, j'entends que vous devez passer pour telle aux yeux de vos ennemis et qu'il importe qu'ils croient à un empoisonnement.

— J'aime mieux cela, dit Marie en souriant.

— Sans aucun doute, le marquis d'Arène cherchera à savoir si sa tentative de meurtre a réussi, et, pour vous sauver, il faut qu'il soit convaincu de votre mort. Vous avez échappé deux fois miraculeusement à ses coups, et sa troisième tentative pourrait bien ne pas être aussi heureusement déjouée.

— Je suis certainement de votre avis, dit le docteur Grandier. Si j'avais été absent au moment du pansement, si, comme cela est déjà arrivé, Toinette eût lavé

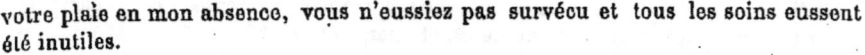
votre plaie en mon absence, vous n'eussiez pas survécu et tous les soins eussent été inutiles.

— Vous le voyez, ajouta Gaspard de Besse, il faut que votre ennemi vous croie morte. Nous autres, nous sommes des hommes et pouvons accepter cette lutte acharnée dans laquelle toutes les armes sont bonnes ; mais vous, une femme, je ne dois pas vous laisser courir les mêmes périls.

— Doutez-vous de mon courage ?

— En aucune façon ; mais, si tout danger n'est pas écarté de votre tête, si, à la préoccupation constante de parer les coups qu'on nous porte dans l'ombre, vient se joindre la crainte de vous voir succomber, je n'aurai plus la tranquillité d'esprit qui m'est absolument indispensable pour tenir tête aux ennemis avec lesquels nous avons engagé ce duel à mort.

— Je ne crains pas le danger et je saurai me battre bravement à vos côtés.

— Je le sais, mais si je vous supplie de vous dérober aux coups de vos ennemis, c'est surtout parce que votre courage affaiblirait le mien et que la crainte du péril qui vous menace m'empêcherait d'affronter la lutte aussi hardiment que je le ferai lorsque mon existence sera seule en jeu. C'est pourquoi je vous supplie de ne pas braver plus longtemps des dangers qui feraient trembler les hommes les plus braves.

— Et pourtant, vous qui me conseillez de fuir le péril, vous allez l'affronter de nouveau.

— Je ferai mon devoir, tandis que vous commettriez une héroïque folie.

— M. de Galtières a raison, dit le docteur Grandier, et je joins mes supplications aux siennes pour vous engager à suivre son conseil.

— Eh bien, soit, dit Marie en souriant, je mourrai puisqu'il le faut, mais j'espère bien que le jour de ma résurrection sera aussi celui de ma vengeance !

— Je vous jure que votre vengeance sera complète et terrible.

— Quant à vous, dit Marie d'une voix émue, en se tournant vers le docteur Grandier, cette horrible découverte nous a jetés dans de telles péripéties, que je n'ai pu encore vous dire un mot, vous exprimer ce que je ressens de reconnaissance pour votre dévouement et d'admiration pour votre présence d'esprit.

— Je n'ai fait que mon devoir et j'en suis bien récompensé par le bonheur d'avoir pu vous sauver !

— Sans vous, je serais morte. Les heures que je viens de passer comptent double et sont de celles qui ne s'effacent pas de la mémoire.

Grandier rougit légèrement, balbutia quelques mots et sembla précisément perdre une partie de cette présence d'esprit qui avait si vivement frappé Marie. Peut-être était-il trop sensible à la reconnaissance de sa belle malade !

Deux heures du matin venaient précisément de sonner au moment même où Marie prononça ces dernières paroles.

On frappa discrètement à la porte et Toinette demanda si elle pouvait entrer.

Le docteur tira les rideaux pour cacher Marie, pendant que Gaspard de Besse alla ouvrir la porte.

— C'est monsieur Coquelicot, dit la jolie soubrette, qui demande à vous parler. Il vous attend en bas !

— Hélas ! mon enfant, dites-lui de venir ici, car je ne puis quitter en ce moment votre maîtresse ; je crains bien qu'elle ne passe pas la nuit.

Toinette devint affreusement pâle et son visage se couvrit de larmes.

— Ah ! mon Dieu, murmura-t-elle d'une voix faible, ma pauvre maîtresse qui était si bonne pour moi et que j'aimais déjà tant, elle va mourir ! Oh !, laissez-moi veiller auprès d'elle et la soigner jusqu'au dernier moment.

— Si j'ai besoin de vous, je vous appellerai. Il faut surtout de la tranquillité, du silence autour de la malade ; le docteur et moi lui donnerons tous les soins que son état réclame.

— Je ne bougerai pas, je vous jure, mais laissez-moi auprès d'elle...

— Si sa mort doit être aussi prompte que je le crains, vous la verrez une dernière fois. Maintenant, introduisez Coquelicot et priez-le de ne faire aucun bruit.

Coquelicot entra dans la chambre sur la pointe du pied, en serrant contre lui sa formidable rapière pour l'empêcher de heurter aux meubles et en retenant sa respiration.

La nouvelle prochaine de la mort de Marie avait bouleversé son esprit. Ce fut à peine s'il eut la force de s'approcher de Gaspard de Besse et de lui désigner le lit d'un geste de muette interrogation.

Gaspard, après s'être assuré que personne n'écoutait à la porte et que Toinette s'était éloignée, revint vers Coquelicot.

— Que diable ! lui murmura-t-il à voix basse, remets-toi, notre malade n'est pas aussi bas qu'on le dit.

Marie entr'ouvrit le rideau du lit, et fit, en souriant, un signe de tête amical à Coquelicot.

Celui-ci soupira comme si sa poitrine eût été déchargée d'un pesant fardeau.

— Oh ! dit-il, je craignais qu'un nouveau crime n'eût été commis.

— Il a failli l'être et c'est miracle si le poison n'a pas achevé ce que la balle de l'assassin avait commencé.

— Le poison ?

— Oui, le poison.

En peu de mots, Gaspard raconta ce qui venait de se passer.

— Ah ! le coquin !

— Tu dois avoir quelque grave nouvelle à m'apprendre pour être venu ici à une pareille heure.

— Je voulais te dire de redoubler de vigilance et de prudence, car les démons rôdent autour de cette maison. Mais je crois que mon avertissement a failli te prévenir trop tard et que le marquis a voulu précipiter ses coups pour les rendre plus sûrs.

— Les hommes dont tu me signales la présence sont sans aucun doute aux gages du marquis d'Arène.

— Faut-il les charger ?

— Garde-t'en bien ! Il importe, au contraire, qu'ils croient n'avoir point été aperçus. Ce n'est point la force, mais la ruse que nous devons employer cette nuit.

— Je ne comprends pas.

— Tu vas comprendre. Pour détourner de la tête de madame de nouveaux dangers que nous ne pourrions peut-être pas conjurer, il faut que le marquis d'Arène croie que sa tentative d'empoisonnement a réussi.

— Bien.

— Mais il ne suffira pas de faire dire par les domestiques que leur maîtresse est morte. Il faudra aussi montrer son cadavre aux espions qui rôdent autour de cette maison.

— Vous ne songez pas, j'espère, s'écria Marie, à m'ensevelir vivante ?

— Non, certes, mais il faut que ces coquins soient convaincus qu'ils vous ont vue sans vie. Pour cela, pendant que Coquelicot va faire atteler la berline du marquis qui nous attendra tout proche d'ici, nous fabriquerons un mannequin que nous revêtirons de vos habits et roulerons dans un grand drap. Deux hommes l'emporteront hors d'ici en affectant de se cacher, mais, tout en ayant bien soin de se laisser apercevoir par les espions de votre ennemi. Pendant que ceux-ci s'éloigneront pour aller faire leur rapport, il faudra que vous revêtiez un vêtement de cavalier que j'ai fait apporter secrètement à tout hasard. Nous quitterons cette maison par une issue secrète qui donne sur la campagne, et nous monterons dans la berline qui nous attendra et que Coquelicot conduira cette fois encore.

— Je suis prête à vous suivre, dit la jeune femme.

— Et maintenant Marie est morte, vive le chevalier de Valbrègues !

— J'ai déjà joué une fois ce personnage, dit-elle en souriant.

— Et vous avez admirablement rempli votre rôle.

— Tête-bleu ! s'écria Coquelicot enthousiasmé ; il faudra, monsieur le chevalier, que je vous apprenne à tenir une épée.

— Tu auras peut-être fait de plus mauvais élèves, mon brave, et je te prouverai peut-être que, si je n'ai pas la force d'un homme, j'en ai du moins le courage.

— Allons, allons, dit le docteur Grandier en souriant, jamais défunte ne s'est mieux portée !

CHAPITRE XXX

Le spectre

ANS l'arrière-boutique où elle passe de longues heures, Pauline Roux est assise près de la fenêtre.

Son mari, qui lui permettait autrefois de rester dans le magasin et d'y recevoir les clients, lui défend maintenant de sortir de sa chambre autrement que pour aller dans ce petit salon où elle ne reçoit jamais de visites.

Sa jalousie s'est accrue, il espionne ses moindres démarches, ne la quitte presque jamais. A peine si, le dimanche, il la laisse aller à Saint-Sauveur pour y entendre la messe avec Madeloun.

Comme une fleur privée d'air et de lumière, la jeune femme s'étiole et languit. Ses joues sont devenues pâles et ses yeux ont ce regard vague et incertain de ceux qui vivent dans la méditation et les longues rêveries.

En ce moment même, son esprit l'a emportée bien loin de ce sombre réduit où ne pénètrent presque jamais les rayons du soleil. Elle pense à celui qu'elle aime ; elle voit passer son image devant ses yeux et elle refait ainsi l'histoire de sa vie qui eût pu être si heureuse si elle eût épousé celui que son cœur avait choisi.

Ce fut en vain que Madeloun frappa discrètement à la porte avant d'entrer et qu'elle lui cria par deux fois :

— Madame ! madame !

Pauline n'entendit rien, et il fallut que la vieille servante posât la main sur son bras pour l'arracher à ses doux rêves.

— Quoi !... Qu'est-ce qu'il y a ?... Ah ! c'est toi, Madeloun, que me veux-tu ?

— J'allais à Saint-Sauveur quand j'ai vu descendre d'une chaise à porteur...

Comme elle disait ces mots, Mlle Adrienne d'Arène entra dans l'arrière-boutique.

— Adrienne ? s'écria Pauline, en se précipitant vers elle.

— Oui, ma chère amie, c'est moi !

— Quel bonheur de te voir ! Sais-tu que tes visites sont de plus en plus rares, méchante !

— C'est que nous ne quittons presque plus notre sombre retraite.

— Je commençais à croire que tu m'avais oubliée.

— Et toi qui n'es plus venue me voir depuis...

Et j'aperçus le moine debout, auprès de mon lit. (Page 245.)

— Hélas ! cela ne m'est plus permis, je suis captive.

— Ma pauvre Pauline ! je t'ai fait involontairement de la peine. Moi aussi, depuis quelque temps, je ne sors plus aussi facilement du château ; mais du moins, je puis respirer l'air pur, admirer la clarté du soleil, tandis que dans cette maison obscure, dans cette arrière-boutique, tu ne vis pas.

— Regarde, Adrienne, j'avais mis des fleurs sur cette fenêtre... Elles sont mortes !

— Tu mourras comme elles si ton mari est toujours aussi inexorable... Et c'est sa jalousie ?

— J'ignore ce qui le pousse, il ne me laisse sortir qu'une fois le dimanche pour

aller aux offices... M'aime-t-il ? Je n'en sais rien, car parfois il se plaint d'avoir
épousé une femme pauvre et dont la jeunesse ne lui donne que des inquiétudes...
Comme j'étais plus heureuse au couvent, lorsque, presque enfants toutes les deux,
nous courions dans le grand jardin des bonnes sœurs !

— Il ne faut point désespérer, ma chérie, il est impossible que ton mari...

— Non, cela ne changera point, car de jour en jour ma captivité devient plus
étroite et plus dure. Ah ! je regrette la sainte maison où s'est passée mon enfance
calme et heureuse, où je t'ai connue. Toi, tu étais une pensionnaire riche et noble,
que le monde attendait à sa sortie et à qui tout présageait une existence brillante...

— Une vie de combats.

— Si j'avais été riche..., si j'avais été libre...

— Oui, je sais, ma pauvre Pauline, tu m'as confié autrefois le secret de ton
amour et de tes souffrances. Tu as sacrifié ton bonheur à ton père et tu as immolé
ta jeunesse à un mari beaucoup plus âgé que toi.

— Ce n'est pas son âge qui me fait regretter de lui avoir accordé ma main,
c'est la méfiance qu'il me témoigne, c'est la captivité perpétuelle à laquelle il me
condamne... Il n'a jamais pour moi ni un mot de tendresse, ni un mot d'amitié...
Je ne sais rien de ce qu'il fait, et peut-être vaut-il mieux qu'il en soit ainsi.

— Que veux-tu dire ?

— Je croyais, d'abord, qu'il n'exerçait que la profession d'orfèvre, mais j'ai
découvert bientôt qu'il en avait une autre beaucoup plus lucrative... A certains jours
de la semaine, la boutique se remplit de pauvres gens dont quelques-uns le prient
et le supplient... Une fois, une malheureuse femme qu'il menaçait s'emporta et le
traita d'usurier.

— Ah !

— Comprends-tu, maintenant, quel sentiment m'inspire cet homme ?

— Chère Pauline, pauvre amie !

— Mais parlons de toi... Est-ce que tu l'aimes toujours, lui ?

— Oh ! oui, il sera mon époux malgré ma tante, malgré mon cousin que je
hais. Ma tante me disait encore hier qu'elle briserait ma volonté ; elle se trompe, je
mourrai, mais je ne plierai pas.

— Tu vivras, Adrienne, et tu seras heureuse, car M. de Mauléon est digne de
toi. Tu n'es pas seule dans la vie, tu as un allié qui lutte pour votre bonheur à tous
deux.

— J'ai peut-être plus d'un allié, ma chère Pauline.

— Comment ?

— L'autre jour, c'était après une scène terrible que j'avais eue avec la marquise... En proie à l'émotion la plus vive, je me laissai aller sur un banc du
jardin... Je me sentais défaillir, quand soudain j'entendis mon nom prononcé à
voix basse. Je me retournai, et je vis un homme d'assez haute taille, enveloppé
dans les plis d'un manteau...

— Ah !

— Je poussai un cri de frayeur, mais il me rassura d'un geste, et me dit :
« C'est bien, continuez cette résistance, et surtout, ne vous laissez pas intimider.

La marquise ne peut rien, car l'on veille sur vous. Je voulus l'interroger, mais il posa un doigt sur sa bouche et s'éloigna rapidement.

— Quel était cet homme ?

— Je l'ai revu deux fois depuis ; la première fois, c'était dans la chapelle du château, pendant que le prêtre disait la messe ; je levai les yeux et je l'aperçus un instant. La seconde fois, c'est aujourd'hui, en venant ici...

— Adrienne, comment est-il ?

— Il a une fière tournure ; sa physionomie est franche, fière et noble ; ses cheveux noirs tombent en boucles sur ses épaules ; son œil est doux, mais lance parfois des éclairs. Figure-toi que je trouve une grande ressemblance entre lui et un de mes ancêtres dont le portrait est dans la galerie du château.

— Plus de doute, c'est lui ! murmura Pauline.

— Que dis-tu ?

Mais la jeune femme ne l'entendait pas, et sous l'obsession de l'émotion qui lui étreignait le cœur, elle murmurait d'une voix à peine distincte, se parlant à elle-même :

— Lui ! oh ! j'aurais dû le reconnaître tout de suite, dès qu'il s'est agi d'un protecteur. Mais pourquoi s'intéresse-t-il à Adrienne qui ne peut ni ne saurait aimer que le chevalier de Mauléon ?

— Qu'as-tu, Pauline ?

— Je n'ai rien...

— Cette émotion... ces paroles entrecoupées...

— Ce n'est rien, te dis-je ; je suis, depuis quelque temps, sujette à des crises de ce genre, il ne faut pas en être surprise.

— Bien vrai ?

— Oui, bien vrai, je t'assure.

— Allons, il faut que je te quitte... mais ta main est froide... Est-ce que tu ne veux pas m'embrasser ?

— Oh ! oui, ma bonne, ma charmante amie.

— Je vois que mon récit t'a un peu troublée, n'aie pas peur, car mon inconnu, je ne sais pourquoi, ne m'inspire à moi que de la confiance. Adieu, Pauline.

— Ne m'accorderez-vous pas quelques minutes, ma chère Adrienne ?

En entendant cette voix, la jeune fille poussa un cri de surprise et se retourna brusquement.

— René ! s'écria-t-elle, vous ! ici !

— J'ai aperçu votre chaise et vos gens devant la porte, et je suis entré pour vous voir un instant.

— Ah ! quel bonheur ! mon cher René !

— Un bonheur qui ne durera, hélas ! que bien peu de temps, puisque vous allez partir. Mais je bénis le ciel qui m'accorde cette entrevue, car, depuis plus d'une semaine, je cherche inutilement une occasion de vous apercevoir et de vous parler.

— Mon pauvre ami !

— Je me suis rendu plusieurs fois sous les murs du château, j'ai rôdé pendant de longues heures dans les environs, toujours en vain ! Les domestiques de la marquise font bonne garde... J'étais décidé à tout braver pour arriver jusqu'à vous et demain j'aurais forcé les portes du château, l'épée au poing s'il l'eût fallu...

— Je vous défends absolument d'exposer ainsi votre vie.

— Je ne pouvais demeurer plus longtemps sans vous voir, sans vous entendre démentir vous-même les bruits que le marquis et sa mère prennent soin de répandre en tous lieux.

— Et que disent ma chère tante et mon aimable cousin?

— Que vous allez épouser le marquis d'Arène, que vous l'avez accepté pour fiancé, et qu'on va fixer prochainement le jour de votre mariage.

— Vous avez cru cela, René?

— Pouvais-je savoir à quelles obsessions, à quelles tortures vous étiez en proie? Pouvais-je savoir si on n'avait pas eu raison, de votre résistance par n'importe quel moyen?

— Vous avez eu tort de douter de mon amour et de mon courage. Je vous ai dit que je serai votre femme, et les d'Arène n'ont qu'une parole.

— Mais ces gens-là sont capables de tout, et...

— Ils peuvent prendre ma vie, ils ne me feront pas céder! Et, ajouta-t-elle d'une voix sourde et tremblante, comment pourrais-je céder, lorsque les morts eux-mêmes sortent de leur tombe pour me dicter mon devoir?

— Que dis-tu? s'écria Pauline.

— Avant-hier, j'étais allée à la chapelle prier Dieu de me donner le courage et la force nécessaires pour vaincre mes ennemis. J'allais me retirer, ma prière finie, lorsque j'aperçus sur mon prie-Dieu un papier plié en forme de lettre, sur lequel étaient écrits ces mots : « Pour Adrienne. »

— Eh bien?

— Je lus cette lettre qui me parvenait d'une façon si mystérieuse, et je l'ai relue tant de fois depuis que je la sais par cœur.

« Adrienne, on doit vous faire épouser le marquis d'Arène. Un crime est entre vous, et vous sépare pour jamais. Si vous acceptiez sa main, si votre courage fléchissait dans la cruelle épreuve que vous allez traverser, vos parents sortiraient du tombeau pour vous maudire. Votre père vous avait fiancée à René de Mauléon. Il est digne de vous. Votre devoir est de tenir la parole donnée. »

— Et cette lettre était signée...

— La lettre n'était pas signée, mais elle est tout entière de la main de mon père.

— Grand Dieu!

— J'ai dans mon secrétaire des lettres écrites autrefois par mon père à celle qui devait devenir sa femme, et l'écriture en est absolument semblable à l'écriture de ce billet. Vous le voyez, René, si j'étais tentée d'oublier ma parole, les morts eux-mêmes viendraient me sommer de la tenir!

Le chevalier de Mauléon avait écouté ce récit en silence, mais il était devenu pour le moins aussi pâle que la jeune fille et il tremblait comme elle.

Ce fut d'une voix à peine distincte qu'il dit :

— Vous avez lu la lettre de votre père, Adrienne, et moi j'ai vu l'ombre de votre père, et elle m'a parlé.

— Vous, René!

— Après avoir erré autour du château sans vous apercevoir, je revenais à Aix, lorsque l'orage m'obligea à m'arrêter moitié chemin et à me réfugier dans une auberge. La violence de la tempête augmentant, je ne pus poursuivre ma route et je vis qu'il fallait me résigner à passer la nuit dans cette hôtellerie.

« J'étais à peine arrivé dans ma chambre lorsque j'entendis heurter à la porte de la maison, et il me parut qu'un voyageur venait d'arriver et avait obtenu difficilement d'être reçu. Cependant on avait fini par lui promettre de le loger pour la nuit.

« Au bout de quelques minutes, l'hôtesse entra chez moi et me dit : « Un pauvre moine demande à coucher ici ; nous n'osons pas refuser un asile à ce saint homme ; mais nous ne pouvons lui donner que ce petit cabinet dont la porte communique avec votre chambre.

« J'espère que vous ne me trouverez pas indiscrète si je vous prie de lui permettre d'y passer la nuit. Je répondis que j'y consentais de grand cœur.

« L'hôtesse me remercia, descendit et revint quelques instants après, suivie d'un moine qui, après m'avoir salué en passant devant moi, entra dans le cabinet qui lui était destiné.

« Vers le milieu de la nuit, je fus brusquement réveillé, j'ouvris les yeux, je fus ébloui par une vive clarté, et j'aperçus le moine debout, auprès de mon lit.

« — Qui êtes-vous ? que me voulez-vous ? m'écriai-je en étendant la main vers mon épée.

« Le moine se recula vivement, mais ce mouvement fit tomber son capuchon, et j'aperçus... votre père, Adrienne.

« — Ciel !

« — J'ai vu bien souvent son portrait au château d'Arène, et ses traits sont restés gravés dans ma mémoire. La terreur paralysait ma langue, et il me fut impossible de pousser un cri pour appeler du secours.

« Le moine, ou plutôt le spectre, avait remis son capuchon et s'était reculé jusque dans la partie de la chambre qui restait dans l'ombre.

« — René, me dit-il, la volonté de ton père t'a uni à Adrienne d'Arène ; de grands périls menacent ta fiancée, mais elle trouvera de puissants protecteurs. Veille sur elle, défends-la, et n'oublie jamais que tu ne dois point tirer l'épée contre le marquis d'Arène. Son heure n'est pas venue, et, lorsqu'elle sonnera, tu me reverras. »

« Quand la voix eut cessé de se faire entendre, je me précipitai vers l'endroit d'où elle venait ; mais le moine avait disparu. Personne ne l'avait vu sortir de l'hôtellerie dont la porte était fermée. Le spectre s'était évanoui après avoir rempli sa mission. »

Adrienne poussa un grand cri et tomba évanouie dans les bras de Pauline.

CHAPITRE XXXI

Les exploits de Bras-de-Fer.

OMMENT la nouvelle de l'arrestation de Gaspard de Besse s'était-elle répandue dès le matin dans tous les quartiers de Marseille, et comment se fit-il, que, d'un bout à l'autre de la ville, chacun en ouvrant sa fenêtre salua son voisin, en lui adressant cette question : « Connaissez-vous le grand événement ? » Sur quoi l'homme ou la femme ainsi interpellée, répondait sans hésiter : « Sans aucun doute, mon voisin, ou ma voisine. » Comment, disons-nous, cette grosse nouvelle avait-elle pu faire, en si peu de temps, un chemin aussi rapide ? Nous ne pouvons expliquer ce phénomène, et nous devons nous borner à constater qu'il se produit invariablement chaque fois qu'un événement de quelque importance vient à se produire.

Cette fois, la nouvelle en valait la peine, et l'on se hâtait de descendre dans la rue pour en parler avec tous ses amis, pour chercher à recueillir quelques nouveaux détails et ceux-ci ne faisaient pas défaut, car l'esprit inventeur des commères et des bons bourgeois ajoutait, comme à plaisir, les renseignements les plus fantaisistes à ceux qui offraient quelque caractère de vérité.

Le matin, par exemple, on disait couramment que le terrible bandit ne s'était rendu qu'après avoir tué cinq soldats de la maréchaussée et en avoir blessé sept ou huit ; à dix heures le nombre des morts variait entre trente et cinquante, selon les quartiers, et le roi eût pu former un nouveau régiment rien qu'avec les blessés.

Mais si l'on s'occupait beaucoup de Gaspard de Besse, de son héroïque résistance, on ne parlait pas moins de son vainqueur : le terrible et vaillant brigadier Bras-de-Fer.

C'était lui qui avait vaincu et terrassé le bandit, l'avait désarmé de sa main puissante, l'avait chargé de liens et finalement conduit en prison.

En peu d'instants, il devint célèbre. Chacun voulait le voir, et ceux qui le connaissaient ou prétendaient le connaître, devenaient tout à coup de grands personnages aux yeux des badauds.

La présence de Bras-de-Fer, dont nul ne se souciait la veille, ayant été signalée sur le *Cours*, cette promenade fut aussitôt envahie par la foule, et le brave triomphateur passa fièrement entre deux haies d'admirateurs.

La gloire le grisait, ce bon brigadier. Il marchait d'un pas majestueux, la tête haute, le poing sur la hanche, et daignant à peine rendre tous les saluts qu'il rece-

vait ou répondre d'un geste protecteur aux vivats qui retentissaient sur son passage.

Bras-de-Fer était sacré grand homme ; il croyait tout naïvement à son importance et rien ne lui parut plus naturel que cette exclamation qu'il entendit en passant auprès d'un groupe de ses admirateurs :

— Le roi le fera au moins maréchal !

Mais, vers midi, un bruit se répandit avec non moins de rapidité, qui tomba
comme une douche sur tous ces cerveaux en ébullition.

« Ce n'était point Gaspard de Besse que le brigadier avait arrêté ; mais simplement un de ses lieutenants, un certain Coquelicot, personnage de moindre importance et dont la capture ne saurait mettre fin aux exploits des bandits. »

Du coup, la popularité de Bras-de-Fer subit une dépréciation formidable.

On lui en voulait de l'enthousiasme qu'on avait laissé éclater, et on lui aurait
presque reproché d'avoir volé la sympathie publique.

Ceux-là même qui, quelques heures auparavant, étaient si fiers de pouvoir
dire qu'ils le connaissaient, ne fût-ce que de vue, le reniaient maintenant ; les
timides baissaient la tête et se faisaient petits, lorsqu'on prononçait son nom,
tandis que les audacieux et les effrontés affirmaient hautement que, depuis longtemps, ils tenaient le brigadier pour un homme suspect.

Enfin, ô inconstance des sentiments populaires ! Bras-de-Fer, en passant près
d'un marché où se tenaient des poissonnières, fut énergiquement hué.

Vers le soir, les actions du brigadier éprouvaient une nouvelle hausse.

On avait réfléchi qu'après tout, la capture de Coquelicot avait bien son importance. La torture aidant, on le ferait parler et on l'obligerait à indiquer la retraite
où se cachaient Gaspard de Besse et sa troupe.

Quelques orateurs en plein vent développèrent habilement ces diverses considérations et Bras-de-Fer reconquit, en grande partie tout au moins, son prestige.
En traversant de nouveau le Cours pour rentrer à sa caserne, il fut salué d'applaudissements assez chaleureux.

Là-dessus, les badauds allèrent se coucher, et Bras-de-Fer les imita.

En vérité, le brigadier ne méritait ni cet enthousiasme, ni ce dédain ; il n'était
pour rien dans l'arrestation de Coquelicot, ou du moins, n'y avait pris qu'une part
insignifiante. Son rôle s'était borné à recevoir des mains de Renardot le lieutenant
de Gaspard de Besse, désarmé, enchaîné, et à le conduire en prison.

Mais Renardot était un homme modeste ; il n'avait pas tenu à publier ses
exploits et, pensant bien qu'ils pourraient avoir pour conséquence de le désigner
aux coups des bandits, avait préféré en laisser les périls et la gloire à Bras-de-Fer.
Il avait même poussé l'humilité jusqu'à le prier de ne pas prononcer son nom et de
prendre pour lui tout l'honneur de cette capture.

Le brigadier y avait consenti très facilement et, pour accroître encore le mérite
de son action, avait adressé à ses supérieurs un rapport dans lequel il exposait,
avec quelque exagération, nous devons bien le reconnaître, les dangers auxquels il
s'était exposé en s'emparant de ce redoutable bandit.

De là, ces bruits qui circulaient sur le nombre fantastique des soldats méchamment occis par Coquelicot.

Mais, comment celui-ci était-il tombé entre les mains de la maréchaussée et se trouvait-il enfermé, en ce moment, dans un cachot dont les épaisses murailles et les solides portes ne lui laissaient que peu d'espoir de recouvrer la liberté ?

C'est ce que nous allons expliquer.

L'amour qui perdit Troie avait encore nui à Coquelicot ; non point qu'il fût amoureux cette fois, mais parce que sa mauvaise chance avait voulu qu'une belle se laissât séduire par sa mine martiale, et lui témoignât sa passion d'une manière assez peu équivoque pour exciter la jalousie d'un amant rebuté.

S'il est donc exact de dire que l'amour perdit Coquelicot, il faut ajouter cependant qu'il le perdit par ricochet.

Nous savons que le digne garçon avait un faible pour le bon vin et que, sans se griser jamais ou du moins bien rarement, il aimait fort à fêter la bouteille.

Le hasard, un hasard malheureux s'il en fut, lui avait fait découvrir un petit cabaret où l'on vendait du vin exquis. Il y retourna, et l'hôtelière, une brunette, laissa maladroitement accrocher son cœur à la pointe de ses moustaches.

Œillades langoureuses, soins empressés, paroles tendres, elle lui prodigua tout cela sans qu'il y fît d'abord grande attention. Mais un jour, elle poussa un tel soupir en lui apportant une bouteille, qu'il ne put s'empêcher de la regarder et il s'aperçut qu'elle était assez piquante.

— Qu'as-tu, ma mignonne, lui demanda-t-il, aurais-tu perdu ton amoureux ?

— Non, monsieur l'officier.

— Pourquoi, diantre, m'appelles-tu monsieur l'officier ?

— Parce qu'avec d'aussi belles moustaches, cette grande épée et cette noble tournure, vous ne devez pas être un simple soldat.

— Peste ! ma petite, tu as remarqué tout cela ?

— Oui, monsieur.

— Et ces terribles moustaches, ajouta-t-il en les relevant d'un air victorieux, ne te font pas peur ?

— Ah ! monsieur, pas du tout.

— Et si elles effleuraient tes joues si fraîches, tu ne m'en voudrais pas trop ?

La belle se contenta pour toute réponse de rougir.

Coquelicot était homme, c'est-à-dire sans force contre la tentation. Il passa son bras autour de la taille de la jeune femme, l'attira à lui, et déposa sur ses joues deux retentissants baisers, dont le bruit fut couvert par une sorte de cri rauque et étranglé qui partait d'un coin obscur de la salle.

— Qu'est-ce ? demanda Coquelicot.

— Oh ! moins que rien, ne faites pas attention.

Moins que rien ! la belle enfant était cruelle, mais toutes les femmes le sont pour ceux qui les adorent et qu'elles n'aiment point.

La vérité était que c'était quelque chose. C'était Boit-sans-Soif, ce bon garçon si facilement inflammable, qui s'étranglait.

Ah ! lui, comme il l'aimait cette charmante hôtelière, comme il eût été heureux si elle eût laissé tomber sur lui une seule de ces œillades dont elle accablait Coquelicot qui n'y prenait seulement garde.

Il avait souffert en silence, s'efforçant d'éteindre sous des flots de vin bleu, l'in-

Cette foule, qui s'agitait confusément, avait l'aspect d'une armée. (Page 256.)

cendie qui le dévorait ; mais le jus de la treille semblait attiser les flammes, et son
pauvre cœur devait ressembler à un tison ardent.

Aussi longtemps que son rival s'était contenté de se laisser adorer, il avait pris
son mal en patience, espérant que l'hôtelière finirait par apprécier les trésors de
tendresse qu'il ne demandait qu'à dissiper avec elle ; mais, lorsqu'il la vit se jeter à
la tête de Coquelicot, la jalousie lui étreignit le cœur et, pour la noyer, il approcha
de ses lèvres un broc de vin énorme. Ce fut à ce moment que son rival embrassa
celle qu'il aimait ; l'indignation le fit bondir sur sa chaise, et, le liquide entrant trop
brusquement dans son gosier, l'étouffa.

De là, ce cri rauque qui avait étonné Coquelicot.

La jalousie rend clairvoyant. Boit-sans-Soif examina plus attentivement son odieux rival, et il lui sembla que ses traits ne lui étaient pas inconnus. Puis, à force de regarder et de réfléchir, il trouva un nom à mettre sur cette figure, et se souvint que ce nom ne jouissait pas de l'estime de M. Renardot.

Quittant sans bruit sa place, il sortit de la taverne et alla rejoindre cet estimable personnage.

Aux premiers mots, il put se convaincre que sa découverte avait quelque importance et il comprit que son digne patron se chargerait avec plaisir de le venger.

— Et ce Coquelicot, lui dit-il, passera la soirée dans cette taverne?

— Sans aucun doute, il en sortira le dernier, à moins que la coquine...

— Diantre ! il se peut qu'elle le garde auprès d'elle.

— Je ne le pense pas, cependant.

— Pourquoi?

— Elle est mariée et son mari vient la rejoindre au moment où l'on ferme les portes du cabaret.

— C'est à merveille. Tu dis que la rue est sombre et déserte?

— Il n'y passe le soir âme qui vive. Lorsqu'il ne fait pas clair de lune, on ne voit pas à deux pas devant soi.

— Nous ne pouvons rien souhaiter de mieux. Sais-tu où trouver le Furet ?

— Il dîne justement dans un cabaret non loin d'ici avec trois ou quatre de ses amis.

— Et ses compagnons, les connais-tu ?

— Je le crois bien, nous avons fait plus d'une expédition ensemble. Ce sont de bonnes lames et des cœurs solides.

— Eh bien, tu diras au Furet de venir me trouver ce soir ici, et d'amener ses amis.

— Vous pouvez y compter.

— Il va sans dire que tu les accompagneras.

— Je le crois bien.

— Allons, je vois que Coquelicot n'aura qu'à bien se tenir, et que tu es impatient de régler ton compte avec lui.

— Il ne m'échappera pas, cette fois.

— Fort bien, mais n'oublie pas qu'il s'agit, non pas de le tuer, mais de le faire prisonnier.

— Vous voulez l'épargner?

— En aucune façon, maître jaloux. Sois tranquille, le bourreau te vengera, mais, avant de faire tomber sa tête, il lui appliquera la question pour lui arracher certains renseignements dont nous avons besoin.

— Si c'est ainsi, vous pouvez être tranquille, on le prendra vivant.

Lorsque Coquelicot sortit du cabaret, les fumées du vin et l'ivresse de l'amour troublaient sa raison. Cependant, par une habitude de prudence qui survivait à sa raison, il regarda attentivement avant de s'aventurer dans la ruelle s'il n'apercevait rien de suspect. Mais cet examen fut bien superficiel, car il ne distingua pas les hommes qui, collés contre la muraille à droite et à gauche de la porte, étaient prêts à s'élancer sur lui.

A peine eut-il fait un pas, qu'il se sentit saisir aux bras et aux jambes par des ennemis qui semblaient sortir de dessous terre, tandis qu'un manteau s'abattait sur sa tête.

Comme un sanglier coiffé par les chiens, qui cherche à se débarrasser de la meute hurlante qui bondit autour de lui, s'attache à ses oreilles et à ses flancs, il se dégagea par un mouvement brusque et voulut saisir son épée, mais elle venait de lui être enlevée.

Ses ennemis se ruèrent de nouveau sur lui, mais, si rapide qu'eût été leur élan, il ne le fut pourtant pas assez pour l'empêcher de prendre à sa ceinture un pistolet qu'il déchargea au hasard. La balle fracassa la tête d'un assaillant, mais les survivants étaient trop nombreux pour ne pas avoir facilement raison d'un homme désarmé et privé de la vue.

A peine le coup de pistolet eut-il été tiré que des pas nombreux retentirent. Des torches brillèrent, et un détachement de la maréchaussée, commandé par Bras-de-Fer, se précipita, les armes hautes, sur le groupe formé par Renardot et ses hommes qui achevaient de lier les membres de Coquelicot.

En peu de mots, Renardot mit le brigadier au courant de ce qui venait de se passer et l'informa de l'importance de sa capture.

— Je ne puis, lui dit-il, remettre ce redoutable bandit en de meilleures mains que les vôtres, et, comme ce n'est point mon métier d'arrêter les brigands, il sera inutile de dire quelle part j'ai prise à tout ceci.

Comme bien on pense, Bras-de-Fer n'eut garde de réclamer, et comprit immédiatement quelle influence l'arrestation du lieutenant de Gaspard de Besse pouvait avoir sur son avancement.

Aussi, après avoir félicité en peu de mots Renardot sur son courage, se hâta-t-il de placer le captif au milieu de sa troupe et de se diriger vers la maison d'arrêt.

La nouvelle de l'arrestation de Coquelicot causa à Gaspard de Besse une douleur profonde ; mais l'abattement fit bientôt place à la colère et au désir de venger son malheureux ami, après l'avoir arraché de sa prison.

Coquelicot avait été son compagnon de toutes les heures ; il l'avait fidèlement servi dans la bonne comme dans la mauvaise fortune ; il avait été le consolateur dans les heures si tristes qui suivirent son départ de la maison paternelle, et, bien souvent, avait relevé son courage abattu, alors que Bouis désespérait de tout et voulait chercher dans la mort un refuge contre les coups répétés de la mauvaise fortune.

Gaspard résolut de le sauver, fût-ce en s'exposant aux plus grands périls et de risquer sa vie pour arracher au bourreau celle de son ami.

Il envoya immédiatement des espions à Marseille pour recueillir les détails les plus circonstanciés sur l'arrestation de Coquelicot, car il n'ajoutait pas une bien grande confiance aux récits qui célébraient les exploits du brigadier Bras-de-Fer. Il voulait aussi savoir ce qui valait mieux, soit corrompre un geôlier, soit essayer une tentative d'évasion.

Au bout de deux jours, les hommes revinrent au campement.

Il ressortit de leurs rapports que Bras-de-Fer n'avait pas, comme il le prétendait, capturé Coquelicot. L'hôtelière, qui n'avait pas oublié son amant et qui avait assisté, à demi paralysée par la frayeur, au terrible drame qui se déroulait sous sa fenêtre, avait déclaré que le brigadier avait reçu le prisonnier des mains de ceux qui s'étaient emparés de lui par surprise et parmi lesquels elle avait reconnu Boit-sans-Soif.

La présence de ce coupe-jarret suffit à Gaspard de Besse pour deviner que Renardot avait dû dresser cette embuscade.

Quant à Coquelicot, il avait été assez difficile de se procurer de ses nouvelles ; mais, en somme, on savait qu'il vivait, que son procès ne tarderait pas à être jugé.

Les chances d'évasion étaient à peu près nulles ; la prison était solide, bien gardée, et, depuis qu'elle renfermait le lieutenant de Gaspard de Besse, on avait triplé les postes, dans la crainte d'une attaque à main armée.

Les geôliers étaient incorruptibles se sachant très surveillés. Ils ne pouvaient guère espérer de ne pas être découverts s'ils s'employaient en faveur du prisonnier et craignaient d'encourir un sévère châtiment si leur complicité était dévoilée.

Le moyen pour délivrer le prisonnier qui semblait offrir le plus de chances de succès, c'était encore de l'enlever de vive force, et Gaspard de Besse jura de délivrer son ami ou de périr.

Ce soir-là, au moment où les horloges de Marseille carillonnaient neuf heures, deux hommes traversaient le Cours et s'engageaient dans la rue des Quatre-Pâtissiers.

La pluie tombait à torrents. De sombres nuages couvraient le ciel et on n'entendait dans les rues emplies d'ombre, que le bouillonnement des ruisseaux. On n'apercevait d'autre lueur que la clarté tremblotante qui brillait derrière quelques fenêtres.

Les deux hommes avaient la tête coiffée de chapeaux à larges bords ; un manteau brun couvrait leurs épaules et était relevé par la pointe des épées.

Leurs vêtements étaient collés sur leurs corps par la pluie. Ils parlaient à voix basse et semblaient chercher à ne pas être reconnus. Toutefois, ils ne devaient pas avoir grand'chose à redouter de ce côté, car l'ouragan dérobait leur marche, et peu de gens auraient osé s'aventurer dans les rues par cet affreux temps.

Nos deux aventuriers paraissaient insensibles aux tourbillons de pluie qui venaient leur fouetter le visage et ne semblaient même pas s'apercevoir qu'ils s'enfonçaient jusqu'à la cheville dans de larges flaques d'eau.

Ils s'engagèrent dans une étroite ruelle, bourbeuse, sale, bordée de masures, qui se prolongeait le long d'un ruisseau fétide.

Ensuite, ils s'arrêtèrent devant une maison délabrée qui terminait cette rangée de masures et qui servait de cabaret.

L'un d'eux frappa à la porte avec le pommeau de son épée. Un guichet pratiqué dans l'épaisseur du mur permit au cabaretier d'examiner les arrivants, et il paraît que le résultat de cette longue investigation leur fut favorable, car il se décida à les introduire.

Ils pénétrèrent dans une vaste salle où la fumée noire du foyer, l'odeur du vin et les haleines infectes se condensaient et demeuraient en stagnation.

A travers cette buée, ils aperçurent, à la rougeâtre clarté d'une lampe fumeuse,

les visages des habitués de ce lieu où l'on pouvait aisément trouver de remarquables échantillons de toutes les spécialités de la misère et du crime.

Les uns buvaient silencieusement ; les autres jouaient aux cartes ou aux dés.
Les poignards placés sur les tables, à portée de la main, pouvaient donner à penser
que toute tentative pour corriger la fortune ou s'emparer indûment des enjeux
serait énergiquement réprimée.

Quelques habitués sacrifiaient à la fois à Vénus et à Bacchus. Ils choquaient
leurs verres avec ceux de gaillardes fortement découplées, à l'œil insolent, au geste
lascif, et dont les propos eussent fait rougir tout un escadron de dragons.

Les nouveaux venus traversèrent rapidement ces groupes pittoresques sans leur
accorder grande attention, et pénétrèrent dans une chambre où se tenaient, autour
de tables couvertes de flacons et de verres, des hommes aux figures énergiques,
armés de pied en cap comme pour une expédition.

Lorsque les deux hommes entrèrent dans la salle, toutes les mains se tendirent
vers eux et toutes les bouches murmurèrent :

— Le capitaine !

— Oui, c'est moi, mes camarades ; je suis venu au rendez-vous que je vous ai
donné pour vous informer des mesures que j'ai décidé de prendre pour délivrer
votre lieutenant.

— Parlez, capitaine, nous vous obéirons aveuglément, et il n'est aucun de
nous qui ne soit prêt à risquer sa vie pour sauver celle de Coquelicot.

— C'est bien dit, Bavard, et je suis certain que tu es le fidèle interprète de
tes camarades.

— Oui, oui, de nous tous ! s'écrièrent les bandits.

— Je n'attendais pas moins de votre dévouement pour ce hardi compagnon
qui nous est cher à tous, et de votre courage dont vous m'avez déjà donné tant de
preuves.

— Vous pouvez compter sur nous tous ; pas un ne manquera au rendez-vous
et personne ne reculera, fallût-il prendre la prison d'assaut.

— L'entreprise sera dangereuse et la bataille dure, mais, avec des hommes de
cœur, je suis sûr de l'emporter

— S'il ne faut que du courage, vous êtes assuré de la victoire.

— J'y compte bien ; mais, avant de vous exposer à de tels périls, j'ai voulu
que vous les connaissiez et que ceux qui marcheront avec moi sachent où je les
mène.

« M. des Galois de la Tour, marquis de St-Aubin, vicomte de Glessé, non content de posséder à Aix le plus bel hôtel de cette ville, a voulu avoir aussi à Marseille une maison digne d'abriter son illustre personne lorsqu'il y vient séjourner
pendant quelques semaines, ce qui lui arrive assez fréquemment.

« Ce palais vient d'être terminé, tous les meubles, toutes les tentures sont en
place. M. le marquis doit l'inaugurer demain par une fête splendide où sera
réunie toute la noblesse de la Provence et, avec elle, la plupart des fermiers et
des traitants auxquels notre chère province est redevable de tous ses malheurs.

« Nous aussi, nous assisterons au bal de M. l'intendant, et il y aura à recueillir pas mal de bijoux achetés avec l'argent du peuple, pas mal de parures dont les orfèvres de Gênes nous donneront un bon prix. »

Gaspard de Besse fut interrompu par de bruyantes acclamations.

— Mais, c'est une affaire superbe que vous nous proposez, s'écria Bavard.

— L'affaire est splendide, en effet... Elle sera chaude aussi. Il ne s'agit pas seulement, vous le devinez bien, d'enlever un riche butin par un hardi coup de main et de nous retirer ensuite. Parmi ces seigneurs, ces riches traitants, ces fermiers qui pressurent le peuple, nous prendrons des otages qui nous répondront sur leurs têtes de la vie de Coquelicot.

« Nous aurons certainement une lutte à soutenir après le premier moment de surprise des convives de M. l'intendant, non seulement contre les gentilshommes qui sont braves et ne se rendront pas sans combat, mais encore contre les troupes nombreuses qui occupent la ville depuis qu'on craint quelque entreprise de notre part pour délivrer Coquelicot. Cela ne nous effrayera pas. Qu'aimons-nous? c'est la résistance! Nous ne nous attaquons pas aux faibles d'habitude! »

— Bravo, capitaine!

— Vous aurez, pour livrer bataille aux gentilshommes et aux soldats, d'intrépides auxiliaires; toute l'armée des Gueux, et vous savez qu'elle est nombreuse! Elle se joindra à nous tant par espoir du pillage que pour se venger de certains édits qui tendent à entraver l'industrie de ces braves gens.

« Après le sac de l'hôtel de M. des Galois de la Tour, il y aura le sac de la ville. Nous nous répandrons à travers tous les quartiers, donnant l'alarme partout à la fois, de façon à disperser les troupes royales, et, pendant qu'elles seront engagées dans cent petits combats avec nos troupes volantes, le gros de notre armée enlèvera d'assaut la prison, en faisant savoir à ceux qui la gardent que, si la vie de Coquelicot est en danger, les têtes de nos otages tomberont aussitôt. Ma proposition vous plaît-elle? »

Ces paroles furent accueillies par une formidable explosion de cris enthousiastes; chaque bandit disait qu'il était prêt et prenait Satan à témoin qu'il ne ferait aucun quartier et mettrait le feu aux quatre coins de la ville si Coquelicot était assassiné dans sa prison.

CHAPITRE XXXII

La reine des gueux.

 N sortant du cabaret, Gaspard de Besse et de Valors se dirigèrent vers la rue de l'Échelle qui était le repaire des gueux de la bonne ville de Marseille.

Cette rue, à la physionomie repoussante, était hideuse à voir.

Une boue éternelle, mêlée à de la paille putride, en couvrait le pavé.

De distance en distance et à des hauteurs inégales, des poutres transversales soutenaient des maisons crevassées qui conservaient ainsi un reste d'équilibre.

De sordides haillons étaient appendus à des ouvertures qui servaient de fenêtres et s'agrandissaient tous les jours par la chute de quelques pierres.

Parfois même, quelqu'une de ces maisons s'écroulait, entraînant des malheureux qu'elle écrasait de ses décombres.

L'état de la rue de l'Échelle dégénérant tous les jours, finit par offrir le caractère de la dernière abjection et devint le repaire de la gueuserie.

Marseille était une bonne ville pour les mendiants de profession qui spéculaient sur la générosité d'un peuple compatissant.

Habiles dans l'art de dissimuler toutes les difformités et tous les maux, les mendiants cherchaient surtout à s'attirer la pitié d'un sexe facilement impressionnable, qu'ils effrayaient encore plus qu'ils n'attendrissaient.

Ils inondaient la ville, se plaçant sur les promenades, au coin des rues les plus fréquentées, à la porte des églises, des salles de spectacle et de tous les lieux d'assemblée publique.

Paris n'était pas en France la seule ville qui eût une Cour des miracles; Marseille avait aussi la sienne à la rue de l'Échelle.

Au coucher du soleil, les gueux pénétraient dans leurs gîtes ignobles, et, aussitôt, les miracles s'opéraient.

Les aveugles recouvraient la vue, les boiteux marchaient à merveille, les perclus recouvraient la liberté de leurs membres.

On accrochait à des clous les béquilles ; on enlevait en toute hâte les masques de misère et de souffrance.

Chacun déposait le costume de son rôle et les instruments de ses supercheries.

Les lèpres et autres horreurs à l'aide desquelles ils forçaient la compassion des âmes charitables, disparaissaient ainsi chaque soir pour reparaître chaque matin.

Les gueux pouvaient devenir redoutables, car, par leur nombre, il leur était possible de fournir une troupe considérable, relativement disciplinée et capable de tout sous un chef énergique.

Ils formaient une vaste confrérie ayant ses institutions, ses droits et ses charges.

Les droits consistaient dans la liberté absolue de vivre à leur guise ; aussi voyait-on les avares vivre de peu, thésauriser en secret et rester pauvres, pour mieux s'enrichir, tandis que les prodigues dépensaient chaque jour dans d'ignobles orgies le montant des aumônes qu'ils arrachaient à la compassion du public.

Quant aux charges, elles résidaient surtout dans la dîme que le roi ou la reine des gueux prélevait sur les bénéfices quotidiens de la peu estimable confrérie.

Lorsque Gaspard de Besse et de Valors arrivèrent à l'entrée de la rue de l'Échelle, ils furent assez surpris de la voir encombrée par une foule en haillons qui avait quelque chose de belliqueux et de menaçant.

Les mendiants étaient assemblés, les pieds dans la boue, autour d'un écriteau timbré aux armes royales et portant la signature de Louis, roi de France et de Navarre.

C'était un édit qui contenait diverses dispositions contre les mendiants, chargeant les archers de la charité, que le peuple appelait : « les chasse-gueux », de réprimer leurs abus.

Cette foule, qui s'agitait confusément, avait l'aspect d'une armée, et les bâtons, les béquilles agitées avec menace ressemblaient dans la nuit à des armes.

Il n'y avait là, bien entendu, que des hommes valides et gaillards, car l'heure était passée où l'on pouvait solliciter des secours. L'édit royal n'avait pas absolument tort de parler d'infirmités simulées et de fausses plaies.

Les honorables habitants de la rue de l'Échelle manifestaient ainsi l'indignation que leur causait l'édit du roi ; ils lui reprochaient de violer leurs prérogatives.

Les plus prudents conseillaient de courber la tête sous la tempête et d'attendre patiemment des jours meilleurs. Ils étaient convaincus qu'avant peu les prescriptions de l'édit deviendraient lettre morte, si on feignait de les respecter, tandis que toutes tentatives de résistance les feraient exécuter avec la dernière rigueur.

Ces conseils, empreints d'une si louable sagesse, et qui dénotaient une connaissance complète des agissements ordinaires de l'autorité, n'étaient cependant point goûtés.

L'édit était rédigé en des termes insultants pour les gueux, et leur fierté se révoltait. On eût pu croire, à les entendre, qu'ils exerçaient la plus noble des professions et que chacun d'eux était, d'ordinaire, terriblement chatouilleux sur le point d'honneur.

— Pourquoi nous gêner, disaient les plus jeunes et les plus ardents, puisqu'on veut nous contraindre à travailler ? Mieux vaut périr les armes à la main que de nous déshonorer en gagnant notre vie par un labeur dégradant.

Cet avis prévalut et de sourdes imprécations, des cris mal contenus de colère et de rage s'échappèrent de toutes les poitrines.

De Valors s'approcha d'un individu fort ingambe qui, dans le jour, se transfor-

Il fut soudain rappelé à la réalité en sentant une main se poser doucement
sur son bras. (Page 26?.)

mait en paralytique et recueillait les aumônes des bonnes dévotes qui se rendaient
à l'église de Saint-Martin.

Il lui dit à l'oreille quelques mots qui le firent tressaillir, puis il ajouta :

— Allons ! vite, dépêchons-nous !

Le paralytique invita de Valors et son compagnon à le suivre et, bien qu'ils fussent tous deux bons marcheurs, ils eurent quelque peine à régler leur allure sur la
sienne. Évidemment, c'était là sa manière de se reposer de la longue immobilité à
laquelle le condamnait le rôle qu'il jouait.

Le faux infirme poussa la porte d'une maison de sordide apparence et leur
dit :

— Entrez, c'est là ; il vous attend.

Dans une grande salle, sous le noir manteau de la cheminée, était assis un vieillard coiffé d'un large chapeau de dessous lequel s'échappaient des cheveux gris en broussailles. Un manteau troué et rapiécé, véritable loque, enveloppait son corps maigre et osseux.

En voyant entrer les deux cavaliers, il les salua et les invita à s'asseoir près de lui.

Gaspard de Besse prit la parole.

— Vous savez, dit-il, ce qui nous amène.

— Je le sais.

— Êtes-vous prêt à nous servir ?

— Nous le sommes, si vous remplissez vos engagements.

Pour toute réponse, il jeta sur la table une lourde bourse.

— Si notre tentative réussit, tes hommes recevront, en outre de leur part du butin, une riche récompense, et toi, tu auras une bourse pareille à celle-ci ; mais si...

— Avant de menacer, sachez d'abord que je ne puis rien vous promettre si vous n'obtenez l'assentiment de celle à qui nous obéissons.

— Que veux-tu dire ?

— Que notre reine n'a pas encore donné son avis et que je ne puis rien faire sans son ordre.

— Mais ne viens-tu pas de me répondre...?

— Que nous étions prêts à vous servir, c'est vrai. Vous venez de voir, d'ailleurs, qu'il ne sera pas bien difficile de persuader à nos hommes de prendre les armes. Ils ne sont que trop disposés à se battre pour conserver leurs franchises, et, pour le moment, il me sera plus difficile de modérer que d'exciter leur ardeur. La promesse d'un riche butin, d'une large récompense, enflammera davantage leur courage.

— Eh bien?

— Mais, ni eux, ni moi, ne pouvons nous engager à rien tant que la reine ne se sera pas prononcée. Aussi, vous voyez que je ne touche pas à cet or... Je ne l'accepterai que lorsqu'elle l'aura permis.

— Et cette reine, où est-elle ?

— Tout près d'ici. Venez !

De Valors fit un pas pour suivre son capitaine, mais le gueux l'arrêta.

— Non, dit-il, c'est au capitaine seul qu'elle veut parler.

— Soit, répondit Gaspard de Besse, j'irai seul. Mais à la moindre tentative de trahison, je...

Il n'acheva pas sa phrase et porta la main à son épée de façon à ce qu'on ne pût se méprendre sur sa pensée.

Le mendiant, relevant la tête et le regardant bien en face, lui dit :

— Je vous jure que vous n'avez aucun danger à redouter, et que celle qui vous attend n'est point votre ennemie. Je vous en donne ma parole et je ne l'ai jamais donnée en vain.

— Je me porte garant pour lui, dit de Valors, on peut avoir confiance en son serment.

— Il suffit ; marchez, je vous suis.

Le gueux s'engagea dans un couloir obscur, puis fit monter à Gaspard de Besse un étroit escalier aux marches glissantes dont le dernier degré était scellé au mur.

Il semblait qu'il fût impossible d'aller plus loin, mais le mendiant pressa des doigts l'extrémité de la rampe, la muraille se fendit par le milieu et laissa apparaître un vaste salon aux murs tendus de riches étoffes et dont le plancher était couvert de tapis épais et moelleux.

— Je ne vais pas plus loin, dit-il au capitaine ; vous allez trouver ici un nouveau guide.

En prononçant ces mots, il fit un pas en arrière et le mur se referma.

Au même instant, Gaspard de Besse aperçut debout, comme s'il fût sorti du sol, un négrillon qui s'inclinait respectueusement et semblait attendre ses ordres.

Ses vêtements, d'une coupe bizarre, étaient d'une richesse extrême ; ils avaient été taillés dans les plus belles étoffes de l'Orient et surchargés de broderies d'or et d'argent auxquelles se mêlaient des chapelets de sequins.

— Est-ce toi qui dois me conduire vers la reine ?

Pour toute réponse, le négrillon s'inclina plus profondément.

— Allons, marche devant, je te suivrai.

Le bizarre serviteur traversa la pièce où ils se trouvaient, souleva une tenture et pénétra, suivi de Gaspard de Besse, dans une immense salle d'une architecture mauresque. De grands jets d'eau jaillissaient au milieu de bassins de marbre et de larges sophas faisaient le tour de la pièce.

Le négrillon invita du geste son compagnon à s'asseoir sur une pile de coussins et à attendre son retour.

Quelques minutes s'écoulèrent pendant lesquelles Gaspard de Besse put examiner à loisir les splendeurs de cette salle dont les murs disparaissaient sous des arabesques où l'imagination de quelque artiste d'Orient s'était donnée librement carrière, en retraçant des plantes et des feuillages qui n'appartenaient à aucun pays et dont l'enchevêtrement capricieux produisait le plus étonnement effet. Le marbre qui recouvrait le sol, qui s'arrondissait autour des bassins, avait dû être mené là de loin et à grands frais. On n'eût pas trouvé dans toute la Provence ce marbre rouge brun, veiné de blanc et rayé de vert.

Gaspard de Besse se croyait le jouet d'un rêve ou transporté par la baguette de quelque fée dans une de ces mystérieuses retraites où les rois musulmans cachent avec un soin si jaloux les femmes de leur harem.

Il ne pouvait croire qu'à quelques pas de ce logis somptueux et étrange, serpentait la rue de l'Échelle, boueuse et fétide, qu'un mur seulement le séparait de ces repaires de la gueuserie où grouillaient tant de misères et de vices.

Comment ces masures que la lèpre semblait dévorer pouvaient-elles cacher derrière leurs horribles façades ce palais aux murs de marbre ? N'était-ce pas plutôt quelque génie qui l'avait transporté des pays africains dans ce hideux coin de Marseille ?

Il fut soudain rappelé à la réalité en sentant une main se poser doucement sur son bras.

Il se retourna brusquement et aperçut à côté de lui une femme jeune et dont la beauté étrange était encore rehaussée par son costume riche et pittoresque.

Un grand voile, attaché à ses noirs cheveux par de longues épingles d'or, couvrait la moitié de son visage et laissait apercevoir ses yeux qui brillaient comme des escarboucles ; sa robe flottante était serrée par un cercle d'or qui dessinait l'élégance parfaite de sa taille svelte et la voluptueuse cambrure de ses reins.

Elle était belle avec sa démarche d'Atalante, ses mains dont plus d'une duchesse eût envié la finesse, ses pieds d'enfant que cachaient à demi des babouches brodées d'or et de perles, et dont la nudité marmoréenne se détachait avec une blancheur éclatante sur le maroquin rouge. Les longues tresses de ses cheveux rejetées par derrière pendaient jusqu'à terre, et l'or mêlait ses fauves éclats à leurs reflets bleuâtres.

De larges colliers pendaient à son cou. Des bracelets, des anneaux s'enroulaient autour de ses bras et de ses jambes qu'un large pantalon ne recouvrait que jusqu'aux genoux.

Elle avait à un si haut degré cette grâce du geste et l'allure que les sculpteurs grecs donnaient à leurs déesses, que Gaspard s'inclina devant elle, croyant que c'était là cette reine mystérieuse dont la domination absolue s'étendait sur les gueux de Provence et même, assurait-on, d'Italie.

La jeune fille sourit de sa méprise, et lui dit d'une voix douce comme le chant d'un oiseau :

— Venez, la reine vous attend.

Suivant son charmant guide, il traversa rapidement un long couloir obscur ; puis une porte s'ouvrit, et il aperçut la divinité de ce sanctuaire mollement étendue sur un large divan, dans une pose voluptueuse.

La reine des gueux était une créature divine.

Ses traits fins et délicats avaient une pureté de lignes qui faisaient involontairement songer aux chefs-d'œuvre antiques, mais son visage, légèrement bronzé, n'avait rien de l'immobilité et de la froideur d'une statue.

Un sang ardent courait sous cette peau si fine et l'exubérance de la vie, un impérieux besoin d'amour, éclataient dans ses grands yeux noirs voilés à demi par de longs cils qui avaient une expression charmante de douceur, mais il était facile de deviner qu'ils devaient lancer de fulgurants éclairs lorsque la colère faisait bondir ce beau sein qui se moulait en ce moment dans la gaze.

Une couronne serrait légèrement ses cheveux d'ébène qui, coupés un peu court sur le front, étaient séparés derrière la tête en tresses épaisses où se tordaient des chapelets de perles fines.

Une veste de soie rouge, largement ouverte par devant, laissait apercevoir la moitié de la gorge. Une ceinture, richement brodée, serrait sa taille et retenait le large pantalon qui pendait jusque sur son pied où brillaient des anneaux d'or. A son diadème était attaché un voile d'un tissu brillant et presque fluide qui l'enveloppait de ses mille plis.

Elle fit à Gaspard de Besse un gracieux signe de tête, lui indiqua du doigt une pile de coussins dressée auprès d'elle et l'invita gracieusement à s'asseoir.

— Je connais, lui dit-elle, le but de votre visite, je sais quels sont vos projets, et, s'il ne dépend que de moi qu'ils réussissent, vos vœux seront accomplis. Tout ici vous appartient, et ce pouvoir, dont je suis si jalouse et si fière, je suis prête à l'abdiquer entre vos mains.

— Qu'ai-je fait, pour mériter...

— Ce que vous avez fait ? Vous êtes venu à mon secours lorsque, par deux fois, des lâches allaient abuser de leur force pour me torturer ou me faire subir d'ignobles outrages.

— Moi ! j'ai été assez heureux pour... Mais, c'est impossible ! Comment aurais-je pu ne pas être frappé de tant de grâce et de beauté !

— Cela est cependant ; mais cette beauté que vous voulez bien louer aujourd'hui, ajouta-t-elle en souriant, ne s'était point encore développée et il eût été malaisé de la deviner sous les formes grêles et maladives de l'enfant un peu sauvage que j'étais alors.

— Ah ! vous étiez...

— La première fois que je vous ai vu, c'était à Besse, où une partie de notre tribu venait de dresser son campement. Mon père était le roi des bohémiens à qui le grand chef de notre peuplade avait donné pour domaine le midi de la France, et je dois avouer que nous prélevions parfois sur nos sujets des impôts un peu lourds bien que dissimulés. J'étais toute petite, mais l'on ne m'eût pas donné mon âge. Mon esprit était plus formé que mon corps, ma volonté était indomptable et on m'eût tuée plutôt que de me faire fléchir. Avec mes cheveux emmêlés et mes haillons, je devais être un petit monstre, et ma méchanceté ne le cédait en rien à ma laideur.

— Je ne puis croire...

— C'est bien la vérité cependant. Un jour, m'étant éloignée des tentes des bohémiens, j'aperçus des enfants de mon âge qui jouaient entre eux. Je ne sais pourquoi, car d'ordinaire je ne recherchais guère les fils de paysans, l'envie me prit de me mêler à leur jeu ; peut-être bien cette idée me vint-elle parce qu'ayant cru m'apercevoir qu'ils me regardaient dédaigneusement, je voulus leur montrer que j'étais plus adroite qu'eux. Toujours est-il qu'ils me repoussèrent brutalement. La colère me monta à la tête, et, me jetant sur le plus grand et le plus fort de la bande, je le mordis à pleine bouche. Il poussa un cri de rage et, tous ses compagnons s'étant précipités sur moi, j'allais être cruellement battue, lorsqu'un autre enfant, indigné de leur lâcheté, bondit sur eux et les repoussa. Après m'avoir relevée, il me dit avec une douceur qui m'émut profondément, moi qui n'avais jamais entendu une parole d'amitié :

« — Allez, ma pauvre fille, ne craignez rien ; je vous défendrai encore s'il le faut, et personne ne vous fera de mal. »

« Je sentis des larmes gonfler ma paupière ; mais j'eus honte de montrer mon émotion et je m'enfuis vers les bois. Ce sauveur, c'était vous. »

— Je me souviens, en effet maintenant, de ce bel exploit, dit Gaspard de Besse, mais il a fallu que vous me le rappeliez, car il était depuis longtemps sorti de ma mémoire. Vous m'excuserez certainement de n'avoir pas reconnu en vous la petite bohémienne d'autrefois.

— Vous étiez déjà brave et généreux, et l'enfant promettait déjà tout ce que l'homme a tenu.

— Je ne mérite pas ces éloges...

— Je sais qu'ils sont au-dessous de la vérité... Je connais l'histoire de votre vie et vos aventures...

— Je suis un chef de bandits.

— Vous êtes un roi comme je suis une reine... Mais permettez-moi de continuer... En m'enfuyant, après vous avoir dû ma délivrance, j'emportai votre souvenir dans mon cœur. Je vous l'ai dit, vous étiez le premier qui m'eût fait entendre de douces paroles et qui se fût montré bon pour moi.

« Quelques années s'écoulèrent pendant lesquelles ma tribu resta éloignée de la Provence. Elle y revint enfin et, cette fois, campa à une assez grande distance de Besse. Je n'avais pas oublié mon jeune défenseur et je voulus le revoir.

« Il m'était très facile de réaliser ce projet, car, bien que je fusse déjà une jeune fille, on me laissait toute ma liberté et on ne craignait pas beaucoup pour ma vertu. J'étais toujours petite, malingre, trop laide et trop mal vêtue pour redouter les galants !

« Je me dirigeai vers Besse à travers les bois, mais, au moment où j'allais atteindre la lisière de la forêt, un bûcheron se trouva sur mon passage.

« Pour mon malheur, je ne lui déplus pas, et il me témoigna cyniquement ses sentiments. Cette brute pensait, sans doute, qu'il n'y avait pas de ménagements à garder envers une bohémienne.

« Je ne lui répondis pas et me mis à courir vers les champs, mais il eut bientôt fait de me rattraper en quelques enjambées, et, me saisissant violemment par le bras, il m'arrêta.

« Ce fut en vain que je le suppliai de me laisser, que j'essayai de m'arracher à son étreinte. Mon désespoir, mes larmes, ma résistance même excitaient son ardeur, et il dit en ricanant :

« — Allons, la petite, il ne faut point faire tant de façons, et, si tu ne veux pas être battue, tu feras bien d'être gentille.

« En s'exprimant ainsi, il voulut m'embrasser.

« Je voulus pousser un cri, appeler au secours, mais sa large main calleuse pressa ma bouche et étouffa ma voix.

« Je me crus perdue.

« A ce moment, un jeune homme, presque un enfant, sortit du fourré et se précipita sur ce colosse qu'il obligea à lâcher prise.

« Sa fureur se tourna alors contre celui qui tentait de lui arracher sa proie et il se rua contre cet adversaire avec une rage qui me fit trembler pour ses jours.

« J'aurais pu fuir, mais j'étais comme clouée au sol, car je vous avais reconnu.

« Entre le bûcheron et vous, la lutte n'était pas égale, et je crus qu'il allait vous broyer entre ses bras puissants. Mais vous étiez courageux et le danger ne vous faisait pas peur.

« Cependant, sous la terrible étreinte de cette brute, vous commenciez à fléchir, lorsqu'un autre homme se rua sur lui et lui asséna sur la tête un coup de bâton qui lui fit lâcher prise. Il chancela, battit l'air de ses bras et tomba lourdement sur le sol.

« J'étais sauvée encore une fois par vous. »

— Et surtout grâce à Coquelicot, car s'il eût tardé de quelques minutes, je crois bien que c'en était fait de nous deux.

— Oui, je me souviens de tout, et le nom de votre ami n'est jamais sorti de ma mémoire. En vous aidant aujourd'hui à le délivrer, je ne fais que m'acquitter d'une partie de ma dette.

« Si vous n'avez complètement oublié les détails de cette scène, vous devez vous souvenir qu'en vous voyant miraculeusement soustrait au danger terrible qui vous menaçait, je me suis enfuie sans même vous remercier de votre chevaleresque intervention.

« Vous avez pu me croire ingrate, mais je ne l'étais cependant pas. Je n'avais pas osé vous parler de peur de trahir mon secret ; je vous aimais comme vous ne l'avez jamais été peut-être, et j'avais peur que cet amour ne fît qu'exciter votre dédain. »

— Maintenant, demanda Gaspard de Besse en saisissant la main mignonne de la reine et en la couvrant de baisers, vous avez sans doute chassé de votre cœur cette affection. Vous êtes trop belle pour n'avoir pas été ardemment aimée, et peut-être avez-vous aimé aussi ?...

— Votre image était trop profondément gravée dans mon cœur pour en être effacée. Lorsque la mort de mon père fit passer dans mes mains son pouvoir, et que ma tribu, décimée dans une fatale journée par les troupes royales, vint grossir l'armée des gueux de Marseille, je voulus savoir ce que vous étiez devenu.

« Ce ne fut point sans peine que mes émissaires purent retrouver votre trace, mais, depuis le jour où ils découvrirent que mon sauveur était devenu le terrible et généreux capitaine qui règne sur les campagnes et les bois de la Provence, j'ai toujours été exactement au courant de vos actions.

« J'ai su que, comme autrefois, vous étiez courageux, terrible pour les puissants et bon pour les faibles ; que les oppresseurs du peuple n'avaient pas de plus terrible ennemi que vous, tandis que jamais les malheureux ne vous imploraient en vain.

« J'ai appris, enfin, l'arrestation de Coquelicot, les projets que vous formiez pour son salut, et j'ai voulu vous voir pour vous dire que la reine des gueux se souvenait et n'était pas ingrate. »

— Et de tous les sentiments qu'éprouvait autrefois l'enfant, la reconnaissance est-il le seul qui ait survécu chez la femme ?

— Que voulez-vous dire ? répondit-elle en rougissant et en détournant légèrement la tête comme pour se soustraire à la fascination de son regard ardent.

— Ne me comprenez-vous point, et faut-il que je vous dise que cet amour que j'avais été assez heureux pour vous inspirer, je viens de le puiser à mon tour dans vos beaux yeux, dans la contemplation de votre beauté, dans la douce musique de votre voix, dans le charme irrésistible qui se dégage de tout votre être !

— Dis-tu vrai, mon sauveur, mon maître! Suis-je assez heureuse pour être aimée de toi, moi qui me fus contentée d'être ton esclave! J'avais rêvé, étant enfant, de déposer un jour à tes pieds une immense fortune ou quelque redoutable puissance. Je suis riche et mon pouvoir est absolu, l'un et l'autre sont à toi !

— J'accepte l'alliance que tu m'offres ; elle met sous mes ordres une redoutable armée qui m'aidera à rendre la liberté à un ami éprouvé, à un soldat intrépide qui a combattu si souvent à mes côtés; mais tout cela ne me semble rien à côté de ce que tu ressentais pour moi autrefois... Dis-moi qu'une faible part de ce sentiment si puissant et si doux a survécu en toi !...

— Il y est encore tout entier, car je t'adore !...

A peine cet aveu eut-il jailli de ses lèvres qu'elle cacha sa tête dans ses mains et éclata en sanglots.

Gaspard de Besse l'attira doucement à lui, écarta ses mains si délicates et tarit sous des baisers de feu la source de ses larmes.

Elle ne lui opposait aucune résistance et, à demi pâmée, s'abandonnait à ses caresses. Ses beaux yeux se voilaient à demi sous leurs longs cils et leur regard languissant s'éteignait par degré sous les enivrantes sensations qui lui étreignaient le cœur.

Ses lèvres humides effleuraient les lèvres de son amant et elle lui donna son âme dans un long baiser.

CHAPITRE XXXIII

Le bal de l'intendant

Monsieur des Galois de la Tour, marquis de Saint Aubin, vicomte de Glené, intendant de Provence, était un haut, puissant et riche personnage qui n'avait que deux petits travers : un orgueil immense et une énergie indomptable pour pressurer le menu peuple. Il en résultait que la populace le détestait, ce dont il ne se souciait que fort médiocrement, et que les habiles gens savaient toujours trouver quelque moyen de puiser dans sa bourse en lui disant qu'il était le plus généreux et le plus magnifique seigneur de France.

Mme des Galois de la Tour, qui partageait les titres et les qualités de son mari

— Par ma foi, cette sorcière et ce défenseur du saint sépulcre me font l'effet de s'entendre
à merveille. (272.)

et dont les armes n'étaient point indignes de figurer à côté de celles de son illustre
époux, car elle appartenait à une famille dont on disait: « qu'elle était aussi
ancienne que les roches de la Provence, » ne tirait pas la même vanité ni de sa
noblesse, ni de sa fortune.

Conduite toute jeune à la cour, elle avait passé les premières années de son
mariage avec M. de Bourbelles — car M. des Galois de la Tour ne l'avait épousée
qu'après son veuvage, — dans un monde pour qui le plaisir était la grande affaire
et qui cachait avec une grâce charmante sa morale facile et ses mœurs plus faciles
encore, sous cette exquise politesse qui savait toujours sauver les apparences,
même dans les cas où elles étaient le plus gravement compromises.

Toute jeune, à l'âge où le cœur des jeunes filles commence à s'épanouir, Mme des Galois de la Tour, qui était alors Mlle Marguerite de Cadenac, avait senti le petit dieu malin lui décocher une de ses flèches, pour parler la langue des poètes des ruel'o:.

Cet amour n'était point banal, et aucune des amies de Mlle de Cadenac n'avait certainement donné pour la première fois son cœur dans des circonstances aussi étranges.

M. de Cadenac et sa fille se rendaient dans une de leurs terres et, comme la chaleur était insupportable, ils étaient partis en chaise de poste à la tombée de la nuit de façon à arriver à leur château quelques heures après le lever du soleil.

Il faisait nuit depuis longtemps, quand la voiture s'engagea dans le bois de Cuges.

Le ciel était sombre et les lanternes de la chaise de poste traversaient des ténèbres profondes ; pas une étoile ne brillait.

Les voyageurs étaient peu à leur aise dans ce bois, que les exploits des bandits n'avaient rendu que trop célèbre. Le père et la fille se rappelaient, bien malgré eux, les lugubres récits d'assassinats et d'arrestations à main armée qui avaient cours.

Les domestiques partageaient cet effroi ; aussi le postillon se mit-il à siffler crânement une marche guerrière, preuve éclatante qu'il avait peur et cherchait à se donner du courage.

Tout à coup les chevaux se cabrent, une masse noire semble se détacher de la route et le canon d'un fusil luit sous les feux des lanternes.

— Nous sommes perdus ! s'écrie le postillon qui, à cette vue, avait cessé son harmonieux sifflement.

A ce cri, Marguerite se jette dans les bras de son père qui cherche vainement à la rassurer.

Le bois s'illumine, des torches s'allument, et l'on voit, à leur lueur rougeâtre, que la voiture est entourée par une troupe de gens armés.

— Halte-là ! s'écria le bandit qui avait saisi les chevaux par la bride ; postillon, descends.

Le pauvre diable obéit en tremblant.

On ouvre la portière de la voiture, et Marguerite ne peut que s'écrier :

— Oh ! grâce... grâce de la vie au moins !

— Mademoiselle, ne craignez rien, fit celui qui paraissait commander, il ne vous sera fait aucun mal.

— Ah ! sauvez-nous ! dit Marguerite en pleurant... sauvez mon père !

— Vous n'avez rien à craindre, je vous le jure, répondit le bandit en lui prenant la main pour l'aider à descendre.

On s'empara des valises des voyageurs qui, en outre, furent obligés de donner leurs bourses.

A ce moment, un des brigands chercha s'emparer d'une bague qu'il avait vue étinceler au doigt de la jeune fille.

Marguerite le supplia, en pleurant, de lui laisser ce bijou qui était un souvenir de sa mère ; mais, ni ses larmes, ni ses prières ne purent le fléchir, et le voleur enleva de force cette bague qu'elle lui disputait en poussant des cris déchirants.

Ces cris furent entendus.

Un homme s'élança hors du bois, écarta les bandits, et demanda d'une voix brève ce que signifiait cette scène.

Quand il eut appris de quoi il s'agissait, il arracha l'anneau des mains du brigand et, d'un coup du pommeau de son épée, l'envoya rouler sur la route.

Puis, posant un genou à terre :

— Permettez-moi, mademoiselle, je vous en supplie, de remettre cet anneau à votre doigt.

Et portant ensuite la main de Marguerite à ses lèvres, il la baisa respectueusement.

A la vue de cette action de leur chef, la bande applaudit et la forêt fut ébranlée des cris de :

— Vive notre capitaine ! Vive Gaspard de Besse !

— Maintenant, ordonna celui-ci, qu'on apporte les valises appartenant à cette demoiselle et aux personnes qui l'accompagnent ; que nul ne les ouvre et qu'on les recharge sur la chaise de poste !

Après quoi, il salua respectueusement Mlle de Cadenac et ordonna à ses hommes de livrer passage à la voiture.

L'image du hardi aventurier qui lui était apparue un instant à la clarté rouge des torches, resta gravée dans la mémoire de la jeune fille.

Elle revit bien souvent par la pensée, cette tête audacieuse et fière, ces yeux qui lançaient des éclairs quand Gaspard avait si rudement châtié le bandit et qui s'étaient ensuite fixés avec une expressive douceur sur elle, lorsqu'il s'était agenouillé pour lui rendre sa bague.

Elle avait soupiré bien des fois, en pensant qu'une demoiselle de Cadenac ne pouvait se donner à un capitaine de brigands.

— C'était vraiment dommage, se disait-elle, car il était si beau, si brave et si séduisant !

L'image de Gaspard de Besse, sans s'effacer complètement de son cœur, y fut pourtant un peu éclipsée par un charmant cavalier qu'elle rencontrait souvent dans ses longues promenades à cheval.

Jeunes et beaux tous deux, ils en vinrent vite à s'aimer et à se le dire. Cette fois, il ne s'agissait pas d'un chef de bandits, et Marguerite put espérer que son père ne refuserait pas de ratifier les serments qu'ils avaient échangés.

Malheureusement, si ce jeune gentilhomme était de bonne maison, sa fortune était moins brillante que son nom, seul héritage qu'il eût reçu de ses ancêtres. M. de Cadenac jugea que c'était insuffisant.

Aussi, lorsque Marguerite lui eut fait l'aveu de son amour, il jugea prudent de l'éloigner d'un si dangereux voisinage et il l'emmena à Paris, sans lui laisser le temps de dire un dernier adieu à son amant.

La jeune fille sentit son cœur se briser, et crut sincèrement que tout bonheur lui était à jamais interdit. Avoir aimé deux hommes, et n'avoir pu épouser ni l'un ni l'autre, n'était-ce pas une preuve certaine qu'une mauvaise étoile étendait sur elle son influence pernicieuse.

Aussi refusa-t-elle obstinément d'assister aux fêtes de la cour et mena-t-elle d'abord une vie triste et solitaire.

Parmi les personnes qui venaient fréquemment rendre visite à son père, se trouvait M. de Bourbelles, un vieux gentilhomme fort ami de M. de Cadenac, à qui il avait, grâce à son crédit, rendu d'importants services. Il fut frappé de la profonde tristesse de Marguerite et se sentit attiré vers elle par une tendre pitié.

De son côté, la jeune fille avait deviné dès les premiers jours qu'elle avait en lui un allié.

Elle se montra de plus en plus communicative avec le comte de Bourbelles qui, séduit par cette grâce et cette beauté dont l'empire s'imposait à tous, conçut pour elle une affection toute paternelle.

Il n'eût certainement jamais songé à lui demander sa main sans une circonstance qui vint modifier brusquement toutes ses résolutions.

Un jour, M. de Cadenac annonça à sa fille qu'il attendait le lendemain une de ses proches parentes, Mme la chanoinesse de Forbin, qui venait passer quelques semaines auprès de lui, avec son neveu Jacques de Serdan.

Le lendemain, en effet, la digne dame arriva escortée de son mauvais sujet de neveu dont elle raffolait.

Celui-ci, ruiné par le jeu et la débauche, cherchait à refaire sa fortune et avait su intéresser sa tante à ses desseins, en affectant le plus profond repentir de ses erreurs passées.

Après avoir longuement et soigneusement passé en revue les héritières que de Serdan pourrait épouser, la tante et le neveu avaient arrêté leur choix sur Mlle de Cadenac.

C'était donc un assaut en règle qu'ils allaient livrer à la fortune du gentilhomme provençal.

L'impression que de Serdan produisit sur la jeune fille fut loin de lui être avantageuse, et, de son côté, de Bourbelles éprouva une sorte de répulsion instinctive à l'égard de cet hypocrite débauché.

Quant à M. de Cadenac, il fit de très sérieuses objections au projet de la chanoinesse, et lui observa que son protégé était complètement ruiné.

A cela, la bonne dame répondit que, le jour du mariage, elle l'instituerait par contrat son unique héritier.

M. de Cadenac aurait eu encore bien d'autres motifs de s'opposer à ce mariage, mais il craignait que son jeune voisin ne finît par quitter la Provence et venir à Paris ; il savait que sa fille l'aimait toujours et, comme il redoutait de jouer gros jeu s'ils venaient à se revoir, il se rendit assez facilement aux raisons que la chanoinesse lui donna.

Lorsqu'il fit part de cet arrangement à Marguerite, celle-ci se mit à pleurer. Puis, ses yeux se couvrirent d'un nuage et elle tomba presque sans connaissance sur un fauteuil.

M. de Cadenac fut effrayé de l'effet produit par ses paroles, et, lui prenant doucement la main, lui dit :

— Qu'avez-vous, mon enfant ?

— J'ai que je mourrai, si vous me contraignez à épouser M. de Serdan.

— Je ne vous oblige pas à le prendre pour mari ; je dois seulement vous faire remarquer qu'il est temps que vous vous décidiez à accepter pour époux un des nombreux gentilshommes qui m'ont déjà demandé votre main.

— Mais, mon père...

— Je suis vieux, ma fille, et je ne veux pas quitter ce monde sans vous voir unie à un mari qui veillera sur vous lorsque je ne serai plus là.

— Mon père, je n'épouserai ni M. de Serdan ni un autre. J'ai donné mon cœur, engagé ma foi et ne puis la trahir.

— Oh ! encore ces folies ! s'écria Cadenac en repoussant brusquement sa fille.

Il arpentait la chambre à grands pas, rouge de colère, serrant convulsivement les poings.

Peu à peu, ses traits contractés par la fureur reprirent une expression plus calme, la flamme de son regard s'éteignit et, s'arrêtant devant Marguerite qui attendait anxieusement son arrêt, il lui dit :

— Vous épouserez Jacques de Serdan, parce que je le veux ; prenez garde de me désobéir. Vous avez dit que vous étiez liée à un autre gentilhomme par des serments ; mon épée, s'il le faut, tranchera ces liens !

En entendant cette menace, Marguerite s'évanouit de nouveau.

Lorsqu'elle revint à elle, son premier soin fut d'envoyer chercher le comte de Bourbelles.

Il ne tarda pas à venir et, rapidement, elle le mit au courant des projets de son père.

— Ce Jacques de Serdan, dit le comte, me semble un fort vilain drôle et il ne me revient pas du tout. Si j'avais seulement dix ans de moins, je couperais les oreilles à ce coureur de dots, malheureusement, je n'ai plus l'âge où l'on va sur le pré. Il faut donc trouver autre chose. Faire revenir votre père sur sa détermination me paraît impossible ; il y aurait un seul moyen de...

— Dites, dites.

— Voulez-vous devenir comtesse de Bourbelles ?

En entendant cette étrange proposition, Marguerite devint toute pâle.

— Hélas ! voilà l'effet que je produis maintenant, dit le comte en souriant ; rassurez-vous, mon enfant, je ne suis pas assez fou pour vous proposer de devenir tout à fait ma femme. Il faut vous délivrer d'un danger pressant, de continuelles obsessions ; pour cela, il n'est qu'un moyen : vous arracher à l'autorité de votre père et vous placer sous la mienne. Allez, ma mignonne, je serai un despote peu exigeant. Je vous offre donc le nom de comtesse de Bourbelles, mais le nom seulement ; je ne serai pour vous que le vieil ami que vous daignez un peu aimer et qui vous chérit comme si vous étiez sa fille.

— Oh ! s'écria Marguerite, les yeux pleins de larmes, vous êtes le meilleur des hommes.

— Bon ! bon ! dit de Bourbelles, où est l'heureux temps où les femmes me traitaient de cruel ?

Le jour même, le comte demanda à M. de Cadenac la main de sa fille.

Celui-ci se montra fort surpris et voulut refuser en alléguant ses engagements avec la chanoinesse.

— Voyons, dit de Bourbelles ; jouons cartes sur table. Votre futur gendre est ruiné, vous me l'avez dit ; c'est un débauché et je le tiens, en outre, pour un hypocrite coquin. Si vous lui donnez votre fille, c'est que vous avez de puissantes raisons pour vouloir la marier. Ces motifs, je ne veux pas les connaître, persuadé qu'ils ne peuvent être qu'honorables et justes ; mais, je vous ferai remarquer que vous arriverez au même but si je l'épouse ; vous aurez, en outre, un honnête gentilhomme pour allié et vous éviterez les remords que vous causerait la mort de Marguerite qui ne survivrait pas à son mariage avec de Serdan.

M. de Cadenac demeura quelques instants sans répondre. Certaines considérations subitement entrevues plaidèrent secrètement en faveur du comte, et il finit par lui tendre la main en lui disant :

— Qu'il soit fait comme vous le désirez, vous serez l'époux de ma fille !

La chanoinesse, en apprenant qu'il lui fallait renoncer à ses projets, quitta subitement l'hôtel et retourna, fort courroucée, dans ses terres, en emmenant avec elle son aimable neveu.

Le mariage fut promptement célébré.

On railla fort l'humeur amoureuse du vieux comte, et plus d'un jeune galant se promit de braconner sur ses terres.

M. de Bourbelles qui, depuis quelques années, vivait fort retiré, monta sa maison sur un grand pied, présenta sa jeune femme à Versailles ; la conduisit dans toutes les maisons où il allait autrefois et, lui laissant toute liberté de recevoir et de voir qui bon lui semblait, se montra le mari le plus accommodant du monde.

— Ma chère enfant, dit-il un jour à Marguerite, ce n'est que pour vous que je retourne à la cour et dans ce monde d'où je m'étais retiré depuis longtemps. Ces plaisirs ne sont plus de mon âge et toutes ces fêtes, tous ces bals, tous ces soupers, qui vous amusent tant, ne font que me fatiguer. Je ne veux pas vous en priver, mais, souffrez que que je ne m'impose pas une existence trop active qui achèverait de ruiner mes forces. J'ai eu soin de vous présenter partout, et il suffit qu'on nous ait vus ensemble pour que je puisse me dispenser d'y retourner. Ma nièce, qui est veuve, vous servira fort bien de chaperon, elle est encore assez jeune pour se montrer plus intrépide que moi. Elle vous accompagnera désormais.

— Mais...

— Oui, je sais ; vous allez me dire que vous êtes prête à rester auprès de moi et à partager ma retraite. Je ne le veux pas ; ce serait cruel de ma part et cela me donnerait, en outre, un ridicule que je tiens à éviter. Vous êtes jeune, jolie ; amusez-vous et laissez vous faire la cour. La seule recommandation que je veuille vous adresser, et que je vous prie de prendre en considération, c'est de ne point faire de moi un mari dont on se moque.

— Je vous jure...

— Vous allez me jurer que vous serez la plus fidèle des épouses ; je veux bien le croire, mais il n'est point besoin pour cela de serments. Si j'étais jaloux à mon âge, cela prêterait à rire et je ne veux pas qu'on rie à mes dépens. Prenez donc tous les plaisirs que peut se permettre une honnête femme, en n'oubliant jamais, quoi qu'il arrive, que le nom de Bourbelles a toujours été dignement porté. Mais voilà un bien long sermon et vous allez dire que je radote.

Marguerite profita de la permission et s'amusa beaucoup.

Fut-elle fidèle à son mari? Nous n'oserions l'affirmer, mais elle respecta sa volonté, et jamais, si elle fit des heureux, on ne put prononcer le nom de ses amants.

Au bout d'un an, M. de Cadenac mourut en quelques heures d'une chute de cheval.

Quant au comte de Bourbelles, il déclinait rapidement. Mais, pendant les longues nuits qui précédèrent sa mort, il vit à toute heure auprès de son chevet sa jeune femme qui veillait sur lui et s'efforçait d'adoucir ses souffrances.

Ce fut la main dans sa main qu'il mourut, et ses dernières paroles furent une bénédiction pour son ange gardien.

Pendant un an, Marguerite demeura enfermée dans le château de Bourbelles, ne voulant pas songer à son ancien amour, avant que son veuvage lui eût donné le droit de reparaître dans le monde.

Au bout de cette année, elle vint habiter le château de Cadenac.

Riche de la fortune de son père et de celle de son mari, entièrement libre, elle pouvait se marier à son gré, et épouser celui qu'elle avait aimé malgré sa pauvreté.

Mais, le jeune gentilhomme avait été moins fidèle à ses serments que Marguerite ne l'avait espéré. Il était marié depuis plusieurs mois avec la fille d'un petit hobereau, et attendait de jour en jour la naissance de son premier enfant.

M. des Galois de la Tour se présenta alors. Il était riche, avait une grande charge et paraissait d'humeur à laisser sa femme maîtresse de vivre à sa guise.

Ces diverses considérations déterminèrent Marguerite à lui accorder sa main.

Elle n'eut, du reste, jamais lieu de s'en repentir. Trop orgueilleux pour pouvoir supposer que la femme qui avait l'honneur de porter son nom, pût porter ses regards sur quelque galant, il ne conçut jamais la moindre jalousie et ne témoigna pas le moindre soupçon.

Elle aimait les fêtes; elle lui en fit donner de splendides en lui disant qu'un homme de sa condition et de sa fortune devait éclipser les autres seigneurs de Provence.

Comme le surintendant Fouquet, il rêva en effet de surpasser en fastes et en richesses tout ce qui avait été fait avant lui.

L'occasion lui fut offerte par l'inauguration de son hôtel de Marseille. Il dépensa des sommes folles et parvint à éblouir ses invités.

Nous pénétrons dans le bal au moment où il a atteint toute son animation.

Dans un des salons, somptueusement décoré, plein de lumières et ouvrant sur une vaste galerie, quelques jeunes gentilshommes sont réunis autour d'une table et se reposent des fatigues de la danse en sablant du champagne.

A côté d'eux, les bouteilles reposent entourées de glace, dans de grands vases d'argent. Les nobles invités viennent d'ôter leurs masques pour boire plus à l'aise.

— Allons, dit l'un d'eux, encore un verre à la santé de ta belle, Malvalat!

— De ma belle! tu railles, d'Antibes; depuis quand m'as-tu vu enchaîné au char d'une seule beauté?

— Soit; à la santé de tes belles, alors.

— Ah ! s'il me fallait vider mon verre en l'honneur de chacune d'elles, toutes ces bouteilles ne suffiraient pas.

— Peste ! tu es un vaillant jouteur.

— Je fais de mon mieux, répondit modestement Malvalat.

— Pourrais-tu me dire si, parmi tes nombreuses victimes, est inscrite cette charmante bohémienne ?

— Ma foi, je l'ignore, la belle est masquée.

— Je suppose, cependant, que tu ne reconnais pas tes maîtresses qu'à leur visage ?

— Sans doute.

— Tu ne me parais pas en être bien sûr. Quant à moi, j'observe depuis longtemps cette séduisante fille de Bohême et cet intrépide chevalier qui porte le signe des croisés ; il me paraît apporter un grand zèle à la conversion de cette charmante infidèle, si j'en juge d'après sa pantomime animée.

— Par ma foi, cette sorcière et ce défenseur du saint sépulcre me font l'effet de s'entendre à merveille.

— Ne serait-ce point le marquis d'Arène ? Il a sa taille et son allure.

— C'est fort possible, mais le croisé m'intéresse peu, tandis que sa compagne...

— L'heureux coquin ! voyez comme il la serre de près.

— Je crois que c'est Mᵐᵉ d'Orbeval, dit d'Aiglun.

— Sans connaître autant de beautés que Malvalat, répondit de Sipières, je puis t'affirmer que tu as deviné.

Pendant ce temps, le marquis d'Arène et Mᵐᵉ d'Orbeval continuaient à voix basse cette conversation qui paraissait intriguer à un si haut degré les jeunes gentilshommes qui les observaient.

— Ne voulez-vous pas me dire votre nom, cruelle ? demandait d'Arène.

— Non, monsieur le croisé.

— Me laisserez-vous au moins admirer votre visage ?

— Encore moins.

— Je baise vos petites mains et je les trouve charmantes, mais je ne les reconnais pas.

— Je l'espère bien ; pour qui me prenez-vous donc ?

— Pour le plus charmant et le plus malin petit démon qui soit chargé de nous tourmenter.

— Je n'y songe guère, pourtant.

— Mais, puisque vous êtes bohémienne, c'est-à-dire sorcière, ne devinez-vous pas quel est mon plus ardent désir ?

— La preuve que je ne suis pas sorcière, c'est que je l'ignore.

— Il suffit que vous soyez femme pour comprendre qu'un baiser de cette jolie bouche...

— Jamais !

— C'est un arrêt bien cruel.

— La seule faveur que je vous accorde, c'est d'être mon cavalier à la prochaine danse.

Cette exclamation lui était arrachée par l'apparition d'un grand bonôt déguisé
en Cupidon. (Page 273.)

— Merci mille fois, ma jolie bohémienne. Mais j'entends l'orchestre qui pré-
lude ; venez et ne retardez pas l'instant de mon bonheur.

— Tiens ! ils s'en vont ! s'écria Malvalat. Ah ! Grand Dieu ! Qu'est-ce que
cela ?

Cette exclamation lui était arrachée par l'apparition d'un grand benêt déguisé
en Cupidon, avec un carquois garni de flèches, et tenant à la main un arc gigan-
tesque qui semblait l'embarrasser beaucoup.

— Comment ! qu'est-ce que c'est ? dit l'Amour en enlevant son masque.

— Mais c'est d'Orbeval ! s'écria de Sipières ; d'Orbeval en Cupidon !

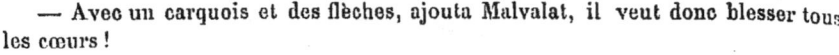

— Avec un carquois et des flèches, ajouta Malvalat, il veut donc blesser tous les cœurs !

— Trêve de plaisanteries ! dit d'Orbeval. Messieurs, n'auriez-vous pas vu ma femme ?

— Mais voyez donc cette tournure, continua de Malvalat en riant aux éclats ; admirez cette grâce digne du fils de Vénus !

— Messieurs, je vous en prie, dites-moi où est ma femme, ma femme que je ne retrouve plus ?

— Quel costume a-t-elle revêtu, ô mon Amour ?

— Un costume de bohémienne.

— Ah ! c'est bien cela, de Sipières avait raison, c'était Mme d'Orbeval !

— Que voulez-vous dire ?

— Que ta chaste épouse, cher **Cupidon**, était tout à l'heure avec un cavalier que tu as blessé de tes traits.

— Et où sont-ils maintenant ?

— Ma foi, mon cher, nous l'ignorons, et, si nous le savions, nous ne le le dirions pas.

— Et pourquoi cela ?

— Parce que les maris sont nos ennemis ; que nous avons juré de tout faire pour les perdre, c'est-à-dire pour leur faire perdre le cœur de leurs femmes, et que nos statuts nous interdisent de les aider à les retrouver.

— Cherche, cherche, mon bon, et surtout tâche de ne pas arriver trop tard.

L'infortuné et jaloux d'Orbeval sortit au milieu des éclats de rire des jeunes gentilshommes, qui le suivirent pour voir quelle serait l'issue de cette chasse à l'amant.

Lorsque Cupidon pénétra dans les grands salons de l'hôtel qu'encombrait la foule des masques, il reconnut bien vite qu'il aurait fort à faire pour retrouver sa trop volage épouse.

Une foule bariolée s'agitait joyeusement sous les lumières des grands lustres qui faisaient miroiter les riches étoffes, scintiller les diamants ; des seigneurs de tous les âges et de tous les pays faisaient leur cour à de hautes et puissantes dames, à de simples bergères, à des divinités de l'Olympe ou à de séduisantes paysannes au minois chiffonné.

Selon qu'ils étaient venus pour nouer quelque intrigue ou dans le secret espoir d'être intrigués, ou bien qu'ils n'eussent aucune envie de courir quelque galante aventure, les uns avaient conservé ou enlevé leurs masques. Peu de femmes, cependant, se montraient à visage découvert, car elles savaient à merveille quel charme piquant leur assurait le mignon loup de velours qui ne laisse apercevoir que la bouche rieuse, les yeux étincelants, et permet à l'imagination le soin de compléter le reste.

Les sorcières et les bohémiennes étaient nombreuses. D'Orbeval perdit beaucoup de temps à les passer en revue.

Chaque fois qu'il en apercevait une, il se glissait à travers les danseurs pour l'examiner de plus près, mais il ne tardait pas à se convaincre qu'aucune d'elles ne ressemblait à sa femme.

Il crut enfin la reconnaître, et il allait l'atteindre lorsque, dans sa précipitation, il alla donner de la tête contre un gentilhomme masqué qui venait en sens inverse.

Celui-ci le repoussa rudement :

— Corbleu ! monsieur, lui dit-il, ne sauriez-vous regarder devant vous et ne vous point jeter sur les gens !

— Excusez-moi, mais j'avais cru apercevoir ma femme, et...

— Vous avez peur qu'elle ne mette pas un égal empressement à vous rejoindre ; je comprends cela, mais ce n'est point une raison pour vous précipiter sur moi comme un étourneau.

— Ah ! si vous saviez...

— Je sais fort bien que l'Amour est aveugle, et vous représentez l'Amour ; mais si vous vouliez invoquer cette excuse, et tout au moins compléter votre costume, il fallait mettre un bandeau sur les yeux.

— Mais, monsieur, voilà une heure, c'est-à-dire depuis que nous sommes arrivés, que je ne vois plus Mme d'Orbeval !

— Que voulez-vous que j'y fasse ?

— J'avais eu cependant bien soin de regarder son costume afin de le reconnaître.

— La précaution était bonne.

— Peste soit du bal masqué !

Cette exclamation fut accueillie par un formidable éclat de rire.

Les danseurs, attirés par le bruit de cette altercation, environnaient le pauvre d'Orbeval qui les avait mis bien involontairement, sans doute, au courant de ses malheurs conjugaux, et de ses inquiétudes jalouses.

Mais, si les hommes ne pensaient qu'à railler le mari inquiet, les femmes regardaient surtout son interlocuteur.

Celui-ci portait un pourpoint de velours foncé, à broderies d'argent, qui faisait admirablement ressortir un gilet de satin blanc, plus richement brodé encore et couvert de diamants ; à son côté pendait une épée dont la garde d'argent était finement ciselée et le fourreau tout constellé de pierreries.

Ce costume, d'une richesse princière, faisait admirablement ressortir sa taille élégante et admirablement prise.

Un petit frémissement d'admiration courut dans le groupe féminin et le bel inconnu reçut plus d'une œillade assassine. Mais le feu de cette galante artillerie ne parut point le troubler, et, laissant là d'Orbeval, il prit le bras de l'ami qui l'accompagnait et poursuivit sa promenade à travers les salons.

Ce compagnon, coiffé d'un chapeau pointu, recouvert d'une longue robe noire toute constellée de signes bizarres, était évidemment un magicien.

Une mignonne bergère lui barra la route, et, lui tendant sa main, le pria de lui dire la bonne aventure.

— Volontiers, ma charmante, et voici mon horoscope : vous êtes jeune, jolie et sensible ; on vous aime, on vous aimera, et, comme vous avez le cœur trop tendre pour faire des malheureux, vous ne serez jamais cruelle, mais vous ne serez non plus jamais un modèle de fidélité.

— Ma foi, s'écria de Malvalat, en saisissant d'Orbeval au passage et en l'amenant au milieu du cercle qui s'était formé autour du sorcier, voici précisément la seule personne qui puisse te dire où est ta femme.

— Ah ! monsieur le nécromancien, vous me rendriez un très grand service.

— Et qui me coûtera peu. Il n'y a qu'un instant, une jolie bohémienne...

— C'est elle !

— Silence, d'Orbeval, on n'interrompt pas les devins.

— Une jolie bohémienne écoutait avec beaucoup de complaisance les madrigaux d'un croisé.

— Mais c'est qu'il est véritablement sorcier, s'écria Malvalat.

— Elle a fini par lui donner sa main à baiser.

— Oh ! la perfide ! soupira d'Orbeval.

— Et maintenant...

— Maintenant, elle écoute les déclarations enflammées d'un jeune troubadour, mais elle ne lui donne pas sa main à baiser...

— Ah !

— Elle lui tend avec beaucoup de grâce sa joue veloutée et...

D'Orbeval, ne voulant pas en entendre davantage, se précipita comme un fou hors du salon.

— Ma foi, dit Malvalat en riant, l'envie me prend de me faire dire ma bonne aventure.

Le sorcier prit sa main, l'examina attentivement et lui dit :

— Corbleu ! monsieur, vous avez la tête dure.

— Vous croyez, sans doute, parler encore à ce pauvre d'Orbeval.

— Quel coup de pommeau d'épée ! Vous voilà roulant sur la grand'route aux pieds du cheval que vous veniez d'arrêter. Un autre en fût mort, mais je vous conseille de ne plus courir semblable aventure. Prenez garde aux femmes des orfèvres !

— C'est Satan en personne ! s'écria Malvalat qui avait pâli.

Bien qu'on n'eût rien pu comprendre aux allusions que venait de faire le sorcier à la tentative d'enlèvement dont Pauline Roux avait failli être la victime, on avait cependant remarqué l'émotion que Malvalat n'avait pu dissimuler, aussi personne ne parut plus disposé à se faire dire la bonne aventure.

Les femmes regardaient avec effroi ce devin dont elles avaient voulu d'abord s'amuser, et aucune d'elles ne parut désireuse de le consulter.

Le sorcier promena son regard tout autour de lui et, ayant aperçu une jeune fille qui se tenait à l'écart et ne semblait prendre aucun intérêt à ce qui se passait autour d'elle, il s'en approcha, et, la saluant respectueusement, il lui dit :

— N'êtes-vous point désireuse, ma jeune nymphe, de connaître les secrets de votre avenir ?

Sans lui répondre, elle lui tendit la main.

— Les lignes sont heureuses, murmura le devin, mais une seule me fait peur ; vous aimez, vous êtes aimée, et rien ne s'opposerait à votre bonheur si...

Les curieux s'étaient approchés du devin pour entendre cette nouvelle prédiction ; mais le sorcier acheva sa phrase à l'oreille de la jeune fille qu'on vit tressaillir et fixer sur le nécromancien des regards épouvantés.

— Mademoiselle d'Arène, avait dit celui-ci à voix basse, la fortune est bien souvent un obstacle au bonheur ; gardez-vous du poison de la marquise.

A peine avait-il prononcé ces paroles, que la marquise elle-même, le visage découvert, s'approcha du sorcier, et posant sa main sur son bras :

— Qu'avez-vous dit à cette enfant pour la troubler ainsi ?

— Rien que sa bonne aventure ; mais l'annonce du bonheur prochain trouble parfois aussi profondément une âme que peut le faire le malheur le plus terrible. Et vous, madame, ne désirez-vous point que je soulève le voile qui vous cache l'avenir ?

La marquise haussa dédaigneusement les épaules ; mais, sans se laisser déconcerter, le sorcier poursuivit :

— Vous portez le costume de cette grande et puissante Catherine de Médicis qui eut une si grande confiance dans la science des devins ; serez-vous plus incrédule qu'elle ?

— Je ne suis ni d'âge, ni de caractère à m'amuser de pareilles fadaises, monsieur Nostradamus ; allez compter à d'autres vos aimables sornettes.

— Vous ne ressemblez en rien, je le vois, à cette grande reine, et peut-être faut-il vous en louer, car si elle enrichissait les astrologues, elle ne se montrait pas moins généreuse envers les empoisonneurs.

La marquise pâlit sous son fard.

Le devin s'inclina respectueusement devant elle ; mais, en s'inclinant, il murmura à son oreille :

— N'est-ce pas, madame, que la poudre de succession était une invention heureuse ?

Nul n'entendit cette phrase, mais tout le monde fut frappé de l'altération subite des traits de la marquise.

— Qu'est ceci ? s'écria un gentilhomme qui portait sur sa poitrine un signe de croisé.

— C'est simplement, mon bon seigneur, un sorcier qui se mêle de dire aux gens leurs secrets ; si vous le désirez, il vous dira les vôtres.

— N'est-ce que cela, madame ? demanda le croisé en s'approchant de la marquise.

— Ce n'est que cela, en effet, monsieur.

Le seigneur lui offrit son bras pour la reconduire à la place qu'elle occupait auprès d'Adrienne ; elle l'accepta, et se penchant vers lui :

— Mon fils, lui dit-elle, il faut que vous sachiez quel homme se cache sous cette robe de sorcier.

— Vous le saurez, madame, répondit le marquis d'Arène.

Mais, lorsqu'il revint sur ses pas, le sorcier avait disparu.

Pendant que le marquis cherchait à le découvrir dans la foule, le devin et son compagnon s'étaient dirigés vers un petit boudoir écarté où nulle oreille indiscrète ne pouvait écouter leurs paroles.

— Par ma foi, dit le jeune seigneur dont l'élégante et fière tournure avait produit une si vive impression sur tant de cœurs, tu as, mon cher de Valors, admirablement joué ton rôle.

— J'ai fait de mon mieux, bien que l'éclat de cette fête m'ait d'abord un peu ébloui.

— Tu t'en es tiré à merveille ; mais la marquise a dû donner l'ordre de te suivre et de t'épier. Il ne faut pas qu'on te revoie.

— Et puis il est temps d'aller retrouver mes hommes.

— C'est juste ; tu te mettras à leur tête, et, lorsque sonnera le dernier coup de minuit, tu lanceras tes troupes contre cet hôtel.

— Tes ordres seront exécutés.

— Comme il faut tout prévoir, même l'impossible, convenons d'un signal pour le cas où quelque obstacle, surgissant au moment même où il ne serait plus temps de l'écarter, m'obligerait à renoncer à l'exécution immédiate de mon projet.

— C'est à toi seul qu'il appartient de donner un pareil ordre ; c'est donc de toi que devra venir le signal.

— Dans le cas où rien ne devrait être tenté cette nuit, un coup de pistolet tiré d'une fenêtre te donnerait le signal de la retraite. Tu ferais tous tes efforts pour arrêter l'élan des gueux et pour soustraire nos compagnons au danger qui les menacerait.

— Et toi ? Faudra-t-il t'abandonner ainsi ?

— Ne crains rien ; je ne porte point une épée de parade, et les poches de mon pourpoint renferment des pistolets. Mais, retire-toi, car voici le marquis d'Arène qui se dirige par ici, en donnant le bras à sa mère ; il ne faut pas qu'ils t'aperçoivent.

Les deux amis venaient à peine de franchir le seuil d'une porte qui donnait accès sur la grande galerie de l'hôtel, lorsque la marquise d'Arène et son fils pénétrèrent dans le salon où venaient d'être prises les dernières dispositions en vue des événements qui se préparaient.

— Ainsi donc, mon fils, vous n'avez pu rejoindre le nécromancien.

— Non, madame, mes amis le cherchent et il est impossible qu'ils ne le retrouvent pas. On saura l'obliger à enlever son masque et à se faire connaître.

— C'est bien, mais laissez-moi vous dire que je suis loin d'être satisfaite de votre conduite. Je vous avais recommandé de ne pas quitter Adrienne, de ne pas la perdre de vue un seul instant, et vous n'avez tenu aucun compte de mes désirs.

— Eh ! ma mère ! répondit le marquis avec impatience.

— Il en résulte que, vous absent, votre rival, profitant de la liberté du bal, se tient sans cesse auprès de votre cousine, malgré ma présence. Le chevalier de Mauléon...

— Faut-il le provoquer, ma mère ? Faut-il...

— Non, mon fils, non !... N'allez pas risquer inutilement votre vie, je vous le défends.

— Ah ! ce Mauléon, comme je le hais !

— Oui, parce qu'il est un obstacle à la prise de possession immédiate de la fortune des d'Arène, mais non parce qu'il est aimé d'Adrienne, car vous n'avez jamais eu un penchant bien vif pour votre cousine. D'ailleurs, il me semble que c'est à présent une triste joie que celle de régner sur son cœur.

— Que voulez-vous dire, ma mère?

— Je dis que le chevalier de Mauléon doit, quand il regarde celle qu'il aime, trembler pour ses jours:

— Ma mère!

— Eh quoi! n'avez-vous pas remarqué combien la santé d'Adrienne devient chancelante?

— C'est vrai... Son visage a pâli, ses yeux ont un éclat fiévreux...

— Vous vous en êtes aperçu, vous qui ne l'aimez pas; songez donc combien ces changements doivent alarmer un amant qui ne la voit qu'à de rares intervalles. Par moment, je me demande s'il est bien utile de vous faire épouser cette pauvre enfant, et, si avant sa majorité...

— Pas un mot!... on pourrait vous entendre!

— Nous n'avons donc, je le crois, qu'à veiller à ce qu'aucun enlèvement, aucun mariage secret ne vienne nous ravir cette fortune qui passera bientôt dans d'autres mains. Il faut, mon fils, que vous m'aidiez à faire bonne garde; mais surtout ne vous attaquez pas à Mauléon.

— Il sera ainsi fait, puisque vous le voulez.

— Vos amis tardent à nous amener ce sorcier maudit: je ne puis demeurer ici davantage, car mon absence laisse le champ libre à votre rival. Je vais rejoindre Adrienne, mais ne tardez pas à venir lui faire votre cour.

— Je vous le promets, ma mère.

Le marquis d'Arène allait se diriger vers la galerie, encombrée en ce moment de masques, lorsque Malvalat lui barra le passage, et, lui frappant sur l'épaule, lui dit:

— Eh! eh! mon cher d'Arène, tu ne sais pas que tu as un compte à régler!...

— Un compte?

— Oui, un compte long et embrouillé.

— Avec qui?

— Cherche.

— Je suis mauvais devin.

— Avec l'Amour, parbleu!

— Avec l'Amour... Es-tu fou?

— Ma foi, non; tiens, regarde monsieur.

En disant ces mots, il lui présenta d'Orbeval.

— Eh bien?

— Comment! tu ne vois pas que monsieur représente l'Amour?

— J'avais cru...

— L'erreur n'est pas possible, regarde ce carquois, ces flèches et ce costume... un peu léger.

— Je dois avouer que j'avais cru voir un sauvage.

— Un sauvage!

— Oui, un de ces Indiens que M. Marmontel a mis à la mode.

— Erreur, profonde erreur, mon cher ami. En te présentant monsieur, je ne te présente rien autre que l'Amour, *Eros, Cupido, Amor.*

— Si c'est pour faire étalage de ton érudition que...

— Ma foi, non.

— Que signifie cette plaisanterie ?

— Comment une plaisanterie ! s'écria d'Orbeval.

— C'est très sérieux, au contraire, dit Malvalat.

— Dans ce cas, expliquez-vous.

— En deux mots, voici l'affaire. Cupidon ici présent t'accuse d'une tentative de séduction sur la personne de son épouse ; il te reproche, en outre, de l'avoir retenue si longtemps auprès de toi, qu'il a perdu près de deux heures à la chercher.

— Son épouse !

— Oui, cette jolie bohémienne dont le doux regard prédisait un avenir si charmant au noble croisé.

— C'était la femme de monsieur ?...

— Ma propre femme.

— Eh bien ! tant pis pour vous, car elle a besoin d'être consolée !

— Ce qu'il faut, ce ne sont pas des consolations à Mᵐᵉ d'Orbeval, mais des excuses à son mari.

— Des excuses !... Mieux que cela, monsieur, si vous voulez un coup d'épée ?

— Un coup d'épée, merci ! s'écria d'Orbeval épouvanté, je préfère des excuses.

— Vraiment !

— Ces messieurs m'avaient dit...

— Sans doute que je ne me refusais jamais à rendre raison...

— Mais...

— Je suis à vos ordres, et tout prêt, si le cœur vous en dit, à en découdre à l'instant même.

— Oh ! non !... Oh ! non !... Je me déclare satisfait... Il ne manquerait plus que ça.

— Et, en disant ces mots, d'Orbeval épouvanté se retira en toute hâte.

— Ah ! ah ! ah ! J'admire la façon expéditive de mettre en fuite les maris récalcitrants !

— Voyons, Malvalat, n'est-elle point bonne ?

— Excellente ; tu prends leurs femmes, et tu les menaces ensuite de les pourfendre !

— De bonne foi, est-ce ma faute si cette piquante bohémienne a un semblable magot pour mari ?

— En aucune façon.

— Et si, ennuyée de voir toujours devant ses yeux ce grotesque personnage, elle cherche à les reposer sur quelque gentilhomme plus séduisant. Peut-on l'en blâmer ?

— Certes !

— Lequel de vous, étant ainsi distingué par une jolie femme, se serait conduit autrement que je ne l'ai fait ?

— Ce n'est certainement pas moi, dit Malvalat.

— Ni moi ! ni moi ! répétèrent avec non moins d'entrain de Sipières, d'Aiglun et d'Antibes.

— Tu en as menti, misérable!

— C'est qu'elle est ravissante la petite masque, et depuis que je connais son mari, je trouve si légitime son désir de se distraire des ennuis de son ménage, que je suis tout disposé à l'y aider.

— Tu reverras donc Mme d'Orbeval?

— Cela t'étonne?

— En aucune façon; nous savons bien que tu as un cœur pour aimer toutes les belles. Hier, c'était la comtesse, demain, ce sera la baronne; quand viendra donc le tour de ta fiancée?

— Rien ne presse, messieurs.

— Et la belle Pauline Roux? Tu ne nous as jamais dit comment se sont terminées tes amours avec la femme de l'orfèvre, tu nous dois cependant cette confidence, pour nous avoir entraînés dans cette belle entreprise que le sorcier me rappelait, il n'y a qu'un instant.

— La fin de cette aventure vous intéresse-t elle beaucoup?

— Ma foi, quand on a failli se faire casser la tête pour le compte d'autrui, on n'est pas fâché de savoir si cette petite mésaventure a pu au moins lui profiter.

— Eh bien, cette entreprise a eu le dénouement auquel on devait s'attendre et qu'elle aurait eu immédiatement sans le malencontreux personnage...

— Malencontreux est faible, c'est le démon lui-même qui a fondu sur nous et, de ma vie, je n'ai reçu un coup si terrible.

— Le démon, dans tous les cas, n'est pas apparu une seconde fois.

— Ce qui veut dire que tu as revu la belle, et que tu as vaincu?

— Parbleu!

A peine avait-il prononcé ces mots, que Gaspard de Besse, écartant d'un bras vigoureux Malvalat et d'Aiglun, marcha droit au marquis d'Arène:

— Tu en as menti, misérable! s'écria-t-il d'une voix que la colère faisait vibrer; Pauline Roux n'est pas la maîtresse d'un infâme tel que toi!

— Bas le masque! s'écria d'Arène pâle de fureur.

En disant ces mots, il voulut arracher le masque de l'inconnu, mais une main de fer saisit son poignet et le broya comme dans un étau.

— Marquis d'Arène, tu viens d'outrager une femme dont il ne t'est permis de parler qu'avec le respect le plus profond, car elle est aussi sainte et aussi pure que tu es indigne et méprisable.

— Démasque-toi pour que je sache si je dois t'accorder l'honneur d'un coup d'épée ou te faire mourir sous le bâton!

— Tu ne verras pas mon visage cette nuit, parce que cela ne se peut et que ton heure n'est pas encore venue, mais je te préviens que lorsqu'il t'apparaîtra, tu n'auras qu'à recommander ton âme à Satan... Au revoir, marquis d'Arène; au revoir, mes gentilshommes!

Repoussant avec force le marquis, il se perdit dans la foule des masques que venaient d'attirer les éclats de voix qui dominaient le bruit de l'orchestre.

— Messieurs, s'écria d'Arène en écumant de rage, il me faut la vie de cet homme!

CHAPITRE XXXIV

Le signal

Loin du bruit de la fête, loin du tourbillonnement du bal, Adrienne et René de Mauléon s'étaient réfugiés dans un ravissant petit boudoir, à demi éclairé, et où les accords de l'orchestre venaient expirer.

Adrienne, très souffrante, était à demi étendue sur un canapé ; mais le plaisir d'être auprès de son amant avait rendu leur éclat à ses joues si pâles, et son regard rayonnait de bonheur.

— Quelle joie, ma chère Adrienne, lui disait René, agenouillé à ses pieds, de vous voir, de passer avec vous presque toute une soirée, de pouvoir vous parler sans témoins et vous dire mille fois combien je vous aime.

— Je vous aime, moi aussi, René, et mon cœur vous appartient tout entier.

— Si cet homme, qui a l'impudence de se dire votre fiancé, osait vous disputer à moi aujourd'hui, si même il essayait encore de rendre plus courts ces deux instants...

— Eh bien ? interrogea Adrienne avec effroi.

— Je sens que je ne pourrais rester maître de moi-même.

— Ne parlez pas ainsi !

— J'ai pour lui, qui est la cause de toutes nos souffrances, tant de haine et de mépris !

— Vous voulez donc gâter toute la joie que j'éprouve ? Vous voulez donc que je craigne à chaque instant, en restant auprès de vous, que cette soirée ait un dénouement fatal ?

— Non, rassurez-vous.

— Je...

— Qu'avez-vous ? Mon Dieu ! s'écria Mauléon, en voyant la jeune fille défaillir.

— Une faiblesse subite, ce ne sera rien... Je vais déjà mieux... Je reviens à moi.

— Adrienne ! Adrienne ! ma bien-aimée... Ah ! comme elle pâlit !

— Ce n'est rien, vous dis-je, je...

Elle ne put achever ; ses yeux se fermèrent, sa belle tête se renversa et elle perdit tout à fait connaissance.

René, profondément troublé, n'ayant plus sa tête à lui, ne savait comment la rappeler à la vie.

Il se souvint qu'elle tenait à la main un flacon renfermant des sels et qu'elle l'avait laissé sur son fauteuil en quittant avec lui la salle du bal.

Il se précipita hors du boudoir pour aller le chercher.

Comme il sortait, Gaspard de Besse, qui s'était mêlé à la foule pour faire perdre sa piste à d'Arène et ne voulait pas qu'un éclat public vînt au dernier moment, déranger ses projets, aperçut ce boudoir désert et voulut s'y reposer un instant.

Il aperçut, dans la molle lueur de cette amoureuse retraite, une forme blanche étendue sur le canapé.

Il allait se retirer, lorsqu'un soupir poussé par la jeune fille le fit revenir sur ses pas.

Il s'approcha, et poussa un cri de terreur en reconnaissant Mlle d'Arène dans cette femme évanouie.

— Adrienne ! fit-il.

Ce cri tira Adrienne de sa léthargie.

— Oh !... murmura-t-elle, cette voix !...

— Ne craignez rien du plus dévoué de vos serviteurs.

— Vous !

— Oui, moi, qui suis effrayé, épouvanté... Avez-vous souvent de ces faiblesses ?... Comment celle-ci a-t-elle commencé ?

— J'étais avec le chevalier de Mauléon... Justement le voici...

René s'était arrêté sur le seuil du boudoir en apercevant Gaspard de Besse, et il n'avait pu maîtriser un mouvement de colère.

— C'est fini, tout à fait fini, mon cher René ; cette indisposition n'était que passagère. Voilà monsieur...

— Monsieur ?

— Vous savez bien, René, je vous ai parlé d'un gentilhomme qui s'était constitué mon protecteur, qui m'avait encouragée à résister à la marquise, me disant qu'il veillait sur moi. Cet homme au cœur généreux, qui a compati à des souffrances que le hasard lui avait fait connaître, c'est lui !

— Monsieur, dit Mauléon en s'inclinant froidement.

— J'ai appris aussi, par ma meilleure amie, par Pauline Roux, que vous l'aviez sauvée... Que de reconnaissance pour tant de bienfaits !

— Vous ne me devez aucune reconnaissance, mademoiselle ; mais, puisque vous daignez m'accorder quelque confiance, permettez-moi de vous donner un conseil, et surtout promettez-moi de le suivre.

— Je vous le promets.

— Quittez à l'instant ce bal ; ne tardez pas à vous éloigner de cet hôtel.

— Que voulez-vous dire ?

— Je ne puis m'expliquer davantage, mais croyez bien que j'ai de puissants motifs pour vous parler ainsi.

— Je vais essayer de décider ma tante à partir, sans assister au souper, puisque vous désirez que je m'éloigne.

— Il le faut.

— Mademoiselle veut-elle me permettre, dit René en offrant son bras à

Adrienne, de la ramener auprès de Mme la marquise qui la cherche dans tous les salons ?

— Volontiers, mon ami.

Puis, se retournant vers Gaspard de Besse :

— Au revoir, monsieur.

— Je vois, dit celui-ci, que l'amoureux est jaloux. Tant pis, car c'est un noble jeune homme ; bah ! une simple explication suffira entre les deux amants. Mais voici précisément M. de Mauléon qui revient en grande hâte.

— Pardon, monsieur, dit René en l'abordant, j'ai à vous parler.

— Très volontiers ; mais mes instants sont comptés et le temps presse.

— Vous voudrez bien, néanmoins, m'accorder quelques minutes...

— Je n'ai rien à vous refuser ; veuillez me dire ce que vous désirez de moi.

— Je veux vous demander de m'expliquer votre conduite.

— Ma conduite ?

— Oui, votre manière d'agir vis-à-vis de ma fiancée.

— Je ne vous comprends pas.

— Vous feignez de ne pas me comprendre.

— Je vous ai dit la vérité ; mais le moment que vous choisissez pour me demander cette explication, que je suis tout disposé à vous accorder plus tard est inopportun, et un événement grave peut se produire, si...

— Il n'est rien de plus grave que ce que j'ai à vous dire. Dans quel but, monsieur, la comédie que vous jouez ! Dans quel but ces allures mystérieuses qui ont trompé une jeune fille confiante et bonne, mais qui ne me trompent pas, moi !

— Je pourrais vous demander de quel droit vous m'interrogez ?...

— Du droit que me donne mon affection pour Mlle d'Arène, affection qu'elle m'a permis de proclamer hautement... J'ai pour devoir de veiller sur elle, et non seulement de la défendre contre ceux de ses ennemis qu'elle connaît, mais encore contre ceux dont elle ne se défie pas...

— Les ennemis n'agissent qu'avec le désir de nuire, et moi je ne veux que le bonheur de votre fiancée. J'ai vu Mlle d'Arène entourée de tant de dangers, en butte à tant de persécutions, que j'ai voulu lui prêter mon appui. J'ai cherché à lui parler, je suis parvenu jusqu'à elle, et je lui ai crié : « Courage ! » Vous voyez qu'elle est reconnaissante de mes efforts ; mais, insensé que je suis, c'est peut-être cette reconnaissance qui vous fait ombrage !

— Oui, car je ne crois pas à votre désintéressement.

— La voilà donc la vérité ! Avouez que vous avez peur d'avoir un rival en moi !

— Un rival d'autant plus redoutable qu'il ne procède pas par la menace comme d'Arène, qu'il ne lutte pas ouvertement, mais ourdit une habile trame, tend un piège dans lequel la victime tombe innocemment.

— Votre jalousie vous égare. Vous avez donc bien peu de confiance en celle qui vous aime ! O nature humaine, comme l'on retrouve toutes tes faiblesses, même chez les meilleurs !

— Je le répète, vous devez avoir un but caché, en agissant comme vous l'avez fait.

— Je l'avoue, mais vous ne connaîtrez ce motif que dans quelque temps.

— Vous parlerez tout de suite.

— C'est impossible.

En disant ces mots, Gaspard de Besse voulut sortir du boudoir et couper court à cet entretien, mais de Mauléon se plaça devant la porte, et, tirant son épée, il lui dit :

— Puisqu'il en est ainsi, vous ne sortirez pas.

— Dieu m'est témoin que vous êtes la dernière personne contre laquelle j'eusse voulu tirer l'épée ; mais vous m'y contraignez, car il faut que cet entretien cesse.

— Allons, monsieur, en garde !

— Soit, mais je ne vous blesserai même pas.

Ce dédain agit sur la colère de Mauléon comme un coup d'éperon sur un étalon trop ardent ; il poussa un cri de colère et se jeta sur son adversaire.

Celui-ci se contenta de parer et ne riposta même pas, bien que René, par l'imprudence de son attaque, se fût entièrement découvert.

Le combat fut court ; à la troisième botte que lui porta le jeune homme, Gaspard para avec vigueur, et, d'un coup de fouet cinglant, fit voler son épée à dix pas.

René voulut reprendre son épée ; mais Gaspard de Besse avait déjà posé le pied sur la lame et tenait au bout de sa rapière son adversaire désarmé.

— Monsieur, lui dit René fort pâle, mais résolu, vous êtes libre de me tuer, si vous voulez.

— Je ne le ferai pas, chevalier, parce que le fiancé de Mlle d'Arène m'est aussi sacré qu'elle-même. Je vous jure que l'intérêt qu'elle m'inspire ne doit aucunement alarmer votre amour ; je vous jure encore que vous avez en moi, non point un rival, mais un ami dévoué, dont le plus cher désir est de vous voir uni à celle que vous aimez, et qui ne souhaite rien tant que la ruine complète des odieuses espérances du marquis d'Arène. Si j'avais été votre rival, je vous aurais frappé. Me croyez-vous maintenant ?

— Il le faut bien.

— Reprenez votre épée, monsieur de Mauléon, et permettez-moi de vous demander un service. Hâtez-vous d'aller trouver Mlle d'Arène, insistez de toutes vos forces pour qu'elle suive mon conseil et quitte à l'instant même cette maison. Elle peut invoquer son indisposition auprès de sa tante pour se retirer tout de suite.

— Mais, monsieur...

— Ne perdez pas de temps, je vous en supplie.

— Tout est donc mystère en vous ?

— Et ce mystère ne peut encore être éclairci, l'heure n'est pas venue. Hâtez-vous, monsieur de Mauléon, car un grand danger plane sur ce palais.

Lorsque René se fut retiré, Gaspard de Besse remit son masque et, après avoir regardé l'heure à une montre constellée de perles et de diamants :

— Allons, dit-il, le moment approche où la foudre tombera sur cette demeure maudite dont chaque pierre, chaque dorure est le prix de quelque exaction, de quelque souffrance des malheureux que rançonne sans pitié cet odieux intendant ;

mais Adrienne aura pu quitter, avant ce moment terrible, la maison de cet homme.

Lorsqu'il sortit du boudoir, la grande salle des fêtes était déserte ; l'orchestre avait cessé ses accords et les danses étaient interrompues.

De grandes tables avaient été dressées dans une immense galerie aux murs tapissés de glaces qui reflétaient et reproduisaient à l'infini les mille feux des lustres.

Les invités de M. des Galois de la Tour avaient pris place autour de ces tables somptueusement servies, couvertes de grands vases d'où s'échappaient des gerbes de fleurs, de réchauds sur lesquels fumaient les plats qu'on venait d'apporter et de magnifiques surtouts d'argent merveilleusement ciselés.

Les laquais, en grande livrée, circulaient autour des convives, leur présentant les plats ; versant les vins qui empourpraient le cristal des coupes.

Le début du souper avait été un peu silencieux ; on n'entendait qu'un bruit discret de chaises qu'on disposait, un bruissement de soie et de satin, puis chacun s'était assis, se plaçant à sa guise auprès de la femme préférée ; mais, lorsqu'on eut versé le champagne, le silence se rompit, les conversations s'animèrent, et plus d'une intrigue, à peine nouée dans le bal, fit de rapides progrès sous l'excitation capiteuse du vin mousseux qui troublait délicieusement tant de cervelles féminines.

Sous l'éclat des bougies, les diamants scintillaient, les épaules miroitaient avec des reflets de satin qui tranchaient sur les tons mats du velours des corsages ; la lumière tombait avec des reflets dorés sur les riches costumes.

Les fumées du vin, l'atmosphère imprégnée des parfums des fleurs faisaient tourner bien des têtes ; les éventails s'agitaient languissamment et lançaient des bouffées d'air sur les épaules nues et mouillées par un souffle humide.

Sous l'éventail, on causait à demi-voix, et l'on se ferait difficilement de nos jours, une idée de la nature de ces propos qui s'échangeaient cependant entre gens de la meilleure compagnie.

Croirait-on que la grande affaire qui s'agitait en ce moment et qui passionnait à un égal degré les brillants seigneurs et les nobles dames qui venaient s'asseoir à la table de M. des Gallois de la Tour, était de décider par quelle courtisane le fils du gouverneur de la Provence serait initié aux amoureux mystères ?

Hommes et femmes dissertaient savamment sur cet édifiant sujet.

Les uns penchaient pour les demoiselles Pons, les autres pour La Rébier ou Asquier ; ceux-là vantaient les charmes des trois sœurs Gaillard ou d'Anne Feautrier, dite *la Sauterelle*, car toutes ces *impures*, comme on les appelait, avaient un rang, une existence sociale et reconnue dans le monde ; on savait leur nom, leur demeure, le nombre de leurs valets, la distribution et la magnificence de leurs appartements.

On eût été jugé indigne d'appartenir à ce qu'on appelait l'*extrêmement bonne société*, si on eût ignoré d'aussi importants détails, et les dames elles-mêmes se piquaient d'être à cet égard aussi bien renseignées que les hommes.

Mᵐᵉ l'Intendante n'ignorait pas que son illustre mari avait plus d'une fois rançonné impitoyablement de pauvres diables pour fournir aux extravagances de ces créatures, et elle trouvait cela fort naturel.

Elle racontait même en ce moment à sa voisine, une délicieuse blonde, jolie à croquer, que ce coquin de Malvalat, ayant voulu devenir l'amant attitré d'une belle Espagnole fort courue du beau monde, avait eu l'indélicatesse de marchander le prix de ses faveurs, et elle convenait que celle-ci avait bien fait de renvoyer les misérables cent louis dont ce gentilhomme peu généreux avait cru convenablement payer la première nuit.

Voilà ce qui occupait surtout les hôtes de M. l'intendant de Provence, qui dissertaient gravement, en grignotant le dessert, sur ces importantes questions.

On eût dit vraiment que plus elle approchait de la révolution, plus la société se livrait à la dissolution et au désordre ; les habitudes de débauche, le relâchement des mœurs étaient portés à un point dont nous ne saurions que bien difficilement nous faire une idée.

Jamais le libertinage, l'amour effréné du plaisir, la fureur du jeu ne furent poussés plus loin. On eût dit vraiment que hommes et femmes luttaient entre eux à qui afficherait plus scandaleusement l'oubli de soi-même, le renoncement à toute vertu.

Les jeunes seigneurs passaient leur temps à faire leur cour aux dames, — ils en rencontraient peu de cruelles — et aux courtisanes qui les aimaient pour leur argent ; à jouer un jeu d'enfer et à inventer des modes pour se singulariser.

Les excentricités de la mode étaient poussées à ce point que les élégants passaient la meilleure partie de leur temps à inventer des boutons et des gilets qui devaient faire sensation et triompher de tous les cœurs.

Sur les boutons, par exemple, on peignait en miniature des sujets galants, les divertissements de la comédie ou de l'opéra à la mode ; il y en avait d'autres qui formaient les éléments d'un cours d'histoire naturelle, d'histoire de France ou de géographie ; quelques-uns étaient ornés de sujets grotesques ; sur quelques autres on avait gravé les madrigaux les plus célèbres.

On était jugé indigne d'être regardé comme un petit-maître, si on n'avait pas dans sa garde-robe un nombre considérable de gilets, variés à l'infini de formes et de dessins ; c'étaient le plus souvent de véritables tableaux représentant des paysages, des combats, des mœurs chinoises, des marines, tout le système astronomique, les querelles des halles, les amours des dieux, des courses de chevaux.

Quant aux femmes, leur tête était écrasée sous des coiffures monstrueuses dans leur élévation comme dans leur ampleur, et qui formaient le plus inouï mélange de plumes, de fleurs, d'écharpes, de perles, de gazes, de cordons d'or ou d'argent ou de rubans. Mme des Galois de la Tour portait ce soir-là sur sa tête la représentation d'une chasse tout entière ; sur les cheveux de sa voisine une frégate voguait à pleines voiles.

On eût difficilement trouvé parmi ces duchesses, ces marquises, ces comtesses, ces femmes de traitants, quelques-unes qui n'eussent lu les romans les plus cyniques de Laclos, de Louvet, de Crébillon fils, qui ne pussent réciter le poème de *Robé* ou l'*Ode* de Piron. Elles eussent rougi de n'avoir pas toutes ces belles

— Le premier qui touche à ce masque est mort. (Page 291.)

choses dans leur bibliothèque, car, par une étrange aberration, on ne se cachait plus du mal et on ne rougissait que de la vertu.

Et la société, ivre de plaisirs, affamée de jouissances, se ruait gaiement vers l'abîme qui devait l'engloutir, n'écoutant pas plus les premiers grondements de la révolution qui se préparait autour d'elle, que les invités de M. des Galois de la Tour ne prêtaient l'oreille aux menaçantes clameurs qui s'élevaient autour de l'hôtel.

Cependant un bruit plus formidable domina tout à coup les murmures des conversations et les fit brusquement cesser.

— Que se passe-t-il donc? demanda la femme de l'intendant.

— Je ne sais, répondit celui-ci ; mais rien à coup sûr qui puisse vous inquiéter.

Comme pour lui donner un démenti, des laquais pâles, effarés, tremblants, se précipitèrent dans la salle du festin en annonçant qu'une multitude armée et menaçante se dirigeait sur l'hôtel.

— Qu'on fasse prendre les armes au régiment de Lyonnais, et les soldats auront bientôt fait de balayer cette canaille ; en attendant, fermez les portes de l'hôtel et que tous les laquais s'apprêtent à tirer sur ces coquins.

— Par la sambleu ! s'écria d'Arène, il y a ici assez de gentilshommes pour balayer ce ramassis de brigands.

— Vous vous trompez, mes beaux seigneurs, vous êtes maintenant au pouvoir de ceux que vous affectez de mépriser ; dans quelques instants, il ne restera plus debout une seule pierre de ce palais, car l'heure de la vengeance a sonné, et cette vengeance ne sera que justice !

Tout le monde se retourna vers le coin de la galerie d'où partait cette voix dont les âpres accents firent planer la terreur sur la brillante assemblée, et l'on s'aperçut que l'homme qui venait de jeter ces terribles menaces à la noblesse provençale, était précisément ce bel inconnu dont le superbe costume et la fière tournure avaient causé un instant une si vive impression.

— Ah ! monsieur l'intendant de Provence, vous avez oublié d'inviter la pauvreté à votre fête, et la voilà qui vient à son tour visiter ces salons dorés, s'asseoir à cette table où tant d'affamés trouveront encore de quoi apaiser leurs souffrances. Ils pourront peser cette riche vaisselle pour savoir de combien de leurs maux et de leurs larmes elle a été payée !

— Arrêtez cet homme ! s'écria le marquis d'Arène.

— On ne m'arrête point, car je suis le représentant de la souffrance, le justicier qui frappe ceux qui torturent les malheureux et lui volent jusqu'à son pain. Pour m'arrêter, il faudrait des mains plus puissantes que les vôtres... Si vous touchiez à moi, vous disparaîtriez jusqu'au dernier.

— Et vous, ajouta-t-il en se retournant vers un groupe de gentilshommes qui venaient de dégainer, l'épée au fourreau, ou je jure qu'il ne vous sera pas fait de quartier.

Un rugissement terrible monta de la rue et sembla venir confirmer ces terribles menaces.

— Entendez-vous, mes nobles seigneurs, la grande voix de la misère qui réclame sa place au festin ? Vous avez volé, opprimé, torturé ces malheureux pour en tirer cet or que vous prodiguiez dans vos orgies et qui vous servait à payer vos maîtresses ; par vous, ils ont été chassés de leurs chaumières, leurs filles ont été déshonorées. La canaille, comme vous dites, commence à trouver qu'elle a trop souffert, elle se lasse de son métier de bête de somme et veut secouer le joug. Vous avez traité vos vassaux comme des brutes, ils vous prouveront qu'ils sont des hommes et dans un instant...

Mais l'inconnu n'acheva pas sa phrase. Celui qui s'était intitulé le Grand Justicier de la misère ne formula pas son terrible arrêt, car une apparition arrêta la parole sur ses lèvres, le fit tressaillir et chanceler.

A quelques pas de lui, il venait d'apercevoir Mlle d'Arène.

— Malédiction ! s'écria-t-il, vous ! vous, ici, quand vous auriez dû... Ah ! malheureuse, vous êtes perdue, si...

Trouvant dans son élan la foule qui le séparait de la fenêtre, il se précipita sur balcon, arma son pistolet et fit feu.

— Que venez vous de faire, monsieur? s'écria Adrienne tremblante,

— Pous vous sauver, je viens de donner l'ordre à ceux qui menaçaient cet hôtel de se retirer... Et voyez, leur courroux s'apaise subitement, les groupes se dispersent.

— Qui êtes-vous, s'écria M. des Galois de la Tour, pour avoir un tel pouvoir ?

— Nous le saurons bien en lui arrachant son masque et en le livrant à la justice, s'écria le marquis d'Arène.

— Le premier qui touche à ce masque est mort ! fit Gaspard de Besse. Je te l'ai dit, d'Arène, ce n'est pas aujourd'hui que tu verras mon visage, et, à ta place, je désirerais ne jamais le voir.

Tirant son épée et tenant un pistolet encore armé dans sa main gauche, Gaspard de Besse fondit sur ceux qui l'entouraient et s'ouvrit un passage à travers les invités épouvantés encore du terrible danger qu'ils venaient de courir.

Le premier instant de surprise passé, un cri de colère jaillit de toutes les poitrines, et les gentilshommes s'élancèrent sur les traces du fugitif.

Les portes de l'hôtel venaient d'être fermées, et il était impossible que Gaspard de Besse pût échapper à la meute lancée à sa poursuite.

Il ne pouvait plus que vendre chèrement sa vie ; car, privé de tout secours du dehors, il devait succomber sous les coups de si nombreux adversaires.

Traversant d'un élan rapide les salons brillamment illuminés, il venait de s'engager dans un obscur et étroit couloir, lorsqu'il sentit la main d'une femme se poser sur son bras, et une voix murmurer à son oreille :

— Suivez-moi !

Elle l'entraîna rapidement, et entra avec lui dans un ravissant boudoir tendu de rose, dont elle ferma vivement la porte et poussa les verrous.

Il était temps.

Ceux qui poursuivaient le fugitif arrivaient à l'extrémité de ce corridor et se heurtaient à la porte qui résistait à leur premier choc.

Ils essayèrent de briser l'obstacle qui les séparait de celui dont ils voulaient se saisir, mais la porte était solide. Elle eût fini cependant par céder, et Gaspard de Besse n'eût pu que bien difficilement se défendre dans cet étroit espace.

— Cachez-vous derrière ces tentures, lui dit à voix basse sa compagne, et fiezvous à moi !

Se dirigeant vers la porte, elle tira les verrous et se montra sur le seuil.

— Madame des Galois de la Tour ! s'écrièrent tout d'une voix les assaillants.

— Moi-même, messieurs, et j'avoue que vous m'avez fait grand'peur. J'avais aperçu cet homme que vous cherchez sans doute. Craignant de devenir la victime de sa rage, je m'étais jetée dans ce cabinet et m'y croyais en sûreté, lorsque vous avez voulu y pénétrer. J'ai cru d'abord que les bandits dont on nous menaçait venaient d'envahir l'hôtel, mais, fort heureusement, j'ai reconnu les voix de quelques-uns de vous.

— Et cet homme ? demanda d'Arène.

— Je l'ai vu s'enfuir par l'autre extrémité de ce couloir, et il ne peut être bien loin.

— En avant ! s'écria d'Arène, il nous le faut mort ou vif !

Et il reprit sa course suivi de la troupe des gentilshommes.

L'intendante revint auprès de Gaspard de Besse et, après avoir refermé la porte du boudoir, lui dit :

— Je ne vous demande ni d'enlever votre masque, ni de me dire votre nom, car je sais qui vous êtes.

— Et vous voulez me sauver, madame !

— Je le veux et le ferai, car j'acquitte en ce moment une ancienne dette.

— Vous ?

— Sans doute ; vous avez oublié, sans doute, qu'une nuit, au fond des bois où vous régnez en maître, vous avez défendu contre vos bandits une jeune fille, et avez empêché qu'il ne lui fût fait violence ; cette jeune fille, c'était moi et je me souviens. Venez.

En prononçant ces mots, elle poussa un ressort et une petite portière demi-cachée par une tapisserie roula doucement sur ses gonds.

La jeune femme, tenant le proscrit par la main, lui fit descendre quelques marches, ouvrit une seconde porte, et une bouffée d'air frais s'engouffra dans le sombre couloir.

— Allez, dit-elle, Gaspard de Besse, vous êtes sauvé !

CHAPITRE XXXV

Mine et contre-mine

Ꮮ y avait une foule énorme au Palais de justice de Marseille où l'on jugeait Coquelicot.

Après avoir laissé dans un cabaret, tenu par un de leurs affiliés, le gros de la bande, Gaspard de Besse, Cabannes, de Valors et quelques-uns de leurs compagnons se rendirent plus ou moins déguisés au tribunal pour suivre les péripéties du lugubre drame qui devait avoir son dénouement sur l'échafaud.

Le coup de main qui avait été préparé contre l'hôtel de M. l'intendant de Provence, certains indices qui trahissaient une sourde fermentation dans le quartier habité par les gueux, les rapports des espions de la police qui faisaient prévoir une tentative désespérée de Gaspard de Besse pour sauver son lieutenant, avaient eu pour conséquence de faire prendre les précautions nécessaires afin d'empêcher l'enlèvement du prisonnier.

Le palais était fortement occupé et des troupes stationnaient tout autour de l'édifice, les armes chargées.

Coquelicot fut amené devant le tribunal criminel par les soldats de la maréchaussée que commandait le héros de cette journée, le brigadier Bras-de-Fer.

L'interrogatoire fut court, car le prisonnier n'avait jamais nié qu'il fît partie de la bande de Gaspard de Besse. Lorsqu'on lui demanda s'il connaissait le redoutable bandit, il répondit affirmativement et fit remarquer, en haussant les épaules, que cette question était au moins superflue, puisqu'il était inadmissible qu'un lieutenant ne fût pas en rapports avec le capitaine sous les ordres duquel il servait.

— Puisqu'il en est ainsi, lui dit le président, vous n'ignorez certainement pas quelle est sa retraite ordinaire ?

— Je suis ici, répliqua Coquelicot d'une voix ferme, pour moi-même et non pour trahir mes amis.

— Nous trouverons le moyen de faire sortir les aveux de votre bouche.

— La mort ne me fait pas peur.

— Soit ; mais avant l'échafaud, il y a la question.

— Elle ne brisera pas mon courage, et les souffrances les plus terribles ne me feront commettre aucune lâcheté.

Sur un signe du président, Coquelicot fut entraîné dans une salle voisine où le suivirent les conseillers.

A cette époque, la question existait encore malgré Beccaria, malgré Montesquieu, malgré Voltaire.

La royauté n'avait pas entendu les voix éloquentes flétrissant cet odieux abus.

« Un roi, a dit Voltaire, avait-il le temps de songer à ces menus détails d'horreur au milieu de ses fêtes, de ses conquêtes et de ses maîtresses ! »

Louis XVI, qui n'avait aucune de ces distractions, finit par s'en émouvoir un peu.

Une déclaration royale, en date du 24 août 1780, abolit la question préparatoire, celle de l'instruction, mais maintint la question préalable destinée à arracher aux condamnés à mort des révélations sur leurs complices.

Il fallut la Révolution pour supprimer tout à fait cette invention épouvantable de la barbarie.

En apercevant les instruments de torture étalés sur le tapis rouge d'une longue table, Coquelicot pâlit ; mais il surmonta bientôt cet accès de faiblesse et reprit toute sa fermeté.

Le bourreau s'avança, se saisit de lui, enferma les jambes dans un brodequin, introduisit un coin et frappa.

La douleur fut atroce et le visage du patient devint livide ; toutefois ses lèvres contractées par la souffrance ne laissèrent échapper ni une plainte, ni un aveu.

Cinq fois le marteau s'abattit sans que son courage fût ébranlé ; mais, lorsqu'un coin plus large fut introduit, le patient poussa un cri déchirant et s'évanouit.

Ce cri fut entendu dans la salle où se tenait le public et un frémissement de terreur fit pâlir tous les visages.

Gaspard de Besse ne put contenir la colère qui grondait dans son sein et, poussant un rugissement de fureur, il s'élança en courant pour se précipiter au secours de son ami.

Les bandits, qui formaient au milieu du public un groupe compact, répondirent au cri poussé par leur capitaine des cris d'indignation et de fureur, et ce flot humain vint battre contre les barrières qui fléchirent et craquèrent ; mais Bras-de-Fer, qui commandait les soldats de la maréchaussée, fit diriger les fusils sur la foule et réussit à la maîtriser.

De Valors et Cabannes saisirent Gaspard de Besse par le bras et l'obligèrent à reculer.

— Songez donc en quel endroit vous êtes, lui dit de Valors ; nous ne pouvons rien maintenant pour Coquelicot. Le moment d'agir n'est pas encore venu et votre emportement risque de tout compromettre.

Gaspard de Besse, redevenu maître de lui-même, fit un signe à ses compagnons. Ceux-ci, qui allaient se précipiter sur les soldats, obéirent en grondant à cet ordre muet.

Profitant du désordre, ils purent se glisser hors du Palais de justice avant que les troupes en eussent occupé les issues.

Pendant ce temps le chirurgien, qui se tenait aux côtés de Coquelicot et qui avait pour mission de régler la question selon les forces du patient, déclara que celui-ci ne pourrait endurer, sans courir danger de mort immédiate, de plus longues souffrances.

On attendit donc que Coquelicot eut repris ses sens, et, lorsqu'il fut revenu à lui, on le ramena devant la cour.

Il était brisé par la torture mais n'était pas dompté.

Ce fut au milieu d'un profond silence que le président lut l'arrêt qui condamnait Coquelicot à être roué le surlendemain au lieu ordinaire des exécutions, pour expier les crimes dont il s'était rendu coupable.

Gaspard de Besse avait juré de sauver Coquelicot, dût-il mettre le feu à la ville et livrer une bataille rangée aux troupes royales.

Les hommes qu'il commandait étaient résolus, de leur côté, à tout entreprendre et à tout risquer pour arracher à l'échafaud leur lieutenant. Le capitaine pouvait donc compter sur eux de la façon la plus absolue, car ils étaient disposés à se faire tuer autour de lui jusqu'au dernier sans lâcher pied.

Il avait revu la reine des gueux et elle lui avait promis le concours de sa nombreuse armée sur laquelle on pouvait s'appuyer. Les gueux se montraient en effet de plus en plus irrités, les prescriptions de l'édit étant rigoureusement appliquées, comme quelques membres de cette honorable confrérie avaient pu l'apprendre à leurs dépens.

Mais, si les gueux devaient être de précieux auxiliaires pour un coup de main contre des ennemis surpris avant d'avoir pu organiser une résistance sérieuse, pour mettre tout à feu à sang dans une ville mal défendue, il était à craindre que leurs bandes mal disciplinées et peu aguerries ne soutinssent pas longtemps le choc de troupes régulières, ou bien qu'emportées par leur ardeur à piller les hôtels de la noblesse et les maisons des riches négociants, elles ne finissent par se disperser de manière à ne pouvoir se reformer si un retour offensif des troupes venait à se produire.

En somme le concours des gueux était désirable et utile à plus d'un titre, mais on ne devait pas compter sur eux avec la même certitude que sur les bandits soumis à une sérieuse discipline, habitués à combattre ensemble, résolus à sauver un lieutenant qu'ils aimaient et qui s'étaient déjà mesurés plus d'une fois avec les troupes royales ou les soldats de la maréchaussée.

Toutes les dispositions susceptibles d'assurer le succès de ce hardi coup de main avaient été prises, et il ne restait plus qu'à donner les derniers ordres.

Gaspard de Besse était bien assuré que la soudaineté, l'audace même du coup qu'il voulait porter lui assuraient de grandes chances de réussite. On ne devait pas, croyait-il, se douter de son projet.

Il se trompait, car peu d'instants après le moment même où il avait communiqué à ses compagnons son plan de bataille, le marquis d'Arène reçut un mystérieux billet de Salviade, l'invitant à se trouver chez lui pour y recevoir communication d'importantes nouvelles.

Comme à l'ordinaire, Salviade était en retard et d'Arène l'attendait avec une impatience augmentée encore par le ton de ce billet qui n'indiquait ni la nature du secret qu'on devait lui dévoiler, ni celui qu'une révélation devait perdre.

Il arpentait donc fiévreusement son cabinet, donnant à tous les diables le coquin qui semblait se faire un plaisir de prolonger son incertitude et l'accablant des malédictions les plus énergiques.

Pendant ce temps, celui dont la venue était si impatiemment attendue était dans quelque maison de jeu à une table de pharaon, et jouait avec des chances diverses.

Tantôt des piles d'écus et de louis se dressaient devant lui et il se promettait d'aller rejoindre le marquis aussitôt le prochain coup gagné ; mais la fortune tournait et ce n'était plus un coup heureux, mais bien cinq ou six qui lui étaient nécessaires pour réaliser la somme qu'il s'était fixée.

Tantôt, écus et louis semblaient fondre entre ses doigts ; il jetait en jurant ses dernières pièces sur le tapis, tout prêt à partir après avoir perdu cette dernière mise ; mais, la chance lui revenant, il s'asseyait de nouveau et attaquait quelque interminable série.

D'Arène eut ainsi couru grand risque d'attendre pendant de longues heures cet enragé joueur, si une déveine persistante n'eût mis fin à cette lutte en faisant passer de la poche de Salviade son dernier écu dans les mains du banquier.

Il se leva alors de fort méchante humeur et se dirigea d'un pas rapide vers la demeure du marquis

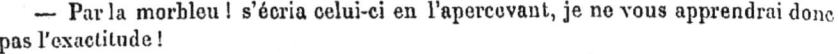

— Par la morbleu ! s'écria celui-ci en l'apercevant, je ne vous apprendrai donc pas l'exactitude !

— Eh bien ! répliqua l'autre d'un ton bourru, où est le mal ? Je n'ai pu venir plus tôt, voilà tout.

— Prenez garde, Salviade, prenez garde ; ces manières-là ne tarderont pas à vous brouiller avec moi.

— Allons donc ! je n'ai rien à craindre de pareil aussi longtemps que vous aurez besoin de mon concours ; après, je ne dis pas.

— Finissons-en ; qu'avez-vous à me dire ?

Salviade, avant de satisfaire la curiosité de son interlocuteur, déposa son manteau, ôta son feutre, prit une chaise, qu'on oubliait sans doute de lui offrir, s'y installa de son mieux et dit d'un ton passablement goguenard.

— Eh ! eh ! mon cher monsieur, j'apporte une assez importante nouvelle pour qu'on me fasse un plus gracieux accueil.

— Voyons, vous déciderez-vous à parler ?

— Cela dépend du prix que vous m'en donnerez.

— A combien l'estimez-vous ?

Salviade leva les yeux au plafond et parut absorbé dans un long calcul dont il formula ainsi le résultat :

— Cela vaut, oui, certes, cela vaut bien,... cela vaut soixante louis.

— Êtes-vous fou ?

— En aucune façon, mais je suis sans le sou et ai besoin de cette somme pour rattraper ce que j'ai perdu au pharaon.

— Dites-moi d'abord cette fameuse nouvelle et nous verrons ensuite si elle vaut réellement le prix auquel vous l'estimez.

— Parbleu ! lorsque vous la connaîtrez, vous n'aurez plus besoin de payer.

— Vous perdez la tête !

— Si peu que, si vous refusez de me compter cette somme, j'irai trouver Gaspard de Besse.

— Gaspard de Besse ?

— Lui-même ; il est généreux et je suis sûr qu'il me donnera le double de ce que je vous demande pour que je garde mon secret qui est aussi beaucoup le sien.

En entendant prononcer le nom de son ennemi, le marquis d'Arène dressa l'oreille.

— Vraiment, dit-il, je crois que vous faites erreur et que ce bandit n'achèterait pas aussi cher votre silence. Un coup de poignard est bien vite donné ; il ne coûte que peu de chose et a l'avantage de rendre discret pour l'éternité le plus enragé bavard.

— Ne craignez rien de pareil, je prendrai mes précautions.

— Voyons plutôt quelle est votre découverte, et, si elle a quelque importance, je vous compterai pour vous obliger la somme dont vous avez besoin.

— Pour m'obliger ? A d'autres ! Il ne s'agit pas d'un service à rendre, mais bien d'un marché. Comptez-moi soixante louis et je vous livre mon secret ; donnant, donnant.

Coquelicot baisa le crucifix. (Page 301.)

Pour toute réponse, d'Arène alla à un bahut dont il tira une bourse qu'il jeta sur la table.

— Voilà bien la somme, dit Salviade après avoir compté les louis.

Je vous ai déjà dit dans un précédent entretien que j'avais l'habitude de me rendre dans un certain cabaret où...

— Passons, je vous en prie, je ne désire point entendre le récit de vos fredaines.

— A votre aise. J'étais donc assis à une des tables de ce cabaret, lorsque je vis entrer deux cavaliers qui cachaient leurs figures sous les pans relevés de leurs manteaux ; mais, quelque soin qu'ils missent à ne pas montrer leurs visages, je reconnus dans l'un d'eux Gaspard de Besse. Mon ami le cabaretier le conduisit avec force courbettes dans une salle particulière dont la porte fut soigneusement fermée ; mais vous savez que je connais le moyen d'entendre et de voir ce qui se dit et ce qui se fait dans cet endroit. Je puis donc vous apprendre qu'on a beaucoup parlé du procès de Coquelicot et qu'on a juré de l'arracher au bourreau par un hardi coup de main.

— Et le plan de ces misérables, le connaissez-vous ?

— Pas encore ; mais ce soir je vous fournirai les moyens d'empêcher leur tentative et, peut-être, si mes espérances se réalisent, de quoi perdre votre ennemi.

— Vous reviendrez donc ici cette nuit ?

— Sans doute.

Salviade se leva, fit glisser la bourse dans sa poche et sortit en faisant sonner ses éperons.

Ainsi qu'il l'avait prévu, les bandits se rendirent le même soir dans ce cabaret où ils étaient venus la veille.

Salviade s'y était rendu avant eux, autant pour les surveiller que dans l'espoir de réparer ses pertes du pharaon, car on jouait aussi dans ce bouge.

Cette dernière espérance ne se réalisa pas. Au bout d'une heure, il avait perdu la majeure partie de la somme que d'Arène venait de lui donner.

Tout en tenant les cartes avec la plus grande attention, il n'en remarqua pas moins les signes mystérieux échangés entre diverses personnes qui se rendaient dans la salle où s'était tenue la précédente réunion des compagnons de Gaspard de Besse. Le capitaine ne vint pas à ce rendez-vous ; de Valors le remplaçait.

Lorsque l'assemblée lui parut être au complet, Salviade gagna sa cachette d'où il put assister à cette conférence.

Il vit de Valors écrire quelques lignes sur une feuille de papier qu'il remit à l'un de ses compagnons, en lui recommandant de faire tenir immédiatement ce message à la personne à qui il était adressé et de qui dépendait en grande partie le succès de l'entreprise.

Cette lettre, Salviade comprit qu'il la lui fallait à tout prix et il se mit aussitôt en mesure de s'en emparer.

Il sortit du cabaret par une petite porte, fit une centaine de pas environ et se blottit dans un coin sombre.

La nuit était noire et la ruelle déserte.

Il ne tarda pas à habituer ses yeux à l'obscurité, et il vit bientôt les conjurés sortir, l'un après l'autre, de la taverne. Le dernier était justement le porteur de la lettre, celui qu'il attendait et dont il avait eu bien soin d'examiner le visage et la tournure.

Au moment où cet homme s'engageait dans la rue solitaire, Salviade se détacha de la muraille, fit deux pas en courant et lui barra la route.

Comprenant qu'il allait être attaqué, le bandit porta la main à la garde de son épée en disant :

— Que voulez-vous de moi ?

— Rien autre chose que le petit billet que vous avez là, caché sous votre pourpoint.

— Eh bien ! venez le prendre !

En disant ces mots. il tira rapidement son épée et porta à Salviade une botte qui l'eût percé de part en part si celui-ci n'eût fait un bond en arrière.

Dégainant à son tour, Salviade chargea vigoureusement son adversaire, mais, dans les ténèbres, ils portaient un peu leurs coups au hasard et faisaient plus de bruit que de besogne,

Le bandit comprit cependant qu'il avait affaire à une fine lame et, cherchant moins à tuer son agresseur qu'à forcer le passage, il se contenta d'abord de parer les coups qui lui étaient portés.

Soudain, il fit deux pas en avant, et dirigea la pointe de sa rapière sur la poitrine de Salviade qui fut obligé de rompre. Le bandit comptait sans doute sur ce mouvement car il fit un saut sur la droite, et, fondant de côté sur son ennemi, l'obligea à changer de place.

Salviade attaqua à son tour, mais le messager de Valors se couvrit par un mouvement rapide et opéra encore un chassé vers la droite.

Il était de toute évidence que cette manœuvre oblique ne tendait qu'à se ménager un moyen de retraite. Le bandit voulait se trouver du côté de la ruelle dont l'issue était libre, afin de profiter de la première occasion qui se présenterait pour prendre rapidement sa course et accomplir la mission qui lui avait été confiée.

Le but de cette manœuvre n'échappa point à Salviade qui, comprenant qu'il fallait en finir rapidement, chargea avec furie.

Son adversaire rompait toujours de manière à accomplir son évolution ; mais, son pied ayant rencontré une pierre, il trébucha et se découvrit.

Prompt comme l'éclair, Salviade se fendit à fond. et, avant que le bandit eût pu reprendre sa garde, il lui enfonça sa rapière dans la poitrine.

Le blessé poussa un grand cri et tomba lourdement sur la terre.

Il était mort.

Salviade s'agenouilla auprès du cadavre et prit le billet.

En heurtant contre le sol, l'escarcelle du pauvre diable rendit un son métallique ; le vainqueur s'empara aussi d'une bourse bien garnie et la fit glisser dans sa poche.

A ce moment, un bruit de pas retentit à une faible distance, et Salviade, craignant d'être surpris par le guet ou par les camarades du défunt, se releva en toute hâte et ne tarda pas à disparaître.

D'un pas rapide, il se dirigea vers la maison où le marquis d'Arène l'attendait.

Sa venue était sans doute désirée avec impatience, car, en entendant retentir dans l'escalier les éperons sonores et la formidable rapière du bravo qui battait le long du mur, d'Arène s'empressa d'aller ouvrir la porte.

— Je savais bien qu'il viendrait ! murmura-t-il.

Salviade entra.

— Eh bien ? interrogea le marquis.

— Voilà, répondit-il simplement en tendant la lettre encore humide de sang.

D'Arène parcourut rapidement le billet écrit par de Valors, et un éclair de joie féroce illumina sa figure. Il le relut encore, en appuyant sur chaque mot, tandis que son cœur battait par un mouvement chaud et fiévreux, et que l'émotion faisait tressaillir sa main.

— Oh! s'écria-t-il, cette fois nous le tenons!

Et, sans attendre que Salviade lui demandât le prix du sang, il lui jeta une poignée de louis d'or.

Que contenait cette lettre?

Les instructions les plus détaillées en vue de la participation que les gueux devaient prendre à la bataille du lendemain; elle leur indiquait les postes qu'ils devaient occuper pour empêcher la troupe de Gaspard de Besse d'être tournée, les points qu'ils devaient attaquer et les diversions à opérer en semant simultanément l'alarme dans les divers quartiers de la ville.

Cette lettre n'étant point parvenue à son adresse, les gueux n'agiraient point ou n'agiraient pas en temps utile, et, en admettant même qu'ils eussent une part à l'action, ils risquaient de le faire de façon à compromettre la tentative qu'ils devaient seconder.

« Ce puissant concours venant à faire défaut à Gaspard de Besse au moment même où il y compterait le plus, le capitaine verrait ses efforts paralysés, toutes ses combinaisons se retourner contre lui. Il était voué à une perte certaine.

Salviade avait, en vérité, bien gagné son argent.

CHAPITRE XXXVI

L'échafaud

Le jour fixé pour l'exécution de Coquelicot était arrivé.

Bien que le condamné ne dût monter sur l'échafaud qu'à midi, la foule avait envahi, dès les premières heures du jour, les abords de la place Saint-Louis, à Marseille, où la roue était déjà dressée.

Les toits des maisons se couvraient de curieux. Des grappes vivantes pendaient aux branches des arbres: on eût dit une immense fourmilière.

Toute la ville semblait avide de voir ce spectacle, et l'on était aussi venu de bien loin pour assister au supplice du lieutenant de Gaspard de Besse.

Les bandits étaient disséminés par groupes de quatre ou cinq, de façon à pou-

voir se joindre facilement en occasionnant dans la foule une cohue qui devait servir leur projet.

Le gros de la troupe formait auprès de l'échafaud un bataillon serré qui était chargé de disperser l'escorte et enlever le condamné.

L'heure de l'exécution venait de sonner, et le glas funèbre retentissait à tous les clochers de Marseille.

Coquelicot était calme. Ce fut sans trembler qu'il vit arriver les soldats de l'escorte, qu'il entendit la grande voix de la foule.

Courageux sans forfanterie, il marchait d'un pas ferme à la mort.

Le funèbre cortège alla d'abord devant l'église de la Major où le condamné devait faire amende honorable.

Selon l'usage on le remit alors aux mains des pénitents du *Bon Jésus* qui se tenaient sous le porche, vêtus de la longue robe de toile, la tête cachée sous la cagoule.

Au moment où le patient arriva devant l'église, deux de ces pénitents, plus connus sous le nom de *Bourras*, se détachèrent du groupe. Au milieu d'eux vint se placer le moine qui avait accompagné le condamné. Il lui tendit le crucifix en lui disant :

— Repentez-vous, mon fils, et demandez pardon à Dieu de vos crimes.

Coquelicot baisa le crucifix et le moine ajouta :

— Allez, mon fils, Dieu vous pardonne.

Les deux pénitents se placèrent alors aux côtés du condamné.

Le plus grand lui dit d'une voix ferme :

— Aie bon courage !

L'autre murmura :

— Prépare-toi, nos amis sont là.

Coquelicot tressaillit. Dans ces deux *Bourras*, il venait de reconnaître, à leurs voix, Gaspard de Besse et de Valors.

Près de l'échafaud se tenaient, sur une estrade, les conseillers municipaux, les juges et quelques nobles personnages, parmi lesquels le marquis d'Arène.

Gaspard de Besse fouilla du regard la foule pour voir si chacun était à son poste.

Il aperçut, près de l'échafaud, un groupe compacte d'hommes armés, le chapeau rabattu sur les yeux, l'épée à demi tirée hors du fourreau, les pistolets passés tout armés à la ceinture. Il ne put retenir un mouvement de satisfaction ; ceux-là étaient venus pour sauver son ami.

A ce moment, ces hommes firent un mouvement pour se rapprocher des soldats qui entouraient le condamné.

D'Arène remarqua cette manœuvre et dit quelques mots à Salviade qui, fendant la foule, sauta sur un cheval et s'éloigna à toute bride.

La joie éprouvée par Gaspard de Besse, en constatant que ses compagnons étaient tous à leur poste, fut de courte durée, car ce fut en vain qu'il regarda de tous les côtés, il n'aperçut pas les gueux, et, sans eux, on n'était pas en force. Le coup de main devait fatalement avorter.

A ce moment, il rencontra le regard du marquis d'Arène qui se fixait sur Coquelicot avec une expression diabolique de triomphe et de haine satisfaite.

Il eut peur alors que tout espoir ne fût perdu, mais il avait juré de sauver son ami ou de périr avec lui, et il voulait tenir son serment.

Le bourreau s'avança et saisit Coquelicot par le bras.

Un frémissement parcourut la foule, car, dès lors, le condamné appartenait à la mort.

Mais, bien qu'il considère la partie comme fort compromise, Gaspard de Besse n'entend pas reculer. Rejetant sa robe de pénitent, il apparaît en costume de cavalier. Le visage couvert d'un masque et l'épée nue, il donne le signal de l'attaque.

— En avant! sé'crie-t-il d'une voix retentissante.

A ce commandement, les bandits font une trouée et se ruent sur les soldats de l'escorte aux cris de :

— Vive Gaspard de Besse !

D'Arène, qui a prévu cette attaque, met l'épée à la main, rallie les soldats surpris par ce brusque assaut et charge à son tour vigoureusement les bandits.

Des coups de mousquet et de pistolet retentissent de toute part et les balles vont frapper la foule qui répond par des cris de douleur aux cris de rage des combattants.

On se bat avec une rage indescriptible autour de l'échafaud vers lequel on avait déjà entraîné le condamné.

Vingt fois Coquelicot est arraché au bourreau et vingt fois les soldats parviennent à s'emparer de nouveau de lui.

Enfin, ses compagnons le délivrent et lui font un rempart de leur corps pendant qu'on lui enlève ses fers.

Libre, il se saisit d'une arme et bondit en avant.

Au même instant, des roulements de tambour se font entendre ; Salviade amène le renfort que d'Arène lui avait ordonné d'aller chercher.

Les bandits sont cernés.

Un éclair de triomphe brille dans les yeux du marquis, qui crie d'une voix tonnante :

— A moi le régiment de Lyonnais ! Mort aux brigands !

Et, se plaçant à la tête de ses soldats, il se précipite sur les agresseurs.

Les bandits ne reculent pas ; ils se battent comme des enragés, rendant coup pour coup.

Gaspard de Besse, entraîné par son courage, s'élance toujours en avant. Les soldats l'entourent; il va être pris, lorsque, se retournant, il couche par terre, d'un revers d'épée, deux archers qui le serraient de trop près.

Coquelicot bondit à ses côtés et, faisant avec une formidable rapière un moulinet terrible, ouvre un passage à son ami.

Le nombre des soldats augmente sans cesse, car des renforts arrivent et bientôt les bandits se voient entourés d'une muraille d'acier qu'ils ne peuvent plus entamer.

Ils vont être écrasés, quand tout à coup de grands cris retentissent. Ce sont les gueux qui, sous les ordres de Cabannes, prennent les troupes royales à revers et dirigent sur elle un feu meurtrier.

La fusillade crépite, les détonations se succèdent sans relâche au milieu des combattants. On n'entend que des hurlements de rage ou de douleur.

Cette attaque imprévue jette le désordre dans les rangs des soldats. Gaspard de Besse les voit plier et les presse plus vivement; il se précipite sur eux à la tête de ses compagnons.

Les coups de feu, les plaintes des mourants, les imprécations des blessés se mêlent, se confondent en un bruit immense, en une épouvantable clameur.

Une lutte effroyable réunit dans de mortelles étreintes les deux troupes ennemies.

On se prend corps à corps. Chaque bras qui se dresse est armé, et, en s'abaissant, enfonce une épée ou un poignard dans le sein d'un adversaire. Chaque coup troue la chair et fait pleuvoir le sang.

Bientôt les morts ne trouvent plus de place pour tomber, et cependant on tue toujours.

Les soldats dispersés se rallient à la voix de leurs officiers, les compagnies se reforment, les tambours battent la charge, et leur élan fait plier les gueux qui reculent en bon ordre, mais qui ne tardent pas à se débander et à s'enfuir à toutes jambes.

La petite troupe que commande Gaspard de Besse va avoir à supporter tout le choc et sera infailliblement broyée sous cet ouragan de fer et de feu.

Pliant sous le nombre, elle recule, mais lentement et en présentant toujours le front aux soldats.

Comme un sanglier qui, cerné par la meute, fait une dernière fois tête aux chasseurs avant de succomber, Gaspard de Besse tente un effort désespéré pour se dégager.

Cette avalanche humaine se précipite en avant, trace un sanglant sillon et parvient, en renversant autour d'elle la foule armée et rugissante qui l'entoure, à se dégager du cercle d'airain qui l'enserre.

C'est en combattant que le capitaine et les siens se retirent vers les ruelles voisines du Cours.

Lorsqu'ils sont engagés dans ce dédale où il devient impossible de les tourner, ils poussent une dernière charge, lâchent leurs derniers coups de pistolet à travers la figure de ceux qui les serrent de trop près, et, se dispersant dans différentes directions, échappent à ceux qui les poursuivent.

Un silence profond a succédé aux éclats de la poudre, au cliquetis des épées. Le champ de bataille est couvert de cadavres, d'armes brisées et, sur cette scène de dévastation, brille, dans un ciel pur, le soleil radieux de la Provence.

CHAPITRE XXXVII

Avis mystérieux

ORSQUE, après avoir assuré la retraite de ses compagnons, Gaspard de Besse sauta en selle, il éprouva à la jambe une douleur si violente qu'il lui fut impossible de rester à cheval, et il serait même tombé si de Valors ne l'eût soutenu.

Pendant le combat, il avait eu la cuisse traversée par une balle, et, dans l'ardeur de l'action, il ne s'était pas aperçu de cette blessure. A ce moment, le sang qu'il avait perdu, l'acuité de la douleur le firent s'évanouir.

Cabannes et de Valors le prirent dans leurs bras et gagnèrent en courant une petite maison où le capitaine se retirait d'ordinaire, lorsqu'il séjournait à Marseille.

La blessure n'était pas grave, la balle n'ayant pas pénétré profondément dans les chairs. Quelques jours de repos devraient suffire pour assurer sa complète guérison.

Lorsqu'il revint à lui, Gaspard remercia ses amis et invita de Valors à quitter promptement Marseille pour prendre, durant son absence, le commandement de la bande.

Quant à Cabannes, il devait rester auprès de lui jusqu'au moment où ils pourraient sortir ensemble de la ville.

Lorsqu'il eut réparé ses forces par quelques heures de sommeil, Gaspard demanda à son compagnon quelle était la cause qui avait pu empêcher le matin les gueux de se trouver à leur poste et de lui prêter ainsi un concours qui eût été décisif.

— Il n'y a, répondit Cabannes, aucun reproche à leur adresser : la fatalité seule a déjoué nos projets, et peu s'en est fallu que nos alliés ne pussent nous donner un appui qu'ils n'entendaient point nous refuser.

— Comment cela ?

— Hier soir, après avoir pris nos dernières dispositions, de Valors, ainsi que cela avait été convenu, chargea un de nos compagnons de remettre au chef des gueux les instructions détaillées sur les dispositions à prendre dès le matin.

— Eh bien ?

— Aujourd'hui, dès la première heure, je me suis rendu à ce cabaret où nous

Et Bras-de-Fer ouvrit de grands yeux en le voyant se ramasser et franchir d'un bond
énorme la barrière qui lui fermait la route. (Page 307.)

nous étions réunis la veille ; nos compagnons m'y attendaient et, seul, celui que de
Valors avait chargé d'un message pour nos alliés, manquait au rendez-vous.

— Cet homme est-il un traître ?

— Non ; cet homme a été assassiné.

— Assassiné !

— Le cabaretier l'a trouvé étendu raide mort à cent pas de sa porte, la poitrine trouée d'un coup d'épée ; on lui avait pris sa bourse et la lettre qui lui avait
été confiée.

— Comment a-t-on pu savoir ?...

— Je n'ai point eu le temps de chercher ni d'obtenir des renseignements. Je pense que quelque rôdeur l'aura tué pour le dépouiller, et qu'ayant trouvé la lettre il l'aura détruite.

— Non, ce n'est pas cela ; nos ennemis paraissaient au courant de nos projets. Certains indices me portent à croire que le marquis d'Arène en avait été instruit, car les dispositions prises pour repousser notre attaque ne peuvent s'expliquer que par la connaissance qu'on avait de notre plan.

— C'est possible et ce point reste à examiner ; peut-être arriverons-nous à savoir qui a assassiné notre compagnon. Voyant que l'heure du combat s'approchait et ayant tout lieu de croire que le chef des gueux n'avait pas reçu l'avis qui lui était destiné, je chargeai Bavard de prendre le commandement de notre troupe, et je me rendis en toute hâte à la rue de l'Échelle, où je pus me convaincre que mes craintes n'étaient que trop fondées. Les gueux ne savaient quel parti prendre et croyaient que l'on avait renoncé à l'entreprise qui leur avait été annoncée. Heureusement qu'ils ne s'étaient pas encore dispersés, je leur fis prendre les armes et notre arrivée sur le champ de bataille vous arracha à une mort certaine.

— Je te dois les plus vifs remerciements, Cabannes.

Au bout de quelques jours le blessé fut sur pied. Il résolut cependant de prolonger de quarante-huit heures son séjour à Marseille et pria Cabannes de se rendre auprès de Valors pour lui annoncer sa prochaine venue.

Après le départ de son lieutenant, vers trois heures de l'après-midi, il se disposait à sortir lorsqu'une vitre de sa fenêtre vola en éclats et une pierre tomba au milieu de l'appartement.

Un petit papier parfumé l'enveloppait.

Sur le papier une main de femme avait tracé ces mots :

« Hâtez-vous de fuir ; votre retraite est découverte et vous allez être arrêté. Un cheval est attaché derrière votre maison ; quittez Marseille, gagnez la petite ville d'Auriol et, une fois là, allez droit à l'Huveaune, appelez à haute voix : Miette ! La personne qui se montrera vous conduira à une retraite sûre et vous pourrez avoir pleine confiance en elle. »

Le billet mystérieux était signé : « Une amie. »

Comme il en achevait la lecture, un bruit confus se fit entendre dans la rue. Il prêta l'oreille et distingua facilement le pas cadencé des soldats et le bruit de leurs armes.

Il ceignit en toute hâte son épée, passa ses pistolets tout chargés à sa ceinture, et courut à la porte de sa chambre qu'il verrouilla et derrière laquelle il poussa quelques gros meubles.

Il était temps, les soldats envahissaient l'escalier.

Gaspard de Besse passa aussitôt dans l'appartement voisin, en ouvrit la fenêtre et vit au-dessous de lui un cheval noir tout harnaché, attaché à un anneau scellé dans le mur.

A ce moment même la porte de la chambre était vigoureusement attaquée à coups de crosses de fusil et, sans la précaution qu'il avait eue de la barricader, elle eût promptement cédé sous les efforts des assaillants.

Il enjamba la fenêtre, franchit un espace de dix pieds et se trouva dans la rue.

Comme il sautait en selle, il entendit les meubles qu'il avait entassés derrière la

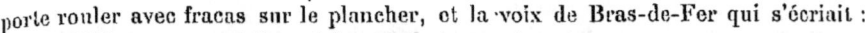

porte rouler avec fracas sur le plancher, et la voix de Bras-de-Fer qui s'écriait :

— Mille tonnerres ! Cette fois nous le tenons !

— Pas encore ! répondit d'une voix railleuse le fugitif, en attaquant vigoureusement de l'éperon sa monture.

Bras-de-Fer et Salviade se précipitèrent vers la fenêtre restée ouverte. En voyant sa proie lui échapper, le brigadier s'écria en montrant le poing au cavalier qui s'éloignait :

— A cheval ! à cheval ! nous le rattraperons.

Le cheval que montait Gaspard de Besse, aiguillonné trop brusquement, se cabra et fit perdre du temps à son cavalier qui s'efforçait de lui faire prendre la route indiquée par le billet.

Il y réussit enfin, mais déjà le bruit du galop de la troupe qui le poursuivait roulait derrière lui comme un tonnerre.

— Pressez, poussez vos chevaux ! s'écriait Bras-de-Fer en enfonçant ses éperons dans le ventre de sa bête ; il n'est pas à deux portées de pistolet de nous et il n'ira pas loin, car il est épuisé par la maladie.

Ce fut une course vertigineuse à laquelle durent renoncer ceux qui n'étaient pas très bien montés.

Gaspard de Besse se dirigeait vers la route de Toulon et, en quelques minutes, il eut atteint la barrière du péage.

Bras-de-Fer ne put retenir une exclamation de joie et se crut assuré de sa capture.

— Fermez la barrière ! Fermez vite ! cria-t-il de toute la force de ses poumons.

En entendant ces cris, en voyant ce cavalier qui fuyait devant la maréchaussée, le gardien se précipita vers la porte qu'il ferma vivement.

C'était une barrière haute de six pieds, aux barres garnies de pointes de fer à leur extrémité qu'il s'agissait de franchir.

— Il est à nous, s'écria Salviade.

— Rendez-vous ou nous faisons feu ! cria le brigadier.

Le fugitif était perdu, si le cheval qu'il n'avait jamais monté, dont il ignorait, par conséquent, les qualités ou les défauts, n'était pas une bête de premier ordre. Il était impossible, en effet, à Gaspard de Besse, de revenir en arrière sans donner en plein dans la troupe qui le poursuivait.

Son salut ou sa perte dépendait de la vigueur des jarrets de sa monture.

L'excitant de la voix, il la dirigea en droite ligne sur l'obstacle ; le cheval ne chercha point à se dérober et Bras-de-Fer ouvrit de grands yeux en le voyant se ramasser et franchir d'un bond énorme la barrière qui lui fermait la route.

L'obstacle qui pouvait perdre le fugitif devenait maintenant pour lui un moyen de salut, car il fallait que le brigadier se fît reconnaître et que le gardien ouvrît la barrière pendant que Gaspard de Besse continuait sa course en modérant la fougue de sa monture qu'il ne voulait pas surmener.

Il avait une certaine avance qu'il s'attachait surtout à maintenir sans chercher à l'accroître, car il avait pu se convaincre que, si son cheval avait du fond et de l'ardeur, il était aussi un peu rétif et se cabrait sous l'éperon.

Aux portes de la ville d'Aubagne une petite auberge se trouvait sur la route.

Les gens de la maréchaussée s'y-arrêtèrent quelque temps après.

— Avez-vous vu passer un cavalier monté sur un cheval noir?

— Il est descendu ici.

— Et vous ne l'avez pas arrêté?

— Arrêter un voyageur qui a donné un double louis pour deux bouteilles d'eau-de-vie?

— Comment! il a bu...

— Ma foi non, il s'en est servi pour laver le corps de son cheval qui a paru s'en fort bien trouver, car il est reparti à fond de train, franchissant les haies, les ruisseaux et les murailles. Tenez, on l'aperçoit à ce moment à quelques centaines de mètres et...

— Corbleu! il va se casser le cou!

— Il faut vraiment que ce cheval soit enragé, car il vient de franchir un talus de dix pieds de haut pour le moins!

— Quand cet homme serait le diable et nous conduirait à l'enfer, nous le suivrons; en avant! camarades!

Et la troupe s'élança au triple galop; mais Bras-de-Fer et Salviade n'avaient plus que cinq hommes avec eux.

L'ardeur qu'ils mettaient à poursuivre le fugitif s'accrut bientôt en voyant diminuer la distance qui les séparait de celui qu'ils voulaient atteindre.

Le cheval que montait Gaspard de Besse avait pris peur d'un grand arbre, et, redevenu rétif, n'obéissant plus à la pression du mors, se cabrant sous les coups d'éperons, n'avançait plus que par soubresauts.

Or, il était impossible au capitaine de faire perdre sa piste à la meute humaine qui galopait derrière lui, car les plaines qu'il traversait étaient vastes et les horizons se prolongeaient à perte de vue. C'était une sorte d'hippodrome tracé sur une surface peu accidentée qui se déroulait à l'infini.

Bras-de-Fer et Salviade, comprenant tout l'avantage qu'ils pouvaient tirer de la situation, accélérèrent encore la poursuite. Lorsqu'ils furent à portée de pistolet de celui qu'ils poursuivaient, le brigadier lui cria de se rendre s'il ne voulait être tué.

Gaspard de Besse vit qu'il était perdu s'il se fiait à la vitesse de sa monture, car ses ennemis avaient gagné du terrain.

Lorsque la troupe fut sur le point de l'atteindre, il arrêta brusquement son cheval, et les soldats, emportés par l'élan de leur course, passèrent comme un tourbillon autour de lui et fournirent ainsi une trentaine de pas.

Mettant à profit leur désarroi et préférant se faire tuer les armes à la main que se laisser prendre, Gaspard de Besse enfonça ses éperons dans les flancs de son cheval qui, fou de douleur, fondit comme la foudre sur les soldats surpris par cette brusque attaque.

Il heurta en plein poitrail la monture de Salviade qui culbuta tandis que, d'un coup de pistolet, Gaspard cassait la tête à un cavalier qui allait lui porter un coup de sabre. Il réussit aussi à loger une balle dans l'épaule du brigadier qui poussa un rugissement de douleur et de colère.

Les soldats ripostèrent ; les détonations de mousquets ébranlèrent l'air et les balles vinrent siffler autour de la tête du capitaine.

Son cheval fut atteint ; il tressaillit et trébucha. L'énergie de son sang lui vint toutefois en aide et la noble bête repartit, mais haletante, épuisée.

L'ardeur de cette course inutile ranima un instant les forces du coursier, et, pendant quelques centaines de mètres, il dévora l'espace ; puis il s'arrêta, trébucha, souffla avec bruit. Son corps trembla ; il fit un bond, et subitement s'affaissant sur ses jambes il se renversa.

La ville d'Auriol montrait non loin de là ses toitures rouges entre les arbres et l'on voyait accourir de ce côté les paysans qu'attirait le bruit de l'escarmouche.

Pour éviter leur rencontre, Gaspard de Besse prit un petit sentier détourné à l'extrémité duquel se dessinait vaguement dans les ombres du crépuscule les bords verdoyants de l'Huveaune, mais à peine avait-il fait quelques pas, que le galop des chevaux retentit derrière lui.

Salviade, laissant sur la route le brigadier Bras-de-Fer blessé, avait pris le commandement des soldats dont il excitait l'ardeur en leur promettant une riche récompense.

— Nous le tenons, s'écriait-il. Victoire ! Vertubleu !

Mais Gaspard de Besse se jeta d'un bond hors du sentier et s'élança à travers les terres labourées, où, en longeant les haies et en profitant des accidents de terrain, il pourrait plus facilement se dérober à ceux qui le poursuivaient.

Il atteignit enfin les bords de l'Huveaune où il disparut parmi les hautes et épaisses touffes de roseaux et de romarins qui bordaient la rive.

Il chercha un asile au milieu des tamarins où, grâce à la nuit qui envahissait la plaine, il devait assez aisément se dérober aux recherches. Il s'assit auprès d'un vieil orme autour duquel les joncs et les roseaux formaient une haie haute et épaisse, puis il écouta attentivement pour s'assurer qu'aucun bruit ne révélait la présence de ses ennemis. Son oreille ne perçut que les bruissements du feuillage agité par le vent du soir et le clapotement des eaux.

Il demeura silencieux pendant quelques instants, s'efforçant de rétablir un peu d'ordre dans ses pensées que la rapidité et les péripéties de sa fuite rendaient encore incohérentes.

— Quelle est, se demanda-t-il, cette amie inconnue qui veille sur moi et vient ainsi mystérieusement à mon secours? Ma foi, le mystère vaut la peine qu'on l'éclaircisse, et, pour cela, essayons du talisman indiqué.

Il s'approcha du bord de l'eau, après avoir sondé du regard l'obscurité qui régnait déjà sous les ombrages de l'Huveaune, et appela par deux fois :

— Miette ! Miette !

A ce cri succéda un profond silence ; puis il entendit une voix qui disait :

— Battez les roseaux, je l'ai entendu ; il est caché par là.

Son appel imprudent avait révélé sa retraite et déjà il ne distinguait que trop bien le bruit des pas qui se rapprochaient.

— Au diable ! fit-il avec colère, c'est ma mystérieuse amie qui me perd ; mais malheur à celui qui portera le premier la main sur moi, il payera cher cet honneur !

En disant ces mots, il tira son épée et se tint prêt à en frapper le premier qui se montrerait.

Au même instant, il entendit le bruit cadencé des rames qui battaient l'eau.

Ce fut avec un tressaillement de joie qu'il appela une dernière fois :

— Miette !

— Me voici.

Cette réponse fut faite par Salviade dont la figure narquoise apparut au-dessus des roseaux.

— Cette fois, ajouta-t-il, il faut vous rendre ; nos armes sont chargées, la rivière est profonde et Miette n'est pas là...

— Elle y est ! dit une douce voix.

Gaspard de Besse se retourna vivement.

Une barque venait d'atterrir le long de la rive, et la jeune fille qui la montait l'invitait du geste à s'y réfugier.

Salviade la vit aussi et se porta résolument entre elle et le fugitif.

Gaspard de Besse bondit sur lui l'épée haute. Les fers se croisèrent, mais le combat fut rapidement terminé.

Salviade reçut dans le bras un coup d'épée qui le mit hors d'état de lutter, mais non d'appeler à l'aide.

Sans se soucier de ses cris, Gaspard de Besse sauta dans la barque, et, par un vigoureux effort, la lança loin de la rive.

Les soldats n'avaient pas encore eu le temps d'accourir que le bateau qui filait comme une flèche, disparaissait déjà derrière les sinuosités de la rive, que les ténèbres de la nuit couvraient d'un voile protecteur.

CHAPITRE XXXVIII

La femme masquée

L'air était plein de fraîcheur et de parfums agrestes ; la brise qui s'était levée au coucher du soleil, se jouant à travers les oseraies de l'Huveaune, faisait doucement chuchoter les peupliers dont les cimes s'agitaient dans l'azur foncé du ciel, tandis que les saules et les ormes, dont les basses branches plongeaient dans la rivière, mêlaient leur bruissement au clapotement des eaux.

Une faible clarté, perçant avec peine la feuillée, se montrait à l'orient, annonçant le prochain lever de la lune.

En attendant, les ténèbres entouraient la barque qui glissait rapide et silencieuse.

Gaspard de Besse était assis à la poupe, tandis que la batelière, debout au milieu de l'embarcation, ramait avec vigueur. Perdue dans l'obscurité, elle ne lui apparaissait que comme une ombre vague.

Fatigué de regarder sans rien voir, il adressa la parole à la jeune fille :

— Qui êtes-vous, ma mignonne, vous qui êtes venue, ainsi qu'une bonne fée, me secourir dans le danger ?

— La bonne fée, répondit la batelière en tressaillant et comme si ces paroles l'eussent tirée d'une rêverie profonde, la bonne fée, ce n'est pas moi, mais bien celle qui m'envoie !

Ces paroles, prononcées en patois de Provence, par une voix douce et harmonieuse, causèrent une certaine surprise au fugitif.

— Et quelle est cette bonne fée ?

— C'est celle qui est venue à mon secours lorsque j'étais malheureuse ; c'est ma protectrice et la vôtre.

A ce moment, la clarté de la lune qui se levait glissa à travers les éclaircies des arbres et illumina la barque d'un pâle reflet.

La batelière apparut alors, noyée dans une clarté argentée.

C'était une blonde enfant à la taille svelte et gracieuse. Son visage avait des traits fins et délicats ; ses grands yeux bleus étaient pleins de tristesse et de rêverie.

Elle portait le pittoresque costume des filles d'Arles. Sous la gaze de son corsage, largement échancré, apparaissait sa poitrine blanche et le double globe rond et ferme de son sein poli comme l'ivoire. Un large ruban, dont le bout flottait, enveloppait ses cheveux qui encadraient son beau front de leurs bandeaux ondulés.

Après un instant de silence, pendant lequel il tenait ses regards attachés sur cette adorable créature, Gaspard de Besse reprit la parole :

— Ainsi, c'est la bonne fée qui vous a envoyée vers moi ?

— C'est elle et vous allez la voir bientôt. Regardez là-bas ce vieil arbre qu'éclaire la lune et dont les branches plongent dans l'eau ; c'est là qu'elle vous attend.

Il regarda dans la direction indiquée et aperçut un aulne qui, isolé par une sorte de clairière, s'élevait non loin de la rive.

Quelques instants après, la barque abordait devant l'aulne.

Gaspard de Besse, en sautant à terre, ne put se défendre d'un tressaillement que lui causait l'étrangeté de l'aventure.

La jeune fille amarra sa barque, et comme Gaspard de Besse lui adressait la parole, elle lui imposa silence en lui mettant la main sur la bouche ; puis, elle prononça à haute voix ces mots :

— Voici Miette !

Quelques secondes s'écoulèrent après cet appel, puis, au bout de la clairière, un blanc fantôme de femme, qui parut surgir du milieu du feuillage, apparut tout à coup.

À cette vue, Gaspard sentit battre son cœur. Décidément l'Huveaune devenait une rivière enchantée.

L'apparition traversa rapidement la clairière et vint droit à lui. Avant de l'aborder, elle fit un léger signe à Miette qui s'éloigna aussitôt.

— Enfin, dit-elle d'une voix douce et d'un ton enjoué, en s'avançant avec une sorte d'hésitation, enfin, vous voilà sain et sauf, hors des mains de la maréchaussée ! Avouez, monsieur, que l'on a fait faire là une grande perte à la justice...

Ces paroles, où perçaient à la fois la joie et l'ironie, laissèrent Gaspard de Besse interdit ; il essaya bien de répondre quelques mots, mais son étonnement ne le lui permit pas.

— Allons, prenez ma main et venez !

Gaspard obéit. Il éprouva une douce sensation en serrant cette main mignonne et satinée.

— Ah çà ! dit-il, est-ce que je veille ? Suis-je le jouet d'un songe ?

Tout en marchant, il regarda alors attentivement sa gracieuse conductrice.

C'était une femme d'une taille svelte, entièrement vêtue de blanc, et dont la tête, perdue dans les plis d'un grand voile de gaze, n'apparaissait que vaguement.

Son pas était léger et chacun de ses mouvements révélait une grâce et une aisance merveilleuses.

Elle marchait vite et sa main pressait doucement la main de Gaspard.

Ils s'avançaient, longeant l'Huveaune, tantôt perdus dans l'ombre des arbres, tantôt éclairés par les pâles rayons de la lune.

— Qui que vous soyez, lui dit le fugitif d'une voix émue, je ne sais comment vous témoigner ma reconnaissance dont la vivacité menace cependant de le céder à l'ardeur d'un sentiment plus profond et plus tendre ; tant de bonté ne peut être éclipsée que par tant de grâce, et mon cœur est envahi à la fois par la gratitude et l'amour.

Un rire frais et perlé répondit à cette déclaration.

Tout en riant, le fantôme dit avec un léger accent d'ironie :

— Voilà un bien beau discours... mais quel dommage que ces compliments si bien tournés se trompent d'adresse !...

— Que voulez-vous dire ?

— Que ce n'est pas moi qui vous ai écrit ; que ce n'est pas moi qui vous ai sauvé. S'il y a ici un bon ange, je ne suis que la messagère chargée de vous conduire dans son céleste séjour.

À ce moment, ils entrèrent dans un grand parc.

En face d'eux se dressait, vivement éclairée par les rayons de la lune, la façade d'un château avec sa cour d'honneur et son perron.

La mystérieuse conductrice s'arrêta, frappa dans ses mains, et aussitôt un jet de lumière vint éblouir Gaspard de Besse.

Lorsqu'il eut accoutumé ses yeux à cet éclat, le fantôme avait disparu, et il aperçut, au haut du perron, quatre belles filles qui lui faisaient signe d'avancer.

Ses femmes apparurent apportant une table servie avec élégance. (Page 313.)

Il obéit, et elles le conduisirent dans une vaste et superbe galerie où elles le laissèrent seul.

Cette galerie était meublée avec un luxe magnifique ; on y avait prodigué les plus riches étoffes. Des tableaux de Watteau, de Boucher et de Fragonard couvraient les murs avec des glaces et des appliques merveilleusement ciselées. Dans de grands vases s'épanouissaient d'immenses gerbes de fleurs dont les pénétrants parfums engourdissaient les sens.

Par les fenêtres, il apercevait un jardin splendide où les jets d'eau scintillaient à la clarté de la lune, où, au milieu des parterres en fleurs, de blanches statues se détachaient sur le vert sombre des massifs d'arbres.

Sa gracieuse conductrice reparut. C'était une jolie brune qui n'avait plus rien d'un fantôme.

Elle l'invita à le suivre et le conduisit dans un petit salon, non moins magnifique que la galerie qu'il venait de quitter.

— Ma maîtresse, lui dit-elle, va bientôt venir ; mais, avant qu'elle se présente devant vous, il faut que vous juriez d'obéir à toutes ses volontés.

— Je le jure de grand cœur et j'ajoute que tous ses caprices seront pour moi des arrêts sans appel.

— Il faut aussi que vous donniez votre parole de ne pas chercher à soulever son masque.

— Je m'y engage, si elle est seulement de moitié aussi charmante que toi, ma mignonne.

— Elle est cent fois plus belle.

— Je n'en crois rien, car je n'ai jamais vu d'aussi ravissant minois, répondit-il, en lui prenant le menton et en l'embrassant sur ses jolies joues qui s'empourprèrent.

— Voyons, finissez, monsieur.

— J'ai bien envie de désobéir.

— Et que dirait ma maîtresse ?

— Ma foi ! pourquoi a-t-elle une aussi ravissante ménagère ?

— C'est bon, on sait ce que valent ces compliments.

— Ce que je dis, je suis prêt à le prouver : je vous trouve charmante et...

— Allons, monsieur, laissez-moi, dit la jeune fille en se débattant ; fi ! fi ! que c'est vilain !

— Allons, encore un baiser... un seul !

— Non, monsieur, non ; jurez plutôt d'obéir aux volontés de celle qui m'envoie.

— Pas avant d'avoir obtenu ce baiser.

— Voilà, dit-elle, en lui tendant la joue, mais c'est bien pour en finir avec votre sotte obstination.

— Mais pourquoi ce masque ?

— Parce que ma maîtresse court de grands dangers en vous recevant, et qu'elle ne veut pas être reconnue.

— Alors, dis-lui que je lui obéirai et que je lui donne ma parole d'être le plus soumis de ses esclaves.

— Cela suffit ; attendez dans ce salon qu'elle puisse vous recevoir et, pour tromper les ennuis de l'attente, goûtez aux rafraîchissements qu'on va vous servir et dont vous devez avoir grand besoin.

Resté seul, Gaspard de Besse parcourut d'un regard ébloui ce salon garni de tentures à fond d'or, ouvragées avec des arabesques en perles de nacre et de corail.

Sur ces riches tentures pendaient de précieux tableaux, et les meubles de Boule supportaient des vases, des girandoles en cristal de roche, des bronzes anciens et des marbres rares.

C'était un éblouissement.

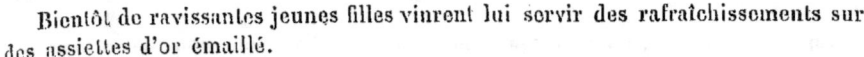
Bientôt de ravissantes jeunes filles vinrent lui servir des rafraîchissements sur des assiettes d'or émaillé.

Soudain la porte s'ouvrit et la maîtresse de ce féerique séjour apparut sur le seuil.

Son costume, d'une richesse extrême, était en même temps d'une élégance exquise. Il dessinait à ravir sa taille mince et flexible, moulant ses beaux seins à demi nus, encadrant ses épaules laiteuses et un peu grasses sur lesquelles ruisselaient les boucles de sa chevelure soyeuse dont les flots tombaient autour de son visage. Celui-ci, d'un ovale parfait, était caché sous un masque de velours noir dont les ouvertures laissaient admirer ses yeux grands ouverts et bien fendus qui brillaient comme des escarboucles.

Elle lui tendit une main blanche et potelée, sur laquelle Gaspard de Besse s'inclina en l'effleurant de ses lèvres.

— Soyez le bienvenu, monsieur, lui dit-elle, et, puisque la nécessité vous oblige à vous choisir une retraite, j'espère que celle-ci ne vous semble pas trop désagréable.

— Auprès de vous, madame, la plus misérable chaumière paraîtrait un palais, car il suffirait qu'elle fut illuminée du rayonnement de votre grâce et de vos charmes, pour devenir un temple digne de Vénus ; mais, dans cette demeure superbe, auprès d'une beauté aussi parfaite, l'exil est trop doux pour qu'on ne rêve pas de le prolonger pendant l'éternité.

— L'éternité ! ce serait bien long et vous seriez fâché si quelque fée maligne prenait au sérieux ce vœu indiscret.

— Mais n'êtes-vous pas vous-même une fée, la meilleure et la plus belle de toutes, vous à qui je dois à la fois la vie et ces enchantements de l'heure présente.

— Laissons cela. L'avis était bon, vous avez pu vous en convaincre. J'espère vous prouver que mon hospitalité n'est point des plus maussades et, comme vous venez de faire une longue course à cheval, que l'heure est avancée, je ne veux point vous imposer le supplice de soupirer vos plus doux madrigaux sans avoir réparé vos forces.

Elle frappa dans ses petites mains. Ses femmes apparurent, apportant une table servie avec élégance et éclairée par les bougies parfumées de girandoles qui s'élevaient aux quatre angles d'un surtout somptueux.

La belle inconnue s'étendit nonchalamment sur une bergère et invita Gaspard de Besse à venir se placer tout près d'elle.

Il ne put s'empêcher d'admirer ce corps délicat qui reposait à demi sur les coussins avec une voluptueuse langueur; les yeux ardents, cette riche chevelure d'où s'exhalaient de pénétrants parfums, ce sein doucement agité qui palpitait sous la gaze.

Il prit entre ses doigts sa main mignonne et elle l'abandonna à ses caresses, tout en lui disant avec un sourire :

— Vous êtes un beau cavalier, un amoureux bien entreprenant, mais un fort médiocre convive. Que dirait mon cuisinier, qui a fait des prodiges pour vous satisfaire, s'il voyait le peu d'attention que vous accordez à ses mets ? Allons, laissez là ma main si vous voulez que je vous serve.

Attirant à elle les plats qui fumaient sur les réchauds, elle plaça devant lui les morceaux les plus délicats et l'invita à y goûter...

Le cuisinier s'était, en effet, surpassé, car, à ce service recherché, en succéda un autre dont tous les mets n'avaient pas une saveur moins délicieuse.

On apporta enfin le dessert et le vin de champagne coula à grands flots.

Les yeux de la belle inconnue laissaient maintenant tomber sur son convive des regards voluptueux. Ses joues se couvraient d'une adorable rougeur, et le mouvement plus accentué de son corsage trahissait une ardeur mal contenue.

Pour lui, dans ce salon d'une richesse féerique qu'emplissait une atmosphère embaumée, il s'enivrait de la contemplation de la mystérieuse sirène en qui tout était grâce et séduction.

Il était comme transporté par cette beauté fine et distinguée. Il admirait ces yeux qui brillaient doucement à travers les ouvertures du masque, cette taille merveilleuse, ce pied d'enfant qui ne le cédait en rien à une main de duchesse.

Lorsque l'inconnue parlait, sa voix doucement voilée résonnait à son oreille comme une divine mélodie...

— Ne verrai-je jamais, mon enchanteresse, lui dit-il, le visage dont un masque jaloux me dérobe à demi les perfections?

— Vous le verrez peut-être un jour, mais souvenez-vous de votre serment !

— Qu'était-il besoin de serment, lorsqu'il vous suffisait d'ordonner à votre esclave pour qu'il obéît?

— Avouez, cependant, que vous avez déjà éprouvé la tentation de manquer à votre parole?

— Je n'en ai donc eu que plus de mérite à tenir ma promesse ; mais vous n'eussiez pas moins obtenu de mon amour.

— Votre amour ne serait-il pas un simple caprice?

— Comment pourrait-on ne pas vous aimer, ne pas se donner tout entier à vous ? Ne plus vous revoir quand on vous a connue, ne plus vous aimer quand on a passé à vos pieds de si délicieux instants... Mieux vaudrait la mort et j'en mourrais !

— On ne meurt pas d'amour et, peut-être hélas ! quand ce caprice se sera envolé, serez-vous le premier à réclamer votre exil.

— Jamais, ma belle déesse, je n'oublierai ces heures de bonheur et je vous adorerai à deux genoux tant que vous ne me chasserez pas de ce temple...

Il l'attira dans ses bras et déposa sur sa bouche vermeille un baiser qui la fit se pâmer.

Il lui fut impossible désormais de rester maîtresse d'elle-même ; elle laissa tomber sa tête languissante sur son épaule, s'abandonnant à ses caresses et murmurant quelques paroles sans suite d'une voix émue et tremblante. Son amour pour Gaspard dominait cette suave créature.

Elle l'enveloppa ensuite d'un regard de flamme et se renversa sur les coussins, les yeux humides, les narines palpitantes. La rougeur de son visage se répandait sur ses épaules et sur son sein comme une mer voluptueuse.

Ce fut un échange passionné de baisers ardents, d'étreintes convulsives, de paroles enflammées...

Soudain, dans un long échange de caresses, elle défit brusquement les cordons de son masque.

— Tiens, dit-elle, je veux être toute à toi !...

Gaspard de Besse ne put retenir un cri de surprise.

La belle inconnue était Mme des Galois de la Tour, la femme de l'intendant de Provence.

Puis, honteuse sans doute de sa hardiesse, elle rougit plus fort et cacha son visage dans ses mains.

Ce ne fut qu'un éclair ; elle releva la tête et, laissant échapper un éclat de rire argentin :

— Quand je pense que vous vouliez me brûler dans mon hôtel !

CHAPITRE XXXIX

Une nuit terrible

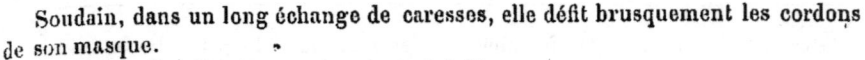

A matinée était fort avancée lorsque Gaspard de Besse se réveilla.

En sortant de sa chambre, il rencontra une des femmes de Marguerite de la Tour et lui demanda si sa maîtresse était levée.

— Depuis une heure, et elle est en ce moment à sa toilette.

— Peut-elle me recevoir ?

— Elle vous attend, suivez-moi !

Marguerite était assise devant une toilette magnifique, encombrée de boîtes d'or de formes diverses et de diverses grandeurs, ayant en face d'elle un miroir surmonté de deux petits Amours.

Dès qu'elle aperçut son amant, elle lui sourit tendrement, lui donna sa main à baiser et l'invita à s'asseoir auprès d'elle.

Une atmosphère embaumée remplissait ce cabinet aux tapis moelleux, aux peintures chaudes de ton, où les petits Amours se jouaient dans les arabesques du plafond, se poursuivant, échangeant des baisers ; le temple était ravissant et en tous points digne de l'idole.

Celle-ci regardait à la dérobée Gaspard et paraissait heureuse de l'impression que trahissait son visage. Mais, en femme savante dans les secrets de l'amour, elle ne voulait point épuiser, dès la première rencontre, les feux qui se réveillaient dans le cœur de son amant.

Elle prit soin d'éviter les propos trop tendres, ne livra à ses lèvres que sa main et son bras potelé, agaçant ses désirs, mais sans lui permettre certaines privautés trop grandes.

Sa conversation était pétillante d'esprit et de malice, toute pleine d'une verve qu'il n'eût pu soupçonner dans cette femme naguère si adorablement amoureuse.

C'était un babil interrompu et coupé qui imitait le désordre et le négligé du moment. Elle minaudait délicieusement devant son miroir avec une grâce étudiée, tressant ses longs cheveux flottants dont les boucles naissaient sous sa main légère qui semblait à peine y toucher.

Tout en lui décochant les œillades les plus assassines, elle savait aussi, avec une coquetterie savante, déranger son peignoir et découvrir une partie de ses charmes, laisser entrevoir une jambe demi-nue, s'échapper de sa mule le pied mignon qu'elle renfermait à peine, faire valoir toutes les séductions de ce déshabillé voluptueux qui faisait paraître sa taille plus riche et plus élégante encore.

Toute cette journée fut, pour Gaspard, un long enivrement. Les heures s'écoulèrent rapides au milieu de ce charmant paradis et auprès de sa ravissante maîtresse, tour à tour rieuse et coquette, amoureuse et passionnée...

La nuit était venue et on venait de servir le souper, lorsqu'on entendit un grand tapage dans la cour d'honneur. Elle s'éclaira subitement des feux de vingt flambeaux, elle s'emplit du bruit des piaffements des chevaux et des roues d'une chaise de poste qui s'arrêtait devant le perron.

Une des femmes de Marguerite courut tout effarée et murmura à son oreille, mais assez haut pour que Gaspard pût l'entendre :

— Madame, voici M. des Galois de la Tour qui arrive.

Marguerite accueillit cette nouvelle avec une moue fort significative.

— Voilà, dit-elle, un mari fort incommode et qui prend bien mal son temps.

Puis, donnant un long baiser à son amant, elle ajouta :

— Il faut nous séparer, mais pas pour bien longtemps je l'espère. Vous n'avez plus rien à craindre ; ceux qui vous poursuivaient se sont éloignés, et vous pourrez vous retirer sans danger. Une de mes femmes va vous conduire jusqu'à la petite porte du parc où vous trouverez un cheval qui vous conduira rapidement là où vous devez vous rendre.

— Adieu, Marguerite.

— Adieu... non, au revoir !

Le gracieux guide qui l'avait conduit dans cette enchanteresse retraite, le conduisit à travers les dédales du parc jusqu'à une petite porte qui donnait accès sur la campagne.

La nuit était profondément obscure, le ciel était couvert de noirs nuages et le mistral soufflait avec violence.

Gaspard de Besse n'avançait que lentement, n'osant pas pousser vivement son cheval sur cette route coupée de fondrières et qu'il n'avait jamais parcourue.

Soudain, sa monture s'arrêta net et il put distinguer dans l'ombre une troupe d'hommes armés qui lui barrait le passage.

— Qui va là ?... s'écria-t-il en tirant son épée et en armant un pistolet...

On ne lui répondit pas, mais il sentit que des mains vigoureuses saisissaient sa jambe droite et tentaient de lui faire vider les arçons.

Un formidable coup de pommeau punit cette tentative dont l'auteur assommé tomba sur le sol comme une masse, sans même pousser un cri.

En même temps, Gaspard fit reculer et cabrer son cheval pour se dégager.

— En avant ! commanda le chef de la troupe.

Gaspard de Besse fut aussitôt environné de toutes parts. D'un coup de pistolet, il jeta par terre un des assaillants, et, bondissant au milieu des autres, frappa d'estoc et de taille avec une telle furie, que le cercle qui l'entourait s'élargit.

Attaqué moins vivement, il enfonça les éperons dans les flancs de sa monture pour passer sur ses ennemis et gagner au large ; mais le chef de l'expédition, qui s'était tenu un peu à l'écart, abaissa vivement son pistolet et fit feu.

L'éclair illumina la nuit et Gaspard de Besse aperçut les uniformes des soldats de la maréchaussée.

Au même instant, son cheval s'abattit sous lui et roula sur le sol, la tête fracassée par la balle, entraînant sous lui son cavalier.

Les soldats se ruèrent sur Gaspard, mais, par un violent effort, celui-ci se dégagea, bondit sur ses pieds et deux hommes tombèrent presque aussitôt, la poitrine traversée de part en part.

Dans la nuit sombre qui enveloppait les combattants d'un noir linceul, on entendit le choc des épées. Des étincelles jaillirent des lames, puis un grand cri déchirant et désespéré domina les mugissements de la tempête.

Gaspard de Besse était tombé, frappé traîtreusement dans le dos par l'épée de Salviado et gisait inanimé sur le sol.

Quelques instants après, une troupe d'hommes armés gagnait les bords de l'Huveaune qu'ils traversaient sur des barques.

A peine les soldats et Salviado s'étaient-ils éloignés qu'une femme, qui avait assisté invisible à ce drame, sortit d'un épais fourré, regarda avec précaution autour d'elle et s'approcha de Gaspard de Besse.

Elle s'agenouilla auprès de lui, regarda son visage et poussa un grand cri.

Gaspard fit un mouvement qui lui arracha de sourdes plaintes.

— Il n'est pas mort ! s'écria la jeune fille avec transport.

Avec une vigueur qu'on ne lui eût pas soupçonnée, elle souleva le blessé et le porta près de la rivière.

Elle l'étendit avec mille précautions sur l'herbe humide, trempa son mouchoir dans l'eau fraîche et l'appliqua à différentes reprises sur son visage couvert d'une sorte de masque sanglant.

Le blessé poussa un soupir, ouvrit les yeux et les fixa sur la jeune fille avec une indéfinissable expression de gratitude.

— Où sont-ils ? murmura-t-il d'une voix faible.

— Ne craignez rien ; les assassins sont partis vous croyant mort.

Elle mouilla encore son front avec l'eau de la rivière.

— Merci, Miette, lui dit le blessé.

— Chut, ne parlez pas ; il faut maintenant vous éloigner d'ici, car on pourrait revenir. Mais comment faire ? je ne suis pas assez forte pour vous porter jusqu'à notre demeure.

— Je pourrai marcher peut-être ; essayons.

Domptant avec énergie les horribles souffrances qu'il éprouvait, il se redressa avec l'aide de la jeune batelière ; mais cet effort sembla avoir épuisé ses forces et il fut obligé de s'adosser à un arbre.

— Ce n'est rien, dit-il... Marchons !

S'appuyant sur l'épaule de Miette, il fit quelques pas, mais il fut pris d'une nouvelle défaillance qui l'obligea à s'asseoir.

Il ne poussa ni un cri, ni une plainte, et, dès qu'il sentit ses forces revenir, il se remit en marche.

Il n'avançait que bien lentement, car il était obligé de s'arrêter pour laisser passer le spasme lorsqu'il éprouvait une crise trop violente. Mais, bien que la perte de son sang lui eût enlevé une grande partie de ses forces, l'énergie de sa volonté fut telle qu'il se traîna jusqu'à la chaumière de Miette.

Lorsqu'ils l'atteignirent enfin, il était brisé par ces efforts. Une fièvre ardente faisait courir des frissons dans tout son corps, sa tête était brûlante, et il tomba comme une masse inerte sur le lit de la jeune fille.

Par suite des efforts qu'il avait dû faire pour gagner la chaumière de la jeune batelière, ses blessures laissaient de nouveau échapper son sang avec abondance, et la jeune fille désespéra un instant de pouvoir arrêter cette hémorragie.

Elle y réussit cependant, mais la faiblesse du blessé était telle, la fièvre qui le faisait délirer était si violente, que Miette craignait à chaque instant qu'il ne fût emporté par quelque crise plus violente que les précédentes.

La jeune fille passa toute la nuit auprès de son lit, lui prodiguant ses soins, ne s'éloignant pas de lui un seul instant.

Vers le matin, l'ardeur de la fièvre diminua un peu, le sommeil du blessé devint plus calme et le délire cessa complètement.

Le père de Miette, un vieux berger qui avait passé de longues années dans les plaines de la Crau ou dans les montagnes, presque toujours seul et habitué, par conséquent, à ne demander du secours qu'à lui-même, pansa les blessures de Gaspard de Besse, comme il avait plusieurs fois pansé ses propres blessures. Il connaissait les herbes aux vertus mystérieuses dont les feuilles produisent de si merveilleux effets, dont le suc est un baume souverain.

Ces remèdes, que les bergers se transmettaient de père en fils, et dans lesquels ils mettaient toute leur confiance, pour en avoir expérimenté les admirables vertus, hâtèrent la cicatrisation des plaies, coupèrent la fièvre et rendirent rapidement ses forces au malade.

Au bout d'une quinzaine de jours, celui-ci put se lever et faire quelques pas dans sa chambre en s'appuyant sur le bras de sa charmante compagne.

Elle était vraiment ravissante, Miette, sous son élégant et pittoresque costume d'Arlésienne, et plus d'une fois les yeux du blessé s'arrêtèrent longuement sur son joli visage, sur sa taille si souple, sur son corsage aux voluptueux contours.

Tombant à genoux, elle murmura une dernière prière. (Page 323.)

La jeune fille, elle aussi, avait été séduite par la mâle figure de l'inconnu. Le mystère qui planait sur lui l'attirait et elle s'était encore attachée à lui en raison des souffrances qu'il endurait et du courage indomptable dont il avait fait preuve sous ses yeux dans cette lutte contre une bande d'ennemis où il n'avait succombé que par trahison.

L'intérêt qu'il lui témoignait, les sentiments de reconnaissance qu'il exprimait d'une voix si douce, la noblesse affectueuse de ses manières contribuaient encore à troubler davantage le cœur de Miette.

Mais l'amour qu'elle ressentait pour lui, elle le cachait avec le plus grand soin.

N'était-il pas, en effet, aimé de sa bienfaitrice? Et puis cet élégant cavalier pourrait-il devenir le mari d'une pauvre batelière?

Or, Miette était une honnête fille; elle se donnerait à celui qu'elle aimerait, mais à la condition qu'il devînt son époux.

Si donc son petit cœur battait à rompre sa poitrine lorsque Gaspard s'appuyait sur elle pour gagner la chaise où il passait de longues heures devant les fenêtres de la chaumière, elle avait une volonté assez forte pour ne rien laisser paraître de ses émotions, ni sur son visage, ni dans sa voix.

Elle se montrait bonne, douce, affectueuse, tendrement empressée auprès de son cher malade, mais elle lui témoignait beaucoup plus les sentiments d'une sœur que ceux d'une amante.

Gaspard avait-il deviné le secret de Miette?

Cela pouvait être, mais il avait, lui aussi, trop de délicatesse pour vouloir arracher à celle qui l'avait soigné, un aveu qu'elle ne voulait pas lui faire. Il lui devait trop pour ne pas respecter scrupuleusement le masque qu'elle plaçait sur son visage, et il se fût fait horreur à lui-même en méditant froidement de déshonorer celle à qui il devait la vie.

Elle lui plaisait, sans doute; il la trouvait très séduisante et fort désirable, mais, pour rien au monde, il n'eût consenti à troubler son bonheur, à flétrir son innocence dans le but de satisfaire un simple caprice.

Il en eût sans doute été autrement si Miette, cédant à la violence de son amour, lui eût laissé lire dans son cœur.

La flamme de la passion de la jeune fille l'eût embrasé, et ils se seraient donnés l'un à l'autre sans réflexion, dans une de ces heures d'entraînement qui troublent la raison et triomphent de tous les scrupules.

Mais il n'en était pas ainsi et, si Gaspard de Besse comprit l'amour que Miette avait pour lui, il n'en témoigna rien et s'attacha à lui laisser croire qu'il ne connaissait pas son secret.

Une semaine s'écoula encore pendant laquelle les deux jeunes gens vécurent sans jamais se quitter et presque toujours seuls.

Pendant leurs longues conversations, Miette lui raconta l'histoire de sa vie, et elle émut vivement cet homme que les passions ardentes, les dangers incessants, les luttes quotidiennes avaient dû rendre peu facile à troubler.

Miette avait perdu sa mère de bonne heure et avait vécu dans la solitude avec son père qui, pendant de longues années, fut sa seule affection.

Elle parlait avec une douce émotion de l'époque de sa vie qui s'était écoulée à travers les vastes plaines de la Crau, dans cet immense désert, sous le ciel bleu de la Provence qu'elle aimait tant à contempler, silencieuse et rêveuse, lorsque la nuit venue il se constellait d'étoiles.

Elle dit à Gaspard les joies innocentes de ses jeunes années et ses désespoirs, lorsqu'elle veillait auprès de son père malade et abandonné.

Le peu qu'elle savait, c'était lui qui le lui avait appris, et il lui avait surtout enseigné à vivre honnêtement, à ne demander qu'au travail le pain quotidien et à savoir se satisfaire du peu que Dieu lui accordait.

Puis, le berger avait vieilli. On avait refusé de lui confier la garde des troupeaux et il s'était rendu à Marseille pour tâcher d'y gagner son pain.

Miette avait travaillé courageusement pour son père ; mais elle était jeune, jolie, et on avait voulu la séduire.

On lui avait d'abord offert de l'or, de riches bijoux, toute une existence dorée ; mais, lorsqu'elle eut repoussé avec indignation ces offres déshonorantes, refusé avec mépris de se vendre, celui qui avait voulu l'acheter résolut de l'obliger à se donner à lui en la réduisant à la plus affreuse misère.

Des calomnies avaient été colportées, les maisons où elle trouvait de l'ouvrage se fermèrent pour elle, et un jour vint où elle ne put donner à son vieux père malade les soins dont il avait besoin.

Le désespoir la rendit presque folle ; mais jamais la pensée ne lui vint de céder au misérable qui guettait cette heure d'agonie pour triompher de sa résistance.

Elle préféra mourir.

Un soir, elle se glissa hors du taudis dont ils allaient bientôt être chassés. Elle marcha bien longtemps, la tête perdue, sans savoir où elle allait, droit devant elle, les yeux secs et le front brûlant.

Soudain, elle se trouva au bord de l'Huveaune.

Tombant à genoux, elle murmura une dernière prière pour demander pardon à Dieu de son suicide, et pardon à son père de son abandon.

Elle se releva et fit un mouvement pour se précipiter dans la rivière.

Une main se posa sur son épaule et une douce voix murmura à son oreille :

— Malheureuse enfant, qu'allez-vous faire ?

Miette fondit en larmes et, en peu de mots, avoua à l'inconnu dans quelle misère elle se trouvait.

— Reprenez courage, lui dit-elle, la fin de vos épreuves est arrivée. Ni votre père, ni vous ne manquerez jamais plus de rien, je vous le jure.

Et la bonne fée qui venait de l'arracher à la mort avait tenu parole.

— Cette bienfaitrice, quelle est-elle ? lui demanda Gaspard de Besse.

— Elle s'appelle Mme des Galois de la Tour.

— Voilà un trait qui rachète bien des crimes de son mari.

— Ne parlez pas ainsi, je vous en supplie ; tout ce qui touche à elle est et doit m'être sacré.

— Je vous remercie, ma bonne Miette, de la leçon que vous venez de me donner, et je vous prie de croire que je fais une distinction entre Mme des Galois de la Tour et M. l'intendant de Provence.

— Je le crois bien, s'écria un peu étourdiment la jeune fille.

Mais à peine eut-elle prononcé ces mots qu'elle rougit et détourna la tête pour cacher son embarras.

Il y eut un moment de silence, car Gaspard de Besse ne savait que répondre et il en voulait presque à la jeune fille de cette allusion à son récent séjour dans le château de l'intendant.

Cependant, il ne tarda pas à se remettre et ce fut lui qui renoua l'entretien.

— Ainsi, dit-il, vous êtes maintenant heureuse ?

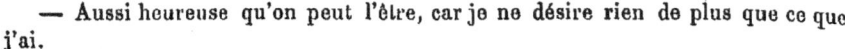

— Aussi heureuse qu'on peut l'être, car je ne désire rien de plus que ce que j'ai.

— N'avez-vous jamais formé un désir que je puisse satisfaire ?

— Aucun, et je ne demande dans mes prières que de longs jours pour mon père.

— Si jamais l'appui que vous avez rencontré chez Mme des Galois de la Tour venait à vous faire défaut, vous n'hésiteriez pas à vous adresser à moi, n'est-ce pas ?

— Mais...

— Promettez-le moi, Miette ?

— Eh bien ! oui ; car je crois connaître la noblesse de votre cœur.

— Et vous devrez le faire sans fausse honte, car je ne rougis pas à cette heure de demeurer votre obligé, sans pouvoir m'acquitter, même en partie, de tout ce que je vous dois.

— Vous ne nous devez rien. Mon père et moi n'avons fait que notre devoir en n'abandonnant pas un blessé resté sans secours.

— Ma dette envers vous, ma chère Miette, est de celles qu'on ne peut acquitter, Je suis et resterai toujours votre débiteur quoi qu'il advienne ; mais, si les jours sombres revenaient, vous me causeriez une grande joie en me mettant à même de vous témoigner mon amitié. Vous êtes une trop noble fille pour que je vous offre de l'or, dont vous déclarez n'avoir pas besoin, ou des bijoux que vous ne voudriez pas porter. Mais je vous supplie de ne pas refuser cette simple bague, sans valeur, et qui n'aura de prix, à vos yeux, que parce qu'elle vous rappellera une bonne action.

— Je l'accepte de grand cœur et la porterai en souvenir de vous.

— Je vous remercie de n'avoir pas refusé mon offre ; maintenant, il faut nous dire adieu, car je vais m'éloigner d'ici.

— Déjà !

— Quoi, Miette...

— Je veux dire, ajouta en rougissant la jeune fille, qu'il est imprudent de vous éloigner avant d'avoir complètement repris vos forces.

— Je ne vous dis pas adieu, ma chère amie, mais au revoir, et j'espère pouvoir revenir bientôt.

— Allons, au revoir, et que Dieu vous protège.

Gaspard prit dans ses mains la tête de la jeune fille et déposa sur son front un baiser qui la fit tressaillir.

Sous cette caresse, le cœur de Miette bondit dans sa poitrine, ses yeux se voilèrent et, s'il ne se fût pas immédiatement éloigné, l'aveu de son amour eût jailli de ses lèvres frémissantes.

CHAPITRE XL

Le cimetière de l'Hôtel-Dieu

E soleil descendait à l'horizon et son disque enflammé effleurait les vagues bleues de la mer, lorsqu'un jeune et charmant cavalier arrêta son cheval devant l'auberge du *Bras-d'or*.

Bien qu'il eût fait une longue course, comme l'attestaient la poussière qui maculait ses habits et l'écume blanche qui souillait les flancs de son cheval, il sauta légèrement à terre et, après avoir remis la bride au palefrenier qui s'était approché, il se dirigea d'un pas rapide vers la grande salle de l'auberge.

L'hôtelier, son bonnet à la main, s'approcha, en saluant coup sur coup le voyageur qui, à en juger par l'obséquiosité du digne homme, devait être un excellent client.

— Est-on venu me demander?

— Non, monsieur le chevalier de Valbrègues.

— Quoi! Personne?

— Personne, monsieur le chevalier.

— N'a-t-on apporté aucune lettre?

— Elle eût déjà été remise à monsieur le chevalier.

— C'est bien.

— Monsieur le chevalier n'a-t-il aucun ordre à me donner?

— Non.

L'aubergiste se retira en marchant à reculons et en saluant à chaque pas ce gentilhomme qui faisait chez lui une grande dépense et payait fort exactement ce qu'il devait, sans jamais examiner si l'addition était juste.

Au moment où l'hôtelier allait franchir le seuil de la salle, le jeune cavalier le rappela.

— Monsieur le chevalier a-t-il quelque ordre à me donner?

— Vous ferez dresser cinq couverts dans un salon que vous me réserverez et où j'entends être seul avec mes invités.

— Vos ordres seront exécutés; le salon vous appartiendra toute la soirée et nul ne viendra vous déranger.

— C'est bien.

— Et le menu? Monsieur le chevalier ne veut-il pas me donner ses instructions à cet égard?

— Je préfère m'en rapporter à votre goût, qui est si sûr en ces matières, et à la science de votre cuisinier.

— Monsieur le chevalier me comble, répondit l'aubergiste en s'inclinant jusqu'à terre.

— Je vous recommande seulement de nous servir du bon vin, car vous aurez à affaire à des buveurs intrépides qui sont, en outre, de parfaits connaisseurs.

— Ces messieurs seront sans aucun doute satisfaits, car ils goûteront à ce que ma cave renferme de plus distingué et je puis affirmer que le roi lui-même ne boit rien de meilleur.

— Je m'en rapporte à vous pour cela comme pour le reste ; mais tenez-vous tout prêt, car, dans quelques instants, mes invités ne tarderont pas à arriver.

Le chevalier de Valbrègues se dirigea vers sa chambre.

Lorsqu'il se trouva seul, le chevalier, ou plutôt Marie qui, on s'en souvient, avait caché son nom et son sexe sous les habits masculins du chevalier de Valbrègues, se laissa tomber avec un accablement profond sur un fauteuil.

— Rien encore ! murmura-t-elle ; toujours rien ! Depuis le jour où Gaspard a disparu, c'est à peine si nous pouvons retrouver ses traces jusqu'aux bords de l'Huveaune ; mais là sa piste disparaît et c'est en vain que nous battons le pays pour recueillir quelque indice. J'ai cru un instant que cette jeune batelière... mais, non, elle m'a affirmé ne rien savoir, n'avoir jamais vu celui que nous cherchons. Je n'ai plus qu'un espoir, c'est que nos amis aient été plus habiles ou plus heureux que moi !

Comme le chevalier de Valbrègues — nous conserverons à Marie le nouveau nom qu'elle a adopté — murmurait ces paroles, un bruit de pas retentit dans l'escalier.

Quelques secondes après, on heurta à la porte de la chambre.

Le chevalier alla ouvrir et aperçut de Valors et Cabannes.

— Eh bien ?

— Rien ! Toujours rien ! répondirent-ils.

— Vos recherches ont donc été aussi infructueuses que les miennes ?

— Nous n'avons rien découvert de nouveau, dit Cabannes.

— Nous savons comme vous, ajouta de Valors, que Gaspard de Besse a dû s'enfuir précipitamment pour échapper à Salviade ; qu'on l'a aperçu se dirigeant vers l'Huveaune ; mais, à partir de ce moment, tout est incertitude et ténèbres.

— Hélas ! sa perte n'est que trop certaine.

— Je ne suis point de cet avis et je crois que nos ennemis ne sont pas fixés plus exactement que nous.

— Je pense comme de Valors, ajouta Cabannes, que Salviade n'est point aussi assuré qu'il le prétend d'avoir débarrassé le marquis d'Arène de cet adversaire si redouté.

— Et je crois que le marquis lui-même voudrait bien avoir une preuve certaine de la mort de Gaspard ; mais c'est en vain qu'il a fait explorer le lit de l'Huveaune et battre les deux rives, il n'a pas retrouvé le corps de notre ami.

— Oui, je sais bien que c'est là notre seule espérance ; mais comment peut-il se faire que Gaspard ne vous fasse point parvenir de ses nouvelles ?

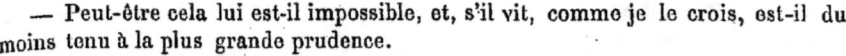

— Peut-être cela lui est-il impossible, et, s'il vit, comme je le crois, est-il du moins tenu à la plus grande prudence.

— Il doit savoir qu'on est à sa recherche et il craint de trahir sa retraite en essayant de nous faire parvenir un avis qui pourrait tomber entre les mains de ses ennemis.

— Tout cela, répondit le chevalier de Valbrègues en soupirant, est possible, mais combien est-il à craindre que nos espérances soient vaines !

Comme le chevalier prononçait ces mots, les marches de l'escalier crièrent sous le pas de deux nouveaux visiteurs.

Au grincement des éperons, au bruit de ferraille des lourdes épées heurtant les rampes, les interlocuteurs devinèrent que les arrivants n'étaient autres que Coquelicot et Bavard.

La porte de la chambre s'ouvrit et livra, en effet, passage à ces deux estimables personnages. Mais, hélas ! Coquelicot n'avait plus cette allure triomphante qui le faisait remarquer autrefois.

Son feutre n'était plus crânement posé sur l'oreille ; il pendait tristement sur ses yeux comme pour les préserver de l'éclat de la lumière.

Il ne portait plus fièrement son poing sur la hanche et son épée n'était plus relevée sous l'étreinte de sa main ; elle pendait lamentablement le long de ses jambes et venait battre mélancoliquement ses mollets.

Quant à Bavard, rien ne rappelait en lui le loquace compère d'autrefois.

La tête baissée, l'air sombre, il suivait Coquelicot sans échanger avec lui une seule parole.

Il suffisait de les regarder pour se convaincre qu'ils n'apportaient aucune bonne nouvelle.

— Mille tonnerres ! s'écria Coquelicot, sans attendre qu'on l'interrogeât, nous n'avons rien découvert, c'est à se donner au diable !

Bavard ponctua cette exclamation furibonde d'un soupir qu'il parut arracher du fond de ses entrailles.

— Mais, sarpejeu ! puisque nous n'apprenons rien, il ne sera pas dit que nous laisserons le capitaine sans vengeance ; s'il est mort, Salviade ira lui tenir compagnie, et, s'il est vivant, nous aurons toujours fait une bonne œuvre en débarrassant la terre de ce coquin !

Bavard serra silencieusement la main de son ami, comme pour lui donner une marque d'approbation et d'admiration.

A ce moment, l'hôtelier heurta à la porte et annonça au chevalier de Valbrègues qu'il était servi.

— Allons, messieurs, à table, dit celui-ci, nous aurons tout le temps de causer pendant le repas.

L'aubergiste avait dressé un superbe menu, et son cuisinier s'était véritablement surpassé.

Tout était exquis, et Bavard, que la douleur mettait probablement en bel appétit, engloutissait d'énormes bouchées, comme si son estomac eût été un abîme sans fond.

Tout en mangeant, il s'ingurgitait d'énormes rasades et, le vin étant exquis, il parut prendre le plus grand plaisir à vider les flacons.

Coquelicot lui tenait admirablement tête et, suivant à la lettre le conseil « de vider toujours son verre plein et de remplir sans cesse son verre vide, » il livrait à la cave de l'hôtelier un bien terrible assaut.

Les autres convives, sans pouvoir lutter cependant avec de si formidables jouteurs, faisaient aussi de leur mieux, car, depuis le matin, ils parcouraient à cheval les campagnes qui environnaient Marseille.

Comme pourtant tout a une fin, que les ventres les plus vastes arrivent à se remplir, les gosiers les plus altérés à se désaltérer, il advint un moment où les fourchettes furent maniées avec moins d'énergie, et où les gobelets accomplirent plus lentement leur trajet de la table aux lèvres.

Coquelicot, comme s'il eût tenu à se montrer digne de son nom, était devenu écarlate.

Bavard dodelinait doucement de la tête et tailladait la nappe avec son couteau en poussant quelques cris sauvages parmi lesquels le nom de Salviade résonnait peu harmonieusement.

Pareil aux Indiens qui psalmodiaient leur chant de guerre avant de livrer bataille, il excitait ainsi son ardeur à combattre un ennemi et s'efforçait d'allumer son courage.

— Pécaïré ! s'écria Coquelicot, doucement attendri, ce bon Bavard brûle d'en découdre avec notre ennemi !

— Après toi, mon bon Coquelicot, seulement après toi, car il t'appartient, puisque tu as eu le premier l'idée de lui couper la gorge.

— Tu as raison, mon excellent ami, c'est à moi que ce soin revient.

— Mais, interrogea le chevalier de Valbrègues, savez-vous où trouver ce Salviade ?

— On le trouvera, répondit superbement Coquelicot.

— Sans aucun doute, on le trouvera, ajouta Bavard.

— Soit, mais vous savez qu'il ne marche qu'environné de coquins bien armés, et qu'à la moindre alerte, il appellerait la maréchaussée à son secours.

— Que la maréchaussée aille au diable !

— Amen ! conclut Bavard.

— C'est fort bien dit, mais vous oubliez que nous serions de bonne prise, que Coquelicot est déjà condamné à mort, et que, si nous succombions, Gaspard de Besse aurait perdu tous ses amis. S'il vit encore il aura besoin de nous tous.

— C'est pourtant vrai !

— Que faire ?

— Il est dur de laisser ce coquin aller en paix.

— Ma foi, dit de Valors, je partage l'avis de Coquelicot et je pense qu'il faudra trouver un moyen de surprendre notre ennemi lorsqu'il sera moins bien gardé.

— Que diable ! s'écria Cabannes, il ne peut pas marcher toujours au milieu d'une escorte comme un prince.

Ce soir-là, la lune répandait sa clarté blafarde sur le cimetière. (Page 336.)

— Voyons, dit de Valbrègues, vous êtes tous d'accord sur ce point qu'il faut nous débarrasser de Salviade ?

— Oui, répondirent les quatre hommes d'une seule voix.

— Et vous n'êtes arrêtés que par la crainte de le voir vous échapper avec l'aide de ses coupe-jarrets et au besoin de la maréchaussée ?

— C'est bien cela.

— Dans ce cas, je puis vous tirer d'embarras.

— Vous ?

— Mon Dieu, oui, moi-même.

— Comment cela ?

— De la façon la plus simple du monde.

— Parlez, alors, s'écria Coquelicot, car je veux en finir au plus vite avec lui...

— Vous allez être tous satisfaits. Vous savez que, depuis la disparition de Gaspard de Besse, j'ai loué ici un appartement sous le nom du chevalier de Valbrègues.

— Parbleu ! oui, nous savons cela.

— Vous n'ignorez pas davantage que je puis ainsi vous recevoir sans exciter la curiosité, et que nous pouvons nous concerter sans crainte d'être espionnés.

Coquelicot donnait de terribles signes d'impatience.

De Valbrègues sourit en le voyant s'agiter sur sa chaise :

— Demeure en paix, mon bon Coquelicot, nous avons tout le temps de causer à notre aise, car l'heure n'est pas encore venue où je te mettrai en face de ton ennemi.

— Je tâcherai d'être patient ; mais ne pourriez-vous abréger ?

— J'arrive au fait. Tout en mettant une très grande réserve dans mes relations, car il ne faut pas qu'on me reconnaisse et qu'on puisse deviner Marie sous les habits du chevalier de Valbrègues, je me suis pourtant liée avec quelques jeunes gens et c'est avec leur aide que j'ai appris le peu que nous savons sur la disparition de Gaspard de Besse.

— C'est vrai, et vous avez montré une rare habileté dans vos investigations.

— Merci du compliment, mais je voudrais qu'il fût mieux mérité et que mes recherches eussent abouti à un résultat plus précis.

— Cela viendra, que diable ! s'écria Cabannes, il ne faut point désespérer.

— Je le souhaite, mon ami ; mais je reprends mon récit. Lorsque nous ne sommes point à chevaucher sur les routes, je vais, dans l'après-midi, visiter quelques maisons où l'on joue. N'étant point, en dépit de mon costume masculin, bon à faire la cour aux dames, il faut bien que je passe mon temps à quelque chose, d'autant plus qu'une retraite obstinée semblerait étrange.

— Ah ! si vos amis soupçonnaient ce que cache ce costume de cavalier !...

— Tais-toi, Bavard, tu vas dire quelque sottise.

Bavard rougit. C'était une nature modeste qu'un rien démontait. Pour cacher son trouble, il vida coup sur coup deux énormes rasades.

— J'en reviens donc à ce que je vous disais... Malgré ma mine, qu'on daigne trouver agréable et qui me vaut bien des conquêtes, je ne puis, vous le savez, pousser fort en avant mes intrigues avec les belles. Tant de retenue, tant de sagesse seraient faites pour éveiller les soupçons, si je n'avais eu soin de donner un prétexte à cette excessive réserve. Je me suis donc déclaré un enragé joueur et l'on est convaincu que la passion des cartes est chez moi si excessive qu'elle tue les autres.

— Et qu'en disent ces dames ? demanda de Valers en souriant.

— Elles en enragent, mais de nos jours cette passion du jeu est si grande, elle exerce en réalité un tel empire sur les jeunes gens que je ne suis point, à vrai dire, une exception. Mais, laissons cela. Un de mes amis me mena ces jours derniers à une fameuse académie, c'est ainsi, vous le savez, qu'on appelle les maisons de jeu en beau langage... Celle-ci n'est pas éloignée de cette hôtellerie. Je veux parler de l'hôtel de Vède, lieu dangereux pour tout le monde et surtout pour ceux qui n'ont pas encore assez d'expérience pour se défendre contre les fripons qui y abondent.

— Ce de Vède est, si je ne me trompe, un certain avare auquel Gaspard nous conduisit une belle nuit rendre visite.

— Visite qui fut fort fructueuse pour vous, mais absolument ruineuse pour de Vède. C'est pour rattraper en partie ce que vous lui avez enlevé qu'il laisse tenir dans son hôtel cette fameuse banque qui est un véritable lieu de filouterie. C'est en vain qu'il reçoit mille plaintes au sujet des escroqueries qui s'y commettent, il fait la sourde oreille et laisse aller les choses, tout heureux de toucher de beaux bénéfices.

— Baste ! laissons-le remplir ses coffres, nous irons les vider encore lorsqu'ils renfermeront de nouveaux trésors.

— C'est fort bien raisonner. J'ajouterai que le comte fait tenir cette banque par un coquin de la pire espèce.

— Parbleu ! je le connais bien, dit Cabannes ; c'était autrefois un misérable exempt qui conduisait au supplice des gens qui valaient mieux que lui et à la place desquels il aurait été mis depuis longtemps, si on lui avait rendu justice.

— Je vois que vous connaissez l'homme qui dirige ce tripot. Pour moi, je n'ai eu que depuis peu les renseignements que vous venez de nous donner. En entrant dans cet antre, j'y vis tant de faces patibulaires, que je ressentis quelque frayeur ; mais mon ami me dit, pour me rassurer, qu'il n'y avait rien à craindre...

— Par la corbleu, votre bourse y était cependant exposée.

— C'était bien mon avis ; mais il me soutint qu'il n'y avait plus de voleurs dans cette honorable maison. Il avoua qu'il y en avait bien eu quelques-uns naguère, mais, comme au sortir de là ils étaient allés détrousser les passants, ils avaient eu, à leur tour, quelques malheurs...

— J'ai entendu parler de cette affaire, dit de Valors.

— Et moi, ajouta Bavard, j'ai connu les infortunés.

— Vraiment !

— C'étaient d'assez bons garçons, mais maladroits en diable !

— Bavard, dit Coquelicot d'un ton sévère, vous vous gâtez mon ami ; vous avez de mauvaises fréquentations.

— Ah ! je les connaissais fort peu et m'étais borné à mener à bonne fin avec eux une entreprise délicate.

— Puisqu'ils sont morts, paix à leurs cendres !

— Ma foi, j'ai vu rouer l'un et l'autre, car, quoique l'un se prétendît comte et l'autre marquis, ces beaux titres ne leur ont pas assuré la mort des gentilshommes.

— N'ayant pu apprécier à leur juste valeur les mérites de ces dignes compagnons, ajouta de Valbrègues, le discours de mon ami ne me rassura pas complètement ; je fis bonne contenance et ne voulus point reculer. Je franchis donc le seuil de cet antre, et ayant été présenté au directeur de la maison comme un ardent joueur, j'en fus accablé de compliments et de prévenances.

— Il vous prenait pour un pigeon bon à plumer.

— C'est plus que probable, mais il fut déçu dans son calcul. Je ne m'assis à aucune table et me contentai de parcourir les différentes salles où on jouait à toutes sortes de jeux.

— Au grand désespoir du maître de céans, je vous assure, qui préfère de beaucoup le lansquenet parce que la rétribution est plus forte.

— C'est aussi le jeu qu'on y joue le plus, mais je ne savais pas la cause de sa faveur. Toujours est-il que mon attention fut attirée vers une table où un honorable gentilhomme, le marquis de Coye, se faisait voler au piquet par un misérable de votre connaissance.

— Salviade ?

— Lui-même.

— Ah ! ah ! cela devient intéressant.

— Je me mis derrière lui pour l'observer, et je m'aperçus bien vite que ma présence ne lui plaisait pas beaucoup, car elle l'empêchait de mettre en œuvre tous ses tours d'adresse.

— Et il ne vous a pas reconnue ?

— Il ne me regardait même pas, et il lui eût été difficile de s'occuper de moi tant il donnait d'attention à son jeu. Vous oubliez, du reste, qu'on me croit morte et que je suis déguisée de façon à dérouter tous les soupçons.

— C'est juste.

— Ne pouvant tricher, Salviade perdait et perdait même une forte somme ; aussi finit-il par se soucier moins de passer pour un fripon à mes yeux, que de laisser entrer dans la poche du marquis de Coye l'argent qui était devant lui.

« Le coup qu'il allait jouer devait décider du gain de la partie et, comme il avait écarté un roi qui lui était indispensable pour gagner, il fit un signe à un complice assis près d'une table voisine. Celui-ci se leva et, en passant à côté de lui, fit tomber son écart.

« Salviade s'empressa de le ramasser en le grondant de sa maladresse et reprit adroitement la carte qui lui manquait.

« La partie se trouva ainsi terminée et le marquis de Coye fut dépouillé de tout son argent. »

— C'est un coup admirable ! s'écria Bavard qui ne put s'empêcher de rendre un légitime hommage à l'habileté de son ennemi.

— Le fait est, murmura Coquelicot, que le drôle n'est point trop bête...

« — Pendant que Salviade corrigeait ainsi la fortune, mon ami avait pu se convaincre aussi qu'il restait au moins un filou dans cette honnête maison.

« S'étant aperçu qu'une personne placée derrière lui indiquait par des gestes son jeu à son adversaire, il entra dans une telle colère que, perdant toute retenue, il voulut obliger celui-ci à rendre l'argent qu'il lui avait volé.

« Naturellement, cette prétention ne fut pas favorablement accueillie. Mon ami dégaina, l'autre cria : au secours ! Et il ne manqua pas de gens disposés à lui prêter main-forte pour lui assurer la conservation de son gain :

« On en vint aux mains, et, si les gardes chargés de maintenir l'ordre ne s'étaient emparés du joueur honnête pour le jeter à la porte malgré ses protestations et ses cris, il ne s'en fût certainement pas tiré à fort bon compte.

« Je m'applaudis de l'issue de cette affaire ; mais, malheureusement, pendant le tumulte, Salviade avait disparu. »

— La peste soit de votre écervelé d'ami !

— Rassurez-vous ; j'obtins le lendemain même les renseignements qu'il est intéressant pour vous de connaître.

— Comment cela ?

— De la façon la plus simple.

« J'avais été présenté à l'hôtel de Vède comme un jeune homme très riche et très joueur ; ces deux qualités ne pouvaient passer inaperçues dans un pareil endroit et elles me valurent, de fort bonne heure, une visite, qui me surprit un peu.

« Le personnage qui se présenta fut un petit homme tout ratatiné, vêtu mesquinement et qui s'excusa de se présenter ainsi sans avoir l'honneur d'être connu de moi ; mais il obéissait, disait-il, à une vive sympathie qui l'avait poussé à me donner quelques avis et quelques conseils.

« Sachant que j'aimais le jeu, il voulait me désigner parmi les habitués de l'hôtel de Vède ceux qui jouaient bien, c'est-à-dire les fripons, et les innocents qui jouaient mal, c'est-à-dire les honnêtes gens. Il se fit fort de m'apprendre, en outre, tous les tours d'adresse qui se pratiquent dans cette académie, non qu'il me crût un homme à m'en servir, mais pour me mettre à même de pouvoir m'en défendre contre ceux qui les employaient.

« Après l'avoir remercié de son bon vouloir, je pris soin de lui indiquer que je n'avais que faire de ses leçons ; mais, tel ne fut point son avis, car il voulut m'instruire malgré moi et il termina sa leçon par la demande de ses honoraires, c'est-à-dire de deux louis qu'il jura, sur son honneur, de me rendre avant peu.

« La garantie ne me semblait pas suffisante, je lui répondis qu'il m'était impossible de le satisfaire, étant moi-même fort gêné en ce moment.

« Cela lui fit réduire ses prétentions et je pus m'en tirer à assez bon compte, après l'avoir amené à me dire que Salviade venait jouer toutes les nuits à l'hôtel de Vède. »

— Nous sommes donc assurés de l'y rencontrer ?

— Sans aucun doute.

— Alors, notre homme est à nous, car, fallût-il livrer bataille, nous viendrons certainement à bout de lui et des gens qui l'accompagnent, la maréchaussée n'étant pas fort à redouter la nuit.

— Dans ce cas, partons, dit de Valbrègues.

— Un instant, avant de partir, arrêtons notre plan de campagne.

— Bah ! c'est bien simple, répondit Bavard, nous tombons à l'improviste sur Salviade et nous le tuons.

— C'est précisément ce que je ne veux pas, fit Coquelicot. J'ai un compte à régler avec lui, et j'entends faire mes affaires moi-même. Si Salviade est accompagné, nous pouvons tomber sur tous ces coquins sans crier gare, mais, s'il est seul, nous pourrons l'obliger à nous suivre, et, lorsque nous aurons trouvé quelque endroit où l'on puisse se couper galamment la gorge, vous me laisserez terminer cette affaire à ma guise.

— Et s'il te tue ?

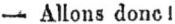

— Allons donc !

— Mais, cependant...

— Puisque je te dis que je suis sûr de l'embrocher comme une mauviette.

— Tu es sûr... Tu es sûr...

— Eh bien ! au pis aller, l'un de vous prendra ma place et me vengera.

— A moins qu'il ne nous glisse entre les mains, comme le fit Renardot que tu t'obstinas à occire en combat singulier.

— La paix, Bavard !

— La paix... la paix... Tu me disais la même chose lorsque je te conseillais de dépêcher ce Renardot sans tant de façons.

— Ma foi, dit de Valors, Bavard pourrait bien avoir raison ; mais nous devons respecter les scrupules de notre ami Coquelicot, d'autant plus qu'il n'est douteux pour aucun de nous qu'il aura bon marché de son ami.

— Puisqu'il en est ainsi, répondit Bavard, je m'incline... Je n'en persiste pas moins à croire que j'ai raison.

— A ton aise, mais, puisque le moment d'agir est venu, ne perdons pas de temps.

— Tu as raison, Coquelicot, en route !

Les cinq convives prirent leurs épées, leurs pistolets, et sortirent de l'hôtellerie.

Ils gagnèrent rapidement le tripot où ils savaient devoir trouver Salviade.

Les quatre hommes se postèrent aux abords de la maison de jeu en prenant bien soin de dissimuler leur présence, et le chevalier de Valbrègues entra dans l'hôtel de Vède.

Il parcourut rapidement du regard les diverses tables et ne tarda pas à apercevoir celui qu'il cherchait.

Salviade achevait en ce moment une partie de lansquenet et, comme il n'avait en face de lui que quelques bons hobereaux campagnards venus à Marseille pour se dégrossir, il n'avait pas eu beaucoup de peine à faire pencher la fortune de son côté.

Aussi, après avoir serré soigneusement son gain, se préparait-il à se retirer beaucoup plus tôt qu'il ne le faisait d'ordinaire, ne voulant point enlever à ces trop naïfs joueurs jusqu'à leur dernier louis.

Ce n'est pas qu'il se fît grand scrupule de les dépouiller complètement, mais quelques habitués du tripot rôdaient autour de la table, attendant leur part de la curée, et il fallait bien les laisser réaliser à leur tour quelques bénéfices aux dépens de ces naïves victimes.

Le chevalier de Valbrègues n'eut donc que le temps d'aller prévenir ses amis, et ceux-ci venaient à peine de se poser sur le chemin que devait suivre Salviade, lorsque celui-ci parut.

Depuis sa dernière expédition, le bravo ne sortait guère, nous le savons, sans se faire accompagner.

Convaincu que les amis de Gaspard de Besse lui joueraient quelque mauvais tour, il s'entourait des bandits à ses gages auxquels il donnait de temps à autre quelque os à ronger lorsqu'il lui survenait une bonne aubaine.

Ces coquins faméliques étaient, en somme, des gardes du corps assez redou-

tables et ils lui étaient dévoués parce qu'ils reconnaissaient en lui une sorte de
supériorité d'intelligence et de courage qui lui permettait de trouver les ressources
nécessaires pour subvenir à ses besoins et à ceux des individus qu'il employait ;
mais, quel que pût être leur dévouement, il pensait avec raison qu'il ne fallait point
exposer ces dignes spadassins à de trop fortes tentations.

C'eût été, en vérité, exciter trop fortement leur convoitise que de se risquer
seul avec eux ayant de l'or plein les poches. Aussi préférait-il courir les chances
d'une rencontre, chances d'autant plus faciles à éviter que sa demeure était voisine
du tripot qu'il venait de quitter.

En outre, rien n'était venu lui prouver que ses craintes à l'endroit des compagnons de Gaspard de Besse fussent fondées ; aucune embuscade ne lui avait été
dressée ; il n'avait aperçu autour de lui aucune figure suspecte et il en était arrivé
à se persuader que ses craintes étaient chimériques.

Marchant néanmoins d'un pas rapide, prêt à dégainer à la moindre alerte, il
allait atteindre la porte de son logis, lorsque, au détour d'une rue, il se trouva en
face d'un homme qui lui barra le passage.

Il tira à demi son épée, mais il sentit une main se poser sur son bras et
l'étreindre avec force.

En même temps, un troisième personnage appuya sur son front la gueule d'un
pistolet en lui enjoignant de se taire sous peine de mort.

A quelques pas se tenaient menaçants deux autres cavaliers également armés.

Comprenant qu'il était tombé dans une embuscade et que le péril qu'il avait
redouté se produisait au moment même où il croyait n'avoir plus à craindre, Salviade repoussa son épée dans le fourreau et résolut d'avoir recours à la ruse pour
se tirer de ce mauvais pas.

— Que désirez-vous de moi ? demanda-t-il d'une voix un peu brusque.

L'homme qui lui barrait le chemin lui répondit :

— N'êtes-vous point Georges de Salviade ?

— Lui-même ; et vous, quel est votre nom ?

— Peu vous importe ; je suis ici pour interroger et non pour répondre. Mais
le lieu est mal choisi pour continuer cet entretien. Suivez-nous.

— Et si je refuse ?

— Dans ce cas, un coup de poignard ou la balle d'un pistolet vous étendra
raide mort.

— Que me voulez-vous ?

— Vous le saurez bientôt ; mais je dois vous prévenir qu'au moindre cri, à la
moindre tentative pour vous enfuir, vous serez frappé par nous.

— C'est bien ; puisque j'ai été assez maladroit pour me laisser prendre, il faut
bien que j'obéisse. Marchez, je vous suivrai.

Coquelicot, car l'interlocuteur de Salviade n'était autre que le lieutenant de
Gaspard, précéda la troupe, l'épée nue à la main, tandis que le prisonnier le suivait entouré de gardiens qui le surveillaient attentivement.

La petite troupe arriva en peu d'instants au cimetière de l'Hôtel-Dieu.

Ce cimetière était situé sur une hauteur que l'on appelait la roche des Moulins,
parce que, dès les temps les plus anciens, on avait songé à utiliser le vent qui

soufflait perpétuellement dans cet endroit élevé en y créant des moulins à vent.

On en comptait quinze en 1596, et quelques-uns existaient encore au temps de Gaspard de Besse bien qu'ils ne fonctionnassent plus.

Le cimetière de l'Hôtel-Dieu était voisin de celui des Suisses, établi en vertu des capitulations du gouvernement français avec les cantons helvétiques. Ce dernier cimetière était aussi, à l'époque où se passe ce récit, à l'usage des protestants sous le règne de cette demi-tolérance religieuse qui, dit M. Augustin Fabre, l'historien marseillais, « s'était infiltrée, sinon dans les lois, du moins dans les masses, « et dont les symptômes, grandissant à toute heure, annonçaient l'approche d'une régénération nationale. »

Tristes lieux de sépulture d'ailleurs, que ces lieux de repos consacrés à des malheureux, à des hérétiques ou à des étrangers! Ils étaient mal entretenus, ouverts à tous. Les tombes se dressaient çà et là, à demi recouvertes par les herbes et les ronces.

Ce soir-là, la lune répandait sa clarté blafarde sur le cimetière, et sa lumière permettait de distinguer nettement, comme en plein jour, les moindres objets.

— Halte! commanda Coquelicot.

Puis s'approchant du prisonnier:

— Nous serons ici à merveille, lui dit-il, pour causer d'abord et pour terminer ensuite ce que nous avons à y faire.

— Enfin, que voulez-vous de moi? me le direz-vous?

— Nous allons vous renseigner...

— C'est fort heureux!

— Nous savons que vous êtes l'âme damnée du marquis d'Arène et l'instrument de ses vengeances, nous savons aussi que c'est vous qu'il a lancé à la poursuite de Gaspard de Besse, et il faut que vous me fassiez connaître tous les détails de cette dernière expédition.

— Et si je refuse de parler?

— Nous vous y contraindrons.

— J'en doute; vous pouvez m'assassiner, mais non m'obliger à dire ce que je voudrais taire.

— Nous verrons bien, et je dois vous prévenir que je connais des moyens très efficaces de rendre bavards les plus discrets, de délier les langues les plus muettes. Avant d'en venir à ces extrémités, je préfère vous proposer un marché.

— Voyons, et s'il est acceptable...

— Acceptable ou non, je vous engage à vous en contenter.

— Parlez.

— De deux choses l'une: ou bien vous vous renfermerez dans un mutisme obstiné, et alors, comme je vous l'ai déjà dit, je me fais fort de vous obliger à parler, ou bien vous vous déciderez à nous donner satisfaction en nous fournissant les renseignements que nous désirons obtenir de vous...

— C'est merveilleusement poser la question; mais, si je vois clairement ce que je puis avoir à redouter, j'aperçois moins nettement quels avantages peut me procurer ma complaisance?

— Ces avantages auront quelque valeur à vos yeux quand vous les connaîtrez...

Le bravo lâcha son arme et s'abattit lourdement dans l'herbe. (Page 340.)

— Corbleu ! je ne demande que cela !

— Dans ce cas, nous nous entendrons.

— Soit ! mais expliquez-vous donc.

— Si vous refusez de parler, c'est la mort, la mort précédée de tortures effroyables, tandis que si vous vous conduisez comme un gentil garçon, c'est-à-dire si vous nous dites la vérité, je vous proposerai de croiser l'épée avec moi.

— L'honneur sera grand pour votre humble serviteur.

— Grand ou mince, il vaudra mieux pour vous périr les armes à la main et en brave, que d'aller rouler derrière une de ces tombes, la tête fracassée par la balle d'un pistolet.

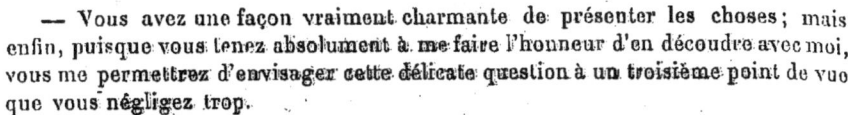

— Vous avez une façon vraiment charmante de présenter les choses; mais enfin, puisque vous tenez absolument à me faire l'honneur d'en découdre avec moi, vous me permettrez d'envisager cette délicate question à un troisième point de vue que vous négligez trop.

— Et lequel, s'il vous plaît?

— Mon Dieu, admettez que je vous tue ; cela peut arriver, n'est-ce pas?

— J'en doute.

— A merveille, mais vous comprendriez que je tienne cependant à savoir s'il me faudra ensuite me battre avec chacun de vous.

— Mais....

— Oh! répondez franchement ; car, si ce premier duel doit être suivi de quatre autres ou si vos amis doivent venir à votre aide, j'aime mieux en finir tout de suite et emporter dans la tombe ce secret que vous êtes si désireux de connaître.

— Eh bien! soit ; si vous êtes vainqueur, vous aurez la vie sauve et la liberté!

— Et quelle garantie me donnez-vous de l'exécution loyale de cette promesse?

— Notre parole.

— Hum!

— Vous dites?

— Rien ; je m'en contente, étant de ceux qui pensent qu'en toute occurrence fâcheuse, il faut bien livrer quelque chose au hasard.

— Trêve de railleries et parlez.

— Hélas! je n'ai rien à vous dire qui puisse vous satisfaire, dit Salviado d'une voix dolente, Gaspard de Besse est mort.

— Mort! s'écrièrent les cinq amis.

— Et c'est vous qui l'avez assassiné?

— Assassiné! voilà un mot dont je vous demanderais raison s'il n'était déjà convenu que nous allons nous couper la gorge. Gaspard de Besse n'a pas été tué par moi ; il s'est noyé dans l'Huveaune...

— Noyé!

— Oui, noyé, alors qu'il cherchait à nous échapper et à gagner un asile. La nuit était très sombre, le pied lui aura manqué et il aura glissé dans la rivière grossie par les pluies et dont les ondes rapides ont dû l'engloutir.

— Faites-nous connaître au moins quelles sont les circonstances, ce qui vous fait croire à sa mort.

— Des indices certains. D'ailleurs, pour vous satisfaire, je vais vous raconter cette malheureuse affaire dans tous ses détails, et vous serez obligés de convenir qu'en cette occasion, tout en déployant un grand zèle comme il convenait à un gentilhomme chargé d'exécuter une mission qui avait ses périls, je n'ai en rien obéi à un sentiment de haine personnelle.

— Dites, nous vous écoutons.

— J'avais reçu l'ordre de m'emparer de la personne de Gaspard de Besse dont on venait de découvrir la retraite. Toutes mes mesures étaient prises pour le surprendre dans la maison où il se tenait caché, il réussit cependant à s'échapper. Je me mis à sa poursuite, mais, mieux monté que nous, il parvint à gagner les bords de l'Huveaune qu'il traversa dans une barque. Je réunis mes hommes, nous pas-

sâmes de longues heures dans ces lieux, occupés à battre les moindres recoins pour
y retrouver la trace du fugitif. Ce fut en vain. La nuit vint et avec la nuit arriva un
orage. Nous nous apprêtions à retourner à Marseille, lorsque nous entendîmes
retentir un grand cri à travers les mugissements de la tempête. Je fis partir aussitôt
quelques-uns de mes cavaliers en éclaireurs, mais ils revinrent bientôt sans avoir
rien découvert.

« Le ciel était si sombre qu'on ne pouvait distinguer un objet quelconque,
même à la plus faible distance.

« Le lendemain, dès que le soleil fut levé, nous explorâmes les bords de l'Huveaune. A un certain endroit, le gazon de la rive avait été piétiné, les joncs étaient
brisés et, au milieu des hautes herbes flottait le cadavre de Gaspard de Besse. »

— Son cadavre ?

— Oui, et je vois encore sa figure contractée par l'agonie, ses mains crispées
qui tenaient des touffes d'herbes arrachées au rivage.

Les amis de Gaspard de Besse écoutaient Salviade avec consternation.

Celui-ci, appuyé sur une tombe en ruine, les regardait d'un air sardonique,
mais ils ne pouvaient s'en apercevoir.

Le lieu était d'ailleurs bien approprié à ce funèbre récit. Que pouvait-on
apprendre d'heureux au milieu de ces trépassés ?...

— Ainsi, vous avez vu Gaspard mort ? fit Coquelicot d'une voix sourde.

— Je l'ai vu, je vous le jure ! répondit Salviade avec énergie.

— Tu mens ! fit soudain une voix qui parut sortir d'une tombe voisine.

La première impression fut l'épouvante, puis, chacun regarda vers l'endroit
d'où partait cette voix et l'on aperçut, debout près d'un tombeau, se détachant en
pleine lumière, la silhouette d'un homme enveloppé dans un manteau et dont le
visage disparaissait sous les larges bords de son feutre orné d'une plume.

— Je te dis que tu mens, répéta l'inconnu, et que tu es un misérable, car tu as
tenté de m'assassiner dans une embuscade... Tu t'es trompé en croyant que j'étais
mort !

En disant ces mots, le nouveau venu rejeta son manteau en arrière, et, soulevant son chapeau, montra son visage.

— Gaspard ! s'écria de Valbrègues en l'étreignant entre ses bras.

— Gaspard de Besse ! dit Salviade en reculant épouvanté comme à la vue d'un
spectre.

— Oui, c'est moi qui n'ai pas été mortellement frappé, et à qui Dieu a permis
de vivre.

— Ah ! j'eusse mieux fait d'emporter ton corps, tu serais à cette heure vivant
dans les cachots de Marseille.

— Tandis qu'il m'est possible de te châtier...

Puis, comme Coquelicot fondait l'épée haute sur Salviade, Gaspard de Besse le
retint.

— Il m'appartient, dit-il ; nul n'y touchera avant moi.

Repoussant doucement le chevalier de Valbrègues, il se plaça en face du bravo.

Comme si l'aile de la mort l'eût déjà effleuré, celui-ci était livide et son épée
tremblait dans sa main mal assurée.

Il était courageux cependant ; mais la secousse qu'il avait éprouvée en voyant surgir devant lui, au milieu de ces sépultures, celui qu'il croyait mort, avait brisé son énergie.

Toutefois, lorsque les fers se heurtèrent, lorsqu'il lui fallut défendre sa vie, l'imminence du péril lui rendit une apparence de vigueur et de courage.

Comme les jeux du fer ont de terribles entraînements, l'ardeur du combat le grisa et il se laissa fasciner par les chocs multipliés des rapières qui se tordaient comme deux serpents, se heurtaient en faisant jaillir des gerbes d'étincelles et flamboyaient en décrivant des courbes rapides.

Blessé au flanc, Salviade poussa un rugissement terrible et se rua sur son adversaire.

Gaspard, d'un coup sec, écarta l'épée qui le menaçait, et, avant que Salviade eût pu se relever, lui enfonça son épée dans la poitrine.

Le bravo lâcha son arme et s'abattit lourdement dans l'herbe.

Une dernière convulsion tordit son corps, un râle suprême déchira sa gorge ; puis il se raidit et ses yeux sans regard restèrent fixés vers le ciel.

Salviade était mort.

CHAPITRE XLI

La procession

A ville de Marseille est en fête.

Depuis les premières heures de la journée, ses rues sont pavoisées d'étendards multicolores et de pavillons représentant des sujets religieux.

Les fenêtres sont tapissées de tentures aux couleurs éclatantes. Des reposoirs improvisés, sur lesquels la piété populaire entasse les ornements les plus précieux, resplendissent comme d'immenses joyaux sous les rayons du soleil ; le pavé est couvert de fleurs répandues à profusion et qui, se mêlant au parfum de l'encens, font flotter dans l'air des senteurs embaumées.

Dans le port, tous les navires arborent leurs flammes et leurs drapeaux ; les marins ont pris leur habit de fête, leur gilet de coutil bleu et leur bonnet rouge de Tunis. Ils s'apprêtent à célébrer à leur façon la Fête-Dieu, en buvant d'abord force rhum et liqueurs des îles, en poussant ensuite de formidables acclamations lorsque la procession défilera sur le quai.

Bientôt la ville s'emplit de promeneurs. Dans toutes les rues que la procession doit parcourir, les jeunes filles en fraîches toilettes, les jeunes gens coquettement attifés se croisent, se confondent en des groupes d'où partent de joyeux éclats de rire et où s'échangent de doux propos.

Au milieu de cette foule immense et parée, circulent mille marchands qui troublent l'air de leurs cris discordants.

Celui-ci est chargé de lourds paniers où sont enfouis, sous de vertes feuilles de vignes, les cruchons de grès qui renferment des boissons glacées.

Celui-là vend des noisettes cuites au four.

Cet autre offre des fèves grillées.

Les enfants se pressent autour d'un éventaire suspendu au cou d'un pâtissier et tout encombré de gâteaux appétissants.

Plus loin, des hommes apparaissent, ployant sous un amas d'étendards de toutes couleurs, qu'ils offrent de louer à ceux dont les maisons ne sont point encore décorées.

C'est une cohue bariolée, brillante, joyeuse, qui roule à travers les rues de la ville, en laissant déborder sa joie avec cette fougue qui caractérise les populations du Midi.

L'Église, ce jour-là, s'attache à ne présenter à tous le culte catholique que sous les aspects les plus riants, les plus brillants, et Marseille offre, pour l'éclat original de ses pompes religieuses, pour la foule immense et parée qui se presse dans son enceinte, comme une réduction des splendeurs de la Ville Éternelle pendant la semaine sainte.

Le long de la chaussée, des fauteuils et des chaises sont réservés à la noblesse à la riche bourgeoisie, et même aux artisans, selon les quartiers que la procession traverse, et elle parcourt ce jour-là les différents quartiers de la ville.

Le propriétaire de chaque hôtel, le locataire de toute maison devant lesquels passera le cortège sacré tient à honneur d'inviter ses amis à venir assister au défilé religieux et à partager une collation somptueuse ou modeste.

Dans les salons de l'hôtel d'Orbeval, dont la façade fait face au port, une brillante et nombreuse société est réunie en attendant l'heure où la procession défilera devant les fenêtres ornées de riches tentures et le triple rang de fauteuils dorés qui se dressent devant la grande porte.

La marquise d'Arène est venue avec Adrienne, et celle-ci a enlevé, presque de force, son amie Pauline à l'orfèvre Roux qui est plus jaloux que jamais.

Pendant que Mme d'Orbeval fait à ses hôtes les honneurs de son hôtel avec cette grâce charmante dont les jeunes cavaliers font un si grand éloge et que son mari trouve excessive, Adrienne et Pauline se sont réfugiées dans un petit boudoir où nul ne vient les déranger et où elles peuvent causer tout à leur aise. René lui-même, bien qu'il brûle du désir de s'entretenir avec sa cousine bien-aimée, s'est résigné à respecter leur tête-à-tête.

— Ma chère Adrienne, dit Pauline, que je suis heureuse de te revoir, et surtout de ne plus apercevoir sur ton charmant visage les traces de ces souffrances qui faisaient pâlir ton teint et qui voilaient l'éclat de ton regard.

— C'est que j'espère maintenant.

— Ton cousin d'Arène a-t-il renoncé à obtenir ta main ?

— Hélas ! non.

— Mais alors...

— Écoute ; ceci est un grand secret.

— Un secret pour moi ?

— Tu sais que je n'en ai point pour toi, ma meilleure amie et ma plus discrète confidente.

— Je te remercie, ma mignonne ; mais tu dis vrai, nul cœur, si ce n'est celui de René, ne t'est plus attaché et plus dévoué.

— Ne peut-on nous entendre ?

— Non, Adrienne, nous sommes seules, et aucune oreille indiscrète ne recueillera tes paroles.

— Eh bien, sache, ma chère Pauline, que le protecteur dont je t'ai parlé affirme avoir la puissance de déjouer les projets de mon cousin et de ma redoutable tante.

— Que veux-tu dire ?

— Des messages apportés jusque dans ma chambre contiennent les promesses les plus formelles à cet égard. Dans ces billets, on m'informe qu'on veille toujours sur moi, qu'on me défendra contre les entreprises du marquis d'Arène, et qu'on saura empêcher un mariage qui serait un crime.

— Un crime ?

— Oui, un crime. Je ne comprends pas bien ce que cela veut dire, mais il paraît que je ne dois pas tarder à être complètement renseignée sur certains faits mystérieux qui m'intéressent au plus haut point, c'est du moins ce que m'annonce un des derniers billets de mon correspondant.

— Je ne puis comprendre...

— Ni moi non plus, mais il me suffit de savoir qu'on brisera les trames ourdies par ma tante et que René sera mon mari.

Pauline Roux écoutait avec avidité. Elle n'avait pas vu depuis longtemps M. de Galtières et se demandait presque avec impatience pourquoi il n'avait pas tout risqué pour se rapprocher d'elle.

Tandis que Adrienne parlait, elle ne pouvait empêcher une pensée de jalousie de s'emparer d'elle.

— Es-tu réellement bien sûre que ton protecteur soit le cavalier dont tu m'as parlé ?

— Je l'ai revu au bal de l'intendant, ainsi que je te l'ai raconté...

— Oui, tu m'as tout dit. La scène singulière qui a terminé cette soirée et dans laquelle cet homme a montré un pouvoir si étrange... Mais quel peut être le motif de l'intérêt qu'il te porte ?...

— Dans une de ses lettres où il me dit que je puis avoir toute confiance en lui, il m'assure qu'il est uniquement guidé par sa haine contre d'Arène, et par une profonde sympathie pour ton humble servante.

— De la sympathie ?

— Tu ne vas pas croire qu'il est amoureux de moi ?

— Et pourquoi non ? murmura Pauline en pâlissant.

— Oh ! depuis que j'aime René, je suis devenue fort habile à deviner ces petits mystères ; s'il était amoureux de moi, il aurait agi tout autrement qu'il ne l'a fait. Du reste, M. de Mauléon, qui avait commencé par l'accueillir avec froideur, est maintenant tout à fait de mon avis ; mais, ma chère Pauline, je m'oublie à parler de moi, tandis que j'ai mille questions à t'adresser.

— A moi ?

— Me crois-tu donc assez indifférente à ton bonheur pour ne point désirer savoir...

— Mon bonheur ?...

— Eh quoi ! Ton mari...

— N'as-tu pas vu combien il était opposé à cette courte absence, et n'a-t-il pas fallu que tu le suppliasses pour qu'il te permît de m'emmener avec toi ?

— Je savais, ma chère Pauline, combien il était jaloux, et je n'ai point été fort surprise de le voir mécontent de se séparer de toi, de te laisser venir à Marseille où il lui était impossible de t'accompagner...

— Cette jalousie touche à la folie. Depuis le jour où tu es venue me voir dans ma triste retraite, ses injustes soupçons sont devenus plus violents et plus blessants encore. Je vis seule avec lui...

— Comment seule, absolument seule ?

— Il a éloigné toutes mes amies ; il refuse, sans même m'en prévenir, les invitations qui me sont adressées par les femmes des autres marchands, et il ne me permet même pas de passer quelques instants dans notre boutique.

— Il te tuera, ma chère Pauline !

— Oh ! la mort n'est pas ce qui m'effraye ; elle sera pour moi la bienvenue, car elle sera la délivrance.

— Ma chère amie !

— Mais j'ai tort de te parler ainsi... de t'attrister...

— Ne suis-je donc plus ton amie ?

— Oh ! oui, et la plus chérie !

— Alors, tout doit être en commun entre nous, joies et douleurs. Je veux partager ta tristesse, comme tu t'associais, il n'y a qu'un instant, à mes espérances.

— Que ne suis-je morte déjà ! s'écria Pauline en fondant en larmes.

Adrienne attira doucement vers elle la tête de son amie et couvrit de caresses son visage baigné de pleurs.

— Espère, Pauline, tu es jeune, tu es vaillante, et les soupçons de ton mari finiront par s'évanouir lorsqu'il verra combien ils sont injustes.

— Injustes, hélas !

— Que veux-tu dire ?

— Écoute, dit Pauline d'une voix saccadée, l'œil brillant et la joue empourprée ; j'ai été fidèle à mon mari, j'ai respecté son honneur qui est le mien et n'ai pas à rougir devant lui ; mais, malgré moi, mon cœur n'est pas resté insensible à l'amour de celui...

— Tu me fais trembler.

— Avant de connaître l'orfèvre Roux, j'aimais un autre homme, un proscrit, obligé de se cacher pour fuir la persécution d'ennemis puissants et inexorables. Cette affection, je n'ai pas besoin de te le dire, a toujours été pure, mais, si j'ai dû l'immoler à de cruelles nécessités, je n'ai jamais pu l'éloigner entièrement de moi...

— Que dis-tu ?

— La triste vérité. J'ai épousé l'orfèvre Roux, mais sans pouvoir en oublier un autre. Pendant longtemps, je me suis crue assez forte pour bannir un souvenir auquel se mêlait quelque amertume, mais il lui a suffi, à lui, de se montrer pour me prouver que j'avais trop espéré de mon énergie.

— Tu l'as donc revu ?

— La fatalité l'a placé sur ma route. Le jour où il m'apparut pour la première fois après mon mariage, ce fut pour me sauver d'un terrible danger. Il risqua sans hésiter sa vie pour assurer mon salut.

— Et ce fut là votre seule entrevue ?

— Non, le jour même où tu vins me visiter à Aix, il se présenta encore. La première fois, il m'avait sauvé l'honneur ; la seconde, il venait me rendre un coffret de pierreries qu'on nous avait dérobé.

— Et cet homme, ne peux-tu me dire comment il s'appelle ?

— A toute autre, je répondrais : non ; car je ne sais si, en parlant de lui, je ne l'expose à quelque danger terrible ; mais je n'ai rien de secret pour toi. Il se nomme de Galtières, et il n'est point un inconnu pour toi.

— Que signifie ?...

— Ce défenseur chevaleresque dont nous venons de parler encore...

— Eh bien ?

— C'est lui.

— Lui !

— Oui, j'en suis sûre.

— Ah !

— Je l'ai reconnu au portrait que tu m'en as fait, et, excuse ma démence, j'ai été même...

— Qu'as-tu ? Tu hésites à poursuivre.

— Pardonne-moi, Adrienne, j'ai été jalouse de toi.

— Pauvre chère amie !... mais, silence ! on vient...

C'était Mⁿᵉ d'Orbeval qui s'approchait avec la marquise d'Arène.

— Venez, ma mignonne, dit gracieusement Mⁿᵉ d'Orbeval à Adrienne, venez prendre vos places avec votre amie ; on aperçoit déjà sur la Cannebière la croix de la cathédrale qui s'avance en tête de la procession.

On entendait, en effet, les sonneries majestueuses des grandes cloches lancées à toute volée, les sons du clairon qui retentissaient en fanfares joyeuses et les harmonies plus douces des galoubets et des tambourins.

Pauline et Adrienne venaient à peine de s'asseoir dans les fauteuils qui leur étaient réservés, lorsque, refoulant devant eux la foule qui encombrait le quai du port, les gardes à cheval qui précédaient la procession débouchèrent au tournant de la Cannebière en faisant caracoler leurs montures.

L'évêque saisit l'ostensoir... (Page 347.)

Derrière eux, gambadant et vociférant, venaient une troupe de diables traînant des chaînes et s'agitant comme de véritables démons pour fuir la croix de la cathédrale, qui marchait la première, escortée de toutes les bannières des corporations richement brodées d'or et soutenues par des porte-enseignes aux chapeaux ombragés de longues plumes blanches.

Toutes les confréries, rangées sous leurs bannières, marchent au bruit des tambourins et des galoubets, et la foule accueille avec des cris d'admiration ou de grands éclats de rire le défilé de la corporation des jardiniers dont chaque membre a décoré son cierge de quelque phénomène potager ; celui-ci a arboré un artichaut monstrueux, cet autre a enguirlandé son cierge de fleurs rares, un troisième a disposé des nids d'oiseaux au milieu de verts feuillages, un quatrième montre avec orgueil des poires précoces mûries dans son jardin.

Puis viennent cent groupes de petits enfants habillés en abbés, en anges, en bergers conduisant des agneaux.

Des centaines de jeunes filles les suivent vêtues de blanc, parées de fleurs, et chantant des psaumes qu'accompagnent les accords de nouveaux groupes de tambourins.

Pénitents aux cagoules noires, blanches, bleues ou grises, pêcheurs en culottes courtes et en chapeaux à la Henri IV, déployant l'étendard de Saint-Pierre, prêtres aux chasubles étincelantes, corps religieux de tous les ordres, oriflammes brodées, guidons, panonceaux, bannières qui le disputent d'éclat et de magnificence aux mille pavillons qu'étalent les navires, défilent tour à tour devant le peuple ému.

Le voisinage de l'Italie a donné aux populations du Midi l'habitude et le goût de mêler à ces cérémonies religieuses la représentation des principaux mystères de la religion et les traces de la vie des saints.

C'est ainsi, qu'au pieux cortège, se mêlent des jeunes filles représentant la *Bonne Mère*, vêtues de riches étoffes, couvertes de voiles précieux, le front ceint d'une couronne dorée. Elles tiennent à la main un livre de prières, qu'elles font rapidement évoluer de droite à gauche et de gauche à droite en récitant quelques vers qui sont la paraphrase de la salutation angélique.

Plus loin, on voit de jeunes garçons aux jambes nues, chaussés de sandales, vêtus de peaux de moutons et conduisant des agneaux attachés avec des rubans aux couleurs brillantes.

Les Madeleine sont non moins nombreuses que les Sainte Vierge et les Saint Jean-Baptiste. Ce sont de grandes et belles filles à jambes découvertes, vêtues d'un haillon de toile d'emballage rayée, les bras nus et le sein à peine voilé sous leurs longs cheveux épars.

Voici encore Geneviève de Brabant, l'héroïne des chansons populaires. Elle est coiffée et habillée comme une paysanne qui relève de ses couches, corset blanc, jupe de toile et chapeau gris. Elle berce dans ses bras une poupée emmaillotée, et, à ses côtés, se tiennent deux jeunes garçons en jupon de soie et en chemise, coiffés de chapeaux gris: l'un porte un petit chien et l'autre un énorme coutelas.

Affublés de ces déguisements bizarres, ils s'en vont déclamant les vers d'une complainte rimée tant que bien que mal, mais plutôt mal que bien, par un prêtre provençal qui n'a pas même gardé l'anonyme.

Plus loin, cette jeune fille montée sur un âne, porte un enfant dans ses bras, et cet homme d'un âge mûr qui tient un lys dans sa main représentent la fuite en Égypte.

Saint Joseph obtient un grand succès de fou rire, car l'homme qui représente l'époux de Marie est un mitron hébété dont la folie inoffensive fait depuis longtemps la joie des gamins de Marseille. Ce n'est point par hasard qu'il a été pris pour jouer ce rôle, car, ainsi que le rapporte un historien marseillais, qui s'en montre fort indigné: « On choisissait de préférence les imbéciles pour représenter saint Joseph. »

Puis, fermant le cortège de ces mascarades, vient un bœuf superbe, dont la tête est ornée d'une sorte de bouclier formé de fleurs entrelacées, dont le dos est couvert d'un tapis sur lequel est assis un enfant le front ceint d'une couronne, le corps vêtu d'une peau de mouton et tenant à la main un petit bâton en forme de croix, tel que la légende nous représente saint Jean-Baptiste.

Quatre bouchers l'accompagnent, affublés de costumes étranges, et bien plus dignes de figurer dans un théâtre que dans une procession. Une robe de damas de différentes couleurs est attachée à leur ceinture avec une gaine et tombe seulement jusqu'au genou ; une ceinture de soie à franges et crépines d'or serre leur taille. Leur chemise plissée et à manches est bariolée de rubans, et un chapeau, brodé d'or avec un tour de plumes blanches, couvre leurs têtes.

Enfin le clergé paraît vêtu des plus riches ornements qui scintillent sous les rayons du soleil.

De jeunes lévites, les uns avec l'encensoir, les autres ayant dans leurs mains les vases sacrés et le trésor de l'Église, précèdent le dais qui abrite le Saint-Sacrement.

Les encensoirs partent en mesure, des nuages d'encens tourbillonnent dans les airs, toutes les cloches carillonnent, les bourdons sonnent en volée et le canon des forts sert d'intermède aux chants religieux de cette innombrable multitude.

Bientôt la procession tout entière se déploie sur le quai où se dresse un immense reposoir.

A ce moment le spectacle est véritablement imposant.

Sur tous les tillacs, les matelots à genoux, tête nue, les mains jointes, s'inclinent devant le dais qui s'avance majestueusement enveloppé d'un nuage de fleurs et d'encens.

La foule, naguère rieuse et pétulante, s'agenouille et s'incline.

L'évêque, raide dans sa lourde chasuble d'or, gravit à pas lents les marches du reposoir.

Il entonne d'une voix forte le *Pange* que le peuple chante lentement et que les équipages répètent au loin sur les vaisseaux.

Puis, soudain, les canons cessent de gronder, les cloches de lancer dans les airs leurs joyeux carillons, et un vaste silence plane sur cette foule agenouillée et recueillie.

L'évêque saisit l'ostensoir, l'élève au-dessus de sa tête et donne la bénédiction à la foule.

Un cri de : *Vive Jésus*, s'échappe de toutes les poitrines, le canon gronde de nouveau, les cloches sonnent en volée, la procession se reforme au chant des cantiques ; les nuages d'encens s'élèvent plus opaques, les fleurs lancées vers le ciel retombent en pluie plus serrée et le dais s'éloigne entouré des lévites et des prêtres aux chasubles dorées.

Dans cette foule pieuse qui s'incline pour recevoir la bénédiction, deux femmes prient avec ferveur : Adrienne demande au ciel de bénir son amour et de la protéger ; Pauline implore Dieu pour qu'il lui donne la force nécessaire de supporter les dures épreuves qu'elle subit et pour qu'il veille au salut de celui qui lui est si cher et qu'elle aime tant encore.

Lorsqu'elle relève la tête, elle aperçoit en face d'elle un homme qui la regarde avec amour.

Elle pâlit, et, par un mouvement machinal, serre convulsivement le bras de son amie.

Adrienne, frappée de l'émotion de Pauline, et de l'effroi que trahit son visage, suit la direction de son regard. Elle aperçoit cet homme et, elle aussi, ne peut s'empêcher de pâlir en murmurant un nom à demi-voix.

— M. de Galtières !

Mais lui, posant son doigt sur sa bouche, comme pour leur commander la prudence, se mêle à la foule et disparaît à leurs yeux.

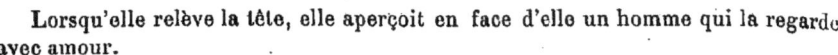

CHAPITRE XLII

Une soirée chez Mme d'Orbeval

Ce n'était point sans motifs que cet infortuné d'Orbeval était si fort jaloux de sa femme, mais si son humeur inquiète avait de quoi s'exercer, il ne paraissait pas que sa jolie compagne s'en émût plus que de raison.

Jeune, jolie, coquette, très folle, elle était vraiment bien faite pour vivre dans cette fin du XVIIIe siècle qui semblait, par une sorte de prescience des catastrophes prochaines, vouloir épuiser promptement la coupe du plaisir.

Comme ces oiseaux qui devinent instinctivement la tempête qui s'approche, les femmes de ces temps semblaient pressentir la marche rapide des orages de la révolution.

On eût dit vraiment que, sachant combien serait court leur règne, elles voulaient goûter à tous les plaisirs, à toutes les jouissances avec une sorte d'ardeur fiévreuse.

Le plaisir était leur grande affaire, et encore fallait-il qu'il fût ininterrompu et extravagant.

L'amour, le jeu, la parure, toutes les ivresses, celles des sens aussi bien que celles de l'esprit, la débauche même, pourvu qu'elle fût élégante, étaient les passe-temps ordinaires des petites marquises, des mignonnes duchesses, des coquettes comtesses ; les princesses elles-mêmes n'étaient point à l'abri de cette épidémie.

Parmi les plus folles, les plus aventureuses, les moins soucieuses du qu'en dira-t-on, on citait, en première ligne, Mme d'Orbeval.

Les liaisons étaient nombreuses et surtout éphémères ; un cavalier bien tourné, sachant débiter quelque madrigal, avait vite trouvé le chemin de son cœur, et il ne lui fallait point de longs efforts pour conquérir la place.

Ses diamants étaient admirables et ses toilettes ravissantes.

Elle jouait comme un démon, sablait le champagne comme un officier, contait l'anecdote égrillarde mieux qu'un petit abbé.

C'était une charmante maîtresse, mais une femme bien difficile à conduire.

Son mari n'avait pu y réussir, ce qui s'explique, mais il avait eu le tort de vouloir l'essayer, ce qui ne prouve pas en faveur de son esprit.

Aussi s'amuse-t-on beaucoup chez Mme d'Orbeval. Peut-être même pourrait-on trouver qu'on s'y amuse beaucoup trop ; mais ce qui est certain, c'est que son mari est le seul qui s'y ennuie... Il est vrai qu'on s'occupe si peu de lui, qu'il peut bouder tout à son aise dans son coin, sans que nul ne s'en inquiète.

C'est la maison de toute la Provence où l'on chante les chansons les plus épicées, où l'on joue les petites parades les plus grivoises.

Les soupers y sont exquis et fort suivis, car madame a toute une cour d'adorateurs.

Ses anciens amants vivent en bonne intelligence avec les nouveaux, et ceux-ci font un excellent visage à ceux qui vont être leurs successeurs.

La table desservie, un colin-maillard ou un traîne-ballet succède au souper, et le tout finit, comme on disait alors, par une « polissonnerie générale. »

Il n'y a pas quinze jours de cela, la polissonnerie fut un peu vive. Si nous en croyons la chronique des ruelles, on renversa les tables et les meubles ; on jeta dans la chambre vingt carafes d'eau, dont le maître du logis reçut sa bonne part tout en maugréant, mais le déluge devenait plus terrible, en raison même de la violence de ses plaintes, si bien que, mouillé jusqu'aux os, il lui fallut regagner son lit et débarrasser ses hôtes de sa maussade présence.

Lui parti, il s'en passa de belles.

On en fit tant et tant, que les acteurs de cette belle comédie se retirèrent excédés de fatigues, assommés de coups de mouchoirs et laissant Mme d'Orbeval avec une extinction de voix, une robe déchirée en plusieurs morceaux, une contusion à la tête, une écorchure au bras, mais heureuse d'avoir donné un souper d'une telle gaieté que toute la ville en parlerait le lendemain.

En cela, elle ne se trompa point.

Non seulement on en parla le lendemain, mais encore les jours suivants ; non seulement tous les salons de Marseille furent mis au courant de cette équipée, mais encore les murs des hôtels d'Aix retentirent pendant plus d'une semaine des récits de ces gaillardises.

Quelques douairières trouvèrent bien que le trait était un peu vif, mais elles furent seules de leur avis, et n'osèrent pas formuler trop ouvertement leurs critiques, de crainte de passer pour de sempiternelles radoteuses.

Les jeunes femmes trouvèrent que cette petite d'Orbeval était vraiment un peu extravagante, mais bien originale.

Quant aux hommes, toute leur indulgence lui était depuis longtemps acquise.

Mais le jour où la procession venait, en quelque sorte, de sanctifier son hôtel encore tout embaumé des senteurs de l'encens, le jour où l'on entrait dans la semaine qui devait voir successivement les paroisses parcourir la ville, en convoquant les fidèles et en stimulant les fêtes, Mᵐᵉ d'Orbeval ne pouvait songer à continuer ses folies.

Elle en avait pour huit jours d'une sagesse relative ou pour mieux dire, apparente.

Aussi son dîner eut-il un caractère de gaieté décente et le salon n'entendit-il point de propos trop gaillards.

C'était, du reste, une véritable merveille que ce salon avec sa voûte sculptée et peuplée d'Amours folâtrant autour des guirlandes de fleurs et de feuillages qui soutenaient à leur extrémité les lustres flamboyants ; avec ses hautes glaces où scintillaient les reflets des bougies, dont la lumière tombait à flots sur les dorures, sur les diamants, sur les corsages de guêpe et les énormes robes enguirlandées et chatoyantes, couvertes de paillons, de fleurs, de fruits, de diamants dont l'œil avait peine à soutenir l'éclat.

Non moins parés que les femmes, les cavaliers qui s'empressaient autour d'elles et leur faisaient la cour étaient vraiment charmants, avec leurs cravates et leurs manchettes de dentelles, leurs habits de soie feuille-morte, bleu-céleste ou rose tendre, agrémentés de broderies.

C'est une soirée tout intime ; les conversations ne sont point montées au diapason ordinaire et se ressentent de la sainteté du jour ; point de chansons légères, et c'est à peine si, de temps à autre, quelque main s'égare sur les touches d'ivoire du clavecin pour y jouer un air du *Devin du village* ou accompagner une romance sentimentale que Jean-Jacques Rousseau est en train de mettre à la mode.

Les laquais, poudrés et raides dans leur grande livrée galonnée d'or, traversent les groupes, les mains chargées de lourds plateaux d'argent.

Ils ont vraiment fort bonne tournure ; ce sont de robustes gaillards, bien découplés, bien charpentés, que certaines nobles dames regardent parfois d'un œil complaisant, admirant leurs robustes épaules et leur forte carrure.

Impassibles, ils circulent, sans paraître gênés par ces regards qui ne dissimulent point toujours leur admiration, en gens qui savent ce qu'ils valent et qui n'ignorent point que « pour certaines femmes, un laquais est souvent un homme. »

Parmi la livrée, tous ne sont point cependant dignes de cette attention flatteuse qu'on daigne leur accorder.

En voilà un, par exemple, qui semble sommeiller en se glissant paresseusement à travers le salon ; ses yeux demi-clos contemplent envieusement toutes les excellentes choses qu'il est chargé d'offrir aux invités de Mᵐᵉ d'Orbeval, et on devine aisément qu'il lui tarde de rentrer à l'office pour satisfaire sa gourmandise et reprendre ensuite son sommeil interrompu.

On croirait voir un somnambule qui s'acquitte, sans s'en rendre compte, de ses devoirs professionnels.

Ce valet, peu recommandable et qui déshonore la livrée qu'il a l'honneur de porter, n'est autre que notre vieille connaissance Cadet, qui n'est pas moins pares-

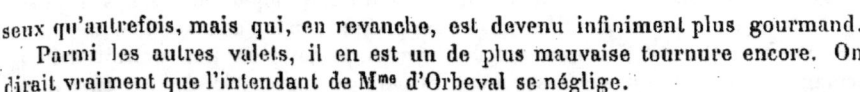

seux qu'autrefois, mais qui, en revanche, est devenu infiniment plus gourmand.

Parmi les autres valets, il en est un de plus mauvaise tournure encore. On dirait vraiment que l'intendant de Mme d'Orbeval se néglige.

Or, celui-ci ne supporte que, contraint et forcé, ce domestique de petite taille, chétif, aux cheveux rouges sous la poudre, dont les yeux inquiets et mobiles, au regard fuyant, semblent inventorier tous les bijoux qu'avec un peu d'adresse, un habile filou pourrait s'approprier.

Ce laquais, aux allures suspectes, n'est autre que Bavard, et si l'intendant lui laisse porter la livrée de son maître, ce n'est, croyez-le bien, que pour cette soirée seulement.

Un domestique est tombé subitement malade ; il a fallu le remplacer et Cadet a présenté ce personnage dont il s'est porté garant.

La promesse d'un double louis a seule inspiré au paresseux valet une aussi aveugle confiance dans l'honnêteté de Bavard. Encore a-t-il fallu que le bandit lui déclarât qu'il n'aspirait à devenir son collègue pendant une soirée que pour remettre à une des invitées de Mme d'Orbeval, une lettre importante qu'il ne pouvait confier à aucun domestique.

Cadet pensait qu'il fallait bien risquer quelque chose pour devenir possesseur d'un double louis ; au surplus, le pis qu'il pût lui arriver était de perdre sa place si son protégé se conduisait mal, et Cadet ne tenait jamais à aucune place, trouvant toujours qu'on y travaillait trop et n'y dormait pas assez.

Si Bavard avait une lettre à remettre, ce qui se trouvait être vrai, il ne se pressait pas énormément de la faire parvenir à destination, soit que le moment ne fût pas venu, soit qu'il eût d'autres occupations.

Le fait est que le drôle ne restait pas inactif.

Circulant sans cesse dans le salon pour offrir des liqueurs glacées aux belles dames et aux élégants cavaliers, il se glissait avec tant de souplesse au milieu des groupes, évoluait avec tant de dextérité, qu'il trouvait toujours le moyen d'avoir à portée de sa main quelque bijou mal attaché, quelque tabatière sortant à demi du gousset.

Il avait déjà fait une fructueuse récolte, lorsque, en s'approchant d'une fenêtre, il entendit retentir au dehors un coup de sifflet étrangement modulé.

S'approchant de Pauline Roux, il lui présenta son plateau, tandis qu'il glissait dans sa main un petit billet, en murmurant à son oreille :

— Lisez vite !

Et, avant qu'elle fût revenue de sa stupeur, il s'était éloigné. Il rencontra dans l'antichambre Cadet qui sommeillait à demi, il lui campa sur les bras son plateau.

Cadet voulut protester, mais, comme en même temps que le plateau, Bavard lui remit le double louis, objet de ses convoitises, il n'osa pas trop murmurer.

Le billet mystérieux brûlait la main de Pauline ; elle n'osait le lire et cependant elle en mourait d'envie.

Elle n'était point, pour rien, fille d'Ève, et la curiosité fut plus forte que la crainte.

Profitant d'un instant où l'on était groupé autour du clavecin, elle sortit du salon et gagna un petit boudoir désert.

Elle ouvrit rapidement le billet et ne put s'empêcher de tressaillir en reconnaissant l'écriture de M. de Galtières.

Elle parcourut rapidement des yeux la lettre, et la relut ensuite à demi-voix :

« Ma chère Pauline,

« Il m'est impossible de parvenir en ce moment jusqu'à vous car il faut que je m'éloigne à l'instant même de Marseille, mais pour quelques jours seulement et j'ajouterai, pour vous rassurer, puisque vous daignez m'accorder encore quelque intérêt, qu'aucun danger ne me menace et que ce court voyage ne présente aucun péril pour moi.

« Je vais m'occuper de deux amoureux qui vous sont chers et que j'aime parce que vous les aimez : M. René de Mauléon et Mlle Adrienne d'Arène.

« Un danger les menace et il faut que vous les préveniez.

« J'apprends de bonne source que le marquis d'Arène en est réduit aux expédients ; sa mère est aussi à bout de ressources ; leurs créanciers les traquent et ne veulent plus patienter.

« Il leur faut, à tout prix, la fortune de Mlle Adrienne et, si celle-ci ne la leur apporte pas en dot, ils sont gens à s'en emparer par d'autres moyens.

« Le marquis est capable de bien des choses, mais je redoute sa mère plus encore ; si son fils ne devient point le mari d'Adrienne, elle voudra qu'il soit l'héritier de celle qui aura refusé d'être sa femme, et elle a rapporté des colonies de terribles poisons.

« Déjà une première fois, la santé de votre amie a dû vous donner de terribles inquiétudes ; le danger a été grand, mais la crainte d'être découverte a arrêté cette femme qui se savait surveillée.

« Mais aujourd'hui, pressée par un besoin d'argent, harcelée par ses créanciers, elle est capable de tout hasarder et de chercher le salut de son fils au prix du sien et au prix d'une existence qui vous est si chère.

« Je veille sur votre amie, la défendrai et la sauverai, je vous le promets... Mais il faut aujourd'hui que je m'absente, je le répète...

« Prévenez Mlle d'Arène, prévenez surtout M. de Mauléon, et dites-lui que le jour où il recevra un mot signé de mon nom, il vienne sans retard au rendez-vous que je lui donnerai.

« Adieu, ma bien chère Pauline ; je m'éloigne, mais en emportant gravée dans mon cœur votre image qui est mon meilleur talisman. »

La jeune femme porta à ses lèvres la lettre qu'elle venait de relire et y déposa un long baiser.

A ce moment, elle aperçut René et Adrienne qui, remplis de cette inaltérable confiance dans l'avenir que possède seule la jeunesse, oubliaient toutes les cupidités qui s'agitaient autour d'eux, tous les obstacles qu'il leur faudrait briser et ne songeaient qu'à s'isoler dans leur amour.

— Pauvres amis ! murmura Pauline.

Puis, se raidissant contre l'angoisse et puisant du courage dans la confiance que lui inspiraient la résolution et l'énergie de M. de Galtières, elle ajouta d'un ton plus ferme :

— Nous les sauverons à nous deux !

Il tomba aux genoux de la jeune fille. (Page 360.)

CHAPITRE XLIII

Les deux frères

L E moment est venu de soulever tout à fait les voiles qui entourent les parties encore obscures de ce récit, de faire le jour sur les secrets que certains mots échappés à la marquise d'Arène, que certaines allusions faites au passé n'ont encore pu éclaircir que bien imparfaitement.

Pour l'intelligence de ce qui va suivre, il importe, en un mot, de raconter l'histoire de la famille d'Arène et surtout d'en révéler les particularités systématiquement dénaturées par ceux qui avaient intérêt à ce que la vérité ne fût pas connue.

C'est une sombre et lugubre histoire que celle de cette puissante et riche famille ; son passé est un drame terrible dont les murailles épaisses du vieux château ont caché le secret et dont un seul témoin pourrait révéler les horreurs s'il consentait à parler.

Mais son culte pour l'honneur du nom de ses maîtres paralyse sa langue, et ceux qui ont commis le crime, ceux qui s'apprêtent à frapper un nouveau coup pour jouir de cette fortune qu'ils convoitent et qu'ils ont achetée au prix du sang, savent qu'ils peuvent compter sur son silence.

Ce témoin, c'est Laurent, cet intendant que le marquis et sa mère redoutent comme un remords vivant.

Des meurtriers, l'un est mort, l'autre, et c'est le plus coupable, médite un nouveau crime qui lui assurera la possession de ces richesses qu'un premier assassinat n'a pu lui donner.

Le marquis Raoul d'Arène, grand-père du marquis actuel, avait deux fils, dont l'aîné s'appelait Claude et le second Albert.

Essentiellement bon et d'un caractère faible, le marquis Raoul s'était laissé complètement dominer par sa femme dont le caractère hautain faisait tout plier devant ses moindres désirs.

Comme elle descendait d'une des plus nobles familles de Provence et qu'elle avait apporté une fortune immense, elle avait su mettre à profit l'éclat de son nom, et la richesse de sa dot pour s'emparer de l'esprit de son mari.

Avec le temps, son pouvoir sur ce dernier était devenu absolu.

Habituée depuis son enfance à voir chacun obéir à ses volontés même les moins raisonnables, elle en était arrivée à ne plus vouloir tolérer la moindre résistance.

Les caractères des deux fils ne tardèrent pas à présenter une dissidence aussi complète que celle qui existait entre leurs parents ; leurs goûts étaient opposés et ils ne pouvaient s'accorder sur rien.

Claude avait l'humeur douce de son père, et, comme lui, était toujours prêt à faire les concessions les plus extrêmes plutôt que de lutter pour la défense de ses intérêts.

Albert, au contraire, était despote, violent et altier ; n'ayant aucune des qualités de sa mère, il en avait tous les défauts, mais à un degré plus grand encore.

Le marquis s'attacha davantage à son aîné dans lequel il se voyait revivre.

La marquise, de son côté, n'eut d'autre amour que pour le cadet, dont le caractère offrait tant de ressemblance avec le sien, et cet amour devint si violent qu'il lui fit haïr son autre enfant.

Bien que Claude souscrivît toujours sans résistance à tout ce que lui imposait son frère, il n'en était pas moins profondément détesté par lui, car Albert ne pouvait oublier que c'était son aîné qui hériterait du titre et de la fortune de leur père.

La marquise le détestait aussi parce qu'elle voyait en lui le possesseur futur de

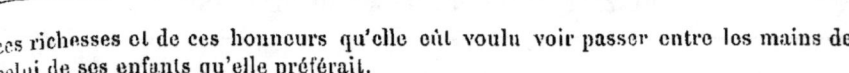

ces richesses et de ces honneurs qu'elle eût voulu voir passer entre les mains de celui de ses enfants qu'elle préférait.

Aussi longtemps que le marquis Raoul d'Arène vécut, bien que son autorité ne fût guère respectée par sa despotique épouse, sa présence suffit cependant à obliger ces deux haines à se dissimuler et à s'imposer quelque retenue.

La mère espérait toujours l'amener à accorder quelques avantages à Albert, et elle savait qu'elle eût gravement compromis ses intérêts, si elle eût laissé deviner à son mari ses véritables sentiments à l'égard de son fils aîné.

Toutefois, en mourant, le marquis refusa de distraire la moindre parcelle de l'héritage de Claude.

Resté sans appui, celui-ci fut en butte aux mauvais traitements de sa mère et aux insultes de son frère. Leur colère s'était accrue de la ruine de leurs espérances.

Toutefois, ils ne réussirent pas à priver le jeune homme de la riche succession que lui assurait son droit d'aînesse, et lui, qui eût pu alors se révolter, continua à les supporter avec une patience, une bonté d'âme qui eût dû désarmer leur courroux, mais sa résignation ne fit que les exaspérer davantage.

A quels excès se seraient-ils portés contre lui? Seraient-ils allés jusqu'au crime? C'est ce qu'il est difficile de dire.

Heureusement pour Claude la mort vint enlever à Albert sa puissante alliée, et la marquise alla reposer dans la chapelle du château, à côté de son époux.

Comprenant qu'il lui fallait gagner les bonnes grâces d'un frère riche, possesseur de tous les biens de sa famille, Albert se rapprocha de lui et essaya de conquérir son amitié.

Il y parvint sans peine, et, comme Claude n'avait d'autre désir que de vivre dans ses terres, il fit généreusement don à son cadet d'un magnifique hôtel qu'il possédait à Aix.

Albert reçut cette donation avec les plus grandes démonstrations de joie, et alla prendre possession de l'hôtel qui lui était offert.

Une année s'écoula sans que les deux frères se revissent, mais non sans qu'Albert reçût à diverses reprises du chef de la famille des sommes assez considérables destinées à soutenir son train de maison.

Passionné pour le plaisir, joueur, aimant le luxe, dépensant sans trop compter, le frère cadet n'eût pu faire face aux dépenses d'un pareil genre de vie avec la modeste fortune qui lui appartenait et il lui fallait souvent s'adresser à Claude.

Il ne fit jamais en vain appel à sa générosité.

Menant un train honorable, mais qui était bien loin d'égaler celui que ses revenus lui eussent permis d'avoir, le marquis était heureux de pouvoir employer une partie de ses économies à venir en aide à Albert, et il mettait à l'obliger un grand empressement et beaucoup de délicatesse.

Au bout d'un an, Claude se rendit à Aix où l'appelaient quelques affaires, et descendit chez Albert où il demeura aussi longtemps que sa présence dans cette ville fut nécessaire.

Lorsqu'il eut mis ordre à tout ce qui avait nécessité son voyage, il s'apprêtait à repartir, car il lui tardait de retourner à sa chère solitude et à ses livres, qu'il regardait comme ses meilleurs amis, lorsque son cadet le pria de différer son départ.

— Si ma présence ici, répondit Claude, peut vous être nécessaire, je suis tout prêt à prolonger mon séjour.

— Je désire que vous ne partiez pas sans m'avoir donné votre avis sur une jeune personne de la plus grande beauté et qui appartient à une famille des plus honorables.

— Je vous crois meilleur juge que moi en fait de beauté, mon cher Albert, et, puisque vous me dites qu'elle est de bonne race, je ne vois point ce qui peut vous empêcher de l'épouser si vous l'aimez véritablement.

— Je vous jure que je n'ai jamais aimé davantage.

— Vous aime-t-elle ?

— Je l'espère, mais je ne saurais l'affirmer, car il y a peu de temps que je la connais ; j'ai pourtant tout lieu de croire que je ne lui suis point indifférent.

— Fait comme vous l'êtes, il est impossible qu'elle ne vous ait point remarqué, et vous êtes d'assez bonne famille pour pouvoir ambitionner n'importe quelle alliance.

— Vous me rendez le courage et j'en ai bien besoin, car on craint toujours de ne point plaire lorsqu'on aime réellement.

— Je ne vois d'obstacle possible que du côté de la fortune ; la vôtre est médiocre. Peut-être que celle que vous aimez s'en contenterait, mais ses parents peuvent se montrer plus exigeants.

— Elle est orpheline et vit fort retirée avec une tante qui est sa seule parente.

— Et cette tante est-elle riche ?

— Il s'en faut de beaucoup ; mais, comme sa nièce est fort jolie, elle rêve de relever par un riche mariage la splendeur un peu déchue de sa maison.

— Vous n'êtes donc point son affaire. Cependant, s'il ne faut que vous assurer un certain revenu pour triompher de son opposition, je suis tout disposé à vous donner par contrat de mariage la possession d'un capital qui vous permettra de vivre honorablement et sur le pied qui convient à un d'Arène.

— Je vous remercie, mon frère, et je vous jure qu'une pareille générosité...

— Laissons cela, vous ne me devez aucune reconnaissance ; je remplis ce que je considère comme un devoir et rien de plus. Je serai, du reste, trop heureux d'avoir contribué à votre bonheur avec un léger sacrifice. D'après ce que vous venez de m'apprendre, je suis convaincu que nous réussirons à lever tous les obstacles, car une jeune fille pauvre, quelque charmante qu'elle puisse être, n'est point d'ordinaire fort recherchée par de riches gentilshommes.

— Vous êtes malheureusement dans l'erreur.

— Vous avez un rival ?

— Je ne sais vraiment si je puis donner ce nom à un individu qui recherche la main de celle que j'aime, mais qui est si vieux et si cassé qu'il ne saurait lui inspirer autre chose que du dégoût.

— Vous avez probablement raison en ce qui concerne la jeune fille, mais il faut aussi vous occuper de sa tutrice.

— Oh ! il agrée fort à la tante, car il est fort riche. Sa nièce, je le répète, ne se résignerait point à lier son existence à celle de ce vieillard, et je suis convaincu qu'elle ferait bon accueil à celui qui l'arracherait à l'odieux servage qui la menace.

— Et vous brûlez naturellement du désir de délivrer cette belle infortunée ?

— C'est mon vœu le plus cher.

— Êtes-vous bien sûr, cependant, que sa fortune n'a pas ébloui votre bien-aimée ; qu'elle ne lui pardonne pas sa laideur et son grand âge en faveur de ses écus ?

— J'en suis assuré. Il a beau soupirer, mettre ses trésors à ses pieds, il n'en obtient pas de regard favorable.

— C'est à merveille ; il ne vous reste donc plus qu'à jouer le rôle du jeune chevalier qui délivrera cette beauté d'un pareil monstre.

— J'ose espérer qu'elle m'en saura quelque gré.

— Qu'il soit donc fait selon votre volonté, mon frère. Je demanderai pour vous, quand vous voudrez, la main de cette belle jeune fille ; mais je m'aperçois que j'ai oublié de m'informer de son nom.

— Elle s'appelle Camille de Candole... Vous verrez quelle grâce est la sienne, quel charme se dégage de toute sa personne...

— Tudieu ! quel enthousiasme !

— Oh ! oui, mon frère, je l'aime !...

Le lendemain, Albert obtint de la tante de Mlle de Candole la permission de lui présenter le marquis, son aîné.

Le soir même, Albert conduisit Claude dans le vieil hôtel où les deux femmes vivaient seules en compagnie d'un seul domestique.

Le marquis trouva que, loin d'avoir exagéré la beauté de Camille, son frère était resté bien au-dessous de la vérité ; il fut doucement ému à la vue de cette jeune personne et son esprit lui convint fort.

Le lendemain, il rendit une nouvelle visite à Mlle de Candole, et la séduction qu'elle exerça sur lui fut si puissante, qu'il revint chaque jour passer de longues heures auprès d'elle et ne parla plus de son départ.

Était-il sur le point de devenir le rival de son frère ?

Il n'osait se poser cette question, et peut-être bien, après tout, ne se rendait-il pas bien exactement compte de ce qui se passait dans son cœur.

La jeune fille l'aimait-elle et désirait-il être aimé par elle ?

Il l'ignorait, et rien, dans l'attitude ni dans les paroles de Camille, ne pouvait lui faire supposer que cette belle statue de marbre se fût animée au feu de son amour, si tant était qu'il l'aimât véritablement, ce qu'il ne voulait point approfondir.

Pauvre, elle se croyait tenue à plus de réserve et de fierté envers ce jeune gentilhomme qu'on disait très riche et qui ne s'était présenté, en somme, chez sa tante que comme l'ambassadeur de son frère.

Lui faisait-il sa cour ou bien voulait-il uniquement la décider à accepter la main d'Albert ?

Le marquis ne s'était point prononcé et ce n'était pas à elle qu'il appartenait de le faire sortir de la réserve qu'il semblait vouloir s'imposer.

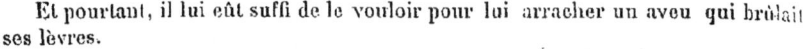

Et pourtant, il lui eût suffi de le vouloir pour lui arracher un aveu qui brûlait ses lèvres.

La jeune fille avait pu apprécier la bonté inaltérable de Claude, ses qualités solides, son esprit sérieux et cultivé. Elle était heureuse de se sentir entourée par lui de soins empressés et tendrement respectueux.

Sa présence éveillait en elle des sentiments inconnus, de douces sensations qu'elle n'avait jamais éprouvées.

Par moment aussi, elle se sentait prise d'inexprimables angoisses.

Elle se demandait s'il l'aimait véritablement, si le souvenir de la passion d'Albert ne viendrait pas se dresser entre elle et lui.

Cet amour pour le marquis qu'elle croyait devoir dissimuler, ces alternatives d'espérances et de craintes, ces luttes secrètes entre sa passion et son orgueil l'agitaient profondément.

Claude remarqua bientôt cet abattement auquel succédaient des accès de fièvre, et sa tendresse s'en alarma.

Lorsque les yeux cerclés de noir de la jeune fille s'enfoncèrent dans sa face amaigrie où ils brillaient avec un éclat étrange, il trembla pour son existence et se désespéra, car il ne pouvait deviner la cause de ce mal secret et terrible.

Il l'interrogea. Elle lui répondit qu'elle ne s'était jamais mieux portée.

Mais ces paroles ne le rassuraient pas ; il se sentait pris d'une inexprimable angoisse en voyant cette belle enfant languir comme une fleur qui se flétrit sur sa tige brisée.

Il passait de longues heures auprès d'elle, tout occupé à étudier sa physionomie, à scruter ses moindres sensations.

Devina-t-il ainsi le secret de Camille, ou bien un sentiment plus fort que sa volonté l'entraîna-t-il à se départir de la réserve qu'il s'était imposée vis-à-vis de celle qu'aimait son frère ?

C'est ce que nous ne saurions dire ; toujours est-il qu'il se montra plus tendrement affectueux envers elle.

Ce changement dans la manière d'être du marquis en amena un aussi dans l'état de Camille.

Sous ces tendres soins, elle sembla renaître à la vie, et sa fière nature triompha d'un abattement passager.

- Ces heureux symptômes ne purent échapper à Claude, et il dut se demander quelles étaient les causes d'une si prompte modification dans l'état de la jeune fille.

Il reconnut sans peine qu'elle était en proie à des souffrances que la médecine est impuissante à calmer, car elles proviennent de l'âme qui réagit sur le corps.

Il observa plus attentivement qu'il ne l'avait fait encore les moindres sensations qu'éprouvait la jeune femme.

Il apporta dans ces études une passion d'autant plus grande, qu'il commençait à soupçonner les véritables causes du mal.

Bientôt il ne put plus douter de l'amour que Camille ressentait pour lui.

Cette découverte lui causa en même temps une joie immense et une sorte de terreur contre laquelle il lui fut impossible de réagir tout d'abord.

Pygmalion, en sentant palpiter entre ses bras sa belle statue, ne dut pas éprouver un enivrement plus grand que celui que Claude ressentit en comprenant que ce cœur, qu'il croyait de marbre, battait pour lui.

Mais aussi, il se demandait avec anxiété où le conduirait un pareil amour.

Camille était adorée de son frère; il ne pouvait oublier qu'Albert avait mis son bonheur entre ses mains.

Allait-il trahir la confidence de celui-ci?

Deviendrait-il son rival et son rival préféré?

Comme fils aîné, il lui avait enlevé la fortune de leurs parents et le titre de marquis que portaient leurs aïeux; était-ce bien de lui enlever encore celle qu'il aimait?

Sans doute ce frère avait été injuste et cruel pour lui; il avait méconnu et repoussé autrefois son affection; il l'avait torturé lorsqu'il était enfant, et ne s'était rapproché de lui que poussé par les besoins d'argent; mais il lui avait pardonné, et il se demandait s'il avait bien le droit d'accepter l'amour de sa fiancée.

Or, accepter cet amour, c'était vouloir se donner tout entier à Camille; car il savait bien maintenant qu'elle n'aimerait pas à demi et qu'elle voudrait être aimée avec une passion égale à celle qui l'animait.

Il est vrai que la jeune fille n'avait jamais répondu à l'affection d'Albert, qu'elle avait refusé de prendre aucun engagement avec lui, qu'elle ne lui accorderait jamais sa main. Devait-il immoler le bonheur de Camille et son propre bonheur à l'orgueil de son frère, et, puisqu'elle ne devait jamais être la femme de ce dernier, était-il obligé de repousser le bonheur qui s'offrait à lui?

S'il eût pu raisonner aussi froidement jusqu'au bout, s'il eût pu imposer aux sentiments qui s'agitaient tumultueusement dans son cœur une sorte de contrainte, peut-être eût-il fini par triompher d'une passion qui commençait à peine à faire sentir sa violence.

Mais il n'en fut pas ainsi.

Un incident imprévu vint triompher de ses dernières hésitations.

Un jour qu'il se présentait un peu avant l'heure ordinaire de ses visites, chez Mlle de Candole, il entendit, en passant devant un boudoir dont la porte n'était que poussée, un bruit de sanglots étouffés et de gémissements.

Il poussa la porte entr'ouverte et aperçut Camille à demi couchée sur une chaise longue.

Elle était divinement belle dans sa douleur.

Son corps souple se moulait dans sa robe qui dessinait la courbe voluptueuse de sa taille; ses beaux cheveux, ramenés sur le sommet de la tête, étaient à demi cachés sous son mignon bonnet de dentelles, tandis que sur le cou voltigeaient de petites mèches courtes et frisées qui ressemblaient à du duvet. Ses beaux yeux brillaient à travers les larmes.

Elle n'entendit pas entrer le marquis, et, lorsque celui-ci lui demanda si elle se trouvait indisposée, elle tressaillit, et, se redressant brusquement, poussa un petit cri d'effroi.

— Vous! murmura-t-elle, vous ici, en ce moment!

— Vous excuserez mon indiscrétion, mais j'ai entendu en passant vos plaintes, vos sanglots, et comme la porte de cet appartement n'était pas fermée, j'ai cru pouvoir entrer pour vous offrir mes soins.

— Je vous remercie, mais je ne souffre pas.

En disant ces mots, elle lui tendit sa main mignonne en souriant à travers ses larmes.

Au contact de cette main brûlante, un frisson secoua tout le corps de Claude.

Il comprit que ce qu'il éprouvait était plus fort que sa volonté.

Il tomba aux genoux de la jeune fille, couvrit ses doigts de baisers, et un aveu sortit de sa bouche.

Elle ne le repoussa point, elle ne lui imposa pas silence et, si elle ne lui dit pas qu'elle partageait son amour, ses yeux le lui laissèrent facilement deviner.

L'assiduité de Claude auprès de Camille, ses réponses embarrassées lorsqu'Albert lui demandait s'il avait obtenu d'elle qu'elle l'agréât pour fiancé, le soin qu'il mettait à ne plus lui parler de la jeune fille, excitèrent promptement les soupçons du cadet d'Arène.

Il épia le marquis, il suivit d'un œil jaloux toutes ses démarches, et il ne tarda pas à se convaincre, non seulement qu'il était épris de Camille, mais encore que celle-ci lui avait donné dans son cœur cette place qu'il eût voulu y occuper.

Sa jalousie lui fit oublier qu'il devait ménager un frère dont la générosité lui permettait de faire quelque figure.

Il l'accusa avec une extrême violence de lui avoir ravi par trahison Mlle de Candole.

Claude lui répondit qu'il le jugeait mal. Il aimait, à la vérité, Mlle de Candole, et, puisque tous deux prétendaient à sa main, il fallait lui demander de choisir entre eux et se soumettre à ce qu'il lui plairait de décider.

Albert hésita de consentir à ce que lui proposait son frère.

Il finit cependant par accepter le jugement de Camille. Son amour-propre, qui était excessif, ayant fini par dissiper ses craintes et lui donner l'espoir de triompher.

C'était, du reste, la seule chance qu'il eût encore d'obtenir la main de la jeune fille, puisqu'il eût suffi au marquis de faire sa demande à la tutrice de celle à qui ils faisaient la cour pour être agréé à cause de sa fortune et de son titre.

Ils se rendirent donc ensemble auprès de Mlle de Candole pour lui déclarer leurs intentions et la prier de choisir entre les deux prétendants.

La jeune fille, nous venons de le dire, préférait Claude.

Elle n'hésita donc que tout juste autant que le commandaient les bienséances, et répondit qu'elle agréait les hommages du marquis.

Quant à sa tante, son consentement à cette union ne fut ni long ni difficile à obtenir.

Elle fut ravie d'un mariage qui, en faisant de sa nièce l'épouse du riche marquis d'Arène, relèverait l'éclat mourant de la maison de Candole et lui donnerait un nouveau lustre.

Elle déclara donc à Claude qu'il pouvait continuer à se présenter chez elle et qu'elle le recevrait comme le fiancé de sa nièce.

Albert ne put contenir sa fureur.

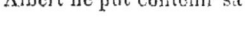

Camille, pâle comme une morte, murmura lentement le serment qu'il venait de lui dicter. (Page 364.)

Blessé dans son orgueil, blessé dans son amour, il fit le serment d'envelopper dans la même vengeance le frère qui l'avait trahi et l'ingrate qui l'avait dédaigné.

Le soir même, il s'éloignait d'Aix.

Quelques jours après, les deux fiancés furent unis et allèrent habiter le château d'Arène.

Quelques années s'écoulèrent sans que rien vînt troubler leur bonheur. Au bout de la quatrième, Camille donna naissance à une fille, et l'année suivante vit naître un fils impatiemment attendu.

Peu de temps après cette seconde naissance, Claude reçut une lettre d'Albert.

Le marquis avait vécu heureux auprès d'une femme adorée, oubliant ce frère dont les menaces terribles l'avaient alarmé, non point pour lui, mais pour elle.

Il avait appris qu'après avoir vendu son hôtel, Albert s'était embarqué pour les colonies et, depuis le jour où il avait quitté la France, il n'en avait reçu aucune nouvelle.

Si, en reconnaissant l'écriture de son frère, Claude éprouva quelques craintes, elles ne tardèrent pas à être dissipées par les termes mêmes de cette lettre.

Son contenu, en effet, était tout autre qu'on avait lieu de l'attendre.

Elle portait en substance, qu'il se repentait sincèrement de sa folie et de ses emportements ; que, pour lui prouver la sincérité de ses regrets, il lui demandait la permission de venir rendre visite à la marquise et à lui.

Claude fut vivement ému des regrets qu'exprimait Albert.

Il fut heureux surtout d'apprendre qu'il avait enfin triomphé de cette passion qui lui avait fait fuir la France ; qu'il avait vaincu la fougue de son caractère.

Aussi ce fut dans les termes les plus affectueux et les plus pressants qu'il le pria de se rendre auprès de lui et de ne pas lui faire désirer plus longtemps sa présence.

Trois mois après l'envoi de cette lettre, Albert arriva au château.

Il était accompagné de deux laquais, Philippe et Gérard, et suivi d'un bagage qui témoignait du dessein de s'établir pour de longs mois chez son frère.

A peine eut-il aperçu Claude, qu'il se jeta dans ses bras en feignant les transports de la plus vive amitié et en le conjurant d'oublier un passé qu'il avait chassé de son souvenir.

Le marquis lui répondit qu'il avait tout oublié, pour se souvenir uniquement de la joie que sa lettre lui avait causée.

Mais, tandis qu'il affectait la plus vive tendresse, Albert nourrissait les plus horribles projets.

Vainement il avait cherché à oublier celle qu'il avait aimée, rien n'avait pu effacer son image de son cœur, et, au souvenir de cet amour, se mêlaient les rancunes de son orgueil blessé.

Au delà des mers, il avait essayé un peu tous les métiers. Il avait couru les aventures les plus périlleuses, s'était livré aux trafics les moins honorables.

Il avait un moment abandonné son nom de d'Arène pour prendre le commandement d'un équipage recruté parmi les bandits de tous les pays. Le noble Provençal était devenu un pirate. Traqué par des frégates de la marine royale, il avait dû, pour échapper au dernier des supplices, laisser son navire se briser sur des récifs et la mer engloutir toute sa fortune. Presque tout son équipage avait péri et il s'était trouvé replongé dans une affreuse misère.

A quels crimes avait-il alors demandé l'or qui lui était nécessaire pour ses orgies ? C'était un secret que bien peu de gens connaissaient.

Il avait fini par plaire à une ancienne esclave que son maître avait affranchie en lui léguant, avec la liberté, une fortune souvenir de son amour.

Cette maîtresse d'un planteur était devenue sa femme, et la mort de son premier amant avait été si prompte, si étrange, qu'il eût été difficile d'admettre que Cora, c'était le nom de cette fille, ne lui eût point versé un de ces terribles poisons dont l'effet est si foudroyant et qui ne laissent point de trace.

Lorsqu'Albert lui avait appris qu'il avait en France un frère riche, et lorsqu'elle eut deviné ce qu'il ne lui avait qu'à demi raconté, son amour pour sa belle-sœur, elle s'attacha à réveiller sa haine un instant assoupie, ses convoitises criminelles. Lui rappelant tous les motifs qu'il avait de détester ce frère, le faisant se souvenir de ses serments de vengeance, elle l'amena insensiblement à former le projet de s'emparer des biens et du titre de Claude.

Cette femme était un démon dont la perversité et la froide cruauté effrayaient parfois Albert lui-même.

Ce fut elle qui lui traça la conduite qu'il pensait suivre pour se rapprocher du marquis et endormir ses méfiances ; elle développa le plan qu'il fallait exécuter pour s'emparer par un double crime de tout ce qu'ils convoitaient.

Peu lui importait que son mari sentît, en revoyant Camille, se réveiller son ancien amour, car elle pensait qu'elle pourrait supprimer avec quelques gouttes de poison, l'objet de cet amour.

Lorsque Albert arriva au château d'Arène, il était donc résolu à se venger à quelque prix que ce fût.

Il ne parla que fort peu des années passées dans les colonies, et il eut bien soin de ne point faire la moindre allusion à son mariage.

Il prétendait qu'après de longues souffrances et des années de misère, il avait compris, en voyant toutes ses tentatives avorter, que Dieu voulait le punir de son ingratitude envers son frère ; il avait alors résolu de se rapprocher de lui, d'obtenir son pardon et d'aller ensuite prendre du service comme soldat.

Claude fut vivement touché de ce repentir.

Il dit à Albert qu'étant assez riche pour subvenir à ses besoins et lui permettre de s'établir, il ne permettrait point qu'il s'éloignât de nouveau ; qu'il entendait le marier et lui faire une dot qui suffirait à tenir le rang qui convenait à un gentilhomme.

Albert feignit de se montrer ému de tant de générosité et versa des larmes qu'il eût été difficile, même à un homme plus méfiant que ne l'était le marquis, de ne pas croire sincères.

Claude faisait, à cette époque, entreprendre de grands travaux au château d'Arène. Il ne pouvait y recevoir les visites de ceux de ses amis qui venaient d'ordinaire passer plusieurs jours auprès de lui ; il eût été, en effet, à peu près impossible de les loger, eux et leur suite, dans des appartements où les ouvriers étaient obligés de pénétrer presque à chaque instant.

Les deux frères et Camille vivaient dans l'intimité la plus étroite.

Parfois, lorsque Albert se promenait avec sa belle-sœur en affectant un calme qui était loin de son âme, des pensées terribles s'emparaient de son esprit.

S'ils s'étaient alors trouvés seuls au bord d'un abîme, il l'eût enlacée de ses bras et se fût précipité avec elle dans le précipice.

Parfois aussi, lorsqu'il regardait son frère, lorsqu'il le voyait si profondément heureux, il se disait que c'était lui qui était la cause de ses tourments et il s'affermissait dans sa résolution de le frapper sans pitié.

Si Claude n'était pas venu se placer entre Camille et lui, elle eût fini sans doute, se disait-il, par consentir à devenir son épouse.

Un jour, Camille, qui aimait à se promener dans les bois voisins du château, s'y attarda en compagnie d'Albert.

Au moment où ils se trouvaient dans une allée sombre qui traversait un taillis sauvage, il crut, en se voyant seul avec elle, le moment propice pour lui imposer cet amour qu'elle n'avait jamais voulu partager.

Elle le repoussa et eut un grand cri pour appeler à l'aide.

La violence d'Albert éclata alors en menaces.

Hors de lui, aveuglé par sa fureur, fou d'amour, il eût sans doute arraché par la force à Camille ce qu'elle lui refusait avec horreur, lorsque la voix du marquis, qui les cherchait, se fit entendre à une faible distance.

— Il vient, s'écria Camille, il me défendra !

— Ecoute, dit Albert, écoute-moi bien... Tu vas jurer de ne révéler jamais à mon frère ni à personne, ce qui vient de se passer.

— Il saura tout et vous punira...

— Ah ! s'écria-t-il en lui saisissant le bras avec une violence brutale, si tu ne me fais pas le serment de te taire, je te jure, moi, de le frapper de ce poignard sous tes yeux.

Camille, pâle comme une morte, murmura lentement le serment qu'il venait de lui dicter.

Alors, il lâcha son bras, et elle tomba évanouie sur la terre.

Au même instant, Albert entendit le pas de son frère qui se rapprochait.

Ne voulant pas être surpris par lui, il bondit dans le taillis et s'enfonça rapidement dans la partie la plus fourrée du bois.

En apercevant Camille étendue sans connaissance, Claude poussa un cri d'épouvante et s'élança vers elle.

Il souleva son corps inanimé, le prit dans ses bras, et sentit avec bonheur son cœur palpiter près du sien.

Elle revint lentement à elle.

Son visage exprimait la plus vive angoisse et ses lèvres tremblantes ne pouvaient proférer aucun son.

En reprenant ses sens, le souvenir du danger qu'elle venait de courir se présenta aussitôt à son esprit ; elle jeta autour d'elle un regard plein d'effroi pour se convaincre que le monstre avait disparu.

Son mari suivit la direction de ses yeux et aperçut, sur le sol, l'empreinte d'un pas qui se dirigeait vers le taillis.

— Un homme était ici, Camille, lui dit-il, un homme qui te quitte à l'instant !

— Si tu m'aimes, ne m'interroge jamais sur ce qui vient de se passer.

— Ne peux-tu me dire son nom ?

— Je ne le puis, je suis liée par un serment.

— Par un serment ?... Que signifie ?...

— Ne m'interroge pas ; tu le vois, je suis encore tremblante et je redoute...

— Que redoutes-tu, lorsque je suis là pour te défendre ?

— Je crains pour toi, répondit-elle d'une voix faible.

— N'importe ! Je veux connaître le nom de cet homme.

En prononçant ces mots, il regarda Camille et la vit pâlir sous son regard.

L'effroi se peignait sur son visage, et ce fut d'une voix à peine distincte qu'elle répondit :

— Je te le répète, c'est un secret que j'ai juré de garder. Il ne m'est pas permis de prononcer un seul mot qui puisse t'éclairer ; mais, si tes soupçons se portent sur quelqu'un, je te supplie de ne rien lui laisser entrevoir de ce que tu croiras avoir deviné, car il y va de ta vie, et, par conséquent, de la mienne.

L'insistance que mettait la jeune femme à ne répondre à aucune de ses questions, son trouble, éveillèrent dans l'esprit du marquis des soupçons qu'il ne put dissimuler.

Camille lut sur son visage ce qui se passait dans son cœur, et elle ajouta :

— Je vois que tu doutes de mes paroles et qu'une mauvaise pensée t'est venue ; je ne t'en adresse aucun reproche, mais, si je dois perdre cette confiance que tu mettais en moi, si ton amour doit être flétri par le soupçon, abandonne-moi ici ; tout endroit me sera bon pour y mourir.

— Camille !...

— Va, dit-elle, en se penchant vers son mari et en laissant couler ses larmes, je n'aime que toi ; tu as été et seras mon unique amour.

— Et moi, ne t'ai-je pas donné mon cœur tout entier ?... Pardonne, ma chère femme, un instant de faiblesse, car rien au monde, si ce n'est le témoignage de ta propre bouche, ne saurait me faire douter de toi.

— Que le ciel me frappe sans pitié si je me montre jamais indigne de toi, si j'oublie un seul instant mes devoirs sacrés d'épouse et de mère !

Le soir, Albert, prétextant une indisposition, ne parut pas au souper et resta enfermé dans sa chambre.

Après une nuit d'agitation et d'insomnie, il se leva le lendemain de bonne heure, anxieux de savoir ce qui s'était passé entre les deux époux.

Une courte conversation avec Claude, lui prouva que son secret avait été bien gardé.

Mais, craignant que son frère ne vînt à découvrir ce qu'il avait tant d'intérêt à cacher, ou que la marquise ne sût pas toujours dissimuler la terreur qu'il lui inspirait, il résolut d'en finir et de frapper le coup terrible qui devait le venger et lui livrer cette fortune qu'il convoitait.

Au jour qu'il avait fixé pour l'exécution de son criminel projet, il guetta Laurent et, le voyant passer sur la terrasse, l'aborda comme s'il le rencontrait par hasard.

Après s'être entretenu avec lui de diverses choses et lui avoir posé quelques questions sur différents sujets, il lui demanda où en étaient ses amours avec une des servantes du château, et s'il ne comptait pas l'épouser bientôt.

— Je sais, ajouta-t-il, combien vous vous aimez, et j'ai été surpris de te trouver encore garçon en revenant ici.

— Ce mariage comblerait tous mes vœux ; mais nous sommes malheureusement encore trop pauvres l'un et l'autre pour nous mettre en ménage et il nous faut patienter.

— Voilà bien de la sagesse, mon pauvre Laurent, et qu'en pense ta fiancée ?

— Elle sait que si j'avais le moyen de me marier, je ne resterais pas longtemps célibataire, et elle économise de son côté pour hâter le moment de notre union.

— Ce que tu me dis m'afflige, car j'ai toujours eu beaucoup d'amitié pour toi ; je voudrais être le maître ici et ne négligerais pas un serviteur aussi fidèle, dont le zèle et le dévouement méritent, ce me semble, qu'on lui confie des fonctions mieux rétribuées.

— Je vous remercie de votre bonté et de votre bon vouloir, mais je dois déclarer que je n'ai point à me plaindre de monsieur le marquis qui est très affable et se montre toujours prêt à venir en aide à ses serviteurs ; il ignore encore mes projets, et j'espère qu'avant peu, ma situation s'améliorera.

Après un court silence, Albert reprit :

— Je sais que tu connais tous les détours de ce vieux château, que ses passages secrets, ses coins les plus reculés et les plus mystérieux te sont familiers. Comme j'ai quelques heures à perdre et que je n'ai jamais visité ces fameux cachots dont on me faisait une si grande peur dans mon enfance et dont toi seul, m'a-t-on dit, connais l'entrée, tu m'obligerais en me faisant parcourir ces sombres et humides prisons, sur lesquelles on a bâti tant de légendes.

— Je suis à vos ordres, mais je dois vous prévenir que votre curiosité sera certainement déçue...

— Peu importe ! c'est une fantaisie que je veux me passer.

— Dans ce cas, vous allez me suivre.

Albert examina les cachots avec une attention qui surprit Laurent.

— Ce sont, dit-il, de véritables tombeaux ; un homme enfermé dans ces épaisses murailles serait aussi absolument séparé du monde que s'il dormait dans son cercueil.

Le soir, pendant le souper, Albert affecta de donner à sa conversation un ton de gaieté qui contrastait fort avec ce qui se passait en lui...

Quand la marquise se fut retirée dans ses appartements pour donner ses soins à son jeune fils qu'elle nourrissait elle-même, il changea insensiblement de propos et se mit à évoquer les souvenirs de sa jeunesse.

Il dit, entre autres choses, qu'il avait vu si rarement l'écriture de son père, qu'il en avait perdu le souvenir.

— J'ai là, dans mon cabinet, répondit Claude, plusieurs de ses lettres, et si vous désirez en avoir quelqu'une...

— J'allais vous en prier.

Le marquis s'empressa d'accéder au désir de son frère.

Tandis qu'il sortait de la salle à manger, celui-ci jeta dans son verre une poudre soporifique dont l'effet était si prompt, qu'en peu de minutes elle plongeait les sens dans un engourdissement semblable à la mort.

Claude ne tarda pas à revenir et présenta à son frère diverses lettres écrites par leur père.

Albert feignit de les examiner avec la plus grande attention, mais il ne perdit pas de vue le marquis qui vidait lentement son verre.

Lorsqu'il le reposa sur la table, Albert donna un tour plus vif à la conversation ;

ses propos devinrent plus gais, plus étourdissants, tandis que Claude s'assoupissait peu à peu et tombait dans une profonde léthargie.

L'heure du crime avait sonné.

L'appartement qu'occupait le marquis était composé de plusieurs pièces qui donnaient accès dans la partie du château habitée par son frère et ses deux domestiques, Philippe et Gérard.

Il court prévenir ceux-ci de se tenir prêts à exécuter ses ordres et à venir au premier signal.

Cela fait, il vole à la chambre de Camille qui repose, tenant son fils entre ses bras.

Il s'arrête un instant, la contemple d'un œil farouche et semble hésiter encore.

Cette hésitation ne dure qu'une seconde.

Il l'éveille et, tirant son poignard :

— Il faut, lui dit-il, que tu m'appartiennes ou que tu meures.

Le premier mouvement de Camille fut de reculer avec effroi, à l'aspect de cet homme qui avait osé pénétrer jusqu'auprès de son lit.

Mais, quand elle entend ses menaces, lorsqu'elle voit le poignard menacer son fils, elle presse celui-ci contre son sein et s'efforce de le protéger.

Le misérable se précipite sur elle et cherche à lui enlever son enfant.

Elle résiste avec une force surhumaine et, dans cette lutte, l'arme dont l'assassin la menace effleure le petit être.

A la vue des quelques gouttes de sang qui rougissent le bras de son fils, la marquise pousse un cri perçant et saisit le cordon de la sonnette.

Albert retient son bras et lui dit d'une voix menaçante :

— Si vous dites un mot, si vous appelez, c'en est fait de vous et de votre enfant. Il faut maintenant que vous cédiez à mon amour ; je vous veux, je vous aurai.

— Plutôt la mort, misérable !

— Eh bien, meurs donc !

Et, en disant ces mots, il lui plonge son poignard dans le sein.

Puis, il court à la salle à manger, prend dans ses bras son frère inanimé et le porte auprès de la marquise ; il met dans sa main le poignard dont il vient de frapper Camille et teint de sang ses vêtements.

Il répare ensuite le désordre de sa toilette, essuie ses mains sanglantes, ouvre les portes et crie au meurtre.

On accourt de toutes parts et, en peu d'instants, la chambre est pleine de domestiques qui portent des flambeaux.

Ils trouvent Albert à moitié évanoui et soutenu par Philippe et Gérard.

Philippe est le premier à rompre le silence.

Il dit qu'étant accouru aux cris de son maître, il était arrivé juste à temps pour écarter le poignard de Claude et qu'il avait étendu ce dernier sur le plancher, du coup qu'il lui avait porté en le séparant de son frère.

— Il y a longtemps qu'il était jaloux de moi, dit Albert, je le savais, mais, fort de mon innocence je n'avais pris aucune précaution contre sa haine injuste. Il paraît que c'est pendant cette nuit que ce malheureux devait tuer sa femme et son frère ; elle n'a pu échapper à ses coups et, sans le secours inespéré de mes domestiques, j'allais succomber.

A peine eût-il prononcé ces mots, que la nouvelle se répandit dans le château, volant de bouche en bouche.

Les femmes prodiguèrent leurs soins à la marquise, tandis que les hommes s'efforcèrent de rappeler les sens du marquis.

Albert regagna son appartement et fit aussitôt appeler Laurent.

Celui-ci se rendit en toute hâte à son appel.

Dès qu'il fut entré et qu'il eut refermé la porte, Albert lui dit :

— Je ne saurais t'exprimer l'inquiétude qui me tourmente quand je songe que le crime de mon frère va déshonorer notre nom, quand je pense qu'on verra un marquis d'Arène porter sa tête sur l'échafaud. Si on le traine devant les juges, le malheureux est perdu.

« Je crains bien qu'il n'y ait que peu d'espoir de sauver la marquise et, lors même qu'elle survivrait et épargnerait son mari, n'y aurait-il pas encore des preuves trop évidentes du crime ?

« Je proclamerai bien son innocence, mais le témoignage de mes serviteurs qui m'ont arraché à la fureur de mon frère parlera trop haut pour ne pas étouffer ma voix.

« Il faut donc trouver un moyen de le soustraire à la justice, et toi seul, Laurent, peux m'aider à le faire. Si tu respectes encore la mémoire de mon père, seconde-moi dans mon dessein. »

— Je suis trop fidèle serviteur de la famille d'Arène pour ne pas faire tout ce que vous m'ordonnerez pour sauver son honneur.

— C'est bien, je vois que je puis me fier à toi.

— Vous le pouvez absolument.

— De toutes les personnes qui habitent ce château, toi seul, n'est-ce pas, sais où se trouvent ces cachots que nous sommes allés visiter ce matin ?

— Je suis, en effet, le seul qui connaisse leur entrée.

— Voilà pourquoi toi seul peux préserver les jours de mon frère et sauver l'honneur de notre nom, en cachant le criminel dans ces retraites souterraines où la justice ne saurait le découvrir.

— Je crois, comme vous, que c'est l'unique moyen d'assurer son salut.

La conduite d'Albert pendant cette nuit fatale avait éveillé les soupçons de Laurent.

Cette liaison frappante entre le désir qu'il avait manifesté le matin même de visiter les cachots et ses desseins du soir ne fit que les confirmer.

Toutefois, comme toutes les apparences étaient contre le marquis, il lui parut que le plus sage était d'obéir à Albert ; par ce moyen, son maître serait à l'abri de toutes les poursuites. Il pourrait plus tard l'aider à découvrir la vérité, et, s'il était la victime d'une odieuse machination, lui prêter son concours le plus absolu et le plus dévoué pour l'aider à se faire rendre justice.

En outre, Laurent craignait qu'Albert ne se portât aux dernières extrémités s'il refusait d'entrer dans ses vues.

Il considérait Albert d'Arène comme capable d'achever ses victimes et celui-ci

Bras-de-Fer avait irrévérencieusement traité la prétendue reine de vieille sorcière. (Page 376.)

avait auprès de lui deux domestiques qui lui étaient entièrement dévoués et que Laurent regardait comme des coquins.

Peut-être aussi ses soupçons étaient-ils injustes.

Il se pouvait que dans un instant d'égarement, de folie, sous l'impression d'un accès de jalousie, Claude eût frappé son frère et sa femme.

Il fallait alors, à tout prix, le soustraire à la punition de son double crime.

Dans l'un et l'autre cas, Laurent devait seconder les projets d'Albert, sauf à aviser ensuite.

Ils se saisirent donc tous les deux du marquis, qui n'avait pas encore repris connaissance, et le descendirent dans un des cachots.

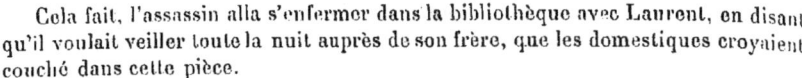
Cela fait, l'assassin alla s'enfermer dans la bibliothèque avec Laurent, en disant qu'il voulait veiller toute la nuit auprès de son frère, que les domestiques croyaient couché dans cette pièce.

Pendant ce temps, on prodiguait les soins les plus empressés à la marquise.

On vint à bout d'arrêter son sang et, vers le milieu de la nuit, on accourut en informer Albert.

Le lendemain matin, il se rendit avec Laurent dans la chambre de Camille.

Elle était dans un tel état de prostration, qu'elle ne pouvait parler ; mais, à la vue de son meurtrier, elle serra son fils contre son cœur et retomba sans mouvement.

Albert revint à la bibliothèque et, en ouvrant la porte, jeta un cri qui fit accourir tous ses gens.

Il leur dit que le marquis avait fui pendant son absence et leur montra une fenêtre qu'il avait ouverte lui-même avant de se rendre auprès de sa belle-sœur.

Aussitôt l'alarme se répandit dans le château.

On fit de tous côtés d'actives recherches qui, naturellement, furent infructueuses.

Albert les fit cesser en disant que mieux valait que le coupable se fût dérobé par la fuite aux recherches de la justice.

On comprendra facilement quelle fut la surprise de Claude lorsqu'il sortit de son sommeil léthargique.

Les ténèbres qui l'enveloppaient étaient si épaisses que la lampe suspendue au milieu du cachot pouvait à peine lui permettre de distinguer les murs de sa prison, tant sa lueur était pâle.

Lorsque Laurent entra, il ne le reconnut qu'au son de sa voix.

L'infortuné lui demanda l'explication de sa captivité, et il tomba dans le désespoir en entendant le récit de l'horrible drame qui s'était passé pendant son sommeil.

Lorsqu'il fut redevenu maître de ses esprits, Claude n'eut pas de peine à prouver à Laurent son innocence.

Celui-ci, tout en lui déclarant qu'il était prêt à lui rendre la liberté et à lui obéir en toutes choses, lui fit comprendre qu'il ne se justifierait pas aussi aisément devant des juges.

Il ajouta qu'Albert était décidé à tout, qu'il ne reculerait devant aucune infamie, devant aucun crime, et que les domestiques, gagnés par ses libéralités, lui étaient déjà profondément dévoués.

Il valait mieux attendre, d'après Laurent, que la marquise fût rétablie.

On chercherait alors un moyen de la faire sortir du château sans qu'Albert pût s'y opposer et son témoignage suffirait vraisemblablement à établir l'innocence de son mari en démasquant le vrai coupable.

Claude se laissa convaincre.

Il remercia Laurent de l'intérêt qu'il lui témoignait et de la promesse qu'il lui avait faite de protéger sa femme et ses enfants jusqu'au moment où il pourrait lui-même confondre l'assassin.

Sur ces entrefaites, Albert accorda à Laurent la place d'intendant avec de gros appointements.

De peur qu'on ne remarquât leurs fréquents entretiens et qu'ils ne fissent naître des soupçons, il lui donna encore rendez-vous pour la nuit suivante dans la bibliothèque.

Laurent vint exactement à l'heure indiquée et apprit des nouvelles auxquelles il était loin de s'attendre.

Albert lui dit que Camille, malgré son état de faiblesse et la perte de son sang, avait cependant conservé assez de force pour s'enfuir du château en emportant son fils.

On ignorait quel moment elle avait choisi pour fuir et tous les domestiques déclaraient qu'ils n'avaient aucune connaissance des moyens qu'elle avait mis en œuvre pour quitter le château.

Laurent douta de la sincérité de ce discours.

Il pensa qu'Albert avait fait disparaître Mme d'Arène et le menaça de se séparer de lui s'il le trompait.

Albert lui jura qu'il lui avait dit la vérité.

Ses serments, toutefois, produisirent moins d'effet sur Laurent que la terreur que le frère du marquis paraissait ressentir du départ de sa belle-sœur.

Albert, pour achever de le gagner, lui parla en ces termes :

— Les récompenses que je t'ai déjà données ne sont rien en comparaison de celles que je compte y ajouter. Je veux que tu sois heureux ; épouse donc, sans plus tarder, celle que tu aimes. Je me charge de sa dot.

Laurent remercia son maître.

Lorsque celui-ci se fut retiré, il inspecta avec le plus grand soin l'appartement de la marquise dans l'espoir d'y découvrir quelque indice qui pût le renseigner sur le sort de sa maîtresse.

En pénétrant dans un petit cabinet qui touchait à la chambre de la marquise, il examina un à un les vêtements de femme jetés çà et là dans le désordre d'une fuite précipitée.

En soulevant un large manteau de soie, il ne put retenir un cri de surprise.

Il venait de découvrir dans son berceau, dormant d'un profond sommeil, le fils du marquis.

Annoncer cette découverte à Albert, c'était vouer à une mort certaine cet héritier du titre et de la fortune.

Laurent prévoyait qu'il lui faudrait déjà bien de l'énergie et une lutte incessante pour préserver les jours de la fille de Claude. Si Albert apprenait l'existence de cet enfant, existence qui ruinait ses espérances et rendait inutile son crime, ne serait-il pas entraîné à frapper de nouveaux coups, à supprimer tous les obstacles vivants qui se dressaient entre lui et la fortune qu'il convoitait, à faire disparaître Laurent lui-même pour anéantir toute preuve de ses forfaits ?

Il savait maintenant ce qu'il devait redouter de cette âme perverse.

Aussi résolut-il de lui laisser croire que Camille avait emporté son jeune fils avec elle, et, prenant bien soin de ne pas être aperçu, il remit l'enfant à son père.

Le jour même, Albert quitta le château, et, dans la nuit, Claude s'en éloigna à son tour, sous un déguisement. Il cachait son fils sous un manteau.

Le lendemain, lorsque Claude revint, il ne rapportait pas son précieux fardeau. Laurent l'interrogea.

Il ne répondit que par des paroles confuses. La raison de ce malheureux était troublée, tant avaient été violentes les secousses subies.

L'intendant ne put savoir ce que Claude avait fait de son fils et Claude lui-même ne le savait pas...

Laurent dut enfermer lui-même le marquis qui parlait de se donner la mort.

Mais le frère d'Albert d'Arène avait aussi des moments de lucidité...

Laurent voulut le soigner lui-même.

Il mit tant de circonspection dans les visites qu'il lui rendait, que personne ne se douta qu'il y avait un homme dans les cachots.

Entièrement dévoué à celui qu'il regardait toujours comme son maître, il était prêt à lui rendre tous les services qu'il pouvait.

Pour lui complaire, Laurent avait essayé de savoir ce que Camille était devenue. Il ne put être renseigné d'une manière positive.

Cependant il apprit qu'on avait trouvé le cadavre d'une femme au fond d'un ravin voisin du château, quelque temps après la disparition de la marquise. Ce cadavre était défiguré.

Quant à Albert, il s'était rendu à Aix où il fit accepter comme vraie l'histoire du crime de son frère qu'il expliqua par un accès subit de folie.

L'existence d'Adrienne empêcha qu'on soupçonnât la vérité. Ce n'était pas lui, en effet, qui héritait de la fortune du marquis, lequel, du reste, pouvait vivre encore.

Laurent lui avait promis que personne ne s'approcherait du prisonnier.

Albert, tuteur de la fille de son frère, n'en considéra pas moins la fortune de celle-ci comme la sienne.

Peu de temps après l'accomplissement de son épouvantable forfait, il avait présenté à la noblesse d'Aix sa femme qui venait, disait-il, d'arriver des colonies.

En réalité, l'ancienne esclave n'avait jamais quitté son mari. Cachée sous un costume pauvre, elle s'était introduite dans le château et s'était donnée pour la sœur d'un des domestiques de confiance d'Albert d'Arène.

Elle n'avait pas cessé de le pousser au crime, et c'était elle qui avait ourdi l'odieuse trame dont la réussite avait été si complète.

Pour donner à tous ces événements le temps d'être oubliés, Albert d'Arène alla tenir maison à Paris et sut, par son habileté, devenir influent à la cour. On l'autorisa à porter le titre de marquis d'Arène bien que celui-ci ne fût peut-être pas mort.

Au bout de quelques années il revint en Provence et habita de préférence, soit l'hôtel qu'il possédait à Marseille, soit sa terre située aux environs de Besse.

Quant au château, témoin de ses crimes, il n'y fit que quelques voyages de loin en loin.

Il avait eu, au commencement de son mariage, un fils qui devait recueillir le sanglant héritage de son père, et se montrer comme lui implacable.

Toutes les fois qu'Albert était obligé de venir au château d'Arène, on avait soin de cacher les portraits de Claude et de Camille ; l'appartement qu'ils avaient habité était condamné.

Il évitait avec soin tout ce qui lui rappelait leur souvenir et ne se livrait jamais au sommeil sans avoir ses armes à côté de lui.

Il semblait craindre toujours que son frère ne lui apparût pour se venger. Il savait qu'il vivait toujours bien qu'il ne s'informât jamais de lui, mais il le croyait tout à fait en proie au délire de la folie.

Souvent l'image redoutée de l'insensé venait troubler son sommeil.

Il s'élançait alors hors de son lit et fuyait plein de terreur.

Pour éloigner de lui le marquis, il imagina de le faire transporter dans la sombre demeure où nous avons vu Clarisse captive. Laurent suivit son ancien maître sous prétexte de ne pas confier à un autre sa surveillance.

Les remords néanmoins minèrent la santé d'Albert, affaiblirent son esprit et il mourut, offrant, jeune encore, l'aspect d'un vieillard.

Lorsqu'il sentit sa fin prochaine, il fit appeler son fils et lui révéla le terrible secret qui avait empoisonné ses dernières années.

Il lui dit à quel prix il avait acquis le titre de marquis et la fortune dont il avait profité jusque-là.

Il lui ordonna d'épouser sa cousine pour s'assurer de toutes les richesses, de toutes les terres de la famille d'Arène.

On sait quels obstacles rencontraient l'héritier d'Albert et sa digne mère.

Gaspard de Besse connaissait-il leur secret ?

CHAPITRE XLIV

Le Lubéron

Le Lubéron est une chaîne de montagnes qui sépare le bassin de la Durance de celui du Calavon et se termine dans la plaine de Cavaillon, au confluent de ces deux rivières.

Ses principaux sommets, couverts de glaces éternelles, sont le Lubéron d'Oppède, qui atteint 1,760 mètres, et le Lubéron de Cucuron, qui s'élève à 1,186 mètres au-dessus de la mer. Rien n'est majestueux comme l'aspect de ces hautes montagnes d'où descendent parfois des vents impétueux, des orages formidables. Elles sont hérissées de roches abruptes et leurs dentelures se profilent audacieusement sur le ciel.

Le Lubéron domine une contrée admirable qu'il faut avoir habitée pour savoir l'aimer autant qu'elle le mérite. On peut dire qu'il a ses têtes dans les neiges et ses pieds dans les fleurs, car il est l'hôte imposant de cette plantureuse Provence si tiède, si parfumée, dont le climat permet à l'olivier d'enrichir ses habitants.

C'était le soir, le soleil, qui venait de disparaître, éclairait encore d'une lueur fauve et pourprée le versant du Lubéron d'Oppède, qui prend son nom d'un gros village et d'une noble famille.

Oppède, qui est peut-être le *Fines* de l'*Itinéraire d'Antonin*, nous semble encore une des curiosités du pays. Cette petite localité, avec ses constructions en amphithéâtre, dont le ton chaud et coloré tranche sur des bouquets de verdure, a une physionomie tout italienne et qui surprendrait si on ne savait que la Provence est la sœur de l'Italie, sœur mineure, il est vrai, absorbée par la France, mais qui n'en aime pas moins la mère patrie avec toute son ardeur méridionale.

A Oppède, la plupart des maisons sont de construction romane. Dans les environs se voient les ruines de deux châteaux du moyen âge sur les débris desquels croissent des chênes vigoureux.

Ces deux châteaux étaient déjà abandonnés par leurs propriétaires à l'époque où se passe notre récit. L'un d'eux même avait fort mauvaise réputation. On assurait qu'il servait d'asile à une portion de la bande de Gaspard de Besse qui, depuis quelque temps, tenait les environs d'Apt et d'Avignon et y commettait des déprédations de toutes sortes.

La demeure où l'on prétendait que les malfaiteurs s'étaient installés avait appartenu à Jean Meynier, baron d'Oppède, premier président du parlement d'Aix, qui a marqué sa place dans l'histoire par ses barbaries contre les Vaudois.

On sait que les débris de ces malheureux sectaires, échappés aux croisades formées contre eux au XIIIe siècle, s'étaient cachés dans les montagnes du Dauphiné.

Cultivateurs laborieux et intelligents, ils s'y étaient multipliés, enrichissant par leur industrie la contrée qui leur avait procuré un refuge contre la persécution. Ils avaient ainsi atteint le XVIe siècle, qui semblait une ère de civilisation relative.

Ils n'étaient plus réduits alors à leurs vallées. Croyant qu'on les laisserait adorer Dieu à leur manière, forts de la tolérance ou de l'oubli dont ils étaient l'objet, ils avaient osé descendre dans la plaine et remplir les villes de Cabrière et de Mérindol, ainsi qu'une trentaine d'autres villages provençaux.

Ce fut sur ces entrefaites que, apprenant la nouvelle d'une réforme religieuse en Allemagne et en Suisse, ils se mirent en rapport avec les calvinistes français.

Le pouvoir royal s'émut de ce mouvement et François Ier rendit contre eux un arrêt si sévère qu'il leur fit prendre les armes.

Les rigueurs du moyen âge allaient recommencer.

En 1540, un nouvel arrêt condamna Mérindol et ses environs à être saccagés et livrés aux flammes.

On chargea Meynier d'Oppède de l'exécution de cette cruelle ordonnance qu'il avait du reste provoquée.

Muni de pleins pouvoirs, il leva des troupes et les conduisit sur le territoire des Vaudois.

Le premier président du parlement d'Aix était aussi accompagné de prêtres qui avaient le crucifix d'une main et la torche incendiaire de l'autre.

Cela ne pouvait que marcher à merveille. Cabrière, Mérindol et vingt-quatre villages furent dévorés par le feu.

Les Vaudois, traqués comme des bêtes fauves, étaient massacrés sans distinction d'âge ni de sexe. Le pays fut livré à tous les excès d'une soldatesque en délire.

Il y a toujours eu en France des esprits généreux pour s'élever contre la cruauté et le crime. Les préjugés, le fanatisme ont souvent étouffé ces voix, mais elles ont aussi réussi quelquefois à se faire entendre.

L'horreur de cette exécution hideuse souleva des plaintes véhémentes. Oppède fut accusé d'avoir outrepassé les ordres qu'il avait reçus, on flétrit ce bourreau, mais ce ne fut que sous le règne d'Henri II qu'il fut traduit devant le parlement de Paris pour y rendre compte de sa conduite.

Après cinquante audiences, le premier président fut renvoyé absous et réintégré dans sa charge. Le parlement refusait de faire justice. Peut-être Dieu se chargea-t-il de ce soin, car il voulut qu'Oppède mourût d'une maladie horrible, comme du reste le roi François 1er.

Chose singulière, ce farouche magistrat était poète à ses heures.

En faisant égorger les Vaudois, il lui arrivait parfois de chercher une rime ou un sujet de pièce.

Il a laissé de lui une traduction en vers des *Triomphes* de Pétrarque, effectuée dans son château du Lubéron, d'où on devait prétendre plus tard que, semblables à des vautours, les bandits de Gaspard de Besse s'élançaient sur la contrée.

Disons tout de suite que cette assertion n'était pas inexacte. Après la mort de Salviade, il y avait eu une sorte de conseil tenu par Gaspard de Besse, Cabannes, de Valors, Coquelicot, Bavard et le charmant chevalier de Valbrègues.

On avait reconnu que la situation était devenue assez difficile dans les environs de Marseille et qu'il était nécessaire de quitter momentanément cette région.

Ce qui s'était passé autour de l'échafaud de Coquelicot, la délivrance de ce dernier malgré les efforts des soldats de Lyonnais, le soulèvement des Gueux avaient causé une grande émotion.

Le roi avait été instruit de la lutte sanglante qui avait eu lieu dans les rues de Marseille et il avait ordonné une énergique répression.

On avait fouillé toutes les auberges, tous les cabarets et lieux suspects de la ville, et on avait réussi à opérer un certain nombre d'arrestations.

Il est vrai de dire que, comme c'était l'illustre Bras-de-Fer qui s'était surtout occupé de ces recherches, on avait eu soin d'arrêter précisément les gens de mauvaise mine qui ne connaissaient pas Gaspard de Besse.

Ce fut ainsi que Renardot se vit privé d'une bonne partie de ses estafiers. Furet et Boit-sans-Soif, ses lieutenants, gémirent un moment sur la paille humide des cachots, accusés d'un crime dont ils étaient parfaitement innocents.

Des perquisitions avaient eu lieu dans la rue de l'Échelle, mais Bras-de-Fer n'avait pas réussi à deviner le mystère de cette cour des miracles. Il n'avait même

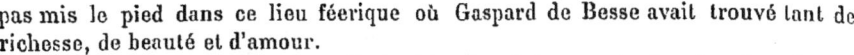

pas mis le pied dans ce lieu féerique où Gaspard de Besse avait trouvé tant de richesse, de beauté et d'amour.

Le brigadier avait cependant demandé qu'on lui montrât la reine des Gueux dont il avait entendu parler.

On lui présenta une petite vieille ridée et noire qui n'avait rien de commun avec la suave créature qui avait été un moment la maîtresse du bandit.

Bras-de-Fer avait irrévérencieusement traité la prétendue reine de vieille sorcière et était parti au milieu des éclats de rire de toute cette bohème sale et déguenillée.

Malgré toute la maladresse de la maréchaussée et de la police de Marseille, Gaspard de Besse et ses amis avaient jugé qu'il fallait chercher pour la bande un refuge à quelque distance.

C'était alors que Cabannes avait proposé le château d'Oppède qu'il avait visité quelques années auparavant.

— Ne crains-tu pas, avait dit de Valors, que l'on ne nous prenne là comme des rats dans une souricière ?

— Qui ça ?

— Les soldats que l'on pourrait envoyer contre nous...

— Je les en défie bien.

— Si l'on cernait à l'improviste le château.

— C'est ce qu'il s'agit de ne pas laisser faire. On n'a qu'à placer des sentinelles dans les deux ou trois chemins qui y conduisent... Mais, en admettant que la vigilance de ces sentinelles fût prise en défaut, on pourrait encore se tirer d'affaire.

— Comment cela ?...

— Le château d'Oppède n'est pas sans avoir quelque souterrain et quelque issue secrète sur la montagne.

— Il faut encore les connaître.

— Je sais peut-être quelqu'un qui me donnera toutes les indications désirables...

— Il n'y a pas en tous cas de temps à perdre, dit Gaspard de Besse.

— Je le crois bien, sarpejeu !... fit Bavard qui avait failli être pincé la veille, non pas par Bras-de-Fer mais par Renardot, lequel continuait à remplir son rôle de policier amateur.

Il fut décidé que Cabannes partirait le soir même pour Oppède et rapporterait toutes les indications nécessaires pour l'installation.

Or, les renseignements, que donna Cabannes, trois ou quatre jours après, durent être très satisfaisants, car la bande se transporta à ce domicile par groupes peu nombreux et à petites journées.

Nous l'y trouvons installée le soir d'un beau jour où le soleil méridional avait éclairé de ses teintes les plus éblouissantes le Lubéron d'Oppède.

C'était le seul moment où l'on pouvait jouir de quelque fraîcheur ; aussi les bandits étaient-ils presque tous dans la cour d'honneur du château.

Ils s'y livraient aux occupations les plus diverses. Les uns nettoyaient leurs armes ou coulaient du plomb fondu dans leurs moules à balle. Les autres faisaient

Et leurs bouches se rencontrèrent dans des baisers de feu. (Page 384.)

cuire sur des grilles improvisées de larges tranches de bœuf destinées à leur repas du soir.

Il y en avait qui, plus nonchalants, étaient étendus, dormant ou causant. C'étaient les lazzaroni de la bande. Une dernière catégorie était réunie autour d'une belle et plantureuse fille qui, installée près d'un tonneau, les bras nus, donnait à boire de l'eau-de-vie à ceux qui avaient de quoi la payer.

Parmi les plus empressés auprès de Mariotte, la vivandière de la bande, se trouvaient Bavard et Coquelicot.

— Allons, la Mariotte, disait Bavard, verse-moi de l'eau-de-vie et ne sois pas aussi avare... J'ai de quoi payer !

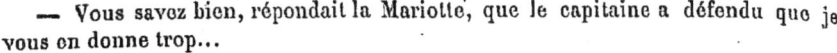

— Vous savez bien, répondait la Mariotte, que le capitaine a défendu que je vous en donne trop...

— Le capitaine nous prend pour des jeunes filles, n'est-ce pas, Coquelicot?

— Le capitaine fait bien tout ce qu'il fait ! dit sentencieusement Coquelicot.

Bavard eut un geste d'impatience.

— Tu lui donnes toujours raison.

— Certainement, et si tu n'es pas satisfait...

— Allons, allons, ne te fâche pas... Je ne critique pas Gaspard que j'aime autant que toi...

— Oh ! pour cela, c'est impossible !

— Qui sait ?...

— Je te dis que c'est impossible !

— Voilà que tu t'emportes de nouveau... On ne pourra bientôt plus te parler...

— Pourquoi dis-tu donc des bêtises...

— Ça c'est un peu dans ma nature... N'est-ce pas, la Mariotte ?

— Je crois que vous avez raison...

Bavard, rendu entreprenant par les rasades que lui avait versées déjà la vivandière, essaya de lutiner, puis d'embrasser celle-ci.

— Ma belle, ma charmante...

— Voulez-vous donc me laisser tranquille !...

— Quand daigneras-tu exaucer mes vœux, avoir un peu d'affection pour moi, m'appeler ton petit Bavard et me passer les mains dans les cheveux ?...

— Jamais !... Vous êtes bien trop vilain pour ça !

— Tu ne dis pas ce que tu penses, ma jolie brigande.

— Au contraire, je vous le jure...

Cette déclaration de la Mariotte, faite d'une voix ferme, attira quelques railleries à Bavard.

Les bandits présents avaient tous plus ou moins fait la cour à la Mariotte et, comme ils avaient été repoussés, ils se montraient bien aises de voir l'ami de Coquelicot partager leur infortune.

Au nombre des plus moqueurs se trouvait un homme qui était d'ailleurs antipathique à tout le monde.

Il y avait sur la figure de ce personnage quelque chose de dur et de bassement cruel. Ses cheveux, d'un rouge plus ardent que celui de Bavard, lui avaient valu le surnom de Rouget. Ils étaient drus et serrés et semblaient envahir son visage au regard louche.

Rouget ne tarda pas à se voir mis à sa place par Bavard qui lui reprocha un vol commis récemment au préjudice d'un camarade.

— Eh bien, quoi ! répondit Rouget, je n'ai jamais essayé de me faire passer pour un honnête homme...

— On peut ne pas être un honnête homme et être un honnête bandit...

Rouget fit entendre un ricanement.

— Le jour où l'on vous pendra, dit-il, cela vous aura servi à grand'chose d'avoir fait du sentiment.

Il y eut un murmure. S'il est vrai qu'on n'aime pas à entendre parler de corde dans la maison d'un pendu, il est évident que ceux que la potence menace aiment encore moins à en entendre parler.

Coquelicot saisit Rouget par l'épaule et le fit pirouetter.

— J'ai bien peur pour toi que tu n'aies même pas l'honneur de mourir sur une place publique.

— Pourquoi ?

— Parce qu'un de ces quatre matins tu pourrais bien trébucher et aller voir au fond de quelque précipice du Lubéron si je ne m'y trouve pas...

— T'imagines-tu que je me laisserais faire ?...

— Ce que je sais, c'est que lorsque tu aurais fait une chute de deux ou trois cents pieds de haut, tu serais bien obligé de rester tranquille.

Rouget grommela quelques injures, mais l'attention des bandits fut distraite par le cri de « alerte ! » poussé par une sentinelle.

— Qu'est-ce que c'est ? demanda Coquelicot, en se dirigeant vers la poterne.

Deux ou trois bandits déguenillés et qu'on eût pris plutôt pour des mendiants que pour des hommes de Gaspard de Besse, poussèrent devant eux un pauvre diable qui commence à nous être connu, car nous l'avons vu à différentes reprises, tantôt valet d'écurie, tantôt domestique chez l'orfèvre Roux ou chez M. de Galtières, en dernier lieu honoré de la confiance de l'intendant de M. d'Orbeval.

Mais cette confiance, Cadet, hélas ! l'avait trahie pour un double louis !...

Il avait introduit, en effet, dans le personnel chargé de fournir des rafraîchissements aux invités un individu qui avait commis toute sorte de méfaits depuis celui d'abandonner son service jusqu'à celui d'emporter tous les bijoux qu'il avait pu.

L'intendant, sans pitié pour Cadet, l'avait même dénoncé comme complice de Bavard, et l'ancien ami de Toinette était resté en prison jusqu'à ce que son air endormi eût persuadé la sénéchaussée du lieutenant criminel de son innocence.

Comment Cadet se trouvait-il dans le Lubéron ? C'est ce que nous allons savoir par ses réponses à l'interrogatoire sévère qu'il doit subir.

— Pour quel motif nous conduisez-vous ce drôle ? dit Coquelicot.

— Nous l'avons trouvé errant dans la montagne. Il voulait nous espionner sans doute.

Cadet releva la tête avec assez d'énergie.

— Pouvez-vous croire !... Je vous assure que...

Il s'interrompit soudain. Il venait de voir Coquelicot et Bavard.

Un cri de joie s'échappa de sa poitrine.

— Ah ! quel bonheur !... Voici précisément ces messieurs qui sont de mes amis et qui pourront vous dire...

— Laissez cet imbécile ! ordonna Coquelicot.

— Imbécile, c'est bien ça !... Vous voyez, on m'a reconnu. Je respire !... M'a-t-on assez rudement secoué ?...

Cadet passa douillettement sa main sur son épaule et sur son bras meurtris. Il était harassé de fatigue.

— Je suis bien aise, poursuivit-il, que vous ayez dit à ces ours mal léchés que je ne suis pas le premier venu. Vous me deviez, du reste, bien cela, car c'est vous qui êtes la cause de tout ce qui m'est arrivé de fâcheux.

— Nous? dit Coquelicot.

— Vous !

— En vérité ?...

— J'étais bien tranquille chez maître Roux où une vieille faisait tout mon travail lorsqu'il vous a pris fantaisie de m'y rendre visite.

— Quel mal y avait-il ?...

— Aucun si, en vous en allant, vous n'aviez pas emporté un coffret...

— Ce coffret, on l'a rendu. Il n'a pas eu beaucoup à se plaindre, ton maître !...

— Il ne m'en a pas moins à moitié étranglé, puis congédié à cause de ma négligence. Il m'en voulait autant d'avoir laissé approcher quelqu'un de sa femme que de n'avoir pas empêché qu'on le volât !... Pour un jaloux, c'était un jaloux !...

— Tout cela ne nous explique pas comment il se fait que l'on t'a trouvé rôdant par ici...

— Donnez-moi le temps... Une fois sur le pavé de la ville d'Aix, je me suis mis à chercher le meilleur moyen de gagner ma vie sans prendre de la peine... Je ne voulais plus être domestique lorsque j'ai encore rencontré monsieur...

Cadet désigna Bavard.

— Il m'a conduit dans une maison où il n'y avait presque rien à faire...

— De quoi te plains-tu ?...

— Chez M. de Galtières, j'ai, en outre, retrouvé Toinette... la jolie fille du Cheval-Rouge.

— Ton bonheur était complet...

— Non... car Toinette m'aimait beaucoup moins... Il me semblait même qu'elle ne m'aimait plus du tout...

— A qui la faute ?...

— Elle ne songeait qu'à son maître... Elle ne faisait plus attention à moi... et ensuite elle m'a reproché d'avoir causé la mort de sa maîtresse.

— Que dis-tu ?...

Bavard et Coquelicot se regardèrent.

— Ma maîtresse est morte, en effet, mais ce n'était pas ma faute si un individu qui se prétendait de mon village et n'en était pas m'avait changé mon flacon.

— Si tu ne t'étais pas enivré, rien de ce que tu racontes ne serait arrivé...

— Si vous ne m'aviez pas fait entrer chez M. de Galtières, rien ne serait arrivé aussi...

— Tu es reconnaissant !

— Et à Marseille, n'est-ce pas vous qui dévalisiez les invités ?... On m'en a accusé cependant.

— Cela prouve qu'il y a en toi l'étoffe d'un voleur puisqu'on t'a cru capable...

Loin de se fâcher, Cadet sembla ravi du compliment.

— Ah ! vous dites que je pourrais être voleur !...

— Tu as l'air enchanté...

— C'est que je ne désire pas autre chose...

— Comment ça ?...

— C'est une idée qui m'est venue...

— Tu n'es pas dégoûté, tu es même gourmand...

— Je me suis laissé dire que c'était un métier agréable et qui rapportait beaucoup aux gens qui savaient s'y prendre...

— Tu crois?...

— J'en suis sûr... On m'a répété souvent qu'il n'y avait de chance que pour les voleurs...

— Peut-être... Toutes les chances, c'est vrai, même l'espoir d'occuper la plus haute position sociale, celle où l'on tire la langue à la foule, un collier de chanvre au cou.

— Diable!... je n'avais pas songé à ça.

— Tu désires donc être voleur!

— J'y ai songé en sortant de prison où je m'étais trouvé avec de bons enfants accusés d'une foule de peccadilles...

— Et tu as pensé à nous pour t'initier?

— Ça ne doit pas être bien difficile.

— Quelle est ton erreur! fit Bavard avec un sourire de pitié.

— Vraiment. Il y a besoin de leçons. Je ne m'en doutais pas.

— C'est-à-dire que c'est une éducation à faire...

— Mon Dieu, quel dommage!... Je dois vous dire cependant une chose... Moi qui vous parle, j'ai failli voler parfois tout naturellement et sans rien avoir appris... Aussitôt après avoir été mis en liberté, j'avais même envie à Marseille, d'entrer tout de suite en exercice...

— On t'eût vite arrêté de nouveau.

— C'est bien possible!...

— Qu'est-ce qui t'a empêché?

— Il m'a semblé qu'il valait mieux agir en société qu'isolément... J'ai pris alors le chemin des gorges de Lubéron dans lesquelles était, disait-on, la troupe du fameux Gaspard de Besse. Je crois qu'on ne m'a pas trompé!...

— Tu voudrais alors être admis parmi les hommes de Gaspard?

— C'est mon espérance.

Cadet s'exprima avec tant de conviction que Bavard ne put s'empêcher de rire. Regardant Coquelicot, comme pour le consulter, il dit :

— Voilà un garçon ambitieux.

— Téméraire, murmura Coquelicot en riant aussi.

— C'est mon avis.

— Ah çà! mais, fit Cadet, vous en êtes, vous deux, des bandits de Gaspard de Besse... Je m'en étais toujours douté... Celui-là surtout qui a si mauvaise mine!

Cadet désignait Bavard qui faillit se fâcher.

— Hein! fit-il, en roulant des yeux en boule de loto.

L'entourage paraissait enchanté.

— Tu vois, fit observer la Mariotte à Bavard, je ne le lui fais pas dire.

La jolie vivandière s'adressa ensuite à Cadet :

— As-tu au moins de quoi payer la bienvenue!

— C'est vrai, dit Rouget, nous avons oublié de le fouiller...

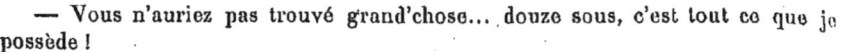

— Vous n'auriez pas trouvé grand'chose... douze sous, c'est tout ce que je possède !

— Hum ! c'est maigre !

La Mariotte était bonne fille. Elle voulut bien se contenter de si peu et verser une tournée générale.

Bavard absorba le contenu de son gobelet sans qu'il parût seulement lui toucher le gosier. Il en fut de même de Coquelicot, de Rouget et des autres bandits, mais, lorsque Cadet voulut les imiter, il lui sembla qu'un incendie venait d'éclater dans son intérieur.

— Aïe ! aïe ! que c'est fort !... Ça m'emporte la bouche... Pouah ! le vilain poison !

— Malhonnête ! s'écria Mariotte furieuse.

— Je brûle ! je brûle !

La vivandière saisit un grand seau d'eau et le jeta dans les jambes de Cadet.

Celui-ci se secouait tout ahuri, tandis que Coquelicot lui disait d'un ton flegmatique :

— Tu ne peux pas même supporter notre petit-lait ; tu veux être un brigand pour dormir et ne rien faire... Me faudra-t-il t'apporter ton déjeuner le matin au lit ?... Je crains bien, pour toi, que le maître ne te refuse !...

— Quand sera-t-il là, votre maître ?...

— Demain seulement... et je ne sais si je dois te laisser passer la nuit avec nous.

— Oh ! je vous en supplie... J'aurais trop peur tout seul dans le Lubéron...

— De quoi aurais-tu peur ?...

— Eh ! ma foi, de vous autres...

— C'est pour ça que tu préfères rester avec nous... Tu es comme cet imbécile qui, un jour de pluie, se mettait dans l'eau pour ne pas se mouiller... Tu es réellement trop idiot.

Coquelicot finit par s'humaniser. Il permit à Cadet de rester au château d'Oppède jusqu'à l'arrivée de Gaspard, et lui laissa même prendre sa part à une énorme gamelle qu'on apporta toute fumante au moment même où l'ancien amant de Toinette allait se coucher sans souper.

CHAPITRE XLV

Les amours de Gaspard

Gaspard de Besse n'avait fait que deux ou trois apparitions dans les ruines d'Oppède.

Bavard et Coquelicot avaient dirigé presque toutes les expéditions peu importantes qui avaient eu lieu dans le Comtat.

Le capitaine, malgré les dangers qu'il courait, était à Avignon, à Aix, à Marseille, occupé d'affaires diverses ou tout entier à ses amours. Cabannes et de Valois étaient presque toujours avec lui.

Le chevalier de Valbrègues eût voulu le quitter encore moins mais, sous prétexte de ne pas l'exposer à des fatigues au-dessus de ses forces, Gaspard le laissait souvent seul, soit à Marseille, soit à la bastide de Montredon.

Dans cette délicieuse propriété, Marie redevenait femme et passait de longues heures à rêver à son volage amant.

Parfois l'inquiétude l'agitait, car elle avait peur qu'il ne tombât dans quelque piège, qu'il ne fût pris par la justice ou ne succombât dans une des nombreuses embuscades qui lui étaient dressées.

En d'autres moments, c'était un sentiment d'une autre nature qu'elle éprouvait.

Marie avait eu beau dire qu'elle ne serait jamais jalouse, elle ne pouvait s'empêcher de songer que, tandis qu'elle était toute à Gaspard, qu'elle avait renoncé à tout pour lui, elle n'avait qu'une partie de son cœur.

Cet aventurier, aux passions fougueuses, en aimait d'autres.

Marie, on le sait, connaissait l'affection de Gaspard de Besse pour son amie d'enfance Clarisse. Elle avait appris également qu'il y avait, dans la boutique d'un orfèvre d'Aix, une jeune femme qui ne pensait qu'à M. de Galtières, et que cette jeune femme était la fille du docteur Grandier.

Le hasard avait fait pénétrer aussi à l'ancienne courtisane le secret du dévouement de la reine des Gueux.

Quand Gaspard, après avoir reparu dans le cimetière de l'Hôtel-Dieu, eut tué Salviade, elle avait interrogé longuement son amant. Comment avait-il échappé aux redoutables périls qui le menaçaient ?...

Gaspard avait répondu avec franchise, mais, bien qu'il n'eût pas donné des détails sur la grande dame qui l'avait accueilli dans son château, et sur l'humble batelière qui l'avait ensuite soigné dans sa cabane, bien qu'il n'eût fait aucune

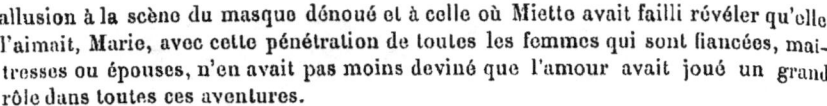

allusion à la scène du masque dénoué et à celle où Miette avait failli révéler qu'elle l'aimait, Marie, avec cette pénétration de toutes les femmes qui sont fiancées, maîtresses ou épouses, n'en avait pas moins deviné que l'amour avait joué un grand rôle dans toutes ces aventures.

Elle souffrait donc, mais elle souffrait silencieusement, et lorsque Gaspard venait la trouver, passer avec elle une journée ou une nuit, elle ne faisait entendre aucun reproche.

Seulement, quand il partait, son cœur se gonflait douloureusement et elle l'enlaçait dans ses bras blancs comme si elle eût voulu l'y retenir et ne pas le laisser voler à des conquêtes nouvelles.

Parmi les autres maîtresses de Gaspard de Besse, Clarisse, après Marie, eût été la plus disposée à partager ses dangers, à vivre de son existence.

La jeune fille s'était tout entière donnée à son ami d'enfance lorsque celui-ci l'avait recueillie, fuyant avec Pierre la sombre demeure où elle avait été enfermée sous la surveillance de Joséphine, la hideuse geôlière.

— Tu es à moi ! s'était écrié Gaspard.

Il ne se trompait pas ; elle était bien à lui, elle lui appartenait depuis leur première rencontre sur les bords de l'Issole, depuis leurs promenades dans les prairies ou sur les collines des environs de Besse.

— Je t'aime ! lui disait-il, en l'emportant sur son cheval.

— Je t'aime ! répétait-elle.

Et leurs bouches se rencontraient dans des baisers de feu.

A la première halte de la bande, Gaspard cueillit cette fleur suave.

Le capitaine n'en eut aucun remords, car lui-même se considérait comme lié à Clarisse par un lien indissoluble. Quoi qu'il arrivât, il devait toujours retourner à elle.

Clarisse suivit pendant assez longtemps la bande, mais vint un jour où elle fit, en rougissant, un aveu à Gaspard et où celui-ci éprouva un bonheur immense.

Clarisse lui annonçait qu'elle croyait pouvoir lui promettre un gage de leur amour.

L'aventurier sentit s'émouvoir toutes les fibres de son cœur.

Un enfant !... le fruit de son union avec Clarisse. Quelle joie !...

Il songea toutefois qu'il fallait mettre à l'abri les deux précieuses existences dont il avait la garde, éloigner de tout danger la mère et le petit être qui devait venir au monde.

Il apprit que Pierre, le domestique de Laurent, l'intendant d'Arène, avait acheté une ferme près de Draguignan sur les bords de la Nartuby.

Le pays était admirable. Le bassin de Draguignan est une sorte de grand jardin anglais où la végétation est éternelle, dont la douceur du climat fait un séjour délicieux.

Pierre consentit avec empressement à prendre Clarisse chez lui. Il ne voulait même pas accepter la riche pension que Gaspard de Besse lui promit de lui payer.

La séparation entre Gaspard et Clarisse fut douloureuse.

— Que vais-je devenir sans toi, mon bien-aimé ?

Elle se tenait devant le capitaine toute émue. (Page 388.)

— Du courage, Clarisse !

— Quand reviendras-tu ?

— Dès que je pourrai...

— Tu devrais quitter cette vie que tu mènes... Nous serions si heureux ensemble... dans une ferme du genre de celle-ci...

— Tu sais bien que cela est impossible !

— Pourquoi ?

— J'ai mes compagnons... mes devoirs... ma mission...

— Que m'importe !

— Sois plus raisonnable, Clarisse !

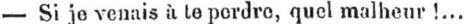

— Si je venais à te perdre, quel malheur !...

— J'ai foi en mon étoile... N'essaye même pas d'ébranler ma confiance.

Clarisse embrassait avec ardeur son amant. Son visage était d'une pâleur mortelle. Ce ne fut que lorsque Gaspard fut loin, lorsque son cheval eut disparu dans la poussière de la route qu'elle put éclater en sanglots.

Clarisse accoucha d'une fille. Gaspard, apprenant la nouvelle, quitta tout pour venir passer quelques heures auprès de celle qu'il considérait comme son épouse adorée.

Au retour de Draguignan, en traversant les gorges d'Ollioules, Gaspard eut l'idée d'aller passer la nuit au Cheval-Rouge.

Il trouva l'auberge toujours aussi engageante et l'aubergiste aussi empressé.

Toinette seule semblait changée. En voyant M. de Galtières, elle rougit vivement et donna tous les signes d'une grande émotion.

Gaspard voulut déposer un baiser sur son front, mais elle le repoussa.

— Qu'as-tu, mon enfant? Que t'ai-je fait ?

— Rien, monsieur, rien.

— Tiens, prends ce double louis pour t'acheter un bijou, la prochaine fois que tu iras au Beausset.

— Je vous remercie, mais j'ai des bijoux et il est inutile que j'en achète de nouveaux.

— En vérité, tu n'es plus la même, Toinette.

— Vous vous trompez !...

— J'en suis bien sûr, au contraire.

Gaspard interrogea l'aubergiste sur le changement qu'il croyait remarquer chez la jeune fille.

— Ah ! ne m'en parlez pas ! répondit l'hôte du Cheval-Rouge, elle est ainsi depuis son retour d'Aix. Je ne voulais pas la laisser me quitter, j'eusse sans doute bien fait...

— Est-il possible?

— La mort de cette jeune dame qu'elle a soignée l'a beaucoup attristée...

— Vous croyez que c'est cela?...

— Je ne vois pas autre chose...

— A Aix elle a retrouvé Cadet...

— Et vous vous imaginez que ma fille songerait encore à ce fainéant, à ce propre à rien ?

— Dame !

— Eh bien! je puis vous détromper... L'autre jour, nous avons eu l'occasion de parler de Cadet, et j'ai pu m'assurer que maintenant elle n'en pensait pas plus de bien que moi...

— Qu'a-t-elle donc alors ?

— Ah ! si vous pouviez le lui faire dire, vous me feriez plaisir... Je voudrais surtout savoir ce qui pourrait la rendre aussi gaie qu'autrefois. Mes clients commencent à se plaindre...

— Je vous promets d'essayer d'obtenir un aveu de Toinette.

M. de Galtières dîna dans sa chambre. Il ne se souciait peut-être pas de rester dans la salle commune du Cheval-Rouge où pouvaient entrer des gens de la maréchaussée porteurs de son signalement.

Il savait que ladite pièce avait été envoyée dans toutes les directions, depuis la frontière d'Italie jusqu'aux confins de la Provence, du côté du Languedoc et du Dauphiné.

Toinette le servit silencieusement, non sans laisser échapper parfois de gros soupirs qui intriguaient de plus en plus le jeune homme. Enfin, au dessert, au moment où elle allait se retirer, il la retint.

— Toinette, mon enfant, écoute-moi.

— Que désire monsieur?

— Je t'ai déjà demandé si je ne t'avais rien fait qui pût t'offenser et tu m'as répondu négativement... J'ai acquis cependant la conviction que tu avais quelque chose et que j'en étais la cause.

— Puisque vous refusez de me croire, il est inutile...

— Autrefois, tu ne me parlais pas aussi sèchement... Tout à l'heure, quand j'ai osé me permettre une caresse bien innocente, tu n'as pas voulu...

— Je n'aime plus que l'on m'embrasse!

— C'est dommage.

— Pour ceux qui me portent quelque affection peut-être!

— J'espère que tu me comprends parmi eux.

— Oh! non!

— Qu'entends-je, Toinette? tu doutes de mes bons sentiments à ton égard?...

— Je ne vous inspire aucune confiance...

— Que signifie?...

— Ne m'avez-vous rien caché?...

— Je cherche...

— Vous aviez paru d'abord croire que vous pouviez vous fier absolument à moi, et vous m'aviez fait venir à Aix pour donner mes soins à une charmante personne à laquelle vous sembliez beaucoup tenir...

— Eh bien?

— J'ai fait tout ce que j'ai pu pour qu'elle fût contente de moi...

— Nous avons apprécié tes services...

— S'il n'en a pas été de même de ceux de Cadet, cela n'a pas été ma faute...

— Je le sais...

— On a essayé de m'interroger du dehors... on m'a offert de l'or pour répondre... J'ai refusé...

— Ta discrétion m'était connue.

— Alors pourquoi m'avez-vous laissée dans l'affliction... quand je pleurais ma maîtresse morte?

— Ah!

— J'ai maudit Cadet que je croyais la cause de ce malheur.

— Il s'en est fallu de peu qu'en effet... et sans le docteur Grandier...

— M. le chevalier de Valbrègues n'en était pas moins vivant... Mes larmes étaient inutiles...

— Comment as-tu appris?...

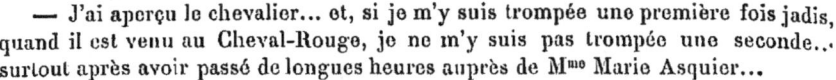

— J'ai aperçu le chevalier... et, si je m'y suis trompée une première fois jadis, quand il est venu au Cheval-Rouge, je ne m'y suis pas trompée une seconde... surtout après avoir passé de longues heures auprès de Mme Marie Asquier...

— Puisque tu as tant de pénétration, tu dois deviner que, si nous avons joué la funèbre comédie qui avait pour but de faire croire que Marie était morte, c'était pour la préserver des dangers auxquels elle était exposée...

— Vous aviez sans doute intérêt à tout dissimuler à vos ennemis, mais à moi...

— C'est vrai... Je regrette...

— N'est-il pas naturel que j'ai été froissée, blessée même... On a vu ma douleur, on n'en a pas eu pitié... Je m'étais fort attachée à Mme Marie Asquier et cependant...

— Cependant...

— Peut-être n'avais-je pas beaucoup de motifs de lui être si dévouée que cela...

— Que veux-tu dire, Toinette?

— Rien, rien...

La jeune fille avait un air singulier.

Gaspard insista.

— Voyons, explique-toi... Marie t'a fait quelque chose?...

Toinette fit un signe négatif.

Elle se tenait devant le capitaine toute émue, toute tremblante. Ses yeux étaient baissés et son teint était devenu pourpre...

L'aventurier la trouvait encore plus jolie que d'habitude. Le soupçon de la vérité traversa son esprit. Il la prit par la main et l'attira à lui.

— Pardonne-moi, Toinette, je t'en prie... Je serais trop désolé si je savais qu'une ravissante créature comme toi m'en voulût...

— Oh! je ne vous en veux pas!...

Elle leva les yeux en faisant cette réponse, et Gaspard vit bien qu'il n'y avait pas en effet beaucoup de courroux dans son regard.

Il la pressa sur son cœur et se mit à l'embrasser sans qu'elle opposât la moindre résistance...

— Toinette, c'était cela qui te rendait triste, c'était l'injuste méfiance dont tu croyais avoir été l'objet... Je te jure que j'ai seulement oublié de te prévenir...

— De la part d'un autre cela ne m'eût peut-être rien fait, mais de votre part...

— J'ai donc le bonheur d'être pour toi un peu plus que les autres...

Elle soupira.

— Je sais bien que j'ai tort, dit-elle, car enfin...

Elle allait faire une nouvelle allusion à Marie Asquier, mais Gaspard l'en empêcha.

— Je ne veux plus entendre de reproches de toi... Il faut que tu me promettes de m'aimer comme je t'aime!...

— Oh! vous avez deviné mon secret... Mais vous, vous, il ne se peut...

— Moi je suis en ce moment auprès de toi et tout à toi... Je jure que, servante ou maîtresse, fille d'auberge ou fille de roi, je n'en ai jamais vue de plus désirable...

Il ne saurait y avoir de baisers plus doux que ceux que nous échangeons... Toinette !

— Mon maître chéri !

La jeune fille ne quitta que fort tard la chambre de M. de Galtières et, quand son père l'interrogea sur la conversation qu'elle avait dû avoir, elle parut très embarrassée.

Le bonhomme s'imagina que Gaspard n'avait pas été plus heureux que lui et que ses questions étaient restées sans réponse. Il ne sut pas que, dès que tout fut éteint dans l'auberge, Toinette s'empressa d'aller retrouver le voyageur qu'elle ne quitta qu'au matin.

Gaspard passa au Cheval-Rouge deux ou trois jours pendant lesquels il réussit à rendre à la belle enfant sa toute joyeuse humeur.

Elle versa des larmes, il est vrai, quand M. de Galtières s'éloigna, mais il lui avait promis de venir la voir souvent et, comme il tint sa promesse, Toinette redevint ce qu'elle était autrefois, sauf dans les heures de rêveries où elle prononçait un nom tout bas, celui du beau cavalier auquel elle s'était donnée.

CHAPITRE XLVI

Le placard

En quittant le Cheval-Rouge, Gaspard de Besse se rendit à Toulon, où il n'avait du reste l'intention que de faire un court séjour.

C'est ici que se place un des épisodes de la vie de ce célèbre bandit qui indiquent le mieux combien grandes étaient sa générosité et son audace à la fois.

En entrant à Toulon, Gaspard vit sur une des portes un placard tout nouvellement posé devant lequel de nombreux curieux étaient arrêtés.

Un individu, qui savait lire, en donnait à ce moment lecture à la foule illettrée.

Gaspard écouta. Deux mille écus étaient promis à celui qui arrêterait Gaspard de Besse dont le signalement se trouvait aussi sur le placard.

Le bandit vérifia tranquillement l'exactitude de ce signalement.

— Palsembleu ! murmura-t-il, c'est un ami qui a dû donner tous ces renseignements : Bras-de-Fer ou Renardot, à moins que ce ne soit le marquis d'Arène lui-même. Si personne parmi ces braves gens ne me reconnaît, il ne faut s'en prendre qu'aux ténèbres qui obscurcissent leur esprit.

Mais, à peine eut-il fait cette remarque, que l'individu qui avait lu fixa les regards sur lui.

C'était Renardot.

L'ancien policier eut une exclamation.

— Ah! mes amis, dit-il, le voici, le voici...

— Qui?...

— Gaspard de Besse!...

On le crut fou d'abord, mais on suivit son geste et on comprit qu'en effet, l'homme qu'il désignait pouvait être le bandit.

Gaspard était à pied. Il venait de laisser son cheval dans une remise située en dehors des remparts et où on lui avait promis d'avoir pour le noble animal, qui venait de fournir une longue course, tous les soins qu'il méritait.

Par malheur, ses pistolets étaient restés dans ses fontes. Il n'avait sur lui que sa grande et belle épée qu'il dégaina aussitôt.

Jetant son chapeau à quelques pas de lui, il s'entoura le bras de son manteau. Un moulinet rapide tint d'abord à distance les assaillants.

Mais il ne pouvait songer à résister longtemps à ceux-ci. L'un d'eux était allé prendre une fourche qui mit son arme en morceaux.

Ce fut alors que Gaspard songea à prendre la fuite et à s'enfoncer dans les rues de Toulon. Il garda à la main son tronçon d'épée.

Malgré la rapidité de sa course, on le suivait de près.

Les curieux de tout à l'heure savaient que le premier qui mettrait la main sur l'épaule du bandit toucherait deux mille écus, et le désir de gagner cette somme redoublait leur ardeur.

Gaspard de Besse, essoufflé, sentant derrière lui cette meute acharnée, commençait à se sentir perdu.

Il entendait les cris de :

— Arrêtez-le!... arrêtez-le!...

Une voix dominait les autres. C'était celle de Renardot. Toutefois, le capitaine réussit à renverser un ouvrier qui voulait l'empêcher de passer, et à se jeter dans une ruelle étroite.

Une porte était ouverte. Il pénétra dans une allée obscure, monta rapidement les escaliers et gagna l'étage supérieur de la maison.

Le voilà sur le toit. En se penchant, il peut voir la ruelle envahie par la foule qui a perdu ses traces, qui se demande où il est passé, ce qu'il est devenu.

Mais il est évident que l'on va faire des perquisitions, que l'on va multiplier les recherches, venir le trouver peut-être sur le toit où il s'est réfugié.

Malheureusement ce toit est beaucoup plus élevé que celui de la maison voisine. Gaspard est obligé de faire un saut énorme et, en tombant, il se donne une formidable entorse.

Il peut à peine se traîner. Comment sortira-t-il de cette situation terrible?...

Bientôt, il entend un bruit partant de la maison qu'il a quittée. Il se dissimule derrière une cheminée et ne tarde pas à reconnaître que, malgré l'accident qui lui est arrivé, il a bien fait de sauter.

Renardot inspecte la toiture avec plusieurs individus. Évidemment, ils se demandent si Gaspard a franchi la distance qui sépare les deux toits. Dans le doute, personne n'a envie de se risquer, vu la hauteur. Ce qui est cause de la blessure de Gaspard est cause aussi de son salut. La poursuite se trouve retardée.

Il quitte sa cheminée dès que Renardot et les autres disparaissent. Les autres toits sont à peu près au même niveau et il parcourt, malgré la douleur qu'il ressent, une distance assez considérable.

Gaspard de Besse a eu déjà l'idée de pénétrer dans une maison par une lucarne quelconque et d'essayer de sortir de Toulon, mais il n'a plus de chapeau, plus de manteau. Ses vêtements sont déchirés, couverts de poussière et de plâtras.

Le hasard lui vient en aide. Il aperçoit, étalé dans une mansarde, un costume pauvre mais propre. Il fait aussitôt sa toilette, laissant sa défroque à la place du costume en question.

Cependant, comme il devine, d'après le logis et d'après le costume lui-même, que celui qu'il dépouille n'est pas un intendant général, il dépose quelques pièces d'or sur un meuble.

— Soyons toujours un honnête voleur ! dit-il.

Il sort ensuite de la mansarde, descend clopin-clopant l'escalier et, sans rencontrer personne, réussit à gagner la rue.

Il lui fallait une grande force de caractère pour cacher les souffrances qu'il éprouvait chaque fois qu'il posait le pied par terre.

Néanmoins il arriva à la porte même où il avait lu le placard, maintenant délaissé, et ne put résister au désir de le déchirer. Il entra ensuite dans la remise où il avait laissé son cheval.

Une jeune fille, à sa vue, parut fort étonnée. Il avait quitté, en effet, la remise dans un costume très élégant quoique un peu poudreux et maintenant il reparaissait sous des vêtements presque pauvres.

Il avait remplacé son feutre orné d'une plume blanche par un vilain chapeau à trois cornes qu'il avait trouvé dans un coin de la mansarde.

Gaspard éprouva d'abord quelque embarras.

— Ne faites pas attention, mademoiselle... ma métamorphose s'explique aisément... Il est des circonstances... on peut être surpris...

La jeune fille sourit.

— Oh ! je ne vous interroge pas.

— Je vous récompenserai de votre discrétion...

— Je n'en ai pas besoin, monsieur.

— Vous avez l'air gentille... Mais où est mon cheval ?

Elle le conduisit à l'endroit où était l'animal que Gaspard, après examen, jugea hors d'état de reprendre la route. Il avait par trop surmené sa monture avant d'arriver à Toulon.

Il se demandait ce qu'il allait faire, lorsque, par une fenêtre de la remise, il aperçut plusieurs cavaliers de la maréchaussée qui s'arrêtaient devant la maison sous la conduite d'un brigadier.

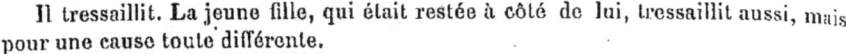

Il tressaillit. La jeune fille, qui était restée à côté de lui, tressaillit aussi, mais pour une cause toute différente.

Gaspard, comprenant qu'on avait retrouvé ses traces, crut devoir faire appel à la pitié de la belle enfant.

— Mademoiselle, fit-il, c'est pour moi que ces hommes sont là...

— Ah ! vous croyez...

— Ils viennent pour m'arrêter... Je suis poursuivi, traqué pour une méchante affaire... un duel... oui, un duel... Si l'on me découvre, je suis perdu, perdu sans rémission... Mes ennemis sont nombreux, puissants... Ne pourriez-vous me cacher ?...

— Vous cacher ?...

— Personne ne m'a vu rentrer ici... que vous... Sauvez-moi !

— Peut-être vous trompez-vous et la maréchaussée est-elle ici pour un autre motif...

— Non... on vient...

— Alors... suivez-moi !...

Au premier étage de la maison se trouvait le logement du propriétaire de la remise et de sa fille.

— Il ne faut pas que vos parents eux-mêmes sachent que vous me donnez asile.

— O mon Dieu, c'est effrayant cela !...

— Est-ce possible ?

— Possible ?... peut-être...

— Eh bien, faites-le, et vous aurez au monde un ami qui vous sacrifiera sa vie si vous la lui demandez un jour...

— Si je suppliais le brigadier de la maréchaussée de vous laisser partir, peut-être consentirait-il...

— N'essayez pas, je vous en conjure ! Il refuserait...

— Qui sait ?... fit la jeune fille. Il m'aime !

— Ne le placez pas, en ce cas, entre son amour et son devoir.

Elle se tut.

Touchée de la prière du jeune homme, elle cherchait le moyen de le satisfaire.

— Si on fait une perquisition chez vous... disait celui-ci...

— Il n'y a qu'un moyen d'y échapper... Il faut vous installer là, dans un cabinet, au fond de cette chambre où personne n'entre que moi... Vous en voyez la porte...

Cette chambre était, en effet, une chambre virginale, celle de la jeune fille.

— Vous êtes un ange... Je ne vous ferai plus ni promesses, ni serments, mais l'avenir vous apprendra que celui que vous avez obligé sait se souvenir.

Et, ployant le genou devant elle, il porta à ses lèvres une main blanche et mignonne.

La jeune fille retira sa main en rougissant, car jamais on ne lui avait rendu un aussi chevaleresque hommage.

Le cabinet donnait sur la cour de la remise. Il recevait l'air par un carreau mobile, au ras du plafond, et garni d'une forte barre de chêne scellée dans la maçonnerie.

Il fit seulement une rencontre qui l'impressionna. (Page 400.)

La porte en était juste au pied du lit de la jeune fille.

Les linges qui le remplissaient formèrent une couche sur laquelle Gaspard s'installa avec une jouissance extrême.

Pendant ce temps-là, les cavaliers de la maréchaussée, que nous avons vus arriver, parlementaient avec le propriétaire de la remise.

Chose singulière, le brigadier, qui était un beau garçon, à la physionomie avenante, avait l'air humble et soumis en parlant au bonhomme.

» Bonjour, père Joseph.

— Ah! c'est toi, Jules! Qu'y a-t-il pour ton service?

— Allons, quittez cet air sombre, cette mine renfrognée, lui dit le sous-officier. Vrai, ça ne vous va pas.

— Quelle mine veux-tu que je prenne ?

— Oui, oui, c'est convenu, vous m'avez invité à passer le plus loin possible de chez vous, à cause de votre fille Marie... C'est dur... mais je vous l'ai promis.

Puis, avec un gros soupir, le brigadier ajouta :

— J'ai compris les nécessités...

Le père Joseph se sentit ému et, de peur que son interlocuteur ne s'en aperçût, dit d'un ton bourru :

— Alors qui diantre t'amène ?

— Le service du roi.

— C'est différent... Explique-moi ce que tu as à faire...

— Figurez-vous que Gaspard de Besse est dans Toulon... On prétend qu'il est arrivé à cheval et qu'il a laissé sa bête dans une remise ou une auberge en dehors des remparts avant d'entrer dans la ville... Quelque cavalier vous a-t-il, en effet, confié sa monture ?...

Le père Joseph parla aussitôt du beau jeune homme à la plume blanche, en émettant le doute cependant que ce fût là un affreux bandit.

Le brigadier se montra, au contraire, très ému. Il tira un signalement de sa poche et se mit à en donner lecture au père de Marie qui dit :

— Mais, c'est cela !... Vous prétendez que ce cavalier est Gaspard de Besse... il va m'arriver toute sorte de désagréments... Pourvu que l'on ne me croie pas son complice !...

— Rassurez-vous ! Si j'ai le bonheur de m'emparer de lui chez vous, vous passerez pour m'avoir aidé et ce sera un acte de courage...

— C'est égal, c'est égal...

— Voyons son cheval... Il faut espérer qu'il viendra le reprendre... Mes camarades et moi allons nous cacher dans votre remise... Peut-être serons-nous obligés d'y passer la nuit...

Le père Joseph ne semblait que médiocrement satisfait.

Il introduisit cependant chez lui la maréchaussée qui venait à peine de s'installer lorsque Marie se montra.

— Qu'y a-t-il?

— Éloigne-toi, ma fille, Gaspard de Besse peut être ici d'un moment à l'autre...

— Pourquoi faire ?...

— Eh parbleu ! Pour chercher son cheval qu'il a eu la mauvaise idée de nous confier.

Marie pâlit.

Le brigadier se méprit sur cette émotion.

— Oh ! n'ayez pas peur... Je suis bien sûr qu'il ne sera pas assez naïf pour revenir ici... maintenant que la mèche est éventée...

Il soupira en ajoutant :

— Je n'aurai pas cette chance... Et cependant, si j'arrêtais le capitaine, je toucherais deux mille écus, ma position changerait... On aurait alors plus d'égards o plus d'amour pour moi...

Il prononça ces paroles d'un ton de reproche. A ce moment, le père Joseph s'était un peu éloigné...

Marie dit rapidement au brigadier :

— Comptes-tu passer la nuit dans la remise ?

— Il le faudra bien, à moins que...

— Eh bien, tâche de sortir vers dix heures et de venir dans la cour.

Il la regarda sans comprendre... Elle ajouta :

— J'y serai...

— Ah !...

Marie, avant la nuit, se rendit dans le cabinet où était caché le capitaine.

Marie avait dix-huit ans, de beaux traits réguliers, des dents blanches, un teint clair, des cheveux épais et noirs.

Gaspard voulut encore lui prendre la main pour lui exprimer sa reconnaissance, mais elle le repoussa.

— Vous n'êtes pas un duelliste, fit-elle brusquement, vous êtes Gaspard de Besse !

— Malheureuse !...

— Je vous ai promis de vous sauver, je vous sauverai. A dix heures, je ne serai pas dans cette chambre... Vous sortirez du cabinet, vous la traverserez... Toutes les portes seront ouvertes et mon père dormira... Vous gagnerez la route... Marchez doucement d'abord...

— Il me serait difficile de marcher vite... Où serez-vous ?

— Dans la cour de la remise où je parlerai au brigadier...

— Heureux brigadier, si vous l'aimez comme vous m'avez dit qu'il vous aime !

— Je le trahis pour vous que je ne connais pas, pour vous un bandit, un malfaiteur !

— Bandit, oui ! malfaiteur, non !... Je commande une bande, mais je ne fais aucun mal à l'humanité... Je demande un peu de leur superflu aux uns, et je châtie les autres...

— Quoi que vous soyez, je ne vous livrerai pas...

— Merci, merci !...

Marie porta de quoi manger au capitaine qui se prépara à quitter son asile. Elle ne s'aperçut pas que Gaspard, dans la journée, avait déjà travaillé à desceller la barre de chêne placée en travers de la petite croisée..

— Si la jeune fille ne lui eût pas dit que toutes les portes seraient ouvertes, il eût pu passer par cette étroite ouverture.

A dix heures, en effet, le brigadier rencontrait Marie dans la cour de la remise qui était sur le derrière de la maison. L'obscurité était complète.

Il attira la jeune fille à lui.

— Oh ! Marie, je n'ai pas le courage de t'en vouloir et cependant...

— Mon père t'a donné l'ordre de ne plus reparaître ici pour m'y faire la cour, mon père t'a dit que je consentais à en épouser un autre.

— C'est vrai...

— Et tu n'as pas pensé que pour que je me fusse ainsi résignée, il fallait que j'eusse un motif bien grave...

— Le père Joseph m'a dit que je n'avais rien...

— Eh bien, moi je n'ai pas davantage... notre union eût été assortie si... Mais laisse-moi te raconter toute la vérité... Je m'en remets à ton jugement et à ton honneur... J'ai confiance en toi, moi ! Tu prononceras, sois mon juge. Je ne veux pas, vois-tu, que tu me croies une fille sans âme et sans fidélité !... Ah ! cela m'a fait trop de mal... Sais-tu quel est l'homme dont j'ai consenti à devenir la femme ?

— Oui, un vieillard qui ne jouit pas d'une bonne réputation, maître Sauvain...

— Ce choix ne t'a-t-il inspiré aucun soupçon de la vérité ?

— J'ignore...

— Eh bien, sache que mon père est ruiné...

— Ah !

— Dans un moment de gêne, il a eu l'imprudence d'emprunter de l'argent à maître Sauvain, qui lui a demandé de gros intérêts, car tu sais que c'est ainsi qu'il a fait sa fortune. La récolte promettait et on se flattait de lui rendre capital et produit aisément. Mais la grêle est venue, la récolte a manqué. De plus, notre remise a été presque abandonnée pour une remise voisine. On n'a pu payer... Les frais ont grossi... et les gens de justice ont montré leurs visages...

— Je commence à comprendre.

— Hélas ! c'est bien simple ! L'usurier menaçait de tout faire vendre, mon père allait se trouver sans asile ! Alors le bourreau a feint de s'attendrir. Il a offert quittance si je voulais devenir sa femme et...

— Et tu t'es sacrifiée ! Pardonne-moi, ma chère Marie, de n'avoir pas deviné combien ta conduite était sublime, de t'avoir accusée, calomniée.

— Voilà ce que je voulais te dire... Comprends-tu maintenant ?

— Pauvre cher ange... et c'est pour une misérable somme...

— Deux mille écus...

— Deux mille écus... la somme promise à celui qui arrêtera Gaspard de Besse !...

Marie tressaillit.

— Qu'as-tu ? demanda le brigadier.

La jeune fille ne répondit pas. Elle songeait qu'à cette heure même, elle empêchait celui qu'elle aimait de gagner l'argent qui lui procurait le salut...

Le soldat continua :

— Oh ! si ce bandit venait ici, si je pouvais m'emparer de lui !...

Un léger bruit s'était fait entendre du côté du cabinet et de la chambre de la jeune fille.

— Qu'est-ce ? demanda le brigadier.

— Rien, fit Marie d'une voix étouffée.

Grâce aux ténèbres, son amoureux ne vit pas son trouble et sa pâleur. D'ailleurs le bruit cessa.

Le brigadier crut qu'il s'était trompé.

— Tu as raison... Ce ne peut être l'homme que nous attendons... et puis mes camarades veillent...

— Allons ! Jules, c'est l'heure de l'adieu...

— Déjà !

— Embrasse-moi pour la dernière fois... Dans huit jours je n'aurai plus le droit de te donner cette permission...

— Oh! mon âme...

De grosses larmes coulaient sur le visage du pauvre brigadier. Marie pleurait aussi. Un moment ils restèrent pressés l'un contre l'autre, ne pouvant se décider à se quitter...

Enfin, Marie s'arracha des bras du jeune homme et regagna sa chambre.

Elle s'empressa d'ouvrir la porte du cabinet. Gaspard de Besse n'y était plus. Mais était-il parti comme elle le lui avait indiqué, ou était-il passé par la croisée dont il avait achevé d'enlever la barre de chêne?

Marie vit alors seulement, à la lueur de sa lampe, que le bandit s'était ménagé cette sortie, craignant sans doute une trahison de sa part. Elle en fut attristée.

A quoi son dévouement lui servait-il?... Elle avait trompé son amoureux aux dépens même de son propre bonheur... Et, pour la récompenser, celui qu'elle avait sauvé s'était éloigné en lui témoignant une méfiance brutale.

Elle se demanda néanmoins si le fugitif réussirait à se mettre à l'abri du danger. Malgré tout, elle faisait des vœux pour lui.

Marie était pieuse. Avant de se coucher, elle fit sa prière et tour à tour, pendant qu'elle implorait Dieu, l'image de Gaspard et celle de son amoureux infortuné se présentaient à elle... Elle pria pour tous les deux...

Quand elle se leva et s'approcha de son lit, elle aperçut soudain un billet piqué à la couverture.

Il ne renfermait que quelques mots:

« Merci à la plus noble et à la plus généreuse des jeunes filles. Je sais tout et je vous promets de vous sauver comme vous m'avez sauvé moi-même.

« GASPARD DE BESSE. »

Le jour suivant, le brigadier reçut l'ordre de quitter la remise avec ses hommes. Il s'en alla en jetant un regard désolé sur Marie qui, debout sur la porte, éprouvait la plus vive douleur en songeant qu'elle ne le reverrait plus que mariée à un homme qu'elle méprisait.

Son père, qui était à côté d'elle, vit son émotion.

— Marie, lui dit-il, ton mariage avec maître Sauvain serait-il un sacrifice au-dessus de tes forces?... Dans ce cas, ma fille, il faudrait y renoncer... je quitterais cette demeure...

— Non, non, mon père... Vous y resterez... et je serai Mme Sauvain.

Elle s'enfuit pour lui cacher son chagrin.

Maître Sauvain se présenta le soir même pour faire sa cour. Elle s'efforça de lui sourire.

L'usurier se retira enchanté et en disant au père Joseph:

— Vous voyez que je déplais moins déjà à la petite... Elle commence à s'habituer à moi... Eh! qui sait?... Peut-être lui inspirerai-je de l'amour quand elle verra comme je suis aimable!...

En disant ces paroles, il montrait ses dents jaunes et semblait danser sur ses jambes maigres avec un bruit de castagnettes. Il ajouta:

— Je reviendrai demain.

Et il revint, en effet. Et Marie dut se laisser embrasser par ce misérable qui lui promit toutes sortes de surprises pour la nuit des noces.

— Tu verras que je suis moins vieux qu'on ne le croit. Comme messire Loup, j'ai toujours appétit quand je sens la chair fraîche.

L'horrible satyre faillit tomber en se dandinant.

Marie songea à la promesse que Gaspard de Besse lui avait faite de la délivrer.

Elle ne tarda pas à se dire que le bandit ne pensait plus à elle. Ensuite comment s'y prendrait-il?

Le jour suivant, une espèce de rustre, valet de campagne dégrossi, entra dans la remise.

Cet individu n'était jamais venu jusqu'ici que porteur de méchantes nouvelles. C'était le domestique de maître Sauvain.

Comme son visage était, ce jour-là, encore plus renfrogné que d'habitude, le père et la fille eurent peur d'un malheur et se serrèrent machinalement l'un contre l'autre.

— Qu'y a-t-il, Jacques? lui demanda le père Joseph.

— Il y a ça!

Et Jacques tira de son gilet un paquet de papiers et de parchemins qu'il tendit au vieillard.

— Des actes de procédure, dit celui-ci en les feuilletant... mon traité avec Sauvain... et sa quittance!

— Sa quittance! Il ne devait la donner qu'à la signature du contrat, à l'église! s'écria Marie.

— Que veut dire cela? demanda son père.

— Cela veut dire que mon maître est payé.

— Payé... en argent?...

— Il faut croire, car il n'est certes pas homme à se payer en monnaie de singe.

— Mais par qui? Comment?

— Allons, allons, ricana le rustre, ne jouez donc pas au plus fin... Vous avez été déjà assez malin en faisant prendre patience à maître Sauvain avec la promesse de lui donner votre fille... Il est dans une jolie colère d'avoir été ainsi joué... et si vous lui tombez de nouveau sous la patte...

— Je ne m'explique pas...

— Vous ne ferez jamais croire à personne que vous ne connaissez pas un beau jeune cadet qui se dit votre cousin et votre débiteur... A titre d'acompte, il est venu racheter votre créance.

— Un cousin?... Un débiteur?...

— De retour des grandes Indes et qui est déjà reparti du pays... Ah! vous êtes joliment apparenté... Dommage que le cousin soit boiteux et porte sur l'œil un emplâtre qui le dévisage un peu... Enfin, on ne peut pas tout avoir!

Le père Joseph allait redoubler ses exclamations.

Mais, au dernier trait, Marie, appuyant sa main sur sa poitrine avec une douce émotion, lui fit signe de se taire et congédia le rustaud en lui disant :

— Votre maître est payé, n'est-ce pas ?... Eh bien, retournez vers lui et dites-lui de ma part que tout est réglé désormais entre nous.

— Suffit, dit le valet en clignant de l'œil, on sait ce que parler veut dire... Ah ! mon maître s'en doutait qu'on le traiterait ainsi... Et voilà pourquoi il était si furieux quoique ayant touché son argent avec les intérêts !...

A cause de la libéralité du cousin mystérieux, Marie put épouser celui qu'elle aimait.

Elle comprit que ce parent n'était autre que Gaspard de Besse qui avait tenu sa promesse.

Le bandit avait payé les deux mille écus auxquels on avait mis à prix sa tête.

Mais il ne se crut pas entièrement quitte.

Il pensa que, si le brigadier s'était emparé de lui, il aurait eu un grade supérieur tout au moins.

Quelques jours après son mariage avec Marie, Jules fut promu maréchal des logis grâce à des démarches qui furent faites en sa faveur.

Il ne sut jamais à quelle intervention il dut cela, et se douta encore moins que son protecteur fût Gaspard de Besse.

Il est vrai de dire qu'il est très rare qu'on ait de l'avancement dans la maréchaussée avec l'appui d'un capitaine de brigands...

Mais ce capitaine était généreux, beau, aimable... Il savait rencontrer partout des appuis, obtenir ce qu'il voulait... par les femmes.

CHAPITRE XLVII

L'amazone

A quelques jours de là, Gaspard de Besse était à la bastide de Montredon où il se remettait de son entorse.

Le capitaine était sous une tonnelle, assis dans un fauteuil, son pied appuyé sur un tabouret. Marie Asquier était auprès de lui. Elle le contemplait avec une muette adoration, heureuse de ne pas trembler pour ses jours, de ne pas le savoir dans une expédition lointaine ou auprès de quelque rivale, de le posséder, en un mot, sans partage, de l'avoir tout à elle comme elle était tout à lui.

Il venait de lui raconter son aventure de Toulon.

Elle avait frémi pendant la chasse dont il avait été l'objet dans les rues et sur les toits.

Elle avait béni la jeune fille qui avait accordé un asile à son amant.

— Cette belle enfant s'appelle Marie comme toi. Il n'y a donc rien d'étonnant à ce qu'elle soit un ange !

— Un ange, moi !

— Oui, Marie. Ne m'as-tu pas aussi accordé asile un jour où j'étais poursuivi ?... La première fois que je suis entré chez toi, c'est par la fenêtre...

— Quand tu en es sorti, tu étais mon maître...

— Te souviens-tu de cette heure suave où nos bouches se sont rencontrées, où tu m'as dit que tu ne dédaignais pas le bandit ?

— Si je m'en souviens, fit-elle avec une certaine exaltation, je croyais auparavant que mon cœur ne pouvait aimer... c'est alors qu'il s'est éveillé et que j'ai senti ses battements !

— Je t'aime, dit-il, dans un élan d'amour.

— Je t'aime, répondit-elle.

En ce moment une détonation retentit. Une balle siffla et passa près de Gaspard de Besse et de Marie unis dans un baiser.

L'ancienne courtisane eut un cri. Son amant se leva comme mû par un ressort. Heureusement personne n'avait été atteint.

Le capitaine voulut connaître aussitôt l'auteur de cet attentat et se mettre à sa recherche malgré la faiblesse du pied qui avait été blessé. Mais ses efforts pour découvrir l'assassin furent infructueux.

Ce fut en vain qu'il fit le tour de la tonnelle et qu'il parcourut les environs de la Bastide. Il n'aperçut aucun individu qui fût porteur d'une arme ou qui lui parût susceptible d'avoir tiré sur lui.

Sur la plage de la Méditerranée, assez voisine de la bastide, il fit seulement une rencontre qui l'impressionna quelque peu. Il se trouva en présence d'une jeune et élégante amazone à la taille fine et élancée, aux traits charmants sous son grand chapeau orné d'une plume noire.

Elle montait un superbe alezan qu'elle savait guider avec aisance et sûreté.

Ses regards se rencontrèrent avec ceux de Gaspard, mais celui-ci, en admirant deux beaux yeux pleins de flammes, ne remarqua pas le trouble qu'éprouvait l'amazone, le frémissement de ses narines roses.

Lorsqu'il retourna auprès de Marie, il ne pensa pas un seul instant que cette splendide créature fût précisément celle qui avait tenté de lui donner la mort.

Cependant il parla à sa maîtresse de l'amazone de la plage, il lui demanda si elle ne savait pas quelle était cette jeune fille.

Marie sentit tout de suite une sorte d'inquiétude.

— J'ignore, dit-elle... Ce doit être une fille de noble maison... Comment veux-tu que je la connaisse, moi, Marie Asquier ?...

— Tu pourrais cependant savoir... si elle habite Montredon...

— Je me cache d'ailleurs... ne suis-je pas morte ?...

— Cela t'attriste ?...

— Que venez-vous faire ici?... Allez-vous-en ! (Page 404.)

— Non, si j'existe toujours pour toi...

— Ne le sais-tu pas ?

— Je ne vis que pour mon bien-aimé... et cela me suffit.

Gaspard de Besse ne renonça pas à s'informer sur le compte de l'amazone. Il interrogea le lendemain les serviteurs de la bastide et il finit par apprendre que la personne en question devait être Mlle Laure de Saint-Servan, qui habitait avec sa sœur une jolie villa située au Roucas-blanc.

Le Roucas-blanc — le rocher blanc — est une colline située au sud de Marseille. Un peu plus éloignée de la ville qu'Endoume, elle tient par des chemins pierreux à Notre-Dame de la Garde où se trouve un sanctuaire vénéré.

Le Roucas-blanc domine la mer. De ses maisons de campagne on peut admirer le golfe de Marseille dont l'onde bleue a des vagues aux crêtes blanchissantes quand le mistral souffle, mais se montre le plus souvent d'un calme et d'une transparence merveilleuses.

Gaspard eut le désir d'aller rôder autour de la villa de Mlle Laure de Saint-Servan.

C'était une grave imprudence qu'il commettait, mais Marie, à qui il avait donné un prétexte quelconque, ne put le retenir.

Le capitaine revêtit un élégant costume de gentilhomme. Il ne consentit à se mettre aucun bandeau sur le visage.

— Bah ! répondit-il à Marie suppliante, plus on se cache, plus on a de chances d'être pris.

— Au moins, laisse-moi venir avec toi !

— Non, certes... Tu dois rester à la bastide, trop heureuse que le marquis d'Arène, te croyant morte, ne t'y importune plus...

— Je m'habillerai en homme...

— Je n'ai pas besoin de toi, Marie.

— Oh ! je m'en doute bien !...

— Que veux-tu dire ?...

— Rien... rien...

Gaspard de Besse partit donc seul pour le Roucas-blanc en suivant la plage.

Il espérait rencontrer encore l'amazone dont le regard l'avait brûlé. Cet homme avait cela de particulier que, lorsqu'il songeait à une femme, il était réellement tout à elle.

En ce moment, Pauline, Clarisse, Marie, les trois grandes affections de sa vie, disparaissaient devant Laure de Saint-Servan. Son cœur appartenait à cette fière beauté qu'il n'avait fait qu'entrevoir.

Cela n'empêchait pas que, se retrouvant une heure après avec une autre femme, il pourrait lui dire qu'il l'aimait avec autant de conviction et de sincérité.

Gaspard de Besse n'était pas cependant de ces esprits superficiels, de ces hommes volages qui, comme le papillon, vont de fleur en fleur, sans faire de choix définitif. A chacune de ces maîtresses il était prêt à consacrer sa vie.

Il se donnait à elles, comme elles se donnaient à lui, et, à cette nature ardente, passionnée, aventureuse, il restait ensuite assez de chaleur pour courir à de nouvelles amours.

Gaspard arriva jusqu'à la villa sans voir personne. Il en fit le tour et reconnut tout d'abord qu'il avait mal choisi son heure.

C'était dans l'après-midi. Mlle Laure de Saint-Servan avait sans doute mille raisons de rechercher l'ombre et la fraîcheur, plutôt que de s'exposer aux rayons d'un soleil brûlant.

Cependant la jeune fille avait dû sortir la veille à cette heure, puisque Gaspard l'avait rencontrée un peu plus tard sur la plage.

Il attendit quelques instants, non loin de la porte de la villa qui s'élevait toute blanche au milieu de bouquets de pins.

Personne n'apparut malgré l'impatience du capitaine qui ne tarda pas à se rappeler que rien n'est plus simple que de s'introduire dans une propriété quand on désire savoir ce qui s'y passe.

Celle-ci était entourée de murailles, mais les murailles peuvent être escaladées par un bandit, surtout lorsqu'elles sont peu élevées.

Toutefois, comme Gaspard était bien habillé, il préféra entrer par la porte. Cela lui fut d'autant plus aisé qu'il n'eut qu'à la pousser pour se trouver dans un jardin anglais, dont les allées admirablement tracées conduisaient à la terrasse plantée de pins où se trouvait la maison.

On paraissait dormir dans cette élégante demeure. Était-ce l'heure de la sieste ? Gaspard ne rencontra aucun habitant.

Toutes les fenêtres étaient closes et le capitaine se demandait déjà si, par hasard, Mlle de Saint-Servan et sa sœur n'avaient pas quitté la villa.

Une porte vitrée était cependant ouverte. Gaspard entendit un bruit de voix suivi d'un joyeux éclat de rire. Il n'eut que le temps de se cacher derrière un énorme cyprès.

Une gracieuse enfant de quinze à seize ans sortit de la maison accompagnée d'une soubrette délurée qui lui disait :

— En vérité, mademoiselle Antoinette, vous ne trouvez pas qu'il fait encore trop chaud pour aller cueillir des fleurs ?

— Non, Lucie, non... C'est pour Laure ; elle sera bien contente de trouver la jardinière garnie.

Gaspard de Besse comprit que Mlle Antoinette devait être la sœur cadette de Laure de Saint-Servan. Comme celle-ci, elle était brune ; ses yeux noirs pétillaient de gaieté et d'innocente malice.

Antoinette n'avait pas la beauté régulière et presque majestueuse de sa sœur, mais elle montrait plus d'animation et de vie.

L'une était belle, l'autre jolie, toutes les deux charmantes.

Les cheveux d'Antoinette, rejetés en arrière, tombaient bouclés sur ses épaules. Elle avait pour les écarter un geste plein de grâce.

La jeune fille passa avec sa compagne très près de Gaspard de Besse qui pensa vaguement que, dans le jardin de la villa où elle allait chercher des fleurs, aucune n'était susceptible d'avoir un parfum plus suave que celui qui se dégageait de sa luxuriante jeunesse.

Mais le capitaine se préoccupait uniquement de Laure. Il attendit qu'Antoinette et la jeune servante se fussent éloignées afin de poursuivre ses investigations.

Il fit le tour de la maison sans faire de nouvelles rencontres. Un instant il eut l'idée de s'y introduire par la porte vitrée, mais il se demanda ce que l'on penserait de son audace ?

N'était-ce pas beaucoup de se promener dans la propriété comme il le faisait ?...

Il s'éloigna un peu de l'habitation, entrant dans le jardin du côté opposé à celui où Antoinette cueillait ses fleurs. Soudain, il se trouva en présence d'un joli pavillon dont un massif d'arbustes lui avait jusque-là caché la vue. En cet endroit, régnait une délicieuse fraîcheur.

Le cœur du jeune homme battit. Quelque chose lui dit qu'il allait voir Laure.

Et, en effet, par la fenêtre ouverte du pavillon, il l'aperçut endormie sur une luxueuse ottomane.

Elle lui parut plus belle encore dans son sommeil bien que sa paupière fût close. Un long peignoir avait remplacé son amazone.

Gaspard de Besse la contempla longuement et sentit peu à peu s'éloigner de lui le peu de raison qui lui restait. Il n'y résista pas.

Entrant à pas de loup dans le pavillon, il alla se placer à genoux près de la dormeuse.

Le visage du capitaine était maintenant à la hauteur de celui de la jeune fille. Il admirait ces traits si purs, cette bouche mignonne; il eût donné sa vie pour pouvoir y poser ses lèvres.

Chose étrange, le sommeil de Laure n'était pas calme. Elle s'agitait parfois, murmurait des mots entrecoupés dont Gaspard ne put connaître d'abord la signification.

Tout à coup il eut un frémissement. Laure venait très distinctement de prononcer un nom, celui du bandit : Gaspard de Besse!...

Il y avait en ce moment sur la figure d'Antoinette un mélange de désespoir et d'horreur.

Gaspard se dressa subitement en se demandant quel était ce mystère, en présence de quel secret il se trouvait?

Un instant il crut avoir été le jouet d'une illusion. Comment Mlle Laure de Saint-Servan pouvait-elle voir dans ses rêves Gaspard de Besse?

L'expression qu'avait eue le visage de la jeune fille le toucha aussi vivement.

— Elle me connaît peut-être par les crimes qu'on me reproche, et je suis pour elle comme un cauchemar !

Il éprouvait une véritable douleur.

Gaspard fut sur le point de s'en aller, mais quelque chose lui dit que ce n'était pas par hasard que Mlle Laure de Saint-Servan songeait au bandit de la Provence, le lendemain du jour où elle l'avait rencontré sur la plage, sans avoir l'air de le connaître, il est vrai.

Cependant l'agitation de Laure, loin de diminuer, n'avait fait qu'augmenter.

Elle parla encore et Gaspard de Besse ne tarda pas à éprouver une vive surprise.

— J'ai voulu le tuer... Je lui ai tiré dessus au moment où il était... Dieu me pardonnera-t-il?... Oui... oui... car c'est un assassin...

— Un assassin !...

C'était Gaspard qui venait de répéter les derniers mots murmurés par Laure. Celle-ci s'éveilla et son regard effaré se posa aussitôt sur le bandit.

— Lui!... Lui!...

— Moi...

— Que venez-vous faire ici?... Allez-vous-en !

— M'en aller...

— J'appelle à mon secours et l'on vous arrêtera, misérable !

Devant l'injure, Gaspard releva la tête.

— Croyez-vous que ce sera facile?...

— Oh ! vous userez de violence !...

— Et vous, vous qui avez tenté de me donner la mort?...

— Comment savez-vous?...

— Vous-même, dans votre sommeil... Ah! mademoiselle Laure de Saint-Servan, je vous conseille de vous méfier de vos rêves... Je sais tout... vous m'avez tout révélé.

Elle chancela. Mettant la main sur son cœur, elle murmura :

— Mon Dieu! mon Dieu!...

Puis elle dit d'une voix où il y avait cette fois plus de prière que de menace :

— Partez... partez... vous comprenez qu'il le faut puisque vous avez tout appris!... Il le faut pour vous et pour moi... D'ailleurs, on vient...

On entendait, en effet, les accents joyeux d'Antoinette. Gaspard de Besse eut à peine le temps de sortir du pavillon et de se dissimuler derrière les arbres.

Il était éperdu, ne sachant que penser de la scène étrange qui avait eu lieu, se demandant pourquoi cette jeune fille qui lui était encore inconnue la veille avait essayé de le tuer...

En faisant ces réflexions, il s'était approché de la sortie. A peine fut-il hors du jardin qu'il aperçut un cavalier qui gravissait le chemin assez raide conduisant à la villa du Roucas-blanc.

Un pressentiment le poussa à se cacher encore et il rentra précipitamment dans la propriété. Le cavalier qui venait rendre visite aux deux sœurs était le marquis d'Arène.

CHAPITRE XLVIII

Treize!

N rentrant à la bastide de Montredon, Gaspard de Besse trouva Cabannes et de Valors qui l'attendaient avec impatience.

— Ah! dit Cabannes, nous sommes bien aises de voir que vous êtes rétabli, car nous avons besoin de vous...

— En vérité?

— En votre absence, nos hommes ne font rien qui vaille au château d'Oppède...

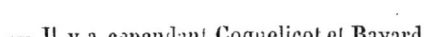

— Il y a cependant Coquelicot et Bavard...

— Ils sont pleins de bonne volonté, mais ils n'ont ni votre influence, ni votre autorité... Votre présence serait également utile à Marseille... Les Gueux sont en train de tourner contre nous...

— Est-ce possible?...

— Ils prétendent n'avoir eu aucun avantage à nous servir. Ils ont, par contre, perdu du monde dans leur lutte autour de l'échafaud de Coquelicot et se sont exposés à toutes sortes de mesures rigoureuses... Ne serait-il pas possible de leur accorder un dédommagement?

— Peut-être... Mais leur reine ne sait sans doute pas qu'ils se plaignent ainsi?...

— Elle est difficile à voir cette belle majesté!... Pour tout dire, je crois que vous êtes, Gaspard, le seul profane qui ait contemplé ses traits... et probablement aussi...

— Chut! dit Gaspard de Besse, car Marie approchait de l'endroit où se tenait cette conversation.

La jeune femme éprouva une vive inquiétude quand elle sut que son amant était obligé d'aller à Marseille où tant de dangers le menaçaient.

— Reviendras-tu ce soir? lui demanda-t-elle.

— Non car, en quittant Marseille, je serai obligé de gagner le Comtat. Je me suis assez reposé comme cela. J'ai même perdu pas mal de temps...

— Le regrettes-tu?... fit-elle d'un ton de doux reproche.

— Marie, tu sais bien que les heures passées auprès de toi sont des heures bénies, mais ce n'est pas à mon point de vue que je me place...

— J'espère que tu ne partiras pas sans te déguiser...

— C'est malheureusement indispensable... Je vais procéder tout de suite à ma toilette...

Gaspard s'enferma pendant une demi-heure. Quand il sortit, ses traits, son costume étaient absolument changés.

Il paraissait âgé d'une trentaine d'années de plus et avait les allures d'un bon bourgeois inoffensif.

Gaspard s'appuyait sur une longue canne qui cachait certainement la lame aiguë d'une épée, mais on ne s'en serait pas douté. Son air placide enlevait tout soupçon.

Le capitaine monta un modeste bidet qui semblait devoir mettre un temps considérable à effectuer le trajet de Montredon à Marseille.

Toutefois il ne fallait pas plus se fier à l'apparence du cheval qu'à celle du maître, car le bidet, à peine enfourché, prit un trot rapide et suivit sans peine les montures de Cabannes et de Valors.

Ce ne fut qu'en entrant à Marseille que le bidet reprit son pas paisible.

Gaspard, ne pouvant aller à la maison où il eût été jadis arrêté sans l'avis que lui avait fait parvenir juste à temps Mme de la Tour, descendit à l'auberge des *Deux-Pommes*, sur le Cours, où il s'était si bien moqué de Bras-de-Fer.

Il constata avec satisfaction que ni l'hôte, ni les serviteurs ne se doutaient à qui ils avaient affaire.

Quand on lui demanda comment il s'appelait, il écrivit d'une grosse écriture sur le livre de l'auberge :

Thomas Charpentier, épicier à Marignane.

— Ah ! vous êtes épicier, fit l'hôte en saluant.

— J'ai cet honneur...

— Et vous habitez Marignane ?...

— Près de l'étang renommé par ses macreuses...

— Vous venez à Marseille pour faire vos achats ?...

— J'y viens depuis quarante ans, une fois tous les trois mois...

— Vous n'aviez jamais logé ici ?...

— Je prenais une chambre au *Petit Saint-Jean*, à deux pas...

— Vous n'y allez plus parce que vous y étiez trop mal...

— Non, mais à cause du changement de propriétaire... Cela me dérange de voir une figure nouvelle où j'avais l'habitude de trouver de vieilles connaissances.

— Aux *Deux Pommes*, j'ai succédé à mon père, et j'aurai pour successeur mon fils, s'il plaît à Dieu ! Depuis deux cents ans, l'auberge appartient à la famille. Elle était tenue en 1656 par un Reynaud lorsque la ville y logea et défraya quatre gentilshommes de la suite de Christine, reine de Suède, pendant trois jours. Mon arrière-grand-père reçut neuf livres pour sa dépense. Maintenant cela coûterait au moins dix-huit livres chez moi.

— C'est vrai, vous êtes cher.

— Ce sont mes concurrents qui font courir ce bruit, mais mes prix sont plus modérés qu'au *Petit Saint-Jean*.

Le capitaine remarqua dans la grande salle de l'auberge un placard exactement pareil à celui qu'il avait déjà vu à Toulon.

— Ah ! qu'est-ce que c'est ?...

L'hôte montra un peu d'embarras.

— Que voulez-vous que j'y fasse ?... C'est le brigadier Bras-de-Fer qui a apporté cela parce que Gaspard de Besse s'est montré une fois ici...

— Gaspard de Besse !... Ici ! fit l'épicier de Marignane, en manifestant la terreur la plus vive. Mais alors, on n'est pas en sûreté dans votre logis !...

— Il n'a pas reparu depuis et tout porte à croire...

— C'est égal !... Je m'en vais... Je retourne au *Petit Saint-Jean*.

L'aubergiste se cramponna à lui.

— Rassurez-vous, mon bonhomme... Je me suis toujours imaginé que le Gaspard de Besse qui s'est moqué de Bras-de-Fer n'était pas du tout le vrai, mais un farceur qui a voulu rire aux dépens de notre brigadier...

— En êtes-vous certain ?...

— Eh ! parbleu !... Est-ce que le vrai Gaspard de Besse se fût amusé à trinquer avec la maréchaussée ?

— A la bonne heure !... Vous m'avez fait une peur...

Le pauvre Thomas Charpentier avait encore l'air si peu rassuré que l'aubergiste lui offrit quelque chose pour se remettre.

Il lui fit goûter à son *hypocras*, breuvage merveilleux fait avec du vin clairet et dans la composition duquel entraient des drogues et des parfums.

L'hôte, qui aimait les souvenirs historiques lorsque l'auberge des *Deux-Pommes* y était mêlée, raconta à Gaspard que depuis très longtemps l'hypocras que l'on servait dans son établissement jouissait d'une grande réputation.

Le 2 décembre 1652, les consuls de Marseille, pour reconnaître les services qu'Antoine de Félix, contrôleur général de la marine du Levant, avait rendus à la ville, lui offrirent trois boîtes de confitures, six flambeaux de cire et deux *bouteilles d'ipocras* provenant des *Deux-Pommes*.

Thomas Charpentier, en écoutant maître Reynaud, ouvrait de grands yeux éblouis. Il ne pouvait s'imaginer que le liquide dans lequel il avait l'honneur de tremper ses lèvres fût aussi illustre.

Inutile de dire qu'il ne parla plus d'aller au *Petit Saint-Jean* par peur de Gaspard de Besse.

Lorsque le brave homme quitta les *Deux-Pommes*, maître Reynaud le suivit du regard avec un sourire indéfinissable. Il pensait certainement :

— En voilà un qui n'est pas dangereux. Cela m'étonnerait si j'apprenais qu'il pût faire du mal à quelqu'un... A-t-il été effrayé quand je lui ai parlé de Gaspard de Besse... Aussi cet animal de Bras-de-Fer, pourquoi m'a-t-il obligé à avoir cette affiche dans ma grande salle ?... S'est-il imaginé que des clients comme celui-là essayeront de gagner les deux mille écus ?

L'aubergiste se demanda aussi où Thomas Charpentier allait faire ses achats.

— C'est sans doute dans la Grand'Rue ou dans la rue des Pucelles. Les épiciers n'y manquent pas.

Qu'eût dit maître Reynaud s'il eût appris que Thomas Charpentier se dirigeait vers la rue de l'Échelle, le refuge des gueux de la ville ?

A l'entrée de ladite rue, l'épicier de Marignane eut la satisfaction de voir un nouvel écriteau annonçant la mise à prix de la tête de Gaspard de Besse.

Décidément on avait bien fait les choses pour que « personne n'en ignorât. »

Thomas Charpentier alla droit à la maison de sordide apparence où Gaspard de Besse avait jadis parlementé pour être introduit auprès de la reine des Gueux.

Il rencontra, en effet, le grand vieillard au corps maigre et osseux qui semblait le portier du splendide logis caché dans ces masures misérables.

— Bonjour, Tchéro.

Tchéro regarda à peine le prétendu habitant de Marignane et continua une chanson au rythme bizarre. Le malheureux nasillait horriblement.

Gaspard se pencha alors vers Tchéro et lui dit quelques paroles à l'oreille.

Celui-ci eut un sourire moqueur.

— T'imagines-tu que je ne t'avais pas reconnu ?

— C'est vrai, tu es perspicace...

— Les Gueux le sont tous et les bohémiens encore plus. A peine es-tu entré dans la rue de l'Échelle que l'on m'a prévenu de ta présence.

— Je te félicite... Ta police est bien organisée...

— Que veux-tu ?... Que viens-tu faire ?...

— Je désire parler à la reine.

Une légère fumée odorante s'éleva aussitôt. (Page 412.)

— Elle est à tes ordres !

Tchéro fit cette réponse d'un air ironique qui frappa Gaspard.

— Est-ce toi qui me conduiras à elle ?...

— Inutile !... Elle viendra ici.

— Ah !

Tchéro frappa du pied et, au même instant, se montra l'épouvantable sorcière qui avait été présentée à Bras-de-Fer lorsque celui-ci avait demandé à voir la reine des Gueux.

La vieille alla au capitaine les bras ouverts.

— Te voilà, mon bien-aimé ! Te voilà, mon Gaspard !

— Qu'est-ce que cela ?...

— C'est moi... Ne me reconnais-tu pas ?...

— La plaisanterie n'est pas de mon goût...

— Ce n'est pas une plaisanterie... Tu as vieilli pour venir ici ; moi aussi j'ai vieilli pour te recevoir...

— Il y a cette différence entre nous, c'est que moi je puis enlever les rides que je me suis faites, tandis que toi cela te serait bien difficile... Tu ne changerais pas non plus ta voix chevrotante...

— Qui sait ?...

— Je ne me soucie pas d'assister à la métamorphose... C'est la véritable reine que je demande, c'est Préciosa...

— J'ai le regret de te dire, fit Tchéro, que tu ne la verras pas...

— Allons donc !... Lui as-tu annoncé que j'étais ici ?..

— Oui...

— Tu n'as pas bougé cependant...

— Est-ce que cela est nécessaire ?

— Et elle ne veut pas me recevoir ?...

— Elle ne veut pas...

— Qu'a-t-elle contre moi ?...

— Je l'ignore, mais ce que tu as de mieux à faire, c'est de te retirer...

— Si j'insiste pour qu'elle m'entende ?...

— Nous serons obligés de te mettre hors d'ici... à moins que tu ne préfères que quelque garçon de notre tribu essaye de gagner les deux mille écus...

— J'ignorais que parmi les bohémiens il y eût des traîtres !...

Gaspard de Besse prononça ces paroles d'une voix forte.

Tchéro et la vieille n'en restèrent pas moins impassibles. Toutefois, au même instant, un négrillon que Gaspard reconnut pour celui de la véritable reine apparut et s'inclina devant le capitaine.

— Viens... Ma maîtresse te demande.

Tchéro parut très contrarié. Il regarda la vieille femme qui secoua aussi la tête d'un air affligé.

Ils échangèrent quelques paroles dans une langue que Gaspard ne comprenait pas. Celui-ci les regarda d'un air triomphant et suivit le jeune nègre.

Le bizarre serviteur lui fit prendre le chemin qu'il avait déjà suivi. Il monta avec lui l'escalier étroit conduisant à la muraille que la pression d'un simple ressort suffisait pour entr'ouvrir.

Ils traversèrent les salons somptueux et le nègre le laissa, comme la première fois, dans la salle mauresque où des jets d'eau jaillissaient dans des bassins de marbre.

Une jeune fille ne tarda pas à venir le chercher, mais Gaspard remarqua aussitôt son air attristé.

Elle lui dit cependant de sa même voix douce :

— Venez, la reine vous attend.

Préciosa, puisque ainsi s'appelait la reine des Gueux, était étendue sur un divan, mais elle n'était pas seule. Une dizaine de jeunes filles toutes belles étaient accroupies autour d'elle et semblaient vouloir empêcher Gaspard d'approcher de leur maîtresse.

Le capitaine fut aussi ému qu'il l'avait été déjà à la vue de cette beauté suave, de cette grâce divine qui était le charmant apanage de la belle souveraine. Il voulut encore lui exprimer toute son admiration, mais, d'un geste, elle l'arrêta.

Gaspard s'aperçut alors que les grands yeux noirs de Préciosa portaient des traces de larmes. Il y avait sur son doux visage une douleur mal contenue, et la reine parlait d'une voix altérée.

— J'ai le regret de vous dire, fit-elle à Gaspard, que le grand conseil de ma tribu a jugé qu'aucune alliance n'était plus possible entre votre bande et les bohémiens...

— Est-ce parce que notre première entreprise a échoué par des circonstances indépendantes de ma volonté? Est-ce parce que je vous ai demandé de me rendre un service pour lequel je n'ai pu encore vous prouver ma reconnaissance?

— Je dois m'incliner devant les décisions du grand conseil.

— Je croyais que vous étiez reine.

— Je le suis, mais...

Préciosa s'arrêta comme si elle eût été dans l'impossibilité de prononcer un mot de plus.

— Je vous demande une audience privée, dit Gaspard de Besse. Il est des choses qu'il ne m'est permis d'expliquer qu'à vous seule... Faites donc retirer ces jeunes filles !...

— Impossible ! répondit Préciosa.

— Impossible, pourquoi?...

— Parce qu'elles m'aident à combattre les effets du philtre que tu as jadis employé contre moi, sorcier, parce que je ne peux plus, je ne veux plus t'aimer !...

— Que dis-tu là, Préciosa?

— Je l'emporterai sur tes sortilèges, Gaspard de Besse !

— Tu ne te souviens donc plus comment ton amour est né... c'est toi-même qui me l'as raconté... Il date de l'enfance, de l'époque où je t'ai secourue...

— Il eût mieux valu me laisser alors mourir...

— Je ne m'attendais pas à ce langage de ta part...

— Pour que je le tienne, il faut que j'aie bien souffert, il faut que je souffre bien encore...

— Tu souffres?

— Oh ! oui !

Gaspard fit un pas en avant. Il avait soif de presser cette charmante créature contre son sein, de l'interroger à son aise et de lui faire dire, dans un baiser, le motif de sa douleur.

Mais les suivantes de la reine se levèrent et se placèrent entre lui et Préciosa, retenant le bandit à une distance respectueuse.

— Quel changement bizarre ! murmura-t-il. Ah ! Préciosa, tu me dois l'explication de ce mystère...

— Eh bien, tu l'auras... Nouba va te la donner !

La reine frappa dans ses mains et aussitôt une étrange créature bondit dans la salle.

C'était une négresse toute jeune qui ne portait guère qu'un pagne taillé, il est vrai, dans les plus riches étoffes du Levant.

Sa poitrine d'ébène admirablement moulée était couverte de sequins d'argent.

Nouba montrait des dents d'une blancheur d'autant plus éclatante qu'elle contrastait avec la couleur de la peau de cette Vénus nubienne.

La négresse s'inclina devant Préciosa et attendit dans cette attitude qu'elle lui donnât ses ordres.

— Prends le brasier, dit la reine, et fais-moi connaître combien j'aurai de rivales.

Un brasier allumé fut aussitôt apporté et Nouba y jeta une pincée de poudre prise dans un sachet qu'elle avait sur elle.

Une légère fumée odorante s'éleva aussitôt.

— Il n'y a aucun doute pour moi, fit la négresse, tu en auras douze...

— Et cet homme, cet homme qui est présent, combien aura-t-il de maîtresses?

Une nouvelle pincée de poudre fut jetée dans le feu par Nouba qui fixa ses regards sur le capitaine. Elle les reporta ensuite sur le brasier et tressaillit.

— Le passé, le présent et l'avenir donnent à cet homme l'amour de treize femmes dont tu fais partie, ô reine !

— Treize !

— Oui, treize !

— Entends-tu, Gaspard, dit Préciosa d'une voix ardente, tandis que son regard avait un singulier éclat. Je désirais mettre à tes pieds ma fortune, ma puissance, mais ce n'était pas pour être oubliée auprès d'autres femmes...

— Cette devineresse ne sait ce qu'elle dit...

— Elle ne m'a jamais trompée !...

— Rends-moi ton affection et tu verras...

— Il est inutile que tu essayes de lutter contre la destinée... La fatalité t'emporte et moi je te fuis...

— Je ne le veux pas.

— Je le veux, moi !...

Préciosa fit entendre un rire saccadé.

— Treize ! Treize ! répéta-t-elle.

Gaspard réussit à se dégager du milieu des femmes. Il s'élança vers le divan où la reine se tordait avec douleur, mais soudain il fit un faux pas, trébucha et roula tout meurtri.

Quand il se releva, il se trouvait au milieu de ténèbres épaisses, dans un souterrain rempli d'une odeur nauséabonde et qui succédait étrangement à l'endroit éblouissant de richesse et de lumière qu'il venait de quitter d'une manière inattendue.

Après quelques minutes d'une marche à tâtons, il parvint à trouver la clarté du jour et à sortir de ce lieu qui avait une issue dans un terrain voisin du vieux port.

Thomas Charpentier n'en rentra pas moins tout déconfit à l'auberge des *Deux-Pommes*.

CHAPITRE XLIX

Une soubrette

 h bien ?... eh bien ?... dit maître Reynaud au prétendu épicier de Marignane, vous n'avez pas l'air content... Est-ce que vos affaires ne marcheraient pas ?...

— Hélas !...

— Tout augmente et vous ne trouvez peut-être pas à faire vos achats à des conditions raisonnables...

— Vous avez deviné...

— Si cela continue, nous ne savons pas comment ça finira... Je serai obligé d'augmenter tous mes prix... Et les voyageurs qui se plaignent déjà... Mais, j'y songe, il y a deux gentilshommes qui vous attendent dans votre chambre.

Les deux gentilshommes étaient de Valors et Cabannes qui interrogèrent aussitôt Gaspard sur le résultat de sa visite chez les Gueux.

Gaspard ne leur raconta pas tout ce qui lui était arrivé, mais il ne leur laissa pas ignorer qu'il ne fallait plus compter sur ce concours qui leur avait été cependant si utile.

— Tant pis, dit Cabannes, nous nous passerons de messieurs les Gueux puisqu'ils ne veulent plus de notre alliance, mais qu'ils prennent garde si jamais ils nous tombent sous la patte !

— N'y aurait-il pas moyen, demanda de Valors, toujours positif, de leur faire une fructueuse visite à la rue de l'Echelle ?... Je ne serais pas fâché de découvrir leur magot.

— Il y a peut-être là une bonne idée... Il faudra l'étudier ainsi qu'une autre combinaison que je voulais soumettre à ces bohémiens maudits... Mais nous ferons cela à nous tous seuls et nos profits n'en seront que meilleurs...

— De quoi s'agit-il ?...

— Je vous le dirai dès que j'aurai quelques renseignements que j'attends...

— A propos, fit de Valors, j'oubliais, capitaine, une commission que j'ai pour vous...

— Une commission ?...

— Oui, et tout porte à croire qu'elle ne vous sera pas désagréable...

De Valors raconta qu'il avait été accosté dans la rue par une accorte soubrette qui lui avait demandé s'il connaissait M. de Galtières.

Craignant un piège, il avait répondu négativement, mais la soubrette avait insisté.

— Voyons, mon gentilhomme, cela ne vous engagera à rien. Je vous prie seulement de remettre cette lettre, de la part de ma maîtresse, à M. de Galtières quand vous le rencontrerez...

— Et est-elle jolie, ta maîtresse ?...

— Pour cela, je vous en réponds...

— Je doute fort qu'elle soit mieux que sa soubrette... Néanmoins, donne ta lettre... Pour l'amour de tes beaux yeux, je la porterai à mon ami de Galtières... Et voici le poulet, ajouta gaiement de Valors en tendant à Gaspard un pli parfumé où son nom était tracé en délicieuses pattes de mouche.

Le capitaine tressaillit. Il lui semblait reconnaître cette écriture. Il décacheta la lettre et lut les lignes suivantes :

« Si les hommes n'étaient pas tous des ingrats, je m'étonnerais que vous
« n'eussiez pas cherché à me revoir, mais le meilleur ne vaut rien... Et puis nous
« nous sommes bien singulièrement quittés... Vous rappelez-vous ?... Nous allions
« souper ensemble quand le seigneur et maître est arrivé... Jamais, caprice de
« mari n'a été plus insupportable pour une petite femme... Si vous voulez
« reprendre, un instant, la conversation interrompue, soyez ce soir, vers dix heures,
« sur le quai du port, en face de l'hôtel d'Orbeval. On viendra vous chercher de la
« part d'

« UNE AMIE. »

— Je suis sûr que je ne me suis pas trompé, dit de Valors en souriant, et qu'il n'y a là dedans rien de bien fâcheux.

— C'est vrai...

Ce billet parfumé venait d'évoquer pour le capitaine le souvenir des heures délicieuses qu'il avait passées auprès de Mme de la Tour.

Il se rappelait sa voix douce, son rire perlé et surtout ce moment d'enivrante volupté où elle avait détaché son masque en lui disant :

« — Je veux être tout à toi ! »

— Chère Marguerite ! murmura-t-il.

— Je parie, fit de Valors, qu'il s'agit d'un rendez-vous ?

— C'est à peu près cela.

— Et vous irez ?...

— Parbleu !...

— Prenez garde, dit Cabannes, depuis Samson et Dalila on s'est souvent servi de la femme pour trahir l'homme. Vous rappelez-vous notre ami Coquelicot ?

— Oh ! cette amie ne me trahira pas...

— Mais ce peut être un faux rendez-vous ?...

— Je reconnais l'écriture... La même personne m'a déjà envoyé un avis et c'était pour me sauver... C'est grâce à elle que, le jour du bal de l'intendant, je n'ai pas été fait prisonnier...

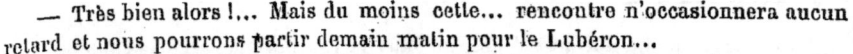

— Très bien alors !... Mais du moins cette... rencontre n'occasionnera aucun retard et nous pourrons partir demain matin pour le Lubéron...

— Certainement. Est-ce que j'ai jamais négligé les affaires sérieuses pour celles qui ne le sont pas ?...

— Je voudrais pouvoir parler comme vous, capitaine, car je sens que je négligerais, moi, pas mal de choses pour la jolie soubrette qui m'a chargé de vous remettre le billet... Vous devriez demander à votre amie si elle n'en est pas contente, je la prendrais volontiers à mon service...

— Tout porte à croire, de Valors, que je n'aurai pas le temps de m'informer de cela... Nous aurons assez à nous occuper de nos propres affaires pour songer aux vôtres...

— Égoïste !... Demandez-moi un service pareil... Vous verrez comme je me hâterai de ne pas vous le rendre... Venez-vous dîner avec nous ?...

— C'est-à-dire que nous allons dîner ici tous les trois ensemble...

— A votre aise !

Thomas Charpentier appela maître Reynaud et lui fit un menu qui donna au digne aubergiste une haute idée de l'importance du commerce que devait diriger l'épicier de Marignane. Dans ce repas, en effet, Thomas Charpentier dépensa beaucoup plus que les quatre gentilshommes de la reine Christine de Suède en trois jours.

Maître Reynaud proposa de l'hypocras comme boisson de dessert, mais Thomas Charpentier préférait du champagne et ses amis, bien que n'ayant jamais goûté de l'hypocras, se trouvèrent de son avis. La vieille enseigne des *Deux-Pommes* du grincer de colère en présence de ce sanglant affront.

Un peu avant dix heures, Gaspard de Besse quitta de Valors et Cabannes pour se rendre sur le quai du port.

A peine se fut-il arrêté devant l'hôtel d'Orbeval qu'une jeune femme s'approcha de lui et prononça son nom d'emprunt :

— Monsieur de Galtières !...

— C'est moi...

— Venez, mon gentilhomme.

Il sembla au capitaine que la voix de la jeune femme était toute tremblante. Il n'hésita pas cependant à suivre celle qui l'y invitait.

L'obscurité était profonde. La jeune femme quitta le quai et prit une rue qui lui était parallèle, puis, revenant sur ses pas, elle s'arrêta devant une porte basse dont elle avait la clef.

Gaspard de Besse se rendit très bien compte que cette porte devait appartenir à l'hôtel d'Orbeval.

Il n'en fut pas surpris, car il avait entendu dire à Mme de la Tour qu'elle était fort bien avec Mme d'Orbeval. Il savait, en outre, que cette dernière assistait au bal de l'intendant déguisée en bohémienne.

Il n'y avait rien d'étonnant à ce que Marguerite eût prié son amie, qui ne passait pas pour une vertu farouche, de lui prêter un appartement où elle pourrait voir son amant, le bandit, sans craindre cette fois d'être dérangée par un mari importun.

La conductrice de Gaspard de Besse ouvrit la porte et fit monter à celui-ci un

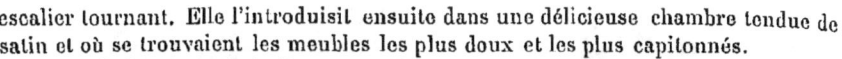

escalier tournant. Elle l'introduisit ensuite dans une délicieuse chambre tendue de satin et où se trouvaient les meubles les plus doux et les plus capitonnés.

Le capitaine comprit facilement qu'il devait y avoir eu dans cet appartement pas mal d'amoureuses rencontres.

Gaspard regarda son gracieux guide et se dit que, si la lettre qui lui était destinée avait été remise par la même personne à de Valors, celui-ci n'avait pas eu tort de se montrer aussi enthousiaste.

La soubrette en question, qui venait de rejeter sa mantille, était ravissante avec ses cheveux d'un blond cendré et ses yeux noirs malins. Elle avait les bras nus et les mains les plus mignonnes du monde. Sa robe courte laissait voir aussi de jolis petits pieds et un bas de jambe provocant.

Elle sourit de l'admiration qu'elle inspirait à Gaspard de Besse, puis fit une légère moue en repoussant le capitaine qui se montrait réellement trop galant envers cette fille du peuple.

— Vous n'avez maintenant qu'à attendre ici, mon gentilhomme.

— C'est bon, mais vous me laisserez au moins vous remercier.

— J'ai fait ce dont on m'avait chargée...

— Vous ne refuserez pas cependant d'accepter...

Gaspard de Besse mit la main dans sa poche et en sortit une poignée d'or...

La soubrette parut embarrassée ; cependant elle accepta ce riche cadeau.

— Oh ! dit-elle, vous êtes généreux !...

— On ne saurait trop l'être avec une aussi charmante créature...

— Trève de compliments !...

— Pourquoi, mon enfant ?...

— Parce que ce n'est pas pour m'en faire à moi que vous êtes ici !...

— Je le regrette peut-être...

— Ne parlez pas ainsi, car celle qui va venir est mille fois plus belle que moi... Il y aurait mauvaise grâce de votre part à ne pas en convenir...

— Elle est belle, oui, mais cela n'empêche pas que vous êtes gentille... Sur mon âme, je n'ai jamais vu de minois plus fripon.

— Allons, allons, calmez-vous... Ne dépensez pas tout votre feu ; il vous en manquerait ensuite et ce serait dommage...

La soubrette fit une mutine révérence et se retira avec un sourire narquois. Gaspard de Besse resta un peu interloqué.

Il attendit près d'une demi-heure sans que Mme de la Tour parût.

La soubrette se montra de nouveau.

— Quelque obstacle met sans doute en retard la personne qui vous a donné ce rendez-vous... Elle doit être désolée...

— Je serai patient si vous ne me quittez pas...

— Vous m'y obligez cependant par votre manière d'agir...

— Je vous promets d'être sage...

— Je n'ai jamais eu confiance en des promesses pareilles...

— Pourquoi êtes-vous aussi piquante !...

— Vous voyez !...

Le combat avait fini faute de combattants. (Page 421.)

— Eh bien, non... Je ne vous dirai plus ce que je pense... Causons... Êtes-
vous au service de Mme de la Tour ou de Mme d'Orbeval?

— Ah! vous savez...

— Je sais que nous sommes ici dans l'hôtel d'Orbeval... ce n'est pas parce que
vous m'avez fait passer par une porte de derrière que j'aurais pu ne pas m'en apercevoir...

— C'est juste!... Eh bien, je suis au service de Mme d'Orbeval!... La connaissez-vous?...

— Non, je ne l'ai jamais vue, ou plutôt je l'ai vue sans la voir au bal de M. des
Galois de la Tour... Elle y était masquée...

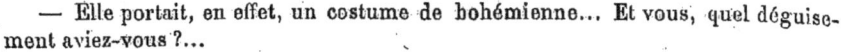

— Elle portait, en effet, un costume de bohémienne... Et vous, quel déguisement aviez-vous ?...

— Oh ! moi, je vous surprendrais si je vous disais ce que j'ai fait et surtout ce que j'étais venu faire !

La soubrette eut encore un sourire énigmatique.

— Et y a-t-il longtemps que vous êtes chez Mme d'Orbeval ?

— Oui, assez...

— Vous avez dû alors en voir de curieuses...

— Que dites-vous là ?...

— Il paraît que votre maîtresse n'est pas une vertu des plus accomplies...

— On l'a beaucoup calomniée !...

— Son mari est cependant très jaloux... Je l'ai entendu se plaindre au bal... Il était déguisé en Cupidon et m'a semblé insupportable...

— Il l'est réellement, dit la soubrette avec conviction...

— Néanmoins, il a des motifs d'excuse... Avec une femme aussi légère...

La jolie suivante se mordit imperceptiblement les lèvres, puis quitta encore Gaspard sous un prétexte quelconque.

Celui-ci commençait à être très impatienté.

Soudain, la soubrette rentra avec un nouveau billet à la main.

— Voici pour vous.

Le capitaine, reconnaissant l'écriture de Mme de la Tour, fit sauter l'enveloppe en toute hâte.

« Pardon, mon ami, disait Marguerite, si l'insupportable tyran dont je dépends
« m'ennuie encore ce soir de sa maussade présence. Je ne puis m'en débarrasser
« malgré la forte migraine que j'ai prétextée. Plus je me dis malade, plus il pré
« tend demeurer auprès de moi pour me soigner. Je vous rends votre liberté et
« moi je reste esclave, en vous envoyant mille baisers.

                                                  « MARGUERITE. »

— Je suis prête à vous reconduire, dit la soubrette.

— Peste soit des époux ridicules ! fit avec humeur Gaspard de Besse.

— Vous avez raison !

La camériste venait de mettre autant d'énergie à approuver Gaspard, qu'elle en avait eu à déclarer M. d'Orbeval un désagréable jaloux.

Gaspard regarda son interlocutrice.

— Est-ce que vous seriez mariée ?...

— Oh ! moi je m'en garderais bien !

— C'est que ce serait dommage !

En disant ces paroles, le capitaine lui donna un baiser sur le cou.

— Eh bien ?

— Puisque je ne fais de tort à personne !...

— Je ne vous permets pas...

M. de Galtières s'assit sur un divan et attira à lui la charmante enfant.

— Nous avons du temps devant nous et je ne sais pas pourquoi je m'en irais ainsi sans causer un instant avec une adorable créature qui s'est emparée de moi, qui tient mon cœur...

— Comme si vous étiez venue pour elle...

— Oui, c'est vrai...

— Cette adorable créature n'est cependant pas disposée à vous servir de pis-aller, monsieur !...

— Que dites-vous ?

— Je ne suis qu'une pauvre fille et c'est pour cela que vous croyez qu'il n'y a aucun mal à me dire que vous me désirez, parce que vous n'en avez pas d'autre !...

— Je te jure qu'auprès de toi je n'ai aucun regret, que tu me plais, que je t'aime !

Il avait saisi la soubrette qui lui opposait une résistance des plus vives. Néanmoins, il pouvait de temps en temps appuyer ses lèvres sur ses mains, sur ses bras, sur son visage.

Il remarquait qu'elle avait la peau souple et parfumée. Il n'y avait rien en elle de la servante qui accomplit parfois les travaux les plus grossiers.

— Comment t'appelles-tu ?...

— Juliette !

— Le doux nom.

La bouche de Gaspard rencontra celle de Juliette et celle-ci n'eut plus la force d'essayer de lui échapper. Elle était vaincue... Elle lui appartenait... Juliette, au dernier moment, murmura :

— Marguerite, Marguerite, je ne voulais pas te le prendre !...

Ces paroles revinrent à la mémoire de Gaspard quand, plus calme, il put interroger Juliette. Celle-ci se mit à rire et ne répondit pas d'abord.

— Marguerite !... Est-ce de Mme de la Tour que tu as parlé, Juliette ?

— Eh bien, oui... cela vous étonne de m'entendre l'appeler Marguerite ?...

— J'avoue...

— N'est-ce pas son nom ?

— Sans doute.

— Je puis vous étonner encore d'une autre manière...

— Ah !

— Vous ne vous nommez pas M. de Galtières...

Le capitaine eut un mouvement brusque.

— Vous êtes Gaspard de Besse !...

— Qui vous a appris ?...

— Mme de la Tour elle-même...

— Est-ce possible ?...

— Elle connaît ma discrétion... Aussi m'a-t-elle raconté l'arrestation de la voiture de M. de Cadenac, son père, dans le bois de Cuges... puis comment vous avez voulu dévaliser M. l'intendant et ses invités... Je sais aussi que Marguerite vous a reçu dans sa maison de campagne avec tous les égards dus à un illustre capitaine, et combien elle a été faible et imprudente... Mais ce n'est pas à moi à la blâmer surtout en ce moment...

Gaspard était de plus en plus intrigué...

Juliette continua :

— Toutes ces aventures et bien d'autres que j'ai entendu raconter m'ont inspiré le désir de vous voir, et c'est pour ce motif que j'ai consenti à servir les amours de Mme de la Tour, à aller vous chercher pour vous conduire à elle... Ce n'est pas ma faute si mon amie n'est pas venue... Je me suis bien acquittée de mon rôle de soubrette...

— Mais qui êtes-vous donc, qui êtes-vous ?...

— Je suis cette femme légère chez qui on en voit de si curieuses, probablement quand vous y êtes, monsieur le bandit... Je suis Mme d'Orbeval !

CHAPITRE L

En route

'IL y avait un peu d'amertume chez Mme d'Orbeval au moment où elle rappela à Gaspard de Besse les propos qu'il avait tenus sur son compte, ce léger courroux ne tarda pas à se dissiper.

Juliette — car Mme d'Orbeval s'appelait réellement Juliette — ne pouvait se montrer rancunière avec un beau jeune homme qui lui avait d'ailleurs prouvé qu'il l'appréciait d'autre façon.

La réconciliation fut donc prompte et les nouveaux amants passèrent ensemble quelques heures dont ils gardèrent un durable souvenir.

Ce ne fut qu'au matin que le capitaine se rappela qu'il devait rentrer à l'auberge des *Deux-Pommes* où il avait laissé Cabannes et de Valors en train de dire un dernier adieu à quelques bouteilles de ce vin mousseux qui avait, dans leur esprit, fait tant de tort à l'hypocras.

Gaspard était assez embarrassé car, pour aller à son rendez-vous, il avait quitté le costume et les traits de Thomas Charpentier. Il s'était uniquement dissimulé dans les plis d'un large manteau qui, la nuit aidant, l'avait empêché d'être reconnu.

Avec le jour, le capitaine craignait à la fois que son hôte ne se doutât pas qu'il était l'épicier de Marignane et devinât qu'il était le bandit de la tête duquel on offrait deux mille écus dans un placard affiché dans sa propre auberge.

Par bonheur, Gaspard put gagner sa chambre sans être vu. Là, un spectacle à la fois comique et tragique l'attendait.

De Valors et Cabannes gisaient sous la table couverte encore des restes du repas. Ils ronflaient à qui mieux mieux, tenant chacun une bouteille du mirifique liquide qui avait causé le désastre.

Mais où Gaspard ne put retenir un éclat de rire, c'est lorsqu'il vit à côté de ces illustres champions, jouant dans le trio la partie de basson, maître Reynaud lui-même, un flacon d'hypocras en main.

Sans doute, après le départ de Gaspard de Besse, l'hôte des *Deux-Pommes* était-il monté pour essayer de prouver aux sceptiques la supériorité du vin clairet de Provence parfumé de drogues dont son père lui avait légué le secret.

Quelque duel homérique avait eu lieu, maître Reynaud buvant de l'hypocras, de Valors et Cabannes continuant à sabler du champagne dont ils avaient déjà absorbé une forte quantité.

Le combat avait fini faute de combattants. Tous avaient été vaincus, mais glorieusement, et maintenant le soleil éclairait un illustre champ de bataille.

Gaspard se garda bien de secouer ces adversaires avant de s'être de nouveau déguisé. Ceux-ci se relevèrent abattus, brisés.

Pour employer le style mythologique alors à la mode, Thomas Charpentier put se rendre compte que Bacchus était encore plus redoutable que la déesse blonde à laquelle il avait sacrifié en compagnie de Mme d'Orbeval.

— Par la morbleu ! dit Cabannes, je faisais un bien mauvais rêve... Je m'imaginais que maître Reynaud, notre hôte, était devenu une femme et que, par sentence de la sénéchaussée du lieutenant criminel, j'étais condamné à l'épouser...

— Ce devait être atroce !

— D'autant plus que je n'avais que le choix entre cet hymen et la corde...

— A ta place, je n'eusse pas hésité...

— Tu eusses préféré la corde.

— Eh bien, moi, dit de Valors, mon rêve était plus agréable... Je tenais la jolie soubrette qui m'a remis la lettre pour notre ami, et je ne voulais pas la lâcher comme tu penses...

Gaspard ne put s'empêcher de rire.

— Est-ce que vous avez vu cette adorable enfant ? demanda de Valors. Sa maîtresse veut-elle me la céder ?

— Je vous ai promis de ne pas m'occuper de vos affaires.

— Je ne puis alors que vous répéter ce que je vous ai déjà dit... Ne comptez sur moi dans aucun cas... pour chose de ce genre...

Maître Reynaud écoutait cette conversation d'un air ahuri. Il était à ce moment si laid, que de Valors ne put s'empêcher de le faire remarquer.

— Pauvre Cabannes, quel affreux cauchemar tu devais avoir...

— Ne m'en parle pas...

Pour se débarrasser de la vue de l'aubergiste, on lui envoya querir la note sur laquelle il se vengea largement du rôle peu brillant que l'hypocras avait joué en toute cette affaire.

Thomas Charpentier paya sans compter. Décidément le commerce de l'épicerie devait bien marcher à Marignane.

Ce ne fut qu'après le départ des trois compagnons que maître Reynaud se douta que, de près ou de loin, ils pouvaient bien avoir quelque relation avec Gaspard de Besse, car ils emportèrent le placard mettant à prix la tête du bandit.

Thomas Charpentier avait repris son merveilleux bidet qui garda encore son allure paisible tant qu'il fut dans Marseille, mais prit un bon trot dès qu'on eut quitté l'ancienne ville phocéenne.

Gaspard, Cabannes et de Valors se rendaient aux ruines d'Oppède, mais ils devaient s'arrêter à Aix et à Avignon.

De Marseille à Aix, il y a deux postes et demie, soit cinq lieues. Le relai pour les diligences était au Pin, petit village où le capitaine et ses camarades arrivèrent sans incident.

Toutefois, à l'auberge du relai, ils purent voir encore le fameux placard concernant Gaspard de Besse. Il portait à la fois les armes de France et les armes de Provence. Ces dernières sont d'*azur à une fleur de lys d'or surmontée d'un lambel de gueules.*

— Il nous faut encore déchirer cela, fit de Valors.

— Comme vous voudrez, dit Gaspard, mais c'est une peine inutile. Le signalement qu'on donne n'est pas le mien à l'heure présente !

— C'est égal, il ne faut pas négliger d'apprendre aux gens de la maréchaussée qu'on se moque pas mal des ordonnances royales ou autres...

— Vous ne faites pas attention, remarqua de Cabannes que, si nous déchirons plusieurs affiches, nous indiquerons la route que nous suivons aussi clairement que si nous la disions à M. le Prévôt général lui-même.

— Eh ! qu'importe !

Gaspard de Besse sourit de la fougue de de Valors, qui était évidemment un de ses favoris.

Le capitaine savait qu'il pouvait compter sur le dévouement de ce lieutenant qu'il avait jadis arraché à Bras-de-Fer, et auquel il devait d'être placé à la tête des bandits de Provence.

De Valors joignait à une intrépidité rare d'autres qualités brillantes. Il était spirituel, beau, gai compagnon. A l'épée il pouvait se mesurer avec Gaspard et Coquelicot sans trop de désavantage, et c'était beaucoup dire.

Cabannes, quoique moins téméraire que de Valors, était, lui aussi, très brave. Nous avons dit qu'ils avaient été élevés ensemble et que tous les deux appartenaient à des familles nobles des bords de la Durance.

Il fallut céder au désir de de Valors et attendre au Pin le moment opportun pour qu'il pût déchirer le placard. Ils s'installèrent à l'auberge et se firent offrir des rafraîchissements.

Depuis qu'ils étaient arrivés, il régnait au relai une certaine animation.

Une chaise de poste venait de s'y arrêter et on était occupé à en changer les chevaux. Cette chaise de poste était suivie d'un fourgon chargé de bagages. Trois cavaliers, qui lui faisaient cortège, avaient mis pied à terre.

L'un d'eux était un domestique. Les deux autres étaient des gens de condition.

Ils entrèrent, eux aussi, dans l'auberge, et se placèrent près de la table de Gaspard de Besse et de ses amis.

Ces personnages étaient d'âge différent. Le plus jeune, qui n'avait pas plus de vingt-cinq ans, avait la figure et les manières assez agréables. Il portait l'épée avec grâce ; on sentait un véritable gentilhomme.

Son compagnon avait bien quarante ans. Grand, maigre, d'une tournure hétéroclite, il avait le visage flétri et le teint blême.

Son nez recourbé lui donnait quelque chose d'un oiseau de proie, et la ressemblance augmentait lorsqu'on considérait les mains crochues de cet individu, lesquelles mains pouvaient passer pour des serres.

— Nous n'avons pas beaucoup de temps, monsieur le comte, dit-il en s'asseyant.

— C'est vrai, chevalier... Je suis enchanté de songer que nous serons bientôt à Marseille... Je crois qu'*elle* en est aussi contente que moi...

— Oui, *elle* commençait à être fatiguée.

— *Elle* se reposera...

— Ah! vous croyez cela... Tout le monde n'est pas aussi accommodant que vous...

— Ne lui donnera-t-on pas le temps de se remettre?

— Les Marseillais l'attendent avec tant d'impatience !

— Eh bien, ils attendront encore !

— Vous en parlez à votre aise...

— Ne faut-il pas soigner sa santé ?...

— Les intérêts passent avant tout.

— C'est vous qui le dites.

— Morbleu, monsieur le comte, je suis meilleur juge que vous, je crois, et cela me regarde un peu plus.

— Qui sait ?...

— Vous abusez de ma patience et de l'amitié que j'ai pour vous...

— Allons, chevalier, pas de phrases... Vous savez bien que nous ne sommes pas des amis...

— Mais...

— Et que je ne demanderais qu'à me couper la gorge avec vous si *elle* ne me l'avait pas défendu.

Le chevalier eut un ricanement.

— Oui, mais *elle* vous l'a défendu...

— Je le regrette beaucoup, allez !...

On vint annoncer que les chevaux étaient attelés, et les deux hommes se levèrent précipitamment.

Cette conversation, entendue par Gaspard de Besse et ses amis, avait piqué leur curiosité.

Ils éprouvaient le désir d'avoir quelques renseignements sur ces voyageurs et surtout de savoir quelle était la femme dont ils avaient parlé.

La chaise de poste était, en effet, prête à partir, et les trois cavaliers déjà montés à cheval. Celui que son compagnon avait appelé monsieur le comte s'était

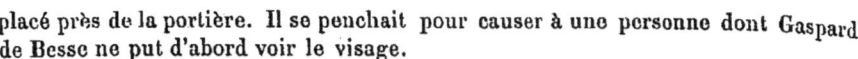

placé près de la portière. Il se penchait pour causer à une personne dont Gaspard de Besse ne put d'abord voir le visage.

Ce ne fut qu'au moment où la voiture se mit en route que cette femme apparut au capitaine qui éprouva une sorte de déception. Elle ne lui sembla point belle au premier aspect.

Blonde, maigre, elle devait être d'une taille assez élevée. Son regard manquait assurément d'expression et ses traits n'étaient que faiblement prononcés.

Il y avait quelque chose de nonchalant et de fatigué dans tout l'ensemble de cette créature qui séduisit fort peu Gaspard.

— Oh ! pensa-t-il, je ne ferai jamais de folies pour elle... Mais je crois que tout le monde ne pense pas ainsi.

Il songeait au jeune homme qui chevauchait auprès d'elle.

— Quelle est donc cette voyageuse dont les Marseillais désirent si vivement l'arrivée ?

Gaspard de Besse s'informa auprès de l'aubergiste du relai, mais celui-ci ne put lui donner aucun renseignement.

— Je crois, dit-il cependant, que c'est une dame de grande importance. Le plus âgé des hommes qui l'accompagnent a reproché au postillon de ne pas aller assez vite, en ajoutant qu'il était indigne de l'honneur qu'il avait aujourd'hui.

— Ah ! vraiment !

— C'est peut-être une princesse du sang... Elle a beaucoup de bagages.

La chaise de poste avait déjà disparu dans un nuage de poussière. De Valors et Cabannes vinrent rejoindre le capitaine.

— C'est fait ! dit de Valors à voix basse.

— Quoi donc ?

— Le placard !

— Partons alors, nous avons assez perdu de temps.

Du Pin à Aix, on parla encore de la voyageuse de la chaise de poste. Les amis de Gaspard de Besse, qui l'avaient vue aussi, n'éprouvaient pour elle qu'une admiration médiocre.

— L'aubergiste croit que c'est une princesse...

— Une princesse, allons donc !...

— Toutes les princesses n'ont pas l'air distingué...

— Vous avez raison. Il naît quelquefois dans le peuple des gens qui dans le maintien, dans les traits, dans la démarche ressemblent à des rois... Je me suis dit bien souvent que vous étiez de ceux-là, Gaspard. Vous êtes cependant le fils d'un paysan et d'une paysanne.

Un sourire énigmatique passa sur les lèvres du capitaine.

— Que de gentilshommes ont, au contraire, mauvaise tournure, que de nobles dames ne valent pas, pour le charme, pour la grâce... Tenez... Je songe, en ce moment, à la soubrette blonde qui m'a remis pour vous la lettre d'une amoureuse que je ne connais pas, mais avec qui, sans doute, vous avez renouvelé connaissance la nuit dernière...

Gaspard eut un nouveau sourire, mais il ne tarda pas à redevenir grave.

— Eh bien, qu'est-ce que cela prouve, de Valors ?

La jeune femme s'est endormie sur son prie-Dieu. (Page 430.)

— Cela prouve que celui qui est là-haut, s'il existe réellement, se préoccupe peu des distinctions sociales et qu'il agit à sa guise.

— Cela prouve peut-être plus, mon ami... c'est qu'il veut voir cesser ces inégalités de rang que les hommes ont établies malgré sa volonté. A ses yeux, ils sont tous pareils malgré l'or dont ils se parent, les titres dont ils s'affublent; il leur fait les mêmes dons, leur accorde les mêmes privilèges, se souciant peu de leurs fiefs et de leurs parchemins. Un jour qui ne tardera pas, je crois, il permettra que l'orgueil des grands soit abaissé, et que les petits se proclament leurs égaux. Ce jour-là, il y aura justice pour tous, et moi, qui ai entrepris de rétablir l'équilibre partout où je passe, je verrai ma tâche terminée... si je ne suis pas mort avant, soit

roué sur une place publique, soit pendu haut et court... comme un vilain que l'on me croit et comme un bandit que l'on me proclame.

— Voilà, dit Cabannes, une belle tirade qui eût fait sourire de plaisir l'inconnue dont vous vous occupiez tout à l'heure.

— Pourquoi ça ?

— Parce que je crois avoir deviné qui elle est... C'est bien une princesse, mais une princesse de la rampe !

— Qui te le fait croire ?

— Bien des choses... D'abord le laisser-aller de la donzelle qu'escortent deux de ses fervents adorateurs, puis le langage de ceux-ci... Pourquoi les Marseillais attendraient-ils cette créature, si elle ne devait leur procurer des plaisirs de toutes sortes ?... Ces malles dont était rempli le fourgon renfermaient très probablement des costumes de théâtre, puisque maintenant c'est la mode que les acteurs s'habillent comme les personnages qu'ils représentent...

— Tu as raison, dit de Valors...

— Une comédienne ! fit dédaigneusement Gaspard.

— Elles valent les autres femmes... et il en est qui prétendent même qu'elles valent mieux...

— Celle-là n'est pas jolie.

— Bah ! avec du noir, du rouge et du blanc, elle peut devenir superbe !...

On n'était plus qu'à une faible distance d'Aix, et bientôt les trois bandits faisaient leur entrée dans la vieille capitale de la Provence.

Aix avait alors à peu près la même physionomie qu'aujourd'hui. Il est des cités qui ne changent jamais d'aspect.

Comme preuve, voici une description qui date de 1753, et qui, certainement, n'aurait que fort peu de modification à subir pour convenir à la ville actuelle :

« Aix est à une portée de mousquet de la petite rivière d'Arc. Les dehors n'en sont pas fort agréables, mais, en récompense, la ville est assez bien bâtie.

« On la trouvera embellie de quantités de fontaines et de plusieurs belles places publiques.

« Le Cours est la promenade ordinaire de la ville, il est planté d'arbres sur quatre rangs, qui forment trois allées, celle du milieu, comme partout ailleurs, est plus grande que les deux autres.

« Ce cours est grand, il a deux cent vingt cannes de longueur et vingt de large. Il est orné des deux côtés par de belles maisons uniformes, toutes de pierre de taille et ornées de sculptures et de balcons.

« Au milieu, il y a quatre bassins et quatre fontaines qui jettent de l'eau jour et nuit. Elles sont toutes quatre de différentes formes et variées par des ornements particuliers.

« Les rues en général sont bien bâties et bien pavées, mais malpropres.

« Les femmes sont assez jolies, et ont la voix belle ; elles aiment la danse et le divertissement. »

Nous ne voyons guère quel changement aurait à subir cette description...

Quatre Révolutions ont depuis passé sur Aix sans l'émouvoir, sans l'éveiller, car cette ville semble dormir quand l'on arrive de Marseille et qu'on la voit aussi paisible que le grand port méditerranéen se montre bruyant et agité.

Le placard concernant Gaspard de Besse se trouvait à l'entrée du Cours. Ses amis et lui purent l'enlever en toute sécurité sans être aperçus de qui que ce fût.

— Où allons-nous ? dit de Valors. Qu'avons-nous à faire ici ?

— Eh ! corbleu, répondit Cabannes, avons-nous besoin d'adresser cette question au capitaine ? Ne savons-nous pas qu'il a habité Aix et qu'il y a laissé de doux souvenirs ?

Gaspard de Besse eut un mouvement nerveux qu'il réprima presque aussitôt.

— Non, Cabannes, dit-il d'une voix lente, ce n'est pas pour une femme que j'ai tenu à m'arrêter à Aix et vous allez le voir...

Gaspard, quittant le Cours, s'engagea dans plusieurs ruelles sombres et arriva sur la place de Saint-Sauveur.

Il mit pied à terre, confia son cheval à un mendiant et, après avoir engagé de Valors et Cabannes à l'imiter, il entra avec eux dans la cathédrale.

Il se dirigea tout droit vers le chœur où se trouvaient deux tombeaux, l'un au côté droit de l'autel et l'autre derrière.

Le mausolée du côté droit était celui de Charles d'Anjou, dernier comte de Provence. Sa statue en marbre blanc était de grandeur naturelle et étendue de tout son long avec divers ornements.

Le tombeau placé derrière l'autel appartenait à Hubert de Garde, seigneur de Vins, l'un des grands capitaines de son siècle, mort au siège de Grasse d'un coup de mousquet, le 20 novembre 1589. Il avait été enseveli, aux frais de la province, dans ce superbe sépulcre dont le marbre avait été tiré de la maison du prévôt de l'église cathédrale de Marseille, et avait autrefois servi à décorer un temple de Diane.

Ce fut près du tombeau d'Hubert de Garde que Gaspard s'arrêta. Il se baissa et toucha une lettre de l'épitaphe.

Aussitôt un léger grincement se fit entendre et une trappe ne tarda pas à apparaître aux yeux étonnés de Cabannes et de de Valors. Cette trappe, qui démasquait un escalier, se trouvait environ à un mètre de la tête du seigneur de Vins.

Gaspard invita ses compagnons à le suivre.

Ceux-ci obéirent et, après avoir descendu une quinzaine de marches, pénétrèrent avec lui dans une salle sombre qu'éclairait seulement un soupirail.

Un moine se présenta à eux.

— Que voulez-vous ? demanda-t-il à Gaspard.

Le capitaine le conduisit au bas du soupirail, dans la partie où il pouvait voir le mieux son visage.

— Me reconnaissez-vous ?

Le moine eut un signe affirmatif.

— Vous devez alors savoir ce que je veux. Pouvez-vous me donner de ses nouvelles ?

— Mieux que cela... Je puis vous le faire voir... Il est ici !

Le visage de Gaspard s'illumina d'une joie vive.

— Ah ! quel bonheur !

— Venez !

Gaspard de Besse et ses amis, précédés du moine, suivirent un couloir sombre et arrivèrent enfin dans une sorte de chapelle où le jour pénétrait par une fenêtre grillée ouverte sur le cloître de Saint-Sauveur.

Dans cette chapelle, un vieillard, également en costume de moine, priait, agenouillé sur la dalle. Il n'entendit pas d'abord les nouveaux venus dont le guide alla à lui et le toucha légèrement à l'épaule.

Le vieillard se leva alors, eut une exclamation et ouvrit ses bras tremblants dans lesquels Gaspard de Besse se jeta.

— Mon père !

— Mon fils !

CHAPITRE LI

Sur le pont d'Avignon

ASPARD DE BESSE ne quitta Aix que le lendemain. La présence inattendue du vieillard avec lequel il eut un long entretien et divers incidents qui se produisirent l'obligèrent à passer la nuit dans la capitale de la Provence.

Ses compagnons et lui logèrent au *Grand-Cerf*, cette auberge située aux portes de la ville d'Aix et qui, malgré sa médiocre apparence, était si bien appréciée de Coquelicot et de Bavard, à cause de la bonne qualité de son vin.

Le *Grand-Cerf* offrait, en outre, comme nous l'avons dit, l'avantage d'être un gîte sûr. Le maître du logis avait d'excellentes relations avec la bande de Gaspard de Besse, et une vive admiration pour ce gentilhomme de grand chemin.

Le capitaine fut reçu avec des honneurs royaux dès qu'il eut déclaré qui se cachait sous l'humble apparence d'un petit bourgeois. L'hôte ne pouvait croire à son bonheur.

— J'espère, dit de Valors, que tu nous donneras des chambres presque convenables...

— Soyez tranquilles, répondit l'aubergiste, votre illustre capitaine aura la mienne...

— Et nous ?...

— Vous, vous aurez celle de ma femme.

— Ah ! Et est-elle bien, ta femme, parce qu'en ce cas je pourrais lui offrir...

— Elle a mon âge...

— Elle peut alors aller coucher ailleurs !

— Et moi ? dit Cabannes.

— J'ai une autre chambre très propre... Je l'avais donnée à un voyageur, mais je m'en vais la lui retirer... Ce voyageur a, du reste, une tête qui ne me plaît pas... c'est un grippe-sou qui marchande tout pour lui et son domestique... S'il veut, je lui offrirai une place à l'écurie, tandis que vous, messeigneurs, vous garderez un bon souvenir du *Grand-Cerf.*

— A la bonne heure !...

Un moment après, tandis qu'on mettait la table pour les trois bandits, ceux-ci entendirent les plaintes du voyageur violemment dépossédé de sa chambre.

Gaspard vit ce personnage geignant et bougonnant. Il lui sembla aussitôt qu'il avait vu sa figure quelque part.

Le voyageur en question, que l'aubergiste avait traité de grippe-sou, avait le teint parcheminé, des yeux louches, un long corps et des jambes maigres.

Son domestique n'avait pas meilleure mine que lui : ce devait être un drôle de la pire espèce.

Le capitaine cherchait encore dans quelles circonstances il avait eu affaire à ce maître et à ce valet de mauvaise mine quand on vint demander Thomas Charpentier.

Il s'enferma aussitôt avec un individu qu'il ne quitta que lorsque le dîner fut servi, et encore fit-il impatienter l'aubergiste qui avait repris son tablier de cuisine pour la circonstance et prétendait se distinguer pour achever de gagner les bonnes grâces de ses hôtes de choix.

— On va faire brûler mon rôti, refroidir mes plats... et puis on dira que je suis un empoisonneur...

— Pour une fois que ce reproche sera injuste, que de fois tu l'as réellement mérité !...

De Valors et Cabannes ne s'ennuyaient pas. Ils lutinaient la femme même du propriétaire du *Grand-Cerf* qui ne leur semblait pas aussi mûre que celui-ci avait bien voulu le dire, mais qui était une belle et fraîche gaillarde, haute en couleur et réellement très appétissante.

La commère ne leur opposait pas grande résistance et se bornait à dire :

— Laissez-moi, mais laissez-moi donc !

Le mari paraissait plus mécontent.

— Eh ! messeigneurs !

— Toi, fit de Valors, tu n'as pas le droit de réclamer...

— En vérité !

— Ton enseigne n'est-elle pas celle du *Grand-Cerf ?...* Eh bien, le grand cerf, c'est toi !...

Gaspard de Besse fit heureusement cesser ces appréciations malveillantes. Ses compagnons et lui se mirent à table et daignèrent adresser ensuite au cuisinier des compliments qui dissipèrent tout le ressentiment du mari.

Comme l'avait fait maître Reynaud, l'aubergiste du *Grand-Cerf* vint au dessert passer en revue les meilleurs vins de sa cave avec Cabannes et de Valors. Pendant ce temps, Gaspard de Besse retourna à Saint-Sauveur où il resta encore une heure avec le vieillard qu'il avait appelé son père.

La nuit était profonde lorsque le capitaine sortit du souterrain par une issue qu'on lui indiqua.

La bonne ville d'Aix dormait maintenant pour tout de bon. Ce n'était plus le calme écrasant de la journée, mais le repos de la nuit que troublaient seulement les sonneries des horloges d'églises ou les appels des cloches de couvents.

Gaspard, au lieu de retourner directement au *Grand-Cerf*, fit un détour et entra dans la rue où se trouvait la boutique de maître Roux.

Ne pouvant voir Pauline, sa bien-aimée, il voulait au moins voir la maison où elle menait une si triste existence, emprisonnée pour ainsi dire par son mari.

Le voilà devant la demeure de l'orfèvre, il s'arrête et considère la façade. Soudain il tressaille car une fenêtre du premier étage est éclairée et il sait que cette fenêtre est celle de Pauline.

Qu'y a-t-il chez elle?... Pourquoi ne repose-t-elle pas?... Ah! qu'il donnerait beaucoup pour savoir ce qui se passe chez celle qu'il aime!...

Gaspard monte sur une borne, puis, s'accrochant à l'auvent de la boutique, il parvient à se hisser à la hauteur de l'enseigne sur laquelle il monte. Il gagne de là une corniche et, se cramponnant aux contrevents, peut enfin regarder dans la chambre de Pauline.

Les rideaux sont légèrement écartés. La jeune femme s'est endormie sur son prie-Dieu.

Gaspard de Besse éprouve une vive émotion en admirant sa taille fine et souple, son doux visage dont les yeux sont clos et qui s'est légèrement rejeté en arrière. Les cheveux de Pauline sont dénoués. Leurs flots d'ébène font ressortir l'admirable blancheur de son teint.

Le capitaine se rappela vaguement le sommeil de Mlle Laure de Saint-Servan et le secret de la haine inexplicable qu'il avait surpris. Il se livra à une rapide comparaison.

Oh! il était bien sûr que si Pauline le voyait en ce moment dans un rêve, c'était un rêve d'amour qu'elle faisait. Et, en effet, il lui semblait qu'un sourire flottait sur les lèvres de la jeune femme.

Peut-être se croyait-elle loin, bien loin de la maison de maître Roux, dans les bras de son amant qui lui disait qu'il l'aimait et qu'il voulait lui consacrer sa vie.

L'âme de Gaspard allait à cette divine créature, et il croyait de bonne foi à cette heure qu'elle n'avait aucune rivale dans son cœur.

Il n'avait qu'à frapper contre les vitres pour l'éveiller, mais il n'osait pas. Il craignait de lui causer de l'effroi et il éprouvait aussi quelque scrupule de troubler un sommeil qui faisait oublier à Pauline son malheur. Lui laisserait-il après son départ autre chose que des regrets et des larmes?

Soudain, le bandit tressaillit. La porte de la chambre venait de s'ouvrir et maître Roux venait d'entrer. Il tenait à la main un bougeoir et avait un costume de nuit assez grotesque.

Il parut surpris de ne pas voir sa femme couchée. Il alla droit à elle, lui mit la main sur l'épaule et murmura quelques paroles grognones.

Gaspard étouffa un cri de rage.

Ainsi ce qu'il avait respecté, ce sommeil si calme et si heureux, n'avait pas trouvé grâce devant un époux imbécile.

Il ne voulut pas en voir plus, il craignit d'en voir trop et il se laissa glisser ou plutôt tomber dans la rue. Il rencontra un crochet en fer auquel il se blessa, mais il n'y fit pas attention ; une douleur aiguë lui déchirait le cœur.

Sa colère et sa jalousie étaient extrêmes. De sourds grondements s'échappaient de sa poitrine.

Il criait :

— Pauline ! Pauline !

Un moment il eut envie de revenir sur ses pas, de pénétrer dans la chambre de sa maîtresse, de la tuer avec maître Roux, mais une lueur de raison l'éclaira.

Il se rappela que Pauline n'aimait pas son mari, et il se dit que celui-ci comme toujours, n'avait dû rencontrer auprès d'elle que froideur et dédain. Néanmoins la scène à laquelle il avait assisté resta gravée dans son esprit. Il résolut de soustraire, dès qu'il le pourrait, la fille du docteur Grandier au sort épouvantable qu'elle subissait.

Quand Gaspard de Besse rentra au *Grand-Cerf*, il vit un spectacle à peu près pareil à celui auquel il avait assisté aux *Deux-Pommes*, en rentrant à cette auberge après avoir quitté Mme d'Orbeval.

L'aubergiste du *Grand-Cerf* gisait sous la table, mais en compagnie seulement de Cabannes.

De Valors s'était retiré dans sa chambre qui, on le sait, était celle de la jolie hôtesse. Celle-ci s'était-elle rappelé à temps que son mari avait, pour la nuit, disposé de sa couche en faveur d'un des compagnons de Gaspard de Besse ?

Il est permis d'en douter, car tout le monde connaît la force de l'habitude.

Le capitaine ayant voulu ce soir-là demander un renseignement, ne put savoir où elle était. On sut depuis que, rougissant de la conduite de son ivrogne d'époux, elle était allée demander l'hospitalité à sa mère qui demeurait dans le voisinage.

De Valors seul eut un sourire le lendemain quand il entendit cette assertion. Il profita du moment où Gaspard et Cabannes faisaient leurs derniers préparatifs de départ et où l'aubergiste du *Grand-Cerf* les secondait de son mieux, pour embrasser tendrement la femme de celui-ci qui lui fit jurer qu'il reviendrait bientôt à Aix.

De cette dernière ville à Avignon, il y a environ douze lieues. On allait d'Aix à Saint-Canat, de Saint-Canat à Malmort, de Malmort à Orgon, d'Orgon au bourg Saint-Andéol, de Saint-Andéol à Avignon.

Après le relai d'Orgon, nos trois amis rencontrèrent le voyageur qu'ils avaient dépossédé de sa chambre au *Grand-Cerf* et qui suivait la route avec son grand rustre de domestique.

Ces deux personnages avaient pris la diligence au point du jour et l'avaient

quittée à Orgon où ils avaient eu sans doute quelque affaire à régler. Ils continuaient leur route à pied pour Avignon.

Cette fois Gaspard se frappa le front. Il venait de se rappeler le visage du
maître. C'était l'usurier auquel il avait payé deux mille écus pour sauver la jeune
fille qui l'avait caché à Toulon.

Maître Sauvain ne pouvait le reconnaître car il s'était présenté à lui, déguisé
d'une manière toute différente, ayant un emplâtre sur l'œil.

Gaspard de Besse remarqua que Jacques le valet, portait une lourde sacoche sur
l'épaule. L'envie lui vint de s'assurer si cette sacoche ne renfermait pas les deux
mille écus que sa générosité lui avait coûtés.

Il raconta en quelques mots ce qui s'était passé à ses compagnons et ceux-ci
ne purent que l'engager à reprendre son bien. Il dut céder à leur insistance.

On avait dépassé d'un quart de lieue les deux piétons. On mit pied à terre et on
les attendit.

Ce fut de Valors qui commença l'entretien. Il salua très respectueusement l'usurier et lui demanda s'il se rendait à Aix ou à Avignon.

— Vous savez bien que je vais à Avignon puisque j'ai quitté Aix ce matin et
que je tourne le dos à cette ville... Trêve de mauvaises plaisanteries !

— Monsieur a un vilain caractère...

— J'ai le caractère qu'il me plaît !

— Monsieur est aussi impoli que désagréable...

— Vous le méritez...

— Non certes...

De Valors avait enlevé son manteau. Il le jeta soudain sur la tête de maître
Sauvain qui, de cette manière, ne put ni crier, ni appeler au secours.

Gaspard débarrassa prestement le valet de sa sacoche qu'il chargea sur le précieux bidet.

Jacques ayant ébauché quelque résistance, on le coucha proprement dans le
fossé boueux qui bordait la route.

— Tu devrais être enchanté, lui dit Cabannes, que l'on t'enlève le fardeau
dont on t'avait chargé... Ma parole, il est des gens qui ne sont jamais contents !

Pour empêcher maître Sauvain et Jacques d'appeler du secours avant qu'on eût
pu gagner une distance respectueuse, on les ficela avec force horions.

De Valors se souvenait avoir eu jadis à faire avec l'usurier.

— Te rappelles-tu l'époque où tu me prêtas au denier un ?

— Vous ne m'avez jamais remboursé !

— Si tout le monde avait agi comme moi tu ne serais pas riche...

— Moi ! Je suis pauvre comme Job et l'argent que vous me volez ne m'appartient pas...

— Cela ne te fait rien alors qu'on le prenne.

Il sembla à maître Sauvain entendre du bruit sur la route.

— A moi !... A l'aide !...

Malheureusement pour lui il se trompait. On le bâillonna ainsi que Jacques et
on les laissa dans le fossé où des rouliers les trouvèrent le soir seulement à moitié
étouffés.

— Merci, Gaspard de Besse!... (Page 434.)

Gaspard de Besse, de Valors et Cabannes étaient déjà à Avignon. Ils avaient éventré la sacoche et constaté qu'elle renfermait quatre mille écus au lieu de deux mille dont le capitaine avait désiré le remboursement.

— Vous avez touché vous aussi des intérêts, dit de Valors, et au denier un encore... C'est le taux ordinaire de maître Sauvain!...

Avant d'entrer à Avignon, les trois bandits retrouvèrent le placard revêtu des armes papales et des armes de la ville : *de gueules à trois clefs d'or posées de face.*

— Eh quoi ! fit Gaspard de Besse, ici même on m'en veut !

Sans respect pour le sceau du vice-légat, de Valors déchira cette affiche comme il avait déchiré les autres.

A cette époque, Avignon offrait une singulière particularité. Cette ville avait sept portes, sept palais, sept paroisses, sept églises paroissiales, sept hôpitaux, sept couvents de religieux, sept couvents de filles, mais elle ne possédait qu'un pont sur le Rhône et encore on n'y passait plus depuis quelque temps.

Ce pont, qu'une légende et une ronde populaire ont rendu célèbre, était à l'origine entièrement bâti de pierre de taille, mais la violence des eaux l'ayant rompu, on le reconstruisit en partie avec des poutres.

Il resta ainsi jusqu'au jour où ces poutres tombèrent en ruine à leur tour. Alors personne ne voulut faire la dépense nécessaire pour le réparer. Avignon étant au pape et le Rhône au roi, l'un ne voulait pas bâtir sur le fonds d'autrui, l'autre ne voulait pas servir les intérêts d'une ville qui ne lui appartenait pas.

Gaspard de Besse, de Valors et Cabannes, en longeant les remparts d'Avignon, virent donc le pont Saint-Benezet privé de sa communication avec la rive opposée. Un bac le remplaçait.

Une vieille mendiante se tenait cependant à l'entrée du pont. L'habitude lui avait fait conserver sans doute sa place d'autrefois bien qu'elle dût être moins fructueuse.

La vieille, à la vue de Gaspard, tressaillit, et, allant vers les cavaliers, leur demanda l'aumône.

Le capitaine, sans même la regarder, lui jeta une pièce de monnaie.

La vieille lui dit :

— Merci, Gaspard de Besse !...

Le bandit eut un geste d'étonnement farouche et ses compagnons entourèrent la mendiante d'un air menaçant.

— Ah ! n'ayez pas peur, fit-elle. Je possède votre secret, mais je ne le trahirai pas.

— Comment as-tu pu le deviner ?

— Vous avez beau porter des rides qui ne vous appartiennent pas, un coup d'œil m'a suffi pour savoir qui vous étiez. Comme la haine, la reconnaissance rend clairvoyante...

— La reconnaissance...

— Oh ! ce n'est pas moi que vous avez sauvée... C'est ma fille et mon petit-fils Simon qu'on allait chasser de leur chaumière... Quand j'ai connu votre bonne action, j'ai voulu voir votre visage... et j'y ai réussi sans que vous vous en soyez douté.

— Tu mendies sur ce pont...

— Ne le dites pas à mon petit-fils si jamais vous le rencontrez... au château d'Arène ou ailleurs... Il ne sait pas combien je suis pauvre et je veux qu'il l'ignore, car pour moi il se priverait...

— Et ta fille ?...

— Elle est morte déjà âgée... car vous ne savez pas combien je suis vieille... Je m'imagine par moment que le bon Dieu m'oublie sur la terre... Et, vous le voyez, cela ne m'empêche pas d'y voir clair, puisque votre déguisement n'a pas pu me tromper...

— C'est même inquiétant !

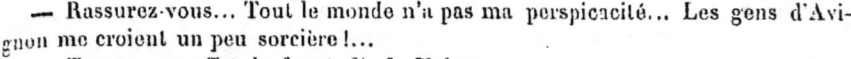

— Rassurez-vous... Tout le monde n'a pas ma perspicacité... Les gens d'Avignon me croient un peu sorcière !...

— Tu sens, en effet, le fagot, dit de Valors.

— Mon gentilhomme, vous n'avez pas à craindre mes maléfices puisque vous êtes avec Gaspard.

— Où demeures-tu ? demanda le capitaine.

La vieille montra une petite voûte qui se trouvait au bas du pont, au pied de la première arche.

— C'est là, dit-elle, qu'on me laisse loger, à l'endroit où jadis a été enterré saint Benezet et d'où l'on n'a jamais pu tirer son corps, quoiqu'on l'ait tenté plusieurs fois...

— Mais lorsque l'eau monte... quand le Rhône déborde...

— Oh ! il est rare qu'il arrive jusque-là... Je mendie alors un asile comme je mendie du pain...

— Ton petit-fils ne se doute de rien ?...

— Simon ne peut venir me rendre visite, car il n'est pas son maître... C'est moi qui vais le trouver deux ou trois fois chaque année... Il est content alors, car il aime bien sa grand'mère...

— Eh bien, je veux que tu aies un logis à toi, je veux que tu abandonnes celui-ci où le Rhône peut mettre ta vie en danger... Tiens, voici de l'or... Si tu ne m'obéis pas, je dirai tout à Simon...

— Oh ! je vous obéirai... Je m'en irai d'ici bien qu'il m'en coûte et que je sois habituée au fleuve comme lui l'est sans doute à me voir... Merci, Gaspard, merci !...

Le capitaine et ses compagnons s'éloignèrent au milieu des bénédictions de la vieille. Cabannes et de Valors n'étaient nullement surpris de la générosité de Gaspard.

Ils savaient que venir en aide aux pauvres était considéré comme un devoir par cet homme étrange, singulier mélange de bien et de mal, gentilhomme possédant toutes les vertus, bandit ayant toutes les audaces.

Ce fut dans un lieu assez bizarre que les trois compagnons allèrent loger, dans un quartier d'Avignon séparé des autres et qui avait un aspect absolument malpropre et dégoûtant.

C'était la *Juiverie* où ils trouvaient sans doute des receleurs et des complices.

L'auteur du *Nouveau voyage de France*, publié en 1771, parle en ces termes de la Juiverie d'Avignon :

« C'est une espèce de petite république dans un quartier séparé, d'où les Juifs
« qui y payent tribut n'osent sortir sans avoir leurs chapeaux jaunes, et leurs
« femmes quelque chose de même couleur à leur coiffure qui les distingue des
« chrétiens.

« Ils sont un nombre assez considérable dans un lieu fort étroit, où ils ne peu-
« vent s'étendre, mais seulement élever leurs bâtiments. Leur synagogue, où ils
« vont trois fois le jour à heure réglée, est un lieu fort obscur et seulement éclairé
« par des lampes posées devant une espèce de tabernacle qui n'a aucun ornement.

« Les hommes sont placés en bas et les femmes en haut. Elles lisent l'hébreu
« presque toutes, et plusieurs l'entendent et le parlent. On ne les souffre dans Avi-

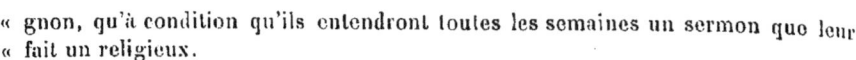

« gnon, qu'à condition qu'ils entendront toutes les semaines un sermon que leur
« fait un religieux.

« Leur commerce ordinaire est de la plus vieille friperie qu'ils vendent avec le
« plus d'adresse qu'ils peuvent... »

L'auteur du *Nouveau voyage de France* ne s'était sans doute fié qu'à l'apparence en
disant que le commerce des Juifs était la vieille friperie... Gaspard de Besse savait
qu'ils avaient une autre industrie plus lucrative, et de tout temps les enfants d'Israël
ont aimé à un tel point l'argent, qu'ils n'ont consenti à s'en séparer que moyennant
d'énormes avantages.

Si des chrétiens comme Sauvain se livraient à l'usure, ils n'avaient jamais l'habileté des descendants de Judas, passés maîtres dans l'art de faire rapporter leurs
capitaux.

— Pouah ! dit le lendemain de Valors, en sortant de la Juiverie , il me semble
que j'emporte avec moi toutes sortes d'insectes !...

— Tu t'étais mieux trouvé la nuit précédente au *Grand-Cerf*, fit Cabannes avec
un sourire.

— C'est possible ! répondit de Valors... Et toi aussi, sans doute... Dans la Juiverie on ne nous a offert que de l'eau.

Les trois cavaliers se trouvaient de nouveau près du pont de Saint-Benezet.

Un attroupement sur le pont même attira leur attention. Ils s'approchèrent et
un funèbre spectacle frappa leurs yeux.

La vieille mendiante était étendue morte avec une affreuse blessure au cou.

Pendant la nuit, elle avait été assassinée par un misérable qui avait peut-être
vu Gaspard de Besse lui donner de l'or et qui avait voulu s'en emparer.

CHAPITRE LII

Un indigne

Notre ami Cadet avait attendu avec impatience au château d'Oppède l'arrivée
de Gaspard de Besse, à qui il devait s'adresser pour avoir l'autorisation de
rester avec la bande, mais le capitaine n'avait pas paru le jour indiqué.

— Croyez-vous qu'il tardera longtemps ? demanda-t-il à Coquelicot.

Celui-ci lui répondit d'un ton bourru :

— Dis-le-moi et je te le dirai... Gaspard de Besse est son maître !

— Cependant ne devait-il pas être ici aujourd'hui ?

— C'est qu'il a changé d'avis.

— Ne lui serait-il pas plutôt arrivé quelque chose ?

— Que veux-tu qu'il lui soit arrivé ?

— Hé ! que sais-je ? Vous m'avez parlé de potence !...

— La potence est bonne pour les maladroits ; Gaspard de Besse ne l'est pas.

Malgré cette superbe affirmation, Coquelicot n'était pas sans éprouver, lui aussi, quelque inquiétude.

Il le prouva bien lorsque, deux jours après, Gaspard n'étant pas encore présent, Cadet lui parla encore du capitaine.

— Je t'ai déjà déclaré que Gaspard fait ce qu'il veut, qu'il ne vient pas quand ça lui plaît et qu'il est même libre de courir les plus grands dangers sans que nous le sachions...

— Alors, il court des dangers quoique n'étant pas maladroit ?...

— Ah ! tu m'ennuies à la fin avec tes questions.

— Moi, au moins, je vous interroge... Je ne suis pas comme vos camarades qui ne vous demandent rien et qui murmurent.

— On murmure !...

— On prétend que le capitaine court la prétentaine pendant que la bande est ici à ne rien faire.

— Qui prétend cela ? fit Coquelicot d'un ton furieux.

— Tout le monde... Mais il y a surtout ce brigand dont les cheveux sont rouges et qui est encore plus laid que Bavard.

— Rouget ?

— Oui, c'est cela !

— Il se plaint... C'est à moi qu'il va avoir affaire. Où est-il ?...

Coquelicot chercha vainement Rouget. On lui dit qu'il était sorti du château et s'était dirigé vers Avignon.

— Malgré ma défense !

— Dame ! lieutenant, il s'ennuyait ici... comme chacun de nous du reste.

— Je ne veux pas que l'on s'ennuie.

— Donnez-nous alors de l'ouvrage !...

— Ne vous ai-je pas conduits dans les environs ?

— Pour ce que nous y avons fait... Le capitaine nous délaisse...

— Il ne vous délaisse pas !

— Ça y ressemble bien cependant.

— Tais-toi... Autrement tu auras affaire à moi...

Dans la journée, Bavard s'étant livré à des doléances auprès de Coquelicot, celui-ci se fâcha avec son ami intime.

Il tira même sa formidable rapière et invita Bavard à se mesurer avec lui, mais celui-ci dit d'un ton convaincu :

— Pas si bête !... Tu m'embrocherais et, ma foi, je ne m'en soucie pas...

— Ne te livre pas alors à des réflexions qui ne sont pas de mon goût ?...

— Comme il te plaira !

Ce soir-là, les bandits s'amusèrent, pour charmer leurs loisirs, à soumettre Cadet à une série d'épreuves.

On l'engagea à voler sa bourse à un grand diable qui feignait de dormir et qui s'éveilla juste à temps pour lui administrer une volée de coups de bâton.

On lui enseigna le moyen de pêcher un morceau de lard dans la marmite de la Mariotte sans que celle-ci s'en aperçût. Mais Cadet s'y prit d'une manière si maladroite que la marmite se renversa sur son trépied et ébouillanta le naïf larron au milieu des éclats de rire de la galerie.

Sous prétexte d'enseigner à Cadet l'art de l'escrime, on le livra sans plastron à un prévôt qui s'amusa à le boutonner de telle manière que le malheureux prit la fuite et alla se cacher dans la partie la plus reculée du château.

Il y passa la nuit tout meurtri et souffrant cruellement des brûlures qu'il avait reçues. Il commençait à éprouver moins d'enthousiasme pour le métier de bandit qui exigeait un semblable apprentissage.

Le lendemain matin, un grand bruit fit sortir Cadet de sa cachette.

— Qu'est-ce donc ? demanda-t-il à un de ses futurs camarades.

— C'est Gaspard de Besse qui arrive avec Cabannes et de Valors.

— Ah ! je veux les voir...

— Cela ne te sera pas difficile... Ils ont donné l'ordre d'assembler la bande.

— Où cela ?...

— Dans la cour.

Cadet s'élança dans la cour et vit un groupe dont faisaient partie Coquelicot, Bavard, qu'il considérait comme ses protecteurs. Avec eux se trouvaient deux gentilshommes qu'il ne connaissait pas et un troisième personnage dont la vue lui arracha une exclamation.

— M. de Galtières !

Celui-ci se retourna vivement.

— Ah ! monsieur de Galtières, que venez-vous faire ici ?... Est-ce que les brigands vous ont pris ?...

Mais Gaspard resta impassible.

— Quel est cet homme ? demanda-t-il.

— Un idiot qui désirerait être des nôtres...

— Des nôtres !

— Il me semble bien trop bête pour cela. Aussi, capitaine, je crois qu'il n'y a qu'à le lâcher dans la montagne en lui promettant de le tuer s'il fait connaître notre gîte.

On le voit, Coquelicot recommandait Cadet d'une étrange manière.

L'ex-ami de Toinette était heureusement trop étonné de la présence même de M. de Galtières et du titre de capitaine qui avait été donné à celui-ci, pour faire attention à ce langage qui lui eût enlevé toute illusion.

Il s'inclina cependant devant le chef.

— Capitaine... Monsieur de Galtières...

— Il a l'air, en effet, stupide... ce garçon-là...

— Vous me reconnaissez bien, capitaine... Vous rappelez-vous?... C'est moi qui... à Aix... avec Toinette...

— Je ne t'ai jamais vu et je ne désire pas te voir... Que l'on me débarrasse de lui !...

Bavard mit la main sur l'épaule de Cadet.

— Faut-il le jeter dans quelque précipice?

— Grâce ! s'écria Cadet avec épouvante.

Gaspard de Besse arrêta Bavard d'un geste.

— Qu'on l'enferme pour le moment dans une salle du château... nous déciderons après !

Bavard entraîna l'apprenti voleur qui roulait des yeux ahuris.

Peu après, les bandits avaient formé un grand cercle autour de Gaspard de Besse, qui ne paraissait pas de bonne humeur.

Coquelicot, qui voyait les sourcils du capitaine froncés d'une certaine manière, avait déjà averti Bavard.

— Dis donc, il n'a pas l'air content notre chef !

— C'est vrai...

— Que lui a-t-on fait?...

— Ce n'est pas nous, en tous cas...

Gaspard de Besse promena lentement son regard sur ses hommes... Au premier rang, se tenait Rouget qui avait un sourire moqueur sur les lèvres...

A sa vue, le capitaine eut un mouvement de colère qu'il réprima aussitôt.

— Camarades, fit Gaspard de Besse d'une voix d'abord sourde, mais qui devint ensuite éclatante, camarades, un crime affreux a été commis à Avignon. Une pauvre vieille femme qui demandait l'aumône sur le pont Saint-Benezet a été assassinée, et le bruit court que c'est l'un de nous...

— Tu sais bien, fit Coquelicot d'un air bonhomme, que l'on nous attribue tout ce qui se commet de léger dans la contrée.

— Dans le cas présent, cette accusation n'était pas injuste, car l'un de vous était, ces jours-ci, à Avignon ..

— Rouget y est allé, mais...

— C'est lui, je le sais, qui a égorgé une infortunée à qui j'avais fait l'aumône... Quelques pièces d'or ont tenté le vil scélérat... Viens ici, Rouget...

— Capitaine !

— Viens ici, te dis-je !...

Comme Rouget hésitait, Gaspard de Besse s'élança sur lui et l'entraîna au milieu du cercle.

Il le secouait fortement

— Pourquoi as-tu désobéi à Coquelicot?

— Je... je ne savais pas...

— Cela n'est rien d'ailleurs à côté du crime épouvantable que tu as commis... Celui qui n'a pas de compassion pour la vieillesse et la pauvreté, est déjà un misérable qui ne mérite aucune pitié, mais, lorsqu'il choisit pour victimes les malheureux sans défense, c'est un monstre qui inspire l'horreur...

— Gaspard !

— Oui, l'horreur la plus profonde... Si tu t'es attaqué à la mendiante du pont Saint-Benezet, c'est parce que tu ne t'es pas senti capable de lutter contre quelqu'un qui eût pu te résister... Tu es un lâche !

— Un lâche, moi !

— Je te flétris aux yeux de tous... Tu mériterais que, pour faire complète justice, je te condamnasse moi-même à mort et qu'on exécutât la sentence sur l'heure... Mais je préfère te réserver au bourreau qui t'attend...

— Il t'attend aussi, Gaspard de Besse.

— C'est possible, mais on ne me reprochera jamais un forfait pareil au tien. Il te rend indigne de rester au milieu de nous, de faire partie de cette bande... Je t'en chasse, Rouget !

Les bandits restaient muets, ne comprenant peut-être pas grand'chose à la colère du capitaine. Toutefois, ils trouvaient le châtiment sévère, car il y avait pour eux grand profit à servir sous les ordres de Gaspard de Besse.

Quoique Rouget eût été, tous les jours précédents, le premier à se plaindre, il savait bien de quel avantage il allait être privé. Aussi essaya-t-il d'obtenir sa grâce...

— Pour cette fois, capitaine... L'aubaine n'a pas été considérable, et puis cette femme était si vieille... Elle n'avait peut-être encore que quelques jours à vivre... Cela n'en vaut réellement pas la peine...

— Tais-toi !...

Bavard essaya de dire quelques mots en faveur de Rouget.

— Voyons, capitaine, ce garçon-là est une mauvaise tête, voilà tout !

Gaspard de Besse regarda sévèrement Bavard.

— Que tous ceux qui sont capables de faire comme lui l'accompagnent !...

Ces paroles arrêtèrent net toute nouvelle observation de l'ami de Coquelicot.

Rouget n'avait plus qu'à partir, car Gaspard de Besse lui disait :

— Allons, va-t'en et que je ne te revoie plus ! Je ne serais peut-être plus capable de modérer la colère que je sens gronder en mon sein et de te laisser la vie sauve, si tu restais quelques minutes de plus.

— Oh ! je me vengerai ! fit le bandit en sortant du château.

Dès que Rouget eut disparu, Gaspard se radoucit.

— Ce misérable, murmura-t-il, nous eût déshonorés !

— Il a raison, dit Coquelicot à Bavard.

Ce dernier ne répondit pas. Il n'osait plus désapprouver le capitaine et cependant les peccadilles du genre de celle de Rouget le laissaient plein d'indulgence.

Il pensait, à part lui, que la mendiante du pont Saint-Benezet était un personnage de mince importance. Il était touché aussi de l'argument de Rouget.

— Elle était si vieille !...

Bavard se demandait s'il valait la peine de faire tant d'embarras. Néanmoins, il ne laissa rien paraître. D'ailleurs, Gaspard de Besse avait passé à un autre sujet :

— Et maintenant, camarades, j'ai à vous annoncer deux nouvelles. Commençons par la bonne !...

On se rapprocha avec avidité.

— J'ai une affaire splendide à vous proposer. Pendant mon séjour à Aix, on est

Rouget lui fut donc amené. (Page 444.)

venu m'informer qu'on devait y fabriquer environ cinquante mille marcs de monnaies d'or pour le compte du roi... C'est une riche proie dont il nous sera facile de nous emparer, car on nous ouvrira, quand nous voudrons, les portes de l'hôtel des monnaies de cette ville... Nous n'aurons qu'à aller prendre cet argent pour qu'il nous appartienne. Mais nous irons en nombre pour faire vite la chose et pour prévoir toute résistance. Nous ne pouvons que réussir si nous sommes adroits... et nous le serons.

De Valors et Cabannes demandèrent à Gaspard si c'était pour cette affaire qu'il avait eu une entrevue à Aix avec un personnage mystérieux dans l'auberge du *Grand-Cerf*.

— Peut-être ! dit-il.

Il ajouta en souriant :

— Ces bons Aixois s'agitent beaucoup pour que leur hôtel des monnaies ne soit pas transporté à Marseille... J'ai bien peur pour eux que cette affaire soit susceptible de nuire à leur cause... Mais que m'importe !... Ma proposition vous plaît-elle ?...

Une formidable exclamation lui répondit :

— Bravo ! capitaine, bravo !...

La Mariotte elle-même joignit son approbation à celle de la bande.

— Toi, la Mariotte, je te promets un beau collier sur ma part de butin.

— Merci, capitaine, dit la jolie vivandière toute joyeuse.

Gaspard de Besse parut content de cet enthousiasme, tandis que de Valors, se penchant vers la Mariotte, lui donnait un baiser qui fut certainement mieux accueilli que ne l'avaient été les caresses de Bavard ou les galanteries de Rouget.

De Valors avait une galante tournure qui ne déplaisait pas aux filles d'Ève, vivandières ou aubergistes.

Le capitaine continua :

— La seconde nouvelle que j'ai à vous donner est aussi importante... Nous l'avons apprise en quittant Avignon... Des troupes sont en marche contre nous... Ce soir ou demain au plus tard, elles seront ici... Mais ne soyez pas effrayés... Le seul danger était pour nous dans une surprise... Puisque nous sommes sur nos gardes, nous ne risquons plus rien... Les soldats appartiennent au régiment de Lyonnais avec lequel nous avons déjà eu affaire... Ils vont essayer de s'emparer de ce château...

— C'est donc un siège que nous soutiendrons, dit Coquelicot... Cela me va... morbleu ! Messieurs du Lyonnais, il vous faudra en découdre...

— Les troupes du roi entreront ici si cela leur fait plaisir, car nous allons leur céder la place...

— Qu'entends-je ?

— Il y a dans les gorges de Lubéron d'autres domiciles moins commodes, il est vrai, mais beaucoup plus sûrs... Connaissez-vous le Saut-du-Diable ?... C'est un terrible précipice qui se trouve à peu de distance d'Oppède... Pour tout le monde cet abîme est sans fond, mais pour Cabannes qui est originaire de ces contrées, pour la Mariotte qui est née ici même, on peut descendre jusque dans les profondeurs du gouffre.

Les bandits écoutaient avec la plus grande attention.

Gaspard de Besse fournit quelques indications sur la manière dont on quitterait le château. Il y avait une issue secrète qui donnait sur un sentier rocailleux et escarpé.

C'était une route difficile et dangereuse que l'on suivrait. Elle conduirait au Saut-du-Diable où se trouvait une grotte immense susceptible de servir de refuge à la bande aussi longtemps qu'elle le désirerait.

— Les soldats, étonnés de ne pas nous rencontrer au château, n'iront certes pas nous chercher là dedans, dit Gaspard de Besse. Si d'ailleurs ils y venaient, il ne nous serait pas difficile de les bien recevoir, car l'accès de la caverne est aisé à défendre et on ne peut y pénétrer qu'un à un.

Bavard hasarda quelques observations auprès de Coquelicot.

— Ça doit manquer d'agrément une caverne dans le Saut-du-Diable... Et puis comment s'y nourrit-on pendant le temps qu'on est obligé d'y rester ?...

Le capitaine avait prévu cette objection, car il donna l'ordre d'emporter toutes les provisions qu'on le pût.

Il y avait des moutons volés qui paissaient dans l'enceinte du château. La bande les poussa devant elle dans le sentier qui menait à la caverne.

Il n'était pas tout à fait exact que celle-ci fût au fond du Saut-du-Diable. Son entrée donnait sur une plate-forme assez large qui se trouvait dans le gouffre, mais à une trentaine de pieds seulement. Cette plate-forme, appuyée sur des rochers qui faisaient saillie, dominait la profondeur réellement inconnue de l'abîme.

C'était dans ces rochers que passait le chemin dont avait parlé Gaspard de Besse et qui n'était autre que le lit d'un torrent desséché qui allait jadis se jeter dans le Saut-du-Diable.

Le capitaine avait fait replier lentement sur le château les sentinelles avancées. On barricada la grande porte avant la sortie des derniers hommes par l'issue secrète.

On voulait que les soldats, ne sachant pas que les oiseaux s'étaient envolés, perdissent le plus de temps possible à faire le siège des ruines désertes.

Ces diverses opérations s'accomplirent d'une façon satisfaisante, toutefois il fallut un temps assez considérable pour s'installer dans la grotte qui devait servir de domicile à la bande.

Cette grotte était, en effet, très étroite à son entrée, mais elle s'élevait et s'élargissait tout à coup, à ce point qu'on se fût cru ensuite dans une cathédrale à la voûte hardie, à la nef spacieuse.

Rien n'était plus vaste, plus sonore, plus régulier que cette immense salle scindée de piliers et toute étincelante de stalactites.

Des torches de résine ne tardèrent pas à illuminer ce séjour dans lequel la sécurité devait être absolue.

Pendant que tout cela avait lieu, Rouget se dirigeait vers Oppède, en se demandant ce qu'il pourrait faire pour punir le plus tôt possible Gaspard de Besse de l'affront qu'il lui avait infligé.

Sa fureur était extrême.

— Ah ! Gaspard, murmurait-il, tu m'as humilié et puis chassé... Tu prétends m'avoir fait grâce de la vie pour que je meure sur l'échafaud... Eh bien, c'est toi qui y mourras, et bientôt ! J'irai trouver la maréchaussée et je dirai où tu te caches...

Si décidé que fût Rouget à livrer son ancien capitaine, il éprouvait quelque embarras sur la manière dont il devrait s'y prendre, car lui-même avait plusieurs comptes à régler avec la justice, et il craignait que celle-ci ne le traitât aussi avec quelque rigueur.

Il était évident qu'on lui tiendrait compte de sa dénonciation, mais dans quelle mesure ?

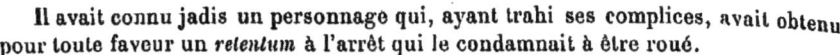

Il avait connu jadis un personnage qui, ayant trahi ses complices, avait obtenu pour toute faveur un *retentum* à l'arrêt qui le condamnait à être roué.

En vertu de ce *retentum* ou article sous-entendu, il avait été étranglé sur l'échafaud avant qu'on lui brisât les membres.

Cette faveur ne semblait pas suffisante à l'assassin de la mendiante du pont Saint-Benezet.

Le hasard vint en aide à Rouget et faire cesser ses hésitations. Ce fut d'abord d'une façon assez désagréable.

Au moment où il entrait à Oppède, il tomba au milieu de l'avant-garde de la colonne expédiée contre Gaspard de Besse. Ces soldats, qui précédaient le gros des forces d'un quart de lieue environ, étaient commandés par un lieutenant et dirigés par un personnage que Coquelicot et Bavard eussent reconnu tout de suite pour Renardot.

Avec lui se trouvaient le Furet et Boit-sans-Soif, ses deux fidèles estafiers.

Les soldats, peu habitués à un métier de policier, ne faisaient pas attention à la mauvaise mine de Rouget, mais Renardot, à sa vue, éprouva le plus vif désir de l'interroger.

Rouget lui fut donc amené. La résistance qu'il opposait ne le rendit que plus suspect.

— Qui es-tu? Que fais-tu? lui demanda Renardot.

— Je suis un pauvre tâcheron qui vient de travailler, et je rentre à Oppède où m'attendent ma femme et mes enfants.

— Hum! Ta journée est finie de bonne heure... On va te conduire chez toi pour savoir si tu dis la vérité...

— C'est que, je vais vous dire, ma femme et mes enfants n'y sont peut-être pas...

— Ils ne t'attendent donc pas?...

— Hélas! ils sont morts! fit Rouget qui avait perdu la tête...

— Oh! oh! qu'on me fouille ce maraud!

Le Furet et Boit-sans-Soif s'empressèrent d'obéir à leur chef. Ils trouvèrent sur Rouget les pièces d'or qu'il avait volées à la mendiante et le couteau qui avait servi au crime.

— Eh! eh! voilà sans doute tes instruments de travail!

Rouget était atterré.

Il balbutia quelques explications qui firent sourire Renardot.

— Avoue que, si tu as un patron, ce n'est autre que Gaspard de Besse!... Tu fais partie de sa bande!...

— Moi, jamais! Vous vous trompez, mon bon monsieur.

— Nous verrons cela plus tard!... Qu'on me lie ce bonhomme et qu'on ne le perde pas de vue! Il pourra nous être utile!...

CHAPITRE LIII

Où d'Arène est à l'œuvre

A la moitié du chemin, entre le village d'Oppède et les ruines du château, l'avant-garde s'arrêta, selon les instructions qu'elle avait reçues, pour attendre le gros de la colonne.

Le chef de l'expédition, persuadé que les bandits étaient dans le château, voulait les enfermer dans un grand cercle au milieu duquel aucun ne réussirait à s'échapper.

Les forces dont il disposait s'élevaient à quatre cents hommes environ, soit cinq compagnies complètes.

Ce chef n'était autre que le marquis d'Arène à qui, depuis peu, le roi avait accordé le commandement d'un bataillon, et qui espérait bien se signaler en exterminant la troupe de Gaspard de Besse, et en livrant au bourreau ce bandit auquel il avait tant de motifs d'en vouloir.

Le marquis d'Arène, pour donner ses derniers ordres, fit assembler ses officiers et leur parla d'un ton presque blessant.

Il était dur et cassant, surtout avec le lieutenant qui avait commandé l'avant-garde et auquel il reprochait vivement d'avoir marché trop vite et d'avoir voulu prendre une initiative trop personnelle.

Celui-ci écouta ces observations, sans essayer de se justifier, estimant que la discipline militaire ne lui en donnait pas le droit.

Il est permis de croire que le cœur de René Mauléon, ainsi se nommait cet officier, battait de haine et de colère en entendant le langage du misérable qu'il méprisait et sous la dépendance duquel il se trouvait malheureusement.

Toutefois, il se dit aussi qu'une consolation bien grande lui était offerte, c'était la pensée que, quoi que ferait, quoi que dirait le marquis d'Arène, il n'en serait pas plus aimé de la chère créature qui préférait le gentilhomme pauvre à son orgueilleux cousin.

Lorsqu'il releva la tête, René avait une telle expression de triomphe sur son visage, que d'Arène comprit, sans doute, ce qui se passait en lui. Il s'arrêta brusquement et se plaignit de l'indifférence avec laquelle on accueillait ses paroles.

Cependant, il n'avait pas beaucoup le temps d'insister.

Renardot s'approcha de lui et lui parla de l'arrestation qu'on avait opérée.

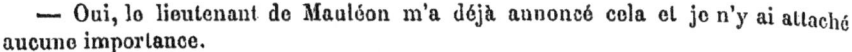

— Oui, le lieutenant de Mauléon m'a déjà annoncé cela et je n'y ai attaché aucune importance.

— Je ne suis pas de votre avis, dit froidement Renardot, et je crois que cet homme pourra nous servir si nous avons besoin d'un guide dans le Lubéron...

— Nous n'en aurons pas besoin, car Gaspard de Besse est bien tranquille dans son antre, ne se doutant pas que l'on s'apprête à le déranger.

— Mais il a probablement des sentinelles avancées.

— Nous tâcherons de nous en emparer...

— Si nous n'y réussissons pas?...

— Il sera trop tard pour que les brigands puissent s'enfuir des ruines... Nous les y prendrons tous comme dans une souricière...

Renardot n'était pas aussi certain du succès que le marquis d'Arène.

— Une chasse dans la montagne sera peut-être nécessaire, murmura-t-il.

— En ce cas, le hasard m'a fait trouver un guide beaucoup plus sûr que l'individu que vous avez pris...

— Ah !

— C'est un jeune garçon à mon service et qui connaît admirablement le pays... C'est pour cela même que je l'ai amené.

— A la bonne heure !

— Ce garçon se nomme Simon et il n'est pas suspect de tendresse pour les bandits de Gaspard de Besse, car, en passant par Avignon, il a appris qu'ils avaient assassiné sa grand'mère...

Le marquis s'interrompit.

— Mais je suis bien bon de discuter avec un maître drôle de votre espèce. Et je ne sais pas aussi pourquoi je me suis embarrassé de vous et de vos estafiers... Je n'en ai guère besoin avec mes quatre cents soldats...

— Qui sait ? fit Renardot.

— Taisez-vous, sinon je vous ferai reprendre la route que vous avez suivie en notre compagnie...

Renardot se tut et le marquis d'Arène déploya ses hommes comme il l'entendait.

Aucun incident ne signala sa marche vers les ruines du château d'Oppède.

La vieille demeure se trouva absolument investie sans qu'on eût aperçu âme qui vive.

Renardot se mit à rire en arrivant devant la grande porte fermée.

— J'avais raison de croire, dit-il à d'Arène, qu'il n'y aurait plus personne quand vous arriveriez...

— Je n'ai pas l'habitude d'être dupe, et je suis persuadé que ce n'est là qu'une ruse...

— Une ruse !...

— Je ne serais pas étonné de voir apparaître tout à coup les défenseurs de ces ruines qui paraissent si bien abandonnées.

— Je suis persuadé qu'ils sont loin...

— Je crois, au contraire, qu'ils se cachent quelque part, peut-être dans les souterrains du château.

— Je serais étonné si Gaspard de Besse agissait ainsi...

— Vous allez bientôt savoir à quoi vous en tenir...

Ce fut par une brèche que le marquis d'Arène fit pénétrer ses hommes. Il avait ordonné la plus grande circonspection, car il s'attendait à une surprise.

Tandis que Renardot suivait le commandant et lui faisait remarquer les indices presque certains d'un départ précipité, celui-ci haussait les épaules et criait aux soldats :

— Visitez toutes les salles, allez partout... Il ne faut pas qu'un seul endroit vous échappe...

Le marquis d'Arène était entré avec l'ancien policier dans le salon d'honneur du château.

Renardot souleva le couvercle d'un grand coffre.

— Que regardez-vous ?

— Je m'assure que Gaspard de Besse et ses bandits ne sont pas cachés là dedans.

D'Arène ne dit rien, bien que Renardot se moquât de lui. Il commençait à croire que celui-ci avait raison.

Mais soudain Furet et Boit-sans-Soif apparurent, tenant chacun par le bras un pauvre diable qu'ils avaient découvert blotti dans un coin obscur.

— Grâce ! cria cet individu en se jetant aux pieds du marquis d'Arène.

— Hein ! dit celui-ci, qu'est-ce donc ?

— Nous l'avons pincé au moment où il tentait de s'enfuir.

— Je ne suis pas un brigand !

— Tu es quelque chose d'approchant ! Que faisais-tu ici ?

Cadet, car c'était lui, fixa ses regards sur d'Arène.

— Tiens ! c'est vous, monsieur le marquis !

— Tu me connais, misérable !...

— J'ai eu l'honneur de vous rendre service au *Cheval Rouge*.

— Ah !

— Et puis je vous ai vu à Aix quand j'étais domestique de l'orfèvre Roux.

— En vérité, ce n'est pas la première fois que cette tête d'imbécile m'apparaît sur des épaules de butor...

— Vous avez bonne mémoire, monsieur le marquis.

— Mais cela ne m'explique pas pourquoi tu es dans ce repaire de malfaiteurs.

Si peu malin que fût Cadet, il eut assez d'imagination pour inventer un mensonge.

— Hélas ! monsieur le marquis, j'étais prisonnier de Gaspard de Besse qui, je vous le jure, m'a bien fait souffrir.

— Qu'exigeait-il de toi ?

— Toutes sortes de travaux pénibles... Et vous savez que je n'aime pas à prendre de la peine.

— Pourquoi gardait-il un fainéant de ton espèce ?

— Parce qu'il espérait, sans doute, quelque bonne rançon.

— Ah çà ! t'imagines-tu que je vais te croire ? Gaspard de Besse devait savoir qu'il n'obtiendrait rien pour une carcasse comme la tienne.

— Je ne mens pas, cependant, monsieur le marquis...

— Avoue que ta paresse t'a poussé à t'enrôler parmi les brigands...

— Oh! non, c'est un métier où l'on a encore plus à faire que dans tout autre... Et puis, si j'avais été de la bande, elle m'eût emmené avec elle...

Cadet, on le voit, ne se défendait pas trop mal. D'Arène se tourna vers Renardot.

— Il y a peut-être du vrai dans ce qu'il dit... Alors tu prétends que la bande est partie ?...

— Oui, M. de Galtières, c'est-à-dire Gaspard de Besse, est arrivé à Avignon, sachant que vous approchiez d'ici... Bien qu'on m'eût déjà enfermé dans une salle, j'ai pu entendre ce qu'il disait à ses hommes dans la cour...

— Que leur disait-il ?

— Que vous ne tarderiez pas à venir les surprendre et qu'il fallait s'en aller par un chemin qui est derrière le château.

— Ce chemin...

— Ce chemin a dû les conduire au Saut-du-Diable où on attend que vous ayez renoncé à votre expédition.

Le marquis d'Arène eut une exclamation de joie.

— Par la morbleu ! si tu dis vrai, si, grâce à toi, nous prenons la bande au Saut-du-Diable, je te promets une bourse bien garnie au lieu de la corde que je te destinais... Et le Saut-du-Diable, sais-tu où il est ?...

— Je ne suis pas du pays, monseigneur... C'est la première fois que j'y viens, et je vous jure que tout à l'heure je le regrettais... Mais puisque vous êtes si bon, si généreux...

— Enfin, ne peux-tu me donner une indication ?

— Malheureusement non...

D'Arène se retourna vers Renardot.

— C'est le moment où Monsieur le marquis doit se servir de son guide.

— Vous avez raison, Renardot. Holà! qu'on fasse venir Simon.

Le petit-fils de la mendiante du pont d'Avignon arriva.

— Connais-tu le Saut-du-Diable ?

— Oui, monseigneur...

— Qu'est-ce que c'est que ça ?

— Un précipice où le diable, dit-on, est tombé un jour et d'où il n'est plus revenu...

— Cela ne m'étonne pas, fit d'Arène en riant. Le diable ne se promène guère ici-bas... Personne du moins n'est bien sûr de l'avoir vu !... Mais comment, ajouta le marquis, descend-on dans cet abîme ?

— Personne n'y descend, monsieur le marquis...

— Ah ! dit Cadet, je suis bien sûr d'avoir entendu dire qu'il y avait une grotte où l'on pouvait s'installer...

— Est-ce vrai, Simon ? demanda d'Arène...

Celui-ci montra une certaine émotion.

— C'est vrai, monsieur le marquis... Tout enfant, j'y allais jouer avec la Mariotte, la fille des derniers gardiens de ce château...

— Tu pourrais nous conduire à cette grotte ?

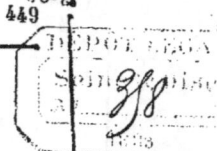

Marguerite fut, un matin, introduite dans le boudoir de Juliette. (Page 456.)

— Assurément.

Renardot n'en avait pas fini avec les objections.

— Je me méfierais à votre place, dit-il en montrant Cadet, de ce garçon qui donne tant de renseignements... Il n'a pas l'air bien rusé, mais il ne faut pas s'en tenir à l'apparence. Ce peut fort bien être un piège préparé par Gaspard de Besse... Il est douteux qu'il soit allé dans le trou dont on nous parle.

Simon devint tout pâle.

— Gaspard de Besse serait caché dans le Saut-du-Diable ? demanda-t-il.

— J'en suis bien sûr ! s'écria Cadet.

— Alors, monseigneur, fit résolument Simon, ne comptez pas sur moi pour vous enseigner la route de cette grotte.

— Que nous dis-tu là !

— Je ne peux rendre le mal pour le bien et trahir Gaspard de Besse. Si j'eusse pu le sauver, au contraire, pendant cette expédition, je l'eusse fait avec beaucoup de plaisir...

— Je crois rêver... Mais ignores-tu que ce brigand que tu veux épargner est l'assassin de ta grand'mère ?

— Je ne le crois pas... Il est trop généreux pour commettre un aussi abominable crime... Quand on l'a accusé à Avignon, je l'ai défendu.

— En voilà bien d'une autre... et j'avoue que je ne m'attendais pas à cela.

— Il faut s'attendre à tout, dit philosophiquement Renardot.

— Gaspard de Besse, continua Simon, eut jadis pitié des larmes de ma mère... Notre misère le toucha... Il fut notre bienfaiteur... Je ne peux pas le livrer !...

— Je saurai bien t'y contraindre...

— Non, non, vous n'y réussirez pas...

— Je vais te confier à plusieurs soldats ; ils te fouetteront jusqu'à ce que tu te montres plus docile.

— Je mourrai plutôt que trahir mon sauveur...

— Ne me mets pas au défi.

— Tout sera inutile, monsieur le marquis...

Simon s'exprimait avec une fermeté singulière, tandis que d'Arène frappait du pied avec impatience.

Il appela un sergent.

— Qu'on donne rudement les étrivières à ce gaillard-là.

Un instant après, des cris poussés par le malheureux Simon prouvèrent que cet ordre était exécuté dans toute sa rigueur.

Le marquis ordonna à ses troupes de se réunir hors du château, puis fit comparaître le jeune valet devant lui.

— As-tu réfléchi ?... N'es-tu pas dans de meilleures dispositions ?

— Je vous jure, monseigneur, que je ne puis faire ce que vous me demandez...

— Tant de scrupules de ta part...

— Ma mère est morte en bénissant Gaspard de Besse.

— Ta mère était une vieille folle que j'eusse traitée comme je te traiterai encore si tu n'obéis pas.

D'Arène s'adressa aux hommes qui avaient donné les étrivières à Simon.

— Que l'on conduise ce beau garçon sur la plate-forme du rempart et qu'on lui en fasse du regard mesurer la hauteur. S'il ne promet pas d'être plus docile, envoyez-le *ad patres*.

Les soldats entraînèrent Simon et, un instant après, apparurent sur le rempart.

Le sergent qui les dirigeait était un vieux soudard, d'une intelligence plus que médiocre, qui ne connaissait que la discipline et les ordres de ses chefs.

Il obéit ponctuellement à d'Arène, et fit voir à Simon de quelle hauteur on le précipiterait.

— Eh bien, cria le marquis, est-ce qu'il est plus disposé à obéir ?...

— Non, mon commandant.

— Finissons-en alors et qu'il serve d'exemple !

D'Arène eut un signe rapide et les soldats lâchèrent Simon. On entendit le dernier cri d'angoisse du jeune garçon, puis on le vit tomber comme une masse sur d'énormes rochers. La mort de l'infortuné fut presque immédiate.

Il y eut un murmure parmi les assistants.

René de Mauléon, qui était assez éloigné, ne comprit bien ce qui se passait que lorsque Simon eut été jeté par-dessus les remparts. Il ne put contenir son indignation et se dirigea précipitamment vers d'Arène.

— Monsieur, dit-il, c'est une action infâme que vous venez de commettre !...

— Que signifie ?...

— Vous déshonorez l'uniforme que vous portez... C'est à des soldats que vous commandez et vous venez de l'oublier.

— Qui vous demande votre opinion ?...

— Un homme de cœur a toujours le droit de flétrir un crime...

— Un crime ?...

— Oui, un assassinat que n'eussent peut-être pas commis les bandits contre lesquels on vous envoie.

— Vous les défendez ! Vous vous révoltez contre mon autorité ?... Votre épée, monsieur !

— Mon épée, fit René dont une généreuse colère empourprait le visage, mon épée, je la brise plutôt que de la remettre à qui en est indigne.

M. de Mauléon, en prononçant ces paroles, brisa son épée en plusieurs morceaux qu'il jeta loin de lui.

— Arrêtez-le ! dit avec emportement d'Arène.

Personne ne bougea.

Le marquis sortit alors un pistolet et, marchant vers son rival, voulut lui faire sauter la cervelle, mais plusieurs officiers retinrent son bras.

— C'est ainsi que l'on agit près de l'ennemi... Vous rendrez tous compte de votre conduite au roi... Ah ! vous refusez de vous emparer de cet homme !...

Les soldats gardèrent leur immobilité.

— Non, monsieur, dit René de Mauléon, je ne laisserai pas méconnaître votre autorité aujourd'hui parce que, comme vous le dites, nous sommes près de l'ennemi... Mais il y aura des juges pour m'entendre et pour décider si un gentilhomme ne peut exprimer son indignation quand il voit manquer à l'honneur...

D'Arène était pâle de rage.

Le lieutenant alla vers les soldats.

— Mes braves, faites votre devoir... Le marquis d'Arène a encore le droit d'être obéi de vous quoiqu'on ne lui ait que trop obéi déjà... Il aura d'ailleurs à rendre compte de sa conduite comme moi de la mienne.

— Qu'on l'enchaîne ! ordonna le commandant.

On exécuta son ordre.

— Les chaînes qu'il avait apportées pour Gaspard de Besse serviront du moins à quelque chose, murmura Renardot.

— Le prisonnier doit rester à l'arrière-garde sous la surveillance de quatre hommes qui lui tireront dessus s'il cherche à s'échapper.

— C'est bien le moment de diminuer son effectif, dit encore l'ancien policier qui décidément trouvait son patron maladroit.

D'Arène ne laissa pas que d'être embarrassé lorsqu'il lui fallut prendre une décision sur le point vers lequel il devait diriger sa colonne.

— Peut-être, lui insinua Renardot, serait-ce le moment d'interroger cet individu dont je vous parlais tout à l'heure...

— Soit ! qu'on l'amène ! dit brusquement le marquis.

Rouget ne tarda pas à être en présence du commandant auquel il essaya encore de se faire passer pour un paysan inoffensif.

Cadet et lui avaient vu la mort de Simon et n'avaient rien compris à cette scène. Toutefois, il ne leur semblait pas que l'on pût plaisanter avec d'Arène.

Celui-ci ayant manifesté son impatience pendant que Rouget répétait son histoire, le bandit s'interrompit :

— Monseigneur ne me croit pas...

— Non certes...

— Je ne mens pas...

— Tu t'imagines que je suis bien naïf... Quand on rencontre des paysans de ton espèce, si on ne veut pas se donner la peine de les livrer à la maréchaussée, on les fusille, on les pend... Mais tu ne vaux peut-être ni les balles qu'on te logerait dans le corps, ni la corde qui te ferait balancer entre ciel et terre.

D'Arène se tourna vers Renardot.

— Quel renseignement pourrait-il nous donner ?...

— Sait-il où est le Saut-du-Diable ?...

— Voyons, réponds vite, dit le marquis, car je ne suis pas en humeur de plaisanter...

Il se trouvait par hasard que Rouget, qui ne restait pas souvent au château d'Oppède, avait vu dans ses excursions le précipice, mais, bien entendu, il n'avait jamais entendu parler ni de la caverne où se cachaient maintenant Gaspard de Besse et sa bande, ni du chemin qui aboutissait à la plate-forme sur laquelle ce refuge avait son entrée.

Cadet jugea à propos de placer son mot.

— Ce n'est pas seulement du Saut-du-Diable qu'il s'agit, c'est de la grotte.

Rouget avait pris une résolution.

— Je la découvrirai bien, mais quelle sera ma récompense ?

— Maroufle, tu ne comptes pour rien l'honneur que nous t'accordons en te suivant...

— C'est un honneur considérable, en effet... Il faudrait cependant autre chose...

Renardot intervint.

— Nous te comprenons... Eh bien, on te lâchera ensuite et ce sera beaucoup...

Rouget eut un éclair de joie...

— Monseigneur me donne-t-il sa parole de gentilhomme ?...

— Malepeste ! Tu es exigeant, toi... Je te la donne, soit !

— Et combien avec cela, s'il vous plaît ?...

— Voilà un coquin qui ne doute de rien... Ma foi, tu as raison... Je te promets vingt beaux louis d'or si tu me livres la bande et son chef.

— On a annoncé deux mille écus...

— Tu te les feras remettre si tu peux... Mes vingt louis ne comptent pas dans cette somme... Je serai trop content si je tiens en mon pouvoir ce damné de Gaspard de Besse pour te marchander n'importe quoi !...

— Je serai aussi satisfait que vous, monseigneur.

Rouget avait un air convaincu que remarqua d'Arène...

— Ah çà, il t'a fait quelque chose ?...

— Je désire sa mort de toutes mes forces.

Le visage du bandit respirait la haine la plus vive...

— Renardot, je reconnais que tu as parfois du flair, dit le marquis à son acolyte, tu avais raison tout à l'heure, de penser que la capture nous servirait, et moi j'avais tort d'en douter... Cela prouve qu'à chacun son métier. Tu es un grand pourchasseur d'hommes.

Le compliment fut agréable à Renardot.

— Confiez-moi cet individu, et j'en tirerai, je vous jure, tout ce qu'on peut en tirer.

Rouget regarda avec méfiance ce personnage noir. Il préférait encore avoir affaire au marquis.

— En route ! dit celui-ci.

Un moment après, conduite par Rouget, la colonne se dirigeait vers le Saut-du-Diable.

Le marquis d'Arène avait fait faire le carré. On n'avançait que très lentement, car avec cet ordre de marche on ne pouvait suivre les sentiers creusés dans le roc.

Parfois un côté du carré était à cinquante pieds plus haut que le côté opposé.

Il fallut cependant bientôt modifier la formation de la colonne, car un défilé se présentait à elle et quelques hommes seulement pouvaient y passer de front.

— Nous ne tarderons pas à être au Saut-du-Diable, dit Rouget.

— Hum ! voici un endroit que Gaspard de Besse défendrait facilement s'il y avait intérêt, fit Renardot. Je n'aime pas beaucoup ces promenades dans les montagnes... Vingt hommes adroits peuvent en tuer quatre cents...

— Gaspard de Besse, dit le marquis d'Arène, n'est pas adroit. C'est un grossier paysan à qui on a fait une réputation imméritée.

Renardot et même Rouget n'étaient pas de cet avis.

Enfin, on se trouva dans le Saut-du-Diable.

Un immense trou béant s'offrait aux soldats. L'horreur était le caractère distinctif de cet endroit du Lubéron.

Aucune plante si maigre qu'elle fût, aucun signe de végétation, rien que des rochers qui affectaient parfois des formes fantastiques.

Par quel cataclysme, par quelle révolution formidable ce bouleversement avait-il eu lieu ?

Était-ce, comme l'avait raconté Simon, une entrée de l'enfer, un gouffre où Satan avait été englouti ? Ou bien quelque volcan éteint avait-il son cratère en ce lieu à des époques préhistoriques !

Dans les pays de montagne la nature ne perd aucun de ses droits. Son apparence seule est somnolente pour l'être humain qui ne sait pas comprendre... La pierre n'est pas inerte ; elle vit, a ses caprices, et des tremblements de terre n'expliquent même pas les changements soudains.

Rouget ne savait plus que faire devant le précipice. Son embarras était d'autant plus grand qu'il se sentait examiné par le méfiant Renardot. Son hésitation pouvait perdre le bandit.

— Eh bien ! lui demanda l'ancien policier, où penses-tu que se cache Gaspard de Besse ?...

— Il n'y a peut-être ici, dit Rouget, que la difficulté de choisir... Qu'a donc entendu l'homme que l'on a trouvé au château ?...

Cadet, sur l'ordre d'Arène, répéta de son mieux les explications de Gaspard de Besse, qu'il s'obstinait à appeler M. de Galtières.

L'amoureux de Toinette manquait bien de quelque clarté, mais il était évident que Gaspard de Besse avait dit que la grotte était dans le Saut-du-Diable et non pas à côté.

On sait même que le capitaine avait commis une légère inexactitude en disant qu'il trouverait un refuge dans les profondeurs du gouffre.

Soudain Rouget se frappa la tête.

— Qu'y a-t-il ? demanda Renardot.

Le bandit se rappelait soudain un fait qui l'avait frappé. Un jour, il lui avait pris la fantaisie de jeter un quartier de rocher dans l'abîme. Il n'avait même pas entendu le bruit causé par la chute du projectile, mais, une autre fois, où il était arrivé au Saut-du-Diable par un chemin différent, le bruit de la chute d'une autre pierre lui était parvenu, au contraire, à un intervalle très court.

Il en avait conclu que la profondeur était inégale, ou que quelque obstacle avait arrêté le second quartier de roche.

Cette observation lui revenait maintenant à l'esprit, et il éprouvait le désir de savoir à quoi s'en tenir sur ce que l'on pouvait voir en se faisant descendre de quelques pieds dans cet immense puits.

Rouget n'était pas très courageux, mais sa vie était en jeu et il voulait faire preuve de zèle pour désarmer ceux qui le retenaient captif.

Il expliqua sa pensée à Renardot qui acquiesça aussitôt à sa demande.

On passa donc une corde autour des reins de Rouget, et des soldats en prirent l'extrémité.

— Eh ! camarades, fit le bandit, tenez bien au moins. Beaucoup de précautions sont utiles... Vous tirerez la corde à vous dès que je l'agiterai, et n'allez pas trop vite, car vous pourriez me casser la tête.

— Ce ne serait peut-être pas dommage, dit le marquis d'Arène.

— Ah ! mon commandant, pour le moment vous avez plus besoin de moi que je n'ai besoin de vous.

— Insolent !

Rouget n'insista pas. Un instant après, il se trouvait suspendu et commençait à opérer sa descente.

La corde était assez longue, mais on n'eut pas à la déployer tout entière, car presque aussitôt une oscillation indiqua que le bandit voulait remonter.

Quand il reparut, il était livide.

— Ah ! je l'ai échappé belle.

D'Arène et Renardot l'interrompirent avidement.

— J'ai vu Gaspard de Besse, dit-il. Il était sur une plate-forme, une lanterne à la main... Ah ! si j'avais été à portée de son pistolet, il m'eût certainement tué... mais j'étais trop éloigné...

— A quel endroit est située la plate-forme ?

— Ici, à droite... Mais nous ne pouvons y aller en suivant l'ouverture du précipice... Il nous faut revenir sur nos pas afin de prendre un autre chemin...

— Il peut s'échapper pendant ce temps-là...

— Cela me semble difficile... Laissez néanmoins ici quelques hommes chargés de nous avertir si on le voyait apparaître sur un point quelconque du Saut-du-Diable.

— Je veux bien.

La colonne s'engagea de nouveau dans le défilé, mais quand elle y fut tout entière, un bloc se détacha soudain d'un énorme rocher. Deux soldats furent écrasés.

— Un accident ! fit d'Arène.

Un second bloc, plus lourd que le premier, tua trois autres hommes, et ses éclats vinrent atteindre le marquis d'Arène.

— Morbleu !... Qu'y a-t-il ?...

Presque immédiatement, une balle siffla à ses oreilles.

— Qu'est-ce que je disais ?... s'écria Renardot. Dans ce passage, vingt hommes peuvent venir à bout de quatre cents, et Gaspard de Besse, qui est intelligent malgré ce qu'en dit monsieur le marquis, va en profiter... Nous sommes perdus !...

— Perdus ! dit Cadet avec terreur.

Une grêle de balles harcelait maintenant la colonne. Des bandits, apparus sur la crête des rochers, tiraient dans le tas et toujours à coup sûr.

Impossible d'opposer la moindre résistance. Ce fut bientôt une véritable boucherie humaine. Des cris lugubres, des plaintes, des gémissements vinrent bientôt se faire entendre, auxquels se mêlaient les sauvages clameurs des bandits dont le feu ne cessait pas un seul instant.

Le spectacle offert par le défilé était celui d'un sauve-qui-peut général, d'une horrible débandade. Officiers, soldats, pêle-mêle, essayaient de s'échapper et luttaient entre eux tant la panique était grande !

A la sortie du passage étroit, les fuyards se jetèrent dans la montagne. Il en est qui n'arrêtèrent leur course qu'à Oppède.

D'autres allèrent s'égarer dans les gorges et ne purent retrouver leur chemin qu'après plusieurs jours d'angoisses et de misère.

Les trois quarts de la colonne furent anéantis.

D'Arène en fut quitte personnellement pour une légère blessure, mais peut-être eût-il préféré la mort à une semblable défaite !

CHAPITRE LIV

La Saint-Huberti

ADAME d'Orbeval et Mme de la Tour ne s'étaient pas vues depuis longtemps déjà.

Ce n'était pas la faute de Mme de la Tour. Elle s'était rendue plusieurs fois à l'hôtel de son amie, mais soit par hasard, soit pour tout autre motif, elle n'avait pu la rencontrer.

Marguerite était cependant désireuse de savoir comment Gaspard de Besse s'était retiré, quand il avait appris qu'elle ne pouvait venir au rendez-vous qu'elle lui avait donné. C'était précisément ce que Mme d'Orbeval éprouvait un certain embarras à lui dire. On devine pourquoi.

Juliette était évidemment capable de dissimuler la vérité, mais elle se sentait peu disposée à être encore la confidente de Marguerite après ce qui s'était passé.

Le bandit avait fait plus d'impression sur elle que bien d'éphémères conquêtes. Elle gardait le souvenir brûlant de cette nuit d'amour dans laquelle il l'avait à la fois possédée comme soubrette et comme grande dame.

Mme de la Tour finit par être très surprise de ne jamais trouver Mme d'Orbeval dans son hôtel.

Elle interrogea les domestiques qui lui répondaient que leur maîtresse était absente et acquit la conviction que celle-ci la fuyait.

Dès qu'elle eut cette certitude, Marguerite se livra, bien entendu, à des suppositions de toutes sortes qui lui donnèrent le soupçon de la vérité. Elle résolut alors d'entrer inopinément chez son amie et d'avoir l'entretien qu'elle lui refusait.

Mme de la Tour gagna une des soubrettes de Mme d'Orbeval avec une bonne gratification et la promesse de la prendre à son service si elle était renvoyée.

Marguerite fut, un matin, introduite dans le boudoir de Juliette, au moment où celle-ci venait de terminer sa toilette.

Mme d'Orbeval poussa un léger cri.

— Marguerite!...

L'intendante l'embrassa comme si rien n'était.

— Tu es étonnée de me voir à cette heure.

— J'avoue...

— Eh bien, moi, je suis encore plus surprise que toi d'être aussi matinale...

La d'Argenterie lui adressa la parole. (Page 464.)

— Tu as à me dire quelque chose d'important?
— J'ai à te demander une explication...
— Une explication, à moi?...
— Oui... que t'ai-je fait?...
— Toi?... mais rien...
— Bien sûr?...
— Bien sûr!...
— Alors, que m'as tu fait?...
Mme d'Orbeval ne put cacher son trouble.

— Je ne me trompe pas... Si tu m'évites depuis quelque temps, c'est que l'une de nous est coupable envers l'autre... Si ce n'est pas moi... c'est toi...

— Je t'assure,...

— Autrefois, nous ne restions pas, quand j'étais à Marseille, plus de deux ou trois jours sans nous voir... En voilà bientôt quinze que je viens chez toi sans être reçue et que tu ne viens jamais chez moi... Il y a quelque chose là-dessous, Juliette...

— Quelle idée !...

— Et ce quelque chose, mon Dieu ! je le devine peut-être...

— Quoi donc ?

— Gaspard de Besse...

Juliette devint tout à fait pourpre.

Marguerite continua :

— C'est depuis ce soir où tu as servi mes amours que tu te conduis avec moi comme tu ne t'es jamais conduite... Quel est donc ce mystère ?...

Ce mystère devenait hélas ! de moins en moins impénétrable pour l'intendante.

Si Mme de la Tour n'eût pas déjà à peu près deviné ce qui s'était passé en son absence, l'attitude de Mme d'Orbeval le lui eût fait connaître.

Devant une rivale autre que celle qui lui parlait, Juliette eût, sans doute, montré un front audacieux, pris un air de défi, célébré sa victoire avec l'orgueil d'une femme sûre de sa beauté. En présence de Marguerite, pour qui elle avait de l'affection et qu'elle avait trahie, elle ne pouvait que rester confuse.

Mais chez Mme de la Tour, il n'y avait pas beaucoup de colère. La fidélité n'était guère dans ses habitudes et elle n'était pas de celles qui exigent des autres ce qu'elles ne sauraient leur accorder elles-mêmes.

Bien que son amour pour Gaspard de Besse eût une origine assez ancienne, elle ne le lui avait guère montré que sous la forme légère d'un caprice.

Elle s'était donnée à lui sans condition, sans exiger de lui la moindre promesse, en grande dame qui satisfait son goût pour un aventurier séduisant.

On se rappelle même qu'elle n'avait d'abord témoigné au capitaine qu'une médiocre confiance, puisqu'elle avait mis un masque et ne l'avait enlevé que sous l'empire d'une exaltation dans laquelle, plus que le cœur, les sens jouaient leur rôle.

Donc, après avoir ressenti une première sensation pénible, Marguerite avait accepté avec philosophie la pensée qu'elle avait été remplacée trop consciencieusement par Mme d'Orbeval.

S'imaginant fort bien, du reste, que, depuis cette époque, Gaspard de Besse eût eu d'autres maîtresses, Mme de la Tour ne songeait guère qu'à jouir de l'embarras de sa petite folle d'amie.

Elle lui parlait avec une douceur extrême.

— Tu as été d'une amabilité rare... Tu m'as prêté ta chambre cerise et tu t'es chargée de faire venir toi-même ce beau cavalier qui arrivait à peine à Marseille... Est-ce que tu te repentirais, par hasard, de m'avoir rendu service ?... Crains-tu que je te demande encore ton concours dans une circonstance semblable ?...

Juliette releva la tête et dit avec une certaine fermeté :

— Marguerite, tu n'aurais plus à compter sur moi...

— En vérité!... Juliette, est-ce bien toi qui me fais cette réponse, toi si obligeante d'habitude?... Explique-moi le motif de ta résolution.

Mme de la Tour continua ainsi à presser de questions son amie qui finit par se mettre à pleurer.

Marguerite n'y tint plus alors et, la prenant par la main, l'attira presque maternellement à elle.

— Eh bien, eh bien... Voyons... Crois-tu que je n'ai pas compris?... Gaspard de Besse a trouvé une blonde à la place d'une brune... Et comme il est charmant, ce bandit, comme il est aussi très entreprenant, la blonde n'a pas été plus farouche que la brune se proposait de l'être... Sèche tes larmes... Je te revaudrai cela, voilà tout, à la première occasion.

Un moment après, elles étaient réconciliées toutes deux ou du moins le nuage qui avait existé dans leur amitié se trouvait dissipé. Elles riaient aux éclats, car l'aventure de Mme d'Orbeval avec Gaspard de Besse avait amené le récit d'une aventure semblable dans laquelle Marguerite avait joué à peu près le même rôle que Juliette. Cette fois-là, cette dernière avait été victime.

— Je ne m'en étais pas doutée, fit-elle, mais alors, nous sommes quittes...

— Pas tout à fait, Gaspard de Besse vaut mieux que le marquis de...

— C'est vrai, dit ingénument Mme d'Orbeval.

Mme de la Tour perdit tout à coup sa gaieté.

— Ah! ma chère amie, je ne sais comment j'ai la force de rire...

— Qu'as-tu?

— Mon mari...

— Eh bien, il te trompe?

— Il dépasse peut-être les bornes...

— Allons donc!...

Mme de la Tour sortit une petite brochure qu'elle avait sur elle.

— On m'a envoyé ça.

— Qu'est-ce?

— Regarde!...

La brochure en question avait pour titre : *Les époques désirées ou abrégé de la vie de la Tour*. Elle reprochait à l'intendant d'avoir vendu pour une actrice l'horloge du parc de l'arsenal de Marseille.

— C'est absurde!

— Nous sommes assez riches, en effet, pour que mon mari n'ait pas besoin de vendre l'horloge du parc de l'arsenal, mais il n'en est pas moins vrai qu'il fait des dépenses très considérables pour ces créatures. On ne m'a pas caché le nom de celles qui lui ont coûté les plus fortes sommes. Ce sont pour la plupart des filles d'opéra : la Campoursi, la Chichotte, les deux sœurs Gaumini... Un soir, j'applaudissais au théâtre la danseuse Mariette... Tout le monde me regardait en riant, car j'étais la seule à ignorer que c'était la maîtresse en titre de M. de la Tour...

— Tu as tort de te plaindre... Je voudrais bien que mon mari fît comme le tien... Il me laisserait plus tranquille...

— M. d'Orbeval ne se ruine pas avec les filles d'opéra.

— Non, certes! Il se borne à être horriblement jaloux de sa femme.

— Ce qui n'empêche pas...

— Ce qui n'empêche rien... Est-ce que la jalousie a jamais empêché quelque chose?

— Enfin, tout a des limites... et je trouve que M. de la Tour va trop loin... On m'assure qu'à ses conquêtes, il vient d'en ajouter une plus brillante, c'est-à-dire plus coûteuse que les autres. C'est celle de la Saint-Huberti.

— La Saint-Huberti !...

— Oui, cette fameuse cantatrice, arrivée récemment, et dont le succès est si grand...

— Je ne l'ai pas encore entendue chanter...

— Ni moi non plus... et je n'irai pas au théâtre pour elle. J'aurais trop peur qu'il ne m'arrivât ce qui s'est produit pour la danseuse Mariette...

— C'est dommage... Moi qui allais t'inviter à venir ce soir dans ma loge.

— Que joue-t-on?

— *Didon*, et il paraît que la Saint-Huberti y est incomparable.

— Ah ! vraiment ! Eh bien, non, je ne me passerai pas du plaisir de la voir à cause de M. de la Tour. Je change d'avis et...

— Tu acceptes?...

— J'accepte, car j'éprouve aussi la curiosité de savoir comment est cette femme...

Mme de la Tour et Mme d'Orbeval se séparèrent ainsi avec le projet de se retrouver au théâtre.

L'intendante avait, on le voit, pris assez aisément son parti de la mésaventure que lui avait value son rendez-vous manqué avec Gaspard de Besse. Il n'y avait, chez elle, aucune rancune à l'égard de son amie et à l'égard de l'infidèle.

Le soir, en effet, elles assistèrent à la représentation de *Didon*.

A cette époque, l'unique salle de spectacle de Marseille était située rue Vacon. Elle était, paraît-il, d'abord assez élégante, car, peu après son ouverture en 1738, un mémoire des échevins disait : « qu'elle était peut-être la plus belle qui fût en France. »

Il y avait, sans doute, dans ce mémoire, une exagération toute méridionale.

En tous cas, au moment des représentations de la Saint-Huberti, on se préoccupait fort de remplacer la salle Vacon par une autre qui satisfît aux conditions du goût moderne et aux exigences de l'art, pour la commodité des spectateurs et pour la sûreté publique.

La loge de Mme d'Orbeval était une première loge de face. Les premières loges de côté étaient alors fort mal fréquentées par de jeunes femmes qui s'y montraient sans cavalier, et dont la profession était facile à deviner. L'entrepreneur du théâtre leur donnait leurs entrées franches dans ces loges, y trouvant, sans doute, son compte.

La belle société, qui n'allait guère au spectacle qu'en des circonstances exceptionnelles, se réfugiait aux secondes ou dans les loges des premières les plus éloignées de la scène. Depuis 1766, la scène n'était plus encombrée de spectateurs assis sur des banquettes.

La Saint-Huberti excitait réellement le plus vif enthousiasme. Pensionnaire de l'Académie royale de musique, elle était arrivée à Marseille, précédée d'une grande réputation. On savait que le chevalier Glück était un de ses admirateurs et la considérait comme la meilleure de ses interprètes.

On racontait que l'illustre compositeur avait lui-même favorisé ses débuts dans *Armide*, mais, comme le succès avait été lent à venir, il avait pris souvent la défense de sa protégée, avant que son mérite fût reconnu de tous.

Un jour que la chanteuse, très peu payée et végétant dans une quasi-misère, arrivait à l'Opéra, il entendit ses camarades railler sa pauvre robe noire usée.

— Ah! voilà madame la Ressource!

Glück s'avança.

— Oui, mesdames, dit-il d'un ton sévère, car, un jour, elle sera la ressource de l'Opéra.

Il avait prophétisé vrai.

La mort de Mˡˡᵉ Laguerre, la retraite de Sophie Arnould et de Mˡˡᵉ Beaumesnil avaient laissé la Saint-Huberti sans rivale. Elle avait pu montrer son talent et devenir première chanteuse en titre.

Iphigénie en Tauride, *Alceste*, *Armide*, *Didon*, lui avaient fourni ses plus beaux rôles. Dans *Didon*, célèbre opéra de Piccini qu'elle avait créé, elle entrait assez tardivement en scène.

Aux répétitions, l'exposition de l'œuvre commençait à exciter des murmures, quand Piccini s'écria :

— Messieurs, avant de juger *Didon*, attendez au moins que Didon soit arrivée.

En effet, dès que Saint-Huberti fut entrée, on ne s'impatienta plus et le succès fut certain.

La célèbre cantatrice ne passait pas pour belle. Cependant elle avait inspiré de grandes passions. Le compositeur le Moyne, qui avait fait son éducation musicale, en avait été vivement épris, puis elle avait rencontré à Strasbourg un certain chevalier de Croissy qui, n'ayant pu l'avoir pour maîtresse, car elle était encore très honnête, lui avait proposé de l'épouser.

Elle avait eu le tort d'accepter, car ce chevalier de Croissy était le plus misérable des hommes. Il avait lui-même poussé la chanteuse à avoir des amants afin d'en tirer profit.

Toutefois, elle était trop préoccupée de sa profession pour devenir une femme galante. Dans l'entourage empressé qu'attirait autour d'elle sa grande renommée, elle n'avait que rarement fait un choix.

Les hommes qui lui avaient plu étaient ceux qui lui avaient été désignés par leur mérite ou leurs qualités artistiques.

Au grand désespoir de son mari, elle avait toujours préféré à d'opulents fermiers généraux soit un poète, soit un musicien, ou même un camarade lui rappelant peut-être encore le personnage qui, sur la scène, lui avait exprimé des sentiments nobles ou tenu un amoureux langage...

Les acteurs et les actrices sont, plus souvent qu'on ne le croit, victimes eux-mêmes des illusions du théâtre.

La Saint-Huberti avait fini cependant par être touchée des hommages d'un jeune homme riche qui avait conçu pour elle une violente passion.

Ce jeune homme était le comte d'Entragues qui s'était aussitôt attaché à ses pas. Il l'avait accompagnée à Marseille, ainsi que le chevalier de Croissy avec lequel il était loin de vivre en bonne intelligence.

Malgré la fortune du comte d'Entragues, ce n'était pas encore un amant de ce genre que le chevalier eût voulu pour sa femme.

Le comte, d'autre part, haïssait et méprisait ce triste sire. Il avait eu plusieurs fois l'idée de le provoquer et de le tuer, mais la Saint-Huberti lui avait déclaré qu'elle ne le reverrait de sa vie s'il tirait l'épée contre son mari.

La cantatrice n'avait, jusqu'alors, qu'à se féliciter de son voyage à Marseille. Applaudissements frénétiques, couronnes, hommages de toute espèce lui avaient été prodigués.

L'intendant de la Tour avait contribué à ces ovations, mais il est probable que sa femme avait été mal informée et qu'il n'avait pas cherché à obtenir les faveurs de la Saint-Huberti.

La danseuse Mariette étant partie pour Lyon, M. de la Tour l'avait remplacée par M⁽ˡˡᵉ⁾ Cifolelli qui faisait aussi partie de la troupe du théâtre de Marseille et qui se montrait assez jalouse de son amant.

Parmi les Marseillais qui furent les plus empressés auprès de M⁽ᵐᵉ⁾ Saint-Huberti, on cite le négociant Audibert qui venait de faire construire sur la plage d'Arenc la maison de plaisance, connue plus tard sous le nom de Château-Vert.

Audibert eut l'idée d'offrir à la cantatrice, dans cette villa, une fête dont nous trouvons le récit dans le *Journal de Provence*, par Beaugeard :

« M⁽ᵐᵉ⁾ Saint-Huberti fut conduite par eau chez Audibert. Toute la ville fut en mouvement, car on tirait le canon. Des fanfares joyeuses retentissaient dans l'air. Le cortège, composé d'un grand nombre de jeunes gens des familles les plus distinguées, et tous vêtus d'un uniforme blanc, s'embarqua sur le port.

« Il y avait foule de bateaux, les banderoles flottaient au vent.

« Jamais princesse, dans l'éclat de la gloire, de la puissance et de la beauté, ne reçut un accueil pareil.

« La célèbre cantatrice, portant un magnifique costume qui lui avait été offert par les dames grecques établies à Marseille, put un moment se croire la souveraine d'une ville qui la comblait de témoignages d'admiration et d'amour, et, de fait, elle régnait alors par le prestige de son talent qui ne laissait personne insensible et froid, par la force de l'opinion qui ne lui donnait pas d'égale en scène. »

La première pièce jouée par la Saint-Huberti à Marseille avait été *Iphigénie en Tauride* ; la deuxième fut *Alceste*. Ce soir-là une couronne, entre mille, tomba à ses pieds avec les vers que voici :

> La malheureuse Iphigénie
> Jamais ne versa tant de pleurs,
> Que par ton art, par ton génie
> Tu viens d'en arracher à nos cœurs.
>
> Sangaride fut moins touchante,
> Cybèle eût calmé sa rigueur,

Si cette voix qui nous enchante
Eût exprimé ses peines, sa douleur.

Pluton même, sublime Alceste,
A ces cris déchirants, à ces accents
Eût révoqué l'arrêt funeste
Et t'eût rendue à ton époux.

L'auteur de ces vers ne fut pas assez modeste pour garder l'anonyme. Il les mit le lendemain en musique, et les envoya en partition à grand orchestre à la Saint-Huberti.

Après le succès de la cantatrice dans *Iphigénie* et dans *Alceste*, on l'attendait avec beaucoup d'impatience dans *Didon*, qui n'avait jamais été joué à Marseille.

CHAPITRE LV

Didon

E matin de l'entretien de Mᵐᵉ de la Tour et de Mᵐᵉ d'Orbeval, l'affiche avait enfin annoncé en ces termes la représentation tant désirée :

« Par permission, les comédiens de Mgr le maréchal prince de Beauvau donneront ce soir une représentation de *Didon*, opéra italien en trois actes, musique de Nicolo Piccini, dans lequel Mᵐᵉ Saint-Huberti remplira le rôle de Didon. »

Il est à remarquer que le maréchal de Beauvau était alors gouverneur de Provence et que les acteurs du théâtre de Marseille s'intitulaient, depuis 1755, comédiens de ce haut fonctionnaire.

Le sieur Donnet était directeur de la troupe. Il avait introduit de notables améliorations dans l'art des machines et des décors. Quant à la réforme du costume, elle commençait à s'opérer, bien que l'on eût encore sur la scène des sultanes en paniers et en falbalas, des Turcs vêtus à la polonaise, des Hébreux en perruques et des diables en robes de médecin.

La Saint-Huberti passait pour aimer l'exactitude historique. On savait que pour sa création de Didon, à Paris, son costume avait été scrupuleusement copié sur un dessin envoyé de Rome par un artiste du cabinet du roi.

La curiosité ayant été surexcitée, la salle se trouva vite comble. Elle offrait un coup d'œil des plus agréables, par suite de l'élégance des toilettes. Les broderies d'or et d'argent, les dentelles, les fleurs se mêlaient harmonieusement; mais la femme était, comme toujours, la principale parure de cette fête.

Les Marseillaises n'ont jamais cessé d'être belles, si elles ont cessé parfois d'être vertueuses. Casanova disait d'elles, en 1760, que « non seulement elles se piquaient de ne rien refuser, mais encore qu'elles étaient les premières à tout offrir. »

Il est permis de croire toutefois que Casanova, débauché lui-même et coureur d'aventures, ne fréquentait pas la meilleure société de la ville.

Avant le lever du rideau, Mᵐᵉ de la Tour désigna à Mᵐᵉ d'Orbeval un homme qui était debout à la galerie des premières loges de côté, occupées ordinairement, comme nous l'avons dit, par des filles légères.

Cet homme avait les allures d'un villageois aisé. Il était grand, un peu lourd et embarrassé. Une veste étroite et courte dessinait son torse vigoureux et laissait voir la ceinture qui lui serrait les reins.

Son tricorne, avancé sur le front, contenait à peine les boucles d'une chevelure brune, onduleuse et drue à laquelle se mêlaient quelques fils argentés.

Il était assez remarqué, car, aux places où il se trouvait et dont le prix était trois livres douze sous, on ne voyait que des gens de noblesse ou des bourgeois riches. La petite bourgeoisie allait aux troisièmes et le menu peuple au paradis. Au parterre on n'admettait que des hommes.

Les belles dames des loges de côté avaient aussi fait attention au villageois qui avait été l'objet de leurs commentaires. Deux surtout avaient apprécié le plus ou moins d'avantage qu'il y aurait à s'en faire un galant.

— Eh! la d'Argenterie, qu'est-ce que c'est donc que ce rustre qui est à la galerie?...

— Comment veux-tu que je le sache?

— Je croyais que tu connaissais tout le monde.

— Excepté les rustres, comme tu dis, ma chère Sauterelle.

— Ne t'imagine pas que, en le traitant de rustre, j'aie eu l'intention de le dédaigner. J'ai simplement voulu indiquer qu'il venait de la campagne. Cela ferait, sans doute, un amoureux très présentable...

— Je suis persuadé que sa ceinture renferme une collection d'écus de six livres.

— Ma foi, quatre écus de six livres valent un louis de vingt-quatre livres.

Après cette réflexion les deux femmes, sans quitter leur loge, se rapprochèrent du villageois. Celui-ci, toujours debout, paraissait regarder la salle d'un air émerveillé.

La d'Argenterie lui adressa la parole.

— Beau brun, veux-tu que, après le spectacle, je te donne à souper?

Le villageois eut un mouvement brusque et vit la d'Argenterie. C'était une beauté plantureuse qui n'était pas de la première jeunesse, mais qui savait habilement, des ans, « réparer l'outrage. »

Elle avait toujours une bouche de corail, des dents de perles, une carnation

C'était un homme porteur d'un falot. (Page 472.)

ardente, un regard provocant. Il se dégageait d'elle comme un parfum voluptueux.

La d'Argenterie, maintenant sur le retour, avait été une des courtisanes les
plus connues de Marseille et de Lyon.

C'était dans cette dernière ville qu'elle avait fait ses débuts. Elle s'y était réfugiée, à peine âgée de dix-sept ans, après s'être sauvée avec un amoureux de chez
son père, négociant d'Angoulême.

Plus tard, cette créature pervertie avait attiré à Lyon sa jeune sœur Chichotte,
qui sortait à peine du couvent, et l'avait vendue pour deux cents louis à un homme

opulent. Comme l'enfant refusait de se livrer à ce misérable, la d'Argenterie l'avait prise dans ses bras et avait réussi à paralyser sa résistance.

Cette aventure, dont on trouve le récit dans les *Mémoires* du marquis d'Argens, qui fut un des amants de Chichotte et de la d'Argenterie, fit beaucoup de bruit à Lyon et attira l'attention du lieutenant criminel.

Sur le point d'être arrêtée, la courtisane prit la fuite avec sa sœur et se rendit à Marseille où elle recommença ses exploits.

Elle se fit d'abord enlever par un officier, puis se donna à un sous-diacre de Saint-Omer qui s'était sauvé des Cordeliers où il avait fait des vœux monastiques. L'officier et le sous-diacre eurent le même sort; ils furent également trompés.

Un malheureux fut si épris de cette dangereuse charmeresse, qu'il consentit à l'épouser; mais cela n'empêcha pas celle-ci d'avoir une foule d'adorateurs et de n'en refuser aucun. Nous l'avons vue un soir chez la Rebier, excitant au jeu le jeune Gaspard Bouis, sur la demande du marquis d'Arène.

Sa compagne, la Sauterelle, était une blonde qui avait fait quelque temps partie du ballet du théâtre de Marseille, mais qui l'avait quitté, préférant les succès de la salle à ceux de la scène.

Le villageois, assez impressionné à la vue de la d'Argenterie, ne répondit pas néanmoins à son invitation.

La d'Argenterie, trop experte en pareille matière pour ne pas voir l'effet produit, revint à la charge.

— Tu es apparemment un nouveau débarqué?... D'où es-tu?

— Je suis de Marignane.

— Et y a-t-il de jolies femmes à Marignane?...

Le villageois détourna la tête comme pour éviter le regard de la d'Argenterie. Celle-ci eut un geste de dépit.

— C'est un *fada*, dit-elle.

Ce mot, en provençal, signifie idiot; mais on qualifiait ainsi, parmi les prostituées marseillaises, les bons enfants peu au courant du siècle, peu entreprenants dans le commerce de la galanterie.

Au même moment, Mme d'Orbeval disait à Mme de la Tour :

— Non, il n'a rien de commun avec lui.

— Tu l'as vu si peu, répondait doucement l'intendante.

Cependant le spectacle commençait.

Le livret de l'opéra de Piccini était tiré d'une tragédie de Métastase, qui a inspiré plus de quarante compositeurs italiens.

L'action se concentre dans un cercle très restreint de personnages.

Didon, veuve de Sichée, mis à mort par Pygmalion, son frère, roi de Tyr, se réfugie avec ses trésors sur les côtes d'Afrique, où elle fonde Carthage.

Elle est recherchée par divers prétendants, entre autres par Jarbas, roi de Gétulie, mais elle repousse toujours ses vœux pour rester fidèle à la mémoire de son mari.

Jarbas s'est introduit à Carthage, sous le nom d'Arbax, comme ambassadeur. Ce moyen appartient en propre au poète italien qui suit, d'ailleurs, assez fidèlement l'*Enéide*.

Il faut croire que si Arbax, ou plutôt Jarbax, n'est pas suffisamment éloquent pour persuader à Didon qu'elle doit oublier Sichée, Énée est bien plus habile, ou plutôt se montre beaucoup plus séduisant.

A peine arrive-t-il, jeté par une tempête sur le sol africain, à peine a-t-il raconté ses malheurs et la ruine de Troie que l'amour, un amour violent, pénètre dans le cœur de la reine.

Elle se donne à lui et ne veut plus le laisser partir, lorsque les dieux ordonnent au proscrit de poursuivre sa route vers l'Italie où une nouvelle Troie est promise à son patriotisme.

Énée se rembarque néanmoins, et Didon abandonnée se tue de désespoir.

Piccini avait rendu avec talent les divers sentiments auxquels se trouve en proie la reine de Carthage, mais la Saint-Huberti savait merveilleusement faire valoir la musique et le livret.

Nul mieux qu'elle n'exprimait le tendre intérêt que Didon éprouve pour Énée, tandis qu'il fait le poétique et touchant récit au début duquel Virgile a placé ce vers célèbre :

Infandum, regina, jubes renovare dolorem.
(Reine, vous m'ordonnez de rouvrir de cruelles blessures.)

Quand il s'agissait de montrer l'amour victorieux, l'amour maître enfin de Didon, et la jetant suppliante aux pieds du prince expatrié, la cantatrice semblait embrasée par cette flamme violente.

Le triomphe de la Saint-Huberti était surtout dans la dernière scène, lorsque Didon délaissée se perce le sein pour ne pas survivre à la perte de son amant. Elle savait faire passer ses angoisses, sa douleur, son désespoir dans l'âme des spectateurs.

Le public impressionnable de Marseille ne savait comment exprimer ce qu'il ressentait, son admiration pour le génie de l'actrice. Après chaque acte, cela avait été des rappels et des ovations interminables.

Mais une des personnes qu'elle remua le plus, ce fut évidemment le villageois dont nous avons signalé la présence.

A l'entrée de la Saint-Huberti, il avait eu un mouvement de surprise et puis, peu à peu, elle s'était emparée de tout son esprit, de tout son cœur.

Il avait suivi la transfiguration opérée chez la cantatrice dont la figure, les traits peu prononcés étaient ordinairement dépourvus de grâce. Il l'avait vue, avec stupéfaction, devenir belle de toute la beauté de l'art dont elle était une si surprenante interprète.

Il n'y avait rien de commun entre la voyageuse du relais du Pin et la Didon, amoureuse et superbe, car c'était la Saint-Huberti, accompagnée du chevalier de Croissy et du comte d'Entragues, que Gaspard de Besse, Cabannes et de Valors avaient vue se diriger vers Marseille.

Le rideau est tombé. La d'Argenterie et la Sauterelle jettent encore un regard du côté de leur *fada* qui, toujours à sa place, semble ne plus songer à la quitter.

Le villageois est maintenant nu-tête et, chose étrange, paraît singulièrement

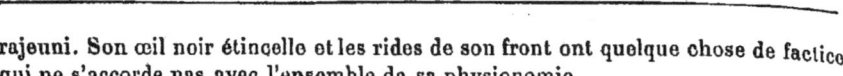

rajeuni. Son œil noir étincelle et les rides de son front ont quelque chose de factice qui ne s'accorde pas avec l'ensemble de sa physionomie.

La d'Argenterie se demande, d'abord, où elle a vu ce visage, puis, toujours préoccupée de ne pas rentrer seule, elle se penche vers l'homme en lui disant :

— Décidément, tu ne viens pas souper ?

Lui se relève et, la regardant avec colère, d'un ton furieux :

— Va-t'en au diable !...

Le villageois, s'apercevant que la salle se vide, se dirige vers la sortie, mais il aperçoit Mᵐᵉ de la Tour et Mᵐᵉ d'Orbeval.

Aussitôt il redevient le personnage qu'il veut paraître, le villageois de Marignane, proche parent, sans doute, de l'épicier Thomas Charpentier. Il passe sans avoir l'air de reconnaître les deux femmes.

— Tu as raison, dit l'intendante, comment ai-je pu me figurer que c'était lui ?...

— Jamais, même pour échapper à la justice, il ne pourra prendre cette tournure lourde et épaisse... Il est si élégant, si distingué, si beau !

— Oh ! oh ! Juliette, quel enthousiasme !

— Pardon... mais c'est plus fort que moi...

— Je ne peux guère m'étonner, moi non plus, de t'entendre parler ainsi. Je fais toujours le contraire de ce que je veux... N'ai-je pas applaudi la Saint-Huberti, malgré ce qu'on m'a raconté ?

— Je ne pense pas qu'elle soit la maîtresse de ton mari...

— Elle le serait que je ne pourrais que le féliciter de posséder une semblable femme... Mais, ainsi que tu le dis, cela ne doit pas être...

Le villageois s'était dirigé vers la porte du théâtre réservée aux artistes. Il y avait déjà, devant cette porte, une foule compacte, désireuse de voir sortir la Saint-Huberti et de lui faire, dans la rue, une nouvelle ovation.

Un carrosse attendait la chanteuse, qui ne tarda pas à paraître. Bien qu'elle fût tout enveloppée, on l'aperçut aussitôt et des applaudissements formidables se firent entendre.

Le villageois put, à la clarté des lanternes du carrosse, voir son visage au milieu des fleurs qui avaient été jetées sur la scène et que l'on avait portées dans la voiture. Ce n'était déjà plus Didon, mais la voyageuse du relais du Pin à l'aspect ennuyé et fatigué. Elle salua sans reconnaissance ses admirateurs.

A ses côtés, avait pris place le chevalier de Croissy dans le fond du carrosse, puis, sur le devant, s'assirent le comte d'Entragues et le négociant Audibert.

— N'importe ! dit Gaspard de Besse, que l'on a sans doute reconnu, cette femme sera à moi !...

CHAPITRE LVI

Le souper

PRÈS *Didon*, la Saint-Huberti chanta *Armide*. Elle ne parut pas cette fois dans le petit rôle de Mélisse qu'elle avait créé à l'Opéra, mais dans celui d'Armide elle-même, l'enchanteresse qui retient Renaud dans ses fantastiques jardins.

Gaspard de Besse assista à cette représentation, caché au fond du parterre.

Il put de nouveau apprécier combien le talent est susceptible de donner la beauté à une artiste incomparable.

Au début d'*Armide*, la Saint-Huberti était éclipsée par ses deux confidentes, Mlles Cifolelli et Ferton, qui étaient toutes les deux très séduisantes, mais, aussitôt qu'elle ouvrait les bras et qu'elle levait la tête d'un air fier et irrité, en s'écriant :

> Je ne triomphe pas du plus vaillant de tous ;
> L'indomptable Renaud échappe à mon courroux.

la réalité faisait place à l'illusion et on ne voyait plus que la grande actrice qui semblait à elle seule remplir le théâtre.

L'émotion allait croissant jusqu'à la cinquième scène du second acte, lorsque Armide lève le poignard, prête à percer le sein de Renaud endormi sur un lit de verdure.

La fureur l'anime à l'aspect de l'infidèle ; puis l'amour s'empare de son cœur, et ces deux sentiments l'agitent tour à tour ; mais la pitié, la tendresse l'emportent à la fin, et l'amour reste vainqueur.

Alors que de mouvements, que d'expressions différentes succédaient dans le regard et sur le visage de la Saint-Huberti, pendant le long monologue qui commence par ces deux vers :

> Enfin il est en ma puissance
> Ce fatal ennemi, ce superbe vainqueur !...

Après la représentation, la foule était encore à la porte des artistes. L'ovation fut aussi chaleureuse que celle dont avait été l'objet la Saint-Huberti le soir de *Didon*.

Un carrosse attendait comme toujours la cantatrice, mais elle hésita à y monter.

— D'où vient, dit-elle à Mlle Cifolelli qui l'accompagnait, que d'Entragues et mon mari n'y sont pas?...

— Ils vous attendent sans doute à Arenc.

C'était à Arenc que la Saint-Huberti habitait depuis la fête donnée par le négociant Audibert. Elle avait tellement admiré la villa de ce riche amateur que celui-ci lui avait offert un logement pendant son séjour à Marseille.

De la maison d'Audibert, la cantatrice aimait à voir la Méditerranée. Elle allait souvent aussi passer des heures entières sur les bords de cette mer aux flots si bleus, ayant un plaisir d'enfant à aspirer les âcres senteurs salines tandis que le flux et le reflux amenaient les vagues mourir à ses pieds.

La Saint-Huberti monta donc dans son carrosse avec une certaine méfiance.

— Encore si Audibert était avec nous?...

— Ne vous a-t-il pas prévenu qu'il n'attendrait pas la fin du spectacle afin de veiller aux derniers préparatifs du souper?

— C'est vrai.

— Audibert tient à montrer une fois de plus qu'il sait bien faire les choses. N'a-t-il pas convié toute la troupe d'opéra : Ponteuil, Saint-Léger, Martin, Dessentis, Mlles Soulier, Ferton ! Il y aura aussi la Savary qui a si bien ce soir dansé la gavotte.

— Il n'y aura pas Mme Ponteuil.

— Mettez-vous à la place de cette femme à qui vous prenez tous ses rôles. Elle ne peut réellement vous voir d'un trop bon œil. N'aura-t-elle pas à souffrir après votre départ, quand le public fera la différence?...

Mme Saint-Huberti ne répondit pas, mais elle revint à sa préoccupation première.

— Si j'avais su que de Croissy et d'Entragues n'y fussent pas, j'aurais offert à deux ou trois camarades de prendre place dans le carrosse...

— Mais de quoi avez-vous donc peur?

— Si on ne nous conduisait pas à Arenc !

— Pour quel motif?

— Je ne sais, mais...

— J'ai reconnu Baptiste, le cocher d'Audibert...

— Ah ! vous avez reconnu Baptiste !... fit la Saint-Huberti plus rassurée.

Le carrosse, pendant ce temps-là, brûlait le pavé. La cantatrice voulut baisser une glace pour voir quelle direction il prenait, mais la Cifolelli lui fit observer qu'elle courrait le risque de s'enrhumer, car l'air du soir était très frais.

Cette observation ne pouvait qu'être écoutée de la chanteuse. Elle se résigna à regarder à travers les glaces, mais les rues de Marseille étaient, à cette époque, si mal éclairées que la Saint-Huberti ne put se rendre compte.

Au bout de quelques minutes, l'allure des chevaux ne se ralentit pas. On avait quitté le pavé de la ville et on se trouvait sur une grande route bordée d'arbres.

— Ce n'a jamais été la route d'Arenc ! dit soudain la Cifolelli.

— En vérité !

— Non, je ne la reconnais pas...

— Mes pressentiments ne m'avaient pas trompée.

Sans craindre cette fois de prendre un rhume, la Cifolelli baissa elle-même la glace et appela à plusieurs reprises :

— Baptiste ! Baptiste !

Le cocher ne répondit pas et les chevaux, redoublant de vitesse, prirent réellement un train d'enfer.

La Cifolelli sentit vite tout son courage l'abandonner.

— Mon Dieu !... mon Dieu ! Nous sommes perdues...

— Mais que peut-on nous vouloir ? dit Mme Saint-Huberti.

— Nous voler, nous dépouiller de nos bijoux !

— Que m'importerait si ce n'était que cela ?

— On nous tuera ensuite !

Chose singulière, à mesure que la Cifolelli n'avait plus son sang-froid, c'est-à-dire à mesure que le danger semblait croître, la Saint-Huberti recouvrait le sien.

Elle passa la main sur son front.

— Il est évident, dit-elle, que cet attentat est dirigé contre ma personne seule, car on ne savait pas, Cifolelli, que vous seriez dans ma voiture...

— Hélas !

— Que dois-je faire ?

— Si nous tentions de descendre...

— Nous nous exposerions à un grave danger...

— Lequel ?

— Celui de nous casser la tête.

Précisément les chevaux paraissaient modérer leur allure... Ils s'arrêtèrent.

A la lueur des lanternes, les deux femmes virent trois hommes qui se tenaient sur la route. L'un d'eux monta sur le siège à côté du cocher.

Les deux autres ouvrirent la portière du carrosse et, se découvrant respectueusement, demandèrent aux actrices si elles ne voyaient pas d'inconvénient à ce qu'ils entrassent dans la voiture.

— Nous sommes en votre pouvoir, dit Cifolelli consternée. Nous ne pouvons rien vous empêcher.

— A quoi bon nous prier d'accorder cette permission, fit la Saint-Huberti, puisque vous avez l'intention de la prendre quand même nous la refuserions ?...

Les deux hommes entrèrent silencieusement dans le carrosse qui repartit à fond de train.

Pendant quelques minutes, personne ne parla.

La Saint-Huberti et la Cifolelli essayaient de voir le visage de leurs ravisseurs, mais elles n'y réussissaient qu'imparfaitement, ceux-ci tournant le dos aux lanternes, dont la lumière n'arrivait que très faible dans l'intérieur du carrosse.

Elles croyaient comprendre néanmoins qu'elles avaient affaire à des gentilshommes et cela les rassurait quelque peu.

— Enfin, messieurs, dit la Cifolelli la première, que désirez-vous ?

— Vous le saurez plus tard, répondit-on.

— Nous protestons contre la violence dont nous sommes l'objet.

— Nous ne savons ce que signifient ces paroles. Aucune violence ne vous a été faite. N'avez-vous pas volontairement pris place dans ce carrosse ?...

—*C'est le nôtre.

— Nullement, il lui ressemble, mais ce n'est pas le vôtre... Le cocher se rend à l'endroit qui lui a été indiqué avant d'avoir l'honneur de vous conduire, et, comme il est sourd et muet, il ne peut pas entendre vos ordres nouveaux... Quant à nous, nous sommes montés parce que vous ne vous y êtes pas opposées...

— Mais nous ne cédons cependant qu'à la force.

— Nous ne l'avons pas employée avec vous...

— C'est donc une gageure ou une plaisanterie ! fit la Saint-Huberti avec dignité.

— Tout porte à croire que ce n'est rien de tout cela.

Un seul des jeunes gens avait pris part à la conversation. L'autre restait muet, ne cessant pas un instant de regarder la Saint-Huberti. Dans la demi-obscurité de la voiture, rien peut-être ne lui rappelait Didon ou Armide.

Enfin, après une secousse assez forte, le carrosse cessa de rouler.

— Nous sommes arrivés.

Saint-Huberti et Cifolelli redevinrent tremblantes.

— Où sommes-nous, messieurs ?

— En un lieu où vous n'avez rien à craindre de fâcheux...

La voiture s'était arrêtée devant un chemin assez étroit au bout duquel on devinait plutôt qu'on ne voyait un grand bâtiment entouré d'arbres.

Une lumière brillait. Peu à peu, elle se rapprocha ; c'était un homme porteur d'un falot.

— Si nous refusions de vous suivre ?...

— Que feriez-vous ?

— Nous resterions dans cette voiture.

— Elle va remiser et, comme il fait froid, vous passeriez une mauvaise nuit... Mieux vaut venir avec nous qui vous promettons de ne pas cesser d'être vos respectueux serviteurs...

— Quelle est donc cette comédie ?

Les jeunes gens ne répondirent pas, mais offrirent leurs bras aux dames.

— Non, nous marcherons seules.

— Comme il vous plaira !

On se dirigea vers la maison, guidés par l'homme au falot.

On entra. La première pièce était très pauvre. C'était l'humble cuisine d'une maison de village : un grand feu de bois sec pétillait dans la cheminée.

— Réchauffez-vous, mesdames, si cela vous fait plaisir !...

Cifolelli regarda Saint Huberti d'un air navré.

Peut-être depuis un moment songeait-elle à quelque folle aventure qui, en réalité, ne déplaisait pas à sa vertu peu farouche, mais elle avait donné un tout autre aspect à l'endroit où elle devait être conduite.

Si un enlèvement par de grands seigneurs ou des jeunes gens riches l'eût amusée, elle ne pouvait que se déplaire dans un humble logis. Elle n'avait jamais aimé l'amour pauvre.

Et la Saint-Huberti se levant, chanta en italien l'air de *Didone*. (Page 478.)

Il était bien difficile de voir maintenant ce qui se passait chez la Saint-Huberti. Elle avait pris une sorte d'impassibilité, ne paraissant plus du tout désireuse de connaître le mot de l'énigme qu'on lui donnait à deviner.

La flamme du foyer lui permettait de voir celui des ravisseurs qui était resté silencieux, et elle ne pouvait s'empêcher d'être frappée de sa beauté mâle, de sa fière tournure.

On a deviné que c'est Gaspard de Besse, mais non Gaspard de Besse déguisé, Gaspard de Besse en villageois ou en épicier sexagénaire de Marignane.

Le capitaine était tel qu'il se montrait aux femmes dont il voulait être aimé : à Marie Asquier, à Pauline Roux, à Clarisse, à la reine des Gueux, à Juliette d'Orbeval, à Marguerite de la Tour, voire même à Miette, la jolie batelière, et à Toi-nette, la belle fille du *Cheval-Rouge*.

Ses noirs cheveux tombaient sur ses épaules, ses yeux avaient tout leur charme doux et pénétrant.

Cifolelli regardait, de son côté, de Valors, le compagnon de Gaspard de Besse, et peut-être l'air conquérant de ce gentilhomme ne lui déplaisait-il pas trop.

De Valors demanda à un domestique en livrée, qui venait d'entrer dans la cui-sine, si tout était prêt. Sur la réponse affirmative du domestique, il offrit de nou-veau son bras à Cifolelli, qui l'accepta cette fois. Saint-Huberti repoussa encore le bras de Gaspard de Besse et suivit toute seule son amie.

On prit un corridor faiblement éclairé, puis, soudain, une porte fut ouverte, une portière soulevée.

Les chanteuses ne purent s'empêcher d'éprouver un vif étonnement, car cet appartement contrastait absolument avec celui dans lequel elles avaient un instant attendu.

Un lustre aux facettes de cristal éclairait un délicieux salon où de riches ten-tures s'harmonisaient très bien avec des meubles à la mode du jour.

L'or, la soie, le velours avaient été prodigués ainsi que les sculptures. De grands vases de porcelaine rare étaient remplis de fleurs aux couleurs vives, au parfum suave.

L'atmosphère était chaude et enivrante.

Au milieu de ce salon, une table avec quatre couverts était dressée. Cifolelli, charmée, y prit place sans se faire prier. Sur un geste de Gaspard de Besse, la Saint-Huberti l'invita, mais elle toucha à peine aux mets.

Décidément sa compagne avait tout à fait pris son parti de l'enlèvement. Elle mangeait, riait et buvait comme s'il n'y eût eu rien d'étrange dans sa situation.

C'était une blonde aux yeux noirs, très piquante. Elle tenait au théâtre l'emploi que venait de créer Mme Dugazon et, comme celle-ci, avait une bouche mignonne, un nez retroussé à la Roxelane, une mouche assassine posée sur le haut de la joue.

Elle n'avait, non plus, aucune prétention à la vertu. Pour le moment, elle était, comme nous l'avons dit, la maîtresse de M. de la Tour, mais bien qu'elle affectât d'être jalouse, l'intendant l'eût fort gênée s'il lui eût rendu la pareille.

Cifolelli n'avait, en effet, jamais sérieusement résisté aux œillades d'un beau jeune homme, surtout s'il les accompagnait d'une parure de diamants. Elle laissait soupirer quelque temps pour la forme, puis elle succombait avec grâce, demandant la discrétion la plus absolue, car elle avait des ménagements à garder.

Vers le milieu du souper, elle se hasarda à dire à de Valors que la plaisanterie avait été un peu vive.

— Que doivent penser, ajouta-t-elle, nos camarades qui étaient invités à souper avec nous, Saint-Huberti? votre mari doit être joliment alarmé.

— Qu'importe à ces messieurs !...

Gaspard de Besse répondit :

— Que madame Saint-Huberti se rassure, M. le chevalier de Croissy est pré-venu.

— Ah !

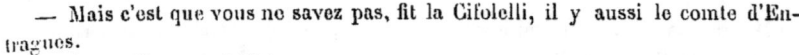

— Mais c'est que vous ne savez pas, fit la Cifolelli, il y aussi le comte d'Entragues.

— On ne l'a pas oublié !...

La Saint-Huberti ne déguisa pas sa surprise.

— Ayez donc l'esprit tranquille, s'écria de Valors, et faites honneur au souper s'il est de votre goût !

— Tout cela est exquis, dit Cifolelli avec entrain.

De Valors prit un baiser sur le cou de l'actrice qui ne se fâcha pas.

— Me direz-vous au moins votre nom ?

— Très volontiers. Je m'appelle don Juan de Valorsi y Cabannas...

— Vous êtes espagnol...

— Ne vous en doutiez-vous pas ?...

— Non certes... Et votre ami ?...

— Lui c'est différent... Il est italien et c'est le signor Gaspardo del Luberono.

— Vous habitez Marseille...

— Depuis fort peu de temps...

— Il n'est donc pas étonnant que je ne vous aie vus dans aucune fête, dans aucune réunion.

— Nous sortons très peu, Gaspardo et moi.

— Le signor Gaspardo paraît avoir l'humeur mélancolique, tandis que vous...

— Oh! moi, j'aime le vin, le jeu, les belles...

— Je parie que c'est vous qui avez imaginé cette équipée...

— Tout juste !...

— Mais Saint-Huberti eût pu ne pas être accompagnée... Comment auriez-vous fait puisque vous étiez deux ?...

— Je savais que vous deviez y être, vous...

— Qui vous l'avait dit ?... Ce n'est qu'au dernier moment que je me suis décidée...

— Je vous aurais enlevée toute seule... La chance nous a servis en vous réunissant...

— Savez-vous que c'est très mal la façon dont vous avez agi... Je ne vous pardonnerai pas, car vous me faites perdre sans doute une position...

— Je suis aussi riche que M. l'intendant...

— On vous a appris... qu'il était... mon...

— J'ai une haine mortelle pour M. de la Tour, car c'est mon rival auprès de la femme que j'aime, que j'adore...

— Menteur !...

— C'est sur la scène que vous vous êtes emparée de moi...

— Où m'avez-vous vue ?

— Dans *Nina* ou la *Folle par amour*. Comme vous chantiez bien la romance : *Quand le bien-aimé reviendra*, et que j'aurais voulu être ce bien-aimé-là...

— Vous n'avez pas pris le chemin qu'il faut pour me plaire...

— Oh! ne me désespérez pas !

— J'aime les amants discrets, timides et obéissants...

— Je serai tout cela... je le jure...

Pendant ce caquetage, la Saint-Huberti ne sortait pas de son attitude, et Gaspard se demandait si cette froide statue était bien l'artiste pour laquelle il sentait battre son cœur, la femme pleine d'élan et de passion qui, dans la soirée, avait su faire éprouver des sentiments si divers au public du théâtre de Marseille.

Au dessert, de Valors obtint définitivement son pardon de Cifolelli.

— Vous ne comptez pas nous retenir longtemps ici ? lui demanda-t-elle.

— Est-ce que vous y êtes mal ?...

— Je ne dis pas cela... Qu'est-ce que ce vin ?

— Du Syracuse...

— Il est délicieux. Goûtez-le donc, Saint-Huberti.

La cantatrice fit un signe négatif.

Cifolelli haussa les épaules puis, sous l'influence sans doute du Syracuse, ne tarda pas à rendre à de Valors les baisers dont il l'accablait.

La maîtresse de l'intendant ne cacha pas l'impression que lui avait fait éprouver la vue de la première pièce où ils s'étaient trouvés en pénétrant dans la maison.

— Je ne m'attendais pas ensuite... à ce qu'il y eût ce salon...

— Il ne faut jamais se fier aux apparences... D'ailleurs, ce n'est pas la seule pièce meublée avec quelque goût... Voulez-vous voir le logement, ma petite Cifolelli ?

— Oui, mon petit don Juan.

Ils ne songèrent, ni l'un ni l'autre, à inviter la Saint-Huberti et Gaspard à venir avec eux. Ceux-ci restèrent seuls.

Le capitaine voulut prendre la main de la cantatrice, mais elle ne le permit pas...

— Je ne pardonne pas aussi facilement que mon amie, lui dit-elle. Je n'oublie pas que je suis prisonnière... et par vous.

— Prisonnière, madame !... Nullement...

— Comment ai-je été amenée ici ?...

— Un de vos plus respectueux admirateurs a voulu vous voir de près...

— Il s'y est pris singulièrement.

— Il n'avait pas le choix des moyens...

— Eh bien, maintenant que vous m'avez vue... comme vous le désiriez... vous allez me reconduire à Marseille.

— Auparavant, madame, laissez-moi vous exprimer ce que j'éprouve... Peut-être croirez-vous ensuite que vous avez le droit de tirer quelque amour-propre du sentiment que vous m'inspirez... Me permettez-vous de parler !...

— M'est-il possible de vous le défendre ?...

Gaspard commença son récit avec beaucoup de sincérité.

Il se donna comme un profane qui ne s'était pas douté jusqu'ici de ce que c'était que l'art. Il menait une vie errante, ignorant bien des choses, notamment qu'en dehors de l'existence ordinaire il peut y avoir une seconde existence dans laquelle vous transportent la poésie, la musique, qui seules tiennent à l'âme un langage digne d'elle.

Elles font oublier le monde auquel on appartient pour un monde dans lequel on rencontre des émotions inconnues, des sensations dont on ne se doutait pas.

C'était la Saint-Huberti qui l'avait conduit pour la première fois dans ces régions enchantées où il avait vu les palais de Carthage et les jardins d'Armide. Et pour l'y conduire elle s'était transfigurée, elle avait revêtu une forme presque divine.

D'où lui venait ce pouvoir magique? Quel secret mystérieux lui permettait de devenir tout autre pour toucher ainsi l'âme et s'emparer du cœur?...

Il la suppliait de le lui dire et, si elle ne le voulait pas, il lui demandait tout au moins d'être un instant pour lui seul ce qu'elle avait été pour un public idolâtre.

Il avait conçu une passion d'un genre tout nouveau ayant pour base un désir immodéré de l'artiste qui l'avait eu, lui, et qu'il voulait avoir à son tour.

Gaspard de Besse fut, en ouvrant son cœur à la Saint-Huberti, d'abord ému, presque suppliant. Ce fut avec de l'enthousiasme qu'il parla de son admiration pour l'art dont la cantatrice était une incomparable interprète, mais il devint presque farouche quand il fit connaître ce qu'il désirait, ce qu'il voulait.

Elle l'écouta en silence, et peut-être était-elle plus troublée qu'elle ne voulait le paraître par le langage de ce beau jeune homme dont le regard se fixait sur le sien.

Avait-elle déjà été aimée de cette manière?... On prétendait que son premier maître, Le Moyne, en avait été très amoureux, puis que le chevalier Glück avait eu pour elle plus que la reconnaissance d'un grand compositeur pour la cantatrice qui a contribué à ses succès.

Mais ces hommes, qui connaissaient toutes les ressources de l'art, ne pouvaient avoir la naïveté de Gaspard. Ils savaient quelle part, dans la représentation d'une œuvre, revient à l'acteur et à l'actrice qui ne font qu'exprimer ce qu'un autre a voulu qu'ils exprimassent.

Le comédien s'acquitte souvent de cette tâche d'une manière sublime. Il y met une partie de lui-même, mais ce n'en est pas moins un rôle qu'il remplit. Il se conforme à la volonté d'un autre ; ce n'est pas, en définitive, un génie créateur, car il ne peut sortir de certaines limites.

La Saint-Huberti comprenait bien que Gaspard lui attribuait tout ce qu'il avait éprouvé, et elle n'avait pas la force de détruire cette illusion.

Lorsqu'il se tut, elle resta un instant pensive, puis elle dit, en essayant de cacher ce qu'elle ressentait :

— Rien de ce que vous venez de me raconter n'excuse l'enlèvement dont vous vous êtes rendu coupable. Mais veuillez m'expliquer comment vous l'avez effectué?... J'ai un mari... vous prétendez l'avoir prévenu... De quoi?...

Gaspard de Besse eut un air singulier.

— Vous voulez que je vous fasse connaître toute la vérité.

— Je l'exige.

— Eh bien, j'ai prévenu le chevalier de Croissy qu'il me fallait sa femme.

— Ah !...

— Comment a-t-il accueilli cette injure?...

— Il vous a vendue...

— Oh! ce n'est pas vrai !

Gaspard de Besse sortit un billet de sa poche.

— Lisez.

La Saint-Huberti, frémissante d'indignation, parcourut du regard les lignes suivantes :

« Je reconnais avoir donné à M. de Galtières le droit d'enlever ma femme et de
« lui faire la cour moyennant un coup d'épée et vingt mille livres.

                 « Chevalier de Croissy. »

— Le misérable ! fit la cantatrice.

— Oui, c'est un misérable, dit Gaspard de Besse avec conviction, mais à qui la faute ?...

— Vous avez pensé que je ratifierais ce honteux marché ?...

— Je n'ai rien pensé du tout... Cet homme me gênait, je m'en suis débarrassé comme j'ai pu... Vous devez d'ailleurs savoir ce qu'il vaut.

— Certainement... Sachez aussi, monsieur, que ce n'est pas lui qui a mon amour, c'est le comte d'Entragues... et vous ne m'avez pas achetée à lui... Vous avez prétendu cependant que vous ne l'aviez pas oublié...

— Pour lui, le coup d'épée a suffi et il ne m'en a pas délivré reçu...

— Il est mort !... dit-elle avec un cri.

— Non, une simple égratignure que je lui ai donnée en sortant de chez une femme.

— Une femme !...

— Depuis quelques jours, il vous trompe avec Mme Ponteuil, votre rivale... qui, ne pouvant avoir vos succès, a voulu avoir votre amant...

— Mme Ponteuil !... Mais elle est mariée !...

— Ne l'êtes-vous pas ?... Son mari chantait d'ailleurs avec vous... tandis que le comte d'Entragues était avec elle... Je vous ai vengée !...

— Merci !...

La Saint-Huberti semblait avoir la tête perdue.

— Vous êtes noble, fit-elle, vous vous appelez M. de Galtières ou Gaspardo del Luberone, comme a dit votre ami...

— Je m'appelle Gaspard de Besse et je suis un bandit.

— Gaspard de Besse !

— Tandis que je pourrais ordonner, je te prie, je me jette à tes pieds... La Saint-Huberti, tu as dompté une bête fauve, je suis à toi !...

— Ah ! vous êtes Gaspard de Besse !... répéta la chanteuse... Vous n'êtes pas un homme ordinaire et on peut se donner à vous pour se venger d'un mari indigne, d'un amant doublement infidèle...

— Ce n'est pas une femme qui se venge que je veux... C'est l'autre, l'autre, celle que j'aime...

— Tu l'auras !

Et la Saint-Huberti se levant, chanta en italien l'air de *Didone* : *Son Regina et sono amante*, puis elle passa au grand air de l'*Alceste*, de Lulli : *Le héros que j'attends ne reviendra-t-il pas ?*...

Elle fit entendre ensuite le récitatif d'*Armide* :

Le perfide Renaud me fuit;
Tout perfide qu'il est, mon lâche cœur le suit.

La Saint-Huberti, s'enivrant de son chant, de sa colère, des paroles amoureuses qu'elle prononçait, tomba ensuite à demi pâmée dans les bras de Gaspard
de Besse qui se trouva ainsi posséder à la fois : Didon, Armide et Alceste !

CHAPITRE LVII

Dans les coulisses

'ABSENCE de la Saint-Huberti et de la Cifolelli au souper d'Audibert ne fit
pas autant de bruit qu'on eût pu le croire.

Au moment où les artistes invités commençaient à s'étonner du retard
que leurs camarades mettaient à venir, on vit apparaître le chevalier de Croissy,
pâle, défait, un bras en écharpe.

— N'attendez pas, dit-il à Audibert ; ma femme ne viendra pas.

— Que lui est-il arrivé ?...

— Rien de bien sérieux, mais il lui est impossible de rentrer ce soir à Arenc...

— Où est-elle ?...

— Elle a dû rester à Marseille... Elle s'excusera elle-même... plus tard.

On adressa d'autres questions au mari de la Saint-Huberti, mais il ne voulut
pas y répondre.

— Nous pouvons compter au moins sur vous, fit poliment Audibert, bien qu'il
ne tînt nullement à la présence de ce personnage.

— Je suis obligé de me retirer.

— Et le comte d'Entragues ? demanda Ponteuil...

— Lui aussi ne peut quitter Marseille... Il est blessé comme moi...

— Ah !...

— Mais ce n'est pas fort sérieux... Je le crois du moins...

On pensa tout de suite qu'une querelle avait éclaté entre le chevalier de Croissy et le comte d'Entragues dont on connaissait l'inimitié.

La Saint-Huberti avait dû cette fois se trouver impuissante à les empêcher de se battre. Les deux hommes s'étaient sans doute atteints réciproquement, et la cantatrice était restée auprès de celui dont l'état avait le plus besoin de soins.

Personne ne soupçonna que c'était Gaspard de Besse qui avait donné un coup d'épée à chacun de ses rivaux.

Dans le premier entr'acte d'*Armide*, il avait frappé au bras gauche le chevalier de Croissy et avait ensuite négocié avec lui la cession de sa femme moyennant vingt mille livres que le capitaine avait payées comptant.

Le chevalier de Croissy s'était borné à faire observer qu'il serait dommage d'interrompre les représentations de la Saint-Huberti à Marseille, car celle-ci avait signé un engagement dont la non-exécution pourrait nuire à sa carrière artistique.

— Je verrai, dit froidement Gaspard.

Au commencement du dernier entr'acte, on était venu prévenir le capitaine que d'Entragues sortait de chez la Ponteuil qui profitait de ce que son mari avait un rôle dans *Armide* pour recevoir chez elle l'amant de sa rivale.

La Ponteuil demeurait dans une rue voisine du théâtre.

Gaspard s'empressa d'y aller rejoindre le comte. Il le provoqua, puis se battit avec lui sous un réverbère. Il ne lui infligea pas une blessure grave, mais d'Entragues n'en fut pas moins obligé de rentrer chez lui soutenu par Cabannes.

Le capitaine agit si promptement qu'il put rentrer au théâtre avant le commencement du dernier acte d'*Armide* dont il ne perdit pas ainsi une seule note.

Pendant la représentation, de Valors avait organisé l'enlèvement. Il avait fait boire le cocher d'Audibert afin de l'empêcher de venir avec son carrosse prendre la Saint-Huberti, et avait confié ce soin à un affilié de la bande de Gaspard de Besse.

De Valors ne savait pas qu'il serait indemnisé de sa peine grâce à la présence de Cifolelli, aussi s'était-il fait un instant prier pour servir les amours de son ami.

— A mon tour, mon cher Gaspard, de refuser de m'occuper de vos affaires... Souvenez-vous de la mignonne soubrette, à qui vous n'avez pas voulu dire qu'elle avait en moi un adorateur qui ne demandait pas mieux que d'être indiscret... Ce n'était qu'une simple commission cependant...

— Je ne l'ai pas faite, de Valors, pour plusieurs motifs, dont le premier c'est que votre soubrette n'en est pas une...

— En vérité !...

— Ne connaissez-vous pas Mme d'Orbeval ?...

— Je ne connais que son mari, un grand nigaud qui, au bal de l'intendant, s'était déguisé en Cupidon. Je me rappelle avoir prédit à ce benêt que sa femme le tromperait...

— Nous avions vu Mme d'Orbeval en bohémienne quelques instants auparavant...

— Oui, mais elle était masquée... Malgré mon costume de sorcier, je n'avais pas le pouvoir d'admirer son visage à travers le masque...

— Si vous aviez eu ce pouvoir vous eussiez reconnu Mme d'Orbeval, l'autre soir, non plus cette fois en bohémienne, mais en camériste...

— Veux-tu que je te dise ce que tu es ? (Page 483.)

— Est-ce possible ? Mais je vais lui faire la cour, une cour assidue... On me présentera à elle...

— Trop tard !...

— Pourquoi donc ?...

— Parce que, au rendez-vous qui m'avait été donné, l'amie dont vous m'aviez remis le billet n'est pas venue... Il n'y avait que Mme d'Orbeval...

— Et c'est elle qui est restée... Ah ! je devine... Il vous les faut toutes... Quand vous arrêterez-vous ?...

Gaspard eut un sourire...

— On m'a prédit l'amour de treize femmes...

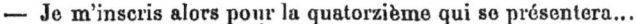

— Je m'inscris alors pour la quatorzième qui se présentera...

— Enfin, vous voilà désarmé, de Valors, et vous n'avez plus à m'en vouloir de n'avoir pas proposé à Mᵐᵉ d'Orbeval d'entrer à votre service...

— Il est vrai... quoique... Allons, mon cher Gaspard, comptez sur moi !...

Gaspard et de Valors avaient vu la Saint-Huberti et la Cifolelli entrer dans le carrosse... Précisément de Valors avait depuis longtemps remarqué la Cifolelli.

— Bravo ! s'était-il écrié, je vais être dédommagé... La vertu finit toujours par trouver sa récompense...

Ils étaient montés à cheval et avaient suivi le carrosse jusqu'au moment où ils avaient mis pied à terre pour prendre place auprès des actrices.

Le lendemain de l'enlèvement de la Saint-Huberti, celle-ci ne devait pas chanter, mais elle devait répéter.

Le directeur Bonnet reçut un mot de la cantatrice, lui disant qu'elle ne se rendrait pas au théâtre, mais qu'il pouvait compter pour la représentation du jour suivant sur elle et sur son amie Cifolelli.

Elles vinrent en effet, et l'une et l'autre furent questionnées par leurs camarades.

— Comment va le comte d'Entragues? demanda-t-on à la Saint-Huberti dans les coulisses.

— Je n'en sais rien et ne désire pas le savoir...

— Vous n'êtes donc pas restée avec lui l'autre soir?...

— Non certes...

— Votre mari nous a porté vos excuses... Si vous aviez vu comme Audibert paraissait attrapé...

— Ce pauvre Audibert... Je comprends cela...

— Je crois même qu'il était jaloux.

— En ce cas, il avait tort, ma chère Ferton... De quoi se mêlait-il?

Tandis que la Ferton s'éloignait, le chevalier de Croissy s'approchait de sa femme, le bras toujours en écharpe.

Elle lui jeta un coup d'œil foudroyant, mais il ne lui en dit pas moins avec un sourire sur les lèvres :

— Bonjour, madame.

— Ah ! vous voilà, monsieur...

— Je vous félicite de vous être souvenue que vous chantiez ce soir...

— Je n'ai besoin de personne pour me rappeler mes devoirs...

— Vous voudriez me faire croire que vous ne les avez pas un instant oubliés pendant votre absence.

— Il est devoirs et devoirs... Vous ne parlez sans doute pas de ceux que j'avais jadis envers le lâche qui m'a vendue!...

Elle le regardait fixement, la parole sifflante, les dents serrées.

— Je n'ai cédé qu'à la force... Vous voyez que je vous ai défendue, ajouta-t-il en montrant son bras...

— On vous a obligé aussi d'accepter vingt mille livres...

— Je n'ai pas refusé cette somme qui ne m'a indemnisé qu'insuffisamment de tout ce que vous m'avez coûté...

— De tout ce que je t'ai coûté, misérable !... Il n'est donc pas vrai que, depuis que j'ai la honte d'être ta femme, tu vis à mes dépens... Sans moi tu serais mort de faim...

— J'avais cependant des ressources quand je vous ai connue... ces ressources je vous les ai sacrifiées...

— Oui, tu allais dans les tripots de Strasbourg et tu trichais...

— C'était un gagne-pain comme un autre... Pourquoi d'ailleurs m'avez-vous épousé ?...

— Parce que je ne me doutais pas de ce que tu étais...

— Parce que vous saviez que vous ne rencontreriez jamais mieux que moi, parce que vous étiez fort heureuse qu'un gentilhomme voulût bien donner son nom à une femme de théâtre...

— Ton nom, mais je ne le porte pas...

— Il ne vous en appartient pas moins...

— Ah ! voilà un avantage...

— Vous avez celui-là et moi j'ai celui d'être votre maître, de vous avoir sous ma dépendance... Vous devez m'obéir...

— Si je t'avais obéi, je serais tellement vile, que je me ferais honte à moi-même... Ah ! tu m'as donné de beaux conseils !...

— C'est grâce à eux que vous êtes devenue ce que vous êtes...

— Ainsi donc ce serait à toi que je devrais ma voix, ma science de l'art musical, ce talent que l'on applaudit, cette flamme qui me dévore...

— Non, mais je vous ai indiqué le moyen de les faire valoir... Croyez-vous que Glück vous eût porté autant d'intérêt si vous n'aviez eu pour lui quelques complaisances ?...

— Tu savais donc...

— Que vous étiez sa maîtresse, comme avant votre mariage vous aviez été celle de Le Moyne, votre premier professeur... J'approuve ces liaisons parce qu'elles rapportent. Je ne peux souffrir, au contraire, que vous vous donniez à un comédien quelconque qui acceptera de l'argent plutôt que de vous en donner...

— Les fermiers généraux sont de ton goût ?...

— Parbleu !... Je ne dédaignais pas le petit d'Entragues quand il était généreux, mais maintenant il ne sort plus que difficilement l'argent de sa bourse...

— C'est moi qui le veux ainsi...

— Vous avez tort... Aussi, quand je puis me rattraper, je me rattrape...

Elle le regarda bien en face, ne sachant comment exprimer son indignation. Il soutint paisiblement son regard.

— Veux-tu que je te dise ce que tu es ?

— Ne te gêne pas, si cela t'est agréable...

Le teint de la Saint-Huberti s'empourpra et elle exhala sa colère, sa haine, son mépris dans un seul mot qu'elle lança à son honteux mari :

— Ruffian !...

Celui-ci éclata de rire et murmura :

— Voyez-moi un peu cette garce !

Au même instant, on vint prévenir la cantatrice qu'il lui fallait entrer en scène et elle s'empressa d'obéir.

On jouait ce soir-là *Iphigénie en Tauride*. Une transformation subite s'opéra dans les traits de l'actrice.

Ce ne fut plus la femme insultée, irritée, mais l'héroïne d'Euripide, la pure jeune fille que Diane a vouée à son culte et dont la beauté chaste et virginale en impose à des barbares eux-mêmes.

La Saint-Huberti chanta avec une tristesse inexprimable la fameuse plainte que Glück a écrite sur un *andante moderato* :

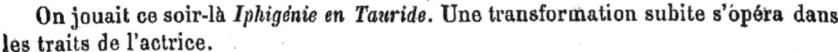

> O malheureuse Iphigénie!
> Ta patrie est anéantie,
> Vous n'avez plus de roi ;
> Je n'ai plus de parents ;
> Mêlez vos cris plaintifs à mes gémissements.

Certes, personne ne se douta dans la salle du dégoût qui, quelques instants auparavant, avait agité l'âme de celle qui n'était plus que la fille d'Agamemnon, la sœur d'Oreste.

D'Entragues ne se montra pas dans les coulisses. La blessure qu'il avait reçue l'obligeait à garder le lit.

La Saint-Huberti se fâcha lorsque Pontouil vint lui demander d'un air narquois comment il allait.

— Eh ! mon cher, lui répondit-elle, ce n'est pas à moi qu'il faut demander cela, c'est à votre femme !...

Pontouil pâlit, mais il ne dit rien. En revanche, pendant le reste de la soirée, il chanta affreusement le rôle de Thoas qui lui avait été confié. Ce n'était qu'un artiste ordinaire et il ne savait pas oublier en scène ce qu'il éprouvait pour ne songer qu'au personnage de son rôle.

Les camarades de la Saint-Huberti, voyant qu'ils ne pouvaient obtenir d'elle aucun renseignement, insistèrent particulièrement auprès de Cifolelli avec laquelle ils étaient plus familiers, mais celle-ci resta aussi impénétrable.

— M. l'intendant de la Tour, lui dit son amie, Mlle Ferton, est venu hier chez moi me demander si je ne t'avais pas vue... Le pauvre homme semblait désolé...

— Il avait bien tort... Que lui as tu répondu ?...

— Que j'ignorais où tu te trouvais... et, en effet, je l'ignorais... Où étais-tu ?...

— Ma foi, je serais bien en peine de te l'apprendre...

— Que signifie ?...

— Je ne sais pas moi-même le nom de l'endroit où je suis allée...

— Tu plaisantes !

— Non certes...

— La Saint-Huberti était cependant avec toi...

— Je ne la crois pas mieux renseignée que moi...

— C'est-à-dire que vous vous êtes promis l'une et l'autre de garder le secret.

— Quand cela serait ?...

— Prenez garde, dit la Ferton très piquée, ce mystère autoriserait presque à faire des suppositions...

— Quelles suppositions ?...

— Ce n'est que lorsqu'on fait mal que l'on prend ainsi la peine de se cacher...

— Nous n'avons pas fait mal et nous ne nous sommes pas cachées... Nous voulons seulement laisser aux malins la peine de deviner...

Malgré sa grandeur, M. de la Tour ne dédaigna pas de venir dans les coulisses.

Cet homme, qui n'était pas jaloux de sa femme parce qu'il ne pouvait supposer que celle qui avait l'honneur de porter son nom pût songer à le tromper, se montrait beaucoup moins commode avec ses maîtresses non par amour, mais parce qu'il avait peur d'être ridicule.

Il s'était rendu plusieurs fois chez la Cifolelli dans la journée et s'était même informé auprès de la Ferton qui avait mis le puissant personnage au courant de ce qui s'était passé au banquet d'Audibert.

— Nous avons tous cru que Saint-Huberti était restée auprès de M. d'Entragues ; quant à Cifolelli, nous avions pensé que c'était vous qui l'aviez retenue...

— Moi !...

— Il paraît qu'elles sont allées faire un voyage ensemble après *Armide*. Mais Bonnet a été informé qu'elles chanteraient ce soir... Vous n'avez donc pas été prévenu, vous aussi.

— Nullement.

— C'est drôle !

Comme on le voit, la Ferton ne faisait rien pour empêcher M. de la Tour d'être blessé par la fugue inexplicable de Cifolelli.

Peut-être, en sa qualité d'*amie* de celle-ci, ne la voyait-elle pas sans quelque dépit entretenue par un aussi riche seigneur que l'intendant de Provence.

Du reste, la Ferton fut pleine d'amabilités pour ce dernier. Elle déploya avec lui toutes ses séductions et toute sa coquetterie.

Ce fut en vain. M. de la Tour se retira sans paraître se douter qu'il pouvait trouver auprès de cette belle enfant quelque consolation à son infortune.

Donc, l'intendant venait chercher, dans les coulisses, une explication que Cifolelli n'était pas du reste très disposée à lui donner.

Sans laisser le temps à M. de la Tour de l'interroger, elle lui reprocha de ne pas lui avoir envoyé un bijou qu'il lui avait promis.

— Vous allez me dire que vous m'avez oubliée, mais il me semble que vous m'oubliez trop souvent...

— Je ne vous ferai pas cette réponse parce que j'en ai une meilleure à vous faire.

— Je suis curieuse, en vérité, de la connaître...

— Votre bijou est depuis deux jours chez vous, mais, comme vous n'avez pu y rentrer, il n'est pas surprenant que vous ne vous en doutiez pas...

Cifolelli se mordit légèrement les lèvres.

— C'est très bien, monsieur, mais il me semblait que c'était au théâtre que vous deviez me le remettre...

— Vous n'étiez pas plus au théâtre que dans votre logement, puisque l'on a répété hier sans vous...

— J'étais cependant quelque part, fit la chanteuse impatientée.

— C'est précisément cet endroit que je désirerais connaître...

— Eh bien, tant pis pour vous... je ne vous dirai rien...

— Réfléchissez aux conséquences de votre refus...

— Et quelles seraient ces conséquences ?...

— D'abord, une rupture est inévitable si vous ne me prouvez pas que je n'ai qu'à me plaindre d'un manque d'égards.

— Je le répète, monsieur, je ne me disculperai pas... Je suis libre de mes actions et je ne dois en rendre compte à personne...

— En ce cas, madame, gardez votre liberté complète. Je me retire dans la crainte d'y porter atteinte.

Cifolelli accueillit ces paroles avec dédain.

— Vous m'avez devinée, monsieur, c'est cela. Je voulais recouvrer toute mon indépendance... Je suis satisfaite maintenant.

L'intendant s'inclina, mais il était manifeste qu'il s'en allait visiblement blessé de la manière dont la chanteuse acceptait sa retraite.

Il quitta assez brusquement les coulisses sans daigner s'arrêter pour causer avec la Ferton qui se tenait à quelques pas pour tâcher de savoir ce qui s'était passé.

Mlle Savary, la première danseuse, essuya également un échec, bien que plus adroite que la Ferton.

Elle invita Cifolelli à déjeuner pour le lendemain.

— Tu sais, c'est sans façon... Il y aura la Soulier et Martin... Soulier pourra passer chez toi pour te prendre...

— C'est inutile... Je n'y serai pas... Je te remercie de ton aimable attention, mais il m'est impossible d'accepter.

— Pourquoi donc?

— Parce que je suis encore obligée de m'absenter.

— Où vas-tu donc?

— Avec Saint-Huberti.

— Ah !

— Si tu veux de plus amples renseignements, adresse-toi à elle.

La Savary en voulait bien des renseignements, mais quand elle questionna Saint-Huberti, celle-ci lui répondit :

— J'étais avec Cifolelli... Demandez-lui.

Après le spectacle, les deux actrices montèrent seules en carrosse, et on ne put encore savoir où elles se rendaient.

Ce ne fut qu'en sortant de Marseille que la voiture s'arrêta pour prendre Gaspard de Besse et de Valors. Il en fut de même les jours suivants.

La Saint-Huberti donna sans interruption le nombre de représentations pour lequel elle avait été engagée. Elle chanta même trois fois de plus dont une à son bénéfice.

Son succès ne cessa de croître. Pour ses adieux, on lui fit, au dire des mémoires du temps, une ovation qui dépassa tout ce que l'on avait vu jusqu'alors.

Depuis la scène qu'elle avait eue avec son mari, elle ne s'était pas réconciliée avec lui et avait continué à se rendre à la maison isolée où elle trouvait un amour dont elle partageait toute l'ardeur.

Maintenant la Saint-Huberti adorait le bandit qui l'avait enlevée. Elle était prête à tout lui sacrifier, jusqu'à cette carrière si brillante qu'elle suivait en véritable triomphatrice.

Mais lui n'y consentit pas.

Après Marseille, la cantatrice était attendue à Strasbourg. Gaspard, quoique cette séparation lui coutât, exigea qu'elle s'y rendît.

— Tu sais bien, lui dit-il, que ce n'est pas seulement la femme que j'aime en toi, c'est l'artiste... Je ne veux pas que celle-ci perde de sa gloire... Pour cela, il faut qu'elle ne cesse pas de chanter... Va donc où te réclament les bravos du public...

— Mais si je ne peux plus vivre sans toi...

— Les consolations ne te manqueront pas... Tu m'oublieras vite...

— Je ne t'oublierai jamais !...

— Merci ! merci !... fit-il avec émotion.

La Saint-Huberti pleurait.

— Viens avec moi, fit-elle. Suis-moi !

— C'est impossible !... Je ne puis être un chevalier de Croissy.

— Mon cœur est à toi... Ma haine est à lui.

— Et mes compagnons... M'est-il possible de les quitter ?... Non ! Ta destinée et la mienne sont différentes... Tu es celle qui brille et charme, moi, je suis celui qui se cache et tue !...

De Valors se montra moins sage que Gaspard de Besse. Il laissa la Cifolelli résilier son engagement avec le théâtre de Marseille. La jolie chanteuse suivit son amant et vécut avec lui, soit dans la caverne du Lubéron, soit dans l'Estérel, soit en d'autres repaires. Mais cela ne devait pas durer bien longtemps.

Nina, Babet, Justine, Colinette, n'était pas à son aise au milieu des brigands. De Valors était, de son côté, d'un naturel volage.

Ils rompirent donc un beau matin, et Cifolelli, rentrant à Marseille, fut bien aise de signer de nouveau avec l'entrepreneur Bonnet, et de se réconcilier avec M. de la Tour, qui ne lui avait presque pas été infidèle.

CHAPITRE LVIII

Les propositions de Renardot

LA défaite des soldats de Lyonnais dans le Lubéron avait fait grand bruit. Environ trois cents hommes sur quatre cents avaient péri dans cette funeste expédition, aussi mal conçue que mal dirigée par le marquis d'Arène.

Le roi, profondément ému de ce désastre, fit donner l'ordre au marquis de venir à Versailles rendre compte de sa conduite. Celui-ci, quoique mal remis de sa blessure, s'empressa d'obéir et réussit à détourner les foudres suspendues sur sa tête.

On se borna à le changer de régiment. Il quitta le Lyonnais où il laissait de si tristes souvenirs pour le régiment de la Sarre qui était alors également cantonné en Provence. Sa nomination y fut d'ailleurs accueillie sans enthousiasme.

René de Mauléon quitta le Lyonnais en même temps que son ennemi mortel.

Il fut nommé capitaine et entra au régiment d'Angoumois, en garnison à Marseille.

Le marquis d'Arène n'avait pas osé se plaindre de sa prétendue rébellion, ayant appris surtout que les officiers échappés à la mort racontaient avec indignation, la mort de Simon, le petit domestique.

René de Mauléon avait échappé à la catastrophe du Saut-du-Diable, grâce à une circonstance bizarre.

Tandis que la colonne s'engageait dans le défilé, le lieutenant, d'après les ordres du marquis d'Arène, était resté sur le bord du précipice avec les hommes chargés de sa surveillance.

Ceux-ci avaient, en outre, pour mission, d'avertir le reste de la colonne, si les bandits apparaissaient sur un point quelconque du Saut-du-Diable.

Ils n'avaient pas tardé à entendre le bruit des coups de feu, partant du défilé, mais, fidèles à la consigne, ils n'avaient pas bougé.

Soudain ils avaient été attaqués à leur tour et avaient riposté de leur mieux contre des adversaires presque invisibles. Déjà un soldat avait été tué, lorsque tout à coup le lieutenant entendit prononcer son nom à quelques pas de lui :

— René de Mauléon !

Il se retourna vivement. Un homme masqué venait de se montrer, tenant en main une épée nue. Cet homme éleva son arme, en criant aux bandits :

Aussitôt un homme apparut, les bras croisés. (Page 493.)

— Arrêtez !

L'inconnu désigna ensuite le lieutenant.

— Celui-là est sacré, fit-il.

Aussitôt le feu dirigé sur l'escorte de René cessa, et les assaillants placés sur les hauteurs s'éloignèrent.

Les soldats voulurent savoir quel était cet inconnu dont l'apparition subite les avait stupéfiés. Il s'était jeté derrière un rocher et avait disparu.

On ne fut pas éloigné d'attribuer quelque chose de surnaturel à cette intervention mystérieuse.

L'attaque dont l'arrière-garde avait été l'objet, lui permettait maintenant d'essayer de rallier le reste de la colonne. Ce fut sous la direction de René de Mauléon que cette opération s'effectua, les soldats oublièrent qu'il était leur prisonnier pour se souvenir seulement que c'était un chef ayant leur confiance.

Du reste, comme par enchantement, le feu cessait dans le défilé sur le passage de René. Les seuls hommes qui rentrèrent en bon ordre à Oppède furent ceux qui entouraient le lieutenant ou ceux qui se joignaient à lui. Ils avaient emporté avec eux un certain nombre de blessés.

La manière dont il avait conduit cette retraite valut à l'amoureux de Mlle d'Arène son grade de capitaine au régiment d'Angoumois et d'unanimes éloges. Cette circonstance contribua aussi à empêcher le marquis de porter plainte contre son subordonné.

René de Mauléon, malgré tous ses efforts, n'avait pas eu depuis longtemps des nouvelles de celle qu'il aimait, lorsqu'un jour, à Marseille, il reçut la visite de M. de Galtières à son modeste logis.

Ce fut à la nuit tombante que le gentilhomme se présenta. On eût dit qu'il craignait d'être vu.

— Vous !! dit René.

— Moi, dit M. de Galtières, et il faut que j'aie un motif grave pour me présenter ainsi chez vous malgré les dangers qui me menacent...

— Quels dangers ?...

— Ne savez-vous pas que je suis proscrit !

— C'est vrai, et j'ai songé souvent que je pourrais, peut-être, vous recommander à un de mes parents qui a du crédit... Je n'ai jamais rien voulu lui demander pour moi-même, mais pour vous...

— Oh ! je reconnais votre générosité. Sachez que toute démarche en ma faveur serait inutile. Ne pensons pas d'ailleurs à moi, pensons à vous...

— A moi ?...

— Ou plutôt à Mlle d'Arène...

— Adrienne !...

— J'avais chargé Pauline Roux, dont vous connaissez tout le dévouement, de vous prévenir, mais elle n'en a rien fait, n'est-ce pas ?... Elle n'a pu rien en faire... Heureusement, nous sommes encore à temps...

— Expliquez-vous... L'angoisse me dévore.

— Vous rappelez-vous le bal de l'intendant ?...

— Si je m'en souviens... Je me reprocherai toujours de vous y avoir provoqué... Vous m'avez épargné... Je voulais vous donner la mort. Vous m'avez donné la vie...

— Je vous ai prouvé surtout que l'intérêt que je portais à votre fiancée, à vous-même était désintéressé... Un rival vous eût tué...

— Oh ! j'ai confiance maintenant ! Je sais aussi qui vous aimez et qui vous aime...

— Oui, la situation la plus misérable ne m'empêche pas de trouver peut-être dans le cœur d'une femme, d'un ange, un sentiment plein de sollicitude... Mais revenons au bal de M. de la Tour... A cette époque, vous craigniez pour la santé de Mlle d'Arène...

— Elle était, en effet, sujette à des défaillances subites... J'ai, pendant cette fête même, éprouvé une grande frayeur en la voyant s'évanouir. Mais cela n'a rien été, puisque à une autre soirée où j'ai eu le bonheur de la revoir depuis, elle était entièrement rétablie...

— En effet. Certains avis, la peur du châtiment ont arrêté, pendant quelque temps... la main criminelle qui versait un poison lent...

— Du poison !...

— Oui, c'est ce que j'avais prié Pauline Roux de vous dire. Mais j'exprimais aussi la crainte que la tentative ne recommençât...

— Ah !...

— Or, elle a recommencé.

René de Mauléon fut en proie à une vive douleur.

— Est-il possible ?... Adrienne !... Oh ! sauvons-la !

— Quel moyen avons-nous de l'arracher à ce danger immédiat ?

— En informant la justice...

— Les d'Arène sont très puissants... Et puis, quelle preuve apporterez-vous ? La marquise, car c'est elle qui accomplit cette œuvre infâme, a pris toutes ses précautions... Ce n'est pas d'un poison ordinaire qu'elle se sert... Celui qu'elle emploie, elle l'a rapporté de son pays, et il est impossible à nos médecins d'en découvrir les traces. Ses effets peuvent être attribués à une maladie de langueur... Oh ! si Mme d'Arène ne craint plus nos menaces, c'est parce qu'elle sait bien qu'elle peut traiter nos accusations de calomnies...

— Que faire ?... Que faire ?...

— Mlle d'Arène a été avertie jadis, mais ces avertissements n'ont réussi qu'à la jeter en un trouble profond, à faire naître en elle des craintes peut-être aussi dangereuses que le breuvage qui lui est versé... La pauvre enfant ne voyait plus que des dangers autour d'elle... J'ai été obligé moi-même de lui rendre sa quiétude...

— Eh bien, alors, eh bien ?

— J'ai des intelligences dans le château d'Arène. Il y a autour d'elle des gens dévoués, mais ils n'ont pas la pénétration nécessaire... Ils ne peuvent, du reste, lui donner les soins assidus qui seraient indispensables, veiller sans cesse... Ah ! s'il nous était possible de placer auprès d'elle une femme, une amie...

— Mme Roux...

— Oui, elle est certainement capable... Je suis même persuadé qu'elle accomplirait à merveille cette mission. Toutefois, maître Roux ne consentira jamais à ce qu'elle aille s'installer pendant quelque temps au château d'Arène... Et puis, la marquise ne se souciera pas, non plus, d'avoir ce témoin important...

M. de Galtières et M. de Mauléon continuèrent à s'entretenir de ce qu'ils pourraient faire pour sauver Mlle d'Arène. Leur conversation fut très longue, et peut-être finirent-ils par trouver ce qu'ils cherchaient, car, lorsqu'ils se séparèrent, le visage de René rayonnait d'espérance.

Le lendemain, le capitaine de Mauléon demandait une permission de quelques jours et partait pour Aix.

Quant à Gaspard de Besse, il fut sans doute bien aise que la nuit fût tout à fait venue pendant son entretien avec René. Il lui était plus facile de gagner, sans être reconnu, une taverne du port où l'attendaient Coquelicot, Bavard, Cabannes, de Valors et le chevalier de Valbrègues.

Ce dernier désirait que le capitaine rentrât avec lui à la ville de Montredon, mais Gaspard avait autre chose à faire. Il avait appris dans la journée que le gouvernement avait renoncé à confier à la Monnaie d'Aix, parce qu'elle tombait en ruines, les cinquante mille marcs d'or et il cherchait une autre aubaine.

La bande avait quitté récemment le Saut-du-Diable pour s'en aller dans la vallée de la Touloubre, non loin de la Barben. C'était encore dans des ruines que les brigands avaient trouvé un asile où ils devaient aisément échapper à la justice.

— Malheureusement, disait Coquelicot, nous ne pouvons pas rester toujours là.

— La faim fait sortir le loup du bois, appuyait Bavard.

Entre dix heures et minuit, Gaspard reçut quelques visites de receleurs, notamment celle d'un enfant d'Israël, portant une perruque rousse, qui lui versa une somme assez forte, non sans avoir, selon son habitude, essayé de prouver qu'il payait trop cher les marchandises volées et qu'il se dépouillait pour ses bons amis, les bandits.

Coquelicot, qui n'aimait pas les juifs, le malmena assez.

— Vieille sangsue, le capitaine est trop bon d'écouter tes récriminations... A sa place, je te ferais taire en t'envoyant un grand coup de poing en plein visage.

— Le capitaine est bon... Il sait que je suis pauvre et que je ne gagne rien sur lui...

— Menteur !...

— Par Abraham, je le jure.

— Toi, pauvre... Faut-il que pour te prouver le contraire, je descende dans ta cave de la rue Radeau ?

Le juif pâlit et s'en alla sans plus rien dire.

Dès qu'il fut parti, Gaspard de Besse se mit à rire.

— Morbleu ! dit-il à Coquelicot, tu l'as promptement réduit au silence.

— Y a-t-il réellement tant de richesses dans cette fameuse cave ?... fit Cabannes.

— Par exemple, répondit Coquelicot, je n'en sais rien... Ou plutôt je ne sais pas bien à quoi m'en tenir...

— Alors pourquoi, demanda Bavard, lui as-tu parlé ainsi ?

— C'est parce qu'un de mes compagnons lui a tenu un jour devant moi ce langage pour lui arracher quelques pièces de monnaie de plus... Cela a produit, du reste, autant d'effet que cette fois-ci.

— Et ce compagnon où est-il ? Peut-être pourrait-il nous fournir quelques renseignements utiles...

— Hélas ! il est mort à Aix, sur la place du Marché, après avoir fait amende honorable devant la porte de Saint-Sauveur, tenant en main une torche ardente du poids de deux livres... Ce brave garçon a fait l'édification de son confesseur, et Dieu a son âme à l'heure qu'il est...

— C'est dommage, car nous aurions rue Radeau une bonne petite affaire...

— Il n'y a peut-être chez Samuel que du bric-à-brac.

— Samuel !... Il s'appelle Samuel !...

— C'est son droit, puisqu'il descend d'Abraham.

Gaspard de Besse, qui avait écouté cette conversation en silence, murmura :

— Nous trouverions probablement chez cet enfant d'Israël de quoi nous indemniser en partie des cinquante mille marcs d'or que nous perdons par suite du mauvais état de la monnaie d'Aix... Il est fâcheux que le camarade dont parle Coquelicot soit dans un monde meilleur, mais n'est-il pas possible de se passer de lui ?... N'y a-t-il pas, parmi nous, un bon compère capable de se glisser dans le logis de Samuel et de savoir à quoi s'en tenir ?

— Ah ! je me charge volontiers de cela, dit Bavard, et je saurai tout ce que je voudrai...

— Tu ne sauras rien ! dit soudain une voix.

Les bandits se regardèrent avec étonnement, car aucun d'eux n'avait parlé.

Ils s'étaient enfermés dans une salle étroite afin, sans doute, de n'être troublés par aucun des habitués de la taverne. Devant la seule porte de cette salle était placé un rideau en lambeaux.

Bavard fit un bond et souleva le rideau. Aussitôt un homme apparut, les bras croisés. Il n'y eut qu'un cri parmi les amis de Gaspard de Besse.

— Renardot !...

C'était bien l'ancien policier, tout de noir vêtu selon son habitude. Il grimaçait un sourire pour se donner quelque assurance, car il sentait qu'il allait jouer forte partie.

— Ah ! cette fois, dit Coquelicot, tu ne m'échapperas pas ! gredin !

Coquelicot sortit aussitôt sa large rapière.

Renardot montra qu'il n'avait ni épée, ni pistolet, rien qui pût servir pour sa défense.

— Tant pis pour toi ! hurla Bavard.

Renardot haussa les épaules.

— Tu es bien capable de m'assassiner, toi... aussi ce n'est pas en ta générosité que j'ai confiance, c'est en celle de ton maître à qui j'ai rendu une fois service et qui ne l'a certainement pas oublié.

— Ce service, je te l'ai payé, dit Gaspard. Pour me révéler le lieu de la captivité de Clarisse, tu m'avais demandé la vie et la liberté, je t'ai accordé l'une et l'autre.

— C'est vrai... Quoique...

— Tu as continué à être notre ennemi le plus acharné, après le marquis d'Arène... A Toulon, ce n'est pas ta faute si je n'ai pas été arrêté.

— Vous avez raison, mais ça a été plus fort que moi... Quand je vous ai vu, lisant tranquillement le placard qui mettait votre tête à prix, au lieu d'admirer votre audace, comme j'eusse dû le faire, je n'ai pu m'empêcher de vous signaler aux badauds qui vous entouraient et qui ne se doutaient de rien.

— Je t'ai échappé...

— J'ignore, par exemple, comment vous avez fait... Vous êtes prodigieux !... Je vous admire.

— Ce n'est pas, sans doute, pour me dire cela que tu es ici.

— Qui sait ?...

— En ce cas, prends garde... Je n'aime pas que l'on se moque de moi...

— Non, je suis sincère... Et cette manière de quitter les ruines de Lubéron, de faire tomber le marquis dans un piège, de lui tuer les trois quarts de ses soldats, n'est-ce pas merveilleux ?... Je pensais bien que vous ne vous laisseriez pas prendre facilement, mais vous tirer ainsi d'affaire...

— J'ai commis cependant une maladresse.

— Laquelle ?

— Celle de te laisser fuir...

— Je m'en vais la réparer, Gaspard, dit Coquelicot brandissant encore sa flamberge.

— Tais-toi donc, toi, fit Renardot, de quoi te mêles-tu ?...

— Voilà un drôle impudent, murmura de Valors.

— Je ne vous cacherai pas, continua l'ancien policier, que j'ai failli y passer. Deux ou trois balles ont sifflé à mes oreilles... Un garçon que j'aimais beaucoup a été tué à mes côtés. Tu le connais, Coquelicot, car, grâce à lui, tu as vu de bien près l'échafaud... L'infortuné Boit-sans-Soif ne fera plus la cour aux cabaretières de Marseille, ni d'ailleurs...

— Qu'importe !...

— Tu n'es pas charitable. Il s'intéressait beaucoup plus à toi que tu ne t'intéresses à lui... et, s'il t'avait rencontré en un endroit favorable, il n'eût pas manqué d'essayer de te retenir.

— Trêve de plaisanteries, dit Gaspard. Tu viens à nous dans un but quelconque... C'est une imprudence que tu as commise et dont probablement tu te repentiras... Mais je dois te permettre de t'expliquer.

— Qu'il se dépêche, fit Coquelicot, en roulant des yeux terribles.

Renardot parut très satisfait du langage du capitaine.

— A la bonne heure !... Vous comprenez que ce n'est pas uniquement pour le plaisir d'admirer Bavard et Coquelicot que je me suis mêlé à votre conversation. Eh bien, j'ai commencé, au risque de paraître indiscret, à vous expliquer ce qui se passe en moi. J'éprouve le besoin de vous exprimer la sympathie que m'inspire un homme extraordinaire.

— Tu railles encore !...

— Je parle très sérieusement. Ce compliment n'est pas banal dans ma bouche, car je me crois presque aussi habile que vous...

— Voyez-vous ça !...

— Jusqu'ici vous m'avez battu, mais ce n'est pas une raison pour que la chance ne tourne pas, pour qu'à mon tour, je ne gagne pas la partie... Franchement, ce serait dommage de vous rouer...

— Dommage pour moi surtout...

— Dommage pour tous les deux car, je le sens aujourd'hui, j'aurais tous les regrets du monde de priver cette belle Provence d'un homme aussi brillant que vous.

— Tu abuses de ma patience !

— De notre patience à tous, appuya Cabannes.

— Me voici au fait, dit Renardot. Donc, avec des sentiments pareils, vous ne serez pas étonné que je vous propose de vous servir désormais et d'être des vôtres, si vous voulez bien y consentir...

Coquelicot et Bavard eurent une exclamation.

— Quel aplomb ! murmurèrent-ils.

Gaspard leur imposa silence d'un geste, puis il se retourna vers Renardot.

— Tu nous crois donc bien naïfs !

— Naïfs... pourquoi ?

— Parce que tu te figures que nous allons nous livrer à toi pour avoir le plaisir de t'employer.

— Vous livrer à moi !... Mais je ne vous demande aucun de vos secrets... Vous prendrez, à mon égard, toutes les précautions qu'il vous plaira... seulement vous cesserez de me considérer comme un adversaire et, si je vous offre quelque chose d'avantageux, vous l'accepterez.

— En un mot, tu organiseras à ton aise quelque bon piège, quelque joli traquenard dans lequel nous irons nous faire prendre...

— Oh ! je ne tiens plus à vous faire arrêter et je vais vous en donner tout de suite la preuve.

— Voyons ! je suis curieux...

— Ma foi, c'est bien simple. Reconnaissez que vous ne vous seriez pas réunis en ce lieu si vous eussiez su que je pouvais aisément y venir troubler votre conversation !... Vous n'auriez certes pas pensé à une visite du genre de celle que je vous fais... Vous vous seriez imaginé avec plus de raison, que vous m'eussiez vu accompagné de la maréchaussée...

— Peut-être ne prévoyais-tu pas... Le hasard seul... Et tu n'as pas sous la main...

— Pendant le temps que vous causiez ici, je n'avais qu'à pousser jusqu'à l'hôtel-de-ville où Bras-de-Fer est précisément de garde... Je l'eusse vite ramené avec ses hommes, on eût cerné cette maison et je ne sais pas trop comment vous vous fussiez échappés... Cela n'indique-t-il pas suffisamment que je n'en veux plus à votre liberté ?

Gaspard de Besse regarda ses compagnons.

— Cela ne manque pas de vraisemblance !

— Oh ! pour parler, c'est son affaire, dit Coquelicot d'un ton bourru... C'est un ancien avocat... Il a la langue dorée, mais je suis sûr que je m'en vais l'obliger à se taire... Allons ! en garde, mon bonhomme !

— Puisque je n'ai pas d'armes.

— Bavard ne refusera pas de te prêter la sienne.

Gaspard s'interposa.

— Coquelicot, dit-il, je ne veux pas que tu cherches à m'empêcher d'écouter cet homme jusqu'au bout.

— A quoi bon ?

— Je veux être seul juge de ce qui convient à l'intérêt de tous...

Le capitaine prononça ces paroles d'un ton à la fois si ferme et si sévère que Coquelicot cessa d'insister.

Il s'arrêta net et baissa la tête.

Renardot reprit son air goguenard.

— Tu disais donc, fit Gaspard, que tu pouvais nous livrer et que tu ne l'as pas fait... Eh bien, sache que, lors même un régiment entier eût entouré cette taverne, nous serions sortis d'embarras... Je ne te dirai pas pourquoi... Mais je veux te tenir compte de ta manière d'agir... et je suis prêt à discuter tes propositions... Tu demandes donc que l'on accepte tes services, que l'on te considère comme affilié à la bande.

— Oui.

— Nous n'avons pas besoin de toi... Tu ne pourrais rien nous procurer...

— Au contraire... Il me serait possible de vous faire mettre la main sur les plus riches trésors, de vous enrichir tous et de m'enrichir aussi si vous me donnez une part convenable.

— Explique-toi.

— Vous êtes déjà sur la piste, mais si peu que cela n'en vaut peut-être pas la peine... Ce n'est pas, du reste, un maladroit comme Bavard qui vous renseignera suffisamment.

— Moi, maladroit !

— Mon Dieu, oui, tu manques de flair et de bon sens.

— Il s'agit donc des caves du juif Samuel ?

— Oui, de ses caves. Mais ce n'est pas seulement son or qui y est enfermé, c'est celui de tous les juifs de la région.

— En vérité !

— Comment Bavard eût-il pu savoir cela ? Il eût rôdé autour de la maison de Samuel et eût probablement interrogé quelque serviteur, mais il n'eût rien appris sur le trésor des juifs.

— Le trésor des juifs !

— Oui, les juifs de la contrée ont un endroit où ils enferment la majeure partie de leur argent, celui qu'ils retirent momentanément de leur commerce ou qu'ils ne veulent plus y faire entrer... Cette coutume est ancienne... Elle date des persécutions religieuses... Sans cesse menacés par les confiscations, par les amendes, ils ont adopté cette mesure de précaution qui leur permet au besoin de se dire pauvres, de se prétendre ruinés...

— Samuel est leur banquier ?...

— Non, il est tout au plus le gardien en qui ils ont confiance ou du moins qu'ils emploient. Chez lui, chacun a sa caisse, les plus riches ont même des caveaux distincts.

— Il n'y a pas mal de juifs à Marseille...

— Le commerce en attire une certaine quantité... Mais il y en a encore plus à Avignon...

— Oh ! je sais...

— Beaucoup, parmi ceux d'Avignon, peu confiants dans l'hospitalité du pape, sont venus grossir le trésor de Marseille...

— Les caves de Samuel doivent alors être immenses...

— Elles communiquent avec les caves de Saint-Sauveur !

Renardot donna à Gaspard et à ses amis les plus grands détails sur ces fameuses

Laure alla droit au marquis d'Arène. (503.)

caves qui ont de tout temps préoccupé les historiens et les archéologues marseillais.

Elles remontent, en effet, aux premiers siècles de la colonie phocéenne et paraissent avoir servi de casemates ou magasins de l'arsenal. Il y a eu là une caserne romaine.

Une tradition populaire veut qu'il y ait eu aussi en ce lieu la prison où saint Lazare fut enfermé lors de son martyre, mais jamais ce fait n'a été prouvé...

Les caves de Saint-Sauveur ont longtemps dépendu d'un couvent de femmes, et elles en dépendaient encore à l'époque où se passe notre récit. Toutefois, elles avaient des communications souterraines avec divers points du vieux Marseille. La crédulité publique les entourait d'une sorte de mystère et on en parlait avec des exagérations de toute espèce.

L'abbaye de Saint-Sauveur, habitée par des religieuses de Saint-Cassien, avait son entrée sur la place de Lenche.

Les religieuses cassianistes sont celles à qui les chroniques du viii⁰ siècle attribuent un acte d'héroïsme qui remplit l'âme d'horreur et d'effroi.

A l'époque où les Sarrasins ravageaient le territoire de Marseille, ils se présentèrent devant le couvent, fort décidés à goûter les plaisirs de l'amour avec les jolies filles qu'il renfermait.

On leur ouvrit toutes les portes. Quand ils pénétrèrent dans l'église, les religieuses étaient dans l'attitude de la prière.

On releva le voile de l'abbesse Eusébie, mais un cri échappa aux Sarrasins.

Eusébie s'était déchiré le visage et coupé le nez. Il en était de même de toutes les sœurs. Elles avaient trouvé ce moyen d'échapper à la lubricité des barbares.

Ceux-ci, remplis de colère, massacrèrent les religieuses qui expirèrent en regardant le ciel.

Le drame est émouvant, mais, comme dit Augustin Fabre, l'historien éminent de Marseille, ces faits sont très douteux et rien n'en fixe la date.

Il y eut à Marseille plusieurs invasions de barbares, et l'épisode de sainte Eusébie est une de ces légendes comme on en voit tant dans les vies de saints.

Ce qui est plus certain, c'est la conduite dissolue des religieuses vers le milieu du xiii⁰ siècle. L'abbesse Pascase, qui menait une vie très irrégulière, fut déposée en 1278 et, dans plusieurs autres circonstances, il fallut que l'autorité supérieure intervînt pour faire cesser le scandale.

Le bon peuple de Marseille, quand il s'occupait des caves de Saint-Sauveur, était persuadé que ses communications avec des couvents d'hommes devaient servir parfois aux religieuses, mais, reconnaissons-le, ceux qui émettaient cette opinion manquaient absolument de preuves, l'enceinte d'un couvent de femmes étant inaccessible aux curieux.

Donc, d'après Renardot, les caves du juif Samuel, situées dans la rue Radeau, devaient s'étendre dans la direction de l'abbaye. Cela n'avait rien d'étonnant, car une partie de la rue Radeau, celle opposée à la maison de Samuel, longeait latéralement le cloître. La distance n'était pas longue à parcourir.

L'ancien policier déclara aux bandits qu'il saurait parfaitement les introduire dans les caves de Saint-Sauveur, les y diriger et leur faire recueillir tout ce qu'elles renfermaient de richesses.

— C'est une entreprise qui offre des difficultés, car il y a des portes à enfoncer, des serrures à faire sauter, des coffres à ouvrir. De grands efforts seront nécessaires, mais les résultats seront considérables. Si nombreuse que soit votre bande, Gaspard, la part de chacun sera considérable.

Renardot expliqua que les juifs avaient dans leurs caisses des quantités incalculables de bijoux, des monnaies de toutes sortes, des lingots d'or et d'argent.

Il éblouit le capitaine et ses compagnons par ses descriptions enthousiastes. Ceux-ci ne purent s'empêcher d'éprouver une fascination qui devait endormir leurs méfiances à l'égard de l'ancien policier.

— Morbleu ! s'écria Cabannes, je crois que je pardonnerais à ce drôle tout ce qu'il nous a fait si je pouvais barboter à mon aise au milieu de cet or monnayé ou non.

— Et moi aussi, murmura Bavard d'une voix sourde.

— Corne de bœuf ! s'écria de Valors, j'oublierais l'affreuse odeur de rance dont il nous parfume !

Coquelicot restait réservé.

— Eh bien, quelle décision prenez-vous ? demanda Renardot.

— Nous avons besoin de réfléchir, dit Gaspard.

— Quand me donnerez-vous une réponse ?

— Dans trois jours.

— Ici ?

— Ici.

CHAPITRE LIX

Au Roucas-Blanc

L e lendemain de cette entrevue de Renardot avec Gaspard de Besse et ses compagnons, on eût pu voir deux hommes gravir un chemin des plus raides qui conduisait par la colline de Notre-Dame-de-la-Garde au Roucas blanc.

Ces deux hommes étaient couverts de larges manteaux, car le temps était froid et la bise assez aigre.

L'un d'eux était le marquis d'Arène. L'autre avait l'aspect rusé et la mine chafouine. C'était l'illustre Renardot.

Le marquis d'Arène paraissait mécontent de ce que lui racontait Renardot.

— Mais pourquoi ne l'avez-vous donc pas fait arrêter dans ce bouge?... C'était un joli coup de filet puisqu'il y avait avec lui tous ses lieutenants.

— Oui, il y avait Bavard, Coquelicot, Cabannes, de Valors, et de plus, un petit jeune homme que j'ai vu quelque part... Depuis hier, je cherche vainement où, par exemple !

— N'importe !... Il fallait prévenir la maréchaussée...

— Je ne l'ai pas fait...

— C'est incroyable...

— J'ai rendez-vous avec Gaspard après-demain au même endroit...

— Ah ! Et s'il n'y venait pas ?

— Il viendra, car, lorsqu'il donne sa parole, il la tient toujours...

— Et vous le prendrez ce jour-là ?

— Non, certes.

— Que signifie ?...

— Vous n'avez donc pas compris que je lui prépare mieux, que je lui tends un piège où il tombera en mon pouvoir et où sa bande entière sera prisonnière.

— Sa bande m'intéresse peu... Celui que je veux voir juger, condamner, exécuter, c'est lui, Gaspard Bouis qui, depuis longtemps, est mêlé à mon existence je ne sais pas pourquoi. Une lutte implacable a lieu entre nous, et l'un des deux y périra. Il faut que ce soit lui... Je veux pour lui l'échafaud et l'infamie !

— Il aura l'un et l'autre...

— Votre manière de procéder ne me va guère... Je n'admets pas que vous l'ayez laissé s'échapper dans l'espoir de le retrouver en plus nombreuse compagnie...

— Étais-je aussi sûr que cela que l'on aurait pu s'emparer de lui dans ce cabaret dont tous les hôtes seraient sans doute venus à son secours ?... Si j'étais allé chercher Bras-de-Fer, à mon retour, l'aurais-je retrouvé ?... C'est le hasard, une planche mal jointe qui m'avait permis d'entendre sa voix et de savoir de quoi on parlait... Et puis vous dirai-je qu'en outre de la porte par laquelle je suis entré dans la salle où se trouvait Gaspard de Besse, je suis persuadé qu'il y a une autre issue par laquelle il peut disparaître et gagner sans doute une retraite inconnue. Il me l'a, du reste, presque avoué...

— Vous voulez toujours avoir raison, maître Renardot.

— Surtout quand je n'ai pas tort... Je suis plus prudent que vous...

— Je m'en aperçois...

— Je vous avoue que je n'allais pas de bon cœur à ce siège des ruines d'Oppède qui s'est terminé par une si épouvantable catastrophe...

Le marquis n'aimait pas qu'on lui parlât de la défaite qu'il avait subie dans le Lubéron.

— Taisez-vous ! fit-il avec colère.

Renardot s'inclina.

— Puisque c'est désagréable à monsieur le marquis, je ne me permettrai plus la moindre allusion. Je tiens d'autant moins à lui déplaire que je voulais le prier de me rendre un service.

— Ah ! quel service ?

— Un léger service d'argent... Les temps sont durs, hélas !

D'Arène se fouilla et tira de sa poche un louis qu'il remit à l'ancien policier.

— C'est peu !...

— Qu'est-ce donc ? Vous n'êtes pas content ?

— Monsieur le marquis était jadis plus généreux !...

— J'étais aussi plus satisfait de votre zèle... Je commence à croire qu'il est fâcheux que Salviade ait été tué...

— En voilà un qui vous a coûté cher et bien inutilement.

— Il a failli plusieurs fois me débarrasser de Gaspard de Besse, et si le hasard le lui eût livré, comme à vous l'autre jour, il en eût profité...

— C'est qu'il n'eût pas eu la certitude de faire prisonnier plus tard le capitaine... Ne louez pas autant Salviade ; vous avez été horriblement mal servi par lui...

— Il est mort pour moi !

— Il est bien mort pour son propre compte... N'a-t-il pas été d'une imprudence rare en laissant, après l'embuscade de l'Huveaune, Gaspard de Besse sur le carreau sans vérifier s'il avait rendu son âme au diable ?... Moi, j'eusse emporté le corps, même après m'être assuré qu'il n'était plus qu'un cadavre... Avec des hommes pareils je me fusse méfié de tout. J'eusse craint une résurrection !

— Gaspard de Besse m'a laissé aussi une fois pour mort !...

— Il a eu peut-être, lui, quelque scrupule de vous achever en vous voyant à terre... Mais Salviade n'était susceptible d'éprouver rien de semblable... Il a été maladroit, voilà tout, et il a payé cher sa maladresse, puisqu'elle lui a coûté la vie...

— A quoi servent ces récriminations ?

— Je me défends, monsieur le marquis.

En ce moment, les deux hommes arrivaient en vue de la villa de Mlle Laure de Saint-Servan.

— Vous allez me quitter, Renardot, fit d'Arène.

Renardot désigna la villa.

— Ah ! c'est là que va monsieur le marquis ?

— Vous êtes bien indiscret.

— Je me rappelle y avoir précisément accompagné une fois...

— Je ne vous demande aucun renseignement.

— Il ne m'est pas cependant défendu de deviner...

— Maître Renardot, occupez-vous des affaires des autres si cela vous plaît et si cela peut me servir surtout, mais non pas des miennes... Il pourrait vous en cuire...

— C'est bon, c'est bon...

— Retirez-vous !

— J'obéis, monseigneur.

Le marquis tourna brusquement le dos à l'ancien policier et se dirigea vers la villa.

Renardot suivit son patron du regard et l'expression du visage n'était pas précisément tendre.

— Esprit borné et orgueilleux ! Il n'a même plus le sou... Ah ! si ce n'était pas mon intérêt de le servir. Mais que va-t-il faire chez...? car je ne me trompe pas ; c'est bien là que...

Le marquis d'Arène entra dans la villa en homme qui se sent presque chez lui. Il traversa le jardin et gagna la terrasse où se trouvait la maison d'habitation.

Une jeune servante l'aperçut et vint aussitôt lui ouvrir.

— Monsieur le marquis n'a pas reculé devant le froid !...

— Non, Lucie... Tes maîtresses y sont-elles ?

— Oui, vous trouverez Mlles Laure et Antoinette dans le salon, près du feu... Mlle Laure est toujours bien triste.

— Peuvent-elles me recevoir?

— Je le pense... Elles paraissent, l'une et l'autre, très sensibles à l'intérêt que vous leur portez, à la bienveillance que vous leur témoignez depuis la mort...

— Préviens-les alors tout de suite.

Un instant après, le marquis était introduit auprès de Mlles de Saint-Servan.

Antoinette l'accueillit avec un visage souriant... Quant à Laure, elle se souleva légèrement pour lui tendre la main.

La jeune fille avait pâli et maigri depuis le jour où Gaspard de Besse l'avait rencontrée sur la plage de Montredon. Il y avait, autour de ses grands yeux noirs, ce cercle d'une couleur indéfinissable qui naît pendant les nuits d'insomnie et trahit la douleur de l'âme ou la souffrance du corps.

— Oh! monsieur le marquis, dit Antoinette, que c'est aimable à vous d'être venu!... Nous sommes si délaissées au Roucas-blanc depuis qu'il fait froid... Je n'ai pu décider Laure à rentrer à Marseille, dans notre maison de la rue des Martigales, si confortable et si commode. Elle prend de plus en plus goût à la solitude. Sa tristesse se complaît ici où l'on n'a pour distraction que la vue de la mer, souvent irritée à cette époque de l'année. Je voudrais bien que vous puissiez rendre à ma sœur sa gaieté habituelle qu'elle a perdue, je ne sais pourquoi!...

— Tu ne réfléchis donc pas, Antoinette, tu ne te rappelles pas quelle est l'origine de ma douleur?...

— Notre frère, c'est vrai... Je l'ai pleuré aussi... Mais il y a déjà plusieurs mois de cela... Crois-tu que, s'il eût perdu l'une de nous, il se fût condamné toute sa vie aux larmes et au désespoir?... Je ne le pense pas, car il s'est toujours montré assez indifférent à notre égard, presque indigne de l'affection que tu lui portais...

— Tais-toi!...

— Tu te plaignais de lui autrefois.

— Il n'était pas mort... Je suis persuadée, d'ailleurs, que son cœur était bon.

— Alors, chère Laure, s'il nous voit, s'il peut encore être sensible à nos douleurs, il doit certainement regretter ton affliction, n'est-ce pas, monsieur le marquis?

— Vous avez raison, mademoiselle. Mais je comprends peut-être mieux que vous pourquoi la fin prématurée de votre frère est encore un sujet de si profonde tristesse pour votre sœur... Les circonstances dans lesquelles il a été tué, je puis même dire assassiné, ont été si douloureuses... Mademoiselle Laure de Saint-Servan sait que le meurtrier continue ses exploits, commet tous les jours de nouveaux crimes, et cette pensée empoisonne sa vie... Je puis lui dire cependant une chose qui apportera un soulagement à sa douleur... Votre frère sera vengé!...

Laure de Saint-Servan eut un tressaillement et releva la tête.

— Je quitte un homme dont l'habileté comme policier est réellement surprenante... Il m'a promis qu'avant peu Gaspard de Besse et sa bande seraient dans les prisons de Marseille... L'échafaud attend ces misérables...

— Eh bien! ma sœur, entends-tu?...

C'était Antoinette qui parlait ainsi à Laure, mais celle-ci, au lieu de manifester sa joie, était devenue plus pâle encore...

— Qu'avez-vous, mademoiselle? demanda le marquis.

— Rien... si ce n'est que... je souffre... Ah ! je souffre !...

La pauvre jeune fille tomba mourante sur un siège.

On devine l'émotion d'Antoinette. Elle sortit pour appeler du secours, tandis que le marquis restait assez embarrassé auprès de Laure de Saint-Servan.

— Quelle sensibilité, mon Dieu ! ne put-il s'empêcher de dire.

Laure rouvrit presque aussitôt les yeux.

— Allons, mademoiselle, fit d'Arène, montrez-vous plus courageuse, au moment où nous allons atteindre le but que nous poursuivons...

— Je ne veux pas, dit-elle rapidement, je ne veux pas que Gaspard de Besse soit arrêté... Je lui pardonne !

Le marquis resta stupéfait.

Antoinette rentrait à ce moment avec Lucie, la jeune servante.

On voulut secourir Laure de Saint-Servan, mais elle avait entièrement repris ses sens.

— C'est inutile, mon indisposition est passée... Je vais même tout à fait bien...

— En vérité, ma chère Laure... Il est étonnant que déjà...

— Antoinette, laisse-moi seule avec M. le marquis... J'ai à lui parler d'affaires importantes...

Sa jeune sœur paraissant hésiter, Laure joignit les mains.

— Je t'en supplie, fit-elle.

Antoinette se retira avec Lucie.

Laure alla droit au marquis d'Arène.

— Je vous demande d'épargner Gaspard de Besse si c'est à cause de mon frère que vous voulez le livrer à la justice.

— Je vous assure, mademoiselle, que je ne comprends pas ce langage...

— Est-il besoin que vous en connaissiez le motif... Vous ne cessez de vous dire entièrement à mes ordres, désireux de m'être agréable... Vous vous êtes associé à l'œuvre de vengeance que je poursuivais. Je l'abandonne... Abandonnez-la, vous aussi...

— Je ne m'explique pas...

— Faut-il vous rappeler dans quelles circonstances vous êtes entré pour la première fois dans cette maison ?... Vous nous apportiez une triste nouvelle... Vous veniez nous annoncer que mon frère avait été tué dans un lâche guet-apens...

— En effet... il avait été victime d'un scélérat...

— Mon frère a été tué, il est vrai, mais non pas dans un guet-apens, dans un duel... Il avait une épée pour se défendre...

— Mais, en face de lui, se trouvaient plusieurs adversaires...

— Il n'y en avait qu'un... Et cet adversaire avait auparavant failli être frappé par plusieurs assassins, à la tête desquels se trouvait précisément le malheureux que nous avons pleuré et qui était indigne de l'être...

— Qui vous a renseignée ainsi ?...

— Que vous importe !... Sachez seulement que l'on ne m'a rien caché de la vérité... Ah ! il faut que j'aie un grand respect de la mort pour défendre mon frère contre les réflexions de ma sœur... C'était un coureur de tripots et un spadassin...

Il avait oublié les traditions de la race de gentilshommes à laquelle il appartenait, pour ne vivre que d'escroqueries et de crimes... Quel misérable c'était, monsieur le marquis !... J'espère bien pour vous que vous l'ignoriez, puisque vous vous êtes dit son ami !

Le visage de Mlle Laure de Saint-Servan s'était empourpré. Sa voix était vibrante.

Le marquis d'Arène ne savait quelle contenance tenir.

— Êtes-vous bien certaine qu'on ne vous a pas menti ?...

— J'en suis sûre, car celui qui m'a tout appris ignorait les liens qui m'unissaient à ce bandit !...

— Qui est-ce ?...

— Vous tenez à le savoir ?... C'est M. de Bersedac qui, rentrant chez lui une nuit pour y prendre de quoi payer des dettes contractées au jeu, trouva un voleur et lui administra un coup d'épée... Ce voleur se souvint alors qu'il avait des sœurs et vint se faire soigner chez elles, en leur disant qu'il avait été blessé dans une affaire d'honneur...

— J'ignorais...

M. de Bersedac a vu depuis son voleur persévérer dans la voie où il était entré. Il tenait le récit de la mort de mon frère d'un jeune gentilhomme qui en avait été témoin, M. de Valbrègues...

— Je ne connais pas ce Valbrègues...

— Mais vous n'ignorez peut-être pas l'aventure de M. de Bersedac. Donc, il ne m'est plus permis de rien tenter contre Gaspard de Besse, puisque c'est lui qui a agi loyalement... Ce que j'ai déjà fait me cause assez de remords...

— J'admire ces scrupules de conscience à l'égard d'un brigand dont la tête est mise à prix, qui a commis toutes sortes d'attentats...

— Peut-être exagérez-vous le rôle de cet homme qui s'est montré souvent généreux à l'excès...

— C'est une vieille légende... Cartouche et Mandrin avaient aussi de bons moments... Cela ne les a pas empêchés de mal finir... Espérons que, comme eux, Gaspard de Besse sera rompu vif...

Laure de Saint-Servan ne put dissimuler une impression douloureuse.

— Voilà deux fois, monsieur le marquis, que vous parlez de supplice, d'échafaud... Je vous avoue que je n'aime pas avoir devant les yeux de semblables images.

Le marquis d'Arène changea subitement de ton. Il adoucit sa voix qui, depuis qu'il s'occupait de Gaspard de Besse, avait des inflexions dures.

— Je suis réellement désolé, mademoiselle, de vous avoir fait de la peine... Pardonnez-moi.

— Oh ! je ne vous en veux pas !

— Heureux d'être votre ami, je me suis appliqué, depuis que vous avez bien voulu me recevoir dans votre maison, à mériter votre confiance, votre estime, ainsi que celle de Mlle votre sœur... Vos désirs ont été des ordres pour moi et j'ai tout tenté pour les voir se réaliser.

— Oui, je n'ignore pas que vous avez poursuivi, jusque dans le Lubéron,

Renardot entra dans le cabinet du lieutenant criminel en faisant mille courbettes.
(Page 500.)

l'homme dont j'ai trop légèrement voulu un instant la mort... On m'a dit que vous
n'aviez pas été heureux dans cette expédition...

Le marquis se mordit les lèvres.

— Mes troupes ont subi, en effet, une défaite glorieuse. Nous avons été victimes d'une surprise et, si je suis resté longtemps sans avoir le bonheur de vous
voir, c'était parce qu'une blessure m'en empêchait. Cette blessure est aujourd'hui
à peine fermée... Mais que vous importe ce que j'ai pu souffrir?...

— Ne soyez pas aussi injuste à mon égard... Tout à l'heure, vous reconnaissiez
qu'Antoinette et moi, nous vous avions donné notre amitié... On n'est jamais
indifférent aux souffrances d'un ami...

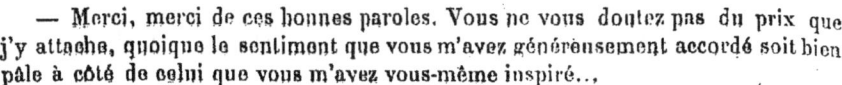

— Merci, merci de ces bonnes paroles. Vous ne vous doutez pas du prix que j'y attache, quoique le sentiment que vous m'avez généreusement accordé soit bien pâle à côté de celui que vous m'avez vous-même inspiré...

— Que voulez-vous dire ?...

— Pardon, mademoiselle, si j'ose vous exprimer une faible partie de ce que je ressens... Vous vous êtes emparée de mon cœur, et il y est né une affection autrement vive, autrement ardente que la froide sympathie que vous daignez me montrer...

— Ce langage...

— N'a rien de blessant pour vous... Une divinité peut se laisser adorer sans être offensée des hommages des simples mortels.

— Je ne suis pas une divinité. monsieur le marquis...

— Vous êtes tout pour moi... Je ne vis plus que pour vous...

Le visage de M¹¹ᵉ Laure de Saint-Servan s'était maintenant empourpré. Son embarras était grand en présence de cette déclaration inattendue.

— Je vous aime, voulut continuer d'Arène, je vous adore...

Elle interrompit d'un geste le marquis.

— Oh ! que vous me faites de la peine !...

Il la regarda avec étonnement.

— Oui, je regrette fort d'avoir à vous prier de ne plus me voir, de ne plus venir dans cette maison où l'on vous accueillait avec plaisir.

— Est-ce possible ?

— Que penseriez-vous si je continuais à vous recevoir après ce que vous venez de dire ?

— Mais que vous me pardonnez de n'avoir pu contenir... de n'avoir pas su renfermer...

— Non, non, vous vous croiriez autorisé à parler souvent de la sorte...

— Eh bien ?

— C'est ce que je ne veux pas, c'est ce que je ne peux pas supporter.

— Vous me haïssez !

— Je ne vous hais pas, mais je ne vous aime pas... comme vous l'entendez... Je ne vous aimerai jamais !

— Pourquoi ?

— Pour plusieurs motifs... Le principal, monsieur le marquis, c'est que mon cœur vous repousse... Il n'est pas touché par vos accents... Au contraire il se sent froissé... Vous eussiez dû ne pas oublier que je suis orpheline, que je n'ai plus ni mon père, ni ma mère... Il ne me reste qu'une sœur plus jeune que moi... Cette circonstance eût dû vous rendre plus circonspect... Je ne dirai pas plus généreux...

— En quoi ai-je manqué aux lois qu'un gentilhomme doit toujours respecter ?...

— En laissant croire à une jeune fille honnête, monsieur le marquis, que vous supposez qu'elle ne l'est pas...

— En vérité !...

— Vous ne songez pas à faire de moi votre femme, puisque vous aspirez à donner ce titre à M¹¹ᵉ Adrienne d'Arène, votre cousine...

— Vous savez ?...

— Je suis aussi bien renseignée sur votre compte que sur le triste passé de mon frère...

— On vous a doublement trompée!...

— On m'a dit vrai, hélas!

— Je n'aime que vous, Laure...

— Épargnez-vous un mensonge inutile...

— Je suis prêt à vous le prouver, et si vous consentiez à m'écouter...

— Vous renonceriez à votre union avec Mlle d'Arène?

— Peut-être.

— Vous n'en êtes pas bien sûr... En tous cas, je n'accepterais pas ce sacrifice. Je ne voudrais pas entrer dans votre famille malgré votre mère qui a décidé le mariage avec votre cousine... Et puis, je le répète, ce n'est pas vous qui régnez sur mon cœur...

— C'est donc un autre! fit d'Arène d'une voix aiguë.

Laure baissa les yeux devant son regard perçant. Il lui prit la main avec une certaine autorité.

— Qui est-ce?...

— De quel droit m'interrogez-vous?

— Du droit que vous méconnaissez et qui cependant existe, du droit d'un amant repoussé qui veut connaître son rival!

— Laissez-moi!

— Je ne vous laisserai que lorsque vous aurez parlé...

— Je ne parlerai pas...

— Tu parleras!...

Elle le regarda avec colère et mépris.

— Oh! j'avais raison d'éprouver pour vous une répulsion que j'essayais de vaincre... Vous étiez le digne ami de mon frère... Je vois que vous êtes plus misérable que lui... car je ne pense pas qu'il eût fait violence à une femme...

— Allons donc! Il était capable de tout... comme moi, du reste, lorsque je suis joué, dédaigné...

— Il paraît que vous en avez l'habitude...

— Dites-moi donc le nom de votre amant, mademoiselle Laure de Saint-Servan, pour que j'aille lui apprendre ce qu'il en coûte d'aller sur les brisées du marquis d'Arène.

— Allons donc!... Ce serait lui qui vous châtierait comme vous le méritez...

— Vous avouez qu'il y a, en effet, quelqu'un...

— Eh bien, oui, il y a un homme que j'aime... Je ne m'en suis jamais aperçue aussi bien que maintenant... Il y a un homme qui me possède tout entière, quoiqu'il l'ignore lui-même, quoiqu'il l'ignorera toujours... La fatalité nous sépare.

— Quelles sornettes me racontez-vous?...

— Je vous rappelle au respect que vous me devez.

— Et si je l'oublie!

— Je vous dirai que vous commettez une lâcheté... Ce ne sera plus une prière que je vous adresserai, mais un ordre, et je vous ferai immédiatement sortir de cette maison...

Le marquis d'Arène essaya de lui saisir encore la main.

— Prenez garde ! Je vais appeler à mon secours.

— Vous ne ferez pas cela !

— Vous allez voir !

Elle alla vers un cordon de sonnette, mais, à ce moment même, la porte s'ouvrit et Antoinette entra.

— Eh bien ! eh bien, ma sœur, vas-tu toujours mieux?... Cet entretien est-il terminé ?

— Oui, il est fini et M. le marquis se retire.

— Impitoyable ! murmura d'Arène en s'inclinant devant Mlle Laure de Saint-Servan.

Il baisa la main d'Antoinette et se retira en essayant de cacher sa rage.

Ce ne fut que sur la porte de la villa qu'il crispa les poings et fit entendre une horrible imprécation. Il n'était pas plus heureux avec Laure de Saint-Servan qu'il ne l'avait été avec Clarisse, Pauline Roux et Marie Asquier.

Mais était-ce aussi Gaspard de Besse que la jeune fille aimait ?

CHAPITRE LX

Préparatifs

Rois jours après, l'illustre Renardot se rendit au palais de justice de Marseille situé près des Accoules.

L'ancien policier, qui était connu de tout le monde dans le palais, demanda au portier si le lieutenant criminel était à son cabinet et le portier lui répondit affirmativement.

Renardot n'eut pas besoin qu'on lui fournît d'autres indications. Il se dirigea vers l'endroit où travaillait, en dehors des audiences, Guillaume de Paul, lieutenant criminel en la sénéchaussée de Marseille.

Guillaume de Paul appartenait à une des plus honorables familles marseillaises. Ce magistrat passait pour homme d'esprit et de goût, ami des arts et des lettres.

Il brillait aussi dans la société par son opulence, car il joignait au bénéfice de sa charge un patrimoine considérable. Il avait fait construire à la rue Grignan plusieurs belles maisons où il s'était installé avec son frère et ses cousins.

C'était là qu'en 1774, il avait donné une fête splendide à l'occasion du rétablissement du Parlement de Provence.

Dès qu'on annonça à Guillaume de Paul que Renardot demandait à lui parler, il ordonna qu'on l'introduisît.

Renardot entra dans le cabinet du lieutenant criminel en faisant mille courbettes.

L'ancien policier avait conservé le plus grand respect pour le magistrat qui jadis avait été son chef.

— Eh! maître Renardot, fit celui-ci... Je ne comptais plus vous voir... Vous n'avez plus reparu depuis que vous m'avez exposé le beau projet qui m'avait rempli d'admiration pour votre génie... Vous y avez renoncé, n'est-ce pas?...

— Moins que jamais...

— En vérité!...

— Je viens même vous dire que tout est prêt pour son exécution...

Guillaume de Paul parut surpris.

— Vous nous livrerez Gaspard de Besse?...

— Avec toute sa bande, s'il plaît à Dieu et si vous voulez bien renouveler la promesse que vous m'avez faite...

— Ah! je me rappelle ce que vous m'avez demandé... Vous désirez être réintégré dans la police... J'avais été obligé de me séparer de vous par suite de plusieurs indélicatesses...

— Sans importance, monsieur le lieutenant criminel...

— Comment donc?... Vous aviez dépensé pour votre propre compte tout l'argent destiné à payer les hommes placés sous vos ordres... Cela vous semble peu de chose... J'ai failli vous faire arrêter...

Renardot baissa la tête.

— Monsieur le lieutenant criminel a usé d'indulgence...

— C'est vrai, mais, après une telle faute, je ne pouvais vous conserver... Malgré votre repentir, j'ai refusé toujours de vous reprendre...

— C'était cependant mon vœu le plus cher...

— Je ne vous ai promis de me laisser toucher par vos supplications que si vous nous rendiez quelque service bien éclatant qui pût être donné au public comme une raison de votre rentrée en grâce...

— Je crois que lorsque j'aurai livré à la justice Gaspard de Besse et tous ses bandits...

— Malheureusement, ils ne sont pas encore en prison...

— Ils y seront bientôt, monsieur le lieutenant criminel.

— Bientôt?...

— Demain soir!...

Guillaume de Paul prêta une oreille attentive aux renseignements que lui donna Renardot.

On devine que celui-ci n'était pas sincère quand il était allé exprimer son admiration à Gaspard de Besse et l'avait prié de l'admettre dans sa bande.

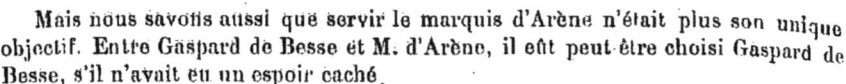
Mais nous savons aussi que servir le marquis d'Arène n'était plus son unique objectif. Entre Gaspard de Besse et M. d'Arène, il eût peut-être choisi Gaspard de Besse, s'il n'avait eu un espoir caché.

La conversation du lieutenant criminel et de Renardot vient de nous révéler ce que souhaitait ardemment ce dernier.

L'ancien policier regrettait son état. Il voulait rentrer dans la police !...

Il avait fait une première démarche après l'arrestation de Coquelicot qu'il avait, comme on sait, livré au brigadier Bras-de-Fer.

Tandis que celui-ci s'attribuait modestement tout le mérite de cette capture, Renardot avait raconté la vérité à Guillaume de Paul qui n'avait pas trouvé l'exploit suffisant. D'ailleurs, on se rappelait encore beaucoup trop dans la police, comment il en avait été exclu.

Maintenant un temps plus considérable s'était écoulé, et le service que Renardot se proposait de rendre au roi devait être autrement important puisqu'il ne s'agissait plus seulement d'un homme, mais d'une bande entière.

En outre de la récompense de deux mille écus promise par tous les placards et qui lui serait légitimement acquise, Renardot pourrait encore exercer officiellement la profession qui convenait si bien à ses goûts et à ses instincts.

Guillaume de Paul fut assez long à se laisser persuader par son ancien subordonné qui lui démontrait que son plan devait infailliblement réussir.

Il fit des objections de toutes sortes avant de promettre à Renardot que des troupes de la maréchaussée le seconderaient le lendemain soir.

— Pourvu qu'il n'en soit pas de cette expédition comme de celle du château d'Oppède !

— Je ne suis pas le marquis d'Arène ! fit Renardot avec dédain.

— Gaspard de Besse est très adroit...

— Cette fois-ci, il ne se méfie pas !...

— Enfin... soit !... Je me placerai moi-même à la tête des soldats... Je partagerai leurs dangers...

Renardot s'inclina.

— Je suis sûr, monsieur le lieutenant criminel, qu'ayant été au péril vous serez aussi à la gloire.

Cette phrase sonore fit sourire Guillaume de Paul.

— Je ne désire qu'une chose, c'est que la Provence soit délivrée des bandits qui l'infestent.

Les dernières dispositions furent ensuite arrêtées et Renardot rentra chez lui où Furet l'attendait.

Renardot raconta à son fidèle estafier comment il s'était entendu avec le lieutenant criminel.

— Ce sera une expédition difficile, hasarda Furet.

— Sans doute, mais quels résultats !...

— Nous vengerons Boit-sans-Soif, ce pauvre Boit-sans-Soif !...

— Nous toucherons aussi de l'argent...

— Vous avez l'habitude de garder tout pour vous, patron...

— Je te promets qu'en cette occasion, je ne t'oublierai pas... Et puis, nous entrerons dans la police, car dès que j'y serai, je ferai des démarches en ta faveur.

— Vous êtes bien bon...

Cette promesse remplissait Furet d'enthousiasme. Comme son chef, il se croyait né pour surveiller son prochain, il était espion dans l'âme !

Renardot et Gaspard de Besse avaient eu, la veille, dans la taverne du port, leur seconde entrevue.

Gaspard avait définitivement accepté l'expédition dans les caves de Saint-Sauveur. Il s'était entendu avec Renardot pour le jour et l'heure de l'expédition, et c'était pour ce motif que celui-ci se croyait si certain de livrer le capitaine et sa bande. Les détails qu'il avait donnés au lieutenant criminel étaient d'une exactitude rigoureuse.

Gaspard de Besse n'avait-il réellement aucune méfiance ?...

Il était évident qu'il n'avait cru d'abord que médiocrement à la loyauté de l'ancien policier, mais il n'en avait pas moins été séduit par la perspective du pillage des caves de Saint-Sauveur.

Depuis quelque temps, les affaires chômaient pour les bandits. Ceux-ci ne commettaient plus que des vols sans importance, au préjudice de petites gens, ce qui n'était guère du goût de Gaspard de Besse.

Nous savons qu'il était plus disposé à aider de sa bourse les paysans et même les bourgeois peu fortunés, qu'à les laisser dépouiller par ses hommes. Cela choquait ses instincts, ses idées.

Il désirait donc vivement une occasion qui pût lui permettre de rentrer dans son programme.

Y avait-il de plus impitoyables exploiteurs du peuple que les juifs ?... N'étaient-ils pas plus avides et plus rapaces encore que les traitants et les fermiers généraux ?...

Châtier ces misérables, leur faire rendre gorge, souriait à Gaspard.

Renardot avait été très habile en choisissant cet appât pour faire tomber dans un piège les hommes avec lesquels il luttait depuis si longtemps.

Le désir qu'avait le capitaine de s'emparer de cette proie devait donc l'empêcher d'être aussi prudent que d'habitude.

Cependant, durant le délai de trois jours qu'il avait demandé à Renardot, il avait ouvert une sorte d'enquête.

Il avait chargé tous ceux de ses auxiliaires en qui il avait le plus de confiance de se procurer des renseignements.

Cabannes était parti pour la juiverie d'Avignon où il devait, sous prétexte de s'entendre pour une affaire, s'assurer que l'on envoyait de l'argent à Marseille.

Coquelicot avait promis de rechercher dans le monde peu recommandable qui fréquentait les tavernes et les tripots, un sien ami qui lui avait aussi parlé des trésors de la rue Radeau.

De Valors et Gaspard de Besse lui-même s'étaient chargés de rôder autour de la demeure de Samuel et d'y pénétrer au besoin.

Quant à Bavard, il avait une mission plus délicate, celle de surveiller Renardot, de savoir qui il voyait, ce qu'il faisait, les gens qu'il fréquentait ou avec qui il pouvait avoir actuellement des relations.

Il était évident que, si Gaspard avait appris les récentes entrevues de Renardot avec le marquis d'Arène, et d'autres démarches auxquelles il s'était livré avant d'aller chez le lieutenant criminel, il eût vite su à quoi s'en tenir et compris ce qui se préparait contre lui.

Mais précisément Bavard manqua à son devoir, ou plutôt Renardot trouva le moyen de l'empêcher de l'accomplir.

En quittant la taverne du port, l'ancien policier s'était vite aperçu qu'il était suivi par le bandit. Il s'était demandé comment il se débarrasserait de lui sans qu'il s'en doutât et sans qu'il pût faire un rapport défavorable.

En pareil cas, on ne pouvait recourir à la violence, puisque la disparition de Bavard ou la moindre voie de fait sur cet estimable personnage inspirerait de la méfiance à ses amis.

Renardot songea à une tentative de corruption, mais Bavard aimait beaucoup son chef et devait être persuadé qu'il avait tout intérêt à le servir fidèlement.

L'espion, rentré chez lui, vit de sa fenêtre le bandit se promener dans la rue sans perdre de vue sa porte, puis s'envelopper de son manteau et se cacher dans l'ombre d'une maison voisine.

Évidemment, Bavard ne bougerait pas de toute la nuit.

— Il ne dormira que d'un œil... Je suis sûr de l'avoir comme ça tant que son maître voudra...

Et Renardot qui, pour mille raisons, désirait conserver ses coudées franches, cherchait toujours un moyen d'éloigner ce fâcheux.

Soudain il se frappa le front. Il croyait avoir trouvé.

Il alla aussitôt éveiller Furet qui dormait dans un cabinet voisin de sa chambre.

— Furet, lève-toi !

— Qu'y a-t-il?

— J'ai à t'envoyer quelque part !

— Où ça?... dit Furet en grommelant.

— Au Pavé-d'Amour !...

Furet écarquilla les yeux et regarda son maître avec étonnement.

— Je ne plaisante pas... Tu iras au Pavé-d'Amour chez cette bonne Mme Rébier, et tu la prieras de me rendre le service que je vais t'expliquer.

Renardot donna à Furet toutes les indications nécessaires et lui montra l'endroit où se trouvait Bavard.

— Compris ! dit Furet.

— Recommande à Mme Rébier de choisir une femme jolie et adroite...

— Mais lui est bien laid...

Renardot se mit à rire.

— Ma foi, tant pis !... Il payera plus tard fort cher le temps qu'il aura passé d'agréable !...

Furet descendit dans la rue. Bavard, qui s'était accroupi, se leva aussitôt et reconnut l'estafier de Renardot qu'il n'aimait guère, car ils s'étaient rencontrés, comme l'on sait, dans des circonstances peu faites pour augmenter leur sympathie réciproque.

— Je t'aime, beau garçon, lui dit-elle. (Page 514.)

Le bandit laissa passer Furet qui feignit de ne pas s'apercevoir de sa présence. Renardot, toujours à sa fenêtre, vit le manège.

— Ce n'est pas Furet qui intéresse Bavard, c'est moi... Réussirons-nous à l'éloigner?... Cette nuit, cela me serait bien égal qu'il restât là, mais demain il me gênerait trop...

L'ancien policier attendit près d'une heure. Il commençait à s'impatienter quand il aperçut enfin, à la lueur du réverbère qui éclairait la rue, une silhouette féminine.

Cette femme parut, comme par hasard, apercevoir Bavard. Elle l'accosta.

— Jusqu'ici ce n'est pas trop mal ! murmura Renardot.

Une conversation s'engagea entre le bandit et la femme. Celle-ci avait attiré Bavard sous le réverbère et Renardot suivait assez aisément ce qui devait se passer.

La femme sans aucun doute invitait Bavard à l'accompagner et celui-ci refusait, bien que comprenant tous les avantages de la proposition qui lui était faite.

Cette conquête, que le hasard paraissait lui amener, séduisait évidemment le bandit qui n'avait pas l'habitude d'en faire de semblables.

L'inconnue portait une mante qui lui cachait le visage, mais, l'ayant rabattue en arrière, elle laissa voir des yeux noirs, une luxuriante chevelure, une beauté qui éblouissait Bavard peu habitué à pareille bonne fortune.

Il lutta tant qu'il put contre le charme de l'inconnue, mais vint un moment où il se sentit impuissant à continuer sa résistance.

— Elle est encore plus jolie que la Mariotte, pensa-t-il.

Bavard était injuste, car la vivandière de la bande de Gaspard de Besse était plus fraîche, plus appétissante que la séductrice qu'on lui avait envoyée et qui n'était autre que la d'Argenterie.

Mais la clarté n'était pas assez grande pour que Bavard pût deviner les rides cachées sous une peinture habile, les grimaces du sourire et la dureté de l'ensemble de la physionomie.

La d'Argenterie tenait à s'acquitter de sa mission car la Rébier, désirant être agréable à Renardot, lui avait promis une bonne récompense. La courtisane, qui se trouvait en pleine décadence, n'avait d'ailleurs plus le droit de se montrer dégoûtée.

Elle feignait donc de ne pas s'apercevoir de la mine effarée de Bavard, que la tentation dont il était l'objet rendait plus laid encore.

— Je t'aime, beau garçon, lui dit elle.

Et puis soudain, elle lui passa les bras autour du cou et l'embrassa.

Les parfums dont la d'Argenterie usait et abusait produisirent un effet enivrant sur Bavard fasciné, vaincu.

— Bah ! je reviendrai demain matin, fit-il pour excuser à ses propres yeux cette désertion de son poste.

Triomphante, la d'Argenterie l'emmena et Renardot faillit applaudir cette victoire de Vénus sur Vulcain, de la beauté féminine sur la stupidité masculine.

Ce n'était pas la première fois que l'ancien policier usait d'un procédé semblable, se servait du sexe faible pour vaincre le sexe prétendu fort. On se souvient qu'il avait jadis failli s'emparer de Coquelicot avec l'aide d'une malheureuse qui avait consenti à devenir son instrument pour ne pas rentrer dans la prison d'où elle était sortie. Cette infortunée avait même payé de sa vie la trahison qu'elle méditait.

Inutile de dire que lorsque, le lendemain, Bavard revint à la maison de Renardot, celui-ci l'avait quittée. Le bandit chercha vainement à retrouver les traces de l'homme qu'on l'avait chargé de ne pas perdre de vue un seul instant.

La d'Argenterie ne lui avait pas laissé soupçonner pour le compte de qui elle avait agi. Indépendamment de la récompense de la Rébier, elle eut encore pour sa peine tout l'argent que Bavard avait sur lui et qu'elle réussit à lui soutirer.

Pendant ce temps-là, Gaspard de Besse et de Valors ne trouvaient rien de mieux pour entrer chez le juif Samuel et ne lui inspirer aucune méfiance, que de prendre le costume de ses coréligionnaires du Comtat et de se présenter à lui sous prétexte d'affaires.

Ils devinrent absolument méconnaissables quand ils eurent revêtu des tuniques brunes, coiffé des chapeaux jaunes et caché en partie leurs visages dans d'épaisses barbes.

De Valors possédait à merveille l'art de se déguiser la voix, aussi ce fut lui qui parla presque tout le temps.

— Vous devez me connaître de nom, fit-il à Samuel, je m'appelle Moïse, fils de Lévi.

— Je connaissais votre père...

— Un homme bien intelligent, n'est-ce pas?...

— Certainement... Il faisait le commerce des blés et des farines et il n'y avait pas comme lui pour faire accepter par les acheteurs son blé pourri ou sa farine avariée... Il prêtait aussi sur gages. Une fois il réussit à se faire livrer le gage et à se l'approprier sans donner d'argent... C'était un enfant d'Israël dans toute l'acception du mot... Un modèle... l'honneur de notre race!...

— Je fais tout ce que je peux pour marcher sur ses traces... Mais les temps sont durs...

— A qui le dites-vous?... Dernièrement, j'ai failli être arrêté parce que j'avais mélangé de la terre à du sucre brut de la Martinique...

— C'est insupportable!

— Aussi les bénéfices sont moindres et, si vous aviez besoin par hasard de capitaux, il vous serait difficile d'en trouver...

— Non, par bonheur... J'ai, au contraire, des économies...

— Vous seriez peut-être bien aise de les retirer momentanément des affaires?...

— C'est cela...

— Et vous voudriez?...

Le prétendu Moïse, fils de Lévi, regarda fixement Samuel.

— Les mettre en un lieu sûr!

— Quel est votre compagnon? dit Samuel.

— C'est mon cousin Abraham fils d'Isaac...

— Isaac, l'illustre rabbin... c'est lui qui m'a appris l'hébreu... Comment va-t-il donc?...

Samuel ajouta quelques mots en cette langue bizarre que l'on a nommée le *rabbinico philosophicum* et qui est restée jusqu'à nos jours la langue littéraire des juifs.

Gaspard de Besse sourit d'un air embarrassé, mais heureusement Samuel n'insista pas. Sans cela, il eût été étonné que le fils d'un rabbin ignorât à la fois le *rabbinico philosophicum* et l'hébreu pur.

De Valors s'empressa de changer la conversation.

— J'ai entendu parler à Avignon...

— Par Lévi peut-être?...

— Par mon père, en effet...

— Il avait ici une partie de sa fortune... Il eut tort de la retirer pour prêter de grosses sommes au vice-légat du pape... L'affaire paraissait cependant des plus sûres... Le vice-légat s'était engagé à payer de gros intérêts... Il avait remis à Lévi, comme garantie, toute son argenterie et le trésor presque entier de Notre-Dame-des-Doms...

— En effet...

— Attendez... Le vice-légat avait, paraît-il, une maîtresse pour laquelle il faisait toutes sortes de folies. Un beau jour, il fit cerner la juiverie par ses gardes, reprit purement et simplement son argenterie, et accusa votre père d'avoir volé le trésor. On emprisonna Lévi, puis on l'expulsa du Comtat. Il dut plus tard payer encore pour y rentrer. Vous voyez que je connais l'histoire de votre famille.

— Mieux que moi-même, avait envie de répondre le faux Moïse Ben Lévi. Mais, comme le terrain sur lequel s'était placé Samuel, lui paraissait glissant, il se borna à en revenir au dépôt qu'il prétendait vouloir faire.

Le Juif donna dans le piège. Il confirma à Gaspard de Besse et à de Valors tout ce que Renardot lui avait appris et leur vanta la complète sécurité dans laquelle ils se trouveraient quand ils auraient caché leur argent dans les caves de Saint-Sauveur.

Les deux bandits, absolument édifiés, promirent de revenir. Ils étaient certainement fort sincères.

— Oui, oui, attends-nous, dit Gaspard de Besse en sortant de la rue Radeau, tu auras notre visite...

— Je commence à croire que ce sera une expédition fructueuse, dit de Valors.

— Si voler des voleurs ce n'est pas voler, voler des juifs c'est une action méritoire...

— Telle est mon opinion !...

En entrant dans la rue des Martégales, Gaspard de Besse eut comme une secousse.

— Regardez ! dit-il à son compagnon.

Il montrait Mlle Laure de Saint-Servan qui rentrait chez elle avec sa sœur Antoinette.

La belle amazone s'était décidée la veille à quitter la villa du Roucas blanc pour habiter sa maison de Marseille.

CHAPITRE LXI

Le trésor des Juifs

Onc, Gaspard de Besse n'avait recueilli que des indications favorables à l'expédition projetée.

Coquelicot s'était assuré aussi que les caves de Samuel renfermaient de l'argent en abondance. Il croyait néanmoins qu'il fallait toujours se méfier de Renardot.

Bavard montra une mine assez déconfite. Sans raconter, bien entendu, de quelle manière il avait perdu Renardot, il dut avouer qu'il n'avait pu exercer sur lui une grande surveillance.

Coquelicot le traita de maladroit, et Bavard ne protesta pas contre cette qualification.

Renardot, dans sa seconde entrevue avec Gaspard, eut l'adresse de se montrer très exigeant, c'est-à-dire de demander une part très grande dans les bénéfices que devait procurer l'expédition.

Il y eut, à ce sujet, un débat des plus vifs entre l'ancien policier et les bandits. Une rupture sembla même un instant imminente.

— Tu prétendais, fit Coquelicot complètement dupe, que c'était par admiration pour notre chef que tu voulais être des nôtres ?...

— Mon admiration ne doit pas m'empêcher de songer à mes intérêts...

— Je vois que tu n'as eu pour objectif qu'une bonne affaire pour laquelle tu avais besoin d'être aidé...

— Qu'importe !...

— Renardot, renard ! va. Tes ruses sont toutes connues...

— Sans moi, vous ne pourriez rien faire et vous n'entreriez pas dans les caves de Saint-Sauveur.

— Qui sait ? dit Gaspard de Besse.

— Comment vous y prendriez-vous ?...

— Je ne peux perdre de temps à te fournir des explications... D'ailleurs, c'est inutile... Acceptes-tu ?...

— Je vous demande un quart de ce que vous enlèverez... Cela vaut bien ça, car je vais m'exposer autant que vous...

— Je crois bien... Tu ne me quitteras pas...

— Je ne le perdrai pas de vue, moi aussi, gronda Coquelicot, et s'il bronche !...

Le bandit sortit un pistolet de sa poche et en menaça Renardot qui ne put se défendre d'un léger frémissement.

— Cache donc ce joujou... Eh bien, est-ce dit ?...

— Imprudent ! fit de Valors à Renardot... En te montrant aussi avide, ne penses-tu pas que tu peux t'exposer à n'avoir rien du tout... Si l'on te promettait ce que tu voulais et que, pour la peine, on t'envoyât ensuite *ad patres*... à quoi cela t'aurait-il servi d'essayer de nous exploiter ?...

— Allons donc !... Ce n'est pas avec vous que je cherche à m'entendre, c'est avec le capitaine Gaspard, et je sais que lorsqu'il donne sa parole on peut y compter...

— Tu as raison, dit Gaspard de Besse, mais cela ne doit pas t'empêcher d'être raisonnable.

Enfin on tomba d'accord et on arrêta tout le plan que Renardot devait sans scrupule révéler au lieutenant criminel.

Rendez-vous avec l'ancien policier était pris sur la place de Lenche, un peu avant l'heure où la descente devait avoir lieu dans les caves de la rue Radeau.

Bavard fut encore chargé de la surveillance de Renardot.

— Cette fois, lui dit Gaspard de Besse, ne te laisse pas jouer.

— Soyez tranquille ! fit le bandit en se jetant sur la piste du personnage suspect.

Hélas ! la d'Argenterie vint se mettre encore en travers des bonnes résolutions de Bavard.

La résistance qu'il opposa fut d'autant plus méritoire, que la courtisane avait été une maîtresse comme il en avait peu rencontré dans sa vie.

Le souvenir de la nuit qu'il avait passée avec elle lui brûlait encore le sang.

— Je n'ai pas d'argent, lui dit-il comme argument suprême.

— Qu'est-ce que cela me fait ?... Viens... je t'aime !...

Et il déserta encore son poste, se disant, pour calmer les reproches que sa conscience lui adressait, que cela ne devait servir à rien de ne pas perdre Renardot de vue puisque celui-ci avait tout intérêt à la réussite de l'opération et s'était donné tant de mal afin d'obtenir une part considérable.

La d'Argenterie se montra plus attrayante et plus passionnée qu'elle l'avait été précédemment, car elle avait pour instruction de garder Bavard non seulement toute la nuit, mais toute la journée du lendemain où Renardot devait aller au palais de justice.

Celui-ci agit bien tranquillement, comme nous l'avons vu ; et rien ne semblait devoir l'empêcher de réussir. Furet et lui pouvaient se croire à la veille, l'un de faire ses débuts, l'autre de rentrer dans la police, puisque le noble métier d'espion était une vocation chez eux.

Le soir fixé pour l'expédition, tous les deux se trouvèrent à l'heure convenue sur la place de Lenche.

Coquelicot frappa soudain sur l'épaule de Renardot.

— D'où vient que tu n'es pas seul ?

— C'est exactement comme s'il n'y avait personne avec moi, car l'homme qui m'accompagne est Furet... Tu connais Furet... Un ancien ennemi qui, lui aussi, est devenu un ami pour vous autres...

— Oui, il est aussi canaille que toi... Il faudra donc que j'aie l'œil sur deux... Ça m'est égal car j'ai porté deux pistolets...

— Où est Gaspard ?...

— Il t'attend...

— Dans la rue Radeau ?

— Dans la rue Radeau.

On se dirigea vers la demeure de Samuel.

A peine Coquelicot fut-il devant la maison du juif avec Renardot et Furet, que Gaspard de Besse et de Valors se montrèrent.

— Quel est cet individu ?... dit le capitaine en désignant Furet.

— Un de ses inséparables, répondit Coquelicot, le frère jumeau de Boit-sans-Soif.

Gaspard n'eut pas d'autre objection.

— Ouvre la porte, fit-il à Renardot, puisque tu prétends en avoir la clef.

— La voici.

Renardot exhiba, en effet, un véritable trousseau dans lequel il choisit une clef de dimension formidable.

— Mais, observa-t-il, où est la bande ?... Il est nécessaire que nous soyons très nombreux, ainsi que je l'ai dit, car il y aura beaucoup à travailler et des choses fort lourdes à emporter...

— Tranquillise-toi. Mes hommes viendront.

— Renardot mit la clef dans la serrure et aussitôt de Valors fit entendre un coup de sifflet étrangement modulé.

De toutes parts, des ombres semblèrent surgir, se rapprochant de la demeure de Samuel.

— Suivez-moi, dit Renardot.

Coquelicot battit le briquet et alluma une lanterne sourde. On descendit, à la suite du policier, des escaliers en pierre. On passa devant le logement du juif, mais on continua à descendre.

Une seconde porte arrêta encore les bandits ; Renardot l'ouvrit également. On prit alors un long couloir qui conduisait à une sorte de rotonde assez grande sur laquelle donnaient d'autres portes.

Tout indiquait que cette construction datait d'une époque reculée. On était obligé de se courber pour que la tête ne heurtât pas la voûte épaisse.

Renardot indiqua la porte la plus basse.

— Il faut enfoncer celle-ci.

Aussitôt, Bavard et deux ou trois hommes se mirent à l'œuvre avec des haches. Cet obstacle ne tarda pas à être supprimé.

Une galerie s'offrait à Gaspard de Besse et à ses compagnons, coupée par une salle d'une telle dimension, que tous les hommes faisant partie de l'expédition purent s'y trouver réunis.

Ils avaient déjà fait sous terre un trajet de quelques minutes. Des torches avaient été allumées. Néanmoins, le terrain était si inégal qu'ils trébuchaient et tombaient à chaque instant. L'humidité suintait en certains endroits et il fallait traverser parfois de larges flaques d'eau.

— Ah çà! dit Gaspard de Besse à Renardot, cela m'étonne qu'il soit nécessaire aux juifs d'aller aussi loin pour cacher leur trésor... Tu nous trompes ou tu te trompes...

— Nullement, mais pour éviter divers obstacles que nous n'aurions pas surmontés, notamment une porte de fer dont je n'ai pu me procurer la clef, j'ai été obligé de vous faire faire un détour considérable. Maintenant, nous allons revenir sur nos pas.

— Tu sais que je ne te perds pas de vue, dit Coquelicot qui marchait, ayant un pistolet à une main et portant une lanterne de l'autre main.

— Rentre donc ton aboyeur ; il ne te servira pas.

— Nous verrons bien !

On reprit la galerie et une nouvelle salle aussi vaste que la première se présenta bientôt.

— Nous y sommes, dit Renardot à Gaspard.

Il alla tout droit à un bas-relief incrusté dans la muraille et qui avait sans doute pour origine un vœu nautique.

Ce bas-relief représentait un fragment de figure vêtue d'une tunique et tenant une corne d'abondance. A côté, se trouvait une autre personne ressemblant à quelqu'un d'un rang inférieur, qui tend la main à la première. Un chien était placé au milieu. Ces deux figures étaient posées sur une espèce de socle où était sculpté en relief un bateau dans lequel on apercevait les vestiges de deux figures dont l'une était à demi-corps et l'autre ne montrait que la tête. On lisait au bas de la plinthe l'inscription suivante :

Valisinius Mar. Carii. anconn. r. s. l. d.

L'écrivain marseillais Grosson a expliqué comme suit cette inscription :

Valisinius, Marci Carii, annonae voto soluto libere dicat.

« Valisinius, fils de Marcus Carus, après avoir accompagné son vœu d'une dis-
« tribution de vivres, a dédié ce monument de son plein gré. »

On suppose que Valisinius était quelque navigateur qui avait fait vœu de distribuer des vivres s'il échappait à des dangers de mer. Peut-être était-ce aussi un négociant dont le navire était en retard et qui avait promis aux dieux les mêmes distributions, si son navire revenait du voyage. Ces vœux nautiques étaient en usage à Marseille.

Grosson croit qu'un temple d'Apollon se trouvait sur le terrain où l'abbaye de Saint-Sauveur fut construite plus tard, mais cette opinion est combattue par M. Augustin Fabre [1].

---

1. Le bas-relief de Valisinius a été extrait des caves de Saint-Sauveur. Il est actuellement placé sur la façade d'une maison de Marseille sur la place de Lenche, au coin de la rue Radeau. — *Note des auteurs.*

Mais soudain, un cri échappa aux bandits. (Page 524.)

Au-dessous même du bas-relief, il y avait encore une porte basse qu'une clef du trousseau de Renardot put ouvrir.

— Attention, dit l'ancien policier, il s'agit de n'avancer ici qu'avec une extrême prudence. Furet, toi qui y es déjà venu, passe le premier.

Furet obéit.

— A ton tour, Coquelicot, baisse-toi.

Coquelicot, qui tenait, comme l'on sait, une lanterne, fit ce que lui disait Renardot, mais soudain ce dernier donna un coup de poing dans la poitrine du compagnon de Gaspard de Besse, renversa la lanterne et se précipita dans l'ouverture qu'il referma immédiatement derrière Furet et lui.

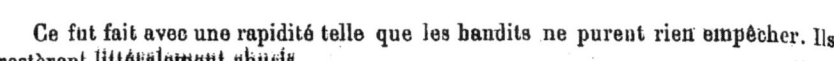

Ce fut fait avec une rapidité telle que les bandits ne purent rien empêcher. Ils restèrent littéralement ahuris.

— Malédiction ! s'écria Gaspard de Besse.

— Malédiction ! répéta-t-on autour de lui.

— C'était bien un piège qu'on nous tendait, dit Cabannes.

— Et nous y sommes tombés, murmura de Valors.

— Que va-t-il se passer ?

Les torches se rapprochèrent.

— Brisez cette porte ! ordonna Gaspard aux hommes porteurs de haches.

Tout à coup une voix se fit entendre. C'était celle de Renardot. Elle semblait venir de la voûte.

— Tous vos efforts seront vains. Tu es pris, Gaspard... Je t'ai vaincu... Il en est de même de toi, Coquelicot, et malgré tes pistolets, je t'échappe... Bonsoir, mes amis... Vous allez tous être cueillis par la maréchaussée... N'est-ce pas que j'étais un dangereux adversaire ?... La preuve, c'est que j'ai gagné la partie... Ne cherchez pas à me poursuivre. Je vous échapperais...

Des imprécations répondirent à ces paroles railleuses, mais, sur un signe de Gaspard de Besse, on se mit à donner de grands coups de hache dans la porte, qui finit par voler en éclats.

Il y avait une nouvelle galerie, puis une nouvelle salle, mais Renardot et Furet avaient disparu.

Que décider ?... que faire ?...

Le désordre était inouï parmi les bandits qui se sentaient perdus, qui s'attendaient à voir apparaître à chaque instant la maréchaussée à laquelle, cette fois, il leur serait bien difficile de résister dans ces souterrains dont ils ignoraient les issues.

Dans leur rage, dans leur colère, ils accusaient leur chef qui, seul, n'avait pas perdu son sang-froid.

Celui-ci fit entendre soudain sa voix vibrante.

— Eh ! camarades, pensiez-vous qu'il n'y avait aucun péril dans l'expédition que je vous proposais ?... Ne vous avais-je pas dit de porter des armes ?

— Nous en avons...

— Eh bien, alors, on ne s'emparera pas de nous sans que nous ayons fait une tentative quelconque... Nous ne sommes pas des agneaux... Nous sommes des lions... Apprêtons-nous à le prouver.

Seuls, les amis de Gaspard de Besse firent entendre un murmure d'approbation. Ils se groupèrent autour de lui en tirant leurs pistolets ou leurs poignards.

Les bandits essayèrent d'abord de revenir sur leurs pas, mais ils ne tardèrent pas à reconnaître que l'une des portes ouvertes par Renardot était en fer et qu'elle avait été refermée derrière eux.

Gaspard avait eu cependant la précaution de laisser des sentinelles de distance en distance afin de le prévenir si un danger venait à menacer. Qu'étaient-elles devenues ?

Au moment où il se posait cette question, un soupir lui répondit et il vit un malheureux gisant à quelques pas. Un pan de muraille avait empêché de l'apercevoir.

Il alla vers lui.

L'homme avait une large blessure au côté.

— Qui t'a traité ainsi?

— Eh! le sais-je?... On m'a surpris... Je vais mourir... Ah! que je souffre!

Le bandit parlait avec effort. Il eut soudain un râle, essaya de se soulever et retomba mort.

On comprend que cette scène n'était pas faite pour rendre leur courage à ceux qui l'avaient perdu.

Gaspard de Besse, dissimulant l'impression pénible qu'il éprouvait, dit:

— Allons, allons, on nous a coupé la retraite. Voyons s'il n'y a pas moyen de prendre une autre direction... Une fois aussi, je me suis trouvé enfermé dans des caves et l'on n'y était pas mieux que dans celles-ci... J'en suis sorti, cependant...

Le capitaine faisait allusion au souterrain dans lequel il était tombé lorsqu'une trappe s'était dérobée sous ses pieds, dans la maison de la rue de l'Échelle où Préciosa, la reine des Gueux, l'avait puni de ne pas être tout à elle.

On se rappelle qu'après quelques moments d'une marche à tâtons, il était parvenu dans un lieu voisin du vieux port.

Gaspard de Besse n'eut pas été surpris de trouver une issue dans la même direction. Il savait que les caves de Saint-Sauveur, situées au-dessous de l'abbaye par suite du niveau élevé de la place de Lenche, se dégageaient peu à peu et devenaient de véritables constructions, donnant sur des rues inférieures parallèles au port.

On le suivait maintenant en silence, et c'était un spectacle bizarre que celui de ces hommes allant de galerie en galerie, de salle en salle dans l'espérance d'échapper au sort qui les menaçait. La clarté fumeuse des torches éclairait des visages sur lesquels le vice avait le plus souvent laissé ses stigmates. Il était évident que l'angoisse dévorait les bandits.

Gaspard de Besse marchait tête nue devant eux et ils semblaient pêle-mêle à sa suite un véritable troupeau. Leurs regards anxieux fouillaient avidement la pénombre pour tâcher d'apercevoir quelque chance de salut.

Mais ils ne voyaient que des soupiraux étroits et élevés, presque tous grillés et par lesquels coulait souvent une eau fétide, celle qui, des anciens quartiers de Marseille, va se perdre dans le vieux port.

Ils ne savaient plus guère où ils étaient après environ une demi-heure. Ils eussent même été bien en peine s'il leur eût fallu revenir sur leurs pas et se diriger de nouveau vers l'entrée de cette prison fatale, vers la rue Radeau où était ce trésor des Juifs, qu'ils n'avaient pas vu et qui n'avait été qu'un appât pour les attirer dans le piège où ils étaient tombés.

Les bandits ignoraient même s'ils étaient poursuivis, si la maréchaussée était entrée dans le souterrain.

Bientôt une sorte de rumeur, un bruit encore assez lointain les avertit de la présence de leurs ennemis. Un frémissement courut parmi ces hommes abattus.

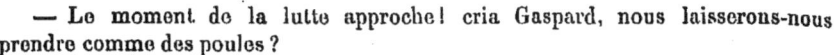

— Le moment de la lutte approche! cria Gaspard, nous laisserons-nous prendre comme des poules ?

Il tira son épée. De Cabannes et de Valors l'imitèrent.

Coquelicot montra ses pistolets.

— J'en tuerai au moins deux.

Bavard, qui avait certainement une part de responsabilité dans ce désastre, se frappa la poitrine. Il regrettait sa faiblesse avec la d'Argenterie qui l'avait empêché de surveiller ce satané Renardot, mais ces regrets étaient maintenant superflus. Se doutait-il que la courtisane avait été payée pour l'attirer dans ses filets ?...

Il est probable qu'il avait cherché jusqu'ici à se faire illusion. — Son amour-propre eût trop souffert de la vérité.

Gaspard de Besse se félicitait de n'avoir pas permis à Clarisse de venir avec eux comme elle l'avait demandé avec instance, désireuse d'être associée à tous les dangers que courait son amant.

Saisi d'un secret pressentiment au moment même où sa maîtresse sollicitait cette faveur, il l'avait renvoyée à la villa de Montredon en lui promettant d'aller l'y rejoindre aussitôt après l'expédition.

Cependant le bruit se rapprochait. Une faible lueur se voyait déjà à l'extrémité d'une galerie.

Le capitaine ordonna que l'on éteignît toutes les torches. Dès qu'il fut obéi, il fit quelques pas en avant, du côté des assaillants, pour montrer qu'il commencerait le premier la lutte.

Mais soudain, un cri échappa aux bandits.

Comme un grincement s'était fait entendre. Un trou large, béant, venait d'apparaître, et, sur une sorte de tertre, une femme, vêtue à la manière orientale, se montrait, tenant à la main une lampe de forme antique.

Auprès d'elle on voyait une négresse, nue jusqu'à la ceinture, et qui portait un long collier et d'épais bracelets d'argent.

La femme, qui tenait la lampe, l'éleva, et son visage, d'une beauté suave, apparut à Gaspard.

— Préciosa !

— Lui ! lui !

— Sauve-nous !

— Nouba avait raison, murmura la reine des Gueux comme éperdue.

— Vous voyez bien, maîtresse !

— Sauve-nous ! répéta Gaspard.

— Venez ! venez !

Les bandits obéirent, et, les uns après les autres, ils disparurent dans l'ouverture où venait de se montrer Préciosa.

A peine le dernier eut-il quitté la salle où ils attendaient un instant auparavant, la maréchaussée, que celle-ci y pénétra.

Renardot, qui dirigeait les soldats, eut un cri de rage... Le trou s'était refermé.

CHAPITRE LXII

Le grand conseil

RÉCIOSA, étendue sur son divan, avait à côté d'elle Gaspard de Besse. Il la regardait avec un amour d'autant plus vif qu'il s'y mêlait une reconnaissance profonde.

Cette divine créature l'avait sauvé, en effet, lui et les siens. C'était grâce à elle qu'il avait échappé à Renardot, à la maréchaussée dirigée par le lieutenant criminel Guillaume de Paul.

L'ouverture par laquelle les bandits étaient sortis du souterrain donnait sur un passage qui communiquait avec la cour des Miracles, dans la rue de l'Échelle.

Quelques minutes avaient suffi pour que tout le monde fût à l'abri des poursuites.

Renardot n'avait pas prévu cela. Il ne connaissait d'ailleurs ni l'ouverture, ni le passage. Ce fut en vain qu'il essaya même de se rendre compte de l'endroit exact par lequel la fuite s'était opérée.

Le policier fut obligé de retourner sur ses pas, de reprendre le chemin qu'il avait suivi. Il quitta les caves de Saint-Sauveur,

Honteux comme un renard qu'une poule aurait pris.

Ceux qui l'accompagnaient n'étaient pas moins irrités que lui, Guillaume de Paul regrettait fort de s'être placé à la tête de la maréchaussée.

Ce fut le lendemain seulement que Renardot sut entièrement à quoi s'en tenir. Il fut renseigné par un jeune gueux qu'il fit parler avec assez d'adresse.

Gaspard était resté avec ses hommes jusqu'à ce qu'ils avaient été en sûreté. Persuadé que la maréchaussée fouillerait toutes les tavernes, tous les gîtes suspects, il avait voulu qu'ils ne séjournassent pas à Marseille et les avait fait retourner à la vallée de la Touloubre.

Mais, une fois tranquillisé sur leur compte, Gaspard s'était hâté d'aller remercier Préciosa.

Les gueux ne l'avaient pas mieux accueilli que la fois précédente. Il avait eu affaire à Tchéro, le grand vieillard déguenillé qui l'avait d'abord regardé en dessous.

— Que veux-tu ?

— Voir la reine.

Tchéro avait fait semblant de ne pas comprendre.

— Si c'est pour nous proposer un marché de dupe, tu peux t'en aller. Les mendiants et les bohémiens ne se laissent pas tromper deux fois...

— Quand vous ai-je trompés?

— A quoi cela nous a-t-il servi de nous battre pour délivrer l'un des tiens !... Depuis cette époque, on nous persécute, on nous pourchasse... Et toi que nous as-tu donné?

— C'est de l'argent qu'il vous faut... Je vous payerai.

— La dette que tu as contractée s'est encore augmentée. Grâce à Préciosa tu es libre en ce moment. Prends garde !...

— J'ai donc quelque chose à craindre de vous?

— Si on jugeait utile, dans l'intérêt de tous, de te livrer à la maréchaussée, on ne ferait que te reprendre ce que tu dois à notre reine...

— Cela lui plairait-il de vous voir agir ainsi?

— Ne t'a-t-elle pas dit qu'elle devait s'incliner devant les décisions du grand conseil?

— Je ne puis vous prendre pour des traîtres...

— On trahit son maître, son ami, son frère... Tu n'es rien pour nous qu'un étranger... Aussi je te conseille de t'en aller promptement.

— Je veux être conduit à Préciosa.

— Oh ! imprudent ! imprudent !...

— A-t-elle défendu qu'on m'introduisît auprès d'elle?

— Non... mais...

— Elle m'attend peut-être... En effet, elle a bien dû penser que je viendrais pour lui dire qu'elle est la meilleure des créatures, la plus belle des femmes... une fleur, oui, une fleur poussée, hélas ! sur du fumier, ajouta Gaspard de Besse avec un regard dédaigneux sur Tchéro et sur une foule de gueux qui grouillaient depuis un instant autour de lui.

Le capitaine ne remarqua pas la sourde colère, les regards menaçants de tous ces misérables à l'aspect hideux.

— Obéis à la reine, poursuivit-il, puisqu'elle désire me voir... Dépêche-toi !...

Tchéro grommela quelques mots qui devaient être des injures, mais Gaspard ne comprenait pas ou ne voulait pas comprendre le langage des bohémiens.

En ce moment, Nouba parut. Elle mit la main sur l'épaule de Gaspard de Besse.

— Viens ! fit-elle simplement.

Il la suivit et, un instant après, il était auprès de Préciosa.

Il n'eut pas besoin cette fois de prier la reine de faire éloigner ses femmes. A peine la vit-elle qu'elle eut un signe impérieux et que tout le monde se retira.

Elle se leva, fit deux ou trois pas en chancelant et tomba dans les bras du bandit en proie à une émotion des plus vives.

— Gaspard, Gaspard ! dit-elle d'une voix étouffée.

Les lèvres des deux amants se rencontrèrent.

— Oh ! dit-elle d'une voix mourante, tu m'as vaincue... La lutte que j'ai essayée

n'a fait qu'augmenter ton pouvoir... Je cède à la puissance de tes sortilèges, à l'enivrement de ton philtre...

— Je n'ai employé contre toi ni philtre, ni sortilèges... Je t'aime et voilà tout... Mon amour l'emporte sur ta résistance inexplicable...

— Répète, murmura-t-elle, répète que tu m'aimes...

Il le lui répéta tant qu'elle voulut et il passa des heures entières à lui tenir le doux langage qui la charmait, qui la jetait dans de délicieux transports.

Auprès de lui elle oubliait tout et lui-même ne songeait qu'à elle. Il lui demanda cependant comment il se faisait qu'elle se fût trouvée dans le souterrain au moment où lui et ses compagnons se croyaient irrévocablement perdus.

— C'est Nouba, dit-elle, c'est Nouba qui t'a sauvé.

— Comment cela?

— Elle était auprès de moi et, me voyant triste, elle essayait de me consoler sans y réussir, lorsque soudain, elle me regarda fixement :

« — Tu penses donc toujours à lui?

« Je tressaillis.

« — Rien de ce que je t'ai appris n'a pu t'en détacher.

« — Eh bien, non, répondis-je.

« Elle me prit la main et me considéra longuement.

« — C'est vrai. Il te possède tout entière et la ligne qui brisera cette affection est une ligne fatale.

« Je tremblais de toutes mes forces.

« — Rassure-toi, fit-elle cependant, si tu dois souffrir, tu dois aussi avoir des heures de suprême bonheur. Je te plains et je t'envie à la fois.

« Nouba prit des tarots et les battit. Tout à coup elle eut un cri aigu qui m'alla jusqu'au fond du cœur.

« — Qu'est-ce? demandai-je avec épouvante.

« — Un danger terrible menace Gaspard de Besse.

« — Un danger?

« — Oui, la prison, l'échafaud... on a dressé un piège à la bête fauve... et elle s'y est laissé prendre... Le chasseur ne montrera aucune pitié.

« — Que signifie?...

« — Il y a un souterrain près d'ici... Le capitaine Gaspard y est enfermé avec ses compagnons... Il n'en sortira plus à moins que... Toi, seule, ô maîtresse, peux le secourir...

« — Il faut le sauver...

« — Il n'y a pas de temps à perdre alors...

« — Une lampe fut vite allumée et Nouba me dirigea. C'est une véritable sorcière. Elle connaît mieux que moi tous les mystères de cette demeure.

« A sa suite, je me trouvai bientôt dans le souterrain, juste au moment où vous alliez être rejoints par la maréchaussée. »

Gaspard de Besse pressa la reine contre son sein.

— Je suis heureux de te devoir la vie.

— Si tu étais mort, je serais morte!...

Préciosa n'avait fait qu'une rapide allusion aux treize maîtresses dont Nouba avait promis l'amour au bandit. C'était, comme on l'a vu, en répétant les paroles de la négresse.

Tout indiquait cependant qu'elle songeait à ses rivales. Aux heures mêmes où elle semblait dominée par la passion, elle restait souvent pensive, considérant son amant d'une manière étrange et poussant de douloureux soupirs.

Il devinait très bien ce qui se produisait en elle, et, pour la consoler, il redoublait de caresses et de protestations.

Elle l'écoutait en silence jusqu'au moment où, lui passant autour du cou ses bras de neige, elle paraissait vouloir l'attacher à elle avec des liens qu'il ne songerait jamais à rompre et en faire pour toujours son maître et son captif.

Quand la nuit vint elle ne voulut pas qu'il la quittât et il resta avec elle cette nuit-là et une partie du lendemain.

Pour le distraire, elle ordonna à ses gitanas de danser. Les brunes enfants de Bohême accoururent en costumes de gaze ornés de broderies d'or.

Leurs poses voluptueuses, les ondulations de leur corps, leurs gestes provocants, la musique bizarre qui cadençait leurs pas, impressionnèrent vivement le capitaine.

Quand les danseuses se furent retirées, Gaspard et la reine eurent un long tête-à-tête qui ne fut troublé que par l'entrée de Tchéro.

Préciosa fronça les sourcils.

— Qu'y a-t-il? que viens-tu faire ici sans y avoir été appelé?

— Pardonne-moi, ô reine, je suis chargé de te faire connaître les volontés du grand conseil...

— Qui l'a réuni?

— Moi.

— De quel droit?

— Ne suis-je pas ton ministre?

— Tu ne l'es plus, puisque tu agis en dehors de moi! Va-t'en!

Tchéro ne bougea pas.

— Eh bien...

— Il y a dans notre loi, fit gravement le bohémien, que lorsque le roi ou la reine est en démence, lorsqu'il perd de vue l'intérêt de la tribu et passe à l'ennemi, le premier ministre peut le remplacer...

— Tu prétends que je suis folle?...

— Ta passion pour cet homme t'a fait tout oublier... Mon devoir était tracé...

— Misérable!...

— Ne m'insulte pas, tu t'en repentirais plus tard!

— Ah! tu crois!

— J'en suis sûr.

— Je suis incapable de t'exprimer la colère et le dégoût que tu m'inspires...

— Ne m'afflige pas... N'abreuve pas mon cœur d'amertume... A quoi cela servirait-il d'ailleurs?... Tu ne m'empêcherais pas d'accomplir mon devoir...

— Je ne veux pas savoir ce qu'a décidé le grand conseil qui n'est composé que de rebelles...

— Ces prétendus rebelles sont les plus dévoués serviteurs... Ils n'auraient pas

Aucun bruit n'arrivait jusqu'à lui. (Page 533.)

mieux demandé que de fermer les yeux sur tes amours si elles n'avaient pas eu de funestes conséquences...

— Lesquelles?

— Tu n'ignores pas que, lorsque nous avons servi une première fois Gaspard de Besse, il a été question de nous chasser de cette bonne ville de Marseille qui est si miséricordieuse...

— Je sais ce qui s'est passé...

— On a multiplié les chasse-gueux, on a appliqué les édits dans toute leur rigueur, on a défendu la mendicité... Nous avons été privés du coup de notre meilleur revenu...

— Vous n'aviez qu'à travailler...

Tchéro se drapa fièrement dans ses guenilles.

— Pour qui nous prends-tu?

Gaspard de Besse ne put s'empêcher d'admirer l'aplomb superbe de ce gueux, tandis que Préciosa avait un mouvement d'impatience.

Tchéro continua.

— La pitié publique à laquelle nous nous adressions avait cependant intercédé pour nous et ces rigueurs commençaient à diminuer lorsque tu t'es mêlé encore des affaires de la maréchaussée.

— Je m'en félicite.

— Tu lui as arraché les bandits au moment où elle allait les faire prisonniers...

— J'ai sauvé Gaspard !...

— Il te fallait lui défendre de reparaître ici et d'indiquer par sa présence votre réconciliation...

— Que dis-tu là ?...

— La maréchaussée sait, non seulement, que ceux qu'elle cherchait se sont échappés par la rue de l'Échelle, mais que leur chef y est revenu... A l'heure qu'il est, elle cerne la cour des miracles et nous somme de le livrer...

La reine eut un grand cri.

— Ah ! vous ne ferez pas cela !...

Le vieillard ne sourcilla pas.

Préciosa le saisit par le bras...

— Vous n'êtes pas capables, n'est-ce pas, de faillir à celles de nos lois qui rendent l'hospitalité sacrée ?...

— Gaspard de Besse n'est pas notre hôte.

— Il est le mien...

— La situation est exceptionnelle...

— Je ne me trompe donc pas... Il est alors vrai... Vous auriez consenti à la plus infâme des trahisons...

— Préciosa !...

— C'est ignoble et c'est lâche... Oh ! que je vous méprise !...

— La maréchaussée est conduite par un fin limier, Renardot... Il ne lui a pas été difficile de trouver les traces du gibier qu'il recherchait, puisque celui-ci n'a même pas eu la prudence de s'éloigner.

Gaspard de Besse dit avec hauteur :

— Tchéro est bien digne de ne pas comprendre que j'ai risqué ma vie afin de prouver ma reconnaissance...

— L'entends-tu ? fit Préciosa... Il est impossible que les Bohémiens ne meurent pas tous jusqu'au dernier pour qu'il s'éloigne sain et sauf...

— Personne de nous ne mourra, répondit Tchéro.

— Alors ce sera lui !...

Le mendiant eut un mouvement qui signifiait clairement :

— Que m'importe !...

Préciosa répéta :

— Lâches ! Lâches !

— Renardot, dit Tchéro, s'en ira dès qu'il aura Gaspard de Besse en son pouvoir... Il m'a promis que le lieutenant criminel, en raison du service rendu, fermerait les yeux sur bien des peccadilles que nous pourrions commettre. Les archers de la charité seront supprimés, on nous laissera nous installer à notre aise sur la porte des églises et l'on ne regardera pas de trop près nos infirmités...

« Nous jouirons en un mot d'une liberté presque absolue... Si nous résistons à la maréchaussée, elle fera venir des renforts... Elle fouillera toutes les maisons où nous sommes installés, découvrira nos secrets, connaîtra le mystère de nos refuges... Nous serons ensuite poursuivis impitoyablement, persécutés sans relâche... Tout porte à croire que nous serons obligés de quitter Marseille, d'errer de ville en ville... »

— Ne serons-nous pas dans notre rôle ?... Ne sommes-nous pas nomades par excellence ?... Parce que nous sommes devenus des gueux, avons-nous cessé d'être enfants de Bohême ?...

— Cela peut te convenir à toi, cela ne plaît pas à la tribu de mener une existence misérable au lieu de celle que nous avons ici, dans cette ville où il suffit de rester pauvre pour s'enrichir...

Préciosa éprouvait l'anxiété la plus vive. Gaspard de Besse se montrait impassible. Inaccessible à la peur, on eût dit que l'on s'occupait d'un autre que de lui et que sa perte n'avait pas été résolue.

— D'ailleurs, continua Tchéro, ce n'est pas de ma propre décision que je te fais part, c'est de celle que le grand conseil a prise.

— Je veux tenter de le fléchir...

— Ce sera inutile...

— Il m'écoutera...

— Il s'est dispersé après m'avoir confié l'exécution de ses ordres...

— Et tu dis qu'il exige... Oh ! je ne te crois pas... Ce n'est pas possible !...

— Il faut que je remette Gaspard de Besse, pieds et poings liés, à Renardot.

La reine était livide.

— Tchéro, tu ne feras pas cela !...

— J'obéirai...

— Mais tu m'as juré aussi fidélité !...

— Le pouvoir du grand conseil est au-dessus du tien.

— C'est horrible... Voir ainsi mes volontés méconnues... et par qui ?... Par un vieillard en qui j'avais toujours eu confiance... Tu étais l'ami de mon père... son confident...

— S'il vivait, il n'hésiterait pas à approuver ma conduite...

— Il verrait ma douleur, mon désespoir et il en serait touché... Tchéro, grâce, grâce pour Gaspard !...

— Non, non, je ne puis...

Haletante, elle voulut tomber à genoux, mais Gaspard de Besse la retint.

— Allons donc ! Reine, ne vous abaissez pas jusqu'à supplier ce drôle qui cache sa trahison sous des phrases pompeuses... Ma vie ne vaut pas la peine d'être plus longtemps discutée... Tchéro, conduis-moi au renard qui fait peur aux loups...

Il sera surpris d'avoir si bien réussi... Sans doute, il ne vous croyait pas aussi poltrons...

Un éclair rapide passa dans les yeux de Tchéro, mais aussitôt il redevint calme.

— Viens, dit-il à Gaspard.

Préciosa, éplorée, versait des torrents de larmes.

Elle retint le capitaine et le couvrit de baisers.

— Mon bien-aimé, est-ce vrai ?... Est-ce toi que livrent les Bohémiens ?... Oh ! je ne les en eusse jamais crus capables... Eh bien, ils nous livreront ensemble... Je veux partager ton sort... Je suis ta femme... Je continuerai à l'être sur l'échafaud et je rendrai le dernier soupir en même temps que toi...

Ses bras blancs tout nus enlaçaient de nouveau son amant. Elle s'attachait encore à lui, mais ce n'était plus la jalousie qui la poussait à le faire, c'était une pensée de dévouement sublime.

Gaspard s'efforçait de la consoler, de lui rendre l'espérance.

Préciosa ayant exprimé la honte qu'elle éprouvait d'être la reine d'une tribu qui commettait une action aussi misérable, il lui dit :

— Je sais combien tu es supérieure à ces hommes qui méconnaissent ta volonté... Ton cœur est noble et généreux, inaccessible à des sentiments bas... Eux, ils ont peur qu'on ne leur enlève le pain qu'ils mendient. Ils craignent les chasse-gueux... Laisse-les... Je serai vengé par ceux-là mêmes qui se servent d'eux contre moi... Après m'avoir mis en prison, ils les mettront dans des hôpitaux ces faux perclus, ces prétendus estropiés, jusqu'au moment où, les reconnaissant valides, ils les enverront ramer sur les galères du roi... Tchéro sera un forçat accompli tout ministre qu'il est... Il me semble le voir avec le bonnet vert... Quant à moi, mon dernier mot n'est pas dit encore... Renardot me tiendra puisqu'on m'aura remis à lui, pieds et poings liés, suivant l'expression de cet homme... Mais je suis bien capable de briser des cordes... et même des chaînes... Je conseille au lieutenant criminel Guillaume de Paul de m'enfermer dans une prison solide... J'ai délivré Coquelicot sur l'échafaud... Il se pourrait que je n'attendisse pas pour moi le dernier moment et que je ne voulusse pas même comparaître devant les juges pour la plus grande joie des bavards et des curieux... Nous nous reverrons, va, Préciosa, et il n'y aura plus cette fois, une désagréable figure pour gêner notre entrevue...

Tchéro avait écouté ce discours avec ironie.

Cette scène se passait dans la salle où jadis Nouba avait, dans un brasier allumé, lu la destinée de Gaspard de Besse. Depuis un instant, la reine s'était éloignée du capitaine et couchée sur son divan.

Lorsqu'il eut terminé, il remarqua un changement dans l'expression de son visage. On eût dit qu'elle avait pris une résolution.

Elle eut un signe comme pour l'engager à venir à elle afin d'échanger un dernier baiser. Il fit un pas, mais soudain il entendit le grincement d'une trappe qui s'ouvrait.

Ainsi que cela lui était arrivé déjà, le sol se déroba sous ses pieds et il roula de nouveau dans le souterrain d'où il avait pu jadis gagner le vieux port. Il se releva tout meurtri, mais comprenant ce que Préciosa venait de faire pour le sauver.

CHAPITRE LXIII

L'une après l'autre

NE déception attendait Gaspard de Besse. Il parvint bien à retrouver l'issue par laquelle il était sorti une fois du souterrain, annexe sans doute des caves de Saint-Sauveur, mais cette ouverture avait été grillée.

Au moment où il se croyait sur le point d'échapper aux poursuites des gueux ou de Renardot, il ne savait plus comment il lui serait possible de quitter ce lieu dont le séjour était loin d'être agréable.

— Où aller?... Que faire?... Comment gagner un endroit où il serait à l'abri de la maréchaussée?

Il était évident que celle-ci serait prévenue par Tchéro de ce qui s'était passé. Le capitaine se disait qu'elle n'hésiterait pas alors à faire de nouvelles recherches dans les caves que Renardot connaissait si bien. Il se sentait pris comme un rat dans une souricière. Il voyait la liberté à travers des grilles qu'il essayait en vain d'ébranler et qui résistaient sans peine à tous ses efforts.

Soudain il eut une exclamation. La maréchaussée entrait dans le terrain vague. Renardot, qui marchait à sa tête, portait le fameux trousseau de clefs qui avait ouvert les portes du côté de la rue Radeau et qui allait sans doute servir au même usage.

Gaspard de Besse n'attendit pas, comme l'on pense bien, que les soldats fussent entrés. Il revint précipitamment sur ses pas, puis s'enfonça dans des galeries, ignorant absolument où il allait, quelle direction il prenait.

Il n'avait pas même sur lui un briquet qui pût lui procurer quelque clarté au milieu des ténèbres. De temps en temps seulement, un peu de jour lui arrivait par les soupiraux des caves.

Le capitaine se demandait si la police était sur ses traces, si Renardot suivait ses pas sur le terrain mou ou s'il errait à l'aventure. Il y avait déjà près d'une heure qu'il fuyait lorsqu'il crut pouvoir se reposer un instant.

Gaspard s'assit sur une pierre voisine d'un soupirail élevé et prêta l'oreille. Aucun bruit n'arrivait jusqu'à lui et ne lui permettait de juger si ses ennemis approchaient.

Il était dans une galerie assez étroite où l'eau coulait abondamment. Il y avait autour de lui une boue fétide.

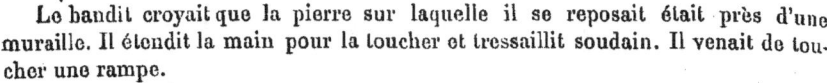

Le bandit croyait que la pierre sur laquelle il se reposait était près d'une muraille. Il étendit la main pour la toucher et tressaillit soudain. Il venait de toucher une rampe.

La pierre était la première marche d'un escalier.

Cet escalier où conduisait-il ?

L'unique préoccupation de Gaspard de Besse fut de chercher à le savoir.

Il monta aussitôt une vingtaine de marches glissantes et ne tarda pas à rencontrer une porte fermée.

Il éprouva un instant d'embarras, mais cette porte vermoulue ne lui parut pas devoir offrir une grande résistance. Il réunit toutes ses forces et, après deux ou trois tentatives infructueuses, il réussit à l'enfoncer.

Il entra alors dans une salle où le jour pénétrait par une fenêtre assez grande.

Ce n'était plus une cave. Il se trouvait dans une maison isolée qui paraissait située au fond d'un jardin, car des plantes grimpaient le long des barreaux de la fenêtre.

Avant de quitter la salle où il venait d'entrer, le capitaine, à l'aide d'un verrou intérieur, ferma de nouveau la porte et, comme il savait à quoi s'en tenir sur son peu de solidité, il eut la précaution deplacer devant elle quelques vieux meubles. Il les mit les uns sur les autres.

Après avoir formé cette sorte de barricade, Gaspard se glissa hors de la maison qui communiquait librement avec le jardin.

Il marchait avec précaution bien qu'il ne vît personne Il espérait pouvoir gagner la rue sans être aperçu. Quoiqu'il ne sût pas exactement dans quel quartier de Marseille il était, il pensait bien ne pas être trop loin de la place de Lenche et par conséquent du port où il lui serait aisé de se cacher jusqu'à la nuit dans quelque taverne.

Ce jardin n'était pas grand, quoique assez long. Il y avait seulement quelques plantes, puis une tonnelle placée à l'extrémité, du côté opposé à la construction d'où sortait Gaspard et qui devait servir de buanderie et de lieu de débarras.

En approchant de la tonnelle, le capitaine entendit un bruit de voix.

Il tressaillit, car il lui semblait reconnaître ces voix, des voix de femme, l'une grave et douce à la fois, l'autre espiègle et enjouée.

Quand il fut tout à fait près du berceau, il écarta légèrement les branches d'un rosier et put jeter un regard dans l'intérieur.

Le capitaine ressentit une telle secousse qu'il faillit tomber à la renverse. C'étaient Laure de Saint-Servan et Antoinette, sa sœur.

Les deux jeunes filles causaient.

— Tu avais presque raison de ne pas vouloir quitter le Roucas-blanc, disait Antoinette. Depuis que nous n'y sommes plus, le temps est redevenu beau, le soleil luit de son plus pur éclat. Oh ! comme la mer doit être belle avec ses flots bleus...

— Là-bas tu la trouvais monotone !...

— Maintenant, je la regrette... Elle me manque, je l'aime !... Quelle différence entre le séjour de notre villa et celui de la rue des Martégales !

— Ma pauvre sœur, tu dis tout le contraire de ce que tu disais il y a quelques jours...

— Je ne m'en cache pas et je vais être franche... De qui est-ce la faute, si nous nous ennuyons à Marseille?... N'est-ce pas la tienne?... Tu ne veux voir personne... Tu t'interdis toute distraction et, par suite, nous devons rester sans cesse ici, seules.

— Tu ne te plais pas avec moi?...

— Oh! pardon... tu sais bien quelle affection j'ai pour toi, combien ta société m'est agréable... Aussi est-ce avec toi que je voudrais aller partout...

— Chère Antoinette, pardonne-moi si je n'ai pas beaucoup de goût pour le monde, si je recherche l'isolement...

— Tu n'étais pas comme cela jadis... Ce changement s'est opéré depuis quelques mois seulement...

— Depuis la mort de notre frère...

— Peut être ce malheur a-t-il contribué en effet... mais il y a autre chose... Me permets-tu d'être franche?

Laure regarda Antoinette avec une certaine inquiétude...

— Voyons, reprit celle-ci, veux-tu que je te dise ma façon de penser?

— Parle...

— Eh bien, je ne serais pas étonnée que le marquis d'Arène fût pour quelque chose dans ta tristesse...

— Ah!...

Gaspard de Besse prêta avidement l'oreille en entendant le nom de son plus mortel ennemi.

— J'ai remarqué, continua Antoinette, que c'était depuis ses visites que tu étais devenue mélancolique... Vous avez eu ensemble de longues entrevues qui t'ont rendue de plus en plus rêveuse. La dernière fois qu'il est venu, ce n'est pas sans raison que j'ai parlé devant lui de la perte de ta gaieté... Tout porte à croire qu'il est la cause...

— Quelle supposition fais-tu là?...

— Je ne suis qu'une petite fille ou du moins on me traite toujours comme telle...

— Qui cela?

— Toi qui me caches tout et qui sembles étonnée que je devine...

— Quoi?...

— Que tu aimes le marquis d'Arène et que tu en es aimée.

Laure eut un geste d'étonnement; Gaspard de Besse ne put retenir, de son côté, une exclamation.

Laure et Antoinette se levèrent.

— N'as-tu pas entendu? fit la première.

— En effet... Il m'a semblé...

Elles sortirent de la tonnelle, mais déjà le capitaine s'était baissé. Un grand vase dans lequel se trouvait une plante grasse empêcha les deux sœurs de l'apercevoir.

— Nous nous serons trompées...

— Ou plutôt est-ce dans le jardin d'à côté...

— C'est sûr...

Elles rentrèrent dans la tonnelle et reprirent leur conversation que Gaspard de Besse n'essaya plus d'écouter.

Il avait reçu comme un trait empoisonné. Laure de Saint-Servan, au dire d'Antoinette, aimait le marquis d'Arène et en était aimée.

Cet homme-là était donc encore son rival, car le capitaine s'en apercevait bien maintenant, Laure avait pris place parmi les femmes qui possédaient son cœur.

Singulière organisation que celle de ce bandit capable d'avoir plusieurs amours à la fois. L'horoscope de Nouba, la négresse de la reine des Gueux, n'avait rien d'invraisemblable avec lui quoiqu'il ne connût pas encore les treize noms des créatures qui devaient avoir chacune un lambeau d. ... ..e.

Laure de Saint-Servan figurait déjà sur la liste, mais devait-il être repoussé par la belle amazone au profit d'un misérable qu'il méprisait autant qu'il le détestait ?... Du coup, elle lui parut plus désirable que les autres, cette fière jeune fille qui, il ne savait pourquoi, avait essayé de lui donner la mort !

Gaspard de Besse se relève, mais il ne songe plus à sa situation. Il oublie qu'il est poursuivi, que Renardot peut découvrir ses pas dans la boue du souterrain, prendre l'escalier, renverser la porte barricadée, apparaître dans le jardin...

Soudain un bruit terrible parti de la maison où il était quelques minutes auparavant lui rappelle quel danger le menace. On jette à bas les meubles qu'il a amoncelés...

Laure et Antoinette se montrent de nouveau. Elles voient cette fois le bandit pâle, nu-tête, les vêtements en désordre.

Laure, qui le reconnaît, pousse un cri.

Mais lui a une inspiration subite. Il trouve un âcre plaisir à demander son salut à cette femme qu'il croit lui être hostile.

— Je suis perdu... On va s'emparer de moi si vous ne me cachez pas.

Laure hésite. Antoinette ne comprend pas ce que cela signifie...

— On m'arrêtera, s'écria-t-il, et ce sera pour moi l'échafaud !... Ah ! mademoiselle Laure de Saint-Servan, vos vœux seront exaucés...

— Non, venez, dit Laure.

Et elle se dirige vers la maison d'habitation. Il la suit. Elle monte un escalier, ouvre une porte.

— Restez-là, personne n'y entrera, je vous le jure...

Laure redescend précipitamment, essayant de se composer un visage. Déjà Renardot, le lieutenant criminel Guillaume de Paul et la maréchaussée ont pénétré dans le jardin. Ils interrogent Antoinette.

— Nous vous demandons bien pardon, mademoiselle. Un homme que la justice recherche a dû s'introduire ici... Il est caché quelque part et, si vous ne pouvez indiquer où il se trouve, nous saurons le découvrir... Nous permettez-vous des recherches ?...

Antoinette, troublée, balbutie quelques mots.

— Vous êtes émue. Avez-vous vu ce misérable ?...

— Ma sœur n'a vu personne, répond Laure qui intervient. Elle est surprise seulement que vous ayiez pénétré ainsi chez nous...

— Nous agissons au nom du roi, dit brutalement Renardot.

Il s'approcha des jeunes filles et mit un genou en terre. (Page 540.)

— Le roi vous autorise alors à violer le domicile de deux filles nobles... Est-ce parce qu'elles n'ont personne pour les protéger?...

— Pardon, mesdemoiselles, en vous adressant quelques questions, nous ne pensons pas vous insulter... Évidemment le bandit, sur les traces duquel nous sommes, s'est introduit dans ce logis par un escalier qui donne dans les caves de Saint-Sauveur. Les meubles dont il s'est servi pour retarder notre poursuite nous confirment que nous ne nous trompons pas...

Renardot, qui s'était un instant éloigné, désigna l'empreinte des pieds de Gaspard de Besse sur le sable du jardin.

— Je n'ai aucun doute, fit-il... Il est dans cette maison à moins qu'il ne soit sorti par la rue des Martégales... Mais en ce cas, comme j'ai organisé une surveillance dans toutes les rues où il y a des issues de ces maudites caves, il serait inévitablement arrêté.

— Commencez la perquisition, ordonna Guillaume de Paul. Quelque répugnance que nous en éprouvions, il nous faut accomplir notre devoir.

Laure de Saint-Servan, toute frémissante, et Antoinette fort surprise, suivirent les hommes de police.

Renardot se dirigea d'abord vers la porte de la rue des Martégales et interrogea Boit-sans-Soif qui se trouvait précisément non loin de là...

— Tu n'as pas aperçu notre homme?...

— Qui ça, notre homme?...

— Eh! Gaspard!...

— Cette bêtise, si je l'avais vu j'aurais du moins donné l'alarme...

— Donc, s'il est entré dans cette maison, il n'en est pas sorti...

— Oh! pour cela j'en suis sûr...

— Vous voyez! dit Renardot à Guillaume de Paul.

— Il est d'une nécessité absolue de savoir à quoi s'en tenir...

— Parbleu!...

On fouilla avec beaucoup de soin le rez-de-chaussée. Quand on monta au premier étage, Laure se plaça devant la porte de l'appartement où elle avait fait entrer Gaspard de Besse.

— C'est ma chambre, dit-elle.

— Soyez tranquille, on n'y dérangera rien...

— Aucun homme n'y a jamais pénétré.

— Pour ce que nous allons y faire, dit Renardot avec un gros rire.

La colère, l'angoisse, l'indignation empourpraient le teint de Mlle Laure de Saint-Servan. Son regard lançait des éclairs.

— Ah! vous passerez sur mon corps...

— Nous ne demandons pas mieux, la belle! dit Renardot que l'excitation de la poursuite faisait sortir de sa réserve habituelle.

Et il voulut écarter Mlle Laure de Saint-Servan. Mais il était allé trop loin.

Guillaume de Paul, qui s'était un instant éloigné, avait entendu ces dernières paroles. Sa nature d'homme du monde, ses instincts de gentilhomme se révoltèrent devant la grossièreté de Renardot.

Le lieutenant criminel commençait du reste à croire qu'on avait pris une fausse piste, et que Gaspard de Besse n'était pas dans la maison. Il se disait aussi que les demoiselles de Saint-Servan ne devaient avoir aucun intérêt à cacher la vérité à la justice. Évidemment, elles n'avaient jamais eu de rapport avec Gaspard de Besse.

Il résolut donc de faire à Mlle de Saint-Servan la concession qu'elle demandait, et il ordonna de respecter sa chambre et celle de sa sœur.

— Ah! dit avec dépit Renardot, j'y renonce alors!...

— Vous agirez ainsi que vous l'entendrez, mais c'est ma volonté.

— Je me retire.

— Soit!...

On alla jusque dans les combles, mais la maréchaussée n'avait plus aucun entrain.

Moins d'un quart d'heure après, elle sortait de la maison de la rue des Martégales.

— Vous nous excuserez, mesdemoiselles, dit avec politesse Guillaume de Paul, mais les exigences du devoir...

— Ah ! fit avec reconnaissance Laure de Saint-Servan, vous savez les allier avec les lois de la courtoisie.

— Je jure bien, murmura Renardot, que je ne perdrai pas de vue cette maison.

La porte se referma sur cette troupe bruyante.

— Les maudites hirondelles de potence, fit un vieux serviteur, elles n'avaient rien à faire ici !...

Ni lui, ni Lucie, la soubrette de M¹¹ᵉ Laure de Saint-Servan, ne se doutaient de l'endroit où Gaspard de Besse était caché. Ils ignoraient que l'homme qu'on cherchait se trouvait réellement dans la maison.

Seule, Antoinette savait à quoi s'en tenir avec Laure. Elle regarda curieusement sa sœur.

Celle-ci ne laissait pas que d'éprouver de l'embarras.

— Tu connais cet homme ? demanda Antoinette.

— Je... je le connais.

— C'était un ami de notre frère peut-être ?

Laure eut un mouvement rapide.

— Oh ! non !

— Pour quel crime est-il poursuivi ?... Qui est-il ?...

Il est à remarquer qu'Antoinette n'avait pas entendu prononcer une seule fois le nom de Gaspard de Besse qui l'eût éclairée.

Laure ne répondit pas à cette double question.

— Ma sœur, fit-elle cependant, il m'a semblé que notre devoir n'était pas de livrer un malheureux qui venait chercher un asile dans notre maison. S'il est coupable, c'est affaire à lui et à sa conscience... Mais nous ne pouvions le perdre quand il nous suppliait de le sauver...

— Il a l'air d'un gentilhomme... Peut-être a-t-il participé à quelque conspiration... Des ennemis puissants parfois... Ah ! tu as raison, Laure, nous ne nous repentirons pas de lui avoir accordé notre protection.

Elles s'étaient dirigées vers la chambre où Gaspard de Besse était enfermé. Au moment d'y entrer, elles s'arrêtèrent... Elles étaient tremblantes toutes les deux, mais pour un motif différent.

Chez Antoinette, il y avait quelque crainte, car enfin elle avait entendu traiter de misérable celui pour la recherche duquel la police avait mis toute la maison sens dessus dessous. Elle ignorait s'il n'était pas réellement un scélérat, ce jeune homme qu'elle n'avait fait qu'entrevoir.

Des sentiments de toute sorte agitaient Laure de Saint-Servan. Elle l'aimait et le haïssait ; les luttes qu'il y avait eues dans son cœur depuis quelques mois, elle les sentait toutes à cette heure où elle allait encore se trouver en présence de Gaspard de Besse.

Elle ouvrit la porte.

Il était debout au milieu de la pièce.

Sans doute, Gaspard, n'entendant plus de bruit, avait compris que la maréchaussée s'était retirée, que la perquisition était finie.

Il s'approcha des jeunes filles et mit un genou en terre.

— Merci !...

Il resta un instant dans cette attitude tandis que le trouble de Laure ne faisait que s'accroître et qu'Antoinette, se disant que ce scélérat n'avait pas trop mauvaise mine, croyait de plus en plus qu'il était uniquement compromis dans quelque affaire politique.

— Eh bien, monsieur, fit la jeune fille, oui, vous l'avez échappé belle !... Sans la galanterie de M. le lieutenant criminel, nous n'eussions pu vous soustraire à la police...

— Je vous dois la vie... Disposez de mon existence... Elle vous appartient — car on ne m'eût pas épargné...

— Est-il certain que l'on se fût montré aussi sévère ?

Gaspard regarda Antoinette avec étonnement.

— Je sais bien, continua-t-elle, que vous nous avez parlé d'échafaud, mais il ne se dresse pas pour tous les méfaits, et je suis persuadée que le vôtre n'est pas de ceux à qui l'on refuse tout pardon...

Il baissa la tête.

— Vous vous trompez, mademoiselle... On se fût montré inflexible !

Antoinette fut vivement impressionnée par l'accent avec lequel Gaspard de Besse prononça ces paroles.

Il y eut un moment de silence.

Les regards du capitaine allaient alternativement de l'une à l'autre sœur. Il ne pouvait aussi s'empêcher d'admirer Antoinette, son visage mutin, son ravissant sourire, ses cheveux bouclés.

Laure était une énigme pour lui. Elle cachait un mystère qu'il n'avait pu pénétrer. Il pensait au contraire que le cœur si pur d'Antoinette ne pouvait avoir de secret et que tout était chez elle innocence, naïveté charmante, aimable malice.

L'aînée des sœurs savait bien qui il était et elle avait voulu sa mort puis son salut. Antoinette avait aidé Laure parce qu'il était dans sa nature d'être bonne et compatissante.

Et cependant c'était à la brune amazone de la plage de Montredon qu'il donnait sa préférence. C'était elle qui figurait sur la liste des treize femmes. Mais cette liste n'était pas encore complète...

— Dois-je vous quitter, mademoiselle ?

— Oui, répondit Laure.

— Il faut se méfier, fit Antoinette, de cet homme habillé de noir qui voulait à toute force entrer dans cet appartement... Je suis sûre qu'il ne se sera pas éloigné ainsi...

— Tu as raison, dit Laure, non sans un accent d'effroi.

— Il est resté sans doute dans la rue pour surveiller notre maison.

— Je ne veux pas, dit Gaspard, abuser de l'hospitalité que vous m'avez si généreusement accordée...

— Notre devoir est de compléter notre œuvre...

— Je ne vous demande alors que jusqu'à la nuit... Je saurai bien échapper à
Renardot.

— Renardot !...

— C'est le nom de ce misérable qui n'a pas même, pour accomplir son métier,
l'excuse d'appartenir à la police...

Gaspard de Besse quitta, peu après, la chambre de Mlle Laure de Saint-Servan.

Il descendit dans un salon du rez-de-chaussée après avoir jeté un dernier
regard sur l'appartement qu'il quittait et où, il l'avait entendu déclarer par la jeune
fille, aucun homme n'avait pénétré.

Une exception n'avait été faite qu'en sa faveur parce qu'il était un paria, un
proscrit que la justice recherchait pour le dernier supplice.

Il fut assailli, en ce moment, par des pensées amères qui ne se dissipèrent que
sous l'influence d'Antoinette.

Laure s'était éloignée un instant. Sous différents prétextes, elle avait fait sortir
Lucie et le vieux serviteur. Elle ne voulait pas les mettre dans la confidence de ce
qui se passait.

Elle revint avec quelques provisions, mais Gaspard de Besse ne songeait pas à
y toucher.

Ses hôtesses le préoccupaient maintenant au-dessus de tout, et il cherchait
toutes sortes d'explications à la conduite singulière de Laure.

Antoinette l'ayant à son tour laissé seul avec sa sœur, il adressa de rapides
questions à celle-ci.

— Vous êtes bonne, vous êtes belle... Mais quelle créature étrange êtes-vous ?
Expliquez-moi par quel mystère...

— Celle qui a voulu vous tuer, vous sauve maintenant !...

— Oui, c'est cela.

— Parce que jadis je croyais accomplir un devoir...

— Un devoir !...

— En frappant un meurtrier, il me semblait que j'exerçais une vengeance.

— Vous vengiez qui ?

— Quelqu'un qui ne devait pas l'être...

— Vous n'éprouvez plus alors pour moi cette horreur dont le hasard me fit
surprendre le secret...

— Oh ! nous sommes toujours séparés par du sang...

— Du sang !...

— Qu'importe qu'il ait été légitimement versé ?...

— Mais qui êtes-vous donc ?...

— La sœur du vicomte Georges de Salviade !

CHAPITRE LXIV

Où Renardot a son affaire·

AURE DE SAINT-SERVAN était bien la sœur de Salviade, mais non du même lit. Ils n'avaient que la même mère qui s'était remariée deux ou trois ans après la mort de son premier époux.

La haine de Laure contre Gaspard de Besse et son désir de venger son frère, avaient été provoqués par les paroles ardentes du marquis d'Arène qui poursuivait un double but en venant à la villa du Roucas blanc.

Nous savons comment la jeune fille avait appris la vérité sur Salviade qui réellement ne méritait d'inspirer aucun regret. Il avait été tué par Gaspard dans un duel loyal, tenant chacun une épée.

Le capitaine, en le frappant, punissait les tortures infligées à Clarisse par ce misérable et la tentative d'assassinat dont il avait été lui-même l'objet sur les bords de l'Huveaune.

Et néanmoins il eût voulu maintenant ne pas s'être vengé, car il voyait quel abîme s'ouvrait entre Laure et lui.

— La sœur de Salviade !

Antoinette aussi, cette pure enfant, avait eu la même mère que ce scélérat, coureur de tripots et de brelans, voleur et spadassin.

Salviade avait été à la solde de d'Arène. S'il y eût vu un avantage, il n'eût pas moins accepté d'être à celle de Gaspard de Besse, et celui-ci sentait qu'il n'eût jamais demandé à Salviade les actions infâmes dont il s'était rendu coupable pour gagner l'argent du marquis.

Le capitaine resta donc comme foudroyé après la révélation de Laure. La jeune fille n'était pas moins émue.

— Comprenez-vous ? dit-elle enfin.

— Oui, je comprends toute votre générosité... Ma présence vous est odieuse et cependant...

Sa voix tremblait.

— Je connais maintenant la vérité entière et c'est cela qui m'a désarmée, fit Laure. Mais la fatalité nous sépare encore...

— C'est vrai ! je suis un bandit, tandis que vous appartenez à une noble famille... La tache que lui a infligée un malheureux ne vous atteint pas même puisque vous avez un autre nom que celui de Salviade... Ah ! j'oubliais ensuite...

Pardon d'avoir surpris votre secret... C'est au marquis d'Arène que vous avez donné votre amour... C'est lui que vous aimez...

— Lui ! fit-elle, sans se donner la peine de cacher son mépris.

— Votre sœur se serait trompée ?...

— Oh ! je vous le jure !...

— Merci... merci... Il m'était si pénible... car cet homme est un misérable...

— Je l'ai compris et je l'ai menacé de le chasser de chez moi s'il ne s'en allait pas... Il n'y reviendra plus...

Il y eut sur le visage de Gaspard une lueur de triomphe... Le marquis d'Arène n'était pas plus heureux auprès de Laure qu'auprès de Clarisse, de Marie et de Pauline Roux !

Et c'était peut-être lui, lui, Gaspard...

Il eut comme un vertige et, prenant les mains de Laure, il se mit à les baiser avec ardeur.

La jeune fille recula en pâlissant... Un cri expira sur ses lèvres... Antoinette rentrait.

Heureusement, elle n'avait rien vu. Elle ne se douta pas de ce qui s'était passé en son absence.

Antoinette apportait d'ailleurs une nouvelle.

— Devine qui est là, qui demande à être reçu par toi... Il paraît bien soumis, bien repentant... Je ne savais pas que, lors de sa dernière visite, il t'eût fâchée...

— De qui veux-tu parler ?...

— Du marquis d'Arène...

— Ah !...

Gaspard de Besse regarda Laure de Saint-Servan qui ne dissimulait pas son émotion.

— Eh bien, ma sœur, fais dire à M. le marquis d'Arène que je ne puis le recevoir.

Antoinette manifesta le plus vif étonnement.

— Comment ?... c'est à ce point... et moi qui tout à l'heure encore... Oh ! il n'est pas possible que je me sois trompée de cette façon... C'est une querelle passagère...

Laure fit d'une voix résolue :

— Non, non !

— M. d'Arène nous a toujours témoigné beaucoup d'intérêt... et puis il insiste tellement... Il veut, dit-il, te demander pardon à genoux... J'ai été obligée de le retenir pour l'empêcher de me suivre, de venir ici...

Gaspard de Besse eut un mouvement brusque.

Antoinette continua :

— Ah ! je suis persuadée qu'il n'y eût pas eu grand mal. Le marquis est incapable d'une trahison et, sans aucun doute, il nous eût aidées à sauver monsieur...

— Détrompez-vous, mademoiselle, le marquis est capable de tout, excepté d'un acte généreux... D'ailleurs, je n'accepterais rien de lui... Je préférerais mourir que de lui devoir la moindre reconnaissance... C'est mon plus cruel ennemi !...

Antoinette était devenue toute pâle.

— Alors il faut que M. d'Arène se retire... Mais comment l'y décider ?...

— Ah ! fit Gaspard de Besse, si on me permettait d'aller le rejoindre, je jure bien que cette fois il ne m'échapperait pas...

M¹¹ᵉ Laure de Saint-Servan dit d'un ton ferme :

— Je vous défends de tirer l'épée contre lui...

Elle ajouta :

— Je vais le trouver.

Le capitaine regarda la jeune fille avec anxiété et elle lut dans son regard. Elle répondit indirectement en s'adressant à sa sœur :

— Je répéterai à M. le marquis d'Arène qu'il ne doit plus revenir dans cette maison où il n'inspire de sympathie à personne... Tu vois que ton erreur était bien grande !...

Laure sortit presque aussitôt de l'appartement.

La situation était périlleuse pour Gaspard de Besse, car il était probable que le hasard seul ne conduisait pas seulement le marquis chez M¹¹ᵉˢ de Saint-Servan au moment où le bandit y était caché.

Peut-être avait-il été averti par Renardot qui, n'osant enfreindre la défense du lieutenant criminel, avait fait prévenir son honorable patron de ce qui s'était passé chez les sœurs de Salviade.

Gaspard sentait du reste son cœur bondir en pensant que celui qu'il haïssait, celui qui était la cause de tous les malheurs de sa vie était aussi près de lui.

Sa colère l'empêchait de songer au danger qu'il courait. Cependant, peu à peu, ce courroux se calma et il n'eut plus qu'une idée, celle de rassurer Antoinette.

Il lui parla doucement, presque familièrement, de cette voix tendre et harmonieuse que le farouche capitaine savait avoir avec les femmes dont il voulait être aimé.

Il se passait chez Gaspard de Besse ce qui s'était toujours passé en lui. Auprès de cette ravissante enfant, il oubliait les autres maîtresses qui régnaient sur son mobile cœur.

Tandis que Laure de Saint-Servan luttait sans doute pour lui, il se sentait séduit, presque transporté par le charme qui se dégageait de sa sœur.

Et Antoinette aussi ne laissait pas que d'être impressionnée par cet inconnu qui venait de lui apparaître pour la première fois au milieu de circonstances dramatiques.

Enfin, Laure rentra.

Elle semblait pouvoir à peine se tenir car la scène avait été terrible pour elle.

— Que s'est-il passé, mademoiselle ?

— Il est parti.

Le marquis d'Arène était parti, en effet, mais après un entretien d'une vivacité extrême.

Il avait voulu jouer d'abord la comédie du repentir et tomber aux genoux de Laure, mais celle-ci l'avait fait se relever promptement.

— C'est inutile, monsieur le marquis, je ne pardonnerai pas, je ne pardonnerai jamais, car cela ne servirait à rien... Je suis venue vous dire que toute insistance était inutile et qu'il fallait vous retirer...

— Pauvre patron ! dit Bois-sans-Soif, il a son affaire. (Page 549.)

— Me retirer...
— Cette maison vous est interdite comme celle du Roucas blanc.
— Et tout cela parce que je ne vous ai point caché mes sentiments, parce que je vous aime...
— Mensonge !
— Je le jure... Jamais créature ne m'a semblé plus séduisante que vous, Laure...
— Partez !...
D'Arène devint verdâtre.
— Vous êtes sévère... Peut-être gagneriez-vous à être plus indulgente...

— Que signifie?...

— Si vous étiez moins pressée de me voir m'en aller, je ne croirais pas une chose qui m'avait d'abord paru si invraisemblable, si bizarre...

— Expliquez-vous.

— On m'a assuré que Gaspard de Besse était caché dans cette maison...

Mlle de Saint-Servan eut peur de succomber à son émotion. Le marquis d'Arène éleva la voix.

— J'avais refusé de prêter foi à cette assertion, car il est rare qu'un assassin se cache chez les sœurs de sa victime...

— Taisez-vous !

— Gaspard de Besse n'a-t-il pas tué Salviade?

— Gaspard de Besse n'est pas capable d'un assassinat ou d'un guet-apens, pas plus que de faire enlever une femme... Vous ne pourriez pas en dire autant pour votre compte...

— Est-ce lui qui vous a éclairée... Le misérable!... Heureusement, ma vengeance sera prompte... Où est-il?...

— Restez, je vous l'ordonne.

— Je suis libre puisque vous ne voulez pas que je porte les chaînes d'une affection sans borne.

Le marquis d'Arène, même dans cette circonstance où il était assez mal accueilli, ne dédaignait pas de parler au figuré.

Mlle de Saint-Servan eut un sourire de dédain.

— J'ai toujours le droit de ne vous permettre que de sortir de cette demeure...

— Oui, mais moi, j'ai la force d'imposer ma volonté...

Il la saisit au poignet.

— Lâche !...

— Vos insultes ne m'arrêteront pas... Où est Gaspard de Besse ?...

Elle le regarda fixement.

— Vous voulez croiser votre épée avec la sienne... Allons donc !... Il tire bien mieux que vous...

— Je veux lui brûler la cervelle comme à un bandit qu'il est... La justice m'y autorise... Il y a même pour celui qui le tuera une récompense que j'abandonnerai à mes laquais...

— Il n'est pas ici...

— Vous vous y prenez un peu trop tard pour nier sa présence...

— Il est parti...

— Il a fui?...

— Devant vous, vous savez bien qu'il n'en est pas capable !...

— Il y est donc... Vous le reconnaissez !

— Grâce, je vous en supplie...

Elle était maintenant haletante.

— Rien ne pourra me désarmer.

— Je sais que vous n'avez ni entrailles, ni cœur...

— Vous vous trompez... j'ai un cœur, un cœur sensible... La preuve, c'est que vous régnez sur lui...

— En avez-vous fini avec cette imposture ?...

— Jamais créature ne m'a paru aussi belle... Vous n'êtes plus ce que vous m'aviez semblé autrefois, c'est-à-dire une jeune fille facile à impressionner, à diriger... Vous êtes une véritable femme pour la possession de laquelle je donnerais ma vie... Ah! croyez-moi, ce bandit, coureur de ruelles, est indigne de vous... Son contact est flétrissant... Vous vous trouveriez en trop mauvaise société sur la liste de ses conquêtes... Il y aurait d'abord une courtisane, Marie Asquier, qu'il a eu l'habileté de faire passer pour morte afin de se débarrasser d'une foule nombreuse de rivaux...

— Parmi lesquels vous vous trouviez sans doute !...

— J'ai connu Marie Asquier, comme tout le monde, mais il y a si longtemps... Je vous la sacrifierais toutefois, tandis que Gaspard de Besse pour vous ne renoncerait pas plus à elle qu'il ne renoncerait à d'autres.

Le marquis d'Arène avait changé de tactique.

Ne sachant pas exactement ce qui se passait chez Laure, en présence seulement du fait qui lui avait d'abord paru incroyable, mais qui lui avait été affirmé par Renardot, que le bandit se trouvait caché dans la maison de la rue des Martégales, il essayait de moyens différents pour obtenir que Laure livrât son ennemi.

Il était persuadé maintenant qu'il avait encore en lui un rival, que, par une fatalité étrange, cet homme était aimé encore par une femme sur laquelle lui, d'Arène, avait jeté son dévolu. Il essayait de faire naître la jalousie après n'avoir pas réussi à faire naître un autre sentiment chez la sœur de Salviade.

Il était évident que, cette fois, il avait touché juste. Laure savait cependant qu'elle avait des rivales puisque, le jour où elle avait tiré sur Gaspard de Besse, celui-ci était auprès de l'une d'elles.

La jeune fille dit avec un accent indéfinissable :

— Il est étonnant, monsieur le marquis, que vous me donniez tout de suite pour amant un individu qui vous semble indigne...

— Pardon, si je me suis trompé, mais cette obstination à le sauver...

— Je pourrais vous répondre que mes hôtes me sont sacrés... et que, quoique femme, je tiens à ce que ma protection ait quelque valeur...

— Je sais que vous avez une fière et énergique nature...

— Vous devriez donc respecter mes croyances...

— Je sacrifierais tout à vos désirs.

Le ton de la conversation s'était, ainsi qu'on le voit, singulièrement radouci ; ils avaient sans doute compris que, par la violence, ils n'obtiendraient rien l'un de l'autre.

Laure ne sentait pas néanmoins diminuer son mépris pour le marquis d'Arène. Celui-ci, assez épris de la jeune fille, avait, sur l'intelligence des femmes, sur la mobilité de leur esprit, des idées trop dédaigneuses pour rester longtemps méfiant.

Il feignit soudain de se soumettre à la volonté de Laure, de renoncer à se trouver en présence de Gaspard de Besse, se disant que, maintenant qu'il avait la certitude que le bandit était caché dans la maison de la rue des Martégales, Renardot et lui sauraient bien s'en emparer quand il essayerait de sortir.

Il obtint une faveur en échange de son obéissance, un rendez-vous de Laure où

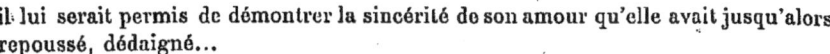

il lui serait permis de démontrer la sincérité de son amour qu'elle avait jusqu'alors repoussé, dédaigné...

Elle accepta de le revoir et il regarda cela comme une victoire qu'il attribua à l'impression qu'avait faite sur Mlle de Saint-Servan le nom de Marie Asquier plutôt qu'au désir que la jeune fille avait d'obtenir sa retraite.

Laure rentra, l'âme pleine de désordre, dans l'appartement où l'attendaient Gaspard de Besse et Antoinette.

— Lorsque la nuit sera venue, dit-elle au capitaine, vous quitterez cette maison.

— Je vous obéirai dès que vous me donnerez l'ordre de m'en aller...

— J'ai éloigné le marquis d'Arène, mais je n'ai pas réussi à lui cacher que vous étiez ici...

— Ah !... Renardot et ses estafiers vont m'attendre dans la rue... Que m'importe !... Je n'en aurai pas moins dû une première fois la vie à votre admirable générosité, à votre dévouement...

— Si vous repassiez par les caves ?...

— Renardot a évidemment prévu cela... Je le répète... Qu'est-ce que cela peut me faire ?... Je m'en irai par où vous le désirerez...

— Mais, ma sœur, dit Antoinette, il est un moyen sûr de sauver monsieur... Ne te rappelles-tu pas qu'il existe une ancienne communication entre notre jardin et celui d'une maison de la rue Perdigonne... Sans doute, ils appartenaient jadis au même propriétaire...

— Oui, si monsieur sortait par la rue Perdigonne, il ne rencontrerait pas les dangers qui l'attendent ici... Ses ennemis ne se doutent pas de cette issue... Il est vrai que la porte qui se trouve entre les deux jardins est condamnée...

— Je saurai bien supprimer cet obstacle.

— La maison de la rue Perdigonne est inhabitée.

— Je n'en agirai que plus à ma guise.

On indiqua immédiatement à Gaspard de Besse la porte en question, et lui ne trouva rien de mieux que de franchir la muraille. Il n'eut même pas besoin d'une échelle, car cette muraille était presque en ruines et offrait de nombreuses saillies.

Il descendit ensuite dans le jardin voisin qui avait l'air réellement abandonné car l'herbe en avait envahi les allées et il gagna la maison.

Celle-ci, ouverte du côté du jardin, était fermée du côté de la rue, mais Gaspard de Besse découvrit promptement un moyen d'en sortir. Grâce à une fenêtre du rez-de-chaussée, il pouvait s'élancer au dehors.

Cette constatation faite, le bandit revint vers les jeunes filles qui l'attendaient, et il leur fit part du résultat de ses investigations.

Elles se montrèrent très satisfaites, mais, comme le jour était seulement à son déclin, il fut entendu que l'on attendrait un peu.

Gaspard de Besse passa une heure environ sous la tonnelle où il avait surpris la conversation des deux sœurs. Les domestiques étant rentrés, il valait mieux que le bandit restât hors de la maison.

Le temps était fort doux. Le froid prématuré, qui avait forcé Mlle de Saint-Servan à quitter le Roucas blanc, avait entièrement cessé.

Laure et Antoinette, pour empêcher les soupçons, avaient dû, comme d'habitude, aller prendre leur repas du soir.

Enfin, elles vinrent le rejoindre.

— C'est, je crois, le moment de partir, dit Laure avec un léger tremblement.

— Je m'en vais, rempli de reconnaissance pour toutes vos bontés...

— Nous n'avons écouté que la voix de l'humanité !...

— Vous êtes des anges de miséricorde... Oh ! que je voudrais emporter votre pardon !...

— Votre pardon... de quoi ? demanda Antoinette.

— Ne nous demandez pas plus que nous ne saurions accorder, fit Laure gravement... Adieu, monsieur !...

— Adieu, mesdemoiselles.

Il voulut saisir la main de Laure. Celle-ci le repoussa légèrement.

Gaspard de Besse étouffa un soupir.

Un instant après, il grimpait de nouveau sur la muraille, tandis que les deux sœurs reprenaient le chemin de leur habitation avec une même pensée.

D'une croisée du second étage, on pouvait voir la maison de laquelle Gaspard de Besse devait sortir. Elles ne tardèrent pas à regarder par cette fenêtre.

La nuit était obscure et aucun réverbère n'était allumé dans la rue Perdigonne qui est assez courte et va de la rue des Martégales à la rue des Ferrats de lugubre mémoire. La rue des Ferrats, en effet, est une de celles qui, pendant la peste de 1720, fournirent le plus de victimes au fléau.

Un léger bruit indiqua que Gaspard de Besse ouvrait la fenêtre du rez-de-chaussée.

Laure et Antoinette sentaient battre leur cœur avec force.

Tout à coup, elles entendirent un coup de sifflet strident ; elles virent se mouvoir des ombres confuses, puis un cri, cri lugubre, retentit au milieu des ténèbres.

— Ah ! mon Dieu, mon Dieu ! il est mort ! dit Antoinette.

— Mort ! répéta Laure avec désolation.

Elles rentrèrent précipitamment et appelèrent.

— Lucio !

— Qu'y a-t-il ? demanda la soubrette.

— Que se passe-t-il ? fit le vieux serviteur.

Mlles de Saint-Servan étaient déjà au rez-de-chaussée.

— Allume un flambeau, dit Laure à Pierre, et viens...

Pierre obéit. Un instant après, les jeunes filles, en peignoir, nu-tête, sortaient comme éperdues et se dirigeaient vers un groupe qui se trouvait au coin de la rue Perdigonne et de la rue des Martégales.

Un homme se tordait par terre dans les dernières convulsions de l'agonie.

Pierre abaissa son flambeau, et Mlles de Saint-Servan reconnurent Renardot.

— Pauvre patron, dit Boit-sans-Soif, il a son affaire.

Renardot se souleva, eut un dernier râle et retomba.

Dans sa lutte avec Gaspard de Besse, il avait été définitivement vaincu.

CHAPITRE LXV

La clef

A l'entrée du sentier escarpé qui conduit au château d'Arène, un valet, portant la livrée du marquis, semble attendre avec assez d'impatience quelqu'un qui ne vient pas.

Ce valet est une de nos anciennes connaissances. Depuis l'auberge du Cheval-Rouge, nous l'avons retrouvé plusieurs fois dans ce récit : à Aix, à Marseille, au Lubéron.

C'est Cadet, actuellement au service de M. d'Arène, comme il l'a été à celui de maître Roux, de Marie Asquier et de M. d'Orbeval.

Est-il plus zélé qu'autrefois, déteste-t-il moins le travail?... Nous n'en jurerions pas.

Il y a plus d'une heure qu'il est assis sur une énorme pierre, livré à l'inactivité la plus absolue, mais, il faut le reconnaître, il ne semble pas éprouver grand plaisir à se trouver en cet endroit. Il n'est pas bien aise qu'on lui demande pourquoi il y est et il a un air de mauvaise humeur lorsque Dominique, un des plus anciens domestiques du château, passant pour la seconde fois, l'interroge de nouveau.

— Mais enfin, Cadet, qu'est-ce que tu fais là ?

— Est-ce que cela te regarde ?

— J'imagine que ce n'est pas pour le service de M. le marquis que tu restes ainsi en faction...

— C'est ce qui te trompe...

— Je n'ai plus rien à dire alors, mais cela m'étonne...

— Sois étonné tant qu'il te plaira, vieux bavard !

— Ah ça ! tu n'es pas poli, jeune blanc-bec !

— Fâche-toi si cela te plaît !

— Oui, tu recevras quelque jour une leçon.

— T'imagines-tu que je me laisserai faire ?

Le vieux Dominique continua sa route en grommelant, tandis que Cadet, restant à sa place, murmurait :

— Je n'ai pas peur de lui... Je sais bien qu'il me serait facile de lui donner une bonne râclée... Ah ! s'il avait quelques années de moins, ce serait autre chose, mais maintenant il a trop neigé dans sa marmite !... Ce qu'il y aurait d'ennuyeux

ce serait s'il allait raconter aux autres... Bah ! j'inventerais quelque explication...
je prétexterais n'importe quoi !... Un rendez-vous, par exemple, avec la jolie petite
chambrière de mademoiselle... Je voudrais bien que ce fût d'ailleurs la vérité...
Elle est si jolie, cette enfant, presque aussi jolie que Toinette... mais pas aussi
tendre... à l'époque où... Étais-je heureux alors, et je me plaignais !...

Cadet eut un gros soupir.

— Corne de bœuf ! Je croyais, en entrant chez M. le marquis d'Arène, que ma
fortune était faite... Je me suis joliment trompé... Ce grand seigneur, si généreux
jadis avec les valets d'écurie, n'est guère prodigue maintenant, avec ses propres
domestiques, que de coups de plat de sabre et de...

Cadet se leva et eut avec le pied un mouvement qui indiquait suffisamment
en quoi consistaient les nouvelles largesses du marquis d'Arène.

— De plus, continua Cadet, quand nous sommes à Marseille, il me fait coucher,
les soirs d'orgie, à des heures... Moi qui aime tant dormir !

On le voit, Cadet avait toujours le même goût pour le sommeil.

Il pensait sans doute au plaisir qu'il éprouverait à s'y livrer pendant cette
après-midi où l'atmosphère était assez lourde lorsque soudain un coup vigoureux,
donné sur son épaule, lui causa un certain saisissement.

Il se retourna et ne cacha pas son mécontentement quand il se trouva en présence de Coquelicot et de Bavard qui lui souriaient d'un air aimable.

— Vous !... Vous !... Que venez-vous faire ici ?...

— Je crois que cet excellent Cadet nous interroge, dit Coquelicot.

— C'est mon avis aussi, fit Bavard.

— Ne m'avez-vous pas accablé de questions, vous autres, quand je suis venu
dans le Lubéron ?

— Il y a une différence entre la situation dans laquelle nous sommes et celle
dans laquelle tu te trouvais...

— Laquelle ?...

— Tu étais chez nous et nous ne sommes pas chez toi...

— N'êtes-vous pas sur les terres de mon maître et bien près de son château ?...

— Nous ne sollicitons nullement l'honneur de nous asseoir à sa table, de loger
sous son toit...

— Il vous accorderait aisément cette dernière faveur s'il vous voyait. Il y a dans
cette belle demeure d'Arène des cachots où il vous permettrait volontiers d'attendre
que la maréchaussée vînt vous quérir...

— Oh ! oh ! je soupçonne une menace sous l'ironie de cette réponse...

— C'est un conseil que je me permets de vous donner...

— Un conseil !

— Un bon conseil...

— Voyons, voyons !

— M. le marquis n'est pas bien disposé en faveur de Gaspard de Besse et de
ses bandits.

— Compris... A sa place nous nous rappellerions avec déplaisir la promenade
au Saut-du-Diable. Cela n'a pas été désagréable pour lui en allant, mais en retournant...

— A qui le dites-vous?... J'ai eu un homme tué si près de moi que j'ai cru un moment que c'était moi-même... Je suis tombé à plat ventre... Quelle venette !... Les balles pleuvaient de tout côté...

— Tu eusses mérité qu'on ne te manquât pas, car enfin ta conduite n'a pas été très correcte... Tu as fourni au marquis d'Arène des indications sur la direction que nous avions prise, tu nous as trahis...

— Pardon, je n'étais pas des vôtres puisque votre capitaine avait refusé de me recevoir et m'avait fait enfermer dans la salle du château d'Oppède où les soldats m'ont découvert.

— Tu eusses pu garder le silence, car les jours précédents tu avais mangé et bu avec nous. Tu nous devais au moins la reconnaissance de l'estomac !...

— Avec cela que vous m'aviez si bien nourri !

— Notre soupe n'était pas bonne ?

— Du pain et de l'eau chaude... Comme viande quelques os qu'on nettoyait avant moi... et de quelle manière !... Un chien n'y eût plus trouvé à manger...

— Tu es dédaigneux aujourd'hui...

— Au Lubéron, j'ai été persécuté par tout le monde, même par Mariotte, la vivandière.

— Ah ! dit Bavard en qui ce nom rouvrait une blessure, tu n'es pas le seul envers qui elle se soit montrée cruelle...

— Eh bien ! eh bien ! fit Coquelicot à son camarade, tu vas encore penser à une femme... Je croyais que tu en avais perdu toute envie...

Cette allusion de Coquelicot aux amours de Bavard et de la d'Argenterie, indique que le bandit avait confié à son ami pourquoi il n'avait pas mieux renseigné Gaspard de Besse sur les agissements de Renardot avant l'expédition des caves de Saint-Sauveur.

— C'est plus fort que moi, répondit Bavard. Que celui qui est sans péché me jette la première pierre !

Hélas ! Coquelicot n'était pas sans péché et il se souvenait d'une malheureuse créature qui lui avait été envoyée aussi par Renardot et qui était morte empoisonnée au moment où, nouvelle Dalila, elle voulait livrer son amant aux Philistins de la maréchaussée.

Mais la présence et les discours des deux bandits continuaient à être peu agréables à Cadet. Il leur demanda brusquement :

— Vous ne vous retirez pas ?

— Pas avant d'avoir fait la commission dont nous nous sommes chargés...

— Une commission ?...

— Comme tu dis.

— Et pour qui ?

— Pour toi !

Les traits de Cadet exprimèrent un vif étonnement.

— Quelle plaisanterie !...

— Nous sommes tout ce qu'il y a de plus sérieux et nous allons te le prouver... Tu as reçu hier une lettre...

— Comment savez-vous ?...

Vous, monsieur, vous! (Page 560.)

— Parbleu !... C'est nous qui te l'avons adressée.
— Est-ce possible ?...
Cadet paraissait fort désappointé...
— Si tu désires, nous allons t'en dire le contenu.
— Inutile...
— On te propose dans ce message de gagner vingt-cinq louis...
— C'est vrai...
— On te dit de te trouver à l'endroit où tu te trouves avec la clef de certaine poterne...
— J'ai eu assez de peine à me la procurer...

— Et tu l'as ?...

— Oui, mais je ne pensais pas que c'était pour des bandits, car la lettre est signée : « Un gentilhomme généreux. »

— Je suis gentilhomme, dit Coquelicot.

— Gentilhomme de grand chemin.

— Quant à ma générosité, tu ne pourras la nier que si je ne tiens pas la promesse qui t'est faite...

— Vous voulez sans doute voler, piller le château... Et vous m'avez choisi pour complice afin que, si vous étiez pris et roués, je le fusse également en votre compagnie... Merci de la préférence !...

— Ne penses-tu pas, Coquelicot, qu'il abuse de notre patience ?...

— Un peu, en effet...

— Puisqu'il ne veut pas nous remettre cette clef, il nous oblige à la lui prendre.

— Je vais appeler au secours, et, comme je suis près du château, mes cris seront entendus.

— Nous avons tous les deux sur nous de quoi te faire taire promptement...

— Vous êtes assez canailles...

— Nous n'en rougissons pas... A l'œuvre, Coquelicot !...

— Non, Bavard, dit Coquelicot, suivons les instructions que nous avons reçues et engageons simplement cet homme à venir de son plein gré avec nous.

— Pourquoi faire ?

— Pour voir le gentilhomme généreux qui est réellement l'auteur de la lettre...

— Ah ! Vous m'avez trompé une fois, vous ne me tromperez pas deux...

— Cadet, tu n'es qu'un imbécile.

— On me l'a dit souvent, mais, tout niais que vous me croyez, je ne le suis pas assez pour entrer moi-même dans la gorge du loup.

— Entêté, va ! dit Coquelicot entre les dents.

— Alors, il refuse d'obéir, fit soudain derrière Cadet une voix douce à laquelle était mêlé un accent d'impatience...

L'ancien amant de Toinette eut un tressaillement. Il vit apparaître un jeune et élégant cavalier qu'une roche lui avait empêché de voir jusque-là.

Le jeune cavalier botté et éperonné avait une cravache à la main.

Cadet n'eut pas plus tôt donné un coup d'œil sur le nouvel arrivant, qu'il lui sembla que son visage ne lui était pas inconnu.

— Qu'est-ce que c'est que ce petit bonhomme ? murmura-t-il.

— Prends garde à toi, dit le petit bonhomme en question de sa même voix douce mais ferme, je ne suis pas patient...

— Qui êtes-vous ?... Je vous ai vu quelque part...

— Il est possible que tu connaisses le chevalier de Valbrègues... En tout cas, tu dois savoir que, s'il paye bien, il aime qu'on le serve avec promptitude...

— Ma foi, je suis un peu rassuré sur l'usage que l'on fera de la clef et sur les vingt-cinq louis qu'on m'a promis en échange...

— C'était ce qui t'inquiétait le plus...

— Bavard et Coquelicot ne me les eussent jamais donnés...

— C'est bien possible ! dit Bavard en riant.

Le chevalier de Valbrègues eut un regard sévère pour le bandit trop franc.

— Tu n'hésites plus à nous accompagner ? demanda-t-il à Cadet.

— A vous accompagner où ?

— Tu vois ce petit bois qui commence à une centaine de pas d'ici.... On nous y attend...

— A quoi bon y aller ?...

— On veut t'interroger.

— Vous pouvez me questionner ici à votre aise.

— Tu veux décidément que nous employions la violence avec toi...

— Ne vous fâchez pas... Je sens que cela me ferait de la peine, car décidément je sais qui vous me rappelez maintenant... Une personne qui était bien bonne pour moi... et qui... Vous lui ressemblez d'une manière prodigieuse.... Autant qu'un homme peut ressembler à une femme... Que de fois Toinette m'a reproché sa mort !... Ç'a été un de ses grands griefs à mon égard et la principale cause de notre rupture. Elle me disait que, si je n'avais pas bu avec le premier venu, sa pauvre maîtresse vivrait toujours, elle si aimable, si indulgente, si affectueuse... Ah ! en souvenir de Mᵐᵉ Marie Asquier, je suis prêt à avoir confiance en vous...

Il parut à Cadet que le chevalier de Valbrègues se montrait sensible à ces éloges adressés à une morte.

— A la bonne heure ! fit-il... Tu deviens raisonnable. Marche devant nous... et ne crains rien... Tu as ma parole qu'il ne te sera rien fait !

— Très bien, mais que dira le marquis d'Arène s'il a besoin de moi ?...

Personne ne répondit à cette dernière observation. Évidemment, le chevalier de Valbrègues, Coquelicot et Bavard se souciaient fort peu de l'embarras dans lequel se trouverait le marquis s'il était privé momentanément des services de Cadet son serviteur.

— C'est que vous ne le connaissez pas, continua celui-ci. Cet homme est d'une brutalité désespérante... Il ne se gêne pas pour vous donner des coups de pied...

On entra dans le bois et, à peine y eut-on fait quelques pas, que Cadet poussa un cri :

— Gaspard de Besse !...

C'était le capitaine, en effet, qui se montrait à Cadet. Il attendait, les bras croisés, appuyé contre un arbre. A côté de lui se trouvait un vieillard vénérable portant un costume de moine... De Valors et de Cabannes, installés à quelques pas, jouaient paisiblement aux dés.

— Nous avons eu de la peine à le faire venir, dit Coquelicot... C'est le chevalier de Valbrègues qui l'y a décidé...

— Ah ! monsieur de Galtières, peut-être vous expliquez-vous l'influence que M. de Valbrègues a sur moi... Il ressemble si étonnamment à quelqu'un que vous avez connu aussi, à une personne...

Gaspard de Besse ne put retenir un sourire qui surprit Cadet.

— Tiens, tiens !... murmura celui-ci... Cela devrait plutôt le chagriner qu'on lui parle d'elle. Et puis cette coïncidence bizarre... Voir un jeune homme qui est le portrait vivant de Marie Asquier et le voir avec Gaspard de Besse ou M. de Galtières. Serait-ce inutilement que j'aurais eu des remords ?...

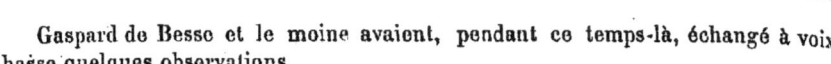

Gaspard de Besse et le moine avaient, pendant ce temps-là, échangé à voix basse quelques observations.

Ce moine était celui que Gaspard de Besse avait vu à Aix dans le cloître de Saint-Sauveur, qu'il avait appelé son père et qui, à son tour, l'avait appelé son fils.

Ajoutons que ce personnage mystérieux était le même qui avait apparu au chevalier de Mauléon pour lui demander de protéger Adrienne d'Arène, le même que le marquis croyait enfermé, privé de raison, dans une sombre demeure sous la surveillance de l'intendant Laurent.

Claude d'Arène, libre, poursuivait en ce moment une tâche pour laquelle il lui fallait sans doute l'assistance des bandits.

Du reste, il n'avait plus rien d'un insensé et, si jadis sa raison avait sombré dans l'horrible drame, la cruelle catastrophe dont son frère criminel avait été l'auteur, son regard vif et profond, l'expression de son visage indiquaient maintenant que son esprit n'avait plus gardé des secousses subies qu'un pénible souvenir.

Ce fut lui qui interrogea Cadet.

Il tenait à savoir bien des choses, et l'ex-amant de Toinette ne tarda pas à penser :

— Ce vieillard est curieux !...

— Le marquis d'Arène est-il actuellement au château ?

— Mais oui, puisque je m'y trouve moi-même, répondit Cadet. Je ne quitte pas mon maître...

— Et la mère du marquis ?...

— Elle y est aussi. Je ne crois pas qu'elle s'absente souvent...

— Comment va Mˡˡᵉ d'Arène ?

— La pauvre demoiselle n'a pas l'air en bonne santé... Je l'ai rencontrée au début de notre séjour... Elle était si pâle... Elle paraissait si faible, que cela m'a tout remué... Vous auriez été ému comme moi...

Cadet ne se doutait pas à quel point il disait la vérité. Le vieillard fut impressionné par ces indications seules. Gaspard de Besse montra aussi une vive agitation.

— Mais son état ne s'est-il pas amélioré ?

— Je l'ignore... Attendez... Il me semble cependant qu'on m'a dit qu'elle allait mieux depuis l'arrivée au château de Mᵐᵉ Roux, la femme de l'orfèvre d'Aix.

— Ah !...

— Mᵐᵉ Roux la soigne sans doute bien, car elle est aussi bonne, aussi dévouée que son mari est désagréable et grincheux... Je sais à quoi m'en tenir, car j'ai été en service chez eux, et il n'est pas comme les valets pour pouvoir donner des renseignements sur les maîtres...

— Trêve de réflexions ! Y a-t-il longtemps que Laurent n'est venu au château ?

— Laurent, l'intendant de M. le marquis ? J'en ai entendu parler, mais je ne le connais pas...

— Donc il n'est pas actuellement...

— J'en suis sûr...

Cadet fut encore questionné au sujet de la disposition intérieure du château qui avait été modifiée depuis le jour où Albert d'Arène avait mis à exécution ses sinistres projets à l'égard de son frère.

Albert, tourmenté par le remords, avait fait condamner l'appartement de Claude et de Camille, ordonné qu'on cachât leurs portraits.

Mais, après sa mort, la marquise, sa femme, autrement énergique que lui, n'avait pas eu de ces vaines frayeurs.

Elle avait fait rouvrir les anciens appartements et replacer dans la galerie de famille les toiles qui représentaient son frère et sa belle-sœur. Elle trouvait cette élimination dangereuse, pouvant susciter des défiances, susceptible, en tout cas, de provoquer des réflexions de la part d'Adrienne d'Arène qui se demanderait pourquoi son père et sa mère n'occupaient pas la place à laquelle ils avaient droit.

La marquise avait même un certain plaisir à considérer les visages de ceux dont elle avait pris la place ! Elle regardait surtout Camille avec triomphe, car enfin celle-ci était sa rivale. Albert d'Arène l'avait aimée passionnément, et cet amour ne s'était jamais effacé complètement de son cœur.

Même après la mort tragique de Camille, Mᵐᵉ d'Arène avait eu la preuve de la vive impression que le cœur de son mari en avait conservée.

Peu de temps avant sa mort, Albert, déjà affaibli par les angoisses de toutes sortes qu'il éprouvait, avait conçu une passion très vive pour une courtisane de Marseille parce qu'elle ressemblait extraordinairement à Camille.

La marquise avait été obligée de lutter contre cette créature sur qui elle ne l'avait emporté que grâce à la terreur qu'elle inspirait à Albert d'Arène lui-même et qu'elle augmentait par des menaces de délation.

Après avoir éloigné son mari de sa maîtresse, la marquise avait eu peur d'être impuissante à le retenir longtemps. Elle avait cherché comment elle se débarrasserait tout à fait de cette femme et elle avait probablement trouvé...

La malheureuse était morte soudain d'une maladie étrange dont les médecins de Marseille n'avaient pu deviner la cause.

Le portrait de Camille rappelait donc à la marquise une double victoire et peut-être même un double crime... En le considérant, elle murmurait parfois d'un air rêveur :

— On les eût prises l'une pour l'autre !...

Adrienne ignorait comme presque tout le monde cette particularité, et elle ne soupçonnait pas que le souvenir impur d'une courtisane pût se mêler à celui de sa mère dans l'esprit de la marquise.

Ah ! si elle avait su toute la vérité !... Mais Gaspard de Besse l'ignorait aussi malgré une mystérieuse aventure qui avait eu pour dénouement un corps étendu sur la table de marbre d'un hôpital...

En se faisant expliquer par Cadet la nouvelle disposition intérieure du château, Claude d'Arène n'apprit pas sans une certaine émotion qu'Adrienne occupait précisément la chambre de sa femme, celle où son frère, après avoir frappé Camille, lui avait mis entre les mains, tandis qu'il était encore en léthargie, le poignard ensanglanté ayant servi à l'assassinat.

— C'est peut-être la Providence qui a voulu, dit Claude d'Arène à Gaspard de

Besse, qu'on ait eu l'idée de donner à Mlle Adrienne d'Arène l'appartement de sa mère.

Comme le capitaine le regardait sans comprendre le sens de ses paroles, il ajouta tout bas :

— La clef qui ouvre la poterne ouvre aussi toutes les portes du passage secret, et aboutit précisément à cette chambre, de sorte que...

— Ah ! dit Gaspard de Besse, Dieu est avec nous !...

On avait obtenu de Cadet tous les renseignements que l'on désirait. Il ne s'agissait plus que de lui faire donner la précieuse clef.

On l'eut vite, moyennant les vingt-cinq louis promis et les vingt-cinq autres que Coquelicot, sur l'ordre du capitaine, lui remit, non sans regret.

— Tu es bien heureux, dit le bandit de ne pas avoir affaire à moi seulement...

— Toi, je ne t'eusse jamais accompagné jusqu'ici...

— Je crois que tu aurais bien fait !...

— Avoue que tu n'es ni gentilhomme, ni généreux...

— Faquin, va !...

— J'aime mieux avoir affaire à M. le chevalier de Valbrègues... Il est vrai de dire...

— Quoi ?...

— Que ce chevalier pourrait bien n'être qu'une chevalière...

— Cadet, tu es trop perspicace...

— Ah ! cela ne me gêne pas que Mme Marie Asquier soit vivante... au contraire... Et puis j'ai toujours préféré me trouver en présence d'une femme qu'en présence d'un homme !

CHAPITRE LVI

L'œuvre de Pauline

ADET ne rentra qu'assez tard au château, ce qui lui valut force horions du marquis d'Arène, mais il se montra assez philosophe.

Pour se consoler, il soupesa la bourse renfermant les cinquante louis qu'il avait gagnés.

— C'est drôle comme cela me console de mes ennuis, comme cela me fait oublier les mauvais moments que j'ai passés. On se sent plus léger quand on a la poche bien garnie. L'argent, l'argent, quel talisman magique!

Une réflexion importune vint un instant troubler la joie de Cadet.

— Mais j'y songe... on va se servir de la clef... Pourquoi faire?... Après tout, que m'importe!

Cadet cacha précipitamment la bourse pleine d'or, car il venait d'entendre du bruit.

On se dirigeait vers la terrasse où il se trouvait. C'était Pauline Roux et Dominique.

— Ah! madame Roux, disait le vieux serviteur, comme je vous suis reconnaissant de ce que vous avez fait pour nous...

— Qu'ai-je fait, Dominique?

— Vous êtes venue soigner Mlle Adrienne, et c'est grâce à vos bons soins qu'elle est en voie de guérison...

— Je me suis efforcée de la rappeler à la vie, à la santé, mais ce n'est pas seulement à cause de moi...

— C'est bien vous qui nous avez conservé notre jeune maîtresse... Vous avez empêché l'ange du château de s'envoler pour toujours...

— Oh! oui, Adrienne est un ange...

— Tout le cœur de sa mère morte d'une façon si triste...

— C'est vrai, Dominique...

— Dieu n'est pas juste quand il permet que des malheurs s'accomplissent semblables à ceux dont cette maison a été témoin.

— Ces malheurs ont été bien grands, mon pauvre ami, mais il ne vous est pas permis d'accuser la Providence!...

— Quand je songe qu'il y avait ici, dans cette demeure, deux époux jeunes et beaux, nobles, riches, les meilleurs des maîtres. Ils avaient deux enfants, une ravissante petite fille qui bégayait déjà le nom de son père et de sa mère, et un garçon encore au berceau, mais qui devait empêcher la branche aînée d'Arène de périr. Tout à coup, un drame horrible a lieu. On dit que le marquis, pris d'un subit accès de folie, a frappé sa femme qu'il adorait et s'est enfui... L'état de Mme d'Arène n'est pas désespéré cependant... Elle va déjà mieux, quand tout à coup elle disparaît à son tour avec le plus jeune de ses enfants, celui qui était l'héritier du nom... Peu de temps après, on rapporte le corps d'une inconnue que tout le monde reconnaît pour celui de la marquise, excepté moi peut-être...

— Est-il possible?...

— Oui, madame Roux, je suis resté persuadé que la femme que l'on a ensevelie dans le tombeau des d'Arène n'était pas ma maîtresse... Je l'ai déclaré au frère du marquis lui-même, à M. Albert d'Arène, mais il a refusé de me croire... Pour moi, la mère et l'enfant ont également disparu... J'ignore cependant s'ils ont quitté le château ensemble...

— Et M. le marquis Claude d'Arène?...

— Est-il mort comme le bruit en a couru souvent?... Vit-il encore?... C'est ce que trois personnes savent seules ici: le marquis actuel, sa mère et l'intendant

Laurent. On a assuré à Mlle Adrienne que son père n'était plus, mais un jour où elle a demandé pourquoi son nom n'était pas gravé à côté de celui de sa mère sur le tombeau de la famille, on n'a su que lui répondre...

— Ces mystères sont bien redoutables...

— Ah! vous pouvez le dire, madame Roux... Ils pèsent sur cette demeure et l'enveloppent d'un voile sombre... Mlle Adrienne d'Arène, malade, devait, avant votre arrivée, y trouver la vie bien triste quoiqu'elle ne se plaignît jamais... Au moins, resterez-vous longtemps auprès d'elle?...

— Je ne sais pas... Mon mari peut me rappeler à Aix d'un instant à l'autre... Il a eu tant de peine à me laisser venir... Il m'avait même formellement refusé une première fois malgré mes supplications. C'est sur l'intervention de M. de Mauléon qu'il connaît et surtout de ma cousine Suzanne Fersac, qu'il m'a laissé faire une visite à mon amie Adrienne...

— Oh! madame Roux, je désire bien que votre mari ne songe pas de sitôt à nous priver de votre présence...

— Et moi aussi, Dominique, je désire rester... Néanmoins, j'ai peur...

— Vous avez beau dire... Si vous n'étiez pas là, je suis sûr que nous n'aurions bientôt plus Mlle Adrienne...

Dominique prononça ces paroles avec un accent profond qui impressionna vivement Pauline.

Elle le regarda fixement.

— En vérité!... Que savez-vous?

— Rien, madame Roux, mais...

— Dominique, peut-être aurai-je besoin de vous si l'on m'éloigne d'ici, si l'on veut m'empêcher d'accomplir mon œuvre... Pourrai-je compter sur votre dévouement à la fille de votre maître?...

— J'appartiens tout entier à Mlle d'Arène...

— Je vous crois sincère et votre promesse me tranquillise un peu... Oui, je sens que je dois avoir confiance en votre zèle...

— Au premier signe de vous j'accourrai... Tout ce que vous me direz de faire je ferai...

— Merci, merci, Dominique...

Le vieux serviteur se retira, laissant Pauline toute pensive. Celle-ci ne vit pas le marquis d'Arène arriver sur la terrasse et se diriger vers elle à pas lents.

Ce fut seulement lorsque, parvenu devant elle, il s'inclina avec une affectation de respect qu'elle poussa un léger cri de frayeur.

— Vous, monsieur, vous!...

— Moi, madame, et qui suis fort marri de vous avoir causé une impression désagréable... Il est vrai que je suis incapable de vous en causer une autre si j'en crois les apparences...

— Vous avez raison, monsieur. Il est impossible d'avoir de la considération et de l'estime pour vous qui avez essayé de m'enlever de vive force... C'était un odieux attentat que celui qui devait avoir pour victime une femme accompagnée seulement d'une vieille servante...

La marquise la remua un instant avec une spatule. (Page 567.)

— Je n'avais pas le choix des moyens et mon excuse était la passion que vous m'aviez inspirée...

— Vous appelez cela une excuse?...

— J'espère bien qu'elle vous semble valable et que vous ne me confondez pas avec un brigand qui eût tenté de vous dévaliser...

— Un brigand n'eût eu pour but que de s'emparer de mon argent tandis que c'était à mon honneur que vous en vouliez...

— Enfin, voyez comment sont les choses... Si j'avais été un bandit, vous eussiez certainement porté plainte contre moi, tandis que vous avez gardé le silence sur cette aventure...

— C'est parce que je n'eusse pas été sûre d'obtenir justice contre un puissant personnage, c'est parce que j'eusse exposé à des dangers certains mon mari qui eût tenu à obtenir réparation de l'offense faite à sa femme, c'est parce qu'enfin on me l'avait défendu..., .

— Qui cela ?...

— Mon sauveur... L'homme qui a su me délivrer de vos mains...

— Ah! ce mystérieux personnage qui est intervenu à un moment si opportun... Lui aussi n'a pas réclamé et, si je n'ai pu le reconnaître, c'est à cause du masque qu'il a si prudemment gardé...

— Allons donc, monsieur le marquis, vous savez bien qu'il n'avait pas peur de vous puisqu'il a pu lutter seul contre quatre que vous étiez dans les gorges d'Ollioules !

Pauline Roux dit ces paroles avec une animation qui excita le courroux du marquis. Son œil étincela. Il fit un pas en avant, mais il se calma presque aussitôt.

— Un autre motif, fit-il, me faisait croire que vous n'étiez pas irritée contre moi... Vous êtes venue sans répugnance dans mon château...

— Oh! ce n'est pas pour vous, c'est pour votre cousine, Mlle d'Arène, qui ne vous aime pas plus que moi...

Une nouvelle lueur passa dans le regard du marquis, mais il se modéra encore.

— Quel que soit le but de votre visite, charmante Pauline, dit-il d'un ton presque tendre, je suis heureux que vous soyez ici puisque j'ai l'occasion que je cherchais depuis si longtemps de vous parler. Plus j'essayais d'être en tête à tête avec vous, plus vous me fuyiez... Mais aujourd'hui, vous m'écouterez enfin...

— Et pourquoi vous écouterais-je ?...

— Parce que je ne crois pas à votre haine, parce que je vous en prie, je vous en supplie !... Vous êtes trop adorable pour être cruelle...

— Je n'ai rien à entendre... laissez-moi...

— Vous saurez tout ce que j'éprouve pour vous...

— Votre amour est une offense nouvelle...

— Vous êtes sévère... En quoi mon amour est-il blessant ?

— Il s'adresse à une femme qui ne peut, ni ne doit vous le rendre.

— Si vous le pouviez, vous auriez donc quelque affection pour moi, chère Pauline...

— Non, je vous l'ai déjà dit et je vous le répète, je ne saurais vous aimer... Je ne pourrai jamais avoir pour vous que du mépris.

— Du mépris !... ne parlez pas ainsi... Au mépris je préférerais de la haine, car à la haine succède souvent un sentiment plus tendre... Enfin, ajouta-t-il avec une expression sardonique, je me contente de ce que vous me donnez, cela vaut encore mieux que de l'indifférence ! Je vous déclare donc que, si chanceuse que semble la partie que je joue avec vous, je n'y renonce pas... Prenez garde !...

— Vous menacer...

— Je préférerais roucouler des mots aimables, des expressions plus en rapport avec ce que je ressens pour vous... Allons, Pauline, une dernière fois laissez-vous fléchir... Consentez à me voir d'un œil plus favorable... Ne comprenez-vous pas que je vous appartiens tout entier ?... Vous n'avez rien pour vous protéger contre moi dans cette demeure... Cédez de bonne grâce... Un rendez-vous pour ce soir, je vous en serai éternellement reconnaissant...

Il s'avança vers Pauline afin de lui prendre la main, mais celle-ci le repoussa d'un air farouche.

— Faites un pas de plus et j'appelle à mon secours... Il se trouvera dans votre château des gens pour me défendre, ne serait-ce que votre cousine qui connaîtra alors toute votre indignité...

— Ah! vous vous repentirez, Pauline Roux...

— Je vais retrouver Adrienne d'Arène...

Pauline se retira avant qu'il eût pu faire une nouvelle tentative pour l'arrêter.

— Oh! oui, s'écria le marquis au comble de la fureur, tu te repentiras, je te le jure... Et un jour je te verrai à mes genoux me demandant merci!...

Il se retourna vivement.

— Ma mère !

— Tu ne sembles pas satisfait, mon fils...

— Je suis, en effet, bien loin de l'être...

— Tu causais avec Pauline Roux, mais ce n'est sans doute pas elle qui cause ton courroux... Cette jeune femme n'est pas mal. J'ai vu qu'elle avait fait sur toi une impression des plus vives... Probablement elle-même, malgré ses airs de prude, malgré la réserve qu'elle montre, n'est pas indifférente...

— Je vous assure que vous vous trompez beaucoup...

— Toutes les grandes dames doivent t'adorer...

— Je n'ai pas réussi cependant à vaincre une petite bourgeoise...

— C'est que tu n'as pas sérieusement voulu... mais il s'agit de choses plus importantes... Laurent vient d'arriver...

— Laurent?...

— Oui, notre intendant... Il me déclare qu'il ne trouvera pas la nouvelle somme dont tu as besoin sans aliéner quelque immeuble...

— Qu'il vende ce qu'il voudra !...

— Il n'en a pas le droit... Il lui faut le consentement d'Adrienne...

— Demandez-le à ma cousine.

— Elle est capable de refuser...

Le marquis fit avec amertume :

— Je croyais que, pourvu qu'on ne la forçât pas à m'épouser, pour tout le reste elle se montrait soumise...

— Je me défie même d'elle lorsqu'elle ne résiste pas... C'est une nature indomptable... La maladie n'a pas abattu son orgueil... Et dire qu'elle va mieux maintenant grâce aux soins qui lui sont prodigués !...

— Est-ce que vous pensez que la vie d'Adrienne était sérieusement en danger ?..

— Elle l'était avant l'arrivée de Pauline Roux... Avec toi, je n'ai rien à cacher... J'avais de bonnes raisons pour croire que nous pourrions être bientôt délivrés d'un péril...

— Quelles raisons aviez-vous, ma mère ?...

— Le dépérissement de cette jeune fille avait cessé, puis recommencé...

Adrienne avait fini par s'aliter, et peut-être ne se serait-elle plus relevée s'il n'y avait pas eu au château...

— Vous considérez donc Pauline Roux comme un grand docteur ?...

— Sa présence a empêché...

— Ce n'est pas pour me dire uniquement cela que vous vouliez me parler, ma mère ?...

— N'est-ce pas assez grave ?... Si Adrienne est cause de tous nos embarras, le couple Roux ne fait rien pour les diminuer... au contraire !... L'orfèvre menace de vendre les bijoux qu'il a engagés...

— Qu'il les vende si cela lui fait plaisir !...

— Tu oublies que ce sont les joyaux d'Arène et que l'héritière légitime peut nous les réclamer un jour ou l'autre !

— Que faut-il faire ?

— La situation est difficile... Tu as contracté une quantité considérable de dettes !... Pour les payer, j'ai dépensé tout ce dont je pouvais disposer de la fortune d'Arène, sans rendre des comptes immédiats au conseil de famille désigné par M. le gouverneur de Provence. Malheureusement, ces comptes je serai obligé de les rendre au premier soupçon, à la première plainte d'Adrienne qui nous hait et entre les mains de qui nous nous trouvons... Qu'adviendra-t-il si cela lui plaît ?... Nous quitterons cette demeure, honteusement chassés, à moins que l'on ne nous accuse devant la justice et que l'on ne nous emprisonne... Nous serons, en tout cas, sans ressources...

— L'affligeant tableau que vous me faites là !

— Est-ce ma faute si l'avenir est aussi sombre ?... J'avais toujours espéré dans ce mariage et puis dans cette maladie...

Mme d'Arène appuya sur ces dernières paroles.

— Vous avez un accent bien étrange, ma mère, quand vous parlez de l'état dans lequel se trouvait Adrienne d'Arène...

La marquise baissa la voix et prit son fils par la main...

— La maladie d'Adrienne me rappelle celle d'une jeune fille de l'Ile de France qui mourut après deux ou trois mois de langueur... C'était l'héritière d'un riche armateur... Les parents de celui-ci, désireux de s'emparer de sa fortune, s'arrangèrent pour mêler au breuvage de la pauvre enfant restée orpheline, un poison lent comme on en a le secret dans mon pays... Peu à peu, la fleur s'étiola sur sa tige, puis l'obstacle disparut...

Le marquis recula avec épouvante, puis se rapprocha de nouveau.

— Je vous comprends, ma mère, si vous aviez de ce poison vous n'hésiteriez pas à vous en servir... Et qui sait ?... Vous vous en êtes peut-être servie !... Ah !...

— Ne parle pas si haut !

La marquise regarda autour d'elle pour voir si personne n'entendrait ce qu'elle allait dire à son tour.

— Eh bien, oui, murmura-t-elle lentement, pour toi je commettrais ce crime et j'en commettrais bien d'autres... N'en éprouve aucune horreur car ce serait une punition trop cruelle...

— J'admire votre dévouement...

— Ah ! tu es mon digne fils !...

— Que se passe-t-il donc maintenant ?...

— Ce qui m'étonne, c'est que le poison ait cessé de produire son effet dévorant depuis que Pauline Roux est ici... Il faut que cette femme connaisse mon projet comme certain sorcier qui s'est permis de me menacer au bal de l'intendant... Tu te souviens ?...

— Certainement, et il a fallu que ce misérable fût réellement doué d'un pouvoir infernal pour échapper à ma poursuite...

— Pauline Roux a-t-elle soin d'éloigner des lèvres d'Adrienne le breuvage fatal ou lui fait-elle prendre un antidote ?...

— Tout porte à croire que la femme de l'orfèvre ignore ce qui se passe, et que le hasard seul...

— C'est égal, je suis décidée à frapper un grand coup, et pour cela il faudrait que demain Pauline Roux fût rappelée par son mari...

— Ce n'est pas chose impossible... En allant voir l'orfèvre, on peut lui inspirer quelque jalousie et alors...

— Ce serait parfait...

— Mais il me faudrait renoncer à avoir ici...

— Ta fortune doit passer avant ton caprice... Je te promets de te rendre riche...

— Vous me faites frissonner...

— Tu es donc sans courage...

— Un coup d'épée ne m'effraye pas, le poison me fait peur...

— Tais-toi et agis... J'agirai de mon côté quand le moment sera venu...

— Ce soir même je partirai pour Aix.

Peu après, en effet, le marquis d'Arène donnait l'ordre à Cadet de faire seller son cheval et de se disposer à l'accompagner dans la capitale de la Provence.

Pour le coup, le mécontentement du bon valet faillit éclater.

— Si cela a le sens commun de partir à cette heure-ci... Quelles idées bizarres ont les maîtres !... Oh ! celui-là commence à me fatiguer... Il faudra être en route au moment où j'aurais eu tant de plaisir à me coucher, à me reposer des émotions de la journée... En route, la nuit ! On peut tomber dans quelque fondrière, dans quelque précipice... Puis on peut rencontrer des bandits, Gaspard de Besse et les siens... Quoique ce soit d'eux que me vient ma fortune, j'ai certainement à craindre qu'ils n'essayent de la reprendre... Bavard et Coquelicot ne sont pas hommes à y mettre de la délicatesse !...

Un instant même, Cadet songea à donner sa démission, à congédier son maître, comme il disait, mais il réfléchit que cela ne changerait rien à la situation, car s'il refusait de suivre d'Arène, celui-ci ne manquerait pas de le mettre immédiatement à la porte du château dont les environs n'étaient pas très sûrs. L'ancien amant de Toinette était, on le sait, bien informé à cet égard.

Il y avait ensuite longtemps que le marquis oubliait de payer ses gages à son domestique. Celui-ci avait calculé qu'il lui était dû une somme assez ronde... Il sentait bien qu'en quittant sa place immédiatement, c'était tout perdre.

Ces considérations et d'autres engagèrent Cadet à se soumettre.

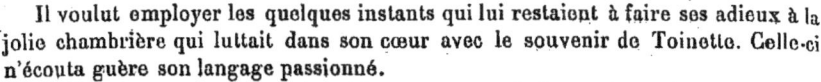

Il voulut employer les quelques instants qui lui restaient à faire ses adieux à la jolie chambrière qui luttait dans son cœur avec le souvenir de Toinette. Celle-ci n'écouta guère son langage passionné.

— Vous partez?... Tant mieux! je ne vous aurai plus après moi...

Cadet attribua cette dureté à la vertu de la jeune fille, à la rigidité de ses principes. Il eut été tristement déçu s'il eût vu, le soir même, un palefrenier se glisser dans la chambre de la timide enfant, d'où il ne sortit que le matin...

Ce fut vers huit heures du soir que le marquis d'Arène quitta le château.

Lorsqu'on traversa le petit bois où, dans l'après-midi, Cadet avait parlé à Gaspard de Besse, il regarda bien à droite et à gauche pour voir si les bandits n'apparaissaient pas; il s'attendait à chaque instant à entendre le coup de sifflet qui devait faire surgir les assaillants.

Ses craintes furent vaines. Non seulement on passa dans le bois sans mauvaise rencontre, mais on arriva sans encombre à Aix.

— Ouf! fit Cadet en se jetant tout habillé sur son lit.

Il dormit pendant trois jours pour oublier sa fatigue.

Pauline Roux, après son entretien avec le marquis, était allée retrouver Adrienne d'Arène.

Celle-ci remarqua son agitation, son trouble.

— Qu'as-tu, ma chère Pauline?...

— Rien, rien...

— Tu es toute émue...

— Je t'assure...

— La marquise t'aurait-elle fait quelque chose... ou mon cousin... Ah! j'y suis, c'est lui...

— Tranquillise-toi... M. d'Arène sait trouver en moi qui lui réponde...

— Il est pénible pour moi qu'on ne te respecte pas dans cette maison qui m'appartient!...

— Ton affection me console de tout,..

— La tienne aussi m'est précieuse... Il s'y mêle une vive reconnaissance car, sans ta présence au château, quelque chose me dit que je ne serais plus...

— Quelle idée!...

— Ta protection m'a été utile comme celle d'un... autre... Tu rougis alors que je ne fais qu'une simple allusion à M. de Galtières... Tu l'aimes donc bien!...

Pauline Roux se pencha vers Adrienne et fit avec expression:

— Puisque je t'ai fait connaître une partie de mon secret, je n'ai aucune raison pour ne pas te le révéler tout entier... Je l'aime ardemment, de toutes mes forces!...

— Comme j'aime M. de Mauléon...

— Oh! plus encore!...

— Ce n'est pas possible!...

Malgré l'énergie qu'elle avait montrée, Pauline Roux ne fut pas sans éprouver certaine satisfaction quand elle apprit le départ de M. d'Arène.

Elle ne se douta pas que le but de son voyage à Aix était précisément de la faire rappeler, de l'empêcher d'accomplir l'œuvre que lui avait confiée Gaspard de Besse!...

CHAPITRE LXVII

Le poison de la marquise

ADAME la marquise d'Arène se leva de bonne heure ce matin-là. Il ne faisait pas grand jour encore.

Elle prit une lampe, monta dans une des tours les plus élevées du château et se trouva dans une petite salle octogone dont elle gardait soigneusement la clef.

Il y avait dans cette salle un fourneau, un alambic et des instruments de chimie, dont l'usage lui paraissait familier.

La première préoccupation de la marquise fut d'allumer le fourneau et de faire bouillir de l'eau. Elle sortit ensuite d'un petit pot de terre cuite un extrait noir à cassure brillante, présentant assez bien l'aspect de l'extrait de jus de réglisse.

Mme d'Arène jeta dans l'eau en ébullition tout le contenu d'un petit pot. Cette mystérieuse substance ne tarda pas à se dissoudre et à former avec l'eau une sorte de liqueur.

La marquise la remua un instant avec une spatule, et y ajouta quelques gouttes d'un flacon qu'elle tira de son sein. Quand elle jugea la préparation terminée, elle éteignit le feu, laissa refroidir le récipient, puis emplit un nouveau flacon avec ce mélange.

Elle allait se retirer quand soudain on frappa à la porte.

Elle tressaillit.

Qui cela pouvait-il être?... Qui avait surpris son secret?...

Devait-elle ouvrir ou faire comme si elle n'entendait pas?

La marquise était une créature énergique et qui préférait se trouver en face du danger que de le fuir. Elle ouvrit la porte et eut un soupir de soulagement.

— Gérard! dit-elle.

Gérard était un des deux domestiques qu'Albert d'Arène avait autrefois introduits au château et qui l'avaient aidé dans son crime.

— Gérard était celui-là même qui avait présenté la femme d'Albert, l'ancienne esclave, comme sa sœur.

Ce coquin avait vieilli. Il était maintenant presque aussi âgé que Dominique, mais il n'avait aucune de ses qualités. C'était un déplorable serviteur, qui s'enivrait souvent et que tout le monde méprisait et détestait.

La marquise elle-même ne paraissait le supporter qu'avec peine. Quant à

M. d'Arène, il l'avait mis un jour à la porte, mais Gérard possédait trop de secrets pour qu'on ne le réintégrât pas dans sa place.

Gérard semblait d'ailleurs, depuis quelques jours, rentré en grâce auprès de sa maîtresse qui préférait certainement être troublée par lui que par tout autre dans la besogne mystérieuse qu'elle accomplissait en cet endroit isolé.

— Gérard, répéta-t-elle, que veux-tu?...

— Vous parler, madame.

— Entre.

Le valet pénétra dans la petite salle. Il regarda d'abord autour de lui.

— Ah! c'est ici, dit-il, que vous faites le poison!

Mme d'Arène tressaillit.

— Que prétends-tu?

— Que c'est en cet endroit que vous remplissez les petits flacons que vous m'avez remis ces jours-ci...

La marquise jugea inutile d'insister.

— Voyons, que veux-tu?

— Je viens vous faire part d'une découverte.

— Laquelle?...

— Je sais pourquoi ce que j'ajoute, par votre ordre, aux tisanes et aux médicaments destinés à Mlle d'Arène n'opère plus...

— Explique-toi.

— Il est évident que ce liquide dont vous m'avez chargé de verser deux ou trois gouttes dans les remèdes destinés à votre nièce, avait pour but de produire sur elle quelque effet... Aussi, elle n'avait pas tardé à changer, à perdre ses couleurs, à devenir toute faible, toute chancelante... Elle ne battait plus que d'une aile, comme une pauvre petite colombe qui lutte encore contre la mort, mais n'en a a plus pour longtemps...

— Tes comparaisons sont inutiles...

— Tout d'un coup ça a cessé... La colombe a remué les deux ailes et a recommencé à voler... Mlle d'Arène tousse bien encore un peu, mais ça s'en va... La vie anime de nouveau son visage... Oh! vous vous en êtes bien aperçue et vous avez sans doute recherché les motifs de cette résurrection inattendue...

— J'ai été étonnée... comme tout le monde.

— Je me demande comment il se fait que vous manquiez encore de franchise avec moi...

— Qu'as-tu découvert?

— Je vous l'ai déjà dit... Pourquoi la liqueur est maintenant inoffensive.

— Ah! je veux savoir...

— Eh! parbleu! c'est parce que Mlle d'Arène ne prend absolument que ce qui est préparé par son amie, Mme Roux...

— En es-tu sûr?...

— Mme Roux accepte tout ce que nous lui remettons, mais elle le jette par la fenêtre... Je l'ai vue...

— En vérité!

— Mme Roux fait les tisanes elle-même et ce que prescrit le médecin est acheté

— Un jour viendra où M. de Mauléon sera ton époux. (Page 575.)

à l'apothicaire du village voisin par la chambrière de Mlle d'Arène, une petite futée qui, même avec certain palefrenier, garde tous les secrets qu'on lui confie.

La marquise ne dissimula pas son inquiétude.

— Qui donc a instruit Pauline Roux ?

— Je l'ignore, mais on peut croire qu'elle est parfaitement au courant.

Mme d'Arène se parla à elle-même.

— Mon Dieu, que se passe-t-il ?

— Si Philippe vivait encore, répondit Gérard, je pourrais croire que c'est lui qui vous a trahie pour de l'argent, mais Philippe est mort...

— C'est toi qui m'as avertie jadis que nous ne pouvions plus avoir confiance en lui...

— Oui, et alors vous m'avez donné une sorte de poudre pour mélanger à ses aliments... Il n'a pas tardé à se trouver dans l'impossibilité de raconter vos secrets à qui que ce fût...

— Es-tu bien sûr que Philippe avait l'intention de nous être infidèle ?

— Il avait de longs conciliabules avec Laurent... En voilà un dont vous eussiez bien dû vous débarrasser aussi...

— Cela viendra peut-être...

— Ce fameux intendant a été mieux traité que Philippe et moi. Votre mari l'a comblé de faveurs pour qu'il gardât le silence...

— Il ne savait pas grand'chose.

— Double raison pour qu'on ne se montrât pas aussi prodigue à son égard... Il est vrai qu'il avait la surveillance du prétendu insensé.

— Enfin quel est ton but pour me rappeler toutes ces histoires passées ?

— Ce n'est pas si passé que cela. M. Claude d'Arène n'est pas mort quoique vous l'ayez dit à sa fille elle-même... et sa folie m'inspire de la méfiance.

La marquise ne fut pas étonnée de ce langage.

— Ce n'est pas la première fois que tu me parles ainsi. Tu m'as donné souvent des avertissements semblables, et tu vois qu'un grand nombre d'années s'est écoulé...

— Je comprends bien votre courroux contre Mlle d'Arène... Si elle avait consenti à se marier à M. le marquis, votre sécurité eût été absolue... Vous ne serez tranquille maintenant que lorsqu'elle ne sera plus... Sans Mme Roux, je crois bien que ce serait déjà fait...

Le hideux vieillard regardait la marquise d'Arène d'un air presque moqueur. Son œil avait une lueur sauvage et son nez recourbé ressemblait à un bec d'oiseau de proie.

Ce misérable inspira du dégoût à Mme d'Arène elle-même, bien qu'elle n'eût pas le droit d'être difficile.

— Tais-toi ! dit-elle, tais-toi !

— Ah ! si votre mari m'eût écouté, poursuivit-il avec une sorte de familiarité, vous n'auriez pas tous ces ennuis... Il n'eût pas fait les choses à demi... Il vaut mieux supprimer entièrement les gens qui vous gênent que d'adopter toutes sortes de demi-mesures... Les morts ne sortent jamais de la tombe.

— Tu te trompes peut-être.

— Allons donc ! C'est qu'alors ils n'étaient pas bien morts, comme cette jolie demoiselle dont j'avais enivré le valet pour remplacer par du poison indien le remède qu'avait ordonné le docteur Grandier. Je vis son enterrement, on descendit devant moi sa caisse dans la tombe.

— La caisse devait être vide...

— Ou remplie de terre...

— Quelle infernale ruse !

— Enfin, le corps n'y était pas, car la jolie demoiselle se promène maintenant en homme avec une partie des secrets du marquis d'Arène...

— Que de dangers !...

— Je réussis mieux avec cette belle que votre mari aimait parce qu'elle ressemblait à la femme de son frère... à sa première passion... Pour m'introduire auprès d'elle je dus faire la cour à une vieille duègne qui, au lieu de repousser ma hardiesse, faisait tout au monde pour l'encourager... Heureusement elle prenait pour de la timidité le peu d'empressement que je mettais parfois à cueillir un baiser sur sa figure barbue !...

— Assez !...

— Je suis en train de vous rappeler tout ce que j'ai fait pour vous... Je vous expliquerai pourquoi ensuite... Je fus donc admis dans la maison de campagne qu'habitait votre nouvelle rivale... et là le poison, mêlé cette fois à des confitures, produisit son effet... J'ai vu le cadavre sur la table de marbre de l'amphithéâtre... Plusieurs médecins l'ont ouvert, taillé, vidé, sans se rendre compte du mal étrange auquel l'infortunée avait succombé... Un seul, qui paraissait plus fort que les autres, le docteur Grandier, soupçonnait la vérité, mais il ne pouvait en avoir aucune certitude puisque votre poison ne laisse pas de traces...

La marquise avait réellement paru souffrir pendant ce récit. Son visage se contractait, mais elle était plutôt irritée par la hardiesse de Gérard que émue par le souvenir de ses crimes.

L'infâme scélérat qui lui parlait avait donc été son principal agent. Après s'en être servie contre son beau-frère et sa belle-sœur, car c'était elle qui avait réellement ourdi l'odieuse trame dont ils avaient été victimes, elle lui avait demandé son sinistre concours contre le valet Philippe, le jour où il avait paru suspect, contre Marie Asquier, contre la courtisane dont son mari avait recherché l'amour.

La marquise l'employait maintenant contre sa nièce, et nous avons vu que néanmoins, jusque-là, elle lui avait caché où était le laboratoire dans lequel elle préparait ses poisons.

Gérard, incapable d'aucun sentiment généreux à l'égard de tout autre, s'était montré fort dévoué envers elle. Il lui avait obéi avec empressement chaque fois qu'elle avait donné un ordre et sans objection. Il est permis de croire que jadis il avait admiré passionnément la beauté étrange de cette femme et qu'il avait été dominé, maîtrisé par elle.

Gérard était jeune à l'époque où l'ancienne esclave, pour être introduite dans le château, avait dû passer pour sa sœur. L'âge était venu pour lui et pour la marquise, mais celle-ci avait longtemps gardé son pouvoir.

Encore maintenant, elle était étonnée de son langage, de son attitude dans laquelle elle sentait une révolte. Elle se demandait quel but avait cet homme en lui parlant aussi longuement du passé.

Elle fixa ses regards sur lui et il les soutint avec assez d'audace.

— Tu m'as guettée ce matin, dit-elle, et tu m'as suivie pour me raconter tout cela...

— Ce n'est pas seulement pour ça... Je n'étais pas fâché de m'assurer que cette salle dans laquelle vous veniez vous enfermer quelquefois et d'où vous m'aviez jusqu'ici exclu était votre officine, puis je voulais vous déclarer que je suis fatigué à la fin d'être toujours domestique...

— Tu veux quitter notre service...

— Ma foi, oui...

— Quel est le motif de cette détermination subite ?...

— Il y a quelque temps que je mijotais cela...

— Cependant lorsque mon fils t'a renvoyé, tu as désiré qu'on te reprît...

— C'est cela... On avait assez de moi et on m'avait purement et simplement jeté au dehors... Ce n'est pas de cette manière que je compte m'en aller d'ici...

— Ah !...

— Tout le monde se fait payer... Pourquoi ne me ferai-je pas payer aussi ?

— Je croyais que tu n'avais jamais eu à te plaindre de moi...

— Vous savez bien quels motifs j'avais pour n'être pas difficile... J'eusse donné ma vie afin de ne pas m'éloigner de l'endroit où vous étiez... J'ai aujourd'hui des idées contraires et il me faut emporter de quoi vivre...

— Je n'ai pas d'argent...

— Vous avez raison en ce moment... Je connais votre situation exacte... Vous êtes pauvre et à la veille d'avoir des désagréments sérieux... mais cela cessera, n'est-ce pas, il faut que cela cesse !...

— Oui, il le faut !...

— Mᵐᵉ Roux se mêle pour le compte de Mˡˡᵉ d'Arène, mais elle ne se doute pas que pour elle...

— Que veux-tu dire ?...

— Ma foi, puisqu'elle vous gêne, on peut commencer par elle... Il lui sera impossible alors d'empêcher quoi que ce soit...

Mᵐᵉ d'Arène elle-même fut effrayée par le langage de ce misérable ; elle eut un mouvement d'horreur.

— Eh bien, eh bien, vous faites du sentiment, fit-il en ricanant... Il me semble qu'il est bien tard... Croyez-moi, dans la route que vous suivez, ce sont les scrupules qui perdent... On ne doit pas s'arrêter au milieu, il est indispensable d'aller jusqu'au bout...

— Ce dernier crime serait inutile...

— Vous pouvez vous tromper !

— Non, aujourd'hui ou demain l'orfèvre Roux obligera sa femme à rentrer à Aix et elle ne nous gênera plus !

— Comment vous y prendrez-vous pour obtenir ce résultat ?...

— Mon fils est parti hier soir...

— Il verra le jaloux et... bonne idée !... Quand tout sera fini, vous serez généreuse, n'est-ce pas ?

— Sois tranquille !...

— Dans tous les cas, murmura Gérard, je saurai comment m'y prendre si on me manque de parole !...

Un instant après le valet quitta la tour, et la marquise ne tarda pas à sortir aussi de l'endroit où, nouvelle Locuste, elle distillait son poison.

CHAPITRE LXVIII

Lutte dans la nuit

ETTE journée-là se passa sans incident au château d'Arène et celle du lendemain aussi.

Ni le marquis, ni l'orfèvre Roux ne donnèrent signe de vie.

Pendant ce temps, Mme d'Arène acquit la preuve que Pauline Roux agissait comme l'avait dit Gérard, c'est-à-dire ne laissait rien approcher des lèvres d'Adrienne qu'elle n'eût préparé elle-même ou qu'elle n'eût fait acheter par l'entremise de la jeune fille en qui elle avait confiance.

La marquise se demanda de nouveau avec anxiété qui avait averti la femme de l'orfèvre de ses projets criminels. Elle chercha en vain sans deviner la vérité.

Le troisième jour la marquise, voyant que Pauline n'était pas rappelée à Aix, et ne recevant rien de son fils, sentit de vives alarmes.

Il arriva bien une lettre de Roux, mais elle était adressée à Mme d'Arène elle-même et renfermait uniquement des menaces de l'orfèvre, de vendre les bijoux qu'il avait en gage s'il continuait à ne pas être payé. Il ne parlait même pas de sa femme, et évidemment il n'avait pas reçu la visite de M. d'Arène.

— Mon fils ne l'a donc pas vu, n'a donc pas pu le voir ? Quelque chose de fâcheux se serait-il produit ?...

Mme d'Arène était résolue de partir le jour suivant pour Aix si le marquis continuait à ne pas donner signe de vie...

Elle s'était trouvée seule plusieurs fois avec Gérard qui lui avait dit :

— Mme Roux ne s'en va donc pas !... Croyez-moi, madame, vous serez obligée d'agir vous-même ou de me laisser faire.

La marquise n'était pas femme à conserver longtemps des scrupules, mais son fils surtout en ce moment l'occupait.

Enfin, le matin du quatrième jour, Cadet apparut avec un message de M. d'Arène...

A son arrivée dans la capitale de la Provence, le marquis s'était rappelé fort inopportunément qu'un de ses amis l'avait invité à une partie de chasse.

Il était allé chez son ami pour s'excuser, mais celui-ci l'avait retenu.

Il y avait des invités de tous les sexes. D'Arène oublia auprès d'une comtesse point trop farouche pourquoi il avait quitté sa mère si promptement.

Quand il s'en souvint, il apprit que Roux venait de partir pour les environs d'Avignon, où l'appelait une affaire. La lettre que portait Cadet mettait Mme d'Arène au courant de l'absence de l'orfèvre. On avait dit au marquis que le mari de Pauline resterait peut-être huit jours hors de chez lui.

La marquise éprouva une vive irritation.

— Si mon fils s'était rendu tout de suite chez l'orfèvre, il l'aurait rencontré... tandis que huit jours, huit jours à attendre. Pendant ce temps-là, Adrienne se rétablira de plus en plus... De quoi se mêle donc cette maudite femme que je n'ose chasser du château? Je commence à penser que Gérard a un peu raison.

Comme elle venait de dire ces mots presque à demi-voix, elle entendit un ricanement. C'était le valet empoisonneur...

— Vous ne tarderez pas à être persuadée que j'ai raison tout à fait.

La marquise monta peu après à son laboratoire et y resta plus longtemps que d'habitude.

Quelques heures après, Adrienne et Pauline se trouvaient assises dans un salon assez vaste, voisin de la galerie des portraits.

Elles s'étaient placées près d'une grande fenêtre ouverte d'où elles voyaient tous les environs.

Nous avons dit que le château d'Arène est construit sur un sommet des Alpines. Le paysage que dominaient les deux amies avait un caractère grandiose dont Pauline était particulièrement frappée.

Soudain la jeune femme poussa un cri.

— Qu'as-tu? fit Adrienne.

— Là!... là!...

Elle désignait un homme à cheval qui passait sur la grand'route et disparaissait peu après dans le petit bois où Cadet avait eu une entrevue avec Gaspard de Besse...

— Lui!... c'est lui! dit Pauline.

— Qui?

— M. de Galtières...

— Ah! décidément tu le vois partout.

— Je ne me suis trompée ni hier, ni aujourd'hui...

— Que veux-tu qu'il vienne faire dans cet aimable pays où je suis née, il est vrai?...

— J'ignore..

— Mais, sotte que je suis, s'il y est pour quelqu'un, c'est pour toi...

Pauline devint rouge, puis pâle...

— Parlons d'autre chose, dit-elle mélancoliquement, de la jalousie de maître Roux, si tu veux...

— Non, ayons un sujet de conversation plus agréable.

— Causons alors de notre amitié...

— De ton dévouement, Pauline...

— Je trouve que tu te montres reconnaissante pour bien peu de chose...

— Peu de chose... Au château, on assure que tu m'as sauvé la vie...

— On aime à exagérer dans notre pays de Provence...

— On n'exagère pas cette fois...

— En tous cas, ce que j'ai fait pour toi, ne l'aurais-tu pas fait pour moi ?

— Je t'aurais soignée, en effet, je me serais efforcée de te rendre la santé, mais aurais-je eu ta patience, ta bonté, ta délicatesse...

Pauline eut un geste d'une mutinerie charmante.

— Mon Dieu ! Comment ferai-je pour ne pas toujours entendre ici mon éloge ?...

— Il vaudrait, en effet, peut-être mieux qu'on t'aimât moins... Si je n'avais pas autant d'affection pour toi, ton absence me serait moins cruelle... et ton départ... Oh ! ton départ, je demande tous les jours au ciel que ce soit le plus tard possible...

— Il me faudra cependant peut-être bientôt aller rejoindre mon mari... Quand il me réclamera je devrai lui obéir...

— Tu me laisseras donc seule... J'ai un fiancé, j'ai une amie, et je suis condamnée à les avoir loin de moi...

— Un jour viendra où M. de Mauléon sera ton époux.

— Me sera-t-il jamais permis de me dérober à ce joug impitoyable, de disposer de ma main en faveur de celui que j'aime ?...

— N'en doute pas, Adrienne...

La conversation continua sur ce ton.

Pauline donnait à Mlle d'Arène de la force et du courage. Elle faisait luire à ses yeux un avenir meilleur, tandis que la fiancée de M. de Mauléon ne pouvait dire à son amie que le dur esclavage qu'elle subissait, que les heures mornes qu'elle passait dans l'arrière-boutique de maître Roux auraient un jour une fin.

Et néanmoins ces âmes se comprenaient. Elles connaissaient chacune les aspirations de l'autre. Mais, si l'espoir était encore permis à Adrienne non mariée, l'honnêteté, la religion, les préjugés défendaient à Pauline de songer à rompre les liens qui l'unissaient jusqu'à la mort à un homme qu'elle ne devait même pas estimer.

Soudain, Mme Roux poussa un nouveau cri. Une détonation venait de se faire entendre dans la direction qu'avait prise l'homme qu'elle avait signalé à Mlle d'Arène.

Une vingtaine de cavaliers apparurent sur la grand'route. C'étaient des gens de la maréchaussée, et devant eux fuyait M. de Galtières.

— Regarde, regarde, fit à Adrienne Pauline que torturait une horrible angoisse.

— Ils vont s'emparer de lui...

— C'est vrai...

— Le malheureux, comment échappera-t-il ?...

— Ah ! il est perdu !

M. de Galtières avait atteint un endroit où le chemin passait entre deux rochers élevés. Les jeunes femmes allaient le voir disparaître.

Tout à coup il se retourna et, tirant un pistolet de ses fontes, ajusta un cavalier qui tomba mort. Il prit un autre pistolet et, cette fois, un de ses adversaires, désarçonné, roula dans la poussière grièvement blessé.

Le bandit disparut ensuite au milieu des rochers.

— Quel courage ! Quelle vaillance ! dit Adrienne avec admiration.

— Il sait se défendre !

— Pour qu'il agisse ainsi, pour qu'il n'hésite pas à sacrifier la vie de malheureux soldats, il est nécessaire qu'il coure de graves dangers, qu'un jugement impitoyable le menace si jamais il est pris...

— Ce sont d'implacables ennemis qui l'ont mis dans cette situation...

— Il doit être bon et généreux cependant... Comment a-t-il pu s'attirer d'aussi terribles rancunes ?...

— Il ne m'a pas dit tout son secret et je ne le lui ai pas demandé... Je suis persuadé néanmoins qu'il n'a commis aucune action indigne d'un homme d'honneur...

— Je pense comme toi...

— Mais il n'a pas encore échappé aux poursuites... La maréchaussée est entrée également dans les rochers et... Tiens, tiens !...

De nouveaux coups de feu se succédèrent.

M. de Galtières se montra encore. Il n'était plus à cheval. Sans doute sa monture avait été atteinte par une balle.

Il sembla aux deux amies qu'il était couvert de sang. Avec une agilité incroyable, il gravit les rochers et continua à tirer sur les assaillants qui essayaient de monter à l'assaut.

Tout à coup il prit son élan, fit un bond formidable dans la direction opposée à la route et, retombant sur ses pieds par un miracle d'équilibre, pénétra dans la forêt où les arbres centenaires empêchèrent désormais de le voir du château d'Arène.

Pauline et Mlle d'Arène avaient suivi haletantes les péripéties de cette lutte terrible.

Quand elle fut terminée, quand M. de Galtières fut à l'abri de tout danger, elles se prirent les mains, comprenant que ses ennemis ne pouvaient plus l'atteindre, et s'écrièrent avec joie :

— Sauvé ! Il est sauvé !

Adrienne ne paraissait pas moins heureuse que Pauline, mais la femme de maître Roux savait maintenant qu'elle n'avait pas en son amie une rivale, quoique M. de Galtières n'eût expliqué à personne le motif de l'intérêt mystérieux qu'il portait à l'héritière de la fortune de la branche aînée d'Arène.

Il avait écrit un jour à Pauline Roux, en parlant de René de Mauléon et d'Adrienne : « Je les aime parce que vous les aimez. » Elle pensait bien qu'il existait une autre cause pour laquelle le salut des deux fiancés semblait être une des préoccupations les plus vives de l'homme à qui elle avait donné son cœur avant son mariage et que, malgré elle, elle continuait à chérir.

La conversation d'Adrienne et de Pauline étant venue sur les circonstances qui avaient précédé le départ d'Aix de cette dernière, elles parlèrent de nouveau du changement qui s'était opéré chez M. de Mauléon. Il était passé d'une extrême méfiance à la confiance la plus grande vis-à-vis de l'inconnu.

Avant le départ de Pauline pour le château d'Arène, il l'avait vue chez sa cousine et lui avait donné les instructions qu'elle suivait si scrupuleusement. Il avait ajouté :

— Rassurez bien Adrienne ; on veille doublement sur elle. Votre protection n'est pas la seule qui s'exercera. Il est aussi un défenseur généreux qui ne reculera devant aucun danger pour assurer sa sécurité. Quand votre courage sera sur le

Tais-toi!... (Page 580.)

point de faiblir, lorsque vos forces vous abandonneront, chère Pauline, il apparaîtra inopinément. Il me l'a promis et nous pouvons compter sur sa parole loyale.

Pauline ne répéta pas à Adrienne les expressions dont M. de Mauléon s'était
servi. Elle craignait, en lui faisant connaître tous les périls dont elle était menacée,
de lui inspirer une terreur d'autant plus funeste que la jeune fille, en définitive,
n'était que convalescente.

Le même jour, vers le soir, on vit bien qu'elle n'était pas entièrement rétablie.

Après le dîner, les jeunes femmes ayant voulu faire un tour dans le jardin, les
forces abandonnèrent Adrienne. Elle tomba presque évanouie dans les bras de
Pauline Roux.

— C'est l'émotion que j'ai éprouvée tout à l'heure.

La femme de l'orfèvre, très effrayée, la soutint d'abord, puis la ramena lentement au château.

— Nous avons été imprudentes de sortir, disait Pauline Roux, et je me le reproche...

— C'est moi qui t'ai demandé cette courte promenade.

— J'aurais dû te la refuser, car aux malades on peut commander et il faut qu'ils obéissent à ceux qui les soignent.

— Je me sens mieux, beaucoup mieux...

— Tu parles ainsi pour me délivrer de toute inquiétude.

— Je ne tarderai pas à être très bien.

Quand elles furent dans la chambre d'Adrienne, celle-ci s'assit un instant dans un grand fauteuil.

Pauline fit boire à M¹¹ᵉ d'Arène quelques gouttes d'un cordial qui lui avait été remis par son père, le docteur Grandier, et qui produisit aussitôt un effet satisfaisant.

— Je t'assure que maintenant je n'éprouve plus rien !

— Tant mieux ! mais ce qui vient de se passer nous prouve qu'il ne faut négliger aucune précaution. Dès que vous serez couchée, je vous donnerai la potion à laquelle nous avions renoncé ces jours-ci. Cela vous apprendra, mademoiselle, d'avoir trop présumé de vos forces...

— Cette potion est bien amère...

— Je la délayerai dans du sirop...

Adrienne se leva bientôt pour se coucher... Pauline l'aida avec sa sollicitude habituelle, puis elle embrassa son amie.

— Oh ! que tu es bonne ! dit celle-ci... Oublierais-je jamais ce que tu fais pour moi ?...

La femme de maître Roux tira les rideaux, éteignit les candélabres qu'elle remplaça par une veilleuse...

La chambre de Pauline était à côté de celle de son amie où, comme nous le savons, Albert d'Arène avait jadis frappé sa belle-sœur.

— Tu ne vas pas reposer, toi aussi ? demanda Adrienne.

— Il est encore de bonne heure.

— J'espère que tu ne songes pas à veiller comme avant-hier...

— Tu avais un accès de toux qui m'avait inquiétée... Cette indisposition de ce soir est aussi de nature...

— Au lieu de me rassurer, tu me donnes de l'inquiétude... Je te répète que je me sens tout à fait rétablie...

— Ne t'agite pas ainsi, alors...

— Méchante !...

Pauline Roux se mit à préparer la potion d'Adrienne. Elle alla chercher plusieurs fioles dans un meuble dont elle gardait soigneusement la clef, avant de verser dans un bol, elle regarda soigneusement la couleur de chaque liquide à la lueur vacillante de la veilleuse.

La préparation de la potion était aussi compliquée que celle du poison de la marquise, mais l'œuvre de Pauline n'était pas une œuvre de mort. C'était une œuvre de vie.

Quand elle eut terminé, elle s'approcha du lit en remuant le contenu du bol avec une cuiller.

— Adrienne !

Mlle d'Arène ne répondit pas.

— Adrienne, répéta Pauline…. S'est-elle déjà endormie ou bien ?…

Elle fut effrayée un instant par ce sommeil si vite venu, mais fut rassurée par la respiration douce et égale de la jeune fille.

— Elle avait besoin de repos…

Pauline déposa le bol sur une table placée au chevet d'Adrienne. Celle-ci n'avait qu'à étendre la main pour prendre le bol.

— Quand elle s'éveillera, je lui ferai boire… Mais moi-même, je suis brisée… Ah ! c'est par cette scène cruelle… Comme il luttait héroïquement… Faut-il que son courage soit grand !…

Pauline Roux s'assit sur le fauteuil et revit les principales péripéties du combat de M. de Galtières contre la maréchaussée. Elle frémit encore à la pensée du danger qu'il avait couru…

S'il eût succombé, s'il fût tombé frappé d'une balle, eût-elle eu la force de se retenir, de ne pas courir à lui et de cacher son désespoir en présence de son cadavre ?

Évidemment non.

Du reste, que lui eût importé l'opinion des autres, celle de son mari lui-même ?…

Elle comprenait qu'il se serait produit en elle un choc suprême dans lequel elle eût perdu l'existence.

Qu'avait-il fait sans cheval ?… Où était-il au moment où son image était présente à l'esprit de celle qui l'aimait au-dessus de tout quoiqu'elle se reprochât cette affection comme un crime ?…

Le souvenir de ce qui s'était passé tint Pauline Roux assez longtemps éveillée. Au moindre bruit qui venait d'ailleurs du côté du lit d'Adrienne, elle croyait qu'elle allait pouvoir lui donner sa potion. Mais la fiancée de René de Mauléon dormait toujours.

Enfin Pauline, restée sur le fauteuil, sentit à son tour ses paupières s'appesantir… L'image de M. de Galtières devint plus confuse… Elle pencha la tête, sourit une dernière fois au bien-aimé, puis entra dans le pays des songes…

Dans la salle voisine de l'appartement d'Adrienne Mme d'Arène veillait encore. Son visage est contracté par la colère et la haine…

Elle tient à la main un flacon.

Sans doute, elle vient de s'apercevoir que Pauline n'a pas quitté la chambre de sa nièce, car elle répète :

— Qu'est-ce qu'elle attend ?… qu'est-ce qu'elle attend ?…

Elle se frappa soudain le front.

— Pauline Roux se serait-elle endormie aussi ?… Oui, c'est cela… Oh ! je voudrais que leur sommeil à toutes les deux fût le dernier… Pourquoi ces deux femmes se sont-elles dressées devant moi au moment où je croyais en avoir fini ?…

Cette Adrienne surtout. Comme c'est bien une d'Arène ! Opiniâtre et fière, elle ne veut accepter que l'époux de son choix, et il est impossible de lui en faire prendre un autre... Cette volonté implacable était bien celle de mon mari jusqu'au moment où je l'ai brisée... Je n'ai pas le pouvoir de rendre cette enfant plus soumise... Il faut donc qu'elle disparaisse, il le faut pour mon fils... Quant à la femme de l'orfèvre, Gevard m'assure que c'est elle qui éloigne le poison des lèvres de son amie, ou qui neutralise les effets... Est-ce sûr?... De quoi se mêle-t-elle?... J'avais cru d'abord une chose, que le même poison n'agissait peut-être plus sur Adrienne... Il est des corps qui s'habituent aux breuvages les plus dangereux quand ils sont pris à petites doses. Dans tous les cas, si Adrienne absorbait le contenu de ce flacon, la dose est cette fois si forte qu'elle n'en réchapperait pas... Mais comment faire, puisque Pauline Roux est là?... En me glissant dans la chambre, je sais bien ce que je ferais si j'en éveillais une, mais si je les éveillais toutes les deux...

Mᵐᵉ d'Arène était hideuse tandis que ces pensées traversaient son cerveau.

Elle sembla enfin avoir adopté une résolution.

Elle ouvrit la porte de la chambre d'Adrienne. La lueur de la veilleuse lui permit de vérifier que réellement Pauline Roux dormait.

Le bol renfermant la potion était toujours sur la table. La marquise s'assura d'abord qu'il était intact.

Cette femme avait la souplesse d'une couleuvre. Elle avait su s'introduire sans le moindre bruit. Elle déboucha le flacon et le vida dans le bol.

Elle eut un mouvement de triomphe et se dirigea vers la porte afin de se retirer, quand Pauline Roux se dressa devant elle.

Elle avait tout vu et, d'une voix que la terreur étranglait, elle demanda :

— Que faites-vous ici, madame?...

— Silence !... fit la marquise à voix basse.

— Qu'êtes-vous venue faire ? répéta la jeune femme.

Les regards de Pauline se fixèrent sur le flacon que Mᵐᵉ d'Arène tenait encore à la main.

— C'est là qu'était le poison...

— Pas un mot de plus, malheureuse !...

La marquise saisit la femme de l'orfèvre Roux par le poignet.

— Mon devoir est de parler, de faire connaître votre crime à tout le monde pour qu'à l'avenir...

Mᵐᵉ d'Arène mit la main sur la bouche de Pauline.

— Tais-toi !...

La femme de l'orfèvre essaya de se débarrasser de cette main qui l'étouffait.

— Je veux parler.

— Tais-toi donc !

— Misérable !...

— Tu payeras cher cette injure.

Mᵐᵉ d'Arène avait à moitié terrassé Pauline qui ne pouvait plus se dégager, qui se trouvait dans l'impossibilité de pousser un cri, de faire entendre une plainte.

Cette lutte dans la nuit avait été fort rapide.

En ce moment, la scène devint encore plus poignante. Adrienne s'éveilla et regarda autour d'elle. Ses regards se dirigèrent vers le fauteuil où Pauline Roux avait l'habitude de s'asseoir.

Ne voyant pas sa compagne, elle pensa qu'elle était rentrée dans la chambre qu'elle occupait. Elle aperçut ensuite le bol renfermant la potion.

Se dressant sur son séant, elle prit le bol, remua avec la cuiller et se disposa à absorber le poison en même temps que le remède.

Pendant ce temps-là, Pauline était toujours prisonnière de la terrible marquise qui voyait ce qui se passait.

Adrienne approcha le bol de sa bouche, mais tout à coup un bruit sec retentit. Un panneau craqua et s'ouvrit.

Un homme pénétra dans l'appartement, arracha vivement le bol à Adrienne et le jeta sur le parquet où il se brisa en mille morceaux.

— C'est du poison que vous alliez boire! fit une voix tonnante.

L'appartement se remplit de clarté car, à la suite du sauveur de Mlle d'Arène, venait d'entrer Laurent portant un candélabre. Un vieillard habillé en moine le suivait.

La marquise terrifiée avait lâché Pauline qui s'était précipitée vers son amie.

— Mon Dieu, qu'arrive-t-il? demanda celle-ci.

M. de Galtières, car c'était lui, désigna Mme d'Arène.

— Le poison vous avait été versé par cette femme.

La marquise, malgré son accablement, eut un geste de dénégation.

— Oui, madame, continua Gaspard de Besse, Dieu n'a pas permis que le plus lâche des forfaits s'accomplît... Il m'a laissé arriver à temps pour secourir une de vos victimes.

— Quoi! vous m'accusez!

— D'avoir voulu donner la mort à Mlle Adrienne d'Arène...

La marquise releva la tête avec audace.

— Mensonge! mensonge!

Elle ajouta ensuite :

— Mais comment êtes-vous ici?... Qui êtes-vous?...

— Qui je suis?... Vous ne connaîtrez jamais mon véritable nom, mais je puis vous révéler la tâche que j'ai entreprise... C'est de venger ceux qui ne sont plus et de vous arracher ceux qui vivent encore... En vain vous nierez votre tentative d'empoisonnement... Elle a pour témoins, d'abord Pauline Roux, que vous eussiez tuée afin d'avoir son silence... Laurent a également tout vu, puis moi... Mais si ces affirmations réunies ne suffisaient pas, je vous annonce qu'un infortuné, que l'on a cru insensé ou mort, est sorti de son cachot ou de sa tombe pour vous confondre encore...

M. de Galtières désignait le vieillard vêtu d'un froc de moine.

— Quel est cet homme?...

— Claude d'Arène, le véritable marquis, le seul maître de cette demeure...

Mme d'Arène fut plus épouvantée encore qu'elle ne l'avait jamais été...

— Le fou!...

Claude d'Arène rejeta en arrière son capuchon.

— Non, madame, fit-il d'une voix lente, je ne suis pas fou... Ma raison a pu s'égarer, mais aujourd'hui, elle subsiste entière... Je sais ce que vous êtes, je vous juge et je vous condamne...

— Ah ! si mon fils était ici !... soupira la marquise.

— S'il était dans ce château, dit Gaspard de Besse, je vous jure qu'il n'en sortirait pas vivant !... Mais il ne perdra rien pour attendre... et l'heure du châtiment sonnera pour lui...

— Mon Dieu, mon Dieu ! murmura la marquise.

Elle regarda en face Claude d'Arène.

— Qu'est-ce qui me prouve que vous n'êtes pas un imposteur ?...

— Laurent reconnaît son maître.

— Mon père ! cria Adrienne, se croyant le jouet d'un songe.

La marquise jeta un regard plein de haine du côté d'Adrienne,

— Vous voyez ! fit Claude qui pressa sa fille contre son cœur.

Mme d'Arène se laissa tomber sur le fauteuil où avait dormi Pauline Roux. Elle ne savait plus où elle en était. Elle se sentait irrévocablement perdue.

— Qu'allez-vous faire de moi ? dit-elle.

— Laurent, ordonna Claude d'Arène, je vous confie la garde de cette femme... Quel dommage que l'honneur du nom d'Arène m'empêche de la livrer à la justice !

L'intendant mit la main sur l'épaule de la marquise.

— Suivez-moi, fit il.

Elle ne songea pas à résister et obéit. Quand elle fut sortie, Claude d'Arène désigna Gaspard de Besse à sa fille.

— C'est à lui que je dois ton salut, c'est à lui que je dois le bonheur de te voir vivre... Il n'est pas de cœur plus noble que le sien, d'âme plus vaillante et généreuse. Quels que soient ses torts, ses égarements, ses fautes, il est digne de son nom et de sa race... Aussi vais-je te dire ce qu'il est pour toi...

M. de Galtières tomba aux pieds du vieillard.

— Je vous en prie, je vous en supplie... Rappelez-vous la promesse que vous m'avez faite... Vous-même venez de reconnaître qu'il ne fallait pas que l'honneur du nom fût atteint. Je me suis imposé un bien grand sacrifice, imposez-vous-le aussi...

— Qu'il soit fait comme tu le désires ! dit Claude d'Arène avec douleur.

CHAPITRE LXIX

Où le marquis d'Arène n'a pas lieu d'être content

N attendant le retour de l'orfèvre Roux, le marquis d'Arène resta à Aix où il avait trouvé, comme nous l'avons dit, une belle comtesse peu farouche et disposée à lui faire oublier ses mésaventures amoureuses passées.

Malheureusement, la comtesse en question, qui n'appartenait pas à la noblesse Aixoise, était flanquée d'un frère, sorte de malandrin qui avait pour habitude d'emprunter de l'argent aux amants de sa sœur.

Il mit tout de suite le marquis d'Arène à contribution. Celui-ci, quoique fort gêné, se laissa faire d'abord, mais le frère de sa dulcinée étant revenu plusieurs fois à la charge, il dut lui signifier que le métier de prêteur avait pour lui fort peu d'attraits.

La comtesse devint subitement fort peu aimable, et le marquis ne tarda pas à être engagé à porter ailleurs ses hommages, ses soins, son amour.

Comme la dame avait des attraits, comme elle était, suivant l'expression des vieux auteurs, bonne et facile au montoir, d'Arène fut très irrité de se voir ainsi congédié.

N'écoutant que sa nature vindicative, il demanda au gouverneur de Provence que le frère et la sœur fussent invités à quitter le pays et à aller ailleurs continuer leurs exploits.

Le gouverneur y consentit, mais, au moment où son ordre était sur le point d'être exécuté, une autre influence contre-balança celle du marquis. C'était celle d'un gentilhomme fort riche qui lui avait succédé dans les faveurs de la donzelle.

D'Arène, après avoir perdu sa maîtresse, se vit donc condamné à la voir au pouvoir d'un rival. Ce fut pour lui un spectacle d'autant plus pénible que le frère et la sœur ne se gênaient pas pour le narguer.

Il sut qu'ils ne l'appelaient jamais que le marquis râpé. Cette qualification était loin d'être de son goût.

D'Arène eût volontiers provoqué le malandrin, mais il sentait que ce duel lui ferait peu d'honneur. Quant à son successeur auprès de la prétendue comtesse, c'était une des plus fines lames d'Aix.

Dans trois ou quatre affaires, il avait tué son homme. D'Arène, quoique courageux, comprit qu'il valait mieux ne pas chercher dispute à ce dangereux personnage et imposer momentanément silence à sa rancune.

Il serait rentré soit à Marseille, soit au château, sans la prochaine arrivée de Maître Roux à qui il voulait faire rappeler sa femme. Enfin, il apprit que l'orfèvre devait être de retour le lendemain.

Ce fut à la propre boutique du mari de Pauline qu'on lui donna ce renseignement. Il s'était adressé à Madeloun qui ne le voyait pas sans déplaisir et se signait, après son départ, comme si elle eût eu affaire au diable.

La bonne servante se rappelait toujours le voyage à Manosque et la tentative d'enlèvement qui avait eu lieu dans les gorges d'Ollioules.

En sortant de la demeure de l'orfèvre, le marquis rencontra sur le Cours un individu tout déguenillé qui le regarda avec assez d'attention et le suivit.

Lorsque d'Arène fut rentré chez lui, la fille de l'auberge où il logeait, depuis la vente de sa maison d'Aix, lui annonça qu'on demandait à lui parler.

— Qui est-ce donc ?...

— Un homme qui n'a pas bonne mine, je vous assure.

— Que me veut-il ?...

— Je lui ai déjà posé cette question, mais il a refusé de répondre...

— Envoie-le promener alors !

La servante sortit et revint peu après.

— Il prétend avoir quelque chose de très important à dire à monsieur le marquis.

D'Arène montra la plus vive impatience.

— Va lui dire que le diable l'emporte ! maugréa-t-il.

— Il se recommande auprès de vous d'un nommé M. Renardot.

Le marquis se montra fort étonné.

— Renardot ! répéta-t-il, Renardot... Que signifie ?...

D'Arène savait que Gaspard avait expédié l'ancien policier dans l'autre monde. Il ignorait qui, après ce funèbre événement, pouvait venir de sa part.

Est-ce que, par hasard, le personnage qu'il avait envoyé au diable n'aurait fait qu'y retourner si ce vœu avait été exaucé ?... On ne pouvait pas supposer que Renardot fût dans un autre endroit que celui où on rôtit éternellement.

Le marquis donna l'ordre d'introduire l'homme qui insistait de cette manière.

C'était Rouget, mais d'Arène, tout en se disant que ce visage si laid ne lui était pas inconnu, ne se rappela pas tout de suite où il l'avait vu.

— Vous ne me reconnaissez pas, monsieur le marquis, fit Rouget. J'ai essayé jadis de vous rendre service et ce n'est pas ma faute si nous n'avons pas réussi...

— Tu as parlé de Renardot...

— Oui, c'est ce digne M. Renardot qui m'a présenté à vous dans une circonstance... lorsque je vous ai conduit au Saut-du-Diable.

— Ah !...

D'Arène ne pouvait entendre nommer le Saut-du-Diable sans éprouver une impression désagréable. Cependant il se souvint en ce moment du bandit qui avait servi de guide dans les gorges.

— Ton horrible tête de coquin m'est, en effet, apparue au Lubéron...

— Vous l'avez peut-être vue ailleurs aussi... Mais il y a plus longtemps...

Père! père! (Page 594.)

— Je puis te faire pendre, car tu m'as trahi là-bas au profit de Gaspard de Besse...

— Plaisantez-vous, monsieur le marquis? Ne vous ai-je pas dit que je détestais le capitaine de toutes mes forces?

— En effet... Cela n'empêche pas que tu ne nous aies menés dans le piège qu'il avait préparé.

— Oh! je vous jure que je ne m'en doutais pas!... Pas plus, du reste, que vous et M. Renardot... Ce bon M. Renardot... quel dommage qu'il soit mort!... Si je me suis servi de son nom pour que vous me laissiez entrer, c'est que je viens vous proposer de le venger...

— Explique-toi.

— Je pensais bien que vous m'écouteriez avec attention, quand je vous offrirais de faire à moi tout seul ce que vous n'avez pas réussi à faire, vous, avec des soldats et M. Renardot, malgré son talent, avec la maréchaussée de Marseille. C'est que j'ai surpris un secret...

— Quel secret?

— Je vous le dirai plus tard, mais sachez que j'ai le moyen, non seulement d'attirer Gaspard de Besse à l'endroit que je voudrai, mais encore de paralyser sa résistance...

— Tu as besoin de moi, néanmoins...

— Pour opérer à mon aise, il faut que j'aie les coudées franches... Cela m'ennuierait si, en allant trouver la justice pour lui livrer mon ennemi, elle voulait me retenir sous prétexte que, moi aussi, j'ai sur la conscience...

— Je comprends...

— Ce serait, pour elle, si commode de me compter les deux mille écus...

— Tu aimes mieux vivre riche qu'être pendu pauvre...

— Mettez-vous à ma place !...

— Je ne m'en soucie pas...

— On dit que l'on éprouve un vif plaisir quand on se balance dans le vide avec une corde au cou, mais c'est un plaisir que je me soucie peu de goûter...

— Je le conçois...

— Donc, monsieur le marquis, obtenez qu'on me laisse tranquille pendant que je poursuivrai Gaspard de Besse, et qu'on me promette, si je le prends, de m'accorder ma grâce complète...

— Cette préoccupation de n'avoir rien à démêler avec l'exécuteur des hautes-œuvres, n'est pas nouvelle chez toi... Il me souvient que tu m'en parlas jadis...

— Et vous me donnâtes votre parole de gentilhomme...

— Qu'il ne te serait rien fait si tu nous aidais à nous emparer du bandit !

— Me procureriez-vous encore la même sécurité ?

— Tu veux que je veille sur ton existence précieuse ?... Ah çà ! mais drôle !... Si tu te moquais de moi, si tu ne prétendais être en mesure d'arrêter Gaspard de Besse que pour avoir la liberté d'aller et venir à ton aise, sans crainte des hirondelles de potence... Ce n'est pas ta parole de gentilhomme à toi, qui me rassurerait.

— Vous avez tort de ne pas croire que ma haine pour Gaspard de Besse me donne pour idée fixe, pour unique pensée, l'espérance de m'emparer de lui...

— Il est possible, en effet, que tu ne le portes pas dans ton cœur... Mais quel est donc ce moyen mirifique dont tu me parles pour le faire prisonnier?... Je ne serais pas fâché, avant de m'engager, de savoir au moins de quel genre il est...

— Vous voulez que je vous révèle quelle arme j'ai trouvée contre le capitaine ?

— J'y tiens absolument.

— Eh bien, voici.

Rouget parla longtemps à voix basse, comme s'il craignait que tout autre que le marquis n'entendît ce qu'il lui disait.

La figure de celui-ci s'éclaira peu à peu. Quand le bandit eut fini, elle rayonnait.

— Es-tu sûr de ce que tu me racontes là ?...

— J'en suis sûr, monsieur le marquis.

— Ta découverte est superbe et ton plan des plus ingénieux...

— N'est-ce pas ?...

L'œil de Rouget étincelait.

— Ce qui me plaît surtout, ajouta-t-il, c'est que tous les deux souffriront... Elle et lui !...

— Tu lui en veux à lui parce qu'il t'a chassé de sa bande, mais elle, que t'a-t-elle fait pour désirer ainsi son malheur ?...

— Ce qu'elle m'a fait ?...

— Tu n'as jamais été sans doute le rival de Gaspard de Besse ?...

— Qui sait ?...

— Toi !...

Le marquis d'Arène avait eu dans la voix une inflexion dédaigneuse qui n'avait pas échappé à Rouget.

— Eh bien oui, dit-il, j'ai aimé Clarisse, eh bien oui, je lui ai fait aussi la cour... Il l'a emporté sur moi comme sur vous, monsieur le marquis !...

D'Arène crispa le poing avec colère...

— Que prétends-tu, bandit ?...

— Oh ! je suis parfaitement au courant de tout ce qui s'est passé entre vous et le capitaine... Je connais l'histoire de l'enlèvement car je suis né à Besse, moi aussi.

— Tu es né à Besse ?...

— La ferme de mon père était voisine de celle de Bouis et de votre château, monsieur d'Arène... Je ne m'appelle pas Rouget de mon vrai nom, je m'appelle Nicolas Servan !...

Le marquis était maintenant tout à fait éclairé. Il se souvenait très bien de la maison de Servan non loin de l'Issole. Il reconnaissait dans le misérable qui lui parlait le paysan au regard louche qu'on lui avait désigné jadis comme un des amoureux de Clarisse concurremment avec Gaspard.

Il s'était du reste alors peu préoccupé de cet affreux vaurien aussi laid au moral qu'au physique, et il avait bien fait car la jeune fille n'avait jamais eu pour lui que dédain et mépris.

Ce dédain et ce mépris étaient restés sur le cœur de Nicolas. Sa nature haineuse n'avait rien oublié. Après avoir entendu un instant cet homme, d'Arène dut s'avouer qu'il savait encore mieux détester que lui.

— Gaspard Bouis, dit Rouget, n'est qu'un bâtard, un enfant trouvé on ne sait où, et néanmoins il l'a toujours emporté sur moi...

— Pour ça, tu as raison.

— Clarisse a préféré être sa maîtresse que ma femme... J'étais cependant riche autrefois...

— Il est des gens qui ont de la chance... Tu ne me sembles pas en avoir eu jamais beaucoup... Qui sait ?... Ce sont peut-être tes cheveux rouges qui t'ont porté malheur... Avec ça que tu as eu aussi la petite vérole...

— Enfin, monsieur le marquis, je suis comme je suis... Il est bizarre que vous me railliez alors que votre élégance, votre fortune, votre titre de gentilhomme ne vous ont pas plus servi qu'à moi...

Le marquis fut très sensible à la nouvelle allusion que faisait Rouget à ses déceptions amoureuses.

— Tais-toi !...

— Si j'insiste là-dessus, monsieur le marquis, c'est pour bien établir que nous sommes tous les deux dans la même situation vis-à-vis de Gaspard, et que nous avons pour lui des sentiments communs rapprochant la distance qui existe entre nous deux...

D'Arène prit un air ironique.

— Tu as été sous ses ordres après qu'il t'a eu pris la jeune fille que tu voulais pour toi...

— Ah ! cela, c'est par nécessité... Je suis entré dans sa bande parce que je ne pouvais faire différemment...

— On t'aurait forcé à être brigand... Que racontes-tu là ?

— On ne m'y a pas forcé, mais, après la mort du père Servan, ayant réalisé tout ce qu'il possédait, je suis parti pour Marseille avec mon argent... Dans cette ville, j'ai été dépouillé...

— Par un homme ?...

— Par une femme.

— Ah ! ah !...

— Une créature sortie de l'enfer, je crois... la d'Argenterie !... Vous en avez peut-être entendu parler...

— Parbleu !... c'est une amie de la bonne Mme Rébier... La d'Argenterie a encore des succès à Marseille... dans le quartier du Pavé-d'Amour.

— Ce fut elle qui me fit dépenser mon argent en mille folies...

— Sois juste !... Elle exerçait son métier de courtisane.

— Elle me poussa à jouer avec des escrocs qui étaient probablement ses souteneurs et ses complices... Quand je fus sans le sou, elle me chassa... Alors je dus voler...

— Ton histoire ressemble beaucoup jusqu'ici à celle de ton ami Gaspard...

— Je fus pris, condamné à la prison...

— Lui, on n'a jamais pu l'arrêter !...

— Après avoir subi ma peine, je ne sus que faire... Je ne rencontrais que mépris, même auprès de ceux qui m'avaient flatté quand j'étais riche...

— Ce sont surtout ceux-là !...

— Mourant de faim, ne sachant où reposer ma tête, j'étais sur le point de me jeter dans le port de Marseille...

— Tu eusses pu choisir un endroit plus propre pour prendre un bain...

— Lorsqu'un ancien camarade de prison me proposa de faire partie d'une bande d'honnêtes gens qui opérait près de Nice... Je ne pouvais guère refuser dans la situation où je me trouvais... Cette bande s'est plus tard réunie, bien malgré moi, à celle de Gaspard de Besse...

— Qu'a-t-il dit en te voyant ?

— Il a d'abord fait semblant de ne pas me reconnaître... Mais il a choisi, comme vous voyez, le premier prétexte..,

— Ce prétexte, je le connais... Cadet m'a tout raconté,.. Tu avais assassiné à Avignon une vieille mendiante...

— Cela en valait-il la peine ?

Le marquis d'Arène se mit à rire.

— Non, certes... non... Ce Gaspard de Besse, en vérité, a de bien singuliers scrupules...

Il désirait sans doute aussi se débarrasser de moi parce que ses espions lui disaient que je ne perdrais aucune occasion de lui nuire auprès de ses hommes, parce que je parlais sans cesse contre lui... Je serais parvenu à susciter une révolte !...

— Il s'est fâché de tes bons procédés à son égard... Il faut avouer qu'il avait bien mauvais caractère...

— Enfin, je suis persuadé que je lui ferai payer cher sa conduite avec moi...

— Oui, dit le marquis gravement, tu le peux, en effet...

— Si j'ai votre appui, je suis sûr de la réussite...

— Tu l'as, Rouget !... On ne me demandera jamais en vain mon concours, contre le maudit brigand qui depuis si longtemps me brave...

— J'ai donc votre parole, monsieur le marquis, que la maréchaussée ne me me gênera pas, que j'aurai mes coudées franches...

— Je vais m'occuper de toi promptement.

Rouget ne dissimula pas sa satisfaction.

— Vous entendrez alors bientôt parler de moi, dit-il. Je pars pour Draguignan !...

D'Arène resta seul.

Comme il était assez tard, il se demanda où il irait passer la soirée. Les distractions n'ont jamais abondé dans la bonne ville d'Aix.

Il songeait bien à tenter la chance dans quelque académie, mais sa poche était absolument vide. Pas d'argent et aucun moyen d'en emprunter.

C'était évidemment ce qui pouvait lui être le plus désagréable, car, ainsi qu'il l'avait dit à sa mère, il aimait la dépense. Quand il le pouvait, il ne comptait pas. Il jetait autour de lui des poignées d'or, non par générosité, mais pour éblouir, pour qu'on servît ses caprices, pour qu'on ne résistât pas à ses volontés.

C'est ainsi qu'il avait fini par se trouver dans une position aussi obérée et mériter le titre de marquis râpé que lui avaient donné Mme de Milleroses et son frère.

Jeanne de Milleroses était le nom que portait la prétendue comtesse qui l'avait repoussée et dont il avait voulu se venger.

D'Arène, quand il eut constaté qu'il était absolument sans le sou, frappa du pied avec impatience.

Juste en ce moment un bruit argentin vint jusqu'à lui et lui fit relever la tête. Le bruit partait de son antichambre. Il ouvrit aussitôt la porte et trouva Cadet en train de compter ses économies.

La somme que celui-ci avait étalée parut à d'Arène assez considérable. Pour que les cinquante louis fissent plus de volume, le naïf valet en avait converti une partie en écus, mais il lui restait encore pas mal d'or.

D'Arène interrogea son domestique sur l'origine de cette petite fortune. Cadet montra naturellement quelque embarras car il lui était impossible d'avouer qu'il la tenait de Gaspard de Besse.

— Ah ! j'y suis, fit d'Arène, c'est l'argent de tes gages que tu as mis soigneusement en réserve.

Pour le coup, Cadet resta confondu. Voilà plusieurs mois qu'il n'avait été payé. A vrai dire même, le marquis ne s'était jamais avec lui occupé de cette formalité et cela ne l'empêchait pas de croire que son valet s'était enrichi à son service. C'était trop fort !...

Le marquis d'Arène prit un air d'intérêt.

Il se pencha et compta l'or.

— Vingt-cinq, trente, trente-cinq, quarante louis... Ma foi, tu vas m'être utile à quelque chose, une fois par hasard... Je te les prends... n'oublie pas de me les réclamer.

En disant ces paroles, le marquis opéra une rafle qui consterna l'ancien amant de Toinette.

— Mais, monsieur le marquis...

— Tu ne peux pas faire de meilleur placement... Quand tu voudras, je te payerai capital et intérêts...

— Je veux tout de suite...

— Tu es trop pressé, et puis ne m'importune pas... autrement je te rosserai d'importance...

Cette manière d'agir du marquis irrita Cadet au lieu de le calmer.

— Vous me prenez mon argent et vous me menacez encore...

— Tu n'es pas raisonnable !...

— Je ne tiens pas à être volé.

La colère faisait décidément perdre la tête à Cadet. Il oubliait toute prudence et il avait tort.

Le marquis ne tarda pas à lui prouver qu'il aurait dû se laisser dépouiller avec grâce. Il le prit par les épaules, le fit pirouetter puis l'envoya rouler à quelques pas après lui avoir lancé un coup de pied dans une partie charnue qui était d'ailleurs accoutumée à la chose.

Le coup fut pourtant d'une violence exceptionnelle. Cadet eut des gémissements qui le prouvèrent. Il se releva tout meurtri, mais déjà d'Arène était parti en emportant la meilleure partie de son trésor.

Le valet agita le poing dans la direction qu'avait prise le marquis.

— Ah ! brigand, dit-il,... brigand... tu me le payeras... Tu me le payeras...

Il répéta deux ou trois fois ces derniers mots. C'était néanmoins ce qu'il craignait, n'être payé jamais...

Pendant ce temps-là, le marquis se dirigeait vers une académie où l'on jouait le lansquenet. Il avait dans l'idée qu'il gagnerait de fortes sommes. Il l'eût mérité, car généralement, malgré tous les proverbes, l'argent mal acquis, est celui qui profite le plus, mais il n'avait pas, comme Salviade, des talents particuliers pour se rendre la fortune favorable et il avait affaire à des gens qui savaient fort bien retourner un roi quand c'était nécessaire. Le marquis perdit donc les louis de Cadet.

Il s'apprêtait à se retirer tout déconfit quand il tressaillit soudain. Il venait d'apercevoir à quelques pas de lui le chevalier de Valbrègues dont Renardot lui avait, peu avant sa mort, révélé l'étroite parenté avec Marie Asquier que Gérard n'avait pas réussi à empoisonner.

Il fit un bond vers la jeune femme. Celle-ci s'écarta et presque aussitôt le marquis ressentit une douleur aiguë dans le côté.

Il tomba et on l'emporta tout couvert de sang.

Le chevalier de Valbrègues et un homme qui l'accompagnait s'éloignèrent sans qu'on songeât le moins du monde à les inquiéter...

Coquelicot, car c'était lui qui avait frappé le marquis d'Arène, murmurait :

— Je ne l'ai pas tué parce que Gaspard tient à avoir ce plaisir, mais je lui ai fait mal tout de même. Il restera quelque temps sans nous gêner...

Coquelicot ne se trompait pas. D'Arène faillit y passer et il ne dut son salut qu'aux soins dont il fut l'objet de la part de la marquise.

Celle-ci s'était jetée aux pieds de Claude d'Arène, redevenu maître du château, dès qu'elle avait appris la blessure qu'avait reçue le marquis.

— Laissez-moi partir, avait-elle dit, je vous en conjure !

— En vous tenant prisonnière, j'étais sûr de vous empêcher de nuire, mais je ne suis pas assez cruel pour retenir une mère qui veut aller veiller au chevet de son fils alors même que cette mère est la plus méprisable des créatures et ce fils un véritable scélérat...

— Ne l'insultez pas, lui !... Il est mourant !...

— Partez donc et que mon indulgence vous soit une leçon... Il est des occasions où la pitié s'impose.

Mme d'Arène avait quitté le château sans être désarmée par cette générosité. Son inquiétude sur l'état de son fils ne parvenait pas à étouffer la colère qu'elle éprouvait d'avoir été traitée d'empoisonneuse et privée de la situation qu'elle n'avait conquise qu'à force de crimes.

Tout en soignant d'Arène, elle cherchait une vengeance, un moyen de châtier ceux qui l'avaient démasquée. Elle n'en trouvait pas. Il eût été peut-être facile de faire passer son beau-frère pour un fou dangereux qui avait échappé à son gardien et qui l'accusait d'attentats imaginaires. Mais ce prétendu fou avait des témoins.

Ces témoins étaient son gardien lui-même, Laurent, qui avait pris parti pour lui, Pauline Roux, dont la marquise avait d'abord maîtrisé les efforts, Adrienne d'Arène qui avait failli être victime et puis cet inconnu qui avait brisé le bol renfermant la potion empoisonnée. Cet homme, que Mme d'Arène ne connaissait pas, lui causait une vive terreur. Elle lui trouvait une bizarre ressemblance avec Jean d'Arène, un des plus illustres membres de la famille, qui avait été maréchal de France et dont le portrait occupait une place d'honneur dans la galerie du château.

La marquise avait éprouvé une sensation singulière quand elle l'avait vu. Il lui avait semblé que l'aïeul avait quitté la toile où il était représenté encore jeune afin

de protéger et de sauver sa petite-fille. Cette sensation avait augmenté le saisissement qu'elle avait éprouvé.

Mme d'Arène n'avait jamais vu le visage de M. de Galtières ou Gaspard de Besse.
Au bal de l'intendant, celui-ci n'avait pas quitté son masque et elle n'avait pas eu
occasion de le rencontrer ni avant, ni après. Elle ne connaissait que de nom le terrible ennemi de son fils.

La marquise fut obligée d'attendre assez longtemps pour raconter au blessé ce
qui s'était passé. Elle craignait les suites de l'émotion qu'il ne manquerait pas
d'éprouver.

Enfin, elle se décida à parler un jour où d'Arène manifestait le désir d'être
transporté au château.

— Mon fils, dit-elle, nous ne pouvons plus entrer dans cette demeure.

Il demanda des explications et elle les lui fournit complètes. La colère, la rage
du jeune homme étaient effrayantes.

Il se leva et demanda son épée comme s'il eût voulu aller tuer ceux qui le rui-
naient, ceux qui le dépouillaient à jamais.

Ses forces le trahirent. Il s'évanouit. Quand il revint à lui, il fit entendre des
plaintes amères.

— Ainsi donc, je ne suis même plus marquis, car ce personnage a le droit de
reprendre son titre... Je n'oserai jamais rentrer dans mon régiment où mes camarades riraient trop de me voir ayant tout perdu, plus misérable que le dernier des
laquais...

— Courage !...

— Oh! pourquoi, ma mère, quand je suis né, ne m'avez-vous pas brisé la tête
contre quelque muraille, vous m'eussiez évité toutes les luttes qui finissent par une
confusion et une honte irrémédiables... Ce vieillard, ce Claude d'Arène, je le voyais
dans mes rêves... Il troublait mes nuits comme il avait troublé celles de mon père...
C'était pour lui un remords, pour moi une menace... La scène que vous m'avez
racontée et qui s'est passée au château d'Arène j'y avais déjà assisté dans une nuit
que tourmentait un cauchemar prophétique. Comment se fait-il que le lendemain je
n'ai pas eu le courage d'égorger l'insensé qui me persécutait ainsi?... Et vous, qui
êtes si forte, quelle fatale idée avez-vous eue de n'employer qu'un poison lent avec
Adrienne d'Arène?... Il ne fallait pas attendre que Pauline Roux fût là pour effectuer une sérieuse tentative !...

D'Arène parlait d'une voix entrecoupée... Ces reproches torturaient la marquise
qui avait pour lui, comme on le sait, un amour sauvage.

Elle se reprochait amèrement ses hésitations. Cette femme criminelle regrettait
de ne pas s'être engagée plus délibérément dans la voie qu'elle avait suivie. Elle se
rappelait que Gérard lui avait tenu un langage identique à celui de son fils.

— Gérard !

Elle prononça ce nom et une pensée lui vint.

Ce complice était resté au château. On ne savait pas quel rôle il avait joué dans
les derniers temps et on ne l'avait pas chassé.

La marquise se demandait s'il ne lui serait pas possible de se servir encore
de lui.

Au revoir! au revoir!

CHAPITRE LXX

Miette

N n'a pas oublié sans doute Miette, la poétique batelière de l'Huveaune, la chaste enfant qui aimait Gaspard de Besse et qui, après l'avoir sauvé deux fois, avait eu la force de ne pas lui avouer son amour.

Gaspard, en cette occasion, avait lui aussi montré une délicatesse bien rare pour un homme jeune et presque inexplicable de la part d'un bandit à bonnes fortunes.

C'est que la reconnaissance qu'il devait à Miette lui avait inspiré le désir de ne pas flétrir son innocence, la volonté de ne pas lui ravir son honneur.

Il était devenu sans scrupule l'amant de Clarisse parce qu'il la considérait comme à lui depuis son jeune âge. Il avait refoulé au contraire les sentiments que lui inspirait la jeune fille chez laquelle il avait été soigné avec un dévouement admirable.

Il faut dire aussi qu'il ne connaissait pas toute l'étendue de l'affection que lui avait vouée celle-ci. Il s'était bien aperçu qu'il ne lui était pas indifférent, mais il ignorait la flamme qui brûlait le cœur de cette pauvre enfant et qui ne devait s'éteindre jamais.

Il avait pensé que lorsqu'il serait parti, Miette l'oublierait et donnerait son amour à un autre qui pourrait devenir son mari. Il s'était trompé. Elle n'avait rien oublié, ni le baiser que Gaspard lui avait déposé sur le front, ni sa promesse de revenir.

Miette avait précieusement conservé la bague qu'il lui avait offerte. Elle ne la quittait jamais et souvent elle approchait de ses lèvres ce souvenir du bien-aimé.

Chose étrange, elle ne savait absolument rien sur le rang, la profession de Gaspard. Comme Pauline Roux, elle n'ignorait pas qu'il avait de puissants ennemis, puisqu'elle l'avait une première fois recueilli sur son bateau et l'avait une autre fois transporté mourant après le guet-apens de Salviade.

Mais, tandis que la femme de l'orfèvre connaissait le nom d'emprunt de de Galtières, pour Miette, il était lui simplement, lui !...

Gaspard de Besse se montra peu empressé à revoir Miette. Peut-être cela tint-il aux préoccupations graves dont il fut assailli en quittant la batelière, peut-être crut-il que c'était le seul moyen de ne pas succomber à la tentation qu'il éprouvait auprès d'elle !

Quoi qu'il en fût, de longs mois s'écoulèrent pendant lesquels Miette vécut seulement avec le souvenir du beau héros de l'unique roman de sa vie.

Mais à cette époque, un malheur se produisit.

La jeune fille perdit son père.

Un jour, inquiète de ne pas le voir rentrer à l'heure du repos, elle alla dans le champ où il faisait d'habitude paître ses moutons. Il était étendu et semblait dormir.

Elle se pencha sur son corps en l'appelant :

— Père ! père !

Mais le vieux berger dormait du sommeil éternel. Il ne devait plus se réveiller.

Le désespoir de Miette fut des plus grands. Elle n'avait jamais quitté son père et elle n'avait songé à se séparer de lui que le jour où, la tête perdue, désespérée par la calomnie et la misère, elle s'était rendue sur le bord de l'Huveaune pour y chercher la fin de ses souffrances.

La jeune fille n'avait cédé facilement aux conseils de Mme de la Tour qui lui demandait de vivre que parce que celle-ci lui avait promis de mettre son père à l'abri du besoin.

Nous savons que la femme de l'intendant avait tenu parole. Pour ne pas blesser l'amour-propre de ses protégés qui eussent rougi de recevoir des aumônes, elle avait fait confier un troupeau au vieux berger. Quant à Miette, elle la chargeait de diriger son embarcation de l'Huveaune. Quelquefois aussi, elle lui demandait des travaux d'aiguille.

La vraie charité s'exerce ainsi, sans que ceux qui sont assistés s'en doutent. Il faut laisser aux pauvres leur dignité.

Mme des Galois de la Tour n'abandonna pas Miette à l'occasion de la mort de son père. Ce fut elle qui fit les frais des modestes funérailles.

Elle offrit ensuite à sa protégée l'offre de faire partie du personnel de son château.

L'intendante aimait, comme nous l'avons vu, à être servie par de jolies filles. Dans la superbe demeure qu'elle habitait, elle n'eût pas voulu voir un vilain visage, une tournure grotesque, qui l'eût choquée au milieu des œuvres d'art qu'elle avait réunies à grands frais.

— Il n'y a ici que mon mari de désagréable, disait-elle en soupirant.

En parlant ainsi, elle était sévère pour l'intendant, qui n'était certes pas un Antinoüs, mais qui ne manquait pas d'allure.

D'ailleurs, M. de la Tour ne venait pas souvent à Aubagne. Il était bien trop absorbé à Marseille auprès de la chanteuse Cifolelli qui avait daigné accepter de nouveau ses hommages après sa rupture avec de Valors.

Miette refusa de devenir une des caméristes de Mme de la Tour. Elle se doutait bien que, pendant le séjour au château de celui qu'elle aimait, tout n'avait pas été platonique entre l'intendante et lui.

Elle eût trop souffert si Gaspard fût revenu et s'il lui eût fallu voir, en quelque sorte, le spectacle de ses amours avec Mme de la Tour.

Celle-ci ne laissa pas que d'être légèrement froissée du refus de Miette.

— Penses-tu que tu serais mal avec moi ?

— Oh ! non...

— Je ne suis pas une maîtresse trop exigeante.

— Je le sais.

— Mes femmes n'ont pas à se plaindre de moi.

— Vous êtes bonne... bien bonne pour elles...

— Explique-moi alors...

Miette était assez embarrassée. Elle parla de ses habitudes de liberté. Elle tenait à rester à l'humble logis où elle avait passé les dernières années...

Le visage de Mme de la Tour s'était rembruni.

— Je ne comprends pas toutes ces raisons, dit-elle. Tu seras aussi libre que tu l'as été jusqu'ici. Quant à la maison que tu habitais avec ton père, elle m'appartient, elle est sur mes terres, et tu pourras la visiter quand cela te fera plaisir.

Miette continua à résister les larmes aux yeux.

Cette émotion donna à l'intendante comme un soupçon de la vérité.

— Est-ce que quelque chose ici te déplairait ?... Est-ce qu'on t'aurait dit ?... Je suis calomniée par les gens que ma fortune, la position de mon mari rendent envieux. J'espère que tu n'as pas prêté foi à d'indignes accusations...

— Oh ! madame, vous savez bien qu'il n'y a dans mon cœur pour vous qu'admiration et reconnaissance.

Mme de la Tour se radoucit.

— Tant mieux, si j'ai une place dans ton cœur, mais...

Soudain elle se frappa le front et eut un sourire.

— Ah ! j'y suis... Je ne suis pas seule logée dans ton cœur. Il y a pour quelqu'un une place bien meilleure... toute chaude et toute capitonnée... Et moi qui ne pensais pas à cela... Naïve que je suis !...

— Que voulez-vous dire, madame ?

— Que tu as un amoureux, que tu veux pouvoir le rencontrer à toute heure, recevoir ses visites sans être gênée... N'est-ce pas le véritable motif ?

Miette avait rougi.

— Voyons, poursuivit Mme de la Tour, ai-je compris le mot de l'énigme ?... Tout me démontre que oui... Ton émotion...

La jeune fille fit un signe de la tête.

— Je n'ai pas d'amoureux...

— Pourquoi me cacher la vérité ?... Ce sera seulement si tu avoues que je te pardonnerai ton obstination à ne pas vouloir habiter le château...

— Aucun jeune homme du pays n'a jeté les yeux sur une pauvre fille...

— C'est alors un étranger... Tu es jolie, Miette, charmante même avec tes yeux bleus pleins de rêverie, tes cheveux blonds et soyeux. La coiffure d'Arlésienne te va à merveille... Il n'est donc pas étonnant que tu plaises...

— Je ne plais à personne.

— Dissimulée, va !... Peut-être les choses ne sont-elles pas assez avancées et, pour ce motif, tu préfères garder encore ton secret. Je n'insiste pas alors... N'oublie pas de venir me trouver lorsqu'il manifestera l'intention de t'épouser. Je te donnerai quelques conseils et t'aiderai à t'établir. Si, par hasard, il ne parlait pas de mariage, s'il se montrait trop entreprenant, Miette, méfie-toi...

Mme des Galois de la Tour était redevenue affectueuse. Miette se retira très émue.

Ah ! c'était bien un amour sans espoir que le sien. Son amant était parti sans soupçonner toute l'étendue de son affection et probablement elle ne le reverrait plus...

La jeune fille se demandait aussi quel langage aurait tenu l'intendante si elle avait soupçonné en elle une rivale, car enfin, l'inconnu, quand il avait été attaqué par des gens armés, sortait du château où il avait passé une journée et une nuit en l'absence de M. de la Tour. Il s'était enfui précipitamment quand le mari était revenu.

L'intrigue amoureuse était évidente et Miette était trop candide pour croire à un simple caprice de sa maîtresse. Elle ne connaissait pas les mœurs galantes de la noblesse de l'époque.

Tromper celui à qui on avait donné sa foi, dont on portait le nom, lui semblait une chose si grave, qu'elle ne doutait pas que l'intendante, en commettant cette faute, n'eût obéi à une passion des plus vives.

Mme de la Tour avait, en effet, un goût très prononcé pour Gaspard de Besse, rencontré par elle, alors qu'elle était encore jeune fille, dans des circonstances qui avaient fait une impression profonde sur son esprit. Mais nous n'ignorons pas que chez cette belle et un peu légère créature il ne pouvait rien y avoir d'exclusif.

Le moment, la mode, la vanité disposaient autant d'elle que l'affection la plus sérieuse. Elle n'était, du reste, pas jalouse et elle avait pardonné aisément sa trahison à Mme d'Orbeval.

La nature rêveuse de Miette n'avait rien de commun avec la mobilité native de la coquette Marguerite.

La jeune batelière se dirigea vers le cimetière où reposait son père. Elle allait chercher des consolations en priant sur la tombe du vieux berger qui avait une adoration véritable pour son enfant et qui n'avait jamais eu qu'un désir, celui de la voir heureuse, qu'une crainte, celle qu'une angoisse ne ridât son front si pur.

Miette s'agenouilla et demanda à son père de lui venir en aide, de l'aider à supporter les tourments de la vie. Elle le supplia d'intercéder pour elle afin qu'elle ne souffrît pas trop de l'absence de celui qui s'en était allé, dont elle regrettait le départ et que cependant elle ne désirait plus revoir. Étrange contradiction qui indiquait la lutte du cœur et de la raison.

Quand elle eut terminé, lorsqu'elle se leva, elle se sentit plus calme. Par un mouvement machinal, elle approcha néanmoins de ses lèvres la bague que lui avait donnée Gaspard et la baisa.

Mais soudain ses yeux s'agrandirent. Elle éprouva une sorte de secousse, une sensation violente dans laquelle il y avait de la joie et de la terreur.

Gaspard de Besse était devant elle. Il la considérait avec un attendrissement ineffable. Dans ses regards, il y avait toute l'affection, tout l'amour que lui inspirait cette suave enfant.

Elle recula.

— Lui, fit-elle, lui !...

Il la prit dans ses bras, car elle serait tombée sans son appui et il la pressa contre sa poitrine.

Elle s'abandonna à lui un instant seulement, puis se dégagea et, montrant la tombe de son père :

— Grâce, fit-elle, grâce à cause de lui qui vous a soigné jadis, qui a aidé à vous guérir avec la connaissance qu'il avait acquise des vertus mytérieuses des plantes.

— Tu m'aimes, Miette !...

— Je ne saurais mentir devant lui. Oui, je vous aime, mais je suis une honnête fille et, comme je ne peux pas être votre femme, je ne veux pas être votre maîtresse... Laissez-moi...

— Je te fais peur... Pourquoi ?... Ne t'ai-je pas respectée jadis ?...

— Mon père était présent...

— N'est-il pas présent encore ?...

— C'est vrai, mais nous ne le trouverions plus à ma chaumière si nous y rentrions ensemble...

— Je t'accompagnerai seulement jusqu'à la porte... Prends mon bras, Miette...

Elle hésita encore, mais il se montra si suppliant, si résigné à obéir à ses volontés qu'elle accepta d'être reconduite par lui à son humble demeure.

Le trajet était assez long. Il fallait plus d'une demi-heure de marche.

Gaspard de Besse et Miette, au bras l'un de l'autre, fussent allés au bout du monde sans éprouver la moindre fatigue.

Tout en marchant lentement, bien lentement, ils eurent une de ces causeries où l'on se dit des riens qui sont délicieux, où, quand il le faut, le regard supplée à la parole et les douces pressions augmentent l'enivrement.

C'est comme une chanson admirable que deux cœurs chantent à l'unisson. Aucun compositeur n'a pu traduire semblable harmonie.

Gaspard de Besse avait bu bien souvent à la coupe du plaisir, il n'oublia jamais cette promenade avec Miette.

A peu de distance de la chaumière de la jeune fille, ils s'arrêtèrent quelques minutes.

Sur le point d'être arrivés, ils retardaient le moment où ils devaient se quitter.

Gaspard de Besse reconnut l'endroit où ils se trouvaient. C'était celui où il avait été frappé par Salviade.

C'était là qu'il était tombé mourant et avait été secouru par Miette.

— Oh! dit-il, ma chère âme, c'est ici que j'ai contracté envers toi une dette dont je ne pourrai jamais m'acquitter.

— Je me rappelle combien il vous fut difficile de marcher jusqu'à la maison qui n'était cependant pas éloignée...

— Sans toi, je ne serais plus!

Dans son enthousiasme, il la serra contre son cœur.

Il entendit soudain un ricanement. Miette devint toute pâle.

— Je ne me trompe pas, fit Gaspard de Besse, on a ri... Qui cela peut-il être?...

Il se dirigea vers un fourré d'où il lui semblait que ce rire ironique était parti. Il le fouilla en vain sans voir personne.

— Ce n'est pas une illusion... On s'est moqué de nous... Comment châtier le misérable...

— C'est probablement quelque paysan... Il s'est enfui quand vous vous êtes approché...

— Il est surprenant que je ne l'aie pas découvert.

Cet incident rendit Miette plus réservée et l'engagea à persévérer dans sa résolution de ne pas permettre à son amoureux d'entrer dans la chaumière.

Elle ne doutait pas que ce ne fût quelque pâtre du voisinage ou quelque valet de ferme qui eût assisté à son entretien.

Le rustre ne manquerait pas de raconter que le bel inconnu était bien tendre avec elle. Il n'en faudrait pas plus pour mettre en mouvement toutes les mauvaises langues du pays. Elle était compromise sans retour.

Miette n'en voulait pas moins rester vertueuse, avoir sa conscience pour elle. Bien décidée à ne pas faiblir, elle désirait aussi éviter toute lutte, n'avoir même pas à résis e .

— J'eusse pu passer quelques heures auprès de vous, Miette... Je dois donc y renoncer?

— Oui.

— Quand me sera-t-il possible de vous revoir maintenant?...

— Je l'ignore...

— Vous m'avez dit que vous m'aimiez...

— J'ai eu tort...

— Votre froideur me prouve le contraire... Vous pensiez seulement à moi comme à un ami...

— Plût au ciel que vous disiez la vérité !...

— Mais si tu m'aimes réellement, ta conduite est insensée... Tu veux donc faire notre malheur à tous les deux?

Elle le regarda avec une tranquillité apparente.

— Oh ! à vous les consolations ne manqueront pas !

Décidément le charme de leur entretien avait bien été rompu par le rire moqueur qui s'était fait entendre.

Gaspard de Besse se promit, dès qu'il aurait quitté Miette, de recommencer ses recherches.

Les voici devant la chaumière. Il presse ses jolies mains, il les approche de sa bouche et il la prie encore dans son regard.

Mais elle est inébranlable et il doit s'en aller sans même emporter un espoir ou une promesse.

Miette rentre brisée chez elle. Elle tombe à genoux pour demander peut-être encore à son père de la secourir.

Le calme ne renaît pas, cette fois, en elle. Elle se lève et éclate en sanglots.

Longtemps elle se désespère ainsi, se disant que son mal est sans remède, qu'elle est condamnée à d'éternels regrets... Son infortune ne cessera jamais.

Le soleil est à son déclin, la nuit approche rapidement et elle pleure encore. Tout à coup elle entend un bruit de pas de chevaux. Des hommes ouvrent précipitamment sa porte.

Ce sont des cavaliers de la maréchaussée, guidés par un individu aux cheveux rouges, l'illustre Rouget.

— C'est ici qu'est Gaspard de Besse, s'écrie-t-il, et voici sa maîtresse, celle que j'ai vue tout à l'heure dans ses bras...

— Gaspard de Besse ! dit-elle.

— Oui, tu es une des nombreuses femmes du capitaine.

— Je ne connais pas Gaspard de Besse, je ne connais pas cet homme-là !...

— Allons donc !... vous étiez ensemble... Je vous ai suivis...

On eût dit que la foudre était tombée aux pieds de Miette.

Elle ne put que murmurer :

— Gaspard de Besse !... Lui !...

— Tu feins de l'apprendre... Tu ne réussiras pas à nous tromper... Où est-il?...

— Où est-il? répéta le chef de la maréchaussée.

Elle parut chercher sa réponse.... En réalité, elle ne savait où elle en était...

On eût dit qu'elle avait reçu un coup de massue sur la tête.

Gaspard de Besse avait souvent été nommé devant elle. On n'en avait parlé en sa présence que comme d'un misérable, qui exerçait son industrie sur les grandes routes et qui périrait, tôt ou tard, sur l'échafaud.

Elle ignorait les actions généreuses, les actes de courage, qui ont poétisé la légende de Gaspard de Besse. Pour elle, en ce moment, il n'était rien de plus qu'un brigand.

Comme Pauline Roux, elle croyait celui qu'elle aimait l'objet de persécutions de la part de puissants ennemis et elle ne s'était pas doutée jusque-là que la justice le recherchait pour ses crimes.

Maintenant encore, elle ne pouvait se résoudre à accepter ce qu'on lui disait pour la vérité. Son regard égaré se fixait sur les hommes qui avaient envahi son logis et leur demandait de renoncer à cette mystification terrible.

Rouget n'eut aucune pitié pour cette malheureuse enfant.

— Cesseras-tu bientôt de jouer la comédie? fit-il brutalement. Montre où tu caches ton amant?

— Mon amant!...

— Oui, ton beau tourtereau... Nous allons le mettre en cage!...

— Mon Dieu, mon Dieu!...

— Je crois que vous devriez faire cerner la maison, dit Rouget au chef de la maréchaussée, car il est bien capable de fuir pendant que cette péronnelle nous amuse!

— Tu veux m'apprendre mon métier... Inutile, mon bon!... Plusieurs hommes occupent déjà les issues de cette chaumière... Ils ont l'ordre de ne laisser personne s'échapper, pas même toi si tu en avais envie...

— A la bonne heure!...

— Je vais ordonner des perquisitions...

— C'est ce qu'il faut...

— Et si nous ne découvrons pas Gaspard de Besse, c'est qu'il n'est pas ici et que, par conséquent, tu t'es moqué de nous...

— Je vous ai raconté ce qui s'est passé... Je l'ai aperçu avec cette jolie femelle qu'il cajolait de son mieux... Même que je n'ai pu m'empêcher de rire en les voyant s'embrasser... J'ai failli être pincé par eux, mais j'ai pu me cacher... Un moment après j'ai retrouvé leurs traces et je les ai vus s'arrêter devant cette maison...

— Cela ne prouve pas que Gaspard de Besse y soit entré...

— Ils étaient bien trop énamourés pour que leur promenade n'eût pas de suites... Je connais Gaspard de Besse. Mon gaillard n'est pas parti comme cela... N'est-ce pas que j'ai raison, petite, et que tu as donné à ton amoureux tout ce que tu pouvais lui donner?...

Miette couvrit son visage de ses mains. Ce langage la remplissait de honte et de dégoût.

— Je me suis empressé, continua Rouget, d'aller vous prévenir à Auriol et vous indiquer dans quel nid était entré l'oiseau de proie... Je suis bien sûr qu'il ne s'est pas envolé et qu'il est caché quelque part dans cette demeure. Allons, mademoiselle, soyez assez aimable pour nous le confier si vous n'êtes pas bien aise qu'on vous mette tout sens dessus dessous!

Ma fille ! rendez-moi ma fille !

Miette, niant que Gaspard de Besse fût dans la chaumière, ce qui était la vérité ainsi qu'on le sait, une perquisition rigoureuse eut lieu.

On bouleversa tout et même on cassa tout. Dans leur colère d'avoir été dérangés inutilement, les soldats de la maréchaussée brisaient ce qui leur tombait sous la main. Ils enfoncèrent à coups de crosse le modeste bahut de la chambre de Miette, sous prétexte que le bandit qu'ils cherchaient avait pu s'y cacher dedans.

Ces hommes avaient, pour la plupart, fait partie du détachement qui, quelques jours auparavant, avait lutté avec Gaspard de Besse en vue du château d'Arène. Ils avaient eu quelques-uns de leurs camarades tués par lui. Ils haïssaient profondément le capitaine et tout ce qui pouvait l'approcher.

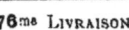

Aucun égard ne leur semblait nécessaire avec une de ses maîtresses.

Pendant ces recherches, Miette était restée comme affaissée. Il était impossible de deviner ce qui se passait en elle, car son visage ne reflétait aucune émotion. Son anéantissement était complet.

Rouget dut enfin reconnaître que Gaspard de Besse n'était pas dans la maison.

— Il aura déguerpi avant notre arrivée. Aussi vous avez mis un temps pour venir...

— Tu vas prétendre que c'est notre faute...

— Certainement.

— A ta place, je serais moins insolent... Nous ne savons pas qui tu es, d'où tu sors, mais il nous semble que tu ne dois pas valoir grand'chose...

Rouget paya d'audace.

— Je vous conseille d'être prudents et de faire attention à votre langage avec moi...

— Tu rentreras à Auriol avec nous, puis nous t'enverrons à Marseille...

— Tant pis pour vous si vous me retardez !...

— Quelle est ta profession ?

— Homme de confiance de M. le marquis d'Arène...

Ce nom parut faire quelque impression sur le chef de la maréchaussée. Cela encouragea Rouget à payer d'audace...

— Mon maître m'a envoyé à Draguignan pour m'occuper d'une affaire qui le concerne. C'est, en m'y rendant, que j'aie cru pouvoir livrer Gaspard de Besse qu'il n'aime guère et que, moi aussi, je n'aime pas beaucoup... A cause de votre lenteur, de votre peu d'empressement, il s'échappe... Et voilà que, ne pouvant le faire prisonnier, vous voulez me garder, moi !... Je ne pense pas que ce soit du goût de M. le marquis... Enfin vous expliquerez les motifs qui vous engagent à agir ainsi...

Le chef de la maréchaussée, à moitié vaincu, eut une dernière objection.

— Hum ! tu as mauvaise mine... ta figure est vilaine et puis tu es mal habillé...

— Il ne faut pas se fier à l'apparence et si, pour ce que j'ai à faire, il est indispensable que je sois ainsi...

— Va te faire pendre où tu voudras !

— Vous êtes irrités de ne pas ramener Gaspard de Besse. Je puis vous offrir une consolation... Si je l'ai manqué cette fois-ci, je ne le manquerai pas la prochaine fois que je le rencontrerai... J'ai un moyen infaillible, auquel j'ai eu tort de momentanément renoncer... Désormais rien ne m'arrêtera dans l'exécution de mon plan... Vous verrez les résultats... Adieu !...

Le bandit sortit de la chaumière de Miette.

— Eh bien, brigadier, que faisons-nous ? demanda au chef un des soldats.

— Parbleu ! nous allons partir, nous aussi.

— Et cette belle enfant, nous la laissons ?

— La maîtresse de Gaspard ? Non, certes, si nous ne le prenons pas, lui, il faut au moins la prendre, elle... elle s'arrangera avec le lieutenant criminel !

Une main se posa sur l'épaule de la jeune fille.

— Suis-nous !...

— Que dites-vous ?...

— On t'arrête...

— Ah !...

— Tu es au moins complice du capitaine, puisque tu couches avec lui !

— Pitié !...

— Pas de simagrées, ce n'est pas de notre goût.

Elle se tenait si difficilement sur ses jambes, qu'un soldat fut obligé de la soutenir. On l'emmena ainsi.

Un peu d'énergie lui revint bientôt. Elle put alors marcher. On la plaça entre deux cavaliers qui ne se gênèrent pas, pendant tout le trajet de la chaumière à Auriol, pour se livrer à des plaisanteries grossières, des plus offensantes pour sa pudeur.

Ce fut surtout l'entrée à Auriol qui fut pénible. Le bruit avait couru que la maréchaussée s'était emparée de Gaspard de Besse et on était accouru pour le voir.

Combien fut grand l'étonnement lorsqu'on aperçut une femme !

On s'informa et on ne tarda pas à apprendre que c'était une des maîtresses du bandit que l'on avait devant les yeux. Miette venait souvent à Auriol pour y acheter des provisions, on la reconnut aussi.

— Mais c'est la Miette, la fille du vieux berger mort il y a peu de temps....

— C'était celle qui pleurait toutes les larmes de son corps, parce que l'on enterrait son père...

— Elle s'est vite consolée...

— Croyez-vous ?... Qui sait si elle n'était pas avec Gaspard de Besse et si le père n'était pas quelque brigand ?

Des malédictions et des injures se firent entendre. Les femmes étaient surtout irritées contre Miette, lui reprochant d'être belle, d'avoir un air doux, de ressembler plutôt à une martyre qu'à une coupable.

De hideuses mégères lui mirent le poing sur la gorge.

Elle les supporta sans se plaindre, sans essayer de les repousser.

En attendant de la transférer à Marseille, la maréchaussée l'enferma dans une salle de cabaret. Elle se laissa tomber sur un banc, moins accablée par l'horreur que par une pensée incessante.

— Celui qu'elle aimait était Gaspard de Besse, un voleur, un assassin, un bandit.

CHAPITRE LXXI

Le maréchal des logis

OINETTE debout sur la porte de l'auberge du Cheval-Rouge, agite son mouchoir, pour saluer un cavalier qui s'éloigne.

— Au revoir ! au revoir !

Ce cavalier, c'est Gaspard de Besse qui a passé la nuit avec la charmante enfant et qui va du côté d'Évenos, village dont le château est situé sur un des pics volcaniques les plus élevés de la contrée.

Il prend, à droite, le chemin qui se détache de la route de Marseille à Toulon, et se trouve en présence d'un torrent, dont le lit, souvent à sec, est encombré de quartiers de roche.

Gaspard de Besse, après avoir franchi le torrent sur un petit pont, arriva à une masure presque en ruines, à la porte de laquelle il frappa.

Ce fut Bavard qui vint ouvrir.

— Ah ! vous, capitaine, vous !...

— Tu parais surpris...

— On ne vous attendait pas si tôt.

— Coquelicot est-il de retour ?...

— Pas encore...

— Et la bande ?

— Elle est toujours là-bas.

— Y a-t-il du nouveau ?

— Oui, oui... On est peut-être en train de faire des bêtises... Des choses qui ne sont pas de votre goût... Aussi ai-je préféré rester ici en surveillance... et ne pas participer...

— Que se passe-t-il ?

— Vous n'avez pas de temps à perdre si vous voulez empêcher...

— Quoi ?...

— Ma foi, je n'ai rien à dire de plus... hâtez-vous !

Gaspard de Besse descendit de cheval et suivit à pied un sentier qui semblait lui être familier et à l'entrée duquel la masure où Bavard était installé, se trouvait comme en sentinelle.

Méry, le grand poète marseillais, a fait du pays qui domine Évenos une description saisissante :

« Quand on aperçoit Évenos du fond de la vallée, en levant les yeux vers le zénith, ce n'est, dit-il, qu'un monceau de ruines féodales, mêlées aux scories noires d'un volcan éteint; mais si l'audace vous prend de gravir ces sentiers brûlés de lave et d'aller examiner ce nid d'aigle dans le voisinage du ciel, vous trouverez là-haut de doux plaisirs pour votre vue et pour votre cœur, car jamais la nature n'aura semé autant de contrastes sous vos pieds.

« A l'ouest, en effet, et tout près du cratère sur lequel on marche, ce ne sont que rochers grisâtres et pelés. Les gorges d'Ollioules apparaissent comme une immense déchirure de la montagne. Mais à l'est, là où expire la dernière dentelure de roc, commence une végétation de fleurs et une suite de collines couvertes de vignes et d'oliviers.

« A l'horizon, la campagne fuit vers la mer en ondulations de verdure et, quand la terre manque au regard, c'est l'éblouissante Méditerranée, c'est la rade de Toulon, dont vous voyez les mâts gigantesques à travers les bois de pins jetés sur le rivage, comme pour prêter leur ombre aux matelots. »

Gaspard de Besse n'allait pas au village d'Évenos, bien qu'il n'eût pas à craindre une mauvaise réception de ses habitants.

Il se dirigea par un chemin bien connu de lui vers l'endroit où est situé un souterrain en forme d'église, que les paysans nomment encore, pour cette raison, le *Saint-Trou* et dans lequel on ne pénètre que par une étroite ouverture.

Cette grotte dont, assure-t-on, il ne faut pas moins de quatre heures pour faire le tour, était le refuge de sa bande, qui était venue récemment s'y établir après avoir quitté la vallée de la Touloubre.

L'aspect du Saint-Trou est des plus curieux. Il renferme une immense quantité de stalactites et de stalagmites. Au milieu, jaillit une source dans un bassin formé par les concrétions sédimenteuses de l'eau.

Cet humide séjour n'était que provisoire.

Il avait été choisi à la suite d'une série d'entreprises sur les propriétés voisines de Toulon. Ces propriétés appartenaient à des hommes pour lesquels Gaspard de Besse n'avait aucun ménagement, car il était notoire qu'ils s'étaient enrichis aux dépens du peuple de la Provence.

Sa haine contre les traitants, les fermiers généraux, les intendants, les fournisseurs de la marine et de l'armée ne faisait que s'accroître et c'était sans scrupule qu'il les dépouillait de leurs biens mal acquis.

La noire cohorte des hommes de loi ne trouvait pas plus grâce devant lui. Il les détestait à l'égal des financiers et il les trouvait plus méprisables que ses voleurs, que ses bandits qui eux, du moins, risquaient leur vie et leur liberté, tandis que ces oiseaux de proie, disait-il, font le mal sans rien risquer du tout.

L'arrivée inattendue de Gaspard de Besse dans le Saint-Trou causa une grande émotion.

— Le capitaine ! le capitaine !

Celui-ci comprit, en effet, que quelque chose d'insolite avait lieu. Il fit quelques pas et, à la lueur des torches, aperçut une grande potence plantée au milieu du souterrain.

Un homme tout pâle était au pied de cet instrument de supplice. Il avait les bras liés derrière le dos et il était évident qu'on allait lui passer la tête dans le nœud coulant placé devant lui.

— Qu'alliez-vous faire ? demanda Gaspard de Besse aux bandits.

Ceux-ci gardèrent le silence.

— Qu'alliez-vous faire ?... répéta le capitaine d'une voix sévère.

Ce fut de Valors qui répondit :

— J'ai une bien mauvaise nouvelle à vous apprendre, Gaspard... Cabannes est mort...

— Cabannes mort !...

L'émotion de Gaspard de Besse était des plus vives.

— Oui, il a été tué dans une des expéditions que vous avez ordonnées. Nous venions de visiter la Bastide des Roses qui est à peine à une lieue de Toulon et qui est un rendez-vous de plaisir... Nous y avions trouvé un personnage opulent en tête à tête avec une belle courtisane. Le personnage en question avait consenti à se priver en notre faveur d'une somme assez ronde et de fort beaux bijoux que nous emportions volontiers, y compris ceux de la donzelle. Tout allait donc pour le mieux lorsque nous avons été attaqués par la maréchaussée qui a perdu une belle occasion de rester tranquille ou d'arriver trop tard...

— C'est dans cette attaque que Cabannes a péri?...

— Hélas !... Nous nous sommes défendus vaillamment... Chacun a fait son devoir et notre pauvre ami aussi... Au plus fort de la mêlée, un maréchal des logis lui a donné un coup de sabre... Cabannes est tombé gravement blessé... Il était toutefois parvenu à se relever et il allait tirer sur son agresseur quand celui-ci lui a fait sauter la cervelle.

L'œil de Gaspard de Besse étincela.

— Vous l'avez vengé ? dit-il.

— Cinq ou six soldats sont restés sur la route et quant au maréchal des logis...

— Qu'est devenu cet homme ?

— Le voici.

De Valors montra l'individu qu'on allait prendre.

Gaspard de Besse jeta les yeux sur ce malheureux et tressaillit. Il lui semblait que son visage ne lui était pas inconnu.

— C'est toi, lui dit-il, qui as donné la mort à mon lieutenant?

— C'est moi, répondit-il d'une voix ferme. Si c'était à refaire, je le referais.

— Pourquoi ?...

— Parce que j'accomplirais mon devoir.

— Il était blessé... Tu l'as achevé.

— Son pistolet était dirigé sur moi... J'aurais certainement préféré le prendre vivant...

— Qu'en aurais-tu fait ?...

— Je l'aurais livré à la sénéchaussée...

— Et qu'est-ce que celle-ci en aurait fait ?... Le sais-tu ?...

— Elle l'eût envoyé à la mort.

— Cabannes eût donc été roué ou pendu... Trouves-tu étonnant qu'un sort semblable te soit réservé.

— Non...

— Tu l'as mérité...

— Ceci est autre chose... Le tribunal qui eût condamné votre ami eût fait un acte de justice,.. Vous, vous commettez un assassinat...

Gaspard de Besse frappa du pied.

— Je sais à quel point de vue tu te places, mais il est faux... Tu es soldat... Nous le sommes aussi. Toi tu défends le pouvoir établi, nous, nous défendons une cause encore plus juste, celle du peuple... Nous châtions ses oppresseurs.

— Vous les volez...

Ces paroles excitèrent les murmures des bandits.

— En les dépouillant, nous leur infligeons la peine qui leur est le plus sensible. A ceux qui sont gorgés d'or, nous arrachons ce que nous pouvons...

De Valors haussa les épaules.

— Je trouve, capitaine, que vous êtes bien bon de lui donner toutes ces explications... Nous allions le pendre, nous, sans phrases... Il aurait réclamé ensuite... Si vous m'en croyez, vous nous laisserez faire... Quand il se balancera à cette potence, il verra bien qui a tort ou raison.

Gaspard de Besse dit soudain au maréchal des logis :

— Il me semble que je t'ai vu quelque part ?

— Avez-vous été en prison ?

— Jamais !... Comment t'appelles-tu ?

— Jules...

— Ah !...

— Qu'avez-vous ?

— Il n'y a pas longtemps que tu es maréchal des logis, n'est-ce pas ?

— Non.

— Et tu t'es aussi marié récemment ?

— En effet...

— Avec Marie, la fille du père Joseph, qui a une remise aux portes de Toulon.

— Comment savez-vous ?

— Que t'importe !... Ah ! je te reconnais maintenant... Je regrette bien d'avoir affaire à toi.

Le capitaine réfléchit, puis parut avoir pris une résolution.

— Camarades, s'écria-t-il, je vous demande la vie de cet homme.

De Valors et les bandits semblèrent étonnés.

— Oublies-tu, fit de Valors, que c'est le meurtrier de Cabannes?

— C'est parce qu'il a brûlé la cervelle de Cabannes que j'ai pu supporter un instant l'idée de son supplice... J'ai cessé de me rappeler que ceux qui tuent leurs prisonniers, que ceux qui donnent la mort à des malheureux sans défense, sont des lâches. Les crimes des uns ne justifient pas les crimes des autres... Ce n'est pas cet humble soldat de la maréchaussée qui a fait les lois auxquelles il obéit, auxquelles il a le devoir d'obéir... Pourquoi l'en rendre responsable?... J'aimais Cabannes autant, si ce n'est plus qu'aucun de vous... Et cependant je pardonne au maréchal des logis !

Gaspard de Besse se tourna vers Jules et trancha ses liens avec son poignard.

— Va-t-en !

De Valors alla vers Gaspard de Besse.

— Il ne s'en ira pas !

— Qu'est-ce à dire ?

De Valors répéta.

— Je ne veux pas qu'il s'en aille !

— Tu me désobéis?...

— Oui.

— Tu me braves?

— Oui.

— Prends garde, de Valors !

— Prends garde, Gaspard !

Le visage du capitaine s'était empourpré. Il avait son poignard à la main.

— Malheur à toi ! fit-il à son lieutenant.

— Malheur à toi plutôt ! répondit de Valors... Vois ce qui se passe autour de toi.

Les bandits étaient tous de l'avis de de Valors. Ils avaient condamné le maréchal des logis et exigeaient que son exécution eût lieu. Leurs murmures étaient devenus des cris.

— A mort ! à mort ! disaient-ils.

Gaspard de Besse se dégagea furieux et, se plaçant devant Jules, lui fit un rempart de son corps.

De Valors essaya de l'écarter. Gaspard vit rouge et, levant le bras, enfonça son arme dans la poitrine de l'ami de Cabannes, qui avait été, lui aussi, son compagnon préféré.

Le lieutenant tomba.

Gaspard alors comprit ce qu'il avait fait et eut comme un hurlement de désespoir.

Profitant cependant de la stupéfaction générale, il entraîna le maréchal des logis près de l'entrée de la grotte.

— Pars, dit-il, va dire à ta femme que, pour lui prouver ma reconnaissance, j'ai sacrifié tous ceux que j'aimais. Elle m'a sauvé, je te sauve... Mais je suis quitte désormais !

Gaspard de Besse revint près du corps de Valors et, s'agenouillant, éclata en sanglots.

Elle savait tout maintenant.

CHAPITRE LXXII

Une mère

 LARISSE était restée près de Draguignan, à la ferme de Pierre.

La jeune mère s'était tout entière consacrée à sa fille.

Son amour pour Gaspard de Besse n'avait pas diminué, mais il était né dans son cœur une autre affection qui lui semblait prendre sa source dans la première, puisque, après tout, c'était l'enfant de son amant qui en était l'objet.

En réalité, elle adorait sa progéniture à la fois parce qu'elle lui venait de Gaspard et parce qu'elle était le fruit de ses entrailles.

Il y avait dans son affection quelque chose de raisonné et d'instinctif.

Quand elle considérait sa bien-aimée, quand elle croyait surprendre en elle une ressemblance avec celui à qui elle s'était donnée, quand elle réfléchissait que c'était un gage de leur amour une preuve de leur union, elle comprenait pourquoi elle était prête à sacrifier sa vie pour elle.

Mais souvent la nature parlait sans que Clarisse songeât à Gaspard. Il y avait en elle de ces élans, de ces vibrations que connaissent les mères. L'enfant est alors chéri pour lui-même par celle à qui il doit le jour.

Il était évident que Clarisse, à cause de Nini, supportait plus facilement l'absence du capitaine.

Quand ses inquiétudes s'éveillaient, un sourire de la jolie petite créature les dissipait. Elle était charmante, cette fille de l'amour. Pourquoi l'appelait-on Nini ? Ce ne pouvait pas être un diminutif de Clarisse, nom que Gaspard avait voulu qu'elle portât comme sa mère.

Nous avons dit que la ferme de Pierre était située sur les bords de la Nartuby, cette belle rivière à l'onde transparente qui forme près du village de la Motte, une belle cascade appelée, nous ne savons pourquoi, la cascade du Saut-du-Prêtre. (Le saou doou capelan.)

La ferme était aussi voisine d'un dolmen nommé la *Pierre de la fée*, qui était le but ordinaire des promenades de Clarisse parce qu'elle s'était séparée là de Gaspard de Besse, la dernière fois qu'il était venu la voir.

La jeune femme s'inquiétait facilement quand il s'agissait de sa fille.

La moindre plainte, la moindre toux suffisaient pour jeter le trouble dans son âme. Heureusement Nini venait à merveille presque exempte des maux de la première enfance.

Elle avait une précocité assez rare.

Par moment même, Clarisse s'en effrayait.

— J'ai entendu dire, murmurait-elle, que les enfants trop intelligents ne vivaient pas...

Pierre ne pouvait s'empêcher de rire en entendant ce langage.

— Vous me rappelez un mari qui trouvait sa femme trop belle parce qu'il avait une frayeur d'un autre genre. On en a même fait un proverbe. Vous avez assez souffert, vous avez eu assez de malheurs pour que le ciel songe à vous dédommager maintenant. Restez-donc tranquille, car vous n'aurez jamais à vous alarmer au sujet de votre fille.

— Que Dieu vous entende !

— Je suis tellement sûr qu'elle deviendra grande que j'ai envie de vous demander d'avance sa main pour mon garçon.

Clarisse ne répondit pas.

Il lui semblait qu'un prince ne serait ni trop noble, ni trop riche pour sa Nini. Elle n'avait pas la moindre envie du monde de s'engager avec Pierre, même peu sérieusement.

D'ailleurs, pouvait-elle conclure quelque chose sans le consentement du père, de Gaspard de Besse?...

A seize mois, la petite marchait en gazouillant déjà.

Sa mère prétendait qu'elle comprenait tout et savait tout. En réalité, sa science se bornait à dire fréquemment papa et maman.

On lui avait appris à prononcer le mot papa, et le mot maman avait tout seul jailli du cœur en passant par sa bouche rose.

Ce jour-là, Clarisse avait fait sa promenade habituelle au dolmen des fées. Elle ne s'y était pas rendue directement, mais en faisant un circuit dans la fertile vallée de la Nartuby, bordée de collines couvertes d'oliviers. On y voit des jardins où les orangers, les citronniers croissent en pleine terre avec les jujubiers, les grenadiers. Çà et là des panaches de palmiers se balancent au-dessus des bosquets de rosiers et de jasmins. Cette nature ensoleillée enchante. La vallée de la Nartuby est un séjour d'autant plus délicieux, que de nombreux canaux d'irrigation, alimentés par la rivière et par de belles sources, portent partout la fraîcheur et la fécondité.

Clarisse avait admiré d'élégantes bastides qui se cachaient dans des bosquets d'arbres toujours verts. Draguignan est au pied de la montagne de Malmont, dans une situation qui lui permit de résister avec succès aux Sarrasins.

Gaspard croyait la retraite de Clarisse si bien cachée qu'il ne lui avait fait aucune recommandation.

La jeune femme jouissait d'une entière liberté et ne s'imaginait pas qu'un danger quelconque pût la menacer. Cependant, depuis deux ou trois jours, elle se sentait mélancolique. Étaient-ce des pressentiments?

Elle avait eu un rêve où elle avait vu le marquis d'Arène qui lui disait en ricanant:

— Ton amant ne m'échappera pas... Il périra sous mes coups. Je le tuerai, le misérable!

Clarisse, épouvantée, avait écrit à Gaspard à un endroit convenu entre eux. Elle le suppliait de venir la rassurer... Il y avait si longtemps qu'elle ne l'avait embrassé!

Il n'entrait pas en ce moment dans les plans du bandit de faire un voyage à Draguignan.

Il fut néanmoins assez impressionné par l'état d'esprit de Clarisse. Au lieu de lui dire dans une simple lettre que ses craintes étaient puériles, il décida de lui envoyer Coquelicot qui, à son retour, l'éclairerait lui-même, lui apprendrait la cause des angoisses de la jeune femme.

Son vieux compagnon accepta volontiers cette mission. Il était trop heureux de cette occasion d'être utile à son chef.

— Tu seras vite renseigné sur ce qui se passe là-bas... Où faudra-t-il que je te porte la réponse?... Au Saint-Trou?

— Oui, mais il n'est pas nécessaire que tu te presses beaucoup... Peut-être resterai-je quelque temps sans rejoindre mes hommes.

— Ah!... où seras-tu?

— Que t'importe!

— Sans doute auprès de quelque nouvelle conquête... Il y a dans ton cœur place pour tant de belles... Tu n'en trouveras pas qui t'aime plus que Clarisse.

— Je le sais...

— J'ai vu commencer vos amours sur les bords de l'Issole.

— Maintenant elle est la mère de mon enfant...

— Je suis sûr qu'elle est aussi dévouée comme mère qu'elle l'était comme amante... Ce marquis d'Arène, malgré son titre et ses richesses, avec quel dédain elle l'a repoussé !

— Je ne me suis pas encore vengé de cet homme...

— Grâce à toi, il a eu cependant quelques désagréments.

— C'est sa vie qu'il me faut...

— Tu l'auras, tu l'auras... Il finira sans doute de la même manière que ce bon M. Renardot.

— Il me semble que cela ne me suffirait pas... J'ai frappé Renardot d'un coup de poignard et il est tombé aussitôt...

— Il avait son compte !

— Je voudrais pour d'Arène une agonie plus longue. Un semblable misérable mérite toutes les tortures...

— Comme il forme les mêmes vœux pour toi, je n'ai rien à redire à ce langage... Je suis prêt à t'aider.

— Je le sais... D'Arène mort, ma tâche sera terminée et comme l'existence que je mène me pèse, me fatigue...

— Que feras-tu ? demanda Coquelicot en regardant fixement Gaspard.

— Je n'en sais rien encore... Peut-être quitterai-je ce pays où j'ai acquis une si triste célébrité...

— Tu nous abandonneras ainsi ?... Et moi, moi... que deviendrai-je ?...

— Si je te propose de m'accompagner, me suivras-tu ?

— Est-il nécessaire de m'adresser cette question ? Il n'est pas possible que tu doutes de moi... Mais c'est-à-dire que, pour être avec toi, j'irais jusqu'aux confins du monde... Je changerais vingt fois de métier... De soldat, je me suis fait braconnier, de braconnier, brigand. Si tu le désires, de brigand, je me ferais pire que cela, capucin !...

— Je ne t'en demande pas autant, fit Gaspard en souriant. Je sais combien ton attachement est grand... Je n'ai jamais cessé de t'apprécier.

— Ne fais pas rougir ton vieux Coquelicot... Oui, j'ai de l'affection pour toi depuis le jour où je t'ai donné ta première leçon d'armes jusqu'à celui où a commencé la réputation de ce terrible Gaspard, qui a dévalisé si souvent la gabelle, pillé des châteaux, mis la main sur la bourse des riches, mais qui n'a jamais fait de mal à un être pauvre ou faible... Qu'ai-je dit ? Que j'avais de l'affection pour toi ?... Mais c'est du fanatisme... Tiens, je t'estime !...

— Tu m'estimes ?...

— L'estime d'un coquin est, tu le sais, ce qu'il accorde le plus difficilement... Bavard et moi, nous te considérons comme un honnête homme...

— Mon pauvre Coquelicot, je crains que tu ne t'abuses. Je suis un bandit et pas autre chose, car voler, c'est toujours voler...

— Je ne suis pas de ton avis... Ce qu'il faut remarquer, c'est surtout la manière de s'y prendre...

Gaspard de Besse se mit à rire.

— Allons, allons, tu as parfois la réplique plaisante !

Coquelicot partit donc pour Draguignan.

Le jour de son apparition inattendue au Saint-Trou, le capitaine fut assez étonné d'apprendre qu'il n'était pas encore de retour.

Plusieurs motifs retardaient le vieux bandit. Comme il avait eu son entretien avec Gaspard à Marseille, il avait dû passer par Auriol pour se rendre auprès de Clarisse.

En route, il avait assisté à l'entrée de Miette dans cette ville. Il avait été témoin de l'humiliation, de la douleur de la pauvre fille, escortée par la maréchaussée.

— Est-ce vrai que c'est encore une maîtresse du capitaine ? s'était-il demandé. Ma foi, Gaspard est bien capable d'avoir ajouté cette jeunesse à sa collection, car elle est jolie, très jolie même...

Inutile de dire que la conduite des habitants d'Auriol le remplissait de colère.

— Si elle a couché avec Gaspard, elle n'a pas eu tort. Ces damnées femelles qui hurlent après elle, eussent bien voulu en faire autant, mais c'est le capitaine qui eût refusé... Il n'est pas farouche avec les belles, mais il est sauvage avec les laiderons. Et elles sont horribles toutes, ces mégères !... Hue, les vilaines !...

Coquelicot était à un tel point irrité, qu'il avait fait à haute voix ces réflexions.

On lui eût certainement cherché dispute, si, malgré son âge, il n'avait semblé très susceptible de rendre au centuple leurs coups aux habitants d'Auriol. Il avait ensuite, à son côté, une formidable épée qui imposait le respect.

En réfléchissant bien, Coquelicot crut se rappeler dans quelles circonstances Gaspard avait connu Miette.

— Mais c'est probablement la batelière de l'Huveaune, celle qui a soigné le capitaine et à qui il doit la vie... Il m'a parlé de cette charmante enfant en termes qui me laissent supposer que c'est à tort qu'on l'accuse de s'être donnée à lui. Laisserai-je cette pauvre créature dans la peine ?... Non certes et Gaspard m'en voudrait tout le premier...

Coquelicot ne perdit pas de vue la maréchaussée et la vit entrer dans un cabaret où précisément il était avantageusement connu ; l'hôtesse n'était autre qu'une brune hôtelière de Marseille pour laquelle il avait failli être roué vif.

Cette hôtelière, qui avait préféré Coquelicot à Boit-sans-Soif, avait quitté le voisinage de la Cannebière depuis que son amant avait été arrêté. Mais celui-ci, après sa délivrance, s'était empressé de s'informer de ce qu'elle était devenue, et il allait quelquefois à Auriol à seule fin de causer avec elle du passé.

C'était un homme encore plein de verdeur, que cet ancien soldat. Ses souvenirs étaient intacts. Le cœur de la brune hôtelière, accroché à ses moustaches, y était resté, quoique lesdites moustaches eussent blanchi.

Le hasard servait à souhait Coquelicot. La maréchaussée avait enfermé Miette dans une salle du cabaret, afin de pouvoir dîner à son aise sous une tonnelle.

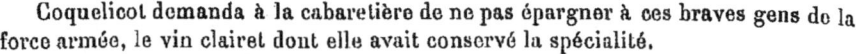

Coquelicot demanda à la cabaretière de ne pas épargner à ces braves gens de la force armée, le vin clairet dont elle avait conservé la spécialité.

— Pendant ce temps-là, dit-il à sa conquête, je dirai deux mots à la batelière...

— Si j'étais jalouse!...

— Vous avez trop d'esprit pour cela... La jalousie, c'est bon pour Boit-sans-Soif!...

Rappeler le nom de Boit-sans-Soif, c'était faire allusion à des événements trop fâcheux pour ne pas calmer immmédiatement l'hôtelière. Coquelicot ajouta, du reste :

— Gaspard de Besse, après m'avoir arraché à l'échafaud, faillit être pris à son tour... S'il ne l'a pas été, je crois que c'est à cause du dévouement de cette blonde aux yeux bleus que l'on veut, à son tour, enfermer dans une prison de Marseille... Ne dois-je pas intervenir ?...

— Agissez comme vous l'entendrez !...

Tandis que ces messieurs de la maréchaussée, mis en belle humeur par le vin clairet, se versent rasade sur rasade, Coquelicot se glisse auprès de Miette. Celle-ci a un cri de frayeur en voyant auprès d'elle cet homme à l'aspect quelque peu hétéroclite.

Il lui met la main sur la bouche.

— Silence !

— Qui êtes-vous ?... Que voulez-vous ?...

— Je veux vous délivrer.

— Me délivrer...

— Je viens de la part de Gaspard de Besse.

Coquelicot s'imaginait qu'il avait une excellente idée en invoquant ce nom auprès de la jeune fille. Il fut étonné de produire un effet contraire à celui qu'il attendait...

— L'homme qui m'a perdue...

— Ah ! il vous a...

— N'est-ce pas à cause de lui que je suis ici ?... N'est-ce pas à cause de lui que j'ai été arrêtée, insultée ?... Et cependant je n'ai eu d'autre tort que celui de protéger un fugitif, de soigner un blessé.

— Je le sais... et il m'a parlé de vous avec une reconnaissance passionnée... Il vous aime, croyez-moi.

— Je le maudis, lui qui a laissé derrière lui la honte, le déshonneur...

— Est-ce bien sa faute ?...

— C'est un misérable, un bandit !...

— Voilà un gros mot, mon enfant...

— Vous essayerez en vain de me détromper... J'ai entendu les malédictions de cette foule...

— Y a-t-il parmi elle une seule personne à qui il ait fait du mal ?... Il faudrait le savoir... La fatalité l'a mis en guerre contre la société, et celle-ci le traite en rebelle, en révolté. Mais au-dessus de ses lois, il y a celles de l'humanité et jamais elles n'ont été violées par Gaspard de Besse qui les impose, au contraire, à sa bande... Je suis certain qu'il a plus empêché de méfaits qu'on ne l'accuse d'en avoir commis... Vous l'avez vu, vous avez appris à le connaître, puisqu'il a vécu quelque temps auprès de vous ; est-ce qu'il a l'air d'un brigand féroce ? Est-ce que les sentiments qu'il exprime et qui sont les siens, je le jure, ne conviendraient pas au cœur le plus noble et le plus élevé ?...

— C'est vrai... fit Miette, sérieusement ébranlée.

— Quittez alors ce courroux et venez avec moi...

— Avec vous !...

— Je vous conduirai à lui... Je lui dirai tout ce que vous avez souffert et sans aucun doute il vous en tiendra largement compte.

— Le revoir, lui !... Jamais !...

— Vous n'êtes donc pas désarmée !

— Je lui pardonne, s'il est tel que vous le prétendez...

— Je vous jure que je suis au-dessous de la vérité.

— Je montrerai donc alors plus de force et de courage à supporter les épreuves qui m'attendent encore... Je le disculperai, en me disculpant, moi...

— Pauvre fille, vous ne réussirez qu'à vous perdre... Écoutez mes conseils, venez !...

— Et vous me conduirez auprès de lui ?...

— Ne serait-ce pas le seul asile ?...

Miette eut de nouveau l'air égaré.

— Non, non, je préfère ne pas quitter la maréchaussée qui, du moins, me protège contre lui... contre moi...

Elle prononça si bas ces derniers mots que Coquelicot ne les entendit pas, mais il les devina et se sentit rempli d'admiration pour cette suave créature.

Il insista encore cependant, mais il dut se retirer sans avoir vaincu la résistance de Miette.

Quand les soldats ivres retrouvèrent leur prisonnière ils ne se doutèrent pas que, si elle avait voulu, elle eût pu leur échapper.

Coquelicot n'avait plus qu'à faire ses adieux à la cabaretière et à se remettre en route pour Draguignan.

Le temps qu'il avait perdu à Auriol ne lui permit pas d'arriver assez tôt pour empêcher un grand malheur.

Rouget avait dit qu'il allait à Draguignan avec une mission de confiance du marquis d'Arène. Par extraordinaire, il n'avait pas menti.

Il avait appris que Clarisse avait une petite fille, et le plan qu'il avait confié à son noble complice consistait à s'emparer de cette enfant, afin de poser ensuite des conditions à la mère et attirer le père dans un piège.

Quel otage, que celui qu'il avait avoir entre les mains !... Gaspard de Besse était capable de se livrer sans condition pour racheter la vie de sa progéniture.

L'atroce bandit comptait même, on le voit, tirer parti des sentiments généreux de son ennemi.

Il arriva à Draguignan le jour même où nous avons vu Clarisse se diriger vers le dolmen de la fée, sa promenade favorite.

Ce lieu solitaire convenait tout à fait à un enlèvement.

A peine la jeune femme eut-elle déposé sa fille et eut-elle commencé à essayer de la faire marcher, de la faire venir à elle en l'appelant, que Rouget s'élança sur Nini et l'emporta dans ses bras.

Semblable à une lionne à qui on enlève ses petits, Clarisse se jeta sur le misérable et voulut lui ravir sa proie. La douleur avait beau décupler ses forces, il réussit à la repousser.

— Ma fille ! Rendez-moi ma fille !

Elle se traîne à ses pieds, mais lui a un sourire sardonique.

— Je l'ai, et je la garde !... Dis à Gaspard que c'est moi, Rouget, qui la cache quelque part... Rouget... Ce nom t'étonne?... Tu viens de reconnaître en moi Nicolas Servan qui se venge de vous deux !

Clarisse retomba mourante.

CHAPITRE LXXIII

La villa de Semper

 E Valors n'était pas mort, mais sa blessure était grave. Gaspard de Besse voulut des soins empressés pour son compagnon qu'il avait frappé dans un accès de colère et qu'il n'en aimait pas moins pour cela.

Leur réconciliation fut touchante.

Le soir même de la scène motivée par le maréchal des logis, de Valors revint à lui.

Sa première parole fut :

— Gaspard !...

Celui-ci, qui était à son chevet, tressaillit.

— De Valors, mon ami...

— Pardonne-moi, dit le blessé.

— Te pardonner, toi, alors que c'est moi...

— Tu as bien fait... Je donnais devant tous l'exemple de l'indiscipline.

— Je me suis trop promptement irrité.

— Nullement... Cette punition sera salutaire... On n'essaiera plus de résister à tes volontés et c'est ce qu'il faut.

C'était la fausse comtesse qui avait accueilli puis dédaigné d'Arène.

De Valors avait tendu la main à Gaspard et celui-ci la lui pressait avec affection.

— Maintenant que nous n'avons plus Cabannes, disait le capitaine, nous devons encore être plus d'accord, plus unis...

— Ah! Cabannes, c'est vrai...

Gaspard, qui craignait que cette émotion ne fût fatale à de Valors, s'efforça de le consoler. Il n'y réussit qu'imparfaitement.

Le blessé ne tarda pas à tomber en syncope.

On appela le bandit qui avait donné les premiers secours à de Valors. Cet homme avait quelque connaissance de médecine et de chirurgie; il était cependant insuffisant.

Gaspard eût voulu un spécialiste, mais il ne pouvait y en avoir à Évenos. Comment en décider un à venir de Toulon à Saint-Trou ?...

Il y avait du reste quelque danger à cela au point de vue de la sécurité. Trouverait-on un homme incapable de faire connaître à la justice l'asile de Gaspard de Besse ?

Bavard proposait un moyen radical d'empêcher toute indiscrétion. Il s'agissait d'enlever à Toulon un médecin quelconque, de le retenir pendant tout le temps que Gaspard en aurait besoin, puis de le tuer.

Malgré ses avantages indiscutables, le capitaine n'adopta pas cette manière d'agir.

Bavard eut alors une variante.

On enlèverait toujours le médecin et on le garderait ensuite pour le cas où il se produirait un accident du même genre.

Gaspard de Besse répondit :

— Nous n'avons pas le droit d'attenter à la liberté d'un homme et surtout d'un homme utile.

— Trop de scrupules ! murmura Bavard.

Gaspard de Besse avait une autre idée.

Il s'agissait de transporter avec une foule de précautions de Valors, et de l'installer plus près de Toulon en un endroit où un médecin pourrait venir facilement. On lui cacherait, bien entendu, à qui il avait affaire.

Ce projet offrait quelques difficultés. D'abord de Valors était-il en état de supporter le voyage ?... Quel était ensuite cet endroit où le blessé serait à la fois dans le voisinage de Toulon et à l'abri du danger d'être découvert par la maréchaussée ?

Bavard prétendit avoir en vue ce qu'il fallait.

— Coquelicot a un ami qui nous serait utile...

— Coquelicot, dit Gaspard de Besse, continue à ne pas être de retour et je suis même assez inquiet... Mais comment cet ami de Coquelicot nous rendrait-il service ?

— C'est un ancien soldat... Il est devenu l'intendant d'une famille assez riche de Toulon qui possède une villa aux portes de cette ville. Je crois même que ces gens ont quitté la campagne par peur de nous autres...

— Ils ont bien fait.

— Le bruit de nos derniers exploits a causé un sauve-qui-peut général...

— Va donc trouver cet ami de Coquelicot.

— Je préférerais que ce fût ce dernier...

— Mais puisqu'il n'y est pas...

— Soit !... Quelle somme dois-je offrir pour la location, car ce ne doit pas être là-bas comme ici, comme au Saut-du-Diable, comme à la Barben, comme au Lubéron... Il faudra payer son loyer...

— Je te vois avec plaisir revenu à des idées honnêtes...

— Oui... Et il est nécessaire que l'intendant tienne compte à ses maîtres du loyer qu'il touchera... à moins qu'il ne partage avec moi.

Gaspard se mit à rire.

— Hâte-toi !

Bavard commença immédiatement des négociations avec l'ami de Coquelicot, et il faut croire qu'elles aboutirent, car il reparut avec les clefs de la villa.

On s'occupa immédiatement du transport de de Valors. Cette opération délicate fut menée à bien.

Gaspard de Besse veilla avec un zèle inouï à ce que le moindre choc, la moindre secousse fussent évités au blessé. Celui-ci ne cessait de se confondre en remercîments, en protestations de reconnaissance.

— Il faut bien que je répare en partie le mal que j'ai fait, répondait Gaspard de Besse... Tu te rétabliras...

— Grâce à vous, capitaine !

— Oh ! s'il m'était possible de racheter aussi toutes tes souffrances !

Enfin, voici de Valors à la villa de Semper, à peu de distance de Toulon.

Cette villa, agréable par sa position et par l'opulence de la végétation qui l'entourait, appartenait à une noble famille toulonnaise, la famille de Semper, qui a donné à la marine française la plupart de ses enfants.

Plusieurs Semper sont arrivés aux plus hauts grades. Il y a eu un amiral sous François Ier, et un vice-amiral sous Louis XIV.

Leur devise était des plus fières : *Semper fortis*. Toujours courageux !...

Il n'était pas exact que ce fût la crainte de Gaspard de Besse qui eût engagé les Semper à quitter leur habitation d'été.

Georges de Semper, le chef de la famille, capitaine de vaisseau, avait été obligé de reprendre inopinément la mer, et Mme de Semper, qui avait deux enfants en bas-âge, était rentrée dans le vieil hôtel de famille, situé rue d'Astour, à Toulon.

De Valors eut l'appartement le plus confortable de la villa. Il ne manquait plus que le médecin qui devait lui donner ses soins.

Bavard avait fait preuve de tant de zèle et d'intelligence dans toute cette affaire, qu'on le chargea encore de ramener un de ces praticiens. Gaspard lui recommanda de choisir, bien entendu, celui qui jouissait de la meilleure et de la plus solide réputation.

Le bandit accepta de bonne grâce cette nouvelle mission, très flatté des compliments du capitaine et de la confiance que celui-ci lui témoignait.

Il fut beaucoup plus tôt de retour qu'on ne s'y attendait. Son visage rayonnait.

— Comment ?... Toi déjà ! fit Gaspard.

— Oui, moi...

— Et le médecin ?

— Il est là...

— Comment as-tu pu le déterminer à venir tout de suite ?... Es-tu certain, au moins, d'avoir bien choisi ?

— Je suis sûr que vous me féliciterez encore... On ne saurait avoir mieux.

— Voyons ?.,.

Bavard revint, accompagné du docteur Grandier, le père de Pauline Roux, le sauveur de Marie.

— Vous ! vous ! dit Gaspard de Besse avec la plus grande surprise.

— Est-ce que vous n'auriez pas confiance en moi ? fit en souriant le docteur.

— C'est-à-dire que nous ne pouvions pas mieux rencontrer... Mais je ne m'attendais pas...

— Il faut s'attendre à trouver un médecin partout, car partout il y a des gens qui souffrent... Ma réputation commence à être fatigante à mon âge... On m'a fait venir d'Aix pour guérir à Toulon un malade qui avait le tort de ne croire qu'en moi... J'aurais bien voulu refuser de faire ce voyage, mais je n'ai pas pu... Votre domestique m'a rencontré et il s'est empressé de me demander mon concours.

Comme on le voit, le docteur Grandier avait une forte dose de bienveillance puisqu'il prenait Bavard, malgré sa mauvaise mine, pour un inoffensif valet. Il est vrai qu'il continuait à appeler Gaspard de Besse, M. de Galtières, sans s'étonner des aventures multipliées dont ce gentilhomme était le héros.

Absorbé par les études scientifiques, par les recherches dont il voulait faire profiter l'humanité, il regardait si peu autour de lui, essayait si peu de se rendre compte, qu'il n'était pas étonnant qu'il n'eût pas deviné un bandit dans un personnage qu'il connaissait depuis longtemps et qui n'avait pas été sans lui inspirer une certaine affection.

Le docteur Grandier ne tarda pas à être conduit auprès de de Valors et à examiner sa blessure.

— Vous avez reçu un fameux coup de poignard, lui dit-il aussitôt, mais vous êtes déjà hors de danger... Qui vous a donc soigné?...

— Un de nos amis, dit Gaspard en faisant un signe à de Valors.

— Votre ami n'est pas fort pour panser une plaie, dit le docteur en désignant les bandes qu'il venait d'enlever. Mais il ne faut pas trop lui en vouloir s'il a fait tout ce qu'il a pu... Moi aussi, je vais faire tout ce que je pourrai et vous serez bientôt sur pied... Mais où diable avez-vous attrapé ça?...

Comme on ne répondait pas et que Gaspard hésitait à tromper le bon docteur, il continua :

— Je parie que c'est quelque Italien qui vous a frappé... Les gens de cette nation ont l'habitude de jouer du poignard... Mauvaise habitude, par exemple !...

Le père de Pauline ne revint plus à la charge. Il se contentait de l'explication que lui-même s'était donnée.

Il resta deux ou trois jours à la villa de Semper puis il manifesta l'intention de repartir pour Aix où l'attendaient ses malades.

— Il me tarde d'embrasser ma fille. Vous ne savez pas ce que c'est que d'être père !

Gaspard de Besse soupira.

L'enfant chérie du docteur Grandier n'était-elle pas la ravissante jeune femme qui avait une portion de son cœur, peut-être la meilleure !...

Pauline Roux avait sans doute quitté le château d'Arène où elle s'était montrée si héroïquement dévouée pour rentrer auprès de son mari, cet homme qu'elle n'aimait pas, qu'elle ne pouvait aimer et que lui, Gaspard de Besse, haïssait de toutes les forces de son âme parce qu'il lui avait ravi ce doux trésor !

Le capitaine eût voulu retenir le docteur Grandier pour être plus certain de la guérison de de Valors, mais il comprit qu'il était inutile d'insister, le père de Pauline lui jurant ses grands dieux que son ami serait bientôt rétabli et que sa présence ne servait absolument à rien.

Pendant le séjour du médecin à la villa, Gaspard avait pris toutes sortes de précautions pour qu'il ne se doutât pas qu'elle servait de domicile à l'état-major d'une troupe de brigands.

Le gros de la bande était toujours au Saint-Trou et continuait ses exploits dans les environs de Toulon.

Le docteur Grandier amusa bien Gaspard et de Valors lorsque, après leur avoir refusé des honoraires, il déclara qu'en ne portant qu'une fort petite somme, il était sûr de ne pas être volé.

— Je pourrais rencontrer Gaspard de Besse dans mon trajet d'ici à Aix, je préfère vous laisser cet argent que le laisser à lui...

— Il y aura pour vous peu de différence, puisque vous n'en profiterez pas...

— Mais vous en profiterez, vous... Voyons, j'imagine que, quoique vous soyez très bien logés ici, votre ami et vous, vous n'avez pas la liberté de puiser dans les coffres de M. l'intendant général.

Le capitaine et son lieutenant sourirent encore. Cette liberté, ils l'avaient prise plusieurs fois.

Le docteur Grandier n'en quitta pas moins la villa avec toutes ses illusions.

Gaspard de Besse s'impatientait de plus en plus de ne pas voir revenir Coquelicot. Il était même sur le point de se rendre à Draguignan lorsqu'une aventure assez bizarre se produisit.

Le capitaine s'était porté à Trouves avec un certain nombre d'hommes afin d'y attaquer un convoi semblable à celui que commandait jadis l'infortuné Belamour. Il n'y avait à la villa que de Valors qui commençait à s'impatienter dans son lit, et Bavard chargé de le servir.

Bavard, flatté d'avoir été pris par le docteur Grandier pour un domestique de bonne maison, ne négligeait rien pour que la ressemblance fût complète. Il se rappelait d'ailleurs avoir porté un jour le plateau dans une soirée de Mme d'Orbeval et il prétendait n'avoir pas fait trop mauvaise figure.

Il avait trouvé dans la villa une livrée oubliée par son propriétaire et il l'avait endossée avec une satisfaction d'autant plus vive qu'elle était très galonnée et ornée des armes de Semper.

Ce goût si vif de Bavard pour la profession de larbin amusait fort de Valors qui appelait volontiers le bandit Mascarille ou Frontin, bien qu'il n'eût ni la désinvolture, ni la spirituelle impudence de ces valets de l'ancienne comédie.

Bavard, qui venait de faire une commission, rentrait à la villa, quand il vit s'engager dans l'allée où il se trouvait, une berline de poste chargée de bagages.

La berline s'arrêta devant l'entrée principale de la villa et deux jeunes filles en descendirent en costume de voyage.

— Pardon, mon ami, dit l'une d'elles, M. et Mme de Semper sont-ils à la villa?...

— Non, mademoiselle, répondit respectueusement Bavard.

La jeune fille et sa compagne parurent vivement contrariées.

— Tu vois que j'avais raison, fit celle qui semblait l'aînée. Nous avons été imprudentes de partir ainsi.

— Sont-ils à Toulon? demanda l'autre. Leur absence n'est-elle que momen-
tanée ! Interroge ce brave garçon.

Bavard, pendant cet échange d'observations, avait considéré les bagages et
avait été frappé de la beauté des deux voyageuses.

Une idée subite lui était venue.

Aux nouvelles questions qui lui furent adressées, il répondit que M. de Semper
venait d'être forcé de prendre la mer, mais que Mme de Semper, qui l'avait accompagné à Toulon, serait de retour le lendemain même.

Elle avait recommandé que si des parents ou des amis arrivaient à la villa on
les reçût, on les installât et on eût pour eux toutes sortes d'égards.

La plus jeune des voyageuses eut un air triomphant.

— Valentine, dit-elle, a évidemment prévu le cas où nous viendrions la surprendre... C'est pour nous qu'on a donné ces instructions.

— Nous aurions bien mérité qu'elle n'eût pas pensé à cela et qu'elle ne fût ni
ici, ni à Toulon...

— Où serait-elle?...

— Chez ses parents, dans le Dauphiné.

— C'est ce qui eût pu arriver de plus fâcheux.

On déchargeait la berline.

Bavard conduisit les jeunes filles qui appartenaient évidemment à la même
classe que les Semper, dans un bel appartement où se trouvaient deux chambres
contiguës.

La villa était très luxueusement meublée, et ses propriétaires tenaient à ce
qu'elle fût toujours en état de les recevoir avec leurs amis.

Les deux jeunes filles furent enchantées de reconnaître l'appartement qu'elles
avaient habité dans un précédent voyage.

— Tu vois, dit la cadette, que Valentine a réellement pensé à nous...

Bavard continuait à se multiplier. Non content de faire transporter les bagages
des visiteuses, il invitait la femme d'un des jardiniers à aller offrir ses services aux
nouvelles venues.

Cette femme était une commère qui comprenait à demi-mot tout ce qu'on lui
disait.

Bavard, dès son arrivée à la villa, s'était préoccupé de sa perspicacité et avait
eu un assez long entretien avec elle et son mari, personnage louche, à moitié
abruti par l'ivrognerie.

Elle se mit à la disposition des jeunes filles à qui elle se donna pour une des
servantes ordinaires de la villa.

La jardinière fournit, en outre, avec assez d'habileté, les renseignements qui
lui furent demandés. Ses indications concordèrent suffisamment avec celles four-
nies par Bavard, pour que les jeunes filles ne conçussent aucun soupçon.

Bavard, tandis qu'elles s'installaient, allait cependant raconter à de Valors ce
qui se passait.

Celui-ci ne put cacher son étonnement.

— Pourquoi, diable, as-tu fait cela ?

— Je suis sûr qu'il y a dans les malles de quoi nous indemniser des frais de séjour de ces innocentes enfants...

— Tu t'imagines que Gaspard de Besse acceptera ta petite combinaison...

— Il serait facile de lui cacher...

— C'est plus aisé à dire qu'à faire...

— Et puis, lieutenant, je crois que s'il sait tout, il n'en voudra pas à celui qui lui aura amené ces ravissantes poulettes...

— Elles sont si jolies que cela !... Brunes ou blondes ?...

— Brunes toutes les deux et avec des yeux comme je n'en ai guère vu... Il y en a une qui ressemble à une reine... L'autre a des cheveux qui tombent bouclés sur les épaules... Celle-là rit souvent et montre des dents que l'on prendrait pour des perles fines...

— Quel enthousiasme !...

— Un beau gibier, digne d'un prince ou d'un capitaine de bandits !,..

— Je commence à croire que Gaspard de Besse sera moins irrité... Elles sont deux, dis-tu ? Quel dommage que je sois malade !...

On pourra les retenir assez pour,..

— Tu m'ouvres des horizons nouveaux !... Et moi qui songeais à aller à Marseille rendre visite à Cifolelli... M. des Galois de la Tour a réellement de la chance.

Ce fut d'ailleurs de Valors qui mit le soir même Gaspard de Besse au courant du bon tour de Bavard.

— Décidément, fit le capitaine en fronçant les sourcils, ce gaillard-là devient trop malin.

— C'est drôle cependant !...

— Dis plutôt que c'est mal, très mal..

— Jusqu'ici ces belles enfants n'ont pas eu à se plaindre. On les comble de prévenances et de soins.

— Je vais les prévenir...

— Vous aurez tort, Gaspard !

— Je ferai ce que j'ai toujours fait depuis que je suis à votre tête...

De Valors sourit.

— Vous oubliez l'enlèvement de Mmes Saint-Huberti et Cifolelli... Il est vrai que ces dames ne se sont pas beaucoup fâchées... et puis elles appartenaient à un monde où l'on ne dédaigne pas que l'on aille rondement... Il est des femmes qui aiment assez qu'on leur manque de respect.

— Si Mme Saint-Huberti m'avait repoussé, je me fusse soumis.

— Elle vous a ouvert, au contraire, ses bras tout en chantant... Jamais aventure ne fut plus amusante... Enfin, agissez à votre guise, Gaspard... En d'autres occasions, cela vous a rapporté, j'en suis sûr, de vous montrer chevaleresque et plein d'égards pour la faiblesse du sexe.

Le capitaine ne répondit pas et, quittant de Valors, il se fit indiquer l'appartement des jeunes filles.

La prétendue femme de chambre l'introduisit. Gaspard de Besse se trouva presque aussitôt en présence des voyageuses.

Un cri expira sur ses lèvres.

C'étaient Mlles de Saint-Servan, Laure et Antoinette.

— Vous, dit-il, vous !

Elles n'étaient pas moins surprises.

— Ici !... Comment se fait-il que vous soyez ici ?

— On pourrrait vous adresser la même question, monsieur, répondit Antoinette avec un sourire.

— Vous avez quitté Marseille.

— Pour venir voir Mme de Semper, qui a été élevée comme nous, dans un couvent d'Aix. Quoiqu'elle soit notre aînée, nous n'en sommes pas moins de bonnes amies.

Laure gardait le silence pendant ces explications.

Tandis que sa sœur ignorait qu'elle était en présence d'un bandit, elle savait parfaitement à quoi s'en tenir, et elle se demandait à la suite de quelle aventure Gaspard de Besse les retrouvait à la villa de Semper.

Fuyait-il encore un danger ?... Ou bien, le surprenaient-elles au milieu de ses exploits ?

Il manifestait, pour sa part, le plus vif embarras...

Devait-il leur faire connaître la vérité ?... Les engager à s'en aller, à fuir cette demeure ?

L'idée lui vint qu'il n'y avait aucune nécessité de les éloigner, qu'il pouvait veiller sur elles, et qu'il avait tout avantage à les laisser momentanément dans leur erreur au sujet de l'arrivée prochaine de Mme de Semper.

— Comme vous, dit-il, je suis un hôte de cette demeure... On m'a introduit dans votre appartement par mégarde... ou plutôt on a cru que je vous connaissais... Moi-même... je...

— Eh bien, on ne s'est pas trompé en s'imaginant que vous étiez de nos amis... Ne l'êtes-vous pas, un peu ?...

— Mademoiselle, je suis pour votre sœur et vous le plus reconnaissant et le plus dévoué des serviteurs...

Gaspard de Besse accompagna ces paroles d'un regard profond qui parut impressionner Antoinette, étonnée de l'attitude plus que réservée de Laure.

Pour bien faire comprendre quelles étaient les dispositions des deux jeunes filles à l'égard de Gaspard de Besse, nous devons dire qu'après la fuite de celui-ci de la maison de la rue des Martégales, Antoinette n'avait pas été sans questionner sa sœur sur le jeune homme qui venait de commettre le meurtre de Renardot pour échapper à la justice.

Laure avait dit que le fugitif n'avait sans doute frappé le policier que pour échapper à un danger pressant. Elle avait laissé entendre que la politique ne devait pas être étrangère à la poursuite acharnée dont il avait été l'objet.

Quelques paroles échappées à Laure et à Gaspard avaient indiqué à Antoinette que l'inconnu et sa sœur s'étaient déjà vus. Malgré les dénégations de celle-ci, elle croyait que le jeune homme avait été un des compagnons de son frère, un des amis qui avaient partagé son existence de plaisir.

Elle repoussait, d'ailleurs, autant qu'elle le pouvait, cette pensée, car elle avait

La lutte fut longue, opiniâtre.

comme une souffrance à s'imaginer que ce gentilhomme, à l'aspect si doux, aux yeux si caressants, était un vulgaire débauché, engagé dans quelque conspiration pour essayer peut-être de sortir d'une situation aussi difficile que l'avait été celle de Salviade.

Antoinette eût voulu que Gaspard fût noble, vaillant, généreux, qu'il possédât toutes les vertus, car l'impression qu'il lui avait faite dans leur première et dramatique entrevue n'avait fait que s'accroître.

Pour tout dire, un amour dont le même homme était l'objet existait chez les deux sœurs, amour violent, plein de remords et de tourments chez Laure, calme et naïf chez Antoinette.

Chacune gardait son secret. Ou plutôt Laure seule cachait quelque chose, car la sœur cadette ignorait l'état de son cœur.

Gaspard reparaissait donc devant Mlles de Saint-Servan au moment où l'une cherchait à dissimuler ce qu'elle sentait et où l'autre était prête à montrer ce dont elle n'avait pas encore conscience.

Laure se défiait d'elle-même; l'autre avait la confiance de l'innocente candeur.

Toutes les deux séduisaient Gaspard, mais il ne devinait que le secret de Laure, parce que c'était précisément celui qu'on voulait l'empêcher de surprendre. Il avait fini par se rendre compte des sentiments divers qui agitaient Mlle de Saint-Servan, le sauvant après avoir voulu le tuer, le maudissant comme le meurtrier de Salviade et lui donnant son cœur en même temps.

Il avait tout à espérer et tout à craindre des élans fougueux de cette singulière fille.

Il quitta assez promptement Laure et Antoinette, car il avait besoin de réfléchir sur ce qu'il devait faire.

— Eh bien? lui demanda de Valors.

— Ces deux femmes m'appartiennent, répondit-il d'un ton presque farouche. Elles sont à moi et malheur, malheur à qui oserait toucher à un seul cheveu de leur tête !

CHAPITRE LXXIV

Dans le jardin

ORSQUE la nuit fut venue, Gaspard alla se promener dans le jardin de la villa.

Il ne cessait, bien entendu, de songer à Mlles de Saint-Servan. La pensée qu'elles logeaient sous le même toit que lui le brûlait.

Que faisaient-elles au moment où, sans y réussir, il cherchait le calme dans la solitude de ces allées merveilleusement entretenues, au milieu de ces plantes et des fleurs embaumées dont la Provence est si prodigue?

Laure n'avait-elle pas remarqué ce qu'il y avait eu d'embarrassé dans ses explications ! La méfiance ne s'était-elle pas emparée de son cœur?

Comment agirait-il le lendemain à leur égard? Comment leur expliquerait-il qu'elles étaient tombées dans un piège et pourquoi il n'avait pas cherché à les éloigner d'une maison qui était devenue un refuge de malfaiteurs?...

Il en était là de ses réflexions, lorsque soudain il entendit un pas léger sur le sable de l'allée. Il se retourna et tressaillit. A la clarté de la lune qui se levait derrière les arbres, il venait de reconnaître Laure.

Il alla vers elle et la saisit par la main. Elle le repoussa faiblement.

— Vous me haïssez toujours! murmura-t-il.

— Je viens vous demander, fit-elle d'une voix rapide, la vérité, rien que la vérité... Que se passe-t-il?... Quel est le mot de cette énigme, l'explication de ce mystère?... Qu'est devenue la famille de Semper?... Ah! j'ai peur de comprendre...

— Que craignez-vous?...

— Leur absence est bizarre... Plus je vais, plus je m'en aperçois maintenant... Je tremble qu'une catastrophe...

— Ah! quelle pensée avez-vous?...

— Les hommes auxquels vous commandez, ne sont-ils pas des bandits... et j'ai peur...

— Vous avez peur, dit Gaspard de Besse d'une voix tonnante, que la famille de Semper n'ait été assassinée!...

Cette indignation sincère révéla aussitôt à Laure combien ses soupçons étaient mal fondés.

— Pardon! pardon! fit-elle.

Il ne lui en voulait déjà plus. Ce fut seulement avec un accent de profonde tristesse qu'il lui dit :

— C'est juste... Vous avez le droit d'ajouter foi à toutes les calomnies qui ont cours sur moi... Je n'ai jamais tué inutilement, je le jure... M. de Semper, un marin qui rend des services à son pays, Mᵐᵉ de Semper, une femme, eussent trouvé grâce devant moi en toutes circonstances... Ah! s'ils avaient été des agents de nos oppresseurs ou nos oppresseurs eux-mêmes!...

— Oubliez des paroles que je regrette...

— Elles ne m'en ont pas moins enfoncé un trait aigu dans le cœur.

— Pardonnez-moi!...

Elle dit ces mots d'une voix tellement douce et suppliante qu'il en fut tout remué... Il lui prit la main que cette fois elle lui abandonna.

— Vous pardonner!... Et comment pourrais-je avoir contre vous des sentiments de rancune... Est-ce possible?...

Il l'entraîna vers un banc et elle se laissa faire...

— Que voulez-vous de moi, fit-il, que voulez-vous?... Dites!...

— Je le répète, je désire savoir la vérité.

Gaspard de Besse n'hésita pas à la lui raconter aussitôt. Elle l'écouta sans l'interrompre. Puis il y eut un court silence :

— Alors, nous sommes vos prisonnières, ma sœur et moi?

— Mes prisonnières!... Commandez et immédiatement toutes les portes de cette demeure s'ouvriront devant vous. Mes prisonnières, vous à qui je dois la vie et la liberté... Je suis votre serviteur, votre esclave, au lieu d'être votre geôlier!...

Il s'exprimait maintenant avec exaltation.

— Oh! nous partirons demain! murmura-t-elle.

— Impitoyable, vous êtes impitoyable!

Elle essaya de prendre un ton enjoué.

— Vous voudriez nous voir rester?...

— Oui, dit-il à voix basse.

— Comment expliquerais-je à ma sœur l'absence continue de Mme de Semper?... Elle finirait par comprendre ce qui se passe.... Si l'on apprenait ensuite par qui nous avons été accueillies ici, dans quelles circonstances nous y avons séjourné, nous serions déshonorées toutes les deux. Il me faut encore être plus jalouse de la réputation de vertu d'Antoinette que de la mienne... Ne dois-je pas veiller sur cette chère enfant, qui a toutes les qualités du cœur et de l'esprit?

— Oh! vous avez raison, elle est adorable!

Laure eut un mouvement causé peut-être par l'entraînement avec lequel Gaspard avait parlé.

Le bandit s'en aperçut-il? Il cessa de faire l'éloge d'Antoinette pour ne plus parler à Laure que d'elle-même, insistant longuement sur le bonheur qu'il avait à la savoir auprès de lui.

Pourquoi ce bonheur devait-il être si court? Pourquoi cette soirée dans ce beau jardin plein de parfums et de mystère n'aurait-elle pas de lendemain?...

Elle essayait vainement de comprimer les battements de son cœur, de modérer l'émotion qu'elle éprouvait tandis que le capitaine exprimait ces regrets.

Elle oubliait que cet homme était le meurtrier de son frère, le farouche Gaspard de Besse, pour s'abandonner à un enivrement qui s'emparait de son âme, de ses sens, de son être tout entier.

Elle le laissa lui dire son amour, lui répéter qu'il l'adorait et elle ne voulut même pas songer aux bonnes fortunes que l'on prêtait au bandit. Elle l'avait vu aussi près de Marie, à la bastide de Montredon!...

Il s'était approché d'elle, la pressant dans ses bras et elle n'avait pas la force de le repousser.

Leurs visages se rencontrèrent soudain et la lèvre du bandit toucha la lèvre brûlante de la jeune fille.

Laure tressaillit, eut l'air de s'éveiller comme d'un rêve, puis se dégagea brusquement.

— Adieu! dit-elle en se levant.

Elle prit la fuite.

Gaspard de Besse allait se mettre à sa poursuite quand une voix se fit entendre.

— Laure, Laure, appelait Antoinette. Est-ce toi, où es-tu?

Le capitaine passa une nuit très agitée. Il s'attendait le lendemain à ce que Laure et Antoinette quittassent la maison, mais, à son grand étonnement, personne ne bougea dans l'appartement des jeunes filles.

Il interrogea la jardinière et celle-ci lui dit que ces demoiselles attendaient sans impatience l'arrivée de Mme de Semper. Il lui semblait avoir entendu dire à la cadette par l'aînée, qu'elle avait été avertie d'un retard.

La femme de chambre des jeunes filles ne se trompait pas. Laure, après avoir décidé d'abord de s'en aller, de fuir cette demeure où elle se sentait plus menacée que si réellement elle avait été dans une caverne de bandits, s'était vue sans force au dernier moment. Loin de faire part de projets de départ à Antoinette, elle avait prétendu que Mme de Semper l'avait fait prévenir qu'elle n'arriverait que dans quelques jours.

— Mais si elle était à Toulon, nous pourrions aisément l'y rejoindre.
— Elle a dû se rendre à Grasse et elle nous prie de l'excuser.
— Quand est-on venu te faire cette commission ?...
— Ce matin, alors que tu dormais encore...
— C'est étrange !... Je n'ai rien entendu.

Antoinette regarda sa sœur d'une façon qui sembla bizarre à celle-ci.

— Et M. de Galtières reste-t-il à la villa ?
— Je ne sais.
— Ne l'as-tu pas revu depuis cette visite qu'il nous a faite... par mégarde ?...
— Non...
— Hier soir, il m'avait semblé...
— Quoi donc ?
— Tu étais seule dans le jardin ?...
— J'étais seule...
— Ah !...

Antoinette n'insista pas.

Dans l'après-midi, toutefois, tandis que Laure, pour se donner une contenance, s'occupait à un petit travail de broderie, elle descendit dans le jardin et se trouva presque immédiatement en présence de Gaspard de Besse.

Elle devint toute rose, ce qui fut loin de diminuer sa beauté aux yeux du bandit...

— Vous voilà, monsieur. Tout confus de nous avoir dérangées une fois, vous ne vous êtes plus présenté chez nous... Et cependant vous eussiez été certain d'être bien accueilli.

— Merci, mademoiselle, de ces aimables paroles...

— Ne vous enorgueillissez pas trop... C'est comme distraction que votre présence nous eût été agréable... On ne s'amuse pas trop ici...

— Il n'y a pas l'animation de Marseille...

— Et même la gaîté de notre villa du Roucas blanc, où la mer offre toujours un spectacle nouveau... Je regrette fort d'avoir engagé ma sœur à faire ce voyage... Avec cela qu'elle-même semble aussi sous l'influence de ce séjour mélancolique... Je l'ai trouvée ce matin encore plus rêveuse.

— Mlle Laure s'habituera vite à ce beau pays...

— D'ordinaire, en effet, elle s'y habituait plus facilement que moi... Il est vrai qu'elle a changé depuis la mort de mon frère.

Gaspard ne voyait pas volontiers, on le conçoit, la conversation venir sur ce sujet. Il essaya de parler d'autre chose, mais Antoinette insista sur la secousse qu'avait éprouvée Laure.

— Savez-vous qui a assassiné le vicomte de Salviade?... demanda-t-elle.

— Est-il bien mort assassiné?

— Oui, par Gaspard de Besse.

— Qui vous a dit cela, mademoiselle? dit-il d'un ton violent, qui vous l'a dit?...

Elle le regarda d'un air surpris.

— Mais c'est M. le marquis d'Arène.

— Eh bien, moi, je vous jure qu'il en a menti!

— Ah! vous savez... Vous connaissiez donc notre frère! — Je m'en suis toujours doutée, malgré les démentis de Laure... Vous avez participé à sa vie de plaisir?

— Non certes.

— Quel intérêt a donc eu M. d'Arène à nous tromper?...

— C'est le plus méprisable des hommes.

— Vous le haïssez... J'oubliais... Et Laure, elle aussi, ne l'aime plus beaucoup... à peu près depuis l'époque où vous êtes venu à la rue des Martégales... Quelle est la cause de ce changement?... Je me figure même que si elle a consenti si facilement à m'accompagner à la villa de Semper, c'est pour ne pas revoir le marquis qui, depuis quelque temps cependant, ne nous importunait plus guère. Ma sœur devrait lui savoir plus gré de sa discrétion...

— Il n'en a pas grand mérite, car j'ai appris qu'il avait été blessé dans un tripot d'Aix. Il lui est arrivé des aventures où sa vie et son honneur ont couru quelque danger...

— Quelle est donc, monsieur de Galtières, l'origine de ce courroux que je vois luire dans votre regard, chaque fois que l'on prononce le nom du marquis devant vous?... Vous nous avez déclaré jadis qu'il était votre plus cruel ennemi.

— C'est vrai...

— Est-il possible que l'on puisse détester ainsi?

— Vous êtes un ange, mademoiselle, et vous ignorez qu'il est des hommes qui ne peuvent qu'inspirer une répugnance profonde parce que ces hommes ne peuvent que nuire... Ils sont semblables à ces animaux que leur instinct porte à détruire... De tels animaux déchirent, mordent, tuent... Ils sont d'une race mauvaise... M. d'Arène a d'illustres ancêtres... Il appartient à une famille où on ne rencontrait jadis que des exemples d'honneur. Mais il est né sur une branche pourrie, issu d'un père et d'une mère méprisables... Si tous les deux ne lui eussent pas donné leurs vices réunis, il eût répudié l'héritage honteux qu'ils lui offraient pour l'héritage qui lui revenait seul légitimement et qui était composé d'abnégation, de gloire et de vertus... Entre le bien et le mal, il a choisi le mal... Ah! j'en connais qui eussent choisi le bien... Malheureusement ils ont été poussés par une fatalité incroyable. Après la première faute ils ont été cruellement châtiés, impitoyablement chassés par ceux-là mêmes dont ils eussent pu attendre plus de bienveillance et d'affection!...

L'émotion étranglait la voix de M. de Galtières. Antoinette n'avait pas de peine à comprendre que ce devait être à sa propre histoire qu'il faisait allusion. Son cœur sensible s'émut en présence de ce désespoir.

— Consolez-vous !...

— Oh ! merci de cet accent de pitié sincère, de la compatissance qui se trouve dans votre voix. Je le répète, vous êtes un ange, capable même de calmer les tortures d'un damné.

Cette fois, Antoinette eut presque peur, néanmoins elle reprit :

— Les damnés sont condamnés au désespoir, parce qu'ils ne peuvent pas racheter leurs fautes. Lorsqu'on vit, lorsqu'on est jeune encore, on peut toujours faire oublier les siennes.

— Hélas !...

— Espérez donc, espérez !

Elle s'éloigna sur ces paroles, et il n'eut ni le courage ni la force d'essayer de la retenir.

Quoiqu'il en eût reçu l'invitation, il ne se présenta pas chez Mlles de Saint-Servan. Peut-être avait-il adopté un parti héroïque, peut-être avait-il résolu d'épargner celle des deux sœurs qu'il sentait sur le point de lui appartenir par égard pour l'autre qui lui paraissait maintenant infiniment désirable.

Mais la fatalité devait encore une fois emporter Gaspard de Besse.

Toute la journée la chaleur avait été accablante. Laure, qui n'était pas sortie, en avait surtout souffert.

Le soir, elle éprouva à son tour le besoin de respirer l'air frais et pur du jardin.

Antoinette s'était déjà retirée dans sa chambre.

Laure l'appela.

La jeune fille ne répondit pas. Elle s'était endormie sans doute. Mlle de Saint-Servan eut un instant d'hésitation, puis elle quitta l'appartement et glissa bientôt légère, silencieuse, sur le sable des allées.

Une seule pensée occupait son esprit, celle de son amour ; une seule image flottait devant ses yeux, celle de son amant.

Elle souhaitait de le rencontrer et elle en avait peur aussi.

Quand elle ne le trouva pas dans le jardin, ses craintes disparurent et elle n'eut plus que le désir de le voir. A mesure qu'elle désespérait d'entendre le bruit de ses pas, ce désir s'irritait en elle.

Elle s'était d'abord promis d'éviter l'endroit où elle avait causé avec lui le soir précédent et où il l'attendait peut-être.

Laure, néanmoins, ne tarda pas à se diriger comme malgré elle vers cet endroit qui l'attirait. Ne le trouvant pas, elle s'assit sur le banc où ils avaient causé, où il lui avait dit qu'il était son serviteur, qu'il était son esclave, qu'il l'aimait au-dessus de tout.

Maintenant elle l'appelait de tous ses vœux.

Il ne vint pas et elle reprit sa promenade, ne pouvant se décider à rentrer.

Lasse de parcourir le jardin en tout sens, elle finit par entrer dans une sorte de bosquet formé par des acacias, des chèvrefeuilles retombant en touffes épaisses. Elle se laissa tomber sur un tertre de gazon où, peu à peu, elle fut gagnée par ce doux engourdissement qui n'est pas encore le sommeil, mais qui est déjà le rêve.

Lorsqu'elle rouvrit les yeux, un homme agenouillé était devant elle.

Elle poussa un cri et voulut se lever.

Mais lui, l'attirant contre sa poitrine dans une étreinte passionnée, déposa sur ses lèvres un baiser ardent qui lui imprima une forte secousse.

— Laure! Laure! murmura Gaspard, ne me reconnais-tu pas?

C'était bien sa voix.

Tremblante, éperdue, elle essaya encore de se dégager.

— Tu m'aimes et tu me fuis, Laure.

— J'y suis condamnée...

— Oublie tout pour ne songer qu'à ce que nous éprouvons l'un et l'autre. Ne me repousse pas... Viens, viens dans mes bras et soyons unis pour jamais!

Il la saisit et l'emporta dans un enfoncement ténébreux, où l'herbe, mêlée de baume et de pervenche, était sèche et douce.

Il s'assit à côté de la jeune fille fascinée, enivrée et qui abandonnait presque sans résistance son corps souple aux caresses brûlantes, aux étreintes passionnées de son amant.

Le cœur de Laure battait avec violence, son sein se soulevait avec force. Le vertige la saisit et elle ne put que se livrer à cet homme qui exerçait sur elle une fascination étrange.

Lorsque Laure, aux premières clartés du jour, rentra dans sa chambre, elle était à Gaspard de Besse pour jamais.

Huit jours s'écoulèrent pendant lesquels les amants ne songèrent qu'à leur amour.

Gaspard de Besse oubliait pour Laure ses bandits, ses expéditions, toutes ses maîtresses. Il regardait à peine cette ravissante Antoinette, si gaie, si mutine, qu'il avait un instant préférée à sa sœur.

Laure s'efforçait de tout oublier pour ne songer qu'à Gaspard de Besse.

Lui seul existait pour elle et c'était avec indifférence, avec dédain même, qu'elle répondait à sa cadette. lorsqu'elle lui parlait encore de leur situation dans la villa, de l'absence continue des Semper.

De Valors, convalescent, commençait à sortir de sa chambre.

Antoinette le rencontra quelquefois, lui parla et l'interrogea.

Heureusement, le compagnon de Gaspard ne manquait pas d'imagination. Il raconta à la jeune fille toute une histoire qui expliquait avec assez de vraisemblance, sa présence, celle du capitaine et pourquoi la famille que Mlles de Saint-Servan étaient venues voir, ne rentrait pas.

De Valors fut impressionné par la beauté d'Antoinette.

Il en parla à Gaspard de Besse.

— Dites donc, capitaine, maintenant que vous avez fait votre choix, est-ce qu'il est défendu de s'approcher de trop près des deux petites femmes que cet excellent Bavard a installées ici?

— Cette défense subsiste toujours.

— Même pour la cadette?

— Pour la cadette aussi.

Ils ramèrent avec ardeur vers la felouque.

— Ah! vous êtes égoïste... Il me faudra donc aller à Marseille retrouver Cifolelli?...

— Agis comme tu l'entendras!...

De Valors n'en continua pas moins à rechercher les occasions de causer avec la plus jeune des demoiselles de Saint-Servan. Toutefois il était ennuyé que celle-ci ne lui parlât que de M. de Galtières.

— Ce serpent de Gaspard,... il les séduit toutes... Cet enfant ne pense qu'à lui...

De Valors avait donné son chef pour un gentilhomme de grande naissance, obligé de se cacher pour fuir la persécution d'ennemis puissants. Si on l'arrêtait, un sort redoutable l'attendait. Il adviendrait à peu près de lui comme de ce mystérieux inconnu qui, le visage caché par un masque de fer, était resté longtemps prisonnier au château de l'île Sainte Marguerite, non loin de Toulon et dont on avait toujours ignoré le nom, le rang et la naissance.

Cette version n'avait pas été créée par de Valors, mais il l'avait enjolivée. Il faut lui rendre cette justice que, quoique voyant un rival dangereux dans Gaspard, il n'essayait pas de lui nuire.

Mais Antoinette avait remarqué le changement opéré chez sa sœur, ses absences dans la journée et le soir. Elle la suivit, l'épia et assista à un de ses rendez-vous avec Gaspard.

Cachée derrière un arbre, elle entendit une conversation sur le sens de laquelle il n'y avait pas à se tromper.

La pauvre enfant sentit son cœur se briser de colère et de douleur. Elle savait tout maintenant.

CHAPITRE LXXV

Le chariot

E lendemain Gaspard de Besse attendit vainement Laure dans le jardin. Elle lui avait dit cependant qu'elle viendrait l'y rejoindre dans l'après-midi.

Il finit par se douter que quelque chose s'était passé, et il se dirigea vers l'appartement des jeunes filles.

Au moment où il allait y entrer, il se trouva en présence de la jardinière qui lui annonça la disparition de Mlles de Saint-Servan.

— Que voulez-vous dire ?

— Ces demoiselles n'y sont plus... Je crois qu'elles sont parties.

— Parties !...

— Oui, et ce qui est surprenant, sans emporter leurs effets, leurs bagages...

— Ce n'est pas possible... Quand auraient-elles quitté la villa ?...

— Cette nuit...

— Allons donc !...

— Leur lit n'est même pas défait... Elles ne se sont couchées ni l'une ni l'autre.

Il fallut bien que Gaspard de Besse, désolé, se rendît à l'évidence car, ni Laure, ni Antoinette ne reparurent. Qu'est-ce qui avait été la cause de la résolution subite des deux sœurs ? Comment étaient-elles sorties de la villa sans que personne ne pût s'opposer à leur départ ?

Les portes avaient été fermées pendant toute la nuit et quelques bandits, sous la direction de Bavard, veillaient à l'entrée principale pour protéger au besoin le capitaine, ou du moins pour empêcher toute surprise.

Gaspard de Besse eut bientôt la conviction que ces bandits avaient fait leur devoir, et cependant ils n'avaient rien entendu.

Les deux sœurs s'étaient évidemment échappées par le jardin quoique celui-ci fût entouré de murailles garnies de tessons de bouteilles à la mode provençale.

Laure et Antoinette s'étaient-elles déchiré les mains et le corps en voulant fuir Gaspard de Besse pour un motif qu'il ignorait, pour une cause qu'il cherchait en vain dans son esprit?

Tout à coup une idée lui vint. Il alla vers la jardinière et lui dit brusquement :

— A quelle heure Mlles de Saint-Servan se sont-elles éloignées?

— Comment monsieur veut-il que je le sache?... C'est tout à l'heure seulement que j'ai appris...

— Tu mens!...

La jardinière fut toute bouleversée par l'air irrité de Gaspard. Son regard se fixait sur celui de cette femme et semblait la fouiller profondément. Elle essaya de résister.

— Je ne mens pas... je ne mens pas...

— Tu vas me dire la vérité tout entière.

— Je vous l'ai dite.

— Ce sera le seul moyen de me faire oublier... Allons, obéis !

La jardinière comprit qu'elle ne devait pas hésiter plus longtemps.

Elle raconta alors que, vers les trois heures du matin, alors que le jour commençait à rendre moins sombre la voûte du ciel, on avait frappé à la porte du pavillon qu'elle occupait avec son mari.

Elle regarda par la fenêtre pour savoir qui c'était, et elle vit les demoiselles de Saint-Servan qui la suppliaient de leur ouvrir, disant qu'elles avaient à lui parler.

La jardinière descendit.

Les deux jeunes filles portaient des costumes de voyage. Leurs visages avaient des traces de larmes. Avant de venir, elles avaient dû beaucoup pleurer.

— Nous vous en prions, nous vous en supplions, dit Antoinette, vous allez nous faire sortir d'ici.

— Vous voulez partir à cette heure?... D'où vous vient ce projet?... Et Mme de Semper, vous ne l'attendez pas?...

— Nous savons tout !... Mme de Semper ne viendra pas... Il ne nous plaît pas, d'ailleurs, de rester dans cette maison.

— Il ne vous plaît pas... Et c'est à moi que vous avez pensé... Mais je ne suis qu'une servante et, si je vous obéissais, j'aurais des désagréments... La porte de la villa est, d'ailleurs, gardée, et M. Bavard...

— Quel est cet homme ?... Un bandit ?...

— Il n'y en a pas dans cette villa...

— Nous savons très bien que nous sommes dans un antre de Gaspard de Besse...

— Gaspard de Besse !...

« — C'était toujours, dit la servante à ce moment de ce récit, la cadette qui parlait. L'autre semblait affaissée par la douleur... »

— Pauvre Laure !... murmura Gaspard.

« — Mlle Antoinette, continua la jardinière, me prit soudain par le bras. — Vous avez l'air d'une honnête femme, et c'est probablement par hasard que vous êtes la complice de malfaiteurs. Vous ne supporterez pas qu'après nous avoir trompées, ils nous retiennent pour nous enlever notre honneur, nous avilir et nous souiller...

« — Mais, répondis-je, puisque tout est fermé...

« — Il y a sans doute quelque porte du jardin dont il vous serait possible de vous procurer la clef.

« C'était la vérité, mais je niais ; Mlle Antoinette frappait du pied d'impatience.

« — Il faut, répétait-elle, il faut que nous partions à l'instant même.

« Soudain ses yeux se remplirent de larmes et elle changea de ton.

« — Madame, me dit-elle, il faut absolument que vous veniez à notre secours !

« Elle pleura abondamment cette fois ainsi que sa sœur, et, comme je ne suis pas de marbre, j'ai fini par me laisser toucher. J'ai ouvert une des portes du jardin et mon mari a accompagné pendant assez longtemps ces demoiselles sur la route de Marseille, afin de leur éviter toute mauvaise rencontre. »

La jardinière ne disait pas ce qui l'avait touchée beaucoup plus que les larmes et les supplications de Laure et d'Antoinette, c'était l'argent qu'elles lui avaient donné.

Non seulement elles lui avaient remis tout ce qu'elles avaient sur elles, mais elles lui avaient promis une forte somme. Les jeunes filles s'étaient dépouillées de leurs bijoux à son profit.

La jardinière avait remarqué que, tandis que Laure accablée ne disait presque rien, c'était Antoinette qui semblait tout mener.

Gaspard était devenu silencieux et sombre pendant ce récit. Il comprenait que la plus jeune des deux sœurs avait surpris son secret et sa liaison avec Laure. Elle avait voulu arracher celle-ci à un amour indigne d'elle.

Il ne songea qu'à une chose, retrouver les jeunes filles, les ramener à la villa. Il emploierait la force s'il le fallait...

Sans tarder plus longtemps, il se fit seller un cheval et s'élança sur la route de Marseille.

Il n'avait pris aucune précaution pour dissimuler ses traits et pouvait être reconnu par le premier passant qu'il rencontrerait, puis dénoncé, arrêté !... Que lui importait ?...

Laure, Antoinette ! Il ne cessait de répéter leurs noms en enfonçant ses éperons dans les flancs de son coursier qui dévorait l'espace. Par une étrange disposition d'esprit, il n'avait pas le courage d'en vouloir à celle qui lui enlevait l'autre. Il les regrettait également toutes les deux.

Il sentait un vide affreux dans son cœur en sentant qu'il était privé à la fois des élans passionnés de Laure et de la vue du visage charmant d'Antoinette !...

Ah ! s'il les rejoignait... comme il se jetterait à leurs pieds, les supplierait en disant que, sans elles, il ne pouvait vivre.

Il ne réfléchissait pas aux expressions dont il se servirait, à l'étrangeté de sa situation vis-à-vis de ces deux jeunes filles qu'il aimait.

Et puis, nous le répétons, dans son cerveau de bandit, la violence apparaissait comme un dernier et suprême argument.

Lorsqu'il connaîtrait le refuge de Laure et d'Antoinette, il les enlèverait si elles lui résistaient !

Il y a soixante-cinq kilomètres de Marseille à Toulon par la route de terre.

La route de poste passe par les gorges d'Ollioules, le Beausset, traverse des collines boisées et franchit les torrents de Vignole et de Pontravel.

Plus loin, on rencontre Cuges, Aubagne, Saint-Marcel, Saint-Loup.

Gaspard ne s'arrêta pas au Cheval-Rouge. Il n'y demanda que quelques renseignements, mais on n'avait pas aperçu les fugitives.

Ses recherches ne durèrent pas moins de trois jours. Avant d'arriver à Aubagne, il fit une singulière rencontre.

La route, sortant de la plaine, s'engage dans une gorge boisée. Un nuage de poussière lui annonça que des cavaliers approchaient.

Le capitaine, qui avait été jusqu'ici fort imprudent, pensa que ce pouvait être de la maréchaussée et se dissimula, ainsi que son cheval, dans un massif d'arbres.

C'étaient bien des cavaliers de la maréchaussée, en effet, mais ils escortaient un convoi d'un genre tout particulier.

Ce convoi se composait de deux chariots dont l'un portait des armes destinées à l'arsenal de Toulon. L'autre avait une cargaison d'un genre différent.

On y voyait cinq filles enchaînées par le milieu du corps.

Gaspard de Besse, de sa cachette, remarqua que ces malheureuses étaient livrées au plus profond désespoir.

Les unes étaient assises sur la paille, les autres debout. Une cachait son visage entre ses mains.

Le capitaine crut reconnaître en l'une d'elles, qui n'était pas la moins désolée, la d'Argenterie.

Il ne se trompait pas, car sa voisine était la Sauterelle, puis cette excellente Mme Rébier chez qui Gaspard de Besse avait été entraîné à commettre sa première faute.

Évidemment, ce n'était pas pour leur plaisir que ces estimables personnes voyageaient dans des conditions aussi pénibles et aussi peu honorables, car les archers qui les suivaient les accompagnaient évidemment par ordre de M. le lieutenant criminel de la bonne ville de Marseille.

Celui-ci avait décidé qu'un certain nombre de filles, folles de leur corps et vivant dans l'inconduite, seraient transportées à Toulon d'où elles seraient dirigées sur la Guyane par le premier navire de la marine royale qui effectuerait ce trajet.

C'était sans doute en vertu de cette ordonnance que la Sauterelle, la d'Argenterie et la Rébier étaient ainsi affreusement cahotées.

Mais quelles étaient donc les deux autres prisonnières ?

La première était belle, très belle, et conservait au milieu de son infortune un certain air de dignité. C'était la fausse comtesse qui avait accueilli puis dédaigné d'Arène.

La seconde, celle dont Gaspard de Bessé n'avait pas d'abord aperçu le visage, se leva soudain et il la reconnut en frémissant.

— Miette ! murmura-t-il au comble de la surprise.

Miette au milieu de ces prostituées, Miette, la pure et chaste enfant enchaînée avec ces créatures vouées à la honte et à l'ignominie. Gaspard ne pouvait en croire ses yeux.

Il s'imagina un moment qu'il était trompé par une funeste ressemblance, mais, quand le chariot fut tout près de lui, il dut bien reconnaître qu'il n'était pas le jouet d'une illusion.

— Il n'est pas possible qu'elle mérite un sort aussi affreux ! Elle est la victime de quelque horrible machination... Que s'est-il passé ?

Il se frappa le front.

— C'est peut-être à cause de moi... Ah ! malheur, malheur à ceux qui la traitent d'une façon aussi infâme !

L'escorte se composait de six hommes. Celui qui les commandait arracha une nouvelle exclamation au capitaine.

— Bras-de-Fer !...

C'était bien, en effet, le fameux brigadier qui avait cueilli tant de lauriers dans ses diverses expéditions contre Gaspard de Besse et qui avait, on se le rappelle, réussi à s'emparer de Coquelicot... avec l'aide de Renardot.

Le capitaine se demanda pourquoi cet illustre agent de l'autorité avait le sabre au poing.

S'attendait-il à avoir à maîtriser une révolte de ses captives, redoutait-il quelque tentative d'évasion ?... ou bien, tout simplement, s'imaginait-il que sa splendide flamberge lui donnait, lorsqu'elle était au vent, un air plus majestueux ?...

En réalité, Bras-de-Fer, fatigué de voir pleurer les prisonnières, venait de leur administrer quelques coups du plat de son sabre en guise de consolation.

— Je ne comprends pas, avait-il dit, qu'on fasse si triste mine en notre compagnie... Nous avons droit à des égards car nous avons la tournure galante... Allons donc ! Vous n'avez pas, que je sache, l'habitude d'être maussades avec les amoureux !...

Comme ces consolations n'avaient pas de résultat et que, à l'exception de Mᵐᵉ de Milleroses, toujours hautaine et fière, les femmes donnaient encore des marques de chagrin, Bras-de-Fer recommença à frapper après avoir dépassé Gaspard. Son sabre atteignit Miette.

Le capitaine ne put plus y tenir.

— Lâche ! cria-t-il.

Bras-de-Fer s'arrêta. Il ne pouvait deviner tout d'abord d'où partait cette voix.

— Lâche ! répéta Gaspard.

— Hein ! qui m'insulte ?

— Moi !...

Gaspard de Besse apparut à cheval.

Les soldats de la maréchaussée dégainèrent et s'élancèrent vers le bandit auquel ils allaient certainement faire un fort mauvais parti, lorsque trois autres cavaliers se montrèrent au tournant de la route.

Ce n'était plus des policiers, mais Bavard, Coquelicot, de Valors lui-même. Ce dernier montait à cheval pour la première fois depuis sa blessure.

— Nous voici, Gaspard, cria-t-il... Nous allons t'aider à donner une raclée à cette vermine.

— C'est à ce misérable que j'en veux ! s'écria le capitaine en désignant Bras-de-Fer... Il maltraite des femmes.

Gaspard de Besse fit, pour se dégager, un moulinet avec son épée et y réussit.

Il porta un premier coup au brigadier, mais il ne réussit qu'à l'atteindre légèrement.

Les archers étaient disposés à se défendre. Ils se voyaient d'ailleurs plus nombreux que leurs adversaires. La lutte fut longue, opiniâtre.

Gaspard tira sur Bras-de-fer presque à bout portant et l'atteignit à la poitrine. Le brigadier eut un cri étouffé et tomba de cheval.

A ce moment, vigoureusement poussés par Bavard, Coquelicot et de Valors, les soldats de la maréchaussée prenaient la fuite à travers champs.

Gaspard de Besse resta un moment seul au milieu de la route avec les femmes et le blessé qui râlait.

Les prisonnières avaient suivi avec une stupeur facile à comprendre ce qui s'était passé.

En entendant la voix de son amant, Miette avait frémi. Son œil avait brillé, puis elle avait tremblé, tremblé pour lui qu'elle adorait encore, quoique ce fût à cause de lui qu'elle était dans une aussi triste situation.

Mme de Milleroses s'était animée pendant la bataille. Elle avait relevé la tête comme un cheval de combat, regrettant peut-être de ne pas pouvoir seconder ce défenseur inattendu.

La Sauterelle, la d'Argenterie, la Rébier avaient fait des vœux pour les bandits, comprenant que c'était pour elles la délivrance s'ils étaient victorieux.

— Voilà un brave gentilhomme ! fit la d'Argenterie en désignant Gaspard de Besse. Je lui donnerais volontiers mon amour.

— Ton amour, à toi, dit la Rébier avec transport, ça n'a pas grande valeur... Si jamais je rentre à Marseille et qu'il vienne chez moi, je le mettrai pour rien en rapport avec les plus belles bourgeoises de la ville.

La Sauterelle eut un ricanement.

— Eh ! la Rébier, procureuse du diable, j'ai bien peur pour toi que tu ne puisses plus exercer ton métier au Pavé d'Amour.

Gaspard de Besse s'approcha de Miette.

— Chère enfant, qu'y a-t-il eu ? — Pourquoi t'a-t-on traitée ainsi ?

— Vous êtes Gaspard de Besse, dit-elle lentement.

— Oui, je suis Gaspard de Besse. Qui t'a appris cela?

— On m'a arrêtée comme votre maîtresse et on m'a flétrie comme votre complice... J'ai été condamnée à aller finir mes jours aux colonies.

— Je me suis heureusement trouvé là pour empêcher d'exécuter une sentence inique.

— Je n'en suis pas moins déshonorée.

— Déshonorée aux yeux de qui?... Mon admiration te reste et je te proclame la plus pure et la plus suave des créatures... Les fers que tu portes, tu les glorifies... Laisse-moi te les enlever...

— Oh! que vous êtes aimable, jeune homme, dit la d'Argenterie, de songer à nous débarrasser de ces vilaines chaînes... Je vous embrasserai pour votre peine.

— Il se soucie pas mal de cela, murmura la Rébier. S'il voyait mes bourgeoises, ce serait différent!...

Coquelicot, Bavard, de Valors étaient de retour auprès du capitaine.

Ils s'empressèrent de l'aider à mettre en liberté les prisonnières.

— Toi!... dit la d'Argenterie à Bavard... tu étais un brigand!...

— Je regrette fort de ne pas te laisser aller aux colonies, mauvaise carcasse... répondit Bavard d'un air maussade.

— Tu étais plus aimable jadis...

— J'ignorais que tu étais payée par nos ennemis, que tu me trahissais.

— Ma foi non; c'était Mme Rébier qui m'avait envoyée vers toi.

— Moi, cria la Rébier, j'obéissais à M. Renardot.

— Vous ne valez pas plus les unes que les autres et c'est dommage de ne pas vous laisser finir ce voyage qui aurait probablement débarrassé de vous le genre humain...

— Allez où vous voulez! dit de Valors aux femmes qui étaient descendues du chariot.

— Mais si vous nous laissez comme cela, on va nous reprendre!...

Pendant ce temps-là, Coquelicot se tenait à l'écart, montrant une réserve qui ne lui était pas habituelle et Gaspard de Besse suppliait Miette de lui rendre une partie de son affection et de son estime.

Celle-ci faisait de vains efforts pour ne pas se laisser désarmer.

— Tu ne consens donc pas à me pardonner?...

— Oh! je ne vous en veux plus!...

— Je t'ai déjà vengée en partie... Je châtierai encore celui qui t'a dénoncée...

Miette avait rapidement mis au courant Gaspard de Besse de ce qui s'était passé. Elle lui avait parlé notamment de l'homme qui avait conduit la maréchaussée chez elle.

— Qui cela peut-il être?...

Coquelicot s'avança:

— Je vais te le dire, Gaspard, car je le sais...

— Ah!

— C'est Rouget!...

La mère eut un cri horrible de désespoir.

— Rouget !...

— Tu ne te doutes pas de toute l'infamie de ce misérable...

— Qu'a-t-il fait encore?...

— Il a enlevé l'enfant de Clarisse et il le garde comme otage... Il compte te réduire ainsi à l'impuissance et se servir de ce pauvre petit être pour s'emparer de toi !

Gaspard de Besse eut un cri de rage.

CHAPITRE LXXVI

Poursuite d'un scélérat

OQUELICOT raconta à Gaspard de Besse tout ce qu'il savait.

Il était arrivé à Draguignan après l'enlèvement de la petite fille, et avait trouvé la mère folle de désespoir.

A sa vue, Clarisse n'avait pu dire qu'une chose :

— Ma Nini !... Ma Nini !... Vous me la rendrez, n'est-ce pas ?...

Coquelicot lui avait demandé le récit de ce qui s'était passé.

— C'est lui, lui, Nicolas Servan !...

— Je ne connais pas Nicolas Servan...

— Il a un autre nom qu'il m'a dit... Ah ! je ne me le rappelle pas... ma tête se perd... Cet homme, ce misérable, que fera-t-il de ma pauvre enfant ?...

— Il vous l'a enlevée ?...

— Eh oui !... De quoi me lamenterais-je, de quoi me plaindrais-je, si je l'avais auprès de moi ?

— Il est nécessaire que vous me racontiez bien tous les détails et surtout que vous me donniez le signalement du ravisseur...

Clarisse réunit tous ses efforts pour faire connaître à Coquelicot le drame du dolmen de la fée.

Elle s'était évanouie au moment où le scélérat, qui lui prenait sa fille, avait réussi à se débarrasser de son étreinte. Quand elle était revenue à elle, elle s'était traînée jusqu'à la ferme qu'elle habitait et avait prévenu Pierre.

Celui-ci s'était mis immédiatement en campagne. Il avait, avec ses serviteurs, organisé une battue pour s'emparer de la bête fauve qui s'était attaquée à un pauvre être innocent et faible.

Clarisse suppliait Coquelicot, qu'elle savait adroit et rusé, de se joindre aux paysans.

Il le promit avec empressement et se fit décrire le voleur d'enfant.

— Nicolas Servan est laid, horrible... Son visage est semblable à son cœur...

— Ces renseignements ne sont pas suffisants.

— Il a les cheveux rouges...

— Comme Bavard ou comme... Ah ! j'y suis... Ne serait-ce pas Rouget ?

— Rouget ! Oui c'est cela... Nicolas Servan m'a dit qu'on lui avait donné ce surnom.

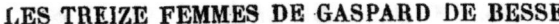
— Un tel misérable était seul capable d'un tel crime... Rassurez-vous... Maintenant que je sais à qui j'ai affaire, je vais me mettre en chasse... Je vous rendrai votre fille...

— Soyez béni !...

Coquelicot se joignit, en effet, à Pierre et à ses serviteurs. Il se préoccupa d'abord de la direction que Rouget avait dû prendre.

Quel fut son étonnement lorsqu'il retrouva les traces du bandit sur la route d'Italie !

Partout le ravisseur se donnait comme l'homme d'affaire du marquis d'Arène. Coquelicot en conclut que ce gentilhomme était pour quelque chose là dedans.

Comme nous le savons, d'Arène avait approuvé et même admiré le plan de Rouget, mais celui-ci en avait toute l'invention.

Coquelicot suivit la piste de Rouget jusqu'à Cabris, village entre Draguignan et Grasse.

Cabris est bâti sur une colline d'où l'on découvre une très belle vue et qui domine des prairies et des jardins embaumés. Là, croissent en pleine terre l'oranger, le citronnier, le grenadier, le jasmin et l'héliotrope, cette plante amoureuse du soleil.

A Cabris, Coquelicot trouva des renseignements complets dans une auberge louche, tenue par un homme de mauvaise mine, d'aspect rébarbatif, mais qui se montra disposé à parler lorsqu'on lui offrit sa part d'une bouteille d'eau-de-vie qu'il venait de servir.

Cet aubergiste indiqua que Rouget avait continué sa route sur Grasse et avait l'intention de séjourner à Nice.

— Qu'y fera-t-il?

— Je ne le lui ai pas demandé... Cela ne me regardait pas.

— Avait-il une enfant?

— Oui... Il en prenait même assez de soin... Il disait que c'était un péché véniel de son maître.

— Le marquis d'Arène?

— Le marquis d'Arène.

— Et quand est-il parti?

— Ce matin... Il a passé la nuit.

Coquelicot se retourna vers Pierre.

— Il nous faut aller immédiatement à Grasse... Peut-être y trouverons-nous Rouget.

— Soit ! dit Pierre.

Coquelicot et lui eussent été assez surpris s'ils avaient appris que, à ce moment même, Rouget entendait leur conversation.

Nicolas Servan avait trouvé dans l'aubergiste un ancien compagnon de captivité de la prison de Marseille. Il l'avait mis dans ses intérêts et il lui faisait donner une fausse piste.

Le voleur d'enfant n'avait nullement l'intention d'aller en Italie où il n'avait rien à faire. Son objectif était Aix ou Marseille, mais auparavant il voulait mettre la petite de Clarisse en lieu sûr.

L'endroit qu'il avait choisi pour la cacher était Besse même, son pays, celui de Gaspard et de sa maîtresse.

Il connaissait une vieille femme qui prenait des enfants en sevrage après avoir été jadis au service du marquis d'Arène. C'était à elle qu'il avait songé.

En lançant Coquelicot et Pierre sur la route d'Italie, il manœuvrait assez habilement puisqu'il leur faisait tourner le dos à la direction qu'il voulait suivre en réalité.

Une fois l'enfant cachée, il commencerait par avertir le marquis, et il verrait ce qu'il avait à faire.

Quand ceux qui le poursuivaient furent partis, Rouget se montra à l'aubergiste.

— Tu les as trompés ! lui dit-il, avec un aplomb superbe...

— N'est-ce pas ?

— Tu es resté le vieux coquin que j'ai connu autrefois.

— Oh ! pour être gargotier, je n'en suis pas plus devenu honnête homme.

— Je te crois sans peine... Il n'y a pas grande différence entre un gargotier et un voleur.

L'aubergiste parut flatté. Il avait gardé l'amour de son ancienne profession et il ne demandait qu'à y rentrer. Il ne l'avait jamais du reste absolument quittée et les gens des environs le savaient bien, car ils s'abstenaient de venir dans son établissement.

Sur le point de s'en aller à son tour, Rouget dit à ce digne ami :

— Je me rappellerai le service que tu m'as rendu, et si jamais je puis t'être utile...

— J'espère que l'occasion se retrouvera de travailler ensemble.

— Tu adores le grand chemin... Je l'aime moins parce que l'on risque d'attraper des mauvais coups... Il y a des voyageurs qui ont des armes pour se défendre.

— Eh bien, quel mal y a-t-il ?... On joue avec eux du couteau et du pistolet.

— Peste ! comme tu y vas !... Je ne dédaigne pas, moi, de mettre tout doucement la main dans la poche d'un bon bourgeois inoffensif, d'opérer dans les foules, les académies ou les tripots.

— En un mot, fit l'aubergiste dédaigneusement, tu es un vulgaire filou.

— Oh ! vulgaire...

— Enfin, nous avons une haine égale pour les honnêtes gens et cela nous rapproche... Tiens, ce qui fait que j'ai eu tout à l'heure du plaisir à tromper ces individus qui voulaient être renseignés sur toi, c'est que j'ai compris que ce n'étaient pas des gens de notre espèce... Le grand surtout me tromperait bien s'il était capable de mal faire...

— Coquelicot ?...

— Il s'appelle Coquelicot ?...

— Oui... Et ce prétendu personnage inoffensif, sais-tu qui il est ?...

— Je l'ignore.

— C'est un des lieutenants de Gaspard de Besse.

— Gaspard de Besse ! Est-il possible ?

L'aubergiste semblait ébloui. Rouget grommela :

— Qu'as-tu ?

— J'admire Gaspard... En voilà un brigand réussi !

— Pas si brigand que cela !...

— Allons donc !

— Ce n'est pas lui qui prendrait dans les poches... Quel homme !... Il attaque des convois, il met en fuite la maréchaussée, il écrase des bataillons tout entiers... Il paraît qu'il a été superbe au Lubéron... J'aurais voulu voir cela !...

— Peuh !...

— Ne serais-tu pas de ses amis par hasard ?...

— Moi ! je ne le connais pas...

— C'est que, si tu faisais quelque chose contre lui, je me repentirais de t'avoir été utile. Tu dis que ce Coquelicot, sur le compte duquel je me trompais si bien, est un de ses lieutenants ?...

— Je n'en suis pas bien sûr...

Inutile de dire que Rouget se repentait d'avoir trop parlé.

L'aubergiste répéta :

— Tu n'en es pas sûr... tu n'en es pas sûr...

— Dans le cas où cela serait, que ferais-tu ?...

— Ce que je ferais ?...

— Coquelicot est parti... Il ne repassera plus par ici... et moi aussi... Allons, mon vieux, un dernier verre à ta santé.

L'aubergiste ne se fit pas prier pour trinquer avec Rouget, mais, quand celui-ci se fut éloigné, il alla à l'écurie, fit seller un bidet.

— Garde-bien l'auberge, dit-il à sa maritorne...

— Serez-vous bientôt de retour ? lui demanda celle-ci.

— Demain.

— Où allez-vous ?

— A Grasse !...

L'admirateur de Gaspard de Besse lança son bidet sur la route qu'avaient suivie peu de temps auparavant Coquelicot et Pierre.

Pendant ce temps-là, Rouget rebroussait chemin, évitait Draguignan et s'arrêtait à Lorgues où il louait une carriole pour se rendre à Besse.

Il avait porté constamment dans ses bras Nini qui n'avait cessé de pleurer et de réclamer sa mère.

Pour la calmer, il avait d'abord essayé de la caresser, puis, voyant qu'il n'obtenait aucun résultat, il l'avait battue. Maintenant, la petite créature, épouvantée, se taisait, mais des sanglots étouffés soulevaient encore sa poitrine.

Cela ennuyait le bandit qui prodiguait à Nini des injures de toutes sortes.

— Fille de chienne et chienne de fille, disait-il. Je finirai par t'étrangler... Tu vaux aussi peu que ton père, ta mère, que je voudrais tenir... Hue ! la laide, hue ! la bâtarde !

Rouget se garda bien de traverser Besse quoique la femme à laquelle il voulait confier Nini restât à l'extrémité du village, du côté opposé à celui par lequel il arrivait.

Le bandit fit un long détour. Il ne se souciait pas d'être vu de ses compatriotes qui avaient conservé pour lui une médiocre estime.

La carriole s'arrêta enfin devant une demeure de piètre apparence sur la porte de laquelle se tenait Joséphine, cette mégère qui jadis avait si lâchement torturé Clarisse.

— Hein ! Joséphine, c'est toi ! cria Rouget.

— Comme tu vois !

— J'ai à te parler...

— Moi je n'ai rien à te dire... Passe ton chemin, répondit la vieille d'un air maussade.

— Je vois que tu as toujours le même caractère aimable.

— Je suis polie avec qui il me plaît !...

— Personne ne te plaît alors !...

— C'est possible !...

— Enfin, sois comme tu voudras pourvu que tu fasses ce que je vais te demander...

Joséphine eut un nouveau grognement auquel Rouget affecta de ne pas faire attention.

— As-tu toujours des enfants en... sevrage ?...

— Oh ! pour cela non...

— Pourquoi ?...

— Les parents ne veulent plus m'en donner...

— Est-ce vrai ?

— Les gens du pays prétendent que je les soigne mal... Il y a tant de mauvaises langues par ici...

— Ça c'est vrai...

— Pour comble de malheur, il semblait que ce fût un fait exprès... Toute cette vermine mourait...

— Ah ! elle mourait...

— Je ne pouvais en sauver aucun...

— Je conçois que cela n'encourageait pas les familles...

— Mais qu'est-ce que tu portes là ?...

— Tu vois...

— Est-il vilain cet avorton !...

— Ne le méprise pas trop, car tu vas être sa petite maman...

— Moi !...

— Je suis venu ici exprès pour te le confier...

— Tu n es le père ?...

— Que t'importe !...

— C'est parce que si, par hasard, il n'y en a pas d'autres que toi pour me garantir le payement...

— Tu ne crois pas à mon honnêteté ?...

— Pas du tout.

— C'est flatteur...

— Tu m'as déjà trompée quand j'ai quitté les d'Arène... Tu as pris pension chez moi et, au lieu de me donner de l'argent, tu as mangé mes économies...

— Eh bien, rassure-toi... Cette fois tu n'auras pas à te plaindre... Je ne suis pas le père de cette enfant et tu en connais la mère...

— Qui est-ce ?...

— Clarisse.

— Clarisse !...

Joséphine répéta le nom de celle qui avait été sa victime avec une sauvage expression de haine et de colère.

— Pour être franc, continua Rouget, je te dirai que ce n'est pas précisément cette mijaurée qui a pensé à l'honorer de sa confiance... Il est même probable que, si elle savait que c'est une grenouille de ton espèce qui veille sur son crapaud, elle n'en serait pas charmée... Tu n'as d'ailleurs aucune raison pour lui être agréable.

— Oh ! non... mais enfin que se passe-t-il ?...

— Tu ne comprends donc pas ?

— Comment veux-tu que je sache...

— Voici l'explication. J'ai pris à Clarisse l'enfant qu'elle a faite avec Gaspard, et, pour les empêcher l'un et l'autre de la retrouver, je veux la mettre en lieu sûr, la savoir entre des mains de quelqu'un qui la cachera comme il faut et n'ira pas la rendre à ses parents.

— Ce quelqu'un serait moi.

— Je suis sûr que tu ne me trahiras pas, que la pensée ne te viendra pas de faire du sentiment avec la jeune fille à qui tu dois d'avoir perdu ta place... car c'est à cause d'elle que Laurent t'a chassée du château d'Arène...

— Il ne me l'a pas caché.

— Aussi tu détestes Clarisse et Gaspard de Besse ?...

— Tu peux le dire...

— Et tu ne cherches qu'une occasion de leur être désagréable...

— C'est vrai...

— Cette occasion est toute trouvée...

— Je le crois...

— Tu te chargeras de la petite ?...

— Je m'en chargerai... à moins que... Il y a une chose que je ne devine pas.

— Laquelle ?...

— Tu veux faire de la peine au capitaine et à sa maîtresse...

— Je ne veux pas leur faire du plaisir...

— Pourquoi ne pas tuer alors cette petite tout de suite, au lieu de me prier de la garder ?... Est-ce que le courage te manquerait ?...

— Je serais parfaitement capable de jeter la fille de Clarisse dans un précipice quelconque ou de lui casser la tête d'un coup de pistolet... Si je ne le fais pas, c'est que j'ai des motifs...

— J'ai besoin que tu me renseignes...

— Je compte me servir de la progéniture de Gaspard et de Clarisse pour m'emparer de l'un et faire souffrir l'autre. Crois-tu que le capitaine ne sera pas joliment désarmé quand je lui dirai que, s'il me touche, s'il se livre, lui ou les siens, à la

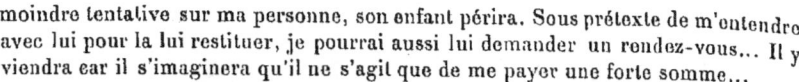

moindre tentative sur ma personne, son enfant périra. Sous prétexte de m'entendre avec lui pour la lui restituer, je pourrai aussi lui demander un rendez-vous... Il y viendra car il s'imaginera qu'il ne s'agit que de me payer une forte somme...

— Tu renoncerais à ta vengeance pour de l'argent?...

— Non, certes... De l'argent du reste, j'en aurai quand Gaspard de Besse sera dans les prisons d'Aix ou de Marseille...

— A la bonne heure!...

— Gaspard de Besse une fois livré, une fois roué, nous pourrons encore nous amuser avec Clarisse qui me l'a préféré, qui n'a cessé de lui donner des preuves d'amour alors qu'elle m'a toujours témoigné du mépris...

— Il est une chose qu'il faut que tu fasses pour que j'accepte...

— Parle.

— Arrange-toi pour que Clarisse n'ignore pas que c'est moi qui ai son enfant. Elle saura ce que cela veut dire, et son chagrin sera encore plus grand... D'ailleurs, c'est ton intérêt, car elle poussera son homme à essayer de s'entendre avec toi...

— Tu as raison, Joséphine... J'ai décidément bien fait de penser que tu pourrais m'être utile...

— Oh! ce n'est pas par amitié pour toi...

— Je m'en fiche, pourvu que tu agisses comme je le désire!... Tiens, voilà la petite.

Les conditions auxquelles Joséphine se chargeait de l'enfant furent ensuite vite débattues entre Rouget et la mégère.

Pendant cette conversation, Nini, fatiguée par une longue route, épuisée par les émotions qu'elle avait ressenties malgré son âge si tendre, s'était endormie sur le banc où Rouget l'avait déposée.

Joséphine commença par l'éveiller en la secouant brutalement. Elle la regarda ensuite.

— Quelle horreur, dit-elle, quel monstre! Je n'ai jamais vu rien de pareil.

Il est à remarquer que la petite Nini était une des plus jolies et gracieuses créatures que l'amour ait fait venir au monde.

Rouget et Joséphine la trouvaient néanmoins fort vilaine, et peut-être étaient-ils de bonne foi, tant leur haine contre Clarisse et Gaspard était vive. Des êtres aussi mauvais ne pouvaient voir qu'en laid la fille de leur ennemi.

Nini manifesta, de son côté, la plus vive épouvante en considérant le visage hideux de la mégère dont le regard étincelait.

Elle se mit à crier, ce qui lui valut un châtiment immédiat.

Joséphine rentra dans la maison avec sa proie.

Tandis que ceci se passait, l'aubergiste de Cabris rejoignait à Grasse Pierre et Coquelicot.

— Est-il vrai, dit-il à celui-ci, que vous êtes lieutenant de Gaspard de Besse?

Pour toute réponse, Coquelicot mit la main sur son épée.

— N'ayez pas peur, continua l'ancien camarade de Rouget, vous n'avez rien à craindre de moi... Je suis au contraire à votre service...

— Tu railles...

C'était à Gaspard qu'elle rêvait.

— Afin de vous le prouver, je vous dirai que l'homme que vous cherchez n'a pas pris le moins du monde la route d'Italie... Ce n'est pas à Nice qu'il va, mais à Marseille et à Aix...

— Tu nous avais trompé !...

— Oui, car j'ignorais... Mais maintenant que je sais à qui j'ai affaire, je me mets à votre disposition... trop heureux si je puis rendre service à votre illustre capitaine...

— Très bien, très bien !...

Coquelicot éprouvait cependant quelque méfiance car l'aubergiste, ainsi que nous l'avons dit, n'avait pas bonne mine, mais celui-ci ne tarda pas à donner des preuves de sa sincérité.

Il avertit le lieutenant de Gaspard de Besse au moment du passage d'une troupe à cheval qui eût pu lui chercher noise si elle l'eût rencontré.

Cette troupe, dans laquelle se trouvaient plusieurs des archers qui avaient conduit jadis Coquelicot à l'échafaud dressé sur la place Saint-Louis à Marseille, se rendait dans l'Esterel pour y poursuivre les bandits pendant qu'ils étaient à Toulon et au Saint-Trou. Toujours bien renseignés les gens de police!

Malgré le concours de l'aubergiste, Coquelicot ne put retrouver Rouget que lorsque celui-ci eut quitté Besse.

Ce scélérat ne se cachait plus.

Tandis que Coquelicot se précipitait avec colère vers lui, il l'attendait de pied ferme, les bras croisés, presque souriant.

— Ah! misérable, je te tiens!

— Tu me vois, oui, mais tu ne me tiens pas!...

— Je m'en vais te châtier cependant.

— Tu ne feras rien du tout...

— Ton insolence est sans borne.

— C'est possible...

— As-tu une épée, as-tu un poignard pour te défendre?

— Je n'ai ni l'un ni l'autre, mais j'ai quelque chose de plus sûr.

— Quoi donc?

— L'enfant!... L'oublies-tu?... Il me protège contre toi et contre Gaspard...

— Cet enfant, tu vas le rendre...

— Je ne le rendrai pas... Il est placé en lieu sûr et il y restera...

— Je te ferai bien dire où il est...

— De quelle manière t'y prendras-tu?

— J'emploierai la torture s'il le faut!

— Qu'un seul cheveu tombe de ma tête, qu'un seul mauvais traitement me soit infligé et la fille de Clarisse mourra... Elle est entre bonnes mains... La personne qui la garde exécutera avec plaisir les ordres que je lui ai donnés...

— Mais, misérable, que t'a fait cette pauvre créature?

— Elle, rien... Elle est trop jeune pour cela, mais son père, mais sa mère...

— Ils se sont aimés et ils t'ont méprisé...

— Je suis jaloux de leur amour... J'ai contre eux une haine violente...

— Nicolas Servan, tu es une vipère...

— Cette vipère t'a prouvé qu'elle ne pouvait pas être écrasée par toi... Va raconter à Gaspard que je suis devenu maintenant bien fort, qu'il faudra qu'il traite avec moi, qu'il capitule même... Je suis une puissance qu'il ne doit pas dédaigner, car j'ai un otage précieux...

Coquelicot ne savait à quel parti s'arrêter car il sentait que Rouget ne mentait pas et que l'enfant enlevée servirait au besoin à sa vengeance.

— Tu vas me suivre du moins!...

— A quoi bon?... On pourra venir me trouver quand on voudra. Je me rends à Marseille pour mes affaires.

— Tu abuses de ma patience !

— J'en ai le droit, grâce à mon adresse... Avoue que c'est un coup de maître !

— Jamais un honnête bandit ne se fût conduit ainsi !

— Je ne suis pas honnête, moi, même comme bandit...

— Après avoir assassiné une vieille femme, voilà que tu t'attaques à un être encore plus faible...

— La vieille femme d'Avignon m'a rapporté quelques beaux louis que j'ai trouvés sur elle et que lui avait donnés Gaspard de Besse dans un élan de générosité. « L'être encore plus faible » comme tu dis, me rapportera encore plus, car il me vaudra une fortune... Dépêche-toi d'aller mettre ton chef au courant et n'oubliez pas que je vous attends dans les tavernes du port de Marseille.

Il sembla à Coquelicot que prévenir promptement Gaspard de Besse de ce qui se passait était encore ce qu'il y avait de plus nécessaire. Il se disposa à partir.

Rouget le regarda faire d'un air railleur et, au moment où il allait s'éloigner, lui cria :

— Dis aussi au capitaine que, s'il lui manque une maîtresse, elle est en prison. C'est moi qui ai fait arrêter Miette, la batelière de l'Huveaune.

Coquelicot ne put cette fois contenir son irritation. Il se disposait à châtier Rouget sans songer aux conséquences de cet acte de colère lorsque le bandit réussit à s'échapper et à se soustraire par la fuite au châtiment qu'il méritait.

CHAPITRE LXXVII

La Felouque

Après le récit de Coquelicot, Gaspard de Besse fut un moment tout entier en proie à la colère et à la douleur.

— Et Clarisse ? demanda t-il ensuite.

— Elle est restée à Draguignan où elle attend dans une anxiété inexprimable qu'on lui rapporte son enfant. Elle voulait se joindre à nous pendant nos recherches... Nous n'avons pas voulu, car elle nous eût gênés plutôt qu'aidés. Je le lui ai fait comprendre avec peine...

— Pauvre fille ! soupira Gaspard.

— Lorsque je suis rentré au Saint-Trou, je lui ai envoyé Pierre pour la consoler et lui donner quelque espérance, puis j'ai prévenu Bavard et de Valors de ce qui avait eu lieu. Ils m'ont indiqué dans quelle direction je vous rencontrerais et ont tenu à m'accompagner pour vous offrir leur concours...

— Je reconnais bien là leur zèle, leur dévouement; mais je les prie de me laisser agir seul... Toi, Valors, rentre à la villa de Semper où tu te reposeras des fatigues occasionnées par cette sortie prématurée. J'ai besoin de toi, Bavard, au Saint-Trou. Nos camarades y manquent un peu de direction... Tu leur donneras de bonnes idées et tu leur annonceras que nous ne devons pas tarder à quitter ce gîte pour aller voir ce qui se passe dans l'Estérel.

Coquelicot fit observer qu'à ce moment l'Estérel était visité par la maréchaussée dont il avait rencontré un détachement.

— Bah! quand nous y serons, elle sera partie depuis longtemps... N'est-ce pas son habitude?

— Tu as raison!

De Valors et Bavard semblaient mécontents de quitter Gaspard de Besse dans une occasion où ils sentaient qu'il allait courir de pressants dangers, mais sa résolution était inébranlable. Il ne consentait qu'à garder Coquelicot auprès de lui.

— Ne soyez pas inquiets, dit-il à ses camarades, j'ai échappé à bien d'autres périls. Vous ne vous êtes pas dérangés pour rien, car vous venez de m'être joliment utiles. Sans vous, je ne sais pas comment je serais venu à bout de Bras-de-Fer et de ses damnés archers... A propos de Bras-de-Fer, il doit être dans un piteux état.

Tandis que ses hommes avaient, en effet, pris la fuite, le brigadier était resté sur la route, râlant et paraissant prêt à rendre l'âme.

— Dois-je l'achever? dit Bavard.

— Ce serait peut-être un service à rendre à ce pauvre diable.

— Nous en serions ensuite débarrassés.

— Jusqu'ici il ne nous a pas fait grand mal.

— C'est lui qui m'a arrêté, fit Coquelicot.

— Avec l'aide de Renardot qui était un ennemi autrement dangereux.

Sur l'ordre de Gaspard de Besse, au lieu d'achever Bras-de-Fer, Bavard lui fit boire quelques gouttes de sa gourde remplie d'eau-de-vie, puis le transporta contre un talus, sur le bord de la route.

— Il faut croire qu'on ne tardera pas à le recueillir et, ma foi, si, en cette occasion, le diable n'a pas encore son âme, tant mieux pour lui!...

Les femmes s'étaient concertées pendant que Gaspard de Besse faisait connaître ses volontés à ses amis.

Se voyant libres d'agir comme elles l'entendraient, elles avaient décidé de profiter du chariot qui les avaient portées pour gagner le voisinage de régions plus habitées.

La d'Argenterie, Sauterelle et la Rébier furent enchantées quand Bavard et de Valors leur offrirent galamment de les accompagner jusqu'à Cuges qui n'était pas à une bien grande distance.

Jeanne de Milleroses accepta également, mais sans rien perdre de son air de dignité. Elle n'avait cessé, depuis sa délivrance, de considérer Gaspard de Besse.

Au moment de s'éloigner, la prétendue comtesse alla vers lui et lui dit :

— Capitaine, vous m'avez sauvée... Je ne l'oublierai pas !

Gaspard ne répondit que par un sourire distrait. Miette le préoccupait... Qu'allait-il faire d'elle ?... En quel endroit la cacherait-il pour empêcher la haine de ses ennemis de se déchaîner contre elle ?...

Il trouverait sans doute. En attendant, il l'invita à monter avec lui sur son cheval.

Miette montra quelque hésitation, mais elle ne refusa pas. Un instant après, il l'avait auprès de lui, il entourait de son bras sa taille souple et il l'emportait du côté de Marseille, tandis que les autres femmes allaient du côté opposé.

Jeanne de Milleroses suivit du regard le groupe qui s'éloignait et murmura d'un air d'envie :

— Elle est heureuse, cette fille, d'être aimée d'un pareil homme !

En même temps que le chariot sur lequel les prisonnières de Bras-de-Fer étaient remontées, de Valors et Bavard emmenèrent le deuxième chariot, dans lequel il y avait, on le sait, des caisses d'armes destinées à l'arsenal de Toulon. C'était une bonne aubaine.

Pour éviter, autant que possible, les rencontres fâcheuses, ils prirent des chemins détournés et réussirent à éviter les recherches qui eurent lieu, sur le récit que les cavaliers de la maréchaussée mis en fuite avaient fait de leur attaque par des bandits dont ils s'étaient bien gardés de dire le nombre.

De Valors et Bavard laissèrent près de Cuges la Rébier et Jeanne de Milleroses, mais ils emmenèrent avec eux Sauterelle et la d'Argenterie. Cette dernière s'était complètement réconciliée avec son petit Bavard.

Deux jours après, Gaspard de Besse et Coquelicot étaient à la recherche de Rouget dans les tavernes du vieux port de Marseille.

Où avaient-ils laissé Miette ?... A la bastide de Montredon, auprès de Marie Asquier.

Le capitaine et son compagnon ne songeaient plus maintenant qu'à une chose. Se faire rendre la fille de Clarisse.

Chez Gaspard, le désir d'arracher son enfant à Rouget effaçait pour le moment toute autre préoccupation. Il ne pensait presque plus à Laure et à Antoinette disparues !

Inutile de dire que Gaspard et Coquelicot s'étaient déguisés afin d'agir à leur guise sans crainte d'être reconnus.

Ils avaient pris, l'un et l'autre, le costume et les traits bronzés des matelots levantins. De cette matière, ils pouvaient se promener librement sur les quais.

Rouget, contrairement à ce qu'il avait dit, fut assez long à découvrir. Enfin, un soir, on l'aperçut, entrant dans un cabaret de sinistre apparence.

Il était accompagné d'un homme qui s'enveloppait dans un grand manteau et qui, ayant rabattu son feutre sur le visage, ne se souciait pas évidemment d'être vu en un tel endroit et en semblable compagnie.

Gaspard de Besse tressaillit.

— D'Arène !...

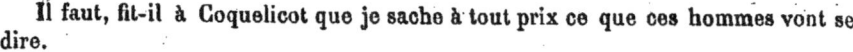

Il faut, fit-il à Coquelicot que je sache à tout prix ce que ces hommes vont se dire.

— Essayons, répondit simplement celui-ci.

Et ils pénétrèrent dans le cabaret, à la suite du gentilhomme et du bandit.

Ils virent Rouget faire un signe à l'hôte et celui-ci l'introduire avec son complice dans une salle spéciale.

Coquelicot alla à l'hôte.

— Moi aussi, je veux un endroit où l'on puisse causer librement.

— Il n'y en a plus.

Gaspard de Besse tira de sa bourse deux louis qu'il remit au cabaretier ébloui :

— Je t'assure qu'il y en a un dans cette maison...

Le cabaretier se gratta la tête.

— Je n'ai que ma chambre, mais...

— Et où est-elle située ta chambre ?... Est-elle voisine de ce cabinet-là et peut-on entendre ce qui s'y dit, ce qui s'y fait ?...

Le patron de l'établissement regarda Gaspard avec surprise. Celui-ci lui remit trois autres louis.

— Dépêche-toi, car je veux perdre le moins possible de la conversation de ces deux personnages.

— Vous ne pouvez pas mieux tomber, dit le cabaretier à voix basse, ma chambre n'est séparée du cabinet que par un simple rideau que j'enlève la nuit... Seulement, si vous désirez que l'on ne se doute pas de votre présence, il faudra entrer bien doucement et rester sans lumière.

— Soit !...

Un instant après, les deux faux matelots se trouvaient dans l'obscurité, en situation d'écouter d'Arène et Rouget.

Pour le moment, il n'était pas question de ce qui intéressait le plus l'amant de Clarisse c'est-à-dire de l'enfant qu'une pauvre mère réclamait sans cesse. Néanmoins, Rouget parlait de choses bien dignes de frapper l'attention du capitaine.

Il y avait en vue du port de Marseille, près des îles de Pomègue et de Ratonneau, une felouque barbaresque.

Cette felouque appartenait à des pirates de Tripoli qui, ayant perdu récemment leur chef, ne pouvant tomber d'accord sur son successeur, avaient résolu d'offrir à Gaspard de Besse de se mettre à leur tête.

Une délégation avait été envoyée à Marseille pour savoir où elle pourrait rencontrer le bandit et elle était tombée sur Rouget qui l'avait dissuadée de donner suite à ce projet.

— Je connais, avait-il dit, un homme plus habile que Gaspard, bien plus courageux et bien plus fort. Cet homme est un officier obligé de quitter l'armée du roi...

D'Arène se récria :

— Obligé... obligé !... je ne suis pas obligé...

— Vous la quitterez tout de même parce que votre situation est insupportable au régiment de la Sarre, comme elle l'était au régiment de Lyonnais.

— De quoi te mêles-tu, coquin?...

— Enfin, que j'aie raison ou tort, monsieur le marquis, me faut-il regretter d'avoir songé à vous?... Refusez-vous d'aller faire une fortune rapide qui vous permettra d'avoir un château semblable à celui dont on vous a obligé de sortir? Quand vous serez redevenu riche, vous serez déjà à moitié vengé.

— Oh! il me faudra l'être tout à fait...

— Votre tâche deviendra bien plus facile. Du reste, moi, je me charge de Gaspard de Besse.

— Je ne serai plus en Provence à l'époque de son supplice.

— Je vous enverrai des détails, soyez tranquille. Votre absence ne lui fera rien perdre.

— Et, si tu échoues, si, avec cet enfant, tu ne réussis pas à t'emparer de lui!...

— Je réussirai d'autant plus que maintenant, grâce à vous, je me suis entendu avec le lieutenant criminel de Marseille... Gaspard n'a plus qu'à arriver et même cela m'étonne qu'il ne soit pas déjà ici... Il est vrai que, dans ces derniers temps, j'ai négligé cette affaire à cause des Barbaresques et que, peut-être, il est à ma recherche... Je vais m'informer... Mais il est nécessaire de nous entendre définitivement... Acceptez-vous de commander aux pirates?...

— Quelles conditions posent ces hommes?

— Ils veulent que vous adoptiez leur costume et leur religion.

— Que m'importe!

— Votre part, dans toutes les affaires, sera la part du Lion... et j'espère que vous n'oublierez pas que c'est à moi que vous devez votre position... Voulez-vous que je vous présente demain à vos nouveaux sujets?... Un bateau nous attendra à six heures du matin en face de l'hôtel de ville.

— J'y serai...

— Très bien, monsieur le marquis...

— Je me passe de ton approbation.

— Ne soyez pas si fier avec Nicolas Servan... Ce n'est plus un paysan de vos terres... C'est un homme adroit, sans scrupules et sans préjugés, qui travaille pour vous en travaillant pour lui...

La conversation était terminée. Rouget et d'Arène se retirèrent. Après leur départ, Gaspard de Besse et Coquelicot eurent un rire bruyant.

— Une fameuse idée que tu as eue, Gaspard, en voulant savoir ce que ces deux gredins avaient à se raconter.

— J'ai dans l'idée que demain nous aurons de la besogne, murmura le capitaine.

Le lendemain d'Arène et Rouget entraient dans un bateau qui les attendait, en effet, en face de l'hôtel de ville.

Ils avaient aisément reconnu l'embarcation qui devait les conduire à la felouque car les marins qui la montaient avaient bien les allures et le costume des matelots de Tripoli. Ils ne firent d'ailleurs aucune difficulté pour les prendre et se mirent aussitôt en mesure de sortir du port.

Le temps était assez mauvais. Il y avait de grandes vagues qui soulevaient le bateau et se jouaient de lui comme d'une coquille de noix.

Rouget n'était pas très rassuré, ayant toujours, comme Panurge, préféré le plancher des vaches à l'onde perfide. D'Arène, au contraire, se riait de la fureur des flots.

Une partie de sa première enfance s'était écoulée sur mer, car on se souvient que son père avait été quelque part pirate. En acceptant les propositions de Rouget, il ne faisait guère qu'imiter l'auteur de ses jours, cet Albert d'Arène qui, comme lui, ne reculait pas devant les crimes les plus odieux.

Pour montrer aux Barbaresques ses connaissances nautiques, d'Arène tint à prendre le gouvernail et il le dirigea d'abord sur l'île de Pomègue qui forme un groupe avec Ratonneau et l'île d'If.

Au milieu de ce groupe est une sorte de port qu'on a complété par une jetée et où l'on a eu l'heureuse idée d'établir le Lazaret encore situé, à l'époque où se passe ce récit, à Marseille même, au quartier d'Arène.

Le navire des pirates se tenait à environ un mille de Pomègue. Les matelots firent une pause près de cette île, puis continuèrent leur route. Ils ramèrent avec ardeur vers la felouque.

D'Arène et Rouget ne tardèrent pas à se trouver à bord du navire, mais là une surprise les attendait.

Depuis une heure, les pirates avaient reconnu l'autorité de Gaspard de Besse et c'était celui-ci, escorté de Coquelicot, qui leur souhaitait la bienvenue.

— Vous êtes mes prisonniers, leur dit le capitaine.

— Misérables ! s'écria d'Arène.

Gaspard de Besse eut un sourire railleur.

— Je vous pardonne vos injures, monsieur le marquis, à cause de la situation dans laquelle vous vous trouvez... Elle n'est pas bonne, en vérité.

— Vous allez nous assassiner !...

— Vous savez bien que ce n'est pas moi qu'il faut traiter d'assassin !...

Le marquis ne répondit pas. Rouget, d'abord très alarmé, s'était peu à peu rassuré.

— Qu'allez-vous nous faire? demanda-t-il à Coquelicot.

— Je crois que mon patron a envie de vous voir suspendre au mât de la felouque.

— Tu ne lui as pas dit à ton patron que son enfant serait traité comme je le serais moi-même.

— Bah ! nous sommes ici en mer, qui ira raconter la manière dont tu auras rendu ton âme au diable !...

— Je ne t'ai pas prévenu que j'avais promis de donner de temps en temps de mes nouvelles et que si on n'en recevait pas...

— Eh bien?...

— Le cou du louveteau serait immédiatement tordu.

— Les gens auxquels tu l'as remis sont donc sans entrailles comme toi...

— Oh ! je les ai bien choisis... J'ai trouvé une femme qui hait cordialement Gaspard et Clarisse et qui ne serait pas fâchée de leur faire de la peine... Toutefois,

Le courrier d'Italie quittant Fréjus.

quoiqu'elle m'ait prié de vous dire son nom, je ne vous le ferai pas connaître parce que cela vous aiderait à découvrir l'endroit où se cache la petite...

— Tu es encore naïf... Qui te dit que nous ne le sachions pas déjà... Tu vois bien que nous sommes renseignés... Nous avons appris tes projets sur la felouque.

Rouget devint affreusement pâle...

— Est-ce possible? fit-il tout interdit.

Mais presque aussitôt il hocha la tête.

— Si vous aviez su, ces jours-ci, que la fille de Clarisse était chez José phine, vous seriez allé l'y chercher et Joséphine m'aurait averti...

— Ah! c'est chez Joséphine...

— Maladroit ! dit Rouget en se mordant la langue.

Le bandit réfléchit aussitôt que l'on ne savait pas encore où habitait cette vieille femme.

Sa maladresse n'aurait donc pas de suites immédiates.

— L'enfant sera bientôt en notre pouvoir, mon brave, fit Coquelicot.

— Qui sait ?...

Coquelicot s'empressa de faire part à Gaspard de Besse de la révélation involontaire de Rouget.

— Joséphine est cette odieuse créature qui a jadis torturé Clarisse. Elle était alors au service du marquis d'Arène. Y est-elle encore ?... Qu'est-elle devenue ? Laurent nous l'apprendra.

— Que décidons-nous à l'égard des prisonniers ?

— Je suis embarrassé.

— Pourquoi ? — La grande vergue n'est-elle pas là ? Ces braves gens qui t'ont pris pour chef méritent bien quelque chose, et ce sera pour eux un divertissement de voir le marquis d'Arène et Rouget tirer la langue en même temps...

Gaspard de Besse n'était pas de cet avis. Il voulait tuer d'Arène dans un combat à armes égales, comme ceux dans lesquels il l'avait blessé déjà et avait donné la mort à Salviade. Quant à Rouget, Gaspard se demandait s'il ne valait pas mieux, soit par la persuasion, soit par la violence, essayer encore de l'obliger à indiquer exactement où était cachée la pauvre petite créature dont la vie était en péril.

Coquelicot défendit de son mieux son opinion.

— Tu sais, dit-il à Gaspard, que rien ne me répugne autant que d'ôter la vie à des hommes sans défense ; mais ceux-ci sont de monstrueux scélérats. Est-il nécessaire de te rappeler leurs crimes ? Ne t'ont-ils pas fait verser à toi-même des larmes de sang ? Tous ceux que tu aimes, tous ceux que tu as aimés ont été plus ou moins leurs victimes et tu commets une faute irréparable en ne les débarrassant pas de ces persécuteurs dès que cela t'est possible.

— Puisque je trouerai la poitrine de d'Arène d'un coup d'épée... Ne me crois-tu pas capable d'y réussir ?

— Oui, mais le hasard des armes est si grand.

— C'est ce hasard qui est ma justification.

— As-tu besoin d'être justifié ?... Et Rouget, lui feras-tu aussi l'honneur de croiser le fer avec lui ?

— Celui-là, je te l'abandonnerai dès que j'aurai sauvé Nini...

— A moins qu'il ne pose des conditions que tu sois forcé d'accepter ?

— Enfin obéis... mets ces hommes aux fers... Ne vois-tu pas qu'un danger terrible nous menace en ce moment ?...

En effet, le ciel était devenu de plus en plus sombre. Soudain la nue sembla crever et un orage terrible éclata.

La pluie tombait par rafales et le vent soufflait avec furie. Depuis quelque temps la felouque chassait sur ses ancres. Sur l'ordre du pirate qui la dirigeait, les ancres furent levées et le léger bâtiment bondit sur la cime des flots, comme un étalon échappé.

Il était nécessaire de gagner la haute mer, afin de ne pas être jeté sur les côtes. Une manœuvre fut aussitôt ordonnée et les matelots coururent aux avirons.

Les felouques, dont on ne retrouve aujourd'hui guère que de rares modèles dans les ports de la Méditerranée, bordaient de dix à douze avirons de chaque côté, mus chacun par un ou deux hommes selon leur grandeur.

La voilure consistait en deux voiles latines, portées sur deux mâts inclinés vers l'avant. Le taille-mer des felouques se terminait au-dessus de la flottaison par un long bec, assez semblable à l'éperon des anciennes galères.

Comme la plupart de ces navires, construits pour la course, la felouque de Gaspard de Besse n'était pas pontée; elle avait seulement à l'arrière, un carrosse ou rouf servant d'abri au besoin.

C'était dans cette partie de la felouque que d'Arène et Rouget avaient été installés, les jambes prises dans des anneaux de fer, passés à la même barre.

Bien que cette position n'eût rien de bien commode, ils souffraient certainement plus au moral qu'au physique.

D'Arène était très irrité en pensant qu'il était vaincu, au pouvoir de l'homme qu'il exécrait, que celui-ci était maître de lui faire subir tel traitement qu'il lui plairait. Il craignait plus les humiliations que la mort.

Rouget commençait à croire qu'il avait eu tort de compter autant sur l'enfant de Clarisse pour le préserver de tout danger. Au lieu d'attirer Gaspard dans un piège, c'était lui qui y était tombé.

Il ignorait la manière dont le capitaine et Coquelicot avaient appris qu'il devait se rendre avec d'Arène à bord de la felouque, et n'était pas éloigné de croire qu'une entente avait eu lieu entre ses ennemis et les pirates avant que ceux-ci lui parlassent de leur dessein.

Le fils de la marquise empoisonneuse partageait cette opinion, et n'épargnait pas les reproches à son compagnon de captivité.

— Ai-je eu tort de me fier à un maladroit de ton espèce?

— Maladroit! maladroit!... Vous l'avez été, vous aussi, et, si je me suis trompé, vous avez commis la même erreur!...

— Je m'accuse d'avoir pu m'imaginer un instant... que tu étais autre chose qu'un vulgaire voleur.

— Vous avez une telle confiance en vos mérites, monsieur le marquis, que vous n'avez pas trouvé étonnant qu'on voulût en profiter... C'est moi qui aurais dû comprendre que cela n'était pas...

— Insolent!...

— Dans la situation où nous nous trouvons, les airs de mépris ne sont pas de mise... Nous sommes condamnés au même sort et, si on nous jette ensemble à la mer, les poissons ne feront pas beaucoup de différence entre mon cadavre de vilain et votre cadavre de gentilhomme.

— Tais-toi, mécréant!

— Mécréant! Je voudrais bien l'être, car ce sont eux qui l'emportent en ce moment. Mahomet, représenté par les Barbaresques, a vaincu Jésus représenté par nous... Il est vrai que nous ne sommes pas des disciples fervents du Christ, vous surtout, qui étiez sur le point d'abandonner la religion de vos pères.

— Si tu dis un mot de plus...

— Que ferez-vous?... Vous ne pouvez pas faire un mouvement et on vous a placé trop loin de moi... Il faut que vous me supportiez !

Ces réponses et d'autres avaient jeté d'Arène en fureur. Toutefois Rouget ne tarda pas à se taire pour ne plus faire entendre que des plaintes.

Il était affreusement ballotté et il comprenait de plus que la tempête faisait passer à la felouque un mauvais quart d'heure. Des craquements sinistres retentissaient de toutes parts et les vagues furieuses envahissaient le rouf.

Les pirates luttaient avec énergie, ne paraissant pas s'apercevoir du péril. Leurs figures bronzées ne révélaient aucune émotion.

Coquelicot et Gaspard montraient aussi le plus grand courage. Ce dernier, quoique n'étant pas homme de mer, avait su garder toute sa fermeté, toute son insouciance du danger. Il bravait la mort qu'il avait vue si souvent en face, et regrettait seulement que son langage fût peu compris de la plupart des hommes auxquels il adressait ses encouragements.

On fut obligé d'abattre la mâture que le vent avait d'ailleurs à moitié brisée et pendant de longues heures, la felouque, sans cesse sur le point de sombrer, resta au milieu du golfe le jouet des éléments déchaînés.

CHAPITRE LXXVIII

Il s'en débarrasse

Lorsque les grandes voix de la tempête se turent, lorsque la mer redevint calme, la felouque se trouva fort éloignée des côtes de Provence.

Le commandant du navire estimait qu'il faudrait environ trois jours pour regagner les îles du golfe de Marseille car on ne devait pas perdre de vue que l'on n'avait plus momentanément pour marcher que les avirons.

Il était nécessaire de réparer la voilure qui se trouvait en un pitoyable état. La coque du navire avait aussi quelques avaries.

Après un entretien entre Gaspard de Besse et le commandant, des ordres furent donnés et chacun se mit à l'œuvre. Les rameurs s'assirent à leur banc tandis que les calfats recherchaient les voies d'eau et que d'autres matelots s'occupaient des voiles.

Au bout de vingt-quatre heures, on put rétablir une partie de la mâture, et la felouque cingla vers un point que le commandant montra au capitaine et qui grossit peu à peu.

Ce point était l'île de Porquerolles, à l'entrée de la rade d'Hyères, mais on n'y aborda pas. On contourna l'île et ce fut dans une calanque du golfe de Giens, non loin de Saint-Vincent-de-Carqueiranne, que la felouque débarqua Gaspard de Besse et Rouget.

Rouget s'était engagé à rendre la petite Nini au capitaine à condition qu'il aurait la liberté. C'était l'arrangement qu'avait prévu Coquelicot, mais ce dernier était bien décidé à faire sauter la cervelle du bandit dès qu'on n'aurait plus besoin de lui.

— Je ne m'engage à rien, moi, et je veux que nous ne trouvions plus cette vipère sous nos pas.

Mais, contrairement à ce qu'espérait Coquelicot, Gaspard de Besse ne l'emmena pas à terre. Il voulut que son compagnon restât à bord de la felouque qui devait attendre le capitaine dans le golfe de Giens.

— Il est nécessaire, dit Gaspard à son lieutenant, que tu ne quittes pas nos nouvelles recrues... Elles pourraient avoir de mauvaises pensées...

— Sois tranquille. Ta conduite pendant la tempête, le merveilleux sang-froid que tu as montré les a remplis d'admiration pour toi... Corbleu !... Tu étais superbe tandis que moi-même, qui passe cependant pour ne pas être une poule mouillée, je cherchais dans ma mémoire s'il n'y avait pas un saint avec qui je ne fusse pas trop brouillé pour lui recommander ma pauvre âme en péril.

— Tu n'es pas si pusillanime !...

— C'est que le vent, les flots sont des ennemis contre lesquels je ne peux pas grand'chose... Ma flamberge est inutile et je suis obligé de la laisser au fourreau au plus fort du danger.

— Je comprends ça... Puis ne faut-il pas surveiller notre autre prisonnier, M. d'Arène ?...

— Celui-là ne doit guère nous embarrasser. Il n'y a aucun motif de l'épargner, même maintenant... Expédie-le au plus vite avant ton départ !...

— Je le tuerai au retour...

— Tu as tort !... Il ne faut jamais remettre à demain ce que l'on peut faire aujourd'hui.

— C'est que je me reprocherais de retarder d'un instant la délivrance de ma fille livrée à une atroce mégère...

— Tu n'as qu'à me permettre de traiter M. le marquis comme il le mérite... Je n'ai pas besoin de toi, tu le sais, pour lui régler son affaire...

— Cet homme m'appartient... Je te l'ai déjà dit... Malheur à toi si tu touches un seul cheveu de sa tête !

Coquelicot resta à la felouque sérieusement mécontent.

— Où allons-nous ? demanda Gaspard à Rouget.

— Vous allez être étonné.

— Tu crois ?

— Nous allons à Besse.

Pendant que ce que nous venons de raconter se passait, Clarisse se lamentait à Draguignan.

Elle avait eu d'abord quelque confiance en l'habileté de Coquelicot, en son activité persévérante, mais, quand elle ne le vit plus revenir, un sombre désespoir s'empara de son âme et elle dit :

— Je n'embrasserai plus mon enfant !...

Pierre rentra seul comme on le sait.

Elle l'interrogea avec avidité, mais il ne pouvait que lui donner des consolations, essayer de lui rendre un peu de courage. Elle l'écouta d'un air farouche.

— Coquelicot a-t-il renoncé à la chercher ?...

— Non, certes...

— Et Gaspard est-il prévenu ?...

— Il doit l'être.

— S'il ne m'avait pas quittée cela ne serait pas arrivé, car ce misérable ne m'eût pas surprise sans défense...

— Il ne fait pas ce qu'il veut, lui non plus !

— Ah ! s'il ne me rapporte pas ma fille, je crois que je l'aimerai moins... Que dis-je, malheureuse ?... Je blasphème en parlant ainsi... La douleur m'égare... Gaspard, mon bien-aimé... Il faut que, grâce à toi, je revoie ma Nini !

Cependant plusieurs jours s'écoulèrent sans qu'elle eût de nouvelles de sa fille et de son amant.

L'impatience, l'anxiété la torturaient horriblement.

Elle était sans cesse au dolmen de la fée à l'endroit où Rouget avait opéré son rapt. Il lui semblait qu'elle verrait reparaître Nini en ce lieu où elle l'avait vue disparaître. Elle recommandait bien cependant de la prévenir si, en son absence, quelqu'un arrivait à la ferme.

Une après-midi où elle venait d'arriver au dolmen de la fée, elle s'assit sur une pierre, se mit le visage dans les mains et pleura longuement.

Cela la soulageait un peu de verser des larmes. Lorsque son œil restait sec, lorsqu'il se fixait avec égarement sur ceux qui lui parlaient, Pierre craignait qu'elle ne finît par perdre la raison.

Un bruit fit soudain relever la tête à Clarisse. Une vieille femme était près d'elle souriant méchamment.

— Joséphine !

— Eh bien, oui, c'est moi... Il y avait longtemps que je ne t'avais contemplée... J'ai fait exprès pour toi le voyage de Draguignan.

— Qui vous envoie ?...

— Oh ! ce n'est plus M. le marquis d'Arène... Il a d'autres maîtresses plus belles et ne pense plus à toi... Il en est de lui comme de Gaspard de Besse... L'un et l'autre ont trouvé mieux... Il est vrai que tu as singulièrement changé... Tu es devenue laide...

— Laissez-moi, madame...

— Tu as su échapper à ma surveillance... Tu m'as fait renvoyer par l'intendant Laurent...

— J'ignorais...

— Ta, ta, ta... à d'autres !...

— Je vous assure...

— J'ai eu peur que Rouget ne fît pas la commission et ne t'apprît pas que je suis en train de me venger de toi...

— De moi ?...

— Oui... Devine comment...

— Je suis insensible à la douleur...

— Qu'entends-tu par cela ?...

— J'éprouve un chagrin trop vif pour qu'il y ait dans mon cœur une place pour une autre souffrance...

— Ce chagrin, je puis l'augmenter encore...

— Ce n'est pas possible !...

— Même en te disant que c'est moi qui ai ton enfant, et je t'assure qu'elle est loin d'être bien dans ma maison.

Clarisse eut comme une secousse.

Elle saisit la mégère par le bras.

— Vous !...

Joséphine eut presque peur.

Clarisse recula soudain.

— Misérable vieille, tu mens !...

— Je mens...

— C'est une horrible invention pour me torturer.

— C'est la vérité, je le jure.

— Eh bien alors, tu vas me conduire auprès de ma fille.

— Jamais de la vie !...

— Je ne te lâcherai pas, cependant... Je m'attacherai à tes pas... Il y a parfois des passants ici... Je te signalerai à eux... On t'arrêtera... on te mettra à la question comme voleuse et il faudra bien, au milieu de souffrances inouïes, que tu avoues quel est le lieu où tu caches mon trésor.

La sauvage énergie de Clarisse continuait à effrayer Joséphine. Cependant sa haine était si vive contre la malheureuse créature, qu'elle finit par l'emporter sur tout autre sentiment.

Elle ne songea plus alors qu'à jouir de ses larmes. Joséphine prit un air hypocrite.

— Allons, ne te fâche pas... A quoi cela te servirait-il... Tu dois penser que je ne suis pas femme à me laisser influencer par des menaces... Sois aimable comme je le suis, moi... C'est un conseil que je t'ai toujours donné, celui de ne pas t'emporter... Ton intérêt est d'ailleurs de me ménager, de ne pas augmenter ma rancune...

— Rendez-moi mon enfant.

— Tu serais bien surprise si je le faisais, car tu as de moi une opinion déplorable... Eh bien, je ne suis pas aussi mauvaise que tu le penses et la preuve, c'est que je vais te donner des nouvelles de la santé de la *petiote*... Elle est un peu malade.

— Vous dites ?...

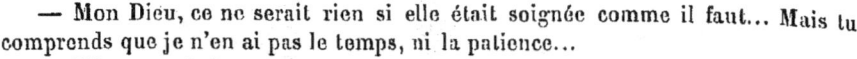

— Mon Dieu, ce ne serait rien si elle était soignée comme il faut... Mais tu comprends que je n'en ai pas le temps, ni la patience...

— Elle est malade...

— C'est aussi parce qu'elle pleure toujours... Elle ne veut pas se consoler et appelle sans cesse sa maman, sa petite maman...

— Mon Dieu! mon Dieu!...

— J'ai beau la rouer de coups, ce n'est pas cela qui la calme!

Joséphine fit suivre ses paroles d'un éclat de rire féroce.

— Oh! infâme! infâme!...

Clarisse prit de nouveau la vieille femme par le poignet. Mais celle-ci était plus forte qu'elle. D'ailleurs plusieurs nuits passées dans les larmes avaient épuisé la pauvre mère.

Joséphine se dégagea si brusquement que Clarisse tomba.

Elle ne put que se traîner aux pieds de la mégère en la suppliant.

— Tu ne menaces plus maintenant, fit celle-ci... L'heure des injures est passée. Tu t'aperçois que par la violence tu n'obtiendras rien de moi... Il en sera de même avec les prières et les pleurs; je resterai inexorable...

— On vous donnera de l'argent, beaucoup d'argent, Joséphine...

— Les promesses, ça ne coûte rien.

— Je te le jure sur tout ce que j'ai de plus sacré, sur la tête de Nini.

— Je préfère ma vengeance. Chaque larme qui tombe de tes yeux vaut plus pour moi qu'une pièce d'or...

— Puisqu'elle est malade, promets-moi au moins de la soigner... Je m'en irai ensuite.

— Allons donc!... Elle n'aurait qu'à se guérir... Il faut que tu me croies bien naïve... Tu t'imagines que je puis penser que tu quitteras ton enfant comme cela, lorsque tu l'auras retrouvée... Tu appellerais à ton secours ce damné Gaspard de Besse et on ne ferait qu'une bouchée de Joséphine. Non, tu ne dois rien attendre de moi... Je suis venue pour m'amuser un peu... Maintenant que j'en ai assez, je m'en vais...

Clarisse voulut encore se cramponner à la vieille, qui sortit une baguette de dessous sa robe et frappa sur les mains de sa victime.

Celle-ci lâcha prise avec un cri de douleur.

Joséphine était partie lorsque Clarisse put se relever et se traîner jusqu'à la ferme où elle raconta ce qui s'était passé.

Pierre se mit aussitôt à la recherche de la mégère avec Clarisse qui refusa de le quitter, mais on ne sut pas d'où était venue Joséphine, de quel côté elle s'était dirigée en quittant Draguignan.

Ce fut seulement le lendemain que Clarisse apprit d'un loueur de voitures qu'il avait ramené la vieille femme à Besse où elle demeurait.

Malheureusement, ce jour-là, Pierre était absent. Il était allé à la foire de Callas pour y vendre des moutons.

Clarisse n'hésita pas à traiter avec le loueur de voitures afin qu'il la transportât immédiatement à Besse. Il lui semblait entendre les plaintes déchirantes de sa Nini, qui était malade et l'appelait!...

— Je t'aimerai, si tu le tues!

Pendant le voyage, elle ne cessa d'exciter le cocher, de le supplier d'aller vite...

Enfin la voici à Besse.

Le cocher ignorait où logeait Joséphine qui était descendue de son véhicule à l'entrée du village. Clarisse le paya, le renvoya et prit immédiatement des informations.

C'était un dimanche. Toutes les jeunes filles étaient à la promenade avec les garçons du pays. Les uns et les autres hésitaient à reconnaître dans cette infortunée que tourmentaient les plus effroyables angoisses l'ancienne compagne qui avait eu jadis une réputation de beauté.

On essaya de l'interroger, mais elle ne répondit pas. Elle avait une idée fixe : connaître la demeure de Joséphine.

La vieille n'habitait pas le pays depuis fort longtemps et n'était désignée que sous son nom de famille. Clarisse eut assez de peine à se faire renseigner. Cependant, lorsqu'elle eut fait la description de Joséphine, quelqu'un lui dit :

— C'est de la sevreuse que tu parles, de cette vieille masque ?

— C'est possible.

— Comment peux-tu nous demander où elle loge ?

— Je l'ignore...

— Mais c'est dans ton ancienne maison, celle où tu es née, où tu as grandi.

— Ah !...

Clarisse prit sa course vers la demeure où sa mère était morte après son enlèvement effectué sur l'ordre du marquis d'Arène. Dans cette même demeure, son enfant était-elle morte aussi ?...

Plus elle approche, plus elle sent cette crainte terrible s'éveiller en son esprit. Elle voit la maison.

Non, sa fille n'est pas morte, car elle l'entend gémir. Elle s'élance dans la maison comme une lionne qui brave le chasseur impitoyable pour reprendre ses petits.

Mais Joséphine est non moins impitoyable. Elle se place devant Nini et une lutte s'engage entre les deux femmes, lutte terrible dans laquelle elles se mordent, se déchirent.

— Non ! non ! tu ne l'auras pas !...

— Je l'aurai malgré toi !...

Joséphine saisit les beaux cheveux de Clarisse pour la maîtriser, mais elle n'y réussit pas. Celle-ci lui laboure le visage.

Le sang coule. Chez la mégère, c'est l'exaspération de la haine, chez Clarisse, l'exaspération de l'amour maternel.

La maîtresse de Gaspard de Besse réussit enfin à terrasser son ennemie. Elle ne s'attarde pas à lui piétiner le corps et tend déjà les bras pour s'emparer de sa petite fille quand, tout à coup, un homme entre dans la chaumière, renverse la mère, emporte l'enfant et s'élance par la fenêtre ouverte qui donne sur le derrière de la maison.

Bientôt un autre homme apparaît. C'est Gaspard.

— Où est Rouget ?... Par où est-il passé ?...

Clarisse montre la fenêtre.

— Par ici.

Il s'élance à son tour et elle le suit.

Ils retrouvent les traces de Rouget qui pénètre dans le cimetière du village, espérant peut-être se cacher derrière les tombes.

Les mausolées sont rares. Il n'y a que d'humbles croix. On ne tarde pas à apercevoir la bête fauve qui va vraisemblablement être prise, car le cimetière est entouré de murailles.

La fatalité favorise le bandit. Il peut grimper sur la muraille, grâce à une pierre tombale.

Toutefois, il ne saute pas de l'autre côté.

Il élève Nini pour s'en faire un bouclier, dans le cas où le capitaine aurait un pistolet à la main.

— Gaspard, Clarisse, crie-t-il, je voulais garder votre fille pour ma sécurité, mais puisqu'il m'arrive tant d'ennuis, je m'en débarrasse... Pendant que vous êtes réunis, je suis content de me venger de vous, devant vous !

A ces mots, il saisit l'enfant par les pieds, la brandit et la laisse tomber en lui brisant le crâne contre le mur.

La mère eut un terrible cri de désespoir.

Rouget disparut aussitôt, échappant à Gaspard de Besse.

CHAPITRE LXXIX

Le logis de l'Estérel

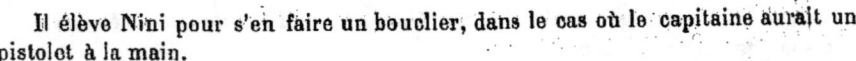 u sortir de Fréjus, après avoir passé entre les tronçons d'un aqueduc romain, on ne tarde pas atteindre la base de l'Estérel dont les carrières de granit et de marbre étaient exploitées dès le temps des Romains.

On donne le nom d'Estérel à un groupe de montagnes qui projette ses promontoires de porphyre dans les deux golfes de la Napoule et de Fréjus. Complètement indépendant des Alpes, de forme à peu près elliptique, ce groupe mesure environ 20 kilomètres du nord au sud et 15 de l'est à l'ouest. La hauteur moyenne du massif est de 5 à 600 mètres.

L'Estérel est presque complètement désert. Sur le parcours de la route qui traverse sa partie centrale, on voit seulement quelques petits hameaux, quelques maisons isolées.

L'aspect de ces montagnes est presque toujours morne, désolé. Jadis cet immense espace était couvert de pins et de chênes-lièges. Mais la guerre est passée à l'Estérel et il en a subi les horreurs.

Charles-Quint fit mettre le feu à la forêt pour en chasser les paysans qui le harcelaient et ce dut être un terrible spectacle que celui des flammes envahissant l'Estérel, apportant leur jaune clarté dans les grands arbres et laissant ensuite de noirs sillons.

De grandes étendues de bois furent alors détruites. Plus tard, des exploitations industrielles augmentèrent les ravages.

Maintenant, on voit en beaucoup d'endroits la roche tout à fait nue ou couverte seulement de maigres broussailles.

Ce déboisement a produit les plus fatales conséquences pour le régime des torrents et pour la fécondité des montagnes environnantes.

Cependant il existe encore quelques gorges boisées, quelques endroits fertiles, notamment autour d'une sommité que couronnait un temple de Diane.

Au moyen âge on honorait en ce lieu une fée que les femmes invoquaient contre la stérilité. D'où était venue semblable réputation à cet endroit et à cette fée?

On nous a montré jadis une chapelle qui jouissait du même privilège. Les femmes sans enfants y accouraient en foule, mais la chapelle était desservie par un moine vigoureux et bien râblé.

Une fée n'a guère le pouvoir fécondant. — Un Dieu, un génie, un saint, un moine, à la bonne heure !

A l'époque où se passe notre récit, l'Estérel avait uniquement très mauvaise réputation. Les voyageurs y étaient fréquemment arrêtés par les voleurs de grand chemin.

Le peuple de Provence se rappelle les crimes commis dans ces gorges, ces montagnes et dit encore de nos jours, en son langage énergique et figuré, d'un homme qui se trouve dans un grand péril : « Il passe le pas de l'Estérel. »

De loin en loin, il est vrai, la maréchaussée parvenait à s'emparer de quelque malfaiteur. Le parlement d'Aix, après l'avoir condamné à mort, ordonnait, par une disposition spéciale, que sa tête serait clouée à l'endroit même où avait eu lieu l'assassinat ou le vol armé.

Il n'était pas rare d'apercevoir dans l'Estérel quelques-uns de ces trophées hideux, en sortant d'un dangereux défilé, mais ils épouvantaient bien plus les voyageurs que les bandits, et chaque exécution était suivie d'affreuses représailles.

Le logis de l'Estérel, où relayait la diligence d'Italie, était situé non loin d'un hameau auquel la géographie attribue généreusement 32 habitants. Mme Charles Reybaud a fait la description de ce gîte.

« C'était un bâtiment à deux étages, élevé au bord du chemin, sur un monti-
« cule isolé.

« Au premier coup d'œil, cette habitation ressemblait à celle des paysans de
« la plaine.

« La façade, irrégulièrement percée d'étroites fenêtres, n'avait jamais été crépie,
« et le toit, presque plat, était couvert de tuiles rouges grossièrement assujetties
« par des pierres qui menaçaient de rouler sur la tête des passants.

« De misérables lucarnes donnaient seules du jour aux chambres de l'étage
« supérieur, et le rez-de-chaussée avait tout à fait l'aspect extérieur d'une écurie.

« Mais, en y regardant de plus près, on s'apercevait que ces grossières cons-
« tructions étaient d'une solidité que n'avaient pas les maisons du bas pays.

« Les murs épais, les fenêtres garnies de barres de fer, la porte à doubles vantaux
« de chêne, témoignaient des précautions qu'on avait prises contre les gens sus-
« pects qui fréquentaient la route.

« La maison s'élevait isolée entre le chemin et la forêt. Un guichet, pratiqué

« dans la porte même, permettait de reconnaître sans danger les hôtes qui se pré-
« sentaient.

« D'étroites ouvertures donnaient obliquement sur l'embrasure de la porte et
« offraient un moyen commode de faire le coup de fusil contre les gens qui se
« seraient avancés d'une manière hostile.

« A moins d'un siège en règle, il était impossible de pénétrer dans le logis de
« l'Estérel, une fois que les portes et les fenêtres étaient closes. »

Il y avait un écriteau qui portait en grosses lettres noires : *A l'auberge de l'Estérel,
on loge à pied et à cheval.*

Les bénéfices procurés par le logis de l'Estérel n'étaient pas, du reste, bien considérables, car quelque temps auparavant, un de ses derniers propriétaires avait
renoncé à le tenir, prétendant que ce n'était pas la peine de mener une existence
monotone pour ne pas même gagner sa vie.

Cet aubergiste avait été premier garçon aux Trois-Mages de Fréjus. Il avait
habité la ville et ne pouvait se plaire dans un endroit semblable. De plus, il avait
l'habitude des gros bénéfices, et il fallait se contenter de peu à l'Estérel, si ce n'est
avec les voyageurs de la diligence d'Italie.

Ceux-ci, en passant, recevaient un bon coup de fusil au logis, en attendant
ceux qui les menaçaient peut-être à quelque distance de là.

Donc cet homme s'était retiré et l'auberge était sur le point d'être abandonnée,
quand deux étrangers, le père et la fille, s'étaient présentés pour acheter le fond et
continuer l'exploitation.

C'étaient des Italiens, des Romains de Transtévère. Ou du moins, ils se donnaient pour tels.

Le père se nommait Beppo. Ce devait être un ancien soldat, car il portait une
moustache épaisse et avait assez fière tournure.

Du reste, il laissait presque tout le service à sa fille Marietta, une belle enfant,
très brune, avec des yeux noirs ardents.

Ces nouveaux venus firent tout d'abord bien leurs affaires.

Les paysans vinrent de loin pour consommer au logis et y voir la jolie Italienne.
Mais, outre que celle-ci se montrait farouche, on ne les encourageait pas à donner
leur clientèle. On les servait mal et on se moquait de leurs réclamations.

Peu à peu, ils s'éloignèrent et l'auberge de l'Estérel redevint silencieuse et
morne, avec son faux air de forteresse ou de caravansérail.

Souvent les habitants du hameau y virent pénétrer des gens à tournure suspecte,
mais ils n'y faisaient pas grand bruit, craignant sans doute d'attirer l'attention des
détachements de la maréchaussée s'il venait à en passer sur le chemin.

On prétendait que Beppo servait volontiers ces hôtes dans la cave, croyant sans
doute qu'ils y étaient plus en sûreté que dans la salle du rez-de-chaussée.

Un jour, le bruit courut, parmi les gens du hameau, que Marietta était sur le
point de se marier.

Un beau jeune homme était descendu au logis et on le voyait se promener souvent avec la Transtévérine, soit du côté de l'emplacement de l'ancien temple de
Diane, soit dans le bosquet de chênes verts qui était voisin de la maison et l'abritait
contre les vents du nord.

Quelques curieux poussèrent l'indiscrétion jusqu'à aller poser des questions à Beppo, qui paraissait encourager ce commerce amoureux, mais il ne répondit qu'évasivement.

— Prenez garde, lui dirent les bonnes langues, cela compromet votre fille de la voir toujours avec ce jeune homme qui reste chez vous, et si elle ne se marie pas avec lui...

— Sacrebleu ! voulez-vous me laisser tranquille ! fit Beppo avec un accent qui n'avait rien d'italien.

On le regarda avec étonnement, et il reprit :

— *Per Bacco !* fichez-moi donc la paix !

Au lieu de montrer plus de vigilance, il fit, à cette époque, un voyage, sans doute pour ne plus gêner du tout les amants et il ne revint qu'après une longue absence, accompagné d'un garçon destiné à augmenter le personnel de l'auberge et à diminuer le travail de sa fille.

On fut généralement indigné au hameau de l'Estérel, mais Beppo ne se souciait pas mal de l'opinion de ses voisins.

Sur ces entrefaites, le beau jeune homme partit ou du moins on ne le vit plus.

Marietta se montra fort triste. Ses yeux portaient presque toujours des traces de larmes.

Elle allait souvent se placer devant la maison, près d'un banc où elle s'était assise souvent avec celui qu'elle aimait et ses regards interrogeaient la route, comme si elle espérait le voir soudain apparaître.

Peut-être nos lecteurs ont-ils vu à travers les masques dont Coquelicot et la Mariotte se sont affublés pour s'installer au logis de l'Estérel.

Beppo est, en effet, le lieutenant de Gaspard de Besse et Marietta, la vivandière de la bande qui était au Lubéron. La jeune fille était d'ailleurs devenue une des maîtresses du capitaine. C'était à Gaspard qu'elle rêvait.

Il y avait longtemps qu'elle lui avait donné son cœur et c'était pour cela, sans doute, qu'elle était restée pure et chaste au milieu des bandits qui lui tenaient les propos les plus salés et lui offraient sans cesse d'acheter son amour.

Elle avait repoussé avec non moins d'empressement les hommages de Cabannes et de de Valors, qui étaient cependant d'élégants gentilshommes.

Elle n'avait, en réalité, de regards que pour le chef, dont elle admirait l'élégance, le courage et la beauté. C'était son héros, c'était son maître, c'était son Dieu !

Longtemps elle s'efforça de cacher cette affection passionnée, de peur que celui qui en était l'objet ne se moquât d'elle, mais il finit par s'en apercevoir au commencement du séjour dans l'Estérel de la prétendue Marietta et de son soi-disant père.

Gaspard de Besse avait reconnu les avantages qu'il y avait à occuper le logis et à en faire le point central de ses opérations.

C'était pour ce motif que Coquelicot et la Mariotte s'y étaient établis sur son ordre. Cette dernière, jusqu'ici, avait peu attiré son attention.

Il n'était pas homme, toutefois, à refuser l'amour d'une jolie fille. Il prit donc cette fleur qui ne demandait qu'à lui appartenir et, après en avoir aspiré le parfum son aise, il la laissa. D'autres occupations, d'autres soins, d'autres femmes, peut-être, le réclamaient.

Gaspard était devenu l'amant de la Mariotte, six mois après la mort de l'enfant e Clarisse.

Dans cet intervalle, il avait eu plus d'une aventure.

Il avait d'abord prodigué ses consolations à la malheureuse mère, puis l'avait reconduite à Draguignan, demandant à Pierre de veiller avec soin sur elle, car il craignait qu'elle ne se livrât à quelque acte de désespoir.

La vie paraissait à charge à Clarisse depuis qu'elle n'avait plus sa fille.

Justement Pierre venait d'être bien éprouvé. Il avait perdu sa femme. Il ne se fit écouter de la maîtresse de Gaspard de Besse qu'en lui parlant de sa propre douleur, qu'en la priant de servir de mère à son fils, de remplacer auprès de ce pauvre petit être celle qui n'était plus.

Peu à peu, le cœur si tendre de Clarisse s'émut en faveur du jeune orphelin, et il lui semblait souvent en lui prodiguant ses caresses que c'était encore sa fille qu'elle embrassait.

Le capitaine, après avoir laissé Clarisse à Draguignan, avait couru à la calanque du golfe de Giens où il avait laissé la felouque. Il songeait à d'Arène et n'avait pas d'autre préoccupation maintenant que de se battre avec lui et de le tuer.

La felouque était bien encore dans la calanque, mais d'Arène n'était plus à bord du navire.

Il avait réussi à s'échapper et Coquelicot, honteux et confus, dut raconter à Gaspard les détails de cette évasion peu honorable pour lui.

Le bandit n'avait d'abord pas perdu de vue le prisonnier, mais Gaspard de Besse, tardant à revenir, la fantaisie lui était venue d'aller jusqu'à Auriol voir certaine hôtelière pour le vin et pour les attraits de laquelle il avait un faible, comme on sait.

Il avait alors confié la garde de d'Arène à un pirate qui lui paraissait intelligent, avisé, et il était parti non sans remords.

Son absence avait été courte, car à moitié chemin, les craintes et les regrets d'avoir déserté son poste l'avaient emporté sur le désir d'embrasser sa belle, et il était retourné sur ses pas.

Ce peu de temps avait suffi. Le pirate qu'il avait honoré de sa confiance, quoique sectateur de Mahomet, possédait un amour exagéré de la dive bouteille.

A peine Coquelicot avait-il été parti qu'il s'était enivré et, pendant qu'il cuvait son vin, d'Arène en avait profité pour travailler à dégager ses pieds des fers qui les emprisonnaient. Il y était parvenu et avait pris immédiatement la fuite dans une nacelle.

Coquelicot était si navré en avouant ses torts à Gaspard de Besse, il se frappait la poitrine avec tant de conviction que le capitaine n'eut pas le courage de lui adresser trop de reproches.

Il se borna à dire :

— Décidément, tu avais raison en me conseillant de ne pas remettre au lendemain ce que je pouvais faire immédiatement. C'est toi qui t'es chargé de me le démontrer.

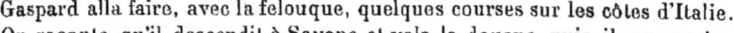

Gaspard alla faire, avec la felouque, quelques courses sur les côtes d'Italie.

On raconte qu'il descendit à Savone et vola la douane, puis il poussa jusqu'à Gènes où il acheta un palais et se fit passer pour un grand seigneur dont l'opulence, la fortune éblouirent tout le monde.

Il jetait l'or par les fenêtres, donnait des fêtes magnifiques.

Il avait pris un nom retentissant.

On l'appelait le prince Fulvio Luberone.

Ce qui n'empêcha pas qu'une nuit au milieu d'un bal une femme masquée posa soudain sa main sur son épaule en lui disant en français :

— Comment allez-vous, signor Gaspard de Besse?

Il tressaillit et entraîna cette femme dans un salon écarté.

— Que me voulez-vous?

— Signor Gaspard de Besse, ne craignez rien de moi.

— Qui êtes-vous? Comment vous appelez-vous?

— Mon nom ne vous apprendrait pas grand'chose et peut-être, si vous me voyiez, ne me reconnaîtriez-vous pas...

— Êtes-vous belle?...

— On me l'a dit souvent.

— Montrez-moi alors votre visage et dites-moi votre secret puisque vous possédez le mien...

— Si je me bornais à vous intriguer...

— Cela pourrait être dangereux pour vous...

— Bah! Je ne crains pas le danger... D'ailleurs, je suis une créature faible, j'appartiens à un sexe que vous respectez d'habitude quoique vous y comptiez beaucoup de victimes...

— Si, au moins, j'avais l'espérance d'être un jour aimé de vous...

— A la bonne heure! Vous voilà mieux dans votre rôle que lorsque vous menacez. Prince Fulvio, regardez-moi tout à votre aise...

Elle défit son masque et Gaspard eut un cri d'admiration.

Son interlocutrice était une brune aux yeux bleu sombre. Sa figure ovale était d'une admirable régularité.

Le teint apparaissait très blanc à la clarté des lumières. La bouche mutine, charmante, était un véritable nid d'amour.

La jeune femme — car elle ne semblait pas avoir plus de vingt-cinq ans — était d'une taille moyenne. Sa démarche, pleine de distinction, avait quelque chose d'une reine.

Après l'avoir un instant considérée, il sembla au capitaine qu'elle ne lui était pas inconnue.

Mais où, dans quelle circonstance avait-il déjà admiré ces traits ?

Il eut soudain comme une ressouvenance.

— Oh! non, ce n'est pas possible, dit-il, vous n'êtes pas...

Elle lui prit le bras.

— Malheureusement non, fit-elle, vous ne vous trompez pas... J'étais bien... Vous avez été mon libérateur!

Il eut presque du dédain.

Roux frappa à la porte.

— Vous vous trouviez avec Sauterelle, la d'Argenterie, Rébier...

— Et Miette, vous l'oubliez donc?... Ne l'avait-on pas vouée, elle aussi, à un sort affreux?...

— Elle était victime d'une horrible machination.

— Pensez-vous que ma place fût aussi parmi ces filles de joie livrées aux caprices et aux injures des agents de la maréchaussée, en attendant qu'on les conduisît mourir dans les déserts de la Guyane...

— Je me rappelle votre air plein de dignité...

— C'est que j'étais une victime, une victime du marquis d'Arène...

— Le marquis d'Arène! répéta Gaspard de Besse, toujours lui!...

— Je sais, dit Jeanne de Milleroses, que nous avons une haine commune et qu'il nous a fait autant de mal à l'un qu'à l'autre... Votre vengeance sera la mienne... nous avons déjà un lien commun...

Gaspard de Besse prit la main de cette belle créature et tandis que, dans ce salon écarté, la musique du bal n'arrivait que lointaine, elle lui fit le récit des persécutions dont elle avait été l'objet de la part d'Arène depuis qu'elle avait eu le malheur d'être sa maîtresse à Aix.

Nous avons dit que le marquis avait obtenu du gouverneur de Provence que la prétendue comtesse et son frère fussent invités à quitter le pays, mais que l'influence d'un autre amant avait empêché cet ordre d'être exécuté.

Jeanne de Milleroses fut en sûreté tant que sa liaison dura avec le successeur immédiat d'Arène, mais, à cause de son frère, elle rompit encore avec ce protecteur qui avait réellement été trop rançonné.

Elle partit alors pour Marseille, en signifiant à son frère qu'il eût à aller de son côté, qu'elle en avait assez de se voir, ainsi que ses amis, exploiter par lui. Il entra dans une violente colère, la menaça, mais elle fut inébranlable.

— Il y a trop longtemps, dit-elle, que tu me fais honte et dégoût.

Le malandrin finit par s'éloigner furieux et en faisant entendre des serments de vengeance qu'elle avait dédaignés.

A Marseille, Jeanne connut le riche négociant Audibert qui n'avait pas jusqu'ici été fort heureux avec les actrices du théâtre de Marseille.

Audibert, qui bravait le qu'en dira-t-on, l'avait installée à son fameux Château-Vert et l'avait entretenue sur un grand pied. Cela gênait bien un peu Mme de Milleroses de n'avoir plus sa liberté, mais ses chaînes étaient si dorées qu'elle n'avait pas le courage de s'en plaindre.

Audibert, toujours grand amateur de musique, la conduisait souvent à l'Opéra, où le succès était cette année-là pour le ténor Féadre qui était la coqueluche de toutes les femmes...

Féadre plut à un tel point à Jeanne de Milleroses qu'elle résolut de lui faire part de ses sentiments pour lui et de lui demander un rendez-vous.

C'était chose assez difficile à cause de la jalousie d'Audibert, mais ce que femme veut, Dieu le veut et... les ténors en profitent.

Jeanne allait voir de temps en temps Féadre dans l'hôtellerie qu'il habitait et ne s'apercevait pas qu'elle était épiée.

Un soir, au moment où elle se disposait à entrer dans la maison du ténor, plusieurs hommes armés s'élancèrent sur elle et l'entraînèrent.

Elle s'efforça de leur résister, mais quelques coups de crosse de fusil, solidement appliqués, eurent bien vite raison de sa velléité de révolte.

On la lia avec des cordes qui lui meurtrirent les poignets et on la conduisit, les cheveux en désordre.

Elle s'efforça d'exciter la pitié des passants, mais ce fut en pure perte. Au coin de la grand'rue, elle se laissa tomber sur le pavé et refusa de se relever.

Sur un ordre de leur chef, les argousins la soulevèrent par les cheveux. Ils allaient bien la forcer à marcher quand soudain un carrosse tourna le coin. A ses cris, un homme descendit. C'était Audibert.

Elle le reconnut à la clarté des lanternes du carrosse et désespéra de nouveau après avoir un instant espéré. N'était-ce pas lui qui se vengeait parce qu'elle l'avait trompé ?...

Mais elle faisait erreur. Ce n'était pas sur l'ordre du négociant qu'elle avait été arrêtée. Il ignorait tout ce qui se passait et il fut aussi surpris que désolé quand il vit sa maîtresse dans un aussi triste état.

— Que se passe-t-il ? Que signifie ?...

— Il y a, dit le chef des argousins, plein de déférence pour un homme qui roulait carrosse, que nous exécutons les ordres que nous avons reçus.

— Quels ordres ?

L'homme montra la lettre de cachet ordonnant de conduire Jeanne à la maison du Refuge.

— Audibert, sauve-moi ! cria celle-ci.

— Il doit y avoir une erreur, fit le négociant.

— En tout cas, elle ne dépend pas de moi... J'emmène madame. On s'expliquera plus tard.

— Un instant...

Audibert, qui connaissait tout le pouvoir de l'argent, prit à l'écart le chef des argousins et lui demanda s'il voulait échanger la lettre de cachet dont il était porteur et la femme qu'il conduisait contre vingt-cinq louis. Ce à quoi il consentit sur-le-champ.

Il s'empressa de défaire les cordes qui liaient Jeanne et s'avança, le chapeau bas, vers Audibert.

— Si jamais, dit-il, vous avez besoin de mes services, je m'appelle Beaucœur et l'on me trouve toujours au cabaret de la *Pomme-de-Pin*, près des Accoules.

Il poussa la complaisance jusqu'à ouvrir la portière du carrosse où Jeanne monta avec Audibert.

En ce moment, Mme de Milleroses aima presque le négociant qui l'avait tirée d'un si pressant danger, mais ce fut de courte durée.

Il l'accabla de questions auxquelles elle ne put répondre qu'imparfaitement, d'abord parce qu'elle n'avait pas intérêt à lui avouer où on l'avait prise, ensuite parce qu'elle ignorait complètement qui avait obtenu contre elle une lettre de cachet.

Or, son persécuteur, celui qui avait voulu la faire enfermer au Refuge, était le marquis d'Arène qui avait connu sa rupture avec le gentilhomme d'Aix, sa présence à Marseille et ses amours avec Féadre, grâce à un autre misérable qui l'avait pressé de se venger.

Ce coquin n'était autre que le propre frère de Jeanne qui avait surveillé de loin l'enlèvement. Ayant vu ce qui s'était passé, il s'empressa de prévenir le marquis, lequel, craignant qu'Audibert ne pût être en mesure d'agir auprès du lieutenant criminel, résolut d'agir diplomatiquement.

C'était au moment où d'Arène venait à peine d'apprendre par sa mère ce qui s'était passé au château, le retour de Claude, la ruine de toutes ses espérances.

Il arrivait d'Aix et avait repris son commandement au régiment de la Sarre où il se trouvait si mal.

Malgré ses préoccupations, il n'oubliait pas qu'il avait été dédaigné par Mme de Milleroses, repoussé, congédié.

Il conçut le projet de persuader à Audibert qu'il fallait faire enfermer lui-même la pauvre Jeanne. L'imprudence de celle-ci, qui ne renonça pas à revoir Féadre, n'aida que trop le marquis.

D'Arène avait connu jadis Audibert. Il se rapprocha de lui et le railla de la liaison de sa maîtresse avec un comédien. Le négociant avait une véritable passion pour Mme de Milleroses. Ce fut pour lui un coup de foudre.

Le marquis envoya à Audibert des amis qui, par leurs moqueries, firent naître en lui la colère d'être joué, bafoué.

Précisément, Jeanne s'était risquée à faire venir la nuit Féadre au Château-Vert.

Audibert, averti, prétexta une affaire qui l'éloignait de Marseille, donna assez de sécurité à sa maîtresse pour qu'elle reçût le comédien dans son appartement, puis rentra subitement, enfonça la porte de la chambre et administra à Féadre une volée de coups de cravache.

Furieuse, Jeanne accabla le négociant des plus cruelles insultes et finit par lui dire qu'elle s'en irait pour se donner tout entière à celui qu'elle préférait.

— Tu oublies donc, malheureuse, à quoi je t'ai arrachée, cria Audibert.

— C'était une erreur, une méprise... On m'eût mise en liberté.

Si Audibert lui eût dit que d'Arène était à Marseille, elle n'eût pas parlé ainsi. Le négociant ne répondit rien et sortit.

Le lendemain il se rendit avec d'Arène au cabaret de la *Pomme-de-Pin* et il y rencontra l'exempt Beaucœur.

Celui-ci les reconnut tout de suite et vint à leur rencontre.

— Tous les deux ensemble ! C'est drôle !

Mais d'Arène fit un signe qui rendit Beaucœur plus discret.

— Venez, dit Audibert, j'ai à vous parler... Vous souvenez-vous de cette femme dont je vous achetai la liberté ?

— A merveille.

— Eh bien, voici la lettre de cachet que j'ai conservée. Il faudrait vous rendre ce soir même chez cette femme à Arenc et exécuter l'ordre que vous avez déjà reçu de la conduire au Refuge.

— Il sera fait ainsi que vous le désirez.

— En outre, la lettre de cachet porte que cette femme sera fustigée, lors de son entrée en prison, n'est-ce pas ?

— En effet.

— Eh bien, il faudra que cet ordre soit exécuté et exécuté très rigoureusement, entendez-vous bien ?...

— C'est parfait.

— Alors, voici cinquante louis pour vous récompenser de votre zèle...

L'exempt prit la bourse qu'il fit disparaître prestement dans les profondeurs de sa poche et s'inclina jusqu'à terre.

D'Arène avait de la peine à cacher son triomphe.

Audibert prit congé de lui et se dirigea vers le Château-Vert. Il entra immédiatement dans l'appartement de sa belle infidèle.

Celle-ci est à sa toilette. Elle essaye dans son boudoir, devant une glace biseautée de Venise, une coiffure nouvelle.

Encore un peu de fard à la joue, une mouche assassine au pli du rire, une ou deux boucles aux cheveux et rien ne manquera au chef-d'œuvre d'une toilette si compliquée et si charmante.

On avait tiré de l'écrin l'éventail de Boucher où dansait, sous des arbres toujours verts, l'éternelle pastorale. A côté du mouchoir, brodé par les fées, resplendissait le flacon creusé dans l'onyx.

Un parfum suave allait et circulait comme s'il avait été soufflé par les anges joufflus qui se balançaient dans les roses du plafond.

Quand Audibert entra, la dame, en grand triomphe, avait si complètement oublié ses violences et ses licences de la veille qu'elle ne daigna même pas jeter un coup d'œil sur sa victime.

Ils étaient bien loin de compte, elle et lui.

Elle attendait qu'il se jetât à ses pieds, peut-être qu'alors l'eût-elle relevé en lui tendant un des doigts de la main.

Elle venait d'attacher ses bracelets de perles et, pour compléter l'ensemble, elle allait mettre à son cou son collier de diamants et d'émeraudes, lorsqu'elle entendit heurter violemment à la porte et retentir ce cri funeste :

— Au nom du roi ! Au nom du roi !

C'était le cri précurseur des arrestations.

Elle ôta d'instinct ses bracelets, elle cacha son collier sous ses voiles, et son regard effaré se porta sur Audibert qui faisait pétiller le bois brillant au foyer.

La porte s'ouvrit lentement, mais déjà, du fond de la cour, se faisait entendre le pas sonore et régulier des hommes armés.

Au sommet du perron, les crosses ferrées frappèrent la pierre et l'on n'entendit qu'un seul coup.

Enfin, la servante épouvantée annonçait à sa maîtresse que quatre fusiliers la demandaient.

Au sourire silencieux d'Audibert, elle comprit qu'elle était perdue.

Elle alla vers le négociant.

— Ce serait une lâcheté, dit-elle.

— Je vous rends à la fange...

— Est-ce possible ?...

— Cette fois vous n'échapperez plus, grâce à moi, au Refuge.

Jeanne le regarda fixement puis se mit à rire d'un rire forcé.

— Allons, c'est une plaisanterie, fit-elle. En voilà bien assez et vous pouvez vous vanter de m'avoir fait grand'peur.

Entra l'exempt, son ordre à la main.

Mᵐᵉ de Milleroses reconnut l'homme et la lettre de cachet.

Elle était livide et pourtant avec ce sang-froid qui ne la quittait guère :

— Donnez vingt-cinq louis à ces messieurs, dit-elle, puisque c'est leur prix et qu'ils me laissent à ma toilette... Je n'arriverai jamais assez à temps pour entendre l'opéra...

Puis elle se tourna vers son miroir.

Or, justement ce soir-là, Féadre chantait un rôle où, au dire de ces dames, il était incomparable.

C'était vraiment attiser le feu et, pour le coup, Audibert se félicita de sa propre violence.

— A votre aise, messieurs, dit-il à l'exempt, faites votre devoir.

Elle se leva sans mot dire, et, pendant que son petit nègre portait la traîne de sa robe, elle descendit l'escalier la tête haute et du même pas que si elle se fût rendue à la comédie.

Au milieu de la cour, s'avançait, en piaffant, son attelage Isabelle, qu'Audibert lui avait donné récemment et qui était conduit par un cocher gros comme le poing. C'était la mode alors.

Les deux heiduques, en grande livrée, attendaient de chaque côté du carrosse.

Dans les cuisines pleines de flammes et de feu, au bruit du tourne-broche, au grésillement des sauces chargées d'épices, s'agitaient cinq ou six marmitons, obéissant à la moindre indication de leur chef.

Avant qu'il soit deux heures, au retour de madame, sera servi le souper.

La fête était partout.

Mais quand les valets du logis, accourus pour honorer le départ de la maîtresse de céans, la virent au milieu de quatre argousins, soudain toutes ces têtes inclinées se relevèrent, tous ces fronts découverts se couvrirent. Il y eut des ricanements, presque des huées...

Le carrosse s'éloigna et fut remplacé par le fameux véhicule nommé déjà en argot de prison *le panier à salade*. L'exempt s'était rappelé la résistance que Jeanne avait opposée la première fois et avait pris ses précautions.

Mme de Milleroses ne parut pas s'apercevoir de la substitution bien qu'elle sût qu'après le tombereau des déjections publiques, la charrette des suppliciés, il n'y ait rien de pire que le panier à salade, réceptacle hideux de toutes les immondices de l'espèce humaine.

Elle avait lu dans le regard de l'homme outragé qu'il ne pardonnerait pas et elle n'avait pas voulu donner son désespoir en spectacle à la valetaille.

Nouvellement créé à Marseille, le panier à salade se remplissait un peu partout, au hasard de la rue ou des carrefours. On le déversait dans les prisons, dans les hôpitaux, dans toutes les maladreries de la ville.

Le trajet du Château-Vert au Refuge porta au dernier degré de colère l'âme irritable de Jeanne.

Elle se vit exposée d'ailleurs, en ces vingt minutes d'un si cruel supplice, aux injures, aux chansons, aux insultes d'un tas de filles. On la railla tellement qu'elle descendit volontiers dans le cachot sombre, mais une honteuse flagellation l'y attendait.

Un homme assista à son supplice, les bras croisés, le sourire sur les lèvres, et ne se retira que lorsque le dernier coup eut été donné.

C'était d'Arène et elle comprit d'où lui venait tout son malheur. Elle lui avait échappé plusieurs fois, il la tenait enfin !

Pendant quelques jours, elle resta au cachot, exhalant son courroux en mille blasphèmes. Elle avait les cheveux épars, la gorge nue et ses vêtements en lambeaux. Comme elle avait résisté à ses bourreaux, ceux-ci avaient mis en pièces tous ses haillons brillants.

Elle manqua de respect à un inspecteur de la prison et celui-ci la fit fouetter encore, puis il ordonna qu'elle serait transportée à la Guyane avec d'autres incorrigibles comme Sauterelle, la d'Argenterie, Rébier ou Miette qui avait été condamnée comme la maîtresse de Gaspard de Besse.

Le convoi était parti sous les ordres de Bras-de-Fer. Nous savons ce qui lui advint entre Aubagne et Cuges.

Jeanne de Milleroses, délivrée par le capitaine, était restée pleine d'admiration pour son courage chevaleresque et avait envié le sort de Miette aimée d'un pareil homme !...

De Cuges, la fausse comtesse, car Jeanne était fille d'un barbier de Lyon et n'avait d'autre noblesse que celle du blaireau et du rasoir, la fausse comtesse, disons-nous, avait gagné l'Italie.

A Gênes, elle avait à peu près vécu comme à Aix ou à Marseille jusqu'au jour où dans le prince Fulvio Luberone elle avait reconnu Gaspard de Besse.

Bien entendu, elle enjoliva le récit de ses aventures, c'est-à-dire qu'elle ne parla pas de Féadre, se donna comme calomniée par d'Arène qui avait poussé Audibert à se venger.

Ce n'était qu'une victime qui réclamait la punition de son persécuteur. Gaspard n'était pas tout à fait dupe, mais elle était si belle, son regard avait un tel éclat que, en regardant la femme, il oublia l'aventurière.

En promettant à la prétendue Mme de Milleroses de tuer d'Arène, il ne fit d'ailque renouveler l'engagement qu'il avait pris avec lui-même.

Il ne lui fut pas difficile de faire dénouer sa ceinture à la charmante Jeanne. Elle se donna à lui tout naturellement, comme une femme qui ne sait guère se refuser à un cavalier qu'elle trouve de son goût.

Elle était sans liaison à ce moment et n'était pas fâchée d'en contracter une avec le prince Fulvio Luberone.

— Qu'as-tu fait de la petite batelière? lui demanda-t-elle seulement.

Il fronça les sourcils.

— Que t'importe !

— C'est vrai, répliqua-t-elle, après tout... que m'importe !...

Ce fut une maîtresse très utile à Gaspard de Besse. Elle n'avait pas de préjugés et lui indiquait des affaires.

Quand le capitaine jugea à propos de quitter Gênes, elle voulait le suivre.

— C'est impossible, dit-il, je vais tenter des entreprises dans lesquelles une femme me gênerait... Je devrai d'ailleurs séjourner en des endroits où tu ne t'amuserais pas beaucoup.

— C'est probable !...

— Alors, reste à Gênes... Je viendrai t'y retrouver...

— Soit! Mais si tu tardes trop, Gaspard, je saurai bien te rejoindre....

— Comment feras-tu?... La maréchaussée n'y réussit pas...

— Je suis plus adroite qu'elle... tu viendras même au-devant de moi, quand je le désirerai...

— Je serais curieux de voir cela... fit le capitaine en riant.

— Ne me mets pas au défi !

Gaspard de Besse partit pour l'Estérel où il installa, comme nous avons dit, Coquelicot et Mariotte dans le Logis devenu un de ses centres d'opération.

Il y demeura pendant quelque temps aussi lorsqu'il découvrit l'amour de Marietta ou Mariotte, la treizième femme qu'il aima et dont il fut aimé !

CHAPITRE LXXX

Le courrier d'Italie

Andis que Gaspard de Besse était au Logis de l'Estérel, ses hommes prenaient possession des refuges de la contrée. Un de leurs plus importants fut, près de Saint-Raphaël, la tour de Dormont qui avait servi, dit-on, de demeure à Jeanne de Provence pendant une révolte de ses sujets.

Ils étaient certainement mieux là qu'au Saint-Trou. C'était, dans tous les cas, moins humide.

Lorsque le capitaine quitta Mariotte, il alla à Marseille. Il n'avait pas perdu le désir de retrouver Laure et Antoinette qu'il aimait toutes les deux.

Son désappointement fut grand quand il apprit qu'elles n'étaient ni à la maison de la rue des Martégales, ni au Roucas-Blanc. Il ne put obtenir aucun renseignement sur les deux sœurs.

Gaspard, tout en s'occupant des affaires de la bande, passa encore des heures fort agréables avec Mme d'Orbeval et l'intendante. Il les voyait alternativement.

Comme diversion, il eut aussi quelques rendez-vous avec Préciosa, la reine des Gueux.

Il y avait toujours quelque danger pour Gaspard à se trouver avec cette maîtresse, car on sait qu'il n'était pas vu d'un bon œil par les bohémiens, mais le danger ne l'avait jamais fait reculer, et puis la négresse Nouba veillait sur leurs

— Il y a là un homme puissant et fort.

amours, bien que sa science divinatoire lui eût permis de découvrir que sa prédiction s'était réalisée, que Gaspard de Besse avait maintenant l'amour de treize femmes.

Sur ces entrefaites les émissaires du capitaine lui annoncèrent qu'il allait pouvoir effectuer une grosse opération, sans beaucoup exposer ses hommes.

Le duc de Gênes faisait parfois du commerce avec les négociants de Marseille. Ceux-ci, ayant à lui payer une forte somme, devaient la lui expédier par le courrier d'Italie.

Gaspard de Besse fut prévenu du jour où cet argent partirait pour sa destination. Il prit ses dispositions pour qu'il ne dépassât pas l'Estérel.

Mariotte vit à cette occasion son bien-aimé reparaître au Logis.

Gaspard organisait l'attaque du courrier. Désireux de commander lui-même cette expédition, il ne prit que quelques bandits d'élite avec lesquels il se dirigea vers Fréjus.

Il arriva à six heures du soir dans cette ville et envoya immédiatement Coquelicot prendre des informations à l'auberge des Trois-Mages où la diligence relayait.

On attendait celle-ci à huit heures. Comme on se trouvait en plein été, ce devait donc être à la tombée de la nuit qu'elle quitterait Fréjus.

Gaspard résolut de louer une place et de monter dans la voiture. Il irait ainsi jusqu'à l'endroit qui lui semblait le plus propice pour l'arrestation armée et qui était au point culminant de l'Estérel, non loin des hameaux des Mendiguons et de Gabriel, à une faible distance du Logis.

Ce qui fut dit fut fait.

Gaspard de Besse, après avoir dîné avec ses hommes chez un affilié de la bande, les fit partir à l'endroit convenu, puis alla aux Trois-Mages avant le passage de la diligence.

L'auberge des Trois-Mages était alors une des meilleures de Fréjus. Elle avait pour enseigne une image fantastique représentant l'adoration des Mages et pour hôte un gros bonhomme au sourire aimable, à l'abdomen engageant. Il était, en effet, probable qu'un homme qui se nourrissait si bien lui-même devait donner de la bonne cuisine aux autres.

Maître Nicolas aimait à parler. Il apprit à Gaspard de Besse qu'à cette époque de l'année il y avait très peu de voyageurs pour l'Italie. La diligence était presque toujours vide.

— Cependant, ajouta-t-il, je lui fournirai aujourd'hui deux voyageurs... Vous et une dame arrivée ici avant-hier et qui nous quitte déjà...

Maître Nicolas eut un soupir.

— Vous paraissez fâché, lui dit Gaspard, du départ de cette dame.

— Je le suis, en effet, car elle faisait beaucoup de dépenses. Tout à l'heure, en réglant sa note, elle a ravi mon personnel par ses généreux pourboires... Ah ! il faudrait beaucoup de monde comme cela... Malheureusement...

L'aubergiste s'interrompit lui-même.

— Je n'ai pas lieu d'être satisfait depuis quelque temps... Les gens de Fréjus avaient l'habitude de faire dans cette maison de bons repas, ils y ont renoncé...

— Vous étiez peut-être trop cher...

— Non, c'est un de mes anciens garçons qui m'enlève mes clients... Figurez-vous qu'il a fondé une hôtellerie sous le nom des Trois-Rois. N'est-ce pas une concurrence déloyale ?

— Il me semble, en effet.

— Les Trois-Rois, les Trois-Mages... Tout le monde confond... et ceux qui ne confondent pas vont là-bas tout de même...

Gaspard de Besse ne put s'empêcher de sourire...

— Mon infortune vous amuse...

— Non, certes...

— Ah ! ce maudit Noël, il eût bien dû rester dans l'Estérel quand il y est allé pour tenir le Logis...

— C'était donc...

— Vous connaissez le Logis ?...

— J'en ai entendu parler...

— Il trouvait qu'on s'y ennuyait, et puis les bénéfices n'étaient pas gros... Il y a aussi un autre motif...

— Lequel ?...

Maître Nicolas eut un air mystérieux.

— La vérité c'est que Noël est amoureux de ma fille, que je refuse de la lui donner et que c'est pour ce motif qu'il a juré de me ruiner...

— Pourquoi refusez-vous votre fille à votre ancien garçon... Serait-il un mauvais mari ?

— Je ne pense pas, car il est solide, dur au travail...

— Ne l'aime-t-elle pas ?

— Au contraire... et même ça m'ennuie beaucoup.

— N'est-il pas économe, rangé ?...

— Oh ! pour ça...

— Quel motif alors ?...

— C'est qu'il a été mon domestique et franchement c'est humiliant... J'avais rêvé de donner mon enfant à quelque bourgeois... Quand on est la fille de l'hôte des Trois-Mages...

— On doit épouser celui que l'on aime.

— C'est votre avis...

— Oui... Appartenez-vous vous-même à une famille si illustre pour redouter une mésalliance ?...

— Mes parents étaient cultivateurs...

— Et comment êtes-vous devenu aubergiste ?

— En épousant la fille de mon patron, car j'ai d'abord été valet d'écurie...

— Comment ?... Vous ne voulez pas faire pour un autre ce qu'on a fait pour vous ?... C'est mal...

— Je commence à me dire cela depuis que l'auberge des Trois-Rois prospère...

— Vous voyez.

— Mais, si je cède, on va se moquer de moi, on va dire que je n'ai pas de volonté...

— A votre place, c'est moi qui m'en ficherais pas mal...

— Vous avez peut-être raison... Si les Trois-Rois devenaient une succursale des Trois-Mages, peu m'importerait que l'on confondît... Chut !... Voilà ma fille...

Mlle Nicolas était une charmante brune qui eut une jolie révérence pour Gaspard de Besse.

Elle venait de faire descendre les bagages de la dame qui devait prendre le courrier et paraissait enthousiaste de sa grâce et de sa beauté.

— L'aimable personne, dit-elle à l'aubergiste... Regarde ce qu'elle m'a donné...

Elle montra un collier de perles.

Gaspard se sentit le désir de voir l'inconnue. Sans aucun doute, ce désir serait satisfait puisqu'il voyagerait avec elle.

En attendant, il se pencha vers la fille de l'aubergiste.

— Mademoiselle, je crois que votre père est sur le point de céder...

Elle le regarda non sans surprise...

— Que voulez-vous dire ?...

— Il ne tardera pas à vous accorder son consentement...

Elle rougit légèrement.

— Eh quoi ! il vous a dit...

— Vous et votre amant devez espérer...

— Nous le savons bien, mais c'est, à notre tour, de faire un peu soupirer mon père... car il est peut-être maintenant plus pressé que nous...

— Ah !

— Il vous a donc raconté comme à tout le monde. Le bavard !...

En ce moment, maître Nicolas, qui s'était un peu éloigné, rentrait dans la salle principale.

— Hein ! fit-il. De qui parles-tu ?... Ce n'est pas de moi au moins. Tu sais bien que je ne raconte mes affaires à personne.

Cependant le courrier était signalé. Il ne tarda pas à s'arrêter devant l'auberge.

Comme l'avait annoncé maître Nicolas, la voiture était vide. Gaspard de Besse en fut surpris, car il s'attendait à ce que l'argent du duc de Gênes fût au moins accompagné.

Est-ce que par hasard les renseignements qu'on lui avait donnés étaient inexacts ?

Une phrase, échappée au postillon, dissipa cette impression. Répondant à une question de maître Nicolas, il dit :

— J'ai peu de voyageurs, mais beaucoup de bagages, et cela m'ennuierait que Gaspard de Besse m'arrêtât dans l'Estérel.

— C'est vrai que tu vas passer le mauvais pas.

— Bah ! il y a déjà longtemps que je le passe... Ce n'est pas la première fois !...

— Veux-tu boire ?...

— Ce n'est jamais de refus.

Pendant ce temps-là on changeait les chevaux. La voyageuse, dont le capitaine avait entendu faire l'éloge, pénétrait dans la voiture.

Gaspard éprouva une certaine déception en voyant qu'elle était soigneusement voilée.

— Hum ! Je suis surpris, puisqu'elle est si jolie, qu'elle ne montre pas son visage.

Cette voiture était tout à fait primitive... Elle était relativement petite, à cause du peu de voyageurs, et n'avait ni coupé, ni rotonde.

Maître Nicolas expliqua à Gaspard qu'elle remplaçait une diligence plus grande, ayant les trois classes, mais qui allait moins vite.

La voyageuse s'était pelotonnée dans un coin de la voiture. Le capitaine se plaça en face d'elle, puis le véhicule partit au galop.

La nuit venait peu à peu.

Gaspard de Besse essaya de lier conversation avec sa compagne de route, et s'y prit d'une manière assez banale.

Il lui demanda si c'était la première fois qu'elle venait dans ce pays et fut tout surpris de ne recevoir aucune réponse.

Croyant qu'elle n'avait pas entendu, il réitéra sa question, mais il ne fut pas plus heureux.

La voyageuse, toujours voilée, avait renversé sa tête en arrière comme si elle dormait.

Ce sommeil si prompt ne parut pas naturel à Gaspard qui eut des réflexions de toutes sortes.

Quelle était cette femme?... C'était sa préoccupation principale.

Ne devait-il pas se méfier d'elle?

Il eut un haussement d'épaules.

Et pourquoi?... Qu'avait-il à craindre d'une femme?...

On ne tarderait pas à arriver à l'endroit où ses hommes l'attendaient et la voyageuse serait prisonnière. Il pourrait alors savoir à qui il avait affaire, soulever ce voile que l'on tenait si obstinément baissé.

L'allure de la diligence commençait à se ralentir. On atteignit la base de l'Estérel après avoir passé dans les ruines de l'aqueduc.

Bientôt on monta lentement. Gaspard de Besse approchait de son domaine.

Il faisait entièrement nuit maintenant, et il n'y avait dans la voiture d'autre clarté que celle des lanternes. On n'entendait que le bruit des pas des chevaux qui soufflaient en montant cette terrible côte, les encouragements ou les injures du postillon dont le fouet claquait parfois.

La voyageuse continuait à ne pas bouger.

Gaspard de Besse éprouvait une émotion involontaire près de cette femme qu'on lui avait dit être fort belle. Il avait une vive impatience de savoir à quoi s'en tenir.

Son regard essayait en vain de traverser l'épaisseur du voile.

Soudain il aperçut la main de l'inconnue et la fantaisie lui vint de la prendre.

Il approcha sa main et bientôt il sentit une peau douce comme du satin. Aucune résistance ne lui fut d'abord opposée.

Il s'enhardit et, soulevant la main de l'inconnue, y posa ses lèvres.

La voyageuse eut comme un tressaillement et se retira brusquement.

Gaspard de Besse resta interdit.

— Oh! pardon, pardon, madame.

Toujours le même silence.

Le capitaine eut un geste d'impatience. Mais alors il lui sembla entendre un léger bruit, comme un rire mal étouffé qui partait de dessous le voile.

— Vous vous moquez de moi, madame! fit-il avec éclat.

En ce moment les chevaux s'arrêtèrent un instant. On était arrivé au point culminant du passage et on allait commencer la descente.

Gaspard de Besse songea que l'on se trouvait à l'endroit où il avait donné rendez-vous à ses bandits.

En effet, un coup de sifflet retentit aussitôt.

Un homme s'élança à la tête des chevaux tandis que d'autres surgissaient des deux côtés de la route. La plupart s'étaient cachés derrière un énorme rocher verdâtre.

Le postillon tira un pistolet et fit feu, mais la balle n'atteignit personne. Il fut, du reste, tout de suite désarçonné, un bandit lui ayant donné un coup de poignard dans le côté.

Gaspard de Besse, d'un bond, fut hors de la voiture. Sur son ordre on la déchargea immédiatement. Il y avait des marchandises diverses, des bagages de toutes sortes, mais point l'argent qu'on attendait.

— C'est partie remise, si ce n'est pas partie entièrement manquée, s'écria Gaspard. Je m'en suis douté un instant.

— Nous n'aurons même pas, fit de Valors, quelque jolie voyageuse pour nous consoler.

Cette réflexion rappela au capitaine sa compagne de route. Il s'approcha de la portière croyant la trouver morte de peur.

— Descendez, madame, dit-il.

Soudain une voix jeune et fraîche se fit entendre.

— Eh bien, Gaspard de Besse, dit-elle, ne vous ai-je pas promis de vous rejoindre si vous tardiez trop à me rendre visite. Non seulement j'ai découvert votre demeure, mais encore j'ai su vous obliger à venir au-devant de moi.

— Jeanne !

— Elle-même, qui vous a joué un bon tour.

Gaspard de Besse ne savait s'il devait se fâcher ou rire de cette plaisanterie. Il préféra en rire.

— Comment vous y êtes-vous prise ? demanda-t-il.

— Ma foi, ayant été obligée d'aller à Lyon pour régler des affaires de famille, je me suis arrêtée à Marseille et j'ai fait courir le bruit, au moyen de mon ami Beaucœur lui-même, qui sert toujours ceux qui le payent, que tel jour, à telle heure, le courrier d'Italie emporterait une forte somme pour le duc de Gênes. Je suis partie ensuite pour Fréjus en chaise de poste, s'il vous plaît... J'y ai attendu le passage du courrier au jour indiqué, me doutant bien que dans l'Estérel il nous arriverait quelque aventure... En réalité, mon cher ami, il ne serait pas difficile de vous faire tomber dans une embuscade et de s'emparer de vous.

— C'est vrai ! dit Gaspard de Besse avec colère.

Mais il se calma presque aussitôt.

— Tout le monde n'est pas aussi habile que vous.

— Qu'allez-vous faire de moi ?... Où allez-vous conduire votre prisonnière ?

— Je l'ignore...

— N'avez-vous pas un gîte ici près ?

— Cependant...

— Peu m'importe de me trouver au milieu de vos bandits.... Je n'en ai pas peur... quand je suis avec vous ! Du reste, ils n'ont pas l'air aussi méchant que je m'y attendais... Offrez-moi votre bras.

Gaspard de Besse était à la fois content et mécontent de la présence de Mme de Milleroses.

La jeune femme ne lui était pas indifférente et il appréciait beaucoup sa beauté. Il la retrouvait volontiers, mais le seul endroit où il pût la conduire était, à cette heure, le Logis de l'Estérel où l'attendait Mariotte.

Or, il lui répugnait de conduire Mme de Milleroses à l'endroit où habitait déjà une femme qui l'aimait avec ardeur.

La pauvre fille ne dirait probablement rien à son maître, mais elle serait blessée au cœur. Elle souffrirait cruellement et Gaspard voulait, à toutes forces, lui épargner cette douleur.

Pour atteindre ce but, il résolut de ne garder Jeanne de Milleroses à l'Estérel que pendant une nuit et d'empêcher Mariotte de connaître la présence de cette maîtresse. Il imagina d'envoyer en avant Coquelicot pour dire à la jeune fille que l'attaque n'aurait pas lieu et que Gaspard ne rentrerait pas.

— Très bien, je comprends ton intention, dit Coquelicot à demi-voix, mais que pensera Mariotte en ne voyant pas le courrier à l'heure habituelle ?

— C'est bien simple... On le fera passer... Que l'un de vous prenne le costume du postillon et continue la route...

— Jusqu'où ?

— Jusqu'après le Logis, parbleu !

— L'idée n'est pas mauvaise.

— Hâtez-vous !

Un instant après, la diligence, allégée de ses marchandises, que les bandits avaient emportées dans leurs retraites, descendait de nouveau et s'arrêtait enfin devant le Logis avec quelque retard.

Coquelicot était monté dans la voiture. Il donna aussitôt à Mariotte les explications que Gaspard lui avait indiquées.

La jeune fille regretta vivement que son amant ne vînt pas. Elle l'attendait, car elle éprouvait le besoin de laisser déborder auprès de lui le trop plein de son âme, de lui exprimer ce qu'elle avait ressenti pendant son absence.

Elle n'avait pas eu seulement le temps de lui dire qu'elle l'aimait toujours dans la fugitive apparition qu'il avait faite à l'Estérel avant l'attaque du courrier.

— Il ne lui est rien arrivé au moins ? demanda-t-elle avec inquiétude.

— Non, l'affaire est seulement retardée. Il est resté à Fréjus.

— Pourquoi n'est-il pas rentré au Logis ?

— Cela lui a été impossible. Il avait l'air de beaucoup le regretter.

— Vraiment ? fit Mariotte toute joyeuse.

— Pauvre enfant ! murmura Coquelicot, laissons-lui au moins cette illusion.

Le lieutenant de Gaspard pressa sa prétendue fille d'aller se coucher, puis il ordonna au postillon improvisé de conduire la diligence jusqu'au ruisseau des Trois-Termes et de l'y abandonner.

Le Logis ne tarda pas à devenir silencieux. Peu à peu les lumières s'éteignirent.

Gaspard de Besse arriva, donnant le bras à Jeanne de Milleroses. Coquelicot les conduisit jusqu'à l'appartement du capitaine où il avait servi un souper froid.

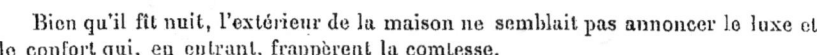

Bien qu'il fît nuit, l'extérieur de la maison ne semblait pas annoncer le luxe et le confort qui, en entrant, frappèrent la comtesse.

— C'est très bien ici, dit-elle.

— Coquelicot, tu vas souper avec nous.

— Non, non, je n'ai pas l'habitude de gêner des amoureux. D'ailleurs, je n'ai nullement faim, je préfère me coucher.

Gaspard n'insista pas outre mesure, et Coquelicot se retira dans la chambre de l'aubergiste Beppo.

La Mariotte s'était couchée également, mais elle ne dormait pas. Malgré les paroles rassurantes de Coquelicot, elle craignait qu'il ne fût arrivé quelque malheur à Gaspard.

Elle passa plusieurs heures le cœur serré, remplie de sombres pressentiments, sans se douter que celui qui était l'objet de son inquiétude festoyait si près d'elle, dans les bras d'une belle courtisane.

Le jour allait poindre lorsque Mariotte, qui couchait dans une salle du rez-de-chaussée, crut entendre un léger gémissement.

Elle écouta encore. Cette fois une plainte plus distincte arriva jusqu'à elle.

La jeune fille se leva et regarda par la fenêtre. Il lui sembla voir un homme allongé devant la porte du Logis.

Elle ne réfléchit pas qu'elle pouvait commettre une imprudence en allant ouvrir la porte, en secouant cet individu qui implorait son aide.

La Mariotte établit tout de suite un lien entre ses pressentiments et la présence de cet individu qui, peut-être, devait lui annoncer une catastrophe dont Gaspard avait été victime.

Les verrous grincèrent bientôt, la clé tourna dans la lourde serrure et Mariotte ne fit qu'un bond vers le blessé.

Or, cet homme n'était autre que le véritable postillon de la diligence.

Laissé sur la route par les bandits, qui ne s'étaient même plus occupés de lui, il s'était relevé après leur départ et traîné comme il avait pu jusqu'au Logis de l'Estérel.

Il lui avait fallu beaucoup de temps pour cela, car il était considérablement affaibli par le sang qu'il avait perdu.

Mariotte reconnut ce malheureux en frémissant. Il la mit, en peu de mots, au courant de ce qui avait eu lieu.

— Où avez-vous été arrêté? demanda-t-elle, frémissante.

— Là-haut, près du rocher vert.

— Vous n'êtes donc pas passé par ici, ce soir?

— Non.

Elle cherchait à se rendre compte.

— Et qui vous a arrêté?

— Gaspard de Besse, bien sûr.

— Vous vous trompez! dit-elle d'une voix sifflante.

— Qui voulez-vous que ce soit alors?

Soudain le visage du blessé eut une contorsion arrachée par la douleur. Elle

— Voyez, il n'est plus temps.

déposa la lampe qu'elle tenait à la main, l'aida à se soulever et le conduisit jusqu'à la salle principale du rez-de-chaussée où elle le fit asseoir sur un escabeau.

— A boire! murmura-t-il.

Mariotte lui tendit une gargoulette pleine d'eau qu'il approcha avidement de ses lèvres. Il parut se sentir grandement soulagé.

Elle lui adressa de nouvelles questions.

— Êtes-vous certain que ce soit au rocher vert que l'attaque a eu lieu?

— J'en suis bien certain, allez!

— Avez-vous reconnu Gaspard de Besse?

— Pour le reconnaître, il eût fallu l'avoir vu déjà!...

— Ne l'accusez donc pas puisque ce n'est qu'une supposition de votre part...

— Ah !

Il y eut dans le regard du blessé une lueur rapide. Il fut sur le point de parler, mais il se tut. Évidemment il se rappelait une circonstance de l'arrestation de la diligence et croyait devoir la cacher.

Mariotte s'aperçut de ce qui se produisait en lui.

— Vous ne voulez pas me dire tout ? fit-elle.

— Je ne sais rien autre.

— Je vais éveiller Beppo...

Il y eut une vive terreur sur la figure du postillon...

— Je vous en supplie, Marietta, n'en faites rien...

— Pourquoi cette frayeur ? demanda-t-elle.

— Vous tenez à ce que je vous le dise...

— Je l'exige...

— Eh bien, sachez que je ne suis venu jusqu'ici qu'avec une extrême répugnance et parce que je n'avais pas la force d'aller autre part... Et puis je pensais bien que vous étiez bonne et que vous empêcheriez votre vieux coquin de père de m'achever...

— Mon père !

— Et oui, Beppo, il était parmi les brigands qui m'ont traité comme vous voyez... C'est même lui qui s'est jeté à la tête des chevaux.

— Il est donc vrai !...

— N'est-ce pas, Marietta, que vous ne permettrez pas qu'il me tue ?... J'ai une femme, j'ai des enfants qui ont bien besoin de moi... Sans cela, que m'importerait ?... Ma vie n'est pas déjà si agréable !...

— Soyez tranquille... Je vous prends sous ma protection, mais à la condition que vous vous tairez vous-même.

— Je vous le promets !

Mariotte donna quelques soins au postillon, puis le conduisit à une chambre du Logis en l'assurant de nouveau qu'il était en sûreté et en lui promettant de le transporter le lendemain à Cannes où il avait son domicile.

Elle resta ensuite morne, les sourcils contractés, se demandant pourquoi Coquelicot lui avait menti.

Une idée lui vint et elle se dirigea vers l'appartement de Gaspard de Besse. Elle constata que la porte en était fermée.

Son cœur battait avec force, mais elle ne soupçonnait rien encore. Elle s'engagea dans le couloir pour gagner une pièce contiguë à la chambre de son amant et où on pouvait entendre ce qui s'y passait.

Un bruit de voix lui parvint tout de suite.

Elle se retint à la muraille pour ne pas tomber.

— Je n'ai jamais aimé comme je t'aime ! disait Jeanne de Milleroses.

— Et moi aussi ! répondit l'homme aux treize femmes.

CHAPITRE LXXXI

Le chevalier de Galtières

MARIETTA-MARIOTTE éprouva d'abord une grande douleur.

Trahie ! trompée de cette manière ! Gaspard disait à une autre femme qu'il l'aimait, qu'elle était celle qu'il aimait le plus.

Il tenait ce langage sous le toit qui avait abrité ses amours avec la pauvre fille qui apprenait maintenant son malheur.

C'était dans cet appartement même où il se trouvait avec une rivale, que Mariotte s'était abandonnée à lui, qu'elle s'était donnée corps et âme. Il oubliait tout. Il n'avait aucun égard pour elle, aucune pitié.

Elle n'avait donc été que le jouet d'un impitoyable libertin !...

Mariotte ne réfléchit pas qu'elle eût dû s'attendre à cela, que le capitaine, voleur de grands chemins, avait aussi la réputation d'être un voleur d'amour.

Elle avait cherché à se faire illusion pendant sa courte liaison avec Gaspard de Besse, et elle y avait si bien réussi, qu'elle s'était imaginé que son amant n'avait eu jadis que des conquêtes éphémères, qu'elle était réellement sa première affection sérieuse.

Elle n'avait jamais vu ni Marie, ni Clarisse, ni Toinette. A peine avait-elle entendu jadis faire quelques allusions à Préciosa, la reine des Gueux, à la Saint-Huberti, à de grandes dames qui, comme l'intendante et Mme d'Orbeval, avaient eu des faiblesses pour un héros de roman. Elle ignorait que Laure de Saint-Servan, cette jeune fille noble, avait oublié, pour Gaspard, la mort de Salviade. Quant à Pauline Roux, Antoinette et Miette, ces trois affections presque platoniques, elle ne se doutait pas de leur existence.

Peu lui importait quelle était cette inconnue qui était actuellement dans les bras du capitaine, dans quelles circonstances elle était venue au Logis de L'Estérel.. Était-elle sincère ?... Gaspard l'était-il aussi quand il prononçait les paroles passionnées qui revenaient sans cesse à sa mémoire ?

Au désespoir succéda la colère chez Mariotte. Sa jalousie atteignit bientôt son paroxysme.

Pâle, défaite, le regard plein d'éclairs, elle attendit ainsi jusqu'au réveil des habitants du Logis, se demandant où elle s'en irait, ce qu'elle deviendrait et ne trouvant aucune réponse à se faire à elle-même.

Quand le Logis se remplit de nouveau de bruit et d'activité, elle descendit à la grande salle du rez-de-chaussée. Beppo, ou plutôt Coquelicot, l'y avait précédée.

Armé d'un couteau, il déjeunait avec quelques anchois et un fort morceau de pain. Il éprouva de l'embarras à la vue de la Mariotte. Celle-ci fit appel à tout son sang-froid.

— Coquelicot, lui dit-elle, tu m'as raconté que l'attaque de la diligence était retardée.

— C'est la vérité.

— Eh bien, j'ai fait un rêve bizarre. Il me semblait que le courrier arrivait près du rocher vert, et que tu te précipitais au-devant de lui. Le postillon tombait grièvement blessé et se traînait jusqu'ici pour se faire soigner...

— Que dis-tu là ?

— Cet homme t'avait reconnu dans l'un des bandits qui l'avaient arrêté...

— Malheur à lui !

— Il avait droit cependant à ta pitié, car c'était un brave homme, exerçant un pénible métier pour nourrir une nombreuse famille. Si tu attentes de nouveau à sa vie, tu seras le dernier des assassins !...

— Où est il ?...

— Cherche-le bien et tu le trouveras...

Coquelicot se leva ; son appétit avait disparu.

Il allait sortir. Une idée lui vint et il demanda à Mariotte :

— Et Gaspard, ne l'as-tu pas vu ?

Elle le regarda avec un air étonné.

— Gaspard, Gaspard, ne m'as-tu pas dit qu'il était resté à Fréjus ?...

— En effet, mais...

— Si tu as à lui parler, va l'y rejoindre, je ne te retiens pas.

Elle eut un rire sec et douloureux.

— Surtout, ajouta-t-elle, ne touche pas au postillon... Je ne le veux pas... Entends-tu, je ne le veux pas !

Une fois seule, elle sortit du Logis. Sur la porte, elle se demanda quelle direction il fallait prendre. Ne devait-elle pas se jeter, tête première, dans quelque abîme? Elle marcha ainsi, n'ayant aucune résolution arrêtée.

Soudain, elle entendit sur la route le galop d'un cheval. Un jeune et beau cavalier lui apparut et, arrêtant sa monture, l'interrogea :

— Hé ! la jolie enfant, ne pourrais-tu m'indiquer où est le Logis de l'Estérel ?...

— Le Logis de l'Estérel !....

— Oui. C'est une auberge tenue, dit-on, par un vieux drôle nommé Beppo et par sa fille, une charmante enfant, nommée Marietta.

— Marietta, c'est moi.

Le jeune cavalier regarda Marietta avec une expression singulière. Il y eut un instant de silence.

— Tu dois dire vrai... Je te reconnais à la description que l'on m'a faite de toi.

Il mit pied à terre.

— Ma petite, conduis-moi au Logis.

— Qui êtes-vous ?

— Qu'est-ce que cela te fait?... Ta maison n'est-elle pas ouverte à tous les voyageurs?

— Sans doute, mais...

— Je suis, moi, un bon garçon... Je visite ce pays où les cailloux ne manquent pas... Je préfère me reposer un jour ou deux au *Logis de l'Estérel* que dans n'importe quelle hôtellerie de Fréjus ou de Cannes... n'ai-je pas raison?

— Peut-être!...

— Tu dis cela avec un ton peu engageant... Tu es une singulière hôtesse... Je t'en voudrais si tu n'avais pas un aussi gracieux minois.

Sans plus de façon, il lui prit le menton et voulut l'embrasser. Elle le repoussa.

— Venez, dit-elle cependant, je vais vous conduire au *Logis*.

Mariotte revint donc sur ses pas avec l'inconnu qui tenait son cheval par la bride.

Elle le mena d'abord à l'écurie où il pansa lui-même la noble bête qui paraissait avoir fourni une longue course.

Pendant qu'il s'acquittait de ce soin, Mariotte ne le quitta guère et il continua à lui débiter des douceurs, presque machinalement, sans y mettre aucune conviction.

La jeune fille, gênée par ce nouveau venu, avait d'abord peu écouté ses compliments, mais elle devint plus attentive lorsqu'elle se fut demandé s'il ne pourrait pas servir à sa vengeance.

Quand le jeune homme, aidé par elle, en eut fini avec son cheval, elle se dirigea avec lui vers la grande salle du *Logis*.

— Que désirez-vous maintenant?

— Une chambre... En as-tu?

— Oui.

— Choisis-moi la meilleure. Nous nous entendrons aisément pour le prix... Ou plutôt, je te donnerai celui que tu voudras si tu me rends souvent visite.

— Vous êtes aimable avec les femmes....

— C'est ma réputation.

Elle s'efforça de sourire.

— Le sont-elles avec vous?

— Parbleu!...

La fatuité du voyageur ne déplut pas à Mariotte. Elle choisit pour lui une chambre tout à fait voisine de celle de Gaspard de Besse.

Quand il y fut installé, elle voulut se retirer. Il la rappela.

— J'ai soif... N'aurais-tu pas à m'offrir une bonne bouteille de muscat?

— Certainement.

— Porte-la alors avec deux verres.

— Deux verres?

— Il y en aura un pour toi...

Mariotte ne fit pas d'objection et descendit à la cave pour y chercher ce que le voyageur voulait.

La cave du Logis était très grande. On se rappelle que les paysans disaient que Beppo y servait parfois ses hôtes.

A peine la jeune fille y fut-elle qu'il lui sembla entendre un bruit de voix venant d'un soupirail qui était sur le derrière de la maison.

Elle tressaillit, car elle reconnaissait les voix de Coquelicot et de Gaspard. Les paroles n'arrivant qu'indistinctement à son oreille, elle prit une échelle pour se rapprocher du soupirail et mieux écouter.

— Alors, disait Gaspard, tu crois qu'elle sait tout ?

— Je ne prétends pas cela. J'ignore si elle a appris que Mme de Milleroses a passé la nuit ici... Une fameuse idée que tu as eue là !

— Je ne pouvais faire différemment. Et puis, que m'importe !...

— Je t'assure que tu auras brisé un bon petit cœur, Gaspard !

Le capitaine frappa du pied avec impatience.

— Je ne veux pas que l'on gêne ma liberté !... Je ne le veux pas !

— Alors, pourquoi faire loger une maîtresse ici, en cet endroit de passage ?...

— C'est une maladresse, je l'avoue... Mariotte n'était rien pour moi quand vous êtes venus... Voilà mon excuse !

— Comment vas-tu sortir de cette situation ?

— Mme de Milleroses est prête à partir... Tu la conduiras jusqu'au village de l'Estérel... Le père Durand, qui est un affilié, te prêtera sa carriole... Tu transporteras Jeanne jusqu'à Cannes où elle m'attendra... Agis promptement.

— Et toi ?...

— Moi, je reste ici...

— Pour consoler Mariotte ?

— Bah ! elle sera si heureuse quand elle me verra qu'elle oubliera tout. Je n'ai pas grand'chose à lui dire...

— Puis, il ne te reste peut-être plus de consolations... Tu en as tant dépensé cette nuit...

— Qu'en sais-tu ?

— Je m'en doute.

— Tu as peut-être raison... Cette Jeanne est une créature endiablée. C'est bien la femme telle qu'elle a été créée pour notre perdition. Vive, pétulante, malicieuse ! Ses sourires vous enivrent, ses aveux vous transportent... Ses railleries elles-mêmes vous plaisent. On est brûlé par ses baisers !

— Elle connaît l'art de charmer les hommes... C'est son métier...

— Une courtisane vaut mieux souvent qu'une jeune fille, un démon qu'un ange.

— Oui, jusqu'au moment où le démon montre ses griffes, où la courtisane trahit.

— Bah ! quelle est la femme qui ne trahit pas ! Dalila était l'épouse légitime de Samson... Dis à Jeanne que je ne tarderai pas à l'aller rejoindre à Cannes, quand je me serai débarrassé de ce qui me gêne ici.

Si Mariotte avait eu encore quelque illusion, elle l'eût perdue pendant cette conversation, mais elle avait déjà trop souffert pour que sa douleur augmentât.

Elle descendit lentement l'échelle, prit la bouteille de muscat et, tenant encore à la main sa lampe allumée, se disposa à sortir de la cave.

Près de la porte, il y avait un amas de copeaux. L'idée lui vint d'en approcher la lampe, d'y mettre le feu et puis d'enfermer dans sa chambre, Gaspard quand elle saurait qu'il y était rentré.

Il ne pourrait pas s'échapper puisque sa fenêtre était garnie de barres de fer. Ce moyen de se venger lui répugna.

Elle monta directement à la chambre du voyageur qui avait enlevé ses bottes poudreuses et donné quelques soins à sa toilette.

Mariotte ne put s'empêcher de remarquer qu'il avait ainsi fort bonne mine.

Elle déposa le muscat sur une table et alla quérir deux verres.

Le voyageur reprit son ton enjoué et ses propos galants.

— Alors tu es Marietta?

— Pour vous servir, monseigneur.

— Monseigneur... qu'est-ce que c'est que cela?... Il est vrai que nous sommes ici bien près de l'Italie... Appelle-moi tout simplement chevalier.

— Oui, monsieur le chevalier.

— Si tu veux, du reste, mon nom pour le registre de l'auberge, je suis M. de Galtières.

Mariotte fut très surprise d'entendre ce nom que portait souvent Gaspard de Besse.

— Galtières... Vous avez dit Galtières?...

— René de Galtières... Tu as l'air étonné...

— Non, mais...

— Explique-moi...

— J'ai vu, j'ai connu...

— Tu as probablement rencontré jadis mon frère qui était aussi chevalier. Hélas! il est mort!...

— Mort!

— On l'a tué!...

— Qui donc?

— Un misérable, un bandit, Gaspard de Besse.

— Gaspard de Besse! répéta Mariotte.

— Ne parlons pas de cela... Occupons-nous de nous et buvons ton muscat.

Le chevalier de Galtières fit rapidement sauter le bouchon et, après avoir rempli les deux verres, choqua le sien contre celui de Mariotte.

— A toi, ma jolie hôtesse, à tes amours passées et à tes amours futures... J'espère que j'aurai une place un jour dans ton cœur.

Mariotte ne répondit pas, mais elle but du muscat, ce vin doré par le soleil capiteux du Midi et dont la douceur est si perfide. On eût dit d'ailleurs qu'elle cherchait à s'étourdir.

Le chevalier de Galtières voulait évidemment faire parler Mariotte.

Il revint sur Gaspard de Besse.

— N'est-ce pas dans cette région que ce coquin opère présentement?... On m'a assuré qu'il dévalisait les gens entre Marseille et Nice, ce qui fait une jolie étendue de pays. Non content d'enlever leurs bourses aux gens qu'il rencontre, il leur vole aussi leurs femmes...

— Ah!...

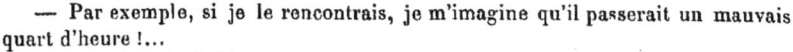

— Par exemple, si je le rencontrais, je m'imagine qu'il passerait un mauvais quart d'heure !...

Le chevalier de Galtières guettait Mariotte comme s'il se fût attendu à la voir manifester un sentiment quelconque. Elle ne donna aucun signe d'émotion.

Il lui versa encore du muscat dans son verre.

— Marietta, dit il, est-ce qu'il n'est jamais venu jusqu'ici, le beau capitaine?... N'a-t-il jamais essayé de s'emparer d'une aussi jolie créature que toi?...

Mariotte continua à garder le silence.

Le jeune homme lui passa le bras autour de la taille.

— S'il a agi ainsi, ce brigand n'est qu'un imbécile, ce bandit n'est qu'un pleutre!... Il ne sait pas ce qu'il y a de joli dans ses domaines ou il n'y entend rien... Ah ! si j'étais à sa place!...

Il lui donna un baiser sans qu'elle opposât la moindre résistance.

— Marietta, Marietta, on m'avait donc menti en me disant que tu étais une des maîtresses de Gaspard de Besse?...

La Mariotte se leva, le visage empourpré, l'œil étincelant.

— On t'avait dit la vérité, chevalier de Galtières... J'ai été la maîtresse de Gaspard de Besse, mais je ne la suis plus... Je lui ai appartenu, mais je ne lui appartiens plus... Je l'ai adoré comme on adore un Dieu, me mettant à genoux devant lui, obéissant à ses volontés, subissant ses caprices... Jamais il n'y eut esclave plus soumise, servante plus dévouée... Tout a une fin... La lumière s'est faite ; l'esclave relève la tête et se révolte contre celui devant le pouvoir duquel elle se courbait...

— Marietta, que t'a donc fait Gaspard ?

— Il m'a trahie !...

Le jeune cavalier eut un rire étrange.

— Tu es naïve, en vérité, s'il ne t'a fait que cela?...

— Sous ce toit même, il a couché avec une autre femme !...

— Quelle femme ?...

— J'ai entendu son nom tout à l'heure... Elle s'appelle Jeanne, Jeanne de Milleroses... C'est une créature endiablée qui semble avoir été créée pour la perdition des hommes... Ses baisers brûlent... C'est lui-même qui l'a dit... Dis-moi, les miens brûlent-ils aussi?...

Elle se jeta au cou du chevalier de Galtières qui parut assez embarrassé, et ses lèvres rencontrèrent les siennes.

Mais presque aussitôt elle le repoussa nerveusement.

— Il n'y a plus de consolations pour moi... Il n'en reste plus!...

Le jeune homme comprenait bien qu'il assistait à un accès de jalousie, mais, bien qu'il l'eût provoqué, il ne pouvait sans doute s'empêcher de trouver sa situation bizarre.

— Allons, fit Marietta, verse-moi encore du muscat... Je trouverai, peut-être l'oubli au fond de ce verre.

Le chevalier de Galtières feignit de ne pas avoir entendu...

La Mariette le prit par la main et le conduisit au milieu de la chambre.

— Tu es gentilhomme, n'est-ce pas ?...

— Puisque je suis chevalier.

Un prêtre les unit dans la chapelle du château.

— Tu sais tirer l'épée ?...

— Certainement.

— Je t'aimerai si tu le tues !...

— A qui veux-tu que je donne la mort?

— Au meurtrier de ton frère, à Gaspard de Besse.

Un frémissement passa sur le visage du voyageur.

— Tu hésites ?...

— Non.

— Je te jure que si tu verses son sang, je serai pour toi ce que j'ai été pour lui, que je serai aussi à tes pieds car tu auras châtié un infâme !

— Où est-il ?...

— Il n'est pas loin... Il est ici !...

Une lueur de satisfaction passa sur le visage du jeune homme.

— Veux-tu que je te conduise à lui? demanda la Mariotte.

— Puisque je suis venu pour le rencontrer !... Tu n'avais donc pas compris ?...

— Si nous avons tous les deux le même but, tant mieux !... Mais tu n'en auras pas moins la récompense promise...

— Rassure-toi, Marietta, je ne suis pas exigeant... Où est Gaspard ?...

Elle le conduisit jusqu'à la porte de l'appartement du capitaine, puis elle s'en alla écouter à l'endroit même où elle avait entendu la voix de son amant et de Jeanne de Milleroses.

Son cœur battait à tout rompre dans sa poitrine.

Le voyageur frappa à la porte.

Il y eut un silence, puis Gaspard se leva pour ouvrir. Le bruit d'une exclamation arriva jusqu'à la Mariotte.

— Marie ! dit le capitaine.

La prétendue fille de Beppo entendit ensuite un grand éclat de rire.

CHAPITRE LXXXII

Beppa

 E chevalier de Galtières était, comme on le voit, proche parent de certain chevalier de Valbrègues, lequel était lui-même au moins cousin germain de la belle Marie Asquier.

Gaspard de Besse ne s'y trompa pas en saluant le jeune cavalier d'un nom qui lui appartenait plus légitimement que ceux qu'il se donnait dans les académies ou auprès des autres maîtresses du capitaine.

Ce dernier éclata de rire lorsque Marie lui répondit gravement :

— Votre dernier jour est venu. Je viens vous provoquer et vous tuer, Gaspard !

— Que signifie? dit-il.

— Cela veut dire, fit-elle, que toutes les femmes que tu aimes ou que tu as aimées, ne sont pas comme moi. Il en est qui s'irritent de ton abandon au point de décider ta mort.

— Explique-moi.

En peu de mots elle le mit au courant de ce qui s'était passé.

Il se leva, irrité.

— Où vas-tu?

— La Mariotte mérite un châtiment.

— Pourquoi?... Est-ce parce qu'elle est incapable d'obliger son cœur à obéir à sa raison!... Son affection est de celles qui empêchent de se résigner au triste sort de délaissée.

Elle prononça ces derniers mots avec un accent si plein de douleur qu'il se sentit tout remué.

Il la pressa contre son cœur.

— Tu m'aimes donc moins que la Mariotte puisque tu peux pardonner?...

— Moi, je t'ai promis de souffrir en silence, de n'être femme que lorsque tu le voudrais et que tu daignerais t'en souvenir!

— Marie! chère Marie!...

Si Mariotte n'eût pas quitté son poste d'observation aussitôt après avoir entendu rire, un bruit de baisers lui eût appris qu'elle avait bien mal atteint son but en chargeant ce voyageur de sa vengeance.

Mais aussi à qui se fier si les cavaliers descendant au Logis de l'Estérel se métamorphosaient en jeunes femmes amoureuses de Gaspard de Besse?

Lorsque Beppo revint de Cannes, où il avait laissé Mme de Milleroses, il trouva sur la porte du Logis le valet qu'il avait ramené après l'absence qu'avaient tant blâmée les habitants du hameau de l'Estérel. Ce garçon était d'une stupidité remarquable.

— Marietta est-elle là? lui demanda-t-il un peu inquiet sur le sort de la jeune fille.

— Non, elle est partie...

— Partie! Où est-elle allée?...

— Ma foi, je n'en sais rien... Elle ne me l'a pas dit.

— Sais-tu, en revanche, de quel côté elle s'est dirigée?...

— Encore moins...

— Imbécile!...

Le valet accepta avec docilité le compliment.

— Mais si la signora Marietta est partie, dit-il, votre autre fille est arrivée...

— Mon autre fille!

— La signora Beppa.

— Ah! çà, radotes-tu, butor!...

Le valet ouvrit de grands yeux...

— Vous ne l'attendiez donc pas?

Coquelicot se mit à rire.

— Non certes, je ne l'attendais pas...

— Ce n'est pas ce qu'elle m'a dit.

— Qui, elle?...

— La signora Beppa.

— Encore...

Cependant Coquelicot finit par se douter qu'il pouvait se passer quelque chose de nouveau au Logis de l'Estérel.

Il entra dans la salle du rez-de-chaussée et aperçut, en effet, une femme qui, dans un des costumes de Marietta, servait deux ou trois rustres venus pour consommer.

Il s'approcha de cette jeune personne. Aussitôt elle se jeta à son cou avec un empressement qui faillit le suffoquer.

— Papa ! cher papa !...

— Je savais bien, murmura le valet, que c'était son autre fille. D'ailleurs, elle me l'avait dit... Et lui a l'air surpris, et lui a l'air étonné... On dirait même qu'il ne l'a jamais vue. Décidément le bonhomme déménage.

Enfin, Coquelicot put apercevoir le visage de sa nouvelle fille, et faillit tomber à la renverse en reconnaissant Marie.

Cette dernière portait aussi coquettement que sa devancière le costume de Transtévérine.

— Vous ! vous ! dit-il.

Elle le regarda gaiement.

— Eh bien, oui, papa, c'est moi... Sachant que ma sœur Marietta devait retourner à Rome, je suis venue la remplacer auprès de vous... En êtes-vous fâché ?... Fulvio m'a accompagnée... Il est là-haut.

— Fulvio !

Beppa se rapprocha de Beppo.

— Votre étonnement nous compromet pas mal. Allons, allons, résignez-vous à comprendre.

— Ah ! c'est vrai, ma fille... Tant mieux que tu sois ici... Tu as voulu revoir ton vieux Coqueli... ton vieux Beppo... A propos, tu sais, le courrier d'Italie repassera ce soir... On me l'a annoncé à Cannes, mais il aura une escorte...

Coquelicot quitta la salle du rez-de-chaussée pour se rendre à l'appartement de Gaspard de Besse.

— Je m'attendais peu, lui dit-il, à trouver installée ici Mᵐᵉ Marie Asquier.

— Elle a tenu à remplacer la Mariotte... pour peu de temps...

— Et la Mariotte, où est-elle ?

— Nous l'ignorons... Dans sa colère n'a-t-elle pas voulu me faire tuer ?

— La pauvre enfant !

— Comment ! c'est elle que tu plains ?...

— Oui, parce qu'elle a bien dû souffrir... Elle t'aime tant !

— Moi aussi, elle me plaisait... Je ne l'eusse jamais abandonnée...

— Pourvu qu'elle ne se soit pas donné la mort !

— J'en serais désolé, Coquelicot.

— Je vais essayer de prendre quelques informations, savoir si quelqu'un l'a vue quand elle a quitté cette demeure... En tout cas, elle ne s'est pas dirigée du côté de Cannes...

— Si tu la retrouves, avertis-moi aussitôt... J'irai à elle... Je lui expliquerai... Il faudra bien qu'elle me pardonne !...

— Tu as un cœur d'or, Gaspard, mais tu le donnes trop facilement... Les femmes ont du bon, il ne faut pas cependant...

— Tais-toi, vieux libertin... Arrête là tes homélies ou sinon, je te parlerai de la belle rousse que t'avait envoyée Renardot, à moins que tu ne préfères que je te rappelle ta visite à Auriol chez certaine cabaretière... Le marquis d'Arène en a profité pour s'échapper de la felouque.

Coquelicot baissa la tête, car ce dernier souvenir surtout était loin de lui être agréable...

Il changea de conversation...

— Il y a là-haut, sous les combles, le pauvre diable de postillon que nous avons blessé hier...

Gaspard de Besse fronça les sourcils.

— Quelle imprudence !...

— Il est si malade qu'il ne peut se rendre compte de ce qui a lieu autour de lui...

— Comment se fait-il qu'il soit ici ?...

— Il est venu cette nuit. C'est même lui qui a tout appris à Marietta...

— Qu'il soit maudit !

— Que faut-il en faire ?... Marietta m'a demandé de l'épargner... Néanmoins si c'est nécessaire pour notre sécurité...

— Non, certes, pas de crime inutile... Quand la diligence passera ce soir, tu le confieras à son successeur.

— Il paraît qu'il m'a reconnu...

— Tant pis pour toi ; tu quitteras le Logis de l'Estérel.

— Si je réussissais à obtenir son silence ?...

— Ce serait différent.

Gaspard de Besse interrogea Coquelicot sur la manière dont il avait installé à Cannes Mme de Milleroses.

— Je l'ai laissée dans la principale auberge du pays, mais je ne dois pas te cacher qu'elle s'attendait à ce que tu vinsses bientôt la rejoindre...

— Il se pourrait que je restasse plus longtemps que je ne voulais d'abord.

— Pour quel motif ?

— N'y a-t-il pas Marie ?

— Ah ! Beppa ! dit Coquelicot avec un léger accent goguenard.

Gaspard de Besse le regarda fixement, puis d'un ton qui n'admettait guère la plaisanterie :

— Oui, Beppa !...

Comme toujours le présent l'emportait dans le cœur du bandit.

Le lendemain matin, le capitaine fut obligé de partir pour Cannes.

Mme de Milleroses avait fait dire à Beppo qu'elle s'impatientait et, comme elle était femme à profiter encore d'un courrier, ou même à louer quelque véhicule pour venir à l'Estérel, Gaspard de Besse décida qu'il irait l'engager à retourner à Gênes.

Il était nécessaire d'épargner à Marie ce que la Mariotte avait souffert.

Tandis que Gaspard se dirigeait sur Cannes, Coquelicot recherchait la Mariotte et portait diverses instructions à la bande un peu trop éparpillée dans les refuges de la contrée.

Le capitaine, en vue d'opérations prochaines, donnait l'ordre qu'elle se concentrât dans le petit bois voisin du ruisseau des Trois-Termes.

Marie resta seule au Logis, toujours déguisée en Transtévérine. Ce costume lui plaisait parce que son amant lui avait dit qu'il la trouvait encore plus belle.

Vers le milieu de la journée, la jeune femme songeait à Gaspard, se demandant si réellement il serait de retour le soir, comme il l'avait promis, lorsque le valet du Logis vint à elle tout effaré.

— Signorina, il nous arrive un client superbe... C'est un officier, je crois...

— Un officier !...

— Oui, il est accompagné d'un domestique en livrée... Oh ! la belle livrée !... Je n'en aurai jamais une comme cela. Voulez-vous les recevoir ?...

— Où sont-ils ?...

— J'ai mis leurs chevaux à l'écurie... Le maître et le valet attendent en bas dans la salle principale... Ils demandent à manger et s'impatientent de ne pas être plus vite servis... Je ne sais où donner de la tête pour les satisfaire...

— Maladroit !...

— Dois-je leur dire que vous descendez ?

— Attends...

Marie eut comme un pressentiment. Avant de se montrer, elle désira savoir quel était le voyageur dont l'uniforme inspirait tant d'admiration au garçon du Logis.

Il y avait une lucarne qui donnait sur la salle principale. Elle regarda et s'applaudit aussitôt de sa prudence.

C'était d'Arène.

Le marquis, qui n'avait pas l'air fort content, se trouvait avec Cadet qui n'était pas content du tout.

D'Arène morigénait le drôle qui avait l'audace de se plaindre.

— Prends garde de lasser ma patience, maraud.

— Maraud ! maraud ! C'est tout ce que sait dire monsieur le marquis.

— Insolent !...

— Je ne demanderais pas mieux que d'être le plus respectueux des domestiques, mais c'est impossible !...

— Pourquoi ?...

— Parce que vous ne me payez pas mes gages et ne me rendez pas l'argent que vous m'avez pris...

— Je t'ai promis que tu serais remboursé avec les intérêts des intérêts...

— Il y a déjà longtemps de cela...

— Puisque tu ne perdras rien pour attendre...

— Je préférerais voir venir...

— Ne comprends-tu pas que tu me fatigues à la fin ?

— C'est moi qui suis fatigué de ces courses dans un pays insensé où les honnêtes gens ne se promènent pas d'habitude... Si je savais encore où nous allons, quel est le but de ce voyage...

— Tu es trop curieux...

— Curieux !...

— Oui, faquin, et si tu insistes trop, tu recevras une correction semblable à celles que tu as déjà reçues en maintes circonstances.

Ces menaces causèrent sans doute quelque impression sur Cadet, car il se calma un peu, après avoir fait une grimace horrible.

D'Arène avait d'ailleurs une cravache à la main et il commençait à l'agiter d'une façon peu engageante.

Il se servit du manche pour frapper sur une table.

— Personne ne vient donc ?

— Le service laisse à désirer ici, fit Cadet. Dame, dans l'Estérel, on n'a peut-être pas le droit d'être aussi exigeant qu'à Marseille ou à Aix. Les aubergistes n'ont pas de concurrents. Enfin, pourvu qu'il y ait ici de quoi manger et se rafraîchir... J'ai vu dans l'écurie de la paille sur laquelle je dormirais bien !...

— Tu crois que nous resterons longtemps dans cette bicoque ?...

— J'ai peur que nous ne la quittions trop tôt... Je suis à bout de forces...

En ce moment, le valet du Logis reparut.

— Je suis fâché, dit-il, mais il n'y a plus de chambre pour vous...

— Comment !... Qu'est-ce que c'est ?...

— La maison est pleine...

— La bonne plaisanterie !... Ce n'est pas ce que tu disais tout à l'heure en nous montrant l'écurie vide... Tu prétendais que les voyageurs étaient rares ici comme les pièces d'or parmi les cailloux de l'Estérel... Cette pénurie de clients ne peut s'être changée tout à coup en une abondance extraordinaire... Tu mens, dans quel but ?...

— C'est que... mes maîtres n'y sont pas et vous comprenez, en leur absence...

— Il n'y a qu'un instant, d'après toi-même, il y avait la fille de ton patron... Elle s'est donc subitement envolée ?...

— Oui, oui... elle est partie pour Fréjus tandis que Beppo est à Cannes.

— C'est sans doute pour ne pas se rencontrer qu'ils sont allés dans des directions aussi différentes... Mais que nous importe !...

— Je ne sais pas quand ils retourneront...

— Nous nous passerons très bien de leur présence... Montre-moi le meilleur appartement du Logis pour que j'en prenne possession... Crains d'abuser de ma patience car je saurais t'en faire repentir...

Le valet se montrait fort embarrassé.

Il se résigna cependant à conduire d'Arène à l'étage supérieur et à lui montrer une porte.

— Il y a là une chambre qui vous conviendrait peut-être, mais je n'en ai pas la clé...

— Qu'à cela ne tienne, fit d'Arène, je me passerai d'une clé pour entrer.

Et, d'un vigoureux coup de pied, il enfonça la porte qui n'était pas, d'ailleurs, très solide.

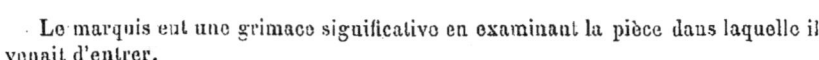

Le marquis eut une grimace significative en examinant la pièce dans laquelle il venait d'entrer.

— C'est un taudis, dit-il.

— Nous n'avons rien de mieux...

— Je préfère encore cela à la belle étoile...

D'Arène se montrait on ne peut plus philosophe. Il tenait donc bien à rester au Logis !...

Le valet alla expliquer à Beppa que décidément le gentilhomme refusait de s'en aller, et celle-ci fut pleine de perplexité.

— Que méditait le marquis? Pourquoi tenait-il autant à s'installer dans ce gîte dépourvu d'agrément? Était-ce pour Gaspard de Besse qu'il était venu? Songeait-il encore à s'emparer de lui ?

Marie ne savait que faire. Elle se trouvait seule par suite de l'absence de son amant et de Coquelicot.

Devait-elle maintenant désirer le retour de Gaspard? D'Arène ne précédait-il pas quelque troupe armée?... Il était fort possible qu'une embuscade fût dressée sur le chemin qu'en venant de Cannes le capitaine devait suivre pour rentrer au Logis ?...

Comment prévenir ce danger, avertir celui dont les jours lui étaient si précieux ?...

Elle eut l'idée d'aller au-devant de lui, mais Coquelicot pouvait aussi arriver, être inopinément mis en présence du marquis et lui révéler ce qu'il ignorait peut-être aussi, qu'il était dans un refuge de Gaspard de Besse.!

Si elle avait eu à sa disposition un valet intelligent, elle l'eût sans doute employé, mais le garçon que nous avons vu à l'œuvre était à la fois stupide et bavard. Il ne pouvait qu'attirer des désagréments.

Marie tenait également à surveiller le marquis, à savoir ce qu'il faisait. Pour le moment, il s'était enfermé dans sa chambre.

Quant à Cadet, il était allé dans l'écurie et s'était étendu sur la paille. Il dormait comme un bienheureux, sans se soucier le moins du monde que son maître pût avoir besoin de lui.

Il n'avait jamais eu cette préoccupation. Il était naturel qu'il l'eût encore moins maintenant qu'il ne restait avec d'Arène que parce que celui-ci lui devait de l'argent.

Cadet, comme nous l'avons vu, ne savait pas plus que Marie pour quel motif le marquis se promenait dans l'Estérel.

Celui-ci était parti précipitamment de Marseille emmenant son valet. Ils étaient allés tout d'une traite jusqu'à Brignoles et y avaient fait une station assez longue à l'hôtel de la Cloche-d'Argent.

Là, le marquis avait eu, à la nuit tombante, une longue conversation avec un homme dont Cadet n'avait pu apercevoir le visage.

De Brignoles, d'Arène s'était dirigé sur Fréjus, puis sur Cannes. De cette dernière ville, le marquis avait brusquement rétrogradé sur l'Estérel après une nouvelle conversation avec le mystérieux inconnu.

Ce qui avait ennuyé particulièrement Cadet c'était que le séjour à Cannes avait été des plus courts et que l'on était rentré presque aussitôt dans ces maudites gorges

— Cela me brûle!

ces terribles chemins de montagne où le voyageur est exposé à des dangers perpé-
tuels.

Pendant que l'ancien amoureux de Toinette reposait bien à son aise, d'Arène
s'enlevait son costume d'officier et le remplaçait par des vêtements renfermés dans
une valise fort lourde dont Cadet, pendant le voyage, avait été particulièrement
chargé, à son grand désespoir.

Ces vêtements étaient plus que modestes et n'avaient rien qui pût attirer le
regard.

Grâce à eux, le marquis cachait son grade et sa noblesse sous les allures d'un
modeste bourgeois.

Lorsqu'il sortit de sa chambre, il rencontra le valet du Logis qui eut une exclamation.

— Tais-toi, lui dit-il, cela ne te regarde pas. Je te payerai ton silence !

Autrefois, d'Arène eût immédiatement remis de l'or à ce lourdaud. Maintenant, il se bornait à faire des promesses.

Ainsi déguisé, le marquis se glissa donc hors du Logis. Il prit la route et marcha dans la direction de Fréjus, n'avançant, du reste, qu'avec circonspection et s'arrêtant parfois pour écouter s'il n'entendait pas le bruit lointain de quelque véhicule.

La journée était maintenant assez avancée. Le temps, particulièrement chaud, était d'une lourdeur qui annonçait un orage prochain.

D'Arène avait regardé plusieurs fois le ciel. Il murmura : ·

— Je crois que la nuit ne sera pas belle. Ah ! s'il se mettait à pleuvoir bientôt, cela pourrait éviter à Rouget la peine de trouver un prétexte !...

Comme il venait de dire ces mots, de larges gouttes d'eau commencèrent à tomber.

Presque en même temps, il entendit un léger bruit de grelots. Il tressaillit, quitta la route, s'assura qu'il ne se trompait pas, et se cacha dans un fourré.

Le marquis d'Arène, après quelques minutes d'attente, vit passer une espèce de carriole assez pesamment chargée, sur le devant de laquelle une jeune et jolie femme se tenait.

Un paysan conduisait le cheval et l'excitait de la voix afin, sans doute, d'arriver à un refuge avant que la pluie ût plus forte.

Deux hommes suivaient la carriole.

Ces deux hommes étaient l'orfèvre Roux et Rouget. La femme était Pauline Roux.

CHAPITRE LXXXIII

Le voyage à Grasse

 AULINE ROUX ! Par quel concours de circonstances se trouvait-elle avec son mari dans l'Estérel ?

Nous avons laissé la jeune femme au château d'Arène, au moment où elle venait de disputer à la marquise la vie de son amie Adrienne.

Elle avait déjà succombé dans la lutte, lorsque l'apparition imprévue de Gaspard de Besse vint sauver les deux femmes.

On sait ce qui suivit : Claude d'Arène, reprenant son nom et ses titres, sans que ses ennemis osassent, à cause de leurs propres crimes, évoquer les souvenirs du passé ou contester ses droits au vieillard.

Gaspard de Besse, qui n'était que M. de Galtières pour Pauline et Adrienne, s'éloigna presque aussitôt.

Pauline resta encore quelques jours auprès de ses amis, mais elle fut rappelée à Aix par son mari, de retour de voyage.

On voulait la retenir au château, on voulait demander à Roux de lui laisser passer encore quelque temps dans cette demeure où elle vivait maintenant si tranquille, mais elle s'y opposa.

Sa tâche n'était-elle pas terminée auprès d'Adrienne et n'avait-elle pas ailleurs des devoirs à accomplir ?...

Avait-elle le droit de délaisser ainsi son époux ? Celui-ci ne se plaindrait-il pas justement s'il l'accusait d'indifférence à son égard ?...

C'était, du reste, moins les reproches de Roux que ceux de sa conscience qu'elle craignait. Or, celle-ci blâmait hautement une affection, un amour que le temps et les circonstances n'avaient fait que fortifier.

Cet amour diminuerait-il quand elle se trouverait de nouveau avec son mari ?... Elle craignait bien que non, mais du moins aurait-elle fait tout ce qui lui était possible pour l'oublier !...

Pauline partit donc pour Aix et elle constata tout de suite que son absence n'avait en rien modifié le caractère de cet homme auquel elle s'était donnée pour procurer une vieillesse paisible à son père et qui n'avait même pas tenu ses promesses car, autant par nécessité que par goût, le docteur Grandier continuait à travailler à Aix comme il avait jadis travaillé à Marseille.

La cruelle jalousie de l'orfèvre n'avait fait qu'augmenter. On se rappelle qu'il avait surpris un jour un entretien de M. de Galtières et de sa femme, dans lequel celle-ci avait avoué son amour.

Mais, en même temps que Pauline avait laissé échapper le secret de son cœur, elle avait fait promettre à M. de Galtières de la respecter, de s'éloigner d'elle pour toujours.

Ce galant n'ayant plus reparu, ou plutôt Roux ne l'ayant plus revu, l'orfèvre avait jugé à propos de ne pas parler à sa femme de ce qu'il avait entendu.

Il croyait la surveillance plus facile en ne mettant pas sur ses gardes celle qui en était l'objet. Toutefois, il n'avait rien oublié !...

Au château d'Arène il la considérait comme plus en sûreté que dans son magasin dont il était obligé de s'éloigner à cause de plusieurs voyages d'affaires. C'était pour ce motif qu'il avait permis qu'elle s'absentât.

Il avait été du reste sollicité par Suzanne Fersac et M. de Mauléon pour lequel il avait beaucoup de considération, étant né dans les anciennes possessions territoriales de la famille de l'officier.

Quand Pauline fut de retour à Aix, Roux la condamna donc à reprendre l'existence d'autrefois.

Il l'obligea à rester dans son arrière-boutique où une femme jeune et belle, qui avait besoin d'air et de lumière, comme une fleur, devait s'étioler et puis mourir.

Il ne restait même plus à Pauline la consolation de s'entendre plaindre par Madeloun, cette vieille servante que Roux lui avait donnée comme gardienne et qui, peu à peu, était devenue son amie.

Madeloun venait de renoncer à servir et de rentrer à Manosque d'où elle était originaire.

Roux l'avait remplacée par une duègne, bien barbue et d'aspect revêche, qui se faisait un plaisir d'espionner sa maîtresse et de se livrer à des conjectures malveillantes à propos de ses moindres actions.

Elle valut souvent de durs reproches à la pauvre Pauline, devenue ainsi sa victime.

— Pourquoi, demanda un jour Roux à sa femme, avez-vous quitté l'arrière-boutique hier, au milieu du jour, pour monter à votre chambre ?...

— Un travail de broderie que j'avais oublié...

— Était-il nécessaire de vous approcher de la fenêtre et de regarder longuement au dehors ?...

— Ah ! on a vu...

— Certainement...

— Je ne pensais pas qu'il fût mal...

— Si personne n'avait passé, peut-être...

— Quelqu'un passait donc ?...

— Faites l'ignorante !... Il y avait en ce moment dans la rue le fils du marquis de Chènerive, un libertin qui fait profession de débaucher les filles et qui ne dédaigne pas de s'attaquer aux femmes mariées.

— Je ne le connais point.

— Pourquoi chercher alors à faire sa connaissance ?

— Je n'ai jamais entendu parler de lui...

— Allez raconter cela à d'autres. Je ne crois pas vos menteries...

En s'entendant traiter ainsi, Pauline sentit son front s'empourprer...

— Je vous ai toujours dit la vérité... avant comme après notre mariage... murmura-t-elle.

— Vous faites allusion sans doute aux sentiments que vous ne m'avez jamais cachés... Vous m'avez accepté presque par force... Je ne vous semblais pas ce qu'il vous fallait... Vous eussiez préféré à un homme comme moi quelque galantin sans cervelle... Si vous vous repentez de m'avoir pris pour mari, pensez-vous que j'aie lieu de me féliciter de vous avoir choisie pour femme ?

Elle releva fièrement la tête.

— En quoi vous ai-je donné lieu de vous plaindre ? N'ai-je pas été une épouse dévouée, fidèle ?...

Il eut un ricanement.

— Allons donc !... Je ne me plains pas chaque fois que j'aurais le droit de me plaindre... N'avez-vous pas avoué à cette place même à un homme que vous l'aimiez ?...

C'était la première allusion qu'il eût faite à l'entretien de Pauline et de M. de Galtières.

De pourpre, la jeune femme devint pâle sous son regard étincelant.

Mais, dans cette pénible situation, elle ne perdit pas tout courage.

— Puisque vous étiez présent, dit-elle, le seul jour où j'ai eu un instant de faiblesse, vous savez que je m'en suis punie en suppliant l'homme que j'aimais de ne pas me faire repentir de mon aveu. Je puis ensuite ajouter que cet amour n'est pas né chez la femme mariée, mais chez la jeune fille... Ni Suzanne Fersac, ni moi ne vous avons caché, lorsque vous vous êtes présenté pour la première fois dans la maison de mon père, que mon cœur n'était pas libre...

— L'amoureux qui s'est permis d'entrer chez moi était alors le galantin dont j'ai parlé tout à l'heure... Et vous, vous n'avez pas compris que votre devoir était de l'éloigner ?...

— Il rapportait un coffret rempli de diamants qu'un voleur vous avait dérobé...

Cette réponse fit une certaine impression sur l'orfèvre Roux. Cependant il ne s'avoua pas vaincu et, tandis qu'il se retirait, Pauline l'entendit traiter « cette his- « toire d'un coffret rapporté d'ingénieux prétexte ».

Il ordonna à la duègne de redoubler de surveillance et de continuer à l'instruire de toutes les actions de sa femme. Celle-ci fut mise au courant de cette recommandation par la mégère triomphante.

Pauline finit par s'aliter. Il fallut bien recourir aux soins du docteur Grandier et le faire appeler.

Le vieux médecin, qui avait d'abord habité dans la maison de son gendre, l'avait depuis longtemps quittée, sentant bien qu'il n'y était pas vu d'un bon œil.

Il se doutait que sa fille n'était pas heureuse et il en éprouvait des remords, quoique Pauline lui cachât soigneusement toute l'étendue de son malheur.

Le docteur Grandier accourut au premier avertissement, interrogea son enfant sur ce qu'elle ressentait. Il découvrit une grande faiblesse provenant de l'anémie.

Il traita assez brutalement son gendre.

— C'est le défaut d'air, c'est votre logement bas, humide, insalubre, qui est cause de sa maladie. Désirez-vous donc la perdre ?... C'est à moi que vous allez avoir affaire...

Le bonhomme était si irrité que Roux ne put qu'essayer de le calmer.

— Et moi qui ne faisais pas attention, continua le docteur... J'ai été bien coupable pour un père et pour un médecin... J'aurais dû me douter de votre égoïsme féroce... Ma chère Pauline me pardonnera-t-elle ?...

— Toutes les habitations de notre rue sont semblables et cela n'empêche pas qu'on s'y porte à merveille... Moi-même...

— Allez-vous comparer un colosse de votre espèce à ma mignonne Pauline ?...

— Il y a d'autres femmes...

— C'est que leurs maris leur donnent sans doute des satisfactions que vous êtes incapable de procurer à la vôtre... Enfin, si vous voulez la tuer, vous n'avez qu'à la laisser où elle est. Cela vous ferait plaisir peut-être.

— Non certes.

— Alors, changez-la de régime... Trouvez-lui un autre genre de vie...

Roux paraissait fort embarrassé, lorsque le docteur Grandier ajouta :

— Un voyage serait une bonne chose.

L'orfèvre se frappa le front.

— Un voyage !...

— Ce serait le meilleur des remèdes, surtout si vous ne le faisiez pas trop fatigant, si vous ne vous éloigniez pas de nos contrées du midi où le soleil sauve et vivifie.

— Que penseriez-vous de Grasse ?

Ce que le docteur Grandier pensait de Grasse, cette ville entourée de fleurs, ce paradis terrestre !... Il applaudit des deux mains à la proposition que Roux lui faisait d'y conduire Pauline.

Il fut sur le point de rendre une partie de son estime à l'orfèvre, mais celui-ci lui expliqua pourquoi il songeait à partir pour Grasse avec sa femme.

Dans peu de temps, il devait y avoir, comme chaque année, une grande foire qui durait trois jours et où l'on faisait beaucoup d'affaires. Roux était d'avis que, lorsque les clients ne venaient pas, il était nécessaire d'aller à eux.

Or, on était dans la morte-saison, le Parlement et l'Université étaient en vacances.

A Aix, on n'achetait pas en ce moment d'orfèvrerie et il fallait se contenter de maigres bénéfices jusqu'après la messe du Saint-Esprit.

Roux expliqua à son beau-père qu'il y a des foires où l'on peut faire jusqu'à douze cents écus par jour. Il s'était rendu, pendant que sa femme était au château d'Arène, à Avignon, à Orange, à Apt, et il s'en était bien trouvé.

Sans doute, il vendrait encore plus s'il était aidé par Pauline dont la beauté attirait les chalands.

Dans son âpre avidité de commerçant, Roux oubliait presque son impitoyable jalousie.

Le docteur Grandier l'écoutait avec un air méprisant. Toutefois, il n'osa trop rien dire.

— Sous prétexte de foire, ne fatiguez pas trop ma fille, elle ne pourrait pas le supporter.

— Soyez tranquille !... Nous voyagerons à petites journées à cause des caisses d'horlogerie, d'orfèvrerie et de bijoux que j'ai l'intention d'emporter... Ah ! vous m'avez donné une bonne idée !...

Ce fut ainsi que le voyage à Grasse fut décidé. Roux et sa femme ne tardèrent pas à se mettre en route.

La pensée seule de sortir de son horrible prison avait donné quelques forces à la pauvre Pauline.

Du reste, c'était dans le plus modeste équipage qu'ils allaient tenter la fortune à Grasse.

Roux avait choisi une carriole qui ne valait même pas, comme apparence, celle dans laquelle avait eu lieu le voyage à Manosque et dont le brancard avait été cassé par Cadet au Cheval-Rouge.

Il est vrai qu'il y avait plus de place pour installer les grands coffres remplis de marchandises que l'orfèvre emportait.

Le loueur de la voiture, un homme dont c'était la profession, devait les conduire jusqu'à Grasse et les ramener.

Le trajet était à peu près de trente-cinq lieues. On coucha la première nuit à Brignoles et la deuxième à Fréjus.

Ce fut à l'auberge des Trois-Mages que Roux fit la connaissance de Rouget.

Sa mauvaise mine ne prévint pas d'abord l'orfèvre en sa faveur, mais le bandit fut si poli, si insinuant qu'il ne tarda pas à dissiper cette mauvaise impression.

Aux Trois-Mages on ne parlait que de l'arrestation du courrier d'Italie. Voiture et chevaux avaient été retrouvés près du ruisseau des Trois-Termes. On ne savait pas ce que le postillon et les voyageurs étaient devenus.

Maître Nicolas et sa fille s'alarmaient fort sur le compte de la voyageuse qui les avait charmés par sa bonne grâce et sa générosité.

Ils parlaient aussi d'un beau cavalier qui était parti en même temps que la dame et à qui il était probablement arrivé malheur, car il avait, sans aucun doute, résisté aux brigands.

Rouget tranquillisa un peu Mlle Nicolas et son père au sujet de la voyageuse.

Gaspard de Besse, d'après lui, ne tuait pas les femmes. Il se bornait à leur demander certaines complaisances.

Il n'entra pas dans des détails, mais Mlle Nicolas n'en baissa pas moins les yeux.

Quant au cavalier, Rouget s'en fit faire la description et eut ensuite une exclamation.

— Ah ! c'est amusant ce que vous me dites là !

— Que vous arrive-t-il ?

— Est-ce que ce personnage est un de vos hôtes habituels ?

— C'était la première fois que nous le voyions.

— Parbleu !... Tranquillisez-vous à son sujet, car c'était Gaspard de Besse...

— Gaspard de Besse !...

— Lui-même...

L'aubergiste et sa fille étaient stupéfaits.

— Ah ! je comprends maintenant, pensa Rouget, pourquoi j'ai perdu à Fréjus les traces de Mme de Milleroses... Le marquis d'Arène était assez mécontent et, sans le voyage de cet imbécile-là et de sa femme...

Cet imbécile, ou plutôt celui que Rouget désignait en lui-même de cette manière peu flatteuse, était présent. Il semblait aussi étonné que les maîtres du logis de l'audace de Gaspard de Besse.

Ce fut lui qui donna les premières marques d'incrédulité.

— Gaspard de Besse... Vous le connaissez donc pour pouvoir prétendre...

— Je l'ai vu... et peut-être l'avez-vous vu aussi...

— J'en doute, dit l'orfèvre.

— Jobard ! pensa encore Rouget qui avait recueilli les confidences de Bavard le jour où il était si désolé d'avoir rendu le coffret rempli de diamants qu'il avait volé à l'orfèvre Roux.

Il ajouta d'un ton doucereux :

— Du reste, ce n'est pas malin d'avoir reconnu Gaspard de Besse à la description exacte que maître Nicolas vient de nous en faire. Son si gnalement est partout affiché et, tenez, le voici précisément contre la muraille.

Il y avait, en effet, dans la grande salle de l'auberge, où l'on se trouvait en ce moment, un exemplaire du placard que Gaspard avait lu à Toulon et dans son trajet de Marseille à Aix.

Roux s'empressa de lire à haute voix ce document où le signalement du capitaine, quoique n'étant pas conçu dans les mêmes termes, était parfaitement reconnaissable pour celui qu'avait donné l'aubergiste.

Celui-ci surtout s'agitait.

— Et dire que je ne me suis pas rappelé... Et dire que je ne me suis pas douté...

— Si vous vous étiez rendu compte, dit Rouget gravement, vous eussiez rendu service au pays et à vous-même, car Gaspard de Besse livré par vous à la justice, vous eût rapporté deux mille écus...

— Cette somme m'eût fait beaucoup de plaisir, fit Maître Nicolas, et je regrette de ne pas l'avoir gagnée.

— Eh bien, moi, je ne le regrette pas, pour toi, papa, dit Mlle Nicolas.

L'aubergiste regarda sa fille avec ahurissement.

— Non, je ne le regrette pas, répéta celle-ci d'un ton très net.

— Y penses-tu ?

La jeune fille ne donna pas la raison de ses dispositions favorables à l'égard de celui qu'elle avait pris pour un gentilhomme, et qui ne se trouvait être qu'un gentilhomme de grand'route.

Peut-être la fière tournure de Gaspard de Besse, la mâle beauté de son visage, avaient-elles fait sur elle l'impression qu'elles faisaient sur la plupart des femmes. Peut-être se souvenait-elle aussi des paroles aimables qu'il lui avait dites en lui parlant de ses amours avec l'aubergiste des Trois-Rois, concurrent des Trois-Mages.

Les femmes sont plus facilement reconnaissantes que nous autres hommes et reviennent moins facilement sur les sentiments qu'on leur a inspirés. Sous le rapport des choses du cœur elles nous ont été et nous seront toujours supérieures.

Tandis que Maître Nicolas eût considéré comme très naturel de livrer Gaspard de Besse cela lui eût semblé à elle presque une trahison !

Roux éprouvait de l'effroi.

— Mais alors, fit-il, si Gaspard de Besse opère dans l'Estérel, il est très dangereux de passer dans ces défilés. Moi qui ai de l'argenterie, des bijoux pour une somme considérable, je serai certainement dépouillé... Faut-il renoncer à aller à Grasse ?...

— Il y a un moyen bien simple, dit Maître Nicolas.

— Lequel ?...

— Attendez le courrier d'Italie.

— *Ouais !* ricana Rouget. Voilà un bon conseil le lendemain du jour où la diligence a été dévalisée.

— Double raison pour que Gaspard de Besse ne renouvelle pas tout de suite son exploit...

— Je ne m'y fierais pas...

— Et puis le courrier aura une escorte.

Voilà l'empoisonneur.

— Avec cela que quelques soldats peuvent empêcher Gaspard de Besse d'arrêter une voiture, alors qu'il a écrasé tout un bataillon dans les gorges du Lubéron.

— Comment faire? murmura Roux véritablement consterné.

— A votre place, je ne m'effrayerais pas, répondit Rouget, et je me risquerais hardiment dans l'Estérel. Gaspard de Besse ignore si votre carriole transporte des bijoux ou une autre marchandise moins rare... Il ne s'attaque guère aux petits commerçants et les laisse paisiblement gagner leur vie. Dans le cas même où il vous rencontrerait, il ne vous ferait pas le moindre mal. Il n'est peut-être pas bien méchant homme.

Pourquoi donc Rouget prenait-il ainsi maintenant la défense de son mortel ennemi?

C'était uniquement parce que le langage de l'orfèvre lui faisait craindre qu'il ne poursuivît pas sa route vers Grasse. Il eût également beaucoup regretté que Roux se servît de la diligence. Tous ses projets, dans l'un et l'autre cas, eussent été détruits.

Les coffres d'orfèvrerie dont le mari de Pauline vantait si imprudemment la valeur, tentaient fort le bandit, qui agissait à la fois pour son compte et pour celui d'Arène.

Ce dernier évidemment n'en voulait pas aux bijoux de Roux. Bien qu'il eût failli devenir pirate, il n'était pas voleur de grand chemin.

C'était d'un autre trésor qu'il rêvait de s'emparer, et ce trésor était Pauline, cette petite bourgeoise qui l'avait encore plus mal accueilli que les autres, qui avait traité son amour avec un dédain absolu.

Il semblerait que d'Arène, dans la situation où il se trouvait maintenant, eût dû songer à autre chose qu'à courir après une femme sur les sentiments de laquelle il savait à quoi s'en tenir.

Le fils de Cora, l'esclave de l'Ile-de-France, avait l'âme trop basse pour pouvoir oublier. Il se souvenait de sa défaite près du Cheval-Rouge, de d'Herbois tué, de deux de ses camarades grièvement blessés, de lui-même mis en fuite...

Vaincu, humilié, il avait juré de se venger et de satisfaire en même temps son caprice. La manière dont il avait agi à l'égard de Clarisse, de Marie, de Mme de Milleroses, de Gaspard Bouis lui-même, nous prouve qu'il n'était pas homme à oublier un serment de ce genre...

Ce qu'il y avait de bizarre dans la nouvelle entreprise qui le conduisait maintenant dans l'Estérel, c'était qu'il n'avait pas quitté Marseille pour Pauline.

Le hasard avait instruit Rouget du passage de la comtesse Jeanne de Milleroses dans cette ville quand elle y était venue pour organiser l'arrestation du courrier d'Italie par Gaspard de Besse.

Il s'était empressé de prévenir d'Arène, mais déjà la comtesse était partie en chaise de poste.

D'Arène, irrité d'apprendre que celle qu'il avait fait emprisonner et qu'il croyait à la Guyane, était encore en France, paraissant jouir d'une certaine prospérité, s'était mis immédiatement à la poursuite de Mme Jeanne de Milleroses...

Il brûlait de la faire prisonnière, de la ramener à Marseille et de la livrer à ceux qui l'avaient condamnée une première fois à aller mourir aux colonies.

Quel plaisir il aurait à assister à une nouvelle fustigation de cette créature qui s'était si bien moquée de lui ! Quel bonheur pour lui quand le fouet du bourreau tracerait encore en sa présence des sillons bleuâtres sur les épaules nues de Jeanne ! Comme il rirait de sa douleur et de sa honte !...

Rouget précédait le marquis. Ils se rencontrèrent à Brignoles où le bandit indiqua à d'Arène que Mme de Milleroses devait se diriger sur l'Italie.

Aussitôt, on partit sur Fréjus, mais là on prit une fausse piste, c'est-à-dire que l'on suivit une autre chaise de poste jusqu'à Cannes, tandis que Jeanne s'arrêtait aux Trois-Mages pour y prendre la diligence.

Une fois l'erreur reconnue, Rouget et le marquis virent l'expédition manquée...

D'Arène se livrait même à toute sa fureur lorsque son complice lui parla de la rencontre qu'il avait faite en entrant à Brignoles, de la carriole de Roux qui arrivait d'Aix avec sa femme, se dirigeant vers Grasse. Rouget avait appris le but du voyage à la Cloche-d'Argent.

D'Arène se fit répéter jusqu'à trois fois que Pauline était avec son mari. Il ne pouvait y croire.

Aussitôt un plan fut arrêté entre le gentilhomme et le bandit — nous pourrions dire les deux bandits. Ils s'entendirent aisément.

Rouget aurait les caisses d'orfèvrerie et d'Arène la femme. Quant au mari et au conducteur de la voiture, on s'en débarrasserait comme on pourrait. Rouget disait que ce n'était pas difficile.

On résolut d'opérer pendant la nuit au Logis de l'Estérel.

Le marquis et son digne acolyte considéraient cette auberge comme un endroit où on les laisserait parfaitement agir à leur guise, en intéressant plus ou moins l'hôte dans cette jolie affaire...

Rouget ignorait que le Logis fût devenu maintenant un des refuges de Gaspard de Besse. Il croyait qu'il était toujours tenu par un parfait gredin qu'il avait connu. Cet individu avait précédé le propriétaire actuel des Trois-Rois de Fréjus et maintenant était en prison quelque part.

Il s'agissait donc, à leurs yeux, de conduire simplement Roux, sa femme et sa carriole au Logis. Ils s'arrangeraient ensuite...

Rouget fut chargé de ce soin. Nous le voyons, aux Trois-Mages, donnant à l'orfèvre toute sorte de mauvais conseils, le mettant en garde contre la diligence et lui dépeignant même, pour les besoins de la cause, Gaspard de Besse comme un bon diable, incapable de faire du mal à un petit commerçant voyageant isolé.

C'était assez la réputation du capitaine et Maître Nicolas, l'aubergiste, le reconnut.

Roux se laissa persuader et décida de continuer sa route le lendemain matin, sans rien changer à son système de locomotion.

Rouget fit observer, du reste, que l'on traverserait l'Estérel en plein jour et que l'on pourrait arriver le soir même à destination. C'était précisément ce que le rusé compère voulait empêcher à tout prix.

Dans ce but, il offrit à Roux de l'accompagner, prétextant avoir lui aussi affaire à Grasse...

L'orfèvre accepta avec empressement, mais la présence de Rouget ne lui porta pas bonheur.

En sortant de Fréjus, premier accident. L'essieu de la carriole se rompit et il fut nécessaire de s'arrêter pour une réparation. Plus loin, le cheval perdit un de ses fers et on dut rechercher un maréchal ferrant qu'on ne découvrit qu'avec beaucoup de peine.

Celui-ci, fort maladroit, blessa l'animal qui ne put plus marcher qu'avec une extrême lenteur.

A l'heure où l'on avait espéré se trouver près de Grasse, nous avons vu que l'on approchait du Logis où Rouget maintenant conseillait à l'orfèvre de coucher...

L'orage, dont la venue réjouissait fort le marquis d'Arène, devait en effet décider tout à fait le mari et la femme à passer la nuit dans l'Estérel.

CHAPITRE LXXXIV

L'homme puissant et fort

QUAND la carriole fut passée, le marquis d'Arène la suivit toujours en se dissimulant.

On arriva près du Logis. L'orfèvre fit descendre sa femme et, tous les deux, sous la pluie qui devenait de plus en plus forte, se dirigèrent vers l'auberge.

Roux frappa à la porte.

Ce fut le grand bonêt de valet qui ouvrit aussitôt. — A la vue de l'orfèvre et de sa femme, il eut une exclamation :

— Encore des voyageurs !... Cela ne finira donc pas aujourd'hui !

Puis, se rappelant que Beppa n'avait pas paru très satisfaite de l'arrivée de M. d'Arène, il crut qu'il était de son devoir d'éloigner ces hôtes nouveaux.

— Que désirez-vous? demanda-t-il.

— Un asile pour la nuit.

— Et où voulez-vous donc que je vous loge?... La maison est pleine du haut en bas.

Roux eut un geste consterné.

— Est-ce possible?...

Heureusement, Rouget, qui s'était éloigné un instant, intervint.

— Qu'est-ce que c'est que cette plaisanterie ?

— Je dis la vérité.

— Où est ton patron?

— Il est absent.

— Eh bien, je lui dirai, à son retour, qu'il a pour domestique un fameux nigaud. Maintenant, prépare-nous deux chambres.

— Mais...

— Puisque je les ai arrêtées d'avance.

— Alors, c'est différent !

Roux et sa femme eurent un soupir de soulagement.

En ce moment, la tempête augmentait, et ils comprenaient tout l'avantage qu'il y avait à ne pas être dehors. La nuit devant être très mauvaise, il valait mieux la passer au Logis de l'Estérel que dans des chemins peu sûrs.

Roux était fort préoccupé de la cargaison de la carriole. Un de ses premiers soins fut de faire placer le véhicule sous la remise.

Toutefois, sur le conseil de Rouget, il ne le déchargea pas.

— Il vous faudrait demain beaucoup de temps pour le recharger...

— Cependant, je voudrais avoir les marchandises dans ma chambre.

— Ici, il n'est pas nécessaire de faire connaître ce que renferment vos coffres...
On le devinerait en vous voyant prendre tant de précautions...

— Je dois surveiller néanmoins.

— Votre conducteur peut bien ne pas quitter...

— Je ne me fie guère à lui...

— Moi-même, je vous promets...

Roux n'en était pas moins peu disposé à laisser ses bijoux dans la remise.

Une idée vint à Rouget.

— Qui vous empêcherait de passer la nuit dans votre carriole bien abritée ? Il
est vrai que Mme Roux ne peut guère...

L'orfèvre fut enchanté de cette idée.

— Parbleu ! fit-il, ma femme sera dans sa chambre et moi ici...

— Ah !... vous avez raison... En effet, quand on n'est pas nouveau marié...

Rouget admira la chance qu'avait le marquis d'Arène. Pauline lui était livrée
toute seule dans une chambre de cette demeure isolée.

Il est vrai que lui, Rouget, aurait un peu plus à faire. Il lui serait nécessaire,
pour le voler, de tuer le mari qui dormirait sur ses trésors, mais cet assassinat
n'effrayait pas le bandit.

Il pensait que, surprenant Roux au milieu de la nuit, sa besogne serait facile et
qu'il ne rencontrerait aucune résistance.

— Allons, fit-il tout joyeux, cela s'annonce bien. Je n'ai pas été jusqu'ici fort
heureux dans les affaires que j'ai entreprises avec le marquis, mais tout porte à
croire que cette fois nous réussirons... J'aurai pour récompense les marchandises
de l'orfèvre en attendant autre chose... car M. d'Arène est généreux... Il n'a pas
d'argent pour le moment, mais qui sait?... Plus tard... on pourrait l'aider... Après
tout, il ne s'agirait que de couper le cou à un vieillard et à une demoiselle...

Rouget était hideux en songeant à de nouveaux crimes.

Le misérable rencontra Cadet, qui venait de s'éveiller, et lui demanda si son
maître était arrivé.

— Certainement, puisque je suis ici... Croyez-vous que sans lui je serais venu
me promener en cet endroit?... Mais qui êtes-vous?... Vous connaissez M. le marquis, vous me connaissez, moi?...

— J'ai cet honneur depuis longtemps déjà...

— Attendez... Mais à moi aussi, il me semble que votre figure... On rencontre
rarement quelqu'un d'aussi laid...

— Malappris !...

— Vous m'insultez?... Vous avez tort... Je ne vous injurie pas, moi... Je me
borne à dire ce que je pense, et ce n'est pas ma faute si vous avez une vilaine
tête.

— Assez...

— Et, ma foi, vous êtes Rouget que Gaspard de Besse a chassé de sa bande...
Vous étiez dans le Lubéron et vous nous avez conduits au Saut-du-Diable... C'est

peut-être vous dont je n'ai pas pu voir le visage à Brignoles et à Cannes... Vous aviez raison de le cacher...

— Encore !... Ton maître, où est-il ?

— Sans doute dans le taudis qu'on lui a offert comme chambre... Je préfère l'écurie où l'on dort bien sur la paille fraîche...

— Conduis-moi donc au marquis...

— Je ne sais pas trop si je pourrai retrouver... J'essayerai néanmoins...

Cadet et le bandit montèrent à l'étage où d'Arène avait été installé par le valet du Logis. Ils prirent un couloir que Cadet croyait reconnaître et qui les mena, non à la chambre du marquis, mais du côté de l'appartement de Gaspard de Besse.

Ils furent étonnés de voir cesser l'état de délabrement dans lequel se trouvait presque tout le Logis.

La chambre où couchait le capitaine quand il était à l'Estérel, celle où il avait reçu Jeanne de Milleroses, était précédée d'une salle assez ornée qui indiquait déjà qu'une partie de cette demeure avait l'aspect moins misérable que le reste.

Gaspard de Besse aimait trop le luxe pour ne pas s'en entourer partout où il fixait son domicile, même momentanément.

— C'est assez curieux, dit Rouget d'un air rêveur.

— Je me trompe, fit Cadet... Mon maître est dans un endroit plus pauvre que cela...

— On n'a pas traité avec égards M. le marquis.

— On ne voulait même pas l'accepter...

— C'est comme les personnes que j'accompagne...

Rouget et Cadet étant revenus sur leurs pas, ce dernier retrouva son chemin et put indiquer la chambre où il avait laissé le marquis.

Il ignorait la promenade que M. d'Arène avait faite dans la forêt... Aussi fut-il étonné de le voir tout mouillé et dans un autre costume que celui qu'il portait habituellement.

— Ah ! Rouget, Rouget, fit avec satisfaction le marquis d'Arène, entre vite... Toi, Cadet, laisse-nous.

Cadet éprouva une déception. Il s'était imaginé qu'il allait connaître enfin le mot de l'énigme qu'il cherchait depuis le départ de Marseille. Décidément, on tenait à ce qu'il ne sût pas les motifs du voyage, ce qu'il sentait que l'on préparait...

L'ancien amant de Toinette était fort curieux. Aussi chercha-t-il un moyen de s'instruire. Il n'en trouva pas de meilleur que de coller son oreille contre la serrure.

Pendant ce temps-là, Marie se tenait toujours à l'écart. Elle n'avait rien décidé, rien arrêté, espérant que Gaspard de Besse rentrerait d'un moment à l'autre.

Ce fut Coquelicot qui reparut, mais tout bouleversé.

Il lui était venu, à la fin de sa tournée, de mauvaises nouvelles du capitaine. On lui avait raconté qu'il avait été attaqué à son arrivée à Cannes par des gens de la maréchaussée. On ne connaissait pas le résultat de cette rencontre.

En tout cas, si Gaspard avait réussi à s'enfuir, c'était du côté de l'Italie, car les défilés de l'Estérel étaient occupés par des troupes.

Marie et Coquelicot virent dans la présence de d'Arène au Logis la confirmation de ces bruits.

— D'où vient, dit cependant Coquelicot, que le marquis est seul ici ? N'est-il pas accompagné d'individus qui sont peut-être déguisés ?

— M. d'Arène, répondit Marie, a seulement Cadet avec lui. Il est arrivé, en effet, d'autres personnes, mais il n'y a rien à craindre de leur part... C'est un marchand d'Aix qui va à la foire de Grasse. Il n'a avec lui que sa femme, son commis et un paysan qui conduit sa carriole.

Rouget, on le voit, s'était donné pour l'employé de Roux.

— Le marquis d'Arène n'a donc pas ici des soldats sous ses ordres ? Ah ! comme je réglerais volontiers son compte si Gaspard me le permettait, mais il me l'a défendu... Il prétend que cet homme lui appartient et que je dois l'épargner pour lui permettre de le tuer à son aise.

— Si Gaspard avait été pris à Cannes, s'il ne s'était pas réfugié en Italie... quel malheur !...

— Vous avez raison.

— Comment savoir ?

— Nous n'avons pas grand'chose à faire ici puisque Gaspard ne veut pas que je m'attaque à son marquis... Il n'y a pas grand mal à le laisser seul ici... Si je prenais, pour aller m'informer à Cannes, le courrier d'Italie qui va passer...

— C'est cela... Je viens avec toi...

— La nuit est bien noire et le temps bien mauvais...

— Qu'importe ! L'impatience me dévore...

— A Cannes, nous saurons du moins à quoi nous en tenir... En s'y prenant adroitement... Il ne sera pas très tard, car la diligence descend vite...

— Elle va bientôt passer ?...

— Dans quelques minutes. Vous n'avez que le temps de vous préparer...

Coquelicot disait vrai. Peu de temps après, le courrier d'Italie s'arrêtait avec une escorte devant le Logis, mais déjà Marie avait repris son costume de cavalier.

Ce fut le chevalier de Galtières ou de Valbrègues qui partit avec Beppo pour Cannes au grand étonnement du valet qui n'avait pas vu arriver ce voyageur et ne remarquait pas sa ressemblance avec la signora Beppa.

— D'où sort-il celui-là ?... Il y a tant de monde dans cette auberge que je ne reconnais plus les gens qui en sortent !

Cadet assista aussi au départ de la diligence, et il resta frappé d'étonnement en voyant, à la lueur des lanternes, le visage de Coquelicot, puis celui de Marie Asquier.

— Ah ! par exemple, que font-ils en ce pays... ceux-là ?... Où vont-ils ?... Depuis trois jours les surprises se succèdent pour moi... Que d'émotions et que de fatigues aussi... J'ignore de quelle manière cela finira, mais il est temps que cela finisse.

Il en était là de ses réflexions quand la diligence s'ébranla et quitta le Logis.

— Hum !... Le temps n'est pas beau... Le voyage ne sera pas agréable... Il pleut toujours très fort... Néanmoins, je serais parti volontiers aussi, car je ne me sens pas très rassuré en ce lieu avec les projets de mon maître...

Cadet, en effet, savait à quoi s'en tenir maintenant. M. d'Arène avait l'intention de prendre de vive force la femme du bourgeois qui voyageait avec une carriole.

Cadet, à son poste d'observation, n'avait pu apprendre ni le nom de cette femme, ni celui de ce bourgeois, car ils n'avaient pas été prononcés. Du reste, les paroles ne lui étaient parvenues qu'assez indistinctement.

La voix de M. d'Arène était claire. Cadet comprenait à peu près tout ce que le marquis disait, tandis que Rouget parlait très bas et presque entre les dents.

Toute la partie de la conversation relative à l'assassinat de Roux, aux coffres de la carriole, était ignorée du bon domestique. Il avait entendu seulement son maître laisser Rouget agir sous la remise comme il lui plairait.

— Il s'agit encore, murmurait Cadet, d'un enlèvement ou de quelque chose de ce genre. M. le marquis d'Arène n'agit pas différemment, paraît-il, avec les femmes qui lui plaisent... La force est son dernier argument... Il est, comme on voit, d'un galant achevé... Quelle est donc cette beauté qu'il convoite aujourd'hui?... Tout ce que je sais c'est qu'elle vient d'Aix en passant par Brignoles et Fréjus, qu'elle est accompagnée d'un mari qui ne se doute pas de son sort et qu'elle, non plus, ne s'attend pas à avoir cette nuit pour amant un gentilhomme très audacieux, trop audacieux... Voilà une aventure qui ressemble quelque peu à celle du Cheval-Rouge... Je voudrais bien savoir si l'héroïne est aussi belle que Mme Pauline Roux...

Cadet s'interrompit.

— Au fait, il m'est possible de savoir à quoi m'en tenir. Tout ce monde doit manger dans la salle commune... Si je pouvais voir sans être vu...

Cadet alla se placer à la lucarne par laquelle Marie avait déjà reconnu d'Arène.

Comme elle, il éprouva un vif étonnement.

Roux, sa femme, Rouget et le conducteur de la carriole étaient assis à la même table.

D'abord, Cadet n'aperçut que les visages des deux derniers, mais il reconnut la voix de Roux. Puis, celui-ci ayant fait un mouvement, l'ancien amant de Toinette vit sa femme.

Il faillit tomber à la renverse.

— Elle, elle!... Mme Roux!... Je comprends tout à fait à présent... Ah! mon maître!... mon maître!

Il quitta aussitôt son poste fort agité et rentra à l'écurie. Il eut beau s'étendre sur la paille, il ne put dormir.

Nous savons qu'il était d'un naturel assez insensible, mais Pauline Roux avait toujours été si bonne pour lui quand il était au service de l'orfèvre, qu'il n'avait pu s'empêcher d'éprouver pour elle quelque admiration et quelque sympathie.

La douceur, la beauté, la grâce de la jeune femme l'avaient impressionné aussi. Sans se rendre bien compte de ce qu'il ressentait, il souffrait à la pensée que tout cela serait livré à un débauché comme le marquis d'Arène.

Cadet, s'agitant sur la paille, répétait :

— Ah! mon maître! mon maître!

Il ne prenait toutefois aucune résolution.

Soudain il entendit du bruit dans l'écurie.

Un homme y pénétra, tenant un cheval par la bride. A la lueur d'une lanterne, Cadet le vit et eut un nouveau soubresaut.

— Me jures-tu de me faire sortir d'ici?

C'était M. de Galtières, c'était Gaspard de Besse.

Le capitaine donna lui-même quelques soins à sa monture qui, suivant toute apparence, avait fourni une longue course. Il sortit ensuite de l'écurie.

L'idée vint à Cadet de le suivre. Il le vit alors sortir, puis rentrer dans la maison et, sans traverser la salle commune, monter l'escalier, gagner la partie du Logis dont l'aspect confortable avait surpris Rouget. Il ouvrit une porte, puis la referma.

En descendant, Cadet se trouva en présence du valet de l'auberge. Il lui demanda :

— Quel est cet homme que je viens de rencontrer?

Le valet répondit mystérieusement :

— Je n'en sais rien; mais je puis vous dire qu'il est plus patron ici que le patron lui-même... Il a été fort mécontent quand je lui ai annoncé que Beppo était parti par le courrier d'Italie avec un jeune voyageur. Quant à la signora Beppa, j'ai beau la chercher, je ne la trouve pas...Elle a disparu comme la signora Marietta!... Il se passe aujourd'hui des choses singulières, dans cette maison...Je n'y comprends plus rien...

Cadet n'essaya pas d'éclairer cette pauvre intelligence. Il quitta le valet et alla regarder encore à la lucarne.

Le repas du soir était fini. Il ne restait plus dans la salle que Pauline Roux, assise près de la cheminée, où l'on venait de jeter un fagot de branches sèches qui flambaient en pétillant.

La jeune femme suivait du regard les étincelles qui allaient se perdre dans le haut du foyer. Sa rêverie ne devait pas être sans charme.

Roux rentra et l'arracha à ce doux état de torpeur. Il la conduisit à sa chambre, puis se dirigea vers la remise où il devait passer la nuit.

Cadet se demandait de plus en plus s'il ne devait pas faire quelque chose pour tenter de sauver Pauline Roux.

Toujours placé près de la lucarne, il vit reparaître Rouget et le valet de l'auberge.

— Alors, disait Rouget à ce dernier, décidément le maître de céans ne passera pas la nuit ici...

— Il est rentré, mais il est reparti tout de suite pour Cannes... Je n'ai pas eu le temps de lui dire que vous le demandiez...

— C'est-à-dire que tu as oublié...

— C'est possible aussi...

— Il n'y a que demi-mal... Te rappelles-tu toujours mon nom?

— Ma foi...

— Bon! c'est ce que je prévoyais.

— Répétez-le-moi et je saurai...

— C'est inutile, puisque ton patron ne reviendra pas cette nuit... Demain j'aurai tout le temps...

— C'est vrai...

— Où est ma chambre?

— Là-haut, tout à fait là-haut...

— Bon!

Rouget et le valet sortirent. Cadet allait se retirer, lui aussi, lorsque Pauline Roux se montra encore. Elle avait oublié sa capeline et venait la chercher.

Cadet n'hésita plus. Il descendit précipitamment l'escalier et se présenta à la jeune femme au moment même où elle allait sortir de la salle commune.

Elle recula stupéfaite et faillit laisser tomber la lampe qu'elle tenait à la main.

— Cadet ici!... Par quel hasard?...

— Cela n'a pas d'importance, madame Roux, car je suis un mince personnage... Ce qui en a, c'est ce que je vais vous dire...

— Quoi donc?... Vous avez un air... Vous m'effrayez!

Cadet s'excitait à parler.

— Allons, Cadet, un bon mouvement... Tu ne vaux pas grand'chose, mais il te faut empêcher cette nouvelle gredinerie !...

Pauline Roux fixa sur lui son regard avec angoisse.

— Que se passe-t-il ?... Répondez !

— Ce qui se passe... c'est que le marquis d'Arène est dans cette maison.

— Ciel ! fit Pauline Roux toute tremblante.

— Votre épouvante m'indique que vous comprenez le danger qui vous menace... Vous savez malheureusement de quoi mon maître est capable. Il est résolu à s'emparer de votre personne... Il ne reculera devant rien pour cela... Le misérable qui vous accompagne depuis Fréjus est son complice !...

— Mon mari...

— On ne reculerait devant aucun moyen pour le réduire au silence... Sa résistance ne vous sauverait pas...

— Que faire alors ?...

— Vous pourriez cependant l'avertir, fuir ensemble...

— Je vais tout de suite...

— Attendez ! Avant que votre projet fût mis à exécution, on le découvrirait... Maître Roux ne voudrait pas abandonner ainsi ses marchandises...

— C'est vrai...

— La nuit est bien noire d'ailleurs et le temps bien mauvais... Entendez le bruit de la tempête...

On eût dit, en effet, que le vent redoublait de fureur. La pluie battait la façade du Logis...

Pauline Roux sentait le désespoir envahir son âme.

— Du moins nous aiderez-vous à nous défendre ? demanda-t-elle à Cadet.

— Moi !... A quoi voulez-vous que je vous serve ? C'est déjà beaucoup que je vous avertisse... Je n'ai du reste pas d'arme et ils en ont, eux... Quant aux hôtes de cette maison, je crois bien qu'ils se sont entendus avec Rouget... Ah ! il me vient une idée !...

— Parlez, parlez...

— Il y a un moyen de vous sauver peut-être...

— Lequel ?

— Venez !...

Cadet conduisit Pauline à l'appartement qui précédait la chambre de Gaspard de Besse. Un candélabre à trois branches éclairait cette pièce.

L'ancien amant de Toinette montra la porte de la chambre.

— Il y a là un homme puissant et fort. Si vous vous adressez à lui, il ne vous refusera pas sa protection car on le dit généreux et bon parfois... C'est un lion !... Lui seul est capable de lutter contre M. d'Arène et de le réduire à l'impuissance... Rouget doit aussi le craindre, car il a senti le poids de sa colère.

— Quel est cet homme ?...

— Peu vous importe, s'il vous sauve !... On assure qu'il n'a jamais résisté aux prières d'une femme... Il se laissera toucher par vous... Je vous quitte... J'ai trop peur que l'on ne nous voie ensemble...

— Je vous remercie...

— Vous le pouvez sans peine, car ça va me coûter de l'argent... J'avais du moins l'espérance que mon maître me payerait un jour... Tandis que maintenant...

Il s'en alla en dégringolant dans l'escalier et se trouva en présence de Rouget qui lui demanda d'un air soupçonneux :

— D'où viens-tu ?...

— Je me trompe toujours... Je vais dans cette partie de la maison tandis que mon maître demeure dans l'autre...

— Ne t'a-t-il pas chargé de me dire quelque chose, ton maître ?

Cadet paya d'audace.

— Oui... Il croit prudent d'un peu retarder... la chose...

Rouget regarda le domestique.

— Il t'a mis au courant ?

— Certes...

— C'est vers minuit que M. d'Arène veut agir.

— Vers minuit ?

— Je serai dans la remise un peu plus tard... Si j'ai besoin d'un coup de main, tu me le donneras...

— Puisque c'est entendu !...

Rouget remonta dans sa chambre ou plutôt dans la pièce que l'on décorait de ce nom au Logis de l'Estérel, et qui n'avait pour ameublement qu'un mauvais grabat sur lequel se jeta le bandit.

Cadet se dirigea de nouveau vers l'écurie en disant :

— Allons dormir... Je le puis maintenant... Ma conscience est tranquille... Mme Roux sera d'autant plus en sûreté, si elle parle à Gaspard de Besse, que, j'y pense maintenant, c'est lui qui l'a déjà sauvée dans les gorges d'Ollioules !...

Un moment après, un ronflement sonore indiquait que le brave garçon se reposait de ses fatigues et de ses émotions...

Pendant ce temps-là, d'Arène attendait le moment favorable. Il avait ouvert la fenêtre de sa chambre et, accoudé sur la barre d'appui, considérait la tempête. ✦

Il était relativement à l'abri, car son appartement se trouvait sur le derrière de la maison, tandis que le vent et la pluie battaient la façade, comme nous l'avons dit.

Néanmoins sa lampe s'éteignit. Il ne la ralluma pas et resta dans une obscurité complète, prêtant l'oreille pour savoir si peu à peu on s'endormait dans le Logis.

Le marquis songeait à Pauline, à sa beauté, à ses charmes. Il se disait que cette femme si désirable allait lui être livrée sans défense.

— Je t'ai juré que tu m'appartiendrais, ma belle enfant, murmurait-il avec une joie infernale. Tu vas voir bientôt que d'Arène tient ses serments. Je sais quel va être ton désespoir. Tu seras à mes pieds, me demandant grâce et faisant appel à ma générosité... Ce sera en vain, car je ne suis pas généreux... Mon amour-propre, quand il est blessé, ne pardonne jamais... Mais je crois que l'heure est venue...

Il était sur le point d'ouvrir sa porte pour se diriger vers la chambre de sa victime lorsqu'il entendit des pas d'homme sur le palier.

On frappa rudement à sa porte et une voix impérieuse cria :

— Ouvrez !

CHAPITRE LXXXV

Justice est faite !

AULINE ROUX était restée toute troublée devant la porte que Cadet lui avait indiquée comme celle de l'homme qui devait la secourir...

Elle sentait qu'il était nécessaire de demander du secours, et cependant elle hésitait.

Cadet ne lui avait répondu que très évasivement lorsqu'elle lui avait demandé quel était cet homme qui ne lui refuserait pas sa protection.

Elle savait qu'il était fort, qu'il avait un courage invincible, puisque le valet du marquis d'Arène l'avait comparé à un lion.

Cadet avait aussi vanté sa générosité. Elle était presque sûre qu'il lui ferait bon accueil et néanmoins elle tremblait !

Enfin, elle se résigna à heurter doucement la porte de l'inconnu.

Presque aussitôt celle-ci s'ouvrit et Gaspard de Besse se montra.

Il passa la main sur son front comme s'il eût voulu dissiper un nuage, comme s'il se fût cru le jouet d'une illusion et fit d'une voix étouffée :

— Pauline !...

De son côté, elle resta muette et se borna à mettre la main sur son cœur...

— Est-il possible que je vous rencontre ici ? dit-il... Comment y êtes-vous venue ?...

Elle eut comme un élan de joie, et sans réfléchir :

— Puisque vous êtes là, puisque j'ai votre secours, je suis sauvée !

— Un danger vous menace donc ?...

— Un danger terrible... Ma vie, mon honneur sont en péril.

— Ici ?...

— Ici...

Il éleva la voix.

— Que se passe-t-il ?...

— Plus bas, on vous entendrait.

— Qu'importe !... Je suis le maître dans cette demeure... Nul ne me résiste !... Qui a pu vous inspirer la moindre crainte ?...

— Le marquis d'Arène...

— Lui !... Où est-il ?...

— Dans cette maison où le mauvais temps et la nuit nous ont forcés de nous réfugier, mon mari et moi, et où il compte renouveler la tentative criminelle qui, grâce à vous, a échoué...

— Ah! le marquis d'Arène a osé pénétrer dans le Logis de l'Estérel, eh bien, il y trouvera son tombeau !...

— Que dites-vous ?...

Gaspard de Besse alla ceindre son épée.

— Que voulez-vous faire ?...

— Laissez-moi.

— Faites-lui grâce.

— C'est impossible... Ce qui va se passer était inévitable, fit-il. Depuis long-temps, mon épée cherche la poitrine de M. d'Arène.

— Vous battre avec lui, je ne le veux pas ! Exposer votre vie pour moi !... Je ne le souffrirai pas...

— L'injure qu'il me fait en vous persécutant est certainement la plus grave, celle que je ne lui pardonnerai jamais... Mais ce n'est pas la première...

Elle essaya de l'arrêter ; il la repoussa doucement.

— Vous-même ne me ferez pas changer de résolution... Je vous obéirai pour tout excepté pour cela.

— M. d'Arène n'est pas seul...

— Je suis capable de venir à bout de lui et des siens... car je n'ai qu'à frapper du pied pour faire sortir des auxiliaires...

— Je ne veux pas qu'on vous tue !...

— Soyez tranquille !

— Je ne veux pas, non plus, que pour moi vous commettiez un meurtre.

— Le marquis d'Arène ne sera pas traité plus rigoureusement qu'il ne le mé-rite ! A chacun selon ses œuvres !

Il s'élança hors de l'appartement, la laissant éplorée. Elle essaya aussitôt de sortir, de le suivre, résolue, dans son alarme, à s'attacher à lui et à se jeter, s'il le fallait, entre son épée et celle de son adversaire.

Mais Gaspard avait prévu cette pensée et l'avait enfermée dans la chambre.

Elle tenta vainement d'ébranler la porte. Voyant que ses efforts étaient vains, elle se laissa tomber presque anéantie sur un fauteuil.

— Que va-t-il arriver ?... Si par malheur, il était victime de sa bravoure, de sa trop grande générosité, ce serait injuste, oui, ce serait injuste !

Elle tomba à genoux et pria :

— Mon Dieu, pardonnez-moi, si j'ose douter de votre bonté, si j'ose croire que vous permettriez... Non, vous ne voudriez pas qu'il donnât sa vie pour moi qui ne lui suis rien et qui pourtant...

Elle se releva.

— Ah ! si c'était un châtiment !...

Pauline ouvrit la fenêtre et son regard fouilla l'obscurité. Espérait-elle réussir à connaître ainsi le mystère de ce qui se passait en ce moment dans l'Estérel ?

Elle écoutait avidement, ayant peur d'entendre le bruit sinistre du fer croisant le fer.

Mais la nuit enveloppait le Logis et il n'y avait d'autre bruit que les derniers mugissements du vent qui semblait s'apaiser.

Il ne pleuvait presque pas maintenant.

Il sembla à Pauline qu'elle eût préféré la colère et le tumulte de l'orage qui se seraient harmonisés avec l'incroyable sentiment d'horreur qu'elle éprouvait.

Et elle était prisonnière, et elle était réduite à attendre l'issue de la lutte qui avait lieu !

Dans cet état horrible d'angoisse, elle ne songea bientôt plus qu'à lui. Elle essaya encore de fléchir Dieu et, chose singulière, pour obtenir toute la miséricorde du créateur, alla jusqu'à nier d'abord l'amour que M. de Galtières lui inspirait.

— Il y a déjà si longtemps que je l'ai vu pour la première fois... C'était... Ah ! il m'en souvient... C'était au bal de M. le marquis de Pons-Varades... Sa voix si douce me fit impression... Il me dit qu'il m'aimait, mais il le pouvait car je n'étais pas encore engagée dans les liens du mariage. Moi, je l'écoutais et un trouble délicieux m'agitait... Alors, comme plus tard, lorsque je me promenais avec lui dans l'allée des rosiers du jardin de Marseille, mon cœur battait doucement... En prenant maître Roux pour époux, je me jurai bien d'oublier M. de Galtières... Est-ce ma faute s'il s'est depuis retrouvé sur mes pas ?... Je n'ai plus d'ailleurs ressenti ce que je ressentais jadis quand il me suppliait de devenir la femme d'un proscrit...

Quelques larmes coulèrent sur son visage, puis elle continua :

— Quand j'eus perdu ma liberté, ses courtes apparitions m'effrayèrent. Aux douces rêveries, aux pensées tendres succédèrent les craintes et les remords. Si je pensais à lui, je m'adressais des reproches cruels et ma conscience me tourmentait... Ah ! ce n'était plus l'affection d'autrefois, ce n'était plus ce sentiment ineffable, l'amour !...

Elle s'interrompit ;

— Ah ! malheureuse, que dis-tu là ?... Ne blasphèmes-tu pas en voulant tromper Celui qui t'écoute, en voulant te tromper toi-même ?... Le jour où M. de Galtières t'a demandé un aveu dans l'antichambre de la boutique d'Aix, ne le lui as-tu pas fait avec transport ?... Tu l'aimes, tu l'aimes cet homme... Son visage si fier et si doux à la fois est gravé dans ton cœur... Tu l'aimes et c'est un crime de le nier à l'instant même où il meurt peut-être pour toi !...

A ce moment, les plus tristes pressentiments assaillaient Pauline et, comme si le ciel eût voulu, en cette heure terrible, qu'aucun tourment ne lui fût épargné, un grand bruit se fit entendre soudain accompagné d'un cri navrant, véritable râle d'agonie.

Elle se précipita vers la porte et essaya encore de l'ébranler. Ses pleurs avaient cessé. Livide, échevelée, on eût dit la statue vivante du désespoir.

Ses forces finirent par l'abandonner. Elle glissa sur le parquet et ne revint à elle que dans les bras de Gaspard de Besse.

Elle eut comme un éclat de rire en le reconnaissant :

— Vous, vous, vous êtes sauvé !

— Ma chère Pauline !

Elle pleurait de nouveau et riait encore maintenant.

— Quel bonheur, quelle joie !

Elle se dégagea soudain.

— Que s'est-il passé ?...

Les vêtements de M. de Galtières étaient en désordre. Elle vit de larges taches de sang.

— Vous êtes blessé ? dit-elle avec douleur.

— Ce n'est rien.

Il avait été atteint au bras par le fer de son ennemi.

Pauline voulut aussitôt lui panser sa blessure qui était peu grave.

— C'est pour moi, pour moi, fit-elle, que vous avez été frappé !...

Elle ajouta avec un léger tremblement :

— Et M. d'Arène ?

— Vous n'avez plus rien à craindre de lui !...

— Vous ne lui avez pas donné la mort, au moins ?

— Je l'ai mis hors d'état de nuire. J'ai tenu ma promesse car il n'a pas été plus châtié qu'il ne le méritait... La sentence prononcée contre lui a été simplement exécutée... Justice est faite !...

— Vos paroles me font peur.

— A côté de moi vous ne devez rien craindre... Il faut que votre sécurité soit absolue !...

— Elle l'est, en effet, et je n'oublierai jamais le secours que vous m'avez encore accordé...

Elle lui tendit la main comme quelqu'un qui veut s'éloigner ensuite.

Il la retint.

— Déjà !...

— Ces secousses m'ont brisée... Je puis me tenir à peine... Qui sait si le tumulte n'a pas éveillé mon mari... Il me cherche sans doute.

— S'il est dans la remise, il n'a rien entendu. Et puis qu'importe !...

Elle baissa les yeux sous son regard ardent.

— Vous avez protégé mon honneur... En me laissant partir, vous achèverez votre œuvre.

— Vous quitterez le Logis demain, et je ne vous reverrai plus peut-être.

— Ne devons-nous pas être résignés à tous les sacrifices ?...

— Où allez-vous ?...

— A Grasse... Nous y serons bientôt, à moins qu'un nouvel accident ne se produise ou que nous ne rencontrions les bandits de Gaspard de Besse que l'on prétend être dans ces contrées...

Il eut un geste violent.

— Ne redoutez pas Gaspard de Besse !

— Pourquoi ?

— Gaspard de Besse... c'est moi !...

Elle le regarda avec stupeur.

— Vous !

Pauline se laissa tomber sur un siège.

— Vous, répéta-t-elle. Oh !

— Maintenant nous sommes mortes.

Elle se couvrit le visage de ses mains comme pour cacher sa honte et son épouvante d'aimer un pareil homme.

Il se mit à genoux auprès d'elle.

— Gaspard de Besse, c'est bien moi ! Et l'horreur que je vous inspire est le
plus cruel châtiment d'une vie de fautes et de malheurs... Je suis un grand coupable
malgré les efforts que j'ai faits pour écarter les crimes de la route sur laquelle une
pente fatale m'entraînait... Je n'ai pas d'excuse car c'est précisément le jour où je
vous ai vue pour la première fois que j'ai fait le premier pas vers l'abîme...

— Que dites-vous ?

— Un misérable m'a fait boire à une coupe au fond de laquelle j'avais laissé la raison... J'avais perdu au jeu l'argent qui m'avait été confié et il me fallait commettre un vol pour le rattraper, car j'avais trop d'orgueil pour avouer ma défaillance à celui que j'appelais mon père.

— Il vous eût pardonné !...

— Peut-être, mais plus tard il s'est montré impitoyable... Il m'a chassé, il m'a maudit, et depuis cette malédiction a toujours pesé sur moi !.... Lorsque à Marseille, je me suis mis à la tête de bandits, j'espérais un moment discipliner cet assemblage de gens sans aveu, empêcher leurs excès... Je rêvai une existence de redresseur des torts et de justicier... Je ne tardai pas à reconnaître mon erreur et à être convaincu qu'il était plus facile de faire le mal que d'empêcher de le commettre. Le seul devoir que j'ai accompli, c'est celui de protéger Adrienne d'Arène, ma sœur.

— Eh quoi ! Adrienne ?

— Claude d'Arène est notre père à tous les deux, car c'est lui qui, en proie au délire de la folie, m'a abandonné sur la porte du couvent des moines de Besse. Le Le jour où il est rentré dans son château, a recouvré ses droits, il a voulu me rendre mon nom, mais j'ai refusé, me reconnaissant indigne de le porter.

— Je me rappelle, en effet, les paroles prononcées par le véritable marquis d'Arène après avoir retrouvé sa fille... Je ne les ai pas comprises alors, mais maintenant elles me reviennent en mémoire. Il vous proclamait digne de votre nom, de votre race.

— Sa tendresse s'abusait...

— N'était-ce pas vous qui étiez trop sévère pour vous-même ?...

— Vous pardonnez donc à Gaspard de Besse ?

— Il ne m'appartient pas de vous juger et encore moins de vous condamner, vous à qui je dois tout.

— Prenez garde ! Vous allez me donner le courage de parler, de dire tout ce que je ressens, tout ce que je pense auprès de vous...

— J'espère bien que, pour vous répondre, je ne serai pas obligée d'en appeler à votre générosité.

Il la saisit par la main.

— Et pourquoi pas ? Le sort vous a mise en mon pouvoir... C'est peut-être aussi la Providence !...

— Les hommes sont abandonnés de Dieu quand ils songent à commettre un crime !

— Un crime !

— C'est toujours mal de conseiller à une femme de quitter l'homme auquel elle a été unie... Et lorsqu'elle refuse, lorsqu'elle veut rester honnête, on a pour devoir absolu de ne pas abuser des circonstances dans lesquelles on se trouve...

— Vous me comprenez donc, Pauline ?... Vous devinez que j'ai la tentation de vous emmener avec moi, d'employer la force au besoin pour vaincre vos scrupules...

— Ce serait odieux !...

— Je crois, au contraire, que ce serait légitime, car tu m'appartiens, va, quoi que tu en dises ! Tu es à moi depuis la soirée de M. de Pons-Varades, depuis que nos cœurs ont battu l'un près de l'autre, que nos aveux ont été échangés. Tu t'es donnée, malgré tout, à un autre homme... Qu'a-t-il fait de toi?... Il t'a condamnée à une éternelle captivité, à un cruel isolement... Il t'a déliée de tes serments, puisqu'il n'a pas tenu les siens...

— Taisez-vous, je vous en supplie !

— La tâche que je m'étais imposée est terminée depuis quelques instants... Il m'est possible de quitter ce pays... où tout me menace... Ah ! viens avec moi, viens !... La nuit nous prêtera son ombre et son mystère pour que l'on ne s'aperçoive pas de ta fuite... Un voile jeté sur le bord d'un précipice voisin fera croire à quelque accident... On ne songera même pas à te rechercher. Nous irons où tu voudras, car je renoncerai à tout pour toi...

— Votre passion est coupable !

— Eh bien, après tout, je suis un bandit... Je n'ai pas de préjugés !...

— Moi, j'ai conservé toutes mes croyances... Ma mère était une pure et sainte femme... Elle est morte il y a bien longtemps, mais je suis sûre que là-haut elle nous voit et elle nous écoute... Mon père est un vieillard aux cheveux blancs. Je ne puis renoncer à lui fermer les yeux et je sens que je n'oserais plus le revoir après avoir trahi mon mari... Il y a encore ma conscience... Je ne serai pas à l'abri des reproches en quelque endroit que j'aille avec vous.

— Tu ne crains pas de me perdre à jamais, moi qui t'aime, moi qui t'adore !...

— Vous perdre !

— Oui, car je sens que la rage et la colère vont régner désormais seules dans mon cœur... Le lion deviendra un tigre !...

— Je vous crois incapable d'un acte de cruauté, comme d'une action déloyale...

— Mon cœur est mort cependant.

— Est-ce que le cœur meurt jamais ?... Je suis persuadée qu'il s'unit tellement à l'âme; que le jour où elle s'éloigne du corps, il la suit... Écoute, Gaspard, je te jure que si tu en restes digne, lorsque la vie quittera mon enveloppe mortelle, je serai encore à toi.

— Tu m'aimes donc ?

— Oui, je t'aime, je t'aime, je t'aime... Mais laisse-moi. Ne me parle plus... Ne me regarde plus... Si je restais, je serais perdue et je ne le veux pas... Je le répète encore : Je t'aime et je dois te fuir...

Elle le quitta et il resta éperdu, ne sachant plus ce qu'il faisait, riant et sanglotant à la fois comme elle quelques minutes auparavant, lorsqu'elle l'avait retrouvé après son duel avec le marquis d'Arène.

Pendant ce temps-là, Pauline regagnait sa chambre et s'y enfermait.

Elle ne se déshabilla pas et resta, les yeux grands ouverts, jusqu'à ce que le jour fût entré lentement. Que se passa-t-il en elle durant ces longues heures d'insomnie ?... Dieu seul le sut.

Au matin, Roux vint frapper à sa porte. Elle ouvrit et il fut étonné de la voir déjà levée, le lit étant à peine défait.

Il l'interrogea, et elle ne lui répondit que par des paroles vagues.

— Êtes-vous devenue folle ? lui demanda-t-il en bougonnant... Si vous n'avez pas dormi, c'est votre faute. J'ai, pour ma part, très bien dormi... Mais ce qui m'étonne, c'est que notre compagnon de route ait disparu... Ma foi, cela m'affecte peu et nous allons partir sans lui... Nous n'avons que quelques instants encore à à rester ici...

Il se retira et elle s'apprêta aussi à descendre.

Dans le corridor, elle rencontra encore Gaspard de Besse.

— Pauline ! murmura-t-il, Pauline !...

Il n'ajouta pas autre chose, mais elle le comprit. Elle entra avec lui dans la pièce qui servait d'antichambre à l'appartement du bandit et, allant vers la fenêtre, lui montra son mari qui aidait à atteler le cheval à la carriole, pour le départ.

— Voyez, il n'est plus temps !

— Il est temps encore...

— Non, non...

Il lui saisit la main et tomba à genoux.

— Tu me quittes ainsi sans la moindre preuve d'affection.

Elle le regarda avec trouble... presque égarement, puis elle se pencha et, prenant la tête de Gaspard avec les deux mains, approcha le front du capitaine de ses lèvres...

— Oh ! merci ! merci !...

— Adieu !

Un moment après, de cette même place, Gaspard de Besse voyait la carriole s'éloigner.

Le mauvais temps avait absolument cessé, le ciel était devenu bleu, et le soleil, brillant de son plus pur éclat, était bien un soleil de Provence.

Dans la salle basse du Logis, il y avait un cadavre, celui du marquis d'Arène. Justice avait été réellement faite !...

CHAPITRE LXXXVI

Toujours le poison!...

A vie continuait paisible au château d'Arène. A la tempête avait succédé un calme profond qu'altérait seulement pour Claude d'Arène le souvenir du passé.

Il avait retrouvé son rang, sa fortune, ses enfants, mais il ignorait exactement dans quelles circonstances était morte sa femme, cette belle Camille de Candole que le malheur avait tant poursuivie...

Maintenant que la lucidité d'esprit de Claude d'Arène était complète, il connaissait tous les détails du sombre drame dont son frère Albert avait été l'auteur et l'acteur principal.

Qu'était néanmoins devenue Camille après sa fuite?... C'était ce qu'il avait cherché à savoir jadis dans les heures où, recouvrant momentanément la raison, il sortait de son cachot, grâce à la complicité de Laurent.

Celui-ci croyait que Mme d'Arène avait péri. Nous avons dit que, quelque temps après la fuite de la pauvre créature, un cadavre avait été trouvé dans un ravin voisin du château. Les vêtements étaient ceux de la marquise.

Mais Albert et Cora n'avaient-ils pu imaginer ce stratagème pour faire croire à la mort de leur belle-sœur?...

Gaspard de Besse avait raconté à son père l'histoire étrange de son rendez-vous avec une femme qui s'était trouvée mal en voyant à son cou le camée que le père Anselme y avait suspendu.

Il montra à Claude d'Arène le portrait de cette femme qu'elle lui avait envoyé et qu'il avait précieusement conservé.

L'agitation du marquis fut extraordinaire en reconnaissant, en effet, Camille dans l'infortunée dont Gaspard, avec une émotion inexprimable, avait vu le corps sur la table de marbre d'un amphithéâtre.

Quel était donc ce mystère?... Comment Camille avait-elle pu devenir une courtisane si ces traits étaient réellement les siens?

Gaspard de Besse n'avait pu obtenir que très peu de renseignements sur l'infortunée qui avait fini d'une façon si misérable.

Elle était, un jour, apparue dans un lieu de plaisir à Marseille, sans qu'on sût qui elle était, d'où elle venait.

Une vieille femme l'exploitait à son aise, car l'inconnue ne demandait rien elle-même à ses adorateurs.

Pour obtenir ses faveurs, il fallait d'abord s'adresser à la proxénète éhontée qui introduisait les galants auprès d'elle.

Tout d'un coup, la courtisane et sa duègne s'étaient retirées dans une maison de campagne voisine de Marseille et on ne savait pas de quelle manière elles avaient vécu jusqu'au jour où l'on avait appris la mort de l'hétaïre dont tous les viveurs avaient regretté le départ.

Du reste, la maladie à laquelle elle avait succombé était étrange. Les médecins qui firent l'autopsie ne purent guère découvrir l'origine et la cause de ce mal. Seul, le docteur Grandier soupçonna un poison indien ne laissant aucune trace.

Mais comment et par qui, cette malheureuse femme avait-elle pu être empoisonnée? Qui avait intérêt à la faire disparaître? C'était un mystère devant lequel le lieutenant criminel avait reculé... Et puis, il ne s'agissait, après tout, que d'une femme ou d'une fille vivant dans l'inconduite!... Personne de puissant n'encourageait la justice à s'occuper de sa vengeance, à rechercher les assassins, en admettant qu'il y en eût.

La duègne fut la seule inquiétée... On la tint quelque temps en prison, puis on la relâcha avec la conviction qu'elle n'était pas coupable. Elle n'avait d'ailleurs aucun intérêt à voir mourir sa maîtresse. Celle-ci n'était-elle pas son gagne-pain?...

Depuis sa mise en liberté, cette femme avait disparu ou plutôt on ignorait à Marseille ce qu'elle était devenue.

Gaspard l'avait recherchée en vain pour essayer de la faire parler.

Le capitaine se souvenait des traits masculins de la proxénète, de son air dur qui contrastait avec son langage doucereux. Il ne l'avait cependant que fort peu vue, car elle était presque constamment voilée le jour où elle lui avait donné un rendez-vous et celui où elle l'avait conduit à la mystérieuse inconnue.

Une fois encore le visage de la duègne s'était montré à lui, mais, dans une circonstance terrible, peu avant une catastrophe, alors que Rouget emportait l'enfant de Clarisse dont il allait briser le crâne contre le mur d'un cimetière.

Mais Gaspard n'avait pu s'attarder à interroger la femme qui venait de lutter avec la mère au désespoir et qui n'était autre que Joséphine.

Or, la mégère avait quitté Besse après le crime commis par son complice.

Claude d'Arène et Gaspard, en s'occupant de recueillir des indications sur celle qui avait probablement été une nouvelle victime de Joséphine, apprirent une chose singulière.

Dans les derniers temps de sa vie, la courtisane recevait presque quotidiennement un homme qui manifestait pour elle une grande passion. Cet homme était Albert d'Arène.

La présence du frère de Claude chez l'inconnue rendait le mystère plus complet et plus impénétrable.

C'était donc ce douloureux souvenir qui pesait sur l'esprit du père de Gaspard et d'Adrienne. Le marquis se montrait aussi chagriné de la décision du capitaine de ne pas prendre le nom auquel il avait droit.

Plus que tout autre, Claude se faisait illusion sur le rôle de son fils. Il le considérait plus comme un révolté que comme un bandit.

Si Gaspard ne l'en eût pas empêché, il fût allé se jeter aux pieds du Roi pour lui demander la grâce de son héritier légitime.

Il ne doutait pas de l'obtenir, ignorant sans doute les haines puissantes que Gaspard de Besse avait soulevées dans la lutte que, voleur des grands, il avait soutenue contre les voleurs des petits.

Le marquis avait été heureux de donner suite au projet qu'il avait conçu peu après la naissance d'Adrienne. On sait que les d'Arène et les Mauléon, jadis ennemis, s'étaient réconciliés et s'étaient promis de cimenter cette alliance par un mariage.

L'amour d'Adrienne pour René avait rendu ce projet facilement exécutable. Jamais, d'ailleurs, la fille du marquis n'eût pu trouver cœur plus noble et plus généreux.

Un prêtre les unit dans la chapelle du château. Le bonheur le plus pur se montrait sur le visage de ces deux amants si longtemps éprouvés.

Gaspard assista caché derrière un pilier à cette cérémonie. Il ne voulut se montrer ni aux fêtes, ni aux réjouissances qui eurent lieu.

A cette époque, il était à Gênes et c'était de cette ville qu'il était venu précipitamment.

Au moment où le capitaine allait repartir, Claude d'Arène lui demanda quand il le reverrait.

— Je ne sais, mon père.

— Tu ne te préoccupes donc pas de moi ?...

— Votre image vénérable est sans cesse dans mon cœur...

— Songe qu'à mon âge la mort peut venir d'un jour à l'autre...

— Ne parlez pas ainsi... Nous sommes tous également exposés à la mort...

— Oui... Toi surtout dans ta vie d'aventures... Tu peux périr frappé d'une balle, d'un coup de poignard, d'un coup de couteau... Je ne songe qu'avec épouvante aux dangers que tu es appelé à courir.

— Rassurez-vous... Je sais me défendre.

— Je voudrais néanmoins partager ces dangers.

— Vous, le marquis d'Arène, dans la bande de Gaspard de Besse !...

— Mon fils y est bien...

— La torture même ne pourrait me faire confesser ce secret...

— Je voudrais, moi, que tout le monde le connût...

— Vous savez ce que vous m'avez promis, ce que vous m'avez juré...

— Le sacrifice est cruel !... Mais il est une chose qui serait encore plus terrible... J'ai peur que tu ne sois pas présent au moment où Dieu me rappellera à lui, où j'irai retrouver mes ancêtres... Après avoir été privé de toi pendant ma vie, je tremble de ne pas t'avoir auprès de moi à l'heure dernière...

— Bien qu'Adrienne ignore ce que vous êtes pour moi comme ce que je suis pour elle, elle m'a promis de me prévenir si quelque danger vous menaçait. Il lui suffirait d'envoyer un message à l'auberge du Cheval-Rouge dans les gorges d'Ollioules. On sait là où trouver M. de Galtières.

— Au revoir alors, mon fils !

— Au revoir, mon père !

Une dernière étreinte les réunit, puis Gaspard de Besse s'éloigna rapidement pour ne pas voir l'émotion du marquis. Lui-même, quoiqu'il eût cherché à le dissimuler, était en proie à des pressentiments qu'une circonstance fortuite ne fit qu'augmenter.

En sortant du château, près de l'entrée du sentier escarpé où nous avons vu jadis notre ami Cadet attendre la personne qui devait lui remettre vingt-cinq louis contre une clef, Gaspard de Besse se trouva en présence de Gérard, le valet de Mme d'Arène qui était resté au service du marquis Claude.

Cet homme tenait à la main un flacon dont il considérait le contenu.

A la vue de Gaspard, il cacha précipitamment ce flacon dans son sein.

Le capitaine ignorait qui il était, mais son visage d'oiseau de proie ne lui plut pas. La livrée lui indiqua ensuite qu'il était au service de la famille d'Arène.

Gaspard eut un instant la pensée de l'interroger, mais il était pressé en ce moment. Coquelicot l'attendant au village voisin où ils devaient arrêter la combinaison à la suite de laquelle Beppo et Marietta s'installèrent au Logis de l'Estérel.

Coquelicot avait une nouvelle à apprendre à Gaspard. Il avait vu monter en chaise à porteurs une femme voilée dans laquelle il avait cru reconnaître Mme d'Arène.

Qu'était-elle venue faire dans ce pays où elle n'avait pas laissé de bons souvenirs, près de la demeure d'où elle avait été ignominieusement chassée ?

Gaspard de Besse établit une corrélation entre la rencontre du valet et la présence de Mme d'Arène dans la contrée. Il y trouva la confirmation de ses soupçons et fut sur le point de rentrer au château, mais Coquelicot lui fit observer qu'ils devaient se hâter d'aller rejoindre les camarades qu'il fallait établir dans l'Estérel.

Le capitaine se borna à écrire à René de Mauléon pour lui raconter ce qu'il savait. Il ne doutait pas que le nouveau marié ne prît les mesures nécessaires pour prévenir tout danger.

Un villageois fut chargé de la commission, mais le malheur voulut que la lettre fût remise à Gérard et que celui-ci se doutât de quelque chose.

Il décacheta la missive et comprit que, sans sa perspicacité, on l'eût certainement mis hors d'état d'agir.

Or cet empoisonneur tenait à remplir la mission dont il avait été chargé.

Toutefois, il fut assez longtemps sans en trouver l'occasion. La marquise lui avait recommandé d'être prudent.

— Le poison que je te remets, lui dit-elle, est le même qui servit à donner la mort à la maîtresse de mon mari. Il se mêle très bien à n'importe quel breuvage. Il te faudra le servir à table un jour où Claude d'Arène, sa fille et M. de Mauléon seront seuls. Ils ne tarderont pas tous les trois à rendre le dernier soupir. Fais attention qu'il n'y ait pas d'autre convive dont les familles jetteraient les hauts cris. Dès que tu auras la certitude que nos ennemis auront bu, prends la fuite, gagne la frontière. Tu en as les moyens avec l'argent que je t'ai remis... Je te ferai parvenir de nouvelles sommes.

— C'est lui !

— Puis-je en être certain ?
— J'aurai tout intérêt à payer ton silence.
— En effet.

Gérard trouva difficilement le moment favorable. Les soupçons dont il était l'objet de la part de M. de Galtières et qui lui avaient été révélés par la lecture de la lettre interceptée contribuaient à le rendre circonspect.

Il eût été bien aise aussi d'éviter la fuite et de faire croire à quelque empoisonnement fortuit.

Ce misérable n'en était pas à son coup d'essai la première fois qu'il avait commis un crime à l'instigation de Mme d'Arène.

Il est des individus qui naissent nuisibles. Gérard était un de ceux-là.

Après avoir fait le désespoir de sa mère pendant toute son enfance, il s'en était débarrassé en l'étranglant puis il avait mis le feu à la chaumière qu'elle habitait.

Les flammes de l'incendie, en consumant la demeure, avaient réduit le cadavre en cendres et caché l'assassinat.

Plus tard, étant entré en apprentissage, Gérard avait empoisonné son patron avec du vert-de-gris, mais il avait encore dissimulé son forfait en faisant absorber le vert-de-gris à sa victime un jour où elle avait mangé des champignons à son repas. On avait cru les champignons vénéneux et encore une fois on ne s'était pas douté de la vérité.

Gérard attendait quelque circonstance de ce genre et retardait l'exécution de ses desseins.

Mme d'Arène, soit par lettre, soit par l'envoi de messagers secrets, le pressait d'accomplir sa tâche épouvantable. Il se contentait de lui répondre :

— Vous m'avez dit d'être prudent !

Sur ces entrefaites, M. d'Arène partit subitement avec Cadet pour ce voyage dans l'Estérel qui devait lui être si funeste. L'ancienne esclave en profita pour revenir elle-même à la charge et voir de nouveau Gérard dans les environs du château.

— Je suis étonnée, inquiète même de tes hésitations. Est-ce que je dois renoncer à me servir de toi ?

— Non certes, mais vous êtes bien pressée... Le hasard n'a pu me fournir l'occasion...

— Claude d'Arène ne prend-il plus ses repas au château avec René de Mauléon et Adrienne ?...

— Oui, mais...

— Est-ce si difficile de substituer à un flacon de vin pur un flacon de vin préparé ?

— Je ne sers plus à table... C'est le marquis Claude qui l'a voulu ainsi... On dirait que ma présence lui est désagréable.

— Tu peux néanmoins te glisser dans la salle à manger avant le repas...

— C'est ce que je ferai.

— Bientôt ?

— Bientôt.

— Je m'éloigne et je compte être informé demain même que tu m'auras rendu le service que je réclame de toi...

— Vous appelez cela simplement un service...

— Donne le nom que tu voudras à ce que tu feras pour moi, mais sois persuadé que tu ne te repentiras pas de ton dévouement...

— J'y compte bien.

Gérard confessa à la marquise qu'il avait dépensé l'argent qu'elle lui avait remis pour sa fuite.

Mme d'Arène avait prévu le cas et cette femme, à bout de ressources, avait engagé ou vendu ses derniers bijoux pour satisfaire son complice.

Il est vrai qu'elle comptait bien rentrer dans les sommes déboursées dès que la disparition des possesseurs de la fortune d'Arène l'aurait enrichie elle et son fils.

Le flacon remis à Gérard était destiné à satisfaire à la fois sa vengeance et sa cupidité.

Le domestique, quand il la quitta, était décidé à agir. Une nouvelle, qu'il apprit en rentrant au château, acheva de vaincre son irrésolution.

Gérard entendit raconter que M. de Mauléon devait partir le jour suivant pour Aix où il lui fallait rejoindre son régiment. Le congé qu'il avait obtenu à l'occasion de son mariage était terminé.

Adrienne accompagnait son mari.

Gérard comprit que, s'il ne se hâtait pas, il se trouverait dans l'impossibilité de frapper les trois victimes que lui avait désignées son ancienne maîtresse... Il n'hésita plus.

Par une singulière coïncidence, ce fut le jour même qui suivit la mort d'Arène dans l'Estérel que le valet exécuta ce que la marquise lui avait ordonné dans l'intention de faire hériter son fils. Personne ne savait encore le funèbre événement.

Au moment où Claude d'Arène, René et sa femme furent sur le point de se mettre à table, Gérard vida rapidement une partie d'un carafon de vin et remplaça ce qui manquait par le contenu du flacon de la marquise.

Il quitta l'appartement tandis que les maîtres du château y entraient.

Claude d'Arène était attristé par le départ de sa fille et de son gendre. Il allait donc rester seul dans cette vieille demeure qui avait été témoin de toutes ses joies et de toutes ses infortunes. Bien qu'il fût déjà vieux, que lui réservait encore l'avenir ?...

Ce fut lui qui servit à boire précisément avec le carafon de vin empoisonné, mais il but aussi le premier et, contrairement aux prévisions de Mme d'Arène et de Gérard, l'effet se produisit presque intantanément, avant que Mauléon et Adrienne eussent touché au liquide.

La dose était si forte qu'il sembla au marquis qu'un feu ardent lui dévorait les entrailles.

Il se leva en chancelant.

— Cela me brûle... Cela me brûle, dit-il.

Immédiatement René et sa femme, remplis d'alarme, tentèrent de le secourir.

Le marquis désigna le flacon.

— Ce vin, ce vin... Mes enfants, n'y touchez pas... Il me semble que j'ai avalé du plomb fondu... Oh ! que je souffre !

Ses traits s'étaient contractés, son teint s'était empourpré. Il demanda de l'eau et l'absorba avec avidité comme s'il eût voulu lutter contre l'incendie intérieur allumé en lui.

Ses yeux égarés paraissaient sortir de leur orbite. Une sueur froide, visqueuse, baignait ses tempes. Ses membres se tordaient, les os de ses doigts craquaient...

Il battit des bras et s'affaissa avec un grand cri avant qu'on eût pu le soutenir.

— C'est Cora, fit-il tout à coup, c'est Cora qui m'a empoisonné... Je vais mourir, mourir...

Il se redressa.

— Et mon fils, mes pressentiments étaient fondés, je ne le verrai plus !...

Comme il venait de dire ces mots, la voix de Gaspard se fit entendre :

— Mon père, mon père !...

Le capitaine entra précipitamment dans la salle. Il arrivait au château à l'instant même et il avait appris aussitôt ce qui se passait.

Il se pencha vers le vieillard qui râlait sur le plancher.

La joie de voir son enfant parut un instant faire oublier à Claude d'Arène ses horribles souffrances. Il eut quelques paroles remplies d'affection pour sa fille et son fils.

Ceux-ci le soutenaient et s'efforçaient de faire renaître en lui l'espoir.

Le marquis eut un mouvement.

— Je sens bien que tout est fini, que mon dernier moment est arrivé... Ce que j'endure est affreux !...

— Je donnerais ma vie pour secourir la vôtre, dit Gaspard de Besse.

— Je n'accepterais pas... Vis pour perpétuer mon nom, pour perpétuer ma race...

Gaspard baissa la tête.

— Vous savez bien que cela ne se peut pas...

— Mieux vaudrait alors que le nom d'Arène s'éteignît que d'être porté seulement par les descendants d'un infâme scélérat, par le fils de Cora l'empoisonneuse...

— Le fils de Cora n'est plus, mon père... Je l'ai tué en duel !

— Merci, merci, car je suis vengé !...

C'était au milieu de terribles hoquets, de râles douloureux que Claude s'était exprimé. La crise finale approchait.

Il y avait maintenant des teintes verdâtres sur son visage. Il faisait des efforts surhumains pour vomir et ne le pouvait pas... Il se tordit encore une fois et eut soudain un cri prolongé, venu du creux de la poitrine. Claude d'Arène rendit ainsi le dernier soupir.

Gaspard se releva et eut en ce moment devant les yeux l'ignoble figure de Gérard qui avait assisté à cette scène avec une curiosité avide.

Le serviteur de la marquise n'avait pas fui immédiatement après le crime, espérant peut-être à force d'audace détourner les soupçons.

Gaspard reconnut cet immonde personnage et le désigna :

— Voilà l'empoisonneur !

CHAPITRE LXXXVII

Les mauvais jours

Depuis quelque temps, la chance ne favorisait plus la bande de Gaspard de Besse.

Ses profits étaient maigres et les dangers qu'elle courait étaient grands. Par suite des envois de troupes qui avaient été faits en Provence, elle avait dû limiter son champ d'action et elle n'opérait plus guère que dans l'Estérel, entre Fréjus et la Napaule.

Or, les voyageurs épouvantés hésitaient maintenant à se risquer dans ces parages. Ils prenaient la mer ou faisaient de longs détours pour se rendre à Nice et à Gênes.

Le Logis de l'Estérel avait été évacué par Gaspard de Besse après la mort du marquis d'Arène dont le cadavre avait été découvert dans la salle basse de l'auberge par l'escorte du courrier d'Italie.

On ne douta pas qu'il n'eût été assassiné bien que son épée brisée fût trouvée à son côté et qu'il eût encore sa bourse. On se demanda ce qu'était devenu son domestique et, comme il avait disparu, on crut qu'il avait été jeté dans un précipice par les bandits.

Mme d'Arène était à Marseille, lorsqu'elle apprit le malheur qui la frappait. La nouvelle de cette mort lui parvint presque en même temps que celle de la mort de Claude.

Au lieu de voir un châtiment du ciel dans cette coïncidence, elle eut un accès de rage et de désespoir.

Cora aimait son fils comme la tigresse aime ses petits. Elle se jura de le venger.

Mme d'Arène, après avoir supplié le gouverneur de Provence de faire tout au monde pour s'emparer de Gaspard de Besse, fit le voyage de Versailles et alla se jeter aux pieds du roi, en présence de toute la cour.

Cette mère en deuil qui implorait la justice de Louis XVI causa une grande impression. On parla plusieurs jours de cette scène émouvante.

Louis XVI se montra plein de bonté et de sollicitude. Il donna des ordres immédiats pour qu'une expédition eût lieu en Provence, ce pays tant éprouvé par les bandits.

Une colonne fut formée pour opérer dans l'Estérel. On choisit cette fois un chef intelligent et audacieux, un véritable soldat, qui déploya la plus grande activité.

M. de Saint Giniez, colonel du régiment de la Sarre, s'établit à Saint-Raphaël, puis à Agay, hameau qui est probablement, le *Portus Agathonis* de l'itinéraire d'Antonin et près duquel passait la voie aurélienne.

Sa première rencontre avec les bandits eut lieu à environ deux heures de marche d'Agay, à côté de la grotte de la Sainte-Baume, que saint Honorat habita avant de fonder, dans l'île de Lérins, la célèbre abbaye de ce nom.

La lutte fut très vive, un certain nombre d'hommes furent tués de part et d'autre, mais il n'y eut pas de prisonniers. Un bandit, dont on avait réussi à s'emparer, se fit sauter la cervelle.

M. de Saint-Giniez considéra ce combat comme un échec pour lui. Il ne s'était pas douté que Gaspard de Besse y avait fait une perte très sensible.

De Valors avait été, en effet, mortellement blessé.

Comme le capitaine, il avait montré la plus grande vaillance, toujours au premier rang. Une balle l'atteignit à la poitrine. Il tomba et fut emporté par Coquelicot.

Les bandits passèrent la nuit dans un bois de pins assez touffus. Ils s'abstinrent d'allumer du feu pour ne pas indiquer leur asile.

De Valors, malgré les secours qui lui furent prodigués, ne tarda pas à agoniser.

Gaspard de Besse éprouvait une vive douleur de ne pouvoir calmer les souffrances de son ami.

Il ne le quitta pas toutefois un seul instant.

— Mon cher compagnon, mon cher de Valors... Ah ! je donnerais bien ma vie pour sauver la tienne.

Le blessé le regarda avec des yeux pleins de reconnaissance.

— Je n'accepterais pas, Gaspard... Vis... vis pour être heureux... Si tu le peux quitte ce pays.

— Demain, nous essayerons... Tu viendras avec nous.

— Demain, vous n'aurez qu'à creuser un trou pour moi... Je vous demande de m'enterrer pour qu'il ne prenne à personne la fantaisie de me couper la tête et de l'exposer, plantée sur un poteau, au bord de quelque chemin.

— Tu ne mourras pas.

— Je suis persuadé que je n'en ai pas pour longtemps.

— Je te transporterai jusqu'à Aix... Le docteur Grandier te soignera...

— Un médecin ne guérit pas deux fois le même malade... Les miracles sont impossibles !

Gaspard de Besse sentait bien que de Valors disait vrai.

Il resta auprès de lui afin d'essayer d'adoucir l'amertume de ses derniers moments.

Avec Gaspard, il y avait à côté du blessé une femme qui ne montrait pas moins de dévouement. C'était Sauterelle, cette ancienne ballerine du théâtre de Marseille, qui se trouvait sur la charrette escortée par Bras-de-Fer.

On sait que de Valors l'avait emmenée, tandis que Bavard gardait avec lui la d'Argenterie.

Bavard avait dû se débarrasser bientôt de cette dernière qui était allée continuer à Nice sa profession, mais Sauterelle était restée avec le lieutenant de Gaspard de Besse.

Elle avait conçu pour lui un amour qui en avait fait son esclave, sa chose. Aussi, en ce moment, pleurait-elle toutes les larmes de son corps en voyant qu'elle était sur le point de le perdre.

De Valors essaya tant qu'il put de la consoler, mais, peu à peu, sa voix ne fut plus qu'un râle. Puis la parole lui manqua tout à fait.

Au matin, il rendit le dernier soupir.

Une seconde rencontre eut lieu presque aussitôt.

Cette fois, la colonne fit un prisonnier. On amena à M. de Saint-Giniez un jeune bandit.

Le colonel l'interrogea.

— Tu as été pris les armes à la main ?...

— Oui...

— Tu faisais partie de la bande de Gaspard de Besse ?...

— Oui...

— Sais-tu le sort qui t'attend ?...

— Que m'importe !

— Je vais te faire fusiller.

— Je n'ai pas peur.

Ce courage étonna M. de Saint-Giniez. Il considéra le prisonnier et eut un tressaillement.

— Quelle étrange ressemblance ! murmura-t-il.

Il reprit cependant son interrogatoire.

— Comment t'appelles-tu ?

Le jeune homme eut une seconde d'hésitation qui n'échappa pas à M. de Saint-Giniez.

— Beppo ! répondit-il cependant.

— Beppo, Beppo... Tu es Italien ?

— Je le suis...

— Alors tu n'hésiteras pas, si je te promets la vie sauve, à me donner toute sorte de renseignements sur les divers asiles de Gaspard de Besse dans l'Estérel... Il faut que tu nous aides à nous emparer de lui, que tu nous le livres...

— Jamais ! fit le jeune bandit, en proie à une indignation sincère.

— Tu vois bien que tu n'es pas Italien, dit M. de Saint-Giniez. Je suis sûr aussi que tu ne t'appelles pas plus Beppo que moi.

— Donnez-moi le nom que vous voudrez...

— Tu n'es pas un laid garçon. Pourquoi portes-tu les cheveux aussi longs ?... On dirait des cheveux de femme ?...

Le prétendu Beppo regarda le colonel sur les lèvres duquel flottait un sourire et comprit qu'il était deviné.

— Qu'est-ce que cela vous fait que je sois une femme, dit-il, si je sais mourir comme un homme !

— Je n'ai jamais fusillé de femmes, répondit M. de Saint-Giniez, et je ne commencerai pas par vous, Marie Asquier.

Marie, car c'était elle, éprouva un vif étonnement.

— Vous me connaissez ?

— Oui, madame, et j'ajoute qu'il est bien pénible pour moi de ne pas pouvoir vous mettre tout de suite en liberté.

— Ah !

— Le colonel de Saint-Giniez est votre obligé.

— Saint-Giniez ! murmura Marie très émue.

Ce nom lui rappelait une histoire douloureuse que nous avons racontée, celle d'un jeune homme qui était sur le point de se marier, lorsqu'il avait vu Marie Asquier.

Il avait délaissé sa fiancée pour faire la cour à la belle courtisane, mais celle-ci avait repoussé ses hommages, ne voulant pas plonger dans le désespoir une jeune fille sur le point d'être conduite à l'autel.

Elle avait donné au jeune vicomte de Saint-Giniez les meilleurs conseils, l'engageant vivement à ne pas songer à elle, car elle ne lui appartiendrait jamais.

Le jeune fou avait refusé de l'écouter et, désespéré de son dédain, s'était tiré un coup de pistolet au cœur après lui avoir légué sa fortune qui était très considérable.

Marie avait refusé cet argent comme elle avait refusé cet amour. Elle avait fait preuve d'une délicatesse bien rare chez les femmes de sa profession.

Le colonel de Saint-Giniez dit à la maîtresse de Gaspard de Besse qu'il était le frère du malheureux vicomte.

— Vous m'en voulez alors !

— C'est la fatalité qui a entraîné mon frère. Je n'ai jamais été étonné de cette passion irrésistible, car vous êtes la plus suave des créatures...

— Monsieur !...

— Vous êtes aussi généreuse que belle, puisque vous n'avez pas voulu profiter d'un testament régulier, qui me ruinait, moi, mais qui vous enrichissait, vous !

— C'était mon devoir...

— Ah ! Marie Asquier, tout le monde ne comprend pas le devoir de cette manière.

M. de Saint-Giniez recommanda que la prisonnière fût l'objet des plus grands égards. Pendant la nuit il la délivra et la fit conduire secrètement à Fréjus où elle resta dans l'espérance d'apprendre ce que devenait Gaspard.

Celui-ci ne pouvait se douter de la magnanimité avec laquelle avait été traitée sa maîtresse.

Il avait même cru d'abord qu'elle avait été frappée dans la lutte à laquelle elle n'avait participé que malgré lui.

— De Valors ! Marie ! Je perds à la fois ceux qui m'aimaient le plus !

M. de Saint-Giniez ne lui laissa plus bientôt ni trêve ni repos. Il dut se décider alors à dissoudre sa bande et à prendre congé de ses compagnons.

Il avait l'intention de rentrer en Italie, mais il ne réussit pas à gagner la frontière et fut contraint de se diriger sur Aix, poursuivi de près par un détachement de cavaliers.

Gaspard de Besse arriva la nuit dans la capitale de la Provence et alla immédiatement demander un logement au *Grand-Cerf*, cette auberge où il avait passé jadis une nuit avec de Valors et Cabannes et qui était tenue par un de ses admirateurs.

On l'avait chargé de fers.

Mais maître Reynaud, tel était le nom de l'aubergiste, se montrait beaucoup moins enthousiaste de Gaspard de Besse depuis qu'il le savait dans une mauvaise situation.

Il se montra très froid. Seule, Mme Reynaud fut aussi aimable et s'informa avec sollicitude de de Valors. Elle faillit s'évanouir lorsqu'elle apprit qu'il n'était plus, ce qui acheva de mettre son mari de mauvaise humeur.

— Combien de temps comptez-vous rester ici? demanda-t-il à Gaspard de Besse.

— J'ignore encore...

— C'est que je vais vous dire... Je n'ai pas de chambre...

— Peu m'importe, car tu as l'habitude de me céder la tienne...

— Autrefois, c'était possible... Maintenant...

— Qu'y a-t-il de changé?...

— Ma femme...

— Eh bien, elle ira, comme jadis, coucher chez sa mère.

— C'est que je vais vous dire... J'ai appris qu'elle n'y était pas allée du tout... et votre scélérat d'ami...

— Je te défends, maraud, d'insulter mon ami qui n'est plus.

— Tant pis pour lui ! mais tant mieux pour moi !

Hélas ! maître Reynaud se faisait illusion. Gaspard de Besse ne tarda pas à apprendre que de Valors avait eu de nombreux successeurs. Lui-même, s'il l'eût voulu... Mais le capitaine avait bien d'autres préoccupations.

L'aubergiste s'obstina, du reste, à ne pas lui céder son appartement et à le presser de quitter le *Grand-Cerf*, prétendant qu'il n'y était pas en sûreté.

Le capitaine finit par craindre que maître Reynaud, dans son désir de le voir s'en aller, ne le livrât effectivement à la police et il se tint sur ses gardes.

Il n'avait pas tort, car une après-midi, il aperçut de sa fenêtre, dans la cour du Grand-Cerf, un sergent de la maréchaussée avec lequel causait l'aubergiste.

Il prêta l'oreille et entendit prononcer son nom.

Gaspard de Besse n'en demanda pas plus. Il examina de quelle manière il pourrait sortir de la maison sans passer par la cour et se dit que la chose était difficile.

Il s'étonnait déjà de ne pas s'être fait indiquer toutes les issues de l'auberge, ce qui eût été simplement prudent dans sa situation, lorsqu'il se trouva dans le corridor, en présence de Mme Reynaud.

— Venez, fit-elle.

— Où me conduisez-vous ?

— Mon mari est un traître...

— Maître Reynaud !...

— Il songe à vous livrer pour deux mille écus.

— Est-il possible ?

— C'est certain. Et dire que j'ai épousé un pareil homme !... Ah ! lorsqu'on m'accuse, j'ai bien le droit de répondre que tous les torts ne sont pas de mon côté.

Elle soupira.

— Mais nous n'avons pas de temps à perdre... Hâtons-nous.

Mme Reynaud fit prendre à Gaspard de Besse un petit escalier étroit qui aboutissait à une porte verrouillée.

Cette porte fut bientôt ouverte et le capitaine vit que cette sortie donnait sur un chemin découvert.

Pour remercier l'aimable femme qui le sauvait, il lui donna deux gros baisers. Elle n'éprouva pas grand embarras.

— Je devais bien cela à la mémoire de votre ami de Valors qui vous aimait tant. Ah ! c'était un bien aimable gentilhomme et qui avait de précieuses qualités !

— A qui le dites-vous ?

— Quelle différence avec maître Reynaud !

Pour la consoler, Gaspard l'embrassa de nouveau, pensant que de Valors, en pareille circonstance, en eût fait autant.

D'ailleurs, elle était terriblement appétissante, la belle aubergiste, et le capitaine regretta presque de s'en apercevoir trop tard.

Il n'y avait pas de temps à perdre, car, une fois le marché conclu avec maître Reynaud, on agirait promptement sans nul doute.

Nous avons dit que le Grand-Cerf était aux portes d'Aix. Gaspard aperçut, à quelque distance, trois ou quatre constructions basses, réunies l'une à l'autre par une muraille qui devait former une cour assez vaste.

Comme un pressentiment le poussa à choisir cette direction. Ce fut très heureux pour lui, car, dès qu'il eut quitté le chemin qu'il avait pris en sortant de l'auberge, des cavaliers y apparurent.

Le capitaine les vit d'assez loin. Ils allaient rejoindre le sergent et cerner le Grand-Cerf.

Gaspard de Besse, en approchant des constructions, se demandait s'il ne pourrait pas y trouver un asile jusqu'à la fin du jour.

Il craignait d'être trop facilement reconnu par des gens que, comme maître Reynaud, deux mille écus tenteraient...

Quand il fut arrivé, le capitaine jugea qu'il était en présence d'un couvent ou d'un hôpital.

Il y avait sur une grande porte ouverte une croix. Il entra hardiment et se vit dans une chapelle. Une religieuse priait dans le chœur. Il se dirigea vers elle pour implorer son secours. La religieuse, au bruit de ses pas, leva la tête et poussa un cri auquel Gaspard de Besse répondit par une exclamation de surprise.

C'était Laure de Saint-Servan qui venait de lui apparaître sous le costume d'une fille de Saint-Joseph.

La jeune femme prit aussitôt la fuite, comme en proie à une terreur folle. Il la suivit, ne sachant guère ce qu'il faisait, où il allait, plein d'émotion, lui aussi.

Laure gagna un corridor absolument désert comme la chapelle, traversa une sorte de cloître, puis une cour et referma derrière elle une porte.

A ce moment, Gaspard de Besse fut obligé d'arrêter sa poursuite. Il crut un instant avoir été le jouet d'un rêve ou d'une illusion. Était-ce bien la sœur de Salviade qui expiait par des vœux monastiques le crime de l'avoir aimé ?

Il n'eut pas beaucoup le temps de réfléchir, car un incident imprévu se produisit.

Il n'avait pas remarqué, accroupies sous un hangar, une douzaine de femmes hâves et déguenillées. Elles s'étaient avancées vers lui sans le moindre bruit et, tout à coup, l'avaient entouré en faisant de grands gestes et proférant des injures.

— Ah ! c'est le médecin !

— Non, c'est le perruquier.

— Misérable ! misérable !

— C'est toi qui m'as coupé les cheveux.

— C'est lui qui m'a fait enfermer ici !...

— Misérable ! misérable !

Il éprouvait presque de l'effroi, au milieu de ces créatures à l'air farouche, aux yeux ardents.

— Il faut le tuer, dit l'une d'elles.

— Coupons-le en morceaux pour qu'il souffre plus...

— Nous nous partagerons ses vêtements, ses galons.

La femme qui parlait ainsi avait saisi Gaspard de Besse par le bras. Elle tâtait l'étoffe de son habit d'un air de convoitise.

— A mort ! à mort ! cria une de ces créatures qui était attachée à un poteau par une chaîne.

Gaspard de Besse comprit qu'il avait affaire à des folles. Le hasard l'avait fait entrer dans une maison étrange, sorte de prison et d'hospice, tenue par des religieuses de Saint-Joseph.

Le peuple d'Aix appelait cet endroit la *galère*. A Marseille aussi il existait depuis 1640 une maison de ce genre à laquelle on avait donné le même nom.

C'était dans la maison de Marseille que Jeanne de Milleroses, la Rébier, Sauterelle, la d'Argenterie avaient été enfermées.

En ce lieu, tout était arbitraire. Les principes les plus élémentaires du droit commun et de la liberté individuelle étaient violés ouvertement. La règle était fort rigoureuse, mais elle n'empêchait pas les évasions.

Une très noble dame provençale, Jeanne de Razac, femme de M. de Villeneuve, avait été enfermée dans le Refuge de Marseille par arrêt du parlement de Grenoble, du 13 août 1670. Elle devait y subir une détention perpétuelle. Néanmoins elle s'évada le 26 mars 1679.

Reprise le 3 avril suivant à Aix, on la laissa au Refuge de cette ville, mais elle trouva le moyen de s'évader encore, et cette fois on ne put la reprendre...

A Marseille et à Aix, il y avait au Refuge le trop-plein des hospices d'aliénés, principalement les folles qui avaient encouru des condamnations avant que leur raison se troublât.

Ces malheureuses, comme les autres détenues, avaient les cheveux ras. On coupait à cette époque-là aux prisonnières les cheveux, *cordes par lesquelles le diable les tenait captives*, selon l'expression des règlements.

Le capitaine était donc entré dans le quartier des folles du Refuge d'Aix et elles menaçaient sa vie, lorsque soudain une vieille hideuse alla vers lui et écarta les autres.

Elle le considéra et dit soudain :

— Je le reconnais, ce n'est ni le médecin, ni le perruquier... C'est Gaspard de Besse !

Il la regarda avec surprise et, lui aussi, se rappela qu'il avait déjà vu cette femme.

— Joséphine !

— Oui, moi, que l'on tient ici parce que j'en sais trop long... trop long, entends-tu ?...

— Tu n'es donc pas insensée...

— Allons donc ! J'ai toute ma raison et il faut qu'elle soit solide pour que je ne l'aie pas perdue en cet endroit, en compagnie de créatures qui sont de véritables brutes...

— Comment se fait-il que l'on puisse te garder avec elles ?...

— C'est la marquise d'Arène qui me vaut cela.

— La marquise !...

— J'ai eu le malheur de m'adresser à elle... il y a quelque temps... Tu sais, après la mort de ton enfant.

— Infâme, ne réveille pas ce triste souvenir, car je me rappellerais que tu t'entendais avec l'assassin.

— C'était en haine de Clarisse, cette pécore... Je ne t'en ai jamais beaucoup voulu à toi... Maintenant je déteste par-dessus tout Mme d'Arène et, pour me venger, je suis prêt à te dire des choses...

— A me dire quoi ?

— Comment elle a fait empoisonner ta mère !...

Le capitaine pâlit et ses jambes faillirent se dérober sous lui tant son émotion était vive.

— Ah ! c'est la marquise d'Arène...

— Avec l'aide de son domestique Gérard...

— Le même empoisonneur !...

— Et c'est parce que je la menaçais de dévoiler ce drame si elle ne me donnait pas de nouveau de l'argent pour acheter mon silence, qu'elle a imaginé de dire que j'étais insensée, de me faire enfermer dans cette maison... Ici j'ai beau raconter toute la vérité... on croit que ce sont des inventions de mon cerveau malade... Personne ne m'écoute...

— Tu me raconteras tout à moi.

— Me jures-tu de me faire sortir d'ici ?

Gaspard de Besse allait répondre et sans doute promettre à Joséphine ce qu'elle désirait quand un homme se montra soudain et, se ruant sur les folles à coups de bâton, les dispersa.

Il s'adressa ensuite au capitaine et, avec toutes les marques du plus grand respect, lui dit :

— Venez, monsieur, Mme la supérieure vous attend.

CHAPITRE LXXXVIII

La revanche de Rouget

ASPARD DE BESSE suivit le geôlier du Refuge se promettant de faire tout au monde pour revoir Joséphine et achever de connaître la terrible histoire de sa mère.

Cet homme le conduisit dans une grande salle qui devait être un parloir et dont une croix était encore le seul ornement.

A peine y fut-il entré que le geôlier se retira en lui annonçant que la supérieure allait venir. Presque aussitôt le capitaine entendit un bruit de pas et deux religieuses se montrèrent.

Elles s'approchèrent de lui et relevèrent leurs voiles. C'étaient Laure et Antoinette, les demoiselles de Saint-Servan.

Chez toutes les deux, un changement considérable s'était opéré. Le visage de Laure semblait amaigri, émacié par les austérités de toutes sortes. Une pâleur morne avait remplacé la fraîcheur du teint. Le regard seul n'avait rien perdu de son éclat.

Antoinette n'était plus l'enfant rieuse d'autrefois. C'était maintenant une femme qui, en peu de temps, avait plus souffert que d'autres ne souffrent en des années.

Alors qu'elle ne savait rien des choses de la vie, elle avait donné sans s'en apercevoir son cœur de vierge à un beau cavalier d'aventure et, tout à coup, elle avait appris que cet amoureux était un brigand souillé de crimes, dont la tête était mise à prix, et qui avait déshonoré sa sœur.

Elle se demandait encore comment elle n'avait pas succombé à cette horrible secousse et comment lui était venue, au contraire, en même temps que la force d'agir, l'inspiration du devoir.

Car c'était elle qui avait obligé Laure à quitter la villa de Semper, à prendre avec elle la route de Marseille.

Elles s'étaient cachées pour que Gaspard de Besse ne pût les rejoindre et avaient réussi à lui cacher leurs traces.

De Marseille, elles étaient parties pour Aix et étaient allées trouver une parente qui appartenait à l'ordre de Saint-Joseph.

Cet ordre n'occupait pas un degré bien élevé dans l'échelle monastique. Il ne jouissait pas notamment de la même réputation que ces fameuses ursulines dont la vertu était si parfaite que le diable, pour les faire succomber, avait été obligé de prendre des robes de prêtre. A Marseille, il s'était appelé Gaufridi ; à Loudun, Urbain Grandier.

Les filles de Saint-Joseph avaient pour mission de consoler les malades des hôpitaux et les malades des prisons.

La parente de Laure et Antoinette, qui était réellement une digne femme, leur vanta tellement la beauté de sa tâche, qu'elles aspirèrent toutes les deux à porter un costume semblable au sien.

— Comment, toi aussi, dit Laure à Antoinette ? Mais tu es restée pure, toi. Ton existence n'est pas flétrie, ta vie n'est pas souillée... Pourquoi renonces-tu au monde ?

— J'ai aimé comme toi cet homme.

— Oui, mais tu n'as pas été sa maîtresse !

En parlant ainsi, elle couvrit son visage de ses mains. Elle continua :

— Je t'ai expliqué dans cette nuit terrible où tu m'as emmenée, où tu m'as, pour ainsi dire, obligée de fuir Gaspard de Besse, comment il s'était emparé de moi, comment j'avais été fascinée par lui. Mon amour a commencé par de la haine puisque j'ai voulu le tuer. Peu à peu, il a été sans cesse présent à mon esprit et s'est emparé de toute ma personne. Je suis tombée dans ses bras enivrée, incapable de lui résister. J'oubliais tout pour ne songer qu'au bonheur immense de lui appartenir.

La voix de Laure avait des accents passionnés qui émurent vivement Antoinette. Celle-ci avait baissé la tête.

— Voyons, dit Laure, est-ce que ton affection d'enfant a été comparable à la mienne ?

Antoinette garda d'abord le silence, mais sa sœur ayant répété sa question, elle la saisit par le bras et lui dit d'une voix sourde :

— Tais-toi !... J'ignore si j'eusse été plus forte que toi !

Elles prirent le voile, l'une et l'autre, et déployèrent un zèle immense dans l'accomplissement de leur mission charitable.

Quelques mois après son départ de Toulon, Laure de Saint-Servan était déjà supérieure du Refuge d'Aix, Antoinette était sa coadjutrice.

Les prisonnières les considéraient comme des anges descendus dans leur enfer.

Lorsque Laure avait rejoint Antoinette après avoir vu Gaspard de Besse dans la chapelle, elle lui avait dit :

— Je suis sûre qu'il ne s'en tiendra pas là, qu'il voudra me parler, qu'il essayera d'arriver auprès de moi et alors...

— Et alors ?

— Je ne sais quel langage il me tiendra et ce que je pourrai lui répondre...

— Il faut donc l'éloigner à jamais. Ordonne qu'on l'introduise et laisse-moi faire...

Un instant après le capitaine était devant elles, surpris de les retrouver toutes les deux sous le même costume, vivement touché des changements qu'il remarquait en elles.

Il s'inclina avec respect.

— Mesdemoiselles...

— Monsieur, dit Antoinette, nous avons tenu à ce que vous appreniez ce que nous sommes devenues.

— Ce costume...

— Nous sommes heureuses de le porter...

— C'est le costume du dévouement et de la charité...

Laure interrompit :

— C'est celui du repentir !

— Du repentir ?

— Oui, fit Antoinette, et j'espère qu'en nous en montrant dignes, Dieu nous accordera le pardon des fautes que nous avons pu commettre.

— Elles ne sont certainement pas nombreuses, mademoiselle.

— Appelez-moi ma sœur, car nous ne sommes plus désormais que les sœurs de notre prochain... Nous prions pour les pécheurs et demandons à Dieu qu'il les éclaire dans son infinie miséricorde.

— Ah ! s'il y avait un Dieu et qu'il eût le pouvoir que vous lui prêtez, il se laisserait certainement fléchir par vous !...

— Ne blasphémez pas... N'insultez pas Celui à qui nous appartenons...

— Vous n'avez pas prononcé de vœux?...

— Nos vœux sont éternels... Maintenant nous sommes mortes.

— Laure, Antoinette, je vous demande pardon de tout le mal que je vous ai fait !

— Nous vous pardonnons toutes les deux et vous demandons de ne plus franchir le seuil de cette maison... notre tombeau !

— Je mérite cette sévérité !...

— Adieu, monsieur.

Il les quitta avec une émotion inexprimable, après avoir dit :

— Adieu, mesdemoiselles, adieu, mes sœurs...

Quand il fut parti, Laure et Antoinette se jetèrent en sanglotant dans les bras l'une de l'autre.

Gaspard de Besse s'éloigna du Refuge se demandant où il porterait ses pas.

Parti précipitamment, comme on le sait, de l'hôtellerie du Grand-Cerf, il n'avait aucun déguisement, pas même un manteau pour se couvrir.

Il savait que la maréchaussée et les soldats fouillaient la ville et battaient les environs, décidés à s'emparer de lui, mort ou vivant.

Toute rencontre pouvait causer sa perte. Oh ! quelle situation terrible que la sienne, traqué comme une bête fauve, pourchassé comme le plus dangereux des malfaiteurs !

Le capitaine réussit cependant à s'éloigner d'Aix, à gagner les Milles, joli village situé sur la rive gauche de l'Arc. Cette petite localité tire son nom d'une famille qui s'y est perpétuée depuis la fin du xviie siècle.

Gaspard de Besse se rappelait que sa bande avait eu là un affilié, aubergiste comme maître Reynaud, et qui logeait à l'enseigne du Lion d'Or.

Le jour tombait quand il se présenta au Lion d'Or.

A ce moment, le personnel de la maison entourait un homme qui, en costume de bateleur, se livrait à des tours de force tandis qu'un autre individu battait la caisse.

Le capitaine fut très heureux de cette circonstance qui lui permit de parler à l'aubergiste sans être vu de ses serviteurs. Il lui avoua franchement qui il était et il remarqua aussitôt que l'affilié se troublait.

— On est passé ici ce matin, balbutia le propriétaire du Lion d'Or, on vous cherchait...

— Eh bien, j'ai trompé les soldats qui maintenant sont à Aix, espérant m'y trouver...

— S'ils revenaient aux Milles...

— Je m'enfuirais encore...

— Et si vous n'en aviez pas le temps, si l'on vous découvrait au Lion d'Or ?...

— Je serais perdu !...

— Moi aussi... On me considérerait comme un de vos complices...

Gaspard de Besse eut un geste d'impatience...

— On n'aurait pas tort.

— Pourquoi?

— Ne l'as-tu pas été?...

Quand on peut s'évader, il faut le faire.

— Qui le lui dirait?

— Moi...

— Vous !

— Si l'on m'arrête ailleurs, je jure bien que le résultat sera le même pour toi, car je te dénoncerai...

— Vous ne ferez pas cela...

— Je le ferai puisque tu n'es qu'un faux frère...

— Mettez-vous à ma place...

— Je déclarerai que tu as jadis retiré de nombreux profits à nous servir, que tu étais un de nos receleurs quand nous campions près de la Barben. Or, tu sais de quelle manière sont traités les receleurs?... On les punit aussi sévèrement que les auteurs des crimes...

— Grâce !

L'aubergiste épouvanté tomba à genoux...

— On prétendait, murmura-t-il, que vous étiez bon parfois...

— Sois gentil avec moi, fit Gaspard de Besse radouci, et je serai discret si je tombe entre les mains de mes ennemis. La torture ne saurait m'arracher ton nom!...

Le propriétaire du Lion d'Or ne fit plus d'objection et installa Gaspard dans une de ses chambres. Il servit lui-même à dîner au bandit exténué.

Tandis que Gaspard prenait son repas, on frappa soudain à la porte et deux personnages firent irruption dans l'appartement.

Il se leva brusquement, saisit son épée, mais on lui répondit par un éclat de rire.

Les nouveaux venus étaient Bavard et Coquelicot en bateleurs. Le capitaine comprit que c'étaient eux qui devaient amuser un moment auparavant les habitants des Milles et les domestiques du Lion d'Or.

— Tu parais étonné, dit Coquelicot. Ne me croyais-tu pas capable de faire quelques tours pour amuser les badauds?

— Comment êtes-vous ici?

— Nous n'avons pas plus réussi que toi à gagner l'Italie, où nous devions nous retrouver à Gênes, comme tu le sais. — Ah! ce colonel de Saint-Giniez quel habile homme!... Il a pris la moitié des nôtres.

— En vérité !

— Il a bien failli nous pincer, Bavard et moi.

— Heureusement, nous avons eu l'idée de nous donner pour des saltimbanques. Un ancien ami, qui a été de la partie, nous a prêté ces oripeaux et cette caisse... Nous comptons nous promener ainsi jusqu'à ce qu'il nous soit enfin possible de quitter ce pays.

— Je vous félicite...

— Veux-tu venir avec nous?

— Je compromettrais votre sûreté... Mon signalement est donné partout.

— Avec cela que tu ne sais pas, lorsque tu le veux, prendre une tête différente de la tienne... Coupe donc tes moustaches... Nous avons besoin d'un pitre pour la parade.

— Merci...

— Comme tu voudras, mais je ne te quitte plus...

— Coquelicot !

— Tu ne comprends donc pas que je te cherche depuis que tu nous as quittés, que Bavard et moi voulons partager ta mauvaise fortune, mourir avec toi, s'il le faut!...

Coquelicot parlait avec entraînement, tandis que Bavard faisait une légère grimace.

Gaspard de Besse les remercia vivement.

Coquelicot s'écria :

— Je te l'ai dit, et je te le répète, avec toi, j'irais jusqu'au confins du monde... je te suivrais même plus loin ! Je m'établirais à Pékin, dans la lune !...

Le capitaine saisit la main de son vieux compagnon.

— Quand j'ai perdu de Valors, quand j'ai appris que Mario était prisonnière, il m'a semblé un moment que je n'avais plus personne pour m'aimer...

— Et moi?...

— Je te demande pardon d'avoir oublié ton affection si sincère, si vraie... Coquelicot, embrasse-moi !

Le vieux soldat pleura en rendant son étreinte à Gaspard de Besse.

Mais il lui fallut continuer à obéir à son chef, quitter les Milles sans lui. Nouveau rendez-vous fut donné à Gênes où le capitaine espérait pouvoir reprendre à côté de Jeanne de Milleroses, l'existence luxueuse du prince Fulvio Luberone.

Le lendemain, Gaspard suivit l'Arc jusqu'aux environs de Roquefavour. Il avait annoncé au propriétaire du Lion d'Or, qu'il rentrerait le soir, car il se bornait à faire une excursion dans le but de savoir si un certain nombre de ses hommes ne s'étaient pas réfugiés au *Baou-de-Mario*, rocher vis-à-vis duquel se trouvaient les restes d'un camp romain. Cet endroit avait déjà plusieurs fois servi de domicile aux bandits.

Gaspard de Besse fut trompé dans son attente. Il n'y avait personne au *Baou-de-Mario*.

Le colonel de Saint-Giniez était du reste passé par là. Un jeune pâtre raconta au capitaine qu'il avait été longuement interrogé par cet adroit et intrépide chef.

Gaspard regagna les Milles assez découragé. A son arrivée dans le village, au moment où il traversait un petit bois de pins, il s'entendit appeler.

— Gaspard de Besse !

Il se retourna et, d'un fourré, vit sortir Joséphine, la vieille femme qu'il avait laissée au Refuge.

Il se souvint immédiatement des révélations que cette créature lui avait promises. Mais comment avait-elle quitté sa prison?...

Ce fut ce qu'il ne tarda pas à savoir, car elle s'écria :

— Tu m'as porté bonheur... A moins que ce ne soit toi-même qui aies fait ouvrir les portes de la *Galère* pour que nous puissions toutes nous échapper... Les folles se promènent maintenant dans Aix, excepté la Marthe... Tu sais, celle qui criait : A mort ! à mort ! et qui était enchaînée par les bras. Moi, j'ai compris que cela ne durerait pas, qu'on nous poursuivrait, qu'on nous rattraperait et je me suis sauvée dans la campagne... Maintenant, je suis sûre de me tirer d'affaire, car tu vas m'aider, tu vas me donner de l'argent.

— Oui, mais à une condition. Tu me diras tout ce que tu sais sur ma mère, sur la marquise d'Arène. Je veux apprendre quel est cet épouvantable mystère que tu prétends pouvoir dévoiler...

— Seras-tu généreux ?

Il tira de sa poche une bourse pleine d'or.

— Je partagerai avec toi le contenu de cette bourse qui est maintenant ma seule ressource.

— Il me la faut entière !

— Tiens donc, car il est nécessaire que je connaisse ce secret.

— Pour te venger de Mme d'Arène?... Ah ! je ne te cacherai rien, car ta vengeance sera la mienne...

Joséphine s'accroupit et commença son récit.

Gaspard de Besse apprit ainsi que cette infortunée, qui s'était sentie attirée vers lui par une sympathie indéfinissable, était réellement sa mère, cette belle Camille de Candole, partie du château d'Arène après la tentative d'assassinat dont elle avait été l'objet de la part de son beau-frère.

On sait comment cette tentative avait eu lieu.

Albert d'Arène, après avoir administré à Claude un narcotique, avait pénétré dans la chambre où la jeune femme reposait, tenant son fils entre ses bras.

Il avait essayé de s'emparer d'elle, de la posséder de vive force, mais elle avait résisté. Exaspéré par la lutte il l'avait frappée de son poignard.

Elle était tombée, couverte de sang, et était restée plusieurs heures inanimée, malgré les soins dont elle avait été l'objet.

Quand elle reprit ses sens, il faisait nuit. On veillait auprès d'elle et on parlait. Qu'entendit-elle?... L'on disait que c'était son mari qui était le meurtrier, qu'il avait voulu, poussé par la jalousie, la tuer en même temps que son frère.

On répétait, en un mot, la version imaginée par Albert d'Arène. Camille essaya de protester et se dressa sur son séant, mais sa bouche ne put articuler aucun son, tandis que son regard avait l'égarement de la folie.

Elle entrevit le berceau de son fils que le poignard d'Albert d'Arène avait effleuré, et s'emparant de ce petit être le serra frénétiquement contre son sein.

On voulut le lui retirer, car elle l'aurait étouffé, mais elle résista. Ce fut à ce moment qu'Albert, que l'on avait prévenu de ce qui se passait, entra dans la chambre.

La vue de l'assassin lui causa une impression telle qu'elle retomba sans mouvement.

Camille de Candole ne sut jamais exactement comment elle avait quitté le château.

Il lui avait semblé vaguement qu'on l'habillait, qu'une femme donnait l'ordre à deux domestiques de l'emporter.

Quelle était cette femme qui, quoique ayant des vêtements humbles, commandait impérieusement?

Camille pouvait-elle soupçonner que son beau-frère était marié, bien que ne l'ayant annoncé à personne, et que sa femme se faisait passer pour la sœur d'un des domestiques de confiance d'Albert d'Arène?

Sur l'ordre de Cora, Gérard et Philippe se dirigèrent vers un précipice voisin du château, avec l'intention d'y jeter Camille.

C'était par une nuit assez claire. De nombreuses étoiles brillaient au ciel, éclairant les deux valets et leur fardeau.

Philippe était très timoré et très superstitieux. Il craignait surtout de passer près d'un cimetière, voisin du précipice qui devait servir de tombeau à la malheureuse femme.

Il tremblait donc de tous ses membres en approchant du champ de repos et il n'était pas éloigné de craindre que les morts ne s'opposassent à son crime.

Il était dans cette disposition d'esprit lorsque soudain une grande forme blanche se dressa à quelques pas de lui. Ses oreilles sifflèrent. Il crut entendre une voix sépulcrale qui lui criait des menaces ou des injures.

Il lâcha le corps de Camille en disant d'une voix étranglée:

— Sauve qui peut!

La peur est contagieuse et Gérard, quoique moins superstitieux que lui, fila avec la même rapidité après avoir abandonné Camille.

Le lendemain, nos deux coquins, complètement revenus de leur effroi, voulurent savoir ce qui l'avait causé et retournèrent, en plein jour, à la place où ils s'étaient enfuis.

Ils virent qu'on avait commencé à réparer le mur du cimetière. La partie nouvellement blanchie se détachant sur la masse sombre avait été prise par eux pour un fantôme.

— Imbécile! murmura Gérard... Poltron!

— N'as-tu pas couru aussi vite que moi?...

— C'est vrai, mais je n'ai pas commencé.

Ils se demandèrent ce que Camille était devenue et essayèrent vainement de retrouver ses traces. Pour ne pas s'exposer au courroux de Cora qu'ils craignaient également, ils décidèrent de lui cacher ce qui s'était passé et de lui laisser croire que ses ordres avaient été exécutés.

Ils achetèrent même au fossoyeur du cimetière le cadavre d'une femme qu'ils habillèrent comme la marquise et le précipitèrent dans l'abîme pour le cas où Cora jugerait à propos de vouloir faire retrouver le cadavre de sa belle-sœur.

Ce fut ce qui eut lieu, en effet, Mme d'Arène ayant cru nécessaire d'établir la mort de Camille.

Pendant quelque temps, Philippe et Gérard eurent peur de voir reparaître celle-ci, mais, au bout de plusieurs mois, leur sécurité fut à peu près absolue.

Qu'était devenue, cependant, l'épouse de Claude d'Arène abandonnée mourante au milieu de la nuit?

Joséphine raconta à Gaspard qu'elle l'avait recueillie et qu'elle lui avait donné des soins.

A la blessure faite par Albert d'Arène, s'en était jointe une autre.

Lorsque Philippe épouvanté avait brusquement lâché Camille, la tête de la jeune femme avait heurté une grosse pierre et il en était résulté un ébranlement qui avait atteint sa raison.

Tandis que les secousses morales avaient seules enlevé à Claude le libre arbitre de lui-même, la douleur physique avait contribué à produire le même effet chez sa malheureuse épouse.

Le genre de folie n'était pas le même chez tous les deux.

Claude avait des moments de lucidité complète; Camille restait sans cesse impassible, morne, ne sachant pas ce qui se passait autour d'elle, ce qu'elle faisait elle-même.

Elle était devenue un pauvre être machinal chez qui l'âme semblait sommeiller. Quoique brutalement traitée, presque sans médicaments et sans remèdes, elle se rétablit lentement.

Sa beauté n'avait pas été altérée.

Elle était toujours une suave créature bien qu'il manquât à ses traits cette étincelle divine que, d'après la fable, Prométhée déroba pour animer la statue humaine.

Dans quel but Joséphine, dont le cœur était impitoyable, avait-elle donné un asile à Camille?

Les vêtements de la marquise, la finesse de son linge, sa tournure élégante, avaient fait comprendre à la mégère qu'elle se trouvait en présence d'une personne devant appartenir à une riche et noble famille.

Elle s'était dit, avec apparence de raison, que l'on rechercherait cette victime d'un drame qu'elle ignorait et que, probablement, quand on la trouverait chez elle, elle aurait une belle récompense.

Mais, à son grand étonnement, elle n'entendit rien dire; on ne lui réclama pas Camille.

Albert d'Arène et sa femme avaient recommandé aux domestiques du château de se taire, sous peine d'être chassés.

Ce ne fut que beaucoup plus tard que l'on sut dans les environs une partie de ce qui s'était passé.

Joséphine fut d'abord désappointée, mais, peu à peu, naquit chez cette misérable femme, qui s'était jadis livrée au proxénétisme, la pensée de tirer parti de la beauté de cette infortunée que le hasard lui avait livrée.

Elle connaissait à Marseille des maisons où on lui payerait, à beaux deniers comptants, les charmes de Camille.

Ce n'étaient pas les clients qui manquaient au Pavé-d'Amour, c'était parfois ce que les débauchés appelaient le *gibier nouveau*.

Nous avons déjà insisté sur la dissolution des mœurs de cette époque où l'on entendait déjà gronder dans le lointain le tonnerre de la Révolution.

Le volcan que l'on avait sous les pieds était prêt à éclater et les gentilshommes ne s'en abandonnaient pas moins à l'ivresse des plaisirs faciles, de même que, la veille du réveil du Vésuve, les patriciens de Pompéi se faisaient, en s'enivrant de falerne, couronner de roses par leurs courtisanes.

Gaspard de Besse apprit avec un rugissement de colère que Joséphine avait vendu sa mère dont le malheur avait obscurci la raison.

Il saisit la vieille femme par le poignet et il allait lui faire un mauvais parti lorsqu'elle lui dit impassible:

— Veux-tu que j'achève ou non cette histoire?

— Ah! continue, continue, vile et infâme créature!

Joséphine eut un sourire dédaigneux et reprit:

— Un jour, il vint au Pavé-d'Amour un homme qui, à la vue de Camille, montra une vive émotion. C'était le marquis Albert d'Arène. Il me couvrit d'or pour le laisser approcher d'elle et devenir son amant. Camille se livra à lui comme elle s'était livrée aux autres.

— Oh!

Gaspard de Besse se couvrit le visage de ses mains.

— Le marquis manifesta bientôt une violente passion, continua Joséphine. En peu de temps, il me donna de fortes sommes, puis il tint à faire sortir Camille de la maison où nous étions ensemble. Il loua une belle propriété dans les environs de Marseille et nous y installa. Mais, un jour où il n'était pas venu nous voir, sa maîtresse eut une crise subite, comme une attaque de nerfs, à la suite de laquelle elle versa un torrent de larmes. Elle sembla ensuite s'éveiller d'un long sommeil. Quand Albert d'Arène reparut, elle montra l'horreur la plus vive. Il y eut entre eux une scène terrible dans laquelle il se traîna à ses genoux, lui demandant grâce, la suppliant de le recevoir encore... Elle le traita comme un scélérat...

— C'était, en effet, le plus criminel des hommes !

— Mes beaux jours étaient passés. Camille, revenue à peu près à la raison, était bizarre, fantasque. Je me prêtais à tous ses désirs, craignant qu'elle ne me chassât. Je l'accompagnais dans les environs du château d'Arène où elle s'informait sur le compte de la jeune fille qui y était restée et d'un jeune garçon... Une après-midi la jeune fille vint au village où nous étions, mais Camille ne voulut pas être vue par elle...

— Pauvre femme !...

— Le sort du jeune garçon la préoccupait surtout.

Un jour, à Besse, après avoir eu une conversation avec un vieux moine, elle montra une agitation si extraordinaire, que je crus qu'elle allait de nouveau perdre la raison.

« — Ils sont vivants tous les deux, dit-elle... Cela me doit suffire... La courtisane du Pavé-d'Amour, la créature vendue et souillée est condamnée à ne jamais les serrer contre son cœur.

« Elle retourna alors à Marseille et continua à y habiter, accablant de ses dédains Albert d'Arène qui continuait à venir nous rendre visite.

« Ce fut sur ces entrefaites qu'elle vous aperçut sur le Cours, qu'elle m'obligea à vous donner un rendez-vous, à vous conduire auprès d'elle, et qu'elle vous reconnut pour son fils à un camée que vous portiez autour du cou et dont le moine de Besse lui avait sans doute parlé. »

— Malheureuse mère ! fit Gaspard de Besse, elle rougissait de fautes qu'elle n'avait pas commises, étant victime des crimes les plus odieux !

La seconde partie du récit de Joséphine était non moins douloureuse que la première.

Albert d'Arène, continuant à se rendre à Marseille pour y supplier Camille d'adoucir ses dédains, éveilla la méfiance de Cora.

La créole surveilla son mari et apprit qu'elle avait une rivale. Elle voulut la voir et fut un instant terrifiée.

Il lui semblait que la morte était sortie de la tombe.

Toutefois, ne pouvant s'imaginer que la femme de Claude n'eût pas été jetée dans l'abîme, elle finit par croire simplement à une ressemblance fortuite.

Elle se préoccupa de se débarrasser de cette femme, et elle chargea Gérard de ce soin.

Gérard réussit à mêler du poison à des confitures et elles furent servies à Camille.

Il s'était fait prendre pour domestique et s'était concilié les bonnes grâces de Joséphine à qui il avait fait la cour et promis le mariage.

La mégère dit à Gaspard de Besse qu'elle n'avait pas eu connaissance des projets de l'empoisonneur, mais tous les détails qu'elle donnait prouvaient le contraire au capitaine.

Gérard l'avait mise parfaitement au courant de ses desseins, voulant s'en faire une complice.

Elle lui avait expliqué, de son côté, comment elle avait recueilli Camille.

Et le sinistre valet avait aisément reconstitué toute l'histoire de la marquise.

Après avoir raconté à Joséphine quelle avait été la poltronnerie de Philippe, il avait ajouté :

— On n'échappe pas à sa destinée ; cette femme devait périr de ma main.

Camille de Candole avait absorbé le même poison que Claude d'Arène. Elle eut la fin qui, plus tard, attendait son époux.

Gaspard de Besse voyait cette infortunée, se tordant elle aussi dans d'atroces souffrances par les ordres de l'infernale créature que son oncle avait épousée. Il frémissait des pieds à la tête en songeant aux tortures épouvantables que son père et sa mère avaient été condamnés à subir. Il rappelait le visage de Claude expirant sur le plancher du château, et le cadavre de Camille prêt à être ouvert sur la table d'amphithéâtre.

— Mon Dieu ! mon Dieu ! murmura-t-il avec angoisse.

Joséphine ajouta quelques détails que le capitaine n'écouta presque plus.

Après avoir été emprisonnée sur le soupçon qu'elle pouvait avoir empoisonné sa maîtresse et après avoir été relâchée, elle était allée trouver Gérard qui s'était moqué d'elle quand elle lui avait parlé de donner suite à leurs projets de mariage.

Mme d'Arène l'avait cependant envoyée comme femme de charge dans la vieille demeure où elle avait torturé Clarisse.

Mais son fils, le digne successeur d'Albert d'Arène, l'avait fait chasser par Laurent après la fuite de la jeune fille.

Rouget avait achevé de ruiner Joséphine que l'on avait enfermée au Refuge lorsqu'elle avait essayé de menacer pour obtenir des secours.

Tandis que la misérable femme exhalait sa haine et sa colère auprès de Gaspard de Besse, celui-ci l'interrompit brusquement :

— Tu en veux encore à Gérard ; je l'ai conduit dans l'Estérel après la mort de mon père et je l'ai fait pendre par les miens. Dans l'Estérel aussi, j'ai tué le fils de Mme d'Arène et, quant à elle, je veux qu'elle finisse comme Claude d'Arène et Camille de Candole, par le poison.

— A la bonne heure ! dit Joséphine en frappant des mains.

— Et toi, fit Gaspard avec dégoût, immonde créature, quel châtiment as-tu mérité ?

Elle essaya de ricaner.

— J'ai tué M. d'Arène loyalement en duel.

— Moi, j'ai passé à l'ennemi, aussi m'as-tu donné de l'or.

— Je ne te le reprendrai pas, mais je te forcerai à rentrer au Refuge où est ta véritable place et d'où tu ne sortiras plus désormais.

— Tu ne feras pas cela ! Comment l'oserais-tu ? On t'arrêterait, toi aussi !

— Si je ne savais pas m'y prendre... mais je m'arrangerai... Et tiens, le hasard vient m'aider...

— Que signifie ?...

— Regarde...

Le bois de pins était sur une légère éminence.

L'endroit où Joséphine avait fait ses révélations était simplement séparé par une ligne d'arbres de la route, dont on pouvait suivre les ondulations pendant une certaine distance.

— Vois cette poussière qui s'élève à une demi-lieue. C'est évidemment la maréchaussée qui me cherche, moi, et qui te cherche également. Je vais t'attacher à un pin, sur le bord de la route, de manière à ce qu'elle te voie et que tu ne puisses lui échapper.

— Tu plaisantes !...

— Nullement !... Il faut que je venge ma mère. Tu rentreras dans l'asile des folles.

— Grâce !

Elle voulut le supplier, mais lui comprenait qu'il n'avait pas de temps à perdre. Il se jeta sur elle et, l'entraînant jusqu'à l'arbre, malgré sa vive résistance, la lia par le cou avec sa ceinture.

Elle étouffait, râlait. Il se montra inexorable, lui disant froidement :

— J'ai prononcé la sentence, il faut qu'elle s'exécute !

Lorsqu'il prit la fuite, la maréchaussée approchait. Tout se passa, du reste, comme il l'avait prévu. Joséphine fut détachée et reconnue, à cause de ses cheveux coupés, pour une des folles qui s'étaient évadées du Refuge.

Pleine de rage contre le capitaine, la mégère dit aux soldats :

— Ah ! vous êtes contents de m'arrêter et pendant ce temps-là vous le laissez échapper, lui !

— Qui, lui ? demanda le maréchal des logis, commandant le détachement.

— Gaspard de Besse.

— Où est-il ?

— Il est allé dans cette direction, dit-elle en montrant le côté des Milles.

— Tu te moques de nous ! Je suis sûr qu'il est au contraire passé par là, fit le maréchal des logis en désignant un côté opposé. Du reste, tu es folle !

Et, sans attendre la réponse de la vieille, il ordonna à sa troupe de se diriger vers le Griffon, c'est-à-dire de tourner le dos aux Milles. Il n'en emmenait pas moins la prisonnière en proie à une irritation profonde.

Pour expliquer la conduite de ce maréchal des logis, nous dirons qu'il s'appelait Jules, qu'il était le gendre du père Joseph de Toulon et qu'il devait son grade et sa vie à Gaspard de Besse.

Pendant ce temps-là, le capitaine rentrait au Lion-d'Or où l'aubergiste faisait encore la grimace.

— J'espérais ne plus vous revoir.

— Tu es bien aimable... Je t'avais averti que je reviendrais...

— J'aurais été si débarrassé !...

— Tais-toi !... autrement je te donnerai des leçons de politesse...

L'hôte du Lion-d'Or eut un soupir, puis demanda au capitaine ce qu'il désirait qu'on lui servît pour son dîner.

Mais celui-ci n'avait pas faim.

— Je n'ai besoin de rien, répondit-il.

— A votre aise !

Gaspard de Besse était profondément impressionné par ce qu'il avait appris dans la journée. Quel sort affreux avait été celui de ses parents ! Une fatalité inexorable avait pesé sur eux.

C'était après sa naissance que le malheur avait commencé à les frapper. Était-ce lui qui avait attiré sur leurs têtes ces calamités ?

Lui qui avait été maudit par son père adoptif, était-il né aussi avec une influence funeste ?... L'exerçait-il sur tous ceux qui l'approchaient et qu'il aimait.

Il était bien tenté de le croire en se souvenant encore de la mort horrible de son enfant, du désespoir de Clarisse, de l'arrestation de Marie, du sombre esclavage de Pauline, de la destinée à laquelle s'étaient condamnées Laure et Antoinette.

Il oubliait d'autres figures souriantes pour ne songer qu'à ces désespoirs mornes. De sombres pressentiments l'agitaient. Il était las de la vie d'aventure et de l'existence elle-même. La mort lui apparaissait désirable comme un repos.

Gaspard, accablé, se laissa tomber sur un fauteuil, près de la fenêtre de sa chambre.

Tandis qu'il était ainsi sans force et sans énergie, un cordon de soldats entourait le Lion-d'Or. Ils étaient dirigés par un homme et une femme.

La femme était la Mariotte, l'homme Rouget.

Mariotte indiqua la chambre de Gaspard de Besse et Rouget l'ouvrit tout doucement. Montrant aux soldats le capitaine qui n'avait pas bougé de son fauteuil et n'avait rien entendu, il dit à voix basse :

— C'est lui !

Gaspard se retourna et fut aussitôt debout.

On l'entoura et on le désarma.

Il n'opposa du reste qu'une faible résistance, disant :

— Est-ce la fin de mes souffrances ?...

Une voix ironique se fit entendre.

— Bien joué, n'est-ce pas ?... Que pensez-vous, capitaine, de la revanche de Rouget ?

— Tu me rends peut-être service, misérable.

— J'en suis bien aise... Attachez-le comme il faut, ajouta Rouget s'adressant aux soldats.

— C'est inutile, messieurs, dit Gaspard. Je vous promets de ne pas essayer de fuir jusqu'à Aix !

CHAPITRE LXXXIX

La captivité

A Mariotte était servante au Lion-d'Or. Elle avait quitté l'Estérel après avoir, comme on sait, tenté vainement de se venger de l'homme qui lui avait donné une rivale à l'endroit même où elle s'était livrée à lui, corps et âme.

Non seulement elle n'avait pas réussi à châtier cet indigne amant, mais elle lui avait envoyé une autre femme dont le rire moqueur retentit longtemps à ses oreilles.

Elle était sortie du Logis à la fois pleine de confusion et de douleur, ne sachant où elle allait, sentant qu'elle avait au cœur une blessure dont elle ne guérirait jamais. Elle ne s'était arrêtée que lorsqu'elle était tombée de fatigue et d'épuisement.

Le hasard l'avait conduite dans un campement de bandits qui reconnurent et fêtèrent en elle la vivandière du Lubéron. Elle resta deux ou trois jours avec ces hommes, puis elle reprit sa course jusqu'au moment où elle arriva exténuée à l'auberge du Cheval-Rouge dans les gorges d'Ollioules.

Toinette l'accueillit bien, mais elle lui parla incidemment d'un M. de Galtières pour lequel elle semblait professer une vive admiration.

Mariotte, qui connaissait ce nom d'emprunt de Gaspard de Besse, sut ainsi qu'il n'avait pas dédaigné d'être l'amant de la fille de l'aubergiste, le successeur de Cadet.

Il lui sembla que maintenant elle éprouvait du dégoût et elle continua sa route, désireuse de s'éloigner encore de lui.

De Marseille, elle se dirigea sur Aix, mais, en passant aux Milles, elle crut trouver un asile au Lion-d'Or, dont le propriétaire avait besoin d'une servante.

Cet aubergiste avait l'air d'un brave homme et Mariotte ne soupçonna certes pas en lui un affilié de Gaspard de Besse.

Elle pensait ne plus revoir celui-ci, quand un destin funeste l'envoya au Lion-d'Or.

La malheureuse fille s'imagina qu'il la poursuivait. Sentant toute sa faiblesse, ayant peur d'oublier les injures reçues sous un baiser du traître, elle partit immédiatement pour Aix où elle rencontra Rouget.

Celui-ci l'interrogea, lui fit avouer toute la vérité avec une adresse infernale et prit à tâche d'augmenter son courroux en citant d'autres conquêtes du capitaine et en disant qu'elle avait été certainement, parmi les maîtresses de Gaspard, une de celles à qui il avait le moins tenu.

Il réveilla toute sa colère et l'amena à conduire avec lui les soldats au Lion-d'Or. Le concours de Mariotte rendait toute recherche inutile puisqu'elle savait où l'aubergiste avait logé le chef des bandits.

Sur la dénonciation de Rouget, on arrêta du reste ledit aubergiste, avant de surprendre Gaspard de Besse.

Mariotte ne vit pas plus tôt celui qu'elle avait tant aimé au pouvoir des soldats qu'elle eut un vif regret de sa conduite.

Elle se jeta à ses pieds.

— C'est moi ! c'est moi qui t'ai livré ! Me pardonneras-tu ?

Il la regarda avec douceur.

— Oui, Mariotte, je te pardonne.

Elle versa des torrents de larmes en suppliant la maréchaussée de ne pas profiter de sa trahison, mais on rit de sa naïveté.

Rouget ricana :

— Maintenant il est trop tard... Monsieur Gaspard de Besse montera sur l'écha-faud !...

Elle le menaça.

— Infâme coquin !

— Insulte-moi à ton aise... Je ne t'en veux pas, car tu m'as fait gagner deux mille écus !...

— Judas !

— A Judas on ne donnait que trente pièces d'argent... Deux mille écus, c'est beaucoup plus !... Et puis, si j'ai mal agi, n'as-tu pas mal agi comme moi ?

Mariotte suivit à pied la charrette qui transporta Gaspard de Besse à Aix. Dans cette même charrette se trouvaient l'hôtelier du Lion-d'Or et Joséphine.

L'hôtelier pleurait, se lamentait, tandis que la vieille femme insultait Gaspard.

Aussitôt après l'arrestation du capitaine, on avait envoyé au maréchal des logis Jules l'ordre de rétrograder sur les Milles. Il avait obéi et se trouvait commander l'escorte qui conduisait les prisonniers dans la ville du Parlement.

Joséphine avait failli oublier son propre malheur lorsqu'elle avait appris que Gaspard de Besse était pris à son tour.

— Tant mieux ! lui dit-elle. Je rentrerai au Refuge, mais, toi, on te rouera sur la place de Saint-Sauveur... Je ne regretterai qu'une chose, c'est de ne pas être présente. Et qui sait si je n'y serai pas !... Je me suis échappée une fois, peut-être pourrai-je encore quitter le Refuge et te voir torturer, chien maudit !...

Il parut ne pas entendre.

— Gaspard de Besse aux mains de la justice, Gaspard de Besse en prison, cela va faire grand bruit !... On sera bien content, car tu es méprisé, détesté ! !...

— Je n'ai jamais torturé cependant des femmes et des enfants !...

— Il est vrai, j'ai fait souffrir ta mère, Camille de Condole, et ta maîtresse Clarisse. J'ai déshonoré l'une en la livrant à Albert d'Arène ; ce n'est pas ma faute si l'autre n'a pas été la maîtresse du fils d'Albert. Quant à ton enfant, c'est dommage que Rouget ait brisé sa tête contre une muraille... Il eût dû brûler à petit feu ou écorcher vif le louveteau...

Gaspard de Besse essaya d'atteindre l'infâme sorcière avec son bras enchaîné. Il n'y réussit pas et elle fit entendre un rire moqueur.

Mais Jules intervint. Il administra quelques coups du plat de son sabre à Joséphine et la menaça de lui faire donner les étrivières si elle continuait. Elle ne parla plus alors que par monosyllabe, faisant entendre, chaque fois que le maréchal des logis s'éloignait, des injures grossières.

L'hôte du Lion-d'Or ne cessait pas de geindre.

— Est-il possible qu'on me conduise à Aix, moi qui suis aussi innocent que l'enfant qui vient de naître?... Je ne connaissais pas Gaspard de Besse et je ne me doutais pas qu'il fût chez moi...

Rouget, qui marchait lui aussi derrière la charrette, l'interrompit :

— Peut-on mentir ainsi?... Tu as été et tu es encore un affilié de la bande... Je me rappelle fort bien être venu te trouver quand nous opérions dans ce pays!...

— Vous vous trompez, monsieur!...

— Je dis la vérité!

— On reconnaîtra l'erreur.

— Ou on ne la reconnaîtra pas... Et puis, de quoi te plains-tu? tu as l'honneur de tenir compagnie à l'illustre Gaspard de Besse. Si le Parlement est juste, tu l'accompagneras sur son échafaud.

Le malheureux aubergiste eut un air égaré, tordit les mains avec désespoir et éclata en sanglots.

Rouget triomphait de causer cette douleur et d'insulter en même temps le capitaine. Le maréchal des logis intervint encore.

Il apostropha rudement le bandit et lui enjoignit de se retirer. Comme celui-ci ne se hâtait pas, il lança contre lui son cheval qui le renversa.

Rouget se releva couvert de sang et de poussière. Il avait été atteint à la tête par le sabot du cheval.

Jules eût sans doute beaucoup plus fait pour Gaspard de Besse, mais il était lui-même prisonnier de ses hommes et ne pouvait agir en leur présence comme il l'eût entendu.

On arriva enfin à Aix où l'affluence était très considérable pour voir le célèbre brigand; néanmoins on ne fit guère entendre de cris de malédiction.

La population n'éprouvait que de la curiosité, car Gaspard de Besse n'avait eu pour victimes que des personnages opulents et de riches seigneurs.

La bonne mine du capitaine lui rallia la sympathie des femmes.

— Oh! le beau garçon! Oh! le beau jeune homme!... Que va-t-on en faire?

— Eh! parbleu, le juger et le tuer!

— C'est dommage!...

Et plus d'une jolie curieuse rentra chez elle rêveuse, songeant à ce bandit au regard de velours dont le courage était si grand et qui montrait tant d'indifférence pour le sort qui l'attendait!

Gaspard, en entrant dans la prison d'Aix, apprit que Coquelicot l'y avait précédé.

Malgré leur costume de bateleurs, Bavard et lui avaient été reconnus à Saint-Maximin au moment où ils venaient de récolter une fructueuse recette sur la place de cette petite localité.

Bavard avait pu s'échapper, mais Coquelicot n'avait pas eu le même bonheur. Il était maintenant dans un cachot lui aussi.

Pour Gaspard de Besse, on choisit la cellule qui passait pour la plus sûre, celle où toute évasion paraissait impossible.

Il fallait descendre un certain nombre de marches pour y parvenir, et le jour n'y arrivait que par une étroite fenêtre où se trouvaient d'épais barreaux.

Gaspard n'avait pas de couche : une pierre seulement et de la paille pour se reposer. On l'avait chargé de fers.

Il resta jusqu'au lendemain sans voir personne, presque insensible à son sort.

Il se bornait à répéter :

— Cela devait finir ainsi... Un peu plus tôt, un peu plus tard... Mais du moins ce n'est que Gaspard de Besse que l'on jugera..., ce n'est que Gaspard de Besse qui sera puni pour ses vols et ses assassinats... Je ne mêlerai pas à un procès criminel le nom d'Arène... Cette famille ne sera pas flétrie par son dernier descendant...

Et, en effet, la fatalité voulait que ces d'Arène, que ces gentilshommes qui avaient occupé tant de place dans l'histoire de la Provence n'étaient plus représentés que par des femmes ou par un bandit qui, devant le Parlement, pouvait revendiquer le titre de marquis d'Arène.

Mais Gaspard était bien décidé à rester le fils de Bouis, le paysan de Besse qui était mort depuis longtemps ainsi que sa femme.

Rien ne changerait sa résolution.

Le lendemain de son arrestation, un geôlier pénétra dans son cachot, portant un pain et une cruche d'eau.

Cet homme était armé d'un trousseau de clefs qu'il agitait avec une certaine importance, cherchant évidemment à attirer l'attention de Gaspard de Besse.

Celui-ci ne daignant même pas le regarder, il s'approcha doucement de lui et dit :

— Capitaine !

Il leva vivement la tête et il lui sembla que ce visage ne lui était pas inconnu.

— C'est moi, fit le geôlier, moi Cadet, vous vous rappelez ?...

— Cadet ?...

— Cadet, du Cheval-Rouge, que vous aviez pris avec Toinette au service de Mⁿᵉ Marie Asquier... Plus tard, au Lubéron, vous avez refusé de m'admettre dans votre bande...

— J'ai bien fait, n'est-ce pas ?...

— Je commence à le croire... J'étais au service de M. le marquis d'Arène quand vous me l'avez tué dans l'Estérel... Entre nous, vous avez bien fait, car c'était un fameux gredin.

— Maintenant, que fais-tu ici ?

— C'est une nouvelle profession que j'essaye. Elle ne semble pas mauvaise car il n'y a pas grand'chose à faire et je puis dormir tout mon saoul... Ma foi, quoique

vous ne soyez pas très bien logé, vous pouvez vous offrir aussi cette consolation...

— Dormir, dormir, tu crois que c'est facile...

— J'en suis sûr... Du moins, pour moi, c'est la seule chose que je sache bien
faire... J'ai des aptitudes remarquables à ce sujet... Mais c'est pas de tout ça, je
tiens à vous dire que je suis à votre disposition si je puis vous être agréable... Demandez-moi tout ce que vous voudrez, excepté la liberté, et je tâcherai de vous
satisfaire...

— Brave garçon !...

— Je suis à votre service...

— Merci, je verrai, je réfléchirai...

Cadet sortit du cachot dont il ferma bruyamment la porte. Il s'acquittait consciencieusement de ses fonctions de geôlier.

Gaspard, resté seul, essaya d'écouter le conseil de Cadet et de goûter quelque
repos. Comme il n'avait pas dormi de toute la nuit, il espérait qu'il pourrait échapper à ses pensées, mais il n'y réussit pas.

Cadet, en parlant de M. d'Arène, avait évoqué chez Gaspard de Besse le souvenir des circonstances dans lesquelles il lui avait donné la mort.

Il revit Pauline Roux, venant tremblante lui demander de la protéger contre le
marquis.

Il avait décidé alors de la soustraire pour toujours aux lâches poursuites de ce
libertin, indigne d'appartenir à une noble race.

M. d'Arène n'était-il pas aussi son ennemi le plus acharné ? N'était-ce pas lui
qui lui avait fait commettre sa première faute ?... La liste des méfaits de ce triste
personnage était présente à sa mémoire tandis qu'il se dirigeait vers la chambre
où le fils de Cora attendait le moment d'agir.

Il avait frappé rudement à la porte du marquis et presque aussitôt elle s'était
ouverte.

— Je viens vous tuer, avait-il dit à M. d'Arène.

Le marquis avait sauté sur son épée.

— Gaspard Bouis, si je croise l'épée avec toi, c'est parce que je ne puis faire
différemment. Tu dois être à la tête de tes brigands et ils vont m'assassiner si je ne
me défends pas.

— Je suis seul, répondit Gaspard de Besse, et le duel que je t'offre est un duel
aussi loyal que celui qui a eu lieu déjà entre nous deux.

— Je n'en veux pas alors. Je puis me défendre contre un bandit, mais il m'est
impossible de me commettre avec un manant qui est né sur mes terres et qui n'est
sorti de son rang qu'en méritant la corde ou les galères.

— Je suis aussi noble que toi, car je suis le fils de Claude d'Arène !...

— Tu mens !...

— Je te dis la vérité, je le jure, et ma parole vaut mieux que la tienne !...

— Un bâtard alors !

— Je suis le fils légitime, le futur chef de la famille... Toi-même seras obligé
de t'incliner devant mon autorité...

— Jamais !

— Attrape! (Page 776.)

— Tu as raison, car tu vas mourir...
— Tes impostures ne me feront pas revenir sur ma décision...
— Même si je te soufflette!

Joignant le geste à la parole, Gaspard de Besse frappa d'Arène au visage. Celui-ci eut un hurlement.

— Misérable! misérable! tu atteins ton but! Mais ne crois pas que tu auras si facilement raison de moi.

Ils descendirent dans la salle basse du Logis et alors commença leur duel, si on peut appeler ainsi une lutte cruelle, sauvage, dont la mort de l'un des adversaires devait être fatalement l'issue.

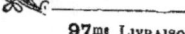 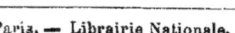

D'Arène eut un air de triomphe lorsque son épée toucha Gaspard de Besse à l'épaule.

— Qu'importe! dit celui-ci. C'est la poitrine que je cherche, moi!

Et il la trouva enfin, et d'Arène, en expirant, eut ce cri terrible qui avait été entendu par Pauline et l'avait tant impressionnée.

Ce râle d'agonie avait fait accourir Rouget et Cadet. Le premier avait jugé nécessaire de renoncer à tous ses projets. Le second, épouvanté, s'était enfui également.

Seuls, maître Roux et le paysan de la carriole ne s'étaient doutés de rien.

Gaspard de Besse se rappelait la scène entre Pauline et lui qui avait suivi la mort de M. d'Arène.

Si elle eût accepté alors sa proposition, il ne serait pas en ce moment dans un cachot; mais c'était une honnête femme qui s'était toujours sacrifiée à son devoir.

Elle s'était éloignée en lui laissant, comme preuve d'amour, ce baiser au front qui le brûlait encore.

— Ah! Pauline! Pauline! répéta-t-il, ne te reverrai-je plus?

Précisément à cette heure où Gaspard de Besse songeait à Pauline Roux, une scène émouvante avait lieu dans l'arrière-boutique de l'orfèvre d'Aix.

Après le voyage à Grasse, on avait repris l'existence monotone d'autrefois.

Roux disait avec complaisance que ce voyage avait été des plus heureux. On avait bien eu quelques difficultés au début, mais, une fois l'Estérel passé, tout avait admirablement marché.

Les affaires avaient été très nombreuses à Grasse, la beauté de Pauline Roux attirant de nombreux chalands. Mais la jeune femme, comme isolée au milieu de la foule, restait indifférente aux compliments qu'on lui débitait.

Parfois même des larmes lui venaient aux yeux. Elle songeait au désespoir dans lequel elle avait laissé celui qu'elle appelait toujours M. de Galtières et qui, elle le savait maintenant, était Gaspard de Besse.

Pauline Roux ne connut pas l'arrestation du bandit le jour même où il entra couvert de chaînes dans la ville d'Aix.

Elle vivait si retirée!... Les bruits extérieurs, quoique la duègne fût curieuse et bavarde, semblaient avoir de la peine à pénétrer dans la prison où la fille du docteur Grandier végétait.

Ce fut le lendemain seulement que Roux entra dans l'arrière-boutique et, s'adressant plutôt à la duègne qu'à sa femme, dit :

— Grande nouvelle !

La duègne avança avidement l'oreille.

— Qu'y a-t-il?...

— Nous pourrons désormais retourner à Grasse sans courir le moindre danger. Gaspard de Besse est arrêté.

L'orfèvre ne se doutait certes pas, en prononçant ces paroles, de l'effet qu'il allait produire sur sa femme.

Celle-ci se leva comme mue par un ressort.

— Gaspard de Besse !

— Oui...

Elle répéta avec égarement :

— Gaspard de Besse !

— Eh bien, que signifie ?...

Pauline porta sa main à son front. Son visage était contracté par une douleur horrible...

L'infortunée se laissa tomber sans forces dans un fauteuil.

Maître Roux fronçait les sourcils.

— Ce trouble... J'en demande l'explication.

Pauline eut un rire sec.

— Il demande, il demande... Que lui importe ce que je ressens ?... Qu'est-ce que cela lui fait ce que je souffre ?... Il veut savoir, ce misérable qui m'a condamnée à une existence pire que la mort !...

Il s'avança vers elle en levant la main. Elle le regarda fixement.

— Que me font vos menaces à l'heure où j'apprends qu'il est perdu ?...

— Vous connaissez Gaspard de Besse ?...

— Je le connais... Et vous, vous ne vous doutez pas que vous lui devez la vie, que, sans lui, vous seriez un cadavre au fond de quelque précipice de l'Estérel... Il y en a qui ont des yeux et qui ne voient pas, qui ont des oreilles et qui n'entendent pas... Vous êtes de ceux-là !...

Maître Roux ne savait que penser.

Pauline Roux continua :

— Non content de vous avoir sauvé la vie, il vous a sauvé l'honneur, car M. d'Arène voulait m'enlever pour assouvir une méprisable passion. Gaspard de Besse a provoqué M. d'Arène et a fait justice... J'ai su depuis que la sentence prononcée par lui contre le débauché avait été implacable !

— M. d'Arène a été tué ?...

— Est-ce que vous regretteriez un débiteur ?...

— Vous m'apprenez des choses que j'ignorais... Votre émotion n'en est pas moins extraordinaire... Ce bandit passait pour un homme à bonnes fortunes... Il avait pas mal de maîtresses... Est-ce que par hasard ?...

— Je vous défends de m'insulter... Non, je n'ai pas été une maîtresse de Gaspard de Besse et peut-être je le regrette aujourd'hui...

— Il vous faut de l'audace pour parler ainsi...

— C'est simplement du courage... Ah ! plût à Dieu que j'en eusse toujours eu !

— Qu'eussiez-vous fait ?

— J'eusse d'abord résisté à ceux qui m'ont donnée à vous, ensuite je n'eusse pas permis que vous fissiez de moi une esclave, une prisonnière...

— J'avais raison de veiller sur vous...

Elle le toisa dédaigneusement.

— Allons donc ! C'est moi qui n'ai pas voulu... Vous n'eussiez rien empêché !

Il frappa sur une table avec irritation.

— C'est vrai ! Je vous ai surprise avec un galant...

— Je vous ai déjà dit que c'était l'homme que j'avais aimé, jeune fille.

— Vous l'aimez encore étant mariée?

— Eh bien oui, car c'est mon ami, mon sauveur... Je lui appartiens avec amour, tandis que je ne suis à vous qu'avec dégoût... On dit de lui qu'il est puissant et fort... C'est ce qui m'empêche de désespérer tout à fait à l'heure présente... Il échappera sans doute aux dangers qui le menacent... Je donnerais ma vie pour lui, pour Gaspard de Besse !

CHAPITRE XC

La condamnation

'INSTRUCTION du procès de Gaspard de Besse fut assez rapidement menée. Il devait comparaître devant le Parlement avec Coquelicot, mais celui-ci, moins bien gardé que son capitaine avait réussi à s'enfuir pendant une promenade.

Il était passé par-dessus un mur en ruines et s'était ensuite laissé tomber d'une hauteur considérable.

Un autre se fût tué. Coquelicot, qui était un gymnaste habile, en fut quitte pour une légère foulure.

Il avait eu d'abord quelques remords d'abandonner ainsi son chef, mais il s'était dit qu'il lui serait certainement plus utile en liberté que dans un cachot. Quand on peut s'évader, il faut le faire, c'est une vieille maxime de prisonnier.

Gaspard de Besse fut donc jugé seul. Il dédaigna presque de se défendre, car il savait qu'il était condamné d'avance.

Cependant, un mémoire du temps nous dit qu'il parla souvent, intéressa, émut, remplit ses réponses de citations classiques.

A la haute puissance dont il était naguère revêtu, succédait ce prestige invincible qui environne l'homme beau et fier devant la mort. Il charma et enthousiasma tout ce qui dans l'auditoire pouvait encore éprouver un sentiment généreux.

Ce qu'il y eut de curieux, c'est que ce bandit dont la réputation était si grande, que l'on prétendait l'auteur de méfaits si nombreux, ne put être convaincu d'avoir participé directement à un seul meurtre.

Au contraire, un grand nombre de témoins vinrent spontanément affirmer qu'il leur avait sauvé la vie dans diverses circonstances.

Une seule personne accusa Gaspard de Besse d'assassinat. Ce fut la marquise d'Arène.

Elle se présenta, vêtue de deuil, froide et implacable. Elle demanda vengeance sans paraître se douter que celui qu'elle voulait perdre, pouvait, lui aussi, dénoncer ses crimes.

— Cet homme a attiré mon fils dans un guet-apens...

— Madame se trompe !

— Il l'a frappé de son poignard dans l'Estérel.

— J'avais une épée, mon adversaire en avait une également. J'ai tué M. d'Arène, loyalement, en duel !...

— Mensonge !...

— Y étiez-vous, madame ?...

— Le marquis d'Arène n'eût jamais accepté une semblable lutte.

— J'avais bien su l'y forcer !

Mme d'Arène se retourna vers Gaspard de Besse et leurs regards se rencontrèrent. Dans celui de la marquise, il y avait l'expression d'une haine sauvage.

— Misérable ! que vous avait fait M. d'Arène ?

— Ce qu'il m'avait fait !... Je ne donnerai pas d'explication, madame. L'honneur du nom que vous portez m'est trop cher...

— Quelle comédie ! Si vous ne dites rien, c'est que vous ne pouvez rien dire.

— Croyez que c'est pour moi une chose pénible de savoir que les crimes d'un gentilhomme indigne ne sont pas dévoilés, que d'horribles forfaits ne seront ni connus, ni punis par la justice. Bien que je sois profondément attristé à la pensée que les malheureuses victimes n'auront pas encore leur vengeance, c'est un sacrifice nécessaire. Mais le châtiment viendra tôt ou tard... Et peut-être les victimes sortiront-elles de la tombe pour vous faire subir la peine à laquelle je vous condamne...

— Vous me condamnez, vous !... Entendez-vous, messieurs les juges, il me condamne !

— Votre sort sera celui de Camille de Candole et de Claude d'Arène.

Malgré l'audace dont elle avait fait preuve jusque-là, Mme d'Arène montra un certain trouble.

Elle voulut ricaner. Son rire fit une impression étrange sur l'auditoire.

Les juges essayèrent d'obtenir quelques renseignements sur les faits auxquels Gaspard de Besse venait de faire allusion. Il se renferma dans un complet mutisme, tandis que la marquise prétendait qu'elle ignorait ce qu'il avait voulu dire.

On ne lui donna pas la torture, comme on l'avait jadis donnée à Coquelicot. La question préparatoire existait cependant encore, ne devant être abolie que par la déclaration de 1780, mais on en faisait déjà moins usage.

Avait-on obtenu que Gaspard de Besse en fût dispensé ? On racontait que, la veille du jour du jugement, le maître des requêtes qui présidait avait reçu la visite de deux grandes dames, Mmes d'Orbeval et de Latour.

L'intendant de Provence, qui s'était montré acharné pendant l'instruction, fut très modéré à l'audience publique.

L'arrêt du Parlement donna néanmoins satisfaction aux ennemis de Gaspard de Besse. C'était inévitable.

Le capitaine fut condamné à être roué, supplice trop prodigué au moment où il allait disparaître pour toujours de nos codes.

Le texte de l'arrêt que nous avons lu aux archives de la cour d'Aix, se termine par un *retentum*.

On appelait *retentum* (*in mente curiæ*) un droit presque aussi ancien que la monarchie.

Lorsque la cour avait prononcé, pour l'exemple, un arrêt formidable, elle pouvait adoucir la peine suivant le plus ou moins de criminalité qu'elle avait reconnue chez le patient.

Retentum. — A été arrêté que ledit Gaspard Bouis, dit Gaspard de Besse, serait secrètement étranglé après qu'il aura été mis sur la roue, avant qu'il lui soit donné aucun coup.

Gaspard accueillit avec la plus grande fermeté sa condamnation.

Ce procès avait eu dans toute la Provence un retentissement énorme.

Dans ce pays, où les imaginations sont facilement excitées, où l'on devient presque spontanément le partisan dévoué ou l'adversaire acharné d'un homme qui s'est fait remarquer par son audace ou par son courage, il y avait deux partis bien distincts.

Les uns étaient pour Gaspard de Besse et voulaient à tout prix le sauver ; les autres voyaient en lui un bandit et voulaient son supplice.

Le capitaine avait pour lui les gens de la campagne. Les villes lui étaient hostiles. Il rencontrait aussi presque tous ses partisans dans le peuple, tandis que la noblesse demandait sa mort.

M. de Saint-Giniez, qui l'avait combattu, s'honora en envoyant un express à Versailles pour solliciter sa grâce. Il est vrai que M. de Saint-Giniez agissait à l'instigation d'une femme qui avait été un moment sa prisonnière et dont la beauté l'avait vivement impressionné.

Le colonel du régiment de la Sarre aurait-il pour Marie Asquier la passion malheureuse qu'avait eue son frère ?

Lorsque l'arrêté du Parlement fut connu, l'agitation se calma un peu. Cependant il était facile de reconnaître à certains symptômes que les partisans de Gaspard de Besse n'étaient pas inactifs.

On disait qu'ils voulaient s'emparer de la prison où était enfermé le condamné. Des mesures furent prises et les brigades de maréchaussée de toutes les villes environnantes furent mandées à Aix qui semblait se transformer en ville de guerre.

Pauline Roux apprit par son mari quel sort attendait Gaspard de Besse.

L'orfèvre avait suivi le procès avec un intérêt passionné. Il avait assisté à toutes les séances du Parlement, les regards sans cesse fixés sur l'homme que sa femme aimait et qu'il haïssait mortellement.

Sa joie fut grande quand il entendit prononcer la peine suprême. Il se hâta de rentrer chez lui.

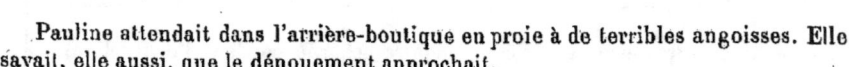
Pauline attendait dans l'arrière-boutique en proie à de terribles angoisses. Elle savait, elle aussi, que le dénouement approchait.

Soudain, Roux se montra et, à sa vue, à son air triomphant, elle comprit que les juges avaient été sans pitié.

Elle se leva et alla à son mari.

— On le tuera?...

— Oui, et j'en suis fort satisfait.

— Je mourrai en même temps que lui.

La colère de Roux se réveilla.

— Je ne veux pas...

— Ah! cela, par exemple, il vous est impossible de l'empêcher.

Il la saisit par le poignet qu'il meurtrit dans sa main brutale.

— Je vous défends, dit-il, de me parler de cet amour.

— Je suis fière de cette affection.

— Quelle femme êtes-vous donc?... Votre cynisme vous rend pire qu'une fille de rue...

— Vous êtes un lâche, vous qui me maltraitez et m'insultez!...

— Tu n'as pas fini de souffrir si tu ne te soumets pas...

— Comme autrefois, jamais!

— Tu redeviendras cependant humble et obéissante.

— Je vous l'ai déjà dit, je vous échapperai par la mort.

Pauline Roux avait le teint empourpré, la narine frémissante. Il ne l'avait jamais vue ainsi.

Presque aussitôt, du reste, cette énergie tomba. La pauvre femme redevint pâle et murmura en se laissant tomber sur un siège :

— Impitoyables!... Ils ont été impitoyables!

Le lendemain, elle ne put se lever. Une fièvre ardente la dévorait et dans son délire, elle prononçait les noms de M. de Galtières et de Gaspard de Besse.

Roux eut le soin d'éloigner de son chevet la duègne bavarde et tous ceux qui eussent pu surprendre le secret de sa femme. Il agissait ainsi, non pour elle, mais pour lui-même.

Le docteur Grandier fut seul appelé. Il jugea l'état de Pauline assez grave pour ne pas quitter son chevet.

La nuit suivante, le père veilla sa fille.

Roux avait reçu, à cette époque, des offres d'achat pour son commerce de bijouterie. N'ayant pas fait d'inventaire à la fin de l'année précédente, il voulut se rendre un compte exact de sa situation et resta dans son arrière-boutique à compulser ses livres et à examiner ses coffres.

Peu à peu, la preuve de l'état prospère dans lequel se trouvaient ses affaires dissipa l'impression désagréable dans laquelle il était depuis la veille.

Il ne songea plus qu'aux bénéfices qu'il avait réalisés.

Le voyage de Grasse surtout!... Ce n'était pas douze cents écus par jour qu'il avait gagnés comme il l'avait espéré, mais plus du double. Il attribuait à la présence de sa femme cette augmentation considérable.

Et elle se révoltait au moment où il avait trouvé le moyen de la rendre utile, d'être indemnisé enfin du sacrifice qu'il s'était imposé en l'épousant sans dot.

Voilà qu'il pensait encore à elle et qu'il se souvenait qu'elle avait prétendu, que dans l'Estérel Gaspard de Besse les avait sauvés, l'avait préservé du pillage.

Il considérait cette assertion comme un mensonge grossier. Est-ce que ce sont les voleurs qui empêchent les vols?...

Il se souvenait aussi de cette histoire d'un coffret de diamants rapporté.

— Ce serait encore grâce à Gaspard de Besse que l'on ne m'aurait pas dépouillé, murmura-t-il. Il veillait sur moi!... D'après cela je devrais trembler maintenant qu'il est en prison?... Je m'imagine, au contraire, que je suis plus en sûreté de toutes les manières et que je dois désirer sa mort qui me débarrassera d'un galant.

Il ferma sa caisse, dont il admira la superbe serrure.

— Cela doit, j'imagine, me protéger beaucoup plus que n'importe qui et que n'importe quoi... Je me moque pas mal des bandits de toute sorte.

Comme il venait de prononcer ces paroles, il lui sembla entendre un léger bruit du côté de son magasin.

Il prêta l'oreille un instant et rien ne lui parut suspect.

— Ce sera peut-être le chat qui sera resté... Si je pouvais attraper cette vilaine bête qui miaule sans cesse depuis le départ de Madelon.

Il eut un geste menaçant qui n'eût certes pas été du goût du matou.

Il venait de regagner l'arrière-boutique et de déposer sa lampe, quand tout à coup on bondit sur lui. Une main se posa sur sa bouche, tandis qu'une voix rude lui disait :

— Tais-toi, ou je te saigne!...

C'était un être ignoble, une sorte de monstre aux cheveux roux qui le traitait ainsi.

Roux fut d'abord paralysé par le saisissement et l'épouvante, mais ensuite il voulut crier, malgré l'avertissement qui lui était donné.

Il se dégagea. L'homme fit alors :

— Attrape !

En même temps le poignard du brigand, qui n'était autre que Rouget, atteignit Roux en pleine poitrine.

L'orfèvre chancela mortellement frappé.

Un nuage sanglant couvrit ses yeux. Il tomba lourdement.

Rouget ne chercha pas à vérifier si sa victime avait rendu le dernier soupir. Il s'empara de ses clefs et se mit immédiatement à fouiller les coffres remplis de marchandises, prenant ce qui était à sa convenance et le jetant dans un sac qu'il avait apporté avec lui.

Il ouvrit la caisse qui, un moment auparavant, semblait à maître Roux devoir le préserver des voleurs. Là se trouvait tout ce que l'orfèvre avait de plus précieux. Le sac ne tarda pas à être rempli.

Pendant ce temps-là, Roux se rendait compte de ce qui se passait et ne pouvait s'y opposer. Quel supplice pour un avare!...

Ce ne fut que lorsque Rouget fut parti qu'il essaya de se lever. Il exhala une plainte qui arracha le docteur Grandier au chevet de sa fille.

— Cet homme est un brave ! (Page 778.)

Le père de Pauline se précipita dans l'arrière-boutique.

— Que se passe-t-il ?...

— Vous voyez !... On m'a... assassiné... C'est... un homme... aux cheveux rouges... Il a tout pris... tout !... Ah !... Je meurs !...

L'orfèvre se raidit dans les bras du docteur qui essayait de le soutenir, et eut une convulsion, la dernière !

Pauline était veuve maintenant.

CHAPITRE XCI

Les treize femmes de Gaspard de Besse

A fermeté de Gaspard de Besse ne se démentit pas. Cadet, descendant dans le cachot du capitaine quelques heures après sa condamnation, le trouva aussi calme qu'auparavant.

Il lui demanda naïvement si cela ne lui faisait aucun effet de savoir qu'il serait roué.

Gaspard lui répondit en souriant que n'ayant pas encore subi ce genre de supplice, il ne pouvait redouter une chose qu'il ne connaissait pas.

— Vous devez vous douter cependant que ce ne doit pas être très agréable.

— Je n'ai jamais eu peur de ma vie, dit tranquillement le bandit.

— Cet homme est un brave, murmura Cadet en se retirant.

A cette époque, les condamnés à mort n'attendaient pas autant qu'aujourd'hui l'expiation de leur peine. On leur épargnait cette longue agonie qui nous semble d'une barbarie atroce.

La sentence de Gaspard de Besse avait été prononcée le 15 février 1776. Le Parlement avait fixé l'exécution au 27 février, mais, craignant qu'on n'essayât au dernier moment de délivrer le capitaine, et voulant éviter un trop grand encombrement de curieux dans la ville, il décida secrètement que l'heure fatale serait avancée et que l'exécution aurait lieu le 23 février.

Cadet, le second jour qui suivit la condamnation, se montra beaucoup plus réservé que d'habitude avec le prisonnier. Celui-ci en fut frappé et l'interrogea.

— Eh bien, que t'arrive-t-il? Tu sembles morose.

Cadet ne répondit pas d'abord.

— Est-ce que par hasard tu n'aurais pas dormi cette nuit?

— Vous tombez juste du premier coup.

— Ta profession ne t'oblige cependant pas à veiller?

— Oh! ce n'est pas mon métier...

— Qu'y a-t-il alors?... Tu as des préoccupations?

Cadet eut un signe affirmatif.

— De quel genre sont tes soucis? demanda Gaspard de Besse. As-tu besoin d'argent?... Ta maîtresse t'a-t-elle trompé?...

— Ma maîtresse est bien pour quelque chose dans ce que j'éprouve... Toinette...

Gaspard de Besse tressaillit.

— Tu parles de Toinette... Tu l'as vue récemment?

— Hier soir et ce matin... Il y avait avec elle Coquelicot.

— Coquelicot !

— Oui, cet évadé a eu de l'aplomb de se montrer à un geôlier de son ancienne prison et même de lui offrir à boire...

— As-tu accepté?

— Pour ne pas le désobliger, mais si j'avais su...

— Quoi?

— Je ne vous dirai rien... je ne veux rien vous dire... Quoi que l'on fasse, je ne trahirai pas la confiance de ceux qui me payent pour ne pas faire grand'chose.

— Qui te parle de trahir quelqu'un?

— Oh ! pas vous, mais...

Il s'interrompit brusquement.

— Suffit ! Je m'entends...

Puis il ajouta avec colère :

— On a tort de compter sur moi.

Il s'en alla sur ces mots, laissant Gaspard de Besse fort surpris de ce singulier langage auquel il n'avait rien compris.

Dans la même journée, Cadet reparut, mais il paraissait moins maussade que la première fois. Son teint était illuminé et sa démarche manquait quelque peu de sûreté.

Évidemment le brave geôlier avait fait de nouvelles stations au cabaret.

Après avoir déposé une cruche d'eau auprès de Gaspard de Besse, il lui dit d'un ton amical :

— Ce n'est pas ma faute si on ne vous donne ici que de la limonade de canards. Je voudrais bien mettre dans votre eau un peu de ce vin que l'on m'a fait goûter tout à l'heure... Devinez avec qui j'ai eu l'honneur de trinquer à votre santé ?

— Avec Coquelicot.

— Avec lui, oui, mais il n'y avait pas que lui.

— Toinette !...

— Il y avait aussi Toinette accompagnée d'un jeune et beau cavalier, ce qui m'a rendu jaloux, car maintenant je commence à bien l'aimer. Mais mon alarme a été courte quand j'ai reconnu dans ce prétendu jeune homme, Mᵐᵉ Marie Asquier.

— Marie !...

— En voilà une qui veut à toutes forces que vous ne mouriez pas sur l'échafaud, mais ce qu'elle demande est impossible. Vous vous rendez parfaitement compte vous-même que vous ne pouvez échapper à la roue. Vous avez fait le deuil de votre vie comme je le lui ai dit... Et puisque vous ne vous plaignez pas, je ne vois pas qui se plaindrait !

— Tu es la logique même...

— Oh ! je ne manque pas parfois de raisonnement...

Gaspard de Besse resta fort ému de la nouvelle que Marie, Coquelicot, Toinette songeaient à le soustraire au sort qui l'attendait.

Il avait été bien aise d'apprendre pendant l'instruction que Marie Asquier n'était pas parmi ceux de ses complices qui devaient passer en jugement après lui.

Il ignorait cependant comment la jeune femme avait été mise en liberté par M. de Saint-Giniez.

— Pourvu, murmura-t-il, qu'il ne lui arrive pas malheur. Je la sais capable de se sacrifier pour moi!

Gaspard de Besse avait raison de penser que Marie Asquier ne reculerait devant rien pour le sauver.

La jeune femme ne dédaignait pas de faire appel à tous les concours. Avant le jugement elle était allée voir Mmes d'Orbeval et de Latour et les avait déterminées à se rendre chez le maître de requête qui devait présider le Parlement...

Grâce à cette démarche Gaspard de Besse n'avait pas été soumis, comme nous l'avons dit, à la question préparatoire.

Mme de Latour avait aussi obtenu à grand'peine que son mari ne chargeât pas trop le capitaine.

L'intendant s'était d'abord montré peu disposé à obéir à sa femme, mais celle-ci avait menacé d'aller faire un scandale chez la Cifolelli.

Marie avait suivi toutes les péripéties du procès devant le Parlement et elle avait admiré l'attitude de son amant.

— C'est un véritable gentilhomme! quelle vaillance! Et ce noble cœur cesserait de battre et cet homme que j'aime tant périrait comme un criminel!... Cela ne se peut, cela ne se peut!...

Marie Asquier eut avec Coquelicot un long entretien dans lequel elle le pria de l'aider à mettre à exécution un projet qu'elle avait conçu et qu'elle lui expliqua longuement. Coquelicot trouva l'idée bizarre et fit quelques objections.

— Vous pensez que vous pourrez vous entendre avec?...

— J'en suis sûre...

— Consentiront-elles à venir?...

— Elles y consentiront si elles l'aiment encore et cela doit être et cela est...

— Mais où les réunirez-vous?

— Dans le cloître de Saint-Sauveur!...

— Je ne sais comment je pourrai les trouver... Il y a une actrice...

— N'est-ce pas Mme Saint-Huberti?...

— En effet.

— Elle donne en ce moment de nouvelles représentations à Marseille et je sais qu'elle s'est refusée à chanter le soir où elle a appris la condamnation de Gaspard de Besse.

— C'est bien, c'est très bien de sa part...

— Il y en a deux qui sont maintenant religieuses.

— Mlles de Saint-Servan... Je me charge de les prévenir et nous sommes sûrs d'avoir au moins leurs prières pour le succès de notre entreprise.

Coquelicot fit la grimace.

— Je préférerais autre chose.

Ses objections étaient cependant terminées et le soir même il partait pour Marseille où il devait voir la Saint-Huberti et Préciosa, la reine des gueux.

Aucun incident ne se passa avant le 22 février. Tout le monde continuait à croire que l'exécution de Gaspard de Besse aurait lieu le 27 février.

Le soir du 22, c'est-à-dire cinq jours avant le jour où l'on pensait que le capitaine serait conduit à l'échafaud, quelques femmes voilées restèrent dans l'église de Saint-Sauveur au moment de la fermeture.

Quand l'église eut cessé d'être ouverte aux fidèles, elles se dirigèrent, l'une après l'autre, vers le mausolée d'Hubert de Garde, seigneur de Vins, et mirent le doigt sur la lettre de l'épitaphe que nous avons déjà vu toucher par Gaspard de Besse.

Une trappe leur apparut alors ainsi qu'un escalier. Elles purent parvenir jusqu'à la chapelle où jadis le capitaine avait trouvé son père, Claude d'Arène, priant agenouillé sur la dalle.

La chapelle était plongée dans une demi-obscurité. Treize sièges étaient disposés sur lesquels les nouvelles venues prirent place.

Soudain, un moine apporta des flambeaux et les voiles tombèrent.

Elles y étaient toutes, les treize femmes de Gaspard de Besse !

Marie Asquier avait repris les vêtements de son sexe. Elle présidait, pour ainsi dire, cette singulière assemblée.

Mmes de Latour et d'Orbeval étaient ensemble. A côté de Mme de Latour il y avait Miette, Miette que son amour rapprochait de sa maîtresse.

Saint-Huberti avait un costume sombre qui contrastait avec celui de Préciosa, la reine des gueux.

Mlles de Saint-Servan avaient gardé leur robe de religieuse. Le joli minois de Toinette contrastait avec la beauté sévère de Laure.

Clarisse était avec Mariotte. Clarisse qui avait été le dévouement ne savait peut-être pas la trahison de sa compagne, mais Mariotte avait tant pleuré, avait éprouvé un si vif désespoir qu'il pouvait sans doute lui être pardonné.

Jeanne de Milleroses était accourue de Gênes. Arrivée une heure auparavant à Aix, elle avait été la première au rendez-vous.

Il y avait enfin Pauline Roux dans ses vêtements de veuve. Elle était encore bien pâle, bien chancelante. Il lui avait fallu de pénibles efforts pour se rendre de sa maison à l'église de Saint-Sauveur, mais la pensée de Gaspard de Besse lui avait donné du courage.

Elle pouvait maintenant l'aimer sans regrets, sans remords, puisque son mari n'était plus.

On avait arrêté Rouget, l'assassin de l'orfèvre, au moment où il s'en allait chargé de bijoux.

Pour son malheur, le misérable bandit avait été rencontré par le guet. Son procès avait été vite fait car il y avait flagrant délit. Le jour même où les treize femmes de Gaspard de Besse se trouvaient au cloître Saint-Sauveur, le traître qui avait livré le capitaine avait été condamné à être pendu. On disait cependant à Aix que sa peine serait commuée en celle des galères perpétuelles à cause du service qu'il avait rendu en faisant prendre son ancien chef.

Pauline Roux, Miette, Antoinette n'avaient jamais appartenu à Gaspard de

Besse. Les deux dernières étaient restées vierges malgré leur amour, comme Pauline était restée l'honnête femme !

Aucune des trois ne devait cependant lui marchander son dévouement à cette heure où il fallait absolument le sauver.

Marie parla la première et montra beaucoup de tact. Elle dit que Gaspard de Besse, à l'heure où il était abandonné de tous, devait trouver appui de celles qui lui avaient manifesté de l'affection.

Appartenant à toutes les classes de la société, grandes dames, actrices, bourgeoises, filles du peuple, filles de bohème, elles pouvaient avoir des moyens d'action de toute sorte.

Il ne s'agissait pas de montrer une vaine jalousie à cette heure où le capitaine était en si grand péril.

Quant à elle, elle serait heureuse de faire preuve d'abnégation, de pardonner si on avait des torts à son égard. Elle espérait que chacune des personnes présentes montrerait la même générosité !

Marie ne rencontra aucune objection, aucune résistance. Les treize femmes de Gaspard de Besse désiraient réellement au-dessus de tout qu'il échappât à l'échafaud.

Cette préoccupation en faisait disparaître toute autre.

On discuta longuement ce qu'il serait possible de faire, mais on fut obligé de reconnaître combien il serait difficile de faire sortir le capitaine de sa prison avant le 27 février.

Marie raconta qu'elle avait déjà essayé infructueusement d'acheter un geôlier. Contre toute attente, cet homme résistait, bien qu'elle lui eût offert une somme considérable. Peut-être en doublant ou en triplant la somme, réussirait-elle à le séduire.

Et aussitôt chaque femme voulut contribuer à former cette somme.

Mmes de Latour et d'Orbeval sortirent des bourses pleines d'or. Mme de Milleroses donna son argent et ses bijoux. Miette grossit le tas en y ajoutant ses modestes boucles d'oreille.

Mme Saint-Huberti déclara qu'elle compléterait la somme si elle était encore au-dessous des prétentions de Cadet.

Toinette seule ne remit rien et prétendit qu'elle se chargeait de l'ancien valet du Cheval Rouge.

Mais le concours de Cadet n'était probablement pas suffisant. S'il faisait sortir Gaspard de son cachot, le capitaine aurait encore à parcourir de longs couloirs et à sortir de la prison. A la porte surtout la surveillance était rigoureuse.

Comment venir à bout de ces obstacles ?

Préciosa offrit ses bohémiens pour attaquer la prison.

Marie eut un sourire de dédain.

— Les bohémiens !... Ne sont-ils pas ses ennemis ? Ils ont essayé de le livrer.

— C'est vrai, mais c'est Tchero qui les excitait contre lui, et Tchéro est mort !

— Leurs sentiments sont-ils changés maintenant ?

— Je suis réellement reine aujourd'hui. Je commande et l'on m'obéit... D'ailleurs, je suis pleine de confiance... Nouba a consulté les tarots et les tarots ont déclaré que Gaspard de Besse serait délivré.

— Je souhaite ardemment, fit Marie, que Nouba ne se soit pas trompée !

On accepta l'intervention des bohémiens. Il fut décidé qu'ils arriveraient à Aix et entoureraient la prison en demandant la mise en liberté de l'un des leurs, qui se serait fait arrêter la veille. Pendant ce temps-là, Gaspard de Besse, auquel on ne songerait pas, sortirait sous un déguisement quelconque.

La date de l'évasion fut aussi discutée. Quand aurait-elle lieu ?...

Mme d'Orbeval proposa la veille du jour fixé pour l'exécution, mais Marie et la majorité de l'assistance furent d'avis qu'il fallait s'y prendre deux ou trois jours à l'avance, afin que, si la tentative avortait, on eût le temps de la renouveler d'une autre manière.

On était, comme nous l'avons dit, au 22 février et l'arrivée des Gueux allait être décidée pour le 24 février lorsque soudain Coquelicot fit irruption dans la chapelle.

Il semblait hors de lui. Son teint était empourpré, il roulait des yeux égarés.

— Quand voulez-vous faire évader Gaspard de Besse? demanda-t-il.

— Dans deux jours.

— Il sera bien temps, car on doit le tuer demain !

Il y eut un cri de stupeur.

Le hasard avait conduit Coquelicot sur la place du marché. A peine la nuit était-elle venue que des ouvriers étaient arrivés avec des torches.

D'abord les habitants d'Aix, croyant que l'exécution n'aurait lieu que plus tard, n'avaient pas compris. Mais le bourreau étant aussi venu avec ses instruments de supplice, ils avaient été obligés de se rendre compte. L'exécution était avancée ; on faisait les sinistres préparatifs.

Un silence suivit le premier moment d'effarement après que Coquelicot eut annoncé cette mauvaise nouvelle.

Pauline Roux s'était affaissée sans force et sans voix. Clarisse se tordait les mains avec désespoir. Toinette, Mariotte, Miette sanglotaient.

Les autres femmes semblaient frappées de stupeur.

— Que faire? murmura Marie.

— Oui, que faire? répéta Jeanne de Milleroses.

Marie se leva et dit à Coquelicot.

— Je veux voir M. de Saint Giniez.

— M. de Saint Giniez !

— Conduisez-moi à lui. Il le faut !

Toinette demanda à l'ancien lieutenant de Gaspard de Besse s'il n'avait pas revu Cadet.

— Non, répondit Coquelicot, mais il doit m'attendre à une taverne, non loin de la prison. Ce que j'ai appris à la place du marché m'a empêché d'y aller...

— Je voudrais le rejoindre... Accompagnez-moi.

— Je ne puis, car il faut que j'indique à Mme Marie Asquier où le régiment de la Sarre est campé, mais Bavard est sur la place de l'église... Il vous prendra avec lui...

— Soit !

Des treize femmes de Gaspard de Besse, neuf restèrent seulement dans la chapelle, car, avec Marie et Toinette sortirent les demoiselles de Saint-Servan qui se dirigèrent vers la prison, espérant que leurs vêtements religieux leur en faciliteraient l'accès.

CHAPITRE XCII

Le glas de Saint-Sauveur

MARIE Asquier, ainsi que nous l'avons dit, avait fait appel à tous les concours pour essayer de délivrer son amant.

Elle avait vu notamment M. de Saint-Giniez et l'avait supplié d'intervenir en faveur de Gaspard de Besse.

Le colonel l'avait reçue avec la plus grande courtoisie, mais il lui avait répondu tout d'abord que son intérêt pour un bandit qu'il avait été chargé de combattre pourrait sembler bizarre. Sa tâche, du reste, n'était pas terminée, car il avait encore à poursuivre les complices du capitaine qui n'avaient pas été encore arrêtés.

— Je manque à mon devoir, ajouta-t-il avec un sourire, en ne vous livrant pas vous-même à la justice.

— Agissez comme vous l'entendrez... Je donnerai ma vie avec joie si cela peut aider au salut de l'homme que j'aime...

— Je suis obligé de vous dire qu'en vous perdant vous ne lui seriez d'aucune utilité...

— C'est affreux ! fit-elle avec désespoir.

Ce fut alors que, très touché, il lui promit d'envoyer un exprès à Versailles et tint en effet cette promesse.

Marie avait encore revu M. de Saint-Giniez. Elle s'était rendue aux Milles où le régiment de la Sarre était campé et l'avait trouvé sur le point de partir pour Aix...

M. de Saint-Giniez avait été encore plus affectueux.

— J'admire votre attachement, avait-il dit, et cependant il me désespère...

— Pourquoi?...

On faisait les sinistres préparatifs. (Page 783.)

— Parce qu'un semblable amour m'enlève à moi-même toute espérance.
Elle le regarda fixement.

— Que voulez-vous dire ?...

— Cela signifie que, moi aussi, je n'ai pu rester insensible à votre grâce, à
votre beauté... Marie, ajouta-t-il avec chaleur, je vous aime comme mon malheureux frère vous a aimée.

— J'espère, fit-elle d'une voix mordante, que ce que vous dites là n'est pas de
nature à vous faire souhaiter la mort d'un ennemi devenu votre rival.

— Pour qui me prenez-vous ?... Je n'ai jamais désiré la mort de personne...

— Je me suis fait un serment, entendez-vous, c'est de ne jamais être à un autre homme que Gaspard de Besse, qu'il vive ou qu'il meure !

Il y eut un éclair dans l'œil de M. de Saint-Giniez.

— Et si l'on vous proposait, Marie, de vous donner sa vie en échange de votre amour ?...

— Si l'on me faisait cette proposition, je la repousserais, car Gaspard de Besse refuserait de devoir l'existence à un pareil sacrifice de ma part... Je ne puis croire aussi que ce soit sérieusement que vous me parlez de cette façon... Un gentilhomme comme vous est incapable d'accepter un tel échange.

M. de Saint-Giniez avait baissé les yeux avec embarras.

— Vous avez raison, dit-il. J'ai d'ailleurs fait déjà pour Gaspard de Besse tout ce qu'il m'était possible de faire en m'adressant au roi.

Mais Marie était restée persuadée que le colonel avait eu un moment l'idée d'aider à une évasion et qu'il eût parlé si elle ne l'avait pas arrêté au début !

C'était pour ce motif que, dans le moment de stupeur qui avait suivi l'annonce de l'exécution du capitaine pour le lendemain, elle avait songé à M. de Saint-Giniez comme à une dernière branche de salut à laquelle dans son désespoir elle pouvait se rattacher.

Coquelicot la conduisit au camp provisoirement occupé par le régiment de la Sarre.

Elle demanda la tente du colonel et elle ne tarda pas à se trouver en présence de M. de Saint-Giniez.

— Vous, Marie !...

— Oui, c'est demain que doit mourir Gaspard de Besse !...

— Je le sais, puisque mon régiment fournit une partie de l'escorte...

— Ma douleur est immense...

— Ayez du courage !

— Je suis venue vous trouver parce que je n'ai plus d'espérance qu'en votre secours !...

— Mais je ne peux rien, vous le savez...

— Je crois le contraire...

— Expliquez-moi...

— J'ignore à quoi vous pensiez lorsque vous me proposiez un marché, mais vous pensiez à quelque chose... Vous saviez que l'on vous demanderait une escorte. Une évasion serait possible avec votre aide...

— Une évasion !... Vous ne réfléchissez guère quand vous me proposez d'y prêter la main. Je manquerais de toutes les manières à mon devoir... Oui, peut-être un instant une idée folle m'est venue... Marie, mon frère vous a donné sa vie, vous ne pouvez me demander mon honneur !...

— Monsieur de Saint-Giniez, je ne vous demande pas plus votre honneur que je n'ai désiré que votre frère se tuât pour moi... Je vous fais cependant un serment solennel, c'est que si Gaspard de Besse échappe à la mort, je ne serai plus à lui...

— Ah !...

— Et si c'est vous qui le sauvez, je serai à vous...

Il sembla éperdu, tomba à ses genoux en lui baisant les mains, puis se releva.

— Au revoir, fit-elle, ou adieu !...

— Au revoir !...

Pendant ce temps-là, Laure et Antoinette de Saint-Servan s'étaient présentées à la prison.

— Que désirez-vous ?...

— Voir celui qui va mourir pour l'exhorter à la contrition...

— On ne peut que vous introduire dans la chapelle où il fera ses dernières prières et encore c'est à cause du saint costume que vous portez... Mais il est encore de bonne heure...

— Qu'importe !

Elles pénétrèrent dans la chapelle où, selon l'usage, Gaspard de Besse devait entendre la messe. C'était une salle nue et froide où se trouvait seulement un autel surmonté d'un grand crucifix.

Les demoiselles de Saint-Servan passèrent la nuit en cet endroit. N'osant espérer le salut de Gaspard de Besse en ce monde, elles suppliaient Dieu de lui être miséricordieux en l'autre.

Il faisait encore nuit lorsque soudain une lueur de torches envahit la chapelle, et le capitaine apparut au milieu des gardes. Il était en manches de chemise, avait la tête et le cou nus, les bras liés derrière le dos.

Il était pâle, mais sa démarche était ferme, son aspect résolu. Ses regards se fixèrent aussitôt sur les deux sœurs et un léger mouvement de tête les remercia.

Elles éclatèrent toutes les deux en sanglots.

Un moine assista Gaspard de Besse pendant toute la cérémonie, mais celui-ci ne l'écouta guère, non plus que le prêtre qui marmottait ses paroles latines.

Le capitaine refusa de communier malgré les observations du moine et de l'officiant. Quand la messe fut terminée, ceux-ci voulurent rester avec le condamné et on sortit de la chapelle.

Gaspard de Besse salua Laure et Antoinette d'un sourire qui était un dernier adieu et qui augmenta, si c'était possible, leur émotion.

Elles regagnèrent l'église de Saint-Sauveur et purent rentrer dans l'endroit où attendaient les autres femmes.

Marie et Toinette avaient fait part de leurs espérances sans entrer dans des détails. L'une comptait sur M. de Saint-Giniez, l'autre sur Cadet.

Adrienne d'Arène était venue aussi. Elle avait été avertie avec M. de Mauléon, que le moment suprême approchait pour son frère.

La chapelle du cloître de Saint-Sauveur avait encore plus l'air lugubre que celle où Gaspard avait entendu la messe.

Un seul cierge l'éclairait maintenant. Un morne silence régnait, troublé de temps en temps par une plainte ou un douloureux soupir.

Adrienne s'était placée à côté de Pauline Roux. Celle-ci paraissait un peu plus calme.

— Ma chère Pauline, lui demanda-t-elle, as-tu bien prié ?...

— Oui, et il m'a semblé que Dieu promettait de m'exaucer, qu'il m'accordait ce que nous désirons avec tant d'ardeur !...

— J'ai eu tout à l'heure aussi la même impression. Je me disais qu'au ciel où ils se trouvent, Claude d'Arène et ma mère intercédaient pour leur fils !...

Pauline se reprit à douter.

— Dieu ! ah ! il permet ici-bas d'étranges choses !...

— L'anxiété t'égare...

Le jour ne sembla naître qu'avec répugnance. On était au mois de février. Le ciel fut toute la matinée brumeux et triste.

A neuf heures, on se fût cru à l'aube. On continuait à y voir peu dans le cloître de Saint-Sauveur, et cependant, comme un rayon d'espoir et de lumière semblait illuminer les treize femmes de Gaspard de Besse.

C'était à neuf heures moins quelques minutes que le capitaine devait se rendre au supplice, et l'on n'avait pas encore entendu la cloche qui annonçait d'habitude le départ des condamnés.

Cette cloche sonnait le glas à Saint-Sauveur depuis le moment où le cortège quittait la prison jusqu'à celui où il arrivait à l'échafaud.

Une demi-heure s'écoula encore. C'était en vain que l'on prêtait l'oreille. Évidemment quelque chose d'anormal se passait. On commençait à ne pas douter que Gaspard de Besse n'eût trouvé son salut. Était-ce à Cadet, était-ce à Coquelicot, était-ce à M. de Saint-Giniez qu'il devait sa délivrance ? Peut-être était-ce à tous les trois !

Lorsque les dix coups de dix heures retentirent à l'horloge de l'église, il y eut un long murmure, un véritable cri d'action de grâce.

— Dieu soit béni ! Dieu soit loué !

Mais soudain, un cri de terreur succéda à cette joie délirante.

— Ah ! entendez ! entendez ! c'est le glas !

En effet, la grosse cloche de Saint-Sauveur faisait entendre sa sonnerie de mort.

Pauline Roux se leva égarée.

— Adrienne, entends-tu ? Gaspard est sur la fatale charrette qui doit le porter à l'endroit où il doit tant souffrir !

— Aie du courage, mon amie, dit Adrienne, des larmes dans la voix.

— En aurais-tu à ma place si l'on conduisait celui que tu aimes ?... Non, je ne veux pas même faire pour toi cette supposition.

— Il n'est pas sûr que ce soit...

— Je la reconnais bien, cette cloche lugubre, je la reconnais à ses sons plaintifs... Amère dérision ! On semble regretter celui qu'on va sacrifier...

— Pauline, calme-toi !

— Je ne puis, car c'est affreux... c'est affreux !

— Je souffre, moi aussi... Cherchons des consolations dans la prière, qui t'avait jusqu'ici aidée, soutenue.

Adrienne entraîna Pauline vers un prie-Dieu. Celle-ci tomba à genoux.

Laure, Antoinette, Clarisse, Miette, la Saint-Huberti aussi sont agenouillées. Marie et Toinette semblent absolument désespérées.

— Cadet m'avait promis...

— M. de Saint-Giniez n'avait rien promis, mais j'avais cru comprendre... Il n'a pas réussi... quelle fatalité !

— Quel malheur !

La Mariotte, dans un coin de la chapelle, avait l'air étranger à ce qui se passait Le remords l'avait stupéfiée. Jeanne de Milleroses était anéantie. Il ne restait plus rien de son assurance ordinaire. Quant à Préciosa, elle répétait avec colère :

— Nouba, Nouba, m'aurais-tu menti ?...

Mmes d'Orbeval et de Latour se mêlaient tantôt à celles qui priaient, tantôt à celles qui se plaignaient.

Pauline se releva, les yeux hagards.

— Je ne veux plus ! je ne veux plus !

— Laisse-moi alors, dit Adrienne, demander pour nous deux...

— Pourquoi implorer celui qui est là-haut ?... Il ne t'écouterait pas plus qu'il ne m'a écoutée, car nul ne peut désarmer sa colère. Il est implacable ! Et, tiens, c'est du haut d'un de ses temples que l'on annonce une œuvre de vengeance et de sang ! Oh ! cette cloche ! cette cloche !

En ce moment la cloche s'arrêta.

Pauline, le cou tendu, fut comme stupéfaite.

— Suis-je folle ?... mais il me semble que je n'entends plus rien !...

Elle fit quelques pas en se tenant la tête comme si elle eût eu peur qu'elle n'éclatât. Toutes les femmes s'étaient dressées également.

— Ce n'est pas une illusion ! La cloche ne sonne plus, et peut-être n'a-t-elle jamais sonné ! Oh ! dis-moi, Adrienne, qu'elle n'a jamais sonné !

René de Mauléon se montra dans la chapelle et on alla immédiatement au-devant de lui.

— Monsieur de Mauléon, demanda Marie, quelle nouvelle apportez-vous ?

Le visage bouleversé du mari d'Adrienne n'annonçait rien de bon...

Pauline le saisit par le bras.

— Nous avons été, n'est-ce pas, victimes d'une illusion ? La cloche annonçant le départ du condamné ne s'est pas fait entendre ? Ou bien n'était-ce pas ce que nous avons cru ?... Vous ne répondez pas...

— Hélas !

— Dites-nous !

— Que savez-vous ?

— J'ignore ce qui a été tenté pour sauver Gaspard de Besse, mais je sais que, du côté de la prison, la foule se précipitait pour contempler un affreux spectacle... Je n'ai pas vu le cortège, car c'était presque impossible à ce moment... On s'approchait d'ici.

— Quelle est donc la cause de ce silence ? demanda Pauline Roux. Ah ! j'y suis, j'y suis... Tout enfant, j'ai vu des exécutions à Marseille... Je me souviens que les condamnés montaient à l'église pour faire amende honorable, et que, pendant ce temps, la cloche...

A ce moment, le glas recommença à se faire entendre.

— Vous voyez, c'est encore la cloche !... L'infortuné Galtières poursuit sa route vers l'échafaud. Il s'éloigne... Il faut que je le voie une dernière fois !

Elle voulut s'élancer pour sortir de la chapelle, mais René de Mauléon la retint.

— Ne faites pas cela !

— J'ai encore le temps... Entendez-vous la cloche ?... Je veux que ma vue le console, je veux qu'il ait assez de résignation...

— Il en aura, n'en doutez pas !... mais vous devez toutes rester ici, attendre, pour vous retirer, que la foule se soit dissipée... Elle est, peut-être, dans une effervescence dangereuse... Vous, en particulier, madame Roux, faible comme vous l'êtes, relevant à peine de maladie, vous ne pourriez jamais arriver...

— Quelque chose d'horrible est devant mes yeux !... On a lié celui qui, bientôt, ne sera plus qu'un cadavre sanglant. Il est là !... Il m'appelle !.,. C'est mon amant !...

Jeanne de Milleroses regarda Pauline en face.

— Il n'est pas seulement à toi, c'est notre amant à toutes... Nous l'avons toutes également aimé.

— Eh bien, soit !... Mais maudit soit notre amour puisqu'il n'a pu le sauver ! Tout à coup un râle sortit de chaque poitrine. La cloche s'était arrêtée...

— La cloche, la cloche ne sonne plus !

Pauline Roux répéta, l'œil fixe :

— Non, la cloche ne sonne plus !

Puis, comme si elle eût réellement assisté à l'horrible spectacle qu'elle dépeignait :

— Le condamné est au pied de l'échafaud... Il y monte d'un pas ferme, il va mourir... Le bourreau s'approche de lui... Il l'attache, puis... Ah ! il est mort !...

Mais au moment où Pauline allait succomber à l'émotion, une porte s'ouvrit bruyamment et un homme se montra vêtu d'un costume de soldat du régiment de la Sarre. Cet homme était Gaspard de Besse.

Coquelicot et Bavard le suivaient.

CHAPITRE XCIII

La côte d'Italie

E fut dans les bras de Gaspard de Besse que Pauline tomba.

Il posa avec transport ses lèvres sur le front de la belle veuve, mais aussitôt il s'aperçut avec embarras qu'il y avait là d'autres femmes qu'il avait aimées et dont il était aimé.

Pour le moment, elles étaient toutes à la joie de le voir vivant. Elles croyaient rêver.

On sut vite comment son évasion avait eu lieu. En sortant de la chapelle, Cadet lui avait glissé quelques mots à l'oreille.

— Mettez-vous à courir tout droit devant vous et ne faites pas attention à vos gardes.

Immédiatement, en effet, les soldats du régiment de la Sarre qui composaient l'escorte et qui avaient sans doute reçu des instructions de leur chef lui avaient livré passage.

Au bout du couloir il s'était arrêté, suivi de près par Cadet qui feignait de le poursuivre. Celui-ci lui avait ouvert précipitamment la porte d'un cachot où, à sa grande surprise, Gaspard avait trouvé un costume de soldat.

Il l'avait revêtu et avait attendu environ deux heures que Cadet revînt le prendre et le conduisît hors de la prison. On n'avait pas fait attention à lui, grâce à son costume de soldat.

Il y avait de nombreux curieux dans les rues voisines. Gaspard, au milieu de cette foule, avait rencontré Coquelicot et Bavard qui l'avaient conduit en ce lieu.

— Mais, demanda M. de Mauléon, l'homme que l'on a mené au supplice, exécuté ?...

— Je l'ignore, répondit Coquelicot.

Cadet entra dans la chapelle sur ces derniers mots.

— Je vais vous le dire, moi, qui est le patient.

— Ah !

— Lorsqu'on a désespéré de retrouver Gaspard de Besse, on a voulu donner quand même une victime à l'échafaud. On a pris alors un autre condamné à mort et on a livré Rouget au bourreau.

— Rouget ! dit Coquelicot avec stupéfaction.

— Rouget lui-même, que l'on a bâillonné et couvert d'un voile noir... Le temps n'était pas bien clair heureusement dans cette matinée de février et je ne crois pas qu'à travers le voile on ait deviné quelque chose. En tout cas, si le peuple réclame, tant pis !

Il ne s'agissait plus que de faire gagner la frontière au capitaine. Il fit le voyage dans la propre berline de M. de La Tour, intendant de Provence.

. . . .

Aucune des femmes de Gaspard de Besse ne le suivit d'abord.

Le souvenir de la scène dans laquelle elles s'étaient vues treize avait-il porté un coup mortel à leur amour ?

Quoi qu'il en soit, Clarisse se maria avec Pierre, dont elle avait commencé à aimer le fils.

Mmes de Latour et d'Orbeval adorèrent d'autres beaux cavaliers et la Saint-Huberti, devenue veuve, se maria avec le comte d'Entragues.

Il arriva à cette grande cantatrice des aventures de toutes sortes. Après avoir quitté l'Opéra en 1790, elle passa à Vienne, puis à Grœtz, puis à Londres où elle périt assassinée, par un domestique, en même temps que son mari.

Jeanne de Milleroses reprit son existence de courtisane élégante, qu'elle n'avait du reste guère quittée. Miette resta une humble paysanne ; les demoiselles de Saint-Servan continuèrent à être considérées comme des anges de charité et de vertu.

Mariotte mourut jeune. Elle avait été la treizième, cela devait lui porter malheur. Elle ne cessa de regretter sa trahison.

Préciosa épousa-t-elle quelque bohémien de sa tribu ? C'est plus que certain, car elle garda longtemps son pouvoir. Si elle fût restée fille, elle en eût été déchue.

Marie Asquier avait fait un serment à M. de Saint-Giniez. Elle le tint et resta la maîtresse de ce gentilhomme qui avait contribué à sauver Gaspard de Besse.

Cadet méritait aussi une récompense.

Il avait regretté sa profession de geôlier qu'il ne pouvait plus exercer après l'évasion du capitaine. Il était évident que, sans savoir quelle part il y avait prise, on ne devait à l'avenir avoir en lui qu'une médiocre confiance.

Il avait dit à Coquelicot : .

— Bon métier ! Je dormais à mon aise. (Page 793.)

— Bon métier, je dormais à mon aise... Mais qu'importe !...

— Bah ! tu te marieras avec Toinette et tu seras le patron du Cheval-Rouge.

Coquelicot avait été prophète et Cadet était devenu le propriétaire d'une auberge achalandée, mais d'une aubergiste bien légère... Il fut philosophe et il fit bien...

Mme d'Arène s'empoisonna, comme le lui avait prédit Gaspard de Besse. Bien que ses crimes n'eussent jamais été révélés à la justice, elle était devenue un objet d'horreur et de mépris pour tout le monde. Livrée à la plus profonde misère, elle avala un jour du poison et finit comme ses victimes : Claude d'Arène et Camille de Candole.

Coquelicot, fidèle compagnon de Gaspard de Besse, était allé avec lui en Italie. Ils avaient renoncé à la vie d'aventure.

Le prince Fulvio Lubérone s'était installé dans une villa ensoleillée, située sur le bord de la mer et d'où l'on pouvait voir les montagnes de Provence.

Il ne pensait plus qu'à une seule des femmes qu'il avait aimées, à Pauline !

Un jour, celle-ci vint sur la côte italienne ; un jour elle lui dit :

— Mon père est mort, il ne me reste plus que toi... Prends-moi, tu es mon maître !

FIN

TABLE DES MATIÈRES

Imprimerie D. BARDIN et Cie, à Saint-Germain.

Reliure serrée

Contraste insuffisant
NF Z 43-120-14

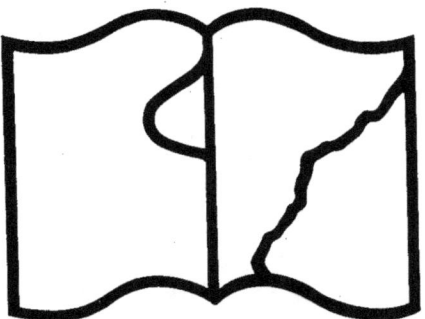

Texte détérioré — reliure défectueuse

NF Z 43-120-11

vous manquer d'un bon gouvernement provisionnel ? aussi bien, tant que des puissances étrangères se mêleront de vous, ne pourrez-vous guère établir autre chose.

Je voudrois bien, monsieur, que nous pussions nous voir : deux ou trois jours de conférences éclairciroient bien des choses. Je ne puis guère être assez tranquille cette année pour vous rien proposer ; mais vous seroit-il possible, l'année prochaine, de vous ménager un passage par ce pays ? J'ai dans la tête que nous nous verrions avec plaisir, et que nous nous quitterions contens l'un de l'autre. Voyez, puisque voilà l'hospitalité établie entre nous, venez user de votre droit. Je vous embrasse (*).

(*) Le mémoire daté de Vescovado étoit réellement de M. Buttafuoco, comme il le déclare dans sa lettre en réponse à celle-ci. — Dans une lettre précédente, traçant à Rousseau un itinéraire pour son voyage projeté en Corse, il l'avoit engagé à aborder dans un port voisin du lieu qu'il habitoit, et lui avoit offert un logement dans sa maison.   G. P.

FIN DU PREMIER VOLUME.